文学语言学科研究丛书

作家作品文学语言特色研究

郑 楚/编选

厦门大学哲学社会科学繁荣计划资助项目

厦门大学中央高校基本科研业务费专项资金资助

《文学语言学科研究丛书》编委会审核

理论篇（2）

主编 庄钟庆 李国正 李无未 郑楚

世界图书出版公司

广州·上海·西安·北京

图书在版编目（CIP）数据

作家作品文学语言特色研究/郑楚编选. --广州：世界图书出版广东有限公司，2025.1重印

（文学语言学科研究丛书 / 庄钟庆，李国正，李无未，郑楚主编）

ISBN 978-7-5192-5789-7

Ⅰ. ①作… Ⅱ. ①郑… Ⅲ. ①中国文学－文学语言－文学研究 ②华文文学－文学语言－文学研究－东南亚 Ⅳ. ①I206 ②I330.06

中国版本图书馆 CIP 数据核字（2019）第 004790 号

书　　名 文学语言学科研究丛书
WENXUE YUYAN XUEKE YANJIU CONGSHU
主　　编 庄钟庆　李国正　李无未　郑　楚
责任编辑 程　静
装帧设计 苏　婷
责任技编 刘上锦
出版发行 世界图书出版广东有限公司
地　　址 广州市新港西路大江冲 25 号
邮　　编 510300
电　　话 020-84451969　84453623　84184026　84459579
网　　址 http://www.gdst.com.cn
邮　　箱 wpc_gdst@163.com
经　　销 各地新华书店
印　　刷 悦读天下（山东）印务有限公司
开　　本 787 mm×1 092 mm　1/16
印　　张 85.75
字　　数 丛书 1630 千字（本分册 170 千字）
版　　次 2019 年 4 月第 1 版　　2025 年 1 月第 2 次印刷
国际书号 ISBN 978-7-5192-5789-7
定　　价 398.00 元（全 7 册）

咨询、投稿：020－84451258　gdstchj@126.com

《文学语言学科研究丛书》编委会

《文学语言学科研究丛书》出版说明

重视高等教育的学科建设，这是当今世界的潮流。

党的十九大报告发出号召："加快一流大学和一流学科建设，实现高等教育内涵式发展。"全国高校正在掀起学科建设大潮。在这个大好形势的鼓舞下，我们编印了《文学语言学科研究丛书》，希望对推进学科建设有所助益。

关于文学语言学科问题，20世纪50年代，语言界早已有知名人士提出建立相类似的学科，即汉语辞章学（或汉语修辞学、汉语风格学）。80年代正式提出设立文学语言学科。虽然文学界没有明确提出相似的主张，但是他们在文学语言问题看法上同语言界有相似之处，文学界与语言界不少热心于建立新学科的学者做出了一些努力，并取得一定成绩，然而效应并不显著。希望能够借此大好形势，把文学语言学科建立起来；这不仅是个人写文章或创作重视风格的需要，而且是新时代中华民族和人民大众要求建立新文风或新风格的需要。

《文学语言学科研究丛书》讨论的文学语言，专指文学作品用的语言，即艺术语言。《文学语言学科研究丛书》着重探讨作为学科的文学语言研究的目的、对象、内容及方法。分为两辑，第一辑为"理论篇"，阐释文学语言学科重在研究风格（语言风格或艺术风格）问题的理论依据。第二辑为"实践篇"，着重展现学者通过探索后的成果，即表现中国现当代文学及东南亚华文文学作家作品的风格特色。

在探讨文学语言的问题上，语言界学者明确指出为了进一步发展语文教学，应加强文学语言学科建设，提出文学语言是语言学和文学交界处的学科，修辞学、风格学是研究对象。既研究不同文体的不同风格，也研究不同作家的不同风格。文学界从推进文学创作向前发展出发，也非常关注文学语言问题，学者虽然是从文学理论视角切入，但是与语言界有着殊途同归之处。文学界也认为文学语言应当研究作家的文学语言"个性"，因为"这个性就构成了他们的各自的独特的风格"。

如何研究文学语言特点、风格，语言界与文学界的学者都有共同的看法，又有不同方面。语言界与文学界学者都非常重视综合运用语言表达手段所形成的特

色。不过语言界不乏学者往往把语言手段作为工具使用，没能看到语言手段在表达内容及表现形式方面的独特价值。文学语言作为文学和语言学之间的边缘学科，它是以文学和语言学为基础并借助两者的成果发展起来的，因而既要吸收这两个学科的长处，又要有新的创造，这样才能有助于学科理论的提升和写作实践的加强。

作为具有跨学科性质的文学语言研究，不仅要重视文学语言的文学特色，而且要讲究文学语言的语言规律。这是因为文学作品是以语言为媒介构成艺术形象的艺术，区别于其他艺术的特点，同时从文学作品形式因素来说，语言是具有独特性的。文学语言研究学科的研究方法，力求具有创新性，提倡从语言因素入手，结合文学手段，探讨文学语言特色。

《文学语言学科研究丛书》部分成果发表后受到新华社、中新社与《文艺报》等关注，并予以了介绍。《文艺理论与批评》《中国现代文学研究丛刊》及《茅盾研究》《丁玲研究》《东南亚华文文学研究辑刊》等专集收入研究成果。在厦门大学中央高校基本科研业务费专项资金资助、厦门大学哲学社会科学繁荣计划资助及厦门市东南亚华文文学研究会等的大力帮助下，我们从多部文学语言研究论著中，选出若干部，经过反复修改后交付出版。

欢迎批评指正！

《文学语言学科研究丛书》编后记

为提高写作能力和培养创作人才，厦门大学中文系历来非常重视文学语言的研究，重视写作者文学风格的养成。不过，离达到显著的效果还有一段差距。

为了提升文学语言研究水平，2000 年起，语言学学者李国正教授在本系庄钟庆教授等许多老师协助下，申请并获准设立文学语言研究方向的博士点。他明确地提出“文学语言学是横跨文学和语言两种学科的研究领域，在当前学科发展呈交叉渗透趋势的条件下，文学语言研究蕴含着发展为一门新学科——文学语言学的增长点。”他招收了多名文学语言的博士研究生，他们来自中国大陆与台湾，以及新加坡等地，他们的研究课题都是围绕着文学语言这个方向来展开。如他与人合著的《东南亚华文文学语言研究》（厦门大学出版社 2002 年）即是当年文学语言的研究成果。为了推进学科建设，厦门大学中文系离退休教师编选了《文学语言学科研究丛书》，收入其博士研究生或合作者撰写的论文，各人从不同角度论述文学语言各有特色，达到一定的学术水平。

《文学语言学科研究丛书》之所以能够与读者见面，这与各方面的大力支持分不开的。

语言学家如中国社会科学院语言研究所张振兴研究员、张惠英研究员，文学研究专家如清华大学中文系王中忱教授、复旦大学唐金海教授、福建师范大学中文系庄浩然教授等为收入本丛书的论著把脉。

厦门大学中文系文学与语言方面的教师发表了不少有关论文，均收入本丛书，这些成果对进一步开展研究具有启发性意义。

厦门大学社会科学研究处处长陈武元教授早在 2001 年就热心支持中文系开展文学语言方面的研究工作，始终不渝。该处副处长林木顺副研究员也非常关注文学语言研究工作的开展。厦门大学哲学社会科学繁荣计划、厦门大学中央高校基本科研业务费专项资金等资助项目给予大力支持。

《文学语言学科研究丛书》还得到厦门市东南亚华文文学研究会的大力支持。

对于来自各方面的助力，深表谢意！

我们期待专家、学者的批评指正！

《文学语言学科研究丛书》编选小组

2018 年 10 月 20 日

目　录

上篇　中国汉语文学语言探讨

下篇　东南亚华文文学语言研究

中国汉语文学语言探讨

古汉语成分在现代文学文本中的审美功能

——以骆明散文为例

李国正①

古汉语成分在现代文学文本中的应用，是现代文学语言的一种原生动力和典雅表现形式，因此，把古汉语成分与现代汉语成分天衣无缝地融合在一起，这样构成的文本洋溢着感人的艺术魅力。

任何人都会衰老，但每个人对衰老的理解不同。骆明的散文《白发》以脍炙人口的古代名作揭示了对人生的不同诠释，以富有生命力的古代词语构成了一幅幅多彩画面，既有鲜明生动的形象，又寓含深刻的哲理，字里行间灵思迭见，展现了一种散文极少见的睿智美。众所周知，散文非以理服人而长于以情感人。如果要论述某种观点，最好采用议论文的体裁。然而，《白发》一文竟打破常规，用散文的笔调娓娓道来，以伍子胥过昭关一夜急白头发的掌故，不经意中带出"烦恼产生忧伤，忧伤令人老，因此白了头发"的主张。但全文并没有论述的痕迹，有的是透彻肺腑的感慨，有的是古往今来的浩叹，有的是珍惜时光，催人奋进的情怀，从而引起心灵的共振，让人油然掩卷沉思，领悟人生的哲理。以散文表现情趣易，以情趣蕴含哲理难，不假论证而哲理自现尤难。《白发》一文的可贵之处正在于此，一连五位历史名人的文学佳句，经作者的巧妙编织斐然成文，与现代汉语词语贯通一气，展现了五种不同的人生画面，透露了五种对待人生的不同观念，不假描写而形象自成，不必论理而道理自现，这主要在于作者运用现代文学语言写作之际对古典诗词的恰当把握。

贺知章《回乡偶书》所呈现的特写镜头是一个极为平常却是有形有声的生活场景，天真无邪少不更事的小孩与饱经沧桑双鬓斑白的老人本身就是鲜明的对比，这在人物选材上具有典型性；老人的乡音与衰鬓，儿童的不识与笑问，不唯有强烈反差与表面看来似乎轻松的戏剧色彩，更有不得不令人深思的人生课题：儿童不识的老人，不也是曾经少小，曾经青春过吗？

---

① 李国正：厦门大学中文系教授。

岳飞《满江红》里的名句“莫等闲，白了少年头，空悲切”，化用了古诗“青青园中葵，朝露待日晞。阳春布德泽，万物生光辉。百川东到海，何时复西归？少壮不努力，老大徒伤悲”的意境，但表达的却是立志报国的情怀，这是一种不甘虚度光阴，积极进取的人生观。

李白《秋浦歌》以有形的白发隐喻无形的愁绪，极度夸张人生的悲哀，只怕白发三千丈也不及诗人苦闷心境之万一。这种悲哀，不只是一己怀才不遇，报国无门的悲哀，而且是在特定历史时期有才华无门路的知识分子共同的心声。“白发”不再是代表一般意义的“年老”，更多的是人生际遇的无奈。

李清照《声声慢》词虽不著“白发”二字，但接过李白“缘愁似个长”之“愁”，感叹“这次第，怎一个愁字了得”。展现的是一幅“寻寻觅觅，冷冷清清，凄凄惨惨戚戚”的揪心图景。这不仅是作者本人家境与心境的惨淡映射，而且是那个时代千万逃难家庭必不可免的遭遇，是一面时代的镜子，反射出人民对社会安定、家庭美满、人生幸福的期盼。

辛弃疾《丑奴儿》也抓住一个“愁”字作今昔对比，“爱上层楼”与“欲说还休”，颇有贺诗儿童与老叟对话的风趣。“壮岁旌旗拥万夫”，岂料“老却英雄似等闲”，所谓“却道天凉好个秋”，不过是自我解嘲而已。凸现的是“老骥伏枥，志在千里。烈士暮年，壮心不已”的情怀。

这些古代诗词名句，不但丰富了“白发”的文化内涵，而且启迪对人生意义的叩问。娴熟化用古代汉语所蕴含的才情与智慧，是构成骆明散文特有睿智美的重要因素。

古汉语成分的恰当运用，还可以给现代散文平添一份温馨的情趣。《那天，雪花飘着》以轻灵、歆羡的笔触抒发赏雪的愉悦：“啊，天空上飘下一片片白色的物体，轻轻地，慢慢地飘荡下来”“景福宫前好一片广场，地上都是积雪，白白的一片，踏在上面，软软的，好舒服，好快乐啊”。其中“片片”“轻轻”“慢慢”“白白”“软软”这些叠音词的运用，塑造了令人愉悦的声音形象，引起了人们对雪景的向往，给寒冷的首尔（原名汉城）之冬带来融融暖意。善于抓住事物独特的个性写景，且触景生情，以情感人，产生了如临其境的审美效果。文中巧妙地引用古人诗句，而且是引用童稚气十足的咏雪诗“一片两片三四片，五片六片七八片，飞入芦花都不见”，古代与现代汉语文学语言融会贯通，犹如雪花与芦花浑然一体，不露痕迹，使全文洋溢着有如儿童数数目一般的率真与亲切，这不能否认是古汉语成分运用得体产生的天然情趣美。

《风磨》描绘了一幅优美的荷兰乡村的自然图景。“在这片青翠的草地上，还放着牛与羊，有时也可以见到马。这是乡间生活的一种写照：有屋子，有篱笆，有船，有树，有桥，有流水，有牛羊。”字里行间让人感受到扑面而来的质朴恬淡的天趣。在这异国土地的自然纯朴之外，作者信手拈来这么一句话：“不期然想到马致远的‘天净沙’：‘小桥流水人家，古道西风瘦马’。”这就从荷兰现实的乡村风景图中幻化出了一幅中国古代的风景画。这种类似于电影拍摄技巧的“淡出”“淡入”手法，既使东西方两个不同国度、不同时代的自然图景融为一体，又使不同的生活体验、不同的人生感受在异域找到了契合点，文本因而具有了自然美的感人魅力，引起人们对生命本源的追寻，对人类共有的自然美的向往。

古汉语成分融入现代文学文本，有助于构成灵秀美与雄浑美的意境。骆明散文的一个特色是擅长将这两种不同的美结合在一起。请看《游泰晤士河》一文，作者笔下的河流：“上了船，转头一瞧，温莎堡从树与树间隔中逼现，显得更加美丽壮观。河上有水鸭、天鹅，岸上栽了许多不知名的花。”这是一条美丽的河，其灵秀的意境，全在于作者的点睛之笔——对陶渊明诗句“渔舟逐水爱山春，两岸桃花夹古津”的引用。桃花源的神奇灵秀，赋予泰晤士河一份东方的文化气息，引起身在异国的人们悠远的遐思，虽然没有夹岸数百步的桃花林，也没有芳草鲜美、落英缤纷的秀丽图景，但给人带来了桃花源的联想，让人感受到了理想境界的灵秀美。泰晤士河又是一条雄伟的河，试看岸上的麦田和旷野：“麦已经金黄了，莽莽一片，收成的季节到了。旷野上有牛羊，远远望去，莽莽苍苍，天地是多么辽阔。”“莽莽”“莽莽苍苍”是常用的古汉语词，它们让人自然联想到毛泽东的名句：“望长城内外，惟余莽莽”“烟雨莽苍苍，龟蛇锁大江”。长城与长江的雄伟形象与泰晤士河重叠为一体，成为人们审美意念中雄伟图景的化身，赋予文本以雄浑美。灵秀美与雄浑美在《尼加拉大瀑布》一文中有更为生动的描绘：“极目远眺，远处是一片水流，水面很宽，直如大海，水中有礁石，激起阵阵浪花，但阻不了水浪奔流。水流突然折射而下，直下百来丈的深渊，迸出轰轰响声，激起阵阵水雾。水雾升高了百来丈，化成迷蒙的一片，似雾，可是含有水气，那是水雾罢。”宽阔如大海，轰鸣似洪钟，汪洋恣肆，咆哮奔腾，这样的景色十分雄伟壮观。作者一方面将大瀑布的雄浑美昭示于人，另一方面又引用中国古代名句点出水雾的灵秀迷离。王勃《滕王阁序》描写的长江晚景，与尼加拉瀑布的飞流直下奔腾咆哮正相反，“落霞与孤鹜齐飞，秋水共长天一色”表现的是一种安谧的灵秀美，而水雾的迷蒙与秋水长天的混沌逼似，使得雄浑的大瀑布也蕴含了灵秀的魅力。

骆明散文常常触景生情，于不期然间将古代名句、成语信手拈来，造成有个性特色的艺术氛围，使文本散发着美的魅力。除了上文谈到的睿智美、情趣美、自然美、灵秀美与雄浑美而外，在厚重沉郁的行文之间，还让人感受到一种别有况味的苍凉美。滑铁卢战场是拿破仑兵败的地方，在去战场的乘车途中，就有一段文字抒写作者的想象："想着想着，不期然就想到李华的《吊古战场文》。这篇文章开首第一句是：'浩浩乎平沙无垠，迥不见人……'好了，滑铁卢战役一定是如此的一个景象，可不一定还是'出门无所见，白骨蔽平原'，或者还有'啾啾'的鬼声。"这样令人毛骨悚然的想象，惊魂甫定，美感油然而生，但这是一种苍凉之美，它包含着对人世沧桑的深切感慨。尽管昔日的战场如今已是城镇，尽管呈现在眼前的不过是一个四方形的平台，但运用古汉语成分构成的艺术图景宛然在目，广漠的战场，士兵的尸体，刀光灿灿，杀声震天……瞬间一切成为历史！这不能不令人沉思，令人感慨。一代枭雄，兵败一役，真是一弹再三叹，慷慨有余哀！《在奥克兰》反映了人在旅途的艰辛，巧妙的是作者并非直抒胸臆，而是借一家中国餐馆的对联抒发自己的人生感慨："翻了翻菜谱，意外地在菜单里有两行对联：'求名苦求利苦苦中作乐拿壶酒来；为公忙为私忙忙里偷闲喝杯茶去'。不管对仗工整与否，但是很有经营菜馆人的本色，也很有人生哲理。只是近七时吧！天已经墨黑了。冰凉的风又吹拂在脸上。'三杯两盏淡酒，怎敌他晚来风急……'没有经过这种情景，就没有办法领略词中的含意。"人生的艰难困苦，代之以"风"的意象，这可不是和煦暖人的春风，而是"冰凉的风"。李清照颠沛流离的人生际遇，给"风"的意象贯注了厚重的文化内涵，而古汉语成分的恰当运用，又赋予文本凄清苍凉的美感。

在骆明的散文中，古汉语成分的运用，至少赋予了文本如上的审美功能。不同作家在不同文体的创作过程中，由于审美取向的不同，还可能使文本具有更为丰富多样的审美功能。作家对古汉语成分的创造性运用是现当代文学文本之所以具有魅力的一个重要原因。

鲁迅与三十年代语文论战

何耿镛①

四十年前，文化战线上发生了一场关于大众语文问题的论战。这场论战，虽是围绕着语文问题展开的，却未局限于语文问题。它涉及文化方面一些带根本性的问题，例如：是坚持唯物史观，坚持文化运动的无产阶级革命方向，还是坚持剥削阶级的唯心史观，维护地主资产阶级的文化专制主义，这是文化战线上无产阶级与地主资产阶级之间两条道路斗争的问题。无产阶级文化革命运动的伟大旗手鲁迅，深刻地洞察了这场论战的实质，一方面揭露和回击来自敌人方面的破坏活动，另一方面批评和纠正自己队伍内部的各种错误思想，为论战的发展指出了明确的方向，为革命文化运动的发展和大众语文的建设作出了重大贡献。

一

1934年5月4日，复古派汪懋祖发表《禁习文言与强令读经》（载《时代公论》110号），鼓吹文言，提倡读经。许梦因等人也相继写文章，攻击白话，复兴文言。汪、许等人的文章，遭到文化教育界许多人的反对。同年6月18日，陈子展在《申报·自由谈》上发表《文言·白话·大众语》，提出了大众语和大众语文学。他指出："从前为了要补救文言的许多缺陷，不能不提倡白话；现在为了要纠正白话文的许多缺陷，不能不提倡大众语。"接着，陈望道、胡愈之、傅东华等人陆续发表文章，进一步讨论这个问题。于是，由"复兴文言"与"提倡白话"之争，转入要不要提倡大众语和大众语文学。

汪懋祖、许梦因等人对"五四"新文化运动和白话文运动的攻击，无非是重弹严复、林纾和"学衡派"（这一派主要成员是英美留学生，以"学贯中西"自我标榜，攻击革命和新文化运动）"甲寅派"（以章士钊为首，因《甲寅》周刊而得名。诋毁革命运动，提倡文言和尊孔读经）的老调，是继"学衡派""甲寅派"向新文化和白话文运动反攻倒算遭到失败以后，再一次向新文化和白话文

---

① 何耿镛：厦门大学中文系教授。

运动的反扑。

这股复古逆流的出现，有其深刻的社会原因。“五四”新文化运动对封建文化进行了有力的冲击和批判，战胜了文言文，确立了白话文作为现代汉语文学语言的地位。但是，“五四”以后，随着帝国主义的侵略和封建军阀的统治加强，提倡尊孔读经，恢复文言的反动叫嚣彼伏此起。“学衡派”“甲寅派”的败阵，并没有使封建势力认输，他们仍伺机而动。到了三十年代，日本帝国主义加紧侵略中国，国民党反动派对外投降、卖国，对内疯狂镇压共产党领导的人民革命运动，在实行残酷的军事“围剿”的同时，又对革命文化运动实行文化“围剿”。这时封建势力以为时机已到，又祭起尊孔读经、复兴文言的黑旗。封建军阀何键、陈济棠之流开路于前，强令中小学读经，诵习文言；汪恋祖等封建余孽步趋于后，推波助澜，大肆宣扬封建文化，矛头指向新文化运动和白话文运动。

新文化与旧文化，白话文与文言文之间的斗争，从“五四”前夕到“五四”以后，经过了好几个回合。从“五四”前夕的严复、林纾，到“五四”以后的“学衡派”“甲寅派”，都在鲁迅等革命文化工作者的迎头痛击下遭到了失败。这次汪懋祖之流的垂死哀鸣，比之“学衡”“甲寅”的反动叫嚣，就更加有气无力，只经鲁迅等人稍稍一击，就销声匿迹了。

二

大众语文论战虽然是以反对汪懋祖等人复兴文言为导火线，但是这场论战的展开，有其深刻的社会背景。1927 年第一次大革命失败之后，原来的革命营垒发生了分化。中国的大资产阶级倒向帝国主义和封建势力，民族资产阶级也附和了大资产阶级。这个时候，中国革命在中国共产党的领导下，进入了人民群众斗争的崭新时期。这一时期，一方面是反革命在军事上和文化上的“围剿”；另一方面是农村革命和文化革命的深入。革命斗争的深入，要求文化革命的深入与之相适应。文化战线是革命总战线中的一条重要战线。无产阶级在组织自己的文化队伍，调动千百万文化革命生力军投入反帝反封建的革命斗争中，一方面要与国民党反动派的文化“围剿”和他们所实行的地主资产阶级的文化专制主义进行针锋相对的斗争；另一方面又必须解决作为表现文化的工具——语文本身存在的问题，以适应革命文化运动深入发展的需要。大众语文运动正是在这样的历史背景下展开的。因此，由进步文化工作者倡导的大众语文运动，不是单纯的语文运动，而是整个革命运动的一个有机组成部分。

这次语文论战的关键，是大众语文运动的必要性和如何建设大众语文。大众语文运动的必要性，就是语文大众化，也就是促进白话文进一步接近口语，促进白话文的健康发展，以适应革命文化运动形势发展的需要。如何建设大众语文，其核心就是改革汉字，促进文字拼音化。

所谓大众语文运动，从它的性质和内容来说，是白话文运动的继续和发展。“五四”新文化运动和白话文运动，虽然战胜了文言文，确立了白话文作为现代汉语文学语言的地位，但是由于种种原因，白话文并没有在“五四”运动中完成它的最后任务。“五四”以后，白话文还只是在文艺作品和一般学术著作范围内占统治地位，一般报纸的新闻稿和公文还一直沿用文言，而且白话文本身也没有完全肃清文言的影响，还夹杂着许多文言成分，同时在吸收外语词汇、语法成分方面存在着许多混乱现象。这种情况，不能不影响白话文的健康发展。

大众语文运动的任务，一方面就是要进一步肃清文言的影响，使白话文进一步接近口语，同时在吸收外语成分方面制订明确的规范，使白话文更加精密和丰富；另一方面又必须打击反动文艺，发展革命文艺，促进白话文的普及和发展。

语言文字是交流思想的工具，是没有阶级性的。剥削阶级可以利用它，革命的阶级也可以利用它。“五四”以后，马列主义在中国广泛传播，中国共产党领导的人民革命运动蓬勃发展，白话文就成为宣传马列主义不可缺少的工具。促进白话文进一步接近口语，使它更加精密、丰富、发达起来，是革命斗争发展的迫切需要。革命的文化工作者讨论这个问题，并为实现这一目标而努力，是义不容辞的。但是，国民党反动派为了维护地主资产阶级利益，推行文化专制主义，对大众语文问题的讨论，极端地仇视和恐惧，加以恶毒的攻击和疯狂的反对。他们叫嚷提倡大众语文，“本意在于造反”，妄图以政治恫吓阻挠左翼文化运动，破坏大众语文问题的讨论。

国民党反动派及其御用文人除了对大众语文运动进行政治恫吓之外，又散布一种谬论，说什么民众的文化水平低，无须提倡大众语和大众语文学，只要用《平民千字课》之类的东西，教他们识几个字就行了。这种论调，表面上是从大众的实际水平出发，骨子里却是害怕群众掌握文化，害怕群众觉悟，以动摇他们的反动统治。为了打破剥削阶级对文化的垄断，使亿万群众掌握文化，以成为文化战线上的革命生力军，鲁迅大声疾呼：“必须提倡大众语，大众文”，“将文字交给一切人”。① 这是革命文化工作者的奋斗目标和光荣任务。

大众语文运动是白话文运动的继续和发展，它们的目的和方向本来是一致

① 《门外文谈》，以下凡引用鲁迅的话，而又未注明出处的，均见《门外文谈》。

的。大众语文运动的根本任务，就是要推动现代汉语的书面语——白话文进一步向前发展，使它进一步接近口语，使它更加精密，丰富起来。但是，在论战过程中，有些人却因白话文存在着一些缺点，就错误地认为白话是官僚买办的语言，因而把大众语和白话文对立起来，挑动大众语运动和白话文运动自相攻击。他们认为，讨论文言文和大众语是一个战局，讨论白话文和大众语又是一个战局；提倡大众语，须得向死了的文言文作战，同时也得向“洋八股”的白话文进攻。这种观点，表面上似乎很“革命”，实际上正如鲁迅所指出的：这伙人“也还是文言文的好朋友”。他们的阴险目的，就是“要大众语未成，白话先倒”。如果不识破他们的诡计，“我们自己就会缴了自己的械”。[①] 反革命两面派张春桥，在鲁迅《门外文谈》发表之后，抛出《印象帖》一文，在这个问题上大放厥词。他表面上伪装赞成“新兴的言语”（指大众语），但又说什么：“自以为学者、教授之流眼看自己的白话就要被人遗弃，换上新兴的言语……能不来反对一下”。一方面把白话看作是“自以为学者、教授之流”（实际上应是官僚买办阶级）的言语，并把这种将要被“遗弃”的白话和“新兴的言语”（大众语）对立起来。张春桥的这种谬论，一方面说明他当时完全同鲁迅所揭露和批判的那伙人一鼻孔出气，另一方面也说明喊着极“左”的口号来达到极右的反革命目的，这正是他的惯用手法。

我们的现代汉语已在北方话基础上形成了共同语——普通话。作为现代汉语文学语言的白话文，也是以北方话为基础的。毫无疑问，大众语也就是以北方话为基础的汉民族共同语——普通话。但是，在论战过程中，有的人却藉普通话还不够普及和规范来否定这种共同语——普通话的存在。他们认为：现在中国“从来就没有听到这种到处流行的‘普通话’……至于说到采取有普遍性的‘现代中国普通话’作为建设大众语文学的基准，这更是一种空洞的理论”。[②] 胡适也叫嚷：“大众语在哪儿?”[③] 攻击大众语，故意制造混乱。张春桥在《关于语言》中一方面攻击说普通话是“走到另一极端”，另一方面又说“各处的语言，都是美的，也都是有缺点的”，否认北方话在汉语各方言中的主导地位，否认北方话是汉民族共同语的基础。鲁迅根据他对汉语历史发展的深刻了解，明确指出：“中国究竟还是讲北方话——不是北京话——的人们多，将来如果真有一种到处通行的大众语，那主力也恐怕还是北方话罢。”

① 引自《且介亭杂文·答曹聚仁先生信》。

② 陈弈：《什么是“现代中国普通话”?》，见任重编《文言·白话·大众语论战集》。

③ 《大公报》“文艺副刊”第100号。

上述问题的思想混乱澄清之后，围绕着如何建设大众语文问题，又展开了尖锐的论争，吴稚晖为了达到扼杀大众语的目的，在他的《大众语万岁》一文中，一方面恶意挑动白话文和大众语的对立，另一方面又别有用心地叫嚷大众语“让大众自己来创造，不要代办”。鲁迅一针见血地指出：“他在用漂亮话把持文字，保护自己的尊荣。”戳穿了吴稚晖敌视人民大众的本质和“漂亮话”背后所包藏的祸心。

建设大众语文，涉及的具体问题很多，而关键就是改革汉字，实现文字拼音化。鲁迅认为当时提倡大众语文的人，还没有抓住这个根本问题。鲁迅在这个问题上的主张是明确的，旗帜是鲜明的。他不愧为文字改革运动的先驱。汉字不改革，就难以普及革命文化，难以造就无产阶级的文化大军；而且在使用方块字的情况下，也难以真正实现言文一致。文字的拼音化，既是普及和发展革命文化的重要条件，又是实现真正言文一致的重要因素。因此，鲁迅坚决主张文字“必须拉丁化”，认为只有文字的拉丁化，才是抓住了解决问题的紧要关键。

但是，国民党反动派的文化特务李焰生，却丧心病狂地说什么宁可中国有百分之八十的文盲，也得保存汉字，“废汉字、拉丁化的问题，这简直要将中国文化取消”。① 针对这种论调，鲁迅严厉痛斥“这十分之二的特别国民”根本没有资格代表中国大众和中国文化。② 同时又尖锐指出，李焰生之流的目的，不外是“为了自己的太平”，就宁可使千百万大众成为文盲和聋子。在这个问题上的论争，已不单纯是文字形式改革的问题，实质上是涉及中国究竟需要什么样的文化这样一个政治性的根本问题。

大众语文的发展不能脱离群众的口语，要不断地从活的口语中吸收新鲜血液，同时也要吸收外国语言中的有用成分，使它更加精密和丰富。但是在这个问题上，有些人却认为新语法、新名词都为大众所不懂，所以要不得，主张说话作文，越俗，就越好。如莲岳 1934 年 7 月 4 日发表在《大晚报·火炬》上的《谈谈大众语的大众》一文，就持这种论调。有的人甚至攻击说：“那些冷嘲热骂青年作家把‘丢那妈’‘妈妈的’写进文学作品内的作家们，与汪懋祖之提倡古文，在反大众语这点上是并无不同之处的。”③ 公然为流氓无产者的骂人话张目。这是歪曲和丑化大众语。鲁迅把这帮人斥为“新国粹”和“新帮闲”，指出这些人是妄图从另一方向来扼杀大众语。鲁迅从历史发展的辩证观点看问题，一方面

① 《由大众语文文学到国民语文文学》，见 1934 年《社会月报》第 1 卷第 3 期。

② 引自《且介亭杂文·中国语文的新生》。

③ 《申报·读书问答》（1934 年 6 月 28 日）《再谈大众语文学》。

指出“现在的许多白话文却连‘明白如话’也没有做到”，主张“从活人的嘴上，采取有生命的词汇，搬到纸上来”。[①] 这就是要书面语接近口语。另一方面，鲁迅又从文化发展的前途着眼，批判了陆衣言、尢墨君等人在这个问题上的错误观点，认为吸收外国的新词语、新语法，对建设大众语文，不但必要，而且完全可能。他坚信：大众“并不如读书人所推想的那么愚蠢”，他们摄取新知识，“那消化的力量，也许还赛过成见更多的读书人”，鲁迅在肯定大众语文的发展需要吸收外国语言中的有用成分之后，还在有关论述翻译问题的文章中，对吸收外国语言成分提出了许多重要原则。鲁迅在这个问题上的见解，正确地解决了大众语文发展中的普及和提高的关系问题。

在大众语文与方言的关系问题上，当时一些否认汉语已经在形成一种共同语的人，主张用土话写文章，提倡发展土话文学。有的人（如高荒）不但提倡方言土语，而且还认为“所谓大众语，注定不是一元化‘国语’式的东西，而是各各以当地的大众为对象的多元的发展”。[②] 这些看法是错误的。因为共同语在形成中，提倡发展方言土语，甚至提倡土话文学，是不利于共同语发展的。共同语的形成要以某种方言为基础，它固然也吸收其他方言中的有用成分，但不能是多元的发展。

鲁迅当时也曾提出：“在开首的启蒙时期，各地方各写它的土话。”但鲁迅提出这个问题，有他的前提和原则。他首先是肯定普通话的存在，只是在普通话还不够普及的情况下，“启蒙时候用方言”，但同时又强调“要渐渐的加入普通话的语法和词汇去”，其最终目的，还是要达到全国语文的大众化。

这场大众语文问题论战，虽然由于种种原因，未能收到显著的成效，但对论战中提出的两个根本问题——语文大众化和文字改革问题，也起了一定的促进作用。过了六年，于1940年，伟大领袖毛主席发表了光辉著作《新民主主义论》，指出：“文字必须在一定条件下加以改革，言语必须接近民众。”这实际上是肯定了六年前论战中提出的两个重要论点，肯定了鲁迅在论战中的正确意见和正确方向。张春桥在《关于语言》中胡诌“在大众语论战中，用新的方法研究语言的就没有”，妄图否定鲁迅在论战中的功绩，这只能说明他和鲁迅的敌人沆瀣一气。

---

① 引自《且介亭杂文·人生识字糊涂始》。

② 高荒：《由反对文言文到建设大众语》，见文逸编《语文论战的现阶段》。

三

四十年前展开的关于大众语文问题论战，由于抗日战争的爆发而搁置下来，没有得到很好的解决，实际上，在国民党反动统治之下也是不可能得到解决的。鲁迅对这次讨论并未寄予很大的希望。他认为不少文章是“高论”，“能说而不能行，一下子就消灭，而问题却依然如故”。[①] 因此他写了《门外文谈》，对这场论争从两种历史观的高度进行了总结。

《门外文谈》深刻批判了文化起源史和发展史中的历史唯心主义偏见，从理论上摧毁了国民党反动派的文化“围剿”。鲁迅从大众语文出发，用历史唯物主义观点，以丰富的材料，批判了剥削阶级的唯心史观，歌颂了人民群众是人类文化和一切精神财富的创造者。鲁迅高举无产阶级的革命旗帜，有力地抨击了剥削阶级的愚民政策，深刻地批判了反动统治阶级的文化专制主义，响亮地发出了把文字和文化交给人民大众的革命呼声。因此，《门外文谈》不仅是语文运动的光辉文献，而且是讨伐剥削阶级文化专制主义和愚民政策的战斗檄文，也是我们批判“四人帮”在文化问题上各种反动观点的有力武器。

① 引自《且介亭杂文·答曹聚仁先生信》。

茅盾运用文学语言解读鲁迅作品

郑 楚[①] 庄钟庆

对于鲁迅作品的分析，常见的有文学社会学和文学心理学的方法，用文学语言或文学语言学的方法研究的很少见，茅盾在这方面作出成绩，值得介绍。

文学语言研究方法要求引进语言学方法对文学作品的语言进行分析，换句话说，要把语言学与文学结合起来对文学作品语言作分析。

茅盾在《新的现实和新的任务》中说："文学作品的语言应当是形象化的，富有表现力的，准确的和精练的"。[②] 这就指出文学语言是具有形象性的特点。他又在《关于"歇后语"》[③] 中说道，文学语言是民众语言经过作家加工而构成的。"所谓加工，就是选择民众语言中的词汇，成语，谚语，俗语等等，以及语法和修辞方法等等，不但要运用得确当"，"而且要创造性地使用"，即把"民众语言加工提炼"。这就是说文学语言是经过口语加工而成的。他又在《漫谈文学的民族形式》中说："文学语言不能是原封不动的口语，但也不能脱离口语的基本要素——词汇、词法和修辞法"。[④] 文学语言的要求除了语言的基本要素，如语音、词汇、语法，修辞外，还包括章法等方面。

茅盾运用语言学方法研究分析鲁迅作品文学语言由来已久。早在 1923 年发表的《读<呐喊>》[⑤] 一文便露出端倪，1927 年面世的《鲁迅论》[⑥] 及 20 世纪 30 年代出现的一些研究鲁迅的文章，还有 40 年代末的《论鲁迅的小说》[⑦] 等对鲁迅的文学语言的分析进一步增强，值得注意的是建国后他对鲁迅文学语言的成就及其贡献所作的分析更为突出，如《漫谈文学的民族形式》[⑧]《联系实际，学

---

① 郑楚：厦门大学中文系教授。
② 茅盾：《茅盾全集》第 24 卷，北京：人民文学出版社，1996 年。
③ 茅盾：《茅盾全集》第 24 卷，北京：人民文学出版社，1996 年。
④ 茅盾：《茅盾全集》第 25 卷，北京：人民文学出版社，1996 年。
⑤ 茅盾：《茅盾全集》第 18 卷，北京：人民文学出版社，1996 年。
⑥ 茅盾：《茅盾全集》第 19 卷，北京：人民文学出版社，1996 年。
⑦ 茅盾：《茅盾全集》第 23 卷，北京：人民文学出版社，1996 年。
⑧ 茅盾：《茅盾全集》第 25 卷，北京：人民文学出版社，1996 年。

习鲁迅》[1] 等文，可谓是有关鲁迅文学语言分析的至理名文。

茅盾运用文学语言的方法解读鲁迅的作品有着自己的特色。他认为文学语言方面的构成要求具有普通语言的基本要素，且要加以创造地使用的。因之，他在评论鲁迅的文学语言特点时，总是结合语言特点进行的。他在《<呐喊>》一文中指出：《狂人日记》“这奇文中冷隽的句子，挺峭的文调”是构成作品“异样的风格”的重要方面。这是从句子、文调来论述作品的艺术成就的；茅盾还认为鲁迅经常在作品中善用句子形式形象地表现自己的思想境界。他在《一口咬住……》[2] 中说，如鲁迅提倡“一口咬住了就不放”的精神，“决不能怜悯恶人”，坚持“打落水狗”等等。他又说“我们常常能在鲁迅作品中找到幽默的词句”，但他“又别于一般的幽默家”。这就是说鲁迅幽默的句子中含有讽刺的意味。茅盾又称赞鲁迅善于应用修辞手法，使之表现的对象形象化。他在《鲁迅论》中谈到鲁迅提倡“韧性”的战斗精神，便用了“很有趣的比喻”，即学校开运动会时，参加竞走者有着“不耻最后”的韧性精神。

从文学语言方面来考察作家作品风格，也是茅盾评论文学作品的重要方面。他在《关于“歇后语”》中说：“民族的语言必须经过加工才能成为文学语言，所以伟大作家们的文学语言是有‘个性’的，这个性就构成了他们的各自独特的风格”。他在《怎样评介<青春之歌>》中指出：语言的个人风格跟作家的词汇、句法的运用密不可分的。他又说，“文学语言缺乏个性，也就是说，作者还没有形成”“个人的风格”。[3]

茅盾从文学语言的角度探讨鲁迅的文学风格获得好评。他在《联系实际，学习鲁迅》一文中指出：“鲁迅的文学语言同我国古典文学（文言的和白话的）作品有其一脉相通之处，然而又是完全新的文学语言。在这些新的因素中，（例如句法和章法）依稀可见外来的影响，然而又确是中国气派，确是民族形式——当然，这在我国民族形式的历史上展开新的一页”。据此，鲁迅的作品，一望看去，便有他个人的风格迎面扑来，可用这样一句话作概括说明，即“洗炼，峭拔而又幽默”。茅盾对鲁迅文学语言特点作这样的概括曾被广为采用，如一些现代文学史著作对鲁迅的文学语言风格就是这样评论的。

茅盾认为鲁迅的作品语言“依稀可见外来的影响”，但毕竟是民族形式的。这个见解相当深刻。他没有作具体的分析，我们可从一些有关分析文章得到启

① 茅盾：《茅盾全集》第26卷，北京：人民文学出版社，1996年。

② 茅盾：《茅盾全集》第21卷，北京：人民文学出版社，1996年。

③ 茅盾：《茅盾全集》第25卷，北京：人民文学出版社，1996年。

发。朱彤在《论鲁迅小说独创性的贡献》① 一文中指出：鲁迅小说在文学语言上"结合我国语言的特点"，"创造多种多样的欧化句法与词法"。如欧化对话的格式、欧化的长句、短语、独立句等。鲁迅认为，必要的欧化的文学语言，为了要"说得精密，固有的白话不够用，便只得采用些外国的句法"。② 这就"要支持欧化式的文章，但要区别这种文章，是故意胡闹，还是为了立论的精密，不得不如此"。③

鲁迅在学习古代的文学语言方面有着自己的特点。茅盾指出："鲁迅的作品尽量注意利用古人语言中还有生气的东西的"。④ 王瑶曾指出："郭沫若有《庄子与鲁迅》一文，许寿裳有《屈原与鲁迅》一文，都证明庄子、屈原对于鲁迅产生过很深的影响，所举的词汇及语法等的例子也很多"。⑤ 由此可以看出鲁迅在运用古代语言中仍有活力的词汇及语法的做法受到好评。

茅盾在《新的现实和新的任务》中曾经称赞"许多古典作品在使用文学语言上是异常经济的"，"往往用一二千字的篇幅，写出非常生动的场面"，又说，"中国的旧诗，常用几十个字写出全部的意境，尤其具有不可比拟的精练。"因之，他在《鲁迅谈写作》⑥ 一文中赞扬鲁迅恪守的"善于炼字、炼句、篇章结构之类的原则"。他在《鲁迅——从革命民主主义到共产主义》中对鲁迅在 1932 年后所作的杂文特点作了这样的评价，他说："这些'杂文'，每篇大抵不过数百字，然而析理精微，劓刺入首；嘻笑唾骂，既一鞭一血痕，亦且余音悠然，耐人寻味"。⑦ 这就是说，他以极其简约而又形象的笔墨对当时各种社会问题作深入的分析。

文学语言大体说来有几种类型，例如叙述、抒情、对话等，鲁迅对这几种文学语言的表述能力都是很强的。茅盾认为鲁迅用简洁有力的叙述就能表现人物性格和精神。他在《鲁迅论》中谈到鲁迅的《幸福的家庭》的主人公只是麻木地负荷那"恋爱的重担"；他有他的感慨。他列举"一段精采的描写"，然后指出："这一段是全篇中最明耀的一点"，"鲁迅只用了极简单的几笔，便很强烈的画出

---

① 《鲁迅研究》第 4 辑，北京：中国社会科学出版社，1986 年。

② 鲁迅：《花边文学？玩笑只当它玩笑》，《鲁迅全集》第 5 卷，北京：人民文学出版社，2005 年。

③ 鲁迅：《1934 年 7 月 29 日给曹聚仁的信》，《鲁迅全集》第 13 卷，北京：人民文学出版社，2005 年。

④ 茅盾：《茅盾全集》第 24 卷，北京：人民文学出版社，1996 年。

⑤ 王瑶：《鲁迅对于中国文学遗产的态度和他所受中国古典文学的影响》，《王瑶全集》第 3 卷，石家庄：河北教育出版社，1991 年。

⑥ 茅盾：《茅盾全集》第 24 卷，北京：人民文学出版社，1996 年。

⑦ 茅盾：《茅盾全集》第 24 卷，北京：人民文学出版社，1996 年。

一个永久的悲哀。我以为在这里，作者奏了‘艺术上的凯旋’”。他还对《伤逝》《在酒楼上》《孤独者》的主人公的性格和命运作了生动的描述，从而揭示其不同的风格。茅盾又对鲁迅作品中的对话给予很高的评介。他在《论鲁迅的小说》一文中这样称赞道：“如果把《药》和《离婚》比较研究”，两者“对话的如同其声，我觉得《离婚》更胜于《药》。”

茅盾经常联系文坛实际，希望文艺工作者继承鲁迅传统，学好文学语言，他在《新的现实和新的任务》中指出，“现在我们的大多数作品中连鲁迅所已利用过的，也没有继承，更不用说自己去发掘了”。他又在《联系实际，学习鲁迅》一文中要求文艺工作者学习“鲁迅作品的民族形式与个人风格”，实际上是侧重学习鲁迅作品文学语言的成就！

茅盾既善于从鲁迅那里获得精神食粮，又能认真研究鲁迅，在推进学习鲁迅，研讨鲁迅方面起着巨大的作用。他反对歪曲鲁迅，要求能够正确地阐述鲁迅精神，并且能联系实际，学好鲁迅；他还对鲁迅的小说、杂文在思想与艺术方面提出独到的看法，如《阿 Q 正传》只发表四章时，他便指出阿 Q 的典型意义。他经常以鲁迅的小说为例，探讨小说创作的规律性。他还对鲁迅的杂文价值发表独特见解等等，其中不少已见，已广为研究者所引用。

茅盾对鲁迅在文学语言方面的价值的发掘正在逐步为文学界、语言学界所关注，相信随着时间的推移，茅盾对鲁迅在文学语言方面的成就、价值的肯定会被更多的人所理解！

茅盾文学语言论的特色

庄钟庆[1]

中国现当代语言学家和文学家有关文学语言论述的丰富资源，为开展文学语言研究提供有力的支持，在这方面茅盾作为文学家的贡献是突出的。

一

茅盾对于文学语言特征的看法，多次明确指出，“文学作品的语言应当是形象化的”。他又在《一九六〇年短篇小说漫评》一文中对于优秀作品的文学语言特色作出这样的概括，即能“保持准确性、鲜明性和生动性。”

茅盾关于文学语言特征的看法概括起来说有几点：第一，所谓形象化，就是他在《关于“报告文学”》中所说的，借文字“活生生地描写”“具体的生活图画”；第二，能以准确与精练的语言表现各种背景，人物情绪；第三，他在《怎样阅读文艺作品》中说：“创造出含义深刻而又新颖的字句来。”第四，讲究文学语言的音乐性。如在《工人诗歌百首读后感》中对工人诗歌节奏明快，给予了充分肯定；在《谈最近的短篇小说》中对小说语言的节奏感，增加了通篇的波澜，表示赞扬；在《关于历史和历史剧》中称赞《胆剑篇》“文学语言十分出色的，它是散文，然而声调铿锵”。

茅盾认为文学语言必须具有形象性和生动性的共同特点。不过，他还认为不少文学作品的语言有其特殊性，在《六〇年少年儿童文学漫谈》一文中指出，少年儿童的文学语言同一般的文学作品语言有不同特点，如“语法（造句）要单纯而不呆板，语汇要丰富多彩而又不堆砌，句调要铿锵悦耳而又不故意追求节奏”。他在《关于历史和历史剧》中指出历史剧的语言特点问题，他说：“历史上各个时代都有许多生活上、政治上、经济上、军事上的新辞汇，一个历史剧如果用了当时所没有的语汇，就犯了时代错误。”他还说，在历史剧中要“用合适的语言创造历史气氛”。

---

① 庄钟庆：厦门大学中文系教授。

二

茅盾还指出文学语言主要是来自加工了的人民语言，因此必须处理文学语言与人民语言之间的关系。茅盾在《怎样阅读文艺作品》中说，作者必须善于从人民口头的“活的语言中提炼其精髓，经过加工，使其成为‘文学的语言’”。他在《漫谈文学的民族形式》中认为“文学语言不能是原封不动的口语，但也不能脱离口语的基本要素——词汇、词法和修辞法”。如果违反了口语的基本规律：“我们有一句客气的批语，曰‘雕琢’。”这就是说，文学语言应当遵循语言规律，在人民的语言基础上加工而成的。

因之，茅盾在《新的现实和新的任务》一文中主张必须正确对待人民的语言，首先，应当认真“学习人民的语言”，“从人民语言中吸收营养”。这样，采用方言是必要的，如人物的对话。他还在《再谈“方言文学”》一文赞扬解放区的文学“尽量采用当地人民的口语（方言）”，有助于“表现新的人和新的生活”。不过，他反对滥用方言和歇后语。

茅盾在《关于“歇后语”》一文中认为文学语言对人民的语言进行加工，“所谓加工，就是选择民众语言中的词汇、成语、谚语、俗语，等等；以及语法和修辞方法，等等；不但要运用确当”，“而且要创造性使用”。这就是说，人民语言需要运用，需要改造，才能构成文学语言。

文学语言的资源，不但来自人民语言，而且要从外国语言中吸收有用的成分。早在“五四”时期，茅盾就主张白话文要采用欧化的文法，以“改良中国几千年来习惯上沿用的文法”。中华人民共和国成立后他对于语言欧化的问题作了精辟的分析，他在《为发展文学翻译事业和提高翻译质量而奋斗》一文中说“‘五四’以来优秀的译本中的适当的欧化句法对我国语体文法的严密化，是起了一定的作用的”，“但也有流弊。这就是有些青年盲目模仿，以至写出来的东西简直不像中国话”，因之他提出“从外国作品中去吸收新的语汇和表现方法，必须是在本国语言的基本语汇和基本语法的基础上去吸收而加以融化”。他在《彭家煌的〈喜讯〉》一文中称赞彭家煌的小说的长句子文风，说，“读了彭先生那些长句子却觉得醰醇有味；这些句子并不怎样欧化，然而构造也不简单，读去别有一种风味”。这个例子说明茅盾赞扬作家在改造欧化句法方面所取得的成就。

在对待欧化语言问题，茅盾与鲁迅的看法大致相同，鲁迅在《致曹聚仁》信中说，要“支持欧化式的文章，但要区别这种文章，是故意胡闹，还是为了立论的精密，不得不如此”。他又在《玩笑的只当它玩笑》（上）中说：“要说的精密，固有的白话不够用，便只得采用些外国的句法。”当然，主张全盘采用欧化语言是不对的，不过，拒绝吸收任何欧化语言也是不对的！

正确对待古代语言也是现代文学语言构成的重要方面。早在20世纪30年代，茅盾在《文学青年如何修养》一文中就指出，“我们并不主张白话文中必须排除一切从文言文中来的字眼，我们对于那些已经成为口头上活用的文言文字眼是主张容纳的”。中华人民共和国成立后，他要求文艺工作者“学习古人语言中有生命的东西”，他说：“鲁迅的作品是尽量注意利用了古人的语言中还有生气的东西的”，这是值得学习的！

三

文学语言应当研究文学语言风格、体式以及不同体裁的语言特点。研究文学风格可以多种多样的，茅盾在《一九六〇年短篇小说漫评》认为可以从全篇韵味着眼，也可以从布局、谋篇、炼字、炼句着眼。后者涉及文学语言方面，他说，从人民语言加工成为文学语言，可以看出“伟大作家的文学语言是有个性的；这个性就构成了他们的各自独特的风格”（《关于“歇后语”》）。他以鲁迅作品为例，认为鲁迅文学语言形成个人的风格，这种风格便是“洗炼、峭拔而又幽默”（《联系实际，学习鲁迅》）。他又说，赵树理的个人风格是“凭他的独特的文学语言，独特何在？在于明朗隽永而时有幽默”。在《怎样评价〈青春之歌〉》一文中评价《青春之歌》个人风格时，也是从文学语言着眼，指出作品“词汇不够多，句法也缺少变化”，尽管能够“表现不同场合中的不同气氛”，然而在“某些紧张场面缺乏应有的热烈和鲜艳，某些抒情的场合调子不够柔和”“人物对话缺乏个性”。因之“全书文学语言缺乏个性，也就是说，作者还没有形成他个人的风格”。

语言体式的研究，也是探讨文学语言的重要方面。朱自清在《论白话》一文中认为“五四”以来白话文的文学语言有着多种形态。例如“国语体”“欧化体”“创造体”。

茅盾历来主张“五四”以来的新文学的语言是以北方语为基础加工而成的，通常称为白话的文学语言。“国语文学”这名词，现在还不能成立（再谈“文言文学”），因之，国语体文学语言也就难以成立。他认为“若使书中人物，都说北方话，当然亦是一个办法”（《关于〈新水浒〉》）。这也是一种白话体式的形态。还有，他对解放区文学语言体式作了充分肯定（《再谈“方言文学”》）。总之，茅盾指出采用当地人民语言的白话文学的语言体式随着现实生活的发展也在不断变化中。

作品体裁不同，语言特点也不一样，这也是文学语言研究的方面。大体说来，体裁有抒情、叙事两大类，不过两者有交叉。

在叙事类作品中，文学语言有两种，一种是作品中的人物语言，对话、对白，一种是作者语言，如叙述故事、描写环境、抒情及议论的语言。有些作品两种语言是统一的，许多作品是不一致的。如茅盾在《关于曹雪芹》一文中所说的，《红楼梦》的文学语言除了对话为口语，“一般叙述故事、描写环境的文字大都用接近口语的通俗文言，有时夹着骈俪的句子。这也是宋、明以来民间文艺的传统”。茅盾并不满足于探讨《红楼梦》文学语言的一般性，而是努力揭示其独特性。他说：“《红楼梦》的特点是叙述文字既简洁而又典雅，干脆而又含蕴，人物对白或口角噙香，或气挟风霜，因人而异，因时而异，几乎隔屏可辨其为何人口吻。”从茅盾对《红楼梦》文学语言的分析中可以看出，对于叙事性作品文学语言的探讨，既要看到一般性，又要研究其独特性。

茅盾还在《关于历史和历史剧》中指出，戏曲的文学语言与小说或话剧的文学语言有所不同：历史剧（戏曲的和话剧的）文学语言，比一般戏曲或话剧的文学语言又多一层限制，这些都必须加以解决的。他还对不同诗歌的文学语言特点进行探讨，在《漫谈文学的民族形式》中认为诗的文学语言“更富于形象性，更富于节奏美”。

四

茅盾对于文学语言的看法同许多文学批评家一样，都是把文学语言作为文学作品艺术特色的一部分来探讨，不过，他又有自己的特点，这便是：

1. 结合语言学学科的特点进行分析，这就是说对文学语言的研究，没有离开语言规律，即从语言、语法、修辞等方面探讨文学语言的特点，这在过去的作家很少见到。这种把文学与语言学交融的分析方法，为文学语言学科形成提供了有利的条件。

2. 结合文学作品的实际，对文学语言进行理论上的系统探讨。例如，有关文学语言的特征、形成、体式、风格及中国古代文学与外国文学语言的关系等的探讨都是从评论作品中引发出来的。

3. 结合我国现代文学语言流程，研究文学语言发展的规律。“五四”时期，新文学界曾就“语体文欧化”问题，展开讨论。茅盾既反对语体文全盘欧化，也反对排斥语体文的任何欧化做法，而是主张吸收欧化文法，以丰富现代白话；

左联时期，因提倡大众文艺而引起语言问题及对“五四”以来文学作品的语言即白话文的估计问题的争议。茅盾反对否定“五四”文学语言，主张文艺“大众化主要是指作家们要努力使用大众的语言，创作人民看得懂，听得懂，能够接受的，喜闻乐见的文艺作品”（茅盾：《文艺大众化的讨论及其他》）。抗战时期，文艺大众化、“民族形式”，解放战争期间方言文学等方面问题的讨论都涉及文学语言，茅盾在这几场论争中都发表许多好的意见，推动了文学语言讨论。建国后关于文学翻译语言及汉语规范化与文学语言问题的讨论方面，他都发表了精辟的见解，对于推进文学语言的讨论助益甚多。

总之，茅盾对于文学语言研究的看法，从“五四”以来，一直坚持结合语言规律来探讨文学语言，认为文学语言的形成、特点，都离不开语言的基本因素，即要结合语音、语法、修辞等方面探讨文学语言的特色。

五

茅盾有关文学语言理论主张，历来很少引起研究界的注意，近几年来，由于文学语言学的兴起，不少学者从文学理论家及语言学家的著作中寻找理论资源，其中从茅盾那里汲取养分便是突出的例子。在这方面，厦门大学一批学者做了很多有益的工作。该校语言学与现代文学的学者通力合作，发掘茅盾文学语言理论遗产，取得了显著的成果。李国正教授主持撰写的《东南亚华文文学语言研究》一书，借助茅盾有关理论资源，构建自己的文学语言理论框架；郑楚教授探讨茅盾如何以文学语言视角解读鲁迅作品；陈天助撰写的专著《茅盾与新文学精神》阐释茅盾的文学语言理论与新文学的关系；苏永延博士等也在研究茅盾的文学语言。

学术界对于茅盾文学语言理论研究有待加强，不过对于他的文学创作语言特色的探讨，还是重视的，几本有关茅盾研究的著作都有涉及茅盾的文学语言的成就。单篇论文，如庄森的《茅盾小说的语言艺术浅谈》，刘镜芙的《茅盾〈子夜〉的语言特色》等都引人注目，还有许多论文涉及茅盾的文学语言问题。然而，从总体上说研究茅盾文学语言的空间还是很大的，例如：如何深入探讨茅盾文学语言理论，如何运用茅盾的文学语言理论研究他的作品等问题。

希望通过对茅盾文学语言理论与实践的研究与探讨，将有助于文学语言，特别是中国化的文学语言学科的形成与发展。

文学语言的语音特色与文学风格
——以鲁迅、茅盾、赵树理的农村题材小说为例

李国正

历来探讨文学风格，总是把它同文学表现技巧相联系，很少涉及文学语言。至于文学语言的语音特色与文学风格有何关系，至今是一片荒漠，无人问津。中国传统的韵文，如诗、词、曲、赋等，是很重视语言锤炼的，对语音特别讲究，因为它是构成作家的语言个性，进而形成文学风格的重要因素。值得引起重视的是，除了韵文之外，散文、小说等非韵文作品同样具备各自的语音特色。对文学文本语音特色的分析，可以窥见作家的文学风格。尤其是独具一格的文学大家，他们的文学风格首先就从文学语言的语音底层反映出来。以鲁迅、茅盾、赵树理的不同时代的农村题材小说为例，从语音分析入手，可以发现文学语言的语音特色与文学风格的关系。

从理论上说，文学大家所创作的任何文学文本，都可以从不同程度上反映作家文本的语音特色与文学风格的内在联系；但对具体文本而言，并非在任何语段上的语音组合都能鲜明地体现作家的文学风格，因为语音特色只是构成文学风格的一个因素，仅凭某一方面的特征就对作家的文学风格下断语是危险的。这只是问题的一个方面，另一方面，作家代表性文本的某些语段比较突出地表现了作家的个人风格，这也是无可争辩的事实。因此，下文所分析的文本，都是作家代表作中具有一定代表性的语段，这样便于发现不同作家的相同题材文本在语音上的不同个性特征。代表性语段有两类：一类是人物刻画，另一类是环境描写。

一、人物刻画的语音特色体现文学风格

先看鲁迅的《祝福》所描绘的祥林嫂穷途末路的画像：

> 五年前的花白的头发，即今已经全白，全不像四十上下的人；脸上瘦削不堪，黄中带黑，而且消尽了先前悲哀的神色，仿佛是木刻似的；只有那眼珠间或一轮，还可以表示她是一个活物。她一手提着竹篮，内

中一个破碗，空的；一手拄着一支比她更长的竹竿，下端开了裂：她分明已经纯乎是一个乞丐了。[①]

以上15组文字的平仄和音步（下加横线表示若干音节为一个音步）依次分析如下：

（1）仄平平轻　平平轻　平仄

（2）平平　仄平　平平

（3）平仄仄　仄平　仄仄轻　平

（4）仄仄　仄平　仄平

（5）平平　仄平

（6）平仄　平仄轻　平平　平平轻　平仄

（7）仄仄仄　仄仄仄轻

（8）仄仄仄　仄平　仄平　平平

（9）平仄仄　仄仄　平仄　平仄　平仄

（10）平平仄　平轻　平平

（11）仄平　平仄　仄仄

（12）平轻

（13）平仄　仄轻　平平　仄平　仄平轻　平平

（14）仄平　平轻仄

（15）平　平平　仄平　平平　仄平仄　仄仄轻

在以上53个音步中，单音节音步3个，双音节音步36个，三音节音步12个，四音节音步2个，由单音节和双音节构成的音步占总音步数的73.6%，而且，除4个10字以上的长句外，其余都是10字以下的短句，整段文字的基调以慢节奏为主。由于节奏缓，音步包含的音节少，易上口，易记忆，文字对应的语词所形成的意象也就容易给读者留下较深的印记，这就为表现特定的文学风格提供了音律基础。从音节的平仄搭配看，“五年前的花白的头发，即今已经全白，全不像四十上下的人”这段话的语音的对比很明显，前面15字语调和缓，因为平声字多，仄声字少，声音高低的变化小；后面9个字就不同了，3个平声字间插在5个仄声字里，声音的高低和着节奏的长短变化，表现出明显的顿挫的语音效果。加之3个平声字全是上扬的阳平调，5个仄声字全是下滑的去声调，声调

① 鲁迅：《祝福》，《鲁迅全集》第2卷，北京：人民文学出版社，1981年，第6页。

高低落差极为悬殊，顿挫的语音效果就更加强烈。“脸上瘦削不堪，黄中带黑，而且消尽了先前悲哀的神色，仿佛是木刻似的”这段话的前6字语调低沉，因仄声字是平声字的2倍。中间16字语调平缓，因平声字占绝对优势。后7字沉郁紧凑，一方面由于全是仄声字，另一方面因为两个音步都是多音节音步。“只有那眼珠间或一轮，还可以表示她是一个活物”这句话的前9个字语调由低沉变顿挫再趋于高亢，因为开头是一个全由仄声字构成的三音节音步，中间是两个平仄相间的双音节音步，最后是由两个平声字构成的音步。这句话的后11字语调低沉而顿挫，这是因为除了一个由两个仄声字构成的音步而外，其他音步都是平仄配搭，语音高低呈均衡间隔性变化。“她一手提着竹篮，内中一个破碗，空的”，前7字之中只有一个仄声字，语调平缓，中间6字平仄间插而仄声字占优势，故语音顿挫低沉。最后2字一平一轻，较舒展。“一手拄着一支比她更长的竹竿，下端开了裂：她分明已经纯乎是一个乞丐了”，前13字中有两个平声音步，一个由仄声与轻声构成的音步，其余音步都是平仄对立，故语调平中有起伏。中间5字两个音步平仄对立，语音跌宕。最后13字由以平声为主的音步渐变为以仄声为主的音步，语调从高平转为凝重。上列15组文字按平仄音节的多少可分为两类：第1、2、5、6、10、12、13、15组算一类，平声音节占优势，语音高低变化幅度小；第3、4、7、8、9、11、14组是另一类，平仄混杂，仄声音节较多，语音的高低变化大。这两类不同语音群交错排列组合，构成了整个语段沉郁顿挫的语音特色。

由于整个语段以双音节音步为主，而双音节音步又以平仄对立为主，这就构成了抑扬顿挫对比鲜明的短节奏基调。而由三个仄声音节构成的音步，无疑增加了语音的沉重感，当它们与平声音步共现之际，自然形成了跌宕沉郁的音乐美。将第7组的两个多音节仄声音步与第6组的两个平声音步的语音进行对比，不难发现它们正是这一语段的语音反差最强烈的部分，第8组开头的仄声三音节音步进一步加强了沉郁感，使6、7、8组文字成为这一语段的语音进行波磔变化最大、语言个性表现最鲜明的地方。不仅如此，这一语段在沉郁顿挫之中，还给人以和谐的美感，作者在行文之际，注意到语句末字的选择，如第10组的“篮”，第11组的“碗”，第13组的“竿”谐韵。如果用吴语朗诵，第5组的“黑”与第6组的“色”也谐韵。显而易见，这一语段文字的节奏美与韵律美所造成的沉郁、顿挫、和谐的语音特色与鲁迅小说含蓄深沉的语言个性是一致的，这种语言个性是文学风格蕴借精深的根本基石，它渗透在刻画不同人物形象的语段中。试看鲁迅对闰土形象的刻画：

他身材增加了一倍；先前的紫色的圆脸，已经变作灰黄，而且加上了很深的皱纹；眼睛也像他父亲一样，周围都肿得通红，这我知道，在海边种地的人，终日吹着海风，大抵是这样的。他头上是一顶破毡帽，身上只一件极薄的棉衣，浑身瑟索着；手里提着一个纸包和一支长烟管，那手也不是我所记得的红活圆实的手，却又粗又笨而且开裂，像是松树皮了。①

《故乡》的闰土与《祝福》的祥林嫂在文学语言的语音底层就显示了作者一贯的语言个性，从而表现了蕴借精深的文学风格。为了说明这一点，试把以上语段的平仄和音步分析如下：

（1）平平平　平平轻　平仄
（2）平平轻　仄仄轻　平仄
（3）仄平　仄仄　平平
（4）平仄　平平轻　仄平轻　仄平
（5）仄平　仄仄　平仄平　平仄
（6）平平　平　仄轻　平平
（7）仄　仄平仄
（8）仄仄平　仄仄轻　平
（9）平仄　平轻　仄平
（10）仄仄仄　仄仄轻
（11）平　平平仄　平仄　仄平仄
（12）平仄　仄平仄　仄平轻　平平
（13）平平　仄仄轻
（14）仄仄　平轻　平仄　仄平　平平平　平平仄
（15）仄仄　仄仄仄　仄仄　仄仄轻　平仄　平仄轻　仄
（16）仄　仄平　仄仄　平仄　平仄
（17）仄仄　平仄平轻

这一语段共61个音步，其中单音节音步6个，双音节音步32个，三音节音步22个，四音节音步1个，由单、双音节构成的音步共38个，占总音步数的62.3%，较《祝福》的73.6%稍低，整个语段仍以短节奏为主，但由于三音节

① 鲁迅：《故乡》，《鲁迅全集》第1卷，北京：人民文学出版社，1981年，第481－482页。

音步较多，节奏较《祝福》的语段更为紧凑。《故乡》语段的平声音步15个，与《祝福》的17个接近，但仄声音步18个是《祝福》的2倍，因此，这一语段的基调显然更为凝重、沉郁。平仄错杂构成的音步28个，与《祝福》的27个相近，平仄对立造成语音高低跌宕，自然具有顿挫变化。整个语段的语句可分为三类：第一类是平仄音节相等的2、3、13组；第二类是平声音节占优势的1、4、6、9、11、12、14组；第三类是以仄声音节占优势的5、7、8、10、15、16、17组。这三类语句交错构成了顿宕的宏观语音基调。《祝福》的顿宕，建立在单音节的平仄对立之上，所以该语段内的双音节音步以"平仄"和"仄平"格式为主；而《故乡》的顿宕，不仅基于音步内部的单音节平仄对立，而且扩展到相邻音步之间的平仄对立，如第2组的"平平轻"与"仄仄轻"、第3组的"仄仄"与"平平"、第13组的"平平"与"仄仄轻"，因此，这一语段在音节和音步两个层次上都构成了高低顿挫的语音格局，比《祝福》语段更集中地表现了作家的语言个性。《故乡》语段由于仄声音步为《祝福》语段的两倍，因而具有比后者更深沉的语音效果，尤其是第15组接连用下4个仄声音步，令人窒息的凝重之感扑面而来，与第14组的"平平平"音步构成强烈反差，犹如平原上的奔马跌入万丈深渊，把眼前的现实一下子逆转到二十年前，既是深情的关爱，又是悲愤的控诉，这一切虽用极通俗的文字淡淡托出，然而文字底层的语音碰撞却迸发出了激越不平之音，语音的顿挫沉郁特色与语言个性的含蓄深沉是水乳交融的。《故乡》在行文时同《祝福》一样，寓激越于沉稳，除语段以三个平声音节构成音步开头外，还以句尾韵协调前后文，如"皱纹"之"纹"与"种地的人"之"人"谐韵，"棉衣"之"衣"与"松树皮"之"皮"谐韵。如果用吴语朗诵，"通红"之"红"与"海风"之"风"也谐韵。这就给整个语段的颉颃不平之音染上和谐沉静的色彩，融铸成了含蓄深沉的语言个性，同时也为表现蕴借精深的文学风格提供了富有个性的语音基础。由此可见，尽管刻画不同的人物形象所运用的语句不一样，但由不同语句构成的语段在节奏和韵律上所表现出的语音特色却有整体上的相似性。

茅盾的《秋收》描写老通宝的句子语音比较紧凑，以3个音节为一个音步的不少，甚至有5个音节为一个音步的：

> 那是高撑着两根颧骨，一个瘦削的鼻头，两只大廓落落的眼睛，而又满头乱发，一部灰黄的络腮胡子，喉结就像小拳头似的突出来；——

这简直七分像鬼呢！①

这一语段的平仄和音步具体情况如下：

(1) 仄仄 平平轻 仄平 平仄

(2) 平仄 仄平轻 仄轻

(3) 仄平 仄仄仄仄轻 仄平

(4) 平仄 仄平 仄仄

(5) 平仄 平平轻 仄平 平轻

(6) 平平 仄仄 仄平平仄轻 平平轻

(7) 仄 仄仄 平平 仄仄轻

以上25个音步中，平声音步6个，仄声音步8个，平仄配搭的音步11个。而这11个音步中有10个平仄相互对立，造成音步内部的起伏顿宕，这就为本语段通过对人物外貌的描写揭示老通宝的情绪变化提供了合适的语音条件。“那是高撑着两根颧骨”，其中“高撑着”这个三音节音步语音紧凑，其余全是双音节音步，句首连用两个仄声音节，语调低沉，随即高升为三音节的平调，然后低昂回环，一开始就表现出多变的语音特色。“一个瘦削的鼻头”，由音节平仄相同的三个音步造成或缓或紧的高低变化，透露了在外貌形象描写的文句之中对人物不安心绪的暗示。“两只大廓落落的眼睛”在语句中段连用四个仄声音节，厚重深沉，与“小拳头似的”前后呼应，编织成细密紧凑的音群，表现了既深沉又细腻的语音特色。“而又满头乱发”节奏均衡，在平仄对比的基调上句末加以两个仄声音节构成的音步，语音效果抑扬沉稳。“喉结就像小拳头似的突出来”与“这简直七分像鬼呢”都以音步层次的平仄对比为基调先缓后紧，前者以平声音节为主间以仄声，语音铿锵摇曳；后者以仄声音节为主间以平声，语音沉重苍凉。整个语段在音步层次“平平”与“仄仄”对立的基础上，更偏重于依靠仄声的重现加强语音的浑厚，因为仄声音节易于表现语音的沉静和力度。这个语段的音步所包含的音节数目差距悬殊，有一个音节为一个音步的，有五个音节为一个音步的，这就必然或拖长语音，使凝重感增强；或压缩音程，使一个音步之内语音高度密集，从而显示出雄强细密而多变的语音特色。透过稳中有变的语音节奏，很容易触摸到老通宝不服老，努力想装出少壮气概的心灵隐秘；而以仄声音节为主的沉重压抑，又透露了他那掩饰不住的抑郁悲伤。在这样的语音格局下，

① 茅盾：《秋收》，《茅盾全集》第8卷，北京：人民文学出版社，1985年，第338页。

茅盾笔下老通宝面貌的细腻描写，始终伴随着不服老又无可奈何的低沉抑郁的旋律。这样的语音基调与沉稳细腻的技巧融为一体，成功地塑造了老通宝这一感人的形象，同时也为表现茅盾磅礴工细的文学风格提供了富有表现力的语音基石。

与鲁迅的蕴借精深，茅盾的磅礴工细不同，赵树理的文学风格朴素谨严，他的文学语言更多地来自20世纪中期的农村现实生活，如《李有才板话》里丰富多彩的快板诗，几乎都是直接采自农民口语，经过作家加工而成，因此，他的文学语言比较朴素，语音比较明快活跃，形成了洗练朴实的语言个性，而这种个性又是构成其文学风格密不可分的重要因素。《小二黑结婚》里刻画三仙姑形象的一段文字，可以通过对其语音特征的考察窥见赵树理文学风格之一斑：

> 说有个打官司的老婆，四十五了，擦着粉，穿着花鞋。邻近的女人们都跑来看，挤了半院，唧唧哝哝说：“看看！四十五了！”“看那裤腿！”“看那鞋！”三仙姑半辈没有脸红过，
>
> 偏这会撑不住气了，一道道热汗在脸上流。①

这段文字的平仄和音步分析如下：

(1) 平 仄仄 仄平平轻 仄平

(2) 仄平仄轻

(3) 平轻 仄

(4) 平轻 平平

(5) 平仄轻 仄平平 平 仄平 仄

(6) 仄轻 仄仄

(7) 平平平平 平

(8) 仄轻

(9) 仄平仄轻

(10) 仄 仄 仄仄

(11) 仄 仄 平

(12) 平平平 仄仄 平仄 仄平轻

(13) 平 仄仄 平 仄仄 仄轻

(14) 平仄仄 仄仄 仄仄仄 平

① 赵树理：《小二黑结婚》，《赵树理文集》第1卷，北京：中国工人出版社，1980年，第14页。

在以上 39 个音步中，单音节音步 13 个，双音节音步 16 个，三音节音步 6 个，四音节音步 4 个，单音节音步占总音步的 33%，这就表明这一语段的语调比较舒缓，因为单音节音步与多音节音步的音程相等，单音节的发音必然拖长。这些单音节音步与多音节音步间插，或缓或急，再加上相同语音构成的音步反复出现，这就造成了往复回环的旋律和跳跃性的语音特色。其中平声音步 12 个，仄声音步 17 个，单纯的音步共 29 个，占总音步的 74%，而平仄相配的音步才 12 个，平仄对立的音步显然退居次要地位，这就使整个语段呈现出纯净明朗的语音基调。开首一句具有很大的缓急变化，一个舒缓的平声音步之后接着一个双仄声的音步，又紧跟上一个平仄相配、音节密集的音步，形成一个突起的波峰，然后以一个平仄对立的音步结句，呈现出音色明朗的高低落差和语速的快慢悬殊，这种跃动的语音组合，非常适合小闺女的年龄特征和她宣传新鲜事儿的那种新奇雀跃的口吻。接下来的三个语句都很朴素、简短，分别抓住年龄、化妆、穿着三个特征进行语音组合。“四十五了”平仄相间，语速快而高低变化大；“擦着粉”语速平缓，收尾字尤其缓慢而低沉；“穿着花鞋”语速不快不慢，音色纯净，声调响亮平和。三句话组合起来以或紧或缓的语速，或多或少的音节组成的音步，或低或高的声调，构成既响亮纯净，又跳跃活泼的语音节奏，既表现了小闺女转述新奇事儿的声口特征，又以素描笔法勾勒出了三仙姑老来扮俏的外貌形象。短句之后紧接长句“邻近的女人们都跑来看”，这个长句的前后都是短句，它的出现如异峰突起，不仅在语句形式上强化了长短差距造成的跳跃感，而且此句内部以两个三音节音步与两个单音节音步对比，快慢节奏的差别也造成了语句本身的跳跃性，显示了一种天然活泼的语音美。从整个语段看，第 1、第 5 和第 12、13、14 组文字排列较长，它们被第 2、3、4 等 3 个短句以及第 6、7、8、9、10、11 等 6 个短句分隔为三大块，任一大块中每组文字包含的音节数目，都比任一短句包含的音节数目多一倍左右，这就在宏观上形成了三个大的波峰和两个大的波谷，呈现语句的音节组合或多或少、分布不同的跳跃性特征。“挤了半院”与“唧唧哝哝说”分别的两个纯仄声音步与纯平声音步对比，形成一长串低沉音与响亮音的连奏。前者语速均衡，不紧不慢；后者语速先紧后缓，张弛自如。前者低沉的语音与拥挤的气氛相融洽；后者长串密集的重叠音与纷扰的人声相适应。整个语段洋溢着活泼自然的天趣，甚至多少带有调侃的意味。活泼自然表现在不拘音节的多少，不忌讳用长串的单纯音节，或三、四个音节为一个音步，或一、二个音节为一个音步，或一连串的平声，或一连串的仄声，好似不加雕琢，顺口而出，带有明显的口语特征和生活气息。而这些似乎不假（“假”就是“借助”，古语词）修饰的语句却动听悦耳，印象深刻，最根本的原因就是语音的分布构成了优美的节奏和乐感。重叠音节的运用，像“唧唧哝哝”“看看”“道道”这些重叠形式并不仅仅是为了表意或渲染氛围，值得注意的是它们处于语段的“热点”部位，其重要的功能是以重叠悦耳的听觉感受导引或强化视觉感受引发的意象，从而使文学意象在视觉与听觉的作用下，通过读者的联想使相关系列的文学意象立体化、生动化、形象化。相同音节的反复出现，也不仅仅是为了强调同一语义，它的语音功能在于构成旋律。像“四十五了”“看那”两次重现，形成了回环的音乐美；“擦着”“穿着”的“着”在单音动词末尾重现，也加强了乐感。“脸红”与“脸上”隔句呼应，“花鞋”与“那鞋”也遥相顾盼，尤其是“看”在语段中共出现5次，这就使语义的表达与语音重现融为一体。音步重现与音节重现交织成的旋律，使整个语段的语音组合既具有回环跳跃感，又具有自然灵动的天趣。语音的跳跃性还表现在平声音步与仄声音步的间隔组合，如“看那裤腿！”“看那鞋！”这两个短短的感叹句，在连用五个仄声音步之后出现一个平声音步，这个平声音步后面接着一个三音节的平声音步，紧跟着又是一个双音节的仄声音步，构成“仄——平——平——仄”的音步格局，又如“偏这会撑不住气了”也是平声与仄声音步间隔，构成“平——仄——平——仄”的音步格局。这些格局里不少单音节音步间插在多音节音步中，平仄与缓急交错起伏，既具有较强的规律性，又活泼跳跃、切合声口，从语音底层显示了赵树理文学风格的朴素谨严。

二、环境描写的语音特色体现文学风格

环境描写同样从语音底层不同程度地体现了作家的文学风格。鲁迅是这样描写20世纪20年代的故乡的：

> 渐近故乡时，天气又阴晦了。冷风吹进船舱中，呜呜的响，从篷隙向外一望，苍黄的天底下，远近横着几个萧索的荒村，没有一些活气。①

这8组文字的平仄和音步分析如下：

(1) <u>仄</u> <u>仄</u> <u>仄平</u> <u>平</u>

(2) <u>平仄</u> <u>仄</u> <u>平仄轻</u>

① 鲁迅：《故乡》，《鲁迅全集》第1卷，北京：人民文学出版社，1981年，第476页。

(3) 仄平　平仄　平平轻

(4) 平平轻　仄

(5) 平　平仄　仄仄　平仄

(6) 平平轻　平　仄轻

(7) 仄仄　平轻　仄仄　平仄轻　平平

(8) 平仄　平平　平仄

全部27个音步中，单音节音步7个，双音节音步15个，三音节音步5个，单音和双音节音步占总音步数的81%，而且，除一个10字以上的长句外，其余全是10字以下的短句，这些短句一般只有3、4个音步，因而整个语段的语音基调缓慢而节奏简短，每个音节的音程相对较长，音节对应的语词所形成的意象容易给读者留下较深的印象，适合于表现悠远深沉的思绪和蕴借精深的文学风格。从音节的组合和音步的搭配看，“渐近故乡时”只有一个平仄对立的双音节音步有声调的高低对比，其他音步都是单音节，构成了由缓慢低沉逐渐变为高平的调子，恰如其分地表现了作者渐近故乡时的心态变化：对故乡的深沉的思念和临近故乡的迫切心情。但是，故乡并非记忆中儿时那样的美好，“天气又阴晦了”在两个平仄对立的音步中插入一个仄声的单音节音步，抑扬不平之中增添了低沉的音调，流露出作者心绪的忧郁与惆怅。“冷风吹进船舱中，呜呜的响”，一开始的“仄平”与“平仄”两个音步既对立又连用，在语音层次上透露了作者既迫切回故乡却又怕见到故乡的矛盾心情。两组短句以两个“平平轻”的音步相衔接，着力表现冷风的音响效果，以动态的环境和重叠的音响反衬不平的心境。“从篷隙向外一望”由两个平仄对立的音步间插一平一仄的两个音步构成高低顿挫的基调，由于仄声音节占优势而使语句带有沉郁的韵味。“苍黄的天底下”以占绝对优势的平声音节与一个仄声音节对比，通过对静态环境的描写，映衬出了作者对故乡深藏心底的热爱与对眼前所见的失望。“远近横着几个萧索的荒村”其中有一个音步是平声音节与仄声音节对立的“平仄轻”，其余四个音步都是双音节音步，而且是纯仄声与纯平声间插组合，从音节到音步，两个层次全用平仄对比的格局以静态环境反衬作者强烈起伏不平的心境。“没有一些活气”在两个平仄对比的双音节音步中间有一个“平平”这样的纯平声音步，于顿挫之中见平静，在平静之中含起伏，表现了一种深沉的韵味和哀痛复杂的情感。整个语段有10个音节平仄对立的音步，这就在音节层次上奠定了表现顿挫文风的语音基础。其余音步有9个平声8个仄声，平仄音步的数目大致相当，这在音步层次上也显示了平仄对立的格局，使整个语段的语音都富于抑扬顿挫的节律。由于纯仄声音步的间插运用，使平仄起伏的音律始终蕴含着一种深沉的韵味，而纯平声音步的间插运用，又为语句平添了悠远的联想。作为小说文本，语句形式总是长短错落的，而且也不可能像诗词那样严格地押韵，但是，这并不意味着小说的语句不讲究韵律，为了使语句能打动人，高明的作者非常注意文本内部语音的谐调和乐感，例如上文的《祝福》和《故乡》里刻画人物形象的语句，就采用隔几句押韵的方法增强语句的韵律以构成音韵的形式美。这段描写故乡的文字不仅采用了邻句谐韵的方法，如第4组与第5组句末的"响"与"望"押韵，而且还采用了在句中随机镶嵌同韵字的方法，除第2组和第8组之外，其余每个组都以同韵字相互呼应，"乡""舱""响""望""黄""荒"，使整个语段中ang韵不断重复，这就使文本富于韵律的美感。文本语音底层所具有的音响特征，表现了含蓄深沉的语言个性，这种富于个性的语音特征为蕴借精深的文学风格提供了表演的舞台。可见环境描写的文字，是与文学风格相默契的。

茅盾的《春蚕》描写的是20世纪30年代的农村图景：

> 一条柴油引擎的小轮船很威严地从那茧厂后驶出来，拖着三条大船，迎面向老通宝来了。满河平静的水立刻激起泼剌剌的波浪，一齐向两旁的泥岸卷过来。一条乡下"赤膊船"
>
> 赶快挽岸，船上的人揪住了泥岸上的树根，船和人都好像在那里打秋千。轧轧轧的轮机声
>
> 和洋油臭，飞散在这和平的绿的田野。①

这10组文字的平仄和音步是：

(1) 平平　平平仄平轻　仄平平　仄平平轻　平仄　仄仄仄　仄仄平

(2) 平轻　平平　仄平

(3) 平仄　仄仄平仄　平轻

(4) 仄平　平仄轻　仄　仄仄　平仄　平平平轻　平仄

(5) 平平　仄仄平轻　平仄仄　仄平

(6) 平平　平仄　仄平平　仄仄　仄仄

(7) 平仄轻　平　平仄轻　平仄仄轻　仄平

(8) 平平平　平　仄仄　仄仄仄　仄平平

① 茅盾：《春蚕》，《茅盾全集》第8卷，北京：人民文学出版社，1985年，第315页。

(9) 平平平轻 平平平 平 平平仄

(10) 平仄 仄仄 平平轻 仄轻 平仄

从构成音步的音节数考察，单音节音步4个，双音节音步23个，三音节音步14个，四音节音步6个，五音节音步1个，三个以上音节构成的音步有21个，占音步总数的44%。显而易见，在一个音步之中包含多个音节必然表现出细密紧凑的语音特征。音节构成音步的方式多样，有纯平声的，如“平平”、“平平平”；有纯仄声的，如“仄仄”“仄仄仄”；有一个平声对两个仄声或三个仄声的，如“仄仄平”“平仄仄轻”“仄仄平仄”；有一个仄声对两个平声或三个平声的，如“仄平平”“平平仄”“平平仄平轻”。声调类型相近的音节叠加，增加了语音的力度，表现出雄浑强劲的语言个性，尤其是“平平平”与“仄仄仄”两类音步的高低不同，具有鼓点似的语音节律，既显细密，又见强劲，这类音步在这段文字中多达6个，在音节和音步两个层次上提供了真切表现轮船霸道气势的语音基础。“一条柴油引擎的小轮船很威严地从那茧厂后驶出来，拖着三条大船，迎面向老通宝来了”，这个语句由3组文字构成，第1组文字有7个音步，而由三个或三个以上音节构成的音步就有5个，音步内部音节的密集度高，节奏紧凑。其中有两个音步以“仄平平”和“仄平平轻”连续构成强劲的气势，再加上一个三音节的纯仄声音步增加语音力度，有助于表现外国轮船在中国河流上横行无忌的霸道形象。第2组文字的三个音步都由两个音节构成，语音节奏均衡，音程无长短变化，且以平声音节为主，给人以平稳的音感，与外国轮船功率大，行驶平稳的特征相吻合。第3组文字于开头和结尾各以一个双音节音步共同烘托出一个四音节的音步，这个音步在三个仄声音节中间插一个平声音节，在低沉的调子中忽然出现一个高音，巧妙地利用语音的高低变化揭示了老通宝的心理感受。“满河平静的水立刻激起泼剌剌的波浪”，这组文字以四个平仄对立的音步构成动荡起伏的基调，进一步用两个连续的纯仄声音步与一个“平平平轻”音步造成大起大落的鲜明对比，这表明语义层面对静水与激浪一静一动相互映衬的描写有相应的语音依托，因而造成了如闻其声，如见其形的生动效果。“一齐向两旁的泥岸卷过来”，这组文字除用一个纯平声音步增强气势而外，主要依靠音步内部的平仄对立营造动感，而动感的力度主要依靠“仄仄平轻”与“仄仄平”的语音重复来加强，并以此与语义层面所描写的激浪卷岸的内容相默契。“一条乡下‘赤膊船’赶快拢岸，船上的人揪住了泥岸上的树根，船和人都好像在那里打秋千”，这个语句的语音重点是渲染急迫的环境气氛，因此多音节的音步较多且连成一串，表现出来的语音特征必然是以音节的密集度来构成紧凑的音律。这个语句一方面运用“平平”与“仄仄”、“平平平”与“仄仄仄”的对比来表现冲击波的起伏和强度；另一方面又以单音节音步与三音节、四音节音步的连用来造成张弛有节的缓急变化，使整个语句的语音既紧凑而又适度，留有想象的空间。语义内容与语音形式结合得最为成功的是“平仄轻”——“平”——“平仄轻”和“平平平”——“平”——“仄仄”——“仄仄仄”这两种音步搭配。汉语的单音节音步的实际发音，就音程的长短而言，跟双音节、三音节一样，所不同的是单音节音步发音从容舒缓，多音节音步发音紧凑急促。以上两种音步搭配的语音效果分别是“起伏、急”——“高、缓”——“起伏、急”；“高、急”——“高、缓”——“低、稍缓”——“低、急”，这样的语音格局对于表现波浪的规律性冲击以及船和人受到冲击时发生摇摆的形象是非常合适的。“轧轧轧的轮机声和洋油臭，飞散在这和平的绿的田野”，这两组文字一紧一松，紧凑的那组文字以三、四个音节构成的音步为主，宽松的那组文字以双音节的音步为主，两组文字以语速的快慢对比，映现了外国先进的工业技术与中国农村落后的自然经济之间的反差。第 9 组文字以长串的平声音节连成一气，着力描写轮机发出的音响与气味。第 10 组文字则以“仄——平——仄”相间的音步格局与平仄音节对立的音步相配，曲折跌宕，含蓄地从客观描写的语句中透露了对音响与气味所产生的影响的主观评价。第 9 组文字的 11 个音节中有 10 个是平声，仅最末一个是仄声，前三个纯平声音步宏亮高亢，既突出了轰鸣的轮机声的音响效果，又从由急变缓的语速联想到音响与洋油气味的逐渐扩散。整个语段的 48 个音步中，纯平声音步有 14 个，这就使一部份语句音色倾向于响亮高亢，而全段的 9 个纯仄声音步又使一部份语句带上了凝重雄浑的色彩。整个语段语音的基本特征是由平声或仄声各自密集巧妙搭配而成，往往出现一长串平声或一长串仄声，在长串的语音链上很少出现单独的平声或仄声，这种聚集相同类型的音节或音步的组合方法，易于加强语音的表现力度。本语段的 10 组文字中有 8 组的字数超过 10 字，语音链较长，便于对环境或事物展开细致的描写。三音节以上的音步多达 21 个，这些音步内的音节密集度高，与长串平声的响亮高亢或长串仄声的凝重雄浑相配合，是磅礴工细的文学风格在语音底层的具体表现。这段文字多长句，不仅以描写的细腻和气势的雄强见长，而且铿锵上口，原因一是由于“泼剌剌”“轧轧轧”造成了音韵重叠美，二是“驶出来”与“卷过来”“拢岸”与“秋千”押韵，三是“船”这一音节在语段中出现 5 次，“岸”出见 3 次，形成了往复回环的旋律美。

赵树理的《李有才板话》对 20 世纪 40 年代阎家山环境的描写，为当地即将掀起的阶级斗争风暴埋下伏笔：

> 阎家山这地方有点古怪：村西头是砖楼房，中间是平房，东头的老槐树下是一排二三十孔土窑。地势看来也还平，可是从房顶上看起来，从西到东却是一道斜坡。①

这段文字的平仄和音步情况如下：

（1）平平平　仄仄平　仄仄　仄仄

（2）平平平　仄　平平平

（3）平平　仄　平平

（4）平平轻　仄平仄轻　仄　平平　仄平平仄　仄平

（5）仄仄　仄轻　仄平　平

（6）仄仄　平平仄仄　仄轻轻

（7）平平　仄平　仄仄　平仄　平平

以上29个音步中平仄对立的音步才8个，而纯平声音步和纯仄声音步却分别有10个和11个，这表明利用音步内部的音节对立造成高低起伏不是本语段的主要特征，它的语音特征主要表现在音步层次。运用同类型音节构成的音步在语音序列中的组合能够在更大跨度上凸现语音的变化，类型不同的音步的间隔性组合显示出跳跃性特征，易于表现活泼灵动的文学风格。第2、4、6组文字各个音步包含的音节数多寡悬殊，每个音节的音程变化或长或短，语音对比反差大，富于跳跃性。第1、3、5、7组文字以两个音节构成的音步占优势，每个音节的音程长短变化不显著，节奏较为平稳。这两类不同特征的语音序列恰好成奇偶格局交错分布，形成稳中有动的语音效果。整个语段的文字按音步的平仄情况可分为三种类型，第一种以平声为主，只有个别仄声，如第2、3组，一个仄声的单音节音步夹在两个平声的多音节音步之间，语音起伏很大。第二种以仄声为主，如第1、5、6组，没有或只有一个平声音步，语音较为沉着平稳。第三种是平、仄声音步与平仄对立的音步相互搭配，构成音节和音步两个层次语音的高低起伏变化。这三类语音序列的配合运用，使整个语段呈现出沉稳而不失灵动的语音特色。

各组文字的语音特征与语句的意义表达有一定的联系，如第1组“阎家山这

---

① 赵树理：《李有才板话》，《赵树理文集》第1卷，北京：中国工人出版社，1980年，第17页。

地方有点古怪”，基本的语音格局是以较多的仄声音步造成沉着平稳的语音效果，在沉稳之中又稍加变化，用一个三音节的纯平声音步提升语音的高度，以引起对“阎家山”的关注，又用了一个平仄对立的双音节音步打破一连三个仄声音步造成的凝重语调，使这组文字凝重却不失于呆板，与阶级斗争风暴来临之前，阎家山沉静之中却蕴含革命火种的环境氛围相融洽。第2、3组“村西头是砖楼房，中间是平房”采用“平——仄——平”的格局构成“高——低——高”反差鲜明的语音跳跃，借助音步语音的高低变化凸现“村西头”与“中间”的差别在于“砖楼房”与“平房”，接着，第4组文字以一个富于平仄变化的长语音序列展现阎家山最贫苦阶级的居住处所，从住房的建筑形式揭示阶级层次的不同。这个长语音序列一方面采用仄声音步与平声音步连用造成语音跌宕，另一方面靠音步内部音节的平仄对立加大语音起伏，而且，单音与双音节音步语速舒缓，三音与四音节音步语速急促，这两类音步交错组合，就形成了或慢或快，或高或低，起伏多变的语音特征，用这样的语调表述阎家山贫苦农民的居住现况是颇有深意的，这表征贫苦农民内心蕴含着对现实的不平之情和求变的思想，为下一步阶级斗争的展开埋下伏笔。“地势看来也还平”除最末是单音节的平声音步外，其余都是双音节音步，语速不紧不慢，以沉稳的仄声音步为基调，末尾语调升高，于沉静中显不平之意，利用同一组文字前后音步平仄造成的反差，暗示地势虽平而不同阶级的社会待遇不平。“可是从房顶上看起来”以仄声音步为主，语调凝重。由于这组文字是由双音节、四音节、三音节这三个音步组合而成，语速由慢变快，与第5组文字快慢适中形成对比，这就有助于凸现“从房顶上看”与从“地势看”得出的不同观感。“从西到东却是一道斜坡”全由双音节的音步构成语音序列，语速适中，节奏整齐，但语音的高低变化大。在音节层次上，“仄平”和“平仄”这两个音步内部的音节平仄相反，在语音序列中处于“仄仄”这一音步的前面和后面，位置对称，语音高低互补，造成整齐而灵动的音感。在音步层次上，这组文字以“平平”——“仄仄”——“平平”的语音格局为主干，每两个纯音步之间各插入一个平仄对立的音步，使语音既具有整齐的节奏感又具有跨度不同的跳跃性。就整个语段看，既沉稳而又灵动，为表现朴素谨严的文学风格提供了相得益彰的语音基础。

通过以上分析不难发现，鲁迅擅长运用节奏紧迫与平仄变化大的短句，造成沉郁顿挫的语音效果，以准确深刻而蕴含古代文言优点的语词，融会了洗练的句法，显示出含蓄深沉的语言个性，这是形成鲁迅蕴借精深文学风格的基础。茅盾喜用节奏凝重与平仄密集的长句，造成浑厚舒展的语音效果，加上绮丽细密的语词和明晰周详的句法，表现了雄强细密的语言个性，这是形成茅盾磅礴工细文学风格的重要因素。赵树理善于运用节奏灵活与平仄类型多变的短句，造成活泼自然的语音效果，以生动、平易的语词和吸收了口语菁华的简炼句法，构成了洗练朴实的语言个性，这种语言个性与赵树理朴素谨严的文学风格有直接联系。鲁迅、茅盾、赵树理都是伟大的现实主义作家，他们描写不同时代的农村题材的小说都取得了卓越的成就，但是，由于他们各自运用的文学语言的语音特色不同，声律美学的审美效果不一样，表现出的语言个性也就有明显的区别。而语言个性是形成文学风格的重要基石，因此，文学语言不同的语音特色，由于提供的声律美学基础不一样，反映出的文学风格也就不同。离开了文学语言的声律美学追求和语言个性的独创，就无所谓文学风格。

茅盾《子夜》对外语的吸收与融化

李国正

鲁迅与茅盾等文学大师一向主张吸取古今中外凡是有益于文学创作的营养，其中包括学习外国的文学语言。茅盾曾经引用毛泽东的话说："要从外国语言中吸收我们所需要的成分。我们不是硬搬或滥用外国语言，是要吸收外国语言中的好东西，于我们适用的东西。"① 不仅如此，他还进一步指出："从外国作品中去吸收新的语汇和表现方法，必须是在本国语言的基本语汇和基本语法的基础上去吸收而加以融化。"② 茅盾在这里提出了一条对待外国文学语言的原则。这条原则包含三个要点：

1. 从外国作品中去吸收的，主要是新的语汇和表现方法；

2. 吸收不是无条件的，而必须是在本国语言的基本语汇和基本语法的基础上进行的；

3. 不但要吸收，而且要加以融化。这就是说，作家在吸收与融化外国文学语言的过程中，应当发挥自己的创造性。

茅盾把吸收与融化外国语言的过程称为"加工"，他说："正因为经过这样的加工，所以伟大作家们的文学语言是有'个性'的；这个性就构成了他们的各自的独特的风格。"③ 茅盾的《子夜》被公认为具有个人独特风格的代表作。这里旨在通过对《子夜》的具体分析，揭示作者吸收与融化外国语言的方式，进而阐述吸收和融化外国文学语言与作者个人独特风格的内在联系。

《子夜》对外国语言的吸收主要有两种方式。第一种方式是直接运用外文，整部小说共有9例：

---

① 茅盾：《新的现实和新的任务》，《茅盾全集》第24卷，北京：人民文学出版社，1996年，第254－287页。

② 茅盾：《为发展文学翻译事业和提高翻译质量而奋斗》，《茅盾全集》第24卷，北京：人民文学出版社，1996年，第299－318页。

③ 茅盾：《关于歇后语》，《茅盾全集》第24卷，北京：人民文学出版社，1996年，第294－298页。

1. 向西望，叫人猛一惊的，是高高地装在一所洋房顶上且异常庞大的霓虹电管广告，射出火一样的赤光和青燐似的绿焰：Light，Heat，Power！①

2. 站在吴老太爷面前的穿苹果绿色 Grafton 轻绡的女郎兀自笑嘻嘻地说……②

3. “不要紧，明天再去一次 Beauty Parlour……”③

4. “赌什么呢，也是一个 Kiss 罢？”

“如果我赢了呢？我可不愿意 Kiss 你那样的鬼脸！”④

5. “……我在阿萱身上就看见了诗人的闪光。至少要比坐在黄金殿上的 Mammon 要有希望得多又多！”⑤

6. “还有一个却不是人，是印在你心上时刻不忘的 Poetic and love 的混合！”⑥

7. “我——送你一本 *Love's Labour's Lost*，莎士比亚的杰作。”⑦

8. “……我是亲身参加了五年前有名的五卅运动的，那时——嗳，‘The world is world，and man is man！’嗳……”⑧

9. “Reds threaten Hankow，reported！”这是那广告牌上排在第一行的惊人标题。⑨

一般地说，中国的文学作品不宜过多地直接运用外文。但是，出于文学创作的特殊需要，也不一概排斥外文。一部洋洋三十余万言的巨著，就这么 9 个例子，在 20 世纪 30 年代的文坛上，算是运用外文非常保守，非常谨慎的了。正如作者所言：“在当时的小说中，《子夜》的文字还是欧化味道最少的。”⑩ 对这 9 个例子加以具体分析，可以分为两种情况：一种情况是在描写环境或人物时直接运用外文（第 1、2、9 例）；另一种情况是在人物对白的口语中直接运用外文

① 茅盾：《子夜》，《茅盾全集》第 3 卷，北京：人民文学出版社，1984 年，第 3 页。
② 茅盾：《子夜》，《茅盾全集》第 3 卷，北京：人民文学出版社，1984 年，第 18 页。
③ 茅盾：《子夜》，《茅盾全集》第 3 卷，北京：人民文学出版社，1984 年，第 25 页。
④ 茅盾：《子夜》，《茅盾全集》第 3 卷，北京：人民文学出版社，1984 年，第 52－53 页。
⑤ 茅盾：《子夜》，《茅盾全集》第 3 卷，北京：人民文学出版社，1984 年，第 148 页。
⑥ 茅盾：《子夜》，《茅盾全集》第 3 卷，北京：人民文学出版社，1984 年，第 171 页。
⑦ 茅盾：《子夜》，《茅盾全集》第 3 卷，北京：人民文学出版社，1984 年，第 250 页。
⑧ 茅盾：《子夜》，《茅盾全集》第 3 卷，北京：人民文学出版社，1984 年，第 252 页。
⑨ 茅盾：《子夜》，《茅盾全集》第 3 卷，北京：人民文学出版社，1984 年，第 304 页。
⑩ 庄钟庆：《茅盾的创作历程》，北京：人民文学出版社，1982 年，第 202 页。

(第3~8例)。

下面考察直接运用外文与环境和人物性格有何关系，这体现了作者什么样的语言风格。

第1例是《子夜》第一章第一自然段的最后一个语句，它是描写上海傍晚景色最引人注目、最有力度的语句。这个自然段的描写采用的是由远及近的鸟瞰视角，从远处的太阳——苏州河——黄浦夕潮，直到外白渡桥，然后以外白渡桥为视点，向东、西两方眺望，这就把最能表现上海傍晚景色的事物尽收眼底。为什么在环境描写的最后一句一连用了三个英语名词呢？从大的方面说，是为了突出20世纪30年代上海的半殖民地化的社会特征。当时的社会实际情况就是舶来品铺天盖地，商店招牌、商品标志、银行、交通标志、商业广告，无不掺杂外文符号。在环境描写中直接运用英语名词，立即把读者的思绪拉回30年代的社会现实，给人以身临其境的感受。从小说情节的需要看，环境描写突出洋化特征，为吴老太爷这个土豪的出场恰好形成鲜明的反差，为表现人物性格特征起到反面烘托的作用。就本自然段的景物描写看，最后一句选取的是最能表现上海商品经济特征的景观：异常庞大的霓虹电管广告，这在当时的上海是非常洋化的新事物。作者在这个语句中运用了“猛一惊”“异常庞大”“火一样”“青燐似”等一连串雄健的短语，再加上一般读者看不懂的外文，造成了一种雄奇神秘的环境氛围，紧紧抓住了读者的好奇心，为故事情节的展开作了巧妙的铺垫。

第2例对张素素的外貌描写既是出于塑造人物性格的需要，也是文本反映艺术真实的需要。张素素是一个具有开放性格的时髦女郎，她打扮得越时髦，吴老太爷就越吓得要命。就30年代上海的实际情形而论，Grafton还没有一个适当的汉语名词可以代换，而作为当时上海商业巨头家庭的青年女子，穿上这种名贵的外国纱，正是时髦的表现，也是高贵身份的象征。既然没有适当的汉语名词可以替换，而塑造人物性格又必须这样描写，所以直接运用Grafton是难以避免的。至于第9例的外文标题，按故事情节的叙述是登载在英国人办的英文报纸上的。无论从情节的需要还是从艺术的真实考虑，都是非直接用外文不可的。

在人物对白的口语中直接运用外文的6个例子共7个语句，都出自有较高文化水平的青年之口。第一个是时髦女郎张素素，她在与林佩珊的对话中提到美容馆时直接用了英语，充分表现了她追求刺激，追求时髦的个性特征。第二个是吴荪甫的远房族弟、社会学系的大学生吴芝生，他与张素素打赌时，提出赌一个kiss，这表现了青年大学生既浪漫又含蓄的性格特征。如果直接用汉字“吻”，就显得浅露了。吴芝生在与范博文的对白中用了poetic and love而没用“诗意与恋爱”，也是非常切合吴芝生的性格特征的。这就是作者宁愿加注释点明汉语意义也不愿在人物对白中直接用汉字的主要原因。第三个是林佩珊的表哥、诗人范博文，当商界大亨吴荪甫想要教训他却拿阿萱借题发挥时，范冷冷地插了一句双关语，其中的 Mammon 显然暗刺吴荪甫，这当然比直接用汉语“财神”巧妙得多。难怪吴荪甫气得直瞪眼。范博文在张素素和林佩珊面前炫耀自己参加五卅运动的经历时，用英语表述“世界像个世界，人像个人”，听话的人固然懂英语，而范博文消极颓唐、虚浮自矜的生动形象也跃然纸上。第四个是留法学生、“万能博士”杜新箨。范博文在大三元酒家等林佩珊，杜新箨说送他一本《爱的徒劳》，当然隐藏着对范的讥刺。不过从表面看来是莎翁喜剧作品的名称，所以范也只好略略皱一下眉头。用英语而不用汉语，一方面表现了杜这个“万能博士”的外语素养，另一方面也揭示了他大方冷隽的个性特征。

尽管整部小说只有微不足道的 9 个外文例子，但是它们体现了作者个人特有的求新的语言风格。如第 1 例改用中文未尝不可，但在语句的新奇，环境的氛围，与即将出场的人物性格对比的力度等等方面，都要打折扣，这就势必减弱文本的艺术感染力。何况作者运用外文，是以流利晓畅的祖国语言为基础，把外文按汉语语法规则组织在语句中的。像这样直接吸收外文的语言形式为我所用，客观上体现了文本语言的求新风格。

吸收的第二种方式是纯粹音译。

一部分音译词是国名和人名：“巴黎”“荷兰”“巴拿马”“莎士比亚”“司各德”“巴枯宁（俄国人名）”“道威斯”“杨格”（这两个人名是美国垄断资本家 Dawes 和 Young）“荷马”“海克托”“尼禄”（古罗马皇帝 Nero）“茄门”（英语 German，对德国的俗称）“拿破仑”。

另一部分是普通名词与专用名词。普通名词有勃郎宁（手枪的一种，因设计者为美国人 John Moses Browning 而得名）马达（英语 moter 电动机的通称）雪茄（英语 cigar）沙发（英语 sofa）密司（英语 miss）密斯脱（英语 mister）打（英语 dozen）冰淇淋（英语 ice cream）布尔齐亚（法语 bourgeoisie，资产阶级）沙丁（英语 sardine）白兰地（英语 brandy）咖啡（英语 coffee）引擎（英语 engine，发动机）绯阳伞（英语 fiancec，未婚妻）。[①] 专用名词有：《丽娃丽妲》（《Rio Rita》是当时流行的一部美国电影名）、托辣斯（英语 trust，现译为托拉斯，资本主义垄断组织形式之一；又指专业公司）、苏维埃（俄语 COBET）。这

① 《子夜》里，还出现了“菩萨”和“袈裟”这两个梵语词，但中国古代文献早有记载，所以这里没有列人。

些音译词完全按照汉语词汇的结构形式用单音节、双音节、三音节和四音节构成。有的新词如“马达”“冰淇淋”“白兰地”“引擎”“绯阳伞”等，还兼顾汉字表意的联想特征和形象特点，赋予了纯粹音译的外来词以中国文化色彩。“马达”巧妙地用“马”暗示动力的意蕴；“冰淇淋”用左边的偏旁暗示这种食品的冷冻特征；“白兰地”用中国花卉的名称唤起人们美好的联想；“引擎”用“引”字暗示牵引的意蕴；“绯阳伞”则使人产生鲜明的色彩和形象的生动感。这些音译词出现在不同的场合，给文本增添了不少艺术魅力。例如第六章写吴芝生的一个同学问他：

> “是你的‘绯阳伞’罢？”
>
> “不，——是堂妹子！”
>
> 四小姐蓦地脸又红了。她虽然不知道什么叫做“绯阳伞”，但从吴芝生的回答里也就猜出一些意义来了……①

这里用“绯阳伞”试探吴芝生，当然比直接用汉语的“未婚妻”更巧妙含蓄，而且暗示说话者一定是知识分子。同时一箭双雕地凸现了四小姐腼腆羞涩的性格特征。可见音译词不但为汉语词汇增添了新鲜血液，而且为艺术表达手段提供了更为丰富的语料。相当数量的音译词出现在文本中，使文本语言的清新特征和时代感更为鲜明。

在吸收的基础上，作者还进一步融化了外国语言，使《子夜》显示出与众不同的独特风格。

这首先表现在叙述故事、描写环境的显著特点是雄健而又精细。如第一章中的下面一段文字：

> 汽车发疯似的向前飞跑。吴老太爷向前看。天哪！几百个亮着灯光的窗洞像几百只怪眼睛，高耸碧霄的摩天建筑，排山倒海般地扑到吴老太爷眼前，忽地又没有了；光秃秃的平地拔立的路灯杆，无穷无尽地，一杆接一杆地，向吴老太爷脸前打来，忽地又没有了；长蛇阵似的一串黑怪物，头上都有一对大眼睛放射出叫人目眩的强光，啵——啵——地吼着，闪电似的，冲将过来，准对着吴老太爷坐的小箱子冲将过来！近

① 茅盾：《子夜》，《茅盾全集》第3卷，北京：人民文学出版社，1984年，第162－163页。

了！近了！吴老太爷闭了眼睛，全身都抖了。他觉得他的头颅仿佛是在颈脖上旋转；他眼前是红的，黄的，绿的，黑的，发光的，立方体的，圆锥形的，——混杂的一团，在那里跳，在那里转；他耳朵里灌满了轰，轰，轰！轧，轧，轧！啵，啵，啵！猛烈嘈杂的声浪会叫人心跳出腔子似的。①

这段文字中动词的运用矫健有力，其妙处在于变没有主动性的事物为主动的事物。摩天建筑会“扑”，路灯杆会“打”，各种颜色、各种形体的混杂的一团，能“跳”，能“转”。本来是吴老太爷乘坐的汽车快速掠过客观事物，作者却换了一个角度，让客观事物排山倒海、无穷无尽地向吴老太爷“扑”过来，“打”过来，再加上一连串运动感很强的动词“飞跑”“放射”“吼”“冲”“旋转”“灌满”“跳出”，构成了节奏紧凑、语言雄健有力的艺术氛围，十分生动地展示了刚从乡下来上海的吴老太爷对大城市环境格格不入的主观感受。让客观事物“动”起来揭示人物的主观感受，这本是外国文学文本常用的遣词手段。如茅盾翻译的短篇小说《一个英雄的死》就有这样的句子：“这几千几万个漆光耀目并且边上涂金的喇叭，都开了朝天的大口，正向着他。”“每逢他试要说什么话，那支针便钻进他的头壳，毫无恻隐心地依了脑子的褶皱刺着走咧。”② 但是，茅盾并非机械地生搬外国文学语言，而是根据环境描写的需要，选择了几种具有代表性特征的客观事物，赋予它们主动性，把动词与形容词的运用相互交织起来，描绘出 20 世纪 30 年代大上海的城市特色。

语言的精致与作者善于使用形容性语词有关。如形容“窗洞”用“亮”；“建筑”用“摩天”“高耸碧霄”；形容“路灯杆”用“光秃秃的”“平地拔立的”“无穷无尽的”“一杆接一杆地”。形容性语词使环境具有层次性而自然体现出精致的特点。这段文字运用了大量的比喻，有些比喻使语言显得更为精致形象。如用“像几百只怪眼睛”比喻“窗洞”，用“长蛇阵似的一串黑怪物”比喻“火车”，用“大眼睛”比喻火车头上的探照灯。由于作者设喻常从大处着眼，较少用静态的微小的事物作比喻，往往表现出宏大的气魄。如写摩天建筑扑到吴老太爷眼前是“排山倒海般地”，写黑怪物冲向吴老太爷是“闪电似的”，写嘈杂的声浪则用“会叫人心跳出腔子似的”。这些遣词精致的语句结构明显体现出

① 茅盾：《子夜》，《茅盾全集》第 3 卷，北京：人民文学出版社，1984 年，第 10－11 页。

② 茅盾译：《一个英雄的死》，《茅盾译文选集》，上海：上海译文出版社，1981 年，第 150－157 页。

气魄雄健的语言特色。

中国小说重故事情节而疏于对环境和人物心理作细致描写，但《子夜》却长于细致描写。其中固然有多方面的原因，而长句的运用应当是原因之一。长句的特点是在句子的各个主要成分基础上增加修饰或说明性的次要成分，有时次要成分本身就是一个分句。这并不是汉语的特点，因为汉语从根本上说是重意会而句子形式比较松散的语言。作者融化外国文学语言的句法特点，使语句结构精致严谨，这样便于对环境和人物作更为准确细致的描写。正是由于长句和短句的交错运用，才巧妙地把雄健与精致的语言特点统一起来。因为短句节奏快，干脆利落，适宜表现雄健的语言特点；长句节奏缓慢，细致绵密，适宜表现精致的语言特点。例如“吴老太爷向前看。天哪!”“近了！近了！吴老太爷闭了眼睛，全身都抖了。”这些是短句。而“几百个亮着灯光的窗洞……坐的小箱子冲将过来”是拥有159个印刷符号的长句，“他觉得他的头颅……跳出腔子似的”也有108个印刷符号。

《子夜》对外国文学语言的融化，还表现于客观叙述与人物对白运用的句法和语词有所区别。

客观叙述往往用长句，结构复杂，语词新奇。如第一章对苏州河两岸风光的描述：“向西望，叫人猛一惊的，是高高地装在一所洋房顶上且异常庞大的霓虹电管广告，射出火一样的赤光和青燐似的绿焰：Light，Heat，Power!”这个句子里的“广告”一词，既是动词“是”的宾语，又是“射出火一样的赤光……Power”的主语。动词“射出”的宾语“赤光”“绿焰”的前面都加上了比喻性的修饰语；“广告”前面更是长长的一串修饰语。“叫人猛一惊”本是一个单句，后边加上“的”字变成短语，这个短语充当了“是……广告”的主语。而“叫人猛一惊的……Power”又是“向西望”的宾语。语句成分层层叠叠，这显然融化了外国文学语言的句法特点。人物对白则以口语为主，为表现不同人物的个性特色而具有不同的言语风格。如吴荪甫言词专横尖刻，赵伯韬老练奸诈，屠维岳话中藏锋，林佩珊温婉率真，范博文胆怯消极。口语以短句为主，很少用长句。为了更好地体现人物的性格特征和文化教养，人物对白中有时加入了外文，而客观叙述则很少直接用外文。

《子夜》里有一批用外文音译与汉语固有词素一起构成的新语词。英语的sofa，音译为“沙发”，然后与汉语词素“椅”“榻”“套子”构成“沙发椅”“沙发榻”“沙发套子”。类似的语词还有：“华氏寒暑表”（其中的“华”是音译，指德国物理学家Gabriel Daniel Fahrenheit），“探戈舞”（西班牙语tango音译与

“舞”结合)，“雪茄烟”（英语 cigar 音译与“烟”结合)，英语 flannel 音译与“绒”结合为“法兰绒”，英语 modern 音译与“女郎”结合为“摩登女郎”，英语 wall 音译与“纱”结合为“华尔纱”（“华尔”指美国财团 Wall Street)，英语 moter 与“脚踏车”结合为“摩托脚踏车”，英语 bar 音译与“酒”“间”结合为“酒吧间”，法语 Seine 音译与“河”结合为“色奈河”（今译为“塞纳河”)。“马赛曲”也是由法语音译“马赛”，再与汉语词素“曲”构成的语词。这表明作者不仅吸收了外国文学语言，而且融化了外国语言作为造词的材料，为汉语词汇增添了新鲜血液。这些融化了外来语汇的新语词，使文本的语言充满了时代感和青春活力，是构成茅盾小说语言雄健精致新颖特色不可忽视的因素。《子夜》以汉语词汇和语法为基础，吸收和融化外国语言成分，创造新语词和新句法，为丰富我国的文学语言，发展当前的文学创作，提供了有益的借鉴。

厦门学者研究丁玲文学语言评述

王建中[①]　李满红

厦门学者对丁玲研究的突出贡献是多方向的，现就文学语言研究方面的成就略说浅见。

其一，厦门学者一贯重视丁玲语言研究，21世纪更有新发展。

文学是语言的艺术。厦门学者一贯重视丁玲语言研究。万平近早在《前进的脚印，升华的轨迹——读丁玲〈陕北风光〉〈访美散记〉》一文，就从《陕北风光》"前进的脚印"中看到了丁玲散文语言的不断锤炼与"升华的轨迹"。他认为："从《陕北风光》到《访被散记》又经过四十年，丁玲作品语言更上一层楼，进入佳境，质朴、洗练、清澈、明丽而又遒劲，词汇丰富，句式活泼。文中大量运用中国散文中常见的四言句式，富有绘画的形象美和音乐的声韵美。"而"多篇散文还运用诗歌中反复回旋的语句。"作者引用《纽约曼哈顿街头夜景》中一段有关一个孤独老人流落街头的描写之后写道："这些语言宛如深沉而激荡的轻音乐。其实这种抒情诗歌和音乐型的语言，也可以说是丁玲后期散文的一个特点，表明她语言艺术的升华。"

进入21世纪，厦门学者在丁玲语言研究上更有新发展。这首先表现在领导的重视，厦门大学语言文字学博士点为拓宽学术视界，于2002年增设了文学语言研究方向，该方向由厦门大学中国语言文学研究所副所长、博士生导师李国正教授主持，聚集了该校中文系语言学、中国现代文学、古代文学及文艺学等一批资深教授、专家雄厚的指导力量，并已招收7名博士生。应该说，这在全国尚属首次。对这一研究方向，福建师大文学博士生导师庄浩然教授作了如下概括："它以文学语言在文学中的地位、功能、特征、类型等为研究对象，探究文学语言的生存方式与话语形态，文学语言与文学的体式、风格等的关系，及其在古今中外文学文本中的不同表现形式，是一门沟通文学与语言学，并融汇了与之相关的文本学等学科的交叉综合学科。"并指出："其创设既顺应了20世纪以来西方

①王建中：辽宁省社会科学院文学研究所研究员。本文系根据收入《丁玲与中国当代文学》（厦门大学出版社，2012年）一书中的《关于厦门学者的丁玲研究述评》等文改成的。

哲学和人文科学朝‘语言学转向’的学术新潮，也蕴含着发掘中国相关的文论传统，力图构建融汇中外，具有中国特色的文学语言新学科的前瞻性构想。”用中国丁玲研究会副会长王中忱教授的话说，这一研究方向的确立，“是处于国际学术的前沿领域”，其重大意义不言而喻。

2002 年第 1 期《丁玲研究通讯》上发表的三篇论文：李国正的《以语言段来剖析作品文学语言的艺术功能》、毕玲蔷的《从文学语言的角度看丁玲文学风格的发展变化》、杨怡的《丁玲文学语言个性与作品特色谈片》，就是厦门大学师生丁玲语言研究的新成果。李文“是从文本的语词、语法、语音、修辞角度切入的一次尝试。这种从文本的语言底层出发观照文学作品艺术内涵的分析方法，为文学批评提供了可资参考的新思路。”毕文从如下三个方面对具有代表性的文本作了抽样分析：首先，从语词的运用看文学语言与文学风格的关系；其次，从语句的表现形式看文学语言与文学风格的关系；再次，从作者如何使语句富于艺术性看文学语言与文学风格的关系。总之，此文是在较高层次上揭示了文学语言与文学风格的相互关系，无疑给人以莫大启示。从文学语言入手研究丁玲作品的独特性，这是个新课题。杨文通过对不同作品不同典型语段，从句型的长短、节奏的快慢、意象的组成、修辞手法的运用，都作了细致深入的分析，探讨丁玲文学语言的个性与作品特色，也是以往丁玲语言研究很少论及的。

其二，探索源头，注重对丁玲早期作品的语言剖析。

丁玲的处女作《梦珂》和成名作《莎菲女士的日记》这两篇作品一问世，就显示出语言的非同一般。厦门学者就此加以深入研究，并取得可喜成果。李绍玉的《〈梦珂〉文学语言特色浅探》（收入《二十世纪中国社会变革的多彩画卷》）一文，着重在丁玲遣词造句上的分析。作者认为：“首先，动词的推敲较好地体现了作者遣词造句的不凡造诣。”“其次，喜欢且善于使用叠词［包括叠音（依依、恋恋）和词的重叠（慌慌张张、闷闷）两种形式］是《梦珂》遣词方面的又一特点。”“再次，古语词的‘驯化’也是《梦珂》文学语言的重要特色。所谓的古语词就是从古代汉语中继承流传下来的词语，它们因为时代的变迁、表达的需要而或多或少地被赋予了新的语义内涵。《梦珂》中大量化用了这类词语。”作者在引用克罗齐所言：“艺术家的全部技巧就是创造引起读者审美再创造的刺激物”之后写道：“从文学语言的角度分析，丁玲在《梦珂》中已经尝试并且成功地创造了这种‘刺激物’，无论是动词的推敲还是叠词的选用，古语词的‘驯化’，都一次次唤起了我们的联想和想象，印象深刻，难以忘怀。因此，我们有理由相信这是一部匠心独运的作品，也是一部成功的作品。”《梦珂》

虽然是丁玲的处女作，可正如作者所说，它在"文学语言已经很有特点，从词汇角度来看，作者极其注重炼词技巧，并且已经取得了可观的成就。"说明丁玲创作伊始就显示出语言艺术风采。"真正从语言底层出发探求《梦珂》创作特色的文章还不多见。"因此，更显得此文之可贵，这不能不说是作者在丁玲语言研究上的独特贡献。

毕玲蔷的《〈莎菲女士的日记〉中的文学语言变异现象》(《丁玲研究通讯》2003 年第 1 期)，是又一篇就丁玲早期成名作的语言现象进行剖析的文章。文中指出:"变异是文学语言重要的生成机制之一，它不仅为文学语言带来了丰富多彩的变化，还为文艺意象和艺术意境的营造提供了许多有用的途径。"作者从语词、语法、语用这三个层面加以论述:"就语词层面来说，词语的超常规组合是《莎菲女士的日记》的一个鲜明特色。词语超常规组合，就是打破习惯，跳出框框，改变某些词语的常规组合，以产生新的词语，滋生新的词义。"如"粗丑""焦烦""灼闪""寂沉沉""静静默默"之类，都有特定含义。"就语法层面来说，变异方式的多样化，是《莎菲女士的日记》的另一鲜明特色。"如"易位变异"——对句子成分排列位置的故意变动，以引起读者的关注；"拼贴变异"——如同拼贴画，将若干在语法和逻辑上或有联系或无联系的语言拼接在一起，既增强了文学语言的厚度，又强化了文学语言的深度；"再现变异"——把句子的某一或某些成分加以重复，它不同于"反复"，追求的是文字的简洁和语义的含蓄。"就语用层面来说，语用技巧中的丰富性，是《莎菲女士的日记》的又一鲜明特色。"语用，就是语言的使用。丁玲作品很注重语用技巧，就以这一篇为例，如词语误用:"清清白白地想"，就比之正常的"清清楚楚地想"，更显示出人物的品性纯洁，没有污点，富有新的词义。如此可见，作者反常规用词的良苦用心。这些分析，是颇有见地的。

其三，打破以往固定看法，提出自己的主见。

以往的丁玲小说研究中，在提到小说语言的欧化语法时，尽管肯定、否定和折中的都有，但批评之声是主流。有两种观点颇发人深省，一种是为肯定丁玲早期的小说创作，而对其欧化语法大加赞扬；另一种是为强调丁玲小说语言变化，而否定欧化语言现象，如认为丁玲创作《母亲》时，作品一反过去欧化的句法，努力做到流畅、质朴、口语化、民族化。为了澄清事实，阐述欧化语言在丁玲小说中的作用，毕玲蔷发表了《"充盈句"与欧化语法——探析丁玲小说中文学语言的表现形式》(《丁玲研究》2008 年第 1 期)一文。作者首先界定"充盈句"的含义，认为"'充盈句'是指丁玲在小说创作中为满足特殊的艺术表达而精心设置的一种句子形态，它具有语义高密度集结、语句新兴充溢、语气充沛贯通，凭借语境构筑深层语义和较之一般的句子语词容量较为充足的特征。”作者表明：“选取‘充盈句’这个角度切入，是笔者试图较为客观并深入地来评价丁玲小说语言欧化现象的尝试。”“笔者对‘充盈句’的命名和分析旨在消除人们对丁玲小说欧化语法的偏见。”——这便是作者发表这篇论文的目的。

欧化语法，是丁玲创作伊始自觉的选择。她自己就曾说过：“我是读中国小说出身的，我最喜欢的是《红楼梦》。……可是我在写小说时，却是学的外国，我初期作品中，有些句子不净是倒装句吗？说学的哪一个，倒不是，反正是向外国学习的，原因是以为这些可以当作武器，可以帮助搬倒三座大山。”作者认为：“正是这种自觉的选择，使丁玲的小说语言从一开始就带上了浓烈的欧化色彩，并始终伴随左右。”句子较长的“充盈句”就与欧化语法密切相关。而且直到晚年的丁玲创作《杜晚香》是仍然没有舍弃“充盈句”这一为她喜爱的、欧化语法的表现形式。早在20世纪30年代鲁迅先生就曾说过：“欧化文法的侵入中国白话的原因，并非因为好奇，乃是为了必要。……评论者何尝要好奇，但他要说得精密，固有的白话不够用，便只得采些外国的句法。比较的难懂，不像茶淘饭似的可以一口吞下去是真的，但补这缺点的是精密。”所以，作者得出这样的结论：“鲁迅的坚持和丁玲的选择，都是为了适应西方进步思想和文学资源引介于借鉴的需要，也为了应对新时代新要求的需要。因为欧化语法为中国新文学、为鲁迅和丁玲等现代作家带来的是表述新思想内容的方法，是激励精神投入思考的方式，是感动心灵并为心灵打开新的思想和情感之路的手段。”“正是在这一意义上，笔者给予‘充盈句’以肯定。丁玲的小说语言虽然有着一定的变化，但她从来也没有摒弃过欧化语法；若是否定这一点，否定欧化语言给丁玲小说文学语言生成带来的意义，那么，就无法全面客观地评价丁玲的小说创作。”自然，对欧化语法的运用也不必大加赞扬，在看待丁玲小说语言对外国文学的借鉴上，正确的态度应该是“看到这种借鉴好的方面的同时”，“也不应该忽略了借鉴失败的方面，只有这样才不失为全面。”

同样，陈天助的《〈莎菲女士的日记〉的语言体式问题》（收入《二十世纪中国社会变革的多彩画卷》）也就丁玲的这篇小说语言的欧化问题提出了自己的看法。西方汉学家耿德华认为：“莎菲日记是一种汉语语言文学称之为‘欧化’的白话文写就的。”多年来，国内许多学者也均持此种观点，《莎菲女士的日记》（以下简称《莎菲》）“一直被认为是‘欧化’白话文的一种范式。”陈天助则认为：“思考这一问题可以从日记体及其口语特征入手。丁玲选择日记体，意味着她自觉选择了口语这一基本体式，以此回避当时盛行的欧化叙事语言。对于丁玲来说，这是一种很讨巧的策略，可以一石二鸟。因为口语表达可以使莎菲自然陷入自我矛盾之中，从而传递自身烦躁不安的复杂心境。”固然，“口语体的运用并不排斥欧化体，两种体式往往交融在一起。”丁玲也曾运用作为语言欧化标志的复合句，但她常常依据口语习惯，有意识地把长句肢解，使语气变得短促，即“作者有意加以处理，消解欧化句式，使之合乎口语体特点。”总之，他认为：“《莎菲》语言的基本体式并非如多数人所认为的完全欧化，作者并没有刻意按照当时流行的欧化句法规则，而是有意识地选择最为直白袒露的口语体，抒写复杂多变的内心世界。更值得重视的是作者对欧化体的加工和改造，使口语体和欧化体融合在一起，形成《莎菲》语言的基本体式。分析这一另类语言体式的功能和价值，将有助于进一步考察早期现代汉语写作的不同形式及其流变。”

学术研究只有彼此争论才能逐步深入。“百家争鸣”才可能“百花齐放”。在丁玲语言研究上，厦门学者真正做到了“百家争鸣”，从而呈现出百花争妍的图景。

其四，从两篇博士论文，看丁玲语言研究的新高度。

作为青年学者的两篇博士论文：毕玲蔷的《丁玲小说文学语言的搭配艺术》和杨怡的《丁玲文学语言风格的转换》（均发表于《丁玲研究》2006 年第 1 期），更显示出丁玲语言研究的新高度。前文认为：“对文学语言来说，组词成句的过程就是语词艺术化的过程。……精心选择，并在组词成句的过程尽量做到推陈出新，从而构造出具有个性特征的、有着一定艺术效果的语句，这就是搭配艺术的关键所在，也是丁玲在创作中着力追求的目标所在。”毕玲蔷通过丁玲作品中“量词的搭配变异”“形容词活用为动词”的具体分析，精确地阐述了“丁玲小说文学语言的搭配艺术”这一论题。

鲁迅先生在《萧红作〈生死场〉序》中指出：“女性作者的细致的观察和越轨的笔致，又增加了不少明丽和新鲜。”其实，我们综观丁玲的作品，特别是她的早期作品，文学语言中“越轨的笔致”尤为突出。杨怡就认为：“丁玲是在大革命失败后开始从事白话文创作，她发扬五四文学传统，认真学习外国文学语言，以细致越轨的文学语言风格著称。”而丁玲文学语言风格的转变，是在左联时期文艺大众化的热潮中，此时她的文学语言风格“总的特点是刚健明快为主导，又有蕴藉、细密的特色。”“刚劲有力的文学语言风格，有着多种表现，例如在用词方面，常选用能表现刚劲的动词、形容词或词组合成的句子。”作者还以中篇小说《水》为例，说明“雄健的文学语言风格还表现在句子组成方面文中善用短句，造成急促有力的效果，形成强劲之势。”而《水》“善于使用借代、象征等手法，含蓄地表现在洪水灾害面前人的情绪的不同变化。”在语言上呈现出蕴藉细密的特色。作家的语言风格并非一成不变，而是随着时代的变迁有所改变。到延安后，丁玲的文学语言风格又有了新的变化，“《讲话》前以简洁而又深细的文学语言著称；《讲话》后，以绚丽而又多彩的文学语言风格受人称赞。”而“新中国初期出现明丽的文风，新时期复出后文学语言如行云流水，然而又耐人咀嚼。”总之，“她的文学语言风格生成及演变，是同现代性、民族性、大众性密切联系的。”也是同她不同时期的不同经历、不同境遇不无关系。

正是这两篇博士论文，受到了专家、学者的肯定与赞扬。福建师大文学院博士生导师庄浩然教授在评议这两篇论文时指出：“它们作为国内文学语言研究的首批成果，以其论题的前沿性、观点内容的创新与方法的开拓性，不独彰显了该方向生机勃勃的学术前景，也填补了丁玲文学语言及其风格研究的空白与薄弱点，从一个新的维度拓展了人们对丁玲文学作品的艺术价值与独特的历史贡献的新知，将已有的丁玲研究引向一个更为厚实、深湛的层面。”“批判地借鉴法国结构主义、俄国形式主义、英美新批评派等西方文论资源，同时汲取中国语言学、文学、文本学、风格学等文论传统，藉以营建文学语言研究新的理论观点与思维方式，是两篇论文的显著特点。”而“论述丁玲的文学语言的生成机制与丰盈的表现形式，其文学语言风格的演变历程与风格特征，是两篇论文的核心内容，也是能表征其创新的学理价值。”

文学语言研究是厦门学者的丁玲研究的重中之重，成果丰富，除上述几项还表现在其他方面。诸如杨怡的《丁玲新时期散文语言异彩》（收入《丁玲与中国女性文学》），从新时期散文作品中的人物刻画、景物描写以及抒情议论三个方面探讨其语言特色。王丹红的专著《丁玲笔下的母亲形象》还设有专章“以文学语言论观照丁玲作品中的母亲形象”。严铿教授在《从新角度、新视野研究母亲画廊——读王丹红〈丁玲笔下的母亲形象〉》（《丁玲研究》2007 年第 1 期）一文中指出：“专著除了采用惯用的历史的美学的方法研究丁玲笔下的母亲形象外，还运用近年兴起的文学语言方法研讨丁玲塑造母亲形象的特点。作者从文学语言角度解读《母亲》和《魍魉世界》中的母亲形象，让人们对丁玲的母亲形象有了新的认识。”他认为：“从新角度、新视野论述丁玲作品中的母亲形象，这是近年来丁玲研究的新收获。”而毕玲蔷的《丁玲论文学语言》（收入《二十世纪社会变革的多彩画卷》）则对丁玲的文学语言理论加以阐述。作者认为丁玲是一位有着一定文学语言自觉意识的作家。“尽管丁玲关于文学语言的直接与集中的论说并不多，有关论说的不少部分是以话语句群或段落章节的形式散布在各篇文论中，但理念发展的一致性与内在性仍使她的文学语言论构筑成了一个系统完善的结构整体。”所以，丁玲也堪称一位文学语言理论家。

总之，厦门学者在丁玲语言研究上确有新的突破，也填补了某些空白，在学术界处于领先地位。

谈丁玲散文的语言

何耿镛

丁玲的散文，蕴藏着一股强烈的吸引力，像磁铁一样把读者的心紧紧地吸引住；凝注着强烈的感染力，像熔化剂一样把读者的感情和作品所表现的思想感情融作一体。是什么因素使她的作品产生如此强烈的吸引力和感染力呢？除了作品所描写的人物、情景、事件本身所包含的深刻意义以及主题的表现、题材的选择等因素之外，还在于作者在文学语言的运用上所产生的艺术魅力。

一个作家的艺术风格和创作特点，是多种因素的综合体现，其中的一个重要因素，就是表现在作品文学语言运用上的艺术特色。不同的作家，由于各自所处的主客观条件和经历的情况不同，因而在文学语言上就表现出各自不同的风格。如鲁迅的散文，在诙谐幽默之中包含着辛辣的讽刺，言简意赅，话锋像一把匕首，要害抓住之后，只需三言两语就一刀见血地把问题的实质道破；冰心的散文，感情浓郁，文辞典雅；茅盾的散文，细腻缜密，清新素雅，蕴含着深刻的生活哲理；而丁玲的散文，则又别具一格。她的散文，就思想内容来说，既不作托物言志的心曲，也很少写借景抒情的篇章，而是较集中地描写革命斗争及其在斗争历程中的心灵活动；就文学语言的风格而言，则是通俗流畅，质朴自然，细腻而不雕琢，沉郁之中透出豪放，活泼豁达之中洋溢着激情，既充满着浓郁的生活气息，又表现出热烈的时代精神。

丁玲的创作，植根于丰富的革命斗争生活的土壤之上。长期的革命斗争实践，既锻炼了她对人、对事物锐敏而深刻的观察力，同时也使她熟悉人民群众的生活和他们的语言。她的散文，善于以深沉的感情，细腻的笔触，自然朴实而又富有表现力的语言去揭示表现在人或事物中的最本质的东西。比如写彭德怀，她借一个青年政治委员的话写道：

"一到战场上，我们便只有一个信心，几十个人的精神注在他一个人身上，谁也不敢乱动；就是刚上火线的，也因为有了他的存在而不懂得害怕。"

在描写彭德怀的神情以及他亲密无间地跟群众“混”在一起时，她这样写道：在彭德怀的身上“看得见有在成人脸上找不到的天真和天真的顽皮”，他经常“拥着一些老百姓的背，揉着它们……那些嘴上长有长胡的也会拍着他，或是将烟杆送到他的嘴边……”这些描写，朴实自然，用语也很寻常，然而却把一个无产阶级革命家彭德怀写活了：他威严刚毅而又和善纯朴；战场上，在战士们心目中，彭德怀就是胜利的象征；“有了他的存在”，即使是“刚上火线的”也“不懂得害怕”；他和老百姓在一起的时候，经常“拥着一些老百姓的背”，而“那些嘴上长有长胡的也会拍着他，或是将烟杆送到他的嘴边”，把彭德怀与人民群众的关系写得非常自然亲切，把彭德怀与人民群众亲密无间写得既生动又深刻。

又如《三日杂记》中写几个活泼能干的年轻人时，她这样写道：“这几个青年人都是这庄子上的好劳动、身体结实、眉眼开朗，他们胳膊粗，镢头重，老年人都欣赏他们的充满朝气，把自己的思想引回到几十年前去。他们又是闹灶火的好手，腰肢灵活，嗓音洪亮，小伙子们都乐意跟着他们跑，任他们驱遣。他们心地善良，工作积极，是基干自卫军里的模范。妇女们总是用羡慕的眼光去打量，因为他们加强了兴致，也因为他们会偶然发现自己丈夫的缺点。”这段话语言都很通俗，叙述的事情也很平常，但是却把那几个活泼能干的年轻人写得有血有肉：既从神态、性格、表现等各个方面对那些朝气蓬勃的青年作了入微的描绘，又真实、深刻地挖掘了那些老年人、小伙子以及妇女们看到那些充满活力的青年人时蕴藏在内心的感情活动，而且写得很含蓄、很有风趣。老年人看到他们，会“把自己的思想引回到几十年前去”，这显示了那些年青人蓬勃朝气的巨大魅力；小伙子们“乐意跟着他们跑，任他们驱遣”，表现了他们在小伙子们心目中的威信；特别是那些妇女们“因为他们加强了兴致，也因为他们会偶然发现自己丈夫的缺点”，这不但流露了妇女们对他们的羡慕，而且把妇女们的内心活动写得非常细腻，非常真实。作者通过这些描写，又从另一个角度来反衬和突出那群年轻人惹人喜爱的形象和性格。有的人对写散文往往有个错觉，以为写散文就得动用许多华丽的辞藻，不这样做文章就不美，于是就在自己脑子里翻箱倒柜，恨不得把能够找到的华辞美句都堆上去。其实不一定要这样，丁玲散文运用语言的技巧，就给了我们很好的启示。

我们的汉语是高度发达、非常富有表现力的语言。作家在语言运用上能否发挥独创性，取决于作家对祖国优美丰富的语言所具有的素质和修养。丁玲散文语言的可贵之处，就是能使通俗、自然、朴实的语言富有丰富的表现力，从而准确、鲜明、生动地表现了主题。如《五月》，描写的“是一个都市的夜，一个殖民地的夜，一个五月的夜里”，其中写道：“这些风，静静的柔风……又爬过了凉台，蹿到一些淫猥的闺房里……好些科长、部长、委员，那些官们，好些银行家，轮船公司的总办，纱厂的、丝厂的、其他的一些厂主们，以及一些鸦片吗啡的贩卖者，所有白色的、黄色的资本家和买办们，老板和公子们都在这里坦露了他们的丑态，红色的酒杯，持在善于运用算盘的手上了。成天劳瘁于策划剥削和压迫的脑子，又充满了色情，而倒在滑腻的胸脯上了。”那些官僚、政客以及各式各样的剥削者们，他们外表上道貌岸然，温文尔雅，然而，他们所干的却是肮脏的勾当。白天“劳瘁于策划剥削和压迫”，绞尽脑汁，搞得精疲力尽；可是到了夜晚，他们就在“淫猥的闺房里”倾醉在淫欲之中，“倒在滑腻的胸脯上”，“坦露了他们的丑态”。作者的这些描写，既通俗又形象，然而把那些达官贵人们的虚伪、丑恶、荒淫，揭露得淋漓尽致。又如她在描写当时社会动荡不安，流传着各种各样的消息时写道：“还有的消息，安慰着一切有产者的，是‘剿匪总司令’已经又到了南昌，好多新式的飞机……也跟着运去了；因为那里好些地方的农民、灾民，都和‘共匪’打成一片，造成一种非常大的对统治者的威胁……”，“安慰”一词，非常普通，它本身也不含什么贬意，然而用在这里，都非常生动深刻地表现出那些有产者们对各地爆发的革命运动多么的胆战心惊，惶惶不可终日。这样的选词用语，不但形象确切，而且溶注着作者强烈的爱憎感情。

由于丁玲有丰富的革命斗争实践，长期生活在人民群众中间，所以她很善于用人民群众活生生的语言去描写人民群众的生活和农村景象。在《三日杂记》中，作者写她到麻塔去，在一条九曲十八弯的山沟里行走着。正当她心里盘算“要去的麻塔村该到了吧”的时候，“果然，在路上我们发现了新的牲口粪，我们知道目的地快到了。”到了麻塔村，正当她仔细地在观察村子周围的一切时，“只看见好几个地方都是稀稀拉拉挤来挤去的羊群，而留在栏里的羊羔听到了外面老羊的叫唤，便不停地咩咩地号叫，这叫声充满了山沟，于是大羊们更横冲直撞地朝窄狭的门口直抢，夹杂着孩子们的叱骂。我们跟着到羊栏边去瞧看，瞧着那些羊羔在它们母亲的腹底下直钻，而钻错了的便被踢着滚出来，又咩咩地叫着跑开，再钻到另外的羊的肚子底下去。”这段描写，不但形象地描绘出一幅夕阳西下，群羊归圈的山村景象，而且简直把羊羔子的天真、可爱以及钻母腹急着吃奶的情景写得活灵活现。正是由于她有丰富的生活体验，有深厚的生活感受，才能写得这样自然、朴实，细腻而又充满着浓郁的生活气息。

丁玲散文的语言风格，既有自然、朴实、恬静的一面，又有激昂、豪放的一面，因而就使人觉得她的散文在自然、朴实、细腻之中又显得有气势。比如对陕北高原的景色，她是这样描写的："秋天的陕北的山头，那些种了粮食的山头是只有大胆的画家才能创造出的杰作，它大块地涂着不同的、分明的颜色，紫、黄、赭、暗绿。它扫着长的、平淡的、简单的线条，它不以纤丽取好，不旖旎温柔，不使人吟味玩赏，它只有一种气魄，厚重、雄伟、辽阔，来使你感染着这爽朗的季节，使你浸溶在里面，不须人赞赏，无言的会心就够了。"她以奔放、动人的笔触，抒发了她热爱陕北、赞颂陕北的豪情，表现了陕北高原的雄伟气势，使人读后心驰神往。

丁玲散文的描写、抒情语言，给人以文学的陶冶和美的感受，同时又常常闪烁着革命的人生哲理，使人读后精神振奋，情志昂扬。如在《秋收的一天》中，薇底的自述写道："我虽说很渺小，却感到我的生存。"这句话可以作为她生活的座右铭。在革命队伍中，每个人都是普通一兵，都是革命机器中的一颗螺丝钉，但生活是有意义的。又如她在怀念为革命而献身的马辉同志时写道："现在是我们，无数的马辉，以血、肉、骨、灰去抵抗强权，埋葬丑恶的时候，就用这些血、肉、骨、灰堆积在旧的脏的中华国土上，而新的、光明的国家就在这些血、肉、骨、灰的基础上建立。"革命者的血，冲刷着旧世界的枯枝朽木，浇灌着新世界的幼苗和花朵。那些话说得何等的深刻有力，何等的激励人心！

以上所说，恐怕还不足以概括丁玲散文的语言特色，只不过是读了她的一些散文之后的粗浅感受而已。

（选自《丁玲创作独特性面面观》，湖南文艺出版社，1986 年。）

学理的活力
——谈黄典诚文学语言的卓见

庄钟庆

茅盾在《漫谈文学的民族形式》一文中指出，20 世纪 50 年代学术界对于文学语言的看法，就其广义而言，指哲学、文学、科学、政治、经济等著作所用的语言，专指文学作品所用的语言，有“艺术语言”一名；通常谈文字形式时常用的“文学语言”即指“艺术语言”。当时文学界普遍认为文学语言的特点是形象化，正如茅盾在《新的现实和新的任务》中所指出的文学作品的语言应当是形象化、富有表现力的、准确的和精练的，然后可以传达作者所欲传达的思想情绪，构成鲜明的形象的。他又说作者表达一定的思想情绪，就必须用字正确、造句合法等。这就是说文学语言“是在民族语言的基础上加工提炼使其更精萃，更富于形象性，更富于节奏美。文学语言不能是原封不动的口语，但也不能脱离口语的基本要素——词汇、词法和修辞法。”①

20 世纪 60 年代语言学家邢公畹撰写了《〈红楼梦〉语言风格分析上的几个先决问题》，以为对文学语言特征必须具备的语言及美学因素，同时提出运用语言因素分析文学作品的内容及语言特色等问题。

20 世纪 80 年代改革开放以来，文学语言讨论有了新的发展。有的学者认为已经形成文学语言学，有的学者则认为为时尚早，有的重视文学语言的文学性，忽视语言性，不少学者仍由侧重于从文学性的角度来研究文学语言，也有的兼及从语言性的角度探讨文学语言，不过从语言性的视角研究文学语言，也明显向文学性倾斜。如吕叔湘 1980 年 10 月在中国语言学成立大会的报告《把我国语言科学推向前进》中指出：“语文教学的进一步发展就走上了修辞学、风格学的道路，也就是文学语言的研究，这是语言学与文学交界处的学科。”

在探讨、研究与实践文学语言理论的过程中，黄典诚的主张我一直记在心中。他是个语言学专家，在文学语言的主张方面，与当时主要潮流是同步的，他

① 茅盾：《漫谈文学的民族形式》，《茅盾选集》第 5 卷，成都：四川文艺出版社，1985 年，第 532 页。

又是精通文学的，且善于笔耕。他是把这几方面糅合在一起的，认为考查文学语言应该文学性与语言性并重，两者不可偏废，他的观点使我受益不浅。

20世纪60年代初，我由北方调到厦门大学中文系，当时担任写作教学工作，业余时间继续撰写《茅盾的创作历程》。我深感在探讨茅盾作品的语言特色方面流于一般化，就是通常采用文学理论方法来探讨作品语言，缺乏新意。我想突破它，便去向黄教授请教，请他谈谈如何从语言的角度分析茅盾的文学语言。

在谈这个问题之前，黄教授同我谈了分析文学语言必须明确的几个问题。

黄教授说从语言学角度研究文学语言，通常认为从语音、语法，还有修辞等方面去研究文学语言，这就要充分注意文学语言具有具象性、形象性、感情性等特点，如不注意这些，文学语言的研究便落空了。

从一般语言提升到文学语言，黄教授认为作家必须重视对于生活语言的“加工”，使之成为艺术语言，所谓“加工”，或选用或改造群众语言中有生命力的方言、词语、成语、谚语、俗话，及语法、修辞，还要消化吸收中国古典文学语言、外国文学语言之长处。

黄教授认为应从词语、句法及修辞等方面入手，联系作品，分析作品的语言风格，我根据黄教授有关文学语言的主张对茅盾作品的语言风格进行探讨。

为此，我以《子夜》第一章中的一段为例进行语言风格的分析，作品这样写道：

> 汽车发疯似的向前飞跑。吴老太爷向前看。天哪！几百只亮着光的窗洞像几百只怪眼睛，高耸碧云的摩天建筑，排山倒海般的扑到吴老太爷眼前，忽地又没有了；光秃秃地平地拔立的路灯杆，无穷无尽地、一杆接一杆地，向吴老太爷脸赶来，忽地又没有了；长蛇阵似的一串黑怪物，头上都有一对大眼睛放射出叫人目眩的强光，啵——啵——地吼着，闪电似的冲将过来，准对着吴老太爷坐的小箱子冲将过来！近了！近了！吴老太爷闭了眼睛，全身都抖了。他觉得他的头颅仿佛是在头脖子旋转；他眼前是红的、黄的、绿的、黑的、发光的、立方体的，圆锥形的，混杂的一团，在那里跳，在那里转；他耳朵里灌满了轰，轰，轰！轧，轧，轧！啵，啵，啵！猛烈嘈杂的声浪会叫人心跳出腔子似的。

这段是叙述吴老太爷为逃避乡下剧烈的社会斗争，跑到了半殖民地半封建的大都市上海之后，乘汽车直奔吴荪甫住所时的所见所闻。作者的叙述既符合吴老太爷执拗的性格，又体现了自己语言的雄健而精细的特点。

我先是从遣词上分析上述那段文字的语言风格，黄教授看了我的初稿后便明确地提出，雄健的语言往往体现在动词的使用上，这个见解很好。因为吴老太爷一到上海，看见了摩天建筑、路灯电杆，听见了啵啵的吼声，这些是现代都市上海极为寻常的东西，住惯上海的人，谁会感觉到这些东西对他们有那么多的威胁呢?！但是对于蛰居乡间二十五年过着抱残守缺生活的吴老太爷却都是异常的刺激。作者使用了矫健有力的动词表现之，其妙处在于变不能动的东西为动的东西，如建筑物会扑，路灯杆会打，吼声会动。黄教授又指出精细的语言，往往同作者善于使用形容性的词语有关。例如亮着灯光的窗洞，高耸碧霄的摩天建筑，光秃秃的平地拔立的路灯电杆，长蛇似的一串黑怪物，叫人目眩的强光。

接着根据黄教授的指点，分析句型与风格的关系还应注意长短句并用的手法，巧妙地把雄健与精细的语言特点统一起来，这一段总地说来是表现吴老太爷的紧张心情。根据内容的需要，作者有时造出近似呼喊的短句子，例如“吴老太爷向前看。天哪！几百只亮着……”“近了！近了！吴老太爷闭了眼睛，全身都抖了。”有时造出长句，例如“高耸碧霄的摩天建筑……忽地又没有了”，“光秃秃地平地拔立的路灯杆……忽地又没有了”。

最后我从修辞方面对《子夜》的语言风格进行了分析，黄教授认为作家能形成独特的语言风格同修辞运用得很有特点的关系极为密切。这里以比喻句作例子，作者喜欢用形象而新鲜的语言表现事物的特点，少用静态的微小的事物来比喻，这同他长于把握雄健的语言风格有关；同时，作者还善于采用一连串的比喻生动地揭示了多种事物的特征，也反映了人物的特殊感受。例如吴老太爷用顽固派的眼光看上海的市景，便是突出的例子。

《茅盾的创作历程》出版后，有一位美国学者读后写信给我说：这部分（指《茅盾的创作历程》第一章文学语言部分）写得“尤其精彩”，它同作品结合起来，相互补充，相互印证。

黄教授对文学语言的卓见，给后人以切实的教益，这同他既精通语言学，又熟悉文学，且两者都有丰富的实践经验有关。他有关文学语言的理念在当时是前卫的，迄今仍有活力。

面对着：“语言学与文学交界处的学科”的形成

—— 邢公畹文学语言论价值探视

郑　楚

目前正在形成中的文学语言研究，这是“语言学与文学交界处的学科”。[①]有人说，它是从国外引进到国内的，其实不然，早在20世纪50年代我国文学界和语言学界便掀起文学语言研究的热潮。我国著名语言学家、南开大学教授邢公畹先生撰写的《<红楼梦>语言风格分析上的几个先决问题》（以下简称《语言风格》）一文，便是当年文学语言研究的重要成果。此文发表在《南开大学学报》1963年12月第4卷第1期，二十多年后它被收入《红楼梦语言艺术》一书中。[②] 这篇论文对《红楼梦》语言风格作了细致、深入的探讨，并就文学语言的问题发表了许多不同于当时学者的独特看法，其文学语言论的学术意义超过了《红楼梦》语言风格论述的价值，尤其在当今的文学语言论研讨中，许多青年学子将它作为重要的引线，发挥了很大的作用。尽管邢文发表已过半个世纪了，如今读来仍有不少的启迪，其中许多有关文学语言理论的精辟论述，至今时常被人引用，其强健的生命力主要在于他的文学语言论所具有的独特学术价值，值得探讨。

一

20世纪50、60年代，我国文学界、语言学界曾就文学语言的特征、内涵、研究方法等问题展开了热烈的讨论。

当年关于文学语言的特征的看法不尽一致。从事语言研究的学者往往把文学语言理解为修辞的问题，从事文学研究的学者往往把文学语言作为文艺学的问题，邢公畹教授是个语言学家，对文学相当熟悉并很有研究，因之能对文学语言研究问题发表很多独特见解。

邢公畹教授在《语言风格》一文中对文学作品里的语言特征发表这样的看

---

① 吕叔湘：《把我国语文学科推向前进》，《中国语文》1981年第1期。

② 卢兴基、高鸣鸾编：《红楼梦语言艺术》，北京：语文出版社，1985年，第1－24页。

法："文艺作品里的语言的每一个要素：词、语段、句式和语音，除了它们在全民语言的通常功能，还具备了艺术的、构成作家风格的要素功能，除了通常的意义，还饱和着非通常的美学意义——象征性的、意味深长的、绘声绘色的魅力。"[①] 对此他作了具体的阐述：

> 我们如果告诉人说，"天上飞过了一行大雁"，这只是通常意义的表达；因为它除了词的、语段的、句式的规范化意义之外，再没有多余的意思。可是，在"天高云淡，望断南飞雁"这两行短短的断句里，有景、有人、有声音、颜色、有深深的思索，这就叫非通常意义的表达。这种非通常意义的表达，有时在一个词里就可以见出，有时要在更大的篇章结构里才能见出。[②]

由此可见，邢公畹教授认为文学作品里的语言"除全民语言的通常功能"，还要有艺术的功能，"除了通常的意义，还饱和着非通常的美学意义"。这就是说文学作品里的语言"是从全民的共同语中选择、组织、创造性地加工而成的"，[③] 具有美学意义。这个见解较之当年不少论者认为形象化是文学语言特征的看法更有科学性、深刻性。

邢公畹教授还把对文学语言特征的看法（语言及美学的因素）用之考察《红楼梦》的语言。他说："曹雪芹在他的光辉艺术劳作里，像从各色果子里把水榨取出来一样，从祖国的语言里把每一个词、语段和句式的深远的、魅人的、非通常意义榨取出来，构成了生动的画图，忽而波澜壮阔，忽而浅水平沙，从富家的峥嵘殿宇到农村的辽阔田野，人们在生活着、折磨着、斗争着。故事里纷纷腾起的是亲切的祖国的口音，展开的是哺育着我们的祖国的山河与大地。"[④] 这里值得注意的是，他通过语言因素及其内涵的分析，揭示《红楼梦》语言的特色。

邢公畹认为文学作品里的语言来自全民语言，凡是经过加工，"饱和着非通常的美学意义"，才能成为文学语言。这个见解与所谓文学语言便是文学作品里的语言看法是不相同的，颇有己见。

---

① 邢公畹：《<红楼梦>语言风格分析上的几个先决问题》，《南开大学学报》1963 年 12 月，第 4 卷第 1 期，第 49 页。

② 同上。

③ 同上。

④ 同上。

二

探讨文学语言问题，除了文学作品的语言外，还要研究作家在文学作品的语言运用上的具体特点，那就是作家作品的语言风格。关于语言风格的看法，当时学术界还在争论中，研究文艺学的学者很容易撇开语言因素来论述，而语言学学者又很容易偏离文艺学原理。邢公畹教授的看法却不然。他在《语言风格》中的《结意》部分这样说："对作家语言风格进行分析，是要观察作家如何使用语言工具来实现其题材、作品结构、人物语言、形象塑造以及一切有关作品的艺术构思的。不同作家和不同语言风格就是各人的语词、语段、句子和大于句子的语言结构运行在题材、作品结构等等方面的不同轨迹图，不是几句抽象的话所能概括的。对作家语言风格的评价就是看作家的语言表现能力对所表达的内容的适宜的程度如何而定的。"①

邢公畹教授这段话明确告诉人们：分析文学语言风格除了重视语言因素外，还要注意语言表现力与表达内容的关系，才能准确地评价语言风格。

在探讨文学语言风格时，邢公畹反对一般化的分析。他指出20世纪50、60年代，对《红楼梦》语言的专门研究不多，但在研究《红楼梦》的论著中，差不多都会提到它的语言成就，较有代表性的说法是："它在语言上的特色主要是表现为洗炼、自然和富于表现力"。② 或者是"简洁而生动，准确而精练，朴素而多彩，清新活泼，富有极强的表现力。"③ 有的把《红楼梦》语言归结为四类美：即"意境美""感情美""感染美""传神美"。④ 邢公畹不太认同这些说法，他委婉地说：这些看法并非不对，只是"说得都很稳重，但是嫌空泛"，后者说得"更空泛"，"是很抽象的"。如果是这样的推断分析文艺作品的语言特点或风格，"不但是中国的，而且可以包括外国的"。"看不出所举的特点是必然属于'红楼梦语言'的。"⑤ 也就是说，这些特点只是优秀的文学作品语言共同的特征，却难以表现各个作家运用语言艺术所展现精彩纷呈的语言特征。

---

① 邢公畹：《<红楼梦>语言风格分析上的几个先决问题》，《南开大学学报》1963年12月，第4卷第1期，第55页。

② 中国科学院文学研究所、中国文学史编写组：《中国文学史》第三册，北京：人民文学出版社，1962年，第1117页。

③ 游国恩等著：《中国文学史大纲》北京：人民文学出版社，1962年，第290页。

④ 周中明：《谈红楼梦的语言美》，《安徽文学》1963年4月号，第119、110、113、116页。

⑤ 邢公畹：《<红楼梦>语言风格分析上的几个先决问题》，《南开大学学报》1963年12月，第4卷第1期，第47页。

因之邢公畹非常重视探讨文学的语言风格的“个性”特点问题。他在《语言风格》中说：除了重视文学作品里的语言的共性及民族性外，更要注重语言的个性。他又说：语言的个性，“这个问题实质上也就是对传统文学作品的继承与和发展，对全民共同语的选择与加工的问题”。[①] 作者在继承与发展和选择与加工过程中各有不同特点，形成不同个性。他又说：“相同的或相似的情境条件下，不同的作家在描写上可以有不同的处理——不同的语词使用习惯、不同的句法结构等。这些方面的比较，最能看出不同风格特点。”[②] 他以《红楼梦》与《水浒全传》描写雪景的比较为例，说明《红楼梦》用的是直接描写，更“富于感觉暗示性”，没有外加的韵文，用的是创新句子，而《水浒全传》是客观刻画，韵文与作品没有联系，用熟语的多，创造性句法不及《红楼梦》。这些都表明了两部名著语言的不同特点。

三

探讨文学语言的民族特点，这是邢公畹文学语言论的重要部分，也是在当年学术界讨论文学语言受到广泛注意的问题。

邢公畹教授认为文学语言应具有民族文化的特征（包括文学艺术上的传统）和民族语言的特征。他指出构成汉语文学语言的两种基本色调：简明性和感觉暗示性。他说：“汉语形态单位的单纯与灵活，词序的严格，组合学上的明快风尚和语段上的对偶倾向，构成汉语文学语言的两种基本色调：简明性和感觉暗示性。简明性包括两个方面，一个是简洁，一个是明确。”[③] 而拉丁语和俄语则是不同的基调。从语言的基调来说，简明性不能跟修辞学上“不许说废话”，“要说得恰到好处”等等规定相混，而是“我们所说的语言基调意味着语言表达上的‘易与性’和‘可能性’。譬如说，汉语易于说得简明，说得富于暗示性，而有的语言基调则易于说得长、说得细致；……。”[④] 曹雪芹在这些方面有着深刻的认识，在《红楼梦》中往往以人物言简意赅的语言表现出其他人物的不同性格。如四十二回，宝钗说：“世上的话，到凤丫头嘴里也就尽了。幸而凤丫头不认得字，不大通，不过一概是市俗取笑。更有颦儿这促狭嘴，他用‘春秋’的

---

① 邢公畹：《<红楼梦>语言风格分析上的几个先决问题》，《南开大学学报》1963年12月，第4卷第1期，第47-48页。

② 同上，第56页。

③ 同上，第50页。

④ 同上。

法子，将市俗的粗话，撮其要，删其繁，再加润色比方出来，一句是一句。"①这段评说中可以看出汉语简明性的特点。

感觉暗示性主要是指"状难写之景于目前，含不尽之意于言外"。如《红楼梦》二十七回：宝玉说起他穿探春送的鞋子的事，"探春听说，登时沉下脸来道：'这话糊涂到什么田地？怎么我是该作鞋的人么？环儿难道没有分例的？一般的说衣裳是衣裳，鞋袜是鞋袜，丫头老婆一屋子，怎么抱怨这些话！给谁听呢！'"②这里不是单纯指的"衣裳"和"鞋袜"的事，而是在暗示更多的涵义。直接描写就是作者借书中人物本身的感觉和行动完成对事件、环境、风景和人物的描写和评价。我国古典小说中有擅长使用直接描写的特点，这也是受汉语的感觉暗示性的基调所决定的。这个特点也很好地被曹雪芹在《红楼梦》中得到运用，如通过贾雨村回忆宁荣两府的印象、林黛玉眼中的"敕造宁国府"和刘姥姥看到"荣国府"大门前情景的直接描写，作者利用这三个人物的视觉和感觉，深刻地暗示着这个外强中干的封建大家族正走向衰亡。

邢公畹也很重视传统文学对语言风格的影响。他认为宋元以来的古代白话小说，特别是"宣讲"形式的小说对语言风格的影响很大。如小说的"章回"之中两个叙事之间的过渡，用一些固定的习惯词语，如"不在话下。且说……"或"如今且说"等等进行连接。还有许多"民间宣讲风"的语言，如《红楼梦》中对出场人物的介绍："只嫡妻贾氏生得一女，乳名黛玉，年方五岁，夫妻爱之如掌上明珠"等等。这些原是宋元话本宣讲形式的惯用语，在当时算是中立通用风格的词语，但在明清小说中逐渐形成了风格，可见邢教授的看法是有历史依据的。

从民族文学传统与民族语言方面来研究文学作品的语言特点及语言风格，这在当时学术界时有所见，不过邢公畹的论述特别是民族语言方面的见解颇为少见。

四

邢公畹教授对于文学语言研究的方法，发表了许多有益的见解，并付诸实践，取得成效。

首先，主张语言学与文学相结合的方法研究文学语言。这就是说运用语言学手段阐述文学语言问题。邢公畹指出《红楼梦》语言"基本上是用乾隆时候的

① 佚名：《红楼梦》，北京：人民文学出版社，1982年，第584页。
② 佚名：《红楼梦》，北京：人民文学出版社，1982年，第381页。

北京话写成的，但曹雪芹的方言知识很丰富，除当时北京词汇外，为了刻画和塑造上的需要还吸收了当时南京及其它地区的方言”。“续作者曾经在这方面作过努力，……但总的说来，方言知识是贫乏的。”[①] 由此可见，邢公畹是把运用方言与艺术表现结合起来，考察文学语言特点的。

为了分析作品的语言特点及风格，邢公畹主张应从语言因素入手，他说：“把《红楼梦》直接描写的地方搜集起来看看是用什么样儿的篇章结构、句式、语式和语词来完成这一任务。”[②] 或者“把《红楼梦》直接语言搜集起来，看看作者是怎样用语音、语词、语段、句子和大于句子的结构来表现人物的特征、社会属性和心理特征的，这是分析《红楼梦》语言风格的又一个方面”。[③] 总之，要从语言手段入手，结合表现内容，阐释作品语言特点或风格。

其次，运用语言学与文学结合的方法探讨文学语言问题，要求研究者具有语言学与文学两方面的学识。一般说来文学的学者，缺乏语言学修养，而语言学的学者，则文学修养不足，要解决这个问题，邢公畹教授采取与文学研究的学者共同合作研究的做法，取得可喜的成果。《语言风格》写好后，曾请他任教的南开大学中文系古典文学教研室多位同志审看，他们提出了不少意见，又作一次修改，之后又在该校第六届科学讨论会中国语言文学分会上作了报告，更多的同志对这篇稿子提了意见，作者又作了修改才刊出。这样把语言及文学的研究者的意见都吸收过来，起到了互补作用，使立论更为完善。[④]

再次，必须敢于大胆质疑旧说，提出新见，并认真加以论证，同时也要不断探讨新问题。语言学与文学结合，这是个新课题，邢教授从《红楼梦》研究语言风格入手探讨文学语言问题，对许多旧说提出质疑，发表不少新见，且作了细致的论证。在探索的过程中，他采取谨慎的态度，留有余地。《语言风格》一文尚未对《红楼梦》语言风格做出概括性的论断，只是为求取新结论提出几个先决问题，发表了自己的看法，因之对《红楼梦》语言风格尚有探讨的空间；还有一些新见有待进一步严密、科学化，如语言因素作为分析文学语言的手段是对的，然而，语言自身也有独立价值，缺乏明确的论述，强调文学语言中的民族语言因素，这是正确的，但对待外来语问题未能涉及，不能不说是个不足。

虽然，邢公畹先生已经逝世了，然而他留下的精神财富值得后人挖掘。他是

---

① 邢公畹：《<红楼梦>语言风格分析上的几个先决问题》，《南开大学学报》1963 年 12 月，第 4 卷第 1 期，第 55 页。

② 同上，第 53 页。

③ 同上，第 55 页。

④ 同上，第 46 页。

较早系统地论述文学语言论，他的理论主张不仅有很大的学术价值和历史价值，而且有一定的现实意义，是文学语言研究不可多得的重要文献之一。改革开放以来，文学界与语言学界都非常关注文学语言的探讨与研究，努力将文学语言研究逐步建成新学科，对于前人留下的宝贵的学术资源，必须加以继承发扬，并且注视学术前沿，坚持"与时俱进"。

挣扎在地狱边缘的行状[①]

—— 从文学语言看《腐蚀》

苏永延[②]

茅盾先生的《腐蚀》是一部日记体小说，自其诞生以来，在国统区及解放区都有相当大的影响，翻印的版本也非常多。但是，当它在1954年被拍成电影之后，由起初的好评顿时变成了禁播，个中缘由不难理解，从政治意识形态的角度上看，《腐蚀》受到广泛关注的时代氛围已经转变了。此后的很长一段时间，《腐蚀》成为一部不温不火的作品。这些年来，研究者从叙事学、女性主义或精神分析学等角度来重新阐释、解读《腐蚀》，不断开拓研究领域，这是值得肯定的。庄钟庆教授认为《腐蚀》的文学语言除了“细密”之外，还“大力追求洗练、纯净、含蕴、文采斐然而又富有强烈的节奏感的语言风格”，[③]达到“炉火纯青”的水平。[④] 但关于《腐蚀》文学语言研究的作品很少见，可见《腐蚀》的独特性尚待进一步发掘。

茅盾是语言应用大师，他在保持自己语言风格优长的同时，又有所变化。同时他的文学评论对语言一向十分关注，这又与他的创作实践息息相关。当然，作为作家的茅盾，他对语言的看法，与语言学家的立足点有所不同：语言学家着重寻找规律性问题，作家则侧重从审美的角度来进行探讨。

一切文学作品，归根到底都是语言的艺术，不管研究者使用何种理论来研究作品，都离不开从文学语言的角度来加以阐释和发挥，因此，从这个意义上来说，文学语言研究结合了文学与语言学的研究方法。本文拟以《腐蚀》为例，分析茅盾是如何应用他的文学语言技巧和方法来进行创作，不仅分析其创作的审美意义，还力求探索文学语言在创作过程中所起的独到作用。

---

① 本文系国家社科项目“东南亚抗战的华文叙述研究”（项目编号16BZW162）及中国侨联“东南亚华语反法西斯文学研究”（15BZQK224）的阶段性研究成果。

② 苏永延：厦门大学中文系副教授。

③ 庄钟庆：《茅盾的创作历程》，北京：人民文学出版社，1982年，第315页。

④ 庄钟庆：《茅盾的创作历程》，北京：人民文学出版社，1982年，第317页。

文学语言属于交叉学科研究，何为文学语言？学界见解不一，李荣启先生认为，“文学语言是指文学作品中所使用的，体现文学性与审美性，独具特色的语言。”“超越了语言规范的活生生、具有内容性的语言，是熔铸着作家情思与睿智的特殊话语系统，是从作家心理炼制出来的，是一切艺术感觉、审美经验、文学形象的表现者。”[①]这是比较中肯的观点。20世纪50、60年代，语言学家吕叔湘指出，文学语言是“语言学与文学的边缘学科”，[②]后来，他在《把我国语言科学推向前进》中明确提出，“语文教学的进一步发展就走向了修辞学、风格学的道路，也就是文学语言的研究。这是语言学和文学交界处的学科。”[③]这说明了吕叔湘已经从语文教学角度提出了文学语言的学科建设问题，而不仅仅是从语言学的角度来考虑文学语言了。另外，语言学家王力、季羡林、邢公畹、孙常叙、张清常、张星等也对文学语言十分关注。现代作家如鲁迅、茅盾、郭沫若、老舍、丁玲等，虽然没有在文学语言方面提出专门的理论，但他们对文学语言所发表的一系列主张，对文学语言的学科发展十分重要，值得深入探究。

20世纪80年代涌入我国的俄国形式主义流派的学说，主张从语言学的角度来研究文学作品，大大丰富了文学研究的手段。文学语言研究者们结合我国现代语言学家、作家以及古代文学批评家关于文学语言的论述，努力探索具有中国特色的文学语言学道路。厦门大学李国正教授指出，文学语言有着非常广阔的探讨领域，如文学语言的类型、特征、结构、功能及其在文本中的变化，除了探讨文学语言的形象性、美感特征以及语言规律之外，还要对文学语言的艺术加工，作家作品的语言特色、风格、修辞方式、体式等作深入研究。其目的是集语言学和文学研究之长，小到遣词造句，中至意象塑造，大到谋篇布局，文学语言都可以发挥积极的作用。为了说明这个问题，本文拟从文学语言与谋篇布局、意象营造、人物塑造三个方面来考察茅盾《腐蚀》文学语言所起的特殊作用。

文学语言与谋篇布局：巧妙跌宕

研究文学语言与谋篇布局的关系，是难度不小的挑战，人们一般认为谋篇布局与叙事学关系紧密，与语言则关系不大，此说似乎不无道理。但若从文学创作的角度来看，所有的文学创作都必须通过语言的驱遣与安排来实现，归根到底，

① 李荣启：《文学语言学》，北京：人民文学出版社，2005年，第4、73页。

② 吕叔湘：《语言和语言学》，《语言学习》（北京），1958年第2、3期。

③ 吕叔湘：《把我国语言科学推向前进》，根据1985年10月22日在中国语言学会成立大会上的发言记录整理。

文学语言是绕不过去的存在。现就此试作论证。

好的文学语言能全面、准确地体现作家的精细构思，使创作意图与读者感受形成良好的互动关系。《腐蚀》题材具有多重特殊性。中国近现代的通俗小说，有两大类十分盛行：一为言情，即所谓鸳鸯蝴蝶派；一为探幽揭秘，引发人们的好奇心，即所谓黑幕小说。《腐蚀》同时兼有这两类小说的特征：描写特务生活，背后一定有十分惊险的故事，可以大大满足读者的好奇心；写小昭与赵惠明凄美的“爱情”，自然又是重大的卖点。有意思的是，读者或评论家从未把它归入这二类通俗小说里，虽然这部作品面世后十分畅销，反响巨大，这究竟是什么因素在起作用？使之变成严肃、健康且积极意味极强的文学范式呢？这是值得深究的。文学语言就是解释这一特殊现象的钥匙。

在《腐蚀》的引言部分，茅盾设计了一个情节，在防空洞的一个小孔洞里，发现了一个日记本：

> 所记，大都缀有月日，人名都用简写或暗记，字迹有时工整，有时潦草，并无涂抹之处，惟有三数页行间常有空白，不知何意。又有一处，墨痕漶化，若为泪水所渍，点点斑驳，文义遂不能联贯，然大意尚可推示，现在移写，一仍其旧。
>
> 呜呼！尘海茫茫，狐鬼满路，青年男女为环境所迫，既未不能不淫不屈，遂招致莫大的精神痛苦，然大都默然饮恨，无可伸诉。①

许多研究者已注意到这个细节，不过他们大都从文义来解读。若从文学语言来考察的话，就会发现作家的良苦用心：小说引言用半文言写成，句子的字数都比较均齐，或长短相间，字数、音步也比较接近，体现出作家努力用平静且如实叙述的姿态，让读者形成作家与日记作者无任何关系的印象，这就客观上刺激了读者的联想，那就是小说的内容都是当事人的如实记载，而不是作家的虚构，写作态度显得严肃、认真。

同时，引文的半文言与正文的白话这两种截然不同的叙述语言，就是作家有意构建的叙述距离，保持与日记作者的性质差别。正如鲁迅的《狂人日记》一样，其序言用纯粹的文言写就，而且还声明“狂人”已经痊愈了的印象，这就拉大了作家与日记作者及读者的距离，造成作者是故事主人公，而非作家，看似

---

① 茅盾：《腐蚀》，《茅盾全集》第5卷，北京：人民文学出版社，1984年，第3-4页。以下出自《腐蚀》的引文皆为该版本，将仅注明页码。

不起眼的序言，犹如作家与读者之间事先定好的“契约”，大大增加了其创作客观性的印象。

虽然现代文学提倡白话文，鲁迅、茅盾都是这一运动的先行者并取得巨大的成就，但文言依然有其固有作用。在涉及比较正式的场合或严肃话题时，文言自然就派上用场了。如鲁迅《汉文学史纲要》就是以文言写成的，充分说明教学上的庄重与严肃性。茅盾虽然没有像鲁迅那样有鲜明的做法，但在行为方式上，不知不觉就流露出那一代人特有的思想意识来。

总体来说，叙述语言的转变，就意味着作家逻辑思维、读者的认识方式的转变，这是必须引起注意的，这就是作者在全文布局不可或缺的亮点，体现出作者的细腻、巧妙的构思。

在写作人称方面，许多论者也注意到了，这是茅盾小说创作上难得一见的以第一人称来写的作品，尤其是故事的主人公是个女特务，通篇皆以独白的方式来进行，即按严格的有限叙事的视角来进行，日记体小说在中国现代文学史是有的，引起轰动的作品也不少，如谢冰莹的《从军日记》、丁玲《莎菲女士的日记》，就是其中的佼佼者。如果说女作家感情比较细腻，心思微细，可以理解的话，那么像茅盾这样的男性作家以女性的视角进行创作并获得成功，是比较出人意料的。鲁迅虽然以第一人称的形式来写《伤逝》，不过叙述者是男性，性质还是有所不同。

日记是一种特殊的文体，是个人私生活的忠实记载，向来秘不示人，写作者的语言也会比较随意自然，真实的想法也会不加掩饰，茅盾选择这一文体，除了唤起广大读者的好奇心之外，更重要的是通过日记这种最真实想法的特征，来达到揭露国民党特务机构重重黑幕的目的。从语言表达上，日记体的语言表达更易于操作，虽然它的视角限制会比较严格。

因此，我们从引言与正文的使用语言上看，就可以发现觉察到茅盾文学语言的庄重、严肃而又自然、明畅的结合，使读者与评论者不会把它归入通俗小说的范畴，同时也决定了其作品的审美范畴与受众层次。

文学语言除了在总体结构上起作用，在情节的设置上也一样可以通过作家的精心安排来达到设置悬念、推动情节的发展以及拓展时空的目的。

第一人称叙述角度有其优点，其不足也是十分明显的，即一切事件都只能以主人公的所见所闻来表现，势必极大地限制文学的表现力，但对茅盾这一类文学大家来说，他们能自然地把它转化为别的表现形式，轻松突破第一人称叙事的时空限制。现以一、二例来作些说明。

9月15日是小说的日记起始日，同时也是具有深意的纪念日，茅盾是用这样的语言来描述的：

> 但是今天当真是九月十五么？天气这样好。
>
> 我憎恨今天的天气有这样好，我生活中的九月十五却是阴暗而可怕的。①

二十四年前的今天，赵惠明出生。她那不负责任的父亲，就是母亲的恶煞。

> 一年前的今天，从我自己的肉身中也分出了一个小小的可怜的生命。这个小小的生命，现在还在世上不？我不知道。②

小说的开头给人留下重重的迷雾，为什么好天气会是阴暗而可怕的？为什么这一天会显得特别？对别人来说的好日子，在赵惠明看来却是不堪回首的一日？这些疑问随着这两三段文字也就逐渐浮现出来，读者可以从中体会到赵惠明所经历过的一切。

这一天不仅是赵的生日，同时也是赵的儿子“小昭”的生日。赵的童年印象是阴暗灰色的，因为她的父母亲关系不好，母亲在忍辱含垢中度日，这种充满不幸与痛苦的环境，对赵的心理影响很大，她的麻木、灰暗的童年及青年岁月，实际上深深影响了赵惠明的人生选择，体现在赵的婚恋观及道路选择上。

首先，从心理学的角度来看，人在童年所受的不良心理刺激，若不及时加以疏导，将影响其一生。赵童年的不幸生活，导致了她在成年后，势必要寻找一种自己认为幸福的生活作为其人生的出路。从小说中的人物行为方式可以看出来，赵是一个虚荣心强、贪图享受的人物，但这种心理恰恰正是她得不到幸福感的始发点。赵早先与小昭相恋，甚至同居，为什么后来毅然离开了小昭，而加入了国民党的特务组织？其原因不难理解。跟小昭在一起是一条充满艰辛、危险的道路，而国民党特务组织所许诺的各种优越生活条件，使她怦然心动。用虚荣心固然可以说明某一方面的问题，但不能从根子上解释赵为什么与小昭分道扬镳的真正原因。因为这是补偿心理机制拉着赵硬生生地脱离了原来的生活轨道。

其次，从婚姻的角度上看，赵与小昭的恋爱，应该是在学生时代就开始了，

---

① 茅盾：《腐蚀》，第6页。

② 茅盾：《腐蚀》，第7页。

而且其家人也根本无从得知，固然是因为赵与家里断绝往来的缘故，其实更因为赵离开了家庭的荫庇之后，急需找一个心灵的栖息港湾。早恋，亦往往是在家庭得不到温暖而自发出现的行为，这已为许多心理学理论实证过的。离开小昭后，赵又投入了希强的怀抱，并且因此怀孕生子，亦与寻找心理满足与庇护有关。

但是，世界上的很多事，往往会出现事与愿违的情况。赵目睹母亲经历过的一切，虽然想竭力逃避，但实际上她不知不觉地又掉进了与母亲相似的陷阱里去，形成了三代人相似的命运轮回。这种令人惊诧不已的情节与命运安排似乎是一种巧合，其实又是事物发展的必然结局。因为人物思维方式没有改变，导致了其人生的结局也不会变，只不过呈现出来的时间、地点、方式相异罢了，其悲剧的性质依然不变。

茅盾在小说的开头，用“9 月 15 日”这样一个特殊的日子，使用短短的三段文字，牵扯出无数令人百思不得其解的问题，它们将吸引着读者，随着情节的渐次推进，慢慢去发现人物的命运与心理悖论的必然性，并由此引起读者对主人公生活时空的拓展与反思，体现出高超的语言表达技巧。

如果说在小说的开头，语言设置的情节十分吸引人，中间发生过的刀光剑影的斗争依然令人心有余悸的话，那么小说的结尾也依然充满着引人无限的遐想。在日记的最后一则，2 月 10 日里记载着如下的内容：

> 我犯了什么？天大罪？我知道没有。我只要救出一个可爱的可怜的无告者，我只想从老虎的馋吻下抢出一只羔羊，我又打算拔出一个同样的无告者——我自己！这就是我的罪状！我愿意这罪状公布出去，告诉普天下的善男信女！
>
> 我要用我的“行动”来挺直我自己：如果得直，那是人间还有公道，如果事之不济，那就是把我“罪状”公布出去，让普天下的善男信女一下断语！①

从这段文字来看，“我”字出现的频率相当高，几乎在第一段每一句子都有“我”字，这个反复强调的“我”，意味着主人公已经从患得患失、犹豫彷徨中解脱出来——旧我消失，新我诞生，这也是一个郑重、激烈的新我诞生的宣言。从语言的节奏来看，作者用三个长句式，以排比的方式展开，并加以补充交代的

① 茅盾：《腐蚀》，第 294 页。

语言，来展示说话者的坚定决心。排比句有助于增加语言的气势，这三句相对比较长，犹如滔滔江河，气势雄浑，力不可挡。实际上是把她落入魔窟这些年里的委屈、郁闷等负面感受尽情地倾吐，用自己的日记来宣泄自己的“罪状”，这种行状的提交方式可谓惊世骇俗。人们常说的“投名状”，那就是表决心。由此可见，赵的意图并不是把这段不光彩的历史遮掩起来，让它在黑暗中逐渐消失，或者任由历史的烟尘将之遮蔽，而是用这种近乎自剖、自审的方式，让自己的灵魂得到新生。

“善男信女”出现过两次，亦另有所指。一般来说，“善男信女”指的是善良、慈悲的人们，他们是社会光明、温暖的一方，与之相对的，则是她所生活的阴暗、邪恶的污浊之地，二者形成鲜明的映衬。从另一角度来看，那就是寻找光明与正义的未来，表面上是指善男信女，那就希望天下的公正与光明能早日降临，是渴望新的世界的召唤。

在这里值得注意的还有另一个词“罪状”，赵把自己的行为称之为“罪状”，很显然，她并未直接干过残害善良的事，但间接的陷害则是有的，低级别的特务人员所犯罪行自然轻微，她勇于公布自己的“罪状”，是善于反思、忏悔，努力改过的一种意愿与决心。相较而言，那些不敢公布者则是罪大恶极且不知悔改之徒，他们在反动的道路上将越滑越远，乃至堕入万劫不复的深渊之中。不过，这些人还自鸣得意，为自己所获得的利益而沾沾自喜，因为他们的良心已经被彻底蒙蔽了。能知其恶，就是善的初生；不知其恶，就是善的消隐。

显然，赵虽有走向光明未来的决心，但事实能否成就尚难断言。其结局不外两种，一是逃脱而生，一是被捕而亡。究竟结局如何？这给广大读者留下深刻的印象。因为国民党特务机构的凶残是非同一般的。沈醉在回忆录里记载，戴笠曾指示过，特务机构这个门，是只能进不能出的，半途后悔是自寻早死，被抓到后结果是可想而知，自不必多言。

地狱乱象的实录：明畅、纯净

《腐蚀》从其书名可知，形象地比喻一切好的事物，被外面的恶劣环境所污染，开始丧失其原来的面貌，如赵惠明原本是一个纯真、浪漫、充满幻想的少女，自从进了特务组织后，她的这些美德逐渐蒙垢，乃至堕落，在尔虞我诈的环境中过得十分艰难。当然，比“腐蚀”程度还深的则为“腐败”，那是不可救药了。是什么样的环境能把一个热情的爱国青年变成堕落无耻的人呢？在小说之中，作家用明畅、纯净的语言，为我们描绘了一个犹如地狱般惨不忍睹的画面，揭示了这个世人所不了解的阴暗一面对青年的腐蚀与毒害，在这个地狱的环境里，冷酷、残忍、无情、无耻是常态，人性在此中被扭曲得面目全非。

国民党特务机构以抗日爱国为旗号吸引涉世未深的青年人加入，但不久，他们却成了镇压青年爱国活动、实行法西斯专制统治的暴力工具，这种性质的变化，对许多抱有憧憬的爱国热情的年青人来说，是毁灭性的打击。

F谈到往上级汇报学生情况的时候，他采取的方法是往多处报，即尽量扩大人数，夸大其词，宁可错杀一千，不可使一人漏网。他苦笑道：

> “这也是无可奈何。要保全饭碗——不，简直是保全生命，你不这么办又怎样?”他迟疑地伸出两手，看了一眼，又合掌搓了一下，嘴角上浮起又像自嘲又像苦痛的冷笑。我的眼光跟着他的手的动作，我仿佛看见这一双手染有无穷血污，我的心跳了，我忍不住也看一下自己的手，突然意识到我自己的手也不是干净的，……而且还不如他肯坦白承认为了要吃饭，为了要性命！我霍地站起来，恨声叫道，“这简直不是人住的世界，我们比鬼都不如！”①

在这段文字中，F揭开了一个令人震惊不已的内幕，违心地往上报的目的已不仅仅是保全饭碗，更是保全性命，说明如果不肯同流合污，那么很快就会连命都保不住。虽然往多处报对他们不会有什么太大的生命威胁，因为被捕的人们根本不知道是谁在捣鬼。但是乱报误杀对无辜者来说是非常残酷的人生打击，有一点良知的人都会为此而寝食难安。F看手、搓手的动作，看起来是无意识的，但是从这个细节中可以看出F的良心对他的所作所为还是有所保留的，他为此而感到不安。人搓手的原因有很多，或寒冷或血流不畅，或不干净等，才会有此下意识的搓手活动。赵的心理活动，与其说是自己心里所想，不如说是F的下意识心理活动的外化，用“无穷的血污”的双手，将其明朗化，由彼及己，她也意识到自己的双手也是不干净的。这是人的心理活动的第一层次的描写，同时也是感情郁积的第一层次。第二层次是对促使他们变成这样社会的控诉，“不是人住的世界，我们比鬼都不如。”作家用直抒胸臆之法，通过主人公的呼告，鞭挞了这个把人变成鬼，甚至不如鬼的机构。

本来几句简单的对话，经过作家的心理感觉和语言效果的放大，变成了令人

① 茅盾：《腐蚀》，第70－71页。

惊心动魄的冷酷世界的写照，这种冷酷是发自人物的内心，血淋淋的残杀则在文字的背后若隐若现。

如果说这种冷酷的社会生活环境，使这些青年人的性格受到扭曲还不足以显示其可怕的威力，以下的文字就可以直截了当地看到其令人毛骨悚然的一面。

小昭被捕后，他告诉赵惠明，

十来天内，他受过三次刑，也受过一两次的“开导”；四天前，被倒吊在梁上，直到晕厥。执行那次刑讯的，是一个歪脸三角眼的家伙……我猜想来那就是G。①

这段描写，看起来轻描淡写的，只写了个大致的过程，用的都是抽象的语言，“晕厥”，并没有给人留下太深刻的印象，但这是作家所留下的伏笔，所谓草蛇灰线，有迹可寻也。如果我们结合11月18日的那一则，就发现小昭所受的酷刑是何等惨烈。

那惨厉的呼号声渐渐低弱下去，似乎受刑者已经晕厥。我和小昭都屏住气，不敢动。却听得有人在狞笑，吆喝，又有脚步声……大概是在把那晕过去的受难者用方法弄醒来罢？我觉得我的心肺已经冻成一片，更用劲地抱住小昭。猛然一声叫人毛发直竖的悲叫，受难者醒过来了。接着是低弱的断续的呻吟。②

这段是比较正面描写地狱般酷烈惨状的文字。虽然作家只用了声音这一种表达方式，就足以令人毛骨悚然了，可见监狱里面的酷刑是何等令人恐怖。受刑者“惨厉的呼号声”，是受到严刑拷打时候的必然反映，它的低弱，是受刑者支持不住而昏厥。这两句话体现出特务们的冷酷无情，他们对此的反应则是“狞笑”“吆喝”“脚步声”，在这个地狱般的世界里，生命是不值钱的。把人折磨得昏死过去，行刑者是司空见惯的，或者说折磨他人是他们的工作：以他人的苦痛换取自己的快乐才是他们的生活常态。

“我的心肺已经冻成一片”，是旁听者的自然反应，赵虽然参加特务组织，但在这个系统里属于低级职员，大多从事外围工作，见识这种酷刑的机会不多，

① 茅盾：《腐蚀》，第115页。

② 茅盾：《腐蚀》，第146页。

所以面对这种折磨人现象，即使是耳闻，也足以使之心惊肉跳、浑身僵硬，可见其本质还是善良的。受刑者被弄醒了，又是一声“悲叫”，这是“叫人毛发直竖”的恐怖声。由此两种不同的叫声，一为“惨厉”，一为“悲叫”，都是极为酷烈的痛苦悲鸣。

人感知世界有六种方式，眼、耳、鼻、舌、身、意，虽然这段文字没有直接写那种血淋淋的场面，但是作家也调动了耳、身、意三种感官的作用，以耳闻为主，身指赵与小昭的反映，“屏”“冻”就是他们的反应，即为受惊而一动不动，这就是由声反映到他们行动感受上去了。“意”即为所有猜想的情形。可见，五官虽为分开的，其实它们又都是一起发生作用的。由受刑者的痛苦、听刑者的恐惧引申开去，可知小昭当时被捕后所受到的“招待”，也并不比这情况好到哪里去。《红岩》是共和国成立以后，大量正面描写酷刑的文学作品，因为作者在监狱中被囚禁过，耳闻目睹大量革命者受刑的惨状，因此正面描写更具有现场感。茅盾在这方面虽有耳闻，毕竟凭想象不能把那种残酷的本质描绘出来，于是他采用侧面描写来弥补经验的不足，是比较明智的选择。如果从艺术手法上来看，正面、侧面描写其实没有所谓的高级与低劣之分，只要能充分调动读者的感官体验的作品，就是成功的作品，无疑，茅盾在这方面做到了。

在这个魔窟似的机构里工作，赵目睹了许多生命正在忍受折磨、精神和意志受到摧残的同时，也看到了一批批青年将被罪恶的机构所攫获、扼杀，这是十分冷酷的一面。

> 我将到一个生疏的地方去，所谓大学区。我也许会在许多学生中间又看见了六年前的我的影子；也许看见有像我一样的被诱被逼，无可奈何，步步往毁灭的路上去的青年！天下有比这更残忍的事么？把你可诅咒的过去唤回来放在你面前要你再咀嚼一遍！①

赵因为小昭的劝降工作没有做好，就被下放到市郊的大学区去，监听、收集青年学生言论的工作，以随时消灭“异端”分子。在这几行文字中，音节上采用长短相间的方式，短句与长句之间的差距比较大，“所谓大学区”“无可奈何”是短句，还有两个长句，二者相间，形成了一步三叹的音响效果。从人的感情抒发的强度看，短句用于强烈的感情抒发，长句用于复杂抒情的表达，忽短忽长的

① 茅盾：《腐蚀》，第216页。

语句，映衬出感情间歇性的爆发，这是一种郁积许久的感情喷发。如果从语句的形式来看，这一段有两个感叹句，一个反问句，全都是强烈抒情性的句式，反问句夹在其中，乃是无疑而问，增强语言的表达效果。从这些语句的表达可以看出，国民党特务组织的阴暗恐怖已经把许多具有良知的青年逼得歇斯底里了，他们只能通过记日记这种方式把内心的苦闷倾泄出来，求得暂时的解脱。

在地狱般的魔窟生活，不仅心要学会硬和狠，而且还得抛弃一切世间常见的道德伦理，因为在这尔虞我诈、充满勾心斗角的环境里，无情、无耻、狡诈才是得以生存的前提。

在《腐蚀》中，大大小小的特务，大都是戴着假面具生活的，如阴险、狠毒的G就是如此。赵对G的推测是这样的：

> 但是，且慢，他这鬼心思亦未必全然没有理由。当初他在诱我上钩的时候，无意中不是被我窥见了他的一二秘密么？虽然我那时装傻，可是他未必能放心。他这种人，心计是深的，手段是毒的，疑心是多的。在他看来，人人就跟他一样坏，不是被咬，就得咬人；他大概确定我将对他先有所不利。①

从词意上看，我们推测G对赵也是垂涎三尺，千方百计引诱逼迫于赵，只是未得其便而已。同时，赵也不是省油的灯，她掌握了G某些不可告人的秘密。于是两种特殊的关系就此形成：G有权势，赵不得不服；赵有隐私，G不可不惮。当双方都有利刺的时候，若即若离、共同进退才是解决的方法，看起来关系很近又很远。由于生活在不断猜忌、不断防范的状态中，人的心理状态自然就显得极其紧张。毒蛇之间极少互噬，因为它们知道一旦开战，结果只能是同归于尽，猜忌的相安无事才是生存之道。

从语言的节奏来看，本段文字采用大量的短句，或为二字，四字，五字，主要用于表达思想的简洁、凝练，犹如斩钉截铁般的坚定果断。从中可见赵对G的了解是相当深的，不用任何带着疑问或不肯定的语句，而是一锤定音。数年的特务生涯，已经把赵锤炼成识人准确的厉害角色了。

另一方面，一切事物都是互相作用的，在赵看来，G非常阴险狠毒，须时时防范，这是从赵的视角而言；如果从G的角度来看，赵也是他心中的一块令人发

---

① 茅盾：《腐蚀》，第18页。

堵的石头，只是一时找不到下手的机会而已，因为她会威胁到他的仕途乃至命运。但是他们不得不继续在同一单位里共事，维持着表面上的和平。

如果说这些特务机构里上层人物都是坏到自己不知道自己是坏蛋的话，可能是真的，也可能不一定真实。这可以从他们的某些行为中看得出来。抗战期间，特务机构的主要任务是积极抗日、提供情报，并从事相应的工作，但是现实并不是这样。有些蒋氏特务投靠了日汪政权，且越是上层人物，胆子也越大，

> 打伙合作，他们是有钱出钱，这边是有力出力，事业的范围也扩大了，不单是囤积，还带走私，仇货进来，土产出去，两边都做。①

汪氏特务与蒋氏特务背地里互相利用，狼狈为奸，大发国难财。如此三心二意的抗日，战争焉能不旷日持久？

赵在无意间发现特务舜英、G勾结日汪之事，她跟秘书陈胖子汇报此事时：

> 陈胖子把眼睁大了，抓住了我的手，似乎很诚恳地说道："你何必多管这些闲事！我是真心对你说知心的话，这既然不在你的职务范围之内，你就干脆只当不晓得。你要是多管了，说不定日后倒有麻烦。在这年头，谁又保得住今天是这样，明天不那样？……"②

从陈胖子的神态及说话的口气来看，他说谎的可能性不大，但说它是真心话也很难全对。总之是半真半假的话，因为他们是从个人的目的出发，讲的话自然就有水分了。

"真心说知心的话"一句话里突然冒出这种语病百出且颠三倒四的话，可以揣测其当时的心态，那就是急着让对方相信他所说的是真话。但从心理学角度看，平时说话是真话的人，很少使用这样的字眼，反而是谎话连篇的人，在他认为关键的时刻，为了让对方相信，才会说出这种带着极强意愿的话语来。老子云，"六亲不和有孝慈；国家昏乱有忠臣。"越是强调"真心""知心"的人，就说明平时讲话是不靠谱的，但是在危及其利益的情况下，他会急于表态，让人相信他说的话是真的。至于他说的有几分真、几分假，在这方面深究已无太大的意义。但有一点是真实的，在特务机构里面工作，只能在某个特定范围里活动，并

① 茅盾：《腐蚀》，第69页。
② 茅盾：《腐蚀》，第43页。

水不犯河水，如果插手过多，反而会有很大的麻烦，可见陈胖子所言也不是没有道理的。

“这年头，谁又保得住今天是这样，明天不那样？……”这句中透露出这个机构里弥漫着一股朝夕不保、无所适从的味道。蒋氏与汪氏政权的特务私下往来，让人看不清什么是真抗日，什么是假抗日，政府的公信力度在他们心目中已荡然无存。其原因也出于上层的阴谋与反复，国民政府所宣扬的三民主义的信仰已沦为口号，预示了他们革命信仰逐渐崩塌乃到彻底抛弃的结局。

赵生活在这样一种无信仰、无原则、无公心的社会氛围里，对于爱国的热血青年来说，他们的生命意义已经变得分毫不值，甚至会蜕变成人民大众的反面势力，这不正是地狱乱象的真实写照吗？

卓越的心理描写：细密、含蕴体现出茅盾是卓越的心理描写大家，他在描写人物心理尤其是女性心理方面有着独到的成就，这一点许多研究者已经注意到了，在此我们拟从文学语言的角度来探讨这种心理描写在语言表达上所流露出来的细密、含蕴的风格特点。如《腐蚀》中写道：一年前，赵惠明在没有任何亲人陪同的情况下，独自在一家医院生下了孩子。这一天既是她的生日，也是孩子的生日。

> 产后第二天看护妇抱来了婴儿来放在我怀里的时候，虽然是一个男孩子，使我微感不洽意，但我那时紧紧地抱住他，惟恐失去。那时我觉得人间世其他一切都不存在，只有我与他；我在人间已失去了一切，今乃惟有他耳！我的眼泪落在他的小脸上，他似乎感觉到有点痒，伸起小手来擦着，可是又擦错了地方；我的乳头塞在他的小嘴里，我闭了眼睛，沉醉在最甜蜜的境界。
>
> 但是一个恶毒的嘲讽似乎在慢慢地来，终于使我毛骨耸然了。“这孩子的父亲是他！”——最卑劣无耻，我无论如何不能饶恕的他！①

这两段文字细腻地展现出赵生下孩子后幸福快乐而又痛苦愤怒的心理活动。仔细揣摩这两段文字，我们可以对赵的人生道路和心路历程有个大致明晰的了解。在第一段文字之中，流露出初为人母的微妙感受，其间又有小小的波折。第一次看到孩子是男孩，她感到“不洽意”，这与传统的思想观念颇为相悖，因为

① 茅盾：《腐蚀》，第9页。

这孩子乃是非婚所生，无任何传宗接代的意义，倘是女儿，更是赵想象中的自己生命与性格在现实世界中延续，儿子则更多可能是男方基因遗传，“不洽意”说明她对男方抱有一股不满的情绪，不过，这种情绪持续时间不长，很快被创造生命的喜悦和幸福所包围，“人间世其他一切都不存在，只有我与他。”她已经把所有的注意力全都集中在这个孩子身上，浑然忘却周围的一切关系的困扰，沉浸在忘我的境界之中。人的幸福感时间持续有长有短，但有一个共同的特征，只要进入忘我的境界，这种幸福感就会存在，“忘我”的时间愈长，则幸福的快乐也就愈长。但因为人心多变，没有定力的修持，一般不可能持续太长，除非长久关注于做某一种事情上，才能把这种感受延续得久一些。马克思每逢痛苦或不幸的时候，就会以做数学题来排遣这种痛苦，其实也就是所说的进入“忘我”，在这种世界里得以暂时的逃避和喘息。

果其不然，这种幸福的“忘我”持续一会儿后，又想起“我在人间已失去了一切，今乃惟有他耳!”这是伤感的表达，“失去一切”对赵惠明来说确实如此：她与家庭断绝了关系，无家可归；与相恋的朋友分道扬镳，失去了爱情；在这魔窟似的特务机构里做些见不得人的勾当，失去了信仰与理想……当人生丧失了以上这些最基本的情感慰藉时，确实是一无所有了。但不幸的是，孩子的出生，又给了她生命的希望，从某种意义上来说，孩子的诞生，就意味着一个生命体在另一种形式上的延续与再生，孩子代表着希望与未来，失去了一切，虽然痛苦，但是有了未来的渴望，这种痛苦也就烟消云散了。因此，我们可以理解出，赵惠明此时处于一种伤感然而又充满希望的幸福之中。昨日一切譬如种种死，今日一切譬如种种生，活在当下，则为无上的幸福。

正是因为有了这样的甜蜜与快乐，她才会仔细观察孩子任何一个细小的动作，用小手擦眼泪，并沉浸在幸福之中，与其说是小孩擦自己脸上的泪水，不如说是他替母亲擦去脸上的泪水，二者的良好互洽，就是甜蜜的境界。

在充满着黑暗与阴谋的环境里，暂时而得的幸福与甜蜜毕竟是虚幻的，现实的力量慢慢逼近并打破这种幸福感，她一想到孩子的父亲，第一个感觉是“恶毒的嘲讽”和“毛骨耸然”，然后又“卑劣无耻”和“不能饶恕”。这四个词语，我们可以拼凑出孩子父亲在赵心目中的感觉与形象。从逻辑顺序上来考察，应该是“卑劣无耻”“毛骨耸然”“恶毒嘲讽”“不能饶恕”，这个人的形象在此就立起来了。

小说中孩子的父亲名为“希强”，应该是赵惠明的情人，但他在小说中并没有正面出现，只有若干侧面描写。赵临产前，他为了个人的前途调往外地，可见这是一个极端自私自利的人物。但根据同学舜英的描绘，希强是一个“有见识、有手段，又够朋友”的人——问题恰恰就在这里：“见识”本为中性词，如果用于个人谋利，那就是唯利是图；“有手段”，用于个人谋利，那就是不择手段的卑劣小人；“够朋友”说明他表面上会做人，实际上是善于权衡各种关系，把自己的利益最大化，如此等等，希强的画皮逐渐脱落。

赵惠明离开小昭，加入这个特务组织，就是被希强花言巧语蒙骗进来的。引后又用各种“逼胁诱惑”[①] 的手段使赵委身于他，说明赵从来就没有把他当成崇拜的对象，更谈上不爱情，她与希强的关系是迫不得已的结果。至于希强如何“逼胁”赵，小说虽然没有明言，但是我们可以从学生老俵的吹嘘中看出端倪来。

> “迟早逃不出我的手掌心。”老雄猫的嗓子，外省的口音。“我对于这种事，就喜欢慢慢儿逗着玩。女人也见得多了，哪一次我不是等她乖乖的自己送上来？你瞧着罢，敢打一个赌么？”[②]

学生老俵对众人吹嘘他搞女人的高明手段，能让女人自己“乖乖的自己送上来”。可见，希强就是学生老俵这一类的人，荒淫、卑鄙、无耻到了极点。赵也就是到了走投无路的情况下，在他的各种手段的逼胁下，自己“乖乖”地送到他的怀抱中，与其说赵是希强的“情妇”，不如说是他的玩物。因为希强为了自己的仕途利益，以调动为由，去追逐更大的利益，也去猎取更多的美色了。这一段的经历，对赵而言是充满着怨恨与耻辱的，然而又是她自己“乖乖地”送上去的，所以才是“恶毒的嘲讽”。孩子的出生，就是“恶毒的嘲讽”的固化象征。因此，从另一个意义上来说，孩子的诞生并非幸事，而是像噩梦一样地缠绕着赵的毒蛇。赵对希强的怨恨与恐惧，自然而然地就转移到这孩子的身上，这就是爱屋及乌，也是恨乌及屋的必然结果。孩子得不到赵的疼爱与认可是理固宜然。于是有一天，

> 我最后看了一眼的我“小昭”，就拿起早已打点好的小包，走出了房门，在院子里碰到那个看护妇，我只向她点一点头，又用手指一下我的房，就飘然而去。从此我就失去了我的孩子！[③]

---

① 茅盾：《腐蚀》，第24页。
② 茅盾：《腐蚀》，第243页。
③ 茅盾：《腐蚀》，第11页。

这段写赵遗弃孩子的语言非常干脆利落，根本没有深入描写赵遗弃孩子时的矛盾心态，而是用“飘然而去”，似乎轻轻松松地就把孩子抛弃了，是否是作家的疏忽？

自古以来，因各种情况遗弃孩子，都是极不得已的事。孩子毕竟是母亲身上掉下来的一块肉，许多母亲宁愿牺牲自己也不愿舍弃孩子的，这才是正常的。汉末建安年间王粲的《七哀诗》里写路有饥妇人，抱子弃草间，“未知身死处，何能两相完？”语言极为沉痛，深深打动了一代代人们的心，这才是人类最伟大深沉爱的体现。但是赵轻易地就把孩子遗弃，并不是作家不够细致，而是有了上面的文字铺垫，孩子已不简单是一个生命，而是带着“恶毒的嘲讽”与侮辱的象征，它被抛弃，是一种理性思考的结果，是人生得以解脱的必要方式。所以作家使用“飘然”二字来形容其心情的轻松。而后一句是感性的语言，是赵心灵中一道不可愈合的伤痕，她也知道孩子是无辜的，孩子是值得珍惜的，但是这只是感性上的认识，理性与感性的冲突在赵的脑海里时时交锋，让她处于一种精神的分裂状态之中，这就是作家在语言上的细密与高超之处。

赵在特务机关里工作，多多少少也懂得从多方试探对方底牌的技巧，在里面的工作人员，如果这种察言观色的技巧没有练成，那么就很难混下去了。描写这种不动声色而又充满刀光剑影的厮杀的场面，很能考验作家运用语言的功力。

> 我笑了一笑，感到局势转变，现在是轮到我向她进攻了。
>
> “但是那天她说，是她来找到了你的？”我故意冒一下。
>
> “哦，她这么说？那也随她罢！”
>
> “不过，萍，你知道舜英从哪里来么？”
>
> “她自己说是从上海来。”
>
> “你知道她来干什么的罢？”
>
> “那倒不大明白。”萍似乎怔了一怔，我却笑了。我不相信萍这样聪明的人，既然和舜英谈过，竟会看不出来，我又不相信舜英找到萍竟只是老同学叙旧，而不一试她的“游说”？我知道我那一笑有点恶意。
>
> “当真不明白吗？”我胜利地又反击一下。
>
> “不明白。”萍的眼光在我脸上一瞥，似乎在等待我自己说出来。
>
> “哦——”微笑以后，我就改变了主意，“那么，你慢慢自会明白。”

于是两边都不再开口，在戒备状态中保持着沉默。[①]

舜英与赵曾是同学，后来舜英来到重庆，背负着汪伪政权拉拢腐蚀蒋氏人员的使命，萍是中共的地下党员，曾与赵熟识。三位同学，均不知对方究竟在做些什么，努力地想用各种语言加以试探。赵与萍见面时，萍说，“想起当年我们自己来了。算来也不多几年，同学们都各奔前程，阔绰的阔绰，蹩脚的蹩脚，堕落的也就堕落了！就是有没有牺牲掉的，现在还没知道。”[②] 萍用充满感慨和历史沧桑意味的话语，描述同学各自不同人生道路，实际上是用特别的方式告诫赵不要堕落，因为赵落入魔窟，正处于逐渐下降、沉沦的状态，赵自己也很清楚。于是赵仿佛被人翻了底牌一样狼狈，她急于从这充满含沙射影的谈话环境里得到某种掩饰和优越感，于是有了上面的精彩对话。

赵首先发难，设计了一个陷阱让萍去跳，“但是那天她说，是她来找到你的？”这句话看起来很平常，却包含了让人两难的抉择，无论承认还是否认，都是落入赵所设置的圈套里去，可见赵的问话充满着咄咄逼人、不容置疑的口气。萍是一位机智的人，她马上识破了这种陷阱的阴谋，用“她这么说？那也随她罢！”不置可否的回答，就是回答，实际上把问题又抛了出来，萍的回答方式犹如太极高手，面对凶猛的攻势，能顺势一转，瞬间化掉劲道。赵也不是善茬，马上改变说话方式，单刀直入地询问“舜英从哪里来？”继续摸萍的底牌，萍若直接回答，就默认了舜英找过她，如果否认，又是明显的谎言，看起来十分简短的问话，又具有一箭双雕的作用。萍依然以不变应万变，把所有的问题都往舜英身上推，“她自己说是从上海来”，轻松地把有关信息过滤得一干二净。武术讲究巧劲，萍就是一位善用巧劲的高手。赵在谈话中始终处于进攻状态，虽然也有陷阱设置，但也暴露出赵为人能干、精明又比较直率的特点，萍是一位深藏不露的地下工作者，机智、沉稳、圆熟，不动声色之间，化刀光剑影于无形。

接下来的是直接交锋，询问舜英来做什么的时候，萍用“不大明白”来回答。赵的反复追问皆是如此。这都是心理战，比谁的心理素质过硬，结果显示，两位老谋深算的特工人员一问一答皆十分精彩，含蓄、简洁，句子都十分简短，就像高手过招，其实几招之内就可以分出高下了，因此简洁的语句，恰恰印证出这种剑拔弩张的紧张气氛。从另一个角度来看，简短的句子，是不完整的句子，俗话说，“话不投机半句多”，这种性质的谈话根本就不是投机的谈话，而是心

① 茅盾：《腐蚀》，第53－54页。
② 茅盾：《腐蚀》，第52页。

理的交锋，只不过它是以貌似平淡的日常对话显示出来而已，其间所隐含的是一层又一层的攻击，以及见招拆招的防御过程，一切皆如行云流水，一气呵成，可谓惊心动魄，让人惊叹不已。

其实不只是萍如此，舜英也是一样。“当我的刺探触及那事情的性质的时候，她就像蜗牛似的缩了进去，只剩给我一个光滑滑的硬壳。”① 作为在重庆活动的汪伪特务，既想拉拢又不能明目张胆，舜英的言行更具有老奸巨滑的意味。如果说萍是机智圆熟的话，那么舜英则是滑头奸诈了，不同人物的性格与心理得到淋漓尽致的体现，茅盾卓越的心理描写功夫令人印象深刻。

在《腐蚀》中，因为描写环境及工作性质的关系，到处充满着阴谋、尔虞我诈、残忍狠毒的现象，在写人物心理时，常常体现出其焦虑、警惕、彷徨甚至人格分裂的现象，对人性温情的美好一面反映极少。但偶尔的描写，犹如一道穿破浓雾的阳光，金黄闪亮而又温馨可人，现举一例作些说明。

赵惠明奉上司之令去劝降被捕的小昭，这对于他们曾是恋人，今日又是分属敌我阵营的赵来说，心情是极为复杂的。见面没谈几句，小昭就疾言厉色地叱骂赵“不要脸!”“滚!”

> 我只觉得一缕酸流灌满了从鼻尖到心口，双腿像没了似的，一沉身就坐在那竹榻上，头埋在两手里，再也制不住那滔滔的热泪。然而我心下还明白，我挣扎着忍泪抬起头来。他却站在我面前，低头凝眸看着我。嗳，那样亲切的眼光，落到我身上，这是第一次！我不觉带泪笑了笑，但第二批的热泪又夺眶而出了。②

这段文字写得极为生动，把赵从伤心痛苦到慰藉喜悦的情感变化写得纤毫毕现。赵与小昭曾是情侣关系，因个人追求的道路不同而分手，但故情犹在。赵的心理预期是小昭见了她以后，会以和缓的态度来回话，想不到劈头盖脸就挨了一顿痛骂，换成旁人尚可接受，但对赵来说是忍受不了，因为小昭以前从未用如此恶毒的语言来叱骂她的，一瞬间小昭在她心底里的形象和期待就被打破，一切都变得那么虚幻，形象也就轰然倒塌，对赵而言，这是心中圣地的毁灭，远比肉体的痛苦尤甚。因此，眼泪不由自主地流了出来，浑身无力地瘫坐在竹榻上，任凭热泪滚滚而出。此为悲伤之至的心态写照。但是，赵毕竟是在这特务机构里混过

---

① 茅盾：《腐蚀》，第258页。
② 茅盾：《腐蚀》，第114页。

的人，她知道这也许是苦肉计，所以理性告诉她，不能沉溺其中，果然，抬头发现小昭用“亲切”的眼光，“低头凝眸”看着她，她马上就明白是怎么一回事了，刚才狠毒的咒骂，是做给外面监视他的特务们看的，也是一种表演，于是她很快就破涕为笑，迅速地由悲转喜。但“第二批热泪又夺眶而出了”，如果说第一次流泪是因为伤心而流泪，那么第二次流泪，则是因喜悦而流泪，眼泪是表象，在不同心境能表达完全相反的含义。作家在把握情感的分寸上，是做得相当出色的。文字中的“悲”“喜”交替，它们都是处于情感不由自主控制的状态之中，没有任何的虚伪和掩饰，这种大悲大喜的交替，也可视为理性和感性的冲突的一种体现。

另外，我们还可以从中解读出新的含义来，即为何赵会在短暂的时间内出现“大悲”“大喜”的轮替现象，背后的原因又是什么？对于一个互不认识的陌生人来说，同样的话所起的反应是不一样的，最多只是有愤怒而已，或者轻描淡写应付过去，赵的这种感情波动，其实正缘于她与小昭深沉的爱，因为深爱，所以在受到叱骂时所受的伤害越深；也因为深爱，小昭为了保护她，用激烈的语言来叱骂她，这其实也是爱的另一种形式。小说虽然没有详细描写他们二人如何相恋的经过，但是通过这个细节，我们就可以洞悉前因后果了。文学语言不仅只是某种表象的介绍与描述，好的文学语言也能引领读者品鉴文字背后的丰繁与深邃。

从以上的研究可以看出，文学语言全方位地介入到文学创作的各个过程，从情节的设置、故事节奏、氛围的衬托乃至人物塑造的整个过程，我们把这些综合起来考察时，就可以看出作家的创作风格。因为文学语言风格是作家风格特征的重要组成部分，甚至可以说与作家风格是重合的——因为所有的作家都是以文学语言为工具来进行创作的。

通过文学来研究文学作品，乃至深刻挖掘作家的创作意图、作品效应等方面的工作，是相当艰巨的挑战，如何把生活语言加工成文学语言，文学语言与叙事节奏又是如何配合等诸多方面的问题，还有待于深入探讨；如何提高艺术表现力，文学语言应从哪些方面加以改过，这都需要有心人的不断努力。《腐蚀》给后代作家们留下一个光辉的范本，值得重视和珍惜。

下篇

东南亚华文文学语言研究

东南亚华文小说的语词艺术审美

李国正

东南亚华文小说是用汉字书写的，它的文学语言与汉民族的语言和文字有着密切的关系。但是，由于不同国度的政治、思想、经济、文化、风俗和语言等多种因素的影响，东南亚华文小说的文学语言具有与当代中国小说不同的特点。

首先，东南亚华文小说的文学语言表现出鲜明的地域特点。这种特点在作家笔下通过词语的精心组织而自然流露出来。翻开新加坡作家赵戎的小说《芭洋上》，一股强烈的南洋气息扑面而来："呵，别了！那寂寞的小城，那浓厚醉人的椰花香，那朴素耿直的居民，那鳄鱼出没的云边河，那绿油油的曼格罗丛，那沉默寡言的马来船夫……"这段文字以极具地域特点的文学语言词汇，突出地表现了东南亚的自然风貌。就在这篇小说里，"棕榈的羽叶""巫罗金树新绿的嫩芽""迎风而舞的葵扇树""开着白花的斯茅草"等短语，无不是抓住具有东南亚特征的事物着笔，这就使东南亚华文小说的文学语言与当代中国小说有了明显的区别。文学语言词汇，是文学文本地域风格的一个标志。以富于地域特征的词汇来描写自然风貌和人物形象，从而形成自己文学语言特色的华文作家并不少见。如泰国作家巴尔在《被遗忘的人》里描写雨景："兀地一股风暴掠空而过，一阵淅沥的豪雨从天而降，骤然街边积水盈尺，行路艰难。"这段文字突出了热带海洋气候的特征，表现了东南亚与中国的温带、亚热带气候的明显差异，运用有地域特征的词语造成了如临其境的效果。印尼作家黄东平的小说《女佣细蒂》有这么一段文字：

> 老易卜拉欣眯垂的眼皮陡然睁得滚圆，那反映的迅速，有似躺在水里装死的鳄鱼突然用巨尾摔打闯到岸边喝水的麋鹿，快到叫人咋舌。

这段话里的比喻句，选择了南洋盛产的鳄鱼来比喻阴险凶恶的地主，非常生动贴切，叫人一看就知道当代中国作家不可能娴熟运用这么切合地域特征的比喻句。可见，利用富于地域特征的词汇来描绘自然环境风貌，选择具有地域特征的语词来刻画人物形象，是东南亚华文小说文学语言的一个特点。

其次，东南亚华文小说里有些经常运用的语词是当代中国小说所没有的。这些语词反映了当地的社会政治、经济、文化各方面的情况，包含了很丰富的信息，同时，由这些语词构成的文学语言，增强了华文小说艺术地表现现实生活的力度。正是这些语词表明了东南亚华文小说文学语言的独特性。例如泰国作家巴尔《被遗忘的人》：

> 那是现今流行泰华社会的一套，何况在八十年代的核子时代，不摆场为侨领煊显一番，世人哪会知道清水兄是现今泰华社会财产论亿计的侨领哩。

这段文字里的“现今”“泰华社会”“核子时代”“摆场”“侨领”“煊显”“世人”等语词，在当代中国小说中几乎见不到。这篇小说里的“假寝”“措理”“枭吞”“洋行”“领首”“茶霸”“怯怕”“什工”等，当代中国小说根本不用。马来西亚作家韦晕的《春汛》里出现的“头家”“头手”，方北方《残局》里的“麻雀牌”“舞女妈咪”，赵戎《芭洋上》的“酸疲”“鸭脚菜”“担挑”，马来西亚作家云里风《俱乐部风光》的“唐茶”“朱律烟”“红毛妹”“烂蕉会”“架步”“割名”“牛腩粉”，中国小说也没有这些语词。至于华文小说里常用的“唐山”一词，并非城市名称，而是指中国。“唐茶”就是中国产的茶，“唐瓷”是中国产的瓷器，“唐人”也就是中国人。这些当代中国小说没有的语词，成为华文小说文学语言的一道独具特色的风景线。

再次，当代中国小说很少运用方言语词，有的作家群体，如山药蛋派作家比较注意化用当地方言，但在强调普通话规范的环境里，方言成分毕竟很少。至于以化用南方方言为特色的当代中国小说至今尚未出现。而东南亚华文小说则普遍化用粤、闽、客方言的语词和句法，并且形成了明显的文学语言特色。云里风小说里的“好睡”“衰仔”“偷食”“猪寮”就是方言语词。他的小说《卡辛诺》写李进财与赵老板的对话，方言色彩非常浓厚：

> “呀！巨就系庄太太？”李进财吃惊地叫起来。“当然系了，呢的系一单生意，你估我赵某人真会傻得甘交关，肯花四万元去玩一次破碗？哪！听讲巨既老公后日就要返来，边个唔知庄先生系个大富翁，闲闲地有几百万身家……”

我们不提倡在文学文本中过多地用方言，但吸收方言里有营养的成分来丰富文学语言，是使文学语言保持旺盛生命力的一条途径。东南亚有不少华文小说都吸收了一定数量的方言语词。如菲律宾作家林泥水《恍惚的夜晚》有"蟳""蟳股脚""鲎""猪母"；泰国作家司马攻《探亲奇遇》有"喉干想食河中水，想起家乡目汁流"，《金表的故事》有"愈爱脸，愈无脸"；苗秀的《流离》有"睇""板厝""困着""屋租""旧家"；韦晕《春汛》有"鱼寮""网罟"；方北方《残局》有"红毛楼""门限"；赵戎《芭洋上》有"晏昼""仔""米食""种禾""脚支""估输""赤佬""舢舨""好揾""滚水"等等。方言语法的融入也使东南亚华文小说的文学语言表现出与中国小说不同的特色。赵戎的《芭洋上》有这么一句话："州府地种禾一年有两三道好收成"，其中量词用"道"不用"次"。还有一句话："酒吗？在新村是应该有得卖的……不过，太贵了，动不动就几百块钱一枝。"其中"有得卖"普通话没有语气词"得"，这个"得"就很有方言特色。普通话论酒用"瓶"，方言用"枝"，量词不一样语言特色也就不同。巴尔《被遗忘的人》有"一架的士""一条毛发"，都以方言量词"架""条"来组织语句，不用普通话的"辆"和"根"。苗秀的《流离》里有句话："你是海峡殖民地的土生么？"按普通话的说法应该是"你是海峡殖民地土生的么？"普通话用"的"字短语"土生的"，而方言语法却习惯用定语直接限定"土生"，由此可以看出文学语言的特点与方言语法是密切相关的。《流离》还有个语句："他老一住走路一住想"，这里的"一住……一住"与普通话的"一边……一边"语言色彩不一样，前者具有明显的南方方言色彩。由于南方方言语法的影响，东南亚华文小说里有的语句也表现出与当代中国小说不同的语序特色。如《被遗忘的人》"三几十年来的友情"，《芭洋上》"快来摘多点呀""再要走，也得充实饥肠一下才成吧"，《女佣细蒂》"自己这三几十年来"，云里风的《俱乐部风光》"快点给奶他吃"。中国当代小说基本上都按普通话的语法规则造句，绝不会说"三几十年"，而是"三十几年"。"摘多点"一般应是"多摘点"，副词放在动词之前，不会像南方方言那样状语副词后置。"充实饥肠一下"普通话语序应是"充实一下饥肠"。"快点给奶他吃"应是"快点给他奶吃"，南方方言里间接宾语与直接宾语的位置正好与普通话相反。这些方言语词和方言语法融合在小说的文学语言里，使东南亚华文小说的文学语言独具一格。

当代中国小说的文学语言在相对单纯的语言环境中，较少受到国外语言的影响，而东南亚各国的华文小说家生活在不同的国度，必然受到该国语言或当地土话的影响。不同国度的语言和不同地方的土话被吸收到汉语里来，形成了华文小说文学语言的又一特色。黄东平的小说《女佣细蒂》堪称这方面的代表作。小说开篇第一句话就是："这里将讲述一名'峇务'（某地域语言，女佣音译）一生的经历"，作者用括号交待了"峇务"的来源。凡是从当地语言吸收的语词，作者都在括号里标出了语词的意义或者在行文时作了说明。如"只围着半截纱笼（筒裙）的十岁上下的女孩"就在括号里标出了词义，而"上身的当地'卡峇耶'女上衣又破又脏"则随文说明了"卡峇耶"是一种女上衣的名称。类似的语词还有"亚答"（棕榈叶等编成的茅板）、"耶"（是的）、"哇影"（一种牛皮傀儡戏）、"沙峇尔"（忍耐）、"伯尔迷西"（请准许）、"卡多卡多"（一种食品）、"劲格尔"（开掌时拇指尖到中指尖的距离）、"挂沙"（进入"禁食月"）、"鲁拉"（村长）、"恶勿弄"（上帝责罚）、"拉剌格冷"（血干症）、"峇爸"（称父亲并任何老者）、"西阿儿"（衰）、"娘惹"（已婚妇女）等。作家吸收当地语言的词汇，以音译为主，同时也兼顾汉语的意义和文化特点。如"峇爸"和"娘惹"都是音译词，但考虑到汉人对父辈、母辈的称呼习惯，选用了"爸"和"娘"作为构词成分。又如把当地语的筒裙译为"纱笼"，把上帝责罚译为"恶勿弄"，都注意到汉语的词义和文化特点。用"端勿杀"音译荷兰语"大老爷"，生动地揭示了统治者与被统治者之间的阶级压迫关系。用"坷埠"意译港口城市的名称，不但切合汉语的词义，名副其实，而且适合汉语的构词规律。至于"乌吝木""烂芭地"，读音是当地的，意义则是汉语的，当地语与汉语紧密融为一体。这些新鲜的语词是形成东南亚华文小说文学语言特色的重要因素，也是她与中国小说文学语言相互区别的重要标志。不少华文小说作家还把当地语词音译的成分与汉语的词素相互结合构成新词，如苗秀《流离》的"山芭""阿答厝""罗厘车"，其中"芭""阿答""罗厘"是当地语词音译的，而"山""厝""车"则是汉语词素。韦晕《春汛》的"亚答屋""芭头""芭边""芭地""甘梦船""甘梦鱼"，其中"亚答""芭""甘梦"也是当地语词音译的，"屋""头""边""地""船""鱼"都是汉语词素。《芭洋上》的"芭洋""开芭从""耕芭的""芭屋""芭场""芭林"这一串语词，除"芭"是当地语词音译的外，其余全是汉语词素。当然也有纯粹音译的当地语词，如《春汛》的"甘榜"（乡村）、"罗哩"（货车），云里风《相逢怨》的"瓜得"（死去）、"麻麻地"（过得去），《望子成龙》的"巴刹"（菜市场），《黑色的牢门》的"干仙"（佣金），泰国作家司马攻《他再也不是一个笑话了》的"邦乃"（去哪里）、"门脆"（胡乱）、"沙越哩"（你好）等。这些中国读者看来比较陌生的语词，正是华文小说文学语言独创性的表现。

与中国小说很少引用英文相反，东南亚华文小说直接引用英文比较常见。例如云里风写的小说就有这种语言特色。他的小说直接运用英语词句的如：《相逢怨》里的 Gas（煤气）、Lousy（差）、Ice cream（冰淇淋）、Notice（通知）、Jaga（守门人）；《望子成龙》里的 Pass（及格）、Shopping（买东西）、Good morning, How are you（早安，你好吗）；《慈善家》里的 Gancer（白细胞过多症）、Leukaemia（血癌）。此外，印尼作家林万里的《结婚季节》里有 Indopalace、Free Meal。文莱作家煜煜的《圈套》里有 Toyota、Sorry、What。菲律宾作家林泥水的《恍惚的夜晚》里有 Golden Star Hotel。新加坡作家张曦娜的《都市阴霾》里有 Samsonite、artwork、private & secret。英语作为一种国际性的语言，对东南亚国家有着长期的影响，东南亚华文作家在汉语中夹用少量英语词句，形成了华文小说与中国小说不同的文学语言特征。但是，东南亚华文小说家们并非消极地引用英文，而是有选择地把英语里的某些成分吸收到汉语里来，融化为汉语的成分。吸收的主要手段是把英语音译为汉字。如云里风的小说里就有音译语词“吉”“的士”“贴士”“巴士”“派对”“嬉皮士”“卡辛诺”等。林万里的小说《结婚季节》有段文字：“阿贵哥的汽车在路上大约跑了半个小时，就到达一座综合性大厦——‘引渡迫来杀’（暂时如此音译，因为洋文写 Indopalace，目前世界各地时兴以 Palace 命名大建筑物），杏花楼就在该大厦第八层楼上。”这段话足以表明华文小说家是非常注意吸收融化英语词汇的，而且在音译时充分考虑到汉字所表达的意义。

东南亚华文小说家们一方面吸收了外国语言和当地土语的营养丰富了自己的文学语言，另一方面又继承了中国古典文学的优良传统，把古汉语里的语言菁华融化在自己的作品中，使文学语言变得典雅隽美，既有中国传统文化的美学特征，又有东南亚各国的地方风韵和情趣，这样，东南亚华文文学语言就兼具了多种文化内涵，形成了与中国小说文学语言不同的特色。

司马攻的《水灯变奏曲》是把古代语词与现代汉语，中国文化情结与当地民俗习惯融为一体的代表作。就全文看，似乎全用的是现代规范的书面语，细细探寻，在现代规范语句之中，巧妙融入了中国古代语词。例如“我独自走在北风轻拂的路上”，“轻拂”就是中国古代的文学语言。又如“攘往熙来的人群荡在沿河的路上，有前来放水灯的，也有观水灯的。而我此来则是两般皆是。”其中“攘往熙来”“观”都是中国古代语词，“而我此来则是两般皆是”这句话用的是中国的文言语词和句法，用来描写当地水灯节的风貌。而富有中国文化气息的古代语词还有“如愿以偿”“置于我的案上”“较为幽静”“屈膝”，“在暮色与思绪两苍茫之中”，“何必”“茫茫然”“迎面而来”“怦然而起”“怅惘之中悄悄而来”“希望之光”“回首”“只见水波粼粼”。正是这些富有中国文化气息的古代文言语词自然融会在现代规范语句之中，使得整篇作品不像小说，倒挺像一首散文诗，既充满着隽美凄清的中国传统审美情趣，又萦绕着对水灯寄托的异国风俗思绪。这些富有中国文化气息的文学语言表现的是当地的民俗水灯节的世态风情，这就使整个文本的每个语句都焕发着两种文化自然融洽的绚丽光彩。《花葬吟》不但把“瘦如桃花”“风吹欲透”“几许憔悴”等中国古典味十足的语词自然融入现代语句，而且还直接引用《红楼梦》中的名句以及林黛玉《葬花词》里的诗句。小说借助这些古代语词不但塑造了富于诗意的陈家三小姐的高雅形象，而且通过陈家三小姐与卖花女命运的对比，揭示了泰华社会贫富悬殊的冷酷现实，使带有中国传统美学特征的古代语词，打上了泰华社会现代文化的烙印，从而使文本的文学语言具有双重文化内涵。菲律宾作家小四的小说《锣鼓声中》有一段文字写人：

> 美纯貌仅中姿，而音色迷人，只听逊“咿”启唇一声，那种轻柔，那种婉转，已叫人神为之摧，魂为之折，仿佛看见了家乡楼头的春日、溪边的垂柳。

还有一段写感想：

> 在那老乐工的箫声里，家乡是如此近在咫尺又如此遥远！何处是子胥恸哭的秦庭？何处是多荷的金陵？何处是烟雨袅邈的江南？

中国古代语词同现代汉语融合无间，异国情思与中国古老文化浑然天成，寄托了作者在当地文化环境中对中国古老文化的追忆，从而使文学语言既反映了菲华社会的现实情景，又显示了语言词汇所负载的中国古老文化信息。新加坡作家尤今的小说既表现出对新加坡社会现实问题的关注，又在她那道地而流利的现代书面语里透露出中国古代文学语言的神气。《荒地上的心愿》有两段描写荒地的文字就明显蕴含着中国文化的审美情趣和对新加坡现实社会的观照。例如作者运用“温柔”“翠绿”“墨绿”“淡雅”“爱抚”“丛生”“泛出”“长满”等语词描绘眼前的图景，都是现实社会的写照。还有“漫漫”“熙和”“恣意”“沁心悦目”“参差错落”等中国古代语词，既蕴含着中国文化的艺术审美情趣，同时又映射出新加坡当代社会的世故人情。这些语词自然融合为典雅隽美的文学语言，从而使文学文本具有双重的文化品位，显得光彩焕发，情趣盎然。荒地在她的笔下变成了令人神往的胜境。

利用汉语的语音特征来组织语词，构成富于听觉美感的文学语言，也是东南亚华文小说文学语言的一个特点。最典型的例子当数尤今《老树已千疮百孔》里描写市场花摊的一段文字：

> 摊上的鲜花，以色，以香，以形，去诱人、引人、吸人。杜鹃、雪柳、玫瑰、胡姬、桃花、梅花、菊花、白莲、玉兰、凤仙花、长寿花、康乃馨，等等等等，争露笑靥，迎风招展。

从音步看，这段文字以双音节、三音节和四音节的语言单位构成逐级递升的阶梯结构，节奏整齐，明快高昂。从音节的平仄看，“以色”“以香”“以形”的第一个音节都是仄声，与之相配的音节有两个是平声；“诱人”“引人”“吸人”的第二个音节都是平声，与之相配的音节有两个是仄声。平仄的巧妙搭配造成了动人的音韵美。其余的语词也是平声音节占绝对优势，整段文字声音和谐流畅，洋溢着亮丽优雅的情趣，充分显示了汉字音节的音乐性是构成文学语言特色不可忽视的重要因素。黄东平也很注意利用语词节奏和音节的搭配造成听觉美感。《有女初长成》用“涂脂抹粉”“奇装异服”描写摩登小姐还不够，再加上“打扮得漂漂亮亮，香香喷喷，嘻嘻哈哈，吱吱喳喳，三五成群，骄视一切”。《女佣细蒂》描写爪哇风光：“蓝天、白云、远山、稻田、椰林、果树、村舍、小溪、农民、水牛”，一连用了十个双音词，造成整齐的节奏和响亮的乐感。讲究句式的整齐和音乐节奏本是中国古代韵文的传统，东南亚华文小说家把这一传统创造性地用来作为描写人物与自然环境的手段，使华文小说的文学语言也具有中国韵文的听觉美感。

散发着浓郁泥土味的东南亚各国当地语汇，以及英语借词，还有古代汉语和南方方言里的一些词汇，在东南亚小说家们的笔下，水乳交融，流光溢彩，成为当代小说文学语言园地里风格独特的一朵奇葩。

东南亚华文文本的语音审美

李国正

诗歌从古以来就是非常讲究语音艺术的文学体裁，这是人所共知的常识。至于一般的小说和散文，就未必那么重视语音艺术的运用，而且人们对小说和散文的音乐美，原本没有对诗歌那样高的要求。尤其是在当代诗歌语言已消解为一些参差语句的随意排列之际，语音艺术在诗歌里亦属难觅，更别说小说、散文了。有幸的是，东南亚不少华文小说和散文的作者，竟然借鉴了诗歌的优良传统，使得原本不必讲究语音艺术的文本，洋溢着汉语的平仄对比、押韵和谐、节奏整齐的音乐美，这应当是东南亚华文小说、散文与国内不同的一种语音艺术特色。本文拟考察一些作家构成文本音乐美的艺术技巧。

1．靠汉字的平仄对比造成语音美感

新加坡作家骆明是最擅长于运用汉字的平仄对比来构成语音高低长短变化的专家之一，可以随手举出两段散文予以说明。一是《汉堡——工业的城》，[①] 其中的一段文字完全可以排成诗行的形式：

在市中心，汉堡还有一大人工湖。
湖很大，烟波浩瀚，水天一色。
有湖，有水，就使这市区平添了不少妩媚。
湖上有游湖的游艇，有叶叶扁舟，扬帆湖中，另有一番情趣。
白鹅悠游湖上，这儿是它们的家。
海鸥在飞翔着，自由自在，那是它们的天地。

以句号为标志，每句末尾的汉字与相邻语句末尾的汉字构成了不同的语音对比："湖""媚""家"都是平声，音调高平而悠扬；"色""趣""地"都是仄

① 骆明：《汉堡——工业的城》，《骆明文集》，福州：海峡文艺出版社，1997 年，第 26－27 页。

声，音色短促而收敛。这样一长一短，一扬一敛，一高一低有规律地变化，就造成了语音的美感，丰富了文本的美学内涵，使散文语句有如诗一般的意境，读来不但有艺术形象的想象空间，而且有与艺术形象水乳交融的听觉想象空间。再看《渔港·渡轮·村庄》[①] 里的一段文字：

车又驶离市区，车在郊区奔驰。

满眼都是麦浪翻动，牛群处处。

“过春风十里，尽荠麦青青。”

看尽一片青翠，一片金黄的麦田。

这段散文以语句为单位重新排成诗行，它的语音效果从两个层次上体现出来。首先是语句内部的对比：“里”与“青”，“翠”与“田”，都是仄声与平声对比；其次是语句之间的对比：“区”“驰”两个停顿处的音节与相应位置的“动”“处”两个音节，是平声与仄声的对比。这4个语句有8处停顿，构成了平—平、仄—仄；仄—平、仄—平的整齐对应格局，造成了既有变化又和谐悦耳的语音形象。

2. 靠汉字的押韵造成语句的和谐

第一种情况是押相同的韵，如印尼作家黄东平《豪雨即景》中有这一段描写：“雨头打在热腾腾的柏油路面，远处竟一片尘雾弥漫。但才一转念，雨点已迎面扑来，一大点才打在我头上，十几大点已打在我身上，待冲到屋檐下，我已湿透了大半肩……热带的红太阳又偷偷露了脸。一抬头，才看见天上郁积低沉的云翳，不知什么时候已给抹拭得干干净净，眼前正展现一片高旷无际的蓝天。”

如果不计较介音，靠着字里行间的同韵汉字“面”“漫”“念”“肩”“脸”“天”，使整段文字变得酣畅和谐，由于押韵的仄声字占多数，语音的短促特征与豪雨的乍来急收相得益彰，给人以如临其境，如闻其声的真切感受。马来西亚作家林辛谦《破碎的话语》中有的语段也运用了同韵相押的手法，如“千春过尽，千秋重临，我重复着前人的心路历程，黯艳繁简，领略于心。”[②] 其中“尽”“临”“心”押韵，使环境与心境前后印照，融会统一于相同的语音形象，产生

① 骆明：《渔港·渡轮·村庄》，《骆明文集》，福州：海峡文艺出版社，1997年，第28－29页。

② 林辛谦：《破碎的话语》，载锺怡雯：《马华当代散文选》，台湾：文史哲出版社，1996年，第42页。

了令人回味的艺术效果。

第二种情况是分别押不同的韵，如菲律宾作家陈天怀《春风浩荡拂椰庐》的这段话："春风浩荡曾带给我幸福和欢娱，也曾带给我艰危和恐惧，那椰林气息，绿野夭姬，我为它陶醉，为她倾倒。"

这段话共有 6 个语音停顿，前两个语音停顿以"娱""惧"押韵，使相互对立的语义内涵借助相同的韵脚得以构成和谐的语音形象。中间两个语音停顿利用"息"和"姬"相押而把自然形象与人物形象融为一体，后两个语音停顿虽不押韵，却借助于相同的语法结构而归为一类。前后两组语音停顿所押的韵虽然不同，却分别塑造了和谐的语音形象，揭示了语段的思想层次。

第三种情况是押交错韵，如马来西亚作家寒黎《以后你是一种姿势，常存在我的眸里》的一段文字：

> 时间静止，只听得天籁如《弥赛亚》突地唱起。这个时候最适合我再对你述说一个成为过去式的故事：你敞开身上的衣物，泅游于夜之瀚海里。①

这段文字中"止"与"事"，"起"与"里"交错相押，造成两种既对立又统一的语音形象，与语义层次上动与静两种状态的既对立又统一，配合和谐。新加坡作家姚紫《窝浪拉里》也有这样一段话：

> 在丛林中，浓密的绿色，新鲜的空气，清脆的鸟语，稀疏的阳光，构成了诗般的天地，那是多么令人想不到的战乱中的遭遇！②

其中"气"与"地"，"语"与"遇"交错押韵，把自然形象"空气"、"鸟语"与人的心灵感受"诗般的天地"，"令人想不到的战乱中的遭遇"交织在一起，以两种不同的语音形象暗示了表面美好的自然形象背后所隐藏的痛苦经历。一般说来，运用交错韵便于塑造对立的语音形象。如果要造成既对立又统一的语音形象，两类韵脚应当有比较接近的音色。寒黎和姚紫的上述两段文字正好具备

① 寒黎：《以后你是一种姿势，常存在我的眸里》，载锺怡雯：《马华当代散文选》，台湾：文史哲出版社，1996 年，第 210 页。

② 姚紫：《窝浪拉里》，载杨越、陈实：《新加坡华文小说家十五人集》，广州：花城出版社，1988，第 67 页。

这一特征，“止”“事”与“起”“里”的韵母虽然不同，但音色比较接近。“气”与“地”的韵母是 i，“语”与“遇”的韵母是 ü，两类韵母都是单元音，音色相近，仅有齐齿与撮口之分。由此可见，作家在塑造语音形象时，对汉字韵脚的选择和配搭是颇具匠心的。

3. **靠相等音节的并列造成整齐的节奏**

只要运用相等的音节并予以相同的语音间歇，就会构成节奏。富于节奏的文本则具有相应的语音效果。东南亚华文作家构成文本节奏有如下方式：

(1) 单音节并列

新加坡作家尤今的《完人》：“她翩翩起舞，手足如蛇，柔若无骨，轻、俏、巧、灵，舞毕回眸而笑，媚由骨生。”①《生死线上的掌声》：“四条腿，好似螃蟹的钳一样，阴、毒、狠、辣。”②

(2) 双音节并列

马来西亚作家许裕全《长夜将近》：“时间停止了流动。各种影像在我脑海中捶碎、拆散、游离、并拢组合。”③ 印尼作家黄东平《赤道线上》：“远山，近村，树丛，田亩，在他身边载浮载沉。”④

(3) 三音节并列

马来西亚作家黄锦树《光和影的一些残象》：“走过无数青春的身影，而泰半只是青春在衣著上，窄裙、长裙、牛仔裤。没有笑容的脸。萝卜腿、鹭鸶脚。扁平族、炮弹族。苦瓜脸、草莓脸、瓜子脸。”⑤《赤道线上》：“听那奔跑声、呼喊声、那气氛、那情景，仿佛四周的地面也会摇动，天也在呼呼地响！”⑥

(4) 四音节并列

尤今《敝帚父珍》：“圆圆的眼，明察秋毫；圆圆的脸，长年含笑。”⑦

尤今《林中水上逍遥游》：“我目前的生活，就好像是一叶木筏，随水而流，顺心而去，没有斗争、没有倾轧；赚多赚少、要赚不赚，全随我意。”⑧

---

① 《完人》，载尤今：《浪漫之旅》，杭州：浙江文艺出版社，1991 年，第 155 页。

② 《生死线上的掌声》，载尤今：《浪漫之旅》，杭州：浙江文艺出版社，1991 年，第 140 页。

③ 许裕全：《长夜将近》，载锺怡雯：《马华当代散文选》，台湾：文史哲出版社，1996 年，第 328 页。

④ 黄东平：《赤道线上》，厦门：鹭江出版社，1987 年，第 485 页。

⑤ 黄锦树：《光和影的一些残象》，载锺怡雯《马华当代散文选》，台湾：文史哲出版社，1996 年，第 218 页。

⑥ 黄东平：《赤道线上》，厦门：鹭江出版社，1987 年，第 417 页。

⑦ 《敝帚父珍》，载尤今：《尤今散文选》，天津：百花文艺出版社，1991 年，第 15 页。

⑧ 《林中水上逍遥游》，载尤今：《浪漫之旅》，杭州：浙江文艺出版社，1991 年，第 129 页。

（5）五音节并列

尤今《祖孙共圆一个梦》："怡保的火车站，古老而陈旧，腐朽的木椅，一排又一排，寂寞地横陈。"①

（6）相同数目的音节对应排列

《风情万种的小城》："寺内，信徒如涌，诵经之声，不绝于耳；寺外，群燕飞绕，啁啾之声，不绝如缕。"②

尤今《山城岁月》："粉红的、紫红的、鲜红的九重葛，快活地、绚烂地、任性地绽放着。"③

尤今《果园之恋》："长长的枝丫，是秋千；细细的果蒂，是手臂。"④

（7）不同数目的音节分组并列

《一年只活四个月的伊甸园》："游客惊人地多，旅馆满、餐馆满、酒廊满、舞厅满。水里、岸上、车里、路上，挤满的，全都是人、人、人！"⑤

《阿拉伯的香水故事》："器皿以内，满满地盛着晶亮清彻的香水，色彩缤纷，举目望去，有鲜艳的红、醒目的黄、娇丽的橙、罗曼蒂克的紫、怪里怪气的青，等等等等。"⑥

不同音节群有不同的节奏感。由单音节停顿造成的节奏比较凌厉响亮，适于表达个性鲜明的形象特征；由双音节停顿造成的节奏比较整饬稳重，塑造的语音形象与文本意象配合默契，有利于拓展一连串意象构成的意境；三音节停顿比较活泼，其节奏较为舒展，它常用来打破长句的沉寂和双音节音步的习惯框架；四音节停顿比双音节停顿更为稳重而且雍容大度，其信息量常常超过构成成分的汉字表层信息，因而成语大都采用四音节结构。四音节停顿往往意味着意象群的分组，并列的四音节结构借助停顿产生的节奏，使意象群既相互区别，又相互融汇为相似的语音形象；五音节停顿很少运用，原因在于五音节结构通常是由两个双音节成分加上连接词或由一个三音节加上一个双音节成分构成，这样，它实质上存在2—1—2、2—3或3—2这样的心理停顿，因此，它以缓慢从容的节奏表现的意象往往带有描写的意味；至于相同数目的音节对应排列，是语段节奏整齐划一的不二法门，因此，古代韵文与现代文本中的对偶句，都采用这种方式排列。

---

① 《祖孙共圆一个梦》，载尤今：《尤今散文选》，天津：百花文艺出版社，1991年，第22页。

② 《风情万种的小城》，载尤今：《浪漫之旅》，杭州：浙江文艺出版社，1991年，第26－27页。

③ 《山城岁月》，载尤今：《尤今散文选》，天津：百花文艺出版社，1991年，第131页。

④ 《果园之恋》，载尤今：《尤今散文选》，天津：百花文艺出版社，1991年，第107页。

⑤ 《一年只活四个月的伊甸园》，载尤今：《浪漫之旅》，杭州：浙江文艺出版社，1991年，第30页。

⑥ 《阿拉伯的香水故事》，载尤今：《浪漫之旅》，杭州：浙江文艺出版社，1991年，第102页。

尽管表现不同意象可以采用不同数目音节的灵活组合，语段内部的语音形象之间未必节奏一致，但由于每个不同的音节组合必有其对称的成分，因而在语段宏观层次上仍然保持节奏整齐。不同数目的音节分组并列的效果与此相反，它不求语段宏观节奏的整齐，却力求语段之中各意象群以音节的不同构成不同的节奏，从而使语段节奏产生波澜而相互区别。但在同一语段之中的不同音节群，仍以相等音节数目而在微观层次上保持相对的整齐和谐。

东南亚华文文学语言风格管见

何耿镛

作家语言风格的形成，与作家的社会生活实践、人生阅历以及作家所受的文化熏陶和作家个人的思想、文化修养有密切的关系。作家的语言风格是整体艺术风格的组成部分。东南亚华文作家远离祖国乡土，寓居海外，为生活奔波，为事业奋斗。他们是海外华人社会生活中普通的一份子，他们的血液和脉搏汇在华人社会群体之中，他们虽是文化人，但在他们身上又带有“平民化”的气息。东南亚华文作家有深厚的生活土壤，他们在生活的风浪中拼搏奋斗，有深切生活体验；他们既受过中国文化的洗礼，受过中国文化和文学的熏陶，又对异国社会生活文化和华人社会有深刻的认识和感受；他们对自己的“母语”（汉语）的掌握和运用，均有良好的素养。这些都是东南亚华文作家具有的共同背景。这些共同背景，反映在他们文学创作上、反映在文学语言上就体现出某些共性。但是，又由于东南亚华文作家来自国内不同的汉语方言区，他们很自然地受到不同汉语方言区社会习俗、思想观念和文化传统的影响；他们生活在东南亚不同的国度，接触到不同国度的社会生活和文化习俗。这种情况又使东南亚华文作家在作品内容和表现手法上存在着各自的某些特点。本文着重从文学语言的角度来谈谈我对这些问题的认识和体会。

一

在阅读东南亚华文作家作品的时候，我有个突出的感觉，那就是在景物的描写上，在情节的描述上，在人物形象的塑造上，在人物性格的刻画上，很少看到浓词艳语的描写，也很少看到矫揉造作的刻意雕琢和华丽渲染，而是体现出一种平实、自然的语言风格。东南亚华文作家不是生活在象牙塔中的精神贵族，他们是融入社会现实生活中的普通人，又是对社会问题观察锐敏的文化人，他们有所感而写，为唤起人们的觉醒而写，为呼唤社会的良知而写。他们作品反映的是活生生的现实生活，是现实生活中活生生的人和事。那些活生生的人和事，需要用富于生活气息的平易自然的语言去表现。我们是否可以说，东南亚华文作家的生活环境、人生阅历、创作源泉和作家们“平民化”的气息产生了他们平实、自然的语言风格。例如黄东平的《嫁后》，描写一个出身寒微、纯洁朴实的姑娘温秀美嫁给花花公子廖源裕为妻，在廖家受到歧视和凌辱。为了争取生存权利和提高她在廖家的地位，她与廖家进行了不屈的抗争，终于使她的欲望如愿以偿。然而，由于她狭隘自私的利欲恶性膨胀和深受陈腐传统观念的桎梏，最终又使她从一个贫穷善良的女子堕落成为追慕虚荣的市侩女性。《嫁后》通过这个华人女性“生存奋斗史”的描述，反映了东南亚华人社会一类女性的人生哲学和生活追求，表现了作者对于女性如何把握自身、掌握命运的思考。作者对故事情节的描写和对温秀美以及其他人物形象的刻画，既没有为炫耀“文采”而卖弄艳丽词藻，也没有为追求“引人入胜”而刻意渲染和华而不实的铺叙，而是以自然平实的语言把故事情节的发展、人物的心灵世界和人物的矛盾冲突表现得生动真实，最后只用一句通俗而富有哲理性的话“华人女性的悲哀”来凝注作品所要展示的社会主题。东南亚华文作家语言运用上的这一特点，体现了作品内容和语言表现手法的和谐统一。

二

语言风格的自然平易，并不意味着语言的贫乏单调和描写手法的呆板乏味，并不意味着人物语言的概念化。东南亚华文作家在平实自然的风格中，又不失人物语言的个性化，不失语言表达的含蓄和幽默。例如黄东平《嫁后》中的主要人物温秀美以及她的父亲温阿毅、昌裕贸易股份有限公司的大老板廖阿财和他的二少爷（温秀美丈夫）廖源裕，由于他们的社会地位和生活经历不同，因而他们的人生哲学、处世态度、生活追求和性格特点就不同，作者都能运用富有个性化的语言去揭示人物的内心世界和性格特征，塑造了现实生活中富有典型意义的人物形象。又如司马攻的作品，他能根据思想内容表达的需要，以巧妙的手法赋予词语丰富的语义容量，充分运用语言的暗示性和启发性，给读者领会作品思想内容留下广阔的思考和联想空间，让读者去咀嚼体味作者的言外之意。如《独醒·水灯变奏曲》描写水灯节之夜的欢乐盛景与一个内心充满愁绪的漂泊者之间“景”与“情”、“乐”与“愁”的矛盾。水灯节之夜，人人放灯，家家欢乐，为生活和未来祝祷；但是那个漂泊者却“在暮色和思绪两苍茫中”“愁绪又涌上心头”。天上的月亮和河里的水灯是今夜最好的装饰，而“我”却在“美丽的景色之外”。她虽然也放了灯，但没有许下心愿，因为“我怕这盏小小水灯载不了我的心愿”。她甚至嘲笑自己放水灯是可怜又可笑，因为她觉得“我其实就是一盏飘零的水灯”。这些用语虽然朴实无华，但意蕴丰富而含蓄，给读者以丰富的想象和回味。这种“言内意外”的笔法是文学语言表现手法上的一个重要特点。

三

由于东南亚华文作家的身世阅历和文化根基不尽相同，对汉语（现代汉语书面语）的感知深度和运用能力存在某些差异，因而表现在他们作品中的文学语言情况就有所不同。有些作家文笔娴熟流畅，语言运用得心应手，句式变换和词语锤炼均甚见功力；有些作家则在充分调动汉语的语义功能和表达手法方面需进一步挖掘潜力。

寓居在东南亚不同国度的华文作家，其祖籍大多在广东、福建。他们对故乡的习俗文化和语言怀有深厚的感情，因而在他们的作品中，不时流露出家乡的方言土语；另一方面他们熟悉所在国的文化和语言，作品中也不时夹用一些外国语言的词语。如巴尔作品的“碌”（“碌”是泰语“碌将”，是“伙计”的意思）、“睇”（粤语“看”）、“阿舍”（客家话“公子爷”的意思）；司马攻作品中的“放工”（收工）、“娘温”（母亲）、“衰贼”（倒霉贼）“真衰”（真倒霉）等。作品中使用这些词语。固然可以使描写增添某种情趣或亲切感，但却给不懂那些词语的人带来阅读的麻烦。文学语言要不要使用方言词语？如果使用方言词语，要掌握怎样的适度？这些都属于文学语言的规范问题，现在还没有一致的看法和标准。不过，我认为从华文文学的发展以及扩大华文文学在祖国大陆的影响这一角度来说，在作品中对汉语方言词语和所在国语言词语的使用不能过滥，即使非用不可，也要附加注释。

（选自《新华文学历程及走向》，厦门大学出版社，2001 年。）

司马攻作品文学语言概观

何耿镛

在谈到正题之前，先对标题作点说明。这里的“文学语言”是语言学术语，“文学”是“语言”的修饰语，“文学语言”的狭义含义是文学作品的语言。由于对司马攻先生的作品阅读得不够全面，对他作品的文学语言未能作更深入的研究，所以只能说“概观”。

司马攻既是商务能手，又是“泰国华文作家协会”会长，是泰华文坛的佼佼者之一。他的作品有专题特写，有散文、杂文。他在商务之余又在文学创作上取得这么显著成就，令人钦敬。

司马攻先生原籍广东潮州，长期生活在泰国。他深受中国传统文化的熏陶，于中国历史文化有厚实的根基。他熟悉泰国的历史文化和社会风土民情，有深厚的生活土壤。他熟悉家乡潮州的习俗方言，有浓郁的乡土情怀。因此，在他的作品中，异国的生活情调、浓郁的乡土感情和中国历史文化氛围和谐地交织在一起，读来使人沉浸在作者所描绘的那种浓郁、热烈而又丰富多彩的情境之中。

文学语言是作家描写人物性格，塑造人物形象和创造意境的重要手段，是作家创作风格的重要体现。在司马攻的笔下，人物的思想感情、景物的自然风貌与他的语言表现手法达到了和谐的统一，形成他文笔清新凝练，意蕴深幽的语言风格。汉语是非常富有表现力的语言。司马攻可以说是充分调动了汉语的语义功能和表达手段，因而在他作品的语言运用上富有极强的表现力和独特的艺术技巧。

一

在司马攻的散文、特写中，随处可以看到笔触清新的优美景物描写。作者不是单纯地为描写景物而描写景物，而是在景物描写中抒情寓意，使景物和情意结合的水乳交融。例如他在《湄江消夏绿·天下第一大佛》中写道：“它仍是平平稳稳地立于大地上，笔直的塔尖，遥指青天，几堆金黄色的云层，远叠在它的背后，使这幅天然图画更加出色。”然后笔调一转，“白云！人生如白云苍犬，瞬息万变，而伟大的金塔，它却永恒地立于此地，多少曾经来此凭栏望拜的人，至今已化为乌有，而塔尖却依然金光灿烂，普照四方”。这些描写，既从正面突出佛塔金光灿烂的宏伟，又从“人生如白云苍犬，瞬息万变……”的感慨反衬佛塔的伟大和永恒。又如他在到达“万里镇”时写道：“一片秋水，远接天边；它的表面被微风吹皱，小艇在皱痕上划出了二道浪花。远方有白云、茅屋，渔网迎风；近处是杂草、矮树；流水落花，轻风扑面，使人神清身爽。此情此景，遥想范蠡在二千多年前，吴国初亡时，带着艳丽佳人西施，泛舟于五湖烟云之中，真是乐何如之。这时小艇之中也有几位如花似月的小姐，不佞不敢以范蠡比之，但也有些飘飘然，真是其乐也融融。”对自然景色的陶醉，引起他对历史的联想；而历史的联想，又加深了他游览的情趣。他之所以能达到如此境界，一方面源于他丰富的学识和生活体验，另一方面也得力于语言运用上的工巧。

二

在司马攻作品中，不时可以看到“画龙点睛”之笔。那些“画龙点睛”之笔，都含有丰富的语义容量，也往往是文章的主旨所在，读来使人意想无穷。如他在《独醒·林嫂》中写一个从事信乐商店小本生意、惨淡经营、为人诚实、日渐苍老的林嫂，结尾写道：“林嫂的脸上叠起一层厚厚的皱得很幸福的笑意。”这是一句点题之笔，它表现出林嫂平日艰辛劳碌，脸上叠起一层厚厚的皱纹，然而从一层厚厚皱纹的脸上发出的“笑意”又是“幸福”的，因为这是她诚实经营、与人为善而得到顾客信任而产生的快慰。又如《独醒·水灯变奏曲》用“变奏”二字来表现水灯节之夜的欢乐盛景与一个内心充满愁绪的漂泊者之间“景”与“情”、“乐”与“愁”的矛盾。水灯节之夜，人人放灯，家家欢乐，为生活和未来祝寿；但是那个漂泊者却“在暮色和思绪两苍茫中”“愁绪又涌上心头”；天上的月亮和河里的水灯是今夜最好的装饰，而“我”却在“美丽的景色之外”；她虽然也放了灯，但没有许下心愿，因为“我怕这盏小小水灯载不了我的心愿”。漂泊者哀愁和惆怅的心境与水灯节的欢乐气氛显得很不协调，好像是乐章演奏中的一支不和谐音，这就是作者用“变奏”的含意。这些用语和描写，都表现了作者的语言锤炼功力。

三

语序是汉语的基本表达手段。词（字）的位置不同，意思就不同。如“眼泪”和“泪眼”含义差别就很大，“泪眼问花花不语”就不能说“眼泪问花花不语”。司马攻有时就巧妙地运用了语序的变换作为表现主题和意境的手法。如

《独醒·花葬吟》中写某人在游园会上看到了一位身材、相貌、气度酷似林黛玉的陈小姐，归途中怀着慕悦之情哼起了林黛玉的“花葬吟”。可是在途中停车的瞬间，一个瘦弱的女孩，脸贴在他汽车玻璃上叫卖鲜花，不料突然间一辆电单车冲过来，把女孩撞到在地，鲜花散落在她身上。他在“葬花吟”之中的陶醉，顿时就变成“葬花吟”的感伤，一字位置的变换，表现了两种不同的情景。

四

汉语的词含意非常丰富。一个词可以从实义引申出多种抽象的虚意。司马攻在语言运用上常常实虚相应。如《独醒·天网》中写一个患了艾滋病、独宿于海滨度假小屋遭到暴徒强奸的妇女的心绪。开头写道：“今夜，我……凭窗仰望茫茫的天穹。瘦月如钩，群星簇簇，这些星星缀在天上有如一张疏疏的网。”星星像是网眼，整个天空像是张开的大网。这是视角产生的实感，又由实感产生的相像。小说最后一句是“窗开着，窗外有一张疏疏的网。”这是虚意的“网”。暴徒强奸她后跳窗逃走，他即使不受到法律的惩处，也必将染上艾滋病，逃脱不了“恶有恶报”的“网”。对于无力抗争的她来说，这张“网”又使她从痛苦中恢复了平静。

五

在司马攻的作品中，常常赋予词语以诙谐的含意，读来使人感到饶有风趣。《冷热集·虎子》中写的“虎子”是古代的尿壶，在曼谷的货摊上还可以看到“虎子”的陶制品。“虎子”形状别致，洋人以为是工艺品，买了作喝水的水壶用。作者讲述了这个故事后说：“中国人用来‘下流’的，西洋人拿来‘上流’。这回是我们中国人赢了。因为我们是‘出超’，他们是‘入超’。这桩生意还好做。”“上流”“下流”“出超”“入超”都是汉语中很普通的词语，经作者这么一用，真令人叫绝。风趣之中又包含着对洋人的嘲弄。

由于司马攻原籍潮州，熟悉潮州方言；又由于他生活在泰国华侨社会，因此作品中就自然出现以下潮州方言词语以及海外华侨社会的影响特殊用语。如“放工”“娘温”“闻侨”“风头健”“衰贼”“真衰”等。如能对这类词语作些注释，就能使不了解作者语言背景的读者领会这些词语在作品中的传神之妙。

（选自《世纪之交的东南亚华文文学探视》，厦门大学出版社，1999 年。）

东南亚华文新文学语言的特异性

陈　昕

东南亚华文新文学语言是一个值得探讨的问题，它与中国新文学语言有着许多相同之处。这是因为，其历史源自中国，并且东南亚各国的华文新文学语言几乎都是在中国“五四"新文化运动的影响下产生发展起来的，与中国新文学有着密不可分的关系。而且双方的作者一样都是以汉语为母语进行创作的，本质上是相同的，而两者间又存在着一定的差异，这些差异也构成了东南亚华文新文学语言的特异性。这些特异性主要表现在以下几个方面：

其一，东南亚华文新文学语言受到了当地社会环境的影响，这种影响在词汇上一方面是体现在新造词上。在东南亚华文新文学语言中，有一部分新造词是中国新文学语言中所没有的，这些词是根据其所处的社会环境的特殊情况而创造出来的，如“垃圾虫”（乱扔垃圾的人）、“华校生”（华文学校的学生）等，这些社会现象在中国并不存在，原有的汉语词汇中找不到适当的表达词汇，所以当地人自创了这些词汇。另一方面是部分受社会环境影响的词汇在内容或形式上部分地假借中国词汇，这部分有“同形异意”的，如“大字报”（讨债告白）、“劳改”（对“垃圾虫”的劳动惩罚）、“路霸”（开车时以恶劣态度待人者）等多也有“同意异形”的，这可分为四类，“灌浇”（浇灌）、“良善”（善良）一类属于同素反序；“入口“（进口）、“车税”（车钱）一类则于近义语素假借合成的；“委曲”（委屈）、“刁皮“（调皮）这类是近音语素假借合成的；还有一类是意思相同但语素则完全不同的，如“乐龄”意指老人，“客工”意指外来务工人员。新华作家田流的小说《又是头一遭》中就出现了”应召女郎“（妓女）、“娼寮”（妓院）、“寻欢客”（嫖客）、”丑业“（色情行业）、”惹火女郎”（风骚的女性）等许多属于这种类型的词汇。这些受当地社会环境影响产生的词汇经过作者的艺术加工，反映了当地的社会现实，形成了新的文学形象，成为一道独特的风景线。

其二，东南亚华文新文学语言还受到了当地自然环境的影响，呈现出明显的地域性特点。这种影响体现在词汇和修辞上，如新华作家赵戎的小说《芭洋上》

有“棕榈”“巫金箩树”“葵扇树”“斯茅草”，文莱作家邵安的《蜕变》也有“椰树”“芭蕉”等多种热带植物名词的出现，这些词汇正是当地自然风貌的反映。

东南亚华文新文学语言中修辞的喻体和比喻同东南亚独特的地理环境密切相关，东南亚著名的物产橡胶、榴莲、红毛丹、芒果等就经常成为该地区文学语言中的修辞对象。马华作家冰谷的《血树》就将橡胶树比喻成承重、负伤的奉献者，并用拟人的手法对其伟大品质进行赞美。田息则以第一人称来描写胡椒。歌颂胡椒的“火辣辣的性格”及“宁愿粉身碎骨”的气节。泰国作家司马功的杂文《一身香臭费评章》中以“静沉沉地没有夸大其词”来形容榴莲。马华作家魏萌以“天空赤裸”形象地反映了热带地区的景观，新华作家尤今以“天幕，好像被人硬生生地戳出一个大洞；也许是很痛，它没日没夜的痛苦流涕”来描写当地的热带气候。同样是描写热带景观，马华作家马杏的《槟榔花开》则写道：“天空蔚蓝得出奇，云朵好像被人粘在天壁上，死死不动”。马华作家韦晕贝擘以“火钵似的焦灼的太阳吊在峰峦的高空上”来形容马来西亚的热带气候。文莱作家邵安的《蜕变》中对于热带气候也有类似的描写：“对于这热烘烘的煎迫，椰树最不同意多尽力地摇动他的满头散发；芭蕉挥舞着绿大旗，劈啪劈啪地，似乎在愤怒地抗议。”印华作家黄东平的《婆罗洲山埠杂忆》一文在描写退潮夜景时写道：“满江黑朦朦，好似连同天空一起被罩在一张又柔又厚的黑绒毯里。渔船两三只，有如悬挂在漆黑的空中多又似搁在黑绒毯上。惟独那串串金色渔火，像一条条金蛇，不断地钻进墨绿的水心。”这些比喻、拟人等修辞手法的运用既有创造性，又非常形象生动；切合了当地的自然环境特点，异域风情尽收读者眼底。

其三，多元文化语言环境对东南亚华文新文学语言的影响最为强烈。首先是中国传统文化的影响，东南亚华文新文学语言沿用了古汉语中的一些词汇，而这些词汇在中国新文学语言中已经不再使用了。如菲华作家陈一匡的《野丫万岁篇》将“然”“孺慕”“盖”“哉”等许多古汉语词汇运用于全篇，增添了文学语言的典雅和趣味。此外，中国传统文化中一些诗词名句、格言谚语、神话传说、成语典故等经常被引用，并且引用的频率远高于中国新文学语言。作者还常常对所引用的内容进行巧妙的改造，使之与当地的风土人情结合起来，增加了表现意义和文化内涵。如印华作家黄东平的《夜行情趣》将中国古诗“山穷水尽疑无路，柳暗花明又一村”的后半句改为“灯明谷暗又二弯”，这一改动既表现出了对中华文化的挚爱，又将当地的地理特点表现无遗。这种“中为洋用”的写法既节省了笔墨，还体现出了作者独特的匠心。

其四，东南亚华文新文学语言受到了中国南方方言的影响，这种影响主要来源于闽南语和粤语。这些方言词汇一是以普通话音译的方式出现，如“展大空”（吹牛）、“大只佬”（大块头）。二是音义结合起来运用，如“自贼话”就由闽南语的”白贼”（撒谎）与普通话的“话”结合而成。另外多方言中的一些谚语、惯用语也被引用进来。如“腹内全是草，没料”“寿星公吊颈嫌命长”等。从中我们也能看到作者们对方言语料进行了精心的挑选与加工，使其具有文字的形象性。

从语法上来看，中国南方方言的影响也是非常强烈的。常见的有“阿”做词头、“仔”做词尾形式、“动词结构 + 先”句式（“你走先”）、“有 + 动词或形容词”及“有 + 得 + 动词”句式（“有实行同居之嫌”、“有得赚”）、“动词 + 宾语 + 不”句式（“看他不起”）、双音节动词或形容词的“不”的正反疑问“A 不 AB”形式（“你高不高兴?”）、“形容词 + 量词”形式（“又大条，又多肉”）以及如“一粒鸡蛋”、“几百支骨头”、的量词使用等。语法上的影响还体现在词性改变上，如形容词作副词、动词作副词、动词作名词、副词作连词等。

方言的影响使东南亚华文新文学语言构成的文学形象既生动又切合实际。中国新文学语言中受方言影响的也不少，从涉及的方言范围来说更广，然而从程度和数量上看却没有东南亚华文新文学语言这么多、这么强烈。

最后，东南亚华文新文学语言受到了外国语言的影响。英语的影响在词汇中一是直接引用，如直接在文学作品中出现“ party”“shopping 这样的英文司汇。二是音译，像“贴士”（小费）、“德士”（出租车）等。三是音义结合，如“吧女”（酒吧女郎）、“泊车”（停车）等。英语在语法上的影响主要体现在长句里主语前带多个定语的形式，还有就是诗歌上打破诗词格律，使句式散文化的特点也体现了英语语法的影响，菲华作家云鹤的《野生植物》、印华作家叶竹的《乌雨伞》等诗作都体现出了这种特色。词性的改变也体现出英语的影响，如不及物动词作及物动词、名词作形容词、名词作副词、形容词作动词等。

当地语言的影响也很大，如“马打”（警察）、“山芭”（山村）、“娘惹”（女子）、“巴刹”（市场）之类的词汇就是从当地语言中音译而来的。还有一些是音义结合，如“马打厝”就是“马打”与闽南语的“厝”合成的，“娘惹粽”则是“娘惹”与普通话的“粽”合成的。这些受外国语言影响的词汇和语法，构成并突出了具有东南亚地方特色和民族特色的文学形象。

由此看来，东南亚华文新文学语言具有很强的特异性，形成这些特异性的主要原因是环境、主体情况的不同。东南亚华文新文学语言生存发展的社会环境与自然环境与中国有着很大的不同，这些不同必然直接反映到文学语言上。并且东南亚国家多存在着多元文化的并存与融合的现象，因此华文新文学语言在各个层面必然留下这些文化的烙印，既使其塑造出来的文学形象具有真实性，也使其文学语言增加了亲和力和相融性。东南亚华文新文学的创作主体祖籍多是闽南、广东一带，他们带去了中华传统文化，又随着中国形势的发展，接受了新的中华文化，并且根据他们的环境发展了具有自身特色的中华文化。他们对中华文化有着独特的理解与情感，这些都自然地流露到他们的文学语言中去。在将一般语言提升为文学语言的过程中，东南亚华文新文学语言与中国新文学语言由于上述各类环境的不同，着眼的对象也不一样，这也是形成其特异性的原因。

因此，我们应当理解东南亚华文新文学语言与中国新文学语言的差异，认识到这些特异性的存在是一种客观事实，一些以我们的眼光来看似乎并不恰当的文学语言现象，由于在当地已经普遍使用、约定俗成，我们就须将此作为特色予以充分尊重。因为这些特异性在很大程度上拓展了汉文学的空间，有助于汉语言文学的发展。我们不应强求其与中国新文学语言保持一致，因为这是不科学的，也是不现实的。

南洋不屈心魂的流响①

——东南亚华文抗战语言风格略说

苏永延

距离1937年“七七”全面抗战已经80多年了，虽然与抗战有关的文学创作数量相当可观，但关于东南亚抗日的华文文学创作及研究，尚有许多可探讨的地方。总体而言，东南亚华文新文学是在中国“五四”文学影响下产生的，“七七”事变之后，东南亚各国华文作家们的爱国主义热情瞬时爆发，他们努力将文艺的力量化为现实的抗战动力，反侵略的华文文学成为风起云涌的文艺大潮，呼唤千千万万漂泊海外的中华儿女为祖国而奋勇抗争。

从1937—1941年间，东南亚各国的华文创作呈蓬勃发展之势。在泰国，1937—1938年间就涌现出39个华文文学团体及文艺刊物，100多位中坚作家；在马来亚华文作家以通俗化、大众化的形式，对支援祖国的抗战起了十分重要的作用；印尼的华文报纸如《朝报》《汇流》《新村》《苏门答腊报》等都开设文艺副刊，登载反对帝国主义侵略的文学作品；菲律宾华文学以异常坚韧的毅力，在日军占据马尼拉后，仍然非常活跃，如《前锋报》《导火线》《大汉魂》《扫荡报》等不时传出震撼人心的作品。从总体来看，本时期东南亚华文文学以抗战文艺为主潮，但随着1942年日军占领东南亚之后，华文抗战创作迅速归于沉寂。

东南亚抗战时期的华文创作，除了描写中国大陆惨烈的抗战场面外，更多的是描写华人社会各界如何踊跃援华，并与形形色色的投降派和汉奸作坚决的斗争，形成了富有特色的东南亚抗战文学潮流。虽然东南亚各国抗战时期的华文文学发展不太一致，但它们又具有强烈的战斗情绪与浓郁的南洋风情共同特点，与中国大陆的抗战文学有着明显的区别。本文将以马来西亚华文文学为例，从文学语言风格的角度来审视东南亚华文抗战文学的独特风貌。

卢沟桥事变后，大批中国文化人奔向南洋宣传抗战，本来处于自生自灭的马华文学，因宣传抗战而迅速勃兴，“抗战文艺”“南洋抗战文艺”等抗战文学思

① 本文系国家社科项目“东南亚抗战的华文叙述研究”（项目编号16BZW162）及中国侨联“东南亚华语反法西斯文学研究”（15BZQK224）的阶段性研究成果。

潮此起彼伏，与中国大陆抗战文学遥相呼应。1942 年初，日军占领马来西亚后，严酷的法西斯统治使马华文学迅速陷入沉寂。马华文学语言在这特殊的历史时期里，因突出反映了许多百姓颠沛流离的苦难生活，痛苦而不消沉，悲哀而不软弱，语言流露出悲慨之气；在反映了各地军民同仇敌忾，视死如归的英雄气慨方面，用语雄浑；鞭挞贪生怕死、自私自利、卑鄙无耻的民族败类，语言则显得辛辣；为唤起千千万万百姓的抗战热情，用语富有鼓动性，呈现出通俗化的特色，这些都是与抗战紧密联系在一起，体现出那个时代人们共同的心理与审美取向。

苦难心魂留影像：悲慨

战争是残酷的，但中国人的抗战热情并不因此而减弱。在文学创作上，无论是小说还是戏剧，大都写得昂扬激奋，色彩鲜明单纯，为那个时代的苦难心魂留下了特殊的影像。在语言风格上，则以悲慨为主要底色。

悲伤感慨之词，乃是该期民族苦难的真实写照。抗日战争全面爆发之后，日本侵略者铁蹄所到之处，无不狼烟四起，生灵涂炭，普通民众只能背井离乡四散逃难，留下了一幅幅惨绝人寰的生离死别的画面。《逃难途中》写李大嫂带着襁褓中的孩子逃亡，在鬼子快追上的关键时刻，如何处理襁褓中的孩子：

> 又一下子坐了起来，坚强地，像报复一椿仇恨似的，狠狠地再咬着流血的嘴唇；显得安祥地，解开了包扎，把孩子捧了出来，久久地看着、看着；突然，她把孩子丢在雪里，立了起来，调过了头，紧闭着眼睛，但没走几步，又站住了，迟疑了一会儿又迅速地回到孩子的身边，捧起来紧紧地抱在胸头。①

这一情节写令人心碎的母子生离死别场面。李大嫂背着襁褓中的孩子逃难，又累又饿，但鬼子很快又要赶来了，不丢掉孩子，她就逃不上山去，结果必然会双双丧命；丢掉孩子，她又割舍不下。作家采用心理斗争外化的方式，来展现人物痛苦的两难抉择。在这短短的文字之中，展现了人物心理的两次激烈斗争：第一次作家用“坐”“坚强”“报复”“狠狠”“咬”之类的词，来描绘人物的内心痛苦的抉择，她决定要丢掉孩子，而这种决定是通过恶“狠狠”的神情描写来实现的，连嘴唇咬破了还不自知，残酷的决定是理性选择的结果，当然这种狠心

① 乳婴：《逃难途中》(1938)，《马华新文学大系四 · 小说二集》，第 229 页。

的决断似乎战胜不了天生的母爱的温情，当她把孩子解出来时，神态又显得“安详”“久久”“看着”，对于后有追兵的逃难人而言，久久不动意味着灭顶之灾，但这种母性的本能又使她无法下这个决心。这是第一回合的心理斗争：最终母爱的力量战胜了对自身生命的恐惧。当然，这只是一瞬间的感觉而已，紧接着理性的力量又告诉她必须放弃，于是她又把孩子丢在雪里，“调过”头，“闭”了眼，这一次仿佛没有第一次决定时的那种决绝勇猛的气魄，而是用不忍视来抗拒那母爱的呼唤，但是她又“迟疑”“回”到孩子身边，“抱”在胸头：一个小小的片断，把生与死的抉择，爱与恨的交织，果敢与迟疑的较量，体现得淋漓尽致，可谓一唱三叹。民众的悲伤与泣血的呼唤仿佛依稀可闻。

这一细节的描写，与三国时期王粲《七哀诗》中所写的又是何其相似。“出门无所见，白骨蔽平原。路有饥妇人，抱子弃草间。顾闻号泣声，挥涕独不还。未知身死处，何能两相完？驱马弃之去，不忍听此言。南登霸陵岸，回首望长安。悟彼下泉人，喟然伤心肝。”李嫂与诗中饥妇人的心理其实是相通的。“未知身死处，何能两相完?”小说中虽然没有描写孩子的哭声，但与建安乱世草中的孩子哭声中又仿佛相似。李嫂只是一个乡野村妇，也不可能读过王粲的诗歌，但是人性的光辉和力量，又把相隔近两千年的感情与心绪打通，映衬出人性光辉而永恒的一面。

一个民族遭受异族蹂躏之苦，饱尝生离死别之痛，这种悲痛往往又是全方位的。它对所有在逃的人与已逃的人的心灵创伤都是一样的。

> 如今，连这么个玄想的享受也给扔得粉碎，明朗的记忆爬进了坟，憧憬中的老家是一个悲惨的魔窟，一个支离的、破碎的家呵！如今我用尽悲哀的想像去摹拟每一张沉郁的嘴脸，我又用尽耻辱的字眼去描划每一片被蹂躏的湖山……①

从抗战大爆发开始，时间已经过了快三年，而对于作者来说，他已经到达了战火烧不到的南洋土地上，但是国破家亡的惨痛记忆依然在刺激着他，悲哀、沉痛的感情溢于言表。从文字上看，几乎都是带着伤心、痛苦一类的词，如“粉碎”“坟”“魔窟”“悲惨”“悲哀”“沉郁”“耻辱”“蹂躏”，唯一个具有亮色的词是“明朗”，但它只是这众悲之词的反衬而已。尤其值得注意的是，作者用

① 叶冠复：《静的怅惘》(1940)，《马华新文学大系七·散文集》，第481页。

了许多带“一”的句子，“一个”“每一张”“每一片”，可以想象作者是用充满痛苦的感情，奋力地拼贴已破碎的记忆，那是一种咂摸式的回忆与想象，而回忆越多，其实对作者来说也就越痛苦。作者用一系列的长句，来体现这种回想时的心理活动，使感情表达变得沉郁、低缓。特别是最后两句，用接近对仗的方式来写，更使语言与感情的表达如泉水一般自然无声地淌出，而淌出的是家园破败、山河飘零的伤感。

悲慨的语言风格，所体现出来的特点不仅有悲伤的一面，更有一种为了某种崇高的信念而慷慨赴义的坚强特征，在遥远的中国大陆，战火燃烧正酣，呼唤的是血与铁的精神，颂扬的是一种全民皆兵的奋战精神。

> 迅速地把水雷的引线装好了。老黄拉着老谢的手，对众人望了一眼：
>
> “弟兄们，咱们来生再见!”
>
> “走吧，二十年后又是一条好汉!”扑通，老谢钻到水里去了，老黄也跳了进去。
>
> 留在岸上的人们差不多都窒息着，全神注视着两个浮沉的黑影，慢慢地消失在江中。
>
> 这时，夜显得更可怕地寂静，每个人都听到了自己的心在跳动，自觉到手在战抖。①

这一情节反映的是为了轰炸停泊在上海的日本战舰“出云”号，抗战义士组成敢死队，用血肉之躯带着水雷，潜水游到敌舰近距离将其炸毁的过程。本节写的是他们这些敢死队员出发前的细节描写，人物的语言非常简洁，“来生再见”与“二十年又是一条好汉”都带着视死如归豪迈气势，一种慷慨就义的悲壮美。与之相映衬的是送行者的态度，都是用着极为担心而又崇敬的感情来为他们送行，“窒息”“寂静”“心在跳动”“战抖”，体现出内心的激动与不安，慷慨与崇高得到了极大的映衬。

关于这类情节与氛围的塑造，在《史记·荆轲》里的场景简直就是光辉的模板。

---

① 高扬：《黄浦江中的巨雷》(1937)，《马华新文学大系四·小说二集》，第143页。

太子及宾客知其事者，皆白衣冠以送之，至易水之上，既祖，取道，高渐离击筑，荆轲和而歌之，为变徵之音，士皆垂泪涕泣。又前而为歌曰："风萧萧兮易水寒，壮士一去兮不复还！"复为羽声慷慨，士皆瞋目，发尽上指冠。于是荆轲就车而去，终已不顾。（《史记·刺客列传》）

如果《史记》与上一则的文字相比，就会发现在写作情景的设置上都是一样的：英雄的豪迈与慷慨古今不二。虽然具体情节与语言不同，氛围的营造上却无二致。太子、宾客的涕泣、瞋目、竖发等反应，与黄浦江边的岸上人们的反应，都是被英雄的慷慨之气而感染的一种集体崇拜反应的动作。《史记》文字的经典性意义几乎感染和影响了一代又一代的作家，可见语言魅力其实不分古今，只关乎审美效果。

回到那辆车旁，还是没有人，汽油在地上淋得更湿了，王老爹快捷地掏出了火柴。

"擦！"

一阵猛烈的火便在汽油上燃烧了，燃烧了！车轮上着了火了，车身着火了，好像火山爆发一样，军用车冒出了数丈的火焰，在烈火中毁灭着……

在和王老爹的骨头破碎的同一刹那间，一个巨大的爆炸声从火中发出，一切都在烟火中毁灭了。[①]

这段文字所写悲慨之气，与上一则有很大不同，如果说上一则写敢死队出发的场景是慷慨中带着庄严肃穆而又凝重的话，突出悲壮的崇高与伟大之美。这一则是以欢愉的文字来表达这种悲壮的特性，"燃烧了，燃烧了！""车轮上着了火，车身上着了火！"语言用不断重复欢呼的方式，反映了火烧起来的模样，有一种看着火越来越大而欢欣喜悦之情。其实放火点着一辆满载武器弹药的汽车，就是一种自杀性攻击，王老爹除了为亲人复仇和必死之心外，还在于他体会到其重大的意义，即对于日本侵略者是重大的打击，所以又感到欢欣的。这种因视死如归的精神中所流露出来的欢愉，显得那么神圣、安详和自然。一代高僧弘一法

① 流冰：《在血泊中微笑》（1938），《马华新文学大系四·小说二集》，第147－148页。

师圆寂前的题词“悲欣交集”，体现出他参悟人世后的豁达与圣洁心境。从这一意义上看，王老爹的这一义举，也具类似的境界，虽然他并非出家修行之人，但这种舍生取义的崇高精神并不因此而相形见绌。因此，以喜衬悲的语言特色，在那特定时代里，也是颇为突出的。

血火抗争显伟力：雄浑

与反映全国人民上下一心抗战的悲慨语言相联系的，是马华语言的雄浑风格，这是悲慨风格的自然延伸。雄浑指的是雄健浑厚有力，它与纤婉形成鲜明的对比。在民族面临生死关头，在血与火的战斗洗礼中，呼唤的是雄健有力的精神，那种在个人小天地里辗转呻吟的声音虽然凄冷、婉转动听，但并不是社会所需要的审美对象，因为社会急需的是勇猛的奋斗、坚韧的意志、团结一致的伟大力量，这要用雄浑的语言来体现。

> 虹口全部戒严，小部分已开始了决斗。
>
> 横穿天空的炮弹，时常在它流线式路径的终点绽开有声有色的血红火花，仿佛倦了惫了的流弹在蒸郁的七月天空中奔走着，有时抓住了一个活的目标，便残忍地在它身上描绘出一幅红的图画。壮烈的战争就这样地正在虹口及其附近的郁热中进行。东亚几万万人的心在期待，几万万的口在祷告，虹口是在制作一阕伟大的“解放与自由之歌”。①

这段文字，反映的是残酷激烈的上海会战场面。作家有意识地采用一些明朗，甚至是热烈的词汇来体现正面战场的情景，如“有声有色”“血红火花”“红的图画”“自由之歌”等，战争的残酷场面显得淡化了。作家从大处着眼，用“几万万人的心”“几万万人的口”这样的字眼，就使之转化为不仅仅是作战双方士兵的拼杀，而是牵动着全中国乃至全世界爱好和平人们的心。即使是残酷血肉横飞的场面，作者使用的是“红的图画”，展现出来的是一种近乎残忍的“美”。其实纵观世界各国的民族独立发展史，又有哪一个不是建立在无数血肉之躯牺牲的基础上而最终获得自由与独立的？所以，从这个意义上来看，为这民族斗争而鼓与呼的文学语言，它所代表的已不仅仅是作家个人的意愿和呼声，而是代表着千千万万的共同心声，传递出来的是坚忍不拔、力透纸背的强健意志。

---

① 铁亢：《在动荡中》（1938），《马华新文学大系四・小说二集》，第366页。

战争不是舞榭歌台上的轻歌曼舞，也不是花前月下的浅酌低唱，它代表着暴力和毁灭。历史上风光秀丽、景色迷人的苏州，在战争状态下已是另外一番面貌了：

> 油秀娟丽的苏州，在什然并作的炸声里张开了几百个暗红的血口，溅起一坟坟的污血，火苗从屋宇间向上生长，带着白的黑的，红的烟，茁成了十百株的大树，喷发着，而后泛开了火的河，火的海，阳光中飘着去而又来的机声，银翼闪着死光，朝上、掠下，地面便拼命轰响，富贵人家的雕梁跟着大理石屏向天空溅上，然后像另一枚炸弹似的压到附近的屋顶，引起一阵新的栋角与瓦石混成的雾。……①

在狂暴的战争机器面前，美已变成毫无意义了。这段语言中，描绘的是美如何在战火中毁灭的过程。作家以雄浑的笔触，从鸟瞰的角度，描绘了苏州遭受轰炸的全景图，特别是以一种极为诡异的意象，来形象遭受轰炸时的那一瞬间，先是“几百个暗红的血口”，比喻苏州仿佛是一个受到数百个重创的人一样，那是极度令人恐怖的场面，几百枚炸弹的爆炸，作家使用的是“血口”，它既可指创伤面的巨大，也可以指战争野兽的血盆大口，正在把美丽的苏州吞噬，普通百姓在空袭中死于非命的情景。个人生命在这里已经变得像蝼蚁一般的微不足道，他们已变成填补战争野兽尖牙利齿的食物，令人触目惊心。

在描写炮弹所引发的大火上，作家所用的意象更是匪夷所思，因为它是用“大树”，不过这棵大树是令人恐怖的“死亡之树”：“白的、黑的、红的烟”，由各色烟雾所组成的噬人的场景，展现出来的图像令人不寒而栗，冉冉升起的浓烟，其间夹杂着火苗，在半空中迅速扩大升腾，那是何等的诡异！日本侵略者动用了最为残忍的毁灭性武器来对付中国的抗战军民，其冷酷嗜血可见一斑。先是浓烟，随后又引起发起大火，变为“火河”“火海”，整个苏州城化为火的海洋，火的世界了。

作家在这场大劫难里，“雕梁”“大理石屏”被炸飞的情景，这是一种象征，本来它们代表着美和尊贵，然而在这场战争中它们只能落得玉石俱焚的下场。作家通过对遭受轰炸和毁灭的古城苏州的片段描绘，在传达出战争暴力所造成的大毁灭的控诉同时，也指出战争毁灭的不是普通百姓安居乐业的希望和企盼，更加

---

① 铁亢：《试炼时代》(1938)，《马华新文学大系四·小说二集》，第454页。

衬托出这已是整个民族的灾难与浩劫。

雄浑的语言，有助于表达集体力量的伟大，这一点对于抗日战争时期而言，尤为重要。只有鼓舞广大民众的抗日热情，唤醒他们心中坚定的信心和树立必胜的信念，许多作家都自觉或不自觉地来用这样的语言艺术。乳婴的《八九百个》通过描写八九百个矿工自发罢工，不为日本矿主采矿的事迹，来歌颂团结奋斗所体现出来的伟大之处，现看两处句子：

> 大家的国家要大家救，这一次，我们八九百个一定要一条心，才有用处，让大家看看我们到底怎样爱国，让大家看看没有我们八九百个，日本的铁矿场能不能再弄到一点铁，做了军火来杀我们同胞。①
>
> 是中午了，八九百个人觉得有点疲乏，有点难受。但是谁也不曾现出惨苦相，在骄阳的威迫下坐着，高兴地谈笑着；是一种满足的愉快的情绪，在八九百个面上，八九百双眼睛里，八九百个心头浮泛着，显现着，交流着。就是几十个印工和巫工，在八九百个人的狂热的爱国行动的激动下，也不曾想到离开不远的橡树林里去躲避一下毒热的太阳。②

这两则文字大量使用集体称呼的语言，而且语言的出现重复率相当高。如第一则常用的就有“大家”“国家”“我们”“同胞”，这些集合性意义的词汇反复出现，营造了一种共同的认识氛围，具有把不同思想和想法的人统一到一起的效果，这也是作者不厌其烦地重复这一类词的初衷，所谓“人心齐泰山移”，当共同的思想认识形成之后，它们就会形成无坚不摧的力量，体现了作家巧妙地把用集合体的词语表现雄健浑厚的语言艺术。

第二则不仅是用了集合性的词语，而且用的是一个共同的词“八九百个”“八九百双”，就是为了强调这惊人的集体力量。普通矿工的身份是卑微的，他们个人的能力也是有限的，但是一旦他们拧成一条心时，就会迸发出惊人的伟力，凝聚他们的心恰恰是那无形而又无所不在的爱国主义精神，把这些来自不同地区、不同遭遇的劳工们团结在一起。当然，这里也不乏人类之间伟大的同情心，印工和巫工，虽然不是出于爱国心而团结，但是他们是以善良的同情而与中国劳工们走到了一起。

如果说三十年代初的文学作品语言，也有对群体事件过程的描绘，那是工人

---

① 乳婴：《八九百个》（1938），《马华新文学大系四 · 小说二集》，第250页。

② 乳婴：《八九百个》（1938），《马华新文学大系四 · 小说二集》，第260页。

们在争取自身的权益的话，当然这种权益尚属局部性质的，不能代表所有人的共同心态。但是在抗战这种大环境中，这些集体认识已超越了阶级的界限，变成了中华民族与日本军国主义侵略者的矛盾对立，这是更为严峻、尖锐的斗争。语言中激荡着爱国主义的豪情与激情，所以这种重复之中，又带着很强烈的颂歌性质。作家还把这种激越的爱国心通过“面上”“眼睛里”“心头”三个不同的层次，由外而内加以渲染，说明了这种爱国热情不是仅仅浮于表面的形式，而是源于广大劳工的内心之中。

来/来歌唱/大家集合/在露天场上/不要脸红害羞/不要怕日头炎/咱们仰口可吞天。①

这首诗歌的写法也是颇为雄健的，但是技巧与李蕴郎的不一样。李蕴郎的诗歌以直抒胸臆的方法，发脏腑之音，给人以力竭声嘶的拼命之状。刘思的诗歌则以双关与夸张的方法，来表达广大爱国华侨坚定的抗日精神。从诗歌的叙事角度来看，不过只是一个召集大会唱的描述，但作家巧妙地用了双关之法，“不要怕日头炎”，这就有了两重含义，一是大自然的现象，这在南洋一带乃是平常之景；另一个是日本侵略者的气焰嚣张，他们所进行的是不义的侵略战争，亦不足畏。“咱们仰口可吞天”，这给人的第一直觉就是郭沫若的《天狗》，那是一种充满着无穷浪漫的想象，充满着极大的自信和伟力。在看似寻常的口语中，流露出藐视敌人，充满自信、自豪的精神。

爱憎分明曝阴类：辛辣

在这个抗战犹酣的时期，抗日成为马华社会里的最高政治，雄浑的语言对于鼓动人心，投身抗战起着相当积极的一面。但是事物历来是复杂的，有些人出于各种私心，对抗战不仅不支持，反而起到破坏作用。马华文学对于那些为虎作伥、认贼作父、自私自利、招摇撞骗等现象的描绘，揭露这类事物的丑恶、虚伪与卑鄙的面目，文学语言则显得辛辣，这是一条隐而不现的战线，而这条战线更加贴近马华社会的真实生活面貌，因此也就更具有鞭辟入里的效应。

所谓辛辣的语言风格，指的是文学语言尖锐而刺激性强的特征。在抗日这种独特时代的氛围里，文学语言的辛辣首先表现在对日货爱憎分明的用语上。正如

① 刘思：《来唱歌》（1939），《马华新文学大系六·诗集》，第196页。

大陆用“鬼子”来指代日军一样，其全称为“日本鬼子”，表示国别。但慢慢地“鬼子”就成为专用名词。在马华社会里，因为还没有面临着与日本侵略者的直接对抗，所以华侨所发起的活动就是抵制日货，但“日货”是一个中性词，在文学语言中，它的名目是不断变幻的。

“因为卖劣货的‘味之素’是有点不名誉的。”①

“仇货不让给它烧个净光，还要去叫什么水龙车?”②

“染着乌油的劣鱼。”③

以上几例，可以看出那时候的华侨对日货鲜明的态度，他们用“劣”“仇”来形容日货，又在此基础上，衍生出“劣鱼”“劣货”“劣油”“劣布”等称呼，“仇”字也一样可以与其他词汇组成针对日货的专用名词，表达他们对日本侵略者的高度仇恨与蔑视。在这些词语当中，民众对卖“劣货”的高度鄙视，那是他们的崇高爱国主义感情所引起的。

“西方一撮胡子的魔王，/东方的矮无常，/遥遥相对地/狂饮血腥的祭酒!”④

在第二次世界大战期间，德、日、意结成轴心国，掀起了人类历史上最为浩大的劫难，诗人把它和魔王希特勒相提并论，创造出“矮无常”这样的形象，来代指狂妄贪婪的日本侵略者。“无常”本是中国民间信仰中的一类鬼卒的代称，又有“黑无常”“白无常”之分，无常鬼是专门从事勾魂索命工作的，故而又是恐怖的代名词。日本人古代称为“倭”，即矮也。于是诗人就用这两个词的特别组合，变成了专指给中国人民带来恐怖和死亡的“矮无常”，可谓入木三分，异常辛辣，其嗜血贪婪、残忍等反人性的特点昭然若揭，是十分精彩的词汇。

马华文学语言的辛辣，不仅表现在对敌人、敌货等的尖锐讽刺，还表现在对那些自私自利、出卖国家和民族利益，以及为虎作伥者的辛辣讽刺。作家们对这

① 紫焰:《招牌的命运》(1937),《马华新文学大系七·散文集》,第363页。

② 啸平:《失火》(1937),《马华新文学大系七·散文集》,第496页。

③ 佐丁:《剃刀》(1938),《马华新文学大系七·散文集》,第601页。

④ 蓬青:《十月的烽火》(1939),《马华新文学大系六·诗集》,第327页。

类人大都使用夸张的艺术手法，用漫画式的笔法来加以体现的。

> 大肚皮常常吃补，所以他长得胖，两颊胖得像被人搥肿一样，把两只老鼠似的小眼睛，遮得叫人看不见，而且还把两条腿胖得变成短了，走起路来，就像皮球一样的滚着。所以呀，店里讨厌他的伙计，常常这样叫着：
>
> "皮球又滚来了！"①

这是用夸张的词汇来描写一个人的形象。在马华二三十年代以来的文学语言里，"大肚皮"是有所指的，针对的是那些为富不仁的社会寄生阶级，而这里的"大肚皮"，不单是具有以上劣行，而且还是卑鄙、无耻之徒。作者在夸张突出他的胖时，所用的语言带着极度轻蔑的语气。如形容其脸之胖，用的是"像被人搥肿一样"，这是十分尖刻的说法。俗语说"打肿脸充胖子"，形容某个人虚伪得可笑的丑态，故用一个"搥"字，可见"大肚皮"已胖得整个脸都变形了，丑陋不堪，面目可憎。"把两只老鼠似的小眼睛，遮得叫人看不见"，人因胖而眼睛变小，作家还特地加上"老鼠似"的小眼睛，更突出其小。除了审美意义上的小和丑之外，"老鼠"眼还有一层文化上的意义，那就是给人以鼠目寸光、卑鄙贪婪的印象。小眼睛并不代表罪恶和丑陋，但"鼠目"则是明显的贬低和讽刺。作家从各个方面，用漫画式的笔法描绘了那些置民族利益于不顾，大发国难财的奸商形象，可谓不遗余力。

1938 年 4 月，张天翼发表了《华威先生》，辛辣地讽刺了利欲熏心的官僚华威先生虚伪的外表，自私卑鄙的内心世界。轰轰烈烈的南洋华侨抗战热潮里，不乏此类渣滓，出现了南洋版的华威先生。

> "'唉！真是忙死我。'这一天导演先生在林民的房间，一边用指头醮着杯底剩着的茶水在桌上乱画，一边自语似的对林民说着：'晚上要写讲义，白天又不能抽个空休息，简直是把我忙死了。'他说着，忽然像想起了什么事情，举高左手，望了一下表，'你看，再过半个钟头，我又要到戏剧训练班去主讲。'"②
>
> "'主席。'他站起来，向主席举了一下手，说道：'我因为还有事

---

① 艾蒙：《大肚皮和阿明》（1939），《马华新文学大系七·散文集》，第 587 页。

② 林晨：《导演先生》（1941），《马华新文学大系四·小说二集》，第 593 页。

情，我得先退席！至于大家要我帮忙戏剧工作，我是很愿意的。好了！再见！'他没有等主席回答，像怕来不及的样子，拉开了椅子匆匆的走了……"①

这两段文字，我们可以从张天翼的《华威先生》中找到类似的情节、动作和语言。从文章的命名方法、语言等方面的比较来看，林晨的《导演先生》是对张天翼的《华威先生》的有意模仿，以此揭露南洋一带也有"华威先生"存在。鉴于"华威先生"在中国大陆已经有了很大的影响，作家想用类似的方法来提醒人们注意南洋"华威先生"的真实面貌。这不能用简单的抄袭来看待，是有意识的借用，想揭开事物的真实面目，提起关注。《导演先生》的背景置换成南洋，有强烈的特指意味。让人们对南洋的"华威先生"一类的人物产生警惕，让这些丑恶的现象无处遁形。

马华文学语言辛辣讽刺了那些趁机发国难财的招摇撞骗者，以及漠不关心者的洋奴才，语言中多少是带有一点嘲笑的意味，但是如果是对汉奸的描绘时，那么辛辣的语言中则带着峻急的特征，体现了抗战时期马华文学语言爱憎、敌我分明的鲜明特色。高云览的《翻脸》写一对青年男女在花前月下闲谈，几乎是海誓山盟般的问答，男子激动地问，假如他变成穷光蛋了，女子会依然爱他。于是又问如果成为挑粪工、猪头三、小瘪三、哈巴狗……，女子都表示会爱着他。

> "假如我变了个华北的汉奸呢？你也爱吗?"他等着一个觉醒的回答。
>
> 可是回答的是一个把掌。"我可一枪干掉你！"女的完全翻脸，脸变成可怕的铁青："而且，即使你并不是，可是你已经这样说，连听了也觉得很恶狠!"②

恋人之间的对话颇具深意，男子问话假设成穷光蛋、挑粪工、猪头三等身份，只表示他在社会地位上的变化，对个人思想、人格并没有太大的影响，她都可以接受。而后，男的抛出最后一个问题：变成"汉奸"，男子为什么会把这个问题放在最后来发问？其实他的内心也是相当清醒的，知道"汉奸"的身份比小瘪三、哈巴狗，甚至是臭虫还要低贱的，而且已经逾越了作为一个正常中国人

---

① 林晨：《导演先生》(1941)，《马华新文学大系四·小说二集》，第596页。

② 云览：《翻脸》(1938)，《马华新文学大系七·散文集》，第417页。

所应有的道德底线。可是等来的是一记响亮的耳光和迅速的断绝关系。这位女子的反应可谓旗帜鲜明，恋爱可以不分贫富贵贱、寿夭穷通，但它也不是盲目的、无原则、无底线的，即须以一个起码的中国人作为前提。一旦突破了这条底线，那么这种人还有什么不敢做的呢？这位女子的反应是对的，她认为男子是没有原则的唯利是图的家伙，根本不值得托付终身的。这对话的意味深长之处在于，“汉奸”已成为全民的公敌，是人人得而诛之的角色，这在残酷的战争年代，是任何人都形成的共识。

马华文学语言在抗战时期所体现出来的辛辣风格，与这个时代的要求以及社会心理预期是紧密联系在一起的。只有对破坏抗战、伪善、认贼作父等行为作坚决的批判和峻急的讽刺斗争，才能真正起到打击敌对势力、团结民心，形成全民抗日的局面。辛辣的特性，虽然尖锐刺激，都是一贴清醒的良药，使大众认识到魑魅魍魉的真面目；它是一剂杀菌水，使种形形色色的腐败无地自容；它又是一种凝和剂，大胆去除败类，使民心更趋一致，在马华社会里产生过相当巨大的影响。

唤起工农千百万：通俗

这个时期的文学语言还有通俗化的特点。所谓的通俗化风格，指的是语言为广大人民群众所熟悉易懂，不晦涩，采用的表达方式也是大众所喜闻乐见的艺术形式，作家们的创作尽量贴近现实生活，以活生生的现实生活语言作为传达思想内容的载体。作家们创作了大量的作品，如流芒的《觉醒》、啸平的《忠义之家》、悸纯的《龌龊的勾当》，朱绪改编的《教师》《黄昏时候》等，其内容或反映矿工的斗争、思想落后者的觉悟转变，或体现人民群众与汉奸间谍的无情争斗、学生争取救亡自由的斗争等，新文学再也不是属于青年们反对旧思想、旧文化的工具，它已成为一切有益于抗战的宣传力量，通过它们唤醒千千万万爱国的人们。

通俗化的语言风格，在语言使用类别、词汇，甚至在表达方式都有了鲜明的体现。

从语言来看，因为大部分华侨都来自闽粤两省各地，方言众多，文学创作语言也以闽方面、粤方言居多；其次是马来语的部分词汇。这种情况在20世纪二三十年代的文学语言中已出现了，但是在这一时期又有新的变化。英语词汇的直接使用在本时期似乎也比较少见了，是为了更加贴近大众的生活实际，现就语言问题举一些例子来说明。

在马华文学语言中，方言的使用占了一大部分，如“番仔旗”、“红毛旗”（铁亢《洋玩具》），“到番边去呀!”（李蕴郎《古巴树》），“今晚历士甚么电火戏?”（铁亢《洋玩具》）。在闽方言中，大量的外国事物的称呼都有一定鲜明的词汇色彩，“番”字即是一个。“番仔”、“红毛”都是指外国的。“红毛”也只举其主要特征来表达。如玉米在闽南语中变为“番珠”，地瓜即为“番薯”，火柴称为“番火”等，因为都是外国来的。这种语言的命名方式，使这些远涉重洋在异域谋生的人们依然保持着以前的生活方式和思维方式，而混然未觉自己就在“番”地了。

与方言的使用紧密联系的，还有一些特别的俗、谚语，这使语言显得更加生动、活泼而又含蓄。

> “在唐山，上头用武力，老糠也榨出油啦!”①
> “他们就要眼巴巴地躺着，数屋顶上的角樑挨饿过日子。”②
> “咱们俗话儿有句‘杀人放火金腰带’。”③

俗谚语是最隐秘的文化符号，它饱含着某一个地区百姓世世代代生活经历的记忆和经验，能纯熟地使用这类语言的人们，才是真正把握住了语言的精要所在。

“老糠也榨出油来”，这一比喻指的是达到了日常生活中几乎不可能实现的目的，可怕的并不在于效果，而在于这种方式的恐怖与残忍。“糠”本来就极为粗砺，乃是无用的糟粕，有人异想天开，想从中榨油，可见其手段之惊人。其实，相类似的说法各地都有，只不过对象不同而已，如“瘦狗也要榨出四两油”“蚊子腹内刳油，鹭鸶腿上劈肉”等等，都与之有着十分相似的内在联系。“数角樑”是十分生动的比喻。古代房子都是木构造的，一个人到“数角樑”过日子，表示已经到了山穷水尽，无计可施的地步了。“角樑”指的是椽子，人只有躺着百无聊赖之际才会有这毫无意义的行为与举动。一个人到了这个地步，就表明了他的窘困、无奈已是何等的可怜。“杀人放火金腰带”，指的是越大胆、越蛮干的人，他们可能得到的利益会更大。“窃钩者诛，窃国者候”就是具有相同的道理。罪恶与报应的不对等性，一句话道出了社会的荒谬与混乱。

---

① 上官豸：《非英雄史略》（1939），《马华新文学大系四·小说二集》，第351页。
② 斧夫：《挣扎》（1936），《马华新文学大系七·散文集》，第263页。
③ 上官豸：《非英雄史略》（1939），《马华新文学大系四·小说二集》，第339页。

诸如此类通俗用语的使用，不仅增加了文字的表达内涵，而且有助于把作家的思想用通俗化的形式加以传达，这是文学语言在扩展影响过程中的一种策略和方式。

在应用方言俗语方面，不仅能起到塑造人物形象现生动再现现实生活的作用，而且更重要的是用这样的语言，把有关抗战团结的信息，渗透到社会的方方面面，它所起的作用自然是不可估量的。

张财伯割过树胶，当过码头苦力，拉过人力车，终于存了一点钱，买了一辆牛车来赶。政治斗争对他们来说，简直就像是天外传奇，无从想象。他想去申请一个开店的营业执照，遇到小学生募捐。

> “只好摸出荷包来把一个铜镭丢进小箱子里。”“什么‘国兰（国难）啦’，空的九梦（抗日救亡）啦，他总听不懂。……唐人合日本人打仗就打仗啦，关他张财伯什么事。”①

这里的文字，采用方言的谐音和表示拉长声调的感叹词，来描绘张财伯此时的淡然心态，十分生动地衬托出广大尚未觉醒的劳动阶层对抗日战争募捐的心态。抗战爆发后，南洋各界纷纷捐钱捐物，支援抗战，随着战事的延长，募捐活动也不得不成为常态，广大中小学生自发到街区各地募捐，方式也多种多样，其中一种是卖纸花募捐，面对笑脸相迎的热情孩子，张财伯不好扫他们的兴，只好忍痛从自己的血汗钱中掏出一点，聊为打发，说明了张财伯的思想认识对抗日是十分模糊的，把捐款当成一种负担。在谐音上，“国兰”“空的九梦”，与其原意“国难”“抗日救亡”相比而言，是显得多么荒唐可笑。这对张财伯来说，已经是他努力理解这些词语的意思了。“兰”“九梦”与古代戏曲的诸多内容有着紧密的联系，他自然而然就往这方面去联想，其结果是南辕北辙，这是张财伯落后的文化知识所造成的。

而且，行文中不时出现“啦”字，带着拖长尾音的作用，有利于表示人物的思想及态度，那就是“啦”字前的内容，其实与他不相关的，拖长的尾音，正是事物关联性远近的标志，音越长，则关联性越远，可见，在张财伯的思想认识中，所有这些事，都与他毫无关系，作为一介草民，只要顾得上自己温饱已很不错了。这一段文字，用贴近现实的语言，生动而形象地描绘出广大劳苦阶层的

① 李蕴郎：《转变》（1939），《马华新文学大系四 · 小说二集》，第 327 页。

心态和思想，是极有代表性意义的。

> “他一想到生意做得不好，就恨起爱国团，因为爱国团写信给他，叫他不要再卖××货。所以，他就骂起爱国团来啦：
>
> ‘干你老母……阑鸟团……我怕阑鸟团吗？呃……’”①

张财伯对抗日捐款的负担思想乃源于认识模糊和生存不易。这里的大肚皮用十分粗野的语言，对抵制日货行为进行肆意辱骂，说明大肚皮的良心已被贪婪迷蔽了。对他来说，只要能赚钱的生意，就是好生意；只要限制他赚钱的措施，就是坏措施。文学语言绘声绘色地写出他粗野骂人的口气和内容，从另外一角度塑造出社会上另类渣滓的形象。通俗化的语言，并不因语言通俗甚至粗野而降低其艺术感染力，反而会因作家在细节上的加工与语言上组织上的得当而显出其旺盛的生命力。

马华文学语言的通俗化色彩除了体现在方言、土语等方面，还表现在传统的艺术形式也被重新启用，以达到鼓舞人心的功用，这也是马华文学语言发展过程中一个十分独特的阶段。

如陈南的《老将报国记》用的是传统的章回体小说形式，有回目，如“将计就计李福林精忠报国”“弄巧成拙宫崎繁损将折兵”，而且叙述的口吻乃是传统的说书方式，如“话说”“列位呀!”等说书人常用的词汇，有结尾还以诗句来概括。这是人们喜闻乐见的说书。黄嫋云的《良姆教子》采用闽南方言，用民谣的形式写长篇叙事诗，颂扬广大百姓的爱国热情，“海深有底天无边，天高海深水青青。做人应该守正义，尽忠报国正合宜。无国有钱无路用，爱国应该赛过钱。千般万事且免讲，且讲良姆教儿子。”诗歌采用了古代诗中的赋比兴及对仗、押韵等手法，换韵灵活，贴近方言的发音，朗朗上口，颇具特色。使用方言与文字之间，作者巧妙地选择地音、义均近的词，既保留了方言发音，又不会扭曲字的本义，这就需要颇高的文字修养。如“三更冥半来入货，暗想我子只样做，天光就共福奇讲，住人地头着守法，公班牙人那查知，我子你着听母话。”这里的用语“三更冥半”即“三更半夜”因平仄而调序；“只样做”，是“这样做”；“共福奇讲”“向福奇讲”等。音、义皆能照顾周全，着实不易，这样传唱，就易于传播爱国故事了。

---

① 艾蒙：《大肚皮和阿明》(1939)，《马华新文学大系七·散文集》，第588页。

通俗化的语言与表达，并不意味着文学水准的降低，重要的是它所传达出来的力量能深深打动读者的心，引发强烈的感情共鸣，这才是语言所要传达的境界。这个时期的通俗化语言，在唤起广大民众的抗战决心和热情上，起过积极的意义，这就弥足珍贵了。

抗战时期的马华文艺不仅配合了中国的抗日救亡运动，唤起了马来西亚广大华侨的爱国热情，而且获得了英殖民当局的默许，特别是1939年以后，马来西亚有逐渐被卷入战争的危险漩涡之中，所以马华文学不只是为着中华民族的存亡而奋斗，而且为着全人类的正义与自由而奋斗。马华文学语言风格所形成的几个特点，也都是在这样的社会背景下形成发展起来的。

本时期的马华文学语言与抗战的关系如此紧密，在东南亚其他国家的华文创作上也不例外。如泰国剑伦《奴隶的怒吼》的一节写道：

这时代
谁还害怕狰狞的屠客
谁还害怕犀利的刺刀
谁便是千世万代的牛马
谁不怕流血、牺牲
谁便是最后必来的自由者
自由神是跟在黑暗的后面……①

这诗歌的语言慷慨激昂，于悲愤之中又有强烈的自信。“狰狞的屠客”“犀利的刺刀”，指的是面对敌人的死亡威胁，中华民族已处于最危险的关头，再也不能退让了。其实，不管是前进还是后退，死亡都很难避免。后退必然是死路一条，“千世万代的牛马”便是其可悲的结局，惟有前进尚有生存的可能。诗中不断重复出现的“谁”字，表面上是提出疑问，其实答案已自明晰，这一连串的追问，犹如在拷问着读者，欲挖出读者心灵中最隐秘的心思，使其无可逃避。最后两句是坚定的信念的基石，犹如中流砥柱，必胜之心坚若磐石。说明了悲慨的风格，不仅是马华文学的时代特征，也是那个时代的共同取向。我们也可以在印华文学中找到例证。

抗战全面爆发后，印尼的许多华文报纸，如巴达维亚的《朝报》、万隆的

① 转引自［泰］李少儒：《“五四”爆开的火花——泰华新诗发展简史》，《华文文学》1989年第1期。

《汇流》、泗水的《新村》、棉兰的《苏门答腊民报》等报的文艺副刊，大量刊发“抗战文学”作品。如犁青在一首《花朵》的诗中写道：

> “前天/一个少女从前线带回一朵花/她说/——这是由丈夫的鲜血灌植的/一朵永不泯灭的红花”
>
> “原野上的孩子们/绿色的花、绯色的花、黛蓝色的花……/红色的血，高大的树，枣榴色的马群……/他们都甜蜜地/在黎明的前夜/睡中/他们做了一个梦/梦见明天的世界/是一个绮丽的家园”。①

这首诗中，洋溢着中华儿女面对强暴义无反顾的抗争精神，诗中虽然没有炮火连天的直接描写，却不断地用重复的“花”来衬托牺牲者精神的崇高，特别是破折号与省略号的应用，给人造成一种节奏上的顿挫感，犹如对牺牲者的献祭般庄重、肃穆，风格上的悲怆令人动容。

我们也可以在菲华文学里找到类似的语言。《钩梦集》虽为战后出版，却是抗战期间一代热血青年心声的流露。杜若的诗《颂大汉魂》热情地歌颂浩荡磅礴、激昂热烈的大汉魂——中华民族精神

> “我祭献你——
> 我的热泪，
> 我的鲜血；
> 我的大汉子孙的赤诚！”②

杜若的诗歌是其加入菲华地下抗日组织，编印《大汉魂》刊物，为鼓舞同胞抗战而作，诗歌中，作者用破折号来表示节奏的暂停，犹如祭拜之前的庄严行礼；而所用祭品亦十分奇特，即为“热泪”“鲜血”，似实非实，似物非物，然又是人最为宝贵的长物，那是用生命为代价来作为献祭，非一般供品，作者此后概括为“赤诚”之心，把这种最虔诚的心作了升华，作者以虚实之法，体现出对祖国最虔诚的爱心。这语言中，在慷慨之中又带有雄浑之气，这已从个人的感情天地里走出来，代表的是整个民族的深沉感情和共同的决心。

---

① 转引自汪义生：《印度尼西亚华文文学的艰难历程》，《同济大学学报》1999年第3期。

② 杜若，芥子主编：《钩梦集》，上海：长城出版社，1947年，第46页。转引自郑楚：《〈钩梦集〉及臧克家序文的价值和影响》，《新文学史料》2008年第4期。

从以上几个不同的国家而相同的文学语言风格来看，说明了在抗战时期的文学语言风格特点，具有一定的共性。悲慨、雄浑、辛辣、通俗，这些风格特点，表面上虽有许多不同，却都围绕着抗战而展开。悲慨者，乃是有感于战争的苦难，奋袂而起的决心；雄浑者，乃是代表整个民族而呼出的呐喊，如滚滚江河，势不可遏，如崩天裂石，摧枯拉朽；辛辣者，乃是对丑类的针砭，对恶者的鞭挞；通俗者，乃是面对民众所进行的宣传与鼓动，让抗战的思想能够深入人心，最大程度地体现出文学语言的社会效用。当然，因为每一个国家的华文文学发展及社会基础不同，每个国家的语言风格也会略有差异，在此就不再赘言了。

文学语言学科研究丛书

文学语言学科通论

庄钟庆/编选

理论篇（1）

主编　庄钟庆　李国正　李无未　郑楚

厦门大学哲学社会科学繁荣计划资助项目

厦门大学中央高校基本科研业务费专项资金资助

《文学语言学科研究丛书》编委会审核

广州·上海·西安·北京

图书在版编目（CIP）数据

文学语言学科通论 / 庄钟庆编选. --广州：世界图书出版广东有限公司，2025.1重印
（文学语言学科研究丛书 / 庄钟庆，李国正，李无未，郑楚主编）
ISBN 978-7-5192-5789-7

Ⅰ. ①文… Ⅱ. ①庄… Ⅲ. ①文学语言－文集 Ⅳ. ①I045-53

中国版本图书馆 CIP 数据核字（2019）第 004685 号

书　　名	文学语言学科研究丛书 WENXUE YUYAN XUEKE YANJIU CONGSHU
主　　编	庄钟庆　李国正　李无未　郑　楚
责任编辑	程　静
装帧设计	苏　婷
责任技编	刘上锦
出版发行	世界图书出版广东有限公司
地　　址	广州市新港西路大江冲 25 号
邮　　编	510300
电　　话	020-84451969　84453623　84184026　84459579
网　　址	http://www.gdst.com.cn
邮　　箱	wpc_gdst@163.com
经　　销	各地新华书店
印　　刷	悦读天下（山东）印务有限公司
开　　本	787 mm×1 092 mm　1/16
印　　张	85.75
字　　数	丛书 1630 千字（本分册 360 千字）
版　　次	2019 年 4 月第 1 版　　2025 年 1 月第 2 次印刷
国际书号	ISBN 978-7-5192-5789-7
定　　价	398.00 元（全 7 册）

咨询、投稿：84451258　gdstchj@126.com

《文学语言学科研究丛书》编委会

《文学语言学科研究丛书》出版说明

重视高等教育的学科建设，这是当今世界的潮流。

党的十九大报告发出号召："加快一流大学和一流学科建设，实现高等教育内涵式发展。"全国高校正在掀起学科建设大潮。在这个大好形势的鼓舞下，我们编印了《文学语言学科研究丛书》，希望对推进学科建设有所助益。

关于文学语言学科问题，20世纪50年代，语言界早已有知名人士提出建立相类似的学科，即汉语辞章学（或汉语修辞学、汉语风格学）。80年代正式提出设立文学语言学科。虽然文学界没有明确提出相似的主张，但是他们在文学语言问题看法上同语言界有相似之处，文学界与语言界不少热心于建立新学科的学者做出了一些努力，并取得一定成绩，然而效应并不显著。希望能够借此大好形势，把文学语言学科建立起来；这不仅是个人写文章或创作重视风格的需要，而且是新时代中华民族和人民大众要求建立新文风或新风格的需要。

《文学语言学科研究丛书》讨论的文学语言，专指文学作品用的语言，即艺术语言。《文学语言学科研究丛书》着重探讨作为学科的文学语言研究的目的、对象、内容及方法。分为两辑，第一辑为"理论篇"，阐释文学语言学科重在研究风格（语言风格或艺术风格）问题的理论依据。第二辑为"实践篇"，着重展现学者通过探索后的成果，即表现中国现当代文学及东南亚华文文学作家作品的风格特色。

在探讨文学语言的问题上，语言界学者明确指出为了进一步发展语文教学，应加强文学语言学科建设，提出文学语言是语言学和文学交界处的学科，修辞学、风格学是研究对象。既研究不同文体的不同风格，也研究不同作家的不同风格。文学界从推进文学创作向前发展出发，也非常关注文学语言问题，学者虽然是从文学理论视角切入，但是与语言界有着殊途同归之处。文学界也认为文学语言应当研究作家的文学语言"个性"，因为"这个性就构成了他们的各自的独特的风格"。

如何研究文学语言特点、风格，语言界与文学界的学者都有共同的看法，又有不同方面。语言界与文学界学者都非常重视综合运用语言表达手段所形成的特

色。不过语言界不乏学者往往把语言手段作为工具使用，没能看到语言手段在表达内容及表现形式方面的独特价值。文学语言作为文学和语言学之间的边缘学科，它是以文学和语言学为基础并借助两者的成果发展起来的，因而既要吸收这两个学科的长处，又要有新的创造，这样才能有助于学科理论的提升和写作实践的加强。

作为具有跨学科性质的文学语言研究，不仅要重视文学语言的文学特色，而且要讲究文学语言的语言规律。这是因为文学作品是以语言为媒介构成艺术形象的艺术，区别于其他艺术的特点，同时从文学作品形式因素来说，语言是具有独特性的。文学语言研究学科的研究方法，力求具有创新性，提倡从语言因素入手，结合文学手段，探讨文学语言特色。

《文学语言学科研究丛书》部分成果发表后受到新华社、中新社与《文艺报》等关注，并予以了介绍。《文艺理论与批评》《中国现代文学研究丛刊》及《茅盾研究》《丁玲研究》《东南亚华文文学研究辑刊》等专集收入研究成果。在厦门大学中央高校基本科研业务费专项资金资助、厦门大学哲学社会科学繁荣计划资助及厦门市东南亚华文文学研究会等的大力帮助下，我们从多部文学语言研究论著中，选出若干部，经过反复修改后交付出版。

欢迎批评指正！

《文学语言学科研究丛书》编后记

为提高写作能力和培养创作人才，厦门大学中文系历来非常重视文学语言的研究，重视写作者文学风格的养成。不过，离达到显著的效果还有一段差距。

为了提升文学语言研究水平，2000 年起，语言学学者李国正教授在本系庄钟庆教授等许多老师协助下，申请并获准设立文学语言研究方向的博士点。他明确地提出“文学语言学是横跨文学和语言两种学科的研究领域，在当前学科发展呈交叉渗透趋势的条件下，文学语言研究蕴含着发展为一门新学科——文学语言学的增长点。”他招收了多名文学语言的博士研究生，他们来自中国大陆与台湾，以及新加坡等地，他们的研究课题都是围绕着文学语言这个方向来展开。如他与人合著的《东南亚华文文学语言研究》（厦门大学出版社 2002 年）即是当年文学语言的研究成果。为了推进学科建设，厦门大学中文系离退休教师编选了《文学语言学科研究丛书》，收入其博士研究生或合作者撰写的论文，各人从不同角度论述文学语言各有特色，达到一定的学术水平。

《文学语言学科研究丛书》之所以能够与读者见面，这与各方面的大力支持分不开的。

语言学家如中国社会科学院语言研究所张振兴研究员、张惠英研究员，文学研究专家如清华大学中文系王中忱教授、复旦大学唐金海教授、福建师范大学中文系庄浩然教授等为收入本丛书的论著把脉。

厦门大学中文系文学与语言方面的教师发表了不少有关论文，均收入本丛书，这些成果对进一步开展研究具有启发性意义。

厦门大学社会科学研究处处长陈武元教授早在 2001 年就热心支持中文系开展文学语言方面的研究工作，始终不渝。该处副处长林木顺副研究员也非常关注文学语言研究工作的开展。厦门大学哲学社会科学繁荣计划、厦门大学中央高校基本科研业务费专项资金等资助项目给予大力支持。

《文学语言学科研究丛书》还得到厦门市东南亚华文文学研究会的大力支持。

对于来自各方面的助力，深表谢意！

我们期待专家、学者的批评指正！

《文学语言学科研究丛书》编选小组

2018 年 10 月 20 日

目　录

上篇　文学语言学科特色探讨

下篇 东南亚国别华文文学语言特色研究

上篇

文学语言学科特色探讨

文学语言学科解读

庄钟庆[1]

汉语的文学语言[2]是从俄语翻译过来，英语、法语也有相当于文学语言这个概念的词语。按照欧洲各国和我国的传统，把全民共同语的书面加工形式的语言，包括文学作品的语言，称之为文学语言。高名凯在《对“文学语言”的概念的了解》中引用《苏联大百科全书》有关文字后把文学语言分为广义的文学语言（即全民共同语的书面加工形式）与狭义的文学语言（即文学作品的语言）[3]，或称艺术语言。

文学语言是可以从不同方面解说的，除了上文把文学语言作为概念的词语解读外，还可以从文学一般学说的视角来研讨文学语言问题，也可以从学科建设的角度考察文学语言的特色，本文参照《文学语言学科研究丛书》出版说明，拟就这方面作些探讨。

文学语言学科的提出、 流变、 特色及前景

一、 文学语言学科的提出与流变

中华人民共和国1949年10月1日成立以来，党和政府要求人民注意汉语的规范问题，1951年6月6日在《人民日报》发表社论《正确地使用祖国的语言，为语言的纯洁与健康而斗争》，批评报刊、书籍等在使用语言方面存在的问题，随后在广大干部中掀起学习语法修辞的热潮。

1955年召开的第一次全国文字改革会议和现代汉语规范问题学术会议，这

---

① 厦门大学中文系教授。

② 指中国的汉语文学语言。东南亚如新加坡、马来西亚则称为华语文学语言。汉语和华语的文学语言基本上是一致的，但两者又有区别。这是需要进行专题的深入研究，才能对汉语与华语的文学语言的共同性及特异性作出科学评价，有助于推进汉语或华语的文学创作与研究。

③ 北京大学中国语言文学系语言学汉语教研室编：《文学语言问题讨论集》，文字改革出版社，1957年。

两个会议是规范化工作已经开始大踏步前进的重要标志。参加这方面活动的有语言界、文艺界、教育界的专家、学者、语文、文艺工作者等。学术界通过北京大学中文系语言学、汉语教研室专家学者关于“文学语言”问题的多次研讨，普遍同意“文学语言”有狭义和广义的区分的说法，狭义指的是文学作品的语言，广义指的是全民共同语的书面加工形式，学者与专家还肯定了汉民族共同语——普通话应该以北京语音为标准音，以北京话为基础方言，以典型的现代白话文著作为语法规范。这就给汉语规范化工作制订了明确的目标①。当年在讨论现代汉语规范化问题时也涉及它与文艺创作、方言土语关系问题、普通认为艺术加工是文学创作不可缺少的，从中可以看出作家的文学语言的“个性”，各自独特的风格。

中华人民共和国成立后，语言界从文学语言讨论入手，为中国现代汉语规范化做了大量工作。从20世纪50年代末到60年代初，语言界为推进语言研究向前发展，提出处理语言学和文学之间的边缘科学问题，在这方面吕叔湘是个杰出的代表。他提出为了适应社会主义现代化的需要，语言研究必须往前推进，作为边缘科学的文学语言，从20世纪50年代到80年代得以摆在国家语言科学研究的议事日程上，这同他的重视与支持是分不开的。

从学科建设的角度来说，当年语言界并没有明确地提出来将文学语言学科作为语言研究的“另一个部门”②。不过，实际上却是围绕着文学语言学科建设的问题进行探讨。

语言界认为，“语言学与文学的关系”，“是很密切的。”“各体文章风格的研究，作家语言的研究，几乎可以说是语言学与文学之间的边缘科学”③，“边缘学科一般是跨学科的”④。语言界还认为欧洲学者提倡的风格学，“既研究不同文体的不同风格，也研究不同作家的不同风格”。⑤ 又说：“我们能够逐渐建立起来自己的汉语词章学（或汉语修辞学，或汉语风格学）⑥。”

由此看来，风格学（或修辞学，或词章学）新学科是由语言学和文学之间形成的边缘科学！

---

① 吕叔湘：《谈谈现代汉语规范化工作》，《人民日报》，1959年11月26日。

② 吕叔湘：《汉语研究工作者的当前任务》，《中国语文》，1961年第4期。

③ 吕叔湘：《语言和语言学》，《语文学习》，1958年第2、3期。

④ 吕叔湘：《把我国语言科学推向前进》，根据1985年10月22日在中国语言学会成立大会上的发言的记录改写。

⑤ 吕叔湘：《汉语研究工作者的当前任务》，《中国语文》，1961年第4期。

⑥ 吕叔湘：《汉语研究工作者的当前任务》，《中国语文》，1961年第4期。

当时学术界在推进文学与语言新学科建设方面做了许多工作，例如：为建立有中国特色的汉语修辞学，提倡向我国古典、俄国及西欧的文论学习，继承其长处。其次，开展修辞学的研究工作。这方面“主要在修辞格的研究和改正词句错误两方面”，不过“未免太狭隘”[①]。高等学校也在筹备建立文学语言学科，据我所知，20世纪60年代中国人民大学中文系集体编写的《辞章》一书，作为中文系学生写作课内部的参考教本。《辞章》这类的书通常是介绍诗词文章等文体的写作方法，用于指导学生写作实践。当年我们在讲授写作课理论时也采用过类似的书，以资参考。后来学生向学校教学管理部门建议，增设《文艺习作》新课程，既讲授文艺创作特点，又讲不同体裁的作法。同时又进行创作实践，学生反映很好。两门写作课的开设受到好评，但是由于种种原因，未能坚持下去。

20世纪80年代改革开放以来，西方现代文化教育论著的译介与研究随之而来，对于推进文学语言研究也产生一定的作用。

20世纪50、60年代吕叔湘在论述语言学与文学关系时，往往是从语言研究的角度探讨问题，到了80年代他在《把我国语言科学推向前进》一文中是从培养语言、文学人才、提高语文教学水平的视角提出学科建设的问题。他明确地指出：“语文教学的进一步发展就走上修辞学、风格学的道路，也就是文学语言的研究。这是语言学和文学交界处的学科。”这就把文学语言学科建设与修辞学、风格学的研究统一起来！

吕叔湘当时的主张，是与西方理论影响分不开的，他在《把我国语言科学推向前进》中认为：“国外语言学文献所说‘应用语言学’，往往就专指语言教学”，包括“学校里的语文教学”，“要把语文教学问题解决好”，需要提倡文学语言学科，以推进语文教学和语言科学的发展。

著名语言学家王力、季羡林、邢公畹、孙常叙、张清常、朱星等呼吁语言工作者应当重视文学语言即艺术语言的研究，邢公畹、朱星还身体力行分别撰写研究《红楼梦》文学语言风格的论文及《中国文学语言发展史略》论著，有力地推动了文学语言研究的深入发展。

五四运动以来，我国著名的文学家鲁迅、郭沫若、茅盾、老舍、曹禺、丁玲、赵树理等虽然没有像语言界那样提出建立文学语言方面的新学科，然而他们发表一系列的文学语言主张对于文学语言学科的形成和发展极为有用，值得探究。茅盾便是其中杰出代表，中华人民共和国成立以来他在许多论著中发表了有

---

① 吕叔湘：《汉语研究工作者的当前任务》，《中国语文》，1961年第4期。

关培养文学人才，加强文学语言修养的看法，如在《新的现实和新的任务》等文中指出，作品的语言问题是“文学技巧上一个重要的问题”。他又说：“为了提高我们作品的艺术水平”，作家“要精通和锻炼”“艺术表现技巧”，如具有“富于表现力的文学语言”。他同许多论者一样，对文学语言的特征作了有益的探讨，认为文学语言指的是文学作品的语言，经过群众口语加工而成的，具有形象化的特色，且有丰富的内涵。他还针对作家作品中语言存在的问题，例如语法不通，用字不当等作了系统的阐述并提出改正的意见。之后，茅盾又在《关于“歇后语”》《关于艺术的技巧》等文对于文学语言问题发表了很多精辟的看法。与语言界的主张方面，是一致的，如肯定汉民族共同语，共同语与方言同艺术语言的关系，还有强调艺术加工等。他还在《反映社会主义跃进的时代，推动社会主义时代的跃进!》《联系实际、学习鲁迅》等探讨作品文学语言的特色。茅盾等文学家之所以对于文学语言问题如此重视，旨在推动、提高新文学及社会主义文学创作水平。

从文学与语言关系解读文学语言，这是我国文学语言研究宝贵的传统，值得认真总结。我国文学语言的研究，最早可以追溯到曹丕的《典论·论文》，到刘勰的《文心雕龙》已经形成了理论体系。其后诗品、诗话之类的论著代不乏人，积累了异常丰富的古代文学语言研究的成果。

改革开放以来，外国流行的以语言学视角研究文学的思潮涌进中国，给文学语言研究注入了生机。19 世纪末 20 世纪初，由于现代科学主义批评方法的兴起，俄国的形式主义以克洛夫斯基、艾亨鲍姆、雅克布森、波格丹格夫等人为代表，提出了从语言学角度研究文学作品的新观点，并且促进了英美新批评、结构主义、符号学等流派的发展。形式主义批评重在研究文本的艺术形式、语词构造、语义特色和叙事情节，丰富了文学研究的手段。结构主义强调文本自身的结构因素，增强了文学批评的精确性与客观性。这些外来的文学批评方法，都是与语言学研究方法结合一起，因而能够取得成绩，同时也给文学语言研究带来活力。不过，过于强调语言的纯粹性和形式的决定性，这些弱点是必须克服的。①

学术界学者李国正等在《东南亚华文文学语言研究》中，吸收了国内外语言界对于文学语言研究的看法，因而与他们有着相同的地方，不过又有自己的主张。该书认为研究文学语言“不仅要有一定的语言学基础，还必须具备一定的文学素养”，因为“文学语言研究具有跨学科的性质。这种跨学科的性质为酝酿一

① 朱寨主编《中国当代文学思潮史》，人民文学出版社，1987 年。

门新学科——文学语言学提供了生长点"。总之，李国正等学者的论著认为文学语言是横跨语言学和文学两门学科的研究领域，探讨的内容非常丰富，诸如文学语言的特征、类型、结构、功能及其在文本中的变化发展，还有文学语言与文学风格相互关系等学科前沿亟需解决的新问题。他的文学语言研究方法是："提倡从文本的底层出发，结合文学语言的存在环境，对文学文本进行多层面多视角的考察"。

应该指出，近年来此间许多学者在吸取语言界、文学界有关文学语言学科建设见解的基础上进一步阐述文学语言学科的特色，指出：提倡文学语言研究，旨在于提高语文和文学的写作水平，文学语言研究作为文学和语言学之间的边缘科学，它是以文学和语言学为基础并借助两者的成果发展起来的，因而既要吸收这两门学科的长处，又要有新的特点，概括起来说文学语言学科要求文学语言具有文学特性（形象性、美感性）与语言个性（规律性、特殊性）的有机统一，同时又要看到各自的独立性。这是因为文学需要运用语言手段表现其特色，而语言媒介又有自身的独特性，两者都是不可缺少的，这样才有助于文学与语言学的有机结合，以避免过分重视语言因素，忽视文学因素的倾向，或者过于重视文学因素，忽视语言因素的现象。总之，学者们认为文学语言学科，要求探讨文学语言的形象性、美感性，以及语言的规律性及独特性的有机统一。还要以文学语言的艺术加工，作家作品的语言特色、风格、修辞方式、体式、语言类型等为研究的主要内容。当然，研究语言风格是重中之重的。同时，又要运用语言和文学相结合手段研究有关问题与表达见解。文学语言学科的形成，还需要编写有关教材和开设相关课程。这一系列工作，需要有创新与实干精神的学者与研究者才能完成。

文学界与语言界关于文学语言学看法及前景的探讨，现简介如下：

文学界有人认为"文学是一种动态的语言结构，文学本身就是人类语言的科学。因此，文学语言学成为了20世纪与文学心理学和文学社会学并驾齐驱的三个主要理论派别之一，文学语言学并不是一般意义上的研究语言的学问，而是深入到文学语言中非常具体、细致的'微观结构'，因而能够卓有成效地揭示某些艺术规律。"① 文学界也有人认为"从语言的角度去探讨文学作为一种语言结构的种种问题，就成为了文学语言学。文学哲学、文学社会学、文学心理学、文学语言学可以说是文学理论中的四大分支。"②

---

① 陈漱渝：《鲁迅的遗产走向世界》，载《鲁迅与中外文化》，厦门大学出版社，1987年。

② 童庆炳主编《文学概论》，武汉大学出版社，1989年。

文学界也有人认为，文学语言学正在形成中，尚未构成学科体系。李荣启在她的专著《文学语言学》中对文学语言学作了详细而明确的阐述，认为“尽管这门学科是坐落在‘文学是语言的艺术’这一传统的理论基石上，并有前人不间断地探索和研究，可是它距离成为一门完整的、成熟的学科仍是遥远，迄今尚未形成自己的一套概念、原理、规则和方法，没有构成完整的文学语言学的理论体系。”

关于确定学科的标准，说法不一。有人说，“能不能成为一门学科，首先要确定有没有可研究的内容与对象，同时要看研究的成果和基础，两方面都具备了，才有可能成为一门学科。”① 从这个角度看，文学语言学的形成，尚需不断努力。

文学语言学的构成，这是值得探讨的。李国正在《东南亚华文文学语言研究》一书中提出文学语言学构成的看法，他指出，一方面要求“把文学语言的文学性作为考察的目标”，另一方面又要求“把文学语言置于语言系统格局加以研究”。这样一来，他认为文学语言学的建立需要坚实的基础理论和完善的结构框架，这是要借助文学语言研究并经过长期努力才能取得的。

二、文学语言学科的性质

作为具有跨学科性质的文学语言研究，不仅要重视文学语言的文学特色，而且也要讲究文学语言的语言规律。这是因为文学作品是以语言为媒介构成艺术形象的艺术，区别于其他艺术，同时从文学作品形式因素来说，语言是有着独特性的。

文学语言必须具有语言的特性，即符合语言要素的一般法则。所谓语言要素，通常指语音、词汇、语法为语言三要素，不过也有许多学者将修辞、章法等超语言要素或非语言要素也列为分析语言特性的要素。正如茅盾在《漫谈文学的民族形式》中所说，“文学语言不能是原封不动的口语，但也不能脱离口语的基本要素——词汇、词法和修辞法。”文学语言不仅要求合乎语言的基本规律，同时还要有个性特征。童庆炳主编的《文学概论》有关文学语言的论述，除了审美特征作了新的探讨，也增加了语言因素的表述，如文学语言组织层面、叙事作品的叙述语言、抒情作品的抒情策略、文学语言与文学风格等。

文学语言研究只有把文学特色与语言要素有机结合起来才能具有跨学科的性

---

① 鲁默、张志：《从故宫学到鲁迅精神——访文化部副部长兼故宫博物院院长郑欣淼》，《华人世界》创刊号，2006年1月。

质。张振兴在《谈文学语言问题》中，对这个问题发表了自己的看法。他说文学家的语言思维可能更多偏向于形象性和浪漫性，而语言学家的语言思维更多偏向于逻辑性和语法性。他认为只有"把形象性、浪漫性、逻辑性和语法性统一于一体，这才是文学语言。"

探讨文学语言的特点，要反对只注重语言要素，忽视文学特性。20世纪80年代改革开放以来，西方涌入的文论，推进了文学语言的研究，也带来消极因素。19世纪末到20世纪初，由于现代科学主义批评方法兴起，俄国的形式主义者提出从语言学角度探讨文学作品的新看法，重在研究文本的艺术形式、词语构造、语义特色和叙事情节，丰富了文本研究手段。但过于强调语言的纯粹性和形式的决定作用，忽视文学最重要的形象和情感。当时兴起的结构主义重视文本系统的内部关系，往往排斥系统的外部关系，把文学性包括作家的思想、经历和作品的社会背景抛在一边，不能全面观照作品的思想与艺术的内涵。因之对于外来的研究的新方法，不能采取全部照搬或一概排斥的态度，而应取其所长，为我所用。

文学语言研究的正确方向，也不应只是重视文学特色，忽视语言因素，而是应妥善处理文学与语言学之间的关系，鲁枢元在《文艺理论要关注时代精神状况》[①] 中谈及《超越语言》一书处理文学与语言学关系的问题时指出：

> "新世纪之初，复旦大学著名语言学家宗廷虎主编的《20世纪中国修辞学》一书出版，其中设置专节对这场公案作出如此评价。语言学界的人士读鲁枢元的《超越语言》，大都有云遮雾罩、扑朔迷离的感觉。其概念使用的模糊化、语言表述的文学化，尤其是研究方法的'非科学化'乃至'反科学化'，往往让人摸不着边际。鲁氏以文学评论起家，缺乏语言学的严格训练，但同时也少了些语言学研究中的清规戒律，鲁枢元不是修辞学家，也没有十分自觉地去研究文学修辞。然而，他对文学语言从'未移为辞'到'已移为辞'整个过程的悉心探讨，他对文学优化表达做出的满怀深情的阐释，却正是修辞学家要做的事情。这些话充分体现了语言学家对一个文艺理论工作者友善、爱惜、理解、宽容的态度，我更愿意把这看做语言学与文学的和解、沟通与相互体认。"

---

① 《文艺报》，2012年11月5日。

三、研究范围既独特又开阔

文学语言研究范围，语言学者偏于文字的修辞、文章风格的研究，文学学者偏于文学风格的研究。综合起来说，文学语言研究范围是独特的，即专门讨论文学作品的语言，通称艺术语言，主要是研究作家作品的语言风格问题，即修辞学中所标举的“八体”，或称文学风格。不过研究的范围极其广泛。

艺术加工独特风格

如何在普通语言的基础上加工提炼成为文学语言，这是文学语言研究对象之一。茅盾在《怎样阅读文艺作品》中说：“作品的文字是加过工的人民口头的活的语言，作者必须善于从活的语言中提炼其精髓，经过加工，使成为‘文学的语言’”。唐弢在《鲁迅杂文一解》中对鲁迅杂文如何将普通语言加工成为形象语言发表了自己的见解。他认为鲁迅在《铲共大观》中不说“革命被恐怖吓退的事是很少有的”，而是说“革命被头挂退的事是少有的”；鲁迅在《叶永蓁作〈小小十年〉小引》中不说“又正是毫无保留的坦率的陈述”，而是说“又正是脱去了自己的衣裳”，从词语上舍抽象的议论而取形象的语言，“图景既现，意义自明”。

把生活中的语言，包括方言、土语在内改造成为形象化的文学语言，并提升为独特的风格，这也是语言艺术加工的不可缺少的方面，茅盾在《关于“歇后语”》中指出：“民众的语言经过作家加工而构成为作品中的文字，这就称为文学语言。所谓加工，就是选择民众语言中的词汇、成语、谚语、俗语等等，以及语法和修辞等等，不但要运用得确当”，“而且要创造性地使用它们”。“正因为经过这样的加工，所以伟大作家们的文学语言是有‘个性’的，这个性就构成了他们的各自独特的风格”。滕云在《〈红楼梦〉文学语言论》一文中对于《红楼梦》将生活中的方言词、俗语词、社会习惯语、熟语予以文学化所达到的成就作了充分的论述，又同《水浒传》《金瓶梅》生活用语改造成为文学语言作了比较，指出《红楼梦》在这方面的独特价值及成就。

独特文学语言风格的形成，还需要借助他山之石。邢公畹在《〈红楼梦〉语言风格分析上的几个先决条件》中认为优秀的文学作品的语言风格，必须具备三性：一是“文艺作品的语言共性问题”，这就“涉及全民共同语跟文艺作品的语言的关系问题”。二是“语言风格上的民族性问题”，这就“涉及民族文化和民族语言的特征对作家语言风格的影响”。三是“语言风格上的个性问题”，即

"具有作家个人色彩的语言风格"。这是"对传统文艺作品的继承和发展，对全民共同语言的选择与加工问题。"论文结合《红楼梦》及有关材料对上述提出的问题进行阐发，指出必须吸收优秀作品语言风格的长处，才能有助于独特语言风格的形成。

在如何使普通语言加工成为独特的文学语言、个人风格的问题，必须克服两种不好的倾向。其一，避免脱离普通语言的基本要素，如语汇、语法、修辞法，进行纯文学的分析，如果不这样做，对作品文学语言的分析，又要回到单纯地从文学的角度探讨语言特点的老路上去；其二，避免不结合文学特点对文学语言作纯语言的分析。如果不这样做，文学语言分析就成了一般的语言分析。因之必须把语言学与文学的方法结合起来，才能显示文学语言分析的新特点。

从语言手段入手，通过多个角度探讨文学语言、语言风格的特色，这是提高文学语言水平不可缺少的。

有些论者善于从词汇和语言习惯方面分析作家的语言风格，如香港大学出版的《鲁迅文体的研究·词汇习惯用法》便是这样做的，论著将鲁迅作品的语言分成八种类型（白话口语，白话书面语，文言，古老的口语——指诗、词、曲、说部、变文等方面的言语，方言，外来语，引语，个人革新的语言）加以分析比较，总结鲁迅用语的风格；又选择二十位各种类型的中国现代作家作品跟鲁迅相类似的作品比较，以分析鲁迅独特的语言习惯，从而看出鲁迅的语言风格。[①]

借助词句必须表现作品文学语言的特色，因之对于词句的研究，至关重要，茅盾在这方面的探讨有许多有益的经验，值得吸收。他在《读〈呐喊〉》一文中认为《狂人日记》"这奇文中冷隽的句子"是构成作品"异样风格"的重要因素，他还在《一口咬住……》中赞扬鲁迅作品中的"幽默的词句"，他又在《鲁迅论》中充分肯定了鲁迅善用"很有趣味的比喻"。从上述的引文中可以看出茅盾是联系鲁迅作品的实际，用新鲜而又有形象的语言进行评论，不是天马行空的高谈阔论。

朱彤在《鲁迅小说独特的贡献》中探讨鲁迅小说文学语言的巨大贡献，他认为主要是"创造多种多样的欧化句法与词法"，他联系传统文学及当时文坛的情况作出精辟的分析，避免孤立地论述鲁迅小说语言在"句法和用语"方面的创造性。苏雪林在《〈阿Q正传〉及鲁迅创作的艺术》中称赞鲁迅作品艺术特色之一是：句法"简洁峭拔"。茅盾在《彭家煌的〈喜讯〉》一文中肯定彭家煌小

① 陈漱渝：《鲁迅的遗产走向世界》，载《鲁迅与中外文化》，厦门大学出版社，1987年。

说的长句子的文风，说："读了彭先生那些长句子却觉得醰醰有味，这些句子并不怎样欧化，然而构造也不简单，读去别有一种风味。"

茅盾在《一九六〇年短篇小说漫评》一文中也指出："所谓风格，亦自多种多样"，有的"可以从布局、谋篇、炼字、炼句着眼，而或为谨严、或为逸宕、或为奇诡，等等不一。"他还在《联系实际，学习鲁迅》中从语言要素"例如句法和章法"考察鲁迅作品独特风格与中外文学的关系，认为鲁迅作品"依稀可见外来的影响，然而又确是中国气魄"。

探讨作家作品语言风格，应同研究作家作品风格即文学风格，区别开来，因为作家作品的语言风格仅仅是作家作品风格的组成部分。不过，文学是语言的艺术，作家作品的风格依然可以从作品的语言风格看出来。文学作品的风格总是通过形式的特点，主要是通过语言表现的特点呈现出来的。读者对于作品风格的认识，首先就是由形式的或语言的特点感到的。如我们读《阿Q正传》便会感到它和《子夜》的写法不一样。因为《阿Q正传》的讽刺的笔法、幽默的语调及简洁警拔的语言所给人的印象，和《子夜》那种细致的描绘、清丽多采的语言是很不同的"①。这段话清楚地告诉我们研究与探讨作家作品的风格，依然需要借助文学语言。

艺术修饰新颖多样

对于作家作品语言风格或文学风格的探讨，不少论著大体采用修辞学有关概念，有些未能切合作品实际，这是必须进一步探讨的。在这方面茅盾对许多作家语言风格的概括是值得师法的。如他在《联系实际，学习鲁迅》中认为鲁迅作品的个人风格是"洗炼、峭拔而又幽默"，这个论断，并不是修辞学专著里可以找到的，正因为如此，才被广为引用。

探讨修辞特点也是文学语言研究的又一方面。季羡林在为李润新作的《文学语言概论·序言》中指出，修辞研究是文学语言研究的"两途"之一途。《〈红楼梦〉的语言艺术》一书收入多篇研究《红楼梦》修辞特色的论文，如《从比喻论〈红楼梦〉语言的形象化问题》《妙极之文，巧极之法——谈谈〈红楼梦〉的仿词艺术》及《具有整齐美和音乐美的优美句式——谈谈〈红楼梦〉的对偶》等篇运用多种修辞手法，如比喻、仿词、对偶等说明曹雪芹怎样对口语进行艺术加工，使之成为高度完美的文学语言。

---

① 蔡仪：《文学概论》，人民文学出版社，1985年。

善于采用带有形象性的词语，如形容词，这也是文学修辞的一个方面。茅盾在《杂谈思想与技巧、学力与经验》中说，“用‘蛾眉’来形容女人的修眉”是很有“创造力”的。他说从“‘蛾眉’这形容词而连想到‘水蛇腰’这形容词，单就一词的创造性而论，也是堪以赞美的。”他又在《怎样阅读文艺作品》中说欧洲有两部古典作品，即荷马的两大史诗，描写战士们打仗的勇敢，“不说像老虎一样勇敢”，因为“老虎狮子虽猛，但人们很少看见”，而说“像苍蝇一样的勇敢”，那是“一般人天天都看得到，但一般人却想不到用苍蝇来形容战士的再接再厉。”此外，《〈红楼梦〉中艺术修饰语运用上的几点特色》论述《红楼梦》的艺术修饰语在刻画人物形象、描写景物方面的作用，很有特色。

体式类型各不相同

文学语言研究的又一方面是文学语言的基本体式的研究。以五四以来白话文体式来说，朱自清在《论白话》一文中认为五四时代白话有几种形态，其一是“国语体”，这种体式是“白话升了格”的，“并非真正的口语”，“它比文言近于现在中国大部分人的口语”；还有“欧化体”即周作人主张的新文体，在中文里掺进西文的语法；他不但欧化，还有点日化；又有一种“创造体”，主张“一、极力合于文法；二、极力采用成语，增进语汇；三、试用复杂的构造”。这些对白话语言分类法可以作为一家之言，以供文学语言体式分类的参考，说明同是白话的文学语言体式，仍有多种形态，且随着时代的变化而变化。

研究语言体式必须同作家作品的创造性结合起来。茅盾在《再谈“方言文学”》一文中指出解放区文学作品的语言基本体式是一致的，即为人民大众所熟悉的语言形式，粗分下去有两大类，一类是新形式，另一类大多是改造过的“民间形式”，他对赵树理的长篇《李家庄的变迁》及中篇《李有才板话》在语言体式上各自的独特性作了肯定。《〈红楼梦〉文学语言论》一文论述《红楼梦》的语言体式的特点是与《金瓶梅》《水浒传》《三国演义》《西游记》等相比较而得出来的。对于语言体式的分析，有助于对作家作品特点的理解，许多有关文学语言研究的论文，忽略这一方面的研究，应引起注意。

文学语言研究的又一内容是探讨不同语言类型的特点。一种分类是按文学作品的体裁划分，如郭沫若在《怎样运用文学的语言》中提出了自己的看法，他说：“小说注重描写，我感觉着它和绘画的性质相近，它的成份是叙述和对话”。叙述是作家自己的语言，对话是客观的口语。他还认为话剧“其用语与小说对话相同，但应该还要考虑到舞台的限制”，“话剧中的对话除了供人听，声调固必须求和谐，响亮”，至于诗的语言，“不管韵脚无韵脚，韵律的推敲总应该放在第一位。和谐是诗的语言的生命”。

另一种分类法，那就是按语言性质划分，有叙事、抒情，有人把影剧也列入，作为三大类；当然也有人将叙事类作品语言分为两类，即人物的语言，叙述人的语言，戏剧作品只有人物语言，没有叙述人的语言，抒情作品，直接抒发作家感情。

不管那一种分类，都必须考虑到叙事、描写、对话等手段之间的关系，周扬曾赞扬赵树理作品“不但在人物对话上，而且在叙述的描写上，都是口语化”。这就是说赵树理用口语化作为整个作品语言描述的共同手段，尽量避免方言土语。当然，还有别种的情况，如叙述语言是现代白话的，对话是采用当地方言俗语的，但运用较好。许多学者认为，在运用语言手段问题上，只要全文格调一致就可以了，不必强求一律。不管哪种分类法，如果能从文学与语言学结合的角度研究不同性质文学语言类型，都必须充分注意到从语言因素入手（语音、词法、修辞）分析不同性质的文学语言的特色。一些有关文学语言的论文，能结合语言的因素探究不同类型的语言特点及作用，颇有说服力。不过这类的研究成果不是太多。

从不同侧面探讨文学语言的特色及问题，既要结合作品实际，又要联系时代（包括一定时期的政治、经济、文化、教育、语言文学等）、地域等因素进行探讨。许多论著在这些方面作了有益的探讨。

四、研究方法

1. 文学语言作为社会科学的学科，要求在马克思主义科学世界观的指导下，运用多种具体方法开展研究。其中最为重要的是要根据文学语言学科特点进行探讨。

文学语言具有文学性与语言性的特征，在研究方法方面也有独异性，这便是文学与语言学相结合的研究方法。这种方法要求运用语言要素与文学手段相结合探讨文学问题与表达相关内容。

吕叔湘在《文学和语言的关系》中论述文学与语言关系时指出：“文学作品是用语言作媒介。”又说：“我们古人讲文学作品，很重视作家怎么运用语言，有些什么特色”，这就说明分析文学作品，必须以语言作为媒介，同时也要重视作家在运用语言方面的特色。吕叔湘以中国社会科学院文学研究所撰写的《中国文学史》有关杜甫的评论为例说明，给人留下深刻的印象。

王力在《语言与文学》中论述语言与文学的关系，是结合作品实际的，从语音、词汇、语法与古代文学的关系展开论证语言表述与文学语言的特色关系，指出在论述文学语言特色时，必须与语言分析联系在一起，才有说服力。

茅盾在《怎样评价〈青春之歌〉》中论述《青春之歌》文学语言时，按照文学分析的要求，从场面、环境、人物的对话三个方面入手，然后紧扣语言要素，对作品的文学语言的长短处作出评价。

邢公畹在《〈红楼梦〉语言风格分析上的几个先决条件》中对于《红楼梦》语言风格的探讨所采购的研究方法，对于我们运用语言手段与文学因素相结合的方法研究文学语言问题很有启发。他说："对于作家语言风格进行分析，是要观察作家如何使用语言工具来实现其题材、作品结构、人物语言、形象塑造以及一切有关作品的艺术构思的。不同作家的不同语言风格就是各人的语词、语段、句子和大于句子的语言结构运行在题材、作品结构……等等方面的不同的轨迹图，……对作家语言风格的评价就是看作家的语言表现力对所表达的内容的适宜的程度如何而定的"。

2. 除了提倡运用文学与语言学相结合的研究方法研究文学语言外，还可以采用相关学科的研究方法，例如历史学、政治学、文化学、民族学、心理学、传播学等学科的研究方法。

以运用历史学的方法来说，这就要求从历史分期角度研究作家作品文学语言发展变化的过程及特点，可以每个时期的代表作进行解剖。研究不同时期作家作品文学语言变化，应联系作家以及社会、文学语言界的历史及现状，才能揭示其缘由，探讨文学语言变化的规律，以利于了解当代文学语言的发展。

既可从学科要求疏理文学语言发展脉络，也可从跨学科角度揭示文学语言的特点，如吸收西方形式主义文学从语言学视角研究文学长处，同时还可以提出带有普遍性的问题进行探讨。如采用比较语言学或比较文学的方法，比较语言学或比较文学方法，这是对不同语种的语言和文学进行比较研究，并把它运用在文学语言研究，便是不同语种文学语言的比较。例如，汉语与外国语及其文学语言的异同（语法和词汇等）、外国语对汉语及其文学语言的影响（积极与消极）、翻译中语言的运用及其与汉文学语言的关系等等。

3. 研究文学语言，除了采用相关学科的研究方法外，还可以运用一般的方法。

除了量化统计法等，较为常用的有比较法。这是同一语种的语言及其文学语言的比较，以探讨不同作家作品的异同点。如邢公畹对《红楼梦》与《水浒传》

的语言进行比较，抓住两部书描写雪的地方的不同特点，评说各有不同的风格。又如茅盾对赵树理、老舍、沙汀作品的幽默语言不同特色的评述，也是采用比较法。滕云从中国古典小说语言体式发展史上来考察《红楼梦》文学语言的体式的独特性。朱自清在《论白话》一文对从五四以来到左联时期白话体式的来龙去脉作了疏理，并指出不同特点及其长短处。有的书还对现代汉语及华语的文学语言作了一些比较，并对两者共同点及不同点进行了一些探讨。

4. 近几年来兴起女性视角的研究方法，也是值得注意的。

研究文学语言，可从性别角度特别是女性的视角进行探讨，这为深化文学语言研究提供了一个重要方面。女性作家是有独特视角与笔触的，鲁迅在《萧红作〈生死场〉序》中称赞萧红有着“女性作者的细致和越轨的笔致”。茅盾在《女作家丁玲》中认为《莎菲女士的日记》的描写“在中国那时的女性作家是大胆的”。女性独特的视角同女性的生理特点不同于男性有关，这从作品语言和节奏可以看出来。女性作家生活在社会里，其视角也不能离开现实生活，当然也有的女性作家远离现实，这种种表现都会从文学语言中表现出来。女性作家笔下的女性形象，同男性作家的女性形象有所差异，如在塑造母亲形象方面，从文学语言可以看出来。同样是女性作家，对于表现母亲的文学语言，也会有不同的。当然，作家笔下包括母亲在内的女性形象有着独特文学语言，这同她们的身份、年龄、职业、经历等有密切关系。

提倡用文学与语言学相结合的方法研究文学语言，并不排斥其他方法，事实上也排斥不了，不管采取那种方法，都要求在文学语言研究上作出新的探讨，提出新的见解，并加以充分论证。

五、建立研究队伍，加强通力合作

文学语言学科的建立，研究队伍的组成极其紧要，由于学科研究的需要，必须有文学与语言学两方面的学者参与，这样才能兼听则明。邢公畹在研究《红楼梦》语言风格时，他作为语言学家提倡文学语言研究方法，但他又善于倾听文学研究学者的意见，这样他的研究成果很有说服力，获得了好评。厦门大学中文系建立的文学语言研究方向，先是语言学者李国正教授领衔的，在校的多位从事文学及语言方面的教学与研究的老师都参加了，如语言学的学者何耿丰、叶宝奎、李无未等教授，李国正教授退休，现由李无未教授主持文学语言研究方向的教学与研究工作。文学研究学者参加文学语言研究的有赖干坚、蔡景康、庄钟庆、周宁、陈育伦、郑楚等教授。外校也有不少文学与语言学学者给予很大的学术支持。如中国社会科学院语言研究所张振兴研究员及张惠英研究员、清华大学中文系王中忱教授、复旦大学中文系唐金海教授、福建师范大学中文系庄浩然教授等。他们对于推动文学语言学科的形成与发展发挥了很大的作用。

推进文学语言学科建设的刍议

一、文学语言概念词语的引进与加强艺术语言研究

如果没有将文学语言与艺术语言弄清楚并作进一步探索，文学语言的学科建设无从谈起。

文学语言如上所述是从俄语翻译过来的。在欧洲的语言中如法语、英语也碰到相当于文学语言这个概念的词语。中国古书上出现的“雅言”“文言”“古文”等名称，可以看出汉语早就有了文学语言的概念。根据欧洲各国和我国的传统，文学指的是用文字写出来的东西，包括文艺作品，因之把全民共同语的书面加工形式的语言，称之为文学语言。一直到海通之后，才把文学这个术语用在文艺作品上。

文学语言，根据《苏联大百科全书》的解释有两个意思，一方面是服务于文牍、科学、宗教等书面语言，另一方面是人民大众诗歌创造的语言，也是艺术文的语言。通常认为前者是就其广义而言，指哲学、文学、科学、政治、经济等著作所用的语言，后者专指文学作品所用的语言，即艺术语言。

我国学术界谈论文学语言，为推广语言规范化。20 世纪 50 年代学术界开展文学语言问题讨论后，才对文学语言作广义与狭义的解释。

中华人民共和国成立不久，即 1951 年 6 月 6 日《人民日报》发表了题为《正确地使用祖国的语言，为语言的纯洁和健康而斗争!》的社论，要求“任何文件、报告、报纸和出版物都能用正确的语言来表现思想，使思想为群众所正确地掌握，才能产生正确的物质力量。”

1955 年 10 月，中华人民共和国教育部和中国文字改革委员会联合召开全国文字改革会议。同年 10 月 26 日《人民日报》发表的社论指出，必须克服过去对语言的纯洁和健康注意不够的缺点，推广语言规范化。同年 10 月，中国科学院也召开现代汉语问题的学术会议，对于语言的规范提出严格要求。为配合这些重大的学术活动，在召开这些会议之前，即 1955 年上半年北京大学中文系先从讨论文学语言问题入手，分五次进行。文字改革出版社于 1957 年 6 月出版了《文学语言问题讨论集》。

当年语言界集中地讨论文学语言的概念问题。岑麒祥在《西方资产阶级语言学家对“文学语言”的看法及其批判》一文中说“汉语‘文学语言’这个名辞是从俄语（пuтерагурный язык）翻译过来的。”“在西方资本主义国家的文献中，我们有时候也碰到相当于‘文学语言’这个概念的词语（例如法语的）‘langue littéraire’和英语的‘literary language’”①。高名凯在《对“文学语言”概念的了解》中引进《苏联大百科全书》对文学的解说：“文字的作品，根据内容可以分为艺术文学，科学文学，政治文学，技术文学等等”。他又说，通常俄语的文学“是指艺术文学，也就是说以语言作为构成艺术形象手段的一种艺术”。这就是说，“文学”有广义和狭义之分，“广的指的很多，如科学、技术、甚至政治方面，报纸杂志方面的文字作品，狭的就只指艺术文学。”据此，《苏联大百科全书》认为，“文学语言有两个意思，一个是在民族还未形成的时代，它一方面是以其各种不同的体裁服务于文牍、文学、宗教和科学的书面语言，而另一方面是人民大众诗歌创作的语言。另一个是在民族发展的时代，它是民族共同语的加工的形式，以其口头和书面的形式服务于民族的文化生活，服务于民族的社会活动的一切方面。”

汉语对文学语言的解释与欧洲对于文学语言的诠释差不多。当年北京大学中国语言文学系举行的文学语言第三次讨论会研讨“雅言”“文言”“古文”等问题，会议认为从“雅言”和“文言”等名称可以看出汉族的远祖早就有了文学语言的概念。《论语》里所谓“雅言”，或者指正确的“文学读音”，“或者指王都之言（当时的‘官话’）”，又说，“古文”这个名称虽然在《史记》就出现了，但是作为“时文”的对称的古文则创始于唐代。自从唐以后，所谓“古文”，实际上是指文学语言。唐代的韩愈反对骈文（时文）而提倡古文，务去陈言，辞必已出。“韩愈以后的文章虽然用的古典的文言，但在用词上和语法构造上都和全民的活语言有关，并非完全脱离了口语。”

当时北京大学学者不仅讨论文学语言的内涵，还探讨文学语言即汉语规范化问题，主要是现代汉语的规范化，大家认为应以北京话为基础，逐步形成普通话②：这种普通话的产生是民族文学语言发展过程中所必经的阶段。《文学语言问题讨论集·内容说明》指出，推广普通话的意义是在建立现代汉语规范的基础。普通话的标准从1955年全国文字改革会议以来，大家都明确了，它是以北京语音为

① 岑麒祥：《西方资产阶级语言学家对“文学语言”的看法及其批判》，载《文学语言问题讨论集》，文字改革出版社，1957年。

② 岑麒祥：《文学语言问题讨论集》，文字改革出版社，1957年。

标准音，以北方方言为基础方言，以典范的现代白话文著作为语法规范的。

当年北京大学学者认为讨论文学语言问题很有收获，感到“文学语言”这一个对他们来说“还算是比较新的概念”，他们一致赞同《苏联大百科全书》对于文学语言作广义和狭义的解释，同时也指出不能把文学语言和文学作品的语言对立起来，这就是说“文学语言”简单地说就是“文学”用的语言。同时，还提出文学语言规范化问题。

中国文学界在那次文学语言问题讨论之前谈及文学语言时都是专指文学作品的语言，并没有对文学语言作出广义和狭义的解释，似乎是茅盾在《漫谈文学的民族形式》（1958 年）中文学界才开始将文学语言分为广义的或专指的。他说文学语言就其广义而言，指哲学、文学、科学、政治、经济等著作所用的语言，专指文学作品所用的语言，有“艺术语言”一名，但是通常谈文学形式时“常用的‘文学语言’”，即指艺术语言而不指广义的“文学语言”。20 世纪 70 年代出版的《辞海》对文学语言也作两种解释，一是文学作品的语言，这个类似狭义的文学语言，一是经过加工和规范化的共同语，即“标准语”，这个类似广义的文学语言。对于“标准语”的看法，当年讨论文学语言时的意见并不一致，或认为这“是资产阶级语言家惯用的术语”，或认为“如果给予新的涵义，‘标准语’这个名称还是可以用的。”经过多年的研讨，“标准语”这名称有了崭新的看法，并被《辞海》所采用。国内不少文艺理论教科书及个人论著也都用广义或狭义来解释文学语言。不过，现行的一些教材并不涉及文学语言，只是探讨与标准语相接近的民族共同语。

二、必须吸取新文学语言特色

新文学的文学语言，或称中国现当代文学语言，它是中国现当代文学学科的组成部分，是以白话作为汉族共同语的特色，有别于以文言作为汉语共同语——中国古代文学语言。同时，它又具有文学因素，只有具备这两种因素才能进入文学语言的学科行列，作为新文学的文学语言。

“五四”以来直至新中国成立初期（20 世纪 50 年代）关于文学语言的研究与讨论，是有迹可寻的。那几个历史阶段谈论文学语言时并不是从广义与狭义不同含义去解说的，主要是专指艺术语言的。不过 20 世纪 50 年代学术界回眸五四以来文学语言讨论情况时却是从广义与狭义内涵去评述的。

五四以来至当今的白话到普通话的历程及特色，告诉人们：新文学的语言具有语言（白话）及文学（艺术加工）的因素，因之可以作为建立文学语言学科的参照。

新文学的语言的特征是什么，这是五四时期新文学文坛上论争的问题。明确地回答这个问题的，并不多见，然而不乏新文学提倡者发表了许多值得重视的见解，胡适当年在《历史的文学观念论》中主张“白话当为文学之正宗”，茅盾在1948年写作的《再谈“方言文学”》一文充分肯定“五四”以来“白话”取得“文学语言”的地位，并展示其前景。

“五四”时期文学界提倡白话，既充分肯定中国古典文学中白话作品的历史作用，又着重探讨当年提出的白话的特点及现实价值，以推动新文学创作向前发展。当年新文学学者认为白话是汉语的一种书面语。通常认为其特点是基本上以北方话为基础，同一定时代的、群众的口语相接近，为当代及后代的人们所接受。可是新文学提倡者对此有着不同的看法。鲁迅在《中国小说的历史变迁》中对元明清的白话写作者的贡献给予充分肯定，他说宋朝“平民底层小说”，“用的是白话”，“实在是小说史上的一大变迁”。这说明鲁迅提倡应用白话，能与时俱进，然而胡适在《建设的文学革命论》一文中却说，“可尽量采用《水浒》《西游记》《儒林外史》《红楼梦》的白话；有不合今日用的，便不用他；有不够用的，便用今日的白话来补助。有不得不用文言的，便用文言来补助。”这段话告诉我们，胡适当年提倡的白话即中国古典文学中白话小说的语言，如果这类语言不够用，可用当年白话来补助，由此可见胡适心目中的白话，并非全是当时的口语。傅斯年在《怎样做白话文》中指出：白话文的凭借，“一留心说话，二直用西洋词法”。这就是说，他提倡的白话既需要口语化，同时也要求“欧化”。

鲁迅在提倡白话的问题上有着独特之处，他主张白话应以现代的群众的口语为基础，既不同于胡适，也异于傅斯年有关白话的看法。他在《无声的中国》中说：“我们要说现代的，自己的话；用活着的白话，将自己的思想感情直白地说出来。”这里鲁迅告诫我们：当年文学界提倡以现代口语为基础的白话，意在为表现新思想，创作新文学创造有利条件。因之，他在《人生识字胡涂始》中主张：“从活人的嘴角上采取有生命的词汇，搬到纸上来”。同时，也在《写在〈坟〉后面》中提出：“将活人的唇舌作为源泉，使文章更加有生气”。总之，要“努力博采口语”，以表现现代人的呼声。

“五四”提倡的白话，既要与现代口语相靠近，同时也要与群众口语相接近。因之鲁迅当年主张要重视白话的现代性，又要注重群众性，他在《现在的屠杀者》中指出，提倡白话必须倾听“四万万中国人嘴里发出来的声音”，他又提出白话要从群众的口语中提炼出来，又推动口语的发展，因之要重视群众的口语，他在《关于翻译的通信》中说："这白话得是活的，活的缘故，就因为有些是从活的民众的口头取来的，有些是从此要注入活的民众里面去。"

左联时期新文学作品语言的探讨有了新的进展，明确提出并讨论有关新文学作品的语言问题。1930 年春左联成立前后举行文艺大众化第一次讨论，提出文学语言的问题，要求"把文改为话"，力求生动易懂。1931 年举行的第二次讨论，在瞿秋白的推动下，着重讨论文学语言问题，他提出用"现代中国普通话"写作，尽管论争中有着不同意见，但强调从人民的口头语言中吸收、提炼文学语言，却是值得重视的。1934 年的大众语文论争，焦点集中于文学语言问题，这次讨论承接"左联"内部两次文学大众化讨论，是新文学界又一次重大的文学语言的论争，有着深远的影响。

左联时期文艺大众化的几次论争，都是与文学语言有关，说明新文学作品的语言在由白话文学朝向文艺大众化的过程中越来越重视人民的口语在创作中的作用。1934 年开展文学新旧形式讨论，同年五月汪懋祖等人重弹"文言复兴"老调，6 月转为大众语和文字拉丁化的讨论，在《文言——白话——大众语》（陈子展题名）论争中提出"为了纠正白话文学的许多缺陷，不能不提倡大众语"，陈望道在《关于大众语文学的建设》中认为大众语应该是"大众说得出，听得懂，写得顺手，看得明白"，且为大众所高兴。大众语的讨论是文艺大众化在语言特别是口语问题上探讨的继续。

抗日及解放战争期间，文学与群众特别是新的群众进一步的结合，新文学作品语言有了很大的发展，创造了许多优秀作品，其中不乏有以采用人民口语著称的作品。郭沫若在《读了〈李家庄的变迁〉》中，认为赵树理最成功的是语言，叙述文字平明简洁的口头语。茅盾在《再谈"方言"文学》一文中高度地称赞解放区作品的文学语言，认为"它们是尽量采用当地人民口语（方言）"，"方言文学的色彩都相当强烈。然而没有人读了它们以后会发生'这是方言文学'的感想。"

"五四"以来到 20 世纪二三十年代文学界提倡用白话、普通话或大众语进行文艺创作，这些语言都是汉民族共同语，即现代汉语文学语言，不过必须经过提炼、加工才能成为艺术语言。五四时期，白话经过加工后引入新文学创作，对中国现代文学创作影响巨大。高名凯等在《鲁迅与现代汉语文学语言》中说："鲁迅最先把现代汉语的文学语言带到文学里来，进行加工、提炼，帮助它进一步发展和规范化"。同时他也指出鲁迅的创作，推动白话文成为现代汉语的文学语言。

必须重视艺术加工，鲁迅非常注意这项工作，他说：用口语（包括白话、普通话、大众语）“做文章”有其长处，他在《写在〈坟〉后面》中说：“将活人的唇舌作为源泉，使文章更加接近语言，更加有生气。”不过讲话时夹杂着许多其实并无意义的话，所以他在《答曹聚仁先生信》中说：“文章一定应该比口语简洁，然而明了。”由此可见用口语写作必须进行必要的艺术加工。他在《做文章》中说：“高尔基说，大众语是毛胚，加了工的是文学。我想，这该是很中肯的指示了。”他又在《关于翻译的通信》中说：“听闲谈而去其散漫，博取民众的口语而存其比较的大家能懂的字句。”

关于新文学作品语言加工的问题，傅斯年有自己的看法。他在《怎样做白话文》中说，“我们使用的白话，仍然是浑身赤条条的，没有美术的培养”，“不适合于文学，想把他培养一番，惟有用修词学上的利器，惟有借重词技的效用，惟有使国语文学含西洋文的趣味”。这些话告诉我们：新文学不能只是使用白话，应当吸收外来的好东西，使之成为“人化”文学。这不但要借助“修词学上的利器”，还要吸取“西洋文的趣味”，这是他对新文学建设的要求，其实也是他对新文学语言的要求，值得思索。

新文学语言的成就与演变，与各种语言因素的影响有着密切的关系。

1. 关于与可用的古语及传统白话小说的语言关系问题。

鲁迅在《写在〈坟〉后面》中说：“不必要在旧书里讨生活”，但“须在旧文中取得若干资料，以供使役”。他又在《人生识字胡涂始》中说：“旧语的复活”，那自然也是必要的，但“须选择”。他还在《我怎么做起小说来》说，“没有相宜的白话，宁可引古语”。茅盾也在《文学青年如何修养》中说：“我们并不主张白话文中必须排除一切从文言文来的字眼，我们对于那些已经成为口头上活用的文言文字眼是主张容纳的。”

鲁迅在丰富新文学语言方面，不仅重视撷取可用的古语，而且也善于吸取白话小说的长处，他在《关于翻译的通信》中说要“采说书面去其油滑”。

2. 关于新文学的白话与方言土语关系问题。

鲁迅主张采用以群众口语为基础的白话，但他也提倡吸取方言土语的长处，如绍兴的“炼话”，不过，他也反对太僻的土语。他是重视普通话的。他在《门外文谈》中认为“确已有着一种好像普通话模样的东西”，“将来如果真有一种到处通行的大众语，那主力也恐怕是北方话吧”。当今我们主张确定以北方方言为基础的普通话，与鲁迅当年的科学预见是相接近的。

3. 关于新文学白话与外国语言关系问题。

五四时期，茅盾、郑振铎与傅东华围绕“语体文欧化”展开讨论。茅盾认为语体文欧化是指文法的欧化，不是指文学艺术的欧化，傅东华看不到这两者的区别，可见茅盾反对文学艺术的欧化，不是反对语体文欧化。

左联时期，瞿秋白在《欧化文艺》中批评欧化倾向。鲁迅在给曹聚仁的信中说，“要支持欧化式的文章，但要区别这种文章，是故意胡闹，还是为了立论的精密，不得不如此”。他又在《玩笑只当它玩笑（上）》中说：“欧化文法的入侵中国白话中的大原因，并非因为好奇，是为了必要”，“固有的白话不够用，便只得采用外国的句法。比较难懂，不象茶淘饭似的可以一口吞下去是真的，但补这缺点的是精密”。鲁迅又在《关于翻译的通信》中说“装进异样的句法去，古的，外省外府的，外国的，后来便可以据为己有。”“如日本，他们的文章里，欧化的语法是极平常的了。”

鲁迅不但在理论上正确对待文学作品欧化语言问题，而且在创作上也吸收其长处，并做出成绩。朱彤在《论鲁迅小说独创的贡献》一文中对鲁迅小说在文学语言上做出了巨大的贡献作了充分的阐述，他认为鲁迅“结合我国语言的特点”，创造性地运用欧化语言，并作了具体的描述。他指出：鲁迅“在文字上的革新的功劳，是特别显著的，也可以说，他哺育一代文学的语言”。

抗战及解放战争时期在如何正确对待文学作品欧化语言问题，讨论颇为热烈。郭沫若在《“民族形式”商兑》一文中批评新文学“用意遣词过于欧化”。他还在《读了〈李家庄的变迁〉》后指出该书“脱尽了五四以来欧化体的新文言臭味”。茅盾在《文艺大众化问题》中说，有的人认为我们的作品是全白话的，而且是欧化的白话，大众看上总不顺眼，这话是对的，譬如欧化的句子构造严密，又比较是常常用了很多的“的”字，这都是叫人看了不顺眼的，然而文字上的“异样”，并不是全部问题的中心。新文学作品中固然也有因为文字太欧化而使读者大众不容易懂的，但也有文字并不欧化的，依然不能接近群众。他还在《抗战期间中国文艺运动的发展》一文中说：“我们文学作品中向来未去净欧化的用语句法等等，是必须淘汰的，”不过他又说民族形式也并非无条件地排斥外来形式，对于世界古典文学的优秀传统是要加以吸收并消化以滋补自己的。

白话成为新文学的文学语言，如何进一步发展，使之具有更高的艺术与美学价值，这就需要正确处理文学语言与人民的语言，特别是与人民口语关系，文学语言与欧化语言、古代文言及传统白话等方面的关系，这些都是至关重要的。

中华人民共和国成立以来，当代文学以普通话作为现代汉语共同语。茅盾在《关于艺术的技巧》指出，20 世纪 50 年代以后全国文字改革会议和现代汉语规范问题学术会议就汉语规范化问题作出结论，这就是“以北方话为基础方言，以北京语音为标准音的普通话——汉民族共同语”。他又引用1955年10月26日《人民日报》社论说，“语言的规范必须寄托在有形的东西上。这首先是一切作品，特别重要的是文学作品，因为语言的规范主要是通过作品传播开来的”。

茅盾认为从普通话提升为艺术语言，还需要艺术加工，以符合规范化的要求。他在《关于艺术的技巧》中认为“文学语言问题不光是一个语言规范化的问题”，但“规范化问题是一个迫切需要贯彻的问题”，“文学工作者一定要特别严格要求自己”，他还指出“如果说，在作品中出现过多的方言、俗语，是由于作者的不会运用（普通话），那么，作者就有责任去学习。”“应当把学习（普通话），今后是学习汉语规范化”，看作“是提高写作能力的必要措施。”他还就运用方言、俗语来丰富文学语言发表看法，指出“被采纳为文学语言的方言或俗语一定是新鲜、生动、简练而意义深长的。而且这里头还有个加工的问题”。

从白话到普通话的历程表明中国新文学或称中国现当代文学的艺术语言的共同性、阶段性及创新性。

三、文学语言需要独特理论视角和观点

文学语言是文学理论的组成部分，而且是不可缺少的部分，因为没有语言，就没有文学。因之，从文学理论方面研究文学作品的语言，应有独特的视角。我们提倡文学语言学科，即借此为参照。

首先应当明确的是文学语言指的是诗歌、散文、小说、戏剧等文学作品的语言。文学是语言的艺术，高尔基在《和青年作家谈话》中说，“文学就是用语言来创造形象、典型和性格，用语言来反映现实事件、自然景象和思维过程”，因之“文学的第一个要素是语言”。

由此可见，语言是文学作品不可缺少的媒介，不过还应看到作品的语言也是研究对象。例如，在许多研究《红楼梦》的论文既强调《红楼梦》语言的工具作用，又重视探讨《红楼梦》的语言风格，两者都没有偏废。

文学理论非常重视探讨文学语言的特征。《辞海》认为文学作品的语言，是“以人民群众的口头语言为基础，经过作者加工、提炼，具有准确、鲜明、生动，富有形象性与艺术感染力的特点”。许多文学家也有类似的看法。茅盾在这方面的见解是有代表性的。他在《新的现实和新的任务》中认为“文学作品的基本材料是语言”，因之文学是作为语言艺术区别于其他艺术的特点，作为语言艺术的文学有着自己的特性。茅盾指出“文学作品的语言应当是形象化的、富有表现力的、准确的和精练的，然后可以传达作者所欲传达的思想情绪，然后可以构成

鲜明的形象。”许多文艺理论教材，例如以群主编的《文学的基本原理》中有关文学语言的论说也有相似的看法。

文学语言必须具有形象性与感染力的特点，这就要求作者对于人民的口头语言进行加工与提炼。茅盾在《关于歇后语》中指出“民众的语言经过作家加工而构成为作品中的文字，这就称为文学语言。”又说，“伟大作家的文学语言是有‘个性’的，这个性就构成了他们的各自的独特风格。”他还谈到文学语言与方言或俗语关系问题。

文学作品语言的形象化，这是就文学作品的语言总体特点而言，不同体裁作品的语言又有不同要求，如诗歌语言要求讲究音乐性，叙事性文学作品的语言，是由人物的语言和叙述人的语言组成的，各自要求不同。

丰富文学语言途径及文学语言提炼方法至为重要，这是许多文艺理论教科书一再提及的。

文学界历来非常重视写作实践中的语言表达问题，茅盾在《新的现实和新的问题》中指出，要形象地表达一定的思想情绪，就必须用字正确，造句合法（语法）等。这就是说文学是以语言为媒介构成艺术形象的，其特点是运用加工过且合乎语言规律的艺术语言，即文学语言构成“鲜明的形象”，表现作者的思想感情。

当年学术界普遍认为形象性是文学语言的突出特点，不过语言学家如邢公畹在其《〈红楼梦〉语言风格分析上的几个先决问题》一文却从美学范畴论述文学语言的特点，他说：“文学语言具备艺术的、构成作家风格的要素的功能”，“饱和着非通常的美学意义——象征性的、意味深长的、绘声绘色的魅力”。他还举例说明，他说：“天高云淡，望断南飞雁”这两行短短的断句里，有景、有人、有声音、有颜色、有深深的思索，这叫非通常意义的表达。他又说从祖国的语言里，可以“构成了生动的画面”，“展开的是哺育着我们的祖国的山河与大地。”

改革开放以来，有关文学特征的看法，也有新的进展，如童庆炳主编的《文学概论》即是如此，在审美特征及语言特色都有新的探讨，前者加强了内指性、音乐性、陌生化及本色化的论述，后者增加了语言因素的表述，如文学语言组织层面（语音、文法、辞格）、叙事作品的叙述语言（时间、视角、标记）、抒情作品的抒情策略（语法、修辞）、文学语言与文学风格等。

从文学理论角度探讨文学语言问题，应指出文学的第一要素是语言，阐述如何通过语言艺术塑造形象，表现多方面的社会生活，揭示主题。探讨作品的语言特色，应研究作品如何以人民大众的口语为基础，经过怎样的艺术加工，使之具有形象性及艺术感染力。不仅要从文论上研究作品语言的美学价值及不足，也要从创作上探视语言的得失。这样才能全面评估作品语言。

推进文学语言学科与时俱进，需要各方面通力合作。上面所谈的问题，仅是其中的一部分，即使如此，仍需要进一步探讨。

没有结束的结语

重视高等教育的学科建设，这是当今世界的潮流，我党在第十九次全国代表大会上也发出号召："加快一流大学和一流学科建设，实现高等教育内涵式发展。"全国高校正在掀起学科建设大潮，不断地传来佳音，或加强建设，或建立新学科等。

关于建立文学语言学科问题，语言及文学界人士早已有知名人士提出建立相类似的学科，即汉语辞章学（或汉语修辞学、或汉语风格学），虽然不少热心于建立新学科的学者作出努力，并取得一定成绩，但是并不显著。我们希望能够借此学科建设的大好形势，把文学语言学科建立起来。这不仅是个人写文章或创作重视风格的需要，而且是新时代中华民族与人民群众创造建立新文风、新风格的需要。

为了推进文学语言学科建设，有必要再次扼要地说明一下建立文学语言学科的要求及前景。

研究文学语言这门学科的目的：语言学家吕叔湘认为研究文学语言这门学科，有助于培养语言、文学人才、提高"语文教学"水平。

我们认为研究文学语言，有助于提高语文和文学写作水平，值得肯定，不过，这两种文体特点不同，如何提升不同文体的写作水平需要认真探讨。

文学语言学科的研究内容：吕叔湘认为欧洲学者主张文学语言是研究风格学，既研究不同文体的不同风格，也研究不同作家的不同风格。他还认为应建立汉语的风格学等。茅盾主张文学语言应重视艺术加工、研究作家作品语言风格、艺术风格、体式等方面。

研究作家作品的语言风格特色是语言界文学界研究文学语言的共同期盼。语言风格"八体"是从修辞学引入的，如何联系作家作品实际，更加灵活地创造性地运用"八体"，这是文学语言研究工作中必须探讨的课题。

文学语言学科的研究方法，应提倡从语言因素入手，结合文学手段，探讨文学语言的特色。这也是文学语言研究中的难点，必须解决的问题。

语言学者李国正等认为文学语言研究具有跨学科的性质。它为酝酿一门新学科——文学语言学提供了生长点。(《东南亚华文文学语言研究》) 文论学者童庆炳在他主编的《文学概论》中指出：“从语言的视角去探讨文学作为一种语言结构的种种问题，就构成了文学语言学”，文学语言学“可以说是文学理论的四大分支”。

文学语言学科建设及文学语言学研究，方兴未艾。

文学语言研究

李国正[①]

中国最早的文学语言可以追溯到商周时期。《甲骨文合集）第12870版："癸卯卜，今日雨？其自西来雨？其自东来雨？其自北来雨？其自南来雨？"这段卜问雨来自何方的语句是后世乐府诗歌文学语言的雏形。《木兰辞》有"东市买骏马，西市买鞍鞯，南市买辔头，北市买长鞭。"《采莲》歌辞有："鱼戏莲叶东，鱼戏莲叶西，鱼戏莲叶南，鱼戏莲叶北。"在这些语法结构一致、音节数目相同的排比句中，各嵌入了"东""西""南""北"四字，这种言语形式是举世公认的文学语言。在古注中被称为"互文见义"，而陈望道的《修辞学发凡》称之为"镶嵌"。它们具有深长悠远的文学意蕴。

文学是借助语言艺术来表现和体验的一种人类文化形态，因此，没有语言艺术，就没有文学。反之，只要有语言艺术，就一定会产生文学。文学并非一定与文字符号相联系，在付诸文字记载之前，人类已经创造了文学，如《荷马史诗》和《格萨尔王》，最初都没有文字记载。因此，文学语言有两种类型：一种是不与文字符号挂钩的口头文学语言；另一种是用文字符号记录的书面文学语言。书面文学语言与口头文学语言可以并行不悖，但口头文学语言如果不借助现代科技手段提高信息传播的深广度而继续以原始方式存在，那么，发展的空间就会受到局限。书面文学语言因为有文字的记录而得以打破时空的制约，成为文学语言的主要代表。因此，通常所说的文学语言，如果没有特别加以注明，指的就是书面文学语言。本书讨论的文学语言，也指的是书面文学语言。既然是用文字符号记录的书面文学语言，就不可避免地涉及"文本"这一概念。

文学文本

在讨论"文学文本"之前，应当了解什么是"文本"。

"文本"是英文text的汉译，也有人译为"本文"。本意是"原文""正文"，

---

① 厦门大学中文系教授。

还有“课文”“版本”“题目”“经文”等等意义。但是，不同学科借用这个词却赋予其不同的内涵，这就在理解上造成一定障碍，同时在运用上也造成了混乱，以至于不同的作者在使用这个词时，因其不同的理解而各执已见。因此，研究者面对不同的学科、不同的学派，乃至于不同的著作中所出现的“文本”词，需要具体分析、区别对待。本节由于引文称述不同，出现了“文本”与“本文”两种言语形式，它们表达的是同一概念。

后结构主义的代表学者雅克·德里达（Jacques Derida）认为：

> 广义而言，本文没有确定性。甚至过去产生的本文也并不曾经有过确定性。……（本文的）一切都始于再生产。一切都已经存在：本文储藏着一个永远不露面的意义，对这个所指的确定总是被延搁下来，被后来补充上来的替代物所重构。

德里达这里表述的只是一种观念，即他对“本文”的哲学见解。在他看来[①]，“本文”本身的意义无法确定，因为“本文”自身意义的确定性，连同它自身形式的独立性，都在其他的“本文”里。“本文”总是其他“本文”的移植组织，“本文”总是指另一些“本文”。为了确定一则“本文”的意义，会陷入越来越多的其他“本文”的堆积之中。从一则“本文”到另一则“本文”，从一些“本文”到另一些“本文”，这样的追寻是永远无穷尽的。如此看来，“本文”蕴含的不是什么意义，而是一种自我离心、自我解构的潜能。既然“本文”的意义总是处于其他“本文”的无穷追寻之后，那就表明“本文”本身并不存在任何一种绝对的意义，那种力图挖掘“本文”内在固有内涵的阐释学不过是一种虚幻的徒劳。“本文”并非封闭的结构，无论从意义还是从形式上看，都不存在文学的、哲学的、批评的、创作的“本文”之分，一切“本文”其实就是一切“本文”的组织移植。德里达的这种解构主义观点赋予“本文”的不是定义而是功能。在他看来，“本文”的解构功能在任何学科领域都一样，因此，语言学、文学、哲学的“本文”都没有区别。

笔者认为，对文学语言的研究而言，以不断解构的观点审视文学语言，有助于考察文学语言嬗变的系统规律，但就文学语言在特定时空的形态考察而言，则有百弊而无一利，因为在特定时空存在的本文有其特定的相对形态，它并不需要

① 孟悦、李航、李以建：《本文的策略》，花城出版社，1988 年，第 72 页。

无休止地追寻其他本文。文学语言研究需要的是考察本文在一个特定时空环境里相对具备的形态特征，与德里达无穷尽地追寻“本文”的绝对意义正相反。因为只要人类的活动一天不停止，本文就会源源不断地产生，对本文的追寻也就永无止息。在这个意义上，“本文”的绝对意义的确不存在，但并不表明不存在相对意义。而“本文”的相对意义与文学语言研究有密切的关系，这是我们所不能忽视的。

法国著名文艺理论批评家罗兰·巴尔特（Roland Barthes）则把“本文”视为一种方法论。他把作品和本文区别得清清楚楚。巴尔特认为，本文是一种运动、一种活动、一种生产和转换过程，而不是像作品那样的固定实体。作品是具体的存在物，有定的重量，占据一定的空间；而本文则不然，它不是实体，甚至不具备物质重量和体积，它只是具有方法论意义的一种时空存在。在这种方法论实践中，只能用思维或话语来触摸和把握本文。这种观点的实质是引导研究者不应停留于研究对象本身，而应把研究触角深入到文学作品引起的各种思维和话语活动的实践过程中去。由于“本文”的方法论性质，它就超出了体裁风格等的传统分类，而无所谓文学、哲学小说、诗歌之别。在巴尔特看来，本文的这种活动是不受体裁限定的，因而很难找出专属某一类体裁的词汇、句型、修辞方式或语义段落。巴尔特企图以“本文”为策略追寻更高层次的东西，这对我们研究文学语言也有启发。但是文学语言并不等于本文，因此，文学语言不但与体裁、风格有密切关系，而且与语言底层的结构也有联系。目前国内的文艺理论著作已把作品和文本这两个概念区别开来，但并没有把文本视为方法论。

巴勒斯坦著名学者爱德华·赛伊（Edward Said）着眼于本文与世界的联系。他认为，本文不是孤立的，本文是世界上的一个存在。针对某些学者“自足的本文”的观点，赛伊提出：难道本文真的同产生它和作用于它的环境毫无联系，仅是一个神秘的本文宇宙吗？在研究文学语言的问题时，难道就非得切断文学语言和世界、日常语言之间的关系吗？他进一步指出，每本文都带有特定的语境，这一语境约束解释者和他的解释行为。这并非由于语境像谜一样藏在本文之内，而是因为语境处于本文自身的某一相对表层化的特殊层面。他认为：

> 本文有自己的存在方式。它既是理论的，又是实践的。即使是最简练的形式，本文也总是逃脱不了与环境、时间、地点和社会的纠缠——

简言之，本文存在于世界之中，所以，本文是世间之物。①

赛伊认为本文并非虚幻之物，而是一种现实存在。这种存在不是孤立的，而是与世界上各种因素相联系的。笔者认为，赛伊这种普遍联系的开放的本文观点，对研究文学语言具有积极意义。但是，本文与环境的联系，并不限于赛伊指出的语境、时、地以及社会、文化，本文作为种社会现实存在，它自己就置身于特定的时空十字线的交叉点。因此，研究任何一种具体的本文，必须是以时间为坐标的纵向考察和以空间为坐标的横向考察的结合。就考察的层次而言，至少应当包括从自然、社会、文化、人群到语言的宏观环境；就考察的重点而言，不能不强调特定人群对特定本文的深刻作用。本文既然不是脱离客观世界的现实存在，偏偏不提人群与本文的联系是说不过去的。事实上，无论宏观还是微观环境，所有的环境因素与本文的关系，离开了人群的参与，都是不能发生，也是不可解释的。

在分析以上几位学者对“本文”不同理解的基础上，现在可以来回答究竟什么是“文本”。

首先，文本是“原本”意义上的、未经解释的、组织起来的文字符号。它总是向所有的人开放，总是有待于阐释。由于它的开放性与未定性，它既不能简单地等同于创作者的意图，也不能以某种权威阐释为定本。无论是创作者的意图，抑或是某种权威的阐释，都只不过是对文本的多种可能的阐释之一而已，任何阐释都不能作为文本的惟一或最终的裁定。这样，就为所有的人，包括读者和批评者，提供了自由阐释的天地，从而为文本自身灌注了生生不息的活力，进而为满足人的心灵需求展现了前所未有的广阔前景。至于通常所说的“作品”（work），显然与文本不同。作品是已被创作者的意图或权威阐释所固定了的文本，它已经给定了一个被创作者或权威阐释认为惟一的范式，这就迫使读者、批评者按照既定的范式去识读，没有给人们留下自由阐释的空间，当然也就无法满足人们各种各样的心灵需求。这就是近年来为什么“文本”的出现频率比“作品”越来越高的根本原因。

其次，文本是与抽象的思想或情感内容相对的具体可感的形式（form）。这种形式是使内容被重新安置、变形或移位，从而加以新阐释的处所，因而与文本形式对应的并非惟一的内容，文本为多样化阐释的内容提供了实在的依托。

① 孟悦、李航、李以建：《本文的策略》，花城出版社，1988 年，第 229 页。

然后，文本既然是组织起来的文字符号，而文字符号与语言内容又有约定关系，因此，文本是可以从语言角度去分析和把握的，也是可能从符号角度去分析和把握的。任何具体的文本虽然以组织起来的文字符号而存在，而实际上表征着言语的排列秩序。对言语的具体分析是把握文本的基本策略。对于汉字文本而言，由于每个汉字都是形式本身就包含内容，因而对汉字文本的阐释具有更为自由，更能发挥创造性的广阔天地。

再次，文本既然不是孤立的，那就必然与环境同在。文本的意义总是在被置于特定的环境中加以阐释。环境本身具有层次性，文本在不同的环境层次中具有不同的阐释。在符号的层次上，有符号学的阐释；在言语的层次上，有语言学的阐释；在自然的层次上，有物理的、生物的、地理的等不同的阐释；在社会的、文化的、思维的各个层次上，更有其丰富多彩的阐释。因此，文本涉及的环境，远非某种特定的语境。语境不过是文本在言语层次上的内部环境而已。能够赋予文本无穷新阐释的，是包括语境在内的层层叠叠、相互联系、相互作用的历史环境和现实环境。

最后，文本不断获得新阐释的根本原因在于环境不是固定不变的。自在环境的变化使文本与环境的相互关系也处于永恒的互动状态。作为自为环境的人群，包括读者和批评者，也处于永恒的变化之中。这样，就使文本永远不可能受某一范式的制约而成为僵死的例证，恰恰是环境与文本的互动，使文本成为生生不息的新阐释和新批评的对象，并通过这种新阐释和新批评进而成为新的理论模式萌生的温床。

文本可以根据性质、内容或功能的不同，划分为若干类型。文学文本只是文本的一个类型，它与其他文本的明显区别表现为：文学文本是具有社会审美意识形态性质的，凝聚着人的体验和创造的，按一定规则组织起来的，意义相对完整的一套文字符号体系。文学文本既然是文本的一个类型，当然具备了所有文本都应具备的上述五个要素。此外，它首先还必须具有社会审美意识形态性质。任何文本如果不具有审美特征，那就不是文学文本。既然文学文本是具有审美特征的文本，那就不受文学体裁的限制，因为说到底，体裁只是文本宏观的组织形式；审美作为社会意识形态，是文本承载的价值属性，而价值属性总是寻求能够发挥其极致的组织形式来表现。传统的诗、赋、词、曲经过长期的实践考验，被公认为具有明显审美特征的文学文本，但这并不意味着文学文本仅此而已。由于社会审美意识形态是一种动态的观念，体现这种观念的文本组织形式在理论上是无限的，因而文学文本本身就包含着体裁的创新。

文学文本不仅凝聚着个人或群体的体验，而且还必须承载着个人或群体的创造性劳动成果。文学是人的创造力的艺术体现。如果只有体验，没有创造，文学就缺乏了生机。因此，艺术创新是文学文本的基本特点。艺术创新的目的是为了满足人的不断增长的精神需求，而人的精神需求是一个多层次多方面的变量，因而艺术创新是永无止境的。

文学文本是按一定规则组织起来的。不同的民族有不同的文化传统，文化传统的差异表现为文学文本中文化信息组织方式的不同。不同的民族有不同的语言，语言的差异表现为语义组合与语句结构规则的不同。在多语言或多民族环境中的文学文本，其文化信息的组织方式和语义组合与语句结构的规则显得比较复杂，但其中必有占主导地位的文化传统和语言规则。文化传统和语言规则是文学文本构成的基本条件。

每一种文学文本都是一个意义相对完整的文字符号体系。意义的完整是文学文本被接受和理解的基本前提，意义残缺不全的文本无法被接受和理解，因而也就丧失了作为文学文本的存在价值。文学文本所具有的相对完整的意义，是由文字符号按一定规则组合成的体系来表达的。在这个意义上，每一种文学文本都是一个独具个性特征的文字符号体系。

文学文本不是一个平面，而是一个多层次的体系。自古以来，中国人就注意到文本的层次问题。《周易系辞上》记载的“书不尽言，言不尽意”“圣人立象以尽意”，就认为文本包含了“言”与“意”两个层次。三国魏王弼《周易略例·明象》说：“故言者，所以明象，得象而忘言；象者，所以存意，得意而忘象。”这里虽然说的是“言”“象”“意”的关系，实际上表明作者认为文本存在“言”“象”“意”三个层次。

西方学者对文学文本也有两种看法：一种是认为文本包含了外在的语言层面和内在的意蕴层面，代表学者如意大利著名诗人但丁和德国哲学家黑格尔。另一种认为文学文本由字音及高一级语音组合、意义单元、多重图式化面貌、再现的客体这四个层面构成，持此看法的是波兰现象学美学家英加登。[①] 中外学者的这些看法，对文学文本层次的研究提供了有益的参考。

笔者认为文学文本存在四个层次，这四个层次是：

1. 语象层次。

语象即语言形象的简称。是表示词或短语的文字符号所指称的物象，这是包

---

① 童庆炳主编《文学概论》，武汉大学出版社，2000 年，第 119 页。

括文学文本在内的一切文本都具有的最基本的层次。但这一层次只是体现了一切文本的共性，还不能体现文学文本的本质属性。需要注意的是：汉字文本与西方字母文本虽然都是以代表词语为基本点，但汉字除了表示词语所指称的物象属性而外，它自身的字形甚至构成字形的部件在特定环境中还能够映现与其形体相关的物象，这是西方字母文本所没有的特征。

2．意象层次。

“意象”一词具有多方面的含义，不少文艺理论著作把它同“表象”“形象”混为一谈。这里所说的“意象”，是“意”与“象”，即主观意念与客观物象的融合。所谓“意”即“意念”，是作者通过文字符号所表达的感情、趣味或思想、观念。意念不是主观想象的产物，而是受客观存在的激发或启迪而形成的。所谓“象”，即“物象”，是作者为了表达意念，精心选择、加工之后重构出来的物象。显然，这里的“物象”已经不同于语象层次的“物象”。因此，文学意象是以客观物象为原料加以主观创造的艺术形态。这种艺术形态既可以是高度写实的，也可以是高度理想化的。

3．形象层次。

与文学意象的单个、缺乏整体系统性不同，文学形象是生动具体的，具有艺术概括性的，体现作者审美理想的生动图景。这一层次体现了文学文本最本质的属性。通常情况下，这种图景是若干意象的有机整合。所谓有机整合，指文学形象的生成并非若干意象的简单叠加，而是作者通过对众多意象的分析、比较、选择、加工、综合、改造，创作出寄托美学追求的生动图景。文学形象大致可分为四个层次：一是普通的文学形象；二是典型的文学形象，这就是把若干文学形象经过集中概括，抓住事物的突出个性而塑造出能充分体现同类事物本质特征的代表性艺术形象；三是文学的艺术意境。王国维说：“何以谓之有意境？曰：写情则沁人心脾，写景则在人耳目，述事则如其口出是也。”① 可见意境是文本整体包容的艺术内涵，是众多的文学形象经过艺术处理情景交融所达到的境界；四是文学的艺术特色。艺术特色不仅表现于作者所创造的文学形象和艺术意境，还表现于创造形象和意境所运用的文字技巧和艺术手段。茅盾说：“王汶石、茹志鹃、林斤澜、胡万春、万国儒等的作品，都有个人的特色；这些特色（例如王的峭拔、茹的俊逸）或将发展成为固定的风格，或者别有新的发展。”② 可见艺术特

① 王国维：《王国维戏曲论文集元剧之文章》，中国戏剧出版社，1957 年，第 106 页。

② 茅盾：《反映社会主义跃进的时代，推动社会主义时代的跃进》，《茅盾全集》第 25 卷，人民文学出版社，1996 年，第 67、68 页。

色不等于艺术风格。艺术特色是指作者在艺术上有了某些个人特色，但尚未形成鲜明的个性特征。而艺术风格不仅有鲜明的个性特征，而且具有完整性和稳定性。

4. 风格层次。

风格是文学文本的最高层次。作者运用语言材料和艺术技巧能够塑造出生动的文学形象，却未必能构成有丰富内涵的意境；能够构成有一定内涵的意境，却未必能表现出个人的艺术特色；能在个别文本中表现出自己的艺术特色，却未必能形成个人的独特风格。所谓风格，就是文学文本在整体上表现出的艺术独创特色。风格总是通过语言、结构、艺术技巧等形式特征表现出来。风格具有独特性、多样性、阶级性、民族性、时代性。不同时代、不同民族、不同阶级的作者，其创作的文本必然有不尽相同的风格；同一时代、同一民族、同一阶级的作者，由于生活经验、艺术修养、文化素质、个性特征等的差异，风格必然多样化。只有具备很高的思想水平、艺术素养和创作才能的作者，才可能形成自己独特的风格。风格本身也有不同的方面：有文本的风格，有作家的风格，有流派的风格。

笔者以风格作为文学文本的最高层次，参考了中外文学家的精辟见解。德国著名作家歌德说：

> 它（艺术）以对于依次呈现的形象的一览无遗的观察，就能够把各种具有不同特点的形体结合起来加以融合贯通的模仿。于是，这样一来，就产生了风格，这是艺术所能企及的最高境界，艺术可以向人类最崇高的努力相抗衡的境界。[①]

歌德认为风格是艺术所能企及的最高境界。而艺术的生命在于创造。我国著名作家茅盾指出："艺术形式方面的创造性的成就，就是个别作家和作品的独特的风格。"[②] 茅盾还明确指出："一部好的文艺作品一定是高度的思想性和高度的艺术性的结合。"[③] 因此，笔者给"风格"所下的定义强调"整体"，就不但指文本的艺术形式，而且包括文本的思想内容；笔者强调风格的"艺术独创特色"，同样是从内容和形式有机融合的整体去观照和把握作家创作的全部文本的。既然风格蕴含了文学文本的思想内容和艺术形式在整体上所表现的独创特色，评价风

① 周振甫：《文学风格例话》，上海教育出版社，1989年，第1页。

② 茅盾：《新的现实和新的任务》，《茅盾全集》第24卷，人民文学出版社，1996年，第281页。

③ 茅盾：《关于文艺工作的几个问题》，《人民日报》，1957年7月15日。

格就绝不能以偏概全，把思想内容和艺术形式割裂开来，不能认为仅有思想性但缺乏艺术性，或仅有艺术性缺乏思想性的文本具有风格。按照笔者的观点，真正能达到风格层次的文本为数不多，真正能形成个人风格的作家更是凤毛麟角。一篇散文，一首诗歌，一部小说，如果它们表现出了思想内容与艺术形式整体融合的独创特色，可以认为它们具有某种风格，但这仅是作品的风格，或曰单个文本的风格。只有作家创作的全部文本在整体上表现出鲜明的独创特色，才可以评定某位作家具有个人风格，也只有某个作家群体创作的全部文本在整体上表现出独创特色，才可以评定这一群体具有流派风格。因此，思想性强，内容进步，但公式化概念化的文本，固然谈不上什么风格；艺术性强，但思想性差，甚至反动的文本，同样无所谓风格。例如俞万春的《荡寇志》就是一部有一定艺术性但思想内容反动的小说。

风格作为文学文本的最高层次，是从整体上把握的。所谓从整体上把握，就是考察文本内容与形式的融合是否达到了相当高的水平。具有独特风格的文本并非绝对完美，毫无瑕疵。因此，对具有独特风格的文本也需要辩证考察。例如，《金瓶梅》，中外文学界一致认为它具有独特风格，但是，不可否认，其内容与形式的融合虽达到了相当高的水平，却并非完美无缺。作者以自然主义的手法描写了大量的色情场景，这固然反映了特定时代世俗生活的社会风貌，同时也暴露了思想内容的消极阴影。这样一来，细致缜密的描写技巧与低级淫秽的内容显得很不协调，这就在整体上削弱了作品的艺术成就。由此可见，风格作为文学文本的最高层次，它本身并非铁板一块，也有层次高低的分别。《红楼梦》与《金瓶梅》都是学术界公认有独特风格的名著，但其风格和艺术成就显然有高下之别。茅盾在《独创与因袭》中说："风格底高下，大概凭着天才底高下。"[①] "天才"是什么呢？他在《个性问题与天才问题》中说"天才并不是一种神秘的独立而自在的东西，它只是"最高的智力的代名词"，"天才有大小"之别，"理解力，综合力，想象力，而尤其是创造力，应当是天才之所以为天才的特征"。[②] 这"四力"之中，创造力是最重要的。因此，茅盾指出："天才作家一定有伟大的独创的。"[③]

文学文本的多层次特征为文学风格的分析和评价提供了多维视角。文学文本的每一层次本身又具有层次性，如语象层次就可以细分为字形、声音、语义、语法等。就文本自身而言，可以对文本的语象、意象和形象进行分析，也可以从题

① 茅盾：《独创与因袭》，《茅盾全集》第18卷，人民文学出版社，1989年，第154页。
② 茅盾：《个性问题与天才问题》，《茅盾全集》第23卷，人民文学出版社，1996年，第159－160页。
③ 茅盾：《创作的准备》，《茅盾全集》第21卷，人民文学出版社，1991年，第7页。

材、主题、人物、结构、艺术技巧、语言色彩、情调去考察；就文本相关因素来看，可以从时代、民族、阶级环境、作者个性、艺术修养等方面去探寻。长期以来，学术界在文学风格的研究方面做了不少工作，也取得了一定的成绩，但很少通过对文学语言的具体分析考察作品的文学风格，至今这仍是一个薄弱环节。茅盾很早就注意到文学语言对文学风格的重要作用，他说：

> 赵树理的个人风格早已为大家所熟知，如果把他的作品的片段混在别人作品之中，细心的读者可以辨别出来。凭什么去辨认呢？凭它的独特的文学语言。独特何在？在于明朗隽永而时有幽默感。①

作家的个人风格由多种因素构成，在这多种因素中，独特的文学语言是最明显的标志。茅盾从宏观上指出了赵树理文学语言的总体特色，然而这总体特色由哪些方面的特征具体表现出来，还需要对文学语言进行更深一步的研究。

文学语言

一、语言大师论文学语言

什么是文学语言？迄今学术界还没有一个比较公认的定义。为了对文学语言问题有一个较为全面的了解，有必要回顾一下我国著名文学家、语言学家对文学语言的有关论述。

1. 鲁迅论文学语言。

鲁迅没有告诉我们什么是文学语言，但他对文学语言有非常明确的观点。他说："高尔基说，大众语是毛胚，加了工的是文学。我想，这该是很中肯的指示了。"② 这里，鲁迅借高尔基的话指出了文学语言与大众口语的区别与联系：其一，文学语言不同于大众语；其二，大众语是文学语言的原料；其三，原料必须经过加工才是文学语言。鲁迅主张"博采口语"来丰富文学语言。③ 他说："从活人的嘴上，采取有生命的词汇，搬到纸上来。"又说：

> 博取民众的口语而存其比较的大家能懂的字句，成为四不像的白

① 茅盾：《反映社会主义跃进的时代，推动社会主义时代的跃进》，《茅盾全集》第25卷，人民文学出版社，1996年，第67、68页。

② 鲁迅：《花边文学·做文章》，《鲁迅全集》第5卷，人民文学出版社，1981年，第529页。

③ 鲁迅：《写在"坟"后面》，《鲁 迅全集》第1卷，人民文学出版社，1981年，第286页。

话。这白话得是活的，活的缘故，就因为有些是从活的民众的口头取来，有些是要从此注入活的民众里面去。①

正如蜜蜂采集花粉进行加工制作一样，“采”也就是甄别选择，去粗取精，提炼加工的过程。口语若不经过提炼加工，渗入作者创造性的劳动，那就不可能有文学语言。所以，鲁迅指出：

语文和口语不能完全相同；讲话的时候，可以夹许多“这个这个”“那个那个”之类，其实并无意义，到写作时，为了时间，纸张的经济，意思的分明，就要分别删去的，所以文章一定应该比口语简洁，然而明了，有些不同，并非文章的坏处。②

为了形象地说明口语与文学语言的关系，他还作了生动的比喻：

太做不行，但不做，却又不行，用一段大树和四枝小树做一只凳，在现在，未免太毛糙，总得刨光它一下才好但如全体雕花，中间挖空，却又坐不来，也不成其为凳子了。

对于口语里的方言成分，鲁迅认为既有采用的必要，但又不宜滥用。他说：“至于旧语的复活，方言的普遍化，那自然也是必要的。”③“方言土语里，很有些意味深长的话，我们那里叫‘炼话’，用起来是很有意思的，恰如文言的用古典，听者也觉得趣味津津。”④但并非所有的口语都可以加工为文学语言，也并非口语在任何场合都适用。所以，鲁迅还说：

太僻的土语，是不必用的。例如上海叫“打”为“吃生活”，可以用于上海人的对话，却不必特用于作者的叙事中，因为说“打”，工人也一样的能够懂。⑤

① 鲁迅：《二心集·关于翻译的通信》，《鲁迅全集》第4卷，人民文学出版社，1981年，第384页。

② 鲁迅：《答曹聚仁先生信》，《鲁迅全集》第6卷，人民文学出版社，1981年，第77页。

③ 鲁迅：《且介亭杂文二集·人生识字胡涂始》，《鲁迅全集》第6卷，人民文学出版社，1981年，第296页。

④ 鲁迅：《且介亭杂文集·门外文谈》，《鲁迅全集》第6卷，人民文学出版社，1981年，第97页。

⑤ 鲁迅：《答曹聚仁先生信》，《鲁迅全集》第6卷，人民文学出版社，1981年，第77页。

这段话有两层意思：第一，方言土语可以作为文学语言的原料，但太僻的土语不必用；第二，如果确有运用的必要，则可用于人物的对话，不必用于叙事。鲁迅在20世纪30年代的见解，对今天的作家如何吸收和运用方言土语，仍具有一定的指导意义。

鲁迅一方面强调大众口语是文学语言的源泉，另一方面又指出大众口语并不等于文学语言，作家的选择提炼加工，是口语转变为文学语言的关键所在。有的文学文本出现了富有泥土味的语句，乍一看，似乎是从生活中照搬而来。其实，这是一种错觉。在文学文本设定 的艺术环境中，如果真的出现了与生活中的口语完全相同的语句，这语句只是在形式上保留了生活口语的外壳，而其内涵却有本质性的改变。这种改变的关键在于：文学文本中出现的口语形式，是作者精心挑选、匠心独运的安排，它具有塑造文学形象的功能；而生活中的口语原型，既未经作者创造性处理，又未置于任何艺术环境，完全不具备艺术功能。最有说服力的例子是《红楼梦》第四十回的这段语句：

> 贾母这边说声“请”，刘姥姥便站起身来，高声说道：“老刘，老刘，食量大似牛，吃一个老母猪不抬头。”自己却鼓着腮不语。众人先是发怔，后来一听，上上下下都哈哈的大笑起来。

贾母说的话和刘姥姥说的话都完全可以相信有生活中的口语原型，但是经过曹雪芹的匠心独运，让特定艺术环境中的特定人物说出这样的话，就是道道地地的文学语言。因为就是这几句话，对塑造人物形象、表现人物的典型性格起到了画龙点睛的作用。

不仅大众口语可以加工为文学语言，古代汉语和外国语言成分也可以采用。鲁迅说：“大众语文可以采用文言，白话，甚至于外国话，而且在事实上，现在也已经在采用。”① 文言中有生命的东西，例如成语，鲁迅就认为与死古典不一样：“成语和死古典又不同，当是现世相的神髓，随手拈掇，自然使文字分外精神。”② 因此，有目的地选择运用古代书面语中有生命的语言成分，是丰富现代文学语言的手段之一”。这一观点鲁迅在《写在“坟”后面》文中表述得很

① 鲁迅：《花边文学·“大雪纷飞”》，《鲁迅全集》第5卷，人民文学出版社，1981年，第552页。

② 鲁迅：《集外集拾遗·〈何典〉题记》，《鲁迅全集》第7卷，人民文学出版社，1981年，第296页。

清楚：

至于对于现在人民的语言的穷乏欠缺，如何救济，使他丰富起来，那也是一个很大的问题，或者也须在旧文中取得若干资料，以供使役……①

同时，对于那些新颖时髦的词语，鲁迅也不排斥。他说："我想，为大众而练习大众语，倒是不该禁用那些'时髦字眼'的。"②

由此看来，鲁迅认为文学语言是以大众口语为源泉，而且包括经过选择加工的方言土语、文言文、新造词和外国语言成分的艺术语言。

2. 老舍论文学语言。

鲁迅为什么提出"博采口语"？因为口语来自人民大众的现实生活。对于这一点，老舍说得很清楚："没有生活，就没有语言。""从生活中找语言，语言就有了根。"③"到生活里去，那里有语言的宝库。"④ 老舍在谈到自己描写洋车夫的秘诀时说："明白了车夫的生活，才能发现车夫的品质，思想，与感情。这可就找到了语言的源泉。"⑤

老舍非常重视对口语的吸收融会和千锤百炼，他的文学语言堪称吸收融会北京口语并加以精心锤炼的典范。他说："我愿在纸上写的和口中说的差不多。""我写小说也就更求与口语相合，把修辞看成怎样从最通俗的浅近的词汇去描写，而不是找些漂亮文雅的字来漆饰。"⑥ 这里老舍所谓"纸上写的和口中说的差不多"，指的是语言的表现形式一文 字符号相近或相同，并不意味着不加以选择提炼，照搬口语。文学文本采用的白话不能与生活中的白话划等号，因为"白话的本身不都是金子，得由我们把它们炼成金子"⑦。"没有一位这样的大师只纪录人民语言，而不给它加工的。"⑧ 因此，老舍认为：

---

① 鲁迅：《写在"坟"后面》，《鲁迅全集》第1卷，人民文学出版社，1981年，第286页。

② 鲁迅：《花边文学，奇怪（二）》，《鲁迅全集》第5卷，人民文学出版社，1981年，第546页。

③ 老舍：《我怎样学习语言》，《解放军文艺》1951年8月第3期。收入《老舍文集》第16卷，人民文学出版社，1991年，第287页。

④ 老舍：《出口成章：语言与生活》，《老舍文集》第16卷，人民文学出版社，1991年，第63页。

⑤ 老舍：《我怎样学习语言》，《解放军文艺》1951年8月第3期。收入《老舍文集》第16卷，人民文学出版社，1991年，第287页。

⑥ 老舍：《我的"话"》，《老舍文集》第15卷，人民文学出版社，1990年，第463页。

⑦ 老舍：《怎样写通俗文艺》，《老舍文集》第16卷，人民文学出版社，1991年，第272页。

⑧ 老舍：《出口成章：戏剧语言》，《老舍文集》第16卷，人民文学出版社，1991年，第79页。

> 文学语言，无论是在思想性上，还是在艺术性上，都须比日常生活语言高出一头。作者须既有高深的思想，又有高度的语言艺术修养。他既能够从生活中吸取语言，又善于加工提炼，像勤劳的蜂儿似的来往百花之间，酿成香蜜。[①]

老舍不但认为从生活中吸取语言必须加工提炼，而且指出要创造性地运用群众语言："先要学习群众语言，掌握群众语言，然后创作性地运用它。"[②] 他还说：

> 所谓语言的创造并不是自己闭门造车，硬造出只有自己能懂的一套语言，而是用普通的话，经过千锤百炼，使语言得到新的生命，新的光芒。就像人造丝那样，用的是极为平常材料，而出来的是光泽柔美的丝。我们应当有点石成金的愿望，叫语言一经过我们的手就变了样儿，谁都能懂，谁又都感到惊异，拍案叫绝。[③]

老舍重视吸收民间口语的精华，同时也不排斥古代汉语里有生命力的语言成分。他在《文学语言问题》文中说："我们学一些古代的语言，学会把这些有表现力的而且在生活中不可缺少的词运用起来。"[④] 老舍反对一味模仿洋腔洋调的"欧化"之风，同时也强调应当"吸收世界上一切的好东西"，指出"热爱我们自己的遗产并不排斥从世界各国文学中吸收营养"，[⑤] 他肯定"'五四'传统有它好的一面，它吸收了外国的语法，丰富了我们的语法，使语言结构上复杂一些，使说理的文字更精密一些。"[⑥]

老舍注意到文学语言的运用与环境的关系，这是很有启发意义的。他说："对话不只是交待情节用的，而要看是什么人说的，为什么说的，在什么环境中

---

① 老舍：《出口成章：话剧的语言》，《老舍文集》第16卷，人民文学出版社，1991年，第67页。

② 老舍：《出口成章关于文学的语言问题》，《老舍文集》第16卷，人民文学出版社，1991年，第102页。

③ 老舍：《出口成章：戏剧语言》，《老舍文集》第16卷，人民文学出版社，1991年，第82页。

④ 老舍：《文学语言问题》，《老舍文集》第16卷，人民文学出版社，1991年，第434页。

⑤ 老舍：《五四给了我什么》，《解放军报》，1954年5月4日。

⑥ 老舍：《出口成章：关于文学的语言问题》，《老舍文集》第16卷，人民文学出版社，1991年，第105页。

说的，怎么说的。这样，对话才能表现人物的性格、思想、感情。”① “语言的成功，在一本文艺作品里，是要看在什么情节、时机之下，用了什么词汇与什么言语，而且都用得正确合适。”② 他举了个例子：

> 把“适可而止”放在一个教授嘴里，把“该得就得”放在一位三轮车工人的口中，也许是各得其所。这一雅一俗的两句成语并无什么高低之分，全看用在哪里。③

脱离了具体文本环境的语言，谈不上文学语言；处于特定艺术环境内的语言哪怕从文字形式上看来是纯粹的大白话，也是作者精心选用的文学语言。这是笔者的观点。可贵的是，老舍早在20世纪60年代就已提出了文学语言所处的文本环境问题，而且指出处于特定环境内的“适可而止”与“该得就得”并无高低之分，这体现了一代语言大师非凡的学术卓见。

关于文学语言与文学风格的关系，老舍也有独到见解：

> 及至我读了些英文文艺名著之后，我更明白了文艺风格的劲美，正是仗着简单自然的文字来支持，而不必要花枝招展，华丽辉煌。……说去了华艳的衣衫，而露出文字的裸体美来。④

文学风格仗着文字的裸体美来支持，可见文学语言对于文学风格的表现力是多么重要。因此，老舍十分重视文学语言的运用技巧。他说：“我们应当全面利用语言，把语言的潜力都挖掘出来，听候使用。”“全面利用语言”是什么意思呢？他在《对话浅论》文中作了详细论述：

> 所谓全面运用语言者，就是说在用语言表达思想感情的时候，不忘了语言的简练，明确，生动，也不忘了语言的节奏，声音等等方面。这并非说，我们的对话每句都该是诗，而是说在写对话的时候，应该像作

① 老舍：《出口成章：关于文学的语言问题》，《老舍文集》第16卷，人民文学出版社，1991年，第101页。

② 老舍：《我怎样学习语言》，《解放军文艺》1951年8月第3期。收人《老舍文集》第16卷，人民文学出版社，1991年，第287页。

③ 老舍：《出口成章·语言与生活》，《老舍文集》第16卷，人民文学出版社，1991年，第63页。

④ 老舍：《我的“话”》，《老舍文集》第15卷，人民文学出版社，1990年，第463页。

诗那么认真，那么苦心经营。比如说，一句话里有很高的思想，或很深的感情，而说的很笨，既无节奏，又无声音之美，它就不能算作精美的戏剧语言。①

诗歌讲究平仄韵律等音乐美，这是常识。不少人以为散文、小说、戏剧就可以不讲究音乐美，这是一个误区。老舍就明确指出散文也要讲究文学语言的声韵美：

在汉语中，字分平仄。调动平仄，在我们的诗词形式发展上起过不小的作用。我们今天既用散文写戏，自然就容易忽略了这一端，只顾写话，而忘了注意声调之美。其实，即使是散文，平仄的排列也还该考完。是，“张三李四”好听，“张三王八”就不好听。前者是二平二仄，有起有落；后者是四字（接京音读）皆平，缺乏扬押。四个字尚且如此，那么连说几句就更该好好安排一下了。②

根据以上论述，可以把老舍有关文学语言的见解归纳如下：

（1）文学语言源于日常生活口语，日常生活口语经过提炼加工可以成为文学语言；

（2）文学语言不但吸收民间口语，而且应当吸收古代汉语的精华和外国语言的营养；

（3）文学语言的运用要与文本环境相适应；

（4）文学语言是文学风格的一种表现；

（5）文学语言要讲究声韵美。

3. 茅盾论文学语言。

茅盾在《关于歇后语》一文中曾谈到他对文学语言的看法：

简单说来，民众的语言经过作家加工而构成为作品中的文字，这就称为文学语言。所谓加工，就是选择民众语言中的词汇，成语，谚语，俗语等等，以及语法和修辞方法等等，不但要运用得确当（这就是说，选择的目的在于达成形式与内容的一致），而个要创造性地使用它们

① 老舍：《出口成章·对话我论》，《老舍文集》第16卷，人民文学出版社，1991年，第88页。

② 老舍：《出口成章·对话我论》，《老舍文集》第16卷，人民文学出版社，1991年，第第88－89页。

（这就是说，要把民众语言加以提炼）。[1]

同鲁迅老舍的观点一样，茅盾认为民众的语言要经过加工才能成为文学语言。所谓加工，茅盾认为包括两个步骤：一是选择；二是创造性运用。选择是采纳口语的普华；创造性运用就是提炼。如果没有经过选择与提炼，生活中的民众口语就不能“成为作品中的文字”，而只是构成文学语言的材料。茅盾的这一观点，不仅适用于文学文本，同样适用于口头文学。像《荷马史诗》《格萨尔王）这类名作虽然曾以口语形式流传，但这口语是经过数十代艺人千锤百炼而代代相传的，它选择了生活中民众口语的菁华，又由艺人们加以创造性地运用，这口语已不是生活中未经加工的口语，而是货真价实的文学语言。鲁迅和老舍反复强调的“加工”，由茅盾作出了明确的阐释，这对于创作实践和理论研究都具有重要的指导意义。有的人以为生活中的歇后语就是文学语言，而茅盾认为“这些歇后语，只是可能构成为文学语言的材料”。[2] 道理很简单，生活中的口语未经选择提炼是不能成为文学语言的，这是口语与文学语言相互区别的重要标志。因此，茅盾勉励“作者必须善于从活的语言中提炼其精髓，经过加工，使成为“文学的语言”[3]。

对于怎样丰富文学语言，茅盾在《新的现实和新的任务》一文中引用了毛主席《反对党八股》的几点指示：

（1）“要向人民群众学习语言”；

（2）“要从外国语言中吸收我们所需要的成分”；

（3）“我们还要学习古人语言中有生命的东西”。

茅盾在该文中对当时的不良倾向提出了批评：

> 事实证明：我们并没有正确地认真地照着毛主席的指示去做。
>
> 特别是“学习古人语言中有生命的东西”这件事，我们的努力很不够。……鲁迅的作品是尽量注意利用了古人语言中还有生气的东西的，现在我们的大多数作品中连鲁迅所已利用过的，也没有继承，更不用说自己去发掘了。[4]

---

① 茅盾：《关于歇后语》，《茅盾全集》第24卷，人民文学出版社，1996年，第297页。

② 茅盾：《关于歇后语》，《茅盾全集》第24卷，人民文学出版社，1996年，第297页。

③ 茅盾：《怎样阅读文艺作品》，《茅盾全集》第24卷，人民文学出版社，1996年，第166页。

④ 茅盾：《新的现实和新的任务》，《茅盾全集》第24卷，人民文学出版社，1996年，第280页。

当时的文艺工作者对毛主席指示的理解并不深刻，有的人以为只要是群众的口语，就可以不加选择地使用。茅盾对这种不良倾向提出批评是完全必要的。他对吸收方言成分采取一分为二的态度，一方面抵制那种“不必要的滥用方言，不经过选择原封不动的搬用社会生活中一些不健康语言的倾向”[①]，另一方面主张“采纳为文学语言的方言或俗语一定是新鲜、生动、简练而意义深长的”[②]。同时也辩证地对待外国语言成分，他在《为发展文学翻译事业和提高翻译质量而奋斗》文中说：

这些优秀译本中的适当的欧化句法对于我国的语体文法的严密化，是起了一定的作用的。这是欧化句法带来的好处。但也有流弊。这就是有些青年盲目模仿，以至写出来的东西简直不像中国语。在肯定欧化句法带来的好处的同时，就必须指出这些流弊而努力消除它。[③]

文学语言吸收各种语言成分不能全部照搬，而应弃其糟粕，取其菁华，“如果不分皂白，滥用方言、俗语，那就不是丰富了文学语言，而是使之庞杂，使之分歧”[④]。文学语言也需要规范，因为“用了太多的不必要的方言、俗语，其结果虽然有了地方色彩，可惜广大的读者不能看懂”[⑤]。因此，茅盾号召大家：

我们应当把学习“普通话”，今后是学习汉语规范化，看作不但是提高写作能力的必要的措施，而且是一项政治任务[⑥]。

茅盾还指出：

文学作品的语言应当是形象化的、富有表现力的、准确的和精炼的，然后可以传达作者所欲传达的思想情绪，然后可以构成鲜明的

① 茅盾：《新的现实和新的任务》，《茅盾全集》第24卷，人民文学出版社，1996年，第279页。

② 茅盾：《关于艺术的技巧》，《茅盾全集》第24卷，人民文学出版社，1996年，第417页。

③ 茅盾：《为发展文学翻译事业和提高翻译质量而奋斗》，《茅盾全集》第24卷，人民文学出版社，1996年，第313页。

④ 茅盾：《关于艺术的技巧》，《茅盾全集》第24卷，人民文学出版社，1996年，第417页。

⑤ 茅盾：《关于艺术的技巧》，《茅盾全集》第24卷，人民文学出版社，1996年，第416页。

⑥ 茅盾：《关于艺术的技巧》，《茅盾全集》第24卷，人民文学出版社，1996年，第416页。

形象。[①]

这是茅盾对文学语言的本质形式和功能的概括。文学语言的本质是形象，这是文学语言区别于非文学语言的重要标志。按笔者的理解，文学语言应生动具体，能传达思想情感，应有艺术概括性，能映现审美理想的生活图画。这是非文学语言所不具备的。精炼虽不是文学语言惟一的表现形式，但是成功的文学文本几乎都惜墨如金，以最经济的文学语言蕴含了最丰富的内容。“像《水浒传》《红楼梦》《儒林外史》等小说，往往用一二千字的篇幅，写出非常生动的场面。中国的旧诗，常用几十个字写出全部的意境，尤其具有不可比拟的精炼。”[②] 但精炼作为一种表现形式并不是文学语言独有的，非文学语言也能做到精炼。例如解放战争时期，邓小平同志向毛泽东同志报告复杂的战争情况仅用了几十字的电文，这电文可谓十分精炼，但电文并不是文学语言。富有表现力和准确是文学语言运用的效果，运用不当，就谈不上准确，更谈不上表现力。可见这是从功能角度对文学语言提出的要求，不过，富有表现力和准确的语言也不一定都是文学语言，但只要是文学语言就必须形象化，否则就谈不上什么文学语言。

值得注意的是，茅盾认为“伟大作家们的文学语言是有‘个性’的；这个性就构成了他们的各自的独特的风格。”[③] 如鲁迅的风格“洗炼，峭拔而又幽默”，因为“鲁迅的文学语言同我国古典文学（文言的和白话的）作品有其一脉相通之处，然而又是完全新的文学语言”[④]。老舍的风格“有鲜明的北京地区的地方色彩，他的文学语言，形象生动，音调铿锵”[⑤]。赵树理的风格“明朗隽永”，“凭什么去辨认呢？凭它的独特的文学语言。”[⑥] 茅盾还认为，作家具有统一的独特的风格，并不妨碍作家在不同题材的文学文本中表现多种多样的艺术意境。他在《联系实际，学习鲁迅》文中说：

---

① 茅盾：《新的现实和新的任务》，《茅盾全集》第24卷，人民文学出版社，1996年，第277－278页。

② 茅盾：《新的现实和新的任务》，《茅盾全集》第24卷，人民文学出版社，1996年，第277－278页。

③ 茅盾：《关于歇后语》，《茅盾全集》第24卷，人民文学出版社，1996年，第297页。

④ 茅盾：《联系实际，学习鲁迅》，《茅盾全集》第26卷，人民文学出版社，1996年，第231页。

⑤ 茅盾：《反映社会主义跃进的时代，推动社会主义时代的跃进》，《茅盾全集》第25卷，人民文学出版社，1996年，第67－68页。

⑥ 茅盾：《反映社会主义跃进的时代，推动社会主义时代的跃进》，《茅盾全集》第25卷，人民文学出版社，1996年，第67－68页。

统一的独特的风格只是鲁迅作品的一面。在另一方面，鲁迅作品的艺术意境却又是多种多样的。举例而言：金刚怒目的《狂人日记》不同于谈言微中的《端午节》，含泪微笑的《在酒楼上》亦有别于沉痛控诉的《祝福》。[①]

茅盾对文学语言的有关论述，探化了鲁迅和老舍的主要观点。在文学语言定义，文学语言规范，方言、文言文、外国语的加工提炼，文学风格等一系列问题上提出了新见解，为文学语言的深入研究指明了方向。

4. 其他作家、学者论文学语言。

著名作家丁玲同鲁迅、老舍、茅盾的观点一致，她也认为文学语言来自群众的语言，并且主张作家应当深入生活，学习、吸取群众的语言，创造性地运用于自己的作品中。她说：

作家深入生活，和群众一起斗争，亲身体会群众的思想、感情，同时也要学习和吸取各种人物在表达自己思想情绪时所用的语言，创造性地用在自己的作品中。在生活中学习活的语言，在创作中把语言用活，使语言饱含生机、新意。[②]

同茅盾一样，丁玲也注意到“群众运用的语言，不一定全是好的美的，其中也有不好的、不健康的”[③]，因此，这就需要“作家像蜜蜂那样，在无边的花海中勤劳地、一点一滴地采撷、酿制，去粗取精，区别美丑”[④]。“不能把群众的语言都拿来不加选择地用到我们作品的行文里。”[⑤] 丁玲还提倡学习古代文学作品的语言。她说：“学习怎样运用语言，也可以从我们古典作品里学习的。”[⑥] 她以《水浒传》武松询向何九叔一段话为例，称赞“这样的语言何等惊人！何等有力！这些生动的语言在《水浒传》里多得很，都是很有感情，很有气派，有血有肉的”[⑦]。

---

① 茅盾：《联系实际，学习鲁迅》，《茅盾全集》第26卷，人民文学出版社，1996年，第231页。
② 丁玲：《文学天才意味着什么 美的语言从哪里来》，北方文艺出版社，1985年，第77页。
③ 丁玲：《文学天才意味着什么 美的语言从哪里来》，北方文艺出版社，1985年，第77页。
④ 丁玲：《文学天才意味着什么 美的语言从哪里来》，北方文艺出版社，1985年，第77页。
⑤ 丁玲：《谈写作·我的生平与创作》，四川人民出版社，1983年，第136页。
⑥ 丁玲：《谈与创作有关诸问题》，《生活·创作·修养》，人民文学出版社，1981年，第101页。
⑦ 丁玲：《谈与创作有关诸问题》，《生活·创作·修养》，人民文学出版社，1981年，第102页。

丁玲认为文学文本“起码要有艺术性，要迷住读者”①，艺术性与思想性高度统一才能产生优秀作品。她说：“哪个作品不是有高度的政治性，它才更富有艺术生命？作品的艺术生命是跟着政治思想来的。”② 她还认为文学语言应当个性化。例如《红楼梦》，“它就是普通话但是你总觉得每一个人物的腔调、每一个人物的个性，都从语言里而出来了。你听：帘子还没有打开，一听讲话就知道，啊，是凤姐来了！林黛玉就是林黛玉的话，薛宝钗就是薛宝钗的话。他们的讲话都是个性化。”③

丁玲虽然没有给文学语言下定义，但她认为文学语言应当“写得准确鲜明生动”④，要“写得精炼一些，深刻一些”⑤。所谓生动，就是茅盾所说的形象化，这是文学语言的本质表现。精炼，指用最少的语言涵盖尽可能丰富的内容，是文学语言的形式表现。准确鲜明、深刻，是文学语言的功能表现，这涉及到文学语言的运用技巧。没有高超的艺术手段，就不能发挥文学语言在文学文本中的艺术功能。

著名学者季羡林在给《文学语言概论》所作的序言中说：

> 所谓文学语言，内容极为丰富，但是，以我浅见，不出两逢：一是修辞，二是风格，二者有密切联系，但又截然可分。二者相较，风格尤重于修辞。修辞，一两句内就可以看出，而风格则必须综览全篇，甚至若干篇，才能够显现。⑥

老舍所说“语言的简练，明确，生动”，“语言的节奏，声音”，⑦ 茅盾所说“语言应当是形象化的、富有表现力的、准确的和精炼的”⑧，丁玲所说“要把文字写好，写得准确鲜明、生动”，“写得精炼一些，深刻一些”⑨，这些都是从文学语言艺术性的具体表现着眼，较多地注意到遣词造句的艺术感染力。而季羡林则把眼光转向驾驭文学语言的艺术手段和文学文本的最高层次——文学风格。艺

① 丁玲：《谈写作·我的生平与创作》，四川人民出版社，1983 年，第 137 页。
② 丁玲：《谈写作·我的生平与创作》，四川人民出版社，1983 年，第 135 页。
③ 丁玲：《谈写作·我的生平与创作》，四川人民出版社，1983 年，第 135 页。
④ 丁玲：《漫谈散文》，《光明日报》1984 年 5 月 24 日。
⑤ 丁玲：《漫谈散文》，《光明日报》1984 年 5 月 24 日。
⑥ 李润新：《文学语言概论序》，北京语言学院出版社，1994 年。
⑦ 老舍：《出口成章·对话我论》，《老舍文集》第 16 卷，人民文学出版社，1991 年，第 88 页。
⑧ 茅盾：《新的现实和新的任务》，《茅盾全集》第 24 卷，人民文学出版社，1996 年，第 279 页。
⑨ 丁玲：《漫谈散文》，《光明日报》1984 年 5 月 24 日。

术手段多种多样，不仅仅是修辞，但谋篇布局，遣词造句是否能产生准确、鲜明、生动的艺术效果，文学语言是否具有艺术性，则多半靠修辞。笔者认为，形象是文学语言的本质属性，但这一本质属性并非语言本身固有的，而是文艺工作者对生活中的语言材料进行加工提炼，创造性运用的结果（有的语词本身有具象性，在文本中映现为语象，但语象并非作家创造的文学形象。故语言形象与文学形象不能混为一谈）。归根结蒂，形象也是艺术性的一种表现。而修辞是赋予语言艺术性的主要手段，因此，季羡林把修辞作为文学语言的第一个特征，是有方法论意义的。受季羡林这一见解的启发，笔者在本章第三节把艺术性列为文学语言的基本特征，并且着重论述修辞手段如何赋予语段、语篇以形象性。

同老舍茅盾一样，季羡林高度重视文学风格。他认为文学风格是文学文本的宏观表现，“必须综览全篇，甚至若干篇，才能够显现”。文学风格不等于语言风格，但语言风格是文学风格最直接的表现，正如老舍所说：“文艺风格的劲美，正是仗着简单自然的文字来支持。”① 茅盾也说，赵树理的风格“凭什么去辨认呢？凭它的独特的文学语言”②。在这个意义上，季羡林把文学风格作为文学语言的另一个更重要的特征，具有高屋建瓴的学术眼光。但文学风格处于文学文本的最高层次，并不是一般的文学文本都具有风格，也不是任何文学语言都能形成风格，而且文学风格涵盖了较多的内容，因此，这是一个复杂的问题，尚可作进一步的探讨。

季美林认为文学语言与“好文字”不是一个概念。有的文字虽然写得好，却不一定是文学语言。他说：“作为公牍文书、新闻记录，未始不是好文字。然而说它们是文学，则不佞期期以为不可。”③

显然，季美林并不赞成那种把书面语言一律视为文学语言的观点。

同老舍、丁玲的观点一致，季羡林认为文学语言应当是艺术性与思想性的融合。他对抹煞艺术性的错误倾向深恶痛绝：“标准的说法是，思想性与艺术性并重。实则思想性霸占了垄断地位，艺术性只成了句空话。”“近四五十年以来文学只重视所谓思想性，而根本抹煞了艺术性”，所以，季羡林“号召人们重视文学语言，重视文学风格”。④

著名语言学家邢公畹对风格问题有深刻见解，他主张“把语言学的风格学和

---

① 老舍：《我的“话”》，《老舍文集》第15卷，人民文学出版社，1990年，第461页。

② 茅盾：《反映社会主义跃进的时代，推动社会主义时代的跃进》，《茅盾全集》第25卷，人民文学出版社，1996年，第65页。

③ 李润新：《文学语言概论序》，北京语言学院出版社，1994年。

④ 李润新：《文学语言概论序》，北京语言学院出版社，1994年。

文艺学的风格学区别开来。前者研究语言（全民共同语）的风格；后者研究作家的风格。'语言风格'跟'作家风格'不是一回事，但是作家作品的语言风格却是形成作家风格的因素之一。"① 邢公畹明确指 出作家的文学风格与语言风格不是一 回事，同时又指出语言风格是形成作家文学风格的因素之一，这具有重要的理论意义。因为语言风格实质上就是"语言运用上的具体特点"②，它只是形成文学风格的一种表现，与文学风格处于完全不同的层次。

邢公畹认为："作家风格是一个作家在写作内容上和形式上区别于其他作家的一系列特点。首先是作家创作里形象体系的特点。""其次是作家的艺术技巧上的特点。"③ 一个作家塑造的一系列人物形象都与其他作家塑造的不同，这就体现了这个作家的独特风格；一个作家在题材、结构、人物语言、形象塑造以及艺术构思等方面与众不同，也就体现了这个作家的独特风格。但是所有的一切，都必须通过语言的运用来实现。而文学文本里"语言的每一个要素：词、语段、句式和语音，除了它们在全民语言的通常功能，还具备了艺术的构成作家风格的要素的功能；除了通常的意义，还和着非通常的美学意义——象征性的，意味深长的绘声绘色的魅力"④。因此，探索作者如何选择语音、语词；怎样构造语句、句群、语段组成篇章；运用哪些技巧来塑造形象，营造意境，是研究文学风格的必由之路。

语言大师们有关文学语言问题的系统理论，为进一步探索文学语言，研究文学语言铺垫了牢固的基石。

二、 文学语言的定义

文学语言包括两大类别，其中有一类是不与文字符号挂钩的口头文学语言，这一类文学语言与文学文本没有直接关系；另一类是靠文字符号负载信息的书面文学语言，这一类文学语言与文学文本关系密切，因而是研究的主要对象。研究文学语言，首先得弄清什么是文学语言；而要给文学语言提出一种比较科学的解

① 邢公畹：《〈红楼梦〉语言风格分析上的几个先决条件》，《红楼梦的语言艺术》，语文出版社，1985 年，第 6 ~ 7 页。

② 邢公畹：《〈红楼梦〉语言风格分析上的几个先决条件》，《红楼梦的语言艺术》，语文出版社，1985 年，第 4 页。

③ 邢公畹：《〈红楼梦〉语言风格分析上的几个先决条件》，《红楼梦的语言艺术》，语文出版社，1985 年，第 7 页。

④ 邢公畹：《〈红楼梦〉语言风格分析上的几个先决条件》，《红楼梦的语言艺术》，语文出版社，1985 年，第 7 页。

释，必先分清“语言”与“言语”这两个概念。

语言指的是完整的信息系统。某种语言必定是由这种语言的语音、词汇、语法、语义等子系统共同组成的完整信息系统。语言系统对于言语来说，是高度概括的、相对抽象的。言语指的是人们说话的行为和说出来的话。语言是特定社会全体成员共同运用的信息系统，而言语则是个人对语言系统的具体运用及运用的结果。可见语言与运用语言的行为及运用结果是两回事，不能混为一谈。人们所讲的话叫言语，也可称为言语作品。用文字符号把所讲的话记录下来，这记录讲话的文字符号也可称为言语作品。可见言语作品也可分为口头的和书面的两大类。但是，言语讲出来是让人听的，记下来也是让人去理解的，除非讲出来或记下来的言语从一开始就存心不让人听，不让人理解。因此，从言语的功能角度着眼，用文字符号记下来的话与其称为言语作品，毋宁叫做言语文本。因为言语是个人行为和行为的结果，所以，运用同一种语言的人不一定会有同样的言语。实际上，几乎每一个人在运用语言时，都不可能100%完全按社会约定的语言系统规则说话，而往往有越轨之处，如创造一些新词，或创造一些独特的句法。这些标新立异的东西别人听不懂，社会不承认，就不能算是该语言系统的成分。但语言系统并非封闭体系，语言系统自身也在扬弃一些旧的成分，吸收一些新的成分。新的成分就是从人们具体运用语言的言语活动中吸取的。一些对社会活动有相当影响的个人创造的言语成分，一旦得到社会的承认，就成为语言系统更新的养料。文学文本，尤其是一些重要文学家创作的文学文本，是推动语言系统更新的重要材料。

文学文本之所以是推动语言系统更新的重要材料，是因为文学文本不像普通文本，它所提供的文本具有高度的形象性和个人独创性，这些具有高度形象性和个人独创性的文本，很大程度上是活跃在人们口头上的言语经过艺术加工之后以文字符号形式构成的系统。因为文学文本与言语的这种关系，又因为要把具有形象性的艺术文本与一般的言语文本区别开来，人们习惯上把经过艺术加工的言语称为文学语言。显然，言语并不等于语言。不过，对于非语言工作者而言，言语和语言这两个概念的区别似乎并不很重要，何况两千多年前荀子就已说过“约定俗成谓之宜”这样的名言，所以，不一定要把文学语言改称文学言语，但是，文学语言这一概念究竟包含什么内容却不能含糊。

李润新在他所著的《文学语言概论》一书中，针对有关文学语言的两种主要观点提出了不同意见。一种观点是把文学语言等同于书面语言。如以群的《文学的基本原理》认为：

广义的文学语言，是指在民族共同语基础上经过加工的书面语言，它包括文学作品的语言，也包括科学著作、政治论文和报章杂志上所用的一切书面语言，以及经过加工的口头的语言。[①]

另一种观点认为文学语言是“特殊阶层”专用的“特别语言”。如法国语言学家房德利耶斯在《语言论》中说：

在许多国家，文学家、诗人和说书者构成了一个特殊的阶层，具有他们自己的传统、习惯和特殊权利，所以他们的语言就具有特别语言的一切特性，需要传授，从事这种职业的人必须从师学习。[②]

李润新认为：

文学语言是作家用来描绘人生图画的特殊工具，是集中传达人们审美意识的物质手段。为了生动地、真实地描绘人生图画，文学语言必须具有高度的形象性和直观性。文学语言的这种艺术特性，就决定了不能把它同“书面语言”混同起来。

把文学语言说成是“特殊阶层”所专用的“特别语言"，更是一种错误的文学语言观……这种文学语言观，是唯心史观在语言学上的一种表现。人民是文学工作者的母亲。作为文学第一要素的语言，必须跟它的母体保持血肉联系。一切文学语言，既不是脱离大众口语之外的“特别的语言”，也不是作家们凭空创造出来的。唯有人民大众的口语。才是文学语言唯一取之不尽，用之不竭的源泉。[③]

李润新既不同意文学语言等同于书面语言的说法，更不赞成文学语言是“特殊阶层”专用的“特别语言”的观点，他认为：

所谓文学语言，就是指大众口语的结晶，是文学家用来塑造艺术形

① 李润新：《文学语言概论》，北京语言学院出版社，1994 年，第 6 页。
② 李润新：《文学语言概论》，北京语言学院出版社，1994 年，第 7 页。
③ 李润新：《文学语言概论》，北京语言学院出版社，1994 年，第 7 页。

象的语言。①

对于这个定义，仍有不少问题值得探讨。

首先，文学语言指的是语言系统还是个人的具体言语行为及其结果，李润新没有说明。民族语言是严整的、系统的，如汉语有汉语系统，苗语有苗语系统。如果笼统地讲文学语言，那么文学语言包括世界上所有民族运用的文学语言，这些文学语言都各自与该民族的语言系统有非常密切的联系。文学语言是否本身也是一个系统？这是一个值得深思的问题。在笔者看来，文学语言绝不是毫无秩序的言语材料的堆积，它必定是一个井然有序的系统。这个系统是以民族语言系统为基础，创造出新成分，从而构建起来的新系统。如它的语音系统，既在很大程度上遵循民族语的语音系统，同时又创造出新的语音变体，甚至创建新的音位；它的词汇系统，除了沿用民族语的现成词汇，还会不断创造出新词汇以构建新的词汇系统。语义系统、语法系统亦复如是。假如文学语言不是一个系统，很难设想许多举世闻名的文学文本所反映的言语信息能够安排得有条不紊、富有魅力；许多新的语音成分、词汇成分、语法成分、语义成分能够不断地从文学文本中映现出来，推动民族语言系统的新陈代谢。但是，迄今为止，还没有见到任何把文学语言作为系统来认真加以研究的成果发表。假定文学语言是一个系统，这个系统由哪些子系统构成？子系统之间的相互关系如何？这些子系统如何相互协调发挥系统的整体功能？文学语言系统与该民族的语言系统之间的相互关系如何？诸如此类的许多问题都尚待研究。

如果不从语言的意义上去阐释文学语言，而把语言权且当作言语来理解，那么，文学语言指的是个人的具体言语行为及其结果。特定文学言语是特定声音与特定意义的结合体，这一点与普通的言语完全相同。不同之处仅仅在于，文学言语是自然言语中经过艺术加工的形象性言语。这里所说的文学言语，与李润新给文学语言下的定义有相同点，但也有一定距离。说文学语言是“大众口语的结晶”，这是不错的，但这个“大众”必须包括文学创作者在内，而且所谓“结晶”必须是文学创作者的言语独创成果。如果只有大众口语而缺乏文学创作者的独创成果，就不成其为文学语言。直言之，大众口语只是文学语言的前提，没有口语就没有文学语言；但口语并不等于文学语言，文学创作者把口语和历史上的书面语以及外来语作为素材，经过独立加工创造出来构筑艺术境界的言语，才是

① 李润新：《文学语言概论》，北京语言学院出版社，1994 年，第 7 页。

文学言语即通常所说的文学语言。

其次，是否只有“文学家用来塑造艺术形象的语言”才是文学语言？说得准确些，应当是包括所有的人，不仅仅是文学家，只要人们用来塑造艺术形象的言语，而且这些言语出现在特定的艺术环境之中，就都是文学语言。环境与语言是一个整体.世界上没有脱离环境的语言系统和言语。语言系统也好，言语也好，它们总是与其生存的环境同在，没有语言系统和言语相应的环境，语言系统和言语也就不复存在。文学语言也是如此，没有与之相应的环境，也就没有文学语言。既然有文学语言的存在，就必然有它存在的环境。因此，脱离具体环境讨论什么是文学语言，什么不是文学语言，是完全不得要领，没有任何意义的。

不难发现把文学语言孤立起来的后果：一是误以为它是文学家的专利；二是误以为它是规范化了的书面语。如童庆炳主编的《文学概论）说：

> 文学语言，即西文 Literary language，又译标准语，是加工过的、规范化了的书面语，它通常与口语或土语相对，是一定社会和教学情境中的标准语言形态。一般电影、电视、话剧、广播、教育、科学和政府机关所用的书面语，都是文学语言。①

第一，这段话把经过艺术加工的口头言语排除在外，这是不符合事实的。因为迄今为止还没有人能举出像《荷马史诗》《格萨尔王）这样的口头传说不是用文学语言创作的证据。

第二，规范化并不是文学语言的本质特征。从古到今无论中外的文学语言都很难判定它们曾接受何种规范。倒是创新的文学语言往往替人为的规范提供了样板，成为人们制定规范的榜样。甚至可以说，文学语言是言语大家庭中最不守规范的野马，比起科学语言或政府机关所用的语言来，文学语言最不循规蹈矩，最喜欢创造新词，发明新语法。总之，文学语言既是建立新规范的优秀榜样，又是破坏旧规范的先驱者，用规范化了的书面语来称述文学语言不能真实反映文学语言的本质特征。

第三，文学语言并不是“与口语或土语相对”的概念。不论口语、土语或书面语，也不论书面语是当代的还是历史的，只要置于特定的艺术环境之中并用来创造艺术意象、艺术形象或艺术意境，它们就是文学语言。这些口语、土语或

① 童庆炳主编《文学概论》，武汉大学出版社，2000年，第122页。

书面语一旦脱离了特定艺术环境，不被用来创造艺术意象、艺术形象或艺术意境，它们就不是文学语言。正如《文学概论》一书节录的鲁迅小说《肥皂》的一段文本，其中既有文言词语，也有白话口语，这些言语既已被组织起来出现在特定的艺术环境中，就表明它们的确是文学语言，而不是游离于艺术环境之外的白话口语或文言词语。[①] 文学语言本身犹如海纳百川，它永无休止地吸纳一切言语来壮大自身，任何言语只要与艺术环境同在，只要作为创作艺术意境的素材，它就是文学语言。离开了与之相应的环境，就谈不上文学语言。

第四，一般电影、电视、话剧、广播、教育、科学和政府机关所用的书面语，并不一定都是文学语言。其中参与构成艺术意象、艺术形象或艺术意境，并出现在特定艺术环境中的语言，是文学语言；那些并不参与构成艺术意境，也未置于特定艺术环境的语言，就不是文学语言。一般说来电影电视、话剧里文学语言会多一些，因为它们包含有较多的艺术创作的因素；广播、教育、科学和政府机关所用的书面语里文学语言相对较少，因为它们很少含有艺术创作的因素。对具体的文本应作具体分析，不宜根据体裁就轻易下结论。

还有一种比较普遍的看法是把科技语言与文学语言对立起来，认为科技语言具有指称性，文学语言具有非指称性。指称性语言陈述了某个真实的事实，而非指称性语言只是拟陈述某个不与现实对应的东西。实际上，指称并不是语词的普遍性质。比如“红”，它只是一种色彩状态的抽象概念，并不具体地指称特定状态。“走”也是一种行为状态的抽象概念，没有指称任何具体的特定状态。像“不但”“而且”之类只有语法意义的语词固然无所谓指称性，即使名词、代词的所谓指称性其实也只是一种抽象的概括。例如“车”，是对不同的车的一般概括；“我”，也是对不同的“我”的一般概括。只有在特定的语境中，语词的指称性才会明确起来，这无论是科技语言还是文学语言都一样。因此，用所谓“指称性”与“非指称性”来划分科技语言与文学语言是不妥当的。

至于把语句陈述的内容与现实世界中的事实是否对应来作为区别科技语言与文学语言的标准，这更缺乏依据。因为言语本质上是信息的载体，而信息只是传递事物某个侧面的某种特征，它并不能够完全反映现实，也并不要求现实作证。即使是极为严肃的科技文本，也不能要求现实作证，因为言语本身的抽象性就表明它不是现实的翻版，它所陈述的内容也不可能与现实世界中的事实对应。现实经过人群主体的认知和处理，然后用言语表达出来，已经远非现实本身，而是认

---

① 童庆炳主编《文学概论》，武汉大学出版社，2000 年，第 123 页。

知主体与现实客体相互作用的产物，是一种新创造的信息，言语就是这种新创造的信息的载体。要求主观融汇的言语所负载的内容与现实世界中的事实对应，无论科技语言还是文学语言都办不到。既然如此，用这样的标准又如何能区别科技语言与文学语言呢？

那么，文学语言与科技语言是否毫无区别，可以混为一谈呢？回答是否定的。两者的根本区别不在指称性的有无，而在于言语功能目的的差异。言语的功能差异是言语成分与特定言语环境的相互作用所限定的。文学语言是特定艺术环境与言语结构相互作用而产生的言语变体；科技语言是特定学术环境与言语结构相互作用产生的言语变体。这些变体的产生是有条件的，而且是有不同功能目的的。事实上，无论文学语言还是科技语言，都是言语在特定环境条件作用下的有不同功能指向的变体。因此，文学语言与科技语言的本质区别是功能区别。“奥布浪斯基家里一切都混乱了”与“林彪家里一切都混乱了”这两个语句，凭现实生活中不存在奥布浪斯基其人就断定该语句是文学语言，林彪实有其人就断定该语句不是文学语言，显然未能揭示文学语言与普通言语的不同实质，因而是不得要领的。这里的关键在于环境条件。前者出现在文学文本《安娜·卡列尼娜》中，处于托尔斯泰设定的艺术环境内，以言语的艺术形式而存在，其功能在于构筑艺术世界，它就是文学语言。如果后者出现在现实生活环境中，陈述一种客观情形，其功能在于交际性表达，那就不是文学语言；如果出现在口头或书面（如故事或小说）设定的艺术环境中，作为构筑艺术境界的基本要素，那么它的存在就是言语的一种艺术形式，因而是文学语言。可见，离开了环境，无论言语是否指称或是否与现实对应，都不能判定言语是否具有艺术功能，当然也就无法认定它究竟是不是文学语言。文学语言的功能不只体现在音响、韵律、情感色彩符号组合等方面，它还有更深层的东西。对文学语言深层内涵的发掘并不意味着表层的特点无关紧要，相反，忽视表层的特点，就无法去体验和感知它的深层意蕴。文学语言与科技语言、教学语言、政府机关语言等其他言语变体的分水岭，在于不同环境条件下功能目的的差异。

总括以上讨论，文学语言的定义应包含如下两个要点：

1. 文学语言在宏观上是一个严整的系统，在微观上包括经过艺术加工的口头言语和经过艺术处理的书面言语；

2. 无论口头言语，还是书面言语，都必须与特定环境相整合，用来创造艺术意象、形象或意境。

由此可以得出这样一个定义：文学语言是与特定环境相整合，用来创造艺术意象、形象或意境的，经过艺术加工的，口头与书面的言语系统或言语功能变体。

文学语言作为系统或言语功能变体，既可以口语形式存在，又可以书面形式存在。以口语形式存在的文学语言，严格说来，应称为文学言语；以书面形式存在的文学语言，严格说来，应称为文学言语文本。为了称述的方便，也考虑到目前学术界的习惯，本书除特别需要之处外，一律称为文学语言。

文学语言的基本特征

汉语与其他语言，尤其是西方语言存在明显差异，所以研究汉语的文学语言对世界文学语言的研究具有重要意义。汉语的文学语言以加工过的口语和书面语这两种形式存在，这里只讨论其书面形式的基本特征。

一、汉字字形

汉语文学语言的书面形式即文学语言文本是由汉字排列组织起来的信息系统。汉字的独特之处在于，它不仅在符号的组织中承载言语信息，而且汉字字形本身也包含信息。在通常的社会书面交际中，汉字表达的是交际信息，字形本身的信息没有被激发出来。如果汉字符号处于特定的艺术环境之中，出于艺术表达的需要，汉字字形本身包含的信息也会具有艺术功能。《红楼梦》第七十六回有史湘云与林黛玉联诗的一段文字：

> 湘云笑道："这句不好，是你杜撰，用俗笔来难我了。"黛玉笑道："我说你不曾见过书呢。吃饼是旧典，唐书、唐志你看了来再说。"
>
> 湘云笑道："这也难不倒我，我也有了。"因联道："分瓜笑绿媛。香新荣玉桂。"
>
> 黛玉笑道："分瓜可是实实的你杜撰了。"

黛玉认为"分瓜"是湘云毫无依据的杜撰，原因在于她只注意到"分瓜"在言语组织中的语义信息而忽视了"瓜"字字形本身包含的信息。"瓜"字分拆，似两个"八"字形，指女子十六岁。唐人段成式《戏高侍郎》诗："犹怜最小分瓜日，奈许迎春得藕时。"又《燕京岁时记）载："八月十五日祭月。其系，果饼必圆，分瓜必牙错。"可见湘云明用"分瓜"代"祭月"，暗指少女正值妙龄。

《聊斋志异·狐谐》也有一段文字：

> 一日，置酒高会。万居主人位，孙与二客分左右座，上设一榻屈狐。狐辞不善酒。咸请坐谈。狐笑曰："我故不饮，愿陈一典，以佐诸公饮。"孙掩耳不乐闻。客皆言曰："骂人者当罚。"狐笑曰："我骂狐何如？"众曰："可。"于是倾耳共听。狐曰："昔一大臣出使红毛国，着狐腋冠，见国王。王见而异之，问：'何皮毛温厚乃尔？'大臣以狐对。王言：'此物生平未曾得闻，狐字字画何等？使臣书空而奏曰：'右边是一大瓜，左边是一小犬。'"主客又复哄堂。

"狐"字左偏旁"犬"所占面积较小，是为小犬，右偏旁"瓜"所占面积较大，是为大瓜。这是"狐"的字形本身包含的信息。但一经揭示，在特定环境中却造成了新的旨意：那就等于把分坐在主人左右的客人孙得言和陈氏兄弟视为小狗和大傻瓜。

虽然汉字字形所包含的信息并非在任何艺术环境内都能被激发利用，但汉字字形本身毕竟是构成文学语言文本的物质基础，它在一定条件下能够参与艺术形象的塑造，具有一定的艺术功能。

二、语音

汉语文学语言文本是用汉字排列组织起来的，这些汉字都有一定的读音，而且这些读音是与人们在言语活动中的语音基本上对应的，因此，用汉字排列组织起来的文本总是与一定的语音系列同步映现，总是构成一定的音响效果和节奏层次。音响效果和节奏层次对古今中外任何文学语言文本都是至关紧要的，即使是口头文学语言，也不能不重视音响和节奏。汉语从古到今尽管语词从单音节演变到以双音节为主，但几乎每个双音节语词的结构成分都有独立的意义和声音，而且几乎每个音节都至少有一个元音，这就使汉语音节在宏观上呈现元音化趋向，为文学语言文本映现声音形象提供了得天独厚的便利条件。

中国的传统韵文文本包括诗赋、词、曲，除此而外，还有许多讲究音响和节奏的散文以及其他形式的文本，它们在语音层次上为了造成一定音响和节奏，选取的汉字往往具有如下关系：

（1）双声：两个汉字对应的音节声母相同；

（2）叠韵：两个汉字对应的音节韵母相同；

(3) 叠音：两个汉字对应的音节声母韵母声调都相同，而且这两个汉字对应的音节不能独立，必须共同表达某种意义。

这第三种情况实际上就是单纯词。如《诗经·王风·黍离》：“彼黍离离，彼稷之苗。行迈靡靡，中心摇摇，知我者，谓我心忧，不知我者，谓我何求。悠悠苍天，此何人哉?”其中“离离”“靡靡”“摇摇”“悠悠”都是相同的两个音节构成的单纯词。现代汉语中有的两个音节也可以分别重叠，如“高兴”——“高高兴兴”，“大方”——“大大方方”。叠音词也可以附在单音词根后构成三音节词，如“绿油油”“红彤彤”；也可以用在单音词根前边构成三音节词，如“悄悄话”“叭叭车”。这些构词方式无疑增强了汉语语词在文学文本中的音响效果和节奏感。

高于语词的层次，往往借助于重复、音的长短、高低轻重、平仄停顿，造成节奏和音响效果。

先说重复。重复不同于叠音，叠音是两个音节叠加共同表达一个意义，是一种构词的手段；重复是同一个词或句多次出现，是构句或构篇的手段。唐人王昌龄《塞上曲》：“出塞入塞寒，处处黄芦草。”“塞”字重见，与“出”“入”相配。构成隔字节奏。诸如“载歌载舞”“百战百胜”“将心比心”“出尔反尔”都是隔字重复。有的相隔不止一字，如“好上加好”“微乎其微”。隔字重复视文本环境不同而变化多端，如《长恨歌》：“归来池苑皆依旧，太掖芙蓉未央柳。芙蓉如面柳如眉，对此如何不泪垂。”“芙蓉”与“柳”都按一定的音律要求相间重复。至于“处处”则是“处”的重复，“处处”不是一个词，而是两个相同的单音词连用。如白居易《长恨歌》：“蜀江水碧蜀山青，圣主朝朝暮暮情。”“蜀”隔三字重复，“朝朝”“暮暮”分别是“朝”与“暮”重复。有的重复分属不同语义段，但在文本形式上仍然构成同音连续。如唐人李颀《琴歌》：“铜炉华烛烛增辉，初弹渌水后楚妃。”其中两个“烛”字分属前后两个语义段。李白《宣州谢眺楼饯别校书叔云》“抽刀断水水更流，举杯消愁愁更愁”里的“水”和“愁”的重复也与“处处”“朝朝”“暮暮”在语义逻辑上不一样。李清照《声声慢)：“寻寻觅觅，冷冷清清，凄凄惨惨戚戚……到黄昏，点点滴滴”，首词连用九字重复。还有杭州孤山公园楹联：“水水山山处处明明秀秀；晴晴雨雨时时好好奇奇。”两联共有十字重复，这可以算是单字重复运用的优秀范例。

两字重复早在《诗经》中就已普遍运用，如《周南·关雎》“悠哉悠哉，辗转反侧”中的“悠哉”。《魏风·硕鼠》第一章：“硕鼠硕鼠，无食我黍。三岁贯女，莫我肯顾。逝将去女，适彼乐土。乐土乐土，爰得我所。“其中的“硕鼠”和“乐土”都是两字重复。重复不限于单字和两字，与整个语句对应的文字都可以有规律地重复出现。《魏风·硕鼠》的“硕鼠硕鼠”“三岁贯女”“逝将去女”都在每一章的相同位置重复出现三次。重复运用到极致的是整个文本只变动几个字，其余文本完全有规律地重现，而且变动的几个汉字语音非常接近，最大限度地发挥了音响和节奏的艺术功能。如《陈风·月出》：

月出皎兮，佼人僚兮。舒窈纠兮，劳心悄兮。

月出皓兮，佼人懰兮。

舒忧受兮，劳心慅兮。月出照兮，佼人燎兮。舒夭绍兮，劳心惨兮。

在文本的相应位置上，“皎”“照”属宵部［o］，“皓”属幽部［u］，韵母都是后圆唇元音，只有舌位高低的差别，语音相近。“僚”“燎”同音，都属宵部，“倒”属幽部，语音相近。“悄”“慅”“惨”也是宵、幽合韵。“窈纠”“忧受”“夭绍”音近义近。可见重复是构成《月出》整个篇章音韵格局的主要特征。

其次说长短。语音有长短之分，那是在言语中才能听出来的。在文学语言文本中，除非文本有说明或符号标注，一般难以区别音节的长短。描述火车的汽笛声，文本如作“呜—”，可视为长音；如作“呜，呜，呜”，可视为短音。这是根据标点“—”和“，”所提示的音节长短来确定的。文学文本中音的长短具体表现为汉字组合序列的长短，长字列对应长音列，短字列对应短音列，长短音列按一定组合秩序构成一定的节奏。音列的长短一般按文本标点区分。如新加坡作家白荷和李建所写的散文：①

轻快地、短促地、不停地向四面扩散的，是喜讯，是婚钟；缓慢地、漫长地、不断地在空中缭绕不去的，是哀讯，是丧钟。（白荷：《钟的眷恋》）

千佛山的佛，主要是石刻，在石壁上，在岩石上，雕刻着一尊尊的

① 《新华98年度文选》，新加坡文艺协会，1999年，第21页。

佛像。或站立，或侧卧，姿态优美，神似逼真。（李建：《旅游小点》）

根据标点的提示，前句的音节序列是由3音节—3音节—9音节—3音节—3音节；3音节—3音节—11音节—3音节—3音节组合而成的。每一个音列的音节都是奇数，所有音列按“短—短—长—短—短；短—短—长—短—短”构成整齐对称的节奏。后句的音节序列是由5音节—5音节—4音节—4音节9音节；3音节—3音节—4音节—4音节组合而成的。这个音节序列的奇偶配置是：奇—奇—偶—偶—奇；奇—奇—偶—偶。长短的宏观格局是：长—长—短—短—长；短—短—长—长。位于中心位置的长音列比任何一个音列都长。如果更细致地检查，这是一个长短渐变的音列，其变化序列是：长—长—短—短—最长；最短—最短—短—短。音的长短变化决定文本宏观节奏的基调。

再次说高低。汉字对应的音节由于有声调，组成的音节序列必然有高低曲折的变化。但是在语句中，每个汉字不一定完全念它本来的读音，而往往有变音。或变声母，或变韵母，或变声调。变音的目的，无非一是求情调，二是要动听。就具体语句看，语句之间也要求谐调动听，因而句调必然也有高低的变化。《汉语节律学》摘引华罗庚《在困境中更要发愤求进》里的一段话，并做了如下分析：

> 今天，→我就给在座的同学，↗谈谈我的经历，↘也就是我的学历。↘我的经历，↗或者说我的学历，↗讲起来→也简单，↗也不简单。↘说简单，↗就是三个字：→靠自学。↘说不简单，↗又就是一生中，→遭受过许多“劫难”。↘①

以上语句中的→表示平调，↗表示升调，↘表示降调。《汉语节律学》把句调的扬、抑、平、曲等调形有规律地对立统一的周期性组合，称为扬抑律。任何一段语句，发音时采取何种句调，虽然有一定的音律和节奏律，但并非僵死不变的。华罗庚的这段话，完全可以不采用上面的句调模式，而用另一种句调朗诵，句调高低节奏不同，效果也会不一样。由于大多数文本不是发言稿，因此，对语句句调高低的分析，难免带有更多的个性色彩。这也是同一文本由不同的人朗诵会产生不同效果的原因之一。如果分析得更细致些就很难简单地用扬或抑来概括

① 吴洁敏、朱宏达：《汉语节律学》，语文出版社，2001年，第102页。

一个语句的音高变化，因为一个语句很可能同时包含高低平曲等语音形态，从而构成一个各种语音形态随时间展开的动态序列。如“我就给在座的同学”可以分析为：“我↘就给↗在座的↘同学↗”它的高低变化是：降－升－降－升。显然，不好简单地说它的句调是扬或是抑。不论句调高低如何变化，它总是文学语言声音图像的基本构成因素。

至于轻重是汉语音节在语流中发音的强弱变化。由于发音时能量不可能均匀分配，或重声母轻韵母，或重韵母轻声母，或轻此音节，或重彼音节，轻重的分别大多出于发音的自然习惯。但是口头文学语言的轻重变化则往往出于艺术表现的需要，如快板、三句半绕口令，顺口溜、对口调、说书、讲演，轻重的变化都比较明显。如《红楼梦》第一回：

忽见那边来了一个跛足道人，疯癫落拓，麻屣鹑衣，口内念着几句言词，道是：

'世人 都晓 神仙'好，
'惟有 功名 忘不'了：
'古今 将相 在何'方？
'荒冢 一堆 草没'了。

'世人 都晓 神仙'好，
'只有 金银 忘不'了；
'终朝 只恨 聚无'多，
'及到 多时 眼闭'了。

'世人 都晓 神仙'好，
'只有 姣妻 忘不'了；
'君生 日日 说恩'情，
'君死 又随 人去'了。

'世人 都晓 神仙'好，
'只有 儿孙 忘不'了；
'痴心 父母 古来'多，
'孝顺 儿孙 谁见'了？

士隐听了，便迎上来道："你满口说些什么？——只听见些'好''了''好''了'。"

这段文字中加'号，表示重读；字下画的____，表示一个音步。为什么甄士隐只听见"好""了"？就是因为这首顺口溜每个语句的第三个音步最后一字重读，"好"字重读4次，"了"字重读8次，所以"好""了"这两个音节听得特别清楚。文学文本如诗、词等韵文音律性很强，音步的划分和重音的确定都比较容易，但其他文学文本轻重节奏的确定就见仁见智，很难给人某种固定不变的框架。如《汉语节律学》对谌容《人到中年》两个语句重音的确定是：

与其说他们喝的是'酒，不如说他们喝的是'泪。与其说他们吃的是美味佳肴，不如说他们嚼的是人生的苦果。①

以此证明散文和口语中的重轻律往往是由对比重音组成的。应该说，这样的对比重音并不是任何文本都适用的。以上两个语句各自包含的两个分句只是因为语法结构相同，文字符号大同小异且相互对应，这才给重音对比提供了条件。如果随意抄录一段散文，这段散文凑巧没有对偶句或接近对偶的语句，那就很难确定它们是否具有对比重音。但是，读音的轻重差别是肯定存在的，只不过轻重音更多的是按轻重相间的规律和阅读者的意向来确定，而并非一定构成对比。下面是笔者对新加坡作家范瑞忠《故乡的小屋》中一个语句重音的确定：

我所住的小屋是'半土'半坯'半青砖'垒起来的一座房子，木窗已被烟火'熏得油黑，用麦秆'和着泥'抹上去的墙皮也巴'块块'脱落。②

虽然这个语句的动词几乎都重读，但并未构成对比。原因之一是文本的句式不是对偶句或排比句，缺乏构成对比重音的基本条件。然而读起来仍然有轻重节奏。散文应当是轻重节奏变化最大最灵活的文本，它远不止对比重音这一种模式。

现在说平仄。平仄是指汉字所对应音节的声调性质的类别。就现代汉语普通话而论，轻声之外，声调有高平（55）、中升（35）、降升（214）高降（51）四

① 吴洁敏、朱宏达：《汉语节律学》，语文出版社，2001年，第101页。

② 《新华98年度文选》，新加坡文艺协会，1999年，第90页。

种。这四种声调可归纳为两类：高平中升调值较高，降升高降调值较低这就构成了高低的对立。但这是单就音节而言，并不是前面所讨论的句调的高低变化。句调的高低很大程度上带有个性色彩。同一语句由不同的人来朗诵句调可能完全不同，而音节的平仄则是相对稳定的，除语流中的连读变调外，不容许毫无理由地把平声读成仄声，也不允许任意把仄声读成平声。中国古代韵文对平仄的要求很严格，并且形成了一定的模式。其实，无论古今，如果注意到音节平仄变化时文本整体效果的作用，就不难发现，即使小说、散文也有其平区分布的特征，只不过不像韵文那样严整且有一定模式罢了。小说、散文之类的非韵文文本，音节平仄的分布特征与整个文本的艺术风格有关。试看鲁迅《祝福》描写人物的一段文字（其中通句编号是笔者所加）；

(1) 五年前的花白的头发，(2) 即今已经全白，(3) 全不像四十上下的人；(4) 脸上瘦削不堪，(5) 黄中要黑，(6) 而且消尽了先前悲哀的神色，(7) 仿佛是木刻似的；(8) 只有那眼珠间或一轮，(9) 还可以表示她是一个活物。(10) 她一手提着竹篮，(11) 内中一个破碗，(12) 空的；(13) 一手拄着一支比她更长的竹竿，(14) 下端开了裂：(15) 她分明已经纯乎是一个乞丐了。

以上 15 组文字的平仄和音步如下：

(1) 仄平平轻 平平轻 平仄

(2) 平平 仄平 平平

(3) 平仄仄 仄平 仄仄轻 平

(4) 仄仄 仄平 仄平

(5) 平平 仄平

(6) 平仄 平仄轻 平平 平平轻 平仄

(7) 仄仄仄 仄仄仄轻

(8) 区仄仄 仄平 仄平 平平

(9) 平仄仄 仄仄 平仄 平仄 平仄

(10)平 平仄 平轻 平平

(11)仄平 平仄 仄仄

(12)平轻

(13)平仄 仄轻 平平 仄平 仄平轻 平平

(14)仄平 平轻仄

(15)平 平平 仄平 平平 仄平仄 仄仄轻

在以上53个音步中，单音节音步3个，双音节音步36个，三音节音步12个，四音节音步2个，由单音节和双音节构成的音步占总音步数的73.6%，整段文字的基调以短节奏为主。由于节奏短，易上口，易记忆，文字对应的语词所形成的意象也就容易给读者留下较深的印记，这就为表现特定的艺术风格提供了音律基础。从音节的平仄搭配看，“五年前的花白的头发，即今已经全白，全不像四十上下的人”这段话的语音对比很明显，前面15字语调和缓，因为平声字多，仄声字少，声音高低的变化小；后面9个字就不同了，3个平声字间插在5个仄声字里，声音的高低和节奏的长短落差表现出明显的顿挫紧凑的语音效果。加之3个平声字全是上扬的阳平调，5个仄声字全是下滑的去声调，声调高低落差极为悬殊顿挫的语音效果就更加强烈。“脸上瘦削不堪，黄中带黑，而且消尽了先前悲哀的神色，仿佛是木刻似的”这段话的前6字语调低沉，因仄声字是平声字的2倍。中间16字语调平缓，因平声字占绝对优势，且有两个长音步间插其中。后7字沉郁缓慢，一方面由于全是仄声字，另一方面因为两个音步都是长音步。“只有那眼珠间或一轮，还可以表示她是一个活物”，这句话的前9个字语调由低沉变顿挫再趋于平缓，因为开头是一个全由国声字构成的长音步，中间是两个平仄相间的短音步，最后是由两个平声字构成的短音步。这句话的后11字语调低沉而顿挫，这是因为除了一个由两个仄声字构成的短音节而外，其他音节都是平仄搭配，语音高低变化紧凑且反差大。“她一手提着竹篮，内中一个饭碗，空的”，前7字之中只有一个仄声字，语调平缓，中间6字平仄同插而仄声字占优势，故语音顿挫低沉。最后2字平缓，较舒展。“一手拄着一支比她更长的竹竿，下端开了裂：她分明已经纯乎是一个乞丐了。”前13字中有两个平声音步，一个由仄声与轻声构成的音步，其余音步都是平仄对立，故语调平中有起伏。中间5字两个音步平仄对立，语音跌宕。最后13字由以平声为主的短音步转为以仄声为主的长音步，语调从平短转为凝重。上列15组文字按平仄音节的多少可分为两类。第1、2、5、6、10、12、13、15组算一类，平声音节占优势，语音高低变化幅度小；第3、4、7、8、9、11、14组是另一类平仄混杂，仄声音节较多，语音的高低变化大。这两类不同语音群交错排列组合，构成了整个语段沉郁顿挫的语音特色。这种语音特色与含蓄深沉的艺术风格是一致的。

最后说停顿。停顿有三种情形。第一种是自然停顿。自然停顿是按照语词的结构特征而自然形成的停顿。自汉代以来，汉语里的复音词不断增长，其中双音语词和词组所占比例最大，现代汉语不论口语还是书面语，由两个音节构成的音步都占绝对优势，这样，两个音节停顿就成为现代汉语自然停顿的主要表现形式。在语流和文本中，往往一个音步之后就意味着有一个自然停顿的机会。第二种情况是语义停顿。文本中的标点符号绝大多数是语义停顿的标志。文字排列起来，只要表达了相对完整的语义，就可以打上一种标点以示停顿。而表述某 种相对完整的语义，有时难免会借助一长串文字。这长串的文字必然包含较多的音步，理论上所有的音步之后都可以停顿，事实上，一个长句之中如果有多个可以停顿之处，不同的人选择停顿的地方往往不一致，这就是第三种停顿，心理停顿。心理停顿是在人的主观语感引导下所作的停顿。这种停顿也能造成一定的节奏和语音效果。举个流传很广的例子；有人看到一张纸条上写着“养猪大如山耗子头头死”。因为没加标点，读到“耗子”这个音步后停顿，结果全句的节奏就是：短—短—长，—长。音步为：2—2—3，—3。平仄搭配为：仄平仄平平仄仄，平平仄。“山”与“耗子”结合为一个三音节的音步，其义为“田鼠”（西南方言称田鼠为“山耗子”），这与写纸条者的初衷相去甚远，语义与节奏都不同了。如果读到“山”之后停顿，全句的节奏就是：短—长；短—长。音步为：2—3；2—3。平仄搭配为：仄平仄平平；仄仄平平仄。由此可见，心理停顿不同，同一语句的语义、节奏和平仄也会发生变化。

三、结构

书面语言的文字符号结构包括语词、语句和语篇。文学语言文本是书面语言的一种艺术形式，在文字符号体系层面上，它同样具有这三个层次。

文学语言在语词层次上可以语词或短语的形式存在，除单纯词之外，语词或短语内部的结构关系有主谓、述宾、补充、偏正、联合、附加、重叠等。普通语词或短语一旦进入文学文本中作家设定的特定环境，成为塑造特定艺术意象形象或意境的成分，它们就不再是通常社会交际意义上的语词或短语，尽管其形式并没有改变，但功能则有所不同了。因此，孤立地说某些语词是或不是文学语言是不科学的。因为文学只是语言的一种功能体现，而这种功能又只能在特定的环境条件下体现，离开了特定的艺术环境，一切所谓文学语言都无从谈起。但是，在普通的语词中，毕竟存在形象性强弱有无的差别，那些形象性较强的语词，有更多参与艺术环境，塑造艺术形象的便利。例如偏正结构的“瞎说”“瓜分”“席卷”“雪白”“冰凉”“火红”“笔直”等语询，本身就高于语言形象；而重叠结构的“爸爸”“妈妈”“个个”“条条”“棵棵”“常常”“渐渐”“干干净净”

“叮叮当当”等语词，本身就富于语音形象。而语言形象和语音形象是塑造艺术形象的重要因素，一旦普通语词进入文学文本成为构筑艺术境界的材料，那些本身就高于形象性的语词就是文学语言形象性的最佳表征。

文学语言的形象性并不只表现于语词层次，多个语词的艺术组合，或多个语句的艺术组合，同样能够在语句层次或语篇层次上映现其形象与音乐功能。语调不分雅俗也不计其本身是否富于语言形象或语音形象，要旨在于其参与构成的艺术意象形象或意境能感动人。因此，文学文本不仅需要炼字、炼词，也需要炼句、炼篇，否则难以产生动人的效果。赵树理的小说《小二黑结婚》有句话：

三仙姑半辈没有脸红过，偏这会撑不住气了，一道道热汗在脸上流。[①]

下加横线表示语词单位。就语词层次而言，其中“脸红”“热汗”“撑”“流”都具有语言形象，“一道道”不仅具有语言形象，还具有明显的语音形象，而其余语词都很难引起直接的形象或音乐联想，但当它们被作家巧妙地组合在一起，在语句层次上，一个久经世故的半老女人的尴尬形象就跃然纸上，谁也不能否认这个语句的形象性。因此，语词本身不富于语言形象，并不意味着它们进入语句层次后不能产生形象效果。每个语词都有语音，但不是每一个孤立的语音单位都能引起语音形象的联想。“一道道”之所以有乐感，是因为一平二次对比，且同音重叠所致。《李有才板话》有个顺口溜：

模范不模范，
从西往东看；
西头吃烙饼，
东头喝稀饭。[②]

单就语词而论，“模范”“稀饭”都有平仄对比，虽有声调的变化，但还说不上乐感。孤立的谈不上什么乐感的语词，一旦组成语句或语篇，情况就不同了。这个顺口溜为什么顺口，不就因为有韵味嘛，这韵味在语音上的体现示意如下：

---

① 工人出版社、山西大学合编《赵树理文集》（第1卷），工人出版社，1980年，第14页。
② 工人出版社、山西大学合编《赵树理文集》（第1卷），工人出版社，1980年，第46页。

平仄 仄 平仄
平平 仄平 仄
平平 仄 仄仄
平平 仄 平仄

横线表示音步，圆点表示前脚。除第 2 组的音步是 2—2—1 之外，其余都是 2—1— 2，双音节音步与单音节音步相间，节奏为长—短—长。第 2 组和第 4 组声调平仄完全相同，且“范”“看”“饭”押韵，没有乐感的语词配合得当也就产生了节奏和音韵效果。

在文学文本中，组成语句的语词比社交环境条件下有更大的自由度。艾青《黎明的通知》有“请你忠实于时间的诗人，带给人类以慰安的消息”；《野火》有“伸出你的光焰的手，去抚扪夜的宽阔的胸脯”；（树）有“一棵树，一棵树，彼此孤离地兀立着”；《旷野》有“昨天黄昏时还听见过的，那窄长的夹谷里的流水声”。[①] 其中的“慰安”“抚扪”“窄长”，通常写为“安慰”“抚摸”“狭长”，而“孤离”则是普通文本罕用的语词。这些语词除了显示诗人的个性特征外，更多的是着眼于艺术意境的经营，因而文本语词的重构和创造体现了文学语言的求新特征。通常社交环境条件下不能或很少出现的语调组合，在文学文本的语句层次上却不难发现：

历观文囿，泛览辞林，来尝不心游目想，移晷忘倦。（南朝·梁萧统《文选·序》）

有别必怨，有怨必盈。使人意夺神骇，心折骨惊。（南朝·梁江淹《别赋》）

临溪而渔，溪深而鱼肥；酿泉为酒，泉香而酒洌。（北宋·欧阳修《醉翁亭记》）

在以上语句中，“心游目想”从语义逻辑看是不能组合的，正常语序应是“心想目游”，作者为了追求“平平仄仄”的语音效果而改变了语词排列次序。

① 叶橹：《艾青诗歌欣赏》，广西教育出版社，1990 年，第 103、113、121、131 页。

“心折骨惊”则是为了谐调整个语段的语音平仄押韵以及语义在韵文中的对应。“心”与“意”，义相近，平对仄；“骨”与“神”，义相关，仄对平。同时，“惊”又与“盈”谐韵。“临溪而渔”与“酿泉为酒”两句末的音节平仄相反，为了音韵的谐调，把“泉洌”“酒香”改换为“泉香”“酒洌”，这样，“鱼肥”与“酒洌”就构成平平对仄仄的音韵格局，同“渔”与“酒”的平对仄相融洽。

汉语的文学语言文本在语句层次上形成了一定的形式。《诗·秦风·兼度》：“兼葭苍苍，白露为霜。所谓伊人，在水一方。”这是《诗经》出现最多的四字句形式。王勃《滕王阁序》：“渔舟唱晚，响穷彭蠡之滨：雁阵惊寒，声断衡阳之浦。”这是骈体文最典型的“四六”句型。另外，近体诗的五字句与七字句型，一直影响到现代诗的语句形式。现代诗虽然没有古代诗歌那样强调句型，但并非不注意语句的形式美。例如，艾青《下雪的早晨》的第一段：

> 雪下着，下着，没有声音，
> 雪下着，下着，一刻不停。
> 洁白的雪，盖满了院子，
> 洁白的雪，盖满了屋顶，
> 整个世界多么静，多么静。①

这段诗歌虽然用现代口语写成，但在语句形式上显然不乏匠心，第 1 行与第 2 行形式和字数相同；第 3 行与第 4 行不仅形式、字数，而且句法结构也完全相同；第 5 行虽自成一格，但“多么静”的三字格与第 1、2 行的“雪下着”在形式上相互呼应，且“静”字与“停”“顶”押韵，构成了本段诗歌在形式和音韵上的和谐美。不仅现代诗，现代散文或小说也并非不讲究句型，只是现代散文或小说的句型比诗歌更自由罢了。请看茅盾的《春蚕》描写20 世纪 30 年代农村图景的一段文字：

> 一条柴油引擎的小轮船很威严地从那茧厂后驶出来，拖着三条大船，迎面向老通宝来了。满河平静的水立刻激起泼刺刺的波浪，一齐向两旁的泥岸卷过来。一条乡下“赤膊船”赶快拢岸，船上的人揪住了泥岸上的茅草，船和人都好像在那里打秋千。轧轧轧的轮机声和洋油

① 叶橹：《艾青诗歌欣赏》，广西教育出版社，1990 年，第 144 页。

臭，飞散在这和平的绿的田野。

这段文字共包括4个长句，第1和第3句都有两个语音停顿，字数相等；第2和第4句都有一个语音停顿，字数大致接近。除第1、3两句字数相等可能是偶然情况而外，这种有规律的句式间插格局则绝非偶然，整段文字就因为这两种不同句式的交错而产生了张弛适度的节奏。若从音韵着眼，小说文本固然不像诗歌那样押韵，但同样重视语音的平仄分布和节奏基调。如第1句的第1组音节群，前一半平声音节多，后一半仄声音节多，第2组平声音节占优势，第3组仄声音节占优势，语音的平仄对比显示了平缓与急促的节奏变化。对第2、3、4句的考察结果表明，这些语句中的音节搭配基本上都是一长串平声音节与一长串仄声音节相间，构成张弛适度的节奏，与语句句式的排列是一致的，同时又与文本中描写的平静自然风貌被不平静的人为景观冲破的环境动态相一致。由此可见，小说文本的文学语言在句法层次上的格局并非孤立，而是与意境、语音节奏融为一体的。

中国古代文学语言文本在语篇上也有一定的形式。《诗经》的语篇就是由一定数量的语句按一定的模式排列构成的。例如《秦风·无衣》：

岂曰无衣？与子同袍。王于兴师，修我戈矛，与子同仇。
岂曰无衣？与子同泽。王于兴师，修我矛戟，与子偕作。
岂曰无衣？与子同裳。王于兴师，修我甲兵，与子偕行。

4字一组，每句8字或12字。两句一章，整个语篇由形式完全相同的三章文本构成，其中只有少量语词不同，这是很典型的语篇形式。近体诗也有严整的语篇形式。五绝和七绝以5字和7字分别为组，每两组为一句，由两句构成独立的语篇。而五律和七律也是由5字和7字分别为一组，由8组即4句构成语篇，而且领联和颈联（即中间两句）要求对仗。各种不同词牌的长短句也有规定的形式，由一定字数的语句构成。总之，文学语言文本在语词、语句、语篇三个层次上都凝成了一定的艺术表现形式。即使现代诗歌、现代散文和小说不受古代语篇形式的限制，也不等于现代文学语言文本没有语篇层次上的艺术表现形式。应当说，现代文学语言文本在语篇层次上的艺术形式较之古代更为多样化，更自由了。

四、 艺术性

语言大师们认为文学语言应当形象、准确、精炼，这些都是文学语言艺术性的具体表现。但文学语言的艺术性必须在具体的文本环境中才能表现出来。表现文学语言艺术性的常用手段是修辞。所谓修辞其实就是对言语材料的艺术处理。艺术处理有不同的层次。就语篇层次而言，常见的有寓言、诗歌等。寓言是以讲故事的方式寄托某种思想道理或教训，整个语篇的语言材料实际上已被作者做了艺术处理。常用的有拟人、比喻、象征等手段。《战国策·赵策》载有如下一段文字：

> 虎求百兽而食之，得狐。狐曰："子无敢食我也。天帝使我长百兽，今子食我，是逆天帝命也。子以我为不信，吾为子先行，子随吾后，观百兽之见我而敢不走乎！"虎以为然，故遂与之行，兽见之皆走。虎不知兽畏己而走也，以为畏狐也。

这段文字既以狐虎拟人，又以此比喻那些凭借他人势力欺压别人的人。

郭沫若的诗歌《炉中煤》，全诗运用拟人、比喻和象征手法，以燃烧的煤象征作者的激情，以年青的女郎象征五四以后新生的祖国，赋予炉中煤以情感和人格，使整篇文字充满艺术魅力。

就语句层次而言，无论何种体裁的文本，都可以修辞手段使整个语句高于艺术性。《史记·滑稽列传》载有如下一段文字：

> 楚庄王之时，有所爱马，衣以文绣，置之华屋之下，席以露床，啖以枣脯。马病肥死，使群臣丧之，欲以棺椁大夫礼葬之。左右争之，以为不可。王下令曰："有敢以马谏者，罪至死。"优孟闻之，入殿门，仰天大哭。王惊而问其故。优孟曰："马者，王之所爱也，以楚国堂堂之大，何求不得？而以大夫礼葬之，薄，请以人君礼葬之。"王曰："何如？"对曰："臣请以雕玉为棺，文梓为椁，楩枫豫章为题凑，发甲卒为穿圹，老弱负土，齐、赵陪位于前，韩、魏翼卫其后，庙食太牢，奉以万户之邑。诸侯闻之，皆知大王贱人而贵马也。"王曰："寡人之过一至此乎！为之奈何？"

优孟的两段对话都运用了反调手法，其艺术效果显然比正面陈述强烈得多。

苏伯玉妻所作《盘中诗》开头几句是："山树高，鸟鸣悲；泉水深，鲤鱼肥；空仓雀，常苦饥；吏人妇，会夫稀。"一连用了几个意象借喻远离丈夫的妻子的愁苦心绪。而且，树高鸟鸣与水深鱼肥的对比构成强烈反差，这使语句更具形象的艺术魅力。

在语词层次上，历来注重词语的选择既要适合语言和语句环境，又要高于艺术形象。因此，炼字的目的在于通过形象的经营达到最佳的艺术效果。唐代诗人贾岛对“鸟宿池边树，僧敲月下门”中“推”“敲”二字的斟酌，还有宋代王安石对“春风又绿江南岸”句中的“绿”，最初用“到”，后改为“过”，再改为“入”，又改为“满”，最后才定为“绿”，都表现了对语词艺术性的不懈追求。语词的艺术性对于古今中外的任何文学文本都是必不可少的，缺少了对语词艺术性的经营，就等于抽掉了文学文本的基石。因此，无论阅读任何文学文本，都不难觉察到字里行间作家匠心经营的苦心。请看新加坡作家骆明的散文《宁静的溪头》中的一段文字：

> 树是静的，山是静的，云将它跟天拉得更近了。
>
> 云是很不守本份的，总是在流动着，一个不小心，它就闯了出去，散开了，扩大了，包围了整个园地。
>
> 也许有雨意，也许是台风将来的关系，才是下午四点多钟，雾已经将光线驱走了，自己则悄悄地来了。
>
> 也许是雾，也许是云，将树的空隙，将路的间隔填满了。
>
> 到处是云，到处是雾。云雾将树与山都覆盖了。
>
> 也许是树承担不了，也许是恼怒了，于是向云雾发威。
>
> 云雾是胆小鬼，于是跌跌撞撞往外闯，惊动了其他的云雾，也跟着波动。
>
> 于是，天空就不安分起来了，树也不安分起来了。山呢？像一个入定的老和尚，静止不动。①

且不说整个语段采用了拟人、比喻等手法，仅就语词层次而言，如“拉”“闯”“散开”“扩大”“包围”“驱”“填”“承担”“恼怒”“发威”“惊动”“波动”等一系列动词，在文本中是将自然物象人格化的点睛之笔，具有不可置换的艺术功能。其中的状态词“悄悄地”“跌跌撞撞”“静止”配合着动词展现了云雾树、山这三个意象，这三个意象又构成了云山树海的意境。如果缺乏对语

---

① 《新华 98 年度文选》，新加坡文艺协会，1999 年，第 162 ~ 163 页。

词的精心雕琢，就无法凸现特色鲜明的意象，当然也就谈不上什么意境了。

中国传统的修辞手法丰富多样，在文学文本中的运用千姿百态，不胜枚举。修辞是增强语篇、语句艺术表现力的重要手段，也是体现文学语言艺术特征的一种标志。

（原收入李国正等：《东南亚华文文学语言研究》，厦门大学出版社，2002 年。）

文学语言研究方向处于国内外学术前沿领域

王中忱[1]

文学语言研究在国际上并不是一个最近才提出来的课题，特别是第二次世界大战以后，在欧美，由于形式主义和结构主义理论思潮的兴起，文学研究的一个潮流，就是怎样把语言学的方法引入文学研究。20 世纪五六十年代，在欧美的大学里，特别是英文系、比较文学系中，怎样把文学语言学的方法运用到文学批评上来，已经是一个经常讨论的问题。我比较了解的日本也是如此，比如说东京大学驹场校区，以前也是按照国别语言、文学等划分学科，近些年做了很大的改革，其中有一个新设的专业，就叫“语言·信息·文本”，这样设置专业，在我们国内似乎还没有。厦门大学中文系现在设立了文学语言这样一个研究方向，套一句大家常说的话，应该说是处于国际学术的前沿领域。

在中国，语言和文学分家分得比较厉害，虽然在中文系既有语言和文学，在外文系也如此，但这两门学科还是分离得比较厉害。80 年代，文学批评领域里面有人提出实现语言学的转向，但是，因为这个口号是文学研究界提出来的，而我们文学研究界的人很多都没有很好的语言学训练，所以最后这个口号只是一个口号，没有成为真正的实践。厦门大学中文系这次把博士点的一个方向——文学语言设在语言学专业，是一个非常好的构想，而参与这一方向的指导教授，既有语言学专业的教授，同时也有从事古今中外文学研究方面的教授，阵容相当强，完全可能真正实现语言学、文学以及其他学科的多学科交叉。有两位博士生提交的博士论文也证明了这个学科确实有非常广阔的前途，并且有做出相当好的成果的可能性。

另外，从这两篇论文中我也感觉到厦门大学中文系这个新方向具有一个很突出的特点，就是在借鉴西方学术界，特别是西方语言学成果的同时，有特别注意吸收或发掘本土资源。这一点特别重要，在中国怎么来做文艺学语言和文学的跨学科研究，很重要的一点就是发掘本土的资源。我看这两篇论文都多次引用到了

---

① 王中忱：清华大学中文系教授。

中国古代、现当代的理论家、作家关于文学、文学语言学的一些论述，把这些作为自己讨论问题的前提、资源，我觉得是很有必要的。西方叙事学，它在讨论问题的时候基本上是从西方语言，比如英语、法语的一些特性出发来提出问题的，而这些问题到了汉语脉络里可能就不是很重要的问题，比如西方文学里的人称问题，主语的位置问题等，在英语和法语里面主语是不太能够省略的，而在汉语和日语里面，即使是在叙事文学里面也会经常省略。所以，怎么样在汉语语境里面讨论这些文学语言的问题就会是一个新的问题。从这两篇博士学位论文中我们可以看得出来，厦门中文系设置的这个专业方向，现在所做的这些努力方向非常正确，完全可以做得非常有特色。

当然，因为是一个跨学科的学科，做起来难度会比较大。文学语言是一个非常难做的学科，为什么？因为你既要了解文学，又要有很好的语言学的训练。这有点像比较文学，理想的比较文学研究，应该是对两个甚至两个以上的国家文学的了解都达到专业水平之后，在此基础上展开的。我想文学语言研究也应该在文学和语言学都有了很好的专业训练之后才能做的，难度的确很大。我觉得这两篇论文基本上都已经做到了这一点。如果说还有些不满意的话，我觉得这两篇论文在吸收中国国内研究成果的时候，比较多的还是偏重了文学方面，语言学方面的成果吸收的少了点。我觉得可能有几个方面的成果，比如说正好你们做的是一个现代作家，这个作家，从 20 世纪 20 年代开始写作，一直到七八十年代，这个时候是中国现代白话文形成的时期，近现代汉语史的一些研究成果，会给我们非常直接的借鉴作用。比如说，如果讨论叙事人称的问题，可以好好看看吕叔湘先生写的《近代汉语指代词》等著作，以及一些关于汉语时间词的研究成果等。我以前读书时曾听过一门《中日语言对照研究》的课，印象很深。我觉得有关近代汉语研究的成果，对我们研究现当代文学具有很直接的借鉴作用。

另外就是翻译方面的研究，两位博士的论文都写到了丁玲语言的欧化问题，但是现代的作家，有相当一些作家行文的欧化，主要不是来源于直接的外文阅读，丁玲看外国文学作品，主要的不是看外文，更多地是看翻译。比如有的论文，讲到丁玲看了很多法国文学作品，但丁玲显然不是直接看法文，她是看了五四以来的翻译作品。有的学者是学法文的，其实可以运用自己的优势，比如把丁玲提到的一些法国文学作品的译本找来，对照原文比较，看看法文的一些句式，表达到了汉语翻译里变成了什么样子，通过这些比较，再看看丁玲语言表述的欧化形态，倘若在这方面能进一步细化，分析丁玲的句式、文体具体而细微的演化，我认为是可以出现非常好的成果。

有的论文中也讲到欧化的句法，这篇论文有一个特点，就是特别注意版本。主要通过初版本考察丁玲语言的欧化问题，我觉得是一个很好的方法，同时也觉得这个方法还可以更充分地展开，比如讲到丁玲语言的“充盈句”的时候，论文比较高地从正面评价了丁玲欧化句法的意义，但我个人觉得，就丁玲的小说写作来说，她在使用欧化句式和中国化句式之间，内心是有矛盾的，她自己在写作过程中不断地感到困惑，希望解决这个矛盾，而又不能真正解决。也就是说，虽然丁玲一直在使用欧化的句式，但她确实又不断想克服欧化的句式，这样一种矛盾一直贯穿到她的晚年。说她的句式始终处于这样的矛盾之中，可能是比较准确的特点，说她一味追求欧化，可能会比较片面。如果再把丁玲作品的初版本和她修改过的《丁玲文集》等版本加以比较，我想，这一悖论形态可以很清晰地呈现出来。

关于文学语言问题

张振兴[①]

庄钟庆老师给我寄来一本《曾心文集》（东南亚华文文学大系，泰国卷，司马攻主编，鹭江出版社，1998年）。我一有时间就读，回想着庄老师的关爱，经过四十多年之后，重新燃起对文学的喜爱，自有一番新鲜的感触。

我尤其喜欢《曾心文集》里的微型小说和短篇小说。即使是短篇小说，也很短小。这些小说，让我们跳出了大主题、大道理的束缚，以及所谓深刻思想的框框，没有了沉重的伦理压迫；看到的都是人间常态、凡人小事，并不会让你感动得热泪盈眶，或让你愤慨得磨拳擦掌。其实，这才是芸芸众生的真实生活。因此，我是带着非常轻松的、欢愉的，甚至可以说是一种休闲的心情，读完这些小说的。掩卷深思，我发现就是在这些很短小的小说里，每一篇都诉说了作者对人生的一片真情，告诉人们一个做人的道理，字里行间透着广泛的爱：家庭的爱、父母的爱、夫妻的爱、兄弟的爱、朋友的爱。爱，这是小说的一个永恒的主题，还需要怀疑吗？这就是曾心小说给我们所叙述的，非常非常普通的道理。

短篇小说，尤其是微型小说，一般来说有两个特点：一是没有复杂的情节，二是语言都很简单。曾心的小说也有这两个特点。曾心小说的语言用词平淡而不华丽，句子简短而不冗长，这种语言特点是适合于叙说一件简单的事情，描写一种单纯的情节的，对于一篇微型小说或短篇小说来说，这已经足够了。但是，能够得心应手地把这种语言特点，始终如一地贯彻到底，并不是一件简单的事情。这需要作家的语言修养。我读曾心的小说，能够体会到他的语言修养，就是把泰国的华文小说，写得像泰国的华文小说，而不是别的地方的小说，或别的地区的华文小说。其中很重要的一点，就是在华语的背景之下，把泰国地方的华语方言词和泰语的音译词，恰如其分地融合在他的小说里。现在简单说说。

所谓华语背景，是说曾心小说是用通用华语写的，这种华语就是通行于海外华人地区的普通话。按照中国普通话的标准来衡量，我们还能找到一些语用上的

---

① 张振兴：中国社会科学院语言研究所研究员。

毛病。例如：

这所学校已被封闭近半个世纪，最近又即将复办。（《三愣》，222①）

看着捐献台上叠叠紫色钞票，李医师……。（《三愣》，223）

六万铢，我付给。（《一块小小的青草地》，235）

翻了一个懒身的钟明，从被窝里发出闷声。（《漏水》，239）

尤其在湄南河畔遇到了阔别十年的你，更叫我久久不能入眠。（《杏林曲》，303）

李密身着红色的中国旗袍，一双娇滴滴、滴滴娇的蓝水眼，……（《蓝眼睛》，220）

这句话，虽半开玩笑的，但它一直储存在我的心版上。（《佛缘》，274）

以上句子中，“又即将复办”的“又”是多余的；“叠叠紫色钞票”的“叠叠”是量词重叠，不能单独修饰后面的名词，只有数量词才能作为名词的修饰成分；“我付给”也不合语法，口语里可以说“我给”，“我付”，说“我付给”就犯了动词语义成分重叠的毛病了；最后的两句就是所谓欧化的语法格式了，用一个很长的修饰成分来修饰一个很简单的主要成分，“翻了一个懒身的钟明”说成“钟明翻了一个懒身”，“尤其在湄南河畔遇到了阔别十年的你”说成“我们阔别了十年，这次在湄南河畔意外地遇到了你”，这个也许就完全符合华语的习惯用法了。另外，可以说“娇滴滴”，很少有人说“滴滴娇”；“心版”显然不是口语里常用的说法，应该说“心坎”。如果上面说的这些语用毛病，是出现在中国中小学生的作文里，老师是要扣分的，但出现在以泰国为生活场景的华文小说里，却构成了华语背景小说的有机组成部分。我们要知道，小说要恰如其人，要像小说里的角色，要像作者。小说不用推广普通话，不要把小说当成规范作品。

再来说说泰国地方的华语方言词和泰语的音译词。据我所知，泰国境内的华语，包含有多种华语方言，如闽南话、粤语、客家话等，尤其以闽南话为大宗，有的说厦门地区的闽南话，有的说潮洲地区的闽南话，还有说海南一带的闽南话。从小说里透露出来的方言成分来看，曾心先生平时说的是闽南话，他的通用

① 原题为：《从曾心的小说谈起》，现改为《谈文学语言问题》——编者。

华语里带有浓厚的闽南方言色彩。例如有很多闽南一带通行的方言词语，例如：

红毛妻子：红毛是旧时对具有社会主义思想信仰的人的称呼。(《蓝眼睛》，219)

阿舍：先生，也可以指游手好闲的花花公子。(《盯线》，228)

公公、阿公：爷爷，或是妇女对丈夫之父的称呼。(《互考》，236)

老妈生：年纪很大的女学生。(《种子》，247)

粿条伯：街边摆摊卖粿条的人。(《社会的眼睛》，258－259)

先生金：付给私人医生或老师的酬谢费。(《寂寞病》，266)

肥滚（黛萍携着她那肥滚的手说）：胖乎乎的样子。(《从广州来的小肥女》，288)

肥（越吃越肥）：胖，闽南话说人说动物都用“肥”，普通话说人用“胖”，说动物用“肥”，但“减肥”不能说成“减胖”。(《从广州来的小肥女》，289)

行（慕钟要我天天学行。人家一生只有一次学行，我吃老了还要第二次学行)：走，闽南话“行”是“走”，“走”是“跑”。(《杏林曲》，297)

还有一些根深蒂固的方言语法成分。例如：

没有一处会舒服。(《三愣》，222[①])

做人真工（辛）苦，过去爱（要）吃无好吃（没得吃），现在有好吃唔（不）敢吃！(《三愣》，222)

李医生……问：“有消渴病吗？”(《三愣》，222)

哦！这么大的书店，无卖吗？(《过时的种子》，283)

只知第二天一早，儿媳“脸黑黑”回娘家去了。(《老泪》，225)

一天，小虎的儿子生日……踏进S楼，食客满满。(《伏线》，226)

我几回骗过你？(《漏水》，240)

在以上的句子中，“会”“爱”“敢”都是能愿动词，这一类动词跟其他动词

① 指所引例句出自《曾心文集》，鹭江出版社，第222页，以下引句篇名后的数字同此。

的结合在语义和语用层面上是要受到一定制约的。这里所说的句子，在通用的华语里一般都不能说，可是闽南话可以说。在通用华语里，“有”“无”不能直接跟在动词、形容词之前，可是，在闽南话、客家话、粤语里，这种用法却是非常通行的。说这几种方言的人，说话作文很自然就流露出这样的语言习惯，“有好吃”“有消渴”“无卖”之类张口就来，习以为常。“脸黑黑”就是台湾校园歌曲里面的“面乌乌”，“食客满满”说成通用华语该是“坐满了食客”，“我几回骗过你”该是“我什么时候骗过你”。这些说法都是根深蒂固的方言语法成分。

小说里有一些本地泰语的音译词。例如：

波立：警察，英语 police 的泰语音译。（《头一遭》，250）

哒叻：农贸市场，泰语。（《捐躯》，252）

汶（不能收，收了就没“汶”了）：功德，泰语。（《如意的选择》，256）

多腰打：日本丰田车名 toyota 的泰语音译。（《社会的眼睛》，258）

慕：医生，泰语；慕钟，就是钟医生。（《寂寞病》，264）

添汶（儿子便用自己平时积存的钱去“添汶”）：做功德。（《佛缘》，275）

陶豪（这是一间二层陶豪，床上躺着一个吃佬叶的老亚婆，年近百岁）：可能是套房的意思，应该也是泰语的音译。（《过时的种子》，285）

好了，在篇幅不多的华语小说里，同时包含着看来有些毛病的通用华语，又有华语的方言成分，还有泰语的成分。表面上看，似乎很不和谐。但当看完全部小说之后，你得承认，这是再自然不过了。除了小说背后的泰国社会人文背景之外，正是这几种语言因素，构成了曾心的泰国华文小说的整体。假设不是这样，假设我们把上面所说的有“毛病”的通用语、方言词语和语法成分，还有泰语的音译词，都修改成标准的华文通用语，那么会是一种什么小说呢？可以肯定的是，起码不再是泰国的华文小说，当然也不再是曾心的小说。

说到这里，我们很自然就会联想到一个很重要的学术问题：什么是文学语言？文学语言是什么？鲁迅认为文学语言“应该比口语简洁，然而明了”（《且介亭文集·答曹聚仁先生信》）。茅盾认为“文学语言应当是形象化的、富有表现力的、准确的和精练的”（《新的现实和新的任务》转引自庄钟庆《茅盾文学语言论的演变》)。二位文学大师的说法没有错，可是并没有真正回答我们的问题。吕叔湘认为文学语言的研究就是修辞学、风格学的研究（《把我国语言科学研究推向前进》)，季羡林在为李润新《文学语言概论》所作的序言里，也有类似的表述："所谓文学语言……不出两途：一是修辞，二是风格……两者相较，风格尤重于修辞。"（以上均为庄钟庆老师所提供）。二位语言学大师的话也没有错，但同样也没有真正回答我们的问题。所以这个问题还需要研究，还需要进行文学语言的研究。

这种研究其实有两个层次。一个是广义的文学语言研究，要讨论文学体裁与语言的关系，讨论什么样的语言形式更适合表现某种文学类型；还要讨论文学主题跟语言的关系，讨论什么样的语言风格更适合于表现某种文学思想；同时还应该研究文学思想的潜在意识跟语言表达的关系等。例如邢公畹的《"红楼梦"语言风格分析上的几个先决问题》就是这样的作品。另一个是狭义的文学语言研究，它只着力于研究某一个具体作家、某一个具体文学作品的语言表达、语言特点、语言风格等。例如杨怡的《丁玲文学语言风格的形成》，就是这样的作品。不过，无论是广义的文学语言研究，还是狭义的文学语言研究，它们都是修辞学和风格学的核心部分，这就是语言修辞学和语言风格学。从这个意义上说，文学语言研究才是文学与语言学相结合的产物，只依靠文学家不行，只依靠语言学家也不行。这是因为文学家的语言思维可能更多地偏向于形象性和浪漫性，而语言学家的语言思维可能更多地偏向于逻辑性和语法性。同时研究文学和语言学的学者才会发现，把形象性、浪漫性、逻辑性和语法性统一于一体，这才是文学语言。

最后，我们还得回到曾心的小说语言上来。从曾心的小说里可以看出，小说的语言要多样化，这就跟文学的主题要多样化是一样的道理。小说的语言除了明显的语汇和语法错误之外，在很多情况下是无所谓对的与错的，这跟人们日常口语的表达无所谓对的与错的也是一样的道理。所以文学语言的多样化是形成作家风格、作品风格、形象特征的最重要因素之一。在这个问题上，我们需要有灵活的思维。

文学语言漫议

唐金海[1]

邢公畹教授在《<红楼梦>语言风格分析上的几个先决问题》中指出，“对作家语言风格的评价就是看作家的语言表现力对所表达的内容的适宜程度如何定的。”陈天助[2]深刻地领会这篇原文的内涵以及各方面的意见，并联系论著的论述实际，觉察到自己的论著在论述茅盾作品文学语言方面偏于形式特色的探讨，他认为应注意作家的语言表现力在表达作品内容方面的特色，因之他对原作做了重大的修改，指出作品的文学语言在反映第一次大革命时期中国社会都市文化的面貌。这是当年作品较少涉及的。这个变化表明陈天助对于茅盾的创作的看法有了很大的提高。

茅盾研究与茅盾的文学创作研究几乎是同步的，虽然近百年间茅盾研究在上个世纪各有所长也各有所短，但都有令人瞩目的建树，尤其是20世纪八九十年代至今，茅盾研究已蔚为壮观，就在如此研究成就的基础上，陈天助的《文学语言与都市文化——以茅盾早期小说<蚀>为基点的考察》论著取得了创新的成果，不仅富有原创性，而且也有学术价值。这是极为难能可贵的。

论著的创新价值主要体现在，从文学和语言学有机融合的角度，并着重以茅盾《蚀》文本的语言为解剖、分析对象，字分句析，精雕细琢，发掘新意。其次，论著的创新还表现在用中国的传统语言学的理论和方法，又结合西方20世纪结构语义学、索绪尔语言学、言语学理论，对文本作了宏观的微观的精当分析，并能提升其文学和文化的内涵，提示其内在的文学价值。

在茅盾研究史上，很少见如本论著那样，对茅盾的文学创作的具体文本的分析，与茅盾的创作观、语言观融为一体的分析研究，这种研究的价值与其表现在茅盾的小说语言研究上，而更大的价值在于对中国现当代独具品格的大作家的小说语言研究，具有原创的、开拓性的意义，这是本论最明显、最突出、最主要的理论和实践价值。全论角度新，层次清晰严谨，行文简洁，史论得当，反映了作

---

① 唐金海：复旦大学中文系教授。

② 陈天助为《文学语言与都市文化——以茅盾早期小说〈蚀〉为基点的考察》一书的作者。

者治学和写作的扎实功力。

丁玲创作和丁玲作品的评论几乎是同步发展的。几十年来，由于丁玲的作品，更由于丁玲的命运，丁玲倍受国内外读者和评论家关注，研究论文已相当丰富。

杨怡的论著《丁玲文学语言风格的演变》很有新意。以往论述丁玲小说风格的论文时有所见，但论析丁玲小说语言风格演变的论文尚属首次，杨怡的论著以丁玲小说语言为中心，将丁玲小说语言风格演变分成若干阶段，条理清晰，思路顺畅，在“形成”“生成”“成熟”等层层论述后，又对这种变化的因由特点作了简要的分析。全稿史料较丰富，写作认真，行文流畅。

丁玲研究遍及海内外文坛，也有一度非常热门——其多半是由于她的作品的命运，她在中国现当代文学史上的独特性和某种代表性，近一二十年来，这种研究点回落，但依然一直为人所关注——尽管西方话语日益走俏，丁玲及其作品依然在研究者的视线之内。这就是说明，丁玲魅力永存。

王丹红的论著《文学语言与形象书写——丁玲笔下的母亲》选择了一个在当下不为研究者重视的角度，即从文学语言的视角探讨丁玲作品中母亲的形象。这一选题有新意，又可触发中国现代其他作家研究的新思路，也可以拓宽对其他作家的研究思路——这往往是以前丁玲研究和其他作家研究的薄弱环节。论著站在新的高点上，从母亲形象的文学语言角度，对丁玲尤其是她笔下的母亲形象——语言特色——作了独特的阐述，取得了以往研究者难以达到的深度。

由此生发开去，论著以丁玲笔下母亲的语言表现的文本分析为据，从语言的节奏、章节、单复句、音调、动词、名词等的灵活运用，从语言修辞、语言结构切入，作了心理的、性格的及变化的分析，——这是一部名符其实的从文学语言角度探析文学作为奥秘和作家作为特色的论著。

王丹红的论著不仅对丁玲笔下母亲的语言作了扼要贴切的分析，而且拓展了文笔，拓宽了视野，将丁玲笔下母亲的形象，与冰心、张爱玲笔下母亲形象作比较，又与鲁迅等笔下母亲形象语言比较，通过以丁玲的小说与散文语言来分析丁玲作品中的母亲形象，确有新意。可以看出论著作者有较好的知识积累和理性思维能力。

近一二十年，东南亚华文文学的研究渐成热点，研究水平也逐渐向纵深发展。叶丽仪的《热带的音符、节奏与旋律——赵戎华语文学语言勘察》，一部关于新华作家赵戎文学语言研究论著，在学术领域拓展和深掘方面，已取得了令学人关注的可喜成绩。

论著对赵戎的文学语言作系统的研究分析，具有开创性，作者对赵戎的文学语言理论、文学语言的铸造、文学语言的风格等作了整体性的探讨。这样的较为宏观的探析，不仅是对赵戎文学成就研究的创新，而且还警示了学术界对东南亚已有相当成绩的华文作家研究的新路，其影响是可想而知的。

其论著在“史”的梳理和“点”的开掘上，也有很好的结合。对赵戎文学语言理论及文学研究、创作的梳理，条理清晰，在华语文学语言的共性和赵戎文学语言的本土性方面，作者有自己研读后的创见。在对中心论处的“史”的梳理和评析中，可以检验出论文作者的治学心态、治学功力和概括能力。

论著的史料也相当丰富，征引面广，阅读量大，论据充分和贴切，而且能引进平行研究的比较方法，与苗秀等马华作家的文学语言作比较。更值得一提的是，论著又能探讨赵戎文学语言形成的文化原因，从社会形态、时局变化和文化地域等方面论析，较有说服力。

驶向“文学语言学”彼岸之航道

——也谈厦门大学创设“文学语言”研究方向

庄浩然[①]

一

文学语言研究，是语言学和文学之间的跨学科研究。它的跨学科性质，从根本上说，系由文学语言自身的特性所决定。因此，首先必须明确“文学语言”的概念、性质、类型、功能，也有必要了解国人如何提出并界定“文学语言”的概念，阐释它的内涵与外延。

文学语言是个“国际学术术语”，它源自拉丁语，是英语 Literary Language、法语 Langue Littéraire、俄语 Литературныйязык 的汉译，意指民族共同语的书面和口头的加工形式。众所周知，汉民族共同语在长期形成的过程中，曾先后出现文学语言的两种书面形式。一种是文言，即用古代汉语写的文章，亦称古文，它是古代在一种方言基础上形成的书面语言，然日渐与口语脱离联系，却长期被作为统一的书面语。另一种是白话，即宋元以来用白话写作的语录、话本、元曲、小说等，它是以北方话为基础形成的书面语言，同以北京话为代表的口语（后被称为“官话”）基本一致，却一直被排斥在用文言写作的正统诗文之外。到了二十世纪初，随着中华民族的形成，民族民主革命的高涨，汉民族共同语的形成过程进入书面语与口语统一的关键时期。当时新文化运动先驱主张“言文合一”，以白话文取代文言文，提倡“国语运动”和文字拉丁化，动摇了文言作为书面语的统治地位，创建新的文学语言即民族共同语的书面和口头加工形式，亦被提到了议事日程。五四前后，胡适：曾以“文学的言语”称扬文艺复兴时期莎士比亚、倍根等人用不同于拉丁文的近代英语创作戏剧、诗文[②]，赞誉元代的白话

---

① 庄浩然：福建师范大学中文系教授。

② 胡适：《答觐庄白话诗之起因》（1916 年 7 月 29 日），《胡适留学日记》，岳麓书社，2000 年，第 693 页。梅光迪同年 7 月 17 日致胡适信，将“Literary Language”译为“文学之文字”，《梅光迪文存》，华中师大出版社，2011 年，第 539 页。

小说、戏曲“最近言文合一”，当时“白话几成文学的语言”，同时提出建设新文学的宗旨是“国语的文学、文学的国语”，并申明“以国语为文”，其文字有“应用之文”与“文学之文”的区别[①]。所谓“国语”即当时的“普通语”“普通话”。尽管胡适把文言与白话对立起来，未能看清二者之间的历史继承关系，也不明了新的文学语言必须以人民的活的口语为基础，但他和陈独秀、钱玄同、刘半农、傅斯年等新文化同仁，关于创建新文学、“言文合一”“文学的国语”等论述，毕竟开创了现代文学语言的初始研究。嗣后，新文学作家用现代白话文创作了一大批不同体裁的优秀文学作品，鲁迅、周作人、茅盾、朱自清、瞿秋白、毛泽东等人，对如何创造新的文学语言也作了富有卓识的阐述，这就为现代文学语言研究累积了丰富的实践经验和理论资源。

但毋庸讳言，文学语言作为语言学和文学的重要术语之一，其概念与性质、内涵与外延却长期未能获得科学的界定与阐明。直到1950年代中期，学术界关于文字改革、文学语言、现代汉语规范等问题的讨论，方被赋予相对确切的含义。1955—1956年高名凯等人按照欧洲各国和我国传统的说法，并参照前苏联《大百科全书》“文学语言”条目的解说，将“文学语言”界定为“全民共同语的书面加工形式的语言”，澄明它“指出是文艺、科学、艺术、政治法律、政论等所用的一种民族语的加工形式”；这种语言“往往是以文艺作品的语言为其典范，而文艺作品的语言也还是全民语言的书面加工形式的一种应用，两者间有密切的关系”。高名凯反对将文学语言和文学作品的语言对立起来，批评了所谓“文学语言不能指文学作品的语言”，“语言学家不必研究文学作品的语言”等不正确的看法。同时强调在讨论文艺问题时，“应当注意狭义的文学语言（即文艺作品的语言）和广义的文学语言（即全民共同语的书面加工形式）之间的不同”。[②] 不过，在“文学语言”问题讨论会上，林焘提出“文学语言”（包括书面的和口头的）有提高一切方言（包括基础方言）的责任。”[③] 魏建功的发言亦称“我们理解的文学语言是加了工的人民语言，包括古代的和现代的，主要的是书面语，而有口头语的基础。”[④] 给文学语言的口头加工形式留下一席地位。

---

① 胡适：《文学改良刍议》，《新青年》1917年1月，第2卷5号。胡适：《建设的文学革命论》，《新青年》1917年4月，第4卷2号。胡适、陈独秀：《论“新青年”之主张·答易宗夔》，《新青年》1918年10月，第5卷4号。

② 高名凯：《对“文学语言”概念的了解》，《文学语言问题讨论集》，文字改革出版社，1957年。第8-16页。高名凯等：《鲁迅与现代汉语文学语言》，文字改革出版社，1957年。

③ 林焘：《关于汉语规范化问题》，《中国语文》1955年8月。

④ 魏建功：《胡适“文学语言”观点批判》，《北京大学学报》（人文社科版）1955年2月。

在确定文学语言的概念的同时，语言学界还从现代汉语即民族共同语规范的角度，进一步阐明新的文学语言的形成、发展与规范化。林焘强调为了促进文学语言的发展，避免产生混乱与分歧的自流现象，文学语言必须根据语言的内部发展规律，加以规范化①。罗常培、吕叔湘对此作了更全面的阐述。他们从共同语与方言、书面语与口语的互制关系，揭示了新的文学语言的生成机制。在民族共同语形成的时期，“除书面语言的发展外，逐渐形成一种统一的口语。两者在其发展中互助作用，互相结合。原来的书面语言逐渐变成民族共同语的高级的、文学加工的、规范化的形式，成为它的文学语言；而民族共同语则通过文学语言得到传播，更有力地削弱方言。”同时，阐明文学语言是现代汉语规范的主要对象和标准。由于“民族共同语的集中表现是文学语言，文学语言的主要形式是书面形式，所以规范化的主要对象是书面语言。”但不能忽视“文学语言的口头形式”，它也是语言规范的一个重要问题。文学语言的发展必须从“人民群众的语言”，“古人语言中有生命的东西”，及“外国语言中吸取我们所需要的成分”，其中“人民口语是文学语言的主要源泉”。但文学语言毕竟不同于口语，它虽有其口头的一面，却“不是日常口语的复制品，而是日常口语经过文学加工的形式。”文学语言“在文化的发展上起着极其广大的作用，它领导整个语言，包括日常口语，向更完善的方向发展。”另一方面，由于“语言的规范是随着文学语言的发展而逐渐形成的”，因此“应该从现代文学语言的作品里”，寻找诸如词汇（词的形式和用法）、语法（语法格式和用法）规范的具体标准，换言之，“现代汉语的规范就是现代的有代表性的作品里的一般用例。”最后，陈述文学语言的规范化与文体多样化和个人风格的自由创造并不矛盾，并强调语言学家必须联系社会的发展，研究与促进文学语言的规范化。② 这些论述不仅总结了五四以来新的文学语言形成、发展与规范的有益的经验教训，也深入地揭示文学语言同它的内圈（书面、口头加工语言与文学作品语言）与外圈（共同语、口语、方言、古语、外国语；文体、风格等）的复杂关系。它既有助于人们深化对文学语言的内涵与外延的认知，也极大地拓展文学语言研究的广度与深度。

鉴于文学语言有广义、狭义之分，狭义的专指文学作品语言，学术界还进一步探讨文学作品语言的特殊性。当年茅盾秉执“文学作品的基本材料是语言”“作家的责任就在于创造艺术的形象”等文艺理念，将文学作品语言界定为“民众的语言经过作家加工而构成为作品中的文字”，阐明文学语言的艺术创造及其

① 林焘：《关于汉语规范化问题》，《中国语文》1955 年 8 月。

② 罗常培、吕叔湘：《现代汉语规范问题》，《语言研究》1956 年 1 月。

同作品的形式与内容、作家的语言个性与独特风格的密切关系。“所谓加工，就是选择民众语言中的词汇、成语、谚语、俗语等，以及语法和修辞方法等，不但要运用得当（这就是说，选择的目的在于达成形式与内容的一致），而且要创造性地使用它们（这就是说，要把民众语言加以提炼）。正因为经过这样的加工，所以伟大作家们的文学语言是有‘个性’的；这个性就构成了他们的各自的独特的风格。”① 他还提炼了文学作品语言的基本特征，它“应当是形象化的、富有表现力的、准确的和精炼的，然后可以传达作者所欲传达的思想情绪，然后可以构成鲜明的形象。”② 并对鲁迅、赵树理、老舍等现当代作家的文学语言的个性和独特风格作了精确透辟的概括。邢公畹则将视野投向古代白话文学《红楼梦》的语言风格，他对语言学和文艺学的风格加以区别，辨识《红楼梦》语言风格的共性、民族性、个性三者的不同，指出对作家的语言风格的分析，必须“观察作家如何使用语言工具来实现其题材、作品结构、人物语言、形象塑造以及一切有关作品的艺术构思。不同作家的不同语言风格就是各人的语词、语段、句子和大于句子的语言结构运行在题材、作品结构……等方面的不同的轨迹图。”③ 沈、邢二人对作家作品的文学语言与文学风格的探究，都注重语言性和文学性的融合，于后人自有很大的启示。艺术实践和理论探究表明，文学作品语言不同于广义的书面加工语言，虽然二者同属文学语言，但前者是一种特殊的文学语言；它不仅具有语言性，也具有后者所欠缺的文学性。正是语言性与文学性的结合，使文学作品语言往往成为文学语言的“典范”，也从根本上决定了文学作品语言研究的跨学科性质。1958 年吕叔湘就敏锐地指出“各体文章风格的研究，作家语言的研究，几乎可以说是语言学和文学之间的边缘学科。”④ 因为各体文章有一大部隶属文学体裁，且研究被上擢到风格层面，而作家语言是经过加工的文学文本语言，且大多具有个性和独特风格。这实际上揭示了文学文体风格和作家语言研究的跨学科边缘性质。

1950—1960 年我国学术界关于文学语言的概念、性质与规范的讨论，关于狭义文学语言与文学文体风格和作家语言风格的探究，可以说从一个侧面呼应了 20 世纪以来哲学和人文科学的“语言学转向”的历史潮流，它不仅为汉文学语言的研究奠定了坚实的理论基础，也有很大的实践指导作用。它在理论和方法论

---

① 茅盾：《关于歇后语》，《人民文学》1954 年第 6 期。

② 茅盾：《新的现实和新的任务》，《人民日报》，1953 年 9 月 26 日。

③ 邢公畹：《〈红楼梦〉语言风格分析上的几个先决问题》，卢兴基等：《〈红楼梦〉的语言艺术》，语文出版社，1985 年，第 1－21 页。

④ 吕叔湘：《语言和语言学》，《语文学习》（京）1985 年第 2－3 期。

上的意义，其实并不亚于1930年代后特别是新时期自西方引进的结构主义、转换生成语法、俄国形式主义及英美新批评等新潮理论。正是这内外呼应的两股駸駸乎进入文学领域的语言学潮流，于开放改革、自由宽容的文化语境中，掀动了新时期以来汉文学语言方兴未艾的研究热潮。在此过程中，学术界不仅深化了对文学语言的概念、性质、特征、功能等，以及与之相关的语言学和文学的术语范畴的认知，也推出一批有关文学语言研究的专著、论文，获得了语言学与文学的跨学科研究的重要突破。厦门大学的专家、学者，顺应语言学转向的世界学术潮流，吸取了国内外文学语言跨学科研究的有益经验，由汉语言文字学博士点李国正教授主持，自2002年起在国内高校首次增设“文学语言”研究方向。《增设报告》对“文学语言”的跨学科性质，其研究的内容、意义、价值与前景作了明确的阐述：

> 文学语言是横跨文学和语言学两门学科的研究领域，在当前学科发展呈交叉渗透趋势的条件下，文学语言研究蕴含着发展为一门新学科——文学语言学的增长点，因而这一研究方向具有前瞻性。由此而来的文学语言与文学风格相互关系的探索，是一个全新的领域，处于学科前沿；文学语言的特征、类型、结构、功能及其在文学文本中的变化发展，是学科前沿亟需研究的新问题。①

该研究方向组织一支语言学和文学教授的导师队伍，以中国现当代作家和东南亚华文作家的文学作品语言为研究对象，十余年来协同作战，群策群力，培养了国内外一批研究汉文学语言的博士生，推出一批有创见、份量重的优秀学位论文，堪称从语言学和文学学科层面开创了文学语言研究的新生面，也为创建文学语言学这一新学科打桩浇基，立柱架梁提供了多方面的丰富经验。

二

厦门大学“文学语言”研究方向的创造性开拓，集中表征为从文学语言的双重特性出发，将它作为语言学与文学交叉的研究对象，致力于探究文学语言在作家文本中语言性与文学性的有机结合，从而规避了从语言学或文学的单一角度研究文学语言的缺憾与不足，也真正彰显了文学语言研究的“跨学科性质”②。

① 李国正：《关于汉语言文字学博士点增设文学语言研究方向的报告》（2001年5月28日）。
② 庄钟庆：《文学语言解读》。见本书。

诚然，“同一对象可以有不同学科的研究”[①]。文学语言（指文学作品语言，下文同）既可从语言学的角度，也可从文学、社会学、心理学等角度进行研究。纯语言学的研究虽有自己的理论、原则与方法，也能达到多方面的预期目的和效果，但这种研究往往滞留于纯粹语言的静态分析，无法解说作家如何驾驭文学语言的动态符号系统和多维审美功能，创造生香活色的形象和活生生的人生图画。正如金克木所说，“从古以来中外研究语言都是进行词句解剖。19 世纪比较语言学更是这样。20 世纪中期乔姆斯基开始讲‘生成、转换’以后，新说纷起，还是逃不脱解剖学基础上的系统结构。”金氏将这种“肢解”语言的静止研究喻为考古，它“把零碎的化石凑成一副完整的骨骼，仍然不能吹口气使恐龙复活。”[②]身为语言学家的吕叔湘也深有体悟地慨叹：语言“是‘人们交流思想的工具’。可是打开任何一本讲语言的书来看，都只看见‘工具’，‘人们’没有了。语音啊，语法啊，词汇啊，条分缕析，讲得挺多，可都讲的是这种工具的部件和结构，没有讲人们怎么使唤这种工具。”[③] 此种缺憾往往使一些研究语言的著述显得枯燥、繁琐，它既悖离了文学作品语言的文学性，也失落了其形象性、情感性、内指性等基本特征。1986 年，吕叔湘为推进我国语言科学的发展，提出正确处理语言研究的“动和静的关系”，即“应用科学和纯粹科学”，或称“边缘科学和中心科学”的关系，主张积极引进、发展社会语言学、心理语言学、数理语言学等广义的应用语言学，亦称边缘科学，它将“给纯粹科学提出新问题，开辟新园地。”在他看来，“语文教学的进一步发展，就走上修辞学、风格学的道路，也就是文学语言的研究，这是语言学和文学交界处的学科。”[④] 这就指明了语文学堪可经由修辞学、风格学的路径，创造文学语言这一新的边缘学科。

文学语言的跨学科研究，不仅能规避纯语言学的静态研究的不足，也有助于匡纠国人长期疏略语言分析的文学研究之积弊。“语言是文学的第一要素”（高尔基），中外传统文论认为语言是文学描写人性、人心和人生图画的材料或工具，是文学赖以表达思想情感的载体或形式。而西方现代文论则称语言是文学的“本体”，是“存在的家园”（海德格尔），“想象一种语言意味着想象一种生活方式”（维特根斯坦），甚至断言“语言和文学之间的一致性”（罗兰·巴尔特）。如童庆炳指出，这两种文学语言观既有合理的一面，也各有片面性。前者看不到文学

---

① 金克木：《文化厄言》，中国人民大学出版社，2006 年，第 108 页。

② 金克木：《文化厄言》，中国人民大学出版社，2006 年，第 95 页。

③ 吕叔湘：《语言作为一种社会现象》，《读书》1980 年 4 月。

④ 吕叔湘：《把我国语言科学推向前进》，《中国语文》1981 年 1 月。

语言的特殊性，将它混同于其他书面加工语言；后者则夸大了它的特殊性，看不清它与其他书面加工语言的共同性①。卡西尔说，作家的语言不是"纯粹外在的技巧和手段，而是艺术直观的直接组成部分。"② 对文学来说，语言不是单纯的工具或载体，而是内在于作家的"艺术直观"，是作家赖以表现的对象和客体。作家的语言与他的感觉、知觉、想象、思维是同一的，语言是他的艺术直观和创作个性的直接显现。对于这一点，朱光潜说得更直接明白，"艺术形象或直觉同时也是语言，或者更确切地说，艺术形象就构成于表现形象的语言之中。"③ 然而，长期以来，由于文学功利主义和主流意识形态的负面影响，文学研究不讲语言却是一种很普遍的现象。诚如吕叔湘所言，作家"把生活转变成作品要通过语言"，文学研究亦如创作不能撇开语言艺术，文学作品怎么运用语言来表达内容，乃是文学评论的应有之义，也是重中之重。但好些文艺评论家"开口生活，闭口意识形态，却不讲语言，这种文艺批评是片面的。"④ 显然，文学语言的跨学科研究，正是对这种本体偏枯的文学研究的有力反拨，也有助于使文学语言真正成为文学的材料、对象与客体，文学赖以栖身的家园。

对文学语言研究来说，如何真正达成语言学与文学的相铺相成，互渗交融，从而获致跨学科研究的互补双赢的效果，无疑是研究者亟待探讨与实践的中心课题。厦门大学的导师和博士生，以创建文学语言学位标向，一面梳理、总结国内外有关文学语言的理论探讨的有益成果，批判地吸取与之相关的研究实践的经验教训，同时紧密联系中国现当代作家和东南亚华文作家的文学语言的艺术实践，围绕语言学与文学的有机结合，提出并践行了一系列的理论、原则与方法，为文学语言研究逐渐闯出了一条新路。

一、语言学与文学的理论、方法相结合，既是文学语言研究的理论基础，又为文学语言研究提供了方法论。博士们从研究对象的实际出发，根据论题、论证的需要，一方面运用中西语言学的理论与方法，同时结合文学理论、文学批评、美学的理论、方法，并辅以社会学、心理学、文化人类学等，建构了既使两种不同的理论、方法相融合，又基本上能适应研究对象文学语言特殊性的逻辑构架。论文所启用的西方现代语言学理论，有索绪尔的普通语言学、结构主义及其诸流派、生成转换语法等，以及由上述语言理论为基础横向发展的语义学、语用学、

① 童庆炳：《现代诗学问题十讲》，中国海洋大学出版社，2005 年第 7 - 8 期，第 11 页。

② 卡西尔：《人论》，上海译文出版社，1985 年，第 198 页。

③ 朱光潜：《思想就是使用语言》(1948)，《哲学研究》1989 年第 1 期。

④ 吕叔湘：《文学和语言的关系》，《中学语文与教学》1986 年第 1 期。

语境理论、心理语言学等。中国语言学则涉及了传统的语文学、文字学、训诂学、音韵学、现代语音学、词汇学、语法学、修辞学以及乾嘉学派的朴学方法等。而由上述文学理论等为基础发展起来的新兴学科，如比较文学、接受美学、读者反应批评等也被论者所采用。引人瞩目的是，研究者还将视野投向语言学与文学互渗交融的一些重要术语概念，及由之发展而成的新兴或传统的交叉学科，如文本学、文体学、风格学、文艺修辞学、话语理论等，以及从哲学角度研究语言和文学的符合学、阐释学、信息论等。对文学语言研究来说，这类术语概念或学科理论有其特殊的意义与价值。由于它们本身从不同的层面、维度表征了语言学与文学的交融，这就为文学语言研究提供了更直接的理论和方法论的资源，因而它们往往成为论者关注的论述课题，参与建构论文的逻辑论证支架。

在实际操作中，博士们注重在作家文本语言的复杂的生态场中，使两种不同的理论或批评立场，既相互碰撞、搭接，又相互补充、沟通，力求达到文学语言的复杂性与理论学说的生命力的双重展示。论者为此付出了艰辛的创造性的劳作，也各有自己的理路与不同的收获，但仍存在着一些不够妥帖或有待进一步探讨的问题。总体上看，语言学与文学的理论、方法的结合，是文学语言研究的一个相当复杂的课题，它不单涉及到中外语言学与文学之间多重的对接与融合，涉及到中外语言学与文学各自的古今传承与贯通，而且是一个理论和方法论如何与复杂多样的文学语言生态反复整合、验证，最终为文学语言学这一新学科确立自己的理论体系、基本原则与研究方法的重大课题。在这方面，厦门大学博士们的多层面的探索与实践，无疑具有辅基奠石的意义。

二、从语言出发，探究文本语言的语言性与文学性的有机结合，是文学语言研究的基本原则。“文学语言”以“语言”为中心词，不论从语言学或文学的角度，抑或从心理学、文化学等角度来研究文学语言，都必须坚持从语言出发，以文本语言的全方位的系统研究为基础。毕玲蔷博士的论文澄明，从语言底层出发，是文学语言研究的“立身之本”，也是达成文学语言跨学科研究的“必由之路”。它一方面得以充分挖掘、阐发文学语言的语言性，同时藉以深入考究语言性和文学性在文本中如何“共存与整合、相融与再生”①。显然，这是文学语言研究不可移易的基石，也是最佳的切入口。如罗常培、吕叔湘所言，“一种文学语言是一个复杂的整体”② 博士们对作家文本语言的研究，依对象变易虽各有侧重，因论者不同而各有特点，但都注重从语言的“中心部分”——语音、语汇、

① 毕玲蔷：《丁玲小说代表作文学语言研究》（博士论文）。

② 罗常培、吕叔湘：《现代汉语规范问题》，《语言研究》1956 年第 1 期。

语法等基本要素入手，同时延伸到围绕这个中心的“一系列用途有限制的部分”，即古语、外来语、俗语、方言、专门术词及各种语体等，并将上述二者上擢到语言的章法、修辞、文体、风格等层面来考量。但重要的是，这种全方位的系统研究，虽也着眼于作家有代表性的文本的一般或特殊的用例，却从根本上超离了纯语言学的孤立静止的分析与解剖。究其原因，在于它一开始就将语言作为文学的形式和内容的共生体，有机地纳入作家文本语言创造的艺术生态场中。其具体做法是将语言研究一方面与作家如何提炼加工语言相结合，同时又与文学文本的研究相结合。

诚如吕叔湘所说，“研究人们怎样使用语言，这就是语言的动态研究。”① 文学语言研究正是这类动态研究。作家虽同是运用规范的文学语言，但因不同的文化素养、思想性格与生命体验，不同的文学理念、审美情趣与语言观，作家对语言的选择、提炼与加工却迥然有别，其创造性的语言艺术实践，也渐次形成了各自的个性和独特风格。博士们深知语言作为审美的对象与手段，同作家这一审美主体的联系，就像一柄双刃剑，一面堪可割弃语言学常见的静态研究，同时又能斩获跨学科意义的文学语言研究。于是，作家的语言观或语言理论，作家在创作中对语言的艺术加工与审美创造，便成为论文共同关注的论述课题之一。毕玲蔷的论文以丁玲小说代表作文学语言的艺术创造为中心论题，她从丁玲独特的语言观切入，一方面阐述丁玲的文学语言是心灵与生命的刻写，经由无意识的获得与有意识习得而生成，并从语言的“变异”与“味道”的经营对其生成、创造制作了饶有创见的深入论述。同时从语言的常规与变异的辩证关系入手，辅以计算机检索的量化统计，多层面、系统地探究丁玲代表作语言复杂的表现形式与独特的艺术创造，阐明它在环境描绘、性格与心理刻画及意境营造等方面的审美功能。总体上看，研究者注重阐明作家的文学语言理念与语言艺术实践之间的互制关系；但部分论文显然较多关注二者相生相成的一面，对二者内存背离现象的考究似嫌不足。

另一方面，文学文本是作家用文学语言所创造的，凝聚着审美内容、形式与思想情感的语言符号系统，是文学语言赖以表征其美学价值和文化意蕴的复杂的艺术生态场，一旦离开了作家的艺术运思与审美表现所创造现象的类例。博士们将作家的语言研究始终置于具体的文学文本中，探讨作家如何在特定的语境中，通过语言来表达作品的内容和形式，使“题材、结构、形象塑造以及一切有关作

---

① 吕叔湘：《把我国语言科学推向前进》，《中国语文》1981 年第 1 期。

品的艺术运思”[①]，都凭借文本语言的全方位的整体论析而获得具体有力的解说。在这一过程中，论者注重启用语境理论和阐释学的原理、方法。一方面，如童庆炳所说，“作品中的全部话语处在同一语境中，因此任何一个词、词语、句子、段落的意义，不但从它自身获得，同时还从前于它或后于它，即从本作品的全部话语语境中获得。”[②] 同时将文本语言研究扩展到同一作家的其他或全部文本，以及不同作家的相关文本。博士们对此深有体悟，指出“小到字、词、句，中到话语、语段和一个文本，大到一个作家的一类文本和与此相关的全部文本，甚至是其他作家与此相关的文本，都在文学语言研究的范围内。”[③] 显然，文本语言的语境阐释及其文本外扩，能使作家的文学语言获得精确深致的解说或辨析，但这种解说的精确深致，尚端于能否突破从个别到整体、从局部到全局的单向度的阐释，将它提升到钱钟书所提倡的“交互往复”的“阐释的循环”[④]。博士论文的文本语言研究，尽管作者的功力有别，其阐释的深浅亦有等差，大多尚未达到双向互动的阐释的层面，但不同程度地都彰显了文本语言研究的整体有机性与学理的穿透力。

值得提出的是，叶丽仪、刘秀珍博士开拓了汉文学语言的一个分支——东南亚华文作家文本语言的研究[⑤]。叶丽仪的论文探究新华作家赵戎的文学语言，在多元种族、文化、语言的接触、交融的特殊语境中，吸收了马来语、英语、淡米尔语与粤、闽、客家等汉方言的词汇、语音、语法的成分，呈现出语言结构和功能的复杂的混合状态。同时阐明赵戎文学语言的大中华共通性、东南亚地域性是通过新华的本土性、作家的个人性而获得展现。论文还进一步描述东南亚华语文学语言在多语混合语境中生存演变的驳杂图像，客观地分析它的长处与不足，不同于祖籍地或其他海外华语文学语言的特异性，对其今后的健康发展也提出了有益的构想。这无疑是汉文学语言研究的新领域，也是一个值得深入垦拓、探究的新课题。

三、文体与风格，是语言学与文学共有的两个重要术语概念，也是“文学语言”赖以进入跨学科研究的两条有联络的重要通道。西方的文体学、风格学与古典修辞学有密切的关系。古希腊“修辞学”一词的涵义不仅指修辞，还包括了

---

① 邢公畹：《〈红楼梦〉语言风格分析上的几个先决问题》，卢兴基等：《〈红楼梦〉的语言艺术》，语文出版社，1985 年，第 1 - 21 页。

② 童庆炳：《现代诗学问题十讲》，中国海洋大学出版社，2005 年第 7 - 8 期，第 11 页。

③ 童庆炳：《现代诗学问题十讲》，中国海洋大学出版社，2005 年第 7 - 8 期，第 11 页。

④ 钱钟书：《管锥篇》（第一册），中华书局，1999 年，第 171、172 页。

⑤ 叶丽仪：《赵戎文学语言研究》。刘秀珍：《姚紫小说文学语言研究》。

文体论、风格论、其义杂糅，直到罗马时期亦难确解。英语的“文体”与“风格”同属一个词Style，它源自希腊文，由拉丁文传入，意指文学的文体或风格，二者常常混用，有时也与后起的文类（genre）杂糅使用，并无精当的释义。五四后国人将Style译为文体，或风格，或体裁等。中国古代文论也有“文体”“风格”两个不同的概念，但其内涵与外延随时代而迁变，也各有种种不同的界说。自西潮东渐后，中外的“文体”“风格”概念相遇合，未经辨析而混融使用，可谓悬解益纷。吕叔湘曾将“修辞学，或风格学，或词章学”列为“语言研究的另一个部门”，他把三者看为内涵互包的相近或同一的概念，统称它们是“一门学问”，强调对它的目的、研究对象与方法深入的研讨，并确定它的名称。这就必须借鉴欧洲和前苏联的“风格学”的研究方法，同时继承我国古典的“诗文评”的有益成果，逐渐建立起“汉语词章学（或汉语修辞学、或汉语风格学）。”[①] 王力称“所谓修辞学，有人叫做文体学，有人叫做风格学”，不管它的定义怎么样，都是中国语言学当前应该强调的“迫切的任务”之一[②]，其看法近似吕氏。而季羡林则将修辞学与风格学做了区分，澄明“修辞和风格”是文学语言研究的“两途”，“二者相较，风格尤重于修辞”，因为“修辞，一两句内就可以看出，而风格则必须统览全局，甚至若干篇，才能显示。”[③] 尽管见解不同，一时亦遽难统一，但重要的是，吕、季等人都把修辞学、风格学、文体学等看为文学语言跨学科研究的重要内容、标志或途径。而新时期以来学术界对修辞学、风格学、文体学、辞章学等的研究，特别是一些术语概念的重新辨析与厘定，无疑为文学语言的文体、风格等的研究进一步奠定了基础，或提供了有益的参照。

从厦门大学博士的研究来看，其论文于作家文本的修辞，如吕叔湘当年所言，“主要在修辞格的研究”[④]，它同文本的词法、章法以及声律的研究，大凡被纳入文体学或风格学的范畴予以考量。可以说，文体和风格是论文作者达成文学语言跨学科研究的两大通道。文体学是一门“处于语言学与文艺学的交叉点”的新兴边缘学科[⑤]。所谓文体，有三层涵义。一指体裁，不同的体裁各有自己的本体属性，如诗歌的抒情性、小说的叙述性、戏剧文学的动作性，它们在文体研究中占有重要的地位。如小说要求从叙述性的三个构成要素：情节、人物塑造和

① 吕叔湘：《汉语研究工作者的当前任务》，《中国语文》1961年第4期。《我对于“修辞”的看法》，《中学语文教学》1984年第8期。

② 王力：《中国语言学的现况及其存在的问题》，《中国语文》1957年第3期。

③ 季羡林：《文学语言概论》序言，北京语言学院出版社，1991年。

④ 吕叔湘：《把我国语言科学推向前进》，《中国语文》1981年第1期。

⑤ 王佐良等主编《英语文体学引论》，外语教学与研究出版社，1987年，第508页。

背景着手，同时结合叙述的各种模式和方法予以分析考评。二指语体，即文学语言的体式。朱自清曾将现代白话文分为“国语体”“欧化体”“创造体”等语体[①]。语体的采用往往受体裁所规约，也与修辞手法有关。童庆炳认为与诗歌、小说、戏剧三种体裁相匹配的语体，有抒情语体、叙述语体、对话语体。除上述三种规范语体外，还有更能体现文体本质的自由语体，它是作家“个性的表现”与“独特的创造”[②]。三指风格，即吕叔湘所谓“各体文章的风格”。王元化亦称不同体裁“有其本身要求的不同风格”，它属于作家风格的“客观因素”[③]。

中外文论都认为文体是连结文本的语言研究与文学研究的重要纽带。韦勒克·沃伦澄明，语言的研究“只有当它研究语言的审美效果时，简言之，只有当它成为文体学时，才算得上文学的研究。”[④] 而文体学“对作品的语言做系统的分析”，描述“其审美的功能与意义”，是“文学研究的一个主要部分，因为只有文体学的方法才能界定一件文学作品的特质。”[⑤] 中国传统文论也有类似的看法，认为“文体虽与语言及思想感情，并列而为文学的三大要素之一，但语言和思想感情必须表现而成为文体时，才能成为文学的作品”，因此文体乃是文学批评鉴赏的“中心课题”[⑥]。西方文体学从现代语言学的理论与方法来研究文体，同时从文学理论、美学、心理学等学科获取有益的营养，强调“文体应与主题、体裁、人物刻画或情景等相匹配”[⑦]。博士们综合启用中西文体学的理论与方法，从小说、散文等文体来研究作家的文学语言。陈天助博士的论文《〈蚀〉的文学语言研究》，一面探讨《蚀》以现代白话文为基础，改造文言、旧白话、欧化等语体，并吸收方言、俗语等成分，进行现代小说的语体创造。同时通过文本的语言、修辞、意象、象征等多层面的功能分析，阐明它在文物塑造、情节冲突及场景描绘等方面的审美效果，将文体研究既深入到小说叙述性的审美层面及主题意义，又上擢到茅盾小说语言风格的高度。其他博士的论文同样注重作家文本的白话语体创造、小说叙述性的审美功能及文体风格的研究。

文学语言的风格研究是与文体研究相辅而行的。威克纳格说，“风格是语言

---

① 朱自清：《论白话》，《朱自清全集》（第一卷），江苏教育出版社，1996 年，第 267 – 271 页。

② 童庆炳：《文体与文体的创造》，云南人民出版社，1999 年，第 23 – 24 页。

③ 王元化：《文学风格论》跋，上海译文出版社，第 79 – 85 页。

④ 韦勒克·沃伦：《文学理论》，江苏教育出版社，2005 年。

⑤ 胡壮麟等主编《西方文体学辞典》，清华大学出版社，2004 年，第 151 页。

⑥ 徐复观：《文学精神》，上海书店出版社，2006 年，第 145 – 146 页。

⑦ 胡壮麟等主编《西方文体学辞典》，清华大学出版社，2004 年，第 151 页。

的表现形态",它具有"主观的"与"客观的"两种因素①。中国古代文论或外国文论,"大多涉及了风格的两个方面。一方面即作家的创作个性,另一方面即文学体裁本身所提出的要求。"后者指作品的体裁规定了它的特定风格,不同体裁有其本身要求的不同风格。但风格的客观因素不仅由文体的特点与性质所规定,它还受制于民族的、时代的或流派的等因素②。歌德曾从审美的主客关系来研究风格,澄明风格不单超离"自然的单纯模仿",也超离偏重主观性的"作风",它以主客体的高度和谐的统一,进入"艺术所能企及的最高境界"③。风格可依不同的标准来划分,如语言学与文学的风格,作家的、文体的乃至书面语与口语的风格等。吕叔湘曾从文学语言的角度考察风格,指出风格"就是使用语言随着不同场合而变化。这种变化从极其严肃到十分随便,是一种渐变,如果要分别,可以大体分成庄重、正式、通常、脱略四极。……这里所说的风格应当作最广义的理解,适应于书面和口头。"显然,他上述所指是广义文学语言的书面和口语风格。而"在书面语里又可以区别各种'文体',如诗歌、小说、新闻报道、行政文件、法律文书等等。再进一步又可以研究一个个作家的风格特点。"④所谓书面语里的诗歌、小说,指出已是狭义文学语言的文体风格。至于作家的语言风格的创造,吕叔湘强调其前提是"修辞立其诚",因为风格超越模仿,亦非矫饰作风。例如"沈从文的风格是'只此一家'……无论小说还是记事,都植根于对他故乡的人和事的深深的眷念,其感人在此……他的行文寓巧于拙,以冷隽掩盖热情,产生一种特殊的效果。"⑤

博士论文十分重视"风格"的研究,大多讲作家文本语言的探究提升到文体风格和个人风格的层面,以专章或专章以上的篇幅予以研讨、考评。其特点有二。一是将语言的艺术加工、语言的系统结构及修辞章法等的分析,同艺术构思中的题材处理、形象塑造、主题发掘、情节结构及表现技巧等有机结合,从中概括出作家的文体风格和个人风格的基本特征,并探寻其语言风格赖以形成的主客观构因。二是与其他作家的语言风格作比较,既进一步辨识、确证某一作家独特的语言风格,又有助于认知文学语言的民族的、时代的、地域的或流派的共同风格特征,以及文学语言风格的传承关系。然各人研究的角度、着眼点及方法也有不同。杨怡博士的论文以《丁玲文学语言风格的演变》为题,从文本的语言性

① 歌德等:《文学风格论》,上海译文出版社,1982 年,第 14 – 26 页。

② 王元化:《文学风格论》跋,上海译文出版社,第 79 – 85 页。

③ 歌德等:《文学风格论》,上海译文出版社,1982 年,第 1 – 6 页。

④ 吕叔湘:《语言与语言研究》,《中国大百科全书 · 语言文学》卷首专。

⑤ 吕叔湘:《真假风格》,《中国语文天地》1988 年第 1 – 3 期。

与文学性的结合入手，一方面论述丁玲不同时期文学语言风格的特点与一惯性的风格特征，并与其他作家的语言风格作比较，从而彰显了丁玲文学语言的创造性开拓与独特的个人风格。同时进一步探究丁玲的语言风格嬗递演变的复杂构因，总结了作家借鉴、利用各种语言资源并加以改造、创新的经验教训。王丹红博士的论文则以母亲系列形象为切入点，从人物的直接语言，语言的性别色彩，作家的叙述模式与笔调、文风，以及不同文体的语言等层面，探究丁玲文学语言的种种特色及其成因。虽未设立风格的章节，却处处触及丁玲文学语言的艺术个性与风格特征①。

文学语言研究是创建文学语言学的先期工程，也是通向新学科彼岸的艰苦辛劳的历程。“筚路蓝缕，以启山林。”厦门大学“文学语言”研究方向的创造性开拓是多方面的，其奠基性的贡献是显著的。该研究方向开辟学术的领土，敢为天下先的精神，明其道不计其功，但问耕耘的气概，跨越学科，甘于边缘，十余载如一日的守望与执着，同样令人钦佩！即将由人民文学出版社推出的一批博士学位论文，从一个重要侧面彰显了该方向所获致的令人韵羡的学术业绩，从中也可窥见拓荒者在跋涉中所遭逢的一些障碍或困扰。凡此种种，必将载入文学语言学的创建史册！限于水平，拙文难免有错谬之处，敬请方家批评指正。

① 王丹红：《从文学语言视角探讨丁玲作品中的母亲形象》（博士论文）。

文学语言学科研究目的、对象、方法探讨

一、把握语言现象与艺术整体风格

王中忱

以往的现代作家研究，涉及作品风格，多止于印象式的评点，近年导入叙事学理论，分析渐趋细致，但侧重人称、视点，绝少进入词语、修辞层面。本论文从词语，修辞层面入手，讨论丁玲作品的文学语言风格，不仅填补了丁玲研究领域的一处空白，充实了现代文学研究领域最为薄弱的环节。

杨怡的论著《丁玲文学语言风格的演变》对丁玲作品遣词造句的分析，细致具体，但并不琐碎，始终注意把词、句、段、篇的分析，与修辞风格的考察结合起来，较好地做到了具体的语言现象分析与整体艺术风格把握的结合，而在讨论丁玲语言风格的特征时，又始终注意塑成其风格的社会、时代及个人经验等因素的作用。从而把丁玲的语言风格置于动态的语境中，进行了丰富立体的阐释。

论著综论了丁玲 1929 年至 1986 年间的全部创作，格局宏大，纲目清楚，但对丁玲每一个时期风格特征的概括，还可以更清晰一些。

总之，论文资料丰富，论述中有新见，表述清楚，写作规范，已达到一定的水平。

文学语言是一个具有重要学术价值又颇有难度的学术研究课题，国内外有许多知名理论家和文学批评家曾就此课题进行过有深度的探讨，留下很多有价值的成果，也留下了很多有待继续探讨的余地，本论文作者对以往的文学语言研究成果有详细了解，在论文中做了扼要的回溯和梳理，但并没有停止在理论、概念的讨论上，而是把着眼点放在文学写作的实践层面，以新马华文学中具有代表性的作家赵戎为中心展开分析，从而拓出了一个新的观察领域。

叶丽仪的论著《热带的音符、节奏与旋律》考察对象赵戎不仅是一位杰出的作家，也是一位优秀的批评家，对文学语言有着自觉的意识，作者注意到了研究对象的这一特点，对其语言文学观进行了认真的梳理和分析，同时将其理论与创作对照互观，做出了精细入微的分析，提出了有创见的看法。

尽管研究者们普遍认识到语言之于文学的重要性，但从语言的角度分析文学现象与文学文本的论著始终不多，这说明这样的分析是颇有难度的，论著选择了一个颇有难度而有前沿性的课题。

丁玲是中国现代文学史上具有鲜明创作个性的作家，她的语言的艺术魅力一直被人称道，但以往的丁玲研究却鲜见对丁玲的语言艺术做出有力分析的论著。所得结论也都比较简略，王丹红的论文《文学语言与形象书写：丁玲笔下的母亲》创新之处在于，作者在全面考察丁玲文学语言演变轨迹的基础上，准确地选择了丁玲的文学语言转向成熟时期的代表作《母亲》，进行了深入细致的分析，论文指出《母亲》的表现混融着“直接语言”与“间接语言”，兼具小说与散文的跨度美特点，皆有前人的未发之新见。

作者对本课题的先行研究成果有充分了解，做了系统的梳理和认真的分析，在此基础上确立了自己的着眼点和分析视角，体现出了严谨、扎实的学术风格。

论著也体现出了作者比较开阔的学术视野，并没有把丁玲的文学语言作为一个孤立的现象，而是将之与相关的作家纵横对比，从而准确捕捉到了丁玲语言的个性特征。

在中国现代文学研究领域，一直疏于从语言入手的分析，在丁玲研究中，这更是一个非常薄弱的环节。论著专门讨论丁玲小说代表作的文学语言，选题具有开创性。

论文综合中外古今有关语言与文学的理论论述，分析提炼，细致界定了文学语言的基本特征和功能，从而为论文的展开确立了比较稳固的理论前提，也反映了作者扎实的理论素养和功力。

论著以文本细读为基础，力求在文本的语言现象与文学语言学的理论之间，寻找到一种逻辑的自洽，从而避免了以理论生硬切割文本的弊病。论著所概括的丁玲小说文学语言的四种表现形式，例举恰当，切中要点，而与此相辅的统计数据，则使论据更为充分。而论著关于丁玲小说文学语言生成机制的分析，对具体的语言文学现象的分析，做了理论提升，所提出的见解，对丰富文学语言学的内涵，具有积极的贡献。

论著作者具有良好的文学史学术训练，所依据的文本，大都依初刊，初版本为据，表现出扎实、严谨的学术态度，但如能把初刊、初版本与后来的修改本对勘比照，一些语言现象会更鲜明地凸现出来，希望以后能对此给予关注。

二、适应东南亚社会经济的进步建设东南亚华文文学学科

郑学檬①

东南亚地区各国是我国的近邻，又是华侨侨人聚居的主要地区。历史上，这些国家与我国一直保持着密切的经济、文化交往，尤其是20世纪80年代以来，这种交往更加密切，这是因为双方的经济、文化的迅速发展，必然形成更广泛的交流。

南亚地区各国经济的腾飞，大大提高了这一地区在国际政治舞台上的地位，同时也迅速带动了各项文化事业的发展，其中文学艺术的兴压繁荣尤其引人注目。

面对这一新的形势，我国的东南亚问题研究便有赶不上时代之虞。以厦门大学来说，我们有一个南洋研究所，但是，研究的重点仍然偏重于经济与所史（主要是近代以前的华史）而东南亚各国文化（包括东南亚华文文学）的研究则显得落后。这种状况与该地区经济、政治、文化等的全面发展格局是不相称的。当然，这样说并不意味着我们可以轻视经济、历史诸问题研究的重要性，我所要强调的是，除了根据现实的需要不断强化和更新经济、历史、政治等方面的研究之外，应该把东南亚各国文化以及华文文学的研究及时提到学科建设的议事日程上来，子以足够的重视，甚至倾斜，事实上，许多国外学者及国内一些大学，在这方面的研究上已走在我们的前面。我们面临的迫切任务是吸引更多人去研究华文文学，建立华文文学研究的专门机构，培养后继人才，出版学术刊物，只有这样，才能适应我校面向东南亚、面向华侨这一特点，才能进一步优化我控的学科结构。

东南亚华文文学是一个分支学科，它属于现当代世界文学的东南亚文学的一个部分。东南亚华文文学是东南亚各国文化的重要组成部分，在世界文化和文学的发展中始终保持着鲜明的特色，与一般的国家文学不同，东南亚华文文学作为异国土壤上成长起来的以华文为载体的文学，既与中华文化和中国文学的母体有着密切的渊源关系，又是根植于异域现实生活中的艺术奇葩。由于它的产生与发展都受到了中国“五四”新文学的巨大影响，虽然日后已逐渐融入到其所在国的文化整体形态之中，但其血脉里仍然渗透着中国出现当代文学的精神。所以，

---

① 郑学檬：厦门大学常务副校长、历史系教授。

东南亚华文文学研究是整个东南亚文化研究中的一个重要方面，同时，它又有自己独特的价值。目前，我们开展这一研究，可以首先考虑把重心放在东南华华文文学和中国现当代文学的关系问题上，这样，便能通过对这一关系的研究来确认东南亚华文文学在其所在国文化构成中的独特地位，进而全面把握这一文化形态的多样品格。这，不仅有助于扩大我国东南亚研究在国际上的影响，促进我国与东南亚各国的文化交流，而且，对于我们建设有中国特色的社会主义文化也有着积极的意义。

关于东南亚华文文学学科建设的计划问题，个人认为可先从成立机构、开设课程，培养研究生，出版研究文集这几件事开始。成立厦门大学东南亚华文文学研究中心，使之成为策划学科建设的机构。开设课程对吸引青年学生关注东南亚华文文学报有作用，该课程可以从专题讲座开始，由若干讲座形成一门课程，由几门课程形成一个东南亚华文文学方向，培养研究生则是造就一支华文文学研究队伍的关键，为了把东南亚华文文学的研究提高到一个新水平，及时出版研究成果，如《东南亚华文文学研究集刊)，扩大国内外交流亦为当务之急目前中心已经成立了，中文系也腾出房子作为中心的办公地点。课程开放也已起步，集刊的出版也付诸行动，所以只要我们目标一致，经过若干年努力，东南亚华文文学学科是可以在厦门大学建设成功的。

此外，在学科建设过程中多注意东商亚历史、经济与文学兴衰的联系。文学史往往是生动的历史写照，厦门大学的东南亚历史、经济与社会研究的力量比较雄厚，这就为华文文学的研究提供有力条件。因此，应该把东南亚华文文学纳入厦门大学筹建中的东南亚学科群，加强它与东南亚历史、经济、社会诸领域研究的联系与合作。

我们相信，随着东南亚华文文学研究的全面展开和队伍的不断扩大，无疑会带动对东南亚各国文化的研究，为东南亚问题研究领域中学科建设更趋完善与合理起到重要的作用。

（此文原载《东南亚华文文学研究集刊》第一集上册，厦门市东南亚华文文学研究会、厦门大学东南亚华文文学研究中心编，厦门大学出版社，1995 年。）

三、文学语言风格演变史写作的尝试

张惠英[①]

文学语言研究是一门交叉学科，它涉及语言学及文学、美学、心理学等诸方面，我国语言学界对文学语言的研究，在理论探索上已取得一定成果。但如何将理论与文学创作实践相结合，并以此来审视作品文学审美特质的研究，确实很少。动态研究某地区较长历史阶段文学语言演变，则更为少见。

《映衬社会的演进——马华新文学语言特点与风格流变》围绕着马来西亚（包括马来亚）华文文学语言风格，于近百年间所体现出来的逐步演变史，开拓了一个全新的研究领域。它改变了以往文学语言研究专注于某些作品或某个作家的研究范式，而是从广阔创作背景上，提炼出某些具体共同语言倾向的特征来，作为该时期文学语言创作特征的鲜明标志，视野宏阔；若从文学史的角度来看，该书独辟蹊径，排除了社会文化—历史、体裁、题材、结构、艺术心理等常见的写作角度，选择从语言风格的演变史切入，遂为另类的文学史创作，开创文学语言风格史写作的先河。虽然研究的范围仅限于马华文学语言风格，但如果将此思路加以发挥，则同样亦可用于中国文学语言研究上。此类写作，可以随着研究的深入而逐渐拓展。

马华文学语言属于东南亚华文文学语言范畴，是中华文化在海外传播与发展的成功范例，它不仅有中华文化的基因，也融入了不少当地的语言因素，成为绽放在异域他乡的艺术之花，对此加以深入研究，将助推中华文化走向世界并发扬光大。

---

① 张惠英：中国社会科学院语言研究所研究员。

附录

一、厦门—东南亚华文文学研究基地

余瑛瑞[①]

东南亚华文文学研究以东南亚各国的华文文学创作、评论为研究对象。东南亚华文文学与港台文学同属移民文学的欧美华文文学相比，都有明显的不同。作为一门学科，东南亚华文文学研究具有特殊的研究意义。一是由于特定的地理环境和历史原因，东南亚华文文学整体特征与中国文学语言的关系密切；二是众多的华人移民在东南亚各国形成了重点社区，拥有母语文化和自己的作家、传媒、读者，因此，它在世界华文文学中拥有最完整的文化整体。

国内东南亚华文文学研究的起点源于1987年3月，由厦门大学海外函授学院筹办，在厦门大学召开的首届东南亚华文文学研讨会。十多年来，厦门大学暨厦门市关于东南亚华文文学的研究取得了相当成就。迄今为止，东南亚华文文学研讨会已先后召开了四届。1993年6月正式成立的厦门市东南亚华文文学研究会是目前祖国大陆唯一一个研究东南亚华文文学的群众性学术团体。1995年1月，厦门大学在原有海外华文文学研究的基础上，成立了东南亚华文文学研究机构——东南亚华文文学研究中心。该中心与厦门大学中文系合作，联合招收中国现当代与东南亚华文文学关系研究方面的硕士生，开设东南亚华文文学研究课程。中心还与新加坡文艺协会联合举办东南亚华文作家研究、创作班，招收海外华文作家，研究文学问题并进行创作实践，使东南亚华文文学研究有了一个稳定、持续发展的学术基地和相应的组织保证。

近年来，厦门市东南亚华文文学研究会、厦门大学东南亚华文文学研究中心还联合出版了《东南亚华文文学丛书》等。厦门已成为海内外东南亚华文文学研究的基地。

（原载《人民日报》海外版，1999年12月31日。）

① 余瑛瑞：新华社记者。

二、东南亚华文文学研究迈大步

陈天助[①]

近日，来自海内外的180名专家学者及华文作家汇聚厦门，出席第七届东南亚华文文学研讨会。海内外学者强烈呼吁，要把东南亚华文文学作为一个独立学科来研究。其中新加坡文艺协会会长骆明就多次表示，“东南亚华文文学应该成为一门独立学科”。

20年前，在厦门召开首届东南亚华文文学研讨会时，与会者没想到，今天的阵容会如此壮大。

文学史的建构是形成独立学科的基石。以厦门大学为核心的厦门地区东南亚华文文学研究，正在大踏步迈进。第一本《东南亚华文新文学史》、第一本《东南亚华语戏剧史》等都是基础研究的丰硕成果。

文学理论方面不乏创新和突破。如学者们采用跨种族、跨文化的研究方法来进行文学研究。新加坡杨松年教授结合东南亚华人的中国性、本土性、灵活性、现实性与多元性的特征加以研究，从各国各地的中华民族的文化特性入手进行分析和论述。学者们还从语言学、女性文学、比较文学、传播学等角度切入，发掘东南亚华文文学、东南亚华语戏剧的独特价值。这些文学理论研究成果集中体现在庄钟庆等主编的《东南亚华文文学研究丛书》《东南亚华文文学集刊》以及《东南亚华文文学丛书》中。其中，李国正主持的“东南亚华文文学语言研究”、周宁主持的“东南亚华语戏剧”、蔡师仁撰写的《文学与戏剧》、林丹娅主持的东南亚华文女性文学研究等，都走在相应领域的学术前沿。文学批评方面，共出版了20多部研究专著和论集。不单有对东南亚华文文学的总体研究，有很多是关于各国华文的题材、体裁和作家个案研究。

以厦门大学为核心的研究团队具有良好的学术氛围。这个研究团队并不是封闭型的组织，王瑶、张炯、吴宏聪、秦牧、唐金海等著名研究专家曾经与会并指导。东南亚及台港地区的作家学者骆明、周颖南、杨松年、余光中、云里风、云鹤、黄东平、曾心、司马攻等都曾经与会并发表演讲；来自美国的吴玲瑶、德国的谭绿萍、荷兰的池莲子等欧美华文作家也到厦门交流。

（原刊登于《人民日报》海外版，2007年11月30日。）

① 陈天助：厦门日报社高级编辑。

三、 厦门大学东南亚华文文学研究学科建设情况

陈育伦[①] 郑楚

我校的东南亚华文文学研究自1987年算起，迄今已有30年了。1995年1月初，我校还特设"厦门大学东南亚华文文学研究中心"（下文简称"中心"）。经过几代研究者数十年的共同努力，以厦门大学为主体的厦门市东南亚华文文学研究，得到我国学术界和海外华社的广泛认同。长期以来，厦门市东南亚华文文学研究会是中国大陆唯一以研究东南亚华文文学的群众性学术团体，厦门大学被新华社、人民日报等海内外媒体誉为"国内外东南亚华文文学研究基地"（《人民日报》1999年12月31日）。中国作家协会副主席张炯指出，"国家已把东南亚华文文学列入社科研究项目"（《文艺报》2005年5月12日）。在这三十年中，我校的东南亚华文文学研究从拓荒垦辟，到如今硕果累累，经历了一段十分不平凡的历程。

我校开展东南亚华文文学研究以来新华社、人民日报在《东南亚华文文学研究基地》（1999年12月31日）中明确指出："作为学科，东南亚华文文学研究具有特殊的研究意义"。2012年9月13日新华社详细报导我校东南亚华文文学学科的成果。国内外学者也纷纷在《文艺报》《文艺理论与批评》《华文文学》等文学报刊呼吁建立东南亚华文文学学科，并充分肯定我校在这方面的成绩。现就学科建设情况简介如下：

研究肇始

我校东南亚华文文学研究始于1987年的一场学术研讨会，以后逐渐发展为该领域全国学术潮流的领导者。1987年3月，由我校中文系、海外教育学院教师发起，在海外教育学院举行了首届东南亚华文文学研讨会。接着，中心与厦门市东南亚华文文学研究会、海外教育学院等单位先后在厦门大学联合举办了第二至六届的东南亚华文文学研讨会。这些会议都从不同的角度对东南亚华文文学作了认真地研讨，不断地推动东南亚华文文学创作与研究。此后，研讨会的规模、水平不断扩大，泉州师范学院、漳州师院、莆田学院、浙江绍兴文理学院，以及厦门地区的集美大学、华侨大学华文学院、厦门城市职业学院等都与本中心有过密

① 陈育伦：厦门大学中文系教授。

切的合作。莆田学院、泉州师范学院还设立了相关的研究中心，东南亚华文文学的研究得到更为广泛、深入的推进。到目前为止，我校已成功举办了十二届东南亚华文文学研讨会，第十二届研讨会已于 2018 年 11 月底举行。每次研讨会，都得到全国各地研究者及海外作家、学者的极大关注和支持，许多研究者以极大的热情投入到这个全新的领域之中。

可以说，学术会议是推动学术研究的动力，又是检阅学术成果的试金石，更是学术研究领域的拓展、宣传的无形媒介，我校在该领域研究的领导地位就是在这样一次次的学术与思想交流碰撞中，不断得到巩固和加强。

多渠道的研究方式

作为一个充满许多未知的学术研究领域，单靠一己之力苦干是不能将其推到令人瞩目的地步，为培养后续研究队伍，我校在这个方面做出了巨大的贡献。

1. 广泛团结厦门地区的研究队伍。

1993 年 6 月，在我校研究者的推动下，正式成立厦门市东南亚华文文学研究会，这个研究会成为中国大陆唯一以研究东南亚华文文学的群众性学术团体，以厦门大学研究力量为主体，把厦门地区各个高校、文化单位的研究人员的积极性充分调动起来，形成一支坚实的研究力量，并在发展过程中不断壮大。

2. 以中心促进人才培养。

作为一个全新学科，如何让更多的研究者投身其中？除了招引研究者加入外，还要不断培养研究人才，才是保证学科不断发展的最佳方式。1995 年元月，我校成立了“厦门大学东南亚华文文学研究中心”，作为一个校设研究中心，它把中文系、海外教育学院、南洋研究院及其他机构的相关研究人员纳入同一个机构里，虽然它没有编制，没有资金投入，但它拥有固定的办公场所，校内各单位的研究者在共同的研究领域不断砥砺前行。

中心还与中文系合作，联合招收中国现当代文学与东南亚华文文学关系研究方面的硕士生，开设东南亚华文文学研究课程。中心还与新加坡文艺协会联合举办东南亚华文文学研究、创作班，招收海外华文作家，研究文学问题并进行创作实践，使东南亚华文文学研究有了一个稳定、持续发展的学术基地和相应的组织保证。从 20 世纪 90 年代至今，中心培养的海内外硕士、博士研究生已达数十人。另外，中心研究人员还在本科生中开设东南亚华文文学研究课程，积极拓展学术辐射面，深受学生欢迎，也无形中为他们将来从事这方面的学术研究打下良好的基础。

经过二十多年的人才培育，我校培养的该领域人才，除了一部分留在我校或在厦门其他学校、文化单位之外，复旦大学、上海交通大学、福建师范大学、泉州师院、莆田学院，以及广东、云南、河南等省市不少从事该领域研究的学者，均是我中心的培养出来的。不少海外作家、学者，或在我校取得硕士学位，或得博士学位，他们在本国发挥着重大的影响作用。

目前，随着国际形势的变化，关注东南亚华文文学的人越来越多，我校的这方面人才培养优势也越来越明显。

学科团队建设

我校的东南亚华文文学研究团队在三十年间，始终形成一股强大的研究队伍，这是以学术带头人庄钟庆教授为核心的研究团队。

庄钟庆教授不仅是我国著名的现代文学研究专家，他在茅盾研究、鲁迅研究、丁玲研究等方面有着极高的造诣。而且他还是我校东南亚华文文学研究领域的开拓者，也是中国东南亚华文文学研究学科的创始人，享有极高的威望。在庄钟庆教授的带领下，中文系的陈育伦、郑楚、周宁、李国正等许多中文系不同研究方向的老师也涉及了该领域的研究，大大拓展了东南亚华文文学研究的深度。海外教育学院一向与东南亚各国作家、学者有着密切的联系，庄明萱、蔡师仁、陈荣岚等老师也积极参与。在初创时期，庄钟庆教授任厦门市东南亚华文文学研究会会长，陈育伦教授任我校东南亚华文文学研究中心主任，研究者们凭着一股学术热情，在没有任何资助的情况下，艰难地克服重重困难，将东南亚华文文学研究不断推向深广的领域。

随着岁月流逝，按国家社会团体有关政策，2011 年周宁教授任厦门市东南亚华文文学研究会会长，庄钟庆教授退居二线，不过仍旧担任“东南亚华文文学丛书”及《东南亚华文文学研究辑刊》的主编，2017 年厦门市东南亚华文文学研究会依法改选，推选郑楚教授担任会长。虽然研究团体的负责人发生变动，但研究队伍没有变化，以庄钟庆教授为核心的研究队依然高效有力地运转，将研究工作不断推进深化。目前，东南亚华文文学研究队伍，在学校不同院系之中仍在从事研究中。如中文系的苏永延、郭惠芬、史言等现当代文学教研究室老师，海外教育学院的王丹红、连志丹、张桃、陈昕、杨子菁，南洋研究院的张长虹、软件学院的李绍玉等，他们除了自己研究之外，还指导自己的学生从事研究，形成了一支朝气蓬勃的研究队伍。

良好的学术团队，除了有人之外，还需要有强大丰富的资料来源。我校的研究中心在学校所提供的两间办公室里，全部用于摆放东南亚各国华文作家所赠送的书籍。其中，有些书籍是本中心的老师自费从海外收集来的，并免费赠给中心。还有一大部分图书是厦门市东南亚华文文学研究会的寄存材料，这批图书共约有四五万册，随着与海外交往越来越密切，中心的图书也越来越丰富，为学者们的研究提供了极大的便利，使学术团队不会因人员的流动而陷于停滞状态。

学术成果

作为一门新兴学科，我校的东南亚华文文学研究在这些年来，在国内研究界所取得的成果均是具有突破性的。现将具体成果列于如下：

重要成果

1. 《东南亚华文新文学史》庄钟庆主编，陈育伦、周宁、郑楚副主编，郑楚、苏永延、李丽、张建英、杨怡、张长虹、王丹红撰稿，人民文学出版社，2007年。受到《世界华文文学论坛》《华文文学》《新加坡文艺报》等的好评；被《海外华文文学教程》列为参考文献；被评为福建省社科二等奖。

2. 《东南亚华语戏剧史》（上、下）周宁主编，厦门大学出版社，2007年。

3. 《东南亚反法西斯华文文学书卷》（上中下卷）庄钟庆、郑楚主编，苏永延、王丹红执行主编，世界图书出版公司，2015年。受到国内外相关学界的好评。

4. 《东南亚华文文学语言研究》（上、下）李国正等著，厦门大学出版社，2002年。参阅《东南亚华文文学研究辑刊》第七辑。

研究论著

《新加坡等华文文学在前进中》庄钟庆著，新加坡文艺协会，2003年。

《新华文学论稿》周宁著，新加坡文艺协会，2003年。

《从新华文坛论及印华文学》杨怡著，新加坡文艺协会，2003年。

《骆明与新华文学》苏永延著，新加坡文艺协会，2007年。

《骆明的文学道路》吴松青著，新加坡文艺协会，2007年。

《骆明研究论集》苏永延编，新加坡文艺协会，2007年。

《周颖南散文解读》[新] 周颖南著，苏永延编，厦门大学出版社，2008年。

《周颖南与世界华文文学》[新] 周颖南著，郑楚、陈天助编，厦门大学出版社，2007年。

《颖南八记》鲍志华著，厦门大学出版社，2008年。

《中国南来作者与新马华文文学》郭惠芬著，厦门大学出版社，1999年。

《新马华文文学的现代与当代》郭惠芬著，厦门大学出版社，2002 年。

《给泰华文学把脉》［新］曾心著，厦门大学出版社，2005 年。

《战前马华新诗的承传与流变》郭惠芬著，云南人民出版社，2004 年。

《曾心作品评论集》张长虹编，泰国留中大学出版社，2009 年。

研究辑刊

第一辑《东南亚华文文学与中国现代文学》，厦门大学出版社，1991 年。

第二辑《当代东南亚华文文学多面观》，厦门大学出版社，1995 年。

第三辑《周颖南创作探寻》，厦门大学出版社，1995 年。

第四辑《世纪之交东南亚华文文学探视》（上），厦门大学出版社，1999 年。

第五辑《世纪之交东南亚华文文学探视》（下），厦门大学出版社，1999 年。

第六辑《新华文学历程及走向》，厦门大学出版社，2000 年。

第七辑《东南亚华文文学语言研究》，厦门大学出版社，2002 年。

第八辑《菲华文学在茁长中》，厦门大学出版社，2005 年。

第九辑《东南亚华文文学研究 20 年》，厦门大学出版社，2009 年。

第十辑《泰华文学新景象》，泰国留中大学出版社，2009 年。

第十一辑《印华文学新探》，泰国留中大学出版社，2010 年。

第十二辑《马华文学新貌探究》，新加坡文艺协会，2012 年。

第十三辑《马华文学历史与现状》，新加坡文艺协会，2014 年。

第十四辑《东南亚反法西斯华文文学研究》，厦门大学出版社，2017 年。

丛书（创作）

《骆明文集》骆明著，海峡文艺出版社，1997 年。

《风沙雁文集》风沙雁著，海峡文艺出版社 1997 年。

《南国情思》［新］周颖南著，海峡文艺出版社，1997 年。

《漪澜盛会——周颖南集》［新］周颖南著，厦门大学出版社，1999 年。

《六十年风雨历程》［新］周颖南著，厦门大学出版社，1999 年。

《周颖南新世纪文集》［新］周颖南著，厦门大学出版社，2005 年。

《庄鼎水诗文选》［菲］庄鼎水著，海峡文艺出版社，2002 年。

《高凡文集》［新］高凡著，海峡文艺出版社，2002 年。

从以上丰富的研究成果可以看出，这三十年来，我校研究者在东南亚华文文学领域辛勤耕耘，已结出累累硕果。当代，在该领域也出现了新的学术增长点。那就是以李国正教授为主导的文学语言研究等。他们在东南亚华文文学领域得到发展的突破口。

特别是近十多年来，李国正教授指导的博士研究生，在文学语言研究领域取得了重大的进展。这将有另文专述。

研究规划

东南亚华文文学作为一门新兴的学科，在传统的学术分类中，并不属于任何类别。但是，作为一门交叉学科，不受到主流学科类别认可并不等于它不重要，恰恰相反，正说明它在某一种程度上具有不可替代的作用，有着十分广阔的学术前景。三十年来，数代学者不计代价、不计名利在这块领域的辛勤耕耘，终于看到了一线黎明的曙光。但是，过去的成绩并不意味着可以享受，还有许多研究问题急待解决。中心规划了以下几项任务，作为将来的研究方向。

1.《东南亚华文新文学史》系集研究者十年光阴，不断打磨而取得的成就。但也有遗憾，那就是还有四个国家的华文新文学史没有列入，即越南、老挝、柬埔寨、缅甸四国。这有待进一步增补。已写的国家因其文坛变迁及新资料的发掘，有些地方尚待修改。因此，该书还要很大的提升与补充的空间。

2.《东南亚华文文学批评史》。东南亚各国华文文学批评，因其特殊的生存地位，与中国大陆有着相当大的不同，故而文学批评显现出另一种面貌。研究者希望继续加强这方面的研究，把这种特殊性揭示出来，展示其与大陆文学理念既有相同又有相异的面貌。

3.《东南亚华文文学大系》。目前除了新加坡、马来西亚两地曾出现过几个不同版本的“新马文学大系”之外，其他国家尚无华文文学大系。鹭江出版社曾出版过类似“大系”的书籍，但离真正的文学大系还有很大的距离。因为材料收集、出版工程十分浩大，此规划目前还只是一种意向，近期内无法实施。

4.《东南亚华文文学专题研究》。在不同时期，人们的关注点总是在不断地变化，这也使研究者的研究也会发生相应转变。另外，随着新资料的发掘，研究热点随之转向。这种专题研究，从三十年的研究过程来看，还是十分清楚。早期资料馈乏，只能关注个案研究，如周颖南、骆明、司马攻、黄东平、云里风等作家研究，随着资料日渐丰富，研究范围也有了巨大的转变。近年来关注一带一路与东南亚华文文学关系研究渐成热点。将来必有新的方向出现。这是学术研究与时俱进的必然结果。

影响与前瞻

我校的东南亚华文文学研究，在中心推动下，连续举办了十一届东南亚华文文学研讨会，产生了深远的影响。中心兼职研究人员积极开展研究工作，先后在《人民日报》《光明日报》《文艺报》《文学报》《文学评论》《文艺理论与批评》等国内外报刊发表大量有关东南亚华文文学研究论文。中心还与厦门市东南亚华文文学研究会联合编辑出版《东南亚华文文学丛书》《东南亚华文文学研究辑刊》，已出版的作品集 8 部、论著 12 部和《辑刊》14 本。这些研究成果不仅引起海内外学者广泛注意，受到国内外报刊的好评。特别庄钟庆主编的《东南亚华文新文学史》（2007）、周宁主编的《东南亚华语戏剧史》（2007），以及庄钟庆、郑楚主编的《东南亚反法西斯华文文学书卷》（上中下卷，2015），李国正等著的《东南亚华文文学语言研究》（2002）得到了学界的瞩目，深受好评。在我们的影响下，清华大学王中忱教授主编的《外国文学基础》（北京大学出版社 2007 年），特地邀请苏永延参加撰写该书的东南亚文学包括华文文学在内的部分，这是同类书籍较少出现的。

目前，中心聘请的兼职人员有 30 多人，包括东南亚华文文学界的知名人士，还有来自本校中文系、海外教育学院、南洋研究院及台湾研究所等单位的在职和离退休人员，老中青相结合。他们积极工作，毫无报酬。正是他们的真诚奉献充分地保证了我中心的东南亚华文文学研究工作持续发展。

（苏永延执笔）

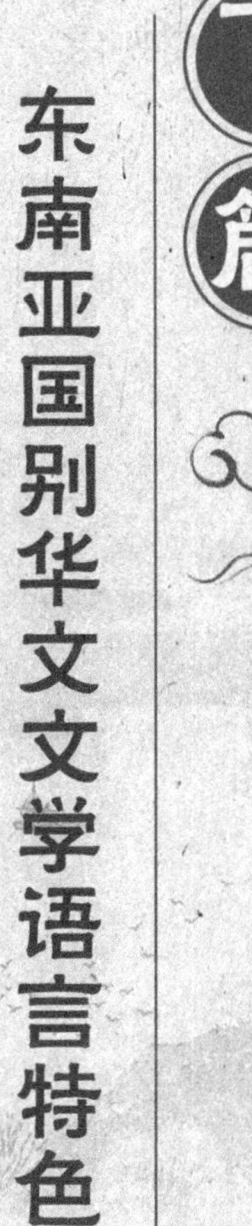

下篇 东南亚国别华文文学语言特色研究

新加坡华文文学语言研究

张建英①

新加坡华文文学语言的环境②

一、华语在新加坡语言格局中的地位

新加坡共和国（The Republic of Singpore），简称新加坡，由新加坡岛及邻近的54个小岛所组成，国土面积641平方千米，是位于马来半岛南端的海岛型城市国家。新加坡以其独特的地理位置成为太平洋与印度洋之间的交通咽喉，素有“东方直布罗陀”的美誉。新加坡是世界上最重要的商业与交通中心之一。新加坡岛呈棱形，纬度接近赤道，属热带雨林气候，风景优美，有“花园城市”之称。

新加坡是一个多种族的国家，居民来自亚洲、欧洲等五大洲，人种源流复杂，被称为“世界人种博览馆”。新加坡基本上是个移民社会，形成了多元模式的文化。新加坡的官方语言是马来语、华语、泰米尔语和英语，马来语为国语，英语为商业用语。作为一个多元种族、多元文化的社会，四种官方语言并用，再加上10多种方言，新加坡成为世界上语言结构最复杂的国家之一。

新加坡具有悠久的历史。早在公元前2000—1000年间，从马来半岛跨海来的原始马来人成为新加坡最早的居民。他们用树枝结庐而居，以渔猎为生。公元10世纪后，它逐渐成为当时著名的“香料之路”上东西方商船的重要中转站，过往的船只在此避风、维修和补给。公元前2世纪中期，中国与马来半岛就有交往；早在唐宋时期，已有中国人到新加坡从事经贸活动，其中一部分定居于当地。在新加坡出土的一批古文物中，发现有10—11世纪时中国北宋真宗、仁宗时的铜钱和瓷器碎片，证明中国与古新加坡已有密切的贸易往来。12世纪新加坡出现了国家，叫“龙牙门·单马锡”，中国元朝政府曾予以承认，双方互派使

---

① 张建英：集美大学文学院副教授。

② 本节历史、地理方面资料参考以下著作加工改写而成，不另行注明。汪慕恒主编《当代新加坡》，四川人民出版社，1995年；李一平、周宁：《新加坡研究》，国际文化出版公司，1996年；陈贤茂主编《海外华文文学史》，鹭江出版社，1999年。

节往来。元代著名航海家、商人汪大渊曾到过新加坡，在其1349年完成的《岛夷志略》一书中对那里的风土人情有很详细的记录。到了13世纪中叶，“单马锡”改名为“信诃补罗”，意为“狮城”。现在所称的“新加坡”就是从梵语“信诃补罗”演变而来。在信诃补罗王朝鼎盛时期，它已从一个中转站迅速发展成为繁荣的海港，成为东西方船舶的停泊点和国际商贸港口，中国与其在政治、经济上往来频繁，新加坡岛上的华侨日益增多。到了19世纪中叶以后，中国人大量移居新加坡，成为新加坡人口最多的种族。

新加坡学者王润华回顾新华文学的发展历史时有这样一段话：

> 新马两地的华人侨民多数从商或种植为生，最早的华族移民中，那些做生意贸易的人、农人、工匠、苦力、流浪汉中绝大多数是目不识丁的文盲。他们从中国带来了各种社会习俗，不过由于没有文化修养，他们并没有带来文学艺术和文化。对他们来说，生活中最重要的东西，就是工作和金钱。到了19世纪，富人家的玩意，不是文化艺术，而是大吃大喝、抽鸦片和养小老婆，他们对文艺或文化活动毫无兴趣。①

自19世纪60年代起，清朝政府开始放弃其严禁百姓出国谋生及侨居的政策，采取保护和争取华侨的措施，以争取华侨效忠清朝。光绪三年（1877年），清政府在新加坡设领事，新加坡是中国在国外设置领事的第一个地方。1890年12月，清政府驻新加坡领事馆升格为总领事馆，第一位总领事为黄遵宪。外交关系的发展，加强了华人对中华文化的认同和承继。1900年孙中山为营救逃亡到新加坡的康有为，第一次来到新加坡，结识了一些华侨重要人物并传播了革命思想。孙中山先后于1906年春、1908年秋在新加坡成立新加坡同盟分会、同盟会南洋支部。新加坡华侨的爱国热情高涨。为保护本民族的语言与文化传统，19世纪末，华文学校开始创立，一批来自中国的有一定文化教育水平的华文教师登陆新加坡；1881年新加坡出版了第一家正规华文日报《叻报》。此后，不少华文报纸在马来亚出版，吸引了中国的新闻从业人员前来工作。当时的新加坡华文报纸设有文艺副刊，登载各类华文文章，促进了华语、华文在当地的推广。

华语是新加坡华人共同的母语，但当时华人在各种场合使用方言现象十分普遍，且被分成不同的方言群：闽南话、潮州话、广州话、海南话、客家话、福州

---

① 王润华：《论新加坡华文文学的发展阶段与方向》，《东南亚华文文学与中国现代文学》，厦门大学出版社，1991年。

话、兴化话、上海话（指除以上所列方言之外的其他各种中国方言，新加坡用法）。独立后的新加坡实行“双语教育”政策，即英语加上母语。自然科学的科目用英语讲授，历史与公民教育方面的课程用各民族母语讲授。由于经济、政治等因素，华人子弟进入英文学校读书的比例到20世纪70年代后期已经达到90%以上，英语有成为华人的共同语言的趋势，他们在家中则向长辈学习各种方言。新加坡从1969年起开始逐步推行简化汉字。1979年李光耀总理倡导“停止使用中国方言，说标准中国话”运动，新加坡政府在占新加坡总人口的76%的华人中推广现代汉语普通话，力求使现代汉语普通话成为华人共同语言，在语言的认同中树立国民健全的国家意识。华语教育成绩显著，年轻人的华语水平基本达到能听、说、读、写的程度。在新加坡，不仅中小学，还有大学，正规开设华语课程。随着中国的改革开放，从1979年起，中新两国高层领导人频繁互访，中国与新加坡的经贸关系迅猛发展，新加坡在华投资急剧扩大，双方金融、科技、文化等领域的交流不断。华语越来越受新加坡人的重视。据1990年统计，以英语作为家庭用语的家庭比重从12%上升到21%，以现代汉语普通话作为家庭用语的家庭比重从10%上升到24%。同时，使用华语方言的家庭比重从60%下降到38%。由于华人人口众多，新加坡华文教育与其他东南亚国家相比较为发达，新加坡华语的繁荣程度在东南亚地区当属首位。

二、 新加坡华文文学语言的形成与发展

文学是语言的艺术，文学语言是在全民口头语言的基础上加工而成的。新华文学是新加坡华文文学的简称，华人占新加坡人口的三分之二，新加坡华文文学是新加坡文学的主要组成部分。新加坡独立之前是马来亚的一部分，文学史家们习惯于称那一时期的文学为马华文学。1965年新加坡独立后，才有新华文学之称。新加坡是多种族社会，独立后以“双语教育”为基本教育政策，新加坡华人生活在多种语言的社会环境中，这种状况也必然在华文文学语言中得以体现。新加坡华文作家柳舜1994年在厦门“东南亚当代华文文学创作研讨会”上指出：

> 有人称赞新加坡人会说多种语言，英语、华语（普通话）、闽南语、粤语、家乡语、马来语等等，等等。不错，“半桶屎“似的语言我们会的很多，早安晚安吃饱吗谢谢你这些简单的口语我们会得更多，但我们现在谈的是文学语言。我们的作品——相当部分的创作都有这样那样的语言上的弊病与偏失。学生腔最常见，生吞活剥的俚语，未经修饰的土

腔怪调，过分欧化，硬搬地方话和方言，照搬不合文法的群众语言……不是平淡无味，就是不够生动，甚而不准确、不耐读，产生不了审美兴趣。

……

新加坡马路宽广，楼房明净，各种设备齐全，行政效率显著。这些经济上的成就，未必扶得起文化上的疲弱。在华语盛行华文式微的今日，文学界人士的确不必为一本书、一个讲座而兴奋。当然，已成熟的文学语言尽管出现贫乏、粗浅、累赘的多般毛病，大体上还是肯定的，但从今以后，我们的书要给谁读？我们的读者在哪里？这才是天大的问题。各位可曾知道，新加坡的儿童都说华语，教儿童华语的多是文盲或半文盲。家里的祖父祖母，原本是运用母语（闽南话、粤语、海南话、客家话等）的一群，而儿童的父母亲，可能是英校出身的一群。如今他们得重新学习华语，让华语成为沟通三代的共同语言。①

柳舜将中国当代文学语言作为参照物，对新加坡文学语言提出言辞激烈的批评。换一个角度看待这一问题，这也正是多语种生活环境在新华文学语言中的反映。

新华文学是在中国“五四”新文化运动的影响下于1919年10月诞生的。方修在《马华新文学史稿·绪言》中明确指出：

马华的新文学，是承接着中国“五四”新文学运动的余波而滥觞起来的。中国“五四”新文学运动的兴起，约在1919年。它在形式上是采用语体文以为表情达意的工具，在内容上是一种崇尚科学、民主、反对封建、侵略的社会思想的传播。当时，马来亚华人中的一些知识分子，受了这一波澜壮阔的新思潮的震撼，也就发出了反响，开始了新文学的创作。②

初创时期马华作家及作品有限，作家是华侨，创作题材来源于中国，文艺思想与中国保持一致，采用白话文，其浓郁的中国色彩表现出浓厚的侨民心态。1925年，新文艺刊物《南风》《星光》相继创刊。随后，《南洋时报·荔·海

① 《东南亚华文文学研究集刊》（第一辑）上册，厦门大学出版社，1995年，第39－41页。

② 《独立25年新华文学纪念集》，新加坡文艺研究会，1990年，第49－50页。

丝》《槟城新报·椰风》《南洋商报·文艺三日刊》《叻报·椰林》《星洲日报·野葩》等竞相登场，标志着马华文学史上第一个繁荣期的到来，但作品在题材选择和艺术表现方面仍然受中国文学影响很大。然而，马华文学毕竟不是中国文学的海外翻版，是继续保持中国文学的海外分支的地位，还是创建本土文学，是马华文学自创立之时就缠绕不断的思索与争辩。1929 年 7 月 24 日，《叻报》副刊《椰林》主编陈炼青提出要“提倡创造南洋的学术和艺术”：

> 我憧憬于创造一种南洋的文化，所以应该提倡创造南洋的学术和文艺，那就会使它结晶。
>
> 我相信在南洋如其能够竭力提倡学术艺术的工作，是比较无论哪一种类都需要，都适宜。
>
> 我们观之北美，其殖民之历史与我华人相同，可是到了现在，已经创造一种美洲特殊的文化了。我想希望南洋文化能够萌芽的，总要努力来促成他赶快发展，以至开花。①

陈炼青出生于中国，13 岁随父母移居新加坡。他对新加坡有着深厚的情感，相信在南洋的土壤上应该并能够生长出有别于中国文学的南洋文学。这一主张为新加坡文学的独立发展走出了关键的一步。第二次世界大战的爆发，马来亚华人与当地民众团结抗战，他们意识到自己与这块土地是同呼吸共命运的，这种思想反映到文艺方面，便在战后兴起了一场激烈的关于“马华文学独特性”的论争。这场论争在内容上强调为马来亚社会现实服务，在文艺形式上也进行了开拓性探讨。秋枫认为：

> 如果马华的艺术工作者能把南方（按：指中国的福建和广东）的民间艺术作主要因素，揉合华侨社会受马来（次要）、西洋（更次要）民间艺术所感染的社会因素，通过高度发展的现代艺术手法和正确的艺术鉴别力，加以扬弃地创造出一种形式来，一定会受到马华社会的热烈欢迎。②

---

① 王润华：《论新加坡华文文学的发展阶段与方向》，《东南亚华文文学与中国现代文学》，厦门大学出版社，1991 年。

② 秋枫：《艺术创造的社会基础》，新社编《新马华文文学大系》第一集，新加坡教育出版社，1971 年，第 198 页。

马华作家对南洋文艺独立品格的追求，虽几经周折，但是最终摆脱了对中国文学的依附，走上了独立发展的道路，这是客观现实发展的必然结果。新加坡早期华人主要来自中国南部的闽、粤方言区，文化水平普遍不高，绝大多数人在日常交往中使用方言。华人后代有了受教育的机会，由于殖民政府对华人的戒备，华文教育受限制，作家在作品中掺入一些方言土语成为争取读者的一种有效方法。新加坡独立，标志新华文学时期的来临，尽管20世纪60、70年代现代派文学曾兴盛一时，新华文学基本上沿袭着现实主义的创作原则。新加坡独立后，在英语作为国民共同语言的背景下，政府在华人中推行中国简体字，推广普通话，使华语成为华人共同认同的语言。经过20年的努力，新加坡年轻一代的华语水平大大提高了，体现在华文文学语言上，人们愈来愈注重文学语言的锤炼，文学语感的体验，方言成分大幅度减少。新加坡是多民族、多元文化并存的移民国家，随着社会的发展，新华文学语言出现了相当数量的外来词汇以及华语新造词汇等，丰富了华文文学语言宝库。

三、 新加坡华文文学语言特征形成的环境因素

就地理环境看，新加坡共和国是海岛型城市国家。它东临南中国海与加里曼丹岛对望，西傍马六甲海峡通往印度洋的咽喉地带，南隔新加坡海峡与印度尼西亚的苏门答腊相望，北有海堤穿越柔佛海峡与马来西亚的柔佛州相连。新加坡位于东南亚的中心地带，处于枢纽性的独特地理位置，其国土面积是东南亚各国中最小的，其中新加坡岛面积约572平方千米，约占全国面积的91.3%。岛上地势低平，没有高山大川，但河流很多，其中以新加坡河最具特色。

由于新加坡岛南距赤道只有136.8千米，并且四面环海，终年气温变化不大，年平均气温为摄氏27度，常年是夏。全年多雨，没有明显的旱季和雨季，年平均降水量为2500毫米，降雨形式多为骤雨和雷雨，通常出现在4、5月份和10、11月份的季候风期里。平均湿度为84.6%，属热带海洋性气候。热带海洋性气候使新加坡植物资源比较丰富，且多属热带低地常绿植物。其中经济价值较高的有橡胶、椰子、油棕。普遍种植的著名热带观赏花卉胡姬花，四季常开，并且是重要的出口创汇商品，其品种之一“卓锦·万代兰”于1981年4月16日被定为新加坡国花。新加坡的地理环境对于本地人来说是司空见惯不以为奇，被新华作家表现于文学作品中，便成为新华文学南洋色彩的重要组成因素，为他国读者带来一片奇异的天空。

新加坡优越的地理位置，使其成为群雄争夺场所，因而具有特殊的历史背

景。14 世纪后期的一场战争，马来半岛北部的暹罗王朝将信诃补罗夷为平地。从16 世纪初起，新加坡成为西方殖民者觊觎的对象，先后遭受葡萄牙、荷兰、英国等国的殖民掠夺，并于1824 年沦为英国殖民地，当年新加坡出现第一份英文日报《海峡时报》。1826 年，英国人将东西方航运上的咽喉地带马六甲海峡上的三个重要港口城市——马六甲、槟榔屿、新加坡合并为海峡殖民地。1832 年新加坡成为海峡殖民地政府所在地。1967 年起海峡殖民地由英国殖民部直接管辖。英国殖民者为了争夺殖民地，更多地掠夺东南亚资源及推销英国产品等，将新加坡开辟为自由港，吸引了各国商船来新加坡进行转口贸易，新加坡成为东南亚最大的转口贸易中心，但是工农业非常落后。经济的畸形发展，使其对英国的依赖性很强。英国的殖民统治激起新加坡人民此起彼伏的反抗斗争，虽然都以失败告终，但也有几次重大斗争给殖民者沉重的打击。早期的华人作家大部分来自中国，他们在文化、习俗、语言等方面与中国保持一致，在遭受殖民者的歧视和迫害时，往往牵动起怀念祖国的情怀，用华语表达共同的心声。

南来的中国人，绝大多数在新加坡定居下来，他们早年的衣锦还乡之梦转变为将自己的利益与马来亚的利益结合一起。1931 年的人口调查显示，当时新马两地华人中土生的华人占 30%。1938 年马来亚华侨学生共有 91 534 人，绝大多数认同马来亚为自己的家乡，华人马来意识增长。1942 年 2 月 15 日，日本军队占领新加坡。3 年多的法西斯统治，新加坡经济遭受严重的破坏，新加坡人民处境悲惨。日寇禁止英文、华文报刊继续出版，只有日伪《昭南日报》存在。爱国志士积极投身于抗日救亡运动，华人对中国的向心力加强，南洋化的步伐放慢。1945 年 9 月 5 日，英军收复新加坡，实行军政统治，新加坡重新沦为英国殖民地。第二次世界大战以后，华文在新加坡得以迅速复兴。在全球性的殖民地半殖民地人民争取民族独立与自由的潮流下，1963 年 9 月 16 日，马来西亚联邦正式成立，新加坡成为其一个州；1965 年 8 月 9 日，新加坡和马来西亚同时宣布新加坡独立，新加坡共和国成立。新加坡共和国成立后，借鉴了英国君主立宪制的部分内容，建立共和制政体，以适应业已形成的资本主义生产关系。新加坡取得合法地位的政党组织共有 20 多个，人民行动党是第一大党及执政党。新加坡在政治体制上为“新加坡式的民主社会主义”，它把经济发展放在首位，建成了以制造业、金融、交通运输、贸易、旅游等为支柱的现代化经济结构，从根本上改造了原来的殖民地经济结构，使新加坡迅速发展成为东南亚地区重要的国际贸易、国际金融和国际航运中心，进入了“较先进的发展中国家”的行列。

就社会环境看，新加坡独立初期，致力于发展经济，走工业化道路，无暇顾及文学；与20世纪50、60年代相比，新华文坛显得有些沉寂。华文地位下降，华文读者锐减，许多华文作者弃笔从商，华文作品的数量和质量都有下降。新加坡独立后，中新两国在相当长的一段时期内政治上没有往来，在新加坡，中国大陆文学书刊的公开发行渠道断绝，台湾、香港的文学作品成为新加坡华人的主要华文读物。新加坡与西方国家联系密切，国家开放的政策，使华文作家开拓了视野，兼收并蓄，博采众长，在华文文学创作中融入了其他种族的语言并创造出反映现代新加坡人生活的新词汇。新加坡20世纪70年代的经济腾飞带动了文学创作的复兴。20世纪80年代以来，中新两国多领域的合作交流，华语在新加坡华人中的地位迅速回升。就文化环境看，目前，新加坡人口主要由三大种族构成：华人、马来人和印度人。其中华人占全国人口的76%，马来人占15.1%，印度人占6.5%，其他种族占2.4%。新加坡宗教信仰自由。华人主要信奉佛教、道教和儒教，近年来信仰基督教的比例有所增加；马来人、巴基斯坦人多信仰伊斯兰教，印度人多信仰印度教，其他民族多信仰基督教。

新加坡多元文化、多种语言共存。新加坡全国一年中有近百个节日，反映了这个多民族国家丰富多彩的历史、宗教、文化和风俗习惯。新加坡强调各民族平等互敬，将几个大民族一些有代表性的节日列为全国公共假日。新加坡注重民族文化建设，如“牛车水”为华人聚居区，这里保留着中国广东、福建一带的商业形式和生活方式；“亚拉街”洋溢着马来文化特色，各种具有马来风情的日常用品在这里出售；“小印度”则充满印度情韵；而文华大酒店里的“亚细安之夜”则尽展东南亚艺术风格。多元文化社会为新加坡人的文化沟通提供了便利。

新加坡多种语言共存，官方语言是英语、华语、马来语、泰米尔语。英语的实用性最强，是新加坡各民族通用的语言。马来语为国语，新加坡人用它唱国歌；新加坡华人在日常生活中常使用马来语和华语；当他们回到家庭时，使用的交流语言也可能是中国的各种方言。

新加坡始终把发展教育、提高人力素质作为国家发展战略的一个重要组成部分，努力普及和提高教育水平，使教育事业与经济、社会、科技协调发展。教育领域平等对待各民族语言教学，实行具有新加坡民族特点的双语教育政策，鼓励各民族在学习实用语言——英语的同时，学习和使用本民族母语，增强对本民族文化和情感的认同，增强国家意识。20世纪80年代以来，新加坡政府把儒家思想作为道德教育的内容，弘扬以儒家文化为核心的东方文化传统和道德观念，在成功地吸收西方科技与工业文化同时，抵制西方文化对新加坡社会的消极影响。20世纪80年代现代汉语普通话的普及为新华文学培养了年轻的读者群，涌现了富有朝气和创新意识的青年作者。各种文学团体也相继成立。新加坡主要文学社团有：新加坡作家协会、新加坡文艺协会、五月诗社、锡山文艺中心等。这些团体有自己的刊物，在文学创作、文学研究等领域做出了显著成绩。这些社团有计划地出版文学丛书，经常举行各种文学活动。新华文学呈现一派欣欣向荣景象。

从新华文学的语言环境因素中，可以看出新华文学语言同新加坡的历史、地理、政治、经济、文化等因素紧密相连，其中又以政治因素为重。新华文学语言以现代汉语普通话为主体，吸收了闽、粤、沪等多种华语方言成分，并融汇了外来词汇以及马来土语成分和新华作家创造的新词汇。

新加坡华文文学语言的特征

一、 新加坡华文文学语言的特点

一个民族能够生存并保持民族的凝聚力，除了拥有固定的居住地外，在很大程度上依靠民族语言的统一，从文化的角度增强民族凝聚力，并从中体味只有本民族语言才能够最充分最方便表现出的思想感情。比如“风雨”“霜雪”“暖春”等，除了它们在气象学上的意义外，在不同的民族中一定会引发许多不同的联想，这些联想往往只有本民族人才能体会，而且同一民族之中也可在不同的读者心中引发不同的感受。这些词语的丰富内涵需要作家通过他最熟悉的本族语言在字里行间才能表现出来。新华作家所处的语言环境使本族语言在新加坡是非主流语言，它的现状决定其与中国现代汉语之间并非两种语言关系。新华文学与中国文学同文同源，并且一直与中国文学保持着千丝万缕的联系。但是，这两种在不同社会背景下发展的文学在题材、主题、人物及表现方法等方面都存在不同的特色，这一点在语言方面尤为突出，主要体现在以下几方面：

首先，词语运用上的独特选择。新华文学以现代汉语普通话为写作语言，而英语语言及当地马来语言的较多融入，成为新华语言最显著的特征。

1. 英语词语或短语直接取代汉语词语。如：“party”“coffee”“shopping”“class E. C. A”等。而且，在语句中，中英文词或短语混合存在，如胡月宝小说《不婚妈妈》：“Dick，这下子你最乐了？……今晚到卡拉 OK 去 celebrate 一下怎样？”①

2. 音译外语词。音译英语词如：开麦拉（话筒）、德士（出租汽车）、巴仙

① 《新加坡当代小说精选》，沈阳出版社，1994 年，第 27 页。本章引文除另行注明外，小说均引自该书。

(百分点)等。音译马来词如：沙笼(围裙)、红毛丹(一种热带水果)、巴刹(市场)等。

3. 外语与华语词汇音意结合。如："吧女""泊车""多峇湖""安娣"等。任何一种语言都不可能是完全独立存在的。美国语言学家爱德华·萨丕尔说："语言，像文化一样，很少对他们自己满足的。由于交际的需要，使说一种语言的人们直接或间接和那些邻近的或文化优越的语言说者发生接触……要想指出一种完全孤立的语言或方言，那是很难的。"新华语言内部的发展规律促使其在丢弃一些词语的同时，又不断地吸纳外族语言，使其常变常新，充满活力。此外，新加坡岛上的最早的居民是从马来半岛南渡的原始马来人后裔。独立前，新加坡长期沦为西方殖民地；独立后，其重要的国际商贸港口城市的地理位置及开放的政治、经济、文化等各项政策，都促使新加坡人将更多的目光投向世界，新华文学语言也成为当今华语世界东西方文化交融的产物。

新华文学较多地运用外语词、本地土语及其华语化形式，是作品的表达手段的需要，与作品的整体氛围密切相关。孟紫小说《游子情》："'莲娜，南茜，快来见我的父母!'手一摆，英语改华语：'爸爸妈妈一会儿才吃，好吗？她们赶时间上班，我得先解决女孩子的麻烦——COME ON，MEETING。(快来商议)'。"范廷坚夫妇以"男女授受不亲"的东方传统观念要求儿子杰信，杰信赴美留学使他们落下心病，以捉奸的心态赶来探望。儿子与同租一屋的两个外国留学生打招呼，脱口而出的是英文，符合生活在美国语言环境中的年轻人的语言思维习惯；他与父母交谈则转为华语，体现了他对父母的体贴以及由母语交谈而产生的亲切感；英文华文交汇出现在同一段话语中，符合在中西文化熏陶下成长的年轻人的习性。但是，范氏夫妇由于语言的障碍更加深了对儿子品行的猜疑误解，对儿子的"弃祖忘宗""追求西式"放浪生活痛心疾首。多种语言的混合使用也表现了新老两代华人不同的思想价值观念的碰撞。

新华文学在人和物的称呼上对英语词语的应用可谓独具匠心。流军小说《猫来穷，狗来富》一文中，男主人西门丁姓丁，西门是洋名 SIMON，安德鲁和莲西是他的一双儿女，母亲丁老太太来自中国且没文化，但"长期与讲英语的儿媳孙相处，耳濡目染，红毛话多少也会哼几句"：

> 莲西见了小狗，高兴地噘起小嘴啧啧地诱它，一边伸出小手说："Come，Shake hand!"嘿！这小狗还善解人意呢！它举起一只前脚，搭在莲西的手掌上，老太太则笑嘻嘻地说："哟！会听英语的，是只红毛

狗。”接着安德鲁也向它伸出手来说：“来，握手！”果然，这小狗把另一只前脚也搭在安德鲁手掌上，莲西以另一只手捉摸它的头称赞道：“哇！Smart（厉害）！它还会听华语呢！是只 bilingual（双语）dog。”

不知不觉，露西来到丁家已快一年。它已经发育完全，是一只吠声雄浑的大狗了。可是，露西小时候体内的英格兰狼狗、苏格兰牧羊狗和瑞士猎狗的血统随着发育成长而消失得无影无踪。它恢复了原形，是一只道道地地的本地狗，就是常在街头巷尾流浪的那一种。

这个华人家庭的观念取向从成员的名字上已经得到生动体现，整个家庭弥漫着浓浓的西洋气息。“红毛狗”“本地狗”本只是按狗的产地分类，并无情感色彩，但在小说的句子中相互对比、相互作用，便有了高低贵贱之别。小女儿称赞此狗竟然会听华语，是只“双语狗”，反映了在一些华人家庭中存在的民族自卑心理，华语竟成了稀罕物。作者对双语政策下所导致的华语式微，含蓄地加以调侃、嘲讽。文中对英语原文在括号中注释，以帮助读者理解。在对英语词音译过程中，新华作家也考虑到华语的表意特征，在对外来词汇华语化时，顾及华人的语言习惯的认同特点，结合华语的词素，走通俗化的道路。廖清散文《静静的古城》一文：

有些五脚基上，还停放着三轮车，可见这儿已经不再是属于富豪的了，那些洋化了的娘惹，想必已脱下沙龙，换上了迷你裙；但是，她们的思想意识是否也开始迷你化了呢？①

文中五脚基（马路两旁楼房下面的人行道）、娘惹（女子）、沙龙（马来妇女常穿的围裙）、迷你裙（思想前卫的超短裙），这些马来土语和英语词汇，作者在翻译时选用的文字具有表意性，华文读者按照业已形成的语言思维方式对文章无理解上的障碍。这段文字采用了这些极具地域色彩的语言，突出地表现了东南亚的人文风貌，浓郁的地域风格扑面而来，从而使新华文学语言与中国当代文学有了显著的区别。另外，一些外语词翻译中难以找到恰当的表意华文文字，新华作家往往在括号中或文尾加以注释，如林臻散文《叫卖》一文中就对“奥爹奥爹”“拿希鲁吗”“布律”等马来食品进行尾注。

---

① 《赤道线上的情韵》，中国文联出版公司，1994 年，第 402 页。本章引文除另行注明外，散文均引自该书。

首先，文学作品是作家个体性的产物，作家独具的个性特征、思想情感以及知识结构等通过语言的运用从而造就出文学作品的异彩纷呈。新华作家受中西方两种文化的影响，作为积极表现生活的文学作品，读者从中能体会到新加坡社会的各个领域与西方社会难舍难分的现实状况；新华文学的受体——新加坡华人与这类词语也存在相应的默契，其在欣赏中较中国读者能接受更多信息、更能产生美感共鸣。就如那只“bilingual dog”（双语狗），一般中国读者头脑中并没有“双语”概念，难以明了其中的含义，反而莫名其妙。新加坡教育实施双语政策，华人需要学英文、华文两种文字。新华文学读者会从此语中引发关于双语政策的种种或褒或贬的言论的联想，暗暗佩服作者用词的独具匠心。南洋土语的融入，语言本土化的追求，表现了华人对居住国的认同，异域风情尽收眼底，体现了一种远离中国本土的特殊情怀，使华文文学语言有了新的表现力。这些在中国读者眼中陌生的的词语新华作家却运用恰当，既有作品自身表达的需要，也丰富了华文文学语言，从而使不同国家、地区的华文文学有了各自的风韵。

其次，与中国现当代文学运用的汉语普通话相比，新华文学方言成分明显增多，主要集中在闽、粤方言。如福建方言特别是闽南方言：“手提袋”“落雨”“查某人”等；广东方言：“冲凉”“傻佬”“系咪咁”等。一般说来，作为大众进行文化交流重要手段之一的文学作品，过多采用方言写作是不妥的，它不利于来自不同方言区域的人们心灵渠道的顺畅沟通，使文学作品的影响力、感染力受到限制，导致读者群的萎缩。新华文学中方言的较多使用与其生存发展的语言环境的复杂性密切联系。独立后的新加坡是一个多元化的社会，单单华族就分成不同的方言群。郭振羽博士对这一问题有透彻的分析：

> 语言既然具有传播（工具性）和认同（感情性）两大功能，在多语的社会中，由于母语群种类众多，语言情况复杂，这两种功能便有可能受阻扰而无法达成，对社会造成不良的影响。换言之，在多语社会中，社会传播管道可能无法畅通，造成资讯传递效率减少，以及传播整合性（Communicative integration）偏低的后果。同时，由于不同语言群各有其认同对象，彼此之间不免有矛盾甚至冲突的可能，在社会造成不安，对个人则可能带来认同的困惑。①

① 李一平、周宁：《新加坡研究》，国际文化出版公司，1996 年，第 206 页。

1979年开展的“推广华语运动”使华语逐渐普及。经过几十年努力，新加坡的华语使用日益规范，方言成分较以前大大减少了，作家在遣词造句中力求使用纯正的华语。关于新华文学作品对方言词汇的选择是优是劣，一直是评论者争论的话题。不可否认，这一点也是新华文学独特性的一个构成因素。新华作家在作品中使用方言呈现如下特点：一是以闽、粤方言为主，文字选择上较通俗易懂，不同方言群的读者能根据文字本身或上下文对此进行大致推断或直接加以理解，这些具有生命力并易为读者所广泛接受的方言词语给文学作品带来亲切感并易产生共鸣。二是有选择地使用方言，与作品整体表达需要融汇一体，这些方言词汇较为集中地出现于人物对话之中，从说话者的词汇选择显现人物的身份、性格，人物形象更加富有生命活力，如在眼前。林康小说《邂逅一条黑狗》：

他怎么说？他说：

> “乌你！我们一个朋友对一个朋友，你不要和我说什么他妈的生意。你老的双腿一跷，逍遥快活去了，家里一个母的，五个幼，怎么办？叫你的查某人站街口？乌你！”客户重重地拍着桌子。“你瞧，这就是老何说的。……这个该死的老王八蛋。”

说话者做的是小买卖，生活在“拥有罕有的淳朴乡情的海岛商界”，引用的是同样处于下层，为生活不断奔波于各海岛之间的老何的话，“跷”“母”“幼”“查某人”等方言词汇用于作品中，通俗易懂，表现出下层百姓的率直、质朴，与文中同学兼老板的李树楷的见利忘义形成鲜明对比，老何的形象借助其方言口语活灵活现地凸现出来，有点睛之妙。新加坡文学语言的这一特色，与中国现当代文学有明显的差异。

再次，新华文学中华语词汇占有主导地位，但是新华语言与中国现代汉语普通话有一定的区别。新加坡独立后，建立并完善了独立的社会、政治、经济、文化体系，有了独立使用的华语词汇，主要包括新造词、形同异义词，古汉语词的使用也是新华文学语言的一道风景。《中国大百科全书辞典·语言文学卷》认为，语言是“人类特有的一种符号系统。当作用于人和客观世界的关系的时候，它是认知事物的工具；当作用于文化的时候，它是文化信息的载体”。语言总是在社会发展过程中，在一定区域里发展，新的词语在不断产生，原有的词语有的增添了新的内涵，有的则渐渐消亡。新词语的创造满足了当地华人言语表达的需要，通过文学作品，显示其较强的生命力，与中国现当代文学汉语词汇交相辉映。经济类新造词如："人口货""入息""车租""赶工""猎人公司"等；交通类新造词如："快速公路""公车公司""房车""搭客""地下铁"等；社会政治类新造词如："惹火女郎""闻人""建屋局""警局""赌档"等；生活类新造词如："冷气机""锌板屋""组屋""梯阶""周假"等；日常用品类新造词如："公事包""塑胶袋""水喉""腕表""字纸篓"等；教育类新造词如："华校生""英校生""级任老师""夜学班""心灵小说"等；身体类新造词如："唇叶""耳帘""身畔""目色""扮耷"等；人际关系类新造词如："损友""友伴""侍应生""拆伙""家婆"等。

大多数新造词具有直观准确的特点，在表情达意上突出中心意向。如林秋霞小说《宠物》中："同时期，诗正的花朵仍日日花团锦簇地堆了一室；天天他的惹眼豪华房车风雨不改地在公司大堂外候她下班"。"房车"把现代小汽车的舒适度准确地加以突现。蓉子小说《红鬃劣马》中"卫生？那你为什么叫我喝水喉水？那里面有没有细菌"；胡月宝小说《不婚妈妈》中"茜茜把头别过，避开那两片火热的唇叶"。"水喉"与"唇叶"，一个拟人，一个拟物，比拟手法的运用使被描述对象惟妙惟肖，形象感很强。新造词亦通过词素有机组合映射出新加坡独特的社会生活状况。苗秀小说《流离》：

> 这个拥挤的大城市也跟旁的大城市一样，经过那一场漫天战火，人口天天在激增，原来的那些房屋，不少可给炸弹炮火毁了，没有毁坏的却老旧得非拆掉不可，于是整天都闹着屋荒。每天，在那些密密麻麻的，标识着东方都市样相的店铺兼住屋的单调丑陋的低矮瓦屋中间，一幢幢同样单调丑陋的组屋像一张张骨牌似的矗立起来了。

"组屋"是新加坡"居者有其屋"计划的实践产物，代表着廉价住房，以标准化、规模化的方式为中低收入阶层提供生活住房。组屋所采用的种族混居的措施，对加强各民族的互相了解与团结起到积极作用，加强了社会的稳定。

新华文学与中国当代文学语言相比照，还存在一些词语书面形式相同，但词义却大相径庭的现象。"绝响"一词，《现代汉语词典》中的定义是"本指失传的音乐，后来泛指传统已断的事物"。在何晓散文《遥远的天公诞》"夜更阑了，爆竹声渐微，终至绝响了"中，此词指的是"不再响"。"单位"一词在汉语普通话里指的是机关、团体或下属部门之意。在刘培芳的散文《何处寻窗》里，"偌大的办公室，取开放式概念，放眼望去，各单位一目了然"，此词则是指

“区域”。汉语普通话中的“省察”，是指检查自己的思想和行为。美华的小说《半个头脑的人》中，“他们省察过你身上的每一个记号，全都登记在案”，则是检查别人之意。

新华文学一方面有选择地吸收外语词的养分，以充实自己的文学语言；一方面创造性地使用新造词、旧词新用以丰富华语文学语言宝库；另一方面又继承了中国古典文学语言菁华，继续沿用了一些在中国当代文学中不用或较少使用的古汉语词汇或短语。例如“翌日”“殛”“无咎”“回驳”“发愣”等。古汉语成分的融入，使新华文学的异域风情中多了一份典雅凝炼的风韵，也将新华文学语言锻炼为具有多种文化内涵的结合性载体。

张曦娜散文《无调之歌》采用的是规范的现代书面华语，文辞雅致优美，在阅读时有悠悠古风脉脉流动。仔细察阅，文中不时有古代汉语词汇莹莹闪现。例如此文在谈及新加坡许多华人对使用自己的语言和文化的态度时，富有中国文化气息的古汉语成分大量存在，如“流着炎黄血液的同族中人”“以不识自己的语言为荣”“觥筹交错”“置身于一群衣衫光鲜的绅士淑女之间”“处身在一个价值观如此怪异的环境中”“陷溺在一种无以言说的寂寞中”“精神生活却是乏善可陈”等。在规范的现代文学语言中，由于这些带有浓郁的中国文化气息的古典文学语言的融入，使全文呈现出忧思隽永的中国传统审美情趣。作者用古汉语词汇和句式反映“日渐在满街由名牌商品、美式快餐、迪斯科舞厅、卡拉 OK、欧风、美风、东洋风堆砌而成的繁华中迷失自己”的年轻一代华人的生活，古汉语语言在与标志欧风美雨的词汇交锋中既有悠久文化积淀的洋洋大气，也缭绕出哀愁伤怀、无可奈何的悲凉情调。这种艺术效果是纯用现代语言所难以恰如其分地表现的。古老的语言在新华文坛再次焕发出新的光彩。尤今作为新华文坛著名作家，习惯于将思考的目光投向现实生活。在其纯正流利的现代华语中弥漫着中国古代汉语的气蕴，她将笔下的现实生活与中国传统文化的审美情趣嫁接到一起，结出丰硕的果实。小说《风筝在云里笑》[①] 着重描写了“我”的新邻居——来自爱尔兰的一户人家，母亲茱莉亚“茶色的头发，干巴巴的，毫无韵致地垂散着”，四个孩子各有各的怪异嗜好，“老二呢，那种‘嗜好’，举世无双……一有空嘛，便以石当箭、以墙当靶”；对于顽皮的孩子，“茱莉亚对此竟然视若无睹”，面对邻居的兴师问罪，“总是低声下气地道歉，但对于犯下恶行的小鬼头，却无一言半语的谴责”。茱莉亚在粗暴武断的丈夫和野性十足、毫无教养的孩子

① 尤今：《风筝在云里笑》，新加坡东升出版社，1989 年。

中忍气吞声地操劳家务，她勤劳善良又极端软弱。这些西方妇女中不多见的凡事忍让的性格特征，尤今是以带有中国古典文学特征的语言予以展现的。在中西方文化的相互观照中，体现作者对家庭伦理问题的价值取向。小说中古汉语语言的选用，为作品抹上了凝重的色泽，使读者在重压之下引发深思。新华作家往往受儒家思想的长期影响，中国传统文化教养较深，形成他们以雅为美的文化心理。而且，在以英文为中心的商业气息浓烈的国度，华语因经济价值不强而处于弱势地位。这些含有古汉语成分的词语在当代华文文学中推陈出新的运用，使新华文学总体上平添了一份古朴、典雅色调，具有独特的文化韵味和审美情趣。

语言中的熟语，往往是固定的组合，一般只能整体应用，而不随意变动其中成分，如成语、警句、俗语、谚语、格言、古典名句等，它们是语言长期锤炼的菁华，广为民众所熟知，以简洁生动的语言表达丰富的内容。熟语在新华文学中的运用构成新华文学语言的又一特色。

其一，俗语的运用。俗语是广泛流传于民众口头上的定型的话语，是人们生产、生活中长期经验与智慧的结晶。除我们所熟知的现代汉语普通话熟语外，新华文学运用了现代方言俗语、南洋俗语，还有华语俗语的新用。这些俗语在使用上有的用精炼的语言替代繁杂的说明，生动形象地表现某事物的特点。如舒涵散文《啊！榴莲》中“当了沙笼吃榴莲”这句南洋俗语，精确形象地把榴莲其香无比、人们嗜榴莲如命、一幅上瘾的神态用很少的字句勾勒出来，语言质朴生动，一股南洋气息扑面而来。有的俗语带有某种象征的意味。如流军小说《猫来穷，狗来富》标题是句客家方言俗语，贯穿全文。这句俗语出自作品中丁老太太之口，从而把那只可怜的流浪狗从再次被抛弃的危机中解救出来，体现了她的善良心慈，而这句出自目不识丁的东方乡村老太太的话语在危急时刻居然也得到应验，再次成为救命草。西门丁一家收养它并取个洋名“露西”后不久，竟发现它原来是“一只道道地地的本地狗”，并未给自己带来某种财富，这句话就成了常挂于口的诅咒之词，最后忍无可忍决定对其实施“西方文明国家最普遍使用的”安乐死。恰在此时露西果真叫西门丁的马票开中头奖，乐得西门丁直喊“猫来穷，狗来富”。丁老太太说此俗语，符合其客家人身份特征，体现了这位东方女性讲不出大道理但有一副慈善心肠的形象；西门丁夫妇却想借此俗语得到财神爷的光顾。目不识丁的丁老太太与满脑子西洋文明“教化”的西门丁夫妇形成了鲜明的对照；丁老太太以她的“愚昧”反衬了西门丁夫妇“爱狗”的虚伪。俗语在新华文学中的使用更多地带有类比作用，使一些俗语在新的背景下拓展了意义空间。林高小说《得救》中，“她觉得自己老于世故，已经是‘铁棒磨成针’，随时可以刺人，一针见血”，这句话是中国古老俗语在新华文学中的翻新运用。俗语的应用，形象生动而非概念式的抽象，使城市文学笼罩上了乡村情调，商业化、现代化都市充溢着市井气息，体现了新华文学大众化的创作倾向。

其二，成语的运用。中国成语以其言语简洁，含义丰富为人称道，是定型的固定短语。新华文学作家喜用成语，文章语言讲求精美，且在成语使用中仿成语现象比较普遍，别具特色。有的打破原有固定格式或换字：“俯首垂肩”“绘声绘影”“山老石荒”“光天白日”“千残百破”“情尽义至”“花落水流”“瘦灯孤影”等；有的增字：“摩着肩、擦着踵”“顾名可以思义”“夜阑了，但人不寂”等。新华文作品在对固有成语仿用上，一个显著特点是为我所用，在特定语言环境里，根据表现需要，不拘泥于固定格式，给人新鲜之感。林锦散文《鹰窝寨》一文：

> 只见两面自天上垂下的峭壁，紧紧地夹在一道只供两个人摩着肩、擦着踵上山下山的石路。从我站的位置看出去，两面石壁之间留下的景致，就像一幅千尺画卷，画着看似不完整却可以完全独立的山老石荒。

成语“摩肩接踵”意在形容人多拥挤。此处“摩着肩、擦着踵”把“两面自天上垂下的峭壁”所形成的石路的狭窄，借助两个人之间的空间距离的极度缩小，画面般地凸现出来，由于字数增多，语句延长，在感觉上造成作品中人物的步伐放慢了；成语“地老天荒”在此仿为“山老石荒”，与特殊地理环境吻合，使人感到颇为贴切。作为定型化的短语，成语在运用时要保持其整体性特点，出于表达效果的需要，新华文学对成语的仿用，既保留了成语文雅庄重的特点，也造成新奇独特之效果。

新华文学在承继中华传统文化的同时亦勇于创新，创造性的劳动奠定了其独立的品质。中华传统文化是新华文作家深深依恋的对象，在文学作品中的突出表现就是古典诗歌的运用频率高。几千年来，中国古典诗歌，从最初的“诗三百”，到楚辞、汉乐府、唐诗、宋词、元曲以及明清和近代的诗词，无论是阴风晦雨，还是风和日丽，一直在中国文学史上熠熠生辉。“五四”运动前后，白话诗应时崛起并占据现当代文学中的重要地位，但古典诗词独有的言简意深，独特的艺术魅力仍然令人回味无穷，也因此而传播到世界上许多地方。新华文作家热爱中华传统文化，散文作品中较多地运用古典诗词，构成又一个创作特点。主要表现在以下几个方面：

1. 运用古典诗词于写人状物之中，表现思想感情和品格情操。

怀鹰散文《就那样平凡的日子》引用了不少前人的诗句，感叹日子一天天过去，抒发单调、无聊而又惆怅的情绪。如借李商隐“天荒地变心虽折，若比伤春意未多”类比心绪，表现自己空有一腔热血而在平凡没落的岁月中，只能落得“拔剑徘徊，心随乱云舞不定”的慨叹，为自己的卑微而悲哀；引用郁达夫游槟城的乐棋山所写下的“好山多半被天遮，北望中原路正赊。高处旗升风日淡，南天冬尽见秋花”的名句，说明郁达夫有其颓废的一面，亦有伤时怀国的一面，而这种心境使作者从郁达夫诗中找到朦朦胧胧的默契。在周粲散文《生而为一棵树》中，“万物皆有灵”的观念让作者在那棵大树身上寄托了浓浓的感情：

> 这棵大树的感情生活是什么？它也有“盈盈一水间，脉脉不得语”的时候吗？或者也吟两句“蜡烛有心还惜别，替人垂泪到天明”那样的诗？情深的话，它也十分坚决地说：“衣带渐宽终不悔，为伊消得人憔悴？”如果没有感情生活，它这一生，不是太单调、太枯燥一些了吗？

作者借对树的询问，三处引用古诗句，形象地把人类爱情中的相思——惜别——忠贞贯穿起来，认为只有经受了别离的考验，人的一生才是丰富而令人回味的。周颖南在《记俞平伯教授的近作》[①]中，引录了俞平伯《思往日五首——追怀顾颉刚先生》，深情地追忆了他们之间的友情：年少时“昔年共论《红楼梦》，南北鳞鸿互唱酬”；青年时“正是江南樱笋好，明朝初泛石湖船”的相邀；1954年顾老在俞老遭受严重批判时亲临，“灯前有客跫然至，慰我萧廖情意长”。而“秘笈果然人快睹，征文考献遂初心”“叹息比邻成隔世，而君著述已千秋”，则是对顾翁的学术成就、对中华文化杰出贡献的最中肯的评价。这五首诗将两位文化巨匠40年的友谊编织在一起，表现了老一代文人学者真挚深厚的私人感情和学术上的相识相知。此类型的散文在周颖南的散文作品中随处可见，也为后人留下了丰厚的历史资料。

2. 景物描写中运用古典诗词，表现对祖籍国风土人情、文化意韵的神往。

蔡欣散文《蛙鸣》一文，先以“黄梅时节家家雨，青草池塘处处蛙”一诗起笔，陶醉于潇潇雨声中低沉而雄浑的呱呱蛙鸣之中，这是作者想象中的北国黄梅雨时的蛙鸣；“稻花香里说丰年，听取蛙声一片”是作者思绪飞扬至稻香扑鼻

① 周颖南：《漪澜盛会》，厦门大学出版社，2001年。

的江南，在蛙鸣中享受着真正的大自然的音乐。作者渴望远离繁华“进步”的城市，倾听蛙的叫声，借助古诗表达对田园风光的向往。柯思仁散文《一季秋梦》中：

> 江南是中国景色最秀丽的地方，也是最富庶、最丰裕的人间天堂。没有机会亲眼目睹，但读历代的诗词时，也令人引起无限的遐思和向往。江南浪漫的情调，悠闲的生活，像是个不需隐蔽的桃花源。李珣的词中描写：“乘彩舫，过莲塘，棹歌惊起睡鸳鸯。游女带花偎伴笑，争窈窕，竟折团荷遮晚照。”是一幅多么动人的生活写照。

作者忍受着新加坡常年皆夏的刻板无趣，不禁想起中国景色最秀丽、生活最富庶的江南，作者所有关于江南的美好印象，竟是陶醉于《梦江南》《忆江南》《望江南》之类的词中所作的一帘秋梦，虽则是梦也一样令人心醉。作者对祖籍国的爱恋之情通过魅力无穷的古典诗词表达出来。

新华作家还擅于化用古诗意境融入作品之中。黄继豪散文《雨落三里外》:

> 设若在远古，我必是栽菊的诗人，躬耕自酗，泛舟航行一季节的寂寞，或者我该是那个满腹忧戚的三闾大夫，行吟泽畔。上下求索。
>
> ……
>
> 也许我该带着醉意前往杏花村去沽买一葫芦春天来，等待那吹芦笛的仙子踏着毛毛雨的拍子前来与我共醉在爬满云朵的棚架上，打赌看杏花村里是不是真的只有杏花，以及这年的春天是否还带着她那多雨的行囊，循匆匆奔跑的江水西去又东逝。

作者渴望在大自然中陶醉，在中华古典诗词的意境中尽显真我的本性，以狷狂的诗情尽显本我的魅力。新加坡华文作家风沙雁曾感慨新加坡作家的写作境况：“居住在热带的文人，由于缺少四季景物变化的撩人情绪，往往会苦于没有写诗的题材。住在热带而又是繁华的都市，就更有写作题材枯竭的苦闷。单调的组屋环境，大同小异的生活方式，使文人搜索枯肠，也难写出撼人心弦的文章来。”① 中国古典诗词催发了新华作家的创作灵感，激发了他们了解华族文化传

---

① 风沙雁：《尤琴小说散文选》序，陈贤茂主编《海外华文文学史》，鹭江出版社，1999 年，第 275 页。

统的兴致，创作视野超越时空的限制，给单调的日子平添了生活的情趣和意义。

3. 运用古典诗词，是艺术表现的需要。洋紫荆散文《草色入帘青》以诗句串连全篇：见到小草，联想到古人“苔痕上阶绿，草色入帘青”，从其旺盛的生命力中品味所蕴藏的人生奥秘；望见枯树，则想起“枯藤老树昏鸦，小桥流水人家”，感叹五千年东方文化的精华在诗人对大自然的吟诵中诞生；从办公室的窗口眺望，欣赏鸟儿优美的身姿，为杜甫“舍南舍北皆春水，但见群鸥日日来”的意境叫绝。作者偷得浮生半日闲，以古典诗词串接自然美景，从大自然所散发的诗意与美感里洗涤当代人的尘思俗虑，净化因车马的喧哗所玷污的性灵，表达对美好家园的热爱。陈华淑《追云月》末尾：

> 中秋节晚上李翠华举家在露台上品茗、吃月饼、赏月。她的丈夫随口吟了一首小诗：
>
> 床前明月光，疑是地上霜。
>
> 举头望明月，低头思故乡。
>
> 明月？这两个字挑动了李翠华的心弦。她仰望天空：中秋月，分外明亮分外圆，明亮是她的眼；圆，是她的脸。而今，明眼圆脸皆不见，只剩下一轮冷月挂中天！

作家由诗带动景物描写，女教师李翠华由眼前的景，想起追求物欲享受、被花花世界所吞噬的中二女生关明月，写出在追求奢靡生活的社会背景下教育工作者的无奈，感受到这个世界的冷酷残忍。以诗将景、情交融于一体，为本文营造了一个苍凉冷峻的意境，引发读者情感的共鸣，增强了作品的艺术感染力。诗词的运用，反映了新华文学作家对中华传统文化的认同。

中国古典诗词言简意丰，是诗人灵感的结晶，寥寥数语，世象万千，不尽情怀。新华作家以诗入文，文字简约，内涵丰厚，从中可见中国古典诗词不仅在中国大地上根深叶茂，而且伴随着海外华人的足迹在世界各地生根发芽，开花结果。如张曦娜散文《无调之歌》：

> 她无法否认，也不愿否认，自己是以诗经、楚辞 、唐诗、宋词，中华上下五千年，浩如烟海的一页长史养壮灵魂。她无需掩饰，在她的血液中，那一份与生俱来，辗转缠绵的文化乡愁。

几千年传统文化养育、丰富了作家的情感，影响着作家的艺术思维方式。海外华人对中华文化深情眷恋，与祖籍国传统文化有着难以割舍的情怀。中国古典诗词源远流长，其独特的魅力令海外华人作家难以忘怀。这些古典诗词在创作中的使用，简约含蓄地表现了人物情怀，适应了新华文学作品篇幅短小的特点。

在语法方面，新华文学语言也有独特之处。

新华文学中的新造词大多数是根据意向的不同以常用词为词素构造新词，这符合业已形成的汉语语法规则。修饰或限定性词素在前，中心词素在后，构成偏正关系的词语，如“公事包”“赌档”“耳帘”等。有些词词素位置与普通话同义词语的词素位置相反，如“梯阶”（阶梯）、“坏损”（损坏）等。在新华文学中，由汉语短语缩略而成的缩略语的大量存在，如“安睡”（安然入睡）、“车租”（汽车租金）、“四播”（四处传播）等，吸收了古汉语简洁、紧凑的语言特点，以适合快节奏的都市人生活。邓宝翠《百家争鸣》：“所以墙，无论是钢的、铁的、石的或砖的，不单只是屈服，更是在人们的信仰和仪式中被筑或被除。但有一道用躯干支搭、用心汇连、用血肉粘固的墙，是最坚忍不拔的。”这两个语句虽长，但用词紧凑，其中停顿较多，节奏短促，音调铿锵、有力。

新华文学作家喜用叠字，并新创了一批叠音词，在现代汉语中是 ABB 式结构，而在新华文学语言中则为 AABB 式结构。如怀鹰《怀莺》：“云转瞬变色，滚滚滔滔；梦里的池水也变色了，红红艳艳，滔滔滚滚，顷刻间就把天空和大地都染得一片赤红……”作者使用叠词绘声绘色地描摹梦中的景致，文辞繁实艳丽，境界开阔，气韵遒劲，且显现出回环往复的韵律美。有些在现代汉语中是 AB 式或 AA 式结构，而在新华文学中为 ABB 式结构：“湛蓝蓝”“冷湿湿”“亮灼灼”等。如罗伊菲小说《明日又天涯》：“絮君怎么样，不会像他这么发苍苍、视茫茫、耳朦朦的衰老吧！”三组 ABB 式叠词，“发苍苍”写出“乡音未改鬓毛衰”的感伤；“视茫茫”指眼前一片苍茫，无所依托；“朦朦”有模糊不清之意，用以修饰“耳”，一个眼花耳聋、老态龙钟的男子形象跃然眼前，将主人公即将见到分离几十年的初恋情人时的忐忑不安心绪缕缕抽出。叠字的运用，增强了文学语言的节奏感，产生情韵回旋音节美。外语词用华文音译，较多采用外文音译为限定性词素 + 汉语原有词素为中心词素合成外来词。如：“摩哆船”“秦客”“多沓湖”等，“摩哆”“秦”“多沓”为外语、土语音译，“船”“客”“湖”为华语词素，外来词带上中华文化色彩。外语词有些是以音译为主，兼顾华语表意的特点，如“安娣”（阿姨）、“安哥”（叔叔）、“巴刹”（市场）；人名“布旺”“阿依娜”等也符合华语翻泽外国人名兼顾表意的特点。

新华文学语言在词语的搭配上的特点主要体现在以下几方面：

1．现代汉语普通话在计量事物时，量词是必不可少的，且量词的品种非常丰富，新华文学的语言量词相对比较少，且在量词与名词的搭配上有其特色。如美华《半个头脑的人》中，“他们给了你一条草席，两条被子”，在现代汉语普通话中用量词“床”与名词“草席”“被子”搭配。量词“粒”在现代汉语普通话中用于细小的颗粒状的东西，在新华文学中它能与许多在现代汉语中不能与之搭配的名词搭配；在现代汉语普通话中应当用量词“粒”而在新华文学中有时不用。例如：

(1) 他打起眼力瞧瞧，那原本捧着洗衣粉、由三百粒小灯泡构成的半身巨人已熄灭，宛如被黑暗吞噬入肚。

（沈鹰《我们的时代》）

(2) 几个大男人，就这么你一言我一语地把她抢白得粒声出不得。

（林秋霞《宠物》）

(3) 姚老师站在会客室门口的走廊上，目送一对母女离开，胸腔里那一颗心好像变成了一粒铅球。

（尤今《监护人》）①

(4) “怎么说死就这么死了？……不久前，他还捐了粒肾给我。我告诉他，我小本经营，给不了他大订单，犯不着。你猜他怎么说？”

（林康《邂逅一条黑狗》）

(5) （荆如舟）阔嘴厚唇，张口大笑，几乎可以塞进一粒五角苹果。

（李汝林《公关荆》）②

例(1)“灯泡”用“粒”，突出了它的小，与“巨人”形成巨大反差，给读者留下深刻印象。“粒”本是看得见摸得着的东西，在例(2)中量词“粒”搭配听得见却摸不着的“声”，使无形的声变得直观，惟妙惟肖地表现了安安因一句埋怨的话引来拖车公司的人一大车子话而无力反击的窘状。如果按中国读者的思维定式，后三例中量词“粒”的使用就显得小而不当了。

2．现代汉语普通话中有些放于动词前起修饰作用的副词在新华文学语言中

① 《尤今小说选》，新加坡文艺协会，1999年，第193页。

② 《四海》第4期，第158页。

放于动词之后，呈动词+状语结构。如邓宝翠《百家争鸣》：“人们带多一双耳朵，不是为了听得更清晰”；方然小说《黑马》① 中“至少，可以在劳工登记册上，添多几个失业待聘的名额”。“带多”“添多”就是“多带”“多添”，对后面的数量词起到强化作用。

3. 新华文学语言常常将一些表程度的副词直接置于名词之前，而在现代汉语普通话中副词一般不修饰名词。如尤今散文《楼上有楼》：“但是，很直觉的，不喜欢这道木梯。”方然《黑马》：“众人的看法颇分歧。”用副词直接修饰名词，对名词直截了当地强调，突出了所要表达的概念。

4. 新华文学语言有的动词可以代替名词在句子中充当宾语。如林康《邂逅一只黑狗》中“心海泛起一阵阵难言的异样的荡漾”“门后面，隐隐传来她的嚎啕”“这么一次邂逅黑狗的遭逢”；方然《黑马》中“晚上则照旧教教补习”。对动词的强调，在文学语言中增强了动态感。在现代汉语普通话里动词是不能充当宾语的。

5. 新华文学语言常常将现代汉语普通话中的“把”字句以一般主谓（动宾）句形式表示。如尤今小说《徐勤丽这女孩》：“我爸爸养我大，如果我不照顾他，谁照顾呢?”“我爸爸养我大”即现代汉语普通话中的“我爸爸把我养大”。《爬山的男孩》：“……很少，她只负责给钱保姆，我觉得她没有资格当母亲。”②“她只负责给钱保姆”即“她只负责把钱给保姆”。新华文学作品中这一语法现象，前一例突出了“养”的对象“我”，强调了爸爸对我的抚养之恩及父女二人相依为命的凄苦生活；后一例强调了“给”的事物“钱”，写出了“我”对母亲以为钱就能了却一切的做法的极端厌恶和仇视。现代汉语普通话中被动句的“被”字在新华文学中常常用“给”置换。如林高小说《得救》“我怕它给踩死了”，即“我怕它被踩死了”。如陈龙玉小说《恶梦醒来时》“给人拖欠的钱给‘黄牛’了”，方然小说《黑马》“冯辰嫂也给组织进一个妇女会去了”，以“给”表示被动。

6. 新华文学语言常常将现代汉语普通话中表示发生变化的助词省略。例如孟紫小说《游子情》：“做父母的可没那份勇气去闯。楚娥说：‘算了，都那样过了三两年，要是有乱，咱们都抱孙子啦。’”“有乱”即“有了乱”，她很迫切地想知道儿子与同学关在房间里都做了什么不正经的事，但又没勇气。这里写出了做母亲的有点无可奈何，更多的是烦躁不安的心境。陈淑华小说《追云月》：

---

① 方然：《黑马》，新加坡东升出版社，1987年，第6页。

② 《尤今小说选》，新加坡文艺协会，1999年，第224页。

"他才托托近视眼镜","托托"即"托了托",省略了助词"了"。

二、新加坡华文文学语言的独特价值

1．表现新加坡特有的地方风貌。

早在1927年,新创刊的《荒岛》(《新国民日报》副刊)就征求具有本地色彩的作品,这些提倡文艺南洋化的主张旨在摆脱本地文学中国化倾向。抗战结束后,"马华文艺独特性"的论争,使马华文学走上本土化的独立发展的道路。新华文学沿袭了"本土化"的文学主张,在写景状物中流露出鲜明的地域特点。赵戎的小说具有浓郁的地方色彩,马六甲海峡风光、马来亚的热带森林、森林中的蛇兽鸟虫,新加坡城市的市井风情,无不收入笔下。他的小说《芭洋上》描写了抗日青年为逃避日寇爪牙的追捕,来到马来亚东海岸的小市镇:

> 没有起风的时候,那野生的棕榈的羽叶,那巫箩金树新绿的嫩芽,那迎风而舞的葵扇树,那开着白花的斯茅草,一动也不动,静静地,静静地像一幅原野的立体的画图①。

这里,"迎风而舞的葵扇树"展现了彭亨州原野郁郁葱葱的自然风貌;"棕榈的羽叶""新绿的嫩芽"刻画出当地植物特有的形态,似工笔细描;景物描写高低错落,有近景也有远景,和谐地呈现出一幅立体画面。再加上"开着白花的斯茅草"为这片绿色原野抹上一层明媚的亮色。这些文学语言词汇极具东南亚的地域色彩,美丽富饶的土地激发着抗日青年保卫家乡的热情。在小说中,途经的是"芭场"(农场)、"甘榜"(乡村)、芭林,采摘的是"椰子""巫箩金""山洋桃"和"红毛丹";晚上遭遇"那热带山芭特别多的传布疟疾的蚊子",蚊子"向着人们和牲畜环攻"。作者对热带海洋性气候下的动植物的准确选择以及生动形象的描绘,在地理上使读者置身于第二次世界大战时期的热带乡村之中,赋予南洋乡村诗情画意的美。尤今小说《爬山的男孩》描写雨季:"天幕,好像被人硬生生地戳出了一个大洞,也许是很痛,它没日没夜的痛哭流涕。"② 这里,比喻的运用形象新鲜;拟人则准确地牵扯着人的情感,在生动而富有感染力的描绘中逼真地呈现热带雨林的气候特征。

新华作家笔下的景物描写,普遍简短精致,他们生于斯长于斯,和新加坡血

---

① 《赵戎小说选》,新加坡文艺协会,1999年,第6页。

② 《尤今小说选》,新加坡文艺协会,1999年,第41页。

肉相连，落笔之中自然而然带有本地特色。自生自长的热带植物，低矮的乡间亚答屋以及充满乡野情趣的童年，常常出现在回忆性的文章里，在贫贱中流淌着朴素与温情。而在表现都市生活的作品里，丛林中延伸的小路被时代的车轮碾碎，蕉风椰雨中的家园被层层相叠的组屋取代，车水马龙高楼林立的街道景致更多的是现代化都市共同的特征。如尤今小说《沙包与拳击手》：

圣诞节的跫音近了。

每年到了这个时候，整条乌节路便像被仙女的魔术棒点化过似的，变成了一个璀璨迷人的童话世界。圣诞老人和他的驯鹿，白雪公主和他的七个小矮人，还有笑口常开的米老鼠，珠圆玉润的猪姐姐，矫健活泼的大白兔，全都破例地从书本上走了出来，站在那即使是夜晚也被五彩灯光点缀得亮如白昼的乌节路上，把欢笑带给孩童，把热闹带给成人。[①]

这正应了风沙雁《天涯何处不可家》一文中的话：

科技在进展，地球在缩小，国界在迷糊中……天涯何处不可家，我看是此时代的特征。这么一想，我就不再惊讶自己会在榜鹅公园的湖景看到浔阳江晚秋的景致，谁敢说苏州水乡不含威尼斯的波光灯影呢？加拿大的斯坦利公园没有江南的春雨杏花的情调呢？[②]

2. 表现新加坡各个阶层华人的生活现状。

新加坡华文文学中的一些词汇是当代中国文学所罕有的。田流小说《又是头一遭》：

麦文仪早已闻说某一巷里的娼妓，非仅环肥燕瘦，同时还包括不同肤色的应召女郎。迩近因为艾滋病蔓延的影响，娼寮的生意稍见清淡，寻欢客的嫖妓费用也略见廉宜。麦文仪宛似个色中饿鬼，光顾娼寮也无需认真选择，对妓女们的姿色也没多大计较，任由老鸨的吹嘘及胡诌，诳说给他介绍一个刚刚卸下文牍工作，为了家庭经济，冀图赚取更多的入息而操此丑业的惹火女郎，让他享度春宵。

① 《尤今小说选》，新加坡文艺协会，1999 年，第 217 页。

② 骆明主编《新加坡作家散文选》，河北教育出版社，1997 年。

这段文字中，“应召女郎”“娼寮”“寻欢客”“入息”“丑业”“惹火女郎”等词语在中国文学作品中极少出现，而此小说中的“失怙”“洋行”“年杪”“晋身”“宣淫”“放工”“妙手空空”等在中国当代文学作品中也较少使用。

新华文学所反映的现实，总体上属于华人生活范畴，有勾勒工商社会人际关系的，描绘新加坡城市繁华的，反映学校教育的，表现家庭婚姻、伦理观念的等。有关华人传统文化失落以及华文衰落命运的话题，更是牵动许许多多的作家。“华校生”“英校生”这对极具南洋色彩的词语，在新华文学中频频出现，反映了社会变革背景下的华人在追求生存权利与保持民族文化之间的冲突。尤琴小说《游离分子》中的黄楚田常常反思“自己是不是一个偏离了时代轨迹的人物”：“有人批评你，说你打扮老土，像五六十年代的老华校生。你反驳说自己本来就是华校生嘛，何必掩饰呢？”“你老自以为是龙的传人，以中国五千年的文化为荣，你看见别人家把华文当作次要语文，或为了华文难学而要移民，你便打骂人家数典忘祖。”黄楚田把自己的“命运、工作和华文的地位联系起来看待”，勤勤恳恳，本本分分守着一份卑微的小店店员职位，工作了几十年，没想到政府的一纸老区搬迁令让他在40多岁遭遇失业，陷入深深的苦恼中，“当初如果父母送你去英校念书，今天就不会落到这个地步，也许能找到一份待遇更好的工作，走到哪儿，可挺直胸膛说英语”。在以英文为“通行证”的国际化大都市里，作为“华校生”，在语言上他难以与“英校生”相抗衡，几乎无立足之地，他在心态上仍执著于华文情结而无法与变化太快的时代相合拍。主人公最终来到一个小岛，这里的椰树、古店与疯狂喧哗的乌节路截然不同，朴实的生活方式与和谐的人际关系使失去的传统精神得以复归。

随着经济的发展，新加坡国际化程度进一步加深，英语的实用功能越来越显著，华语成为非主流语言。在社会巨变中社会价值观发生速变，华人复杂的社会文化心态在文学语言中毕现。新华文学作家处于特殊的人文环境，一方面要为生计奔波，新华文学作家中极少有专职写作者；另一方面在英语占主导地位的语言环境中，坚持用母语写作而不敢奢望读者有几许。虽说需求决定供给，社会安定、生活的富足能够托起文化的兴旺，却不一定能推动文化自身的发展。新华作家总体上继承了中国传统文学“文以载道”和中国新文学“为人生”的现实主义传统，不色情不颓废，在生活中观察，在情感中思索，体现了立足现实的严肃创作态度和干预生活的社会使命感。骆明在《亚细安华人文艺在世界华文文艺中应有的地位》一文中说：

> 因为，亚细安国家的写作人不再是从中国南来的，他们都是与国家，也与当地国民共同生长，经过同样的患难，也有过同样的欢乐，因此，他们表现的是他们熟悉的题材，所拟达到的也是在于表现他们的国民，他们的国家，他们的家乡，他们的成就，他们的忧患，他们不再可能是讴歌别的国家，不再可以去抨击别的国家。①

骆明这段话反映了处于特定的政治、经济、文化环境中的新华文学作家的普遍心态和创作特色。

3. 表现华人的思想、性格、情感及美学追求。

新华文学的现实主义的主要倾向是爱国主义。马华文艺独特性的一个实质问题就是华人政治归属问题。新加坡建国后提倡的爱国主义的大众文学，就是要“通过文学作品培养国家意识”，华文文学作品表现了对祖国的认同，以作为新加坡人而自豪。连奇的散文《新加坡河畔》：

> 我望着船旁的海水，像滚滚的墨汁快要涌上船舷，不由得有点怕。这时一阵阵海风，像是由北极扫过来，冰冷的。姐夫正和其他的人谈着话，他转头望望我，又继续和他们谈着，声音是那么响亮。有一回大家突然笑了，笑声把摩哆声都掩盖了，似乎要向着黑暗的天地挑战。啊，我不再畏惧那黑暗的周围了，我仿佛感到从他们身上传过来温暖与力量。新加坡河畔的人们，是多么可爱啊！

新加坡船夫爽朗、尽情的性格洋溢着乐观的气息，船员们用自己有力的双手创造着新加坡的未来。尽管新加坡河畔这个粗壮而善良的姐夫面临着失业带来的经济的窘迫，但是作者经过新加坡河，就想到像姐夫那样勤劳善良的劳动者，不由地感情像诗人一样喷涌而出：“新加坡河啊！我们会看到你继续奔腾，当太阳照着你的日子，你会美丽得像一条乌金龙，飞腾在我们心中。”《游离分子》中的黄楚田在偏离都市的乌敏岛找到自己的位置，面对电视屏幕上国庆庆典的画面，心中升起一种前所未有的激动，“这是我的土地，这是我的国家……你闭上了眼睛。在七个月前，你憎恨周遭的一切，现在你却平心静气地观赏与分享人们的欢愉”。

---

① 骆明：《东南亚——另一片华文文学的天空》，新加坡文艺协会，1999 年。

华人对民族文化传统有很强的归属感，他们迁移海外时，也带走了原有的生活习惯、风土人情、文化教育等等。在南洋，华人传统节日习俗仍然保留着，如清明节上坟祭奠、端午节吃棕子、中秋赏月以及春节家人团聚等。新加坡多民族背景中的国家认同，实用语言对母语的挤压，物质的过度追求导致民族文化传统的衰落等，冲击着华人的精神家园。新华学作为民族精神的代言者，记载着华人的心理历程。正如张曦娜散文《无调之歌》所抒写的："父亲那一代人一辈子无以摆脱的思乡愁绪，是他们一生一世的沧桑。为了替自己，替后代子孙筑建一座永远的精神堡垒，50 年代初期，无以数计的天涯游子，以他们的血色情怀，创办了赤道南洋第一所，也是惟一一所华文大学：南洋大学。"南洋大学是他们"心中不老的殿堂"。1980 年，南洋大学被关闭；1983 年起，新加坡将华文定为第二语文。一个没有文化根基的民族在其经济发展过程中将会失去精神之源。在民族文化生存危机的时刻，新华作家用创作上的不懈努力迎来一个华文复兴的时代。华文文学的创作与传播成为复兴民族传统文化的重要手段。这种美好的愿望借助新华文学语言表露出来。何晓散文《遥远的天公诞》回忆自己经历过的"天公诞"：

> 爆竹燃后不久，父亲就撒手人寰。……三年没过，母亲也随父亲而去。主持人不在，而年轻儿女辈或许是多读了几年书，觉得无谓庆祝天公诞，所以正月初九那天，我家再也不摆香案。其实，近几年来，这一天暗夜中的烛光，已经不那么炽烈了。

"正月初九天公诞"是潮福籍人士祈求神明的一种仪式。方言"天公诞"带着浓浓的乡音乡情在作家心里勾起的是父母的祥和慈爱，家庭的温馨和美。作者最后以中国的俗语"养儿方知父母累"收尾，是人到中年后对父母的深切怀念，又何尝不是对传统文化的深深眷恋之情。

是梦总会醒来，新华作家在困境中寻找着新华文学的出路。尤今是当代新华文坛上的佼佼者，她在读小学粗识文字之时已为文学的魅力所吸引，在求学阶段大量阅读了古今中外文学作品。作为作家，尤今文学语言朴素清新，明快自然，比喻、比拟、排比、对比、通感、复叠等修辞手法使用灵活多变。尤今作品中叠字的使用：

> （1）大家坐下后，佣人突然将厅里的大灯熄了。然后，烛台上的小天使，一个个优优雅雅、闲闲适适地亮了起来。"平安夜"的乐曲如

潺潺的溪流，慢慢地流了出来。

（《沙包与拳击手》）

（2）翻、翻、翻，翻报纸；找、找、找，找屋子。自己找、托朋友找、也嘱房屋经纪找。

（《沙包与拳击手》）

（3）整个广场，满满满满的，都是他“飞来飞去”的影子。

（《跌碎的彩虹》）①

例（1）两字重叠，“优优雅雅”“闲闲适适”显示小天使姿态的柔美流畅，其神情气质可感可见；“潺潺”“慢慢”烘托了“平安夜”的安静温馨气氛，增强了语言的形象性和画面感。例（2）三字相叠，凸显时间紧、担子重以及人物性子急、乐于助人的形象；三字相叠，节奏感强，强化了语意，渲染了紧张急切的气氛，整个画面跃动起来，富有感染力。例（3）四字相叠，这在中国当代文学作品中是很少见的，描写夸张，却运用得自然妥帖，在每一次的重复中，留给读者细腻感受和深刻印象，增强了表达效果。

强烈的使命感使新华作家在困境中不甘于寂寞，站在中西文化的交汇处思考华文文学的出路。怀鹰散文《湖水和浮萍》：

最好能有一壶烧酒，一把小提琴……或者幻想一阙绝美的诗典，或者想嫦娥仙子正在桂花树下舒广袖，然后抓起小提琴，让船边的浮萍也感受一点幽怨。

……

我的心弦被挑动起来，黄昏的玫瑰火仿佛在我心里燃烧。

任何自大、自悲的意识都无法使文学进步，文学要继承传统，更需顺应潮流，勇于汲取人类一切优秀的文化成果。东方的嫦娥舞与西洋的小提琴，琴瑟合鸣，也许是新华作家梦醒以后的不息追求。新华文学语言的独特性，也正是海外华人求生存求发展的轨迹在语言文字上的体现。

---

① 《尤今小说选》，新加坡文艺协会，1999 年，第 228 页。

马来西亚华文文学语言研究

苏永延[①]

马来西亚华文文学语言的环境

一、汉语在马来西亚语言格局中的地位

马来西亚是个多民族国家，多语并存。从总体上讲，有马来语、汉语、泰米尔语、土著语（伊班语为主）等语种。

马来语是马来西亚的国语，它的地位于马来亚独立后得到确立。古典的马来文学在1000多年前存在，主要是口头流传的英雄豪杰、妖魔鬼怪等民间传说。15世纪才出现古马来文——爪威文创作的《默罕默德传》《亚历山大传》《马来纪年》《汉都亚》等作品。19世纪以前，马来文学发展十分缓慢，一些作品大都是神话传说，小说、诗歌甚少，而且大部分是从英文、泰米尔文、阿拉伯文翻译过来的，语言古老，不为一般读者所接受。当然，长期的殖民统治对文学的发展也起了一定的滞缓作用。20世纪20年代才形成真正的马来现代文学，内容大都具有初步反封建的启蒙性质，是马来民族觉醒的前奏。马来西亚独立后，马来语成为国语，政府又成立“国家语文出版局”，大力发展马来语和马来文学，才使马来文学有了飞跃。马来文学语言也因此成为马来西亚文学的主要语言。

作为前英国殖民地，英语曾经是马来亚的通行用语。独立后，英语的地位逐渐降低，英语文学，特别是马来西亚人创作的英文作品，就显得特别少；泰米尔文是印度族所使用的文字，但印度人占全国人口的10%，仅限于本族内交流、传播，影响不大；土著语（伊班语）是沙捞越一带的少数民族的语言，他们的文学也以口头流传者居多。总之，用英语、泰米尔、土著语所创作的文学语言影响并不广泛。

马华文学诞生于20世纪10年代末期，并成为占全国人口34%的华族所通用的语言，拥有庞大的读者群和为数众多的写作大军，与诞生于20世纪20年代的年轻马来现代文学并驾齐驱，成为仅次于马来文学的强势文学语言，是马来西亚

---

① 苏永延：厦门大学中文系副教授。

文学的重要组成部分。

迄今为止，汉语尚不被承认为国家的语言。马来西亚国家承认的语言是马来语，汉语、泰米尔语等仅是各族内部的交际语言，随着中国改革开放和经济力量增强的影响，汉语也将受到越来越多人的关注与重视。在马来西亚，也有不少马来人入华校读书。但马华文学的影响目前大都局限在华人社会，马来文对华文的影响甚微，反之亦然。缺乏文学交流是原因之一。有鉴于此，一些马华作家开始从事这两种语文之间的译介工作，取得了一定的效果。相信在不久的将来，马华文学会有一定比较稳定、广阔的发展空间。

二、马华文学语言的形成与发展

马华文学是经历了一段漫长的过程才逐步发展起来的。鸦片战争之后，大批华人因为种种政治、经济等原因到南洋一带谋生，他们大都是契约劳工，出身农民，所受教育不多，文学作品的出现较迟。只有在华文报刊出现后，华文作品才依附于报刊而出现。较早的报刊有《叻报》（1881—1932）、《槟城新报》（1895—1941）等，所刊登的作品尚属旧文学的范畴。“戊戌变法”失败后，一批维新派知识分子为了躲避清政府的缉捕，逃往南洋，他们在那里播下了华文的种子。从1915年开始，《叻报》《槟城新报》《益群报》刊登了华文白话小说。这个时期的作品，由翻译小说逐渐过渡到创作阶段，由庸俗落后的思想趣味转向关怀国家、社会和人生。在创作的艺术技巧上，水准参差不齐，篇幅短小，叙事简略。在语言上是文言与白话掺杂，这种半文不白的状态，实际上是马华新文学诞生的前奏。它为马华文学语言从文言到白话，最终达到较纯正的白话，铺平了道路。①

在中国“五四”新文化运动的浪潮催生下，1919年12月，新加坡的《新国民日报》副刊《新国民杂志》开始刊登具有新思想的白话文学作品，宣告了马华新文学的诞生。从此，马华文学开始了它艰难而又顽强的文学之旅，起着启迪民智、丰富文化生活的作用。1927年大革命失败后，大批文化人逃离了充满白色恐怖的中国大陆，来到了南洋，壮大了马华文学队伍。作家发表在报章副刊上的作品多具有反帝反封建的特色。1937年开始的中国抗日战争，在海外也掀起了一股救亡的热潮，马华文学界提出“抗日卫马”的口号，抗日文学活动兴盛一时，与中国的抗战文学遥相呼应。这时的文学语言带有明显的华侨文学的色

① 郭惠芬：《马华新文学的先驱——1915年到1919年6月马华白话小说研究》，《新华文学历程及走向》，厦门大学出版社，2001年。

彩，思想感情的表达，词汇的选择都有鲜明的中国化特色。

日本南侵，马来亚沦陷，经历了3年8个月的法西斯残暴统治，在这黑暗的时期里，马华文学处于沉寂阶段。战后，随着马来亚人民民族意识的觉醒，他们发起反对殖民统治、争取民族独立的斗争。许多南来文化人就因传播这种思想意识而被殖民者遣送归国。1948年的紧急法令对言论出版有了严格的控制。1949年大陆解放后，英殖民当局禁止输入中国书报，不准两地人民自由往来，切断了马华文学与母体文学之间的联系，马华写作人开始认真思考建构马华文学独立性与独特性问题。1957年马来亚联邦成立。1965年新加坡脱离马来亚独立，马来西亚的华文文学走向了与新加坡华文文学不同的发展道路。由于马来西亚当局以马来语为国语，且实施各族马来亚化的同化政策，造成华文教育大滑坡，华文程度降低，对华文产生了巨大的冲击。到了20世纪70年代，由于华人社会力争，华文教育才逐渐有了起色，呈现蓬勃发展的趋势。

独立后的马华文学语言与独立前大不相同。马华作家在创作中也开始有意识地突出本地化的特点，它反映的是本国的现实生活，反映华族的生存境况和文化忧患意识，并选用富有当地特色的语言，具有明显的地域性和时代性，形成以汉语为主，并吸收方言成分融汇当地语言的“本地特色”。20世纪80年代中期以后，华文语言逐渐向比较规范、畅达的方向转变，但有些作品的本地特色较淡。

三、马华文学语言特征形成的环境因素

马华文学语言特征的形成与环境因素是分不开的。文学作为一种反映社会、人生的语言艺术，它必然要受到多方面的影响，大而言之如自然环境、社会环境、文化环境等；小而言之，如作家各自不同的经历、修养、观点、爱好、创作心态、创作技巧，乃至用语习惯等等，都能对文学语言产生影响。马华文学语言也不例外，但它与其他国家的语言相比较，其突出的影响可以从以下几个方面加以考察，即自然环境、社会文化背景、作家个人因素这三大方面对马华文学语言产生影响，并由此形成了马华文学语言的独特性。

自然环境因素在相当大的程度上对文学语言产生了明显的影响。一个地区的地形、地势、气候、水文、植被、以及地貌等地理环境不可能不影响人们的生活方式，因此，在反映一个地区人们生活的同时，一些自然环境因素也无形之中被作家摄入他们的作品，构成了富有地方性色彩的生动画面。

马来西亚位于亚洲大陆和东南亚群岛的衔接部分，由马来半岛南部（俗称西马）、婆罗洲岛北部（俗称东马）这两部分组成，东马与西马隔着750公里的南

海。西马的中央山脉（吉保山脉）由北向南延伸，形成了丘陵与高地，东西两侧是冲积平原。东马的沙捞越地势由东南向西北倾斜，沙巴由中部向东西两侧递降。由于马来西亚处于北纬2~6度之间，四周为海洋所包围，它的气候就是典型的热带雨林（海洋）气候，其气候的主要特征就是终年高温多雨，相对湿度大。因为临海，温度变化不大，低地在26°C~27°C之间，金马仑高原一带，终年气温在15°C~25°C之间。雨量充沛，雷阵雨较多。早晨和夜间凉爽，下午闷热并降雷阵雨。[①]

高温多雨的气候使马来西亚的植物生长茂盛，森林覆盖率高，其中西马61%，沙捞越79%，沙巴82%，植物群落丰富多样。当地种植着大量热带作物如橡胶、椰子、油棕、胡椒、可可等，它们已成为作家们笔下耳熟能详的对象。河流是哺育人类的乳汁，人类的生活与河流息息相关。马来西亚的河流众多，水力资源丰富，虽然河流不长，水流量却很大，不少河流都可通航。拉让江、彭亨河、霹雳河、巴兰河等都是马华作家歌咏的对象。

因此，烟波浩渺的大海、茂密的原始森林、闷热的天气、如火的骄阳、狂暴的雷雨、奔腾不息的大河、如雷般轰鸣的潮声、流着滴滴白汁的“血树”、颗颗香气馥郁的胡椒、青面獠牙的榴梿……深深地烙在马华文学的篇章里，并不时散发出一股热带所特有的灼人的气息，形成了马华文学语言所特有的地域性。值得注意的是，不仅其语言与其他国家相比有明显的地域性色彩，而且马来西亚各地也有地域性差别。如西马作家的语言与东马的便有细微区别。因为西马开发较早，东马较迟，许多地方还覆盖着原始森林，主要以农业、林业和矿产业为主，因此东马作家的语言多散发出浓郁的森林湿漉漉的气息，给人以窈冥幽深之感；西马则多有种植园的热火朝天的味道和现代工商社会的喧嚣与浮躁。这些细微的区别只是从整体上大致而论，至于每个作家，则又另当别论了。

人类的行为受到自然环境制约，而人们在改造自然的同时也带上了自然给人类留下来的印记，这些印记在文学语言中便成为文学作品显著的地域性标志。

马华文学语言的发展与当地的政治，还与经济等社会背景息息相关。华人起初到了马来亚，只是为了谋生，总希望能衣锦还乡，叶落归根。第二次世界大战之后，华族改变了思想观念，他们把马来亚视为自己的家乡，积极投身到争取马来亚的独立解放运动中去，马华公会和马来人统一机构（巫统）、印度人国大党联合，于1957年争取了马来亚的独立，组建了政府。在政体上，马来西亚也富

① 朱振明主编《当代马来西亚》，四川人民出版社，1995年，第一章。

有特色。从全国而言，马来西亚属于资本主义社会制度，但它还保留着王室苏丹作为权力的象征。同时，各州也有苏丹，一定程度上还保留着封建制度的余绪。更有甚者，各个土著民族部落依然以酋长之令是从，带有原始社会的痕迹。因此，现代的制度与封建等级并存，民主选举与原始的世袭共处，构成了马来西亚政体的奇妙组合。

从1957—1969年，国家政策在经济上对华族的限制不多，较为宽松。1969年“五·一三”种族骚乱事件后，马来西亚政府制定了“新经济政策”，对华族的政治、教育、经济都有严格的限制。在“新经济政策”实行的20年中，汉语教育受到严重的冲击，华族的经济地位也大幅度降低。在政治上，由于马华公会的内部党争，使许多华族的正当权益得不到维护。华文经历了一段艰难曲折的发展道路，这在方北方的《花飘果坠》中有十分详尽的描绘。20世纪90年代以后，马来西亚政策又比较宽松，华文文学活动也活跃起来，对外交流增多，扩大了马华文学的影响。

因此，马华文学的发展与政治、经济紧密相连。政、经政策有利时必然会有长足的进展；反之，则萎缩滞缓。同时，马华文学语言也就带上了一定的政治、经济等社会活动的痕迹，有着十分鲜明的社会性。

马华文学语言的形成、发展还与文化背景有关。不同种族、信仰的人们在社会活动中创造出不同的文化。马来西亚可以说是亚洲的“微型化”（Asia in miniature）①，几乎亚洲的几个主要文化都在这里汇合。马来西亚有三大民族——巫族（马来人）、华族、印度人，还有一些少数民族——土著人。其中，马来人占全国1860万人口的47%，华人占34%，印度人约占10%，土著民族占9%左右。马来人从公元前3世纪左右从亚洲中部南迁，与当地原住民混合，他们使用的马来语属印度尼西亚语族，绝大多数从事农业。种植橡胶、椰子、水稻、可可等。信仰伊斯兰教。

华人从19世纪后半叶开始大批移入马来亚，从事种植园和采矿业等艰巨的劳动。今天的华人大多数是当年的华人与当地妇女通婚的后裔，从事农、工、商等多行业的活动。华人大都信仰佛教、道教，少数信仰伊斯兰教。印度人19世纪后半期大量移居马来亚，他们绝大多数是泰米尔人，主要居住在农村，从事种植园工作，少量从事商业活动和专业技术工作。他们信仰印度教。土著居民在西马主要是塞诺伊人、塞芒人、原始马来人，他们大多居住在内地偏僻的森林地

---

① Foreword, *A history of Malaysia*, written by Barbara Watson.

区，少数分布在沿海或沿河地带，过着狩猎和采集经济的生活。东马是土著居民集中的地方，主要的有伊班人（海达雅克人）、陆达雅克人、卡扬人、梅拉瑙人、克拉比特穆鲁人、普兰人、佩兰人等10多个少数民族。他们从事农业或渔猎的生活，大都相信原始宗教，即相信万物有灵和灵魂不灭，崇拜多神。巫师往往是部落的酋长，有很高的地位。原始宗教与生产活动紧密地交织在一起，成为土著民族宗教信仰的一大特色。[①]

众多的民族，多种不同的宗教信仰，使得马来西亚的文化背景显得色彩斑斓，多姿多彩。这种文化背景的驳杂性，表现在习俗上，就显得十分突出。如饮食上，马来人以大米为主，佐以辣椒、咖喱、椰汁，不吃猪肉和水生贝壳类动物，农村马来人习惯用手抓食物。住宿方面，在农村一般住在“高脚屋”里，其他少数民族集体住在“长屋”里。此外，他们有许多禁忌，如社交活动不能当众表示亲热、不能摸头、不能随便翻看《古兰经》、忌讳用左手吃食、拿东西或碰别人等。诸多禁忌，实则是各族人民生活、信仰的一种体现，多种文化背景与宗教使各族人民之间的相处必须熟悉对方的习俗，小心谨慎，尽量避免出现不愉快的事。此外，政府还规定了10个全国性节日，如华人的春节、先知穆罕默德诞辰日、维赛节（释迦牟尼诞辰）、开斋节（马来人）、屠妖节（印度人）、哈吉节、圣诞节等，众多节日的设定，一定程度上促进了各族人民之间的融合与友好相处。

五花八门的习俗，纷繁复杂的宗教信仰、多元共处的政体组合，构成了马来西亚多元文化和平共处的特征。这种特征就是各种文化之间不断的交流与碰撞，求同存异，不断融汇，不断发展。华文文学作为其中的一种文化也不例外，文学语言也表现出相当明显的融汇性，即把各族的语言，统统纳入自己的表现范畴。因此，它除了使用本族的语言之外，还借用甚至半借半造，形成了独具一格的马华文学语言融汇性的特征。

在这种特定的环境下，马华文学语言的来源就显得丰富多彩。首先，华文文学语言除了以现代汉语普通话为主外，还吸收了闽粤各地方言、古汉语词汇。因为马华文学语言的种子是由前清的知识分子播撒下的，来自各地的农民在前往南洋谋生的同时也带去了他们家乡的方言，由于他们的语言离开了母体文化氛围，逐渐与中国大陆的用语习惯脱离，形成了相对保守的存在状态，保留了较多当年的用语，而有些词语，在中国已经很少使用了。

---

① 朱振明主编《当代马来西亚》，四川人民出版社，1995年，第三章。

其次，华人与马来人或土著居民相处之时，自然而然也混杂使用了马来语或土著语，既缩短了与异族交流的文化差异距离，也丰富了汉语的表现能力。最后，由于马来西亚曾是英国的殖民地，英语一度成为该地区的通用语言，西方文化的色彩也在马华文学语言中留下了重重的一笔。

华文文学语言就是在这种多头来源的基础上，以现代汉语普通话为主，把汉语方言、古汉语、马来语、土著语、英语的某些成分熔铸于一炉，创造出反映当地生活的新词汇、新句法的语言风格，也就是我们常说的“南洋色彩”或具有“当地特色”的马华文学语言。

马来西亚华文文学语言的特征

一、马华文学语言的特点

首先，马华文学语言综合运用了各种语言成分，体现了以现代汉语普通话为主并吸收闽粤各地方言和巫、英、土著语的长处。由于语言具有传承性，马华作家在使用华文的时候，就已经把汉民族的文化及审美习惯也继承了过来。马来西亚是个多民族的国家，多元文化在此聚合，形成一个多姿多彩的社会。华族在与其他民族交流时，也不断吸收各族的语言成分，并融汇到自己的语言里去，逐渐形成了马华文学语言。即以现代汉语普通话为主，以中华民族的文化背景和特有的思维方式，吸收了英、巫、土著以及闽粤的各地方言，再加上人们使用过程中创造出他们所惯用的语言，形成了新的文学语言特色。

马华文学语言使用了大量具有特定含义的现代汉语词汇，如固定用语、文学形象词语、格言谚语、诗词歌赋等，体现了汉民族所特有的文化精神和行为方式。如韦晕的《还乡愿》中描写老东忍气吞声的生活，“虽然东洋鬼子曾经把枪托杆儿撞过他的背花，那厚笨的军靴也踢过他的屁股……在这个一生永远是用耻辱、受难编成的生活中似乎没有什么感觉。”老东甚至还嘲笑罗友为一个死去的工友“出头出角”讨棺材钱，表面上是老东懦弱无能，其实他的行为方式正是老子“不敢为天下先”“勇于敢，则杀；勇于不敢，则活”的柔忍哲学的生动注脚，体现了中华民族善于隐忍、宽容的处世精神。这虽是优点，在某些场合就变得苟且而丧失原则。

此外，一些具有特定含义词语的使用，无不处处渗透出中华文化的传统精神气息。如“见利忘义”“忠君爱国”“物以类聚，人以群分”“抽刀断水水更流，举杯浇愁愁更愁”“恶竹应须斩万竿”……这类词语必须从华族的思维及审美习惯上加以分析考虑，否则是无法理解的。而这类词在马华文学作品中又是无处不在的，这就说明了通行的现代汉语构成了马华文学语言的主体。现就文学形象词语举几个例子。

> 那时我要提防的，不仅仅是阴险小人背后的冷箭，还有王伦、高俅之流迎面袭来的明枪，以及“白虎节堂”式的诬陷。①
>
> 失踪事件要遏止，鹿妖、鲭鱼精、高衙内和王婆们要打发到十八层地狱里去，灰黄文化要扫荡，健康文化要提倡，失足者要挽救。②

这里有大量的文学形象词语，如王伦、高俅、高衙内、王婆这些都是《水浒传》里的反面人物，或心胸狭窄，或阴险毒辣，或浪荡成性，或花言巧语，不一而足；鹿妖、鲭鱼精是《西游记》中的妖精，它们的共同特点是幻化为人，在高尚的面具下，从事满足一己私欲的残害生灵的罪恶行径。从作家的语言表达上看，马华文学语言是直接继承了中华民族语言传统的。当然，马华社会又有特定的社会环境，便呈现了一些细微的区别。还是以甄供的文章为例：

> 有自诩是当代文曲星者，他敲锣打鼓地宣告，他读过几十辆拖格罗里才能搬运的典籍，才呕出他那痰血的结晶，造福了文坛。可恨文苑派别林立，没有伯乐把他捧到九重天，遂使他看破红尘，隐迹于文苑边缘，用声声血泪来控诉马华文坛的不幸。但时事如七巧板，略稍掀动，就露出他另一副嘴脸——偶尔攀得名绳利索，就恰似周郎帐中的蒋干，耸肩翘足，咧嘴笑了。③

甄供生动地描绘了马华文坛上的一些以文来沽名钓誉之徒的丑相。既富有传统的语言韵味，又体现了当地语言表达的特色，如“拖格罗里”（大卡车）、“名绳利索”采用的是当地的惯用语言。

华文文学语言在反映这种融汇性的同时，也不丧失自己本族的特有的语言，即首先融汇了马来西亚来自各地华人所使用的方言，如闽南、莆仙、客家、潮汕、广州话等多种方言，接着进一步采用巫语、英语、土著语中的一些语词，或音译，或意译，或半音半意，直到最后形成巫华、英华混合语言，或根据当地社

---

① 甄供：《甄供文集》，鹭江出版社，1995 年，第 24 页。
② 甄供：《甄供文集》，鹭江出版社，1995 年，第 83 页。
③ 甄供：《甄供文集》，鹭江出版社，1995 年，第 98 页。

会的特定背景自创新的词语。

马来西亚的华人大都是来自福建、广东两省的华侨的后裔，故而其方言可以说是福建话（主要是闽南话）、粤方言（广州话）的大汇合。首先大量的词语来自闽南方言，如：

反映经济活动的词：赚镭（赚钱）、收镭（收钱）

生活用词：豆干（豆腐干）、黄梨（菠萝，闽南话为旺来，音同）、火炭（木炭）、电发（烫头发）、杀鸡教猴（杀鸡骇猴）、收山（洗手不干）、车大炮（大吹大擂）、臭酸（腻烦之意）

对人的描绘：称呼：头家（老板）、令伯（你父）、大粒人（大人物）、衔头（头衔）

反面称呼：咸湿鬼（吝啬鬼）、摆脚佬（跛脚者）、夭寿仔（骂人的话，即早该死）、老夭寿（老不死的）、臭卡（坏脚色）、烂蕉话（骂人的话，意为不象话）、不见笑（不害羞）、青盲牛（文盲）、朦查查（模糊不清）、铁齿人（固执人）、衰人、真衰、衰仔（衰指运气不好）

人际关系：厝边头脚（左邻右舍）、老厝边（老邻居）

以上的词语，有些还带有古汉语的用语习惯，如“夭寿”（未成年之死）、“厝”（房子）、“朦”（视物不明）、“衰”（为縗，古代丧服的一种，引申为不幸、不好），更多的是口头用语，很少作为书面语使用。这些方言成分被作家艺术加工处理后，很容易成为马华文学语言的构成成分。

还有一些词和习惯用语，它们必须在一定的语境下才能理解，大都来自口语。如“你父亲那个样子啊，年纪一大把了，并不生性，七日三工半，近来竟学人抽起香烟来。”[①]“不生性”，指不成体统；“七日三工半”，指三天两头，“工”音为“天”。这就直接把方言的发音写进作品中去。

“那烟屎佬奸得教气恨，你一不注意，他便吃称，最少一两，有时甚至二两。”[②]“吃称”即短斤少两，方言中最常用，“吃”字的使用也十分生动，富有动感和形象性。

“李文中骂那两个赢家是蛇。”[③]“蛇”指十分狡猾、奸诈，无孔不入之意。

“嗤，要我载你，除非你的屁股先去针铁丁”；“阿沓，捧杯白滚水请阿伯

① 碧澄：《碧澄文集》，鹭江出版社，1995年，第125页。

② 驼铃：《驼铃文集》，鹭江出版社，1995年，第24页。

③ 云里风：《云里风文集》，鹭江出版社，1995年，第28页。

——嗐，这种天气，热死人。”“我被那斩头仔庄宗骗来做‘猪仔’，也有十五年了。”[①]“针铁丁”指安上铁钉，意为不怕疼；“白滚水”即白开水；“斩头仔”即该死的。

“看那婆娘比我雄哪”[②]，“雄”指凶狠、厉害，一般用于贬义词。若指人，“雄”即指狠毒，毫无仁慈之心。

有些词语掺杂在句子中，体现其特殊意义，只有结合上下文，方能明了。还有一些惯用语，则整句置于文中。如以下几例：

“好眉好貌生沙虱”[③]，指外表单纯，却是一肚子坏水。

“你都会读书写字啊，为什么还是没有人要你呢？我可不同，瞎眼牛，腹肚内全是草，无料，当然没人要罗！”[④] 这是习惯性的说法，指的是一个文盲，身无长技，没有一点才能。若“有料”就指人有些才干。

“我是青蛙垫桌脚——死撑”[⑤] 指人面对困难，只好硬着头皮坚持下去，跟这句话有些类似的说法是“乌龟垫桌脚———硬撑”，这两句话表达的意思是一样的，若仔细推敲，还是略有区别。前者指超出个人的承受能力，还不得不坚持着，颇有点惨烈的味道。后者程度略轻，指压力或困难还在最大的承受范围内。

习惯用语的使用，增添了文章的生动性，同时也带来了所在地特有的文化气息和氛围。有的作家甚至在作品中大量使用方言进行创作，如麦秀的《球》就是典型，《球》反映的是一青少年百无聊赖、精神空虚，寻求刺激，最终走上堕落毁灭道路的经过，其所使用的都是闽南方言，兹举几句：

> 少年家，这条巷行久会软脚风，各人趁早收脚，叫令老母给你娶。
>
> 能落，一支乌狗，“有影?”令爸几时讲白贼。
>
> 唔屎展大空，有本事仙给令爸看，唔屎加讲，快打汝的嘴干净淡薄。[⑥]

这些句子，使用大量的闽南语。“少年家”指年轻人，小伙子；“软脚风”指双腿无力，身体虚弱；“收脚”指洗手不干，与“收山”意同；“有影”指

① 马崙：《马崙文集·槟榔花开》，鹭江出版社，1995 年，第 128 页。
② 原上草：《韭菜花开》，蕉风出版社，1961 年，第 177 页。
③ 碧澄：《碧澄文集》，鹭江出版社，1995 年，第 162 页。
④ 马汉：《马汉文集》，鹭江出版社，1995 年，第 38 页。
⑤ 爱薇：《回首乡关》，南马文艺研究会，1991 年，第 96 页。
⑥《马华当代文学选·小说》，马来西亚华人文化协会，1982 年。

“真的”；“白贼”指说瞎话、假话；“唔屎展大空”不要讲大话；“仙”即先；“淡薄”指一点点。纯方言的使用，虽然对懂得的人来说有亲切感，但对于不懂的人，就失去了语言所应用的传播功能，还是有很大的局限性的。因此，方言的运用，必定是出于不可替代的需要，经过作家的艺术构思，为塑造特定的文学形象服务。

广州话在马华文学语言中也大量出现，几乎与闽南语一样，是十分盛行的。如“大只佬”（大高个、大块头）、“油瓶仔”（被母亲带着改嫁的孩子）、“八婆”（骂人的话，又叫“八卦婆”，指好管闲事、搬弄是非的女人）、“姑爷仔”（专门引诱、陷害少女的恶少）、“走鸡”（走脱，失掉机会）、“投契”（投机）、“麻麻地”（过得去）、“湿碎碎”（一点点）、“水喉”（水龙头）、“头手”（酒楼饭店的主要厨师）。广州话也常在作品中出现。如：

“那个万字票公司爆了厂，只能赔十巴仙。”“爆了厂”指公司超出支付能力，破了产。[①]

“赌呃的钱，逢场作戏，玩巨一个零钟头，已经好够了，输赢都要睇得开，如果你想长赌当饭吃，唔输死才怪。你想，个个想赢大镭，巨地一样所赚的几千万要同边个罗？”[②] 如“一个零钟头”“好够了”是方言习惯用法，指一个多钟头，够好了。

“那个叫阿凤妹的，脸虽俗气，牙擦擦地十足像母亲。”[③]“牙擦擦”指自视甚高，看不起人。

“这家伙真是寿星公吊颈嫌命长。”[④] 指活得不耐烦了。

“那独行侠啊，就只叫一壶茶，两斤盐锔蟹，用那电镀过的小锤一敲一敲的，连蟹爪的肉也吃得一干二净。那样子，真有型。”[⑤]“真有型”带有羡慕、称赞的意思，即真有风度、潇洒好看，值得欣赏。

“工作了这么久，活了这把年纪，竟还没长合脑缝。”[⑥]“长合脑缝”原指小孩发育完全，对大人来说是成熟、懂事。而办事不干练，不谙事理者被称为“没长合脑缝”，这是十分生动的。

---

① 云里风：《云里风文集》，鹭江出版社，1995年，第138页。
② 云里风：《云里风文集》，鹭江出版社，1995年，第149页。
③ 原上草：《韭菜花开》，蕉风出版社，1961年，第174页。
④ 韦晕：《还乡愿》，新加坡青年书局，1958年，第24页。
⑤ 碧澄：《碧澄文集》，鹭江出版社，1995年，第133页。
⑥ 碧澄：《碧澄文集》，鹭江出版社，1995年，第226页。

“那个死妹钉阿凤妹，我不爱她，一脸子阴奸，一肚子鬼怪。”[①]“妹钉”指幼小婢女，“死妹钉”指坏小妹或死小妹；“阴奸”指阴险尖刻；“鬼怪”指诡计多端。阿凤妹常常欺负同父异母的姐姐阿珍，或栽赃陷害，或诬告，惹得阿珍常受到继母的虐待、毒打，所以用“阴奸”“鬼怪”是十分恰切的。以上方言成分都是为文学形象的塑造服务，是经过作者精心考虑的，它们同普通话词语一起成为马华文学语言的构成因素。

以上介绍了方言在文本中的使用情况。它们大多穿插在行文当中，间或出现，增添了文章的情趣，也突出了来自各地华人的不同用语习惯的多姿多彩。其实，方言也是作为一种独特的民族性或地域性而存在的。当然，在使用过程中，也可见一些句子的语法与现代汉语普通话通行的规则有些细微的差别。如：“三几天以后，满载的黄梨就开始腐烂了。”[②]“只有当船停泊家乡的码头时，他才可能和太太团聚三数日。”从这两个例子，我们可以看出马华文学语言在表现日期量词上的用法与现代汉语普通话的细微区别。“三几天”“三数日”只表示多日之意，“三”只不过是个虚指，其重点在“几”“数”上。按现代汉语普通话的表达习惯，超过三天一般是用“三五日”来加以表示，若是三天之内的日子，则用“两三天”来表示，显得确切多了。因此，“三几天”“三数日”这样的表达方式，还遗留着古汉语语法的痕迹。

> 可是两口子的生活，俭俭也要二三十元。
>
> 现在我却没有钱，少少也要廿元，刚才主人买来葬狗的还要卅元呀。

这两句，按现代汉语普通话的语法规则来看，是不规范的用法：“俭俭”是无法表达意思的，只有用勤俭、节俭、俭用之类的词语来表达。而在这里，“俭俭”指最节俭的生活，它是比节俭程度更深的副词。同样，“少少”即最少，也属于程度副词。

方言的使用，不仅使马华文学语言与中国现代汉语普通话用词规范的差别扩大，在语法上，也表现出一些细微的差别，加深了二者之间的差异性。

语言是不断变化发展的。旧的词汇不断消亡，新词不断产生。新词的产生或通过创新，或通过吸收外来用词。华族在与马来族的交往中，不断吸收了马来语

---

① 原上草：《韭菜花开》，蕉风出版社，1961 年，第 175 页。

② 马崙：《马崙文集 · 槟榔花开》，鹭江出版社，1995 年，第 46 页。

的词汇，并把它们用于日常的交际活动中，其数量也是颇为庞大的，单是音译词就有不少。现举几个例子。

马来语中，最常被汉语直接使用的如：

政治用语：默迪卡（merdeka，独立）、沙拉（罪过、错误）、甲巴坐家股（监牢）、甲巴拉波当（杀头）

习俗与文化：苏纳（sunat，割礼）、高姻（kahwin，有写成交因，即结婚）、班顿（pantun，马来诗歌）、纱笼（一种马来围裙）、降头（有的写为贡头，咒语，巫术的一种）

生活用品：姜固（cangkul，锄头）、巴冷刀（parang，马来长刀，用来披荆斩草）、奎笼（kelong，捕鱼工具）

食品类：罗惹（rojak，一种食物）、占镭（cendol，一种饮品）、datuk（蛋糕的一种）、末拉煎（balacan，鱼虾酱）

客气用语：甘第（替代）、多隆（帮忙）、弄帮（tumpang，乘搭）、德里玛加西（terima kasih，谢谢）

愤怒语气：kurang ajar（岂有此理）

人物称呼：abang（哥哥）、旦士里（或写为丹斯里，一种地位称号）、督（tok，对老人的尊称）、仄库（先生）、阿列（弟弟）、格格（kakak，姐姐）、askar（士兵）、YB（yang berhormat，国、州议员的简称）、甲巴拉（或写为夹甲拉，工头）、彭古鲁（村长）、pengarah（局长）、orang chin（华人）、蒙郭（bongkok，驼背）、估俚工（打工人员）、马打（警察）

地点称呼：山芭（乡下、山林）、甘榜（kampong，乡下、老家、山村）、班拉（城镇）、巴列（parit，运河）、亚答（又为阿答，马来茅屋）、巴刹（市场）、乌冷（仓库）、卡辛诺（casino，赌场）、乌登（矿场设立的合作社）

动物类：沓米（babi，又写为沓咪，猪猡、杂种）、明蚋单（畜生）、都败（tupai，松鼠）

以上只是摘录了一些零星散见于华文作品中的马来语词语，若从总体作品来看，马来语在华文语言的使用肯定是十分惊人的。因为这些词语在马来西亚属于常用语，不会使读者产生阅读障碍。不仅如此，汉语接受马来语的同时，也对它进行一番改造，使之适应汉语用语习惯。其具体的表现形式为巫＋华或华＋巫。兹举几例：

亚答屋（厝）、亚答棚（有的作品写成阿答），“阿答”是用一种树叶作为屋顶覆盖物的房子，“屋”是汉语，可住人；“棚”是相对简陋的搭盖。

弄迎舞（Ronggeng），是一种舞蹈，“舞”字是添上去的，表示其性质。“芭”原为山村、山林之意，在这个词上又衍生出好多词语来，如“芭场”“芭林”“山芭仔”“山芭妹”“山芭佬”等。“芭场、芭林”指山上的种植园，在山上开荒又称“烧芭”。“山芭仔、山芭妹”是指来自山村的青年男女；“山芭佬”是对山村居民的不敬之称，但在日占时期，它又有另一层含义，指抗日游击队，因为他们常年在丛林中出没，故称“山芭佬”。

巴菇菜（Paku），一种野菜。“巴菇”是马来语，“菜”就点明了其特征。

意玛刹：“意”是方言，为玩耍之意；“玛刹”是煮炒游戏。这是方言与巫语的结合。

估俚工，“估俚”本来就有工人之意，“工”只不过点明了其性质。不过，也有人把“工”字省略，直接说做“估俚”。

马打厝：“马打”为警察，加上一个“厝”字就表明其位置，即警察局。

“芭蛭”，指丛林中的水蛭，专附人畜体上吸血。“简直是只芭蛭”，指人吃饭狼吞虎咽，饥不择食。这些把汉语和巫语成分融合构成的词语，是马华文学语言的丰富养料，也是形成马华文学语言特征的重要因素。

华文作家在使用马来语时，或直接音译，或华巫配合，形成了一套他们所熟悉的语言体系，体现了语言的强大亲和力和相融性。英语虽非国家规定的国语，却因历史原因和国家发展需要，仍有着十分重要的地位，至少对人的求职、谋生还是较为有利的。因此，还是有不少英语词汇被吸收。如：

经济类：阿飞士（office，办公室），甘仙、干仙（commission，佣金），贴士（tips，小费），士多（store，商店），礼申（licence，执照，许可证），Shopping（买东西），品特（pint，品脱，英语量词，约 0.568 升），巴仙（percent，百分比），依吉、吉（acre，英亩）

人物称呼：孟加里（Bengalese，Bengali，孟加拉人）、波士（boss，老板）

事物名称：西敏土、水门汀（cement，水泥），马塞迪、马赛地（Mercedes - Benz，奔驰汽车），罗厘（lorry，货车），德士（taix，的士）

在一些场合，甚至干脆以英文代替。如：Gas（煤气），Lousy（差），哥必、羔呸（coffee，咖啡），Ice cream（冰淇淋），Notice（通知），Dunhill（香烟名，即希尔顿香烟），Fail（不及格），Pass（及格），Picture（的打扑克时的牌名）等。

在句子中也常夹杂着英语。如：“他暗骂了一声：‘Horn 个鸟，难道我不想快点走，现在已七点三十五分了，Office 八点十五分开门，最迟八点三十分开始办公，你有本事，就从我头上飞过去吧！'"[1] 这里讲的是一个机关公务员勤勤恳恳，处处陪着小心过日子，结果还是升迁无望，满肚子的牢骚无处发泄，上班遇到堵车，只好对后面按喇叭的汽车司机暗骂一通，求得心理平衡。

"老婆大人没有出 permit（准证）给你呀！"[2] 这是一句调侃的话，张大发偷偷溜出来搓麻将，旁人就讥笑他。可见，一些常用的英语词汇也时时出现在人民的生活中间。

进入华文语言的土著语言，以沙捞越的土著语言（伊班语）最为突出。如：伊逆、伊曬（祖母）、印代、英代（母亲）、亚纳（孩子）。这些都是伊班语。此外，还有汶那（munah）：鲁巴河口呈喇叭状，涨潮时潮头滚滚，势如万马奔腾，当地人称为"汶那"，《吴岸诗选》称为"梦那"。

如仪式类：曼沙湾（Bangsawan，马来人传统的舞台戏）

末里凯（Meligai，为病者的祈福仪式而搭建的高台）

宁邦（Nimpang，祈福仪式）[3]

雅扎（Ngajat，达雅人的传统舞蹈）

卡歪（Gawai Dayak，达雅人最大的节日，在每年六月一日庆祝）

人物称呼：阿拜（父亲）、因奈（母亲）

事物名称：杜亚（Tuak，达雅人自酿的糯米酒，有的写为"杜阿酒"）、达邦树（Tapang，婆罗洲生长的一种树木）、拉让江（鹅江）

伊班族语进入华文作品的不是很多，而且大部分局限于沙捞越的华文作品中，作为一种点缀，也显得颇有情趣。

汉族的各地方言、巫语、英语，以及土著语言，都给华文文学语言增添了不少亮色，文学语言就是这样奇妙地结合着，形成一道亮丽的风景线，最有趣的是几种语言综合在一起的效果。以下是《扫不尽的枯残》中的一段：

> "Faham?" 马来 cikgu 的声音
> 明白吗?" 李老师的声音
> "understand?" 密斯钟的声音
> ……
> Jangan Tanya. Awa*km*esti ingat

---

① 碧澄：《碧澄文集》，鹭江出版社，1995 年，第 45 页。

② 云里风：《云里风文集》，鹭江出版社，1995 年，第 46 页。

③ 田思：《犀鸟乡之歌》，香港国际出版社，1986 年。

对，别多嘴。叫你这样做，就这样做。

That's right. Just do what you are asked. [①]

这是在一所中学所听到的声音。每三句都是同一个意思。马来语的老师叫“cikgu”，英语中女士就以“密斯（miss）来表示。三种不同的语言在此得到了奇妙的组合。这就是马来西亚特殊的语言环境所造成的语言奇观。华文学生一般都学习或掌握这三种语言，自然在文学作品中，三种语言的交互出现也就不足为奇了。

其次是以富有创意的语言表现特殊的风土人情。由于马来西亚的特殊语言环境以及社会生活，华文语言也渐渐形成它们所特定的用语习惯和文化背景。把马来西亚的特殊风情与社会生活生动地体现出来，与中国的文学语言大异其趣。

一般来说，文学语言反映某地风情可以从反映的内容以及特有词汇上得到体现。在内容上最常见的有这么几个方面，如：天气（气候）、物产、水文、自然景观特征等。马华文学语言在反映自然环境的同时，也生动地展示了一幅幅马来西亚特有的生活画面，表现了马华文学语言独特的地域性。

马来西亚地处热带，四周为海洋所包围，是典型的热带雨林（海洋）气候。终年高温多雨。因此，在许多马华作家的笔下，似火骄阳与滂沱大雨这两个天气特征常常是一对孪生兄弟，如影相随。韦晕在《还乡愿》里写道：

“忘记了是什么季节的时候了，这亚热带不是飘飘下雨，就是那火砵似的焦灼的太阳吊在峰峦的高空上。”[②]

这两句话相当准确地概括出马来西亚的气候特征。终年皆夏，无所谓春秋，更谈不上冬天了，这对来自节气分明的中国大陆的老番客老东来说，确实是季节不分了，混混沌沌过日而已。正如古人所说的“山中无甲子，寒尽不知年”的混沌状态。一天当中，骄阳烈焰的烘烤与闪电雷鸣的大雨是紧紧连在一起的。

晌午，天空赤裸着，不见一片云，一缕风，一切植物在太阳的淫威下，如残兵败将，毫无生气。林家的那只老乌狗躺在门前的一棵红毛丹

---

① 碧澄：《碧澄文集》，鹭江出版社，1995年，第18－19页。

② 韦晕：《还乡愿》，新加坡青年书局，1958年，第15页。

树下，伸着长长的舌头，在喘息着。这样的大热天，屋子里实难长于呆人。①

魏萌以“天空赤裸”非常生动地反映了热带地区万里晴空的景观，在无遮无拦的情形下，太阳也就愈发炽热，植物被烤炙得发蔫，犹如“残兵败将”，这就是典型的高温热带生活的写照。高温天气，同时也是高湿的。在下雨之前，天气总是十分闷热的。“今天就显得反常，一点风也没有，空气已经凝住，一时使人有如置身于火屋之中，胸膛阵阵的闷郁，几乎要从毛孔管挤出去，却老是挤不出去。于是令人感到通身在燃烧，呼吸短促，有随时被窒息，或被烧死的危险。”这种闷热的天气就是暴风雨即将来临的先兆。

热带地区的暴雨或雷阵雨通常都在午后，其来势十分迅速。“忽然看见天色一片漆黑，团团的乌云像要压下来，海角也隐隐发出了呼啸。”“又是轰隆一声巨响，真个是惊天动地，远处的胶林已开始动荡，暴风雨即将来临。”② 大雨之后，天气又转入凉爽。热带的天气就是这样，炎热的上午与中午，下午的阵雨，始终是这样周而复始。马华作家在描写气候时常带有这么两股气：火辣辣的热气与湿漉漉的水气。春花秋月、冰雪皓莹的景观只能是梦中或想像之境了。这使文学语言带有鲜明的热带特征。

不仅天气描写具有明显的热带性，而且作家描写的物产，特别是一些热带所特有的物产，如橡胶、胡椒、榴梿等植物已深深融入了人们日常生活中，并进一步演变成某些特定象征意义的物象，这些物象，在中国的文学语言中是很少见的。

橡胶树是马来西亚最常见的经济树种。马来西亚很长一段时间以来都是世界上最大的橡胶生产和出口的国家，只是近年来由于产量下降，才落在印尼和泰国之后，但橡胶树依然在国民的生活中占有极其重要的地位。人们对它普遍怀有深厚的感情。许多马华作家也把它当作歌咏的对象。冰谷是其中较为典型的代表。

冰谷把橡胶树喻成“血树”。他在《血树》中赞美橡胶树的伟大奉献：

啊！橡树
你无形的力
为液体所造

① 魏萌：《马华文学选·小说》，《养鸡人家》，马来西亚华人文化协会，1982 年，第 77 页。
② 魏萌：《马华文学选·小说》，《养鸡人家》，马来西亚华人文化协会，1982 年，第 86 页。

却背起沉沉的巨厦
你一滴一滴的血——乳白色的
凝聚成钢
像千万条坚毅不拔的石柱
支撑起整个国

你的牺牲，无以比拟
而每一天的斧型
迭次加深了你的贫血症
一年一度的赤裸
和干旱。成为催命符
促你苍老①

冰谷把橡胶树比为受伤的奉献者，这是伟大的象征，在苦痛中凸显悲怆的崇高。1990年他写的《橡树——给自己》在意象上更进一层：“强忍着眼泪与痛苦/在自己臂腿上/开刀/在鲜血与伤痕中/度日……/也从没有一种树/如橡树/负伤累累 历尽沧桑。”② 这首诗进一步脱离了对橡胶树具体物象的描绘，却更真实、形象地衬托出人与树的相同的悲怆命运，具有更普遍的象征意义。由此可见，冰谷笔下橡胶树形象是不停地演变，并赋予人的种种思想感情，显示了马华作家不同的运用语言的角度。

哪怕多少次的曝晒
我们还是完整的一颗颗
即使把我们浸在水里
我们火辣辣的性格永不消褪

当肉身被研磨似芥末
我们的辛香更加浓馥
为了除菌防腐的任务

① 冰谷：《血树》，马华作协，1993年，第9页。
② 冰谷：《血树》，马华作协，1993年，第87页。

我们宁愿粉身碎骨①

田思对胡椒特性的描写，使人很容易想起于谦的《石灰吟》：“千锤万凿出深山，烈火焚烧若等闲，粉身碎骨浑不怕，要留清白在人间。”这两首诗从反映的思想内容上看，有许多相似之处，都是对高风亮节者的崇高礼赞，这种矢志不移、刚正不阿精神是何其相似！但其选用的表达方式却大相径庭。胡椒是一种热带经济作物，它是热带地区人们日常生活中不可或缺的调味品，有许多实用之处，它耐久贮，杀虫除菌，功效卓著。马来西亚是世界上最大的胡椒生产国，胡椒早已成为人们日常生活中一个组成部分，以之作为歌咏对象，把它的一些特性赋予人的种种美德，也是理所当然的了。马来西亚物产丰饶，我们只介绍了橡胶树、胡椒这两种最普通且又富有热带韵味的作物，由此可以窥见作家在描写作物时所特有的地域性。物产常常是一个地区的特殊标志，且它们与人们的生活关系也最为密切，文学语言是无法不提到它们的。

如果说天气或气候是地域性的最直接表现对象，物产是地域性的特殊标志，那么自然景观则是地域性的迷人的背景，在这个迷人的大背景底下，一地的特殊所在方能一览无遗。马来西亚有着十分旖旎的自然风光，奔涌翻腾的江河、烟波浩渺的海洋、神秘莫测的原始森林，这无疑是马来西亚人民的骄傲所在，在文学语言中，不乏对这些现象的描绘。

马来西亚有郁郁葱葱的原始森林，在这森林之中，常常会有无数意想不到的事情。梁放是这样描绘沙捞越洲的森林景象：

> 穿山渡水，山路崎岖，也常遇到毒蛇、火蚁与毒蝎，防不胜防的还有无孔不入的水蛭，发现它们时，一个个已吸饱血圆鼓鼓地悬在你的小腿上，像熟透了的樱桃……另一种类是埋伏在树上的，一只只像冬虫夏草，有听到声响，全部倾雨般而下；大缘帽，雨衣只挡住一部分，在它们常出现的地方，我们还不成体统穿上男用避孕套，曾有人因它们进入尿道而痛苦不堪。②

梁放笔下原始森林有如此种种奇物，行文间隐隐透露出这种窈冥幽深森林所特有的神秘与威严，过惯了文明社会都市生活的现代人，在这种神秘的森林面前

---

① 田思：《犀鸟乡之歌》，香港国际出版社，1986 年，第 72 页。
② 梁放：《烟雨砂隆》，马华作协，1985 年，第 115 页。

显得狼狈不堪，洋相百出。而伊班人——温达，才是真正的自然之子，这原始森林的主人。在森林中，他们的才能得到充分的体现，几乎是无所不能，无所不晓。马来西亚的这种原始森林在当今世界上，已是硕果仅存了，而能够出没于丛林、真正贴近大自然的民族，更是少之又少了。单就这两个特性，其散发的迷人魅力就足以令世人侧目。马华文学语言抓住这个世所罕见的背景并加以反映，确有其得天独厚之处。

马来西亚有很长海岸线，北有中国南海，南有马六甲海峡。靠近岸边的沼泽地带，也有一些独特的风景。“住在这种靠海的沼泽地带，蚊虫特别多，如果不常常在屋外烧些火堆，浓烟熏走恶蚊，晚上睡觉时，别说点燃了蚊香，就是喷杀虫剂也赶不走那么多的蚊子。……这些体积小、全身乌黑的小蚊子，可以通过厚厚的衣服，叮了人更是奇痒不堪。”① 海边的沼泽地，是动物的乐园，人类要在此地生存，就要与它们进行一番较量。小蚊子就是较量的对象之一。而夜晚的沼泽地，更是充满诡秘、恐怖的气氛。

> 大地是一片漆黑，只有海风阵阵，撩起椰叶，发出沙沙的声音；远处不知名的虫豸，吱吱地一唱一和，加藤树林中，猫头鹰咕咕地低叫着，与阿答叶芭内的夜鸟，一呼一应，奏起了四重奏，为夜色添加了不少恐怖的气氛。②
>
> 一脚高一脚低，他摸黑走进加藤树林，穿过阿答叶芭。这时候更难走了，偶尔红树的气根，纠缠在泥泞中，每踏出一步，脚跟都深深陷入烂泥中。在漆黑中，脚跟从烂泥中拔出来的单调的声音，听起来怪异奇诡。他还特别留神，泥上或红树上偶尔会藏有水蛇，还有那不知名的夜鸟，瞪着血红的小眼，突地飞了过来，会吓了人一大跳。③

红树林是海边湿地的特有生物群落，这里的生物自成一个生态系统，众多生物就在这地方生长繁衍。洪祖秋为我们展示的这怪异诡秘而又略带恐怖的氛围，既是热带海洋沼泽地的特有现象，同时也是为了渲染阿忠组织偷渡客发财这一刀口下讨生意的职业的巨大风险性，起到了双重效应。

马华文学语言所展示的不同地域的风景线，带有极其明显的区域性，无论是

---

① 洪祖秋：《讨海人》，新亚出版公司，1990 年，第 44 页。
② 洪祖秋：《讨海人》，新亚出版公司，1990 年，第 49 页。
③ 洪祖秋：《讨海人》，新亚出版公司，1990 年，第 50 页。

河流，还是森林、海洋，都展现其迷人的魅力，这是大自然的造化所致。而人们所造出的风景，也能处处显露出其所特有的热带景观，颇为婉约可人，现举两例：

> 三月天是炎热的，艳如火；天空蔚蓝得出奇，云朵好象被人粘在天壁上，死死不动。在这时节里，却是各种树木开花的时候，树胶花开了，榴梿、红毛丹、芒果等也不甘示弱，争相在枝头上挂了黄黄白白的花朵。而夜合树，也开放着一朵朵柔细的淡红色的小花，于是，橡胶园和果林都被花朵点缀得像个花的世界。①
>
> 种满热带果树的花园，不久就野草丛生，季节一到，花香就从树上飘来。大片的凤仙花，大片的紫茉莉、美人蕉、胡姬和蝴蝶兰，一年四季点缀我们的日子……炎热的阳光灿烂异常，满塘的荷花在微风中轻摇。②

这两段描写虽然都写出了鲜花盛开的美景，但又有不同的侧重。前者在炎热的环境中透露出热烈，后者在炎热之中隐隐渗出些许清凉。即使如此，热带的园景还是五彩缤纷、绚丽多彩的。橡胶树、榴梿、红毛丹、夜合树、胡姬花等都是热带所特有的植物，而植物是代表某个特定地域的标志，是众多地区的不同所在。

从以上的分析我们可以得知，马华文学语言充分地表现了马来西亚这块土地上的独特地域性，无论是天气、物产，还是自然景观，都带有马来西亚所特有的热带性，以及种种与中国文学语言迥然相异之处，是汉语在特定环境下的新发展，丰富和增添了汉语的表现力。马华文学语言在反映当地的特有风土人情的同时，也根据当地的生活特征或以华人对某些现象的理解来创造出一些词汇来，其数量也不少。现就日常生活用词举几例：

"市虎"（汽车）③，汽车是都市常见的交通工具，其迅速敏捷、行走如风，犹如老虎。同时，车祸也因此频繁发生，使人轻则受伤，重则丧命，如虎之噬人。因此，这一词汇是十分生动的。

"跳飞机"，指非法到国外打工，即偷渡客。因为马来西亚非法入境目的地

---

① 马崙：《马崙文集·槟榔花开》，鹭江出版社，1995年，第117页。
② 林辛谦：《马华当代散文选·繁华的图腾》，台湾文史哲出版社，1996年，第39页。
③ 梁放：《暖灰》，南风出版社，1987年。

多为英美等发达国家，飞机是其主要交通工具。以“跳飞机”来说明这种行为存在的巨大风险性和前途的不明确性。

“浮脚楼”指马来人的住宅，特别是乡村一带，大都是钉上木桩，离地数尺，才在上面铺上竹片或木板，可避免虫害和爬行类动物的袭击。在我国，这类房子俗称“吊脚楼”。

“打老虎”：一种高利贷的名称，债主借出 100 元，每天向借款人收回 4 元，连收 30 天，共 120 元。[①]

“设立架步”：设立卖淫窝点。为 20 世纪 80 年代一些人士特定使用的“暗语”。

“合作社”：华人集资经营的小储蓄所或银行。20 世纪 80 年代中期，由于有人经营不善，进行投机活动，曾经导致“合作社金融风暴”，许多储蓄户血本无归。我国的合作社是 20 世纪 60、70 年代农民组成的一种互助关系，与之相差极大。

“出粮”（发工资）；“断粮”（没有钱）。这种叫法可能与当时“猪仔”南来工作时的环境有关。他们的劳动所得就是为了换取一天的粮食，故发工资的日子便是“出粮日”，没有了钱，便为“断粮”。这个词语中，含有老一辈华人的辛酸记忆和对生活的最朴素的愿望。

“直到母亲逝世了，他才知道母亲是在姑娘堂长大的孤女。”[②]“姑娘堂”说得通俗些是孤儿院。各国或各地区的叫法不一样。我国一般称“儿童福利院”，更早期的“育婴堂”等名称，均是收容孤儿的机构，只不过为了避免直呼其名给人不快，所以用种种名称来代替，使之更温馨、富有人情味。就如“按摩院有不少别名，什么消遣宫、健身中心、舒骨院、逍遥宫、娱乐宫一大堆。”[③]“按摩院”实质是色情场所，这些花里胡哨名称都是为了掩饰其不可告人的目的而使用的幌子罢了。

在度量衡的表达方面，华文语言也用当地人的习惯表达方式。如以下几例：

> 这样曲曲折折差不多走了有半条石远近，那些白色的脚印就散在草丛之内不见了。[④]

---

① 云里风：《云里风文集》，鹭江出版社，1995 年，第 176 页。

② 李忆莙：《李忆莙文集》，鹭江出版社，1995 年，第 144 页。

③ 碧澄：《碧澄文集》，鹭江出版社，1995 年，第 46 页。

④ 姚拓：《捉鬼记》，《马华当代文学选·小说》，第 54 页。

十多年前，他只不过是一名胶工，靠着老子遗下的几十吉老树，夫妇俩胼手胝足，才能维持一家的生活。①

以“条石”来表示距离的远近，是华人的一种通俗的说法。按英制，一英里路就树一块石碑（milestone）来表示，华人以石碑名之为“条石”，称呼就这样沿用了下来。“吉”也是英制，原为依吉（acre），英亩。人们在使用过程中为了便于交流，逐渐把“依吉”的“依”字去掉，只剩下“吉”字了。

“大的黑狗一支来”②“黑狗”是一种啤酒商标的图案，人们习惯以最有特征的部分来表示事物。“一支”是一瓶酒。“支”字也是方言用词，在有些作品还以“枝”来表示，音义皆同，不过字形相异罢了。因此，这种混用方言一音多字的表示方法在某种程度上是语言表达尚未完全规范化的表现。

对其他种族的称呼，华人多以其特征来称呼，不过多有不敬之词。如对英国人（或白种人）统称“红毛”；洋女人就叫“红毛妹”，印度人称之为“吉宁仔”；孟加拉人称“孟加里”；沙捞越的土著居民称“拉子”，妇女就叫“拉子妇”，对海达雅人称“大耳拉子”，陆达雅人“小耳拉子”；缅甸女人干脆叫“乌肚婆”等。

马华文学语言在融汇了中国的方言、马来语和英语、土著语的基础上，又在这种特殊的文化背景下不断创新，形成富有马来西亚特色的文学语言，当然这种有特色的语言是在长期的融汇中缓慢形成的，还处于不断变动的状态，如“咖啡”一词在韦晕的《还乡愿》中就有“羔坯”“咖坯”“咖啡”这三种写法。“水泥”一词在小黑的作品中有时以“西敏土”，有时以“水门汀”出现，这就说明了马华文学语言用语还存在某些不规范性。

二、马华文学语言的独特价值

首先马华文学语言表现汉族及当地民族的社会政治、经济、教育、文化生活的各个方面。在政治上详尽地体现了每个时期华人所处政治氛围与不同的政治态度。如第二次世界大战期间，日军南侵东南亚，马来西亚的华人就处于暗无天日的时期。当时的抗日武装大都是由华人组成的游击队，而日军对华人的控制和镇压也就特别严厉、残酷，史称这段时期为“黑暗时期”。华人组织的抗日游击队在丛林中出没，不时寻机打击日本侵略者。因为这支武装神出鬼没，活动迅速灵

---

① 云里风：《云里风文集》，鹭江出版社，1995 年，第 34 页。

② 驼铃：《驼铃文集》，鹭江出版社，1995 年，第 43 页。

活，被称为“山芭老鼠”[①]，或称“山芭佬”。[②] 这仅是一种代称，并不包含任何贬低的语气，因为那个时代“抗日”是十分刺激的字眼。而那时，日军也四处收买一些人为他们跑腿，打探情报，这些人自然被称为“暗鬼”（即暗探，专为日本人服务的）。[③] 这个词是十分生动的：日本侵略者是“鬼子”，而为“鬼子”服务的华人当然不能成为明目张胆的“鬼子”，只好退而求其次，叫“暗鬼”，准确而尖刻，对这些人的厌恶之情溢于言表。还有的被称为“狗”。“听说大城里就派了很多的狗（日本暗探）到这儿来是么?”[④]“狗”就是“走狗”，而人们又进一步将其简化为“狗”，“走狗”还有人相，而“狗”就是纯粹的非人了。百姓的这种叫法实则在当时白色恐怖下所采用的隐喻和暗语，隐隐透露出愤恨不平与轻蔑无奈。

自然，日治时期，也有当时的通用语，如“香蕉票”（日本军用货币）、“军票”“宪兵部”“美那美”（日本的下等香烟）、“皇军”“花姑娘”“特高课谍报”“吃乌豆饭”（坐监）等词，带着日占时期的境况缩影。

从1970年开始，马来西亚实行所谓“消灭贫困”的新经济政策，大力扶持土著民族和马来人，与此同时，马华一些政党领导人只顾于派系斗争，争权夺利，拉拢民心，无心干实事。这样华族的正当权益得不到保护，华人的政治、经济、文化教育等方面江河日下。以下是竞选的场面：

> 在政坛上，林××还是一名新丁，二哥不但服务好，他甚至有充沛的竞选基金。单单是海报，二哥就印有二十万张，从城市的交通圈开始张贴，绵延直达新村的篮球场与甘榜回教堂外面的大雨树，都是二哥英俊潇洒的海报。[⑤]

这是马来西亚特有的政治活动。所谓的竞选，不外是资金的较量，谁的资金雄厚，谁就有可能获胜。而资金的来源，当然是某些利益集团的支持，从这个意义上讲，候选人不过是其代言人而已。因此，关心民瘼只不过是竞选时拉拢选民的旗帜。“他们飞机党是真正关心穷苦大众的，不像轮船党那样，只知道照顾资

① 原上草：《乱世儿女》，铁山泥出版公司，1985年，第72页。
② 原上草：《乱世儿女》，铁山泥出版公司，1985年，第84页。
③ 原上草：《乱世儿女》，铁山泥出版公司，1985年，第100页。
④ 原上草：《乱世儿女》，铁山泥出版公司，1985年，第33页。
⑤ 小黑：《前夕》，十方出版社，1990年，第43页。

本家。"[①] "飞机党""轮船党"虽为小说虚构的政党，却一定程度上反映了老百姓根本不理睬众多政党究竟在竞选时说什么，而是看他们做什么；不记他们的名称，而以政党在海报上的标志作为代称，这说明了下层百姓的政治态度。

这样的政治候选人，自然不会为底层百姓作出实质性的改变生活的事情来。表现在经济上，贫者愈贫，有些乡村一片破败。"蛤河乡是一座只有几十户人家的小村落，简陋破旧的木板屋沿着河岸，东倒西歪地撑着，蛤河贫瘠，养不起河岸的人口。蛤河的老乡，过的是艰辛的割胶生活，许多年下来，蛤河已渐渐成为死乡。"[②] 这段文字中，"简陋破旧""东倒西歪"表现的是小山村居民生活条件恶劣；"贫瘠""艰辛""死乡"正是山村停滞、落后的最有特征的词。综合起来看，贫困的阴影盘桓不去，居民生活困苦，为着最起码的生活而挣扎奋斗。

有些词也很出色地体现一个时代的经济状况。如马来亚刚刚摆脱殖民统治的桎梏，草创之际，尚有许多不尽如人意之处。失业率居高不下。

"'歪头周'这阵子也和我一样，当了量地官。"[③] "量地官"是失业者的代称，颇有自我解嘲的意味。当时人们找工作，大都靠两条腿东奔西跑，四处寻找机会，确实是义务的"量地官"。

"青云却郁郁不得志，一直在候差队伍等待了三年。"[④] "候差"本指等待分配工作，说得很文雅委婉。"候差"相对于"量地官"来说，显得消极一些，等待时机送上门，但至少有一点点希望存在。

在反映教育上，有些词汇也颇能体现马华教育的渐进发展历程，"请不要带教鞭进课堂，因为新的教学法是反对体罚的。""教鞭"便是反映教育变迁的一个道具。老式的教学，是从中国传统私塾借鉴过去的，读不好打板子、挨鞭子，这带有浓厚的封建专制色彩，不适宜现代教学体系。现在，鞭子，作为一种教学辅助工具已成为历史。

华人在教育上也受到诸多的限制。除了华文学校是自筹经费外，大学的录取名额也是相当少的，而且有关部门还规定，只要是马来语不及格，便不能升学，导致了许多社会的悲剧。"那个傻丫头，据说 MCE 拿了六个 A，但因为 BM 不及格，给老子责骂了几句，一时想不开，就在前天晚上用一条绳子把自己吊在冲凉房里。"[⑤] MCE 指大学入学考试；A 指成绩优秀；BM 指马来文。林碧霞因为马来

---

① 驼铃：《驼铃文集》，鹭江出版社，1995 年，第 31 页。
② 小黑：《白水黑山·细雨纷纷》，马华作协，1993 年，第 38 页。
③ 马汉：《马汉文集》，鹭江出版社，1995 年，第 38 页。
④ 马汉：《马汉文集》，鹭江出版社，1995 年，第 157 页。
⑤ 云里风：《云里风文集》，鹭江出版社，1995 年，第 107 页。

文不及格，断送了入学的希望，从此也失去了生的欲望；吴健民虽然有 8 科都是 A，也因为马来文不及格，上学的希望落空了，导致后来堕落入狱，母亲绝望发疯的悲惨结局。有句话更简练地概括了这种不公平的政策，“别的科目尽管好，好到 7 个 1，1 个 7 便把你整垮了。”[①] 陈大孚就是这样，7 科为 1，即优秀，1 科为 7，即不及格，若为 6 就是及格。他的马来语成绩因分数被报错，得了 1 个 7，服毒自杀。

马来西亚是个多元种族的社会，不同的宗教信仰及生活习俗形成了五彩缤纷的文化氛围。如马来族信仰伊斯兰教，就要对他们的宗教有所了解。马崙在《槟榔花开》中详细介绍了伊斯兰教的教义及习俗。伊斯兰教规严厉，如有人胆敢冒犯就是亵渎圣明，要受到严惩；异族男女须加入伊斯兰教，方可与伊斯兰教徒通婚；《可兰经》还在整洁、斋戒、食物等方面制定了一整套的卫生法则；穆罕默德为教徒制定了五大教规，即念功、拜功、斋戒功、课功和朝功，只有这五功全做到了，才算尽了教徒的全部义务。开斋节（Hari Raya Puasa）是马来人的隆重热闹的节日，他们把做的各种年糕赠与友族，与他们共享节日的快乐。这些教义、习俗的描绘，对于沟通各族间的友好亲善关系，无疑起了十分重要的润滑作用。

梁放对沙捞越的伊班人的信仰及生活习俗有十分生动的描绘。他在介绍伊班人的生活方式时，充满着新奇的韵味。到伊班人的长屋要通过一大片的深不可测的沼泽地，而“伊班同胞们把茅草与稻禾扎成一捆捆的，密密地编排成一条浮桥，每一回只许三个人隔着一段距离走过。在其上可以感觉到桥面随着人的体重波动，既新奇又刺激。而长屋则用粗大未经人工刨修的柱子在起坐间顶天立地地一溜排了下去，住有 80 户人家”。[②] 聚族而居是伊班人的生活特性。伊班人曾有猎人头的习俗，其勇猛、剽悍可见一斑。他们曾把一个人拥有的人头数目作为衡量其财富与勇敢的标准。他们也保存崇拜者的人头，并相信只有这样才能永远保住心目中的偶像。每逢祭鬼的日子，这些历史的陈列品一个个地排列出来，伊班同胞们为它们喂糯米饭，洒米酒，间中还“泪涕俱全地大声哭号”。[③] 他们还以传统方法埋葬死人，在坟上矗立高耸且刻满花纹的巨柱，其下搭了小屋子，里边放了死者生前用过的一切。另一些人的葬礼更为简单，他们只用草席卷起死尸，用绳子绑了八个大结，只准四个人把尸体抬到坟山，然后安放在一个临时搭起的

---

① 驼铃：《驼铃文集》，鹭江出版社，1995 年，第 54 页。

② 梁放：《烟雨砂隆》马华作协，1993 年，第 115 页。

③ 梁放：《暖灰》，南风出版社，1987 年。

棚子上，解开四个结后就必须头也不回地回去。“万一死尸在中途掉下，那么只得随他去而不加以理会”。[①] 此外，伊班人过达雅节、待客方式、采用远古时候的买卖方式以及用巫术驱魔治病的方法，无不显示他们依然保持着原始的生活方式，以及万物有灵的宗教信仰。作家为我们揭示了在现代文明世界之外，还有如此丰富多彩、简单纯朴的社会存在。

华人也很快适应了各族不同的习俗与信仰，并与之融为一体。这是伊答人（华人猪仔与土著女结合）所形成的村落生活情景：“这片原始的土地，连人际关系也这么浑沌不分，人人之别的想法尚未找到适当的水土繁殖，阿末的小孩今晚在阿布的家过一宿，明天阿布的女儿你可能发现她就在阿里的地铺睏的正酣，他们食无定处，在哪家聊天过了时间，就食在哪里，哪家的瓜果菜蔬长得好，想要，喊一声，就可摘走。”[②] 入乡随俗，到什么山唱什么歌，华族极强的适应环境能力在伊答村落得到了最鲜明的印证。土著居民的单纯素朴与华人的勤劳在此得到完美的融合。多种民族、宗教、信仰乃至习俗的融合，使华文语言有了更加广阔、自由的表现空间和想象空间。

其次马华文学表现华人、华侨及当地人民的思想、性格、情感及美学追求。每一个时代有其特定的生活内容，不同时代的文学语言能捕捉住当时的社会生活，并使之永恒化。马华文学语言在反映不同时代华人的思想、感情和追求时，也都紧扣住那个时代的前进的脉搏。

由于每个时代都有其用语习惯与方式，如词汇的使用、语言的结构安排、作家个人不同的修养和个人喜好等，都会在一定程度上深深烙上了时代的印记，展示了华人的种种希冀与追求。马华文学语言生动地反映了华人的思想意识。

从1919年至1957年马来亚独立之前，马来亚是英国的殖民地，其社会生活不可避免地带上了殖民色彩。英语成为官方语言，是正式的交际语。所以在文学语言中时时可见英语单词出现在作品里，随之而来的是英国的生活方式、宗教信仰、政治、经济观念渗入人们生活之中。

英国殖民者掠夺、开采了当地丰富的锡矿资源，在农业上是种植橡胶、烟草、菠萝等农作物，大量外来劳工从事的都是这方面的繁重工作。他们的命运犹如老东一样，“一生韭菜命，长些就得割，长些就得割……抛妻别子穿州过府，一条咸水草当裤带，十多年来仍是一条咸水草。”[③] “韭菜命”“咸水草当裤带”

① 梁放：《暖灰》，南风出版社，1987年。

② 钟怡雯：《马华当代散文选·门》，台湾文史哲出版社，1996年，第285页。

③ 韦晕：《还乡愿》，新加坡青年书局，1958年，第67页。

反映了一无所有者的艰辛生活。然而到了南洋，他们流血流汗所得的钱又会被矿主或园主以种种方式诱榨，落得两手空空，以血汗和生命的代价换来的却是客死异乡的下场。“那些用‘合同’那卖身契绑了千千百百的估俚，却又一方面又用赌博、鸦片和婊子来诱惑自己，一方面借粮的放印子钱，九出十三归的方法，把一批一批的番客用一块块四方板装好葬到福广义山的乱葬岗去。一个番客的史迹!”①

在这段话里，浓缩了一个个“猪仔”的悲惨的一生。“猪仔”说得好听些叫“番客”，他们只是来这“番邦”客居，终归要落叶归根的。他们的工作是“估俚”，即苦力。而矿主或园主为了使这些“估俚”能够长期在这里替他们卖命，必然要想方设法留住他们，只要他们口袋里没钱，就走不掉了，于是使出赌博、鸦片、婊子这三种手段诱使他们花光工资，让他们开始新一轮的卖命。另一方面又放高利贷，即“印子钱”，或叫“九出十三归”，使这些借贷者终生在还债中打滚，永无出头之日，其结果只好被人送至义山的乱葬岗去了。因此，“番客”“印子钱”“九出十三归”“估俚”这些词语带上了那个时代所特有的印记。

同时，与“番客”生活环境相适应的语言便应运而生。如番客来自各地，他们使用的方言不同，便有了地区之别，如“上四府客”“下四府客（人、佬）”“乌登”（矿场设立的合作社）、“树园”（橡胶园）、“红毛字”（英文字）、“红毛纸”（殖民者印制的钞票）、“红毛园”（殖民者的种植园）、“米国”（美国）、“财副”（文员）、“坐家股”（监牢），这一类的词语目前已经很少使用了。

当日占黑暗时期过去，英国殖民者重新回来时，此时马来西亚各族人民的民族意识觉醒了。他们发现争取国家的独立、民族自由的可贵，华族也改变了以往落叶归根的观念，而把马来亚当作是他们的祖国，他们要为自己争得应有的权益。《还乡愿》有一段讲到老番客老东死后，他墓碑上写着的字是“中华民国十一”和“××古岭老东”，这些记年法是按中国的风俗习惯写的，甚至连地点也是中国化的，说明他们并不打算长留此地。

> 渐渐这木牌的墨迹却经这热带的风雨侵蚀了，变成了一片废柴头，再过了些年月，连这废木头也给扔掉了，只是土堆旁边却长着株挺拔的白杨。虽然没有吹风，这株白杨却永远把头靠向北方去，有些这义冢址给刮了风，这白杨叶子还像一阵低泣那样萧萧瑟瑟地歌啸着。②

---

① 韦晕:《还乡愿》，新加坡青年书局，1958 年，第 5 页。

② 韦晕:《还乡愿》，新加坡青年书局，1958 年，第 106 页。

这段话颇有象征意蕴。老东之死，意味着老一代华人落叶归根之梦的破灭；而旁边的白杨树则象征着新一代已经深深扎根于当地的泥土，生息繁衍，他们变成落地生根的一代。正如韦晕在序言中所说的一样，“为了幸福的明天，就抛弃了那种旧的怀恋，旧的幻想，我们已不再是海外的‘孤儿’，我们是这新生祖国土地爱的孩子。”这就意味着忍辱苟活、挣扎谋生、一心衣锦还乡、落叶归根的殖民时代的华人旧观念已经被新的观念所取代，一个时代结束了。

有什么思想，就会有什么性格特征。如华人抱着谋生赚钱的思想时，自然就顺从、柔弱，息事宁人。“罗友这家伙正在他手下当打笼撑（将木柱夹板支撑着矿壁的工作），这家伙真是新客屎还没有疴清，却替一个打炮窿的（在矿场壁内凿放炸药洞的工作），为失足掉到第七砰隔死了，去出头出角向工头讨棺材钱。”①这其中，那些与采矿有关的专业术语如“打笼撑”“砰隔”，在采锡业兴盛时，是挂在人们嘴边的寻常话语，随着原始人工采矿的消失，这些词语也就成为固化这段历史的文字见证。“新客屎还没疴清”是指从中国大陆来的华侨，他们依然带着以前的习气，不懂得认清时势，即这里是番邦，人在屋檐下，不能不低头，要忍气吞声，韬光晦略，圆滑处世。“出头出角”地显露锋芒是不对的。所谓的“新客”变“老客”就是忍辱谋生的生动写照。因此，在殖民时代，华人作为外来劳工，过的是一种屈辱、忍让、苟且偷安的生活，体现了逆来顺受的性格特征。

然而，华族又继承了中华民族的优良传统，在外敌入侵的时候奋起反抗。小黑的《白水黑山》就描写了一支以杨武为首的抗日游击队在人迹罕至、充满幽深神秘的原始丛林中穿行，寻机消灭侵略者的英雄事迹，反映了华族勇敢坚强、为理想而不折不挠斗争的精神。

在不同的时代氛围，人们就会产生不同的心态和情感。从 1957 年马来西亚建国以来到 20 世纪 80 年代，马华文学语言也紧紧映衬出这一段历史的演进过程。从建国初的积极火热的心态，到遭遇挫折的迷茫；从马华党争到民众的困苦与愤激，莫不一一毕现。如吴岸的《盾上的诗篇》则反映了那个时代人们的对新生祖国充满热切的希望与投身建设洪流的急切心情，格调昂扬。

写吧，诗人，在这原始的盾上，

① 韦晕：《还乡愿》，新加坡青年书局，1958 年，第 24 页。

添上新时代战斗的图案。
写吧，诗人，在这祖国的土地上，
以生命写下最壮丽的诗篇。①

这些诗句以短句组成，语气短促、节奏明快的诗句，最适宜表达激昂、高亢的感情；同时，在平仄的安排上，1、2、3 句均为平仄相间，显得松紧有致，到了最后一句，则使用一连串的仄声词，“以生命写下最壮丽”这些词紧紧相连，构成密集的节奏，犹如行进的鼓点，沉重有力、催人奋进，给人以昂扬奋发之感。在韵脚的安排上，作者有意识地采用了同一韵脚，使诗句更富有韵律美。另外，诗歌中还重复出现富有鼓动性的诗句，“写吧，诗人，在这……上”，语言充满热情与期待，有一定的号召力。因此，吴岸的诗歌反映了年青人对未来充满理想与憧憬、急于报效祖国的热切愿望与高昂的激情。节奏明快，感情激昂，具有很强的艺术震撼力。

1957 年马来亚独立以后，当局政府规定马来语为国语，伊斯兰教为国教，确立了马来语（巫语）的统治地位。当局的最终目标是建立一个各民族马来亚化的国家，在教育政策上，以巫语为重，甚至把许多华侨中学改造成为以巫文为主的国民型学校。学生的巫文不及格，升入高一级学校便化为泡影。在经济政策上，实行所谓消除贫困的“新经济政策”，大大损害了中、下层华族的利益。当局这种使华族马来化的同化政策，反而使种族矛盾日趋激化。1969 年“五·一三”种族骚乱事件和 1987 年 10 月的大逮捕事件，反映了马来西亚尖锐的社会矛盾。本时期的马华文学语言对华族所面临的经济、政治、文化困境的表示深切忧虑，语多沉郁悲愤，具有一定的批判锋芒。

不公平的政治、经济、文化政策，使马华社会普遍存在一股抑郁愤激之气。方昂的一首诗写得尤为悲愤，他以孩子出生为喻，说明华人受到的种族歧视，孩子的出生“选择一种黄色的祸。”

并非以后三色旗升起时
你不忠诚的仰望，并非
你的脐带通向
另一种母体

① 吴岸：《吴岸诗选·盾上的诗篇》，华艺出版社，1996 年。

……

啊，孩子，你的诞生

竟是项严重的违例！[①]

“黄色的祸”“严重的违例”是愤激的反语，并不是孩子（华人）不忠于马来西亚，仅仅是他黄色的皮肤给他带来灾祸，按现行制度，他是不宜出生的。语气之中有沉重的愤懑，更有不平的控诉。在1987年种族矛盾尖锐的时候，小黑索性写了一首颠倒诗，来表达对这黑白颠倒世界的强烈和抗议。

20世纪90年代以来，由于国际环境的变化，国内当局调整政策，马来西亚进入转型阶段。具体表现为“新经济政策”的实施已告一个阶段，政府推行一种更为宽松的政治、经济、文化政策，由此引发了人的观念、生活方式的一系列变化。马来西亚某些地区已发展成为工商业发达的城市，激烈的现代工业化社会竞争，导致了都市人性的异化，追求个性自由、反映人性的无奈等文字时时见于报端。

马华文学语言也生动地体现了华族的审美追求。如当地特有的审美文化氛围为文学语言的独特表达提供了条件。魏萌在《养鸡人家》里这样形容丘彩霞的可爱之处，她“瓜子脸，挺鼻，大眼珠，身材中等，很结实，编两条小辫子，未开口，即笑脸迎人，叫人见了，把什么烦恼都给忘掉了。大家给她取个绰号——开心果‘红毛丹西施’”。[②] 把惹人喜爱称为“红毛丹西施”，这种叫法可能在盛产红毛丹的马来西亚才有，犹如鲁迅在《故乡》中称杨二嫂为“豆腐西施”一样。又如“她原本两只水汪汪、晶亮亮、黑白分明的大眼睛，肿成像两粒红毛丹似的”。[③] 我国形容哭肿的眼睛，习惯的用法是“肿成像熟透的桃子一样”，因为桃子是我们熟悉的事物，而红毛丹是他们日常熟悉的事物，体现了植根于异域的汉语所具有的不同审美倾向。

当然，从总体上来说，马华文学语言的审美追求是以朴实为主的。现代派的流变就是一个很好的明证。马来西亚从20世纪60年代开始，迅速朝建设工业国家的方向迈进，急遽的社会变迁，使人们的思想观念发生了巨变，人们陷入苦闷、混乱的状态之中。20世纪50年代末，从台湾传来的现代主义诗歌迅速在青年作家中盛行。现代诗歌通过变换词性用法，以跳跃、扭曲方式来表达某种复杂

---

① 方昂：《夜莺·无题》，北方书屋，1984年，第60页。

② 《马华当代文学选·小说》，马来西亚华人文化协会，1982年。

③ 爱薇：《告别青涩》，南马文艺研究会，1995年，第179页。

的感情。作者力图通过这种不寻常的搭配方式来营造与众不同的氛围，并用隐喻、象征手法使语言更富有表现层次。兹举一例：

几千哩后的国度
我们站在路边等
未婚妻的惊喜祖父的皱纹
艳阳一泻千里黄叶地
南方果园
怔忡①

诗中，“等”字与“惊喜”“皱纹”“怔忡”搭配是不合语法规范的；“艳阳一泻千里黄叶地”这句话可以理解为“艳阳一泻千里”，指艳阳高照，万里无云的酷热。然而“一泻千里”本指水流浩大，与“艳阳”毫不相关，作家把它们结合在一起，也可以理解为“一泻千里黄叶地”，带有山山黄叶翻飞的动态景，颇具动感。

从以上分析，我们可以看到现代派诗人的语言具有力图突破旧的表现框架，欲作惊人之语的倾向，通过对句、词加以重新组合，故意变动句法，混用词性，虽一定程度上反映了当时青年不满现状却又苦闷抑郁的状态，但由于语言表达不合人们的审美习惯，造成诗歌晦涩难懂的弊病，20世纪70年代中期以后马华现代诗有了明显的转变。

20世纪80年代中期以后，华文文学语言有了一些变化。首先语言表达日趋规范、明白畅达。中、青年作家从小就受到规范的华文教育，方言的隔阂正逐渐消除，于是他们所使用的是一种华族各方言群易于明白、大家都能接受的语言，如大量的报纸专栏作品即属于此类。其次是语言的精雅化，作品讲究语言的锤炼。青年作家特别是大量留台作家对此比较讲究。他们从自己的古代文学语言中汲取新的营养，力图形成一种精雅的文学语言。最后一种是反映乡村生活的乡土作品，这些作品的语言地域性十分明显。

青年一代的作家，特别是留台作家，他们对语言有了更高的追求。如钟怡雯在《马华当代散文选》的序中说，评选散文是“以作品的语言风格、题材的处

① 陈慧桦：《马华文学·午后》，文艺书屋，1974年，第80页。

理手法、结构的严谨程度作为筛选的标准。"[①]"重视修辞技巧",[②] 这说明了他们的文学语言更注重语言技巧的使用，文字更加精雅。这与当时盛行的文化寻根有很密切的联系。马华文学与中国大陆文化割离已有数十年之久，它接受的只是来自香港、台湾的文学影响，为冲破这种亦步亦趋的做法，全面提升马华文学的创作水平，作家自然地把目光投向了古典文学，希望能够从中汲取有益的营养成分，构建马华文学的新大厦。

值得注意的是，文化寻根与政治并无任何必然联系。因为新一代对祖籍国的概念是淡薄、模糊的，他们认同自己的国家。辛金顺说："我们这一代既没有离乡背井而还是紧紧抓住自家乡土的泥香感情，也没有海外遗孤旅居客地孤寂清冷的乡念，桑梓社会的感情自然是较之先辈来得淡薄。"[③] 老一辈虽然扎了根，可是对祖籍国依然怀有深厚的感情。年青一代根本没有这种认识，他们认同的是自己生长的国度。但政治上的淡薄并不等同于文化上的淡薄，他们反而更加执著地固守、追寻自己文化之根。因为文化乃是维系一个族群生存的最重要的内在动力。当这种文化失落，这个族群也就处于十分尴尬的生存地位，如"峇峇"就是鲜明的例证。作家们关注的是根的失落，"其实在半岛各州，都有类似的村庄和小镇，留着拓殖者背对天的创瘢和汗渍，在一片野草萋萋的荒坟和残碑之中，一任时间的洗刷而渐渐剥蚀。……在失根的年代里醉生梦死的生存下去。"[④] 这里所说的"根"不单单指中华的传统文化，还应该包括华人拓殖马来亚的艰辛历程，这才成其为马来西亚华族的文化之根。这样的根，才能在新的国度里继续深扎下去，适应那里的一切，使族群枝繁叶茂。华族在保存传统同时，也在使传统文化不断得到新的补充和发展。这就是青年一代作家的创作价值取向。

在创作上，他们也以实践来表现他们追求精雅文学语言的主张。现以钟怡雯的散文为例：

"建叔两块突出的臂肌比下水道的黑老鼠还结实。"[⑤] 就这么一句普通的人物肖像描写，可见作者的语言功力和深厚的学识修养。在英语中，肌肉"moucle"是"mouse"（老鼠）和"cle"（小的）的结合体，她化用英语词源，把结实的臂肌与下水沟的黑老鼠这两个本来无任何联系的物象不可思议地结合起来，突如其来的联想效果远远超出一般的比喻。"下水沟的黑老鼠"是十分矫健灵活而有

① 钟怡雯：《马华当代散文选·序》，台湾文史哲出版社，1996 年，第 10 页。
② 钟怡雯：《马华当代散文选·序》，台湾文史哲出版社，1996 年，第 7 页。
③ 辛金顺：《马华当代散文选·历史窗前》，台湾文史哲出版社，1996 年，第 73 页。
④ 辛金顺：《马华当代散文选·历史窗前》，台湾文史哲出版社，1996 年，第 75 页。
⑤ 钟怡雯：《马华当代散文选·我的神州》，台湾文史哲出版社，1996 年，第 266 页。

力的，作者还特意以“黑”字加以点染，这就十分生动描绘了建叔常年经受风吹日晒，身强体硕的形象。还有一小段文字是这样描写孩子的脚掌的：

> 那上面满布细密的坑洞，就像蜂巢扯开，当袜子穿在脚掌，每个洞里都像住满小黑蚁，黑压压的一片拥挤。他家除了牙牙学语的老五，每个人足上风光都是如此。①

这段描写令人触目惊心。热带乡村的孩子，终年打着赤脚，在泥地中跑来跑去，他们的脚因此被寄生虫类啃噬得千疮百孔，作者以“细密坑洞”“蜂巢”“小黑蚁”这一类的词来加以描述，使人顿生怜悯之情。作者选取了人们最不经意之处，生动反映了人们的生存状态，这种富有乡土气息的作品除了钟怡雯之外，林春美、辛金顺、林惠明、许裕全等也有不少佳作。

马华文学语言除了规范化、精雅化之外，也还有不少作家沿着乡土文学这条道路继续走下去。因为马来西亚毕竟还是发展中的国家，工业化尚不很普遍，广大的农村依然有许多尚待挖掘的题材。如小黑、梁放、洪祖秋、沈庆旺等人都在这个方面深入探寻。

每个时代都有特定的用语，随着一个时代的结束，这些反映人们思想、性格、情感、美学追求的特定用语也渐渐失去原有的作用，或成为死亡的词汇，或改变其原来的意思，或被赋予更新的意义。社会是不断进步的，文学语言历来与一定社会生活、人们的心态紧密相连，展现一个个时代的特征。

马华文学语言的特色是由众多马华作家的作品体现出来的。不同作家，由于他们的生活经历和文化修养不同，表现出各自不同的风格。语言的使用也大不相同，或朴素，或华丽，或晦涩等；青年作家成长于比较正规的教育环境，不少人有到台湾、香港留学的经历，都注重对语言的选择与锤炼，显示出一定的文学功底和现代意识。

对某事物的特征考察只有在具体的文化或社会背景下才得以准确地把握。我们对马华文学语言的研究也是以马来西亚这个特定的大背景底下进行的。我们所研究的文学语言的立足点都是以民族性为前提的，即以华族自身的文化观、审美观来对种种现象做出富有本族思维方式的理解和描述。对同一种事物和现象，不同种族或文化背景者的理解也会大相径庭。华族对异族的生活习惯有种种理解或

---

① 钟怡雯：《马华当代散文选 · 我的神州》，台湾文史哲出版社，1996 年，第 266 页。

解释，同样，马来人也会对华族有不同的看法。如华人对送葬时的锣鼓声是以哀乐理解的，而马来人没有这个风俗，便是这样以为，“那喧闹的声音会带来灵气和魄力，一切喧声会把力量赐给过世的人。……升天谢世者都必须有喧闹声伴随，以便给他壮胆。”① 这就是马来人以自己的宗教观念去阐释的中华习俗。又如在森林中碰见猴子，华人可能反映平平，因为猴子自身并无什么特定的文化内涵，而对马来人来说，可能会惊恐不安，“那一定是邪妖的化身！猴子是不祥的征兆。”② 可见民族思维习惯千差万别。

当然，现在马华文学语言也存在着隐忧。那就是语言的地域性色彩较淡，有些作品甚至已经很难看得出来了。这可能与作家的生活、对题材的取舍有关。无论怎样，一个国家总有其特有的东西，只有展示这种特殊性，并加以独到的艺术加工，才是马华文学走向世界的最精美的名片。

① 阿妮丝：《马来西亚女作家短篇小说选·天堂之路》，现代出版社，1993 年，第 5 页。

② 戴荷苒·依布拉欣：《马来西亚女作家短篇小说选·菊花》，现代出版社，1993 年，第 159 页。

泰国华文文学语言研究

张长虹[①]

泰国华文文学语言的环境

一、汉语在泰国语言格局中的地位

华侨华人移居泰国已有近2000年的历史。据史料记载，西汉平帝元始年间（公元1—5年），中国的航船就到达过泰国。[②] 此后，因中泰关系的密切，中国沿海地区逐渐有人去泰国经商、定居。[③] 这些劳动力有较高的生产技能和吃苦耐劳的精神，颇受泰国统治者的欢迎。[④] 到19世纪90年代，平均每年有10多万中国劳工进入泰国。[⑤]移居泰国的华侨华人既给所在国带来了先进的生产技术，又在与泰族人民交融彼此文化的同时，通过华文教育源源不断地传承着中国的文学和文化。20世纪20年代末，泰国华族渐渐接受了从中国传入的现代汉语白话文。当时，除了5家公立华校外，他们又陆续开办十多家私立学校和六七所华侨女校。不少学校还实行男女同校，采取普通话教学。[⑥]

在20世纪初，曼谷王朝对华侨华人仍偏重于自然同化。自20年代以来，泰国华文教育开始受到打击，华文学校屡遭泰国政府的限制和查封，这与泰国对华政策的变化有着密切的关系。20世纪初，在中国痛苦地探索民族发展道路的同时，泰国也在西方列强的持续威逼下，进入民族主义的自觉时期。这一阶段，由于华族妇女的受教育水平和华族的整体素质有所提高，男性华侨与暹罗妇女结婚的比例相对减少，华侨华人和泰族人的自然同化开始受阻。1918年，拉玛六世皇首次颁布《民校条例》，对华校加强管制，并对华侨华人及其子女采取了一系

① 张长虹：厦门大学南洋研究院副研究馆员。

② 朱振明主编《当代泰国》，四川人民出版社，1992年，第310页。

③ 朱振明主编《当代泰国》，四川人民出版社，1992年，第304页。

④ 朱振明主编《当代泰国》，四川人民出版社，1992年，第305页。

⑤ 朱振明主编《当代泰国》，四川人民出版社，1992年，第306页。

⑥《华侨华人百科全书·文学艺术卷》，中国华侨出版社，2000年，第478页。

列更急迫、有效的同化措施。① 1922 年，泰国政府又颁布《强迫教育实施条例》。上述条例在 1932 年废君主专制为君主立宪制后得到了切实的贯彻。

此后的 30 余年里，泰国政府对华文教育的政策呈现出封闭—放松—限制—放宽的反复状态。鉴于特定的国际环境和国内局势，泰国政府做了适当的变通，然而，总的来讲，在这几十年间，泰国政府对华文教育的政策仍以抑制为主，汉语的地位几经沉浮。

1938 年，泰国与日本签定日暹新条约。为了帮助日本实现“大东亚文化圈”的战略目标，亲日的泰国政府展开了杜绝华文学校的活动。次年 8 月，銮披汶政府封闭泰京八家华文报，并大规模查封华校。到了 1940 年 6 月，全泰 293 所华校荡然无存。②

第二次世界大战以后，作为名义上的战败国，新组阁的泰国政府对华人暂时采取放任的政策。1946 年 1 月 23 日，中国政府与泰国政府签定《中暹友好条例》，是年 7 月，华校达 500 多所，学生人数超过 17.5 万。20 世纪 40 年代末，国际上的冷战气氛蔓延到泰国，受美国支持重新掌权的銮披汶成为西方牵制共产主义国家的一枚棋子。在这些不正常的政治背景下，泰国政府的文化歧视政策致使华校教育难以为继。

自 20 世纪 60 年代起，为了实现经济的快速发展，泰国放弃“经济泰化”政策，开始重视华侨华人的经济才能，这在一定程度上缓和了政治因素给华文教育带来的危机。从战后到 20 世纪 70 年代中期，追随美国的泰国政府与台湾保持着较为密切的关系。其间，数批台湾文人应邀先后到访泰国，他们对泰国华文教育的发展起了不容忽视的作用。

1975 年 7 月，克立·巴莫总理访问中国，两国关系翻开了崭新的一页。中泰建交后，华侨华人在泰国的政治、经济地位逐步提高。1989 年到 1991 年，东欧、苏联相继解体，泰国的制衡作用随之消减。20 世纪 80 年代以来，泰国的华文教育仍有所限制，但其重要性日渐昭然。

1992 年，随着泰中两国的经济合作领域的日益扩展、泰国政府的重视、各界人士的多方努力，华教开放，各类华校如夜校、民办学校和家庭读书班纷纷成立，泰国中小学的华文教育逐步兴起，华文在泰国的生命力渐渐激活。至 20 世

① 王绵长：《战后泰国政府对华侨华人的政策》，《战后东南亚国家的华侨华人政策》，暨南大学出版社，1989 年，第 87 – 88 页。

② 披猜·叻达那奔：《华校问题研究报告》（中），载泰国《京华日报》1975 年 7 月 6 日，转引自王绵长《战后泰国政府对华侨、华人的政策》，《战后东南亚国家的华侨华人政策》，暨南大学出版社，1989 年，第 103 – 104 页。

纪90年代末，泰国掀起一股“汉语热”，懂得汉语的人才就业机会增多。2001年4月，曼谷市政府和中国教育部签定了培训中文师资的长期协议，并与中国多所大学挂钩培训。①

除了普及性的华文教学之外，泰国有关部门正着手实施培养高层次的汉语专门人才的计划。20世纪90年代以来，农业大学、艺术大学、东方大学、华侨崇圣大学、易三仓大学、博仁大学等学府相继设立中文系，学生人数在100—300人，泰国最高学府朱拉隆功大学和法政大学已设有中国研究中心，朱拉隆功大学文学院还是泰国惟一有中文专业硕士研究生学位授予权的学校。②

华文教学的普及与高层次的汉语人才培养计划的实施为泰国华文文学的发展提供了较为肥沃的土壤，在此基础上，泰国华文文学的写作者和读者的数量正呈上升趋势，其欣赏与创造水平也有所提高，泰华文学语言因之日渐丰富。

泰国是个多民族、多语种的国家。其中，泰语族包括泰族人和掸人，占全国人口的82%；汉语族的人数仅次于泰语族，目前约有600万，占泰国总人口的12%左右。③ 其余的还有印度尼西亚语族，如马来人、莫肯人，占全国人口的4%；孟高棉语族，像高棉人、孟人和黄叶人，约占总人口数的3.7%。

泰语是泰国的国语，惟一的官方语言。在长期的民族文化交流中，汉语获得了泰族的普遍认同，但是，汉语的地位根本上受到政治经济因素的牵制。如今，在泰国，汉语正成为继泰语、英语之后的第三大语言，以汉语为泰华文学语言已逐渐受到泰国人民的欢迎。

二、泰国华文文学语言的形成与发展

泰国华文文学语言以现代汉语普通话为主，吸收了广东潮汕方言和泰国华族作家创造的新词等多种语言成分。由于生活环境的变化，泰华文学语言还吸收现代泰语词语和泰国语言的语法特点，并在一定程度上融合泰国本土文化、西方文化及周边国家文化。泰国语言是在多元文化环境中逐渐影响泰华文学语言，使之具有浓郁的佛国风采的，另一方面，泰华文学语言亦从词汇、语法和文化等层面给予泰国语言新的资源。

随着泰华文学的产生与发展，泰国华文文学语言也经历了逐步成长的过程。20世纪20年代，鉴于相近的社会背景和历史原因，泰国华侨华人渐渐接受了从

① 孙伟：《泰国兴起中文热》，《环球时报》，2001年11月第14版。

② 孙伟：《泰国兴起中文热》，《环球时报》，2001年11月第14版。

③ 朱振明主编：《当代泰国》，四川人民出版社，1992年，第89页。

中国传来的"五四"新文化、新文学运动的影响，并由此滋生了以现代汉语为主要表达语言的泰国华文文学。从泰华文学史来看，《中华民报》的文艺副刊《纪事珠》及其发表的数篇当地华侨华人的作品可视为泰华文学的起点。但是，就目前存有的图书资料来看，最早的文学著作应是出版于1933年的林蝶衣的新诗集《破梦集》、短篇小说集《扁豆花》、符先开等人的新诗集《孤霞》、铁马的杂文集《梅子》。[①]处于发轫期的泰华文学语言从一开始就有本土化的倾向，也有成熟化的表现，既平白、细腻，又具暗示的功能。

受"七七"事变的刺激，1937年、1938年，泰国的文学团体及文艺刊物多达39个，支持这些专刊的中坚有100多人。[②] 前哨读书社的《前哨》、心声诗社的《心声》等大都借文学以宣传抗日。1938年至1945年，銮披汶政府采取排华政策，不仅推行"经济泰化计划"，而且逐一查封华校、报馆，仅剩一家由日人滕岛接收的《伪中原报》。[③]不久，文化人星散，泰华文学界一片荒凉。

1955年4月万隆会议召开后，中国宣布不承认双重国籍，鼓励华侨加入当地国籍，自此，华侨社会迅速向华人社会转变，泰国政府的对华政策因之发生变化。泰国当局对华文教育采取时抑时松的政策使得华文日报相继复版，继而推动泰华文学的进一步发展。

抗战胜利后，连啸吟主编的《光华报》首次登载了本地背景的连载小说《风雨京华》。此后，泰华长篇著作相继问世，如1953年出版的姚万达的《一个嚼槟榔的绅士》、陈仃的《三聘姑娘》、谭真的《座山城之家》等。1956年，倪长游、沈逸文等7人合作写成第一部长篇接龙小说《破毕舍歪传》，在丘陵主编的《曼谷公园》上发表。1964年，亦非等9人联手写了一篇反映曼谷下层华族人民困苦生活的接龙小说——《风雨耀华力》。20世纪50年代中期至70年代，泰华文学语言全面转向本土，有大众化、通俗化的倾向，出现不少潮汕方言，吸收了现代泰语语汇。同时，少数作家如陆留、落叶谷等坚持文学语言的精雅化。

1975年，中泰邦交出现新的局面，中国开始增加对泰国的投资，双边贸易增长迅速。此后，中国文学界、学术界越来越重视对东南亚华文文学的研究，尤其是地域文化色彩最为浓郁、社会历史背景特殊的泰国。随着泰国华文教育的进一步开放，华文报纸副刊相继恢复并新辟了许多文艺副刊，各文艺团体、报纸还

① 曾心：《从著作一览表看泰华文学发展的脉络》，第十一届世界华文文学国际研讨会暨第二届海内外潮人作家作品国际研讨会论文。

② 陈春陆、陈小民：《泰国华文文学初探》，新世纪出版社，1990年，第9页。

③ 未名：《泰华文化的"奇迹"》，《新中原报》，1986年11月第18版。

纷纷举办各种文艺创作比赛，组织联谊活动，这些均极大地刺激了新老作家的创作积极性。

20世纪80年代以来，泰国华族文学社团不仅重视出版文学刊物，还加强同国外作家读者的交流，以活跃文坛气氛、扩大影响。其间，不断有泰国华文文学作品传入中国，同时，也有大陆和台湾作家、学者组团相继访问泰国。国际性的华文文学活动不仅扩大了泰华文学的发展空间，而且开拓了泰华作家的视野，提高了他们的理论水平。由此，泰华文学呈现出前所未有的繁荣。据泰华作家曾心统计，1980年后出版的泰华文学作品近400本，比之前50余年出版的122本增了两倍多。[①] 总体上看，这一时期的泰华文学语言日益丰富、规范，并从语汇、内涵、风格等方面展示出自己的特色。

三、 泰国华文文学语言特征形成的环境因素

泰国华文文学的成长不仅得益于华文报业的扶植，而且与华文学校的兴盛密切相关，若进一步究其根源，泰华文学的繁荣与衰退实质上是由各个历史时期泰国的政治经济条件决定的。换言之，泰国华文文学语言的形成和发展与泰华作家所处的社会环境、文化环境等因素密不可分。

从19世纪下半叶起，泰国开始经历半殖民地化的过程。由王室领导的启蒙思想运动和自上而下的社会变革力量微弱，只局限于贵族阶层，无法从实质上触动封建旧势力的根基。至20世纪初，泰国已逐步演变为半封建、半资本主义国家。资本主义生产方式的入侵破坏了泰国原来的自然经济。土地的不断商品化致使大量农民破产，城市里的华族出现产业工人及资产阶级。

在泰国，泰族是当地的主体民族。社会的上层由泰族的皇室、贵族、官员组成，拥有权力、威望、财富和较高的文化水平。在他们以“民族主义”作为治理国家原则的情况下，华侨华人的生存条件的改善和社会地位的升迁，往往意味着从文化上向泰族人靠拢，以至于同化为泰族人。[②]一些有机会跻身泰国上流社会的华泰混血儿，为了显示自己是“真正”的泰族人而常常否认自己是中国人。在泰国近代史上，极力主张排华的政府官员多含中国血统就是明证。[③]

如此一来，那些坚持民族文化传统的华侨华人便以受封建权贵、资本家压迫

① 曾心：《从著作一览表看泰华文学发展的脉络》，第十一届世界华文文学国际研讨会暨第二届海内外潮人作家作品国际研讨会论文。

② 陈碧笙主编：《南洋华侨史》，江西人民出版社，1989年，第487页。

③ 陈碧笙主编：《南洋华侨史》，江西人民出版社，1989年，第487页。

和剥削的小资产阶级、小市民和无产者为主。这些人在感到日益显明的民族歧视的同时，也逐渐意识到以文言文为书面语言的旧文学已无助于表达自己对社会现实的种种真情实感，便期望能有新的文学语言形式来丰富他们的精神世界，帮助他们改变现实、摆脱苦难。

辛亥革命前夕，为了加强宣传教育，中华会所在泰国创办了《华暹新报》和益华学校。不久，益华学校停办，复创明德学校和国文学堂。民国成立不久，会员急剧增加，振兴阅书报社增至1万余人。①第一次世界大战以后，泰国经济迅速发展，新的时代更新原有的商业经营方式，商务往来及结算开始借助书面文字，各公司急需懂华文、华语的人才，这对华侨创办华校十分有利。② 到20世纪20年代末，泰国华校逐渐实施普通话教学。与此同时，渐渐增办的华文报纸云集了许多具有先进思想的中国文化人，他们积极宣扬科学民主，提倡新文化新道德，那些发表的及转载的白话文作品给了泰国华侨华人极大的启发。和华文学校一样，华文报纸不仅团结了来自中国的文化人，而且在当地培养了新的写作者与读者。

在20世纪的前40年里，不少泰国华侨华人相继回中国升学，接受了迥异于封建旧文化和资产阶级文化的新思想的洗礼。他们返泰后即进入泰华报界和华校从事文化工作。这些文化人和在泰国本土培养的华族作家一起尝试以现代汉语白话文来表达华侨华人的心声，其间的主要作品有林蝶衣的《桥上集》《破梦集》，郑开修的《玫瑰厅》《梅子》，方涛的《水上的家庭》。鉴此，最初的泰华文学语言就与社会现实紧紧地结合在一起，并有较高的水准。

20世纪50年代到70年代是泰国资本主义发展的又一高峰期。这一阶段泰国军事政变频繁，但历届政府都很重视发展经济。同时，经济的腾飞像把双刃剑，也给优秀的东方文化传统造成了极大的冲击，尤其是一些腐朽的资本主义价值观，它们直接侵蚀泰国人民的心灵，致使青年一代的价值观念紊乱。对此，有正义感的泰国华族作家以同情人民的苦难、讥讽道德的沦落为题材，叙述各式小人物在平凡生活中的苦乐酸甜，像野迅的《月光下》《流浪者之歌》《夜莺日记》，田夫的《活在希望中》，李栩的《火砻头家》，倪长游的《祖父的丧事》《新的一代》，黎毅的《夜航风雨》等便是较为优秀的代表作。这些以华族平民为阅读对象的作品语言通俗易懂，还吸纳了潮汕方言。

近20年来，随着政治经济条件的日益宽松，泰华作家不再单纯地执著于民

---

① 陈碧笙主编：《世界华侨华人简史》，厦门大学出版社，1991年，第240页。

② 《华侨华人百科全书·文学艺术卷》，中国华侨出版社，2000年，第478页。

族文化传统，而是在主动学习西方文化与泰国本土文化的同时，重新寻求和反思民族文化之根，以期培厚适宜于泰华文学生长的文化土壤。其间，泰华文学体裁日益多样，文学评论受到关注，文艺论争接二连三，李少儒、岭南人、张望等人的现代朦胧诗渐渐风行，刘白、波子等的现代小说出现，饶公桥、刘扬、庄严等批判现实的文学创作依然振聋发聩。20 世纪 80 年代以来，泰华作家的思想越来越成熟，眼界益发开阔，他们在坚持优秀的泰华文学语言传统的同时，愈来愈重视语言的规范化，不少作家已在多年的辛勤笔耕中形成了独特的语言风格，如司马攻、陈博文、曾心等，从而提高了泰华文学语言的特殊价值。

在泰国，华侨华人仍需依靠血缘、地域、业缘等关系来进行互助和自救，因此，他们依然保留着部分华族文化特征。在这种文化氛围里，泰华作家写出了以中华文化传统为生活背景的佳作，像《家风》《温暖在人间》，以及凝聚汉族文化精神的意象，如“屈原”“苏武”“水仙”“茶”等。

纵观泰华文学史，潮汕籍华文作家不仅人数多、成果丰，而且始终贯穿着整个华文文学的发展历程，为泰华文学的萌芽、茁壮与繁荣作出了突出的贡献。他们对泰华文学语言的影响主要表现在对方言的加工运用上，其次是语言中包藏着丰富的地域文化特征，即地方性风俗和文化精神的地域色彩，这样的作品有李栩的《光华堂》、老羊的《横陇姆》等。

另一方面，特殊的文化环境也使泰国华文文学语言显示出迥异于中国现当代文学语言的特点。从根本上说，泰国文化可以用一个词来概括，即宗教。这是因为一切艺术、文学、社会制度、风俗习惯都是围绕它的宗教而发展并结合成为一个整体的。只是到了 19 世纪中叶，随着西方文化的逐渐侵入，该地区的文化状况才有了某些变化，更加复杂起来。在国内的先进地区，泰族文化已趋于世俗化，然而对整个民族来说，宗教文化仍然是一股现实的力量。①

这一文化环境使得部分泰华作品以佛教为背景，描摹相关的习俗，吸纳佛教词汇，如林光辉的《碧城风云录》、曾天的《微笑国度之歌》、刘扬的《心血》、司马攻的《水灯变奏曲》。

此外，泰国华文文学语言还受到自然环境的影响。泰国东面与柬埔寨接壤，东北面邻老挝，西北部和缅甸交界，半岛南端与马来西亚毗连。东南面向泰国湾，西南濒临印度洋的安达曼海。地处热带的泰国一年分热、雨、凉三季，降水充沛，河流众多，纵贯全国的主要有湄南河，其动物、植物和矿产资源均十分丰

① 犁青：《泰华文学的历史与文化》，载犁青主编《泰华文学》，香港汇信出版社，1991 年，第 20 页。

富。受独特的自然景色的熏染，不少泰华作家笔下的文学语言都散发着微笑国度的光彩，如陈博文的《雨声絮语》、饶公桥的《晨雾·石莲·荷花》。

泰华作家有从中国移居佛国的，像司马攻、梦莉、曾心，有在泰国本土成长起来的，如倪长游、许静华、方思若、何韵、沈逸文，也有中途到中国升学再返回出生国的，譬若林蝶衣、白翎等。总的来看，他们的文学语言内容广泛，从家乡到所在国乃至其他国家，从世俗生活到文化审美宗教，无不涉及。就作家个体来说，由于每个人的受教育程度、经历、性格不同，他们各自的文学创作观念、关注点和情感表达方式也迥然有别，由此，泰华文学语言呈现出多姿多彩的特点，例如落叶谷的语言委婉柔美，司马攻的语言较含蓄、文化意蕴深厚，梦莉的语言带有忧伤的蓝色调。

泰国华文文学语言的特征

一、泰国华文文学语言的特点

1. 以现代汉语普通话为主，吸收了潮汕方言、泰语等多种语言成分。

泰华文学是在中国“五四”新文学的影响下逐渐形成的，其文学语言成分以现代汉语普通话为主，可从词汇、语法和修辞等方面看出来。

泰华文学语言的词汇丰富，同时，它们又是形象化的、富有表现力的。作为汉民族的共同语，普通话是规范化的现代汉语，在泰华文学语言中所占比重较大，随时代的变化而变化。20 世纪 20、30 年代，泰华诗人林蝶衣笔下的“古庙”有破败之相，背后隐藏着苦难时代带给人们的精神迷惘；到了四五十年代，陆留的“秃鹰”象征泰华文化界的消沉、死寂；80 年代，司马攻的“只争朝夕”的潜台词是对华文前途无须担忧太多，多读多写，比空谈没有出路要好些。关注社会现实的泰华作家通过词汇传达着具有时代特征的信息，像这类有着特殊意蕴的语言还有难戒的“侨领瘾”、让人失眠的“都市症”、重视父母教育的“终身职业”“功夫茶”“菩提树”“抢镜头”“麻雀公会”“傻瓜机”“佛跳墙”“老字号”“气功”等。

泰华文学的词语也有从方言中汲取的，如“衰”“衰迈”意为倒霉；“哭父”有叫苦之意；“相辅”即互相帮助；“精神”为清醒；“当鲜鲜”表示衣服穿得光鲜；“蜈蚣”形容公车走得慢；“称心死”是很满意、很快乐的意思。

同时，泰华文学也继承了一些古代汉语和熟语。其中古代汉语以文言词、古诗词最为常见，像“呜呼哀哉”“福禄寿”“扶乩”“梦里不知身是客”“一江春水向东流”“花事知多少”“我家有女初长成”“无心插柳柳成荫”“一剑霜寒十四州”“破瓜年纪小腰身”“观千剑而后识器”“近水楼台先得月”等。此外，还有一些历史词语，它们大多有着深厚的历史积淀，如“尚飨”“主祭”“未入流”“巾帼”“须眉”“手谈”“茶博士”“如意”“取经”，有的还包含着引人遐思的典故轶事，譬若“封神杀出鬼”讥讽的是随意篡改历史、歪曲历史人物的做法；而“没面目焦挺”“对号入座中山狼”“吴三桂所冲何冠”“三原李靖”“庄周梦蝶”“秦少游与边朝华”“囚首丧面”“武家坡”“赵公明”“姜子牙”“嫦娥和吴刚”等也各有所指。

泰华文学汲取的熟语包括成语和俗谚语。前者如“见微知著”“暮鼓晨钟”“桴鼓相应”“未雨绸缪”“兵不厌诈”“文不对题”，文章要写得感人就必须“为情造文”，要了解别人的文章，就应“知言养气”。后者有“三个会说，抵不过一个胡说”，这是讥讽把宋干节与宋江扯到一块的书呆子；“风水轮流转，三十年河东，三十年河西”“礼多人不怪等。

潮汕方言是汉民族语言的地方分支，为广东潮汕地区人们所使用，具有地域特色。在泰华文学作品中适当地运用潮汕方言不仅能使表达习惯富有新鲜感，还能传达着一份份特殊的情感。像“破毕舍”一词，其中“毕”是一种长方形的铁制煤油箱，“破毕”即破漏的煤油箱，“舍”为少爷，整个词被形象地引申为破家少爷；“鸭脯”意为烤干的鸭，形容其瘦。这种根据职业、习性、绰号特征取名的词汇还有“卖菜婶”“力落兄”“乌鸟婶”。

潮汕方言词汇有两大类，一是音译，如“措理”即处理，“呵啰”意赞扬，“踢桃”表玩耍，“供”为敬。二是与现代汉语相仿的表达，如“行”有走的意思，“存”表剩余，“赶热”为趁热。这些方言表达方式新颖，已渐渐形成泰华文学的特色，譬如用水“滚”表示水沸腾、烧开的意思就很形象；“得失”实为得罪；“花猫白舌”比喻花言巧语，说谎欺骗；“看想”合眼睛的观察和内心的思想而成“看上”这一心理反馈；“幼”有年轻之意，从而引申为嫩；“堵”是碰巧遇见；“拼打”“力落”是勤劳的外在表现；“受惨”直接可见遭罪、受折磨的苦恼之心；“鄙屑”转而成为说坏话；“来哥”则勾勒出一个不拘一格的倔强形象；“食桌”引申为赴宴；“上顶”有“封顶”之意，转为“最”……，皆生动之至。

除了上述词汇之外，潮汕方言还包括俗谚语和一些富有地域风情的歌曲，它们既活泼又有生趣，为泰华文学语言增添了几许灵动。像俗谚语“到处草就干”比喻干什么都不行；“敢吃三升米，就敢饿七餐”说的是要敢作敢为——要敢于享受，也敢于吃苦；“神仙、老虎、狗”意味着卑微时如狗，得势如虎，荣华时似神仙；“弄险过掣齿”表示很险、很厉害；“衙门钱一蓬烟，生理钱六十年”告诉众人官场捞来的钱财只是过眼云烟，生意人的钱只守得住六十年，还有“亲生仔不如自己钱”；“油麻无枝鸟不歇”；“麻雀是富家鸟，要有米有粟的人家他们才寄住”；“嫁着过番安（丈夫）有安当无安”等。

另外，催眠歌“去时草鞋共雨伞，来时白马挂金鞍”；梅县客家山歌“入山看见藤缠树，出山看见树缠藤。树死藤生缠到死，藤死树生死也缠”；潮州方言歌“天顶一只鹅，亚弟有牡亚兄无，亚弟生仔叫大伯，大伯听着无奈何，打个包袱过暹罗……海水迢迢，父母心枭，老婆未娶，此恨难消……”；“一只鸡仔呱（摇摆）亚呱（入声）。呱（入声）到箩脚啄米箩，阿兄三十未娶亩（妻），阿妹细细（小）做太婆”，以及关于槟榔的潮州民歌“叶埔蝉，叫匀匀，大个拼欲衫，二个拼欲裙，三个拼欲槟榔鼓，四个拼欲铜面盆……”等细细品来，均有一种值得揣摩的韵味。

泰华文学作品中直接用泰文的少，基本上采用音译词，再作注释。在具体的泰华文学作品中，多数泰语音译词都耐人寻思。如陆留笔下的“萱园”并非意为菜园的一般词语，其间隐隐可见他对佛国风情与亲人的眷念。“经过萱园曲径，垂垂椰叶是那样地拂人之肩，而且，圆圆的大月亮在椰叶里窥人，那仿佛是羞人答答的新娘子！现在，家是在萱园，楼外，早晚全是椰树的丰姿”。萱园不仅有宜人的景致，它的“泰式唐餐”也让人不由得垂涎三尺，可是作者“上午十点准时开市，下午二时收市”，其余时间“统统卖光了”，“一来手下人可以休息，二来回后园看眼花齿落的老母和贤妻娇儿”，因为他抱的宗旨是“你富是你的事”。诸如此类藏着特定情韵与文化背景的词汇还有意为地狱寺的“越那洛”；本义是掉进水里，后引申为倒闭的“肿”；吃软饭者的别称“盂拉”；指一般的劫匪或杀人枪手的“虎字辈人物”等。

泰语转译而来的单词较为简洁、贴切，往往能使泰华文学作品更生动、富有泰国风采。像“昭披耶”是泰国历史上赐给贵族或有功勋的人的最高爵位称号，有喻湄南河壮大、美丽、富饶、崇高之意，若用意译就没有音译来得恰切。这类词语还有“金果”——园农称价值高贵的泰国果王榴莲为金果，泰国华侨华人取“留念”的谐音，蕴流连忘返之意于其中；“匹气怒”，这是泰族人对最辣的小椒的命名。

部分泰国成语、俗谚、歌曲也有类似的文学效果。例如“修锁领到耙”指原本简单的小事情，结果搞成麻烦的大事情；“猪尾糊泥”与中国的“狮子滚雪球，越滚越大”同一意思；“乌丁林”表示得意时便趾高气扬而忘形忘本，有讽刺之意，俗谚“烂泥糊不上壁”即朽木不可雕；“自己摆荡脚儿去碰木尖”意为自讨苦吃，这些语言在具体的语境里颇有文学意蕴。泰国田园歌“甲挽老，乐罗俗……”的意思是回家吧，爱你的人在等你；“罢贞，罢贞鲁迈，田叻律骚罢贞……”旋律轻快，歌词大意是贞姆，贞姆你知否？我爱上你的女儿呢……，它们更是别有风韵，让人迷醉。

泰国华文文学滥觞于20世纪20年代，在近80年的创作发展过程中，泰华作家们不仅吸纳了现代汉语和现代泰语，还创造了不少新的词汇。譬如“龙船越”，它位于曼谷然于那哇地区的湄南河畔，历史悠久，有特殊的文化功能。距今数百年前，中国和东南亚各国的水陆交通，全靠一种大帆船，船身漆红色，船头两边绘着腾跃的蛟龙，俗称“红头船”。及至200年前，华侨对泰国的建设，已从许多方面作出伟大的贡献，泰国节基皇朝为纪念这一历史功绩，特用钢骨水泥塑建一艘和实物仿佛的“红头船”，供人瞻仰；“詹奔花”，曼谷的詹奔花大小很像白玉兰花，不过包裹着一层像绒布的外壳，当花到了绽放的时候，外壳便散发出香气。詹奔花的花瓣厚而且硬，不像白玉兰那样的开展。此花香得骤急、浓烈，什么花的香气都给它遮盖掉，用它可形容兼有泰族女子性格和华族女子性格的少女。在第二次世界大战期间及其之前，泰国的纸牌场的进门处有一条布帘，布帘两旁写有两行大字，左边是“长期消遣”，右边是“冇、有、有”。这“有”的前两个字是泰国潮州人的专利发明。“冇”：潮州话发“怕”音，表示空无一物，虚有其表；“有”：潮州话发“殿”音，表示空心的，坚硬不可摧。“有”三个字串在一起，告诉人们，在打牌的人中，有初出道的小子，也有高深莫测者。①

从泰华文学作品中还可找出以下词汇，它们也属于这类新词，像“山庄”，在中国及东南亚其他国家，这个词都有山中别墅之意，独独暹罗此地的华人却称死人坟场为“山庄”，并把“侨商”当作无路可走的人、没本事的人、穷光蛋而不是经商的外侨；还有“好马”人物和“三索客”，它们都是曼谷侨社流行的一句潮语，前者意指有本领，但非正派的人物，后者为“马屁客”的别称；“虾米笋粿”形容有进无退之人，或指某人对一件事虽不如意，仍强干下去；“激色水”的意思是争出风头，不识趣，搞得满城风雨。

语法的研究范围是词的结构、词形变化及句子结构规律和类型。泰国华文文学语言的词汇来源主要有现代汉语普通话、潮汕方言及现代泰语。根据泰国华文

---

① 胡惠南：《二十世纪掌故》，泰华文学出版社，2000年，第77-78页。

文学语言的词汇来源，其语法形式大致可归为三种，即以普通话为主的现代汉语语法、以潮汕方言为主的方言语法和具有西方语言结构特点的泰语。

泰华文学中的潮汕方言是中国语言的活化石，它至今仍然保留了以下四种古代汉语具有的构造词句的特点。

首先是倒装，这包括两种情况，一是把形容词放在名词后面，如“心内”为内心；“人客”是客人；“鸡母”即母鸡；“戏出”表示一出戏；“厝边”乃边厝，被形象地转为邻居之意；“钱银”即银钱，引申为金钱、钱财；“指头公”乃大拇指。二是宾语前置，“话四散嘴”意为乱说话，其宾语“话”被提前到谓语“嘴”之前；“酒就开来饮”的意思是开酒来饮，这句话把“酒”放在动词“开”前，形成宾语前置。

其次是多用单音节词。如“饲猪”和“驶车”中的“饲”和“驶”都是单音词，通常分别与“养”和“驾”搭配，组成“饲养”“驾驶”而做及物动词，后面再跟宾语，在此，它们均保留作为单音词的用法，并具有双音节词的意义。还有“掠人”中的“掠”意为“抓”，从不及物动词转为及物动词，再如“我赦你罪”一句，其中的“赦”为赦免，这两个词的用法也都有这种特点。

再次，否定形式的专用词主要有“无”“免”“未”“勿”和“唔”。譬若“做呢无来”（为何没来）、“你惊阿父无钱”（你怕你父亲没钱吗）、“无相干”（没有关系）、“年岁有，无头神”（年纪大，记忆力差了）、“免烦恼”（不要烦恼）、“食呀未”（吃了没有）、“勿去想伊就是”（不要想它就是）、“勿骗惊小大弟哪”（不用大惊小怪的意思）、“对唔住”（对不起）、“咀唔清”（说不清）、“唔赴”（赶不及）、“完全掠你父的钱银唔打紧”（完全不把你父亲的钱当回事）。

最后为词性互换，主要可分为七种情况。一是形容词用作副词，如“钱银艰苦赚”中的“艰苦”意为“难”；“哪甘说这些话”，其中“甘”是舍得，能的意思。二是形容词用作动词，像“百外代”中的“外”有“比……多”“超出”之意，整个词表示100多代，形容时间长。三为动词用作副词，譬如“就做你去”的“做”的意思是“随便”；“枉彩我从小养你大”说的是我简直白把你从小养到大了。四是名词用作副词，像“一世人”即一辈子。五为副词用作连词，以表示“与、跟、和”的“共”为例，像“共你欢喜”是与你一同高兴，表示祝贺的意思；“我去共伊商量”说的是我去和她商量。六为名词用作动词，如“话四散嘴”中的“嘴”意为“说”；“食人”指白吃别人的。七是动词用作名词，譬若“回批”中的“批”即为信。

除此之外，潮汕方言还有两种别具一格的语法特点。一是用“个”“仔”表示“的”字结构，在代词和名词之间插入“个”“仔”表示前者是后者的修饰性定语，如“你个仔”意为你的儿子；“捨伊个脸面”是丢他的脸的意思；“些仔事”即一些事。二为“着”字的用法。“着”是“得”“必须”的意思，如“着俭”表示应当节俭。“着”字既表将来时态，像“你着去做事情”，又可表曾经做过的事，比如“堵着熟人”意思是碰到熟悉的人。

由于中泰两族长期的文化交流，泰语和汉语有着极为密切的关系。它们同属汉藏语系，早期的语言以单音节为特征，语法构造除形容词在名词后面外与汉语完全相同，泰语每千字词汇中从汉语借用有 325 字，数词 10 字中与汉语相近者有 9 字。[①] 现代泰语经过与巴利文、梵文等屈折语以及孟语、高棉语等半粘着语的长期接触，已逐渐变成双音节语言。[②] 这一趋势与现代汉语的发展一致。

就语法结构而言，泰语可分为三个层面，其一与古代汉语的语言结构相似，其二和普通话的发展方向相同，其三是具有西方语言结构的特点。由于前两个层面已有阐述，于此，仅对第三点作具体的解析。

泰国语言的词序基本上与汉语相近，只是在称呼上有所不同。这和西方语言有点类似，即把称呼放在姓名的前面。泰国华文文学语言借鉴了这一语法结构。例如泰华作品中称湄南河为“昭披耶河”，全名为“湄南昭披耶”，“湄南”即“河”之意；“姐刘”一词也是依照泰国习惯的称呼。若按中国的语言习惯，这两个词则应分别称为“昭披耶湄南”和“刘姐”。

从 19 世纪末起，泰国文学语言开始接受西方文学的影响，不仅词语的语序发生变化，而且渐渐兴起的小说还以长句为主。在这种环境里，泰国华文文学也逐步呈现出同一语言特征。这主要表现在以下两个方面：一是主语之前有一长串的定语，如饶公桥的《人与狗》中，“十多天以后的一个更深夜静的晚上”这句话就颇为典型，其中心词“晚上”的前面加有两个定语，一个是“十多天以后”，另一是“一个更深夜静”；再如“买卖摊子的两条长龙间的夹道，只留着几乎仅够一来一往行人”（冬英的《巷口》）一句，情况也基本类似。二是打破诗歌格律，使句式散文化。像林蝶衣的《桥上》一诗：“青青石莲/盲丐的洞箫/绿色之冷语/用视觉看着你沉郁的调子缤纷下河/如落英……”，可以说，从 20 世纪 20 年代末涉足诗坛的林蝶衣开始，几乎所有的泰华新诗都具备了这一特点。

综上所述，泰国华文文学语言是以现代汉语普通话为主的融汇多种语言成分而成的，较单纯语种的文学语言更丰富、生动，具有不可替代的独特价值。如在

① 披耶阿奴曼拉查东：《泰国传统文化与民俗》，中山大学出版社，1987 年，第 95 页。

② 披耶阿奴曼拉查东：《泰国传统文化与民俗》，中山大学出版社，1987 年，第 133 页。

饶公桥的短篇小说《善与恶》中，男主人公乃比差邂逅被冤入狱的老朋友乃乍伦，为了帮乃乍伦消除烦恼，乃比差想方设法给他带来丰盛的食物，并对朋友说：

“这是米椒蒜仁煎熬的山猪肉，刚好邻居打来一条，我买来两三基罗，是丕素来喜欢吃的山珍。”乃比差接着打开热水壶，把壶盖翻转作为茶杯，从壶里倾出黑黑的液体，说：“这是乌热，也是丕最喜欢的每天不可缺少的饮料。”他把乌热端到乃乍伦的面前后，摆着请客的手势说：“丕！请！请！我俩来共吃一顿饭。”

这段文字显然以普通话为主，还包括其他语言成分，如“乌热”为加糖而不加牛奶的咖啡，它的语法结构也不单一。这种混合的语言现象是泰国华文文学在特定的语言环境中的必然表现，已成为泰华文学语言显著的特征之一。

泰国华文文学语言的修辞手法与现代汉语基本相仿，只是不同的生活环境使之在具体的喻体和讽刺对象上有所差异，令人耳目一新。

在陈博文的《“挽蒲”沧桑五十年》中，“挽蒲现状”被拟为风韵犹存的半老徐娘，这一喻体虽然寻常，于此却别有一番含义——“挽蒲”是泰国的旅游胜地，惯以宁静自然著称，作者用此比拟，其中暗含着对现代人内心愈来愈浮躁、越来越远离自然的社会现象的担忧与无奈。

陆留在《火柴枝》里喻英勇的人民为甘于牺牲的火柴枝，他还把第二次世界大战时期人民抗击日军的热情与决心比作“久被闷塞的火”。陆留是个给点火星就能照亮一片天的作家，在这里，以“火”为喻体虽不别致，却恰到好处地渗透出作者的个性，亦为不俗之喻。

吴继岳将民间妙用的“尘”字文学化，以讽刺沽名钓誉之人。他在《侨领尘正传》的序中写道：“侨领尘者出身寒微，备历艰苦，夙兴夜寐，孜孜为利，利已有成，进而求名，宗亲乡会，夤缘插足。……独惜职位固多，其中无一长字，虽名列侨领，但尚未够个”，“因此，人皆称其为侨领尘，意与‘米尘’‘裤尘’之类相同，即半个之谓。其人亦不以为忤，且觉受之无愧，盖以为比上不足，比下有余也。”

饶公桥的《臭蔷薇》以外表艳丽，气味却极其难闻的“臭蔷薇”暗讽文坛上一些只会用华丽词藻而思想空白、腐朽的文人以及那些以貌取人的“逐臭之夫”，有双关之意。

在这一篇文末，作者发出如下问句：蜜蜂是否会飞去臭蔷薇花丛中采蜜？假如肯定的话，蜜蜂酿制出来的蜜糖是否带有臭的气味？世界上是否还有类似“逐臭之夫”文中所描绘的“嗜痴成癖”的，特别喜欢吃臭蜜的人？这种问句是典型的设问句，语意特殊，引人深思。

“天空很上海的”是一位泰国华人模仿余光中的“天空很希腊”的一句诗，司马攻借此讽刺了那些把文字游戏当作诗的无知之徒。此外，“文以‘再’道”“恨无‘烟’缘”“无‘基’之谈”“别来无‘痒’”“君子生财，取之有‘盗’”“坐以待‘币’”“学以致‘死’”“问渠为何浊如许”等也是在已有词语的比照下，更换其中的某个词或语素，临时造成的新词语。这些仿词亦有讽刺泰华文坛不良现象的意味。

2. 文化内涵。

泰华文学语言不仅蕴藏着特殊的风土人情，而且体现了独特的文化精神。泰华文学作品反映的风俗民情包含几个层次，首先是中华民俗，具体表现在婚姻习俗、元宵闹灯、龙舟竞渡、中秋赏月、舞狮尚剑等方面。李少儒的《剑气》一诗写道：“剑不可无光，不可无酒。剑下不可无诗，剑光下拥月酌醉。”其中，剑——酒——月便是凝结华族心神的外在具象，营造着中华民族特有的风情。

其次是从潮汕地区带来的风俗。在泰国，多数华侨华人还保留着不少潮汕家乡的饮食习惯，像炒粿条、喝白粥、饮功夫茶等等，从“食茶配话”这句至今仍然流传的潮州俗语中就可略窥泰国华族的生活习性之一斑，“粿条”中的“粿”字甚至是方言字。泰国华族将之保留原来的字样，容易让人在阅读的过程中产生亲切感。

再次为泰国的民俗与制度。如“戽水涂首”是泰族人表示崇敬或祝福时的一种习俗；“授水礼”这种泰俗是长辈以水向新婚夫妇祝福；泰族人大都以“纹身”为荣，为护身贡头（护身符），有图腾的意味；他们也乐善好施，大富人家的屋前，常常摆置盛满雨水的大小缸，供过往路人饮用；还有“抑他母里康”，它是僧人修行中必备之八物的统称，具体有法衣、御寒外套、钵、剃刀、剪指甲刀、针、腰带及滤水竹筒。

“宋干”是泰历的“新年”，自泰历五月上旬十三日至十五日一连三天。宋干节中的“宋干”原是梵文，意指“太阳进入黄道圈的卯宫、浴佛、洒水”。此日，不分男女老少、贫富贵贱，互以清水泼淋对方身上，并给对方祝福。通常，泰族人欢度宋干节时，还会举行“聚筑沙塔”这么一种禳灾纳福的宗教仪式。

最后是泰国华族多年来逐渐形成的特有风情。如“拜好兄弟”就是泰国先侨叫开的，这是举行在路边设祭的仪式。具体地说，也就是将丰盛的祭品陈列在草席上，再掇一坯黄土插香，燃起两把烧火用的“岱”（桐子油和椰子壳做成的）当作红烛。①

长期与泰族人融合使得华侨华人的一些生活观念发生了转变。如黄自然的小说《活佛》中的活佛生前吩咐死后要进行火葬，并说他向往泰式的火葬礼，最讨厌埋葬和费钱买山地建坟墓。活佛还赞美泰国固有的传统美德、风俗习惯，像见面打招呼，一句“沙越里”便包括问安和祝福，不像广东话那么多元复杂，或像潮州话“食呀未”那么滑稽没有意义，还有泰式的合十礼，形式那么柔美大方。此文中的“活佛”已成为觉悟的泰国华族的代名词。

在文化精神方面，泰华文学语言也有其特色。

一是坚持民族文化的精神追求。如吴继岳《自嘲》中的“文化战士”表现出作者愿为华族文化事业奋斗到底的伟大精神，泰华诗集《五月总是诗》里的“龙船是诗”“粽子是诗”“五四是诗”传达了身处异国的华侨华人内心对中国文化传统的渴慕和皈依之情。

泰华文学语言体现的中华民族文化精神主要包括民本思想、仁爱孝道和社会使命感。方涛的“水上家庭”在日复一日的“飘浮”中摇着桨板，夏煌的“割胶曲”“磨刀曲”陪伴着割胶工祖父孙三代熬过多少凄风寒夜，其间藏着作者为民申诉的悲愤之情。如果说倪长游的《温暖在人间》里，老章伯长年坚持“收集方子、赠药救人”、曾心的《杏林曲》中的李教授“曾饮龙国水，不忘济仁心”从正面讴歌了仁爱之心的可贵，那么，倪长游的《祖父的丧事》就是从反面抨击了“不孝”之举，无情地揭穿了十分“爱惜名声”的父亲的丑陋面目。

20世纪80年代以来，针对社会文明患了重病的现象，泰华作家更加认真地履行医治心病的职责，通过充满人文哲思的文学语言让读者的心灵如沐圣光，一次次地在星星点点的感悟中升华人文精神。女作家梦凌的《黑暗》里有这么一段话：“在黑暗的范围中，没有什么比我们的心还黑暗；在光明的范围中，没有什么比我们的心还光明。”这句话看似前后矛盾，实则在两个极限之间找到了生命无穷的自由和希冀。同样追求美好情致的司马攻也在《〈踏影集〉自序》的最末处写道：“影子本来是假的，而人体是真的，但是有时假的确实真的，真的却是假的。”这简短的四句话别有蕴意，深藏着作者对美好人性的真诚热望。

二为秉承泰国佛教的精神。泰国寺院像一所道德学堂，总以佛教的义理劝戒

① 姚宗伟：《姚宗伟文集》，鹭江出版社，1998年，第53页。

人们在生活中应发菩提善心，这种以劝善克己防止道德滑坡的思想是佛法的一大要义。泰国华族小说《岔道口》和《恶念》便分别阐释了“善有善报，宽容为怀”的劝谕和“反对恶欲追求佳境”的体悟。以自然人性反抗世间丑恶是泰华文学的又一宗教内涵，其语言主要以“空”字为核心。“在佛教的‘原始教义’中，‘空’并没有成为‘主题’，随着佛教的不断发展，‘空义’越来越重要，它终于成了佛教的一项‘主要命题’”。[①]泰华作家司马攻的《心壶》一文便以巴空大师不为世俗所累、不为物役之举体现了这一主旨。

三是蕴涵禅意。禅宗是中国特有的一种宗教，也是珍贵的中华文化传统。身处泰国的华侨华人不仅逐渐接受所在国的佛教文化，他们的文学语言也浸润着禅意，并表现出新的文化精神。以李经艺的《跳进你的太阳——写给走向未来的孩子们》为例：

> 每条路，每扇门，都有着古旧的往事，都隐藏着一个秘密……多么希望不要长大我们就曾像盲人，在岁月的流程中，向着一个遥远的目标前行，却总是回到同一个地方。……每一个答案或领悟的背面，都有一种无限循环，奥秘难解的东西……当白日的明光开始飒飒侵临大地的时候，孩子，让你的生命之翅独自飞翔。……但是，孩子，在扩大你的空间的时候，你要学会孤独，要接受你的孤独而依据着它。……请越过我们的身体，走出历史的阴影，跳进你的太阳，以太阳的意志完备而成熟。在你背叛了我们的时候，我以为你将是以另一种爱，在爱我们。

文中以否定性的语言更有效地肯定了生命的积极作用，充满了哲理的意味。同一时期，泰华作家陈达瑜在小说《“空”的诠释》、陈博文在杂文《六根净五》中也都以不同的文学语言表达了禅意。

3．韵律美感。

泰国华族诗人李少儒在《画龙壁》中有这么一段关于语言的论述：“基型单词产生激发性的转化力：‘穿骨’‘震眩’‘入面’‘声析’‘势崩’”，“除了义对和声对的工整外，在炼字方面的功力如‘穿’骨（贯穿于骨），‘入’面（打在面孔上烙印入肉），声‘析’（杀声可裂江河），势‘崩’（奔雷走电之意）。‘储蓄古典’，使语言韵美力透”。[②] 最后四个字“韵美力透”是整段话的“眼”，尤

---

① 郭朋：《印顺佛学思想研究》，中国社会科学出版社，1991 年，第 233 页。

② 李少儒：《画龙壁》，泰华文学出版社，2000 年，第 11 页。

其是“韵美”二字。对于泰华文学语言来说，韵美的特点可以从节奏和韵律两个方面加以分析。与中国现当代作家相比，泰华作家以用短句见长，他们的文风因之简捷、节奏快、风格明朗。如陆留的《挽歌》，在这篇散文的最后，悲痛难已的作者发出了长啸，他反复高呼：

> 伊岱呀，广场古寺中的白帆，现在正为你而在无风的空际，悲怆地飘动呀！伊岱呀，古寺上“叮叮咚咚”的檐铃，正在古寺为你而惘然轻响呀！伊岱呀，明天我就走出这个马德望啦！伊岱呀，你一直生活在我的内心深处呀！伊岱呀，现在，请看我昂然地走出个人的小圈圈啦。伊岱呀，若干年的思维，现在，请看我昂然踏着你的步子，走向战场，投入战斗！

这一段文字由六个句子组成，每句的第一个音步都是相同的。从整体上讲，这种叠沓之感使段落的节奏加快，反复吟唱让文字显得短促有力。其中每一句的音步大都只有1个或2个音节，3音节与4音节的少有，这种简短的句式最深切地剖露了作者炽热的真情：年轻的心蕴藏着一团火，是思念，是追悔，是觉醒，是新生，并助此情一泻千里，奔腾无阻。

泰华作家老羊《横陇姆》中的横陇姆是潮汕人，当年随夫迁来佛国。这位老姆多年不改人影未到，声音已至的性格，声音洪亮，一张口街坊近邻便都晓得她的动向了：她想请人给家乡写信时，脚未踏上楼梯已先作了广播：“月怕十五，年怕中秋。年又要到，今年有赚，敢敢敢寄到四千。”她看楼下小俩口舌战方休时，非但不劝慰他们，反而火上加油地扯了一句：“刀着哗，姆着叱，鼎着揪，翁着咒”（意为刀必须磨，妻必须骂，锅必须擦，夫必须咒），惹得人家夫妻一致对外，跟她急，最后闹得大家好些天无法理顺关系，其实，横陇姆说的话不无道理，只是有时不分场合，难免弄巧成拙。这些句子主要由“四字句”“三字句”组成，句式不变，像顺口溜。文中即便是有六七个字一句的，其间也掺有三四字乃至一字的句子，如横陇姆要出门了，人未下楼，声音已飞到巷口：“细走仔咀欲生，我这个阿妈未是好勿去！叫只三轮，半点钟，免，五个字就到。人咀田螺为仔死，手底也是肉，手盘也是肉……”这种交叉排列的句子使语速由缓而疾，像迅速滑动的笔在画纸上勾勒出一位直肠、快言、可爱的老妇形象。

潮汕方言和泰语在发音上有相似之处，因而，含有多种语言成分的泰华文学语言经过排列后，往往可以达到不同的语音效果，具有独特的审美韵律。

韵律是指押韵的规则和平仄格式，泰华文学作品没有严格的韵律要求，但它们往往通过民间俗谚语来传达语言的这份魅力。像“天顶一粒星，地下开书斋。书斋门，未曾开”押“ai”；“去时草鞋共雨伞，来时白马挂金鞍”和“头代贤，二代仙，三代叮咚颠”两句均押“an”韵；“人为财死，鸟为食亡。做人事食事为大，大咀一朝无食，父仔无义”以“i”为韵，这些句子基本符合汉语押韵规则，念起来颇有美感。

再如“天乌乌，骑枝雨伞等阿姑……”的韵为“u”，后半句的声调顺序是“平平仄仄仄平平”，是典型的平仄相错句；“浮云接日夜来雨，‘闭门雨’、‘长脚雨’一下就是几个钟头”中的前一句是“平平仄仄仄平仄”，后一句重复连着两个“雨”，形成叠沓之音；“天生人唔平，有人蛀齿，有人重牙，有人无仔，有人双生”形成反复，“有人”之后的“蛀齿”“重牙”“无仔”“双生”四组词的音调分别是“仄仄”“平平”“仄仄”“平平”，念之，有顿挫之感。

上一段的后两个例子有一共同特征，即通过重字和句式反复来达到阅读有韵的语音效果，这也是泰华文学语言的一种美感，具体的例子还有“做一夜（潮州戏）王祥眠冰无人欲行孝，做一夜陈三五娘相争兑人走（私奔）”，这两句有反复应唱之感；“饲猪饲牛，家事浮，饲鸡饲鸟，家事了”一句则既有叠沓之音又有韵可押，读来朗朗上口，甚是好听。

美国语言学家爱德华·萨丕尔认为“可以把语言看成一架乐器，能奏出不同高度的心灵活动”①。换言之，除了语音上的抑扬之外，韵律还包含通过文字内容传达出的作者内心的情感旋律。泰国华文文学语言有乐器化的倾向，不同的作家其心灵韵律也各不相同。泰华诗人岭南人的诗歌语言让人犹如听到传荡空谷的悠扬的笛声，如他的诗篇《一管短笛》所吟唱的：

> 不是仗剑北往的剑客/不是挟技南来的骚人/我，浪迹天涯的流浪汉/饮过长江水的岭南人犹如飞絮因风飘零/没有携酒，没有背琴/随身只有一管短笛/工余吹吹小调短曲叙说藏在玉壶里的冰心/谁是爱听我短笛的知音？

琴思钢的语言则像钢琴，音域宽广，容量大，其诗歌往往比过一支乐队，能演奏出一曲曲《钢琴组诗》：“听啊，听五个指头的娓谈/听啊，听五个指头的抒

① 爱德华·萨丕尔：《语言论》，商务印书馆，1985年，第13页。

情/第一组拇指：孩子们，是时候了/室外风雪交加，存亡殊途！/食指：（沉着地）我们思索过/中指：（勇毅地）我们熟虑……/无名指：（豪放地）我们稳打稳算……/第五指：（坚定地）我们出发！/于是，整个掌心驾驭着风暴/整个手腕交织在风暴的轴心……”

较前二者来说，李少儒的语言听起来不像一种乐器独奏发出的声音，而像是多种乐器共同协奏出的交响乐，请听他的《风雨交响曲》：“震地风云回响/大宇潮荡/从十方地动来！/是美的生命在燃放的强音/探索的音符/质凝的灵光/宇宙掀起的交响……”

二、泰国华文文学语言的价值

泰国华文文学语言是在特定的生活环境中逐渐形成的，具有以下四个方面的独特价值。

其一，展现泰国华侨华人及当地人民的生活、性格和情感思想。

无论泰华作家的文学创作观念怎样，个性如何，他们的作品或多或少都映射出时代的色彩，像剑伦的《奴隶的怒吼》中体现的抗日卫国的情绪，陈博文的《杏坛悲歌》、曾心的《焚稿》展现的对华文教育和华文创作事业呕心沥血的拳拳赤子之心。当隆隆的炮声传到湄南河畔，流着民族血液的泰国华族诗人们再也无法抑制抗日卫国的情绪：

> 这时代/谁还害怕犀利的刺刀/谁便是千世万代的牛马/谁不怕流血、牺牲/谁便是最后必来的自由者/自由神是跟在黑暗的后面……①

远离战场的泰国华族诗人在国难声中真切地体会到民族存亡给予个人的苦难：那不仅仅是使肉身陷于囹圄，更可怕的是，割断了的喉舌再也唱不出属于自己民族动人的旋律，“精神的囚徒”将成为烙刻在每一个中国人脸上无法磨灭的印记。

除了因血缘关系而萌生的痛楚之外，亲日的銮披汶政府实施的排华政策也使华侨华人切身地感受到即将亡国的耻辱。侵华战争爆发后，日本很快地染指东南亚，并在这块领地上强制推行大东亚文化政策。20 世纪“三四十年代，泰国执

① 剑伦：《奴隶的怒吼》，见李少儒《“五四”爆开的火花——泰华新诗发展简史》，载《华文文学》1989 年第 1 期。

政者实行亲日的，与日本缔结军事同盟的立场。又实行反共条例”，①銮披汶政府还放日军通过中南半岛入侵马来西亚，漠视日军在自己的国土里强迫华侨华人提供粮食和劳务。华侨华人在泰国的政治、经济、文化权益遭到了不同程度的破坏。如此一来，他们势必加强民族凝聚力，提高反抗意识，并渐渐地接近流亡到泰国的中国知识分子。

激情涌动的泰国华侨华人不仅具有人类厌恶战争的普遍心理，而且含有两重特殊的情感：一是对祖籍国怀着儿女对母亲一般的拳拳之心。“你紧握着我的手，带着微笑投向远方——那交溶着血泪的国土”，虽然隔着千山万水，泰国华侨华人依旧能够强烈地感受到祖籍国亲人正在血泪斑斑的土地上遭受苦难，他们脸上的微笑流露出勇敢地捍卫母亲尊严的决心。二是对已生恋情的泰国新人珍藏着无限的深情。泰国华侨华人没有忘却那份割不断的血脉亲情，在现实生活中，他们用青春热血染绘了一幅动人心魄的赤子报母图，然而，他们也依恋着自己艰辛创建的新的家园。于是，泰国华侨华人在辞别亲友实现自己的责任的同时，又憧憬着新的生活：

> 你曾答应过我/春风重临的季节/您将归来/岁月在我忧愁中偷偷度过/青春在我寂寞中悄悄衰老/现在！/江上归帆孕满离人的春笑/您的春讯/并没有在我的期望中叩响②

泰族人的日常生活往往围绕佛教进行，华侨华人的生活也受之影响，这在泰华作品中多有反映，如《皈依吾佛》的男主人公颂猜捧起香炉之类的献佛物品端端正正地跪在“我”面前求恕、辞行。这是一般泰族人在将出家做和尚时，向长辈辞行的礼节和仪式。剃度典礼是泰国民间一种古老的风俗，所有的泰族人子弟都认为在婚前完成这项宗教仪式是报答父母养育之恩的最高表现，而身为父母者，也以此为殊荣。当《佛缘》中的“我”面对儿子跟从泰俗时，先是难以接受，继而亦感宽慰。

泰华作家大都是平民知识分子，他们总是站在贫弱者的立场抨击不合理的社会现象，用泰华文学语言表达泰国华侨华人及当地人民的情感和思想。

---

① 犁青：《泰华文学的历史与文化》，载犁青主编《泰华文学》，香港汇信出版社，1991 年，第 24 页。

② 胡俊：《春风重临的季节》，见李少儒《“五四”爆开的火花——泰华新诗发展简史》，《华文文学》1989 年第 1 期。

从20世纪30年代至70年代初，泰华文学始终以反映大众苦难为民本思想的外在体现，包括因经济危机、生活艰难导致的悲剧，如野迅的《流浪者之歌》、黎毅的《夜航风雨》等。对于一些富家子弟不学无术、四处招惹是非，有权势的人物对平民的欺榨变本加厉的现象，刘白通过《我是一个特约记者》中的陈扬善表达了“报人可说是医治人类社会病态奇难杂症的良医”的坚持正义、替民抱不平的思想，泰华资深作家史青也在他的杂文专集《搔痒集》里以串串绝妙好辞巧讽时弊，显示出“人微言轻未忘责”的卓识与勇气。

战后初期至今，泰国经济持续发展，其间，社会道德出现了不同程度的危机，像极端自私、丧失廉耻等，对此，泰华作家李栩、吴继岳在《头家发》、《欲望与灵魂》中分别给予了深刻而无情的抨击。在泰国，过度纵欲的个人主义价值观还令女性的社会处境堪忧，尤其是那些来自泰国农村和外地的泰族、华族女性，她们常因无知、贫困而在曼谷沦落为遭人践踏的下等妓女，在夏煌的《卖笑生涯》里，读者可以看到触目惊心的文字：

> 天灾加人祸，再加强权/生活、饥饿逼得我们走投无路/什么叫羞耻？/什么叫尊严？说我们自甘情愿！/自甘堕落自作贱！/请你告诉我：/是谁逼使我们/过着万人糟蹋万人虐！这地狱的生涯啊/度日如年！

“卖笑”一词的背后藏匿着悲愤的哭诉。卖春女的泪水和愤恨不但深深地打动了泰华作家，而且鞭挞着每一位践踏人性者的心灵！

几百年来，泰国华族始终对所在国的社会稳定与经济发展做着不容忽视的贡献。与16世纪以来入侵佛国的西方殖民主义者不同，长期以来，大多数华侨华人一直与泰族人民友好相处，彼此交融血液与文化，共度艰难岁月。信仰佛教的泰族秉性善良，素来无忧、自由，易于相处，但其柔弱中又暗藏着勇敢。在庄严的《巴塞河畔》、巴尔的《沸腾大地》、倪长游的《防火》中，无论是美丽的“巴塞河畔”、宁静的“莲花村”还是无名深巷都发生了悲剧，其间，数位泰族人逐渐意识到要争取美好“姻缘”、保卫幸福“家园”必须不畏强暴，勇敢而坚决地反抗乡村与城市恶势力，同时，不信谗言、善待华侨华人。

其二，包蕴着泰国华族作家的美学追求。

当外在环境、社会阅历与作家性格相融合之后，文中的气势便逐渐升华为作品的审美情趣。古已有言：“夫缀文者情动而辞发，观文者披文以入情，沿波讨源，虽幽必显。”[①]审美情趣可分为文学语言内藏的情感和意象两个层面，通常表现了作家的美学追求，展示了审美的内容和品质。

20世纪50年代，野迅敏锐地捕捉到个人奉献与世态炎凉的背反律，他的一曲《月光下》使人仿佛笼罩在贝多芬的潺潺乐声之中，如水的月光映衬出淡淡的哀伤。凄凉的月色里，穿着破旧、古老的中国装的中年妇女一边缝着衣服，一边给盲女讲着《母亲》的故事。当年，他们的亲人为救国奔赴前线，如今再也回不来了，只留下这对柔弱的母女遭受世人的唾骂和鄙薄。

率性、真诚的陆留富有情调，善于品味寻常人生，他在《彩色篇》一文中饶有兴致地向读者介绍了曼谷黑色的“乌凉”、茶晶色的“胶椰”、香透的“鸡饭”。每天夜晚返家时，他都要在香府大桥下的小店给小侄女买些黑色的“牛肉干”、不透明的白色的豆浆以及红或蓝色的“九层糕”、润白的红毛丹肉，并一路聆听小贩“佩风、莫袍……”以及“果丹、果添……夜呵”的叫卖声。似乎有趣的事都让作者碰上了，然而，假使他没有这份情致，恐怕再有味的事都会如同嚼蜡！有时，陆留又显示出一位性情文人的特色——他常常不由自主地在画板上调抹浓浓的灰色：

> 一辆三轮车来了，泥泞的路呵，吃力的踩踏着，终于下车来拖了。吃力地拖，吃力地挽，但是雨帆里伸出一对男女幸福的脸。三轮车过去了，泥泞里，街路上显出三条深深的轨痕，那样深深的轮印呵！一如一个衰老的老人额上的皱纹”（《秋雨》）

两小段话意象一个接一个，毫无拖沓之感，有力地在石碑上雕刻出一座座动感十足的图像：泥泞的路——幸福的笑靥——深深的轨痕——额上的皱纹——衰老、疲倦的身影，它们或是强烈的对照，或是刺痛人心的比拟，由此一来，这整座笼罩在灰色秋雨之中的群雕便沾染上沉郁、凄凉的情调。

陈博文的语言则清丽婉然，读之，即可在他的大自然中享受一份宁静，领略蓝色的海洋、夜深听雨、青翠的竹林、河上荡舟的百般情趣。“我对海的情感永远存在，当怀念它的时候，我会悄悄独自来临，看它的浪花飞絮是否如昔？嗅它的拂面凌风，是否温馨？”（《海忆》）在《雨声絮语》里作者开篇便给我们带来惊喜和享受：“深夜骤雨，雨点落在屋瓦上，洒在窗户上，发出淅淅沥沥的声音，

① 刘勰：《文心雕龙·知音》，人民文学出版社，1958年，第715页。

四周显得格外沉寂，似乎仅有的声音就是雨声风声，雨声是如此缠绵，风声是如此柔美，这时大千世界归乎空明宁静，个人的心灵似乎亦澄澈无垢。”

白令海擅长回忆性散文，其文总能穿越时空隧道，带人徜徉于挂满了老照片的怀旧小室。“很多个寂寂深夜，我孤坐挂钟下，心中涌上了父亲生平很多往事，和自身一幕幕凄凉而终生无法补救的遗憾事，我的顽皮童侣！如今你在何处。”“挂钟下已不见那只可摇动的靠椅，而它的老友伴呢！也已别世多年矣！如今挂钟已进入老态寂寞之年。”（《老挂钟》）这样的文字怎不使人如临满是赭色落叶的深秋？

曾心的文学语言清新自然，闻之，隐隐有绿薄荷味。这主要是由于他身为中医，文字中难免留下行医之道的痕迹，如《大自然的儿子》，文中的男主人公是一位年逾九旬的长者，他长年下地劳作，在大自然中汲取所需，无忧无虑，即便不慎跌伤了脚，仍坚持到田里拔草，并把自已种的青艾捣烂，下酒，在锅里炒热，再热敷伤处。现在，生活于都市里的人多感压力太重，常常弄得身心俱疲，曾心描述的这位老者看似无为延年，实际上其中暗含着深刻的人生哲学。作者通过文字为身处困境的人们开设药方，真是用心良苦。

意象属于审美范畴，是一种表意性的艺术形象。从总体上看，泰华文学的意象大致可分为以下三类。

20世纪70年代以前，泰华作家笔下象征中华文化传统的意象主要有古庙、茶楼等，之后，这些意象逐渐被其他所替代。1932年，在中华文化生存环境日益窘迫的情况下，林蝶衣起笔挥写了《古庙》：

> 新新的月色/苍老的古庙/同在静静听溪声/古庙里闪颤的灯光/古庙外因风叹息的古榕/助长了月、庙的沉郁将倾圮的古庙之垣/将腐蚀的木雕的神像/催促我去追寻著它/过去的骄傲人生，到老亦像这古庙/神像的衰飒/蛛丝蒙住我的脸/阴森包围我的全身/月色是幽暗了/我何时来置身于这古庙

作者通过“古庙”传达了一份特殊的审美体验。从立于其间的叹息的古榕、倾圮之垣、腐蚀的木雕神像中可以品味出来，诗人笔下的庙宇是中国传统文化的积淀物，进入这一氛围能让人的心感受到汩汩清泉流过的亲切和安慰。然而，月色日新却催古庙老，当个体生命凭吊满目疮痍的古庙之际，颓废的蛛丝、阴森的月景无不预示着曾有的辉煌被无情的岁月悄悄地吞噬了，留下的一片漠然的死寂

给人无限的苍凉和感伤。

几十年来，在以坚持民族文化精神为己任的文学创作中，泰国华族作家逐渐拓展了凝聚着民族文化精萃的意象。20 世纪 80 年代至今，在泰华文学作品中，象征华夏文化传统的意象如“石狮子”“龙”“竹”等频繁出现，它们既是执著中华文化精神的思乡游子眼中的心灵载体，也显示了泰国华侨华人长久以来的文化心理积淀。

茶文化是中国传统文化的特色之一。早在 20 世纪五六十年代茶楼便是泰国华族互相聚会、凝结彼此心绳的场所，那儿曾经传诵过多少妙趣横生的梨园掌故。而今，除了装修日渐精美的茶苑外，文人们还喜欢在自家的客厅里与人分享或独自品赏茶的韵味。

司马攻的《明月水中来》中的“我”有一把祖传三代的宜兴朱砂小壶，用它冲泡的功夫茶渗透着中华民族独有的文化精神——“道”心“文”趣。文化传承靠的是由衷的欣慕之情和全心的浸染之境。早年在家乡时，祖父教“我”品茶，“我闭着眼睛一饮而尽，皱着眉头，张个苦脸跑开了。”去国离乡 30 年，“这里喝潮州茶的人很多，就同故乡一样的普遍，我也开始喝起茶来”。三杯两盏浓茶，独饮时，可以静静地细细品味当年故乡的风物人情，在虚幻的意境中让寂寞、孤苦的心灵获得抚慰；与三五位亲友同饮，共同的文化传统使得大家能够在熟悉、温馨的环境里平等、自由地随心畅谈，忘却凡尘俗世的烦恼，尽享人间独有的韵味。然而，更让“我”欣喜的是“我”发现 10 多岁的儿子开始“用他那生硬的手法，拿着这把小茶壶，正在冲他的功夫茶喝”——映着故乡那轮明月的孟臣将不再孤寂。

只能养在闽粤的水仙既象征着故乡自然风光的秀美，又蕴涵着文化传统的亲和力与韵致，品着它，人心中不由地回味着淡雅的诗意。司马攻在《水仙！你为什么不开花》一文中清晰地表达这份美好的情愫：

> 我爱水仙花，我爱她纤细的花朵有纯洁的白，和淡淡的黄。我爱她似有似无的幽香，我爱她在冬天里还笑得那么清秀。我更爱她能促使我回忆起童年时家的温暖和祖父给我的爱。

可惜的是，在泰国，这种“水沉为骨玉为肌”的花儿却枯萎了。“我”只好带着孩子一同回家，回家体味一份特殊的审美愉悦。

华文文学是传承华夏文化的主体，这使得它必然以文化传统意象为核心，从而适应文学自身发展的要求。在多元民族文化并存的社会环境中，人们更倾向于通过寻求特色和回归传统来确立自己的文化身份。泰国地处华夏文化圈的边缘，再加上历史的原因，这里的华夏文化底蕴较薄，为了对文化交流作出更大的贡献，人们势必回顾传统意象，并从中攫取人生的智慧和乐趣。而且，对于饱经风霜的华侨华人来说，故乡的影子就像生命中不可或缺的灵魂，无法割舍。那些日渐老化的读者群更向往超越现实的意象，愈加渴求单纯、静谧的精神家园。

生活在泰国的华族作家也以本土景物为意象。泰国人称红毛丹为果后，榴莲为果王。泰华作家以榴莲为题材的远多于以红毛丹为素材的，这大概与榴莲的怪异分不开。榴莲有两怪：一是味道特别臭，二是形状奇丑。不少作家尤其爱拿前一种特征作为文章的“眼”。司马攻的《一身香臭费评章》便是较出色的一篇杂文，此文由表及里、借题发挥，对榴莲的香与臭做了独到的评析：

> 有人说做人不能流芳百世，就要遗臭万年。这是自大狂的人的想法，可以称做“榴莲精神”。不过他们有没有本领做得到“流芳”和“遗臭”还是个疑问，而榴莲却静沉沉地没有大夸其口，结果却做到了兼最香最臭于一身，真是难得！

除了榴莲之外，桂河桥也是泰国的象征物。桂河桥不仅是一座沟通泰缅两国的友谊之桥，而且还是一座沾满了成千上万人鲜血的死亡之桥。第二次世界大战时期，日本军人手拿皮鞭、刺刀，威逼英国战俘头顶烈日，身披暴雨，忍受山瘟，呼吸瘴气，建成了这座黑色的哭泣之桥。如今，在离桥不远的万人墓的石碑上还可以清晰地看见镌刻着的几行字：

> 他没有死，只是暂时离开此地，他永远活在人们心中。无论何时，黎明或黑暗。

对于这座有着特殊历史意义的桥梁，不少泰华作家都以之为本土意象的代表，如司马攻的《桂河桥啊，长长的碑》等。

泰华作家还精心设计了独有的意象。风筝是中国人最早发明的。或许早有心灵感应，1000 多年前，先人就预见到百代之外的后人们将会像御风而飞的风筝，四处飘荡，可是，无论他们飘到何处，总是被一条无形的心绳牵引着。司马攻就直接把华侨喻为纸鸢，他在《华侨像纸鸢》一文中写道：“纸鸢不计较那条线的松和紧，纸鸢人那条线是他的根。纸鸢怕的是那条线给断了！成一个无所归依的断鸢。”林碟衣笔下的风筝则象征渴望自由的女子及弱势群体，暗指社会地位每况愈下的华侨华人。1934年，诗人在中国“五四”新思潮的影响下写就了象征追求个性自由的女性遭受摧残的诗篇《风筝的残骸》：

孩子高兴时就把你玩/线条放得越长越有趣/他们是没有责任心的/玩腻了就把你弃/线断了他们也不管

在20世纪30年代的泰国，萌发了自由意识的华族女子就像这看似能飞翔实则依旧被别人操纵命运的风筝。

有一天/你的线当真断了/你无奈地一直在高空飞/飞过林梢/飞过山巅/飞过荒岛/飞过城市最后你飞得倦了/你就无力的跌落在城市工厂的烟突上/任由烟突的黑烟把你熏一阵风/你的命运注定在电线上丧/身体触了电给电烧都市里个个没心肝/见了你/幸灾乐祸的笑/你的呻吟他们也听不见/因为你只是一个风筝

20世纪30年代初，受世界性经济危机的影响，泰国民族经济发展缓慢，再加上女子受教育水平偏低，社会就业机会极少，如此一来，对于那些想离开家庭，摆脱玩偶命运的女子来说，个性自由只能是一场破梦。

生命是一条河，河床里深藏着根，沉淀着日日建设的成就感。司马攻的《小河流梦》有这么几段话：“开河者背井离乡，填河的是他们的子孙。”“有些人曾经在这块梦土上伤心哭泣，也有些人在这梦土上快乐欢笑。”“一百多年过去了，有一些开河者的子孙迁进了高耸在昔日小河边、今日马路旁的大楼里，也有一些开河者的后代回归祖国，为了他们新的梦境。”“湄南河弯弯曲曲地穿过曼谷境内，而历史比湄南河更加曲折……”

勇敢地穿行于崇山峻岭的河水因势嵌入了大地，纵然被割裂得千曲百折，它们却与那一片土地生生息息地融合在一起，并逐渐衍化为滋润新生命的营养源。无独有偶，泰华女诗人李经艺也在纸上悄然画出一条雪白的河流：

雪白的河流/抵在尽头红房子/黑铁壶/老巷口春天慢慢微笑/冰凉的头发/站在身后小小的歌儿/一直移动/女孩摸着沙岸/一个人走向深处许

多波涛/许多渔影/许多漂流纸上的河流/神秘的决口(《纸上的河流》)

在微笑之国的土地上，坚强者不屈地走进这一段历史，让自己的勤奋与善良化为感人心田的涓涓细流，慢慢地拓展成奔向大海的河流，从而使这块原野留下他们淌过的深深印迹。

其三，人在天涯的孤旅感是泰国华侨华人的另一类典型心态。

青年女诗人陈雨在《旅鸟》中淋漓尽致地展示了内心的这种情感体验，并凝铸了“旅鸟”这一文学意象：“一只旅鸟/只在你心里小憩”，这只可怜的旅鸟比候鸟还凄凉，只能被迫不停地四处奔波，居无定所。虽然自由选择是一种权力、快乐，然而，从某种意义上来说，它也是一种负担，容易让人产生无助、惘然之感……“留恋归途的平静柔和/也不拒绝满程风雨奔波”，此时的诗人尚且留存一份潇洒——“一程之后/经历不再是错过/生命在圆润美丽中/脱下凄凉与落寞/飞跃/大自然的起承转合”。

其四，描绘浓郁的泰国风情。

曼谷素有“东方威尼斯”的美称，市区内有几十条大小水道运河穿过，“其中，尤以‘空盛色’运河，为最长水道”，在陈博文的眼中，昔日的“空盛色河道”真是人间的妙景：“在河中飘来飘去小贩舢板，只有船娘女贩的娇声软语，当她们轻扬贩卖声，沿河住户人家，就会拿着盛器站在河沿等着她们经过购买，女贩们一面做买卖，一面谈见闻，某家阿婶昨晚产一男孩呀，某家小姑娘某日受聘了等新闻，大家就像老朋友般道闲情，谈世事。”(《七十二里“空盛色”》)

“水灯节”是泰历十二月上旬十五日。水灯节自素可泰王朝时代就有了，人们将蕉丛蕉叶做成莲花形状，大小不一，中燃一枝蜡烛和一炷香，也叫莲灯。佛经“摩诃般诺波罗蜜多”释为大智大慧，渡到彼岸。借此意，少女们把心事写成诗置于莲灯中，然后在天黑月上的时候，到河边亲手放逐之，并双手合十虔诚祈祷。司马攻的小小说《水灯变奏曲》以这一泰国风俗为网，以哀伤的少女情怀为脉，为曼谷少女的情感体验罩上一层别致的轻纱。

《七十二里“空盛色”》《水灯变幻曲》均描绘了泰国独有的风土人情，其间隐藏着深厚的泰族文化传统，这种文化传统不仅意味着一种生存方式，而且体现了泰族人民的生存智慧和文化个性，具有特殊的审美功能。

其五，泰华文学语言呈现出多样化的特点。

从诗歌来看，无论是早期的林蝶衣、陆留，还是当代的李少儒，他们的语言均各有风采。20世纪20年代末，面对泰国华侨华人于所在国的境遇每况愈下，林蝶衣含泪写下了《破梦》：

> 梦境无端给泊舟的轻笛蜥破/醒来热泪还挂在眼边/是当年一幕伤心的苦影/今夕又缥缈重来入梦/梦中的相抱/梦中的相泣/任什么都没有这般惨痛数时间已十几度秋风吹过数/墓边的落叶/在梦中相会只不过几天/十三年的酸泪想可凭在/梦中流出几滴/可是呀！今夕的梦境/为何无端要给这泊舟的/轻笛吹破

飘零的身世和动荡的社会使林蝶衣饱受病痛和精神折磨，他在散文化的文字上泼染了一层或浓或淡的冷色，使得诗歌的语言具有阴柔之美。再看陆留的《黄昏之献》：

> 没有垂暮的哀伤与退缩。人们，会对佛祖献上三炷香。人们，会对神供奉上三杯酒。但是，面对西照的斜阳，从来没有，供献，从来没有什么可以供献。祈祷吗？不，假如有，宁愿是一首歌，一曲远行的赴敌之曲。夕照的残阳，仍然对人间恋恋难舍，恋恋地努力发射它的余辉，西下的夕阳，仍然这么壮美。呈献吗？不要这古寺“咚咚”然这暮鼓之声！呈献吗？宁愿有支高昂的军用喇叭，宁愿在夕阳里，响起一曲嘹亮的进行曲！

此诗短促、有力，直抒作者胸臆。在陆留身上，你又不难感受其浓重的富家浪子气。陆留曾坦言自已喜欢屈原李白，常常踞陆望海，享受小河由陆地流向海洋的动感，因而取笔名为“陆留”，他进而透露“有人问我流浪的缘故/我不肯说，我是一具行尸”，“而我分明是个羡慕孟尝君慷慨，崇拜荆轲轩昂，偏爱专诸尽孝，钦佩伍子胥英雄的人”。陆留的内心裹着一团来自马德望的火，他的文学语言如《〈火〉之二》，呈现出夺目的金黄色：“这世界，隆冬的世界，火被囚禁的世界，寂寞的这世界，只有火山是壮丽的，被囚禁的地下火愤然地冲发，火山口是吼着使人颤栗的咆哮。”

李少儒的诗作中的语言声音功能较强，偏离语言常规，修辞手法运用多，情感色彩浓郁，变化大：有时呈现出让人心跳的绛红色；有时带给人一抹冰冷的银灰色；有时则像照耀人心的太阳黄，但他本人似乎更偏爱黑色。在《2000 年黑色的画帖》中，他表达了自已执著地守于黑的坚定信念：“我相信她的存在/曾一瞥间闪过她的倩影/我弯脊折背/向无涯无底的黑暗中寻觅”，黑的反面是白，它们之间是光，是无穷的探索之光。

不独泰华诗歌语言特点多样，散文亦是如此。像落叶谷善于用形象的对比间接地描述人情，如“枕边的腻语归期是三载，但在溪边洗衣的她却看到了开落五度的桃花”，此句巧妙地勾勒出少妇落寞凄愤之情，不露痕迹地在人们的心灵烙下深印。不仅这样，落叶谷的运笔还如织锦一般，针线疏密有致，初看无奇，连读至尾，方晓已身陷一言一字总关情的罗网之中。譬若，他在《忆犊情深》里委婉、细腻、深刻地描绘了痛失爱女的亲情：“妈妈对于儿女的一粥一饭，时刻都在关心着的。今天女儿的形体虽不在，但灵魂一唤必归来。妈妈唤女儿吃饭的声音已经无法使对方听到，她便想出一个且求其次的方法——香烟，女儿的灵魂嗅到了香烟，一定魂兮归来，不致饥饿在被弃养的孤独的泉壤里。”

司马攻的散文语言含蓄、隽永，像深蓝色的大海——

> 我将手指从狮子口中缩回，摸着它的前额，是久别重逢，也是乍逢又别。我有很多心事想向它说，它也有很多心事想告诉我吧！但是都付于一笑之中。（《故乡的石狮子》）

他的平和、温婉与落叶谷的绵密、秾丽迥然有别，与梦莉的抑郁多情也大相径庭。

梦莉的散文语言语音幅度较大，词汇主要限于对童年苦难、爱情、亲情的追忆。“当完全恢复知觉后，一种无奈、无告的心情，又突袭了她幼小的心灵。可是，她知道，叫没有用，怕也没法，她得自已忍受，自已忍耐和控制”（《小薇的童年》）、“银翼一掠，划过太空，倏忽之间，它将把你带到那遥远的异国他乡。飞机越飞越远，越来越小，最后，留下的惟一隐约可闻的沉闷隆隆声，终于消失得无影无踪，而我的双手却仍僵举在空中……”（《关山有限情无限》）可以说，梦莉的语言比较凄迷，属于忧伤的蓝色调。

史青的杂文逸散出刺人眼睛的辛辣味。例如，他在《搔痒集》的《吃粽子话诗人》一文中毫不客气地抨击文坛时弊：“诗人应该不作绿荫枝头的鸣蝉，而是暴风骤雨里高飞的海燕……诗人的桂冠，是必须让别人替他戴上去的。”有时，史青又借古讽今，如“私相授受”本意是一方偷自第三方的东西授给另一方，另一方亦不客气地接受。在他的《私相授受》里，作者把这一成语用来讽刺1971年美国与日本签署正式协定，将琉球群岛、钓鱼台列屿完全交给日本之事，这成语借用得恰到好处，全文语气严厉而尖刻，把霸权主义者的丑恶嘴脸刻画得入木三分。

还有许多泰华作家的作品也有自己的语言特色。除了前文略有述及的曾心、陈博文、白令海、岭南人、饶公桥、老羊等作家之外，像林牧的语言如蒙大自然的洗礼，带露似珠；思惟的语言灵巧、新奇；符征的语言富有哲理；冬英的语言浸润着历史沧桑；年腊梅的语言情酽而素朴；巴尔的语言率直劲健、有浓厚的生活气息；黎毅的语言精练深沉等等。简言之，众多泰华作家以独特的语言为泰华文坛营建了一座颇有魅力的文学语言之苑。

印度尼西亚华文文学语言研究

杨怡①

印度尼西亚华文文学语言的环境

一、 汉语在印尼语言格局中的地位

在中国3000万的海外华侨华人中，居住在印度尼西亚（下文简称“印尼”）的约有700万人。汉语是他们的交际工具。汉语在印尼社会中经历着种种演变。这同中国与印尼的关系息息相关，也同华侨华人的命运相联系。

中国和印尼两国人民间的交往始于2000年以前，华侨成批移居印尼的历史则可以追溯到唐朝末年。15世纪，郑和下西洋的时代从“海上丝绸之路”泉州起程到印尼爪哇岛谋生的中国人更是越来越多。这些初期移居印尼的华侨华人先辈多来自东南沿海的一些省份，其中尤以闽粤两省的移民为多。20世纪前的华侨移民，多数是穷人、男人，女性很少。他们不仅有吃苦耐劳的精神，而且还有同当地人民和睦相处、彼此通婚等优良传统，在文化上他们是自成一格，被人们称为“侨生”（Paranakan）。迁居印尼的移民，可分为几种：一种是和平移民，这些移民不仅在印尼的许多地方开荒开矿，种植多种经济作物，参加当地的城市建设（如雅加达、三宝陇、泗水等城市的建设），而且他们还给当地带来了中国当时先进的养蚕和制造丝绸的技术，推广先进的中国农业耕作技术和中国农具，传授了制茶制豆腐技术等。另一种则为“契约工人”，这些人多是被荷兰东印度公司在中国东南沿海掳掠或拐骗到印尼后，在印尼的锡矿及烟草园里作苦工。

20世纪后，华人移民到印尼的人数更多了，与从前有所不同的是，华人妇女也跟着移民到印尼。这样，印尼的华侨在生活上便自成一区，并逐渐与印尼原住民社区隔离开来，形成了印尼的华侨社会，在这个社会里汉语畅通无阻。

1900年“中华会馆”在巴达维亚（即今雅加达）建立后，印尼其他地方也跟着相继建立了一些会馆和华校。教育的跟进，使得那些早期的移民（已经被当

---

① 杨怡：原厦门大学海外教育学院副教授。

地人同化的侨民）有机会再接触到并重新接受中华的文化，他们的民族觉悟也随着教育的发展而逐渐提高了。

康有为的百日维新变法活动和孙中山领导的辛亥革命都对印尼的华人社会有很大的影响，当时有很多人参加和支持百日维新变法活动和辛亥革命，在行动受挫后，有的逃亡南洋，有的奔赴东洋，有的流亡欧美。他们虽然颠沛流离在外，但仍然大力抨击政治腐败的满清政府。1903 年，康有为流亡到印尼，他在印尼的雅加达、三宝陇等地大力鼓动华侨捐资兴学，并不久在爪哇成立了学务总会，负责管理有关华侨学校的教育工作，在这同一个时期，孙中山也来到了星马，鼓吹推翻满清政府，为革命募集款项，筹运军火。

这些宣传鼓动活动，在印尼的华人中产生了很大的影响，无论是侨居海外多年的老华侨，还是到印尼不久的新移民都纷纷在印尼各地组织社团，举办读报社及成立学堂．出版大小报刊，许多华人后裔都视自己为中国国民。

1931 年，日本强占中国的东北，1937 年，中国开始对日进行全面抗战。印尼华人也和其他地区的华人一样同仇敌忾，他们积极响应祖国的号召，想方设法冲破殖民政府的种种限制和阻挠，用各种力所能及的方法和形式，以大量的财力、物力和人力全力支援祖国的神圣抗战事业，更有许多热血的华侨青年，毅然回国投身到抗日战争中去。

上述情况表明中国与印尼之间的关系友善，汉语也得以生存、发展。日本人侵印尼，扼杀了汉语的发展。1942 年 3 月至 1945 年 8 月日本占领了印度尼西亚群岛，在印尼建立了法西斯统治。他们对印尼人民和华侨进行了残酷的政治压迫和疯狂的经济掠夺，并封闭了华校和华文报纸。

1945 年，日本战败投降，印尼宣布独立。随着和平的到来和印尼政府对华实行的友好政策，此时，华校、华报纷纷复办和创办，华文教育和华文文学进入了一段发展和兴旺的时期。在印尼独立后不久的一段时期里，印尼政府在内政和外交上都面临着一系列需要解决的问题。在外交关系上，印尼于 1954 年在万隆举行了“亚非会议”，这一会议的成功举行大大增加了印尼在国际上的知名度和影响力；在国内，印尼政府也克服了不断出现的困难，致力于收复西伊里安完成了祖国的统一大业。虽然印尼政府在内政外交上取得了不菲的成绩，但政府的“纳沙共”政策，却很难平衡和调整国内的各派政治力量，政府面临着动摇或不稳定的危机。于是它在解决作为一个民族独立国家理应发展民族独立经济的问题时，它在建立民族文化、发展民族文学、教育等方面，面临到国内人数众多的“华侨”问题、华侨的报业和华侨的学校问题时，采取了这样一个政策：一方面政府通过了处理华侨双重国籍条例的实施办法，有计划地，按期分批地使当地大多数华人加入了印尼籍；另一方面对少数仍保留中国籍的华人，将他们视为一般的外国居民，在生活、经营以及就业方面给予限制监督或取缔。然而在政府内部还有一种声音，就是试行在华侨问题上采取一种急进剧烈的办法。如：在个别地区试图把华人从县以下地区驱逐和集中到省府，然后在可能时将之分批分船遣送回国，在对待侨团侨校、侨报等方面，也采取相应的措施，对其进行限制、监督直至取缔和封闭。在这种印尼政府里民族主义情绪日渐抬头以及由此所带来的政府对华政策的变化中，印尼的华文教育、华文文学也渐大陷入了举步维艰的境地。

1965 年 9 月 30 日的事件发生后，印尼国内的局势发生了急剧的变化，当地政府采取了极端的反华排华政策，印尼的华侨华人陷入了极其艰难的生存境地。比东南亚其他国家在类似情况下所遇到的更为特别的情况是，新政权对华文采取了严厉的限制：严禁汉字在街头等公共场所出现，禁止世界任何地域的华文书MYM 报的进口，取结印尼全国的华人社团、华文报纸和华文学校。所有的华文书籍、图书馆包括个人藏书也遭焚毁，更可怕的是，连方块字的使用也成为危及当地华侨华人身家性命的违法之举。1967 年，印尼政府宣布中断印尼与中国的外交关系，1968 年，又单方面撕毁两国《关于双重国籍问题的条约》，对印尼华侨实行同化政策，绝大多数华侨加人了印尼籍。此时，全印尼仅剩下了一张为只懂华文的华人宣传政府法令而保存的印尼文与华文兼有的《印度尼西亚日报》。但是印尼毕竟是一个拥有 700 万华侨华人的国家，除了有 100 多万人仍懂华文外，华侨华人子弟中也有不少人进入“民族特种学校”学习华文。少数中上层人士的子女还到新加坡以及台湾、香港等地区学习华文，加之华文教育和华文本身具有强大的生命力和国际文化市场，以及在华文文学领域内仍有一批仁人志士在为它的生存而努力，所以在印尼华文仍然有其存在的基础。

到了 20 世纪 70 年代末期，印尼和中国的关系在经过十几年的冰封期后，终于解冻。两国间恢复了贸易通商，开放了民间的往来，印尼和中国在恢复了正常的邦交关系之后，香港对印尼的投资增长很快，由于发展经济的需要，印尼政府对华文的控制有所松动。

综上所述，我们可以这样说，凡是印尼当局采取开明的友好的政策与中国搞好关系，汉语必定有益发展，也会促进中国与印尼友好的关系，反之，不但汉语的发展会受到影响，中国与印尼关系也会受到损害。

要了解汉语在印尼语言格局中的地位，必先了解印尼语言的状况。印尼是个多种民族方言的国家，如马来方言、爪哇方言等200多种，马来语作为印尼的国语经历了很长的过程。

印度尼西亚，当地土著称为努山塔拉（Nusantara），公元7世纪开始便出现奴隶主王朝。从16世纪起，葡萄牙、西班牙、荷兰、英国先后侵略印尼，其中荷兰殖民主义者统治印尼为时300年。日本侵占印尼始于1942年，止至1945年8月日本投降。同时8月17日印尼宣布独立，从此全称为印度尼西亚共和国（Republic of Indonesia），简称印尼。此后荷兰殖民者还两次入侵印尼。

在当时荷兰殖民地区的社会中，荷兰官方之间的往来，都使用荷兰语，印尼贵族阶层及其子女们一般都受荷兰教育。他们之间所使用的语言除了荷兰语外，便是自身的贵族马来由语。在贵族学校里传授的也是贵族马来由语言，这种语言后被殖民地政府强制规定为官方正式语言。各地区的市民、乡民之间的来往，一般都使用各个地区的方言。这种方言有很大的局限性，不同地区的人便无法沟通。[①]“荷兰侵略者被驱逐后，荷兰语便没有市场。

第二次世界大战以后，印尼人民赶走了荷兰侵略者，美国便插手印尼内政，取代荷兰控制印尼，印尼的政治、经济、军事等方面仰赖美国。因之，印尼官方公布法律除用印尼语外，还用英语。印尼曾把荷兰语视为第一语言，为把英语作为第二语言学校讲授英语相当普遍。

印尼民族方言非常之多，20世纪初叶，印尼独立运动的领导者认为有必要建立一种共同语言来取代众多的民族方言，以利于国家民族的发展。1928年印尼的爱国青年掀起“祖国一个，一个民族和一个语言”的运动。同年10月28日举行的印尼青年联谊会代表大会提出印尼的国语应为马来语。

应当指出印尼语和马来半岛的方言仍有所区别，印尼语既吸收了欧洲语言成分，又能融会了以马来半岛等地方言的长处。

我们了解印尼语言状况之后再来看看汉语在印尼语言格局中的地位，那就清楚了。如上所说，印尼华人华侨约700万人，占印尼人口4%，为数不多，仅是印尼的一个少数民族的人口，因之汉语也是一种少数民族的语言。在印尼语言格局中占有一定的位置，然而它的作用是很大的。华人华侨在抵抗荷兰殖民主义的斗争中，在印尼民族独立的运动中，在印尼共和国的诞生以及建国后发展经济的过程中，发挥了巨大作用，这同他们以汉语作为交往工具是分不开的。

汉语在印尼语言格局中仅有一席之地，然而对于印尼语言以及汉语的丰富与

① 林万里：《印尼侨生马来由文学》，载《印尼侨生马来由文学研究》，林万里译，耶谷苏玛尔卓苦，香港获益出版事业有限公司，1998年。

发展起着不少作用，由于华侨华人经常同印尼人民保持着密切的联系，印尼语言自然含有汉语的因素，汉语中也渗透印尼语言成分。

二、印尼华文文学语言的形成与发展

印尼语言与印尼文学有着密切的关系。印尼的现代文学是新时代的产物，具有反帝反封建和争取民族独立的品格，在语言上是运用民族共同语的现代印尼语。

不过，印尼现代文学前期的印尼文学，通称侨生文学，其语言都是前印尼语。[①]

在印尼侨生社会中，侨生之间的来往所使用的语言是华人马来由语（Malayu Tionghda）。这种语言是侨生的习惯用语，它们自成一体，其特点是在语言中掺杂了许多的福建方言。这种语言普及到印尼各个阶层变成带有普遍性的共同使用的语言，被称为通俗马来由语（Malayu Rendah），或者巴刹马来由语（Malayu Pasar），或者柏达维马来由语（Malayu Betaw. 1），这种语言活跃于各地区之间，各民族之间。[②]

由于社会上广泛使用这种通俗马来由语，印尼侨生作家、翻译家要进行文学创作和翻译，也必然采用这种自己熟悉的、社会广泛通行的语言。印尼侨生马来由文学就是指这些印尼侨生作家使用通俗马来由语进行创作和翻译的文学作品。[③]

早在1900年以前，在印尼出生的华人就有人开始用侨生马来语言（Malayu Betawel）将中国著名的古典文学作品翻译介绍给了当地人民。当时译出的主要中国文学作品有：《三国演义》（1859年）、《薛仁贵东征》（1884年）、《今古奇观》（1884年）、《狄青王虎平南》（1885年）、《正德群游江南》（1885年）、《木秀才》（1887年）、《万花楼》（1890年）、《岳飞》（1891年）、《王昭君》（1894年）、《花木兰小姐》（1894年）、《杨文广》（1894年）、《汉武帝》（1894年）、《狄青五虎平南》（1895年）、《陈三五娘》（1896年）、《三伯英台》（1896年）、《罗通》（1899年）。随着这些中国的古典小说和戏曲相继传入印尼，更是形成了一个时期的翻译出版中国文学作品的高潮。在这个时期，也就是1875年出版的印尼第一部用通俗马来由语写成的长篇小说《红蜘蛛》，可以证明这种

---

① 也有人把侨生文学作为印尼文学的前驱。

② 林万里：《印尼侨生马来由文学》，载《印尼侨生马来由文学研究》，林万里译，耶谷苏玛尔卓苦，香港获益出版事业有限公司，1998年。

③ 林万里：《印尼侨生马来由文学》，载《印尼侨生马来由文学研究》，林万里译，耶谷苏玛尔卓苦，香港获益出版事业有限公司，1998年。

文化交流和文学影响的存在，因为在这部小说里讲述的就是一个来自中国的故事。（参阅林万里译自耶谷·苏玛尔卓的《漫谈印尼华人马来由文学》）但是，当时还没有出现华文文学创作作品，在华人社会里流传的只有民歌小调等的口头文艺。如《过番歌》《望夫怨》，以及劝人多行善事，戒除恶习类的口头民谣，再有的就是由中国传去的演义小说故事、神话、传说、戏曲等民间文艺。

文学的变化发展总是与社会的变化和发展密切相关，随着时光的流逝印尼的华侨侨生对中国的事物越来越陌生，而对当地的生活和环境却日益熟悉起来，再加上一些人文化水准的不断提高，他们已开始不再仅仅满足于中国的翻译小说，而是尝试着自己动手创作一些作品，于是侨生创作文学就开始产生了。他们小说的创作题材多种多样：爱情、战争探险及破案等无所不有；人物有华人、印尼人、荷兰人等；故事的社会背景也不再仅展于中国，而是扩大到了当地的社会。1900 年以后出版的由侨生用马来由文创作的长篇小说有：王陆宾的《天堂之歌》、陆文钦改写的《三宝陇开埠》、侯尚联的《欲望的牺牲品》、朱洪茂的《血手》、张金文的《谁家的女儿》，至于短篇小说则更多了，并且还有很多都出了单行本。这些侨生马来由文学，不论是小说还是诗歌，在情节的结构安排、故事性及作者所抒发的感情等方面都有一定的艺术水平。

在这些侨生作家中，有的受过荷兰的文学艺术教育，有的则在欧洲留过学，在那里受到过文艺复兴运动的影响，有的作家则是从中国古典小说及唐宋诗词（用马来由文的从口译到笔译）中得到文学养分的。所以当时的侨生马来由文学盛行一时，并多年不衰。例如陈庆展在《印华新诗行程简述》中指出：中篇小说《团圆》就是一部很受广大读者喜爱的文学作品。

1912 年创刊的马来由文《新报》周刊及日报《新报》副刊就登载和发表了很多的侨生马来由小说和诗歌。后来由于掀起马来语作为印尼的国语运动，华人侨生的马来由文学开始式微，到 1942 年日本南侵后才为印尼语文学所取代。

对于这段华人侨生马来由文学时期，一些印尼名作家认为，印尼新文学的出现是受到了当时的侨生文学，特别是那些刊登在侨生报纸上的文学作品的影响。现在的印尼语中央杂着许多华语，尤其是福建话，这也是侨生文学的影响结果之一。印尼的文学史评论家耶谷苏玛尔卓就很重视华人侨生马来由文学的产生、发展及其在印尼文学史上的地位。他说：在客观上，华人侨生马来由文学是印尼文学的先头部队。这个先头部队还领了好几个世纪的风骚呢！这段历史已经被不少印尼文学史家和华人马来由文学史家用丰富的史料论证了的。华人先辈在印尼文学史上的贡献值得我们今人为之骄傲。不过，在这一个时期，还未曾见到用华文进行创作的作品，真正的华文文学只有在印尼的华文报纸问世后才开始出现。

印尼华文文学语言的形成与发展历程是值得探讨的。“五四”新思潮远涉重洋，波及了印尼华侨社会，对广大华侨产生了深刻的影响，也为印尼华文文学的诞生准备了一定的思想基础。

在“五四”运动的影响下，1921 年创刊的《新报》和《天声日报》（均在巴达维亚），以及 1922 年创刊的《南洋日报》（棉兰市）等均有文艺副刊的版面，发表印尼华侨作者的白话新潮作品。这些作品是用白话文写成的，反映印尼华侨华人的社会生活，可以说是印尼华文文学语言的起步。

1927 年国共分裂后，大批的文化人又移民到海外来，其中一些人来到了印尼，这些文化人就成了印尼华文文学最早的开拓者。如郑吐飞的《椰子集》是 1929 年 6 月由上海真美善书局出版，反映印尼社会的华文文学作品，这是目前看到用白话写成的印华文学的第一本集子。

20 世纪 30 年代，抗日斗争热潮，对印尼的华文文学更起了催生的作用。在抗战初期，华侨青年受了抗战情绪的激励，于是有人开始写新文艺作品和出版文艺性的副刊了。当时印尼各地的华文报纸，如巴城的《朝报》、万隆的《汇流》、泗水的《新村》棉兰的《苏门答腊报》等都开设了文艺副刊，登载些宣传新思想、新道德、弘扬民族精神，反对帝国主义侵略的新文学作品。撰稿人除了南来的文化人以外，还有一些本地的富有爱国热情的华侨青年，如黑婴（张又君）。这些刊登在各报文艺副刊上的新潮白话文作品标志着印尼带有华侨色彩的华文文学语言从数量和质量上看，都处于发展的阶段。

太平洋战争爆发以后，日本人侵印尼，并立即在印尼建立了法西斯统治的新秩序。在这段时期中，印尼的文教事业遭到了严酷的摧残。印尼境内的所有侨团、侨校和侨报都遭查禁和解散。因此，在印尼沦陷三年半的时间里，华文文学几乎不复存在。印华文艺饥寂下去，印华文学的语言自然停滞不前了。可是，当时的新加坡从事抗日工作的一批中国著名作家和文化界人士郁达夫、王任叔、胡愈之、沈兹九、杨骚、高云览等二三十人先后撤离新加坡潜入印尼避难。他们的到来给遭受了严寒霜冻的印尼华文文坛又播撒下了希望的种子。这些南来的文化人不仅对印尼的华文青年作者和文学爱好者产生了很大的影响，而且还悉心培育了一批报刊的编辑人才，为战后印尼华文文学的迅速复苏和蓬勃发展奠定了坚实的基础。

1945 年 8 月，日本帝国主义战败投降，苏加诺领导的“八月革命”宣告印度尼西亚独立。华校、华报又开始复办和创办。因此 1946 年至 1957 年，是印尼华文文学也是印尼华文文学语言蓬勃发展的黄金时期。在这一时期里，各种各样的文艺副刊文艺杂志相继复刊或创刊。20世纪40年代末至50年代初，由王纪元、郑楚耕郑学如先后主编的雅加达的《生活报》和由宋中铨、谢佐舜、林琼光寒冰先后主编的《新报》都以大量报道新中国的建设成就著称，这两份报的文艺副刊不仅办得很出色，而且还培养了一批文学作者。如谢佐舜、若虚、林文轩、迪人生等。

这些报纸文艺副刊和综合性杂志，为印尼华文文学及华文文学语言的发展提供了宝贵的园地，有些报纸还经常举办各种专题性质的文艺比赛，提倡写作的风气。同时，各种文艺团体和同人刊物也相继涌现。而这一时期的文艺创作更是百花齐放，全面丰收：小说、诗歌、散文、戏剧、寓言、相声、理论、翻译等都有可观的收获。尤其是些关于印尼华文文 学应如何发展的理论性文章，更表现了印尼华文文艺作者不仅已经开始关注文艺路线和原则的问题，而且还提出了不少正确和有益的见解，这些都对印华文艺、印华文学语言的健康发展起到良好的作用。

这一时期也是中国和印尼关系和睦时期，两国间的文化交流十分密切。当时在雅加达经营中国图书的书店里可以买到中国的各种出版物。例如，文学类出版物就从古典文学名著到新创作的文学作品乃至各种杂志，无所不有，这些书籍为印尼华侨，尤其是文学爱好者的学习和借鉴提供了充足的资料。因之，这个时期的印尼华文文学语言中国化倾向比较明显。

但20世纪50年代末到60年代初，印尼华文文学的发展受到了阻碍，当时印尼国内的民族主义分子煽动排华情绪，并影响了政府的政策。《生活报》《天声日报》《新报》等华文大报先后被查封，华校和华侨团体也被封闭和取缔。印尼的华文工作者在这种极端困难的情况下，没有知难而退，而是努力排除干扰，在梁披云、林琼光、邹访今、周颖南、黄裕荣等一群有心人士的协力推动下，印尼的华文文学、印尼华文文学语言还是在压抑的环境中得到了一定的发展。不过它是迈向本土化的，当时现代主义文学思潮登陆台湾并波及东南亚各地的华文文坛，印尼华文文学当然也受其影响，其文学语言便出现了新现象，如渗入现代主义的词汇、语法及表现方式。为适应当时形势的需要而重新改组的《首都日报》的《绿洲》,《忠诚报》的《火花》,《火炬报》的《椰岛》等文艺副刊，成为这一时期印尼华文文学的主要阵地和旗帜，维持了印尼华文文学在风雨中的持续发展。

1965年，印尼发生政变，新政府采取的极端政策使印尼和中国的关系全面恶化，印尼社会再次经过大震荡和大变动，华校被关闭，社团被占领。在社会上，大街上的华文招牌一律被砸烂、打碎、毁灭。在相当广泛的地区，凡在公共场所讲华语包括方言的，不是遭白眼就是被侮辱，甚至被掌嘴，使得华裔不敢讲，不敢教，不敢学华语或方言。华校图书馆里的中文书被烧被毁，个人为防惹祸上身，也大多将中文书自动销毁了。顿时，印尼成为一个举世罕见的不准华文存在的国家。1967 年，印尼宣布中断与中国的外交关系，曾经蓬勃发展的印尼华文文学顿时丧失了生存的空间，印华文学语言也因之失去生存的空间。

印尼华文文学遭禁 20 多年。终于解冻了，正朝者康庄大道前进，印尼华文文学语言也在经受风雨磨炼后发出新的气息！这就是文学语言以汉语为主，又有现代的印尼色彩。

三、印尼华文文学语言特征形成的环境因素

如上所述，印尼华文文学语言的兴衰同印尼当局政治倾向紧密相关，如同中国友好，印尼华文文学语言就能不断发展。反之，印尼华文文学语言就会停滞不前。20 世纪 50 年代初期中国与印尼关系友好，华文文学语言便得到很好的发展，50 年代末期，特别是 60 年代，中国与印尼的关系趋于恶化，华文文学语言处于极为困难的境地，全印尼当时给华人阅读报纸只剩下半印尼文半华文的《印度尼西亚日报》作为宣传政府的法令之用。这份报纸之所以能存在也是有其社会原因的：一是当时的华人青年及中老年人多数只懂华文，这就给新政府向他们宣传和阐明新法令新政策带来了困难；其次，当时的华人在印尼的经济活动中还有举足轻重的地位，不以华文作商业广告和报道来和周边国家和地区互通贸易信息，印尼的经济发展将受到一定的影响；再者加上印尼新资产阶级正在初步形成，在其形成和发展壮大过程中，还需要借重本国华人及台港新马华人的合作，而华文的作用在合作中是不容忽视的，于是，新政府便准许了这印华文字参半的《印度尼西亚日报》的存在。这份报纸的存在，便成了华文沙漠中的一块“绿洲”。

当时，在这种社会困境下，虽然多数的作家为时局和生计的压力所迫，不得不狠心割断了与文学的关系，可仍然还是有为数不少的作家，凭着对中华文化，对华文文学至死不悔的热情坚持了下来，有的甚至至今仍笔耕不辍。自 20 世纪 60 年代中后期以来，印尼的华文文学作家们，不仅没有被如此严酷恶劣的环境所吓倒而至销声匿迹，反而是以更为顽强的精神艰难迈进。他们秉持着“石在，火种是不会灭绝的”的信念，想方设法利用一切可能的条件和机会薪尽火传地坚持着华文文学的创作。热爱华文文学的有心人士就很好地利用了《印度尼西亚日报》这块印尼惟一的阵地，开辟了能容纳华文文学（包括新诗）作品的副刊，

诸如《青春园地》《椰风》《星期天》《周末版》及《文艺园地》等，以供人们有机会发表一些华文作品。而这一小块版面也就犹如沙漠中的一片绿洲，让人们看了印尼的华文文学仍然存在着，同时，印华不少的作家们还利用一切机会在包括香港在内的中国及新加坡的华文报刊和杂志上发表他们的作品有的甚至自筹资金在外埠自费出版作品集。

这种“文学出埠”的现象，不仅向世人展示了印尼华文作家不忘中华文化的炽热情感，也在向世界昭示着印尼华文文学并没有消亡，而是还在顽强地存在和发展着。这也正如柔密欧郑在提及新加坡岛屿出版社出版印华作家的新诗合集《新荷》的出版目的时所说：“好让世界各地的华人文坛知道，我们仍自爱地在学习，仍默默地耕耘，最重要的，我们仍然存在。”这种转移阵地的做法，一方面延续了印尼华文文学 的生命之光，另一方面也扩大了印尼华文文学在世界范围内的生存基地和影响力。

印尼华文文学语言特征形成的环境因素除了社会环境外，还有自然环境及文化环境。印尼处于赤道，气候良好，土地肥沃，各种热带植物四季常青，矿产、水产的资源丰盛，粮食作物、经济作物繁多等。这些自然环境经常见于印尼华文文学作品，从而显示了印尼华文文学语言的表现力。

从印尼华文文学作品中，可以见到印尼的民族传统、民间风俗、宗教信仰、审美习惯的生动的描绘，这也说明了在反映文化环境方面印尼华文文学语言的巨大作用。

从印尼华文文学语言的形成兴衰的过程中，可以看出印尼华文文学语言始终是同印尼华文文学命运联系在一起的，印华文学是以汉语为主体的，而汉语应是白话的，但有一定分量古代汉语，也有中国的地方方言，其中福建的闽南话最为突出，还有印尼语及印尼方言，也有东南亚地区的语言。

印尼华文文学语言特征的形成与代表性作家的文学语言风格有关。巴人作为老一代印尼华侨作家，为抗战时期印尼华文文学语言作出特有的贡献，在他的笔下表现着印尼抗战时期华人华侨与当地人民团结抗日的情景；黄东平以朴实而又生动的语言表现着包括印尼在内的华人华侨的血泪史奋斗史，这是别的作品不能代替的；还有一些印尼华文作者由于环境的关系，不能正面展示印尼的现实生活，但却表现人民的真实情愫，憧憬光明的未来。这对于丰富印尼华文文学语言不无裨益。

印度尼西亚华文文学语言的特征

一、印尼华文文学语言的特点

语言是民族文化的一个组成部分，同时又是民族文化的载体，一种语言必然包含着一个民族所特有的文化内容。而语言的形式特点、结构特点又为该种文化所制约。在语言结构之中，正因为语言与文化有着这么一种密不可分的关系，因此可以说只要是用一种语言来写作，就必然带有与那种语言有关的文化的鲜明烙印。所以用汉语写作，当然也会带有鲜明的中华文化的印记。印尼的华文小说是用汉字书写的，它的文学语言与汉民族的语言和文字有着密切的关系，但是由于印尼的政治、思想、经济、文化、风俗等多种因素的影响，印尼华文作家们虽是用汉语写作的，但作品反映的内容却多是侨居地的，这就使他们作品的语言从内容和形式这两方面既表现出了汉语的民族文化特色，又带上了印尼的文化色彩。因此，印尼华文文学的语言就具有了与当代中国文学语言不同的特点。

首先，印尼华文文学语言表现出鲜明的地域特点。这是由于印尼的华文作家一方面深受中国传统文化的熏陶，中国的历史文化在他们身上有着深厚的根基；另一方面，他们熟悉侨居国的历史文化和风土民情，有深厚的生活土壤。他们也熟悉家乡的习俗方言，有浓郁的乡土情怀。因此在他们的作品中，异国的生活情调，浓郁的乡土感情和中国历史文化氛围和谐地交织在一起。在语言方面则是既保持了汉语本身固有的民族特色，同时又具有鲜明的印尼化色彩。

在印华作家的作品中，大量使用含有特定的汉语文化内容的词语是其语言的突出特点之一。例如，名人名言、成语、文学形象、典故用语等在书中随处可见。如黄东平的杂文《铁杵成针》用中国妇孺皆知的成语，来表示对劳动人民的崇敬，赞扬“劳动比滴水穿石更坚韧、持久和伟大”！教人从中取得深刻的启示和鼓舞。立锋的《忠言逆耳》《不要讳疾忌医》指出“听听别人的批评这对我们是有好处的，它将使我们更迅速地进步，它将使我们的人格和思想更完美；反之，明明知道是‘忠言’却因为‘逆耳’而不去听，甚至反而报复，那么这种人将是永远不会进步，永远躺在错误的坑上，而他的前途也将是有限的，如果长此下去，则他的前途更是可悲。他的工作和思想将永远停留在残旧的阶段、永不进步”。

谁都希望获得对自己有益的东西，“忠言”是对自己有益无害的，虽然“逆耳”，我们也没有理由不去接受。所谓“良药苦口利于病，忠言逆耳利于行”是也。《不要讳疾忌医》一文 以《论语》中的“小时偷针，大了窃金”来比喻“忽视小毛病就会给大毛病滋生出一个良好的沃土，无论是身体上的小毛病或思想上的小毛病都是不容忽视的。尤其是思想上的毛病其危害性就更严重”。文章进而指出其危害性的严重后果：“身体上的毛病只不过是害及个人的生命而已，而思想上的毛病却往往会危害到社会的安宁，以至损害了群体的利益，造成国家民族的损失，这是多么严重啊。”提醒人们：“一个人身体有了毛病就应该立即去医治，思想上有了错误更应该急速纠正。一切讳疾忌医的思想和行为都是要不得的，都应该远远抛弃”。

黄东平在《“劳动创造世界”论》文中不仅引用名人名言，更有古诗“昨日人城市，归来组城市。遍身罗摘者。不是养蚕人”和李自改“看书”的历史故事。

白放情的小说《贝壳》的结尾，采用古典章回小说中常见的表达方式：

昨日情难守，
落得此身空亏恨。
今宵尽囊陈，
正是“惊魂”警未知。

而《离情》的一开头便是：“剪不断，理还乱，是离愁。别有一番滋味在心头。”接着再引用一段：“记得，那时候，我赶到泗水去见你。几天的缠绵，毕生难忘?”

黄东平在《“儒林外史”新回》中的开篇也是这样写道：

金有余北上得先机，权勿用海岛展风头，鲁小姐有命争印书，马老二无才办杂志。

光阴似箭，日月如梭。自从吴敬梓编写《儒林外史》，距今二百多年了。其间儒林人才辈出，书不胜书，到得二十世纪八十年代，不知何故，当日那帮儒林先辈，竟又广集在海外某一岛上，赓续前缘。只是时代已进步，各人也随之改头换面。金有余不再到省城贩杂货，改为出任某文化企业大董事长；权勿用也不再糊涂颟顸，终于被公差擒解归案，竟荣升总经理；鲁编修的小姐也不再制义难新郎，而是走出闺房，大当其营业及出版主任；马纬上马二先生也不再选程墨，而被委任为杂志的总编辑。此外还有魏好古、牛浦郎一千人，胡屠户、张铁臂一千人，周进、范进一千人；无不跻身这新儒林，遂令这新儒林好不热闹来也。只是，这两个半世纪，人物尽已轮回转世了好儿回了，这里只借名顶代，与原书其人性格无关，请看官明察。

这些文中的许多文学形象，带有浓厚的民族色彩，而且作品中对汉语特有的诗句句式也用得巧妙自然。

在描写印尼的山川风物，人情民俗时，既赋予所写的对象具有华族的情调，又使笔下事物带有鲜明的印尼色彩。这是印华作家的作品语言的一个突出特点。

例如，黄东平的《女佣细蒂》中：

> 这村只是一片用竹竿和千亚答（棕榈叶等编成的茅板）盖顶的茅屋；各屋间隔地搭在椰树、香蕉树以及各种果树丛中，形成一片村落。

上述内容本是用汉语描述的，但用“千亚答”表明茅屋的顶盖所用的材料再加上村落是建在椰树、香蕉树丛中，这富有特色的描述便使作品富有了浓郁的地域色彩。

再如，黄东平的《夜行情趣》中，说到汽车在山路上穿行时，有这么一段描写：

> 待到驶抵半山腰，更是险境百出，再加上四周尽是丛莽茂林，把公路都遮蔽了。司机才猛力把驾驶盘尽行旋向左，还没待放回原位，却又立即把驾驶盘尽行旋向右，就这样一左一右，全车搭客也随着例向左，倾向右，挫东跌西地行进。因而，当大家紧盯前方，还在“疑无路”之际，司机却还在猛扭驾驶盘，这才看清前头“灯明谷暗又一弯”；待望到那灯影下的深谷，不觉尽捏了一把汗。而这公共汽车，也就准备这样一直走到天亮。

“山穷水尽疑无路，柳暗花明又一村”，这是中国人熟知的诗句，用这样的语句来表示旅程的险阻颇有华语特有的意味，然而作者却偏偏没用原句，而是用原来的句式，对内容略加以改装，变成“灯明谷暗又一弯”，这一改动便将印尼山区公路的特点表露无遗了。

同样，在立锋的《避雨奇遇记》中有这样一段对当地热带瞬息万变的天气的描写，带有鲜明的地域特点："某日中午，我与太太走在烈日当空热得发烫的柏油路上，走得汗流浃背，气喘吁吁。忽然，雷声隆隆，狂风呼呼，暴风骤雨倾盆而下。我拉着太太的手疾步跑到一家店门前躲雨，路上行人也与我一样纷纷走避，跑到这家店门前避雨，其中有一对老太婆老太公 也手拉手提着竹篮跌跌撞撞地来避雨，他俩已是浑身湿透，各自提着竹篮也湿漉漉地不断滴着豆大的水点"。瞧，"某日中午""走在烈日当空热得发烫的柏油路上，走得汗流浃背"，"忽然，雷声隆隆，狂风呼呼，暴风骤雨倾盆而下"。这段描述天气瞬息万变的文字突出了热带海洋气候的特征表现出了印尼与中国的温带、亚热带气候的明显差异，作者运用了有地域特征的词语，给读者造成了如临其境的效果。再如，林万里的《结婚季节》有这样一段比喻："结婚像榴莲一样有季节性，榴莲飘香的季节，也是结婚请帖纷飞的时候，到了结婚季节，请帖就像秋天里的落叶一样，铺天盖地飘下来，把整个大地罩住，有时在一个星期天里，会有好多张请帖，赶了东家，来不及西家，跑了杏花楼，又赶不上逍遥官，弄得焦头烂额，使人感到分身乏术，赴不胜赴。"林万里用榴莲这种南洋特有名果的产出季节来形容比喻结婚的季节性非常生动，叫人一看就知道中国当代作家不可能娴熟运用这么切合地域特征的比喻，可见利用富于地城特征的词汇来描绘当地的自然环境风貌，选择具有地域特征的词语来表现事物，是印华作品文学语言的一个特点。

其次，在印尼华文文学作品里有些经常运用的词汇是当代中国文学作品所没有的。这些词汇反映了当地的社会政治、经济、文化各方面的情况，包含了很丰富的信息。同时，由这些词汇构成的文学语言，增强了华文文学作品艺术地表现现实生活的力度，正是这些词语表明了印尼华文文学语言的独特性。如阿五的作品《陷阱》中有这么几段："黄金市在清华读过两年外语系，是直葛侨生，他有一张好看的脸，会说话的嘴，有富裕的家境，又有一付十分能够讨好女人的交际手腕，我渐渐对这件事有一股无名的不快之感。"惠姐来信说，蜻已退了学，活动目标也已经由多半是年轻穷苦的小伙子的一群转移到巨商大贾，侨领阔要的地区去了。""我目下只想寻找在我们之间保留着的一层在最原始的相识期间所编织下来，至今我还无恙地保留着的纯挚而美好的友情的薄纱"。又如《虚惊》一文中的这些语句：

塘头村是一个有三几百家烟灶的村子，林心横过一条小河，把整个村面划成平均的两截。村里的族人，他大致都认得，可是由于种种原因，他和他们之间是很隔膜的：他是已经上了六七十岁的人，有钱，又有一个多年以来都是走政界的儿子，因此在村子里早说稳然居于长老乡坤的地位，这是第一；他又是大家都熟悉的有钱“放生”的人，只要有充实的抵押，谷息银息都行，钱是即求即应，多少不计的。可是寸头完全是以镇上的行市为准，并且对于到期偿付的母息，一日也不通融，时常和他生钱的人，多少都吃过这番苦头，至若给他嫌斥一番，额外通融几日的，虽然不是没有，但也不免饱受恶气，还要说下一些感德称恩的好话，其实人家都非至万不得已，是不要去沾这种小施惠的。

《聋子阿德》中聋子阿德和同学的一段笔谈：

——父母亲都在南洋。

——父亲和母亲在此开“亚弄”店。先慈在原乡逝世已经三年。

——你的耳朵是为何而聋的？

——抗战期间，在祖国生了一场大病，先慈刚刚去世，病后无人调理，营养又不够就聋了！

我一时深深地为阿德不幸的身世和遭遇所感动，我不敢多写一句同情和安慰的话。

——你过番来很高兴吗？

——不觉得。

仅以上几段例子中的一些词语，如“侨生”“侨领阔要”“目下”“有钱‘放生’的人”“寸头”“母息”“生钱的人”“亚弄”“过番”等，这些当代中国文学作品中所没有的词语，不仅反映出当地的社会生活情况，包含有丰富的社会信息，而且，由这些词汇构成的文学语言，增强了华文文学作品艺术地表现现实生活的力度，正是这些词语表明了印尼华文文学语言的独特性。

当代中国文学作品较少运用方言词语，而印尼华文小说则普遍化用粤闽等地方言词语和句法，并且形成了明显的语言特色。我们不提倡在文学作品中过多地用方言，但吸收方言里有营养的成分来丰富文学语言，是使文学语言保持旺盛生命力的一条途径。如阿五的《虚惊》一文：

廖福祥一边颤声默念着，一边频频摇首，终于把信交回廖荣生，斜眼望了他一下。

“意料不及！意料不及！竟然有这样的事。荣生兄你意下又打算怎样应付呢？”

“我？像我在原乡闲住了二十年的老乡，坐食山崩，什么吃不完的这时节正所谓迟冇毛，割有血的，我交得出这笔钱吗？况且老命年来疾痛缠身，我也有些活得够了，由他来吧。”

这段中“迟冇毛，割有血的”就是客家话，“迟”是宰割之意，“冇”是没有的意思。用这句客家方言，便形象生动地表达了说话人想要表明自己的确没钱交的状况。

文学是语言的艺术，不管是方言还是普通话，都只是文学作品所需要的原料，是艺术加工的对象，而不是文艺作品本身。对于那些进入文学作品中的方言来说，应该是作者进行过一番取舍提炼和加工的，而不能是“原汁原味”地照样写入，但进入作品中的方言，更重要的是必须具有其他语言所没有，而惟有当地方言所独具的功能。也就是说，这功能应该是有助于刻画人物形象，或有助于渲染环境气氛。总之，对作者来说，应该做到是有意识地自觉地运用方言来实现自己的创作意图，而不是因为自己的语言习惯，无意之中在作品中使用了方言。

例如，黄东平的长篇巨著《七洲洋外》中：

故乡的新年快到了，大家纷纷把唐山信尽交水客带去了，水客也早启程了，可有关唐山信的说论并没有停止，本店的、邻居的、相识的人碰在一起，第一件事就说起唐山信。先是互相探询寄了多少，接着推测几时可到家乡，然后揣疑家人收到后会有怎样的反映。“啊，你可比去年多寄了四元啦！”“这期船正合时，送到咱乡要买年料可不会太迟”。“乡里人早盼晚盼这唐山信，你家人收到后不知怎样高兴！”“明年干得更勤苦些，唐山家眷就不过得舒坦些了。”各人更在盘算自己的：“阿狗或憨因该可以做一套新衬裤啦！女人家管理家事可以松一口气啦！”

“老阿母或许还可以留一些吃滋补的……”

读者可以从众人一些带有方言的欢谈筹算中和迎接新年的轻松舒快的心境里，感受到海外侨胞在新年来临之际深切的思乡怀亲之情。

又如黄东平的《佳节在海外》中元宵夜的“扎峨眉”盛会，“扎峨眉”是闽南方言“十五其（夜）”的讹音。据说，在早年，中国人甚至远在数千里之外的海外华人仍受传统礼教的影响，常日里不许出门的青年女子，特别是“家教”还很严厉的侨生闺女，这三晚特许在家人的护送下逛街。“但这习俗又不是一成不变的……何况在海外两族共处更需要有共同喜爱的形式。或许是受洋人的影响吧，化妆逛街便成为更适当的活动，它也更合乎热带居民喜爱热烈场面的性格。由于人挤，“峨眉”又被允许逛街，的确形成“扎”的局面……据一般人的传述，待字的闺女经这一“扎”，就会给她们带来好运，早日缔结良緣。将从闽南话的“十五冥（夜）”音译写成“扎峨眉”，既符合实际的节日，又巧妙地从字面上突出了这节日之夜的传统习俗，同时也说明正是由于海外两族人民在共同的生活和斗争中产生的这种亲密友谊，才使得这一国、一个民族的传统节日，变成为两国、两个民族共有的佳节。

白放情的《公公去旅行》有一段：

> 那浓眉的女职员坐进车头，大概她就是叫什么导游员的。她开始捧着麦克风在说话了，开场是“早安”，“欢迎”之类，接着自我说，她叫凤姐，又说什么若在途中要SS或唱歌的话，就叫停车等等。这些新鲜词句使我如文二金刚模不着头脑。或许是自己老了跟不上时代。也罢，还是不要多问，免得人家笑自己“山芭”。

袁霓的《由垫肩讲起》：

> “男人的服装也有放垫肩的，主要是西装，而且穿起来看了挺顺眼的，就没有人讲七讲八了。”

这两段中的“山芭”和“讲七讲八”就是闽方言中常用的词语。在黄东平的作品中华侨把荷殖警察称为是“大狗”，警察局是“大狗厝”，官府称“公班衙”等，印华文学作品中这种对方言的使用，俯拾即是，许多地方不仅用得恰到好处，而且还使得文章的语言风格和感情基调相得益彰，十分和谐自然。

此外，为了让读者能看懂这些“特殊”的语言，作者在一些华人社会惯用语的使用处，时常特别加上一些注释，仍以黄东平的作品为例：“父亲一走，便剩我们几个‘看仔国’在家乡跟母亲过活了。当日的家乡，从南洋回来的孩童，都被称为‘香仔田’，不过道地‘番仔团’，却是那些不会讲家乡话和仍保存着南洋习惯的侨生。”再如：“阿贵，你帮助长庚管牛拢抬包头”。所谓“包头，就是麻袋货包”，“他从椰城（即雅加达，华人简称椰城）返泗水”。类似的例子在印尼华人作家的作品中还有许多，这些词语的使用，使作品中充满了印尼这一地域所特有的华族色彩。

当代中国的文学语言在相对单纯的语言环境中，较少受到外国语言的影响，印华文学作品中将印尼的语言和地方土话吸收到汉语里来，自然又形成了印尼华文文学语言的又一特色。如黄东平的小说《女佣细蒂》中：“娘惹”表示已婚的妇女，“寄务”表示女佣，“巴利”表示市场。黄裕荣的作品《卖罗帝的小女孩》中“罗帝”表示面包，“麻路”意为害羞，“北渣”即三轮车。巴人的作品中也有不少这类词话，如“山芭”是小山村之意，“硕我”是西谷米，“吉兰店”是小杂货店等。

在印尼的华文文学作品中我们也常可发现一些当地语言的词汇，以音译为主，同时也兼顾汉语的意义和文化特点，将当地语与汉语紧密融为一体。这些新鲜的词语是形成印尼华文文学语言特色的重要因素，也是它与中国作品文学语言相互区别的重要标志。不少印尼华文作家还把当地词语音译的成分与汉语的词素相互结合构成新词。如黄东平在《侨歌三部曲》中的“弄帮”一词，根据作者的解释，“弄帮”是海外“华侨社会”的好风尚之一，即开店 铺的有义务给生活无着的亲友提供食宿，“弄帮”就是根据当地语言进行的音译，作者将其写作“弄帮”。“弄帮”中的“帮”不仅是音译，而且也取其汉语“帮助”的意思，将音与意较好地结合了起来。再如黄裕荣的《三种树》一文中：“我曾经看过城区里好些住屋，门前都种有这种树，不过这些都是普通住宅，门前只有那么一、二公尺阔的空地，那是远远比不上‘日朗屋’了。”文中的“日朗屋”是印尼语GEDUNG的译音，即大厦大楼的意思，一般指洋房。大楼大厦或洋房较之普通房屋自然是日明气清、宽敞明亮，单从译音字面上的意思就可让读者领会到这种房屋的优越之处。袁霓的《无名英雄》：“伯苏嘉迪（Pak Sukar Di）是一个真正的无名英雄。他的英勇事业在他看来只是做人应尽的义务。”“伯苏嘉迪”即苏嘉迪伯，印尼话把“伯”字放在人名之前，“伯”字在中文里用于称呼别人时也是带有尊敬之意的，而“苏嘉迪”则纯为人名的音译。

立锋文集中的《始乱终弃》有这么一段：“俗话说：上得山多终遇虎。阿芳的丈夫因沉迷于性游戏还是个同性恋者呢——竟不幸染上‘爱死’（艾滋）病，这令人闻之色变的疾病，自然药石罔效，不久就一命呜呼，魂归极乐。”“爱死”一词是Aidz一词的音译，但作者却特意选用了“爱死”两字更进一步表明了阿芳丈夫的死因是由于其不洁身自爱而致。

林万里的小说《在医院里》有这么一段文字：

> 大约午后三点钟光景，护士来到我们的病房，一边叫醒我们，一边打开门窗，然后端脸盆打水给我们洗脸。这时他看到那位小孩子酣睡不醒，便上前拉拉他的小手，嘴里嚷着：
>
> “‘恶狼该压’（ORANG KAJA 是印尼语，有钱人的意思），起来，起来。你看，他们又给你带来许多东西。”
>
> 听了护士这些话，我才开始注意到他床边的桌子上堆满了许多东西，有苹果、梨子，各种各样的饼干和糖果，还有五花八门的玩具。看了这些“财产”，我才恍然大悟，为什么护士叫他“恶狼该压”。
>
> “为什么护士叫他恶狼该压’?”我只顺便问一问。我想陈先生比他早来，可以知道这个别号的由来。
>
> “因为他父亲是个银行家，是个大主公’，所以每天来探病的人非常多，而且带来许许多多的礼物。你没有看到他床边的桌子上的一大堆东西？这个世界是金钱世界。人们的眼睛只认识钱。你有钱，人们使接近你、巴结你；你没有钱，人们就不理昧你，什么亲戚、什么朋友，全没有了。”

作者将印尼语 Orang Kaja（表示有钱人的意思）用谐音的四个汉字”思狼该压”译出，表明作者对那些取财无道的富人的厌恶之情。又如《结婚季节》：“时间已经过了十一点半，该是全体分头出发的时刻。阿贵哥和阿贵嫂一起上汽车，由阿贵哥亲自驾驶：大猫上了另一部汽车，由车夫护送；阿朱骑上日本制造的‘叔权急，摩托车飞走了；最后是一打扮起来就像区长夫人的阿米娜陪着小猫，雇了一辆土制的‘合力榨’三轮摩托车，在隆隆声中也上阵了。”音译的摩托车名“叔叔急”，从汉语的字意上会让人感到赴宴的时间已到，大家急急出门的状态，而音又是 Suzuki。“合力榨”，则表明结婚季节，人情债给一个家庭造成压力。这些译音都既兼顾到原文的发音，又考虑到汉语的意义，这说明印华的作家们并非消极地引用外文，而是有选择地把外语里的某些成分吸收到汉语里来，融化成为汉语的成分，这就成为印尼作家的写作华文作品时的一个语言特点。

此外，印尼还有不少华文作家把当地词语音译的成分与汉语词索相互结合起来，构成新词。如袁霓的《片片竹叶情》中：

雅城华人事的粽子，随着风俗的变迁与同化，口味也与原先祖宗传下的秘方大相径庭了。

我们的“娘惹”粽，不用竹叶，而是用一种香叶裹；包馅的米，也不用糯米，用的是白米；馅料只用猪肉末或鸡内丁，搀一些虾米，放上花椒，茴香，再放上一些甜酱油，要辣的话放上一粒小辣椒。粽子还未熟时，便已满室飘香。趁热吃，如果不慎咬上埋伏于其中的小辣椒，管保你满头大汗地指天大喊。

很多人吃不惯这种“娘惹”粽，认为做粽子断不可用白米。但我从小吃惯了用白米做的粽子，倒觉得很好吃。

黄裕荣的小说《卖罗帝的小女孩》：

我同张老师，才晓得他走半路上，也听到了妮妮的喊声，他就马上赶回来，跟几个人骑着脚车，拼命地追上来。幸亏前面有个北渣夫，拦着路，把那小贼撞倒。那坏家伙怕死了，爬起来就拔足飞奔，给他逃走啦！妮她的脚车就这么救回来了，真是幸运！

高鹰的《幻灭》：

十月中旬的一个早展，灰蒙蒙的天幕上，黑云翻腾，冷风嗖嗖，使人毛骨悚然。

阿祥一家，今天和往日一样，清晨便打开了他煞费苦心经营了二十几年的“亚养”店，今晨一切都显得异样，买客稀少，生意冷淡，心像蒙上了一层阴影。阿祥捡起了报纸，坐在柜台边翻阅。

这几例中的“娘惹粽”“北渣夫（三轮车夫）”“亚弄店”这些印尼华文作品中由当地词语音译的成分与汉语的词素相互结合构成的在中国读者看来比较陌生的新词，正是印华文学语言独创性的表现。

与中国文学作品很少引用英文相反，印尼作品有时直接引用英文，例如：印尼华文作家林万里的小说《驾鹤西归》中：

他们实在太无能了，简简单单的小事都办不好。像这一次料理我的丧事，我在灵堂上看到的一切，没有一件使我满意。像出殡前夕那一晚，来吊丧的亲戚朋友是那么多，这是早该料到的事。我们现在很有钱嘛！那就应该多叫工厂里的职工来帮忙招待，怎么可以子女们自己跑来跑去，有时还有说有笑，实在太不成体统了。照理这个时候，你们应该乖乖地在我棺材边跪着才对。不过现在的人，生活太安逸了，膝盖骨也变得细嫩起来，不能承担体重压迫的痛楚，只好以坐地来代替跪地。这种改变应该給予通融。一转眼，这个老大不知跑到哪里去了，原来他跪到角落里，跟一位好朋友坐在一起聊天，还喋喋不休地说我的坏话、我的不是，埋怨我不应该留給他这么多的债务。实在笨蛋，生意是要发展，没有巨额的债务，哪能做大生意。难道没有听说过："老婆是从大养到小，生意是从小做到大"这一句话吗？美国大富豪 DONALDTRUMP，不也是债务累累。你若想做生意而没有债务的话，那你只好去路边摆食摊，去卖 GADO GADO 咖喱饭。我真后悔把你送到美国念书，拿了 MBA 回来也没用。美国的学府也真奇怪，把硕士叫做 MBA，而我所知道的 MBA 是小时候妈妈去巴刹买回来给我吃的"咸牛肉丸面"（MIE BASO ASIN），你不喜欢成的，可以买甜的叫做 MBA（MANIS）。反正一切都乱了套。

袁霓的《巴棠菜》：

我们的国家，是一个多种族的国家。每一个种族，在"吃"的方面都有他们自己的特色与习惯。就像爪哇人的 GUDED、巴连邦人的 PEM - PEK、巽达人 KREDOK、马拉都人的沙爹和梭多、巴达维人的加多加多，还有巴案人的巴棠饭等等。

同样是袁霓的《留学生》：

寒冷的街头，远远地，一个高高瘦瘦的身影走来，是一个青年人，学生模样，亚洲脸孔，不知是中国、越南还是韩国人，反正是一张很亲切的亚洲脸孔。他穿着蓝色的牛仔裤、蓝色的牛仔央克，慢慢地向我们走来。窗阶上，放着几杯喝过的塑胶杯，他走过去，一个个地摇着，发现是空的，又失望地放回去。

然后，他走到我们面前，犹疑了一下，忽然伸出手对我们说：“Please help me，give me Some dollar…”大家被他突然的举动惊愕住了。

看到没有反应，他又走到我先生面前，同样地伸出手：“I am hungry，help me please…

四周沉寂，大家静静地看着这一幕，惊愕而不知所措。

明芳的小说《校园里的芒果树》：

九月，是芒果上市的季节。

大街小巷，可以看见卖芒果的担子或手推车，在挨家挨户兜售，而且，老远就可以听见小贩的吆喝声——一路吆喝着“芒果”“甜芒果”，或拉长尾音的“Manis”（意即甜美）—成为了芒果季节的特色。

在商业区的行人道上，排列着一箩筐、一箩筐的芒果，小贩们大声喊“一千盾一公斤、七百五一公斤、五百盾一公斤……”照不同的品种，开不同的价钱。

最先上市的，是芒果之王——最香最甜的BuahHarum Manis，深绿色的薄皮，金黄色的果肉，汁多核小，一粒有半公斤重，继而上市的是淡绿色的厚皮，淡黄色采肉，肉厚有粉味的Buah Ceng Kir，也是半公斤一粒。同时还有圆形如拳头大的Buah Cedong，长形如木瓜的Buah Cele，及各种杂品芒果，繁不胜举。

这种在汉语里夹用少量外文词句的做法，形成了印尼华文文学语言与中国文学作品不同的文学语言特征。

印尼的华文作家们一方面吸收了外国语言和当地土语的营养成分丰富了自己的文学语言，另一方面也继承了中国古典文学的优良传统，把古汉语里的语言融化在了自己的作品中，使文学语言变得典雅隽美，既有中国传统文化的美学特征，又有印尼的地方风韵和情趣，这样，印华文学语言就兼具了多种文化内涵，形成了与中国文学语言不同的特色。如：意如香主编的《夜来风雨声》一书内有散文、诗歌、小说，从中可以看出印华文学语言融化中国古典文学语言的长处。《一江乌水向海流》一文题目显然是从诗句“一江春水向东流”改造过来的，文末这样写道：“梭罗河呀梭罗河，我们美丽的故乡。问君能有几多愁？恰似一江乌水向海流……”梭罗河是印尼梭罗市畔的河流，1998 年 5 月 13 日该市“上空腥风血雨，浓烟冲天，一场惊天动地的疯狂暴乱发生了”，作者对于印尼极端势力的反华行径极度愤慨，文题及上面四句便是这种感情的流露。从语句说，前两句是歌谣后两句是旧词。这是古今诗词文体的结合，字词、含意与原来文体的内容有所不同，然而未见不伦不类，尚能和谐一致，这是印华文学语言融合汉语诗词融合古今汉语而自成一体的特色。这种特色不仅在诗词文体中表现出来，而且也在叙述文体中反映出来：如张运乘《诗岛梦成一水隔》一文这样写道，“她……望著峇厘特有的神庙寺塔，看到海边的沙鸥，她真有一种罕见的自由和幸福感。是的，飘飘何所以，天地一沙鸥，是她此刻最贴切的心情写照……”整段文字，以流畅的白话文为主，末句采用古诗，如“天地一沙鸥”，也改造原诗句，如把“飘飘何所似”改成“飘飘何所以”，不过通读起来尚能一气呵成。

由于受到中国古典文学语言的浸润，印尼不少优秀的文学语言相当精炼且有艺术的魅力。例如彩风的《井》一文中描述印尼政府“十号法令”发布后的“我”离开家乡数十年后回到家乡，首先探望家里的井，文章写道：“悠悠几十年过去了，今天我又来到乡下探访这口井。景物依旧，人事全非，井边长满了青苔，我抚著井台的边沿想起儿时，共饮一杯水，同吃一锅饭的童年友伴，欢言笑语常人梦中，难以忘怀。”这里长句不多，短句不少，读起来朗朗上口，描述又逼真，富有感染力，激起人们对“十号法令”违背人民意念、大肆反华的无比愤慨，同时也怀念“×号法令”发布前的甜美生活。“在我的记忆里，我家屋后，墙外是一大片苍翠的森林，墙内的空地，种植了许多农作物，咖啡树花开季节，山脚下的早展，花香浓郁，白雾茫茫，天气奇冷刺肤，我们姐弟几个和村童们，一大清早就到地里采摘玉蜀季，挖蕃薯，然后直往炭窑处跑，蹲在窑坑口，一边烤火取暖，一边吃著烤熟了，带点焦味的‘早餐’。这样，我们这些在旷野里生长的‘小草’，庸俗粗野，在所难免了。”这段文字，言简意赅，情与景，意与境融汇无间，既有中国古典文风，又有印尼的色彩。

二、印尼华文文学语言的价值

印尼华文文学语言有着许多独特的价值，值得研究、探讨。印尼文学语言形象地反映印尼华侨华人同印尼人民一起艰苦奋斗的历史。黄东平的长篇作品《侨歌》三部曲《七洲洋外》《赤道线上》《烈日底下》，是华侨华人的“史诗”，他以生动的文学语言表现印尼华人华侨和当地人民从 20 世纪 20 年代到 30 年代反对帝国主义、殖民主义的强烈意识，也反映了他们之间的亲密友谊及奋斗精神。

如《侨歌》三部曲中，作者以细致的笔触，描绘了华工当时的社会环境。坷境的华侨社会，以及斯达干煤矿的华人都在别族中间靠自力更生，同时又在殖民压迫居戮下艰辛地生活着。他们在贫穷、饥饿和死亡线上挣扎，真实地反映了20世纪20年代末殖民统治者与华工及当地工人的尖锐的阶级矛盾，深刻地揭示了反殖斗争的必然性。如《侨歌》的第二部《赤道线上》，斯达干煤矿附近的那座供应罢工的华工生活来源的大山，罢工初期的华工生活就完全依靠着这座可以无穷尽提供食物的深山密林，正是这良好的自然环境为华工们坚持斗争提供了一定的保障。为了斗争，华工们不畏艰险，一步步深入莽荒，攀山涉涧，辟莽伐林。他们的足迹踏遍了整座深山。"密林的前面是悬崖，枝重叶盖，稍不留神，每每遭致'失足千古恨"了；穿林渡莽之后，却又碰鼻在峭壁上，抬头一望，又顿觉猿猱愁攀援了，还有狭谷险峰，深渊幽壑，急流飞"虽然大山到处是悬崖险壑，但是，罢工后的华族和当地人矿工们却把它当作天然宝库，人间胜地，并且凭借着这自然环境坚持着罢工斗争。

印华文学作品还以诗的语言，表现了印尼暴徒反华的罪行。如叶竹的《乌雨伞》即暴乱的谐音，表示了对印尼1998年5月13日暴乱的谴责。诗中这样写道：

伞开来便是一阵天昏地暗
能为我顶住弹林枪雨吗
伞里有文明的野火在烧烤派对
抢烧辱后仍然手舞足蹈
最后再把我那一层薄薄的黄皮
拿去烧成沙嗲
不辣也香脆的早已握在
持伞人的掌中
开阖折拆
任人处治

还有张汉英《推残》《恐慌》二首诗也表现印尼各大城市掀起的大规模反华排华大骚乱的沉重心情。

以哲理诗的语言表现华人华侨及当地人民的思想、性格情操以及理想追求，这是印华文学语言又一价值。《凤维回忆录》是一部自传式小说，描述了印尼蒋英棣80年坎坷人生及自强不息的生括经历。她在序言中以哲理诗的句子表述这个主旨。她说："从生命的起点到终点，不只是跟著这汹涌澎湃的浪潮，顺流而下，连一点轻微的声息也没有留下，作为对这继往开来的生命延续中，没有留下你的大棒，亏负了前辈对后辈的愿望和赐子；虽然这不是一把火炬、至少不要让这火棒熄灭!"又说："我当前不再顾到小我，而我的内心的漾荡，也就缓和得多"。这些都表现包括印华在内的印尼人民的高尚的思想品格及崇高的精神境界。阿里安的诗作《必须》这样写道：

我必须敏锐与多情
在枯萎的落叶堆中
学会如何去发掘
一札搬笑著的花枝

我该收拾昨日的灰烬
丢散于彩虹的两侧
然后把明天摺叠成亮星
紧紧缀在暗沉的夜空

当灿烂趋向平淡
青春的沸点逐渐冷却
生命书页的一组歌
必须谱给欢乐
不是谱给叹息

偶尔失望会突如其来
填住生活的一个缝隙
我也必须学会以恬然
在心的深深幽谷
栽植一株映山红

这首诗告诉人们：印尼人民在印尼暴徒骚乱的极为艰难的环境中仍然执著追求美好的理想。

印华文学语言善于表现印尼特有的地方风貌，黄东平是个杰出的代表。他笔下的印尼市镇的夜市风景是这样的：

> “轰隆……”晴空里突然一声响雷。它有似在全街行人，特别是在振祥叔一家人心头炸开了。
>
> “雨马上要到啦！”像在蚂蚁堆里授下一块什么，街上行人的脚步立即乱了套，有的加快步伐，有的四散找避雨处。
>
> 一阵冷风打从布遮底下卷了进来，人人背脊都感到丝丝凉意，这是雨快到了的先兆。振祥叔他们都绝望了。雨季已临近，是早提防着的，可就是没有料到这头阵雨来得这么快，尤其是在这周末晚上到来。
>
> 热带的骤雨随即沙沙地下起来了。顷刻间，雨已转为倾盆瓢泼地下着。摊盖漏水了，他们全家忙不迭地移动桌椅，掩盖用品，支架摊顶，忙乱成一团。待摊顶盖好了，雨也转小了，他们尽呆呆地，脑里仿佛停止了思想，连时间的概念好似也从心头消失。不知经过了多少时候，雨终于停了，他们不觉尽“吁”出一口气，“活”转来了。
>
> 街面上此时一片水汪汪，霓虹灯和各种灯光倒映在水面上，化为一片绚烂晃动的幻影。但他们没有心情欣赏景色，只希望雨脚快收尽，行人早出现。
>
> 行人也终于出现了，只是有的撩起裤管绕过水洼，有的叫住车辆跳上车，都回去了。街上依然冷清清地。
>
> 平场的电影早散了，往日，这正是最热闹的时刻，有时真是座无虚席，今个尽給这阵雨打散了。晚场的电影也已开映，现在剩下的希望只有待晚场散场了。但一向晚场看客稀疏，今晚只要能再卖出几碗，就算侥幸了。

上面这段描写虽然没有华丽的词藻，但却动中有静，静中有动，显示出印尼一个市镇夜市的风景，热带的骤雨，霓虹灯倒映的水面，固然点级了热带的夜景，但响雷有似在“振祥叔一家人的心头炸开”，他们随着雨势，“仿佛停止了思想”，待到雨停才又“话”了起来不也表现了社会底层小人物谋生的艰难吗?

黄东平在作品中不仅描绘了热带市镇色彩缤纷的面，也刻画了它灰暗惨淡的另一面。在《女佣细蒂》这篇小说中，作者引领者读者跟随女佣细蒂的足迹巡视了那富足、到处呈现灯红酒绿景象的大都市的另外一面。在繁华的街道上，有走下汽车的“各种各类的男女”，“男的尽穿西装，女的都打扮的妖冶怪异”，身上飘散着“阵阵酸甜的香水气味”，也有“伸出一支枯骨般的手：‘嬷，我饿了……”的孩童和“尽像木头似枯坐在黑暗中”等待着替人按摩的老汉和老妇。在他们的周围“惟有四周的蚊虫成群起哄，污水溪里的臭味冲天，教人欲呕”。如果我们不把地方色彩仅仅看做是地方的自然风光，那么，这些描述，何尝不是海外市镇的地方色彩，不也同样映射出一个资本主义都市的时代和杜会图景。

在黄东平短篇作品中，读他的小说和散文便可知作者对自己海外故乡的熟悉和热爱。他在自己的作品中不惜花费笔墨去描绘热带故乡的大自然。比如《婆罗洲山埠杂忆》所描绘的热带地区异乡奇趣的特有景色：

> 河岸一排排的高脚木屋，在波光晃动中，渐渐临近了。这些木屋，一式儿用木棍支架起来，倒伸进河里。从河中心看去，成排的屋屁股，高路在木棍上，横搭直竖，高高低低，蔚为奇观。而更奇的是，屋背后还有好些低矮的，浮在水面上的“浮屋”。浮屋背后，才是大大小小的船只：汽艇、船舨、舯船……纵横交错。而河面则船只如梭。
>
> 退潮之夜另有一番景色，满江黑朦朦，好似连同天空一起被罩在一张又柔又厚的黑绒毯里。渔船两三只，有如悬挂在漆黑的空中，又似搁在黑绒毯上。惟独那串串金色渔火，像一条条金蛇，不断地钻进墨绿的水心，一条紧接一条，尽钻不完。“连接起来统有千百丈长吧....?.”我又忆起儿时这幻想，不禁涌上一丝会心的笑意。

这幅风景图展现在读者面前的，除了有大自然的美以外，还让读者感受到那就是印尼劳动人民的勤劳与智慧和独特的劳动方式。

当然，以艺术的语言表现印尼自然风貌的作家还有许多，又如意如香在《一江乌水向海流》的开头这样写道：

一九九八年五月十三日。

碧蓝天际彩霞滕，朝晖映照朵朵云艳：蓝白、青红、黛绿，俄顷，辉映变幻，或成人形、或似怪兽，在浩瀚幽静的港湾里，形成耀眼目炫的幻景。昨息万变的云彩，一会儿，不知将变成如何骇人的气势？海上滚滚的波涛一浪压过一浪，冲涌向广阔沉寂的港.....

这里梭罗市特有的海上幻景，配合着上空腥风血雨，使人感受到重压，也使人沉思！

印华文学语言具有独特性及其价值，这是同印华作家以自己的文学语言风格丰富了印华文学语言分不开的。黄东平文学语言虽然平易朴素，然而橡人浓郁的个性，即善于娓娓道来，还有节奏感；黄裕荣文学语言富有哲理性，善于借助身边的一些不起眼的小事物，如“钉子”“火柴”“县长”来探索人生的意义和价值；柔密欧·郑善于以洗练的语言，鲜活贴切的意象和意境，构筑自己的艺术天地；林万里以幽默风趣的语言画出社会相；晓彤以散文诗似的抒情语言见长；袁宽于简洁通达之中，不失女性作家的细腻，朗朗上口，颇有余韵。还有不少作家、诗人以不同文学语言特色，汇入印华文学语言的宝库。

时代在前进，文学语言也在发展中，印华文学语言也是如此！

文莱华文文学语言研究

杨子菁[1]

文莱华文文学语言的环境[2]

一、 汉语在文莱语言格局中的地位

文莱人口中马来人居多，马来语（巫语）也就成了文莱人使用的主要语言，也是文莱的官方语言之一，此外还有英语。汉语在文莱主要是通过华校来进行传播的，当地的华人在家庭或生活中多使用汉语的方言，如：广东话、客家话、闽南话等。文莱政府在1960年制订了一条法律，规定在文莱出生的华人，不能自动成为文莱公民，要获得公民权则必须通过马来语的考试。因此华人子弟学习汉语的积极性受到影响，汉语和汉字的教育在文莱受到一定的限制，全国八间华校，都仅停留在中小学阶段，而大部分是以小学阶段为主，其主要的教学用语仍是英语和马来语，华文只是作为一门课程，相对于英文和马来文而言，其弱势十分明显。在文莱，主要有五种语言：马来语、英语、汉语、阿拉伯语和达雅克语。马来语和英语是官方用语，在各类学校都作为必修课程，汉语、阿拉伯语和达雅克语都只是民族语言，一般仅在其专属学校进行教学。虽然华人人口不少，而真正使用现代汉语普通话的人却不多，汉语在文莱语言格局中的地位远不如马来西亚或新加坡。华校的汉语教育，为文莱华文文学的产生和发展奠定了基础，使热爱文学、热爱汉语的人们能学习到祖籍国传统文化的精髓，感受到文学的魅力；同时为他们尝试文学创作提供了一个校园环境。华文教育的发展是华文文学繁荣的前提条件，近年来随着中国经济的发展及国际地位的提高，人们逐渐认识到汉语的重要性，这为文莱华文文学的繁荣创造了一个良好的氛围。

---

① 杨子菁：厦门大学海外教育学院副教授。

② 本节主要参考下列资料：陈贤茂等：《海外华文文学史初编》第三章，《文莱华文文学》，鹭江出版社，1993年，第274－301页；一凡：《在困境中求存的文莱华文文学》，《洒向人间都是爱》，岛屿文化社，1998年，第130页；一凡：《文莱华文文学初探》，庄钟庆、陈育伦主编《世纪之交的东南亚华文文学探视》，厦门大学出版社，1999年，第241页。

二、文莱华文文学语言的形成与发展

文莱华文文学语言以现代汉语普通话为主，吸收了汉语方言和古代汉语的某些成分，并且融会了当地民族语和外国语言成分。华文文学语言的形成与发展同华文文学的产生与发展相联系。华文文学在文莱的发展历程是十分艰难曲折的。首先，文莱本国没有创办华文报刊，华文书籍甚少，特别是那些内容严肃的文化方面的书籍更为少见。当地华人所阅的华文书报大部分来自马来西亚、新加坡、中国香港等地，文莱前期不少作家的作品也大多发表在这些国家或地区的报刊杂志上。20 世纪 60 年代末至 70 年代初沙捞越美里的《诗华日报》提供个文艺版位《火炬》，为文莱写作者开辟了一块写作园地。但《火炬》仅维持了三年便停刊了，文莱的华文创作也因此低迷了近五年的时间。在文莱华界的共同努力下，1977 年《诗华日报》重又为文莱华校提供每月一版的写作园地《文中学生工作》及《文中学生园地》。《美里日报》也同时为文莱华文写作者设立《文苑》文艺版，随后《诗华日报》再开设文艺版《油城》，这些版位也仅持续了三年左右的时间就先后消失了。直到 20 世纪 80 年代，《美里日报》的《竹原》《笔会》和《诗华日报》的《文艺坊》才再次为文莱文艺写作者提供了发表作品的园地。由此可见，《诗华日报》和《美里日报》在文莱华文文学发展的过程中起着极为重要的作用。然而真正推动文莱华文文学写作的是 1989 年 3 月依附“文莱留台同学会”成立的“文莱留台同学会写作组”（实质上就是文莱作家协会），这是文莱第一个华文文学团体。他们积极推广华文文学，加强与东南亚各国作家和团体的联络，参加了一系列文学交流活动，取得了令人瞩目的成绩。“文莱留台同学会写作组”虽然组员只有 30 多名，但它标志着文莱的华文文学进入了一个新的发展阶段，意味着文莱的华文文学已拥有自己的作家群体，也意味着文莱的华文文学作家将有更多的机会与各国华文文学作家进行交流，文学创作将迈上一个更高的台阶。文莱华文作家群体的形成较晚，但正是由于他们不懈的努力，文莱的华文文学从初期习作式的、零散的诗文而逐渐形成规模，诗歌、散文、小说、小品等多种文学形式共同发展，出现了一批在东南亚华文文学界具有一定影响的作家。其文学语言也由稚嫩、朴拙到相对成熟、老练，可读性增强。正如女作家李佳容（煜煜）总结自己的写作过程所说的：“屈指一数，与文学扯上关系，前后已近三十载，间中生活上经历不少风风雨丽，精神上亦承受过极重的压力，然对文学的执著，写作的坚持，始终不渝由阅读而投稿，由参加本地文学团体而与世界各国文友交流，由直抒胸臆而注意修辞分析、内容技巧；由风花雪月而注重历史价值，时代社会意义。”① 这也正是文莱作家从事华文创作过程的真实写照。文莱自然资源丰富，环境、气候都十分适合居住，人民生活平和富庶，社会秩序比较稳定。因此华文文学作品的主题大多是抒发个人对生活的感受及对人生与自然的领悟，描写当地华人的思想生活。所选取的题材又以亲情爱情为主，而反映政治历史社会变迁方面的题材较少；表现在文体方面相应的也是诗歌散文为多，其次为中短篇小说。大部分作家选择诗歌、散文的原因主要有：首先诗歌、散文是直接抒发情意最佳的表达形式，有感则发。其次此类文体一般比较短小，相对于长篇小说而言组织构思来得容易，再次文莱大多数作家都是兼职的，时间上的不足也促使他们选取篇幅不大的文体。由于大部分的作品是诗歌、散文，作者的主观色彩较浓，语言上处理的幅度较大，在语言及修辞上更注重传统的韵律、节奏对仗、排比等，相对小说而言，当地现实生活中的语言状况在作品中表现得不太明显。这也就形成了文莱文学语言的一大特色：坦诚而不乏婉转，直白又不失诗意。

三、文莱华文文学语言特征形成的环境因素

就自然环境看，文莱位于东南亚马来群岛中一个大岛一加里曼丹岛（原称婆罗洲）的西北部，国土面积狭小，为 5765 平方千米。其东南西三面与马来西亚的沙捞越州接壤，北濒南中国海，靠近我国南沙群岛。文莱沿海地形较为平坦，内地则多山地。文莱地处低纬度，属热带雨林气候，一年分为旱季和雨季两个季节。全年温差不大，一般在 20°C ~ 30°C 之间，气候宜人，且没有地震、台风等大的自然灾害。但雨量充沛，湿度较大，因此文莱出产橡胶、胡椒、椰子等热带作物，其森林资源也极为丰富，森林的覆盖面积约占其国土面积的 70%，其中还有不少是未开发的原始森林。文莱素有“石油王国”之称，石油及天然气作为文莱的主要矿产资源、蕴藏量十分丰富，石油业和天然气业自 20 世纪 60 年代初开始开采之后就成为国家的支柱产业，在国民经济中具有重要的地位。在文莱华文作品中，常出现描写大海、森林开发及石油生产的场景，如煜煜的《雨季》，一凡的《第二故乡》，劭安的《蜕变》等。文莱其东南西三面皆与马来西亚的沙捞越州接壤，地理环境上的优势使两国的文化交流顺畅而且持久。不少文莱作家将其作品投到马米西亚或新加坡的文学刊物上，如沙捞越美里的《美里日报》和《诗华日报》的文艺版就被认为是文莱华文文学的摇篮和花面。不仅如

① 熤煜：《轻舟已过》后记，美里笔会，1998 年。

此，当时马来西亚作家的文学创作也对其产生了一定的影响。尤其是部分华文作家生长在马来西亚，但长期在文莱工作，而且致力于华文文学创作，成为文莱华文文学中不可缺少的一个组成部分，这类作家有：煜煜、柯丽、语桥等。①

就社会环境看，文莱是东南亚历史悠久的一个文明小国，早在公元5世纪中叶，在中国的史籍上就有“婆黎”的记载，指的就是文莱。15世纪末到16世纪是文莱最为强盛和繁荣的时期，其疆域曾包括整个加里曼丹岛，甚至扩展到部分菲律宾地区，当时文莱是东南亚重要的海上货物的集散地，更是东南亚地区的伊斯兰教中心。作为一个穆斯林国家，苏丹是国家的最高统治者，王室具有至高无上的地位，国家的政治、军事、经济、文化、外交等都由王室掌管。文莱的民族主要有三个：马来族、华人和当地的土著民族达雅克人。马来族人数最多，约占全国人口的三分之二，文莱王室也属马来族。他们讲马来语，信奉伊斯兰教，多居住在沿海地区，主要在政府机构，金融、贸易及石油等部门工作，也有少数从事农业和渔业。文莱当地的土著民族，又称为达雅克人，是由数个少数民族组成，他们讲达雅克语，但没有文字，与马来族同属印度尼西亚语族，他们大多居住在山区或江河边，从事农业或渔牧业生产，生活方式较为原始，虽然他们是当地最早的居民，也享有政府规定的公民权但在文莱社会中却是一个弱势民族。随着与马来人通婚的增加，其生活习俗受马来人的影响较大，融合的程度日益加深，因此达雅克人虽是当地的土著民族，却日趋缩小，现在马来族与华人的人口都大大超过了他们。华人占全国人口的20%为文莱的第二大民族。当地的华人主要来自中国南方的广东福建等地，以客家人居多。由于华人在当地未被认同为国家的一个族群，文莱的大多数华人至今还没有取得当地国籍。其主要原因是1960年文莱通过一项法律规定，即华人如果在文莱总共生活25年以上，且连续居住在文莱20年，方能成为正式的公民。据统计，1984年文莱独立后，取得公民权的华人，仅占当地华人总数的五分之一，其余只能作为永久性居民或临时性居民在文莱居住，在政府机构中任职的为数极少，在政治上难以得到发展。但文莱的商业、服务业基本为华人所控制，华人在当地的经济贸易活动中充当着相当重要的角色。由于大多数的华人未取得当地国籍，这种身份上的不认同，使文莱华人无法像东南亚其他国家华人那样落地生根，也无法从根本上与文莱本土思想文化融合。正如文莱女作家一凡所说的：“没有本土文学个性可以说是华文学的

① 俞亚克、黄敏：《当代文莱》，四川人民出版社，1994年。

个性，没有文莱特色可以说是这华文学的特色。”① 同样，文莱的文学语言相对于东南亚其他国家而言受本土语言文化的影响较小，且许多从事华文文学创作的作家同时又是华文教师，具有比较高的华语水平，因此大部分作品的语言还是比较规范。相对于马来语，可能影响其文学语言的更多的是作家自身所熟悉的现代汉语方言，如：广东方言、客家方言、福建方言等。

就文化环境看，文莱是一个拥有多元文化多种族的国家。伊斯兰教是文莱的国教，为大多数人所信仰。文莱苏丹国就是在伊斯兰教的基础上建立起来的。多年来文莱政府一直把伊斯兰教作为政府制订政策的依据和整个社会的行为准则，把伊斯兰教信仰、忠君思想及文明礼貌三者作为人们社会生活的核心，在文莱各种院校开设有关伊斯兰教教义的课程，要求全体学生修读。但文莱的部分华人信佛教，也有部分信妈祖教；达雅克人则普遍信奉万物有灵的原始宗教；其印度移民多数信奉印度教，少数信仰佛教；而文莱的英国移民信仰基督教，部分达雅克人也信仰基督教。由于伊斯兰教的盛行，与伊斯兰教相关的一些词语也散见于文莱华文作家作品中，如：“苏丹”“开斋节”“阿訇”“回教堂”“回教徒”等。

谈到民族习俗，人们首先会想到各种民间的节庆活动，这些节日或庆典的活动中不仅包含了一个民族的生活习俗，也蕴蓄着深厚的民族文化的内涵。文莱最高的统治者是苏丹，苏丹诞生日也是文莱最重要的节日，在苏丹诞生日这天全国上下都举行各种活动以示庆祝。在煜煜《文莱情结》一文中，也有有关开斋节的描述：

> 每年开斋节的第二天至第四天，奴鲁伊曼皇宫均在上午十时至十二时，下午二时至四时开放以让全汶各阶层人民及外国到访者向汶苏丹陛下、后妃及各皇室成员贺岁。这已是我第四次参与。那种全民欢腾的热闹景象，使我深深感动。②

文莱是以伊斯兰教为尊的国家，开斋节是穆斯林最重要的节日，也是马来人的新年。每年伊斯兰教历9月是伊斯兰教徒的斋戒月，在这个月白天必须禁食，天黑以后方能进食。斋月后的第一天就是开斋节，节日期间人们除了参加官方举行的各种宗教活动，还互相登门拜访，而且每家每户都要准备丰盛的食物招待客

① 一凡：《文莱华文文学初探》，《世纪之交的东南亚华文文学探视》，厦门大学出版社，1999 年，第 241 页。

② 煜煜：《迎向朝阳》（美里笔会丛书之二十一），美里笔会，2001 年，第 128 页。

人。正如劭安在《两朝元老——一个信差的故事》中所描述的：

> 回教徒开斋节，可受和巴鲁受邀去阿末家拜年，跟阿末的老爸老妈握手，把“绿包”派给阿末的弟妹。客厅的桌子上摆满了糕饼点心，他们一边喝汽水，吃点心，一边谈天。①

在日常生活中，伊斯兰的教规已成为文莱的主体民族——马来族人的生活准则，在饮食方面，他们不饮酒，不吃猪肉，不吃已死亡动物的血和肉，常吃牛肉、鸡肉、鱼等，饭菜中喜欢加入咖哩、胡椒等带辛辣味的调料。大米是文莱马来人的主食，他们也习惯吃手抓饭。在衣着方面，沙笼是文莱马米人最常见的一种服饰。由于生活在热带地区，宽大透气的沙笼，成为当地男女老少首选的服饰。传统的马来族男性头饰是无边的“宋谷”帽，女性则是头巾。文莱的马来族人非常注意礼仪，对待来客十分热情礼貌，若有客人来，他们一般都会停下手头的工作，端出食物来招待客人。到别人家做客时则必须衣冠齐整（男人得戴上“宋谷”帽），进门之前脱掉鞋子（马来人家中的厅往往是其家人诵经祈祷的地方，是神圣之地，要求十分洁净）。在主人家，不论是否需要，是否喜欢，都得吃一点主人提供的饮料或点心，以表示对主人的热情招待的尊敬。在作家的作品中，我们也可以看到有关文莱民俗某些方面的描写，如劭安《新生命的礼赞》：

> 三个孩子出生的日期不相同，我们特地选个日子为他们做“满月”。拉吉斯和佐哈里是回教徒，不吃猪肉，莱肴只有烤鸡、咖喱羊肉、一只蛋糕。②

在文学作品中，我们可以看到“唐装”“鬼佬”“埋席”（人席）、“出街”（外出到街上去）、“水煲”（热水器）、“头家”（老板）、“亚姆”（老年妇女）等来自广东方言的词语，“沙笼”“藤球”“橡胶树”“红毛丹”“舯舡”（一种两头尖的木船）、“店屋”（楼上为住家，楼下为商店）、“茅察”（用茅草搭盖的低矮、简易的小屋）、“山芭”“田芭”（芭：地或地区的意思）等这些具有当地人民生活特点的词语也不时地出现在文学作品中，而一些英文词汇则通过音译的方式进入作品，如：“贡本尼”（company，公司）、“罗厘”（lorry，货车）、“礼

① 砌安：《蜕变》，美里印务公司，1994年，第86页。
② 砌安：《蜕变》，美里印务公司，1994年，第30页。

申”（license，执照）、“巴仙”（ percent，百分之）等，作品中也可见到以音译形式出现的马来文，特别是地名、人名，如：“蓝姆丁”（Lum - mutin，地名）、“林巴”（Rimba，地名）、“花蒂玛”（Hutima，人名）。部分则比较直接，如：terimakasih（谢谢）、Apa khabar（你好）等等。通过以上初步考察，不难看出文莱华文文学语言是以现代汉语普通话为主体，同时吸收了当地汉族人民习用的方言，并融会了当地民族语外国语的成分，可以说当地复杂语言环境不仅为丰富华文文学语言提供了条件，同时使其有别于中国本土的文学作品，从而形成了自己独有的语言特色，成为世界华文文学的一部分。

1984 年元旦，文莱脱离英国的殖民统治，宣布独立。独立之后的文莱国力日渐强大，华校也因之得以发展，由于自身教师不足，不少教师则来自新加坡、马来西亚、中国台湾等地，华文文学创作得到一块生 长的园地，从事华文文学创作的队伍日益壮大。除了傅文成、谢名平（笔名劭安）、李佳容、王昭英（笔名一凡）这些较具有代表性的作家之外，目前已出版文集的作家还有：

语桥原名魏巧玉，出生于沙捞越美里市，毕业于台大外语系，《思索起》是作者的第一部文集，其中收录了作家多年所写的诗歌、散文、微型小说等。

晓轨，原名郑有莉，若有《记忆中有梦》诗集一本，其散文则散见于新马华文报章。

方竹，本名林木，著有《方竹诗集》。

旅者，本名杨镇声，生于文莱，20 世纪 80 年代初开始写作，已出版诗文合集《破雾的筑音》。

此外，较有影响的还有江索珍，旅居文莱达 30 多年，以写小说（笔名柯丽）、散文（笔名曾宁）为主，著有《四十八》《喜筵》《乡音的回响》等，遗憾的是她现已离开文莱，返回马来西亚定居。林安顺（笔名林岸松）著有诗集（秋天的过客》（将其所著的英文诗翻译而成），林日新（笔名林下风）著有《玩星》《捉风尾的冰冷》《羽岛独行》，方玉龙（笔名草地人）著有诗集《爸爸不见了》，朱运利（笔名朱喻）出版了散文集《帘外堆红映雪》。在文莱华文作家群体中，张银启（笔名海庭），擅写诗，其《移民组诗》评价较高；陈登忠（笔名罗密欧），以写诗为主，也写散文。还有一些作家，因其文章较散，本文在此不一一赘述。

文莱是一个岛国，华文作家中部分是土生土长的本土作家，部分则来自马米西亚、新加坡以及中国，而且其中不少作家曾留学台湾。每一个作家生长的环境不同，所接触的语言环境也不同，由于其人生经历学识修养及审美观念上的差异，他们所选取的文学表现形式或手法必然有所不同，表现在语言方面自然各有特色。文莱华文文学创作群体正是由这样一些不同的作家个体组成的，其创作难免受到各种文学及文学思潮的影响，而整体的文学语言形态在以现代汉语普通话为主体的基础上，吸收与融化其他语言成分的程度也不可避免地存在着差别。

文莱华文文学语言的特征

一、文莱华文文学语言的特点

文莱华文文学文本中各种语言成分的综合运用，体现了以汉语为主兼及其他语种的长处。文莱的华文作家在以现代汉语普通话为创作语言的同时，十分注重吸收中国传统文学创作中的菁华，特别是优美的词句及修辞手法，追求一种平实明快之中又不失庄重典雅的风格。傅文成的《避世圃随笔》充分展示文莱华文作家这种美学理念，如其描写历史女神[①]：

> 她眉目如画，顾盼之间异彩缤纷，使人缅怀高耸的台阶，使人追思肃杀的战场。使人仰杷山林之雅逸，使人惧悚风沙之凄厉。

这段文字的每个句子简短凝练，作者没有精写细描历史女神的美貌，仅以“眉目如画”与“异彩缤纷”两个四字格的词语展现了其在静态与动态中非凡的外在美，其内蕴的美、历史的丰富广博与深厚凝重则在后四句以排比句式得以铺展。后四句的结构相同且前两句与后两句在词的对应上又各自形成非常完美的对称，“台阶”“战场”“山林”“风沙”等现代汉语的常用词与带古汉语色彩的形容词“高耸”“肃杀”“雅逸”“凄厉”融合，在明净之中拥有了一份古典的隽美。使用排比的修辞手法以增强文章的气势，在文莱华文作品中比较常见，如一凡《点滴在心头》中的一段：

> 最大的愤怒，是不能表达愤怒。
> 最大的不平，是不能表达不平。
> 最大的悲哀，是不能表达悲哀。
> 最大的痛苦，是不能表达上述的痛苦[②]。

① 傅文成：《避世圃随笔》，创意图工作室，2000年，第58页。

② 一凡：《洒向人间都是爱》，岛屿文化社，1998年，第66页。

前三个句子的结构是相同的，从单个句子来看，语意、语气上也没有轻重的差别。但是排列的组合方式使其语气依次递增，情感逐层郁积；而最后一句不仅从内容上概括了前三句，也让所郁积的情感得以升华。排比的修辞手法在《避世面随笔》中表现形式多样，可以说为其增色不少。在使用中，有时它是以完整的句式进行排比，有时只是句子中部分成分的排比，如：“篡改历史，捏造历史，渲染历史，歪曲历史是人类天赋的禀性。”（见（历史女神》）排比的部分是主语，而“你看我脸上的皱纹，那不只是岁月的痕迹。是哀伤，是灾难，是碰壁，是上……（见《世故之神》）是谓宾成分的排比。除此之外，还有复句中部分分句的排比。如：

你们要疏远我，我便不会接近你们。如果你们活得像人，如果你们珍惜所有，如果你们爱惜自己的尊實，我将疏远你们。除非命运之神求我。

你们要接近我，我当然不推拒。如果你们活得像野兽，如果你们暴殄所有，如果你们舍尊贵而趋卑贱，则我在你们左右即使命运之神求我。(《慫戒之神》)

排比手法的充分使用不仅加强了全文的气势，也使文章更富有诗的韵味，使情感的抒发更为淋漓尽致。四字格与排比句式的联用在文莱不少华文作家的作品中都有所表现，成为其文学语言的特色之一。如：

他得意时的意气风发，失意时的消沉气馁；办事时的冲劲魄力，游玩时的活泼笑语；年轻时的英俊潇洒，中年时的老成持重。总之，他的一举一动，一言一笑，全充塞在她的脑际（程煌《夜深沉》）

虽然他的穿着依旧随和，走路仍然斯文，待人依然客气，表现仍旧谦虚。可他一经过，自有一股摄人之气，大家必然对他恭敬有加。（煜煜《岁月不留白》

倘直言无忌，坦道长短，则眦目相向，肝火上升。纵金科玉律，徒招怨怼。轻则化友为敌，重则自绝前程。(傅文成《变通之神》)

有的散文格调清新，意境优美；有的最文笔要豪放，热情洋溢；有的散文清丽秀雅，含蓄婉约；有的简洁平实，富有哲思。正是文如其人，不一而足。(一凡《漫谈散文》)

这几段话通过四字格及句式的排比组合使得语言的韵律感明显增强，节奏轻快明朗，使全文在连贯的气势之中蕴含着中国传统文学的儒雅，为普通的列举形式增添了文学的视觉美感。

作家在创作过程中，汲取中国古典文学中重视的韵律感的传统，注意利用词语的节奏和音节的搭配以此构成文学语言抑扬顿挫的乐感。如傅文成《跟命运见面》中命运之神所说的一段话：

我最敬佩强者，那些敢于反抗我的意愿的人，我不会放松我的手段，但我将致于最大的敬意，即使他们最终成为失败者。

我最轻视弱者与愚昧者，我将不断戏弄他们，折磨他们就像猫儿对待落难的老鼠。

倘若你是强者，你不该再抱怨，站起来吧！朋友，让我们继续对抗！①

每个小句都不长，但都有一个双音节动词，这样使得整个句群动感增强，并具有一定的节奏感，与其不可抑制的激情相谐，构成铿锵有力的表白。此外，作者在文中还十分注意句与句之间语词上的承接与对应使之形成如诗般的韵律。

作家们不仅在诗歌、散文中，在小说中有时也注意到词语的音节与节奏，如在劭安的《夺爱》中先是对女性装饰行为进行具体描写：“女性则扑脂粉，涂口红，佩戴饰物”，其次以“个个打扮得花枝招展，婀娜多姿”对女性扮饰之后的美态作抽象的描述，最后以“衣香鬓影，花团锦簇，仿佛孔雀开屏，展现人间最绚烂美丽的一面”从修辞层面上进行概括，将其视为人间的美景，整段文字语意明晰流畅。三个层次都以四字格的词语为主，但三句的音节渐次递增，在节奏上形成与语意并进之势明快自然，二者相谐成趣，韵味盎然。

文莱华文文学作家在不断吸收中国文学语言的菁华，提高华文文学的创作水平的同时，也不断将自己周围语言环境中熟悉的语言元素融合进文学作品中，丰

① 傅文成：《避世圃随笔》，创意图工作室，2000年，第18–19页。

富了文学语言的内涵，使作品既有中国文学的特质，又具有其特殊的地域特色。在文莱华文文学作品中，不时会出现当地华人所熟悉的中国南方方言词语和句法，形成其作为海外华人文学语言的特色。如扬子江在《集市偶拾》里所写的一段：

> 六点半上集市，泊车不是很困难，不过我总要找近的，所以我情愿再兜多两圈泊个近位，不然在买了大包小包之后，真恨自己没有异能，把车子呼唤到眼前。①

其中的“泊车”“兜多两圈”，后面“这样的孤寒老板都有，三毫钱都不肯减”中的“孤寒”以及“除了上述糗事，也有趣致的事”中的“糗事”“趣致”以及文中“打跟斗”“也很快手脚”都带有南方方言特色。语桥《呼唤》中的“可是我变得好不舍得，不舍得”，现代汉语中应为“舍不得”，“不舍得”则在方言口语中常用。而一些词语词形与现代汉语完全相同，实际上却保留了其方言词的意义和用法。如柯丽《四十八》中的“而在这云片糕被收回去的一刹那，她竟火爆起来”，其中“火爆”一词与现代汉语普通话的意义和用法不同，是个方言词，表示突然生气或大发脾气。此外还有煜煜《雨季》中的……本能地，他急忙运气硬硬抵挡，过了好一阵，才把自己稳定下来”，“硬”重叠后的“硬硬”的用法也有方言词语的色彩，《情牵》中的“太夜了，你不怕你太太家里挂念”，“因为她将很夜返家”，这两句中的“夜”则是其方言义“天黑”的用法。劭安（大蓝图》中的“台湾民心最惊的东海演习呢”，“惊”作动词，表示害怕，只有在方言中才保留这一词义和用法，旅者《述异系列》“他放下钱，就行开”，其中的“行”的用法也同出一辙。在文莱华文作品中我们还可以看到“驳机”（乘飞机）、“腕表”（手表）、“出街”（上街）、“煮吃”（做饭）、“不选吃”（不挑食）“落力（尽力）帮忙”“落单”（独自一人）、“老豆”（父亲）、“夜女”过气”（过时）等方言词语。在副词使用方面带有方言色彩的句子还有：李佳容《夜深沉》中的“他打算拖多两天给工人发了工资才返家”，《那季秋色》中的“我看你睡先”副词放在动词之后的表述形式在现代汉语普通话中是不符合语法规则的，而在广东方言中却是允许的。在量词的使用方面，文莱华文文学作品也常化用方言中的量词，如孤雁《长远的路》：“杂货店的老板很和蔼，也很滑稽。

① 泰国华文作家协会编委会主编《第六届亚细安华文文艺营文集》，泰华文学出版社，1998年，第59页。

他光秃秃的头顶像一球气球。小小的眼睛总是眯着看人，肚子上还顶着一粒大西瓜，显得矮小的身材不胜负荷。”“一球气球”与“一粒大西瓜”都用了方言中的量词，在现代汉语普通话中一般都用“个”。再如煜煜《俩兄弟》中的“一驾车”“几只糯米酒”，《小妮子》中的“一粒篮球”以及扬子江《集市偶拾》中的“一枝手杖”，还有语桥《拼奏之间》的“一幅一千粒的拼图”，这些量词的用法都与现代汉语普通话有异，多是方言词的替用。这些方言词语和用法的融入使文莱华文文学语言表现出与当今中国文学不同的特色，有时作品中更有成段的方言语句，如劭安《大蓝图》中“家丑外扬，我最睇唔起呢种人”，“喂，小施，Uncle 唔晓讲英语，你晓不晓讲香港话”，“返左英国几个月，忘记晒啦”等广东方言语句成句甚至成段在小说中出现，虽然我们并不赞成这样的写作方法但这无疑也是华人作家力图真实反映当地华人生活，而在现代汉语普通话为主的前提下，采用的一种组合语言的形式。

文莱是一个具有多元文化的国家，在复杂的语言环境中，华文文学语言也受到一定的影响，如词性的活用，即在句子中词形不变而词性不同，如煜煜《小兄弟俩》：“人家英国人会讲中国话，是很本领的哪。”劭安《大蓝图》“你够眼光，不会买到冒牌货吗?”语桥《呼唤》：“一样的农药，不一样的是愈加沧桑的心境。”这三例中的“本领”“眼光”“沧桑”都是名词，但在句中的用法则为形容词。而煜煜《错爱》：“她竟然连亲身儿子也忍心杀害，她会死罪的。”语桥《情结》：“她眼里闪出的是一抹充满生命的亮彩，不由得你不信心。”“她平时疼我，宝贝我，可是她不够权威……三个例句中的“死罪”“信心”“宝贝”都是名词用作动词，在现代汉语中属于不规范的用法，在中国现当代文学作品中极少出现，但在港台地区或海外华文文学作品中却不时可见，这可能是受口语比较随意的表述形式的影响，只要在表情达意方面不造成误解，在规范的要求上则有所放松，导致其文学语言不如国内严谨、准确，有些作品则显得比较粗糙、浮躁，这一点必须引起我们的重视。

文莱文学作品语言中的白话文的口语色彩也是其特点之一，主要表现为：使用当代汉语普通话中较少用的语词，如；“献议”“奖掖”“负度”“脚掣”（脚刹）、“洋灰”（水泥）、“驾飞车”。其次是缩略词语，如：“密斟”（秘密讨论）、“撮录”（提取摘录）、“异能”（特异功能）“货俏渴市”（货物紧俏，市场需求很旺）、“电召”（打电话叫）、“约晤”（相约会晤）等，再如煜煜《情牵》中的“时至今日，有者已是企业家、大老板、工程师或医生、教师，有者已是商业界闻人。”其中“有者……与现代汉语“有的人……有的……句式是一致的，只是更有南方方言的口语色彩。再是颠倒词语的字序，如夜星《噢，我的老爸》“他又挺朗硬的，一向又不依赖他人，所以中午自己煮吃”中的“朗硬”，煜煜《小妮子》“灵精的她，惟恐有诈，一脸紧急地催促我”中“灵精”一词，劭安《大蓝图》“酒店前短短的街道最拥挤，泊满了罗厘，汽车，电单车。车辆慢驶，行人闪闪躲躲才可通过”中的“闪闪躲躲”，此外还有“硕健”“指不胜屈”“赞口不绝”等，这些词的含义与现代汉语相同，但词语中的字序不同，表现了较强的口语色彩。

文莱曾一度是英国的殖民地，英语作为官方语言之一，使用频度较高，在华文文学作品中也直接导入或以音译形式吸收了部分当地人常用的词句。如劭安的《尘缘》：“自从她澳洲留学回国，红毛话（英语）fit fit fat fat（很流利的意思），我一句也听不懂。做事不久，她便参加多个社团活动。担得均是重要职位。”再如语桥的《拼凑之间》：“因为自己已经深陷混局，名副其实的 in a puzzle.”而“sorry”“what”、Hello 等简短的英语口头用语更时常出现在人物的言语中。作品中采用音译的词语也是常见的，如劲安的《两朝元老——一个信差的故事》：“这年代，在慕利就业有两条门路：一是人贡本尼（company）指油田公司，一是打王家工做财库。同样粮银高，工作稳定；最热门而为人人向往的职业。在汉字后加以英文注释，真是一种独特的文学语言形式，而其中“财库”（财务人员）、“粮银”（工资）又是当地华人的方言词，表现了两种语言在华人生活中的融合状态。煜煜《那季秋色》中“我们不敢一百巴仙的肯定”的“一百巴仙”就是汉语中的“百分之百”，也是英译词。文莱文学作品中有“必甲”（皮卡）、“礼申”（执照）、“罗厘”（货车）等现代汉语普通话中没有的英语音译词。也有“摩多车”“摩多船”“德士”（的士）、“硬体”（硬件）、“网路”（网络）、“香口胶”（口香糖）等与现代汉语普通话英译词相近的词语。

除了英语之外，当地民众使用人数最多，使用范围最广的马来语也不时直接进入华文文学作品中。在《蜕变》文中，当地马来人的话语中则夹杂着他们生活中的常用语：如三苏丁与顺成刚见面时说“Apa khabar”、花蒂玛对带礼物来访的顺成表达谢意用“terimakasih”，解释没有去板厂上班的理由是“今天 Syembayang Juma' at”等，这些词语使全文洋溢着浓郁的异域情调，人物语言的地域特征十分鲜明。而顺成的父母都是中国移民，那些具有方言色彩的词语十分自然地融合在其言语中，如：“我很欢喜”（高兴）、“锯木头手”（能手）、“出粮”（发工钱）、“客仔”（顾客）、“店仔”（小店）。两种语言因不同的人和事，而在同一作品中出现，表现了文莱特殊的语言环境，与中国当代文学中较为单纯、规范的语言迥然不同。再如其《谈衣者》一文中的一段“妇女衣着，旗袍、唐装已不多见。普通的是上衣下裙，或T恤配牛仔裤，或效仿马来人围沙笼，若 Kedaya。”短短一段话，其中既有当地华人用语“唐装”又有英译词“T恤”，既有当地民族语音译词“沙笼”，又有当地民族语借词“Kedaya”，这在中国文学中实为罕见。以现代汉语普通话为主，适当吸收汉语方言，并融合英语、马来语的语言成分，使得文莱华文文学语言风情万千，异彩纷呈，形成华人移民文学独有的语言特色。

二、文莱华文文学语言的独特价值

1. 表现了汉族及当地民族的社会政治、经济及文化生活。

文莱在东南亚各国中是个富庶的国度，作家爆爆曾在《雨夜赴宴》中描写了文莱公民富裕的生活以及优厚的福利：“他们不但收入丰厚，又无需付所得税，生活条件各方面均非常优越。举几个最简单的例子，身为汶国公民，病了求医不必付医药费，老了可领取养老金，寡妇孤儿可获得特别照顾。”从而感叹“汶国的子民实在太幸福了”。在《文莱情结》中更是大加颂扬：“文莱和平之乡，资源富庶丰饶，环境优雅美好，生活宁静幸福，她是人们梦寐以求的安乐之乡。”言辞之间对文莱的社会状况及当地公民的生活状态进行了高度概括。在文莱的华文文学作品中，我们还可以看到当地人生活中的一些场景，如海棠《水村记趣》：

> 每逢星期假日，一大清早，许多头戴斗笠，划着小舡舨的船家，在其船上摆满了各式各样的物品，吃的、穿的、用的，可谓一应俱全，任君选购。只见彼等挨家沿户，兜售其商品，叫卖声，此起彼落，好不热闹。尤其是那些五颜六色的斗笠，在水面不停摇动，构成一幅色彩鲜艳且又极生动的画面。①

作者通过“小舡舨”“五颜六色的斗笠”及大声叫实的船家小贩为我们描绘了一幅独具特色的水上市井图。在东南亚各国，当地人多有喝咖啡的习惯，咖啡店成了他们经常光顾的地方，成为他们生活中的一种文化。一凡在《第二故乡》中曾描写到：

① 泰国华文作家协会编委会主编《第六届亚细安华文文艺营文集》，泰华文学出版社，1998 年，第 85 - 86 页。

只要走进小镇古老，但干净的咖啡店时光就可以倒流几十年。咖啡店是小镇很温馨的一角。一杯香气扑鼻的咖啡，一块炭火烘烤的面包，一份日报，就可天南地北地高谈阔论。谈得兴起，还可拍桌子纵声大笑，不像大城市的咖啡座那样，只能正襟危坐，低声細语。①

作者并无刻意地去描写咖啡店的情形，而是通过三个数量词“一杯”“一块”“一份”与“咖啡”“面包”“日报”这些最朴素、最具典型性的事物的组合，就把小镇咖啡店的温馨惬意、极具人情味的氛围淋漓尽致地表现出来。后两句通过“高谈阔论”与“低声细语”，“拍桌子纵声大笑”与“正襟危坐”的比较，小镇生活的自由率性则不言而喻。而后作者更是借用了“广播电台”“时事论坛”“情报中心”三个词语，把咖啡店在小镇生活中的功用既生动又概括地表现出来。

作家们也不会错过具有地域特色的当地人们的劳动生活场面，如劭安《养女》中就有这样一段描写：

官家胡椒园在店后山坡上，椒树挺着十来尺的身躯，一棵接一棵行列整齐地向坡上排列。椒穗成熟了，叔叔在椒树旁移动椒梯，放稳，踏着梯级往上蹬，站得跟椒树一样高，然后张开蒲扇似的大手掌，掀着椒穗，一串一串地摘下，扔进腰间的箩筐里。②

胡椒是文莱主要的经济作物之一，作者在简略描写椒园之后，用了九个动词，细致地记叙了采摘椒穗的整个过程。

当然，作为华人作家，华人的生活在作家的笔下也不时出现：

店屋的业主，大部分是早年由中国漂洋过海，南来谋生的华人后代。

追溯起来，几乎每一间店都是一部华人南来奋斗史，如今大部分的第一代华人移民已老成调谢。第二代许多已年华老去。那些店面装修比较现代化的，说明第三代已接手经营了。（见一凡《第二故乡》）

这段文字可以说明华人在当地经济生活中的地位，通过“店”概述了三代

---

① 泰国华文作家协会编委会主编《第六届亚细安华文文艺营文集》，泰华文学出版社，1998年，第13页。

② 砌安：《蜕变》，美里印务公司，1994年，第99页。

华人现在的情况。

2．表现华人、华侨及当地人民的思想性格情感及美学追求。

在文莱华文文学中表达个人对现实生活的感受的作品占有相当的比重，但我们不能认为这些感受仅仅是作家个人的思想，把它当作一种个体的行为，每种观念的形成都来源于社会生活，作家在作品中所表述的一切都直接或间接地反映了当地人民的思想与生活。特别是华人作家作为当地华人华侨中的一分子，他（她）的思想也往往具有一定的代表性。早期的移民文学作品中充溢着对祖国及其亲人的思念之情，但经历几代人之后，东南亚一带华人又再度开始迁徙，流向更远的地方，这种现象引发了一些作家的思考和忧虑，这种思绪在他们的作品中也多有表现。如一凡《第二故乡》中的抒写：

> 曾几何时，小镇突然被一波又一波的移民潮冲击着，龙的传人又开始步其祖先的后尘，走向自我流放的道路。
>
> 想当年，祖先们为了逃荒，远渡重洋，或者怀抱淘金梦，离乡背井，如今是为了什么，使他们忍心离开孕育他们成长的土地，抛去辛苦建立起来的家园，到一块陌生的土地重新开始？
>
> 如果落籍异邦是为了一纸公民权，一本国籍护照，而让下一代面临丧失自己民族文化传统的危机，代价是否太大了一点？已经变枯的橘，是否经得起再次的移植？文化上的无可归依，是否比身份证上的“无国籍”更可悲?!

朱喻在《浮萍的心》中也有这样的疑虑：“一时间，让我联想到植根的问题，也想到中国人漂泊海外，定居异乡的问题，中国人的迁移何时才会停止？移民外国的下一代，他们感受如何？他们的中国意识会否渐渐薄弱?”在华人一代又一代迁移的表象下，他们的思想同老一代华人一样，对再次移居外国的新一代移民是否将丧失民族文化传统，其中国意识会否日渐薄弱而忧心忡忡，也表现了他们对民族传统文化的尊崇和依恋。有了再次外移的华人，便有另一种思乡的情怀，即对养育他们成长的故土——文莱的思念，于是便有了曾宁在《乡音的回响》中的这段心情描述：

> 真正离开家，离开乡土，到一个新的国度生活，才使我真正地明白乡愁是怎样的一种痛苦。到异国不久，乡愁开始磨损我的意志力，使我

的感情脆弱，不堪轻轻一碰。

在一个太阳快下山的黄昏，我正独自走在当地大回教堂旁边的路上，要赶回住所去。突然听到鼓声和诵经的召唤，那一句句，一声声，完整起伏的祷告，竟是那么的熟悉得使我似乎望见家乡的回教堂和旁边的老家，熟悉得将我心中的乡愁凝成了点点的晶莹泪珠。我停步企立，望过教堂，望过水村的幢幢屋顶。那一片晚霞染红了的南中国海上空，那天空下的另一端，不正是我那可望而不可及的家乡吗？①

回教堂鼓声及诵经声都是文莱作为一个伊斯兰教国家的象征，表明一些华人在长居久住之后已经视这块土地为自己的第二故乡。朱喻在《浮萍的心》一文中更深刻地表露了隐藏在这种思乡情结中，那如浮萍般，无可归依的情感：

那时候，很喜欢在放学后在唐人街遛达，频频穿梭于华人书店与华人餐馆，似乎想寻找属于自己的空间，想念故乡的人和事，感觉自己像浮萍一般，流落异乡，一种没有根的漂泊感也常侵袭我的心灵又像野鸽子在傍晚时分依旧找不到憩息的栖所，在落霞之中沉落得无影无踪，而烙印的，仅是隐隐可寻的一鳞半爪。②

作者以没有根的浮萍与在傍晚时分找不到栖息之所的野鸽子为喻，让人更深切地感受到身在异国他乡那种漂泊的痛苦。

文莱华文作家们在表现当地华人的思想之外，也对当地人民的性格进行描述：

参加此次宴会，最令我感动的是，出席宴会的巫族朋友为数相当多，他们诚挚地来祝贺，斯斯文文地吃，然后握别。他们与兰及汉仿佛一家人似的，显得那么友好、亲善。③

这是煜煜在《雨夜赴宴》中以不多的文字，展示了当地马来人的真诚、友

① 骆明、骆宾路：《亚细安散文选》，新加坡文艺协会，1996年，第70页。
② 骆明、骆宾路：《亚细安散文选》，新加坡文艺协会，1996年，第38页。
③ 煜煜：《迎向朝阳》（美里笔会丛书之二十一），美里笔会，2001年，第140页。

善的性格特征。

3．表现该国特有的地方风貌。

文莱是个石油王国，石油生产在其国民生产总值中占有相当重要的地位，这使其有别于其他大部分东南亚国家。诗里亚就是文莱国最具油城特色的城市，其独特的景象往往给去过那儿的人们留下深刻的印象，令人难以忘怀。正如煜煜在《文莱情结》中所写的①：

> 记得三十多年前，少女时代的我首次踏上文莱国土。其时，油城诗里亚的大油桶，钻油井及熊熊燃烧的火把令我惊叹。那些火把把四周照亮得如同白昼，热烘烘地叫你无法接近，尤其海边那一盏，我曾站在远处瞻望良久，印象特是深刻。

油桶、钻油井及高高燃烧着的火把确实令诗里亚这个城市具有油城的特征而大放异彩。

文莱毕竟地处东南亚，在作家的笔下，仍处处可见其鲜明的南洋特色，如煜煜的《那季秋色》：

> 亚萍带着他们逛红毛丹，园里的红毛丹树高矮不一，但都结满了鲜红的果实。那些红毛丹成束成串地挂在枝梢，随风飘荡，有些更垂到地面，瞧得他们垂涎欲滴。"②

红毛丹是热带地区最常见的水果之一，红毛丹果团的景象也可作为一个南亚国家的特色之一。砌安在《蜕变》中描写花蒂玛的家园：

> 她的家在甘榜南端，一湾流水，几株椰树，两丛芭蕉，迎风摇曳。③

寥寥数语，一幅美丽的南国风景图跃然眼前。"流水""棉树""芭蕉"已是风情无限，而配上"一湾""几林""两丛"则更添诗意万千。在这篇小说中，作家还对当地夏日的气候进行了生动而又细腻的描写：

---

① 煜煜：《迎向朝阳》（美里笔会丛书之二十一），美里笔会，2001 年，第 128 页。

② 煜煜：《那季秋色》，美里笔会，1994 年，第 33 页。

③ 砌安：《蜕变》，美里印务公司，1994 年，第 36 页。

这是七月。季候风给热带的地方带来变化无常的天气。

蓝蓝的天，淡淡的云，太阳使劲地发射着它的光芒，人们躲在屋里，懒洋洋地；狗儿伸长舌头，伏在沙地上喘气；植物也低垂着，仿佛也在喘气。

对于这热烘烘的煎迫，椰树最不同意，尽力地摇动它的满头散发；芭蕉挥舞着绿大旗，劈啪劈啪地，似乎在愤怒地抗议。一会儿，天幕裂开了，雨神驾着雷电，响着刺耳的嗓音，从上空疾驶而过。

大滴的雨点落下：落在屋顶上，落在稻田上，落在黑色的泥土上。人们抖擞精神，振作起来；狗儿摇着尾巴，走了出去；花儿叶子喝饱了，昂着头，挺立着；小河涨得满满的，载着欢欣笑语，轻快地流动。①

这其中既有直白的描写，又有拟人手法的使用，特别是“椰树最不同意，尽力地摇动它的满头散发；芭蕉挥舞着绿大旗，劈啪劈啪地，似乎在愤怒地抗议”这一句非常形象，只有在当地长期生活过并具有丰富的想象力的人，才可能把暴风雨来临前的景象通过语言如此生动、如此逼真地描绘出来。而雨前与雨后同一场景的对比描写，更彰显了热带地区气候变化无常的特点，充分表现了作家熟练驾驭文字的能力。

4. 表现作家的语言特色。

每个国家或地区的文学语言的特征是在作家作品的基础上进行归纳总结出来的，了解其具有代表性作家的语言特点或语言风格，可以丰富我们对其整体语言特征的认识，同时也引导我们从写作者这个角度进一步探讨文莱华文文学作品的艺术特色。文学作品的语言来源于生活，但又有别于日常生活语言，它是艺术的，具有一定的美学价值，是构成一个作家文学风格重要的组成部分。它代表着每个作家的审美观念，也或多或少地体现了作家所处的外部环境，而这些又是解释其语言特色形成的要素。在文莱华文文学发展过程中，傅文成、谢名平、李佳容、王昭英等作家都表现了一定的特色。

傅文成的《避世圃随笔》初发表于文莱留台写作组创办的《思维集》，曾获得第一届“亚西亚文学奖”。作者在《避世圃随笔》中虚拟了十二个神，这些神分别是：命运之神、公平女神、成功之神、正义之神、虚伪之神、智慧之神、惩

① 砌安：《蜕变》，美里印务公司，1994 年，第 31 页。

戒之神、真理女神、世故之神、毁誉之神变通之神、历史女神。通过人与神对话的形式展开对人生价值及社会生活多层面的探讨。既然作者所谈的都是社会实际生活中的事何以选取以神为交谈的对象呢？正如作者在《致孟沙函》所言："避世圃名为避世，但何为避世？其所以避世必由人世而起。而《避世圃随笔》所载，其实皆人间事。只不过是试图摆脱世俗成见与价值观去探索真相。"① 在自序中则更具体地说明："《避世圃随笔》中笔者试图对现实现象加以诠释，加以鞭笞，存在的现象在客观的分析中成了如人如神一般真实的个体，他们不能被称为人，只能以神名之。"② 以神为对话的个体，不仅创造了亦幻亦真的文学环境，使作者能从更高的角度去阐发自己在现实生活中的感受与激情，而且也为作品所使用戏剧化的诗样的语言拓展了空间。《避世圃随笔》写于 1976 年与 1977 年间，是傅文成青年时期的代表作，全书贯穿着积极向上的思想，那充满激情而又富有哲学思辨、亦诗亦文的语言，有着荡降尘垢，激扬情志的力量。读此书正如孟沙所说的："好像在聆听一位初识者无遮的心语，里面包含理想、期许热诚、心酸、愤慨和控诉。"③ 细读全文，我们不能不认为《避世圃随笔》是一部展示华人精神世界的作品，在文莱华文文学中有一定的代表性。

劭安，善于以凝练的笔墨点评事理，抒写胸臆，而随笔小品则成为其最擅长的写作文体。他 1953 年赴南洋，先后在沙捞越文莱两地华文学校任教，直至 1990 年退休，任教达 37 年之久。退休后着力于华文文学创作，曾先后出版了《脚印》（1992 年）、《劭安小品》（1993 年）、小说集《蜕变》（1994 年）及长篇小说《大蓝图》（1996）。其余作品则散见于港台新马等地报刊。劭安小时接受过传统的四书五经的教育，这为其文学写作奠定了国学基础，其散文小品善于引用中国古代的警句和诗句，具有一定的思想内涵。如《爱心》一文引用了孔子的两句话"朋友先施之"及"爱人者人恒爱之"来佐证其爱心是友谊的基础，友谊需要对流这一观点。而《蝉唱》一文则引用自魏晋至唐宋多位诗人的诗歌，描述蝉唱所引发的各种思绪及情怀。他的散文小品往往能从日常生活小事中挖掘人生哲理，引人入胜。其言语平和自然，就像一位博学的老人在旁征博引之间，与你倾心相谈，你可与之共享其生活经历、人生理念，但你将更叹服于其学识才华及沉稳老练的文笔。

劭安的小说创作以短篇为主，多取材于现实生活中的人与事，具有现实主义

① 傅文成：《避世圃随笔》，创意图工作室，2000 年，第 70 页。

② 傅文成：《避世圃随笔》，创意图工作室，2000 年，第 13 页。

③ 孟沙：《我读〈避世圃随笔 >》，载傅文成《避世圃随笔》，创意圈工作室，2000 年，第 67 – 68 页。

风格。在其小说集《蜕变》中，《两朝元老——一个信差的故事》通过一个信差的经历描写了文莱由一个穷困、落后的殖民地国家成为日新月异、蓬勃发展的“石油王国”的变化历程，从一个普通人的角度抒发了他对这个国家的无法割舍的感情和希望。作者也在整个国家经济飞速发展的过程中，觉察到人们的价值观及道德观念的转变，对华族的第二代在社会的变革中，受国外教育的影响，逐渐背离中华民族几千年来传留下来的文化美德这一现象表达了自己深深的忧虑。如《割名》《养女》两文描写了儿女应当奉养、照顾双亲的传统伦理观念正遭到无情的冲击，笔墨之间流露出作者对中华传统文化失落的关注与无奈。由于作者青少年时在国内接受教育并生活了30年，而后在香港待过数年，最后在南洋、文莱等国长住了近40年的时间，在文学创作中他既有娴熟驾驭中文的能力，又能根据作品的情况融合适量的广东方言和当地语言，使其文学作品具有当地华人语言色彩，在文白、雅俗之间显示了其文学语言独有的魅力。

煜煜，其作品以小说为主，是文莱最多产的女作家。1974—1976年出版了《青春儿女》及《春晖》中篇，1990年其作品集《温馨的日子》面世，1992年小说集《荆陌》作为砂华作协的犀鸟丛书之一出版，1994年出版了《那季秋色》，1998年《轻舟已过》出版。煜煜17岁就开始教师生涯，喜欢探讨青少年问题，极重视文学的社会道德功用，其作品多含教育、训诫的意蕴，着力引人向善，具有积极的意义。因此她的小说尽管文字浅近，但深切诚挚，有如一位慈母、一位良师，娓娓相劝。特别是其小说中评论人或事物的语言，明白直率，有着感人的热忱。永乐多斯博士的《轻舟已过序》谈到：“煜煜基本上和本地多数的女作家一样，最爱处理一般女性关心的，诸如婚姻、爱情、家庭亲子等课题，着重的也是人间情爱情、亲情、友情的刻画。她写作方法是传说故事的形式，主题明确，文笔流利，不过在技巧方面就稍嫌不足。”① 我们认为这个评价是比较客观的。由于煜煜出生在海外，而且中学毕业后不久，就离家从教，所接触的自然的汉语环境比较有限，其汉语写作水平的提高多是依靠其阅读学习中国近现代文学作品，其小说中的语言受现代汉语白话文的影响较深。其早期的小说语言在平白朴实之中，有时显得比较生硬，即从文学语言的角度来说不够生动，缺乏变化，对人物的神态言语的某些描写比较俗套，影响了人物的个性及思想的表现。但2001年7月出版的散文集《迎向朝阳》，则令人耳目一新。此书收集了作者自20世纪90年代以来的大部分散文作品，不少文章无论构思抑或是文笔皆可圈可

---

① 永乐多斯撰：《轻舟已过》序，载《轻舟已过》，美里笔会，1998年，第4页。

点，如：《清幽伴我》《享受孤寂》及《那一份情怀》等都把作者的某种思想或情绪写得深刻而且文笔流畅自如，观后颇有“士别三日当刮目相看”之感。《小妮子》《回娘家》《亲恩》这些以人为主题的抒情散文中，作者所选取的每个细节每个词句都满含着作者浓浓的爱意，其语言朴实清新，自然灵动，令其笔下人物形象栩栩如生，仿佛触手可及。

王昭英，其第一部文集为《洒向人间都是爱》，共分五辑，前四辑主要是散文和随笔，最后一辑是诗歌。作者曾在《漫谈散文》一文中提到：“有内涵，有格调，富有文采及表现手法精湛的散文，是散文中的精品，是散文写作者努力追求的境界。”这也是一凡作为一个散文作家所致力追求的，其文集中最引人注目的便是散文。一凡的散文大多篇幅短小，但视野开阔，构思精巧，文笔淡雅俊逸，特别是在语言修辞方面具有中国文学的精髓，虽无惊世骇俗之语，却于明朗坦率之间，自成一格。在描写事物方面，一凡较少进行精雕细刻似的描述，语言大多简洁明晰。作者往往在看似平淡的言语中融入自己最深切的感受，为我们展示了一幅幅既直观又兼具诗意的画面。

文莱的华文文学作家勤奋笔耕，努力使其文学作品里的语言的每一个要素：语音、词、语段和句式，既具有中国文学的美学特征，又能展示当地民众的特有思想文化，风土人情，在以现代汉语普通话为主的基础上，适当融入马来语、英语并吸收汉语方言中的语汇，与中国当代文学作品同中有异，并形成其朴实明快、自然典雅的特色。

菲律宾华文文学语言研究

林明贤[①]

菲律宾华文文学语言的环境

一、汉语在菲律宾语言格局中的地位

菲律宾，全称菲律宾共和国，位于亚洲东南部，东濒太平洋，西临南海，南与印度尼西亚、马来西亚相望，北隔巴士海峡与中国台湾相对，是亚洲与大洋洲、东亚与南亚之间的交通要道，战略地位十分重要。菲律宾是一个多民族的国家，因此语言也多种多样。其中，菲律宾语和英语是菲律宾的官方语言。汉语是菲律宾华侨社会最通用的语言之一。在菲律宾的华人华裔中，有 90% 左右的人是福建人或祖上是福建人，他们绝大多数来自晋江、泉州、厦门等闽南沿海地区。他们中许多人虽不会讲普通话，但几乎人人都会讲闽南话。菲语中有不少词汇是源自汉语（尤其是闽南方言）的。受自然环境、社会环境、文化环境的影响，菲律宾华文文学语言在发展过程中形成了自己的特色。它融汇了古代汉语、闽南方言、菲律宾语、西班牙语、英语，并在此基础上创造了新的词语、新的句法和新的表现技巧。

据统计，菲律宾有 70 多种语言（另说有近 100 种），但绝大部分属于马来—波利尼西亚语系。使用最广的方言是：宿务语、他加禄语、伊洛干诺语等。在西班牙统治菲律宾的 300 多年间，西班牙语曾一度是大学的必修课，但从未广泛使用。美国 1898 年占领菲律宾后，英语取代西班牙语，日益流行。然而，在美国统治了 50 年后，全菲只有 40% 的人使用英语。由于他加禄人是菲律宾各民族中经济、文化最发达的民族，菲律宾政府于 1959 年正式宣布以他加禄语为基础的菲律宾语为菲律宾国语。菲律宾语是用拉丁字母拼音的文字，以马来民族带来的语言为基础。菲律宾语的很多词汇来源于梵语，并吸收了不少西班牙语、英语、阿拉伯语和中国闽南方言。从 60 年代开始，菲律宾政府规定英语与菲律宾语均为菲律宾的官方语言。菲律宾的政府机构、国会、电视台和商业金融单位在工作

---

① 林明贤：华侨大学华文学院副教授。

时大多使用英语，首都的大报都是英文日报；小报、电台广播和电影则用菲律宾语。学校授课时，英语和菲律宾语通用。菲律宾是东南亚国家中最广泛使用英语的国家之一。菲律宾现有华侨、华人和华裔120多万，其中90%左右的人祖籍在福建的晋江、泉州、惠安、同安、安溪、漳州及厦门一带。在这百万华人中，90%的人是土生土长的华裔。他们中许多人虽不会讲普通话，但几乎人人都会讲闽南话。菲律宾的华文教育已有90多年的历史。在日本侵占菲律宾期间，侨校曾一度被迫全部关闭。20世纪50、60年代是菲律宾侨校的鼎盛时期，当时许多华人家长都把子女送到侨校就读。但从20世纪70年代中期开始，大多数华侨加入菲律宾国籍，菲律宾国内的侨校根据规定全面实行菲化，侨校改为华校，英文课程大量增加，华文课时大为压缩（每天仅为二个小时左右），再加上师资力量缺乏，教学质量直线下降，于是不少有钱的华人都把子女送到菲律宾有名的私立英文学校读书。如今，新一代的华人子弟中有很大一部分人除了会讲闽南话外，大都看不懂华文报纸，也不会讲普通话了。这种现状已经越来越引起菲律宾华文教育工作者及有识之士的担忧。

汉语是菲律宾华侨华人广泛使用的语言之一。作为菲律宾的方言，汉语的地位虽然不如菲律宾语和英语，但从菲语中不少源于汉语（尤其是闽南方言）的词汇来看，汉语对于丰富和发展菲律宾语言是有很大贡献的。菲律宾历史学家亚立普在他的《菲律宾政治文化史》中指出："中国与菲律宾之间商业、社会和政治上的联系在许多方面都使菲律宾人得到好处。菲律宾人通过这种联系，学会了制造瓷器、冶金工艺、开矿、某些工业技术。甚至学到了穿宽敞的衣服……并采纳了一些商业和经济上的术语，有521项的这类词语的确是从中国传来的。"① 菲律宾大学语言学家马劳厄尔在《他加禄语中的汉语成分》一书中，也列出了381个来自汉语的词汇。菲语中有许多与闽南语音相同的词汇，如：白菜 Pestsay、芹菜 Kinstsay、韭菜 Kutsay、茼蒿菜 Tangochay、肉豆 Bataw、菜豆 Sitow、面线 Miswa、米粉 Bihen、豆豉 Tautse、豆腐 Tahuri、豆芽 Taugi、甜粿（即年糕）Tikog等。由此可见，汉语，特别是闽南方言，对于菲语词汇的影响之深。

二、 华文文学语言的形成与发展

在菲律宾，既有以菲律宾国语创作的文学，也有以英语、西班牙语、汉语及其他民族语言创作的文学。菲律宾语言的多元化，决定了其文学语言的多元化。

① 胡才主编《当代菲律宾》，四川人民出版社，1994年，第38页。

菲律宾著名诗人云鹤指出："菲律宾文学界，对华语华文的态度，与对西班牙语文或菲律宾其他方言一样，承认它是菲律宾文学的一部分，并鼓励华文作家参与菲律宾文艺工作，以扩大及丰富菲律宾文学。"① 菲律宾华文文学是以汉语创作的文学，但也部分地吸收、融汇了菲律宾语。

菲律宾华文文学语言的形成、发展是与菲律宾华文文学的产生、发展息息相关的。19 世纪末20 世纪初，随着菲华报刊文艺园地的开辟，菲华文学开始起步。这一时期的菲华作品多为吟风弄月的诗文，并且古诗、古文居多。由于深受中国古典文学的影响，这一时期的文学语言仍以文言文为主。20 世纪 20 年代末、30 年代初，以五四运动为标志和起点的中国新文学思潮迅猛地传入菲律宾，对菲律宾华文文学产生了巨大的影响。杨静堂、王雨亭、卢家沛等编辑的《洪涛三日刊》，李法西、林西谷、林健民等编辑的《海风旬刊》等杂志，纷纷出现了从内容、文体到语言均受到中国新文学影响的文艺作品。菲律宾华文文学开始转向现代白话文的创作。中国抗日战争爆发后，在中国抗日文艺运动的影响下，"抗日文学"成为菲华文学的主流。这一时期的菲华文学语言具有通俗化、大众化的特点。20 世纪 50 年代初至 70 年代，菲华文学和台湾文学有着较为紧密的联系。自 1961 年起，不少台湾的知名作家、诗人和文艺理论家，如王蓝、余光中、覃子豪、纪弦、谢冰莹、蓉子等人相继应邀到"菲华青年文艺讲习班"讲学。他们给菲华文艺界带来了当时正席卷台湾文坛的现代主义文艺思潮。这一时期的菲华文学语言不可避免地受到台湾文学语言和西方现代主义的影响，具有唯美主义的倾向。1972 年 9 月，菲总统马科斯宣布军事戒严令，实施军事管制，取消言论自由，所有报刊均被查封，菲华文学遭此厄运，进入冬眠期。1981 年初，迫于国内外形势的要求，马科斯政权不得不结束军事管制。华报文学副刊和华文文学杂志陆续复刊或创刊。解禁后的菲华文学有了突飞猛进的发展，并在创作风格与文学语言上改变了 60 年代的那种向现代派一边倒的偏颇，开始有意识地借鉴包括现实主义在内的多种艺术流派的手法，兼收并蓄博采众长。新时期的菲律宾华文文学语言在发展中已日益走向成熟，形成了自己独特的风格与特色，具有浓郁的菲律宾本土色彩。

三、菲律宾华文文学语言特征形成的环境因素

菲律宾由 7107 个大小岛屿和露出水面的石礁组成，素称"千岛之国"。海岸

① 云鹤：《菲律宾华文文学的回顾与前瞻》，庄钟庆等主编《东南亚华文文学与中国现代文学》，厦门大学出版社，1991 年，第 36 页。

线长 1.85 万千米，领土南北长1855 千米，东西宽1098 千米，全国总面积29.97 万平方千米。菲律宾在地质构造上正好处于亚欧板块与太平洋板块之间，因而多火山与地震。菲律宾位于赤道与北回归线之间，属热带海洋性气候。无四季之分，全年只有两个季节：旱季（每年 11 月至翌年 5 月）和雨季（每年 6 月至 10 月）。年平均降雨量为 2000 多毫米。年平均气温为 27.6℃。最高平均温度为 33℃~39℃，最低平均温度为 16.7℃~20.9℃。由于菲律宾以东的太平洋西部是台风的发源地，因此每年在夏秋两季，都会有 15~20 次台风自马里亚纳群岛东南吹袭菲律宾，大部分台风皆横贯菲岛的中部和北部。台风常常给菲律宾造成严重的灾害。菲律宾矿产资源丰富。各种热带植物茂密繁盛，品种近万种，其中仅树木就有 2500 余种。菲律宾群岛上四季鲜花争艳，花卉多达近万种，其中以各种各样的热带兰花最为著名。洁白清香的茉莉花遍布菲律宾的各个地区，是菲律宾的国花。菲律宾还盛产各种水果，被称为“太平洋西岸的果盘”。椰子、香蕉、芒果、菠萝、榴梿比比皆是，其中椰子产量占世界第一位，素有“世界椰王”之称。菲律宾的水产资源也很丰富，海、湖、河中的鱼类品种有名称的达 2400 多种，主要有沙丁鱼、鲭鱼、鲔鱼、鲳鱼等。巴拉望海和苏禄海是亚洲的“珍珠床”，盛产珍珠。这些自然环境在菲律宾华文文学作品中经常可以见到。

除了自然环境外，影响菲华文学语言特征形成的因素还有政治环境和社会环境。从1565 年起，菲律宾遭受西班牙的殖民统治长达 333 年。西班牙殖民者在菲统治期间，不仅控制了菲律宾的行政、立法、司法、外交以及军事、安全等部门，而且通过商品倾销、原料和农产品的掠夺，把菲律宾变为自己的商品市场与原料产地。1898 年的美西战争以西班牙的失败而告终。根据《巴黎条约》，西班牙把菲律宾正式割让给美国。菲律宾人民刚刚摆脱了西班牙的殖民统治，却又重新落入美帝国主义的魔爪。美国在以武力镇压了菲律宾人民的独立战争后，立即着手建立它的殖民制度。政治上，实行所谓民主政治，即以美国国内的政治体制来取代西班牙传统的殖民机构，使菲律宾在美国的“保护”下迅速“美化”。经济上实行“免税贸易”，使菲律宾的经济完全依附于美国。1941 年 12 月太平洋战争爆发后，日本大举进攻菲律宾，摧毁了美菲联军，并于1942 年 5 月占领了菲律宾，建立了法西斯统治。日本法西斯主义者对菲律宾实行军事独裁主义。在经济上，强行改变菲律宾的经济结构，以适应日本侵略战争的需要，致使菲律宾经济濒于崩溃。第二次世界大战期间，菲律宾是东南亚遭受战争破坏最为严重的国家之一。第二次世界大战结束后，菲律宾于 1946 年 7 月 4 日宣告独立，但以罗哈斯总统为首的菲律宾政府屈服于美国的压力，与美国签订了一系列不平等条约，使美国能够继续据此紧紧控制菲律宾的经济命脉，并且拥有干涉菲律宾的种种特权。从60年代中期开始，菲律宾政府才逐渐改变“亲美”政策，积极发展同其他国家的友好外交与贸易关系。由于经济恶化、社会动乱加剧、犯罪活动剧增，1972年9月，马科斯政府宣布全国处于紧急状态，实行军事管制。进入80年代后，菲律宾的经济增长缓慢，失业率增高，外债沉重，而政治腐败日益严重。1981年1月，马科斯政府结束了军事管制，但菲律宾的经济、政治和社会状况依然在不断恶化。1983年，自由党领袖阿基诺被杀事件在菲引起轩然大波，进一步激化了原本就很紧张的社会矛盾，成为政治爆炸的导火线。1986年在美国的压力和菲律宾民众的反对声中，统治菲律宾达20年的马科斯政权终于垮台，科·阿基诺继任菲律宾总统。林健民的《菲律宾不流血的革命》、陈扶助的《二月赞歌》、林婷婷的《风暴追记》等作品都对这次的民主运动给予了极高的评价。

菲律宾是一个多宗教的国家，主要宗教有基督教、伊斯兰教、佛教和当地民族传统宗教等。其中基督教势力最大，教徒占全国总人口90%以上。在基督教中以天主教派人数最多，占全国人口的83%，故菲律宾有“亚洲唯一天主教国家”之称。菲律宾的基督教是西方殖民主义征服的副产物。西班牙殖民主义者在占领菲律宾后，即建立起政教合一的殖民统治，强行命令菲律宾人民全部改信天主教。天主教派在菲律宾是一股强大的社会力量，在社会生活中有着不可忽视的影响。新教是基督教中的一个教派，主要从美国传入。菲律宾的伊斯兰教主要分布在南方各省少数民族地区。由于历史和经济的原因，居住在南部的穆斯林同菲律宾中部和北部的天主教徒一直存在着矛盾。至今，南部穆斯林反政府的分离主义活动仍时有发生。菲律宾的佛教是从中国传去的，信徒主要是华侨和华裔。宗教信仰在菲华文学作品语言里也有所反映。

早在明朝时，就有许多中国人移居菲律宾。在西班牙和美国殖民统治期间，菲律宾的华侨和当地人民一样，受尽殖民者的压榨和欺凌。菲律宾独立后，华侨又遭到排斥。从40年代到60年代初，菲当局多次掀起排华浪潮，通过一系列旨在剥夺华侨经营商业权利的法令，如银行菲化法、进口商业菲化法、零售业菲化法等。同时禁止中国移民入境，严格限制华侨加入菲律宾国籍，限制华侨进入自由职业领域的许多行业。70年代后，菲律宾政府重新调整策略，对华侨实行同化政策，鼓励华侨成批集体加入菲律宾国籍，同时也鼓励华人参政，这使华人在政治、经济、文化诸方面基本上融入菲律宾社会，成为菲律宾一个具有重大影响的少数民族。菲律宾华人大多经商，只有少数人执教行医或务农。菲律宾华人在菲律宾人口中的比重不到2%，但在经济上，却占了30%的比重，是菲律宾经济中一支举足轻重的经济力量。华人移居菲律宾以后，就有了菲华通婚的习俗。在过去，几乎都是男性华人娶菲律宾姑娘。他们所生的混血儿，不管是男是女，长大后往往也要门当户对，找个中菲混血儿作为终身伴侣，但中菲混血儿中与菲律宾人结婚的比率却很高。至于第一、二代华人妇女嫁给菲律宾人的情况却十分稀少。今天，尽管很多华人均已入籍，华人社会与菲律宾人民也相处得很融洽，但第一、第二代华人仍很少与菲律宾姑娘通婚，即使第二代华人愿与菲律宾女孩结婚，也大多会遭到父母的反对。至于华人女孩子，更是死抱非嫁一个华人不可的传统观点。如果哪个华人姑娘要嫁给菲律宾人，不仅其父母不会同意，华人社会还会有诸多不好的议论和猜测。造成这种情况的原因除了文化背景、生活习惯的差异外，也与老一辈华人狭隘的传统观念及对菲人的成见有关。随着时代的变化，近年来华人娶菲律宾女孩为妻的现象日渐增多，一些受过西方教育的年轻华人女孩也开始改变了不嫁菲律宾男人的观点。菲华通婚有利于沟通当地华人与菲律宾人之间的感情。

菲律宾是一个多民族的国家，全国有90多种民族，包括比萨扬人、他加禄人、伊洛克人、比科尔人、邦板牙人等，总人口6000多万。由于民族众多，因此各民族的风俗习惯各异。在菲律宾，大多数男士平时喜欢穿T恤衫、衬衣或当地透明、白色的“巴隆”衬衣。“巴隆”衬衣是菲律宾的国服，在各种正式场合都可使用。女士常年可穿裙子，或下身围“纱笼”。菲律宾人70%以大米为主食。人们最喜欢吃的是用椰子汁煮成的饭。一般老百姓进食习惯是用手抓饭。现在西餐在城市中流行，进食习惯已有很大改变。菲律宾人多半是自由恋爱结婚的。在广大农村，男青年往往于黄昏时坐在姑娘的木屋下，弹着吉他，唱着情歌向心爱的姑娘求婚，直到姑娘有所反应为止。菲律宾人的结婚仪式多在教堂中进行。菲律宾人酷爱音乐，是极富音乐天性的民族。菲律宾是世界上节假日最多的国家之一，一年之中法定节假日和各民族的民间传统节日就有上百个。同时，菲律宾又是亚洲唯一的罗马天主教国，因此，在菲律宾的节假日中，有近2/3是宗教节日，如3月的“复活节”“圣周节”，5月的“五月花节”，11月的“万圣节”，12月的“圣诞节”等。斗鸡是菲律宾民间极为流行的一种游戏，最早由西班牙传入。斗鸡的场面惊险而残酷，吸引着大批观众。

菲律宾华文作家大都受过良好的教育。虽然所学专业不同，但都具有较高的文化修养。在菲华作家中，经商和从教的居大多数。如林健民、王国栋、林泥水、明澈、陈扶助、陈晓冰等都是亦商亦文的“儒商”作家，而林励志、李惠秀、秋笛、林婷婷、黄梅、心简等则集文、教工作于一身。在菲律宾这个商业社会里，促使作家们在紧张繁忙的工作之余拿起笔的，不是世俗的功利，而是自身对于文学的那份挚爱与痴迷。菲华作家不是生活在象牙塔中的精神贵族，他们是社会现实中的普通人，是对社会问题观察敏锐的文化人。他们的作品反映的是活生生的现实生活，是现实生活中活生生的人和事。正是这种“平民化”意识，使他们的作品形成了平实、自然的语言风格。菲华文坛拥有一个阵容强大的女性作家群。这些女性作家不但学历高，文学素养也极为深厚。她们的积极参与，给菲华文学注入了无限的生机与活力，而她们的作品，也成为菲华文坛一道亮丽的风景线。

菲律宾华文文学语言的特征

一、菲律宾华文文学语言的特点

菲律宾华文文学是以现代汉语普通话为主，吸收并融汇了多种语言成分创作的文学。但是，与中国当代文学相比，它又有自己的特点。菲律宾华文作家有意识地继承了中国古典文学的优良传统，不但注意吸收文言词语、成语典故、诗词名句等，还注重作品本身的韵律感与节奏感，使其文学语言既典雅隽美，又富于听觉美感。菲律宾华文文学还大量使用闽南方言词语、俗语和句式，使其语言具有浓郁的闽南地方特色。同时，菲律宾华文文学吸收了菲语、西班牙语、英语的词汇及语句，并将之融入到汉语的句式中，体现了以汉语为主兼及其他语种的长处。此外，菲律宾华文作家还善于以形象的文学语言来表现菲律宾的自然风貌和风土人情，并喜用富于地域特征的文学意象。菲律宾华文作家语言风格的多样化极大地丰富了菲律宾华文文学的语言宝库。

首先，菲华作家有意识地继承了中国古典文学的优良传统，把古代汉语里的语言菁华融化在自己的作品中，使文学语言变得典雅隽美，既富有中国传统文化的美学特征，又带有菲律宾的地方风韵和情趣。古代汉语具有精练、含蓄、古朴、典雅的特色，因此菲华作家在写作时，常喜欢使用文言词语。如：“家严”（父亲）、“家姑”（婆婆）、“家翁”（公公），“外子”（丈夫）、“内子”（妻子）、“螟蛉”（养子）、“父执”（父亲的朋友）、“怙恃”（父母）、“鹣鲽”（比翼鸟，比喻夫妻感情融洽）、“宵小”（坏人）、“川资”（路费）、“祝融/回禄”（相传为火神，现多指代火灾）、“禁脔”（比喻独自占有而不容别人分享的东西），“杌陧”（不安定）、“常川”（经常地、连续不断地）、“劬劳”（劳累）、“汗颜”（惭愧）、“遽然”（突然），“睽违”（分离）、“果腹”（吃饱肚子）、“仳离”（夫妻分离）、“轩轾”（比喻高低优劣）、“甄选”（审查监定）、“付梓”（把稿件交付刊印）、“觇”（窥视、观测）、甫（刚、才）等。为了避讳，作家们一般都以委婉的说法来替代“死”这样的字眼，如“先严”“先翁”中的“先”是用来尊称死去的人。又如：王勇《父亲的艺文缘》“七月廿九日是父亲仙逝百日忌”，陈一匡《树欲静而风不止——为先严陈先知先生逝世周年而作》“在爸爸弃养已一年的今天”，陈若莉《夕阳山外山》“老人家生性豁达，毫无忌讳地谈论她的身后事”，“母亲却交待她百年后，愿意火化”，君爱竹《骄阳下的烛光》“与其说是子孙对先人的孝思，勿宁说藉亲人的溘逝来向世人炫耀财富”，莎士《雨夜》“陈老太太卅年前已作古”等语句中的“仙逝”“弃养”“身后事”“百年后”“溘逝”“作古”都是古汉语中的婉辞。由于在现代白话文中融入了适当的文言词语，使得菲华作品的文学语言显得含蓄、蕴藉。

除了文言词语外，神话传说、诗句词句、名人名言、成语典故、文学作品塑造的艺术形象等，在菲华作家的笔下也常常是信手拈来，而且用得巧妙自然、恰到好处。如静铭的《忆山村》中有这么一段文字：

> 哦，哦，此刻我却看到嫦娥穿起霓裳羽衣，沿着云梯而下。啊，她竟驻足在椰树梢上，向我卖弄风骚。来呀风，请轻奏一曲，让我陪你在椰影交错中翩翩起舞。

这段文字写的是菲律宾一个小山村的夜景，但作者却由月亮联想到了中国古代神话嫦娥奔月的故事。婆娑的椰树，美丽的嫦娥——菲律宾常见的景物与中国的神话和谐地统一在一起，作品的文学语言由此获得了双重的文化内涵，既带有菲律宾地方色彩，又富有华族情调。又如紫云的《灭鼠记》：

> 是可忍，孰不可忍？从昨晚开始，我们又摆下“鸿门宴”，预备一桌“满汉全席”，恭候这些黑道上的好汉来赴会。

作者以《论语》里的“是可忍，孰不可忍”来表明自己对家中日益猖狂的老鼠已到了忍无可忍的地步。“鸿门宴”是司马迁《史记》里的一个典故，在这里却被作者引用来指代灭鼠计划，而“满汉全席”则是灭鼠药的代名词。作者将这些大众熟知的名句、典故推陈出新，并借题发挥，语言显得幽默诙谐，令人读后忍俊不禁，同时也不得不叹服作者巧妙的构思。再来看看恕绫《成长的故事》里的一句话："安娜就是这么一个女孩，典型的'林黛玉'，动不动就哭。"将中国古典文学名著《红楼梦》里的典型人物"林黛玉"与"安娜"这个菲律宾女孩儿联系起来，一语点明了安娜多愁善感的性格特征。这种"中为外用"的写法既节省了笔墨，又给读者留下了丰富的想象空间。

在菲华作品中，古代诗文的引用率之高是令人吃惊的。单从作品的题目便可窥见菲华作家古典文学功底之一斑了，如九华的《君自故乡来——观青花瓷有感》，施柳莺的《落日故人情》《上言加餐饭，下言长相思》《人约黄昏后》，心枫的《行行重行行》，陈一匡的《树欲静而风不止——为先严陈先知先生逝世周年而作》，龚锦媚的《何似人间——舞》等。白山是菲华文坛的一员老将，古典文学修养极为深厚。他善于把古代汉语与现代汉语，中国文化情结与菲律宾当地的山川风物、人情民俗融为一体。《山水怡情记》便是他的一篇力作。在这篇散文里，作者引用的古典诗文竟达 13 处之多。如"当大家走到精疲力竭的时候，前面有人高喊：'瀑布呀！你们瞧！'这一喊叫，令人精神振作，幻想了'飞流直下三千尺，疑是银河落九天'的奇观！但是临近一看，不过是一道山泉泻下深潭罢了。我们有'行到水穷处'的毅力，却无'坐看云起时'的闲情。"作者很自然地由"瀑布"而联想到李太白的诗句，但实景却让他深感失望，因为与李太白笔下磅礴壮观的瀑布相比，所见到的不过是一道山泉而已。接着，作者又巧妙地化用了王维的诗句，承认自己虽已"行到水穷处"，却缺乏"坐看云起时"的闲情逸致。作品语言由于这些诗句的运用而显得隽美雅致。又如：

> 姑娘们态度矜持，无意当"出水芙蓉"，却有心为饥肠辘辘的伙伴预备午餐。在椰林茅屋中，排好菜肴香饭，"开动"号令一发，大家手忙脚乱，狼吞虎咽，一扫而空，可见"民以食为天"言之不虚也。

在这段文字里，文言词语和句法与现代汉语已经熔为一炉，分不清彼此了。"出水芙蓉""手忙脚乱""狼吞虎咽""一扫而空""民以食为天"这些带有浓郁的中国传统文化色彩的成语及名句，在作者的笔下重新焕发出时代的气息与活力。不难想象，如果作者没有足够深厚的文学修养与文字功底是不可能写出这么凝练晓畅的语言的。

不但资深老作家善于运用诗文，中青年作家也继承了这个传统。龚锦媚《花的故事》也是一篇融汇了东西方文化的佳作。在这篇仅两千多字的散文里，既有来自古希腊的神话传说，又有引自《诗经·伯兮》与《红楼梦》绛珠仙草的故事，还有源于菲律宾的历史掌故。作品所涵盖的文化内容之广，让人叹服。在作者笔下，成语诗词很自然地融入到现代白话文中。如“自小爱听花的故事，在故乡轻扇扑流萤的庭院中听母亲和大人们说着花木与耕种。”“轻扇扑流萤”巧妙地化用了杜牧的诗句“轻罗小扇扑流萤”，既切合作者童稚时代的故乡生活场景，又言简意赅，富于动感，显示了中国古典诗词的魅力。又如“有时学习照顾花木，渐成乐趣，虽不能像陶潜的归田园居，也能独享除草培苗的福分，风雨来了，一夜间落叶萧萧，残英遍地，正像人生的坎坷横逆，渐悟天人无常的道理，但愿自己能顺着大自然的循环走完人生坦途。”在这段话中，作者把自家的园林栽培与陶渊明的田园耕种作对比，指出二者虽然形式不同，但各有其趣。而“落叶萧萧”“残英遍地”这两个古典味十足的短语，更是生动地写出了风雨之后花木的惨状，并传达出一种萧飒凄美的意境。在行文中，作者并不仅仅停留在讲述种种花的故事上，而是寓情于花，借花抒情：

> 林中诗人的桂冠由谁摘取？浩如瀚海的各种知识智能之花极容易使人迷失，每个人只能以有涯的生命摘取无涯学海中自己最喜爱的一朵或数朵花，况且在本地的英菲语商业世界中，有一族属于少数民族的人要走这条狭隘寂寞的中国文学之路，需要何等的心力与意志？生活是圆的，这一族在营役经商或编辑文教之余尚在穷经皓首、焚膏继晷的人是方的榆木。

这段文白杂糅的议论，是菲华文坛的现实写照。成语“穷经皓首”“焚膏继晷”高度概括了菲华作家为追求中国文学而付出的艰辛努力。作者以大量富含中国文化审美情趣的文言词语、成语典故、诗词来反映菲律宾当地的自然景物与社会现实，从而使其作品语言具有双重的文化品位，显得诗意盎然、意味悠长。

其次，菲华作家还大量使用闽南方言词语、俗语和句式，使其语言具有浓郁的闽南地方特色。在菲律宾华人华侨中，福建籍的居90%，而且大多来自闽南地区（如泉州、厦门等）。闽南地区的民间习俗及方言对菲律宾的华侨华人有着根深蒂固的影响。对家园故土的深深的眷念使乡音乡俗得以在异国他邦延续下来。在菲华作品中，有大量的闽南方言词语。如：“唐山”（中国）、“吕宋”（菲律宾）、“咱人”（菲律宾华人之间的互称，即自己人）、“咱人话”（中国话，多指闽语）、“头路”（工作）、“头家”（老板）、“番客”（从菲律宾回来的华侨）、“番婆”（对菲妇女的称呼）、“某”（妻子）、“查某”（女人）、“夭寿”（口头语，表示惊叹、遗憾或不满)、“恁父”(男子自称，表示自负，或在发怒、开玩笑时说的口头话)、“眠床”(床)、“代志”(事情)、“生理”(生意)、“豆乳”(豆浆)、“肉圆”(肉丸)、“古意”(老实)、“水”(美，多指女性)、“缘投”(英俊，多指男性)、“贵气”(高贵，价值高)、“歹”(坏)、“衰”(倒霉)、“厝”(房子)、“子婿”(女婿)、“困”(睡觉)、“放工”(下班)、“赚吃”(谋生)、“线圆”(指侨汇，通常一粒线圆即代表人民币一元)、“年兜晚”(除夕夜)、“一对时”(二十四小时)、“五服内”(“五服”指五等丧服，“五服内”指祖父、父亲、本人、儿子、孙子这五代的直系亲属)、“割香”(到远方寺庙取香火来本乡的迎神游行，盛行于闽南和台湾)等。

除了方言词语外，方言语法的运用也是菲华文学语言带有闽南特色的一个原因。菲华作家对闽南方言语法的吸收与运用主要表现在下面几个方面：词缀、量词、能愿动词“会”、否定副词“无”、结构助词“得”及“有+动词谓语”句。词缀分词头和词尾。菲华作家常用的词头是“阿”，如“阿祖”（曾祖父、曾祖母)、“阿妈”(奶奶)、“阿爸”(父亲)、“阿母/阿娘”(母亲)、“阿伯”(伯父)、“阿姆”(伯母)、“阿妗”(舅母)、“阿婶”(叔母)、“阿兄”(哥哥)等。“阿”一般放在亲属称谓前头，带有亲昵、尊敬的意味。常用的词尾是“仔”，如放在人名、姓氏称谓后的“阿伯仔”(伯伯)、“芹莱仔”(人名)、“夭寿仔”（短命鬼，骂人的口头语）等，可表示亲昵、戏谑或鄙视的感情色彩。“仔”也可以放在一般名词的词尾，表示小或少，如“囝仔”（小孩儿)、“刀仔”(小刀)、“豆仔”(豆子)、“虾仔”(虾)。“仔”有时也放在动词或形容词后面，变成名词，指一类人，如“番仔”(土著菲人)、“出世仔”(中菲混血儿)、“新客仔”(初到菲律宾的华人）等。除了做词尾外，“仔”还可以放在两个名词中间，如“番仔话”(菲人的土话)、“菜仔店”(菲华侨开的一种日用小杂店)、“蠔仔面线”(牡蛎面线，闽南的一种风味小吃)、“蠔仔煎”(闽南的一种风味小吃）等，带有口语化色彩。利用方言词缀不但可以构成新词，扩大方言词汇量，而且由于词缀本身带有感情色彩，可以增强作品的艺术表达效果。佩琼的小说《油纸伞》讲述了一个美丽而又哀怨的爱情故事。华人子弟林文斌爱上了中菲混血儿的李珍妮。当林文斌告诉自己的母亲李珍妮是个很中国化的女孩时，他的母亲反问道：“是吗？她‘中国’到什么程度？你真正地认识她吗？别忘了，她血统一半是‘番仔’，跟我们的思想不一定相同。”“番”在闽语中是形容词，意为“南洋的”，加上词尾“仔”后，变成名词，指南洋土著人，并且带有鄙视的色彩。林文斌的母亲以“番仔”来强调李珍妮有一半菲人血统，其语气中的贬低与排斥之意是非常明显的。由于母亲对“番仔”的成见，林文斌与李珍妮的爱情故事最后只能以悲剧告终。细读菲华作家的作品，可以发现一个很有趣的现象：“番仔”这一带有敌意与轻视意味的词，一般都出自老一辈的华人之口。年轻一代的华人大多以“菲人”一词取代“番仔”。对菲人称呼的转变说明了菲律宾华人在传统观念上的改变，也显示了中菲两族人民的日益融合。

受闽南方言的影响，菲华作品在量词的用法上也有自己的特点。“如果我偷了那枝小刀，就会变成猴子……”[①]（翁华碧《依恋》），“两双筷子，两只汤匙，就这样边吃边聊——洗筷子共口水地吃着。”[②]（黄秀琪《楼梯底下》），“坐了将近廿个小时的飞机，累得全身几百支骨头好象不是自己的。”[③]（王冉心《兄弟》），“于是，一粒粒尚有余温的鸡蛋便纷纷滚出笼外”[④]（静铭《忆山村》），“你家和我家的关系是双重亲，你的祖父就是我的舅父，他一生为养家，早年渡洋，在外地开了一爿小杂货店。”[⑤]（林泥水《雾里的瓶花》）。在普通话里，“小刀”“汤匙”用“把”，“骨头”用“根”，“鸡蛋”用“个”，而“杂货店”用“间、家”或“个”都可以。“爿”一字是闽南方言独有的。闽方言的“爿”作名词时，可表示相对的一边或一面，也可指从整体切开而成的的片状物；作量词时，一般用于水果、田地、商店、工厂之类的事物，如：“一爿西瓜”“一爿田地”“一爿店”等。可见，量词不一样，语言特色也就不同。能愿动词“会”经常在菲华作品中出现，但闽南方言的“会”与普通话的“会”用法不尽相同。黄梅《齐人老康》：“玛丽亚，你怎么不多睡一会儿，这么早就起来摸些什么，也不会开灯来做……”[⑥]，这里的“会”是“懂得”“知道”的意思，而林励志的《我母亲的苦难经》：“那时我已经会听懂母亲的话，首次看到母亲发脾气的哭诉，也帮着向父亲抗议，要求把四妹妹抱回来”[⑦]，三祝的《离家》：“我忙昏了，深夜才会回家。你带孩子们一起吃吧……”[⑧]，若艾的《路》：“怎么，我不

---

① 翁华碧：《依念》，选自《菲华文学一》，菲律宾柯俊智文教基金会发行，1988 年，第 118 页。

② 黄秀琪：《楼梯底下》，选自《菲华文学五》，菲律宾柯俊智文教基金会发行，1998 年，第 273 页。

③ 王冉心：《兄弟》，选自《菲华文学五》，菲律宾柯俊智文教基金会发行，1998 年，第 174 页。

④ 静铭：《忆山村》，选自《菲华文学三》，菲律宾柯俊智文教基金会发行，1991 年，第 262 页。

⑤ 林泥水：《混沌的下午》，菲律宾新潮文艺社编《菲华散文选》，海峡文艺出版社，1985 年，第 198 页。

⑥ 黄梅：《齐人老康》，张香华主编《茉莉花串》，台湾远流出版事业股份有限公司，1988 年，第 330 页。

⑦ 林励志：《我母亲的苦难经》，选自《菲华文学四》，菲律宾柯俊智文教基金会发行，1994 年，第 151 页。

⑧ 三祝：《离家》，选自《菲华文学四》，菲律宾柯俊智文教基金会发行，1994 年，第 84 页。

会去番邦吗"[①]，这三个句子中的“会”都相当于普通话的“能”。由此可见，闽南方言中的“会”除了“懂得、知道”的义项外，在表示具有某种能力或表示对未实现的情况作推测时，译成普通话一般要译为“能”，其否定式“不会”译为“不能”。

再来看看菲华作品中出现的闽南方言否定副词“无”的用法。如林励志《心结》：“轻伤，伤口合了，就无事了”[②]，欣荷《心有千千结》：“太多的牵挂，使得我无一刻得以放松自己”[③]，李惠秀《跳跃的音符》：“他在欣赏了一场演奏之后，深受感动，慷慨地将自己最心爱的名贵之小提琴割爱赠与其中一位无机会拥有好琴的小天才”[④]，莎士《雨夜》：“只看一家人这些日子来把他当玻璃吹成的薄瓶儿一般供奉着，他也猜得出自己的时日无多了”[⑤]。这些句子中的“无”相当于普通话的“没/没有”或“不”。与普通话相比，闽南方言“无”更多地保留古汉语“无”的用法。助词“得”在闽南方言里有一种特殊的结构，即：“有+得+动词”，如：“卖冷饮钱是有得赚，可没半点体面”[⑥]（黄一虹《得意门生》），“孩子们那知安危，听说有得出门，雀跃不已”[⑦]（纯纯《与他同车》），“于是向身边的妈妈提出了菲币换港币的意见——我知道近处是有得换的”[⑧]（恕绫《温情》）。“有得赚”“有得出门”“有得换”从句意上分析，应解释为“可以赚”“可以出门”“可以换”，可见助词“得”在这里表示“可能、可以或允许”。但这种“有”后面加“得”加“动词”的结构是普通话所没有的。这是菲华文学语言具有闽南方言特色的又一个表现。

“有+动词/动词短语”句是闽南方言语法的一大特点。这种句型的使用在菲华作品中相当普遍。如：“寄家费，就算有良心，你有想过吗？当你没有侨汇时，天祥才五岁，就陪我种田，吃了不少苦”[⑨]（亚蓝《唐山来客》），“不过以后，我有注意到她的手上已经戴着另外一个大钻戒，……”[⑩]（黄梅《月娘》），

---

① 若艾：《路》，菲律宾新潮文艺社编《菲华散文选》，海峡文艺出版社，1985年，第181页。

② 林励志：《心结》，选自《菲华文学三》，菲律宾柯俊智文教基金会发行，1991年，第143页。

③ 欣荷：《心有千千结》，选自《菲华文学四》，菲律宾柯俊智文教基金会发行，1994年，第253页。

④ 李惠秀：《跳跃的音符》，选自《菲华文学四》，菲律宾柯俊智文教基金会发行，1994年，第107页。

⑤ 莎士：《雨夜》，选自《菲华文学一》，菲律宾柯俊智文教基金会发行，1988年，第295页。

⑥ 黄一虹：《得意门生》，选自《菲华文学五》，菲律宾柯俊智文教基金会发行，1998年，第260页。

⑦ 纯纯：《与他同车》，秋笛编《绿帆十二叶》，鹭江出版社，1987年，第192页。

⑧ 恕绫：《温情》，菲律宾新潮文艺社编《菲华散文选》，海峡文艺出版社，1985年，第277页。

⑨ 亚蓝：《唐山来客》，选自《菲华文学三》，菲律宾柯俊智文教基金会发行，1991年，第348页。

⑩ 黄梅：《月娘》，蔡长贤主编《菲华文艺选集·第二辑》，菲华文经总会学术丛书，1999年，第305页。

"我承认我当年有亏欠你"[①]（陈晓冰《乌龙红娘》），"爸爸死后，大妈有叫我到她面前谈话"[②]（董君君《墙外枝桠》），"至于在座的学生是否有吸收到甚么，那又是另一回事了"[③]（恕绫《菲大生活片段》）。按普通话的语法规则，谓语动词前面是不能再加动词"有"的。"你有想过吗"在普通话里应是"你想过吗?"，"我有注意到她的手上已经戴着另外一个大钻戒"应是"我注意到她的手上已经戴了另外一个大钻戒"，"我承认我当年有亏欠你"应是"我承认我当年亏欠过你"，"至于在座的学生是否有吸引到甚么"应是"至于在座的学生是否吸收到了甚么"。可以看出，闽南方言里的"有"字句相当于普通话的"过"或"了"，表示行为动作的完成。

闽南方言俗语的运用也是菲华文学语言具有闽南地方特色的一个重要表现。我们知道，俗语是劳动人民在长期的社会生活中总结出来的简练而又形象的定型的语句。不同地域方言的俗语一般都带有一定的地方色彩，闽南方言俗语也不例外。为了增强文学作品的生动性与感染力，菲华作家巧妙地将经过加工的闽南方言俗语融入进现代汉语的写作中。董君君的《黑豹与哈巴狗》中有这么一段话：

> 上帝创造大地万物各从其类。菲谚语有句话说"仙突树不会结芒果"，而中国有句俗话说"劣竹出好笋"——卑微的父母养出"出类拔萃"的儿女多的是。

在这段话中，作者引用了菲律宾谚语和闽南俗语。仙突树和芒果树都是菲律宾常见的果树，仙突树的果子是酸的，而芒果是甜的。以"仙突树不会结芒果"这句谚语为喻，是为了说明"龙生龙，凤生凤"的道理。"劣竹出好笋"是闽南的一句俗语，意为卑微的父母也能培养出优秀的子女，这正好与菲谚语形成鲜明的对比。作者以"劣竹出好笋"这句闽南俗语来反衬"虎父犬子"的亚冷与依利这对父子，具有讽刺意味。柯清淡的《五月花节》则以"千银买厝，万银买厝边"这句富有闽南特色的俗语来说明华人与当地菲律宾人友好相处的重要性。除此之外的闽南俗语还有很多，如"久病无孝子""亲生子，不值荷包仔""好

---

① 陈晓冰：《乌龙红娘》，蔡长贤主编《菲华文艺选集·第二辑》，菲华文经总会学术丛书，1999年，第323页。

② 董君君：《墙外枝桠》，蔡长贤主编《菲华文艺选集·第二辑》，菲华文经总会学术丛书，1999年，第351页。

③ 恕绫：《菲大生活片断》，菲律宾新潮文艺社编《菲华散文选》，海峡文艺出版社，1985年，第272页。

儿好匕桃（好玩儿），歹儿不如无”“穷厝无穷路”“顶厝人在打儿，下厝别人的儿乖”“猪肚熟莲子，只怕白茄枝”“一双手五粒钮”“乞丐灶不嫌好歹柴”等。这些俗语不仅通俗形象，而且使菲华作品充满了浓烈的闽南乡土色彩。由于闽南俗语都是以口耳相传的，没有统一的书面文字形式，所以菲华作家在吸收与运用这些俗语时，或在上下文中作出解释，或在字面上作必要的改动，从而使读者一目了然。

菲华作家注意吸收菲语、西班牙语、英语的词汇，并将之融入到汉语的句式中。这是菲华文学语言的第三大特色。菲华作家在进行创作时，遵循华文文学是以汉字书写的文学这一原则，因此在使用菲语、西班牙语或英语词汇时，多以音译为主，同时也兼顾汉语的意义和构词特点，尽可能地在菲语、西班牙语和英语的语音外壳里注入中华文化的内容。但有时出于创作上的特殊需要，也直接引用菲语、西班牙语或英语。陈默的《小女儿的选择》写了一个热爱中华文化的父亲带着女儿（中菲混血儿）去买七巧板，想藉此让女儿学会认中国方块字。在王彬街的一家书店里，当父亲沈浸在翻阅中文书籍的喜悦里时，女儿的一句："Bili mo Sesame Coloring Book"，犹如一枝箭，射中他“本已暗伤的胸膛”。女儿的这句话夹杂了菲语和英语。“Bili”与“mo”是菲语，分别是“买”和“你”之意，而“Sesame coloring Book”是英语，意为“芝麻街填色图书”。整句话的意思是“你给我买芝麻街的填色图书”。作者直接引用了菲语和英语，既切合女儿中菲混血儿的身份，又体现了两代人两种不同的文化观。父亲挚爱中华文化，而女儿却深受菲律宾文化和美国文化的影响。父辈与子辈的文化代沟就在这句菲英结合的话里显露出来。看似寻常的一句话却传达出作者对民族传统文化能否传承下去的深切忧虑。此外，迦宁的《完全守卫手册》也有两句菲英夹杂的句子："Good evening Mom! Sir!（晚安，太太、先生！）和“Hindi Pa umuwi si boss!”（老板还没回来呢！）其中，“Good evening”（晚安）、“Mom”（妈妈、老板娘）、“Sir”（先生）、“boss”（老板）是英语词，而“hindi”（没有）、“pa”（还）、“umuwi”（回家）、“si”（人称代词，这里译为“我的”）是菲语词。因为作品中的人物阿诺是菲人，所以直接引用了菲语，同时阿诺又是由专门的“守卫公司”介绍来的，他应该会一些简单的英语。两句菲英夹杂的话便突出了阿诺的菲人身份。正因为他是一个“番仔”，所以老板娘不信任他，这就为小说后面的情节发展埋下了伏笔。受西班牙殖民统治的影响，菲律宾人大多信仰天主教。现在菲语中约有三分之一的词汇源自西班牙语，如与宗教有关的词汇、称呼等。施柳莺《十二月的阳光》中："DIYOS KO！你打我，你竟然打我！”与紫云《马车夫之恋》中:“Diyos ko! 怎么会这样?”都直接引用了“DIYOS KO”。“DIYOS KO”是西班牙语，字面意思为“我的神”或“主呀”。以上所举的两个句子皆出自菲人之口，用“DIYOS KO”显然比直接用汉语“我的神”或“主呀”来得好，既写出了文中人物极度惊愕的语气，又给人以艺术的真实感。

除了直接引用菲语、英语、西班牙语的词汇外，菲华作品中还有大量的音译菲语词，如:“大家乐”(Tagalog，他加禄语，即菲国语)、“引叔”(Instik，菲人对中国人的称呼)、“沓当”(Dadang，老叔或老伯)、“罗拉”(Lola，奶奶或阿婆)、“马农”(Manong，老兄)、“大呆”(Tatay，爸爸)、“亚地”(Ate，姐姐)、“公巴例”(Kompare，菲人对对方的一种尊称)、“支娜”(Tsinay，菲人对华人妇女的称呼)、“亚亚/丫丫”(Yaya，菲律宾小孩对保姆的称呼)、“仙沓玛丽亚”(Santa Maria，圣母玛丽亚)、“描笼”(Barong，菲律宾国服)、“夏乐夏乐”(Halo - Halo，菲律宾的一种甜食冷饮)、“蜜明佳”(Bibingka，菲律宾的一种米糕)、“比索”(Peso，菲律宾钱币)、“仙”(Centavo，菲律宾钱币，1 比索 = 100 仙)、“甘姆士打”(Kamusta，你好)、“漫雾葛”(Mambucal，菲律宾一个有名的温泉名)等。菲语是以拉丁字母拼音的文字，菲华作品中的音译菲语词均是从菲语中直接译过来的。其中，有些词汇的读音是菲语的，意义却是汉语的。如“大家乐”和“夏乐夏乐”这两个词与众所皆知的“可口可乐”(Coca - cola)的翻译有异曲同工之妙。以 Tagalog 语为基础的菲国语当然是大家都爱说的语言，所以叫“大家乐”，而能让人在酷夏觉得开心的莫过于喝一杯冰凉解渴的冷饮，这就是“夏乐夏乐”。又如“漫雾葛”一词，仅从字面上看，便让人联想到烟雾弥漫的温泉，而它的菲语名字正是 Mambucal，将音与义和谐地统一在一起，这充分体现了汉语言的丰富性与包容性。菲华作家便是这样有意识地通过这些汉化的菲语把当地语与汉语紧密融为一体，从而形成了菲华文学语言的一个特色。除了直接音译外，不少菲华作家还利用汉语的构词特点，把当地词语音译的成分与汉语的语素相互结合，构成新词。如“怡江”“马罗山”“武乐刀”“描利宋刀”“玛迷妮街”“巴山寒瀑布”“罗哈示大道”“伊省台风”中的“怡”“马罗”“武乐”“描利宋”“玛迷妮”“巴山寒”“罗哈示”“伊省”都是菲语音译的，而“江”“山”“刀”“街”“瀑布”“大道”“台风”都是汉语的语素或词语。这种音意结合的翻译法不仅符合汉语的构词规律，而且方便了读者的阅读，有利于扩大菲华作品的读者群。

菲华作家在引用英文时，有时直接运用英语词句，有时把英语音译为汉字。在直接引用英语词句时，充分利用汉语所特有的语法结构，将英语自然地溶入到汉语句式中。如："妈妈吃了午饭就去邻居家赌麻将，或玩 Bingo，爸爸回来时，方差人去赌场接她回来。"（董君君《墙外枝桠》），"昨晚回到所住的单身 PAD，匆匆洗了个澡，也顾不得头发还湿着，倒在床上便不省人事了。"（王冉心《兄弟》），"'MARLBORO 来一包，多少钱?'事实上，他袋子里还有香烟。"（林泥水《混沌的下午》）。根据上下文及汉语的句法特点，读者可以很容易地猜出"Bingo"可能是与麻将相似的一种赌博，而"PAD"应该是"公寓""房间"的意思，"MARLBORO"是一种香烟的名字。这种在汉语句式中注入英语的手法，既保持了汉语所固有的民族特色，同时又有所创新，进一步扩大了汉语的表达功能。菲华作品中音译的汉字有："巴士"（bus，公共汽车）、"集尼"（jeepney，菲小型公共汽车）、"支罗"（kilo，公斤）、"支罗米突"（kilometre，公里）、"蜜西施"（Mrs.，夫人）、"密司特"（Mr.，先生）、"拍地"（party，晚会、舞会）、"巴士德"（plastic，塑料）、"离你秀示"（Delicious，美国的一种红苹果）、"高尔夫球"（golf，一种体育运动）等。英译汉字中有些是纯粹音译，有些则是音译兼意译。如将"Mrs."翻译成"蜜西施"，而将"Mr."译为"密司特"。为什么女士用"蜜"而男士用"密"，显然作者是有意为之的。"西施"已是美称，再冠以甜蜜的蜜，其关切爱护之情立即溢于言表。仅这一小小细节，就可看出菲华作家对文学语言词语的选择是相当慎重的。"离你秀示"看似直接音译过来的，其实包含了汉语的意义。对文中收入微薄的"爷爷"来说，一颗进口的美国"离你秀示"苹果实在是太昂贵了，它离你很远，你只能眼观其诱人的外表而不可得。这简单的四个字，透露出作者几多的辛酸与感慨，和全文的基调十分吻合。菲华作家对菲语、西班牙语和英语的吸收与运用，不但为汉语词汇增添了新鲜的血液，充分显示了汉语的兼容性，而且为艺术表达手段提供了更为丰富的语言材料。

虽然菲律宾华文文学是以现代白话文进行创作的，但在某些方面，它又有别于中国现代汉语的规范用语——普通话。如第三人称代词"祂"的使用。在普通话里，第三人称代词有"他""她""它"，但以"他""她"或"它"来指代"上帝"都不合适，于是在菲华作品中便出现了"祂"这个新的人称代词。"祂"采用了汉字"形旁加声旁"的构字法，是个形声字。以"祂"来指代上帝或神，扩大了汉语的表义功能，进一步丰富了汉语词库。菲华作品中还有不少与天主教信仰相关的词语，如"天家""天父""蒙主恩召""安息主怀"等。这些极富宗教色彩的词语构成了菲华文学语言的一个特色。此外，菲华作品中有的词语书面形式与普通话相同，但词义却大相径庭。黄梅的《月娘》："洪玉安是中学时期最要好的同学，另外还有一个叫朱新华的，我们是死党，三位一体，在学校里，惯常是三人行。”[①] 心宇的《山城之恋》：“最后一次上山是在一九八九年的十二月，与死党、小谊女和男友共享三个清新的早晨……”[②] 这两段话里的“死党”在《现代汉语词典》里是指“为某人或某集团出死力的党羽”，是贬义词。但在这里却指“好朋友”，成了褒义词。亚蓝的《唐山来客》：“真就是那些话，将老爸的心打动，一时又引发了他的四海脾气……”[③] 与《那属于海的》：“幸好他为人不但当古道热肠，作风也很四海，海港市很多人都被他关心到……”[④] “四海”在普通话里指“全国各处或世界各处”，是名词，在这里却成了形容词，有“正直”之意。“海派”在《现代汉语词典》里原指“以上海为代表的京剧表演风格”，后泛指“在某方面具有上海特色的事物”，但在迦宁的《完全守卫守册》“你们公司我还不清楚？哪有这么海派！”[⑤] 中，“海派”却有“大方”的意思。“糗”在普通话里是“干粮”的意思，作名词，但在董君君《肚脐眼的橘树》：“每一次开箱给她弟弟看见，就联手糗她……”[⑥] 中，“糗”却作动词，有“取笑”的意思。而在章微《不知福》：“若要再带把伞，上了公车，就只有‘束手无策’地任车子东摔西丢，多糗！”[⑦] 中，“糗”是形容词，有“丢人”的意思。“为了”这一短语在普通话里多表示目的，但在菲华作品里却是等同于“因为”的。如三祝《离家》“她后来为了自己的肚子饿得太痛，勉强把自己的一份早餐拿来。”[⑧] 李惠秀《跳跃的音符》：“为了好奇，便也陪同妹和孩子们去赶一次热闹……”[⑨] 莎士《有情人间》“为了不忍拂她们的美意，不能转送旁人，只好自已搽用了。”[⑩]荷塘《闲妇闲语》“为了父母言行举止及生活方式，孩子不但清清楚楚看在眼里，他们还会学习模仿……”[⑪] 这些句子中的“为了”在普通话

---

① 黄梅：《月娘》，蔡长贤主编《菲华文艺选集·第二辑》，菲华文经总会学术丛书，1999 年，第 293 页。

② 心宇：《山城之恋》，选自《菲华文学三》，菲律宾柯俊智文教基金会发行，1991 年，第 172 页。

③ 亚蓝：《唐山来客》，选自《菲华文学三》，菲律宾柯俊智文教基金会发行，1991 年，第 340 页。

④ 亚蓝：《那属于海的》，选自《菲华文学一》，菲律宾柯俊智文教基金会发行，1988 年，第 242 页。

⑤ 迦宁：《完全守卫手册》，蔡长贤主编《菲华文艺选集·第二辑》，菲华文经总会学术丛书，1999 年，第 123 页。

⑥ 董君君：《肚脐眼的橘树》，选自《菲华文学三》，菲律宾柯俊智文教基金会发行，1991 年，第 383 页。

⑦ 章微：《不知福》，秋笛编《绿帆十二叶》，鹭江出版社，1987 年，第 349 页。

⑧ 三祝：《离家》，选自《菲华文学四》，菲律宾柯俊智文教基金会发行，1994 年，第 82 页。

⑨ 李惠秀：《跳跃的音符》，选自《菲华文学四》，菲律宾柯俊智文教基金会发行，1994 年，第 109 页。

⑩ 莎士：《有情人间》，选自《菲华文学四》，菲律宾柯俊智文教基金会发行，1994 年，第 187 页。

⑪ 荷塘：《闲妇闲语》，选自《菲华文学四》，菲律宾柯俊智文教基金会发行，1994 年，第 234 页。

里都应说成“因为”。在《现代汉语词典》里，“毕业”后面不能直接跟宾语，但在菲华作品中，却没有这方面的限制。如楚复生《家事》“小幺还在襁褓中，大儿子过了年就毕业中学……”[①] 王锦华《心情五十》“不爱读书的老三，如今也奋发求进，今年将毕业大学。”[②] 欣荷《月到中秋》“唯一的儿子守德才毕业拉萨大学工程设计科……”[③] 这些句子里“毕业”一词的用法是古代汉语的语法遗存，省略了介词“于”，若译成现代汉语就是“从中学毕业”“从大学毕业”“从拉萨大学工程设计科毕业”。这些在词义及用法上不同于普通话的词语从一个侧面显示了菲华文学语言的独特性。

在菲华作品中，还有不少“异形词”。所谓“异形词”，指的是菲华作品中的某些词语在词形上与普通话常用词的规范形式相比有些变化，不十分“规范”。菲华作品中常用的“异形词”大致可分为同素反序词、近义语素合成词和同（近）音假借合成词三种类型。同素反序词指构词的两个语素和普通话的规范词相同，但顺序相反，如灼子《雨》“夏天的雷电骤雨，灌浇在头顶与背脊上”（灌浇—浇灌），许少沧《椰子树下》“心身是遭遇怎么样的痛苦及疲倦呀”（心身—身心），紫茗《范·黎拉戈律示》“良善的菲律宾人”（良善—善良），苏剑虹《地狱九十天》“他整个脸因阵阵的剧痛而曲扭着”（曲扭—扭曲），王锦华《香香》“它就猛凶地狂吼”（猛凶—凶猛），云东《骨肉》“阿桃有些懦怯地问道”（懦怯—怯懦），靖竹《黑头土脸“滚”回来》“逼得等车的人群四下寻觅凉阴处坐”（凉阴处—阴凉处）等。用近义语素来替代其中一个语素而构成异形的合成词，是菲华作品中“异形词”的另一种形式。如林泥水《混沌的下午》“想起王彬街入口的果子”（入口—进口），亚蓝《那属于海的》“一个搞出入口贸易”（出入口—进出口），宰主《童心》“狂风挟着豪雨的侵袭”（豪雨—暴雨），林泥水《混沌的下午》“花三块钱车税”（车税—车费），林励志《永恒的追思》“我速即托护士请医生来”（速即—立即），刘纯真《倦鸟》“有一次发高热”（高热—高烧）等。菲华作品中的“异形词”还包括纯粹的语音假借词，即借同、近音语素代替另一语素而构成的异形词。如王锦华《一九九零年七月十六日》“只有委曲大家吃泡面了”（委曲—委屈），刘纯真《倦鸟》“我那刁皮的妹妹”（刁皮—调皮），小四《寂寞的人不要坐着看花》“内心除了歉咎”（歉咎—

① 楚复生：《家事》，菲律宾新潮文艺社编《菲华散文选》，海峡文艺出版社，1985 年，第 368 页。

② 王锦华：《心情五十》，选自《菲华文学五》，菲律宾柯俊智文教基金会发行，1998 年，第 46 页。

③ 欣荷：《月到中秋》，蔡长贤主编《菲华文艺选集·第二辑》，菲华文经总会学术丛书，1999 年，第 89 页。

歉疚)，许少沧《椰子树下》“以偿素愿”（素愿—夙愿)，许少沧《小食店》“他素性再不愿在家用粥”（素性—索性)，欣荷《幸福和回忆》“既使他结了婚也抱着遗憾”（既使—即使）等。对于菲华作品中出现的“异形词”，我们不能简单地认为“不合规范”。相反，它在客观上如实地反映了现代汉语在不同时空下的发展与演变。这些“异形词”的产生原因可从以下两个方面进行分析。从汉语内部的构词本身来看，并列结构的词在形式上往往较自由，可以前后顺序颠倒（同素反序词)，也可以用同义语素替换另一语素（近义语素合成词)。而音变的影响及同音字的大量存在，也容易产生“异形词”（同/近音假借合成词)。从词汇的来源和背景看，这些“异形词”与文言词语、闽南方言及外来语的影响有很大的关系。如“入口”的“入”、“豪雨”的“豪”是文言词；“高热”是闽南方言词，而“车税”的“税”则是来源于英语。这些异形词虽然有别于普通话的规范词语，但正是这种不同，构成了菲华文学语言的又一特色。

二、菲律宾华文文学语言的独特价值

菲律宾华文作家善于以形象的文学语言来表现菲律宾的自然风貌、人情风俗。如“蕉风椰雨”一词，仅四个字，一个芭蕉遍野，椰树遮天的国家便浮现在读者面前，既简练又贴切。张淑清在《台风伊省》描写了台风来临时的场面：

> 风力不断加强，不一会儿，轰隆一大响，大门被台风吹倒了，我们顿成为“不设防的城市”。劲风掀起了锌片，吹断了大树，飘落街头，电线满地爬。树枝、树叶、杂物随地飞舞。像是世界末日来临，人人惊慌鼠窜。有被大风吹走屋顶，有房屋倒塌，有水溺及膝的可怜人……

作者通过“吹倒”“掀起”“吹断”“飘落”“爬”“飞舞”等一系列动作性很强的词语，突出了台风肆虐的威力。小华在《散文三则·地震时刻》则描写了地震的场面：

> 地板与墙壁震出吱吱依依尖锐剥裂声响，接而柜架上的小茶壶被震落，“呼”一声地碎了一地，霎时电流中断，四周陷落黑暗，加浓天摇地动的恐怖气氛……狗屋里的警犬发狂似挣动，不停的吠叫，动物对地震预知的本领使它不安于囚笼。椰子树梢沙沙摇曳，相对峙立的篮球架被震离了原位，地壳继续摇撼，震力比廿二年前震毁瑜美大厦来得大，

时间也较长……

地板与墙壁“吱吱依依”的剥裂声、茶壶“呯”的落地声、警犬的吠叫声、椰子树“沙沙”的摇曳声……作者以有声有色的语言将我们带到大地震的现场，让人有身临其境之感。林行健的《文凭》描写了菲工人吃午餐的场面：

其中一人将盐粒撒在焦黄的饭团上，用手扒着就那么样的吃了起来。另一个将咖啡倒在饭上，配着香蕉大口大口地嚼得津津有味。另外几个工人有的配干鱼，有的吃咸虾，个个都吃得不亦乐乎，露出满足的表情……

就着“盐粒”“咖啡”“香蕉”“干鱼”“咸虾”下饭，“用手扒着”吃，菲律宾人独特的饮食习惯的确令人称奇。浪村的《重拾童年》有关于“圣周节”的描述：

每年正月初九由溪亚婆天主教堂主导的区域迎神赛会，恭迎圣拿撒勒耶稣，华侨俗称“黑脸公”的节庆，咸认为大岷区最热闹，最轰动的类似盛况。学校放假，警察实施交通管制，教堂附近几条商业大道人头攒动，挤得水泄不通。迎神赛会的高潮是当晚的绕区大游行，从教堂门前整队出发，成千上万信徒跃踊参加。阵容庞大的西乐队，我曾计算过将近四十队，服装华丽，各擅胜场，锣鼓喧天，荡荡浩浩风光一番。殿后的是椅垫上赤足背着十字架的巨大耶稣神像，男众信徒簇拥排成两行，肩负拖动神像前进的重担，抛手巾祈求耶稣赐福的善男信女，络绎不绝于途，稍失平衡，神像即刻倾斜甚至倒下。据悉碰到神像在你面前倒下，定将带来好运。

作者以详细的语言，通过大量的形容、渲染，描绘了“迎神赛会”的盛况，使我们对菲律宾的宗教节日风俗有了较为深切的了解。施柳莺《十二月的阳光》刻画了一个菲人妇女形象：

少妇跳下车，解下腰间的大毛巾，熟络地盘成二层小圆圈，放在头顶上，沓当帮她把那一大筛子的炸春卷抬到毛巾上……（她）举手平衡了重量，笑着开步走了。胖胖的大屁股一摇一摆的，鲜红的大裙子像把太阳伞，粉红骇绿中，仿佛有当炉文君，有罗敷女的风姿在晃动。

只是极简练的几个动词——“跳”“解”“盘”“放”“举”“开”“一摇一摆”，再加上极亮丽的色彩——“粉红骇绿”，一个泼辣、能干而又美丽的菲人妇女形象便跃然纸上了。

菲律宾华文作家还擅长将富于地域特征的词语化为文学意象，融入到作品中，从而使其文学语言具有鲜明的菲律宾本地色彩。黄梅在《西棉旧事》中写道：

我飘然地飞向南岛的一隅，在那幽静却灿烂的小城，留下不少年轻的足迹，并烙印在平白的心版上，鲜明得如同马尼拉湾的落日，轮廓分明，印象清晰。

马尼拉湾的落日是菲律宾的一大美景。蓝天碧海上驮着一轮鲜红的落日，确实“轮廓分明”，令人难忘。作者以此来比喻西棉小城在自己心目中的深刻印象，给人以耳目一新的感觉。施柳莺的《天凉好个秋》中：“相片中那高瘦颀长的男孩子，两脚撑得开开地，挺拔得象背后的椰子树……”用菲律宾最常见的椰子树来比喻人的身材，十分生动直观。紫茗的《范·黎拉戈律示》：“范已经蹒跚地走进篱笆了。看他那一副垂头丧气的模样，就象是一只斗败的公鸡……”斗鸡是菲律宾民间极为流行的一种游戏。以“斗败的公鸡”来形容从斗鸡场上失败而归的菲人——范·黎拉戈律示，最为恰切不过了。董君君的《肚脐眼的橘树》：“……我的感动如澎湃的海涛……”和璇璇的《新生》：“我的头脑很冷静，但是情绪如洪水泛滥……”分别以带有地域色彩的词语“海涛”和“洪水”比喻人的心情。明澈的《沉睡的大地》中：“一群迷失的海鸥/不知在什么朝代/栖息在这不安的沙滩上/他们不断地承受苦痛与折磨……”蔡铭的《礁石独白》中：“虽然长期风风浪浪的生活/已使我习惯于海的环境/而我却依然怀念/依靠在陆地的安宁/所以我会时常望着/在我左右两岸的辽广的大地/而暗自垂泪/只因我是身沉海底的礁石……”在这两首诗中，迷失的“海鸥”和怀念陆地的“礁石”都喻指寓居海外的华侨华人，极富象征意味。在菲华作品中，“船”这一意象既可描人，又可状物。纯纯的小说《暮春》中：

> ……班上的男同学固然活泼、健朗，但比起李牧师来，便显得轻浮了些。如果李牧师是艘庞大、稳实的轮船，经得起风浪，予人以安全感，相比之下，其他男孩子，就成了风雨中的小舟，动荡而危险。

动荡的“小舟”岂能与稳实的“轮船”相提并论？“李牧师”在小说女主人公心目中的地位通过这种鲜明的对比而含蓄地表现了出来。黄梅的《齐人老康》中：

> 也亏得她有个铁打的身子，居然每生下一个孩子，身上便长出几斤肥肉来，弄得如今像只航空母舰似的，而老康自己却越来越干瘪，恰似一只小小的巡洋舰，陪侍在母舰身旁。

以“航空母舰”和“巡洋舰”来形容“老康夫妇”的胖瘦，形象而又幽默。董君君的《肚脐眼的橘树》：“兄弟四个笑翻一床，嘻嘻哈哈滚的床如船摇，蚊帐如帆扬起……”把“床”比喻为“船”，把“蚊帐”比喻为“帆”，非常契合小说主人公的儿童心理，富有情趣。台风和地震也是菲律宾华文作家喜用的两个意象。“连日来，件件不幸的事情如台风似的骤来，令他措手不及”（陈晓冰《义结金兰》），“一席话‘龙卷风’似飓得黑巷飞沙走石，蝇虫不敢附在我们明亮的玻璃橱上”（董君君《黑豹与哈叭狗》），“有的说，我三哥向人表示，他决不屈服于父母的严威之下，就算刮十号风球，他与那位姑娘也吹不开”（陈晓冰《三哥》），“黑暗像大地震一般的可怕/沉睡的大地/已没有耳朵和眼睛”（明澈《沉睡的大地》），“可比里茨特十级地震的菲律宾绑票勒赎，不断发生，使千岛之国天摇地动”（董君君《警·匪》），“终于，在两星期后，培叔亲自跑来我家，眉毛直竖，是十级地震，气呼呼地叫嚷起来”（亚蓝《英治吾妻》）。这些句子抓住了台风和地震的特点，或用来刻画人物，或用来渲染氛围，既形象又贴切。这些具有地域特征的文学意象从一个侧面显示了菲华作家在探索文学语言本土化方面所取得的成就。

菲华作家还善于利用汉语的语音特征来组织词语和句子，从而构成富于听觉美感的文学语言。下面以诗歌、散文、小说这三种最常见的文学体裁为例，从语音入手，对菲华文学语言的语音特色作一个简要的分析。菲华诗歌从60年代起便深受西方现代派诗歌的影响，但菲华诗人们在借鉴与吸收现代派的各种艺术表现技巧和手法时，并没有丢弃中国古典诗歌注重语言音乐美的传统。云鹤的诗

《野生植物》便是一首富有音乐节奏感的名篇。“有叶/却没有茎/有茎/却没有根/有根/却没有泥土/那是一种野生植物/名字叫/华侨。”从韵律看，全诗是两节一换韵，富有韵律感。从音步（语句的逻辑停顿）看，每个音步都是由单音节或双音节构成的，所以语音节奏短促。由于节奏短，易上口，易记忆，词语构成的意象（叶、茎、根、泥土、野生植物、华侨）也就容易给读者留下深刻的印记。从音节的平仄搭配看，仄声字居多，有21个，而平声字只有11个。其中第三、四、五句仄声与平声相间，语音效果较为平稳。但从整体上看，由于仄声字占了绝对的优势，声调显得短促压抑，造成全诗低沉抑郁的基调，这正好与作者所要表达的思想感情相吻合。诗人以这种沉郁的旋律诉说着千百万海外华侨华人浪迹天涯、寄人篱下的命运，读来让人黯然神伤。纯纯的散文《庭院花卉》大量采用了“四字格”词组。请看其中的一段：

花草种类繁多，争妍斗丽，美不胜收，有美得冷艳，美得高雅，美得娇媚，美得飘逸，颜色又搭配得浓淡有致，恰到好处，像是经过艺术家精心点染而成的，人见人爱。

这段文字以“四字格”词组（包括“四字格”成语）居多。这些“四字格”，语段整齐，结构划一，中间夹着两三长句，朗读起来，宛如“大珠小珠落玉盘”，十分悦耳动听。从音节的平仄看，平声字与仄声字的字数基本上是均等的，形成了平稳舒缓的语音效果。而华美的词藻，又使整段文字洋溢着明丽优雅的情趣。陈一匡的小说《野丫万岁篇》：

(1) 夫野丫者，(2) 丫丫之别称也，(3) 原属丫头之流，(4) 然手操幼儿生死之大权，(5) 身负同化稚童之距任，(6) 主母奉承，(7) 甚于父母；(8) 幼儿孺慕，(9) 胜于亲娘，(10) 颐指使气，(11) 俨然君临天下，(12) 偶不中意，(13) 则雌威凶发，(14) 八面威风；(15) 主人膝抖，(16) 主母脚软，(17) 莫不低声下气，(18) 忍气吞声，(19) 委曲以求全，(20) 盖恐其拂袖以去，(21) 则主母苦哉，(22) 主人伤哉；(23) 幼儿惨哉！

这段文字模仿古代韵文的写法，基本上由对偶句和排比句组成。从韵律看，这段文字是合辙押韵的。同一韵母的音节有规律地在句尾重现，或一节一换韵，或隔行押韵，或交错押韵，并利用叠音、双声、叠韵及同一词语的反复等手段来组成韵律，整段文字充满了一种音乐性的回环美和韵律美。从音步看，多为两个音节为一个音步的，间有一个音节的，也有四个或五个音节的。音节数目多寡不一，使音程或长或短，跳跃灵动。从平仄搭配看，第（1）、（8）、（15）、（18）、（23）组音节群平声字与仄声字的字数均等，且多相互间插；第（2）、（3）、（4）、（9）、（11）、（13）、（14）、（22）组音节群平声字多于仄声字；第（5）、（6）、（7）、（10）、（12）、（16）、（17）、（19）、（20）、（21）组音节群仄声字多于平声字。这些音节群组合在一起，形成时而舒缓，时而紧凑，时而高亢，时而低沉的语音效果。精简的语言加上跌宕起伏的音律，野丫这一人物形象顿时跃然纸上，令读者有如睹其人，如临其境之感。由此可见，菲华作家在创作现代诗歌、散文及小说时，部分继承了中国古代韵文讲究句式整齐和音乐节奏的传统，并将之作为烘托气氛、表达思想感情、描写人物的一种手段，使文学语言变得富有弹性、节奏感和音韵美。

由于菲华作家在个性、社会生活实践、人生阅历、所受的文化熏陶及文学审美观等方面各不相同，作品的语言风格也各具特色。如和权的诗歌语言简洁明朗而又含蓄深隽，林泥水的小说语言辛辣沉郁，秋笛的散文语言明白晓畅、亲切自然，紫云的作品以诙谐幽默见长，欣荷的作品却是柔婉秀美、富有文采。下面以林健民、云鹤、董君君、施柳莺这四个较有代表性的作家为例，谈谈他们各自的文学语言特点。

林健民是菲华文坛的资深作家。1914 年生于福建省晋江县，自小受家兄影响，爱读诗书。11 岁到菲律宾，17 岁时回国，就读于福建泉州黎明高中，师从巴金、丽尼、梁披云、杨人梗、卫惠琳等著名作家及学者。两年后返菲，一边经商，一边攻读英文商科。林健民深受华夏文化的熏陶，又受过良好的英文教育，有着很深的中英文造诣。同时，他坚持“为人生”的艺术创作。在《对艺术应有的认识》中，他认为：“艺术的最终目的是追求‘美’，但如果没有人欣赏，‘美’就根本不存在。所以艺术与人情是有很密切的关系。”① 正是在这种创作理论的指导下，林健民写出了大量贴近生活、直面人生的优秀作品。林健民的作品语言以简洁老到著称。不管是记人还是写景、论事，皆是娓娓道来，如叙家常，行于当行，止于当止，不精雕细刻，浓墨重彩。如在《忆女诗人童蕴珍》中，作者对昔日同窗童蕴珍只作了简笔勾勒：“此位少女约比我大二三岁，个子高而

① 林健民：《对艺术应有的认识》，选自《林健民文集》，江苏文艺出版社，1991 年，第 74 页。

瘦，平时沉静寡言，有点苏州女人的气派。”语言十分简洁明了，但却形神兼备，栩栩如生。林健民深谙中国的历史文化，善于将历史掌故、古典诗词、谚语对联、古训名言巧妙地穿插于作品里。读其文能感觉到扑面而来的浓郁的中国气息。又如《漫谈世俗》一文，作者先以谚语“富在深山有远客，贫居闹市无人问”来写照俗人重富欺贫、见利忘义的丑陋习性。接着又引用苏东坡、周作人的诗句及苏曼殊出家为僧、朱湘跳水自尽的例子指出中国文人素有厌恶世俗的传统，进而又借乾隆游江南的故事来说明义人与义侠风度。最后以打高尔夫球为例，得出“打球、做人、写文章皆须从君子风度学起”的结论。全文逻辑严密，语言简练幽默，富有理趣。作者广博的学识与炉火纯青的语言功夫，让人叹为观止。平实质朴是林健民作品语言的又一特色。即便是哲理性很强的文章，作者也能写得朴朴素素、明白如话。如在《高尔夫・做人・写文章》中作者写道：“在我国数千年的历史中，先贤不断教诲我们做人应重仁重义；小学启蒙以后，教师亦天天训示我们处世立身的种种教条。但尽管由小学、中学、大学学业成就了，甚至获得硕士、博士等荣誉衔头，一个人如果缺乏了处世应有的修养，他的做人是永远处于困扰状态中，可能会尝到孤独寂寞的滋味，亦可能事事碰壁，不受人欢迎。”这段文字浅显朴实，没有任何浮华晦涩的词藻，作者好象是在和读者促膝而谈，读来亲切自然。

云鹤是菲华诗坛的杰出诗人。祖籍福建省厦门市。1942年生于马尼拉，是菲华资深老报人蓝天民之子。良好的家庭教育，使早慧的云鹤从小便萌发了追求缪斯的执著心志。12岁起开始发表诗作，17岁就出版了第一部诗集《忧郁的五线谱》。尔后，又相继出版了多部诗集。云鹤以其丰厚的创作实绩和独特的诗风成为20世纪60年代初期菲华诗坛最受瞩目的年轻诗人。然而，正当云鹤诗情勃发、佳作迭出之际，华文报刊却遭受到被取缔的命运。诗人被迫搁笔，转攻摄影和建筑设计。70年代末期，搁笔了15年的云鹤又重返诗坛，在菲律宾国内外发表了大量新作。云鹤的诗多采用散文句式，音韵和谐，具有内在的节奏感和旋律。他的诗可分为前后两个阶段。青年时期的云鹤，深受西方现代主义的影响，喜欢以直觉、幻觉、暗示、象征、意象跳跃等现代派诗歌的表现技巧来抒写“爱的忧郁”和“人生的忧郁”双重主题。在他的诗中，经常可以看到诸如“忧郁”“忧悒”“孤寂”“委屈”“忧愁”“怅然”“痛苦”“寂寞”等表现低落情绪的词语。与这种情绪相对应的一系列意象，如“黄昏”“泣痕”“青烟”“秋雨”“落云”“秋烬”“落枫”“废园”“黑鸦”“荒野”“蓝尘”“枯萎的玫瑰”等也在诗中频繁出现。如《愿望》中：“我的生命里有无数的荆棘，无数的残烬”，《渴望》中："苔藓似的，忧悒长满在岁月的平野"。这里的"荆棘""残烬""苔藓"都是极富感伤色彩的意象。随着生活的变化和生命的成熟，复出后的云鹤在主题提炼、艺术表现技巧和诗歌语言上较之以前有了很大的变化。诗人不再沉湎于个人一己愁怀的歌吟，而转向对人生哲理的深沉思索。展现海外华侨华人的命运心态、乡思乡愁成为他诗作的主旋律。在《乡愁》中，作者写道："如果必须写一首诗/就写乡愁/且不要忘记/用羊毫大京水/用墨，研得浓浓的/因为/写不成诗时/也好举笔一挥/用比墨色浓的乡愁/写一个字——/家。"全诗语言朴实、流畅。虽然用语不多，但却胜过千言万语的倾诉。云鹤的诗歌语言富有哲理色彩。面对因鸽群而活跃起来的《窗景》，诗人高声赞颂："生命，你的力量大穷限!"，面对"执拗而坚韧"的《众树》，诗人不禁赞叹：这是"一种美/一种永恒"。由于诗歌内容与主题的变化，云鹤的诗歌语言已一改过去的忧郁晦涩，变得清新明朗、稳健深沉。

董君君是菲华文坛"乡土语言派"的代表作家。祖籍福建省晋江县。1939年生于马尼拉，曾就学于马尼拉培元中学和中正学院师专。她的作品，无论是取材于中国闽南沿海的乡村，还是菲律宾当地的城镇，主人公均是日常可见的小人物。董君君善于运用闽南方言词语、俗语及民谣、地方戏曲等来刻画当地华人和菲人的生活。在小说《肚脐眼的橘树》里，作者除了大量使用闽南方言词汇外，还引用了十多条闽南地方俗语和三首闽南歌谣。这些方言词语、俗语和民谣，真实再现了五六十年前闽南农村的生活，同时也折射出闽南地方文化的风貌。整部作品洋溢着浓郁的闽南乡土气息。董君君惯用跳跃式思维，善于把不同时空、不同文化背景的意象相组接，显示了语言跨文化的特征。小说《黑豹与哈叭狗》中有这么一段话："巴洛敢怒不敢还手，一味左闪右避，直退到河沟边，正如平剧'武家坡'末尾薛平贵说：'再退就没路了啊!'"这里写的是菲人之间打架的场面，但作者却将之与中国平剧"武家坡"中的唱句联系起来，既通俗形象，又富有中国民间文化的色彩。又如《拉雾的故事》开篇便引用中国古时牛车行的一副对联"牛行如虎步，车动起雷声"，随之笔锋一转，"20世纪的我，也包了一辆车夫叫拉雾的三轮车，但它却是'车行如牛步，车动起雷声'，还经常抛锚在街头，丢人现眼的……"作者借用了牛车行的对联，并在字面上稍作改动，把"牛行如虎步"改为"车行如牛步"。这种改动，可谓以旧翻新，使中国古时对联具有了现实的内容和意义，十分形象地写出了菲人车夫拉雾的三轮车的车速之慢和噪音之大，这与中国古时对联所描写的牛车的浩大声势形成了鲜明的对比，作品的语言也由此变得幽默俏皮。董君君还善于运用比喻。无论写人还是状物，她都能描绘得活灵活现，栩栩如生。《肚脐眼的橘树》有这么一段文字："婶婆鄙夷的眼色斜睨讲话时，口水细雨纷飞，手舞脚踏着母鸡初下蛋拍翅打喀啼的气势，刚下孵卵，羽毛零乱，瘦成一身骨架的老母鸡比我阿母，瑟缩在门边，低首听婶婆数落羞辱。"在这段描写中，作者分别抓住了"婶婆"与"母亲"的不同情状及特征——"婶婆"眼色"鄙夷"，两眼"斜睨"，口水"纷飞"，"手舞脚踏"，犹如刚下完蛋"拍翅打喀啼"的母鸡，而"母亲"却是"瑟缩""低首"，像一只刚孵完小鸡，"羽毛零乱""一身骨架"的老母鸡。透过这些富于形象性的动词与形容词，婶婆盛气凌人的架势与母亲低声下气的窘相如现眼前，给人留下了深刻的印象。再来看看《黑豹与哈叭狗》中的两段比喻句："紧邻小河边这座老屋，屋龄怕有半世纪吧，柱歪梁斜的油漆斑剥而找不到颜色，像煞老妇脸上擦不牢的脂粉纷落，木板墙壁被风吹雨打日晒扭曲了颜脸……""一辆集尼车，载着一车流氓蓄意车撞朽烂的门板，轰的一声，三个蝴蝶门轴两个门框生离死别，上面的一个蝴蝶轴矢忠的咬紧门框，螺丝钉暴牙似的露出一半。"作者通过"纷落""扭曲""生离死别""矢忠""咬紧""露出"等一系列动词的人格描写，赋予静物生命力，将面目全非的老屋与摇摇欲坠的门板描写得惟妙惟肖，显示了作者活泼风趣的语言风格。

施柳莺是菲华文坛的"才女"作家。祖籍是福建省晋江县。1948 年出生于中国大陆。十四岁前在中国、香港受中文教育，之后，移居菲律宾，在菲律宾中正学院完成大学教育，专攻文史系。施柳莺深受中国古典文学的熏陶，对民族传统文化有着难以割舍的精神依恋。她曾在《我的琐语》一文中说："我们的文化多丰富多优美！——如一条江，一条河，潺潺不绝！咱们的人民遇到过那么多的苦难！那么多一代又一代传下来的可歌可泣的故事就够你用之不完，取之不尽了。"[①] 仅从《恨别鸟惊心》《高楼谁与上》《天凉好个秋》《人约黄昏后》《上言加餐饭，下言常相思》《长干行》《落日故人情》《阳关三叠》等一个个作品的篇名，我们便可以读到一个中国非常古典的施柳莺。施柳莺的作品语言优美雅致，古色古香。小说《天凉好个秋》中，随处可见对《红楼梦》人物、情节和其他古典诗文的引用。表姐夫林扬和他的那帮文学"疯子"们苦心经营的"稻香村"中满墙的诗画，更是为我们渲染了一个既古典又浪漫的中国文学的氛围。如作者是这么刻画表姐的："圆圆的下巴，高而不尖削的鼻子，眼睛明亮俏丽，睫毛很长，算得上是个美丽的女孩子。她美得不孤傲，像红楼梦里的薛宝钗，是祖母妈

---

① 施柳莺：《我的琐语》，转引自吴奕锜《施柳莺小说印象》，载施柳莺《上帝之手》，旅菲苏浙校友会第十届，2000 年，第 13 页。

妈那一辈老人家喜欢的那种美。”一句“像红楼梦里的薛宝钗”便精炼地概括出表姐特有的美。施柳莺善于以含蓄轻灵的笔触来描写爱情。在小说《高楼谁与上》中，作者写了男女主人公的第一次见面：“耿青只觉眼前一亮，不知是麻将台上的日光灯，还是迎面而坐的那袭白衣，那白衣人正在洗牌，一抬头瞧见门口的不速之客，按在牌面上的双手停了一下，在幽幽的眼眸深处，耿青但觉那正是他的栖息之所。”作者没有过多的渲染与铺张，语言也相当简洁含蓄，但男女主人公内心的情愫却尽现于读者眼前。作者这种情浓笔淡的写法使其作品语言显得典雅婉约、富有韵味。施柳莺不仅擅长小说，也擅长散文。她的散文语言感情真挚，具有音义双美的特点。如《烛泪》一文，当年幼无知的儿子问“我”：“菲律宾的总统是亚基诺，中国的总统是谁呢?”身为母亲的“我”顿时心涛迭起，难以平静：“一时，我竟然呆住了，张着口，好久都说不出一句话来，兄弟阋墙的悲剧，如何向我的立立说清楚？怔怔地望着窗外，自伤自怜像那敲窗的雨声，一下下都能触动我的泪泉！南朝四百八十寺，多少楼台烟雨中——秦淮河在风雨中汩汩流来。孤灯不明思欲绝，卷帷望月空长叹——古都长安，熟悉而陌生，遥远而咫尺，相思的岂止是李白？洛阳的牡丹，每每在梦里开得如火如荼，想那一片姹紫嫣红，怎禁得起一代又一代的人间烽火?”这段文字将古典诗句、成语、文言词语与现代白话文巧妙的融合在一起，充满了诗情美、意境美和节奏美。以“如火如荼”、“姹紫嫣红”这两个并列结构的成语来形容洛阳牡丹的热烈奔放与绚丽多姿，十分言简意赅。“秦淮河”“楼台寺院”“孤灯”“冷月”“古都长安”“洛阳牡丹”，这些词语所组成的意象是优美的，但又充满了感伤，寄寓了作者对于祖国和民族的无限情思。这段文字语句时长时短，但由于直接引用了杜牧、李白的七言诗句，显得变中有序。作者注意句尾的押韵（隔行押韵）、叠音词的使用（“怔怔”“一下下”“每每”“一代又一代”）、句调的升降起伏（陈述句、感叹句、反问句穿插使用）及音节的平仄搭配，使得整段文字富有音乐性与节奏美。施柳莺以其超卓的文笔充分展现了华夏文化丰厚的积淀。读其文，令人如嚼橄榄，余味悠悠，久不能忘。

广大的菲华作家以各自的文学语言特色丰富了菲华文学的语言宝库，使菲华文学语言风格呈现多样化的局面。随着时代的前进，菲华文学语言也在变化与发展之中。我们相信，菲华作家将在文学语言的探索上做出更大的成绩。

越南、缅甸华文文学语言研究

林明贤

越南华文文学语言

一、汉语在越南语言格局中的地位

越南语是越南的官方语言。越南国语文字是越南的统一文字。但在法国占领越南之前，汉字和喃字曾经是越南的通用文字。由于历史的原因，越南文化曾经深受中国文化的影响。早在秦汉时期，汉字便开始传入越南（交趾）。唐代，中央政府在越南（安南）办学校、兴科举，发展文教事业，大批汉语词又源源不断地传入安南。秦汉时期传入的汉语词叫“古汉越词”，唐代传入的则称“汉越词”。唐以后及近、现代，仍有不少汉语词继续传入越南。汉语词的传入丰富了越语的表现力，促进了越南民族语汇的发展。据统计，在现代越语词汇中，汉语借词高达百分之五六十。尽管汉字在越南独立后仍被借用为其国家文字，但汉字毕竟是外来语言文字，要像母语那样十分自由流畅地表达思想感情总是受到一定的限制。为了改变语言与文字不相一致的局面，越南学者在汉字的基础上创制了越南的民族语言文字——喃字。喃字在读音与字形上受汉字的影响很大。从读音上看，喃字的读音依据主要是汉越音，即唐代传入越南的汉字读音；从字形上看，它直接取汉字或汉字偏旁，仿照中国“六书”中假借、会意、形声等方法创制而成。喃字到13世纪才趋于系统化，并开始应用于文学创作。由于喃字本身的结构比较复杂，难学、难写、难记，所以它只能在深谙汉语的士大夫中应用流传，难以在民间推广普及。1651年，法国传教士亚历山大·罗德经过多年的调查研究与整理，创制出一套拉丁化拼音的越南文，即越南国语字。法国入侵越南后，为了全面推行殖民化政策，强制推广使用国语字，汉字和喃字从此日渐式微。

越南华文文字由两个部分组成：一是越南作家以华文撰写的文学作品；二是越南的华侨华人用华文创作的文学作品。在法国殖民者占领越南之前，越南作家的华文作品，在越南文学发展史上一直占有重要地位。由于深受中国古典文学的影响，这些华文作品多采用韵文的形式，其中尤以诗赋为主。19世纪60年代越南逐渐沦为法国殖民地之后，以罗马字母拼写的越南国语文学开始兴起，越南人创作的华文文学逐渐衰落。但是仍有一些流亡中国、日本、朝鲜的越南籍的仁人志士以华文撰写反法反殖民的文学作品，如潘佩珠、阮尚贤、胡志明、黄文欢等人都写过不少华文诗歌。

越南华侨华人创作的新文学始于20世纪30年代末。但这时期的越华新文学尚未形成自己的个性和特色。1941年，越南为日军占领，越南华文文学创作基本被迫停止。第二次世界大战结束后，根据波茨坦会议决议，越南分为南北两部分。以越南南方的西贡堤岸为中心的南方华文文学创作较为活跃，出现了大量的华文文学作品。20世纪60年代之后，越南华文文学开始走向成熟，具有较为鲜明的本土色彩。1975年越南统一，华侨华人的社会地位却一落千丈。越南当局掀起反华排华恶浪，对华文文学采取了“连根铲除”的政策。大批的华人包括华人作家和诗人被迫离开越南流亡海外。70年代中期至80年代的越华文坛因此萧条冷寂了许多。1990年6月，越南唯一的华文报纸《解放日报》为适应新的形势需要，特开辟了《桂冠文艺》副刊，越南的华文文学创作才又开始活跃了起来。在《桂冠文艺》的推动下，1993年12月，官方的河内民族文化出版社出版了由陈进义主编的《越华现代诗抄》，这是自南方解放以来出版的唯一一本华文诗选，因此诗抄的出版可被视为越华文学的一个里程碑。

越南的华文新文学创作，以诗歌成就最大。关于越华诗坛三十多年来的发展演变过程，越南著名诗人陈国正在《谈越华诗坛三十年来的嬗递》一文中有较为详细的介绍。由于国内出版的越南华文文学作品极为有限，本文只能就搜集到的资料对越南华文诗歌语言特征作一简要的分析。

二、越南华文诗歌的语言特征

无论是越南作家创作的诗歌，还是越南华侨华人创作的诗歌，都善于吸收中国古典文学中的诗词名句、成语典故、神话传说等。胡志明《“狱中日记”诗抄》在语言和形式上都深受中国古典诗歌的影响。作者采用的是“七绝”的形式，表现的却是现代的内容，可谓是以“旧瓶装新酒”。请看他其中的一首诗《清明》：“清明时节雨纷纷，笼里囚人欲断魂。借问自由何处有？卫兵遥指办公门。”这首诗显然借用了杜牧的《清明》诗，只是对若干词语进行了改动。杜牧的“路上行人”怀的是旅愁，他要找寻的是一处“酒家”，而胡志明的“牢里囚人”却是一个失去自由的人，他渴望的是早日脱狱而出。当“行人”询问酒家时，他得到的是肯定的回答；而当“囚人”向看守监狱的卫兵探问消息时，他得到的只是一个不置可否的答复：“问办公门里当官的去！”胡志明的诗部分地承袭了杜牧诗的语言，只是替换了其中的几个词语，便赋予作品新的主题。越南革命家黄文欢也写了不少汉文诗。他的《黄文欢汉文诗抄》多采用“七绝”和“七律”的形式，并引用了大量的古诗文和成语典故。如《寄张发奎》一诗：“蛇豕纵横日，鱼龙寂寞时。惊弓疑曲木，越鸟巢南枝。亡羊牢可补，失马福安知。龙泉岂埋没，闪光终有期。”“鱼龙寂寞时”是从杜甫《秋兴八首》“鱼龙寂寞秋江冷，故国平居有所思”点化而来的，而“越鸟巢南枝”则沿用了《古诗十九首》中的诗句。“亡羊牢可补”和“失马福安知”分别出自《战国策》和《淮南子》中的典故。诗人托物言志，借“蛇豕”“鱼龙”“龙泉”等词含蓄委婉地表达了反动统治者必败，革命者必胜的信念。

读20世纪90年代的越华现代诗，也能感受到浓郁的中国古典文学的气息。施汉威的《乡心一夜》“谁翻倒了水银/遍地的雪/漫天的霜/鸟啼没有/钟声没有……”其中，“雪”“霜”“鸟啼”“钟声”是中国古代诗歌中经常使用的意象。这些词语让人很自然地联想到唐朝诗人张继《枫桥夜泊》的诗句：“夜落乌啼霜满天，江枫渔火对愁眠。姑苏城外寒山寺，夜半钟声到客船”。为什么诗人的梦中没有“雪”“霜”“鸟啼”和“钟声”呢？原来“远离母亲怀抱/不曾被哺育以霜雪”，诗人只能“从书本知晓”“黄河”“长江”“万里（长城）”“西子苏堤”“卢沟桥”“珠穆朗玛峰”“紫禁城”。如果说中国古代诗人的乡愁是地域的乡愁，那么越南华文诗人的乡愁则是文化的乡愁。诗人反用中国古典诗歌的意象，拓展了“乡愁”的内涵。余问耕《双灯》的创作灵感源于《聊斋志异》里的故事。诗人在诗的《后记》里写道：“《双灯》，《聊斋》篇名……其篇后语云：‘来也突焉，去也忽焉……有缘麾不去，无缘留不住。一部聊斋作如是观，上下古今俱作如是观。’默念斯言，感世事之沧桑，人生之聚散，情缘之莫测，因成此篇。”

越华诗人还善于运用比喻、象征、通感、顶真等修辞手法，使诗歌语言更加生动形象。陈国正《从脸上抹落的歌·青年》“千种温柔自你十指涓涓的/如流水的流出的/琤琮……”“温柔”是一种心理感觉，作者将之物化为可视的“流水”，而“涓涓的”一词则强调“流水”流动之缓慢，与“温柔”相照应。银发的《修车匠》“好把日子缩成短短的/裤带”和《中国是梦里的风筝》“用风/把思念搓成一条长线”都以独特的想象和比喻，将抽象的理念具体化和诗化了。施汉威《魇》“夜以狰狞的黑衣显露/悄悄的，沿着梦的边缘/从古远的年代/一直/跟踪而来”，这里的“夜”和“黑衣”都是梦魇的象征。在陈国正《夕阳时刻》“竹林寺隐约的钟声/细碎融化成/一片晚霞/腾飞”中，“钟声”是靠听觉感受的，“晚霞”是视觉形象，两者似乎没有直接的联系。但作者通过大胆的想象，形成听觉向视觉的转移，使读者在听觉里也获得了视觉的感受。通感手法的运用，使得诗歌语言变得新颖、生动。陈国正《从脸上抹落的歌·青年》“弱冠翩翩曾经 曾经衣带骄马”和“到如今 如今你蹦跌成霜雪 霜雪成/一尊/石像”，都采用了顶真的手法，用前一个短语末尾的词语作为后一个短语开头的词语，上递下接，给人以连绵不断，意味无穷的感受，抒发了诗人对于时光飞逝的感慨。顶真的运用也使诗歌语言具有一种回环复沓的节奏美。

越华现代诗充分发挥汉语语音的特点，注意押韵、声调的搭配、音节的匀称。在施汉威的《乡心一夜》一诗里，有八组韵尾，其中以“乜斜”韵和“江阳”韵为主。这两组韵脚或隔句相押，或交错相押，整首诗读起来琅琅上口，富有韵律感。越华现代诗人还注意声调的高低、轻重、缓急的变化。陈国正《从脸上抹落的歌·童年》：“无意说起/竹马/偏偏母亲口里的月光曲在摇篮/轻轻的摇/摇落/十载/一觉童年”。从音节的平仄搭配看，平声字与仄声字基本上均等。一、二、五、六、七句平声与仄声相间，形成较为平稳舒缓的语音效果。这种徐缓的节奏与诗人所要抒发的童年情怀是相合拍的。施汉威《乡心一夜》的最后一节：“猛然摔首/镜花水月般朦胧美的凝聚/顿裂碎成片”。第一句和第二句差不多是平仄相间的，但到最后一句时，却是仄声字占了绝对优势，声调突然变得短促压抑，让人有一种嘎然而止之后的怅惘若失的感觉。诗人在梦中神游故国的山河，但醒来之后才发现“美的凝聚”已如“镜花水月般”“裂碎成片”了。他怎能不心痛伤感呢？诗中平仄的巧妙搭配很恰切地传达了诗人的这种思想感情。越华诗人还在诗中使用叠音词、叠韵词、双声词，使诗歌语言更加富有节奏感。陈国正的《从脸上抹落的歌·中年》“悠悠的云 挥手又天涯/烟烟红尘 书剑已飘零了”。其中，“悠悠”“烟烟”是叠音词，既形象地写出了“云”和“红尘”的情状，又增强了诗歌的音乐性。

由于资料极其匮乏，以上只是对越华诗歌语言作了粗略的分析。

缅甸华文文学语言

一、 汉语在缅甸语言格局中的地位

缅甸是一个多民族的国家，许多民族都有自己的语言，如缅甸语、克钦语、克伦语、孟语、掸语等。其中，缅甸语是缅甸通用的语言，属汉藏语系藏缅语族。最早的缅文字母是根据孟文发展而来的。缅甸语是一音一字一义的孤立语，有四个声调，书面语与口语之间有较大的差别。缅文是一种表意文字，属于音素——音节文字类型，即字母可独自成一音节。缅语在发展过程中受南传上座部佛教

（及小乘佛教）经典的影响，吸收了大量的巴利语词汇，有的直接借用，有的则进行了改造利用，从而大大丰富了缅语词汇。近代以来，受英国殖民统治的影响，缅语还吸收了大量的英语词汇。缅甸现有的华侨华人约80万人，占缅甸人口的2%，是缅甸的一个少数民族，因此，汉语只是缅甸的少数民族语言。但在历史上，汉语对缅语曾经有过一定的影响。缅甸著名考古学家杜成诰在其《缅文中的中国字》一文中指出："为事实求正确起见，我们不能否认在西元第四世纪佛教已经由中国传至缅甸，基督时代的较古数世纪中，中国僧侣或在太公Tagaung、卑谬Prome与蒲甘Pagan等地讲经传道，与以梵文讲授的印度僧侣分道而驰。但中国的政治势力增强，传授较占优势，而普及较收宏效……"① 杜成诰探寻出缅甸的佛学名词，主要是源出中国语的。此外，由于华侨华人同缅甸人民有着密切的联系，缅甸语中也渗透了部分的汉语词汇。缅甸的华侨以滇侨和闽粤侨为主，因此滇方言、闽南方言、潮汕方言、粤方言、客家方言是缅甸华侨社会通用的几种方言。

由于资料极其匮乏，我们无法确定缅华新文学出现的具体时间，但根据推论，至少在20世纪20年代初中期，中国新文学已传入缅华文化界。受中国左翼文学运动的影响，30年代初，缅甸青年也开始在报纸上创办新文学副刊。首先是由貌盛（孟醒）向《仰光日报》商借版位，出版《椰风》周刊。《椰风》倡导缅华各界建立统一战线，鼓励研究缅甸文学，采用简体字，推行大众语文学，介绍国内进步作家作品。由于《椰风》的影响，许多爱好文艺的青年都相继办起了刊物，如《兴商时报》的《野草》《芭雨》，《觉民日报》的《十日谈》《黎明》等。"七七事变"后，缅华社会掀起了轰轰烈烈的抗日救亡运动。文艺界成立了"缅华文艺界救国后援会"，并以《华侨呼声》为会刊，广泛宣传抗日救国。各种华文报上的文艺副刊也大量刊发抗日救国的作品。太平洋战争爆发后，由于日寇南侵，缅华文艺界同人被迫疏散各地，缅华文学一度沉寂。从战后到中缅建交以来的十多年间，缅华文学有过一段相对活跃的时期。这一时期的缅华文学受新中国文学风气的影响较大，作品大多是歌颂祖国歌颂中缅友谊的。到了60年代中期，自缅甸政府全部吊销、关闭所有外侨报纸和外侨学校之后，作为居住国华文文学生存与发展的两大支柱的华校和华报已经荡然无存，此后以至目前缅华文学的状况如何，我们便不得而知了。由于资料匮乏，我们手头仅有缅甸本土华文作家黄绰卿的一部作品集，因此只能从他的作品入手，分析其文学语言的特色。

---

① 黄绰卿：《缅甸华侨移殖史概述》，载郑祥鹏编《黄绰卿诗文选》，中国华侨出版公司，1990年，第486页。

二、黄绰卿作品的语言特色

在谈黄绰卿作品语言之前，有必要对作家本人做一个简单的介绍。黄绰卿，字宽羡，笔名阿黄、名名，祖籍中国广东台山。1911 年 1 月出生于缅甸仰光。15 岁前先后就学于仰光育德蒙学校、育德学校、林振宗中西学校和求知夜校。15 岁后因父亲失业家境困难，辍学进福特汽车厂当学徒，两年后，入仰光日报社当排字工。从此，先后在《仰光日报》《觉民日报》、南洋印务局、民族印务公司等处当了 20 多年的排字工人。与此同时，几十年来，黄绰卿还积极参与缅华文化工作，为缅华文化事业的生存和发展贡献出了他的毕生精力。1968 年携眷回国定居，1972 年病逝于武汉。

黄绰卿幼时喜爱画画儿，也嗜读古旧小说，诸如明清的演义、公案、志怪乃至唐宋传奇、资政通鉴等，他都读过。黄绰卿还自学写作旧体诗词，尤其是在其堂叔黄月楼先生的指导下，更是打下了坚实的古文和旧体诗词的根底。20 年代中期，黄绰卿参加了“缅华青年团”，开始接受新文化运动的影响。通过《新青年》《新潮》《小说月报》《东方杂志》等报刊，黄绰卿广泛阅读了鲁迅、郭沫若、蒋光赤、郁达夫、许地山、王统照、叶绍钧等人的作品。这些新文学作品不仅提高了他的文化素养，而且也使他大开眼界，拓宽了思想领域。黄绰卿自 1928 年发表处女作小说《弃妇》之后，在缅 40 年间创作甚丰，但因条件所限，能结集出版的只是其中的一部分。1990 年，黄绰卿的生前好友郑祥鹏择其遗作的一部分整理结集成一册近 60 万字的《黄绰卿诗文选》，由中国华侨出版公司出版。《黄绰卿诗文选》除“序”“后记”和“附录”外，共分“大光城夜话”“缅甸华侨历史的一页”“师友集”“兰红感旧录”“其他文选”“感甄集”“朱波吟草”7 个部分。这 7 个部分从内容上看，大致可分为历史掌故和感怀忆旧两大类。下面，拟对这部作品的语言特色作一简要的分析。

继承中国古典文学的优良传统，把古代汉语里的语言菁华融化在自己的作品中，使语言变得精炼典雅，这是黄绰卿作品语言的一大特色。下面是《华侨旧式婚俗谈》中的一段文字：

> 初期闽侨常有新郎到新娘家去做“团婿”，但与一般入赘者实质不同。他们有能力置立家室，为求尽礼及踵事增华起见，便不惜繁文缛节，大作铺张，积习相沿，不胜其烦。尤以他们来自祖国，乡俗习尚，仍不能免，保持制礼作乐的仪式……

这段文字文白交杂，却显得和谐自然。文言词语与成语的使用，使作品顿生古朴之风，词语也更显洗练简洁。黄绰卿作品中有大量的文言词语，如："擘划"（筹划、布置）、"常川"（经常地、连续不断地）、"劬劳"（辛苦）、"挹注"（比喻从有余的地方取些出来以补不足的地方）、"敦睦"（亲善和睦）、"失怙"（失去父亲）、"籴"（买进粮食）、"迨"（等到）、"虞"（忧虑）、"綦"（极、很）、"饥馑"（饥荒）、"媒妁"（媒人）、"长物"（像样儿的东西）、"昆仲"（对别人兄弟的称呼）、"支绌"（款项不够支配）等。除了文言词语外，诗句词句、名人名言、成语典故等，在黄绰卿的笔下也常常是信手拈来。如《兰贡市的"支那"区》引用孔子的"三月不知肉味"来描述缅甸仰光市民在日本占领时期生活的苦状，言简意赅。而《困苦，良师友也——怀段丛桂兄》一文则以高尔基的话"世界，大学校也；困苦，良师友也"来概括自己的朋友段丛桂的成长历程。在《翘首遥瞻，奋翼欲飞——怀陈德炽师》中，作者写道："由于陈校长年青长校，勤劳任事，遭同事嫉忌，不久就'道高一尺，魔高一丈'，被魔鬼袭击了。学校闹了风潮，两个教员与外界的觉民日报编辑程某勾结，每天一篇文章集中攻击陈校长和刘老师。""道高一尺，魔高一丈"原是佛教用语，作者却巧妙地将其融入到汉语的句式中，以此比喻年青有为的"陈校长"遭到恶人的诬陷与攻击，既形象又富于幽默感。黄绰卿的旧体诗也引用了许多古典诗词及典故。如《诗祭》中"尚余项脊轩前荫，永断伯牙曲里弦"两句，作者间接地通过归有光的《项脊轩志》及钟子期、俞伯牙的典故来表达自己失去爱妻的痛苦心情。《寄书邮过孟育》中"家书那止万金值？烽火三年血泪多！"则是从杜甫的名句"烽火连三月，家书抵万金"活用而来的。古典诗词及典故的巧妙运用使黄绰卿的旧体诗作显得含蓄、蕴藉，十分耐读，具有相当的艺术品位。

黄绰卿的作品不仅使用了大量的闽南方言、粤方言的词语及语法，还吸收了不少滇、粤、闽地区的方言俗语和歌谣。如"山芭"（山区）、"头家"（老板）、"头路"（工作）、"菜店"（小杂货店）、"人车"（人力车）、"眠床"（床）、"批"（信）、"厝"（房子）、"鼎"（铁锅）、"囝婿"（女婿）、"亲堂"（堂亲，同宗的亲戚）、"锁匙"（钥匙）、"交关"（交易）、"番婆"（华侨对缅甸妇女的称呼）、"新客"（初次到南洋的华侨）等是闽南方言词语。而"冲凉"（洗澡）、"寮"（小屋）、"镬"（铁锅）、"伙头"（厨子）、"师傅头"（老板）、"家私店"（家具店）、"顶手费"（押金）、"祖内"（同宗的亲戚）、"喊冷"（拍卖）等是粤方言词语。闽南方言和粤方言都有词缀"仔"的用法。"仔"一般作名词的词尾，也可以放在形容词的后边，变成人称名词。这在黄绰卿作品中也有所体现，如“白塔仔”“后路仔”“歌仔”“侍仔”“雀仔园”“匙仔煎”（一种闽南小吃）、“华华仔”“傻仔”等。对方言俗语、民谣的吸收与运用也是黄绰卿作品语言的一个特色。《华侨丧俗忆旧谈》有这么一段文字：“街巷常听到妇女骂人作‘番薯’，这是出自‘种番薯’一语。老华侨忌讳说死，叫一个人之死作‘不吃米’；对于丧葬出殡叫做‘种番薯’，以形容棺材埋入土内，或说作‘上山’‘返大村’。”以“不吃米”指称“死”，以“种番薯”“上山”“返大村”指称“出殡”，既通俗又委婉。在《华侨旧式婚俗谈》中，作者谈到粤侨嫁女儿的婚俗，有三晚的“哭叹情”——即“出嫁的姑娘邀请女伴来家，自己躲在帐里带哭带唱地唱着歌词”。作者列举了其中的一些歌词，如“石榴花下晒红裙，爷姐爱男唔爱女，反手牵男拨女开”；“阿妈贪银将女卖，贪银害了女终身，害了女儿唔要紧，今生无望女归还”。这些歌谣带有鲜明的地方色彩和时代色彩，从一个侧面显示了早年缅甸粤侨的婚俗特点。《缅甸华侨移殖史概述》引用云南民间的俗语“要走夷方壩，先把婆娘嫁”及歌谣“男走夷方，女多居孀；生还发疫，死弃道旁”，形象地说明了古代滇缅边境自然环境的恶劣，而这正是造成早期只有少数华侨移居缅甸的原因所在。这些方言俗语及歌谣的巧妙运用，增强了作品的生动性与趣味性，使作品更具艺术感染力。

黄绰卿的作品语言还吸收了缅语、英语、马来语的词汇。例如在《暑天饮料与华侨》一文中，作者谈到“凉粉”这种饮料在缅甸的历史：“广东话叫‘凉粉草’，客家话叫‘仙人草’，福建话叫‘仙草’，潮州话叫‘草糕草’，煮成凉糕，客家话叫做‘仙人板’（板字应从米旁，犹言糕也）……”“由于仙人草是华侨带来的饮料，缅语没有适当的名称，一般叫‘凝固石’Jiao Jaw，勃生叫‘大黑块’Mei Mei Ji，毛淡棉叫‘龟肝’Lei Dei。”作者十分详细地列举了“凉粉”在汉语和缅语的不同方言区里的叫法。由于缅语是表意文字，不是拼音文字，所以作者在翻译时，将其音与义同时标出，这就方便了读者的阅读。如“凝固石”“大黑块”“龟肝”是意译，而“Jiao Jaw”“Mei Mei Ji”“Lei Dei”是“拉丁化”后的缅语音译。

黄绰卿作品中出现的缅语词汇有两种形式，一是把缅语音译为汉字，如：“胞波”（同胞，缅人对华侨的称呼）、“瑞苗”（亲戚，缅人对华侨的称呼）、“胞波支”（缅人对老华侨的称呼）、“胞波礼”（缅人对华侨儿童的称呼）、“胞波玛”（胞姐，缅人对华侨妇女的称呼）、“丙巫子”（玉米）、“雅比”（虾酱）、“邦加”（电扇）、“阿烈”（酒）等。二是把缅语音译为拉丁字母文字，如“Segu”（纸张）、“Shay”（药/烟）、“Kao Shwe”（面条）、“Bow rotee”（面包）、

"Ye Bei Sha Law"（一种缅甸小吃）、"Aeinggyizye"（长衫）、"Aeinggyiro"（短衫）等。缅译汉字中有些是纯粹音译的，有些则是音译兼意译。如"胞波"一词既是音译，又包含了汉语的意义——"胞"即"嫡亲同胞"之意。"阿烈"的"烈"精练地概括出了酒的特点。无论是缅译汉字还是缅译拉丁字母文字，作者都会在行文中注明词语的意义。如《缅甸华侨移殖史概述》："缅人称中国为'庇衹'Pyigyi，又称'大老'Tarok。但称闽侨为 Aeinggyizye，粤侨为 Aeinggyiro，义即长衫短衫，谅因见闽粤侨来自海上，有长短衣服之分，初不知道他们是中国人，所以用服装区别……"缅人以"Aeinggyize"（长衫）、"Aeinggyiro"（短衫）分别指称闽粤侨，既直观又贴切。因为居缅的闽侨多为商贩，而粤侨多为手工业工人，职业不同，服装也就有所区别。

黄绰卿作品里的英语词汇多以音译为主，如："巴仙"（Percent，百分之……）、"士多"（Store，商店）、"淡巴菰"（Tobacco，烟草）、"梵娥玲"（Violin，小提琴）、"礼申"（License，许可证、执照）、"南巴宛"（No. one，工头）、"加仑"（Gallon，液量单位）、"卢比"（Rupee，印度的货币单位）等。而"恤衫""巴士车""罗厘车"等词语则是把英语的音译成分与汉语的词素相互结合，构成新词。除了音译外，作者有时也直接引用英语，如《终身为教育服务——怀波德维尔老师》：

> "她们从未严厉罚打过学生，只把英尺轻轻拍一下我们的手背；责备的话最多只是一句 Lazy bone（懒骨头），或说我们是多话的 Chatter-box（话匣子）而已。

作者写的是自己少年时代的英文老师，直接引用"Lazy bone""Chatter-box"显然比"懒骨头""话匣子"好得多，更切合人物的身份。黄绰卿的作品还吸收了一些缅华社会常用的马来语词汇，如："峇峇"（华侨与南洋当地人所生的子女）、"娘惹"（已婚妇女）、"马打"（警察）、"挪帮"（寄住）、"交印"（结婚）、"干冬"（马铃薯）、"峇腊煎"（虾酱）等。

黄绰卿的作品语言具有口语化的特点。《革命的乐观主义者——怀念王思科兄》中："他有一次来信，说他在长汀中学教书，国民党的飞机不时来下蛋。"以"下蛋"来比喻敌机的轰炸，风趣而又形象。《缅京日报和侨商报》谈及作者在瓦城办《缅京日报》时患了脚癣，作者写道："报纸胎死腹中，我的香港脚也变成'瓦城脚'了。"作者采用仿词的修辞手法，仿"香港脚"造了个新词"瓦城脚”，诙谐幽默，同时也体现了作者的革命乐观主义精神。黄绰卿善于以极通俗、极浅显的语言来描写几个世纪以来与缅华社会相关联的种种物事。如《从走江湖到下乡》“但那些挑着牌子挂一串串牙齿走江湖的‘捉牙虫’医生……”《革命的乐观主义者——怀念王思科兄》“于是在绿绮湖畔，在大金塔下，在亚弄公园和白塔公园，我们这一批失学青年经常上‘马路大学’的课……”《两个不平凡的女人》“有的朋友说，这可以当做缅华文坛史料，叫我继续‘炒冷饭’……”中的“捉牙虫”“马路大学”“炒冷饭”等比喻，都非常口语化，这就使作品的语言显得十分生动活泼。

缅甸是著名的佛教国家。这种宗教信仰反映在文学作品里，也构成了黄绰卿作品语言的一个特色。黄绰卿的作品里有不少佛教用语，如“焰口”“求恕会”“放生会”“敬老会”“布施”“做功德”“普度”“坐腊”“净水”“符带”“祀佛斋僧”等。黄绰卿作品中有些词语的用法上与普通话不同，有自己的特色。如“高兴”一词，在普通话里多意指“愉快”“兴奋”，是形容词。但在黄绰卿的作品里常意指“喜欢”，作动词。如《四十年前的春节》：“那时侯我最高兴温州侨胞摆地摊售卖的青田石刻的小猴子。”《暑天饮料与华侨》：“家父把苏打汽水当作药饮，但我却高兴喝甜的汽水。”《头发的新旧故事》：“我每在‘飞发’时，高兴与理发工友聊天……”《柴、米、油和盐巴》：“我们这些孩子高兴往木厂看拖木的大象……”《昔日青少年生活》：“……可是孩子们还是高兴往附近卑谬路的一些池沼游泳。”《无声的昆明》：“她人长得白净，大概是高兴戴黑的宝石。”这些句子中的“高兴”都是“喜欢”的意思。《华缅通婚二百年》：“每个华侨几乎直接和间接都与缅人有着亲戚的关系。我们应当珍贵这种亲戚关系。”中，“珍贵”一词在普通话里应作“珍视”“珍惜”解。《聂绀弩的诗谜》：“后来这几家报馆编辑发起组织‘华侨青年团’，努力侨胞团结工作，聂琦也是发起人之一。”中的“努力”在普通话里应作“致力”解。《丝、棉、茶和瓷器》：“缅甸朋友用中国丝绸制成纱笼，又用中国生丝兴旺了丝织工业。”中，“兴旺”一词在普通话里不跟宾语，这里显然沿用了古汉语中动词的使动用法。

黄绰卿是 20 世纪 20 年代至 60 年代缅甸文坛上最为活跃的华文作家之一。他的作品语言也许能让我们看到同时期缅甸华文文学语言的若干特点。但个体并不能代表整体。我们希望今后能获得更多的缅华文学作品，从而对缅甸华文文学的语言特色有一个较为全面的分析。

文学语言学科研究丛书

文学语言与形象书写：
丁玲笔下的母亲

王丹红／著

厦门大学哲学社会科学繁荣计划资助项目
厦门大学中央高校基本科研业务费专项资金资助
《文学语言学科研究丛书》编委会审核

实践篇（1）

主编　庄钟庆　李国正　李无未　郑楚

世界图书出版公司
广州·上海·西安·北京

图书在版编目（CIP）数据

文学语言与形象书写：丁玲笔下的母亲/王丹红著. --广州：世界图书出版广东有限公司，2025.1重印
（文学语言学科研究丛书/庄钟庆，李国正，李无未，郑楚主编）
ISBN 978-7-5192-5789-7

Ⅰ. ①文… Ⅱ. ①王… Ⅲ. ①丁玲（1904－1986）－文学语言－文学研究 Ⅳ. ①I206.6

中国版本图书馆 CIP 数据核字（2019）第 004686 号

书　　名 文学语言学科研究丛书
WENXUE YUYAN XUEKE YANJIU CONGSHU
主　　编 庄钟庆　李国正　李无未　郑　楚
责任编辑 程　静
装帧设计 苏　婷
责任技编 刘上锦
出版发行 世界图书出版广东有限公司
地　　址 广州市新港西路大江冲 25 号
邮　　编 510300
电　　话 020-84451969　84453623　84184026　84459579
网　　址 http://www.gdst.com.cn
邮　　箱 wpc_gdst@163.com
经　　销 各地新华书店
印　　刷 悦读天下（山东）印务有限公司
开　　本 787 mm×1 092 mm　1/16
印　　张 85.75
字　　数 丛书 1630 千字（本分册 200 千字）
版　　次 2019 年 4 月第 1 版　　2025 年 1 月第 2 次印刷
国际书号 ISBN 978-7-5192-5789-7
定　　价 398.00 元（全 7 册）

咨询、投稿：020－84451258　gdstchj@126.com

《文学语言学科研究丛书》编委会

《文学语言学科研究丛书》出版说明

重视高等教育的学科建设，这是当今世界的潮流。

党的十九大报告发出号召："加快一流大学和一流学科建设，实现高等教育内涵式发展。"全国高校正在掀起学科建设大潮。在这个大好形势的鼓舞下，我们编印了《文学语言学科研究丛书》，希望对推进学科建设有所助益。

关于文学语言学科问题，20 世纪 50 年代，语言界早已有知名人士提出建立相类似的学科，即汉语辞章学（或汉语修辞学、汉语风格学）。80 年代正式提出设立文学语言学科。虽然文学界没有明确提出相似的主张，但是他们在文学语言问题看法上同语言界有相似之处，文学界与语言界不少热心于建立新学科的学者做出了一些努力，并取得一定成绩，然而效应并不显著。希望能够借此大好形势，把文学语言学科建立起来；这不仅是个人写文章或创作重视风格的需要，而且是新时代中华民族和人民大众要求建立新文风或新风格的需要。

《文学语言学科研究丛书》讨论的文学语言，专指文学作品用的语言，即艺术语言。《文学语言学科研究丛书》着重探讨作为学科的文学语言研究的目的、对象、内容及方法。分为两辑，第一辑为"理论篇"，阐释文学语言学科重在研究风格（语言风格或艺术风格）问题的理论依据。第二辑为"实践篇"，着重展现学者通过探索后的成果，即表现中国现当代文学及东南亚华文文学作家作品的风格特色。

在探讨文学语言的问题上，语言界学者明确指出为了进一步发展语文教学，应加强文学语言学科建设，提出文学语言是语言学和文学交界处的学科，修辞学、风格学是研究对象。既研究不同文体的不同风格，也研究不同作家的不同风格。文学界从推进文学创作向前发展出发，也非常关注文学语言问题，学者虽然是从文学理论视角切入，但是与语言界有着殊途同归之处。文学界也认为文学语言应当研究作家的文学语言"个性"，因为"这个性就构成了他们的各自的独特的风格"。

如何研究文学语言特点、风格，语言界与文学界的学者都有共同的看法，又有不同方面。语言界与文学界学者都非常重视综合运用语言表达手段所形成的特

色。不过语言界不乏学者往往把语言手段作为工具使用，没能看到语言手段在表达内容及表现形式方面的独特价值。文学语言作为文学和语言学之间的边缘学科，它是以文学和语言学为基础并借助两者的成果发展起来的，因而既要吸收这两个学科的长处，又要有新的创造，这样才能有助于学科理论的提升和写作实践的加强。

作为具有跨学科性质的文学语言研究，不仅要重视文学语言的文学特色，而且要讲究文学语言的语言规律。这是因为文学作品是以语言为媒介构成艺术形象的艺术，区别于其他艺术的特点，同时从文学作品形式因素来说，语言是具有独特性的。文学语言研究学科的研究方法，力求具有创新性，提倡从语言因素入手，结合文学手段，探讨文学语言特色。

《文学语言学科研究丛书》部分成果发表后受到新华社、中新社与《文艺报》等关注，并予以了介绍。《文艺理论与批评》《中国现代文学研究丛刊》及《茅盾研究》《丁玲研究》《东南亚华文文学研究辑刊》等专集收入研究成果。在厦门大学中央高校基本科研业务费专项资金资助、厦门大学哲学社会科学繁荣计划资助及厦门市东南亚华文文学研究会等的大力帮助下，我们从多部文学语言研究论著中，选出若干部，经过反复修改后交付出版。

欢迎批评指正！

《文学语言学科研究丛书》编后记

为提高写作能力和培养创作人才，厦门大学中文系历来非常重视文学语言的研究，重视写作者文学风格的养成。不过，离达到显著的效果还有一段差距。

为了提升文学语言研究水平，2000 年起，语言学学者李国正教授在本系庄钟庆教授等许多老师协助下，申请并获准设立文学语言研究方向的博士点。他明确地提出“文学语言学是横跨文学和语言两种学科的研究领域，在当前学科发展呈交叉渗透趋势的条件下，文学语言研究蕴含着发展为一门新学科——文学语言学的增长点。”他招收了多名文学语言的博士研究生，他们来自中国大陆与台湾，以及新加坡等地，他们的研究课题都是围绕着文学语言这个方向来展开。如他与人合著的《东南亚华文文学语言研究》（厦门大学出版社 2002 年）即是当年文学语言的研究成果。为了推进学科建设，厦门大学中文系离退休教师编选了《文学语言学科研究丛书》，收入其博士研究生或合作者撰写的论文，各人从不同角度论述文学语言各有特色，达到一定的学术水平。

《文学语言学科研究丛书》之所以能够与读者见面，这与各方面的大力支持分不开的。

语言学家如中国社会科学院语言研究所张振兴研究员、张惠英研究员，文学研究专家如清华大学中文系王中忱教授、复旦大学唐金海教授、福建师范大学中文系庄浩然教授等为收入本丛书的论著把脉。

厦门大学中文系文学与语言方面的教师发表了不少有关论文，均收入本丛书，这些成果对进一步开展研究具有启发性意义。

厦门大学社会科学研究处处长陈武元教授早在 2001 年就热心支持中文系开展文学语言方面的研究工作，始终不渝。该处副处长林木顺副研究员也非常关注文学语言研究工作的开展。厦门大学哲学社会科学繁荣计划、厦门大学中央高校基本科研业务费专项资金等资助项目给予大力支持。

《文学语言学科研究丛书》还得到厦门市东南亚华文文学研究会的大力支持。

对于来自各方面的助力，深表谢意！

我们期待专家、学者的批评指正！

《文学语言学科研究丛书》编选小组

2018 年 10 月 20 日

前言

丁玲笔下的母亲形象曾引起学术界的关注，如关于《母亲》《消息》《新的信念》等作品中母亲形象的评述。但是，迄今为止学术界尚未出现对丁玲笔下系列母亲形象作较系统、全面而又深入的探讨，这是丁玲研究领域中一片仍待开垦的绿地。

充分重视丁玲文学创作中的母亲形象，并进行系统研究，将有利于总结丁玲文学创作的成就和价值，有助于评价丁玲文学创作在中国现当代文坛上的地位，同时也会有益于近年来兴起的女性文学研究。

关于丁玲文学作品的研究，国外成果不少，国内更是不胜枚举，而真正考察其文学语言的专题研究至今仍是凤毛麟角，致力于丁玲笔下的母亲形象语言的研究更是一个盲点。

文学语言，正如茅盾在《漫谈文学的民族形式》中所说："专指文学作品所用的语言，有'艺术语言'一名。"他又在《关于"歇后语"》中指出，文学语言是由民众的语言经过加工而成的，所以伟大作家的文学语言是有个性的，这个性就构成他们的各自独特的风格。因此，我们研究文学语言，必须运用语言手段来探讨作家的文学语言风格的独特性。文学语言的研究只有与文本结合起来才能凸显其价值，在探讨文学语言的过程中，应领悟到文学语言不同于理论语言、日常语言，它必须经过艺术加工，具有具象的、美感的特点，且要符合语言规律。文学语言需要从多层面来解读，才能完整而准确地理解它，理解作家作品风格的独特性。文学语言是构成文学作品形式不可缺少的因素、工具，语言背后又蕴含深厚的内涵，同时它自身也有其不容忽视的独立价值，这也是构成作家独特风格的要素之一。

郑朝宗在《永不消逝的活力》中引用了修辞学中所标举的"八体"，说明丁玲语言风格的多样性。从文学语言的要求出发，探讨丁玲作品中母亲形象的独异性及多重价值。为了论证这个问题，必须全面而辩证地探讨文学语言的多面性。其实他所提及的语言风格，即文学风格或艺术风格。所以，我们研究文学语言必须运用语音、语法、词汇、修辞、章法等语言手段研究语言风格的形成、表现、特点，以及丰富的内涵等。该书着重从语言视角来论述丁玲笔下母亲形象的独特性：多姿多彩的母亲画廊、不同的文体语言描写母亲的不同风貌、丁玲母亲语言的特有魅力。本书还指出作品中的母亲形象的多重价值：历史性、社会性、艺术性、美感性和主体性。

据此，对于从文学语言视角探讨丁玲笔下的母亲形象特点，可概括为如下方面：首先，从语言风格视角解读丁玲笔下的母亲形象；其次，从丁玲创作史的角度探讨丁玲笔下母亲形象所呈现出的不同语言风格；再次，以多维视野、不同的语言风格表现多姿多彩的母亲形象；又次，阐明语言风格的主导性与独特性统一，及其对丁玲自身创作及中国现当代文学的作用及贡献；最后，揭示丁玲语言风格独特性形成的原因，以及对当前及今后研究的价值。

上述几个方面的主要观点，学术界尚未形成系统全面的论述，如有论及，其视角、见解也不尽相同。

本书主要采用文学与语言学相结合的方法，即语言手段与文学特点相结合的手法，还兼用了叙事学、心理学、文体学、性别学等多种方法，综合研究丁玲笔下的母亲形象语言的风格特征，为研究丁玲的文学语言开拓多维视野、增添新的异彩。

目　录

上篇　与时俱进　绚烂多姿

中篇　多维视野　风貌各异

下篇　母亲新貌　屹然前行

上篇

与时俱进　绚烂多姿

第一章 国内外评说丁玲的文学语言

所谓的文学语言，指的是作家用来塑造文学形象的文学作品的语言，又称之为文学作品的语言。长期以来，研究者把文学语言作为文学作品形式的要素之一进行研究，因此，研究者历来都是结合文本，从文学的角度研究作品语言的特点。国内学术界对丁玲文学语言的研究也是如此。值得提及的研究成果，早期有毅真的《丁玲女士》、钱谦吾的《丁玲》、方英的《丁玲论》等；中华人民共和国成立后有陈涌的《丁玲的〈太阳照在桑干河上〉》、王瑶的《中国新文学史稿》、冯雪峰的《〈太阳照在桑干河上〉在我们文学史的意义》等。

丁玲作品问世后，即引起国内文坛的重视。许多评论者结合丁玲作品，从语言的角度进行论述。例如，从语句、语段方面对丁玲语言的长处及不足作了评估。毅真在《中国当代女作家论》[①] 一文中论及《梦珂》《莎菲女士的日记》《暑假中》《阿毛姑娘》四篇作品时，引用了几段有关莎菲的文字后说："这些率直的心理描写，真是中国新文坛上极可骄傲的成绩。"又说："可惜作者的文字不熟练，有时写得颇不漂亮。作者好叙述，而少发抒。例如作者最喜用'是……'的句子，即是告诉读者是怎么怎么一回事儿。譬如：'然而阿毛更哭了，是所有的用来作宽慰的言语把她的心越送进悲哀里去了，是觉得更不忍离开她父亲，是觉得更不敢亲近那陌生的生活去。'这么一小段里，在句子上竟用了三个'是'字，这种句子带有告诉的语气，而缺少感情的成分。在她的作品中，我们几乎随便翻开那一页，都可找到。作者那样高的天才，不幸为不十分流利的文字所累，真是令我觉得有些美中不足。"钱谦吾在《丁玲》[②] 一文中，在论述《在黑暗中》《自杀日记》《一个女性》《韦护》等作品时指出她"独有的特殊的作风，语句的紧严的结构，用字的清新适当……一切在小说的描写的技术方面，我认为她是在所有的女作家中最发展的一个。"

许多评论者还从语言体式上对丁玲文学语言特点的变化作了概括的论述。王

---

① 毅真：《中国当代女作家论》，选自《妇女杂志》，1930 年，第 16 卷第 7 期。

② 黄英编：《现代中国女作家》，北京：北新书局，1931 年。

中忱、尚侠在《丁玲的创作个性》① 中认为："文学是语言的艺术，要以语言为媒介，调动读者的审美想象，从而构成艺术形象的画面。丁玲的语言，是有一个变化的过程的。"论者指出：丁玲"早期的作品，主要是受'五四'以来新文学作品及翻译作品的影响，基本是白话书面语言，并夹杂冗长拗口的欧化句式，生僻的湖南土语。"又说，她投身于人民大众斗争生活，作品内容发生了变化，也注意从活人唇舌采撷生动形象的口语，向工农兵学习语言。左联至抗战时期，她对大众语言的采用还有些生硬，缺乏加工提炼。论者也指出："写作《太阳照在桑干河上》时，她运用语言的能力已经臻于成熟之境了。"她晚年写下的散文，语言质朴而闪烁光泽，清新秀美，真是达到了炉火纯青的程度。丁玲以千锤百炼的艰辛劳动，锻造出独具个性的文学语言。

从文学语言风格探讨丁玲文学语言也是许多研究者的共同趋向。郑朝宗在《永不消逝的活力》② 中说，丁玲的语言风格是多种多样的。她通过典型的语段，以不同语言色彩，揭示出不同的语言风格。当她在描写儿女私情、美丽风光以及母爱友谊之类的温柔欢乐的情景时，她用的是一种风格，而在刻画革命斗争或其他惊心动魄的暴烈场面时，她用的却是另一种相反的风格，两者各得其所。举例来说，1932 年出版的长篇小说《母亲》开头一段是这样写的：

> 是十月里的一个下午了。金色的阳光洒遍了田野，一些割了稻的田野，洒遍了远远近近的小山，那些在秋阳下欲黄的可爱的无名小山。风带点稻草的香味，带点路旁矮树丛里的野花的香味，也带点牛粪的香味，四方飘着。水从灵灵溪的上游流来，浅浅的，在乱石上"泊泊泊"的低唱着，绕着屋旁的小路流下去了。因为不是当道的地方，没有什么人影响。对面山脚边，有几个小孩骑在牛背上，找有草的地方行走。不知道是哪个山上，也传来叮叮的伐木的声音。这原来就很幽静的灵灵坳，在农忙后的时候，是更显得寂静的。

郑朝宗指出这段是多么美丽幽静的一幅天然图画，作者仿佛在作田园诗。应该说丁玲用这种风格开端是合适的，因为书中写的主要是"大革命"③ 前夕农村

① 中国丁玲研究会编：《丁玲生活与文学的道路》一书的结语，吉林：吉林人民出版社，1982 年；此节选自冯夏熊等：《丁玲作品评论集》，北京：中国文联出版社，1984 年。

② 见中国丁玲研究会编：《丁玲创作独特性面面观》，长沙：湖南文艺出版社，1986 年，第 103—105 页。

③ 这里的"大革命"指的是 1911 年爆发的辛亥革命。丁玲的《母亲》是以辛亥革命前夕动荡的社会为背景写作的小说。

和小城市里的日常生活，人物大都是有钱人家的妇女，类似《红楼梦》的气息颇为浓厚。但是，在上一年她抛出了一篇惊动文坛的作品《水》，写的是1931年夏天全国十六省大闹水灾中湖南地区农民与天斗、与人斗的悲壮场面，其风格和《母亲》不同，是十分雄浑而又粗犷的。作者不惜采取自然主义的手法，如实地反映劳动人民口中不干不净的骂詈之言，这点颇引起一些评论家和读者的反感。反感是有道理的，但决不能以一眚掩大德，这篇作品的优点之一是用无比雄浑的语言频繁而有力地描写了来势汹汹并不可阻拦的洪水，以及愤怒的农民与洪水做生死搏斗的壮烈情景。请看这一段文字：

> 飞速的伸着怕人的长脚的水，在夜晚看不清颜色，成了不见底的黑色的巨流，吼着雷样的叫喊，凶猛的冲击了来。失去了理智，发狂的人群，要吼着要把这宇宙也震碎的绝叫，在几十里，四方八面的火光中，也成潮的涌到这铜锣捶得最紧的堤边来。无数的火把照耀着，数不清，看不清的人头在这里攒动，慌急的跑去又跑来。有几十个人来回的运着土块和碎石，更有些就近将脚边田里的湿泥，连肥活的稻苗，大块的锄起，黄色的水流，象山洞里的瀑布似的，从洞口上激冲下来。土块不住的倾上去，几十个锄头便随着土块去捶打，水有时一停住，人心里刚才出一口气，可是，在不远的地方，又发现了另一个小孔，水便哗哗啦的流出来，转一下眼，孔又在放大，于是土又朝那里倾上去，锄的声音也随着水流，随着土块转了地方，焦急要填满了人心。

郑朝宗说这种情景令人想起荷马史诗《伊利亚特》中希腊英雄阿喀琉斯与河伯搏斗的那一场面，所不同的是阿喀琉斯终于战胜了河伯，而灾区农民却难逃家破人亡的浩劫。在同样艰苦的战争中，阿喀琉斯靠诸神的帮助而获胜，灾区农民则蒙受双重的打击，既遭洪水之灾，又被反动官兵欺诈镇压，这篇短篇小说在饥饿群众响彻云霄的怒吼声中结束。

郑朝宗最后指出丁玲语言风格的形成主要不是靠人为的努力，而是靠她心中蕴藏着的两股天然的活力，即光与热。光是理智之光，热是感情之热，凭着这两股力量，她可以自由自在地运用各种不同风格去表现五光十色、千变万化的客观事物。

郑朝宗通过丁玲文学作品中不同文学语言色彩论述各自的风格特点。何耿镛则把丁玲与新文学作家的作品作比较，探讨其不同文学语言风格，他在《谈丁玲散文的语言》[①] 中以散文的文学语言为例说明，他认为鲁迅是在诙谐幽默之中包含着辛辣的讽刺，言简意赅，话锋像一把匕首，要害抓住之后，只消三言两语就一针见血地把问题实质道破：冰心的散文，感情浓郁，文辞典雅；茅盾的散文，细腻缜密，清新素雅，蕴含着深刻的生活哲理；而丁玲的散文，则又别具一格，她的散文的文学语言风格则是通俗流畅，质朴自然，细腻而不雕琢，浓郁之中透出豪放，活泼豁达之中洋溢着激情，既充满着浓郁的生活气息，又表现着热烈的时代精神。

如何通过语言手段研究丁玲的语言风格，这是近几年来学术界的新追求，且取得一定成果。如万平近的《前进的脚印 升华的轨迹——读丁玲〈陕北风光〉〈访美散记〉》[②] 通过辞汇、句法修辞等分析各自的语言风格，指出前者是“向朴实，浑厚转化”，后者是“深沉而激荡”。

围绕作家吸收群众语言与作品艺术上成就的关系问题，文学研究者联系丁玲的主要作品《太阳照在桑干河上》各抒己见，这将有助于社会主义文学繁荣与发展。

陈涌在《丁玲的〈太阳照在桑干河上〉》[③] 一文中指出，丁玲在写作《太阳照在桑干河上》时显然有着更加自觉的努力，单是与延安文艺座谈会以前大部分是描写群众生活的《我在霞村的时候》比较来看，在语言方向上也可以看到她从知识分子的习惯中获得更多的解放。丁玲的文学语言也吸收了更多的群众的语汇，但整体说来，它不是群众的语言，也不是在群众语言基础上经过自然的加工和提高后的艺术语言。它一方面已经抛弃了原来知识分子的旧套，但另一方面还缺乏群众语言的光彩和魅力；它看来是一种尚未成熟的处于过渡阶段的语言。

陈涌还举《太阳照在桑干河上》中的一个例子加以说明：

> “鬼话可多呢。”李昌又接下去了。他们三人边朝老韩家里走着，李昌又说：“真也奇怪，今天早晨在她家里出现了一条蛇，蛇又钻到屋檐下去了，她一早就下了马，她是个巫婆，说那是她的白先生显原身——呵，白先生你们不懂，那就是她供的神嘛！白先生说真龙天子在北京坐朝廷了，如今应该一统天下，黎民可以过太平日子了，百姓要安分守己，一定有好报……她就常编这末些鬼话骗人，今天好些人都跑到她家里去看白先生，刘桂生的老婆抱着娃娃给他瞧病，她说白先生说的村上

---

① 中国丁玲研究会编：《丁玲创作独特性面面观》，长沙：湖南文艺出版社，1986 年，第 375—376 页。

② 中国丁玲研究会编：《丁玲研究》，长沙：湖南师范大学出版社，1992 年。

③ 陈勇：《丁玲的〈太阳照在桑干河上〉》，载《人民文学》第 2 卷第 5 期，北京：人民文学出版社，1950 年。

人心不好，世道太坏，不肯发马，药方也没开，把那个女人急得要死。”

这里是一个农民在说着一个村里惹人注意的迷信故事，这里显然没有知识分子所谓“欧化”的句法，而且作者努力模仿着农民说话的口气——使这个说话者就真像一个农民在说话一样。但我们读完了这段本来应该很有趣的话以后，却感到这样平凡、这样缺少光彩。每一位稍有经验的读者，只要把它和自己经历过的农民说话的情形相比较，便会感到作者在这里没有完全把握到群众语言的精神与实质。

陈涌又说，只要我们注意，便发现知识分子习惯的想象还不时侵入到关于农民生活的描写中去，知识分子的语汇也就不时地出现。特定的语汇，表现特定的生活的气氛。如果承认，丁玲用“内疚”“忧郁”“寂寞”“年青的豪情”“这个穷女人却以她的勤劳，她的温厚稳定了他”这类的语汇和语句来表现普通农民的感情和生活是不适合的，那么，像下文描写雇工张裕民接受了共产党以后的内心变化，更是完全不适合的：

> 他觉得他们对他是如此的关心，如此的亲切。当一个人忽然感到世界上还有人爱他，他是如何的高兴，如何的想活跃着自己的生命，他知道有人对他有希望，也就愿意自己生活得有意义些，尤其当他明白他的困苦，以及他舅舅和许多人的困苦，都只是由于有钱人当家，来把他们死死压住的原因，从此张裕民不去白娘娘那里了。

陈涌认为对于一个知识分子的作者说来，学习群众的语言，大约总是要经过许多困难和摸索过程。他说《太阳照在桑干河上》的作者在语言方面要想突破现有的界限，大约还需要下更多的功夫。

冯雪峰在《〈太阳照在桑干河上〉在我们文学发展上的意义》① 一文中就学习群众语言与作品艺术上的优点的关系发表自己的见解。他说，当回想《太阳照在桑干河上》全书的内容和述说印象的时候，也不能不时刻感觉到作者的言说已经到了高强地步的艺术的表现手腕。没有她的艺术表现的高强手腕，当然就没有这本小说现在这样的成就。作者在这本小说中，可以说用的是油画的手法。但是，在以语言的彩色涂抹而成的画面上，景色的明丽还是居于第二位，居于第一位的是形象性的深刻、思想分析的深入与明确、诗的情绪与生活的热情所织成的

① 冯雪峰：《〈太阳照在桑干河上〉在我们文学发展上的意义》，载《文艺报》，1952年5月。

气氛的浓重等。若把全书当作一幅完整的油画来看，虽说还不是最辉煌的，但已经可以说是一幅相当辉煌的美丽的油画了。

冯雪峰指出对于这种油画式的表现手法和对于炭画式的表现手法，我们在语言上的要求，应该采取有区别的态度。我也希望作者更多注意语言的洗练和文字的大众化等功夫，但同时必须保证刚才所说的这些艺术上的优点不受到牺牲。对于这作品，我个人首先是注意到它的油画性的形式以及它的诗性性格。像书中《果树园闹腾起来了》这一章，如此美丽的诗的散文，我相信没有一位读者读后不钦佩，这是我们文学上尚不多见的文字。

冯雪峰和陈涌在丁玲文学语言与艺术成就关系的问题上各抒已见，给人们的启示是社会主义文学作品要求思想深刻、形象饱满和生活气息浓厚，至于表现手法及语言要求，应采取区别态度，以利于社会主义文学的繁荣与发展。

国外研究丁玲的文学语言的研究成果大体说来也是结合作品来进行的，其研究方法是既注意作品语言的因素，又探索其文学上的意义。这种做法可能受到外国提倡文学语言学研究文学作品的影响。

丁玲是世界文坛上享有声誉的知名作家。美国文学院在丁玲临终前授予她“名誉院士”的称号。该院院长盛赞她是“伟大的作家和诗人”。有的美国论者高度赞赏丁玲的作品“具有很高的研究价值，可作为艺术珍品来欣赏”①。此外，法国、前苏联等其他国家的学者也都尊称她为“伟大的作家和当代文学的开拓者”。他们从各个方面肯定丁玲的贡献，这里就丁玲的文学语言的独特成就加以综述。

国外学者很少孤立地评论丁玲语言的特点，总是将文学语言与作品的思想情感内涵相融合，从字、句、段来分析文学语言的特点，从文本的具体语境来解析语言特色，从而获得对文本语言的一种认识。

法国学者苏姗娜·贝尔纳在《会见丁玲》一文中以形象的比喻抒写了她对丁玲语言的深刻印象：“丁玲的作品总是具有那么敏锐的洞察力，字里行间总是闪灼着强烈的生命之火，它时而光芒四射，时而被压抑在黑暗之中而仍不熄灭。她的感情，她的激情，她的思想就像长期蓄积的溪水，通过手中的笔，自然地倾泻出来。”② 这一段文字虽然没有论及具体的篇章或段落，但却形象地概括了丁玲文学语言的艺术魅力。正如狄德罗所言：“看完戏以后，我要获得的不是一些

---

① ［美］加里·约翰·布乔治：《丁玲的早期生活与文学创作》，选自《丁玲研究在国外》，长沙：湖南人民出版社，1985年，第101页。

② 中国丁玲研究会编：《丁玲研究在国外》，长沙：湖南人民出版社，1985年，第461页。

词句，而是印象。”① 又说：“任何东西，假使不是一个整体就不会美。”② 法国学者展示给我们的也正是丁玲语言的整体美，她把敏锐的思想、浓烈的激情、生命的体验透过语言传达给读者，感染打动了我们，这也是文学语言的价值所在。

有些学者从具体的文本出发，用语言的片段描写来阐明他们对于文章和丁玲文学的理解。例如日本的杉山莱子在《丁玲文学的新生及其二十年的下放生活》一文中关于《杜晚香》的评价，认为丁玲写作此文不是出于“受害意识”，而是寄予北大荒真诚的热爱，这与国内文坛某些学者批评其为“应时之作”截然相反，形成鲜明对照。日本学者并非凭空猜测，而是引用《杜晚香》原文的场面描写加以叙述，从而探究丁玲的心情。他引录了“北大荒究竟在哪里呢？听说那里是极冷极冷的地方，六月还下雪，冬天冰死人，风都会把人卷走，说摸鼻子，鼻子就掉，摸耳朵。耳朵也就下来……”③ 说明丁玲明知北大荒的艰苦还毅然下放的精神。另外，又从对北大荒生气勃勃的景象描写和对养鸡的细节描写与丁玲的自身经历体验相映照，说明丁玲对北大荒这块土地及生活在那里的人们的热爱和眷恋之情。上述分析和结论都从文本的语言出发，比较客观公正，令人信服。

美国学者梅仪慈女士更是从多方面深入研究丁玲的文学语言特点，并联系其作品的思想内涵加以考察。她在《丁玲的小说》一书中多处论述丁玲的语言特点及其对于作品的意义。她既能从字、词、句的微观分析中指出文章的独特内涵，又能从语言宏观的叙事学角度探讨文本的价值。譬如她认为《莎菲女士的日记》里的“莎菲都表现出一种陷于矛盾的彷徨情绪。这种不断冲突与动摇的状况反映在日记中经常使用的某些词（如：但、尤、虽、其实、仅、反、偏、偏偏）来表示句词间的关系，以字句语言的形式来微观地反映她的基本状况”④。她还明确指出：“（这种）日记一般的语言风格，恰好反映了她的心情……”“大量的句子和分句里反复出现第一人称代词，如：我、我的、自己，这便指明了莎菲的自我中心，并且与汉语语言习惯大相径庭。既长又复杂的从句结构也可以看成是一种欧化倾向。每个起形容作用的从句似乎在尽量准确地反映她的真实心理状态，由一些‘像又’‘还是’‘或是’‘但’‘而’‘连’‘更’这样的连词连接在一起的从句，但这样的从句最后只是会引出一些似乎与前面的情景互相矛盾或干脆否定前者的句子。这些句子在一起反映另外人物的曲折和起伏不定的内心

① ［法］狄德罗：《论戏剧艺术》，选自《文艺理论译丛》第1册，北京：人民文学出版社，1958年，第151页。
② ［法］狄德罗：《论戏剧艺术》，选自《文艺理论译丛》第1册，北京：人民文学出版社，1958年，第184页。
③ 中国丁玲研究会编：《丁玲研究在国外》，长沙：湖南人民出版社，1985年，第348页。
④ ［美］梅仪慈著，沈昭铿等译：《丁玲的小说》，厦门：厦门大学出版社，1992年，第68页。

活动。日记中使用的大量词汇，目的并不是让读者清楚地了解内容，而只是为了让人感到混沌迷茫，展现了一种绝境。莎菲描写自己写到不能提笔、写不下去的地步。”① 可见她对丁玲文学语言的细致入微的研究，时时不脱离对作品人物的分析。此外，她非常关注语言叙述角度的变化所产生的文学效果。如她关于《自杀日记》的理解：“篇章只是镶嵌与对伊萨的模样和举止的从外部描写的叙述文字之内。这个叙述者虽然处于日记作者和自己本身的对话范围之外，但它并不是以一个完全超然客观的观察者的口气来说话的，却常常用一种类似日记中的语言来补充记录人物的内心活动。”“叙述者的‘全知’能够表达出日记作者尚未意识到的矛盾或是模糊的感情；叙述者也能超出日记范围来扩展故事情节并以一种全新的方式来安排故事情节。在日记的最后一节，叙述的口气忽然变了，于是我们发现自己已从人物的内心世界走到她的外界环境中来了。”② 关于《莎菲女士的日记》第一人称和第三人称双重叙述方式的差别和转变，叙述方式对主题展开的内联作用都作了十分详尽的论述，“《莎菲女士的日记》的独特的叙述模式把丁玲早期作品的中心主题有效地交织在一起，这些主题便是对处于世界中的孤立自我和写作意义的探讨”③，进一步证明了语言叙述方式对于文学主题、文学形象的重大意义。

文学语言始终是文学作品中的语言，与文学作品的主题、思想内涵、文学形象、艺术表现、风格特征等等紧密相连，割裂语言与文本的关系谈语言自然成了无源之水、无本之木，势必将文学语言研究引入危险狭隘的境地。在此，海外学者关于丁玲文学语言的研究为我们提供了十分有益的借鉴。

丁玲善于运用丰富多彩的修辞手法，这种文学语言的匠心独运为复杂的形象画面增添奇情异彩。国外学者对此颇为关注，时有论述。

美国学者加里·约翰·布乔治在《丁玲的早期生活与文学创作》一文中赞赏丁玲巧妙“利用自然风景的描写来强调主题和发展主题，同时还运用这种方法来加深对人物的思想感情状态的描写”，“这一方法在使读者发现她的作品如此动人和令人欣赏方面起着重要的作用。比喻和象征常常交融在丰富的形象的画锦里，为丁玲的文学作品的最复杂的画面增添色彩”④。也就是说，丁玲文学的自然景物被赋予了某种比喻和象征的意味。他列举了很多例子论证，比如《梦珂》中梦珂刚到上海不久有点烦闷，便走出凉台吹风的夜色描写，“自然的象征——

---

① ［美］梅仪慈著，沈昭铿等译：《丁玲的小说》，厦门：厦门大学出版社，1992 年，第 76 页。
② ［美］梅仪慈著，沈昭铿等译：《丁玲的小说》，厦门：厦门大学出版社，1992 年，第 63 页。
③ ［美］梅仪慈著，沈昭铿等译：《丁玲的小说》，厦门：厦门大学出版社，1992 年，第 79 页。
④ 中国丁玲研究会编：《丁玲研究在国外》，长沙：湖南人民出版社，1985 年，第 155 页。

织女星的‘寒光’和‘淡淡’的天河——隐喻着梦珂的焦虑和忧愁的心情”。《在暑假中》，“丁玲借用无垠的蔚蓝色天空中云聚云散来描写承淑因夏天来临而感到孤独和忧郁”[①] 等等。景物外在语言的描摹与形象内在心理的水乳交融主要依赖于语言的的修辞技巧，体现文学语言的形象性、生动性和丰富性，使文学语言步入佳境，延伸了读者的想象空间，引发感情的共鸣，焕发作品的情采和艺术美感。陈明为此颇有感触，他说：“有的朋友夸她会描写风景，实际上她不是写景，只是要写情，因为笔下有情，那景就好象活了。”[②] 这应证了王国维的观点：“景语，实情语。”景物语言实际是人物感情的投射，比喻、象征、拟人的修辞运用便应运而生，使丁玲的文学语言显得色彩斑斓、多姿多彩。

《太阳照在桑干河上》获得斯大林文学奖，为丁玲赢得极大荣誉，是同时代描写土改运动的佼佼者。土地与农民命运、思想变迁息息相关，司空见惯的自然风景在“大革命”的冲击下呈现在农民心里的景象也千变万化，隐含某种象征的意味。美国学者梅仪慈敏锐地发现了丁玲的良苦用心，指出：“中国革命的明确目标之一是从根本上改变人与自然界的关系。经过努力，听天由命、靠天吃饭的农民将逐渐成为大自然的主人。火辣辣的太阳、涨满水的河流、潮湿的土路、成熟的果子、收获季节的满月，这些挑战的象征、胜利的象征全都反映出人与自然界的关系这一变化的各个方面。”[③] 语言的象征意味和人物心理融合得天衣无缝，浑然天成。除此而外，用诗意的富有象征意义的言语描写自然环境表现主题，梅仪慈举出最脍炙人口的名段《果树园闹腾起来了》进行阐释：“对晨曦中果园如此诗意的描写，与小说中平铺直叙、经常模仿农民的语言，显得有些不协调，但它表现出农民思想状况的‘客观相互关系’。在他们眼里，果子现在是属于他们自已的，因而呈现出一种崭新的诱人的面貌。”“世界由人民来管理，面貌就会焕然一新。”[④] 我们不得不佩服和惊叹梅仪慈对这部伟大作品的理解，对丁玲的理解，对中国革命的深刻理解和透视。

“太阳”“夜晚”历来被赋予“光明”与“黑暗”的象征意义，对于被瞿秋白赞誉为“飞蛾扑火，非死不止”的丁玲，对于历经磨难向往光明的丁玲自然更具有深厚的意义，连她作品标题的选择都预示着某种含义。日本学者杉山菜子

---

① 中国丁玲研究会编：《丁玲研究在国外》，长沙：湖南人民出版社，1985 年，第 156 页。

② 中国丁玲研究会编：《丁玲及其创作——丁玲文集校后记》，选自《丁玲研究》，长沙：湖南师范大学出版社，1992 年，第 140 页。

③ 梅仪慈：《太阳照在桑干河上》，选自《丁玲研究在国外》，长沙：湖南人民出版社，1985 年，第 313 页。

④ 中国丁玲研究会编：《太阳照在桑干河上》，载《丁玲研究在国外》，长沙：湖南人民出版社，1985 年，第 314 页。

通过对丁玲版本的考证，指出丁玲的作品里的特征："（丁玲）经常出现用'太阳''夜晚'等来暗示其他的手法。她最早写过一篇《在黑暗中》的短篇集，这里'黑暗'可看作是丁玲对于二十年代末期社会所怀的一种心情表露。此外，1932 年的《某夜》是以丈夫胡也频被残杀为题材的，作品以'天不知什么时候才会亮'为结构。然而 1941 年的《夜》的结句是'天渐渐的大亮了'。正如冈崎俊夫所说的'当时尽管还背负着旧社会遗留下来的深重伤痕，在那里痛苦挣扎，但边区已开始天亮了'。另外，在全国解放前夕 1948 年丁玲写了《桑干河上》，到次年一九四九的十一月全国解放不久即改题为《太阳照在桑干河上》出版了。作品中描绘的确实是太阳普照着桑干河一带，这部作品于 1956 年曾再版。"① 日本学者不仅着力于版本的考证，更揭示版本标题的选择与变动的深刻意义，那就是作品题目语言的象征性，这不仅象征作品的主题，也象征作品的背景、作者的心情。这一细致发现也为我们的丁玲研究提供了新的思路。

美国学者梅仪慈总结了丁玲的语言变化，特别指出从《梦珂》到《民间艺人李卜》语言风格的改变：词句从复杂繁长到平易简短，修辞从复杂到简单，语言风格从欧化倾向到大众化成功过渡。她认为丁玲 20 世纪 20 年代小说的语言繁复，带有欧化倾向，修辞复杂。② 40 年代丁玲奔赴陕北，参加火热的革命斗争，密切接触了许多当地的民众，她写作的题材与风格也随之变化。毛泽东《在延安文艺座谈会上的讲话》发表以后，也由于丁玲生活与创作上的自觉追求，她开始写作报道文学，"（丁玲）小说的行文会有意变得明白易懂，修辞会显得简单纯朴"。梅仪慈考察丁玲 40 年代的创作特别列举《民间艺人李卜》这篇短文，认为："这个时期丁玲写作的一个特色是有意识的使用划一的语言，为的是尽量减少人物语言和作者语言之间的差异。""从大体上说，整篇小说的语言是统一和谐的，它的共同特点是用词简朴，句子精悍，结构简单，修饰语用得很少。""丁玲用简单纯朴的语言来描写这位普通的民间艺人可说是她为压缩自己的作品中的'加过工'成分，增加'大众化'成分的自觉努力。"③ "丁玲形成的这种写报道的新的风格是一把可以计量她从 20 年代开始写小说以来所走过的创作路程距离的标尺。"④ 梅仪慈对丁玲语言变化的精辟见解一直是国内外丁玲研究界的重要论述之一，也是对丁玲语言特点的较为集中充分的评论，为丁玲的语言研究开了先河。

---

① 中国丁玲研究会编：《丁玲文学的新生及其二十年的下放生活》，载《丁玲研究在国外》，长沙：湖南人民出版社，第 354 页。

② 参阅［美］梅仪慈著，范昭铿等译：《丁玲的小说》，厦门：厦门大学出版社，1992 年，187 页。

③ ［美］梅仪慈著，沈昭铿等译：《丁玲的小说》，厦门：厦门大学出版社，1992 年，第 188 页。

④ ［美］梅仪慈著，沈昭铿等译：《丁玲的小说》，厦门，厦门大学出版社，第 186 页。

从20世纪20年代初丁玲登上文坛的抒情性的文风到后期的简单平易的文风，丁玲语言也更加自然朴素，天然去雕饰。丁玲文学创作的早期，是以《梦珂》《莎菲女士的日记》细腻的心理描绘和强烈的抒情色彩蜚声文坛，语言的主观抒情性十分明显，并经常以很长的句式表现年轻女性苦闷矛盾的心理，反映她们叛逆的绝叫。从“左联”以后，她的语言日渐变得简单平易，朴实动人，直到《太阳照在桑干河上》发表以后，这种追求大众化的语言风格特点就更为凸显。日本学者尾坂德司在《〈丁玲作品集〉日文版后记》中综述丁玲的创作历程时，指出从《陕北风光》散文集发表以后“丁玲的文体从这个时期急剧地变得简单平易，然而再次失去了抒情性。”[①] 日本的冈崎俊夫也认为，《太阳照在桑干河上》与《我在霞村的时候》相比较，“感情要淡薄一些”[②] 正如丁玲后来自己总结说：“只有朴素的，合乎情理的，充满生气的，用最普通的字写出普通人的各种情愫，才能使读者如置身其间，如眼见其人，长时间回声萦绕于心间。”[③] 她后期的创作也实践了自己的理论主张。日本学者在整理丁玲的各种文集时，精确地发现丁玲语言的这种追求与改变。

法国学者苏姗娜·贝尔纳也在《会见丁玲》一文中转述陈明关于丁玲文笔变化的叙述：“文如其人，她的文笔和她的语言很相象，很丰富没有干涩的地方……这也经历过一番演变：在30年代，丁玲受到西方翻译作品的影响，文笔略显欧化。后来到了延安，文笔就发生了变化。为什么呢？因为要和群众一起生活，就得改变自己的语言。例如要参加土改，接触农民，语言习惯就得改变，要使用更质朴的方式，表达他们的感情，语言……这是很费力的事……可以想见这种变化并非一日之功。但日子长了，她的谈吐便与过去有很大不同了，文笔也随之更新了。”这一段论述有力地印证了海外研究者的评论，说明了丁玲语言风格的前后转变。

丁玲的作品已被翻译成英文、俄文、日文、德文、法文、意大利文、罗马尼亚文、匈牙利文、捷克文、波兰文、丹麦文等20多种文字，在世界各国出版，她可以说是一位具有世界影响的中国作家。不少海外学者已经开始关注和研究丁玲文学语言的独特成就和魅力，他们运用各种方法，多角度地展示丁玲遣词造句、修辞运用、语言风格等方面的特点，研究之细致、观点之新颖甚至是国内研究者所未能企及和注意的，令人耳目一新，也为我们的丁玲研究带来启示和借鉴。

---

① ［美］梅仪慈著，沈昭铿等译：《丁玲研究在国外》，长沙：湖南人民出版社，1985年，第50页。

② ［美］梅仪慈著，沈昭铿等译：《丁玲研究在国外》，长沙：湖南人民出版社，第391页。

③ 丁玲：《美的语言从哪里来》，选自丁玲：《丁玲全集》第8卷，石家庄：河北人民出版社，2001年，第340页。

第二章　从文学语言视角解读丁玲笔下母亲形象概说

近年来兴起的文学语言研究，由来已久。早在20世纪五六十年代，中国语言界及文学界就掀起了探讨文学语言的热潮，当时文学家茅盾、语言学家高名凯等都认为文学语言有广义与狭义之分，广义指的是哲学、文学、科学、政治、经济著作所用的语言，狭义专指文学作品所用的语言。

文学语言主要特征是什么？茅盾在《新的现实和新的任务》中指出，“文学作品的语言应当是形象化的、富有表现力的、准确的和精炼的，然后可以传达作者所欲传达的思想情绪，然后可以构成鲜明的形象。要表达一定的思想情绪，就必须用字正确，造句合法（语法），词汇丰富有变化等。”① 这就说明文学语言既要求形象化，又要遵循语言基本规律。

80年代以来，文学语言研究又有了新的发展，主要特点是从学科的需要及要求进行探讨。语言学家吕叔湘在《把我国语言科学推向前进》中指出；文学语言研究，要“走上修辞学、风格学的道路，这是语言学和文学交界处的学科”。语言学家季羡林在为李润新的《文学语言概论》一书所作的序指出：“所谓文学语言，不出两途：一是修辞，二是风格。”这两位大学者都认为文学语言研究应当探讨修辞与风格问题。

还有郑朝宗的《永不消逝的活力》、王中忱、尚侠的《丁玲生活与文学道路》等都对丁玲文学语言特点作了许多新的探讨。近年来李国正在《东南亚华文文学语言研究》中“提倡从文本的底层出发，结合文学语言的存在环境，对文学文本进行多层面多视角的考察”，他的观点被认为为“文学研究提供了新思路，把文学语言研究引向了新的层次”②，他和他的学生毕玲蔷、杨怡等博士研究丁玲文学语言的特色，取得了可喜的成绩。

童庆炳主编的《文学概论》指出：“从语言的视角去探讨文学作为一种语言结构的种种问题，这就构成了文学语言学。”③ 他认为文学语言学是文学理论中的四大分支之一。不过全书没有对此作详细阐述，倒是有专章论述文学语言。其

---

① 茅盾：《茅盾全集》第24卷，北京：人民文学出版社，1996年，第279页。

② 庄钟庆：《从文学语言切入以新的视角观照丁玲作品》，载《丁玲研究通讯》，2002年第1期。

③ 董庆炳：《文学概论》，武汉：武汉大学出版社，2001年，第4页。

中谈了有关文学语言几个特点，一是文学语言组织（语言性、地位），二是文学语言组织的层面（语音、语法、辞格），三是审美特征（内指性、音乐性、陌生化、本色化），书中未见从文学语言角度讨论语言结构的问题。学术界也没有见到这方面的论述，迄今为止学术界普遍认为文学语言学尚未形成，不过多年来兴起的文学语言研究不断地开展与深化将有助于推进文学语言学的建立。

目前学术界出现了文学语言研究新气象，值得肯定，其特点是：

第一，对文学语言特征的认识和50年代相比有了新的进展。当年普遍认为形象化是文学语言的特征，当今多强调审美特色。讨论文学特征的论文也出现了一些，有总体的，也有单个作品的。

第二，用文学与语言学结合方法研究文学语言，20世纪五六十年代以来多运用语言手段，例如通过语音、词汇、句法、修辞及章法等来研究文学问题如风格等。近年来除了继续应用这个方法研究作家作品的风格外，还要研究作家语言在表现上的自身特点。

第三，对于文学语言分析主要采用了文学与语言学结合的方法，还运用多种方法，如用量化方法探讨文学语言现象的问题，并取得了一定成果。

尝试从文学语言角度探讨丁玲作品中母亲形象的特点，是有原因的。

众所周知，文学即人学，文学语言研究的正是人的语言。无论是作者的语言，还是文中人物的语言，都离不开对人的研究。所以，单纯从语言学角度研究文学远远不够，这容易使研究陷入僵化，必然要结合文艺学、历史学、心理学甚至民俗学等方面的综合考量才能鲜活持久。而关于传统的文学的历史文化研究，又忽视了对文学基本材料即语言的研究，或者只是作为研究骥尾出现，更无法全面探讨文学的艺术魅力，毕竟没有语言与文字的组合与链接，文学作品无法生成与展示。文学终究是语言的艺术，正如孔子云“言而无文，行而不远”，流传千古的美文都闪耀着语言的光辉。所以有机地将各种研究综合起来，以便更全面地揭示文学的特点。

母亲历来是人们歌咏的对象，母爱的无私神圣闪耀着人性的光辉，母亲的意义似乎只是相对于其子女而言，母亲作为人与女性的内涵，她的女性特质与社会属性往往被忽略了。从语素分析，母亲至少包含三个语素：人/女性/有子女的。即使在许多优秀作家作品里，我们都很难触摸到母亲个性化的特征。“当一个女人结了婚，有了自己的孩子就……意味着，生活的起点，也意味着……终点。”①

① ［美］罗伯特·沃勒：《廊桥遗梦》，北京：人民文学出版社，1994年。

而丁玲的母亲作品所呈现的丰满生动，个性鲜明，充满生命力与光彩的母亲形象令人耳目一新。而这些母亲的特点都是通过文学语言展示出来，通过语言探讨母亲的形象特征将更贴近文本，独具学术价值。

关注过丁玲的研究者肯定能意识到，“母亲”在丁玲生命和创作中的意义。《母亲》是她毕生创作的三部长篇之一；此外，她还在《从夜晚到天亮》《田家冲》《水》《消息》《新的信念》等短篇小说中塑造了动人的母亲形象；在众多的散文篇目中，如《我怎样飞向自己的天地》《我的中学生活片段》《向警予同志留给我的影响》《我母亲的生平》《我的生平与创作》《死之歌》以及催人泪下的《魍魉世界》、《风雪人间》等作品提及“母亲”之处比比皆是。可见，母亲的形象世界在她的创作中有着不容忽视的分量。在中国现当代文学画廊里，以众多篇幅、大量笔墨，并倾注一腔心血和热忱致力于创造母亲系列形象的，除因描写母亲而著称的冰心外，当数丁玲。但是，无论是对丁玲笔下母亲形象，还是对母亲语言的系统研究都极为匮乏，这也为我们的研究留下广阔的空间。

丁玲的语言并不属于精巧、美轮美奂的一类，正像她对自己的解剖一样，她读的书还不够，语言上还有这样那样的不足。但是，她用毕生的时间全身心地解读生活这本大书，“我就读一本书……我就读生活的书，社会的书，革命的书。”① 因此，她创作的母亲形象也不只是一个家居的女人，无怨无悔地爱着身边的儿女，她们有着丰富的社会阅历、不凡的思想、充沛的生命力和斗争的韧劲与意志，像曼贞与丁玲自己作为母亲的形象，“飞蛾扑火”般的母亲。她塑造了许多类型的母亲，先进的、落后的，工人的、农民的、知识分子的，就如同生活的本来面目一样，有多少种人其实就有多少种母亲，她们有优点，也有缺点，有崇高的品质，也有自身的局限性，所以丁玲描写她们的语言也是变化不一，来源于生活并高于生活。丁玲揭示的母爱之广阔也是同时代作家难以比拟的，她把母性的光辉投映在无数人的身上，除了对自己孩子本能的爱、血缘的至亲及百转千回而无悔的爱，还有对别人孩子无私的爱、对周围年轻人母性的关怀，如《某夜》《杜晚香》中就有所体现。她还写出了母亲自身的生命体验，或喜悦、或伤痛甚至羞辱，如《新的信念》中陈新汉的母亲、《魍魉世界》中的“我”。所以，丁玲是以生活的语言、生命的语言、社会的语言、革命的语言来创作母亲的形象，写得荡气回肠而又大气从容，决不属于闺秀的充满脂粉气的个人吟咏，那是别开生面的语言。

---

① 丁玲：《读生活这本大书》，选自丁玲：《丁玲全集》第 8 卷，石家庄：河北人民出版社，2001 年，第 462 页。

关于丁玲作品的研究，国外成果不少，国内可说不胜枚举，而真正考察其文学语言的专题研究至今还是凤毛麟角，致力于丁玲母亲形象语言的研究更是一个盲点。从“中国期刊全文数据库”中能搜索到从1980—2009年的“丁玲”研究的论文有1140篇，有关“丁玲语言”论文只有9篇，关于“丁玲母亲语言”的没有记录。这个检索结果令人遗憾，对于现代文学史上赫赫有名的作家语言的研究如此奇缺，令人扼腕叹息，也证明了这项研究的必要性与艰巨性。长期以来，国内外丁玲的文学语言研究都是结合文本进行文学研究，已取得相当的成绩。近几年兴起的文学语言研究的热潮，对于丁玲文学语言研究产生了积极影响。如厦门大学出现了几篇引人瞩目的博士论文，即2005年由李国正教授指导的博士论文：杨怡的《丁玲语言风格的演变》和毕玲蔷的《丁玲小说代表作文学语言研究》，可以说是开辟了丁玲语言研究的先河。既然有了开始，便会涌现无数的后来者。我们期待着丁玲语言研究的拓展与深化。

文学语言的研究只有与文本结合起来才能凸显其价值，韦勒克说过：“语言的研究只有在服务于文学的目的时，只有当它研究语言审美效果时，换言之，只有当它成为文体学时，才算得上文学的研究。”① 文学语言不是孤立存在的，必然和社会的时代的文化的各种现象相联系，语言背后蕴含着深厚的内涵。语言大师罗常培也呼吁：“语言学的研究万不能抱残守缺地局限在语言本身的资料以内，必须扩大研究范围，让语言现象跟其他社会现象和意识联系起来，才能格外发挥语言的功能，阐扬语言学的原理。”②

① ［美］韦勒克、沃伦：《文学理论》，上海：三联书店出版社，1984年，第189页。
② 罗常培：《语言与文化》，北京：北京出版社，2006年，109页。

第三章　在文学语言视角下巡视母亲形象的特色

丁玲在自己的创作生涯中，为中国文学描绘了人物众多的广阔画廊。现实生活的工人、农民、知识分子、革命工作者和人民军队的士兵与将军，老一辈的无产阶级革命领袖等，都进入她的笔端。其中特别引人注目的是，“从莎菲到杜晚香”的女性形象群，在她的作品中占有重要的地位，也是历来评论界津津乐道的课题。女性形象群中以小资产阶级女性为代表的莎菲系列形象早为人所共知而众说纷纭，毁誉参半，而以曼贞等为代表的母亲系列形象，则很少引起人们注意，更谈不上全面充分的研究和评价。

丁玲是中国现代文学史上为数不多的以大量篇幅塑造母亲形象的作家，除了长篇、短篇小说，还有多篇散文，均以满腔热忱与生动的文字创造出母亲的系列形象。文学是语言的艺术精粹，从文学语言视角巡视丁玲的母亲形象，必将呈现最贴近文本色彩的艺术天地，也开辟读者研究者全新的视野。

丁玲擅长运用并变换各种语言风格，特别在母亲形象创造方面取得了多方面的成就。郑朝宗在《永不消逝的活力——丁玲同志八十寿序》① 称道丁玲的语言风格多样，“修辞学书中所标举的‘八体’（简约，繁丰、刚健、委婉、平淡、绚烂、谨严、疏放），几乎都可以从她的作品中找到范例。”“她可以自由自在的运用不同风格去表现五光十色千变万化的客观事物。当她在描绘儿女私情、美丽风光以及母爱友谊之类的温柔欢乐的情景时，她用的是一种风格，而在刻画革命斗争或其他暴烈的场面时，她用的却是另一种相反的风格，两者各得其所。”②这个评价十分贴切，更是基于对丁玲作品的理解。

丁玲善于借助多姿多彩的语言描绘多种思想面貌的母亲形象，特别是先进的母亲形象，并赋予这些母亲形象鲜明的个性。她的母亲形象同样为我们“提供了一份有关中国现代文学史发展的特殊而又精确的记录”③。在艺术上，丁玲独到的选材视角、细密的人物刻划、多样的表现手法，都显示了作家非凡的艺术功底

① 郑朝宗：选自《丁玲创作独特性面面观》，长沙：湖南文艺出版社，1986 年，第 96 页。

② 郑朝宗：《丁玲创作独特性面面观》，长沙：湖南文艺出版社，1986 年，第 103 页。

③ ［美］梅仪慈：《不断变化的文艺与生活的关系》，选自《丁玲研究资料》，天津：天津人民出版社，1982 年，第 564 页。

和显著成绩。

丁玲有关母亲形象的作品是从“左联”到“新时期”① 写成的，她自觉地把自己的创作和文学活动当作无产阶级革命事业的一部分，因此她的母亲世界不只反映一己或一家的悲欢历史，更折射时代的风云雷电、人民的欢乐痛苦。每个母亲形象，都体现作家爱憎鲜明的审美追求，表达作家对于妇女解放的深沉思考，所以语言风格自然有雄浑刚健的一面。

显然，丁玲的笔调又是属于女性的，有着女作家的那种细腻柔腕、明丽动人，展露女子的真情与感受，她笔下的母亲画廊丰富了女性文学的园地。然而，不可否认，她的创作又有别于其他女性作者，阅读她的作品，不只让人沐浴在母亲世界的温馨而圣洁的情感体验之中，更启迪人们对生活哲理的思考，催生社会责任感，激发起积极进取的精神力量。

当然，丁玲描写母亲的作品难免有不足之处。她所创作的母亲形象具有高度典型性的还不多，有的只在作品中一闪而过，未给人留下深刻印象。即使如《母亲》这样优秀作品也略嫌冗长琐碎。尽管丁玲笔下的母亲世界存在一些缺点，然而从总体上说其特色还是突出的。

其一，丁玲以生动的笔触表现多种形态的母亲形象。

从思想面貌上划分，进步开明与落后保守的母亲都进入其创作，但丁玲特别擅长的还是描绘先进的母亲形象。这类母亲形象最能体现人民意愿、折射时代光彩，表现真善美的追求，展现妇女在社会发展中的人格力量。这种类型的母亲又因所处年代、隶属阶层不同而显示不同的思想风貌。

首先，丁玲倾注极大的热情刻画了现代革命历史不同阶段涌现出的觉醒工农母亲形象。第一类是描绘国内革命战争时期的母亲形象上，如《田家冲》《消息》。前者写的是农民出身的“妈妈”在革命者“三小姐”影响下思想的悄然转变。她原来是中国传统本份的劳动妇女，逆来顺受地承认封建土地制度的种种剥削和压迫，长期为全家的人的生计忧愁叹息，胆怯、不安、惊恐地听任命运的安排。然而“三小姐”勇毅果敢的行为、激进热烈的言辞激发了她靠拢进步的反剥削压迫的一面。尽管作者没有写到她的奋起反抗，但能反映久已习惯于屈从的农村妇女居然敢于顶着丢掉饭碗的压力，瞒着暴躁的丈夫默许“三小姐”的革

① “左联”：中国左翼作家联盟，1930 年 3 月 2 日成立，现代文艺团体，简称为“左联”。1936 年，“左联”自动解散。这是中国在 20 世纪 30 年代重要的文艺团体，这一团体成立活跃的时期也是文学史上的重要时期。“新时期”：新时期文学是中国当代文学发展过程中的一个重要阶段，指 1976 年以后的文学创作时期，是对“文革”后展开的文学的命名。

命活动，这已是一大飞跃，预示农民母亲思想转变的前奏。《消息》中的老太婆是位工人母亲，她有一位从事秘密革命活动的儿子。代表先进生产力的工人阶级出身免除历史积淀的奴性，与农民相比较易走上进步的道路。这位老太婆已不满足于被关在屋里缝补衣服、做饭烧水，她开始偷听儿子们议论的消息，由原来只会操持家务的母亲变为关心革命、要求支持革命的千百万觉醒百姓的一员。觉醒的社会意识、萌生的社会责任感在这么普通的老母亲身上崭露生机。第二类描写抗日战争时期的母亲形象，代表作如《新的信念》。作品中的陈老太婆——陈新汉的母亲，在一次日本侵略军进行残酷扫荡的冬夜不幸落入敌手，遭到蹂躏。她的孙子、孙女惨死，但她却顽强地活下来，怀着复仇的怒火，现身说法，以唤起人民群众同仇敌忾的抗日激情。至此，母亲的个人苦难变成一种民族的苦难。从这位老太婆身上反映的是民族的大仇大恨，表现人民深刻觉醒的精神面貌。这个遭遇凌辱的母亲毅然冲破和压倒了一般的贞操观念和伦理观念，使自己的思想面貌为之一新。正如骆宾基指出："（陈老太婆）已经不是一个中国旧式的一般的老太婆了。虽然她的灵魂还带着锈蚀的斑痕，然而却被同时从那灵魂上发出的光辉所反射而不显明了；不久自然会给风浪冲得更亮，一点斑痕都不会存在了。作者让她带着一颗仇恨的火种，向她的周围去燃烧，这已经是一个新的老太婆了。"① 第三类是表现社会主义时期新型的劳动母亲形象，如《杜晚香》。在新中国，杜晚香已从身世悲凉的孤儿成长为新时代的劳动模范。她不再是为生存和家庭苦斗、挣扎着的劳动母亲，而是一位热心公益事业、胸怀开阔的有共产党员风范的母亲。她一声不吭地为大家打扫厕所、清除垃圾、看孩子、缝补衣服。夏天到场里给扬扬机喂麦粒，冬天和男同志一样上山伐木，取石开渠。为了保护公共财富，不惜和人争吵，为了保护新来的青年学生，冻紫了双脚。她总是"悄悄地为这个人，为那个人做些她认为应该做的小事"，把母亲般的爱与温暖传递给周围的人群，这种公而忘私、为人民服务的思想情操闪灼着共产党主义光彩。作者笔下的工农母亲即因不同历史时期而呈现出各异风貌。语言总体上比较朴实无华、深沉内敛，较多从身体语言和动作语言揭示人物内在的思想变化。

其次，丁玲非常关注逐渐接受资产阶级民主思想的进步知识女性。一是以丁玲自己的母亲为原型，塑造了生动鲜明而有典型意义的余曼贞母亲形象，如《母亲》。小说所要描写的主要点也就是曼贞的思想转变。她先是一位在封建思想束缚下的千金小组、少奶奶，丈夫死后，想的是如何守节抚孤、苦撑日子、反抗命

① 骆宾基：《大风暴中的人物》，选自《抗战文艺》，1944 年 12 月第九卷第 5、6 期合刊。

运。她的思想深处保留着封建礼教守节立志的观念，希望走贤妻良母、贞妇的道路，并未完全冲破封建思想的樊篱。到了武陵母家，由于见到弟弟的社会活动，她的思想斗争激烈，直接为“男女不平”而不平，带有反封建色彩，敢于向传统宣战，冲出封建礼教的束缚，要求入学。随着民主革命运动的深入发展，特别是女子师范学校的经历，使她思想产生巨大的飞跃。她从狭隘的境地走出，立志开辟另一种生活——做一个为社会、为国家做一番事业的人，成为一位关心国家大事，并且有一定的民主思想的爱国主义者。正如茅盾所说，《母亲》表现的是“以曼贞为代表的我们‘前一代女性’怎样挣扎着从封建思想和封建势力的重围中闯出来，怎样憧憬着光明的未来”①。二是作者回忆自己真实的母亲，表现她思想的独特性。丁玲说过：“我母亲幼年得与哥哥弟弟同在家塾中读书，后又随她的妹妹们学习绘画、写诗、吹箫、下棋、看小说，对于旧社会‘女子无才便是德’的规矩，总算有了点突破……”点明了自己的母亲并非完全一位旧式的女子，为其以后的思想成长奠立了良好的基础。接着作者又提到自己的母亲不幸的婚姻，父亲的早死，“给她留下了无限困难和悲苦，但也解放了她，使她可以从一个旧式的、三从四德的地主阶级的寄生虫变成一个自食其力的知识分子，一个具有民主思想，向往革命，热情教学的教育工作者”②。在另一篇文章里，丁玲也提到：“我有一个明智的母亲……她不只接受了当时西欧的民主思想，还进而对社会主义革命也抱有朦胧的希望”③，逐渐接受了向警予女士介绍的唯物史观、解放工农等这些最先进的理论。④ 正是在这种思想的指导下，丁玲的母亲敢于冲出家庭，步入学堂，广交女友，要求男女平等，教育救国；并且积极鼓舞丁玲走上自立自强的道路，比如支持丁玲退掉包办婚姻、勤奋求学、追求真理，为丁玲的人生发展产生了深远的影响。这些主要表现在散文中，如《我怎样飞向自己的天地》《我的中学生活片断》《我母亲的生平》《我的生平与创作》《向警予同志留给我的影响》《死亡歌》等，虽多为片断集锦，但从不同侧面展示了丁玲母亲思想个性的特征。由于小说语言与散文语言在表现人物方面存在差异，这部分在后面会有论述。这一类母亲语言中的叙述语言与心理语言比较充分，语言更加细腻委婉、千回百转、动人心魄。

另外，丁玲还为我们留下闪耀着共产主义思想情操的母亲的动人形象，这就

---

① 茅盾：《丁玲的〈母亲〉》，载《文学》第一卷第三期，1933年9月。

② 丁玲：《我母亲的生平》，选自丁玲：《丁玲文集》第5卷，长沙：湖南人民出版社，1984年。

③ 丁玲：《我的生平与创作》，选自丁玲：《丁玲文集》第5卷，长沙：湖南人民出版社，1984年。

④ 丁玲：《向警予同志留给我的影响》，选自丁玲：《丁玲文集》第5卷，长沙：湖南人民出版社，1984年。

是作为母亲的丁玲自己的形象。《从夜晚到天亮》中的"她"可以看作丁玲自己的化身。此文在跌宕起伏的笔触中反映了一位小资产阶级知识分子如何超越个人的悲伤和痛苦，追求崇高的理想，走向一条反抗的道路，这便是后来的共产主义战士丁玲。这篇小说只是一个前奏。在后来的回忆散文《魍魉世界》《风雪人间》中则展示的是位成熟的共产主义者丁玲的思想风貌。《魍魉世界》记述1933年她在上海被国民党特务绑架，随之押至南京被囚禁3年的生活，此时的丁玲虽远离慈爱的母亲、心爱的儿子、可信任的同志，但是这位年轻的妈妈在敌人的血腥恐怖面前坚贞不屈，保存生死不渝的信念——忠于党、相信党、寻找党，有着坚强的党性原则。《风雪人间》追溯身为母亲的丁玲在反右斗争到"文化大革命"期间遭受的不公平待遇，却在逆境中表现出宽阔的胸襟和崇高的思想。"书中没有回避十年浩劫中人妖颠倒和自己身受的折磨，目的是要在这块亲爱的土地上不再重演这样的悲剧"[①]。因而作者不是一味渲泄个人的悲伤、哀怨、愤懑与不平，不是历数伤痕，更重要的是暴露动乱给民族造成的灾难，并且表现在"寒冷彻骨的风雪"之中的"人间温馨"，表现植根于劳动群众之中的高贵人性和美好品质。正如丁玲自己后来的说："俱往矣，没有谈头了。这里没有什么个人恩怨，我们的遭遇是社会问题，不是哪个人把我打倒的。"（《谈一点心里话》）"我遭受不幸的时候，党和人民也同受到蹂躏"（《我的生平与创作》）。她把个人命运和党的命运联系在一起，既能清醒地分析历史，又能高瞻远瞩，宽容豁达，不随波逐流，即使在给儿子的信中也提醒过他："你对政治的兴趣比较淡薄，那么就便要去钻，使自己有头脑，对时事有综合，有分析，有判断。"[②] 这也正是丁玲的写照。在敌人的血雨腥风面前她坚贞不渝，当党的事业处于逆境中，她以待"罪"之身徘徊在历史的浩劫中，仍然信念弥坚，犹如她对独生子说过："我有信仰，我有信念，我相信党，我相信群众。"[③] 这种思想，这种信仰，令人肃然起敬。

揭示丁玲作为母亲，同是又是位成熟的共产主义战士的思想风貌，除了在她自己的文字中闪现出光辉，又可以在其儿、儿媳的回忆文章中得以印证和补充，如李灵源的《我的怀念》、蒋祖林的《松花江上》《从母亲的一封信说起》《胭脂河畔》《太行探母》等。

这一类母亲的语言在感性语言与理性语言之间切换，既富有非常强烈的感情表

---

① 陈明：《风雪人间·前言》，选自丁玲：《丁玲文集》第8卷，长沙：湖南人民出版社，1984年。

② 蒋祖林：《胭脂河畔》，载《新文学史料》，1993年第4期。

③ 蒋祖林：《太行探母》，载《山西文学》，1992年第8期。

达，情真语切；又兼有深刻的剖析与反省，明辨心曲，用各种复杂的长句表达复杂思考的语言，充满了张力，刚健与委婉的语言风格矛盾又恰到好处地统一在一起。

上述皆是丁玲笔下进步的母亲形象，其他非进步甚至落后的母亲形象，在她的创作中所占的分量较少。如《田家冲》中的老奶奶思想封建保守，念念不忘主人“恩典”，将地主的剥削视为维持生计的恩赐；《水》中的老外婆在天灾人祸面前流露浓厚的迷信思想；《法网》中的王婆婆迫于生计而表现出自私和粗野的市侩思想。

随着丁玲文学作品中人物性格特征的变化，丁玲笔下的母亲语言也随之发生改变。她曾在《答〈开卷〉记者问》一文中说：“人总是不一样的，写出这个不一样，人物就有血有肉，就活了，相反，则只是骨架子，读起来完全没有趣味。”她以生动传神的语言，为我们展现的也是各种“不一样”的母亲性格。《消息》中的老太婆被写得十分细腻传神而有趣。她原来只是普普通通的善良而朴实的工人母亲，因为没有名字，只被儿子和儿子的同志及周围的群众称作“老太婆”。她不识字，也不了解当时的政治和时事，一心操劳家务，但出于好奇，偏去“偷听儿子们谈论的消息”，躲在一人的黑阁楼里，“屏住气用力地听”，憋得厉害，烟呛得厉害，然而“从心上漾出来一些满足的高兴”，因为她“懂得又是那回事”——即当时不可明说的上海“一·二八”战斗和红军反“围剿”胜利的消息。这种消息极大地振奋了她，她组织14个老太婆凑钱买布，买线绣东西给“他们”送去。至此，一位普普通通的善良、朴实而又关切国家命运，要求关心革命、支持革命和参加革命的母亲形象惟妙惟肖地塑造出来。身体语言与动作语言在描写人物性格上起到画龙点睛的作用。

《新的信念》中的老太婆形象不同于《消息》。《新的信念》中刻画陈老太婆忍辱负重、顽强求生的意志和火一般复仇的性格。作者这样描写她逃出敌人魔手后的情景：“原野上只有一个生物在蠕动，但不久又倒下去了。雪盖在上面，如果它不再爬起来，本能地移动，是不会被人发现的。渐渐这生物移近了村子，认得出是个人形的东西”。这段如同影视镜头般远景似的语言描写，让人想象得出她在日本鬼子那里遭受了什么样非人的折磨，体现她的“生之坚强”。作品并不止于此，而是让她更充分显示内在的性格力量。这个人形的生物——陈新汉的老母，忍受被毁坏声誉的奇耻大辱，解开她的衣襟，让人看那“条条斑痕”，声泪俱下现身说法，控诉日本鬼子灭绝人性的种种罪行。复仇的怒火奔突出她的胸膛，也点燃了周围人群的愤怒，鼓动人民群众奋起抵抗，增强抗日胜利“新的信念”。陈老婆性格语言异常浓烈而鲜明，像一团热腾腾的火焰扑面而来，火辣辣地灼人。

久为人称道的于曼贞又是另一种性格类型的母亲形象，语言风格随着人物性格的变化而变化，从委婉凄苦的语言描述走向刚健明朗的风格。小说是从母亲的守寡生活开始，文中叙述道：“在女人中，她是一个不爱说话的、生得不怎样好看，却是端庄得很，又沉着、又大方、又和气，使人可亲，也使人可敬。她满肚子都是悲苦，一半为死去的丈夫，大半还是为怎样生活；有两个孩子，拖着她，家产完了，伯伯叔叔都像狼一样的凶狠，爷爷们不做主，大家都在冷眼看她”。也就是说，母亲的性格本色是温柔沉静的，但是残酷的生活锻造了她，使她从凄苦走向刚强，“她有一个吃苦的决心，为了孩子们的生长，她可以摒弃她自己的一切，命运派定她多少磨难，她就无畏的走去。”于是成就了她从封建地主阶级营垒中叛逆出来，投身于时代革新潮流中独具光彩性格的母亲典型。她的自立、自强、追求理想的执著性格赋予传统女性新的特征。于曼贞身上不仅体现中国传统女性坚韧顽强的优秀品质，在丈夫死后扶孤守节，独撑门面，备尝艰辛而不退缩；而且表现新时代女性的自强不息精神，参与社会活动的热望。早在以前，她就知道“外国女人是不同的，她们不裹脚，只缠腰……她们也读书，做许多事，还要参政呢”，所以她羡慕弟弟于云卿从事的社会革新活动，敬佩夏真仁女士等妇女解放的先驱、革命的倡导者们，毅然冲破重重困难阻碍，压力和讥笑，拖着小孩，迈着小脚，迎着奇异的目光，进学堂，发奋学习，立志投身社会。对于一个妇女来说，从狭小的家庭走向社会，拥有自食其力、抚养儿女、报效国家的能力，没有超人的毅力和意志是难以做到的。此外，她“不愿再依照原来那种方式做人”，而“要替自己开避出一条路来”，并“不管一切遭到的讥笑和反对”，也“不愿再受人管辖，而要自己处理自己的生活”的那种独立的人格具有现代性意义，完全摒弃传统女性的软弱性、依附性、被动性，将自己置身于社会的熔炉中，锤炼并施展个人才能，不顾一切地向光明挺进。这种性格语言在当时那种年代里极富叛逆性，且惹人注目。

杜晚香又是另一种新型的性格，作者书写的语言从容不迫、娓娓道来。她是从农村中成长起来的劳模形象，性格发展并非简单化地一蹴而就。她是孤儿出身，但新社会给了她机会，她入了党，热心帮助别人，从小事做起，勤勤恳恳，公而忘私，将母亲般的温暖传递给周围的人群，最后被评为劳模。然而她“没有慷慨激昂，有的只是亲切细致。不管她怎样令人景仰信服，但她始终那么平易近人，心怀坦白，朴实坚强，毫不虚夸，始终是一个蕴藏着火一样热情的，为大家熟悉的杜晚香”。这段话语极好地概括她的性格特征，也刻画出另一种独具风范的母亲形象。

丁玲笔下的母亲形象在表现母性方面的语言亦各有不同。爱孩子是母亲的天性，为了辛勤抚育后代，为了孩子的幸福母亲可以付出无私的贡献，甚至献出生命也在所不惜。丁玲的母亲往往超出一己之爱表现出更丰富内涵的母爱。《从夜晚到天亮》中年轻的妈妈，把好不容易省下来要给自己孩子买奶粉的钱买了一件小衫送给别人的孩子，此中体现“幼吾幼以及人之幼”的更为崇高的母性。如果说这种母性还是在小范围内闪现，那么在另外的篇章中我们则看到“母爱从个人范围到社会范围的继续、扩大和发扬”①，例如《消息》中老太婆要求参与和支持儿子们的社会工作，并以得到他们的赞许而有一种从未有过的母亲的自豪。《新的信念》中的陈老太婆也希望为儿子们保全声誉，但又为子孙们的长远将来考虑不惜坦露自己的耻辱，唤醒民族的抗战力量，从而忍受个人精神上莫大的痛苦。在这儿，母性已经成为至强至刚的力，负有挽救民族存亡的历史使命感。母性在丁玲笔下具有丰富的社会内涵的语言。与此同时，丁玲所理解的母性即使是在个人范畴内，也颇为独特。在她笔下，一个母亲可以为孩子承担罪责，奋不顾身，如她在《魍魉世界》一书中写道：“因为我终于怀了一个孩子，我没有权力把她杀在肚里，我更不愿把这个女孩留给冯达，或者随便扔给什么人，或者丢到孤儿院、育婴堂。我要挽救这条小生命，要千方百计让她和所有的儿童一样，正当地生活和获得美丽光明的前途，我愿为她承担不应承担的所有罪责，一定要把她带在身边，和我一起回到革命队伍里。这是我的责任、我的良心。哪里知道后来在某些人心目中，这竟成了一条‘罪状’，永远烙在我身上，永远得不到原谅，永远被指责。”在这段无奈、自责交织着痛苦、愤懑的叙述中，我们看到的是一颗滴血的母亲的心，为了未出世的孩子，母亲要背上如此沉重的枷锁，她呼唤着人间的理解与同情。也许在传统中，母性的定义乃是奉献与牺牲，丁玲笔下的母亲有此特征，她付出的不是一般身为母亲那种爱的喜悦，而交织着痛苦和希望。即使如此，丁玲追求的母性又超越了传统，要求母子间的理解与沟通，并非纯粹盲目的牺牲与付出，期望建立一种朋友式的关系，正如她在《同雪人间·远方来信》中描述：“我小时，从来没享受一点作为爱娇闺女的幸福，没听到过一声心肝宝贝的亲昵的呼唤；我也拒绝了一个作为母亲满饮母性的甜酒。但我欣赏我对自己母亲的了解。我们不是母女而是朋友，是最贴心的朋友。”丁玲强调不仅是血缘至亲，不是表面的溺爱或亲昵，不是爱娇与依赖，而是灵魂深处的心有

---

① 蔡特金：《列宁印象记》，上海：三联书店，1979年，第75页。

灵犀、那种与生俱来的深刻理解、血脉相连，要求两代人的共同努力，体现了现代母性意义的语言表达。

丁玲笔下的母亲形象在思想性格上各具特色，绝无雷同，但又有共性：具有强者性格的先觉者，以现代意识向传统习俗与传统文化挑战。无论是社会意识刚刚萌醒的母亲（《母亲》《田家冲》《消息》），还是充满民族责任感的老太婆（《新的信念》），亦或是具有共产主义思想信念和道德情操的母亲（《魍魉世界》《风雪人间》中的丁玲、《杜晚香》中的杜晚香），尽管性格千姿百态，但透过她们的形象语言给人于生机勃勃的内在、昂扬的战斗力、生活力和向前的力量。

其二，丁玲笔下的母亲形象语言，在艺术表现上具有开阔而又委婉的特点。她善于从广阔的社会图景中表现母亲的形象。她从写小资产阶级青年女性转向广大的人民母亲，特别是工农母亲形象。譬如描写到农民母亲的如《田家冲》中的"妈妈"、《水》中的"老奶奶"、《新的信念》中的"陈老太婆"，作者联系到广阔的农村生活表现这些母亲形象。《水》中的"老奶奶"在天灾人祸面前表现浓厚的宿命论思想，意在反衬新一代农民不甘于天命的反抗意志，反映广大人民群众遭到水灾后的悲惨命运和觉醒的呼喊。《田家冲》中的"妈妈"开始觉醒，默默支持正在兴起的革命运动。《新的信念》的陈老太婆已主动担负了拯救民族危亡的神圣使命，预示抗战高潮即将到来。《杜晚香》通过描述新一代农民母亲的经历展现中国农村以至全社会翻天覆地的变化。描写工人母亲的有《消息》《法网》。《法网》中的王婆婆还比较自私狭隘，不顾一切地与别人抢生意，甚至粗野恶意地咒骂，但更重要的是作者要揭示造成一位年迈母亲为维持生计而迫不得已的社会现实，不只描绘工人的悲苦生活，而是将它与整个社会生活联系起来，特别是将它与当时农村破产联系起来，视野开阔。《消息》通过对一位工人母亲的生动描绘，暗示了蓬勃兴起的工人运动。还有表现知识分子的母亲形象如《母亲》中的于曼贞，她的成长道路联系着中国20世纪初辛亥革命前夕社会的动荡局面。这类作品还有像散文《我母亲的生平》《我的生平与创作》《早年生活片断》《死之歌》中所提到的母亲，同属一类。此外还写到丁玲身为母亲的作品，像《从夜晚到天亮》及《魍魉世界》《风雪人间》中有关章节，叙述了国内革命战争时期、文革前后的特定历史现实。与这种广阔的社会生活相呼应，作者采用比较开阔恢宏的手法，如《水》中的气势磅礴救洪场面等等。

作为一位女作家，塑造的又是母亲这种特别女性化的形象时，丁玲往往也采取细密的笔致、委婉手法，显示女性深切的感受力和温柔的情愫。譬如《消息》一文对老太婆偷听消息神形毕现的细致描绘，富有生活气息。《压碎的心》通过小孩的心灵去感受母亲遭遇的战争苦难和生离死别的心灵折磨，作者有意在民族斗争的新的历史背景下去写他们的感情波澜、思想矛盾等纵深的内心世界，母亲送儿上战场的感情是相当复杂，一方面是民族大义驱使母亲作出理性抉择，另一方面则是母子割舍不掉的感情以及要忍受痛失儿子的可能结局，作者用相当委婉的手法表现出来。还有如《新的信念》的一个细节描绘让人印象至深，即当老太婆在演说自己的受辱历史时，“做娘的却看见儿子，她停止了述说，呆呆望着他”，当儿子伸出他的手说要为她报仇时，“老太婆满脸喜悦，也伸出了自己的手，但忽然又缩回去，象一个打败的鸡，缩着自己，呜咽地钻入人丛，跑了”。面对儿子，母亲再也无法掩饰自己的羞耻和痛苦，变得那么可怜而脆弱，丁玲用极为细腻的笔触描写母亲受伤破碎的心灵。而在描写母亲对子女的感情时，作者采用的也是很温柔动情的文字，娓娓道出心声，但情中传达理，情理交融。例如文中写到陈老太婆，提到：“对于儿子的爱，也全变了。以前，许久以前，她将他们当一个温驯的小猫，后来她望他们快些长大，希望他们分担她的痛苦，那些从社会上家庭中被压抑的东西，儿子们长大了，一个个都象熊一样茁实，鹰一样的矫健，他们一点也不理她，她只能伤心地悄悄地爱着他们，唯恐失去了他们。后来，儿子们更大了，她有了负累，性情变得粗暴，他们实在太不体谅母亲了，她有时恨他们，但她更需要他们的爱，她变得更脆弱，他们的一举一动，他们的声、影都能使她的心变得暖融融的，她更怕他们了。可是现在她没有那么怕他们了，她不专心于儿子们对她的颜色，那已成为次要的事；但，她不爱他们了？卑视他们么？一点也不，她更尊崇他们，当儿子们同她谈着打日本鬼子的时候，她就越爱他们，她非常满意自己对他们一生养育的辛劳。”这段母亲的心理语言写得细致入微，娓娓传出母亲的九曲柔肠，做到情与理的统一。

综上所述，丁玲描写母亲形象的文学语言风格多样，因人而异，比如随着母亲的思想、身份、性格、年龄、际遇变迁都会呈现不同的特点，也因作者的写作时间、生活阅历和写作风格而相应调整，日益成熟。但最重要的自然朴实、委婉细腻、刚健壮阔的风格贯穿始终，灵活切换，形成独特的丁玲文学语言特色。

第四章　从文学语言角度考察母亲形象在丁玲创作格局中的位置

丁玲笔下的母亲形象不仅给人留下难以抹灭的印象，而且在她的所有创作中也占据举足轻重的位置。从文学语言的角度视察，无论是题材的选择、形象内涵的变化，还是艺术手法的日臻完善方面都有新的开拓和突破，为我们展示一条日益成熟的创作轨迹，也说明丁玲在创作上的精益求精。

一、母亲题材语言不断突破

丁玲总是有意调整自己的笔融，使它紧跟时代的步伐，突破狭窄的生活领域和创作领域，在母亲作品中表现得十分明显。

首先一点突出成就是，丁玲早期创作工农母亲的语言题材，主要发轫于左翼时期，这种题材的创作标志着丁玲创作道路的转折，也标志丁玲作为无产阶级作家出现在中国文坛。作品《田家冲》《水》《法网》《消息》生动地展示了工农母亲形象，描写了现实社会尖锐的阶级对立、工农母亲及其劳苦大众的痛苦生活和觉醒的艰难历程，体现鲜明的革命倾向性。作品中一系列底层的工农母亲，像《田家冲》中的妈妈、《消息》中的老太婆、《法网》中的王婆婆、《水》中的老外婆等，都不同程度地再现了旧社会城乡妇女不同的生活和命运。这表明丁玲已完全突破过去写小资产阶级女性的狭窄圈子，从一个沉沦于苦闷徬徨中，吟咏个人感伤情怀的小资产阶级作家变为工农大众的代言人。在中国文坛上大量作品还停留在描写小资产阶级知识分子的20世纪30年代初，丁玲能把笔触转向工农母亲，而且写得比较成功，单就这个事实足以证明丁玲在左翼文学中的突出地位。

其次，丁玲描绘辛亥革命前夕觉醒母亲的形象语言，反映辛亥革命的一个侧影，在她的创作中开拓了题材新的方面。《母亲》是丁玲的第三部长篇小说，带有明显自叙传特点，是以自己的母亲为原型和线索，描绘封建地主家庭的衰败与分化，这在丁玲以前的创作中从未出现。而作者不是沉缅于往事的回溯，而着重发现“甚至在一个家庭里，在一个人身上，都有曾几何时如此的巨变和感触。但这并不只是一件令人感慨的事，这是一个社会制度在历史发展过程中的转变”①。所以，当她写到那个时代，《良友文艺丛书》主编者在《母亲》后面的《编者言》也提到《母亲》是“第一部写辛亥时代”的小说。由此可见，不仅是在丁玲创作中甚至在当时的文坛上，这部小说的出现具有开创性和重大的社会意义。更重要的是她以“前一代女性”的挣扎为题材，刻画了觉醒的母亲于曼贞形象，这样一个“不愿再依照原来那种方式做人”，而“要替自己开辟出一条路来”，并“不管一切遭到的讥笑和反对”，也“不愿再受人管辖，而要自己处理自己的生活”的女性，在20世纪初的中国仍属亿万妇女中的凤毛麟角。无论在“五四”以来的文学中，还是在丁玲所创造的许多妇女形象中，这样一个概括20世纪初的具有光彩和可贵品格的女性形象还是第一次出现，所以茅盾热情地赞誉：“母亲的独特异彩是表现了‘前一代女性’怎样艰苦地在‘寂寞中挣扎’！也许将来还有作品把这样‘前一代女性’的挣扎为题材，而且比《母亲》写得更好；但在现今，我们不能不把这部《母亲》作为‘前一代女性’怎样从封建势力的重压下挣扎出来，怎样憧憬着光明的未来——这一串酸辛然而壮烈的故事的‘纪念碑’看了。”② 以上分析显示，《母亲》的题材十分丰富，作者已开始注目于更有生活容量的题材，并在实践中取得可贵的收获，为后来的长篇《太阳照在桑干河上》作了成功的尝试。

在丁玲以前的小说创作中不曾写自己的母亲和家庭。即使在丁玲后来大量的回忆散文中有提及，但毕竟是只鳞片爪。没有像《母亲》这样长篇、这么集中，经过了特别提炼。

另外，丁玲还以鲜为人知的传奇经历为题材，写了两部重要的回忆散文《魍魉世界》和《风雪人间》。这两部回忆录里面分别记录了丁玲作为母亲两度最悲惨尴尬的处境。前一次写被国民党秘密囚居，在寒冷的莫干山上，怀上了冯达的孩子，然而这却成为别人指责她的罪状，被永远烙在身上，永远得不到原谅，永远被指责，但她还是勇敢地挽救了小生命。另一次是在文革期间，在蒙受不白之冤失去自由的日子里，她想到的是如何为子女们开脱，让子女们不受牵累。在历史面前她是顽强的：“母亲不好受，但她毕竟是从几十年艰难险阻中走过来的人，在这边远的北大荒，即使亲人离散，但她是一个老党员，她相信历史，她不失去希望，她一定能熬过去。”但念及子女时她的心又陷入极度痛苦中：“可是孩子们像刚出土的嫩苗，怎能经受这样苦涩的风霜！刚放苞的鲜花，怎能放在烈火上

① 丁玲：《给〈大陆新闻〉编者的信》，选自《丁玲研究资料》，天津：天津人民出版社，1982年。

② 茅盾：《丁玲的〈母亲〉》，《文学》1933年第1卷第3期。

炙烤？我可以想出一千条理由命令自己好好活下去，可是面对这一对无辜的孩子我却一丝一毫也不能帮助他们。这种压在心底、充塞血管的苦汁不断地折磨我，一分一秒也难得平静。”古人云：“父母之爱子，则为之计长远。”将母亲的“耻辱”牵连到孩子身上，怎不令她肝肠寸断！这类语言题材在丁玲创作中别开生面，引人入胜，也是绝无仅有的。母亲的权利在特定历史时期遭到剥夺，涉及广泛的社会因素，也让读者真切地了解那一段历史。正如陈明所说：“它既描述了多灾多难的中国知识妇女悲惨命运的一角，也反映了中国革命文学工作者在自己的进军历程中苦争苦斗的情节。因此，我以为，丁玲的这部回忆录，也将成为中国革命文学发展上有意义的一页。”① 由此可见，在丁玲创作中，这两部表露心迹的著作还是具有重要的历史价值和社会意义，提醒后世子孙不要再重演令母亲苦泣的悲剧了。

二、从文学语言折射出母亲形象内涵的深化

文学语言的表述往往透露了通往形象内心的线索，也昭示了丁玲笔下母亲形象的内涵的一步步深化，从表现个人解放到阶级、社会解放，又从阶级解放到包含民族解放的内涵，再到参与建设社会主义，反思历史的内涵，随着不同的历史进程的变动而变化。其中还包含着对妇女解放的思考与探讨。

30 年代初，丁玲的唯一一部描写母亲的长篇小说《母亲》，还承袭着她 20 年代反映小资产阶段知识女性所追求的个性解放因素。母亲于曼贞大胆反叛传统的道德和封建秩序，冲击禁锢森严的封建大家庭，向往自食其力的生活，坚决“要替自己开辟出一条路来”，充分显示其勇毅的个性。而事实上，母亲追求的不是单纯游离于社会之外局囿于一己悲欢的个性张扬，而是自觉地将个人与社会相结合，欲在社会中磨练身手。早在以前，她就知道“外国女人是不同的，她们不裹脚，只缠腰……她们也读书，做许多事，还要参政呢，就是要做官”，因此促使她开始为男女不平而不平，这时她的意识里就有对妇女命运的深切关注，那就是要“做事”“参政”。所以到了武陵母家，她特别羡慕弟弟于云卿出色的社会活动，像兴学、办报、组织、宣传，“教学生应该怎样把国家弄好”，讲的尽是“什么民权，什么共和”，她的心都动了。因此她坚决要求携带五岁的女儿走上革新派创办的新式学校——女子师范学校，开始放足、锻炼、学习，迈出了女性解放的第一步，从生理和心理上废除裹足，获得新境。并在学校结识了夏真

① 陈明：《魍魉世界·前记》，选自丁玲：《丁玲文集》第 8 卷，长沙：湖南文艺出版社，1991 – 1995 年。

仁、金太太等激进的女子，热心公益事业，提倡妇女解放和社会革新，带有鲜明的社会解放倾向。由此向我们揭示了这样的事实：无论是个性解放还是妇女解放，只有汇入社会解放的大道，才可能有希望的前景。比前期单纯追求个性自由的作品大大前进一步。

在阶级社会里，社会的解放要以阶级解放为基础。丁玲敏锐地意识到这一点。所以在左联时期她的反映工农母新作品里，都包涵阶级解放的鲜明内容。《田家冲》一针见血地指出农民的贫困是由于地主阶级的无情压榨和盘剥；《水》深刻揭露国民党反动政府对灾民的冷酷和欺骗；《法网》揭示统治阶级和资本家对劳动人民的双重压迫。所以才有《田家冲》的“妈妈”为生计愁苦悲叹，“老奶奶”的悲天悯人，责咎天意，王婆婆的老无人养，小翠的早产，这些母亲们连起码的生存权利都遭威胁，更别提个性解放，妇女解放了。当然丁玲不停留于此，还给饱受阶级压迫的人们指出光明的力量和出路，那就是中国共产党领导的革命斗争。譬如《田家冲》中“三小姐”的出现，《水》里的“裸身”取意、形象和话语，暗示了党对农民的领导，更为直接的是母亲的楷模《消息》中老太婆的觉醒，暗示了共产党领导的活动已蓬勃开展。综上所述，丁玲不仅在母亲作品中深刻地揭示阶级压迫的本质，而且指出阶级解放的途径和前景，标志着丁玲已经开始站在无产阶级的立场上来认识、观察和表现生活。由此体现的思想倾向，无论如何都是20年代作品所无法比拟的，“不论是丁玲个人，或是文坛全体，这都表示了过去‘革命与恋爱’公式已经被清算了。”①

阶级解放、社会解放贯穿着历史发展的重要方面，而在特定的历史时期，在帝国主义强权侵略面前，民族解放的主题又上升为压倒一切的主要方面，《新的信念》中陈老太婆勇敢地面对悬在中国妇女头上最久最重的一柄“达摩克利斯之剑”——贞洁。在日本侵略者的魔掌中，母亲的女性尊严遭到空前的践踏，但作品强调的是她受辱后的复仇心态，那种将整个身心融入民族解放斗争的英勇刚烈，焚身于抗日烈火中升华而起的爱国热忱。而有人却批判作品写陈老太婆讲述她的被奸污是“不顾羞耻地描写丑行”，表现了“丑恶的东西”。（姚元文：《莎菲女士的自由王国们》）我们认为这种批评混淆了是非，是不公允的。因为老太婆是怀着复仇的怒火揭露日帝的兽行，意在激起人们的抗日激情，而非自然主义描写手法，有着极其鲜明的爱憎。至此，个性解放、社会解放、妇女解放都淹没在民族解放的浪潮中。这篇小说和《我在霞村的时候》一起成为了丁玲在抗日

① 茅盾：《女作家丁玲》，选自《丁玲研究资料》，天津：天津人民出版社，1982年。

时期最重要和成功的短篇小说。

中华人民共和国成立以后，阶级解放和民族解决逐渐为建设社会主义主题代替。母亲的形象内涵也随之一变。女性追求的到底是什么样的境界呢？在《杜晚香》中，作家给予了部分回答。杜晚香，在后母白眼中长大，却像“一枝红杏”般有着旺盛的生命力和对世界的好奇，13 岁就给人做了媳妇，丈夫参加抗美援朝，转业之后去了北大荒，杜晚香也随之到了那片冰天雪地。在那里，她当了母亲，感受到生活的热力、工作的快乐和被人需要时的幸福，并将母亲般的关怀与爱传递给周围的人群，她找到了人生的意义，在丁玲作品中首次出现了母亲的欢歌。若论结果，每个女性自然各不同，但无论圆满与否，都是一次有价值的追求。在杜晚香身上，我们看到个性解放、妇女解放在社会大熔炉中的理想结合。这么一部明丽动人的对劳动母亲的赞歌，也成为丁玲晚年文学创作的代表作，广泛引起学术界的重视。

文革以后，当中华大地出现大量的“伤痕文学”时，丁玲的《风雪人间》则特立独行，别有意味。《远方来信》是《风雪人间》中最动人的篇章。展示丁玲这位饱经沧桑的母亲身处逆境中对子女的复杂感情，有对两代人关系的重新思考，突出理解的命题，有对历史的沉吟，“在痛定思痛之余”，“总结教训”，希望悲剧不再重演，希望人间充满理解和爱意。母亲在我们面前俨然是位睿智的反思者形象了。《风雪人间》是丁玲生命中的最后一部作品，在主题的独特性和深刻性方面是相当突出的，在她所有创作中也是极有份量的一部。

三、 革命现实主义创作方法日趋成熟、 深化

20 世纪 30 年代左翼时期，丁玲有关母亲形象的作品，如《田家冲》《法网》《消息》《母亲》等作品，无论从题材选择、思想内涵、人物形象，还是表现手法上，较之前都有了新的进展，表明她走向革命现实主义道路。

这时期，丁玲已从写小资产阶级知识女性的苦闷情绪，转而写广大工农母亲的生活命运，她自己也说：“在我的作品，就从 20 年代末期为小资产阶级知识分子女性向封建社会的抗议、控诉、逐渐发展、转变为工农兵抗争”，写作领域大为扩展。而且丁玲还以马克思主义的阶级观分析现实，描写现实。譬如她通过工农母亲联系工农大众的贫困生活，并深刻揭露造成这种现状的阶级压迫和社会根源，比早期小说中只为个人苦闷吟咏前进一步。同时她还运用马克思主义阶级观分析现实，像《母亲》中对出身地主阶级的母亲作深刻的分析，主要看于曼贞在社会斗争中表现的进步倾向而给予热情的歌颂，不是强硬唯成份论，以为地主

阶级都该一概打倒。她又进一步指出推动社会进步的力量，那就是党领导下广大人民群众的斗争——集体斗争，在《母亲》《田家冲》《水》《消息》中明显表露。丁玲在艺术手法上已从20年代对人物心理的细腻刻画转到更多地采用对人物言行的明快描写，注意景物的描绘和气氛的渲染，充溢昂扬乐观的基调，打破早期沉闷的氛围。因此茅盾称誉说：“《水》在各方面都表示丁玲的才能更进一步的开展。我们可以说，《水》就成为丁玲革命现实主义的标志”。然而在《田家冲》《水》等有关母亲的作品中体现的尚不是成熟的革命现实主义，不可避免地存在局限：她对工农母亲形象虽然有了一些接近和认识，但还没能和工农母亲打成一片。她对她们的思想感情有一定的体会，但还体会较浅。这使她的工农母亲形象描写往往比较表面，有些作品也不免存在一些公式化、概念化的倾向。但是当我们从丁玲文学创作进程来看，对母亲描写的作品已从过去作品的离社会走到向社会，从个人主义的虚无到工农大众的革命，从观念论走向唯物辩证法，从朦胧的阶级观到对阶级斗争的正确理解，特别是对大众的伟大力量的把握，从罗曼蒂克走向现实主义，从旧的现实主义走到新的现实主义，具有重要的突破，在我国无产阶级革命文学发展过程中也具有不可抹煞的历史功绩。

《母亲》在艺术创作上既突破了写《莎菲女士的日记》时内容上的局限，又弥补了写作《水》时艺术创作上的某种缺陷，特别是塑造了于曼贞的典型形象和许多有个性的人物形象。从多容量的题材处理、人物刻画、景物描写、气氛渲染，民族化、大众化风格的形成等方面，《母亲》的创作是一次有益的探索，标志丁玲在革命现实主义创作道路上大大跨进一步，走向成熟。《母亲》代表丁玲在左联时期文学创作的最高水平，也是通往《太阳照在桑干河》的一座重要桥梁，具有里程碑的意义。

抗战时期的重要小说《新的信念》被冯雪峰称赞为“革命现实主义的一个胜利”。作者鲜明地表现了母亲的个人与民族仇恨合而为一，冲破和压倒了一般的贞操观念和伦理道德，并激发为厚实、强大的抗敌力量，表现了中国人民的觉醒和民族解放主题，并激发为厚实、强大的抗敌力量，表现了中国人民的觉醒和民族解放主题，这在当时具有重大的社会意义。艺术上趋向成熟，成功地刻画陈老太婆的动人形象，较好地发挥肖像、行动、语言、心理描写的特长，在景物描写和气氛营造上独具匠心，具有独特的艺术魅力。这篇小说和《我在霞村的时候》并重，成为丁玲在抗战时期最重要的小说。

中华人民共和国成立后，丁玲创作《魍魉世界》《风雪人间》《杜晚香》及其众多散文，已表明革命现实主义的进一步完善。丁玲在这些有关母亲的作品中，能从辩证唯物主义和历史唯物主义高度分析过去，总结经验和展望未来，母亲已作为成熟的共产主义者形象出现在作品中，所以其思想的深刻性是过去作品难以比拟的。写作手法更加多样、熟练、语言日益精粹圆熟，民族化语言风格异常突出。这些作品代表丁玲晚年创作的成就。

四、表现手法丰富多彩

丁玲描写母亲形象的表现手法不拘一格，丰富多样，既有通过人物的语言、行动及细节客观地塑造人物（如《母亲》），又有重人物心理和情绪的铺陈描摹（如《从夜晚到天亮》《“七·一”有感》《风雪人间·远方来信》等）；既有片断式地反映人物在特殊环境下的性格、心态（《从夜晚到天亮》），又有全面充分地展示性格的丰富性和发展变化（如《母亲》）。既有第一人称的写法（如《过年》《从夜晚到天亮》《魍魉世界》《风雪人间》《我母亲的生平》《我的生平与创作》等散文），大部分集中在散文里，易于表达情绪；又有第三人称的写法，主要体现在小说里，像《田家冲》《水》《消息》《母亲》《新的信念》等。此外，还以各种体裁去表现，长、短篇小说兼备，各具特色，短篇篇数较多，折射时代的一个侧影，反映一个人或少数群体的性格风貌，长篇只有《母亲》涵盖的社会容量和生活容量大，性格的表现和展示比较充分。散文占的比例也很大，有短篇如《我母亲的生平》《我的中学生活片断》《我的生平与创作》《早年生活片断》、死之歌》等十余篇，大多反映母亲思想性格的某个侧面，有的甚至不是作品中的主要人物，而是顺笔勾画，却留下动人的面影。散文长篇有《魍魉世界》和《风雪人间》主要写丁玲身为母亲的种种经历和体会，人物性格比之短篇更鲜明，这种各个短篇连缀而成的一个完整的长篇，在丁玲创作史上是个成功的尝试，也是新文学史上的创举之一。

由此可见，从文学语言考察丁玲的母亲形象，在她的创作历程中具有不容忽视的地位，无论是在题材语言的开拓、形象内涵的提炼乃至艺术手法的深化、表现手法的多样上，还是在每一阶段甚至整个过程中，都有显著收获和重大突破，不少表现母亲形象的作品已成为丁玲的代表作而名垂文学史册。

第五章　用语言手段再现映衬时代的母亲形象

在了解了国内外丁玲文学语言研究的历史与现状后，可知学界确实缺乏从文学语言的角度系统而全面地探讨丁玲作品中母亲形象的特点的论著，为了弥补这方面的不足，本书试作一番研究。

采用语言手段阐释文学问题，通常被认为是文学与语言学结合的一种较好做法。这就是运用语音、语法、修辞、章法等语言手段研究文学问题，丁玲善于交叉使用关键词、语段、句法、修辞等语言手段，以细致的语言来展现笔下的母亲形象，并从中折射时代变迁的侧影，表现作家的境遇与情结。

一、以母亲语言折射时代变迁的侧影

丁玲的时代无疑是中国近现代历史上最艰难、最富有戏剧性的伟大变革的时代，丁玲作品中的母亲形象为我们“提供了一份有关中国现代文学史发展的特殊而又精确的记录”[①]。她自己也认为：“作家应该是一个时代的声音，他要把这个时代的要求、时代的光彩、时代的东西在他的作品里面充分地表达出来。时代在变，作家一定要跟着时代跑，把自己的生活、思想、感情统统跟上去，这样才能真正走到时代的前列，代表人民的要求。”[②] 她把自己和作品都毫不保留地投入时代的风口浪尖，母亲形象的文学语言又是如何展示时代的变迁呢？这正是我们要研究的问题。

丁玲作品中通过母亲语言反映了从辛亥革命前后到第一次国内革命战争、抗日战争、文化大革命等各个时期的时代特征。

(一)《母亲》折射了辛亥革命前后中国社会的面影。

作者的原计划“是从宣统末年写起，经过辛亥革命，1927 年的大革命，以至最近普遍于农村的土地骚动”[③]。丁玲本来打算写 30 万字，可惜只完成了 1/3，

---

① ［美］梅仪慈：《不断变化的文艺与生活的关系》，选自《丁玲研究资料》，天津：天津人民出版社，1982 年，第 564 页。

② 《走访丁玲》，选自《丁玲研究资料》，天津：天津人民出版社，1982 年，第 197 页。

③ 丁玲：《致〈大陆新闻〉编者》，选自丁玲：《丁玲全集》第 12 卷，石家庄：河北人民出版社，2001 年，第 8 页。

是丁玲未完成的一部长篇小说，但这篇小说“包含了一个社会制度在历史过程中的转变”[①]。

文中多处文字直接使用“变”和“不同”的词语点明这个时代的特征：

1. 三老爷和着舅老爷们到东洋去读书，到底吃不起苦，住了只一年就回来了。辫子也剪去了，回国后怕见得人，就在帽子上装一条假的，好容易才搭得了船。这个叫做日本国，人样子也同我们差不多，不过穿的衣服不同。还有叫英国、法国的，那些人的样子就不同了，绿眼睛、红头发，庚子那年都打到北京城了。皇帝太后都躲到陕西去，不知死了几多人，他们都用洋枪，一遭就中。现在武陵城里也有了福音堂，是他们来传教的，他们不信祖宗菩萨，他们信什么上帝、耶稣，听说中国人也有好些信他的了，他们有钱了，一吃了教就有好处啦。

2. 我只晓得外国女人是不同的，她们不裹脚，只缠腰，你没有看见我们那架钟，那上面的女洋人不是几多小的腰肢么。

3. 世界真是不同了，云卿也不同了，他们虽说谈得很少，而他的行动的确是不同了。他现在在一个刚开办的男学堂教书，但是他教书，同当日父亲教书不同。他并不教人做文章，只教学生们应该怎样把国家弄好，说什么民权，什么共和，全是些新奇的东西。现在又要办女学堂了，到底女人读了书做什么用，难道真好做官？

4. 世界是在一天一天的变，只要江家没有人出来找他生气，倒也没有什么要紧。横竖，她又没有公婆，大伯子是死了，二伯子又出了家，而且曼贞的话也有理，他江家如要来管她，就得都管。

5. 曼贞便同她解释，说如今的世界不同了，女人也可以找出路的。

6. 不过，世界确是不同了，说是自从‘长毛’以后，外国人就都到中国来，中国人也到外国去读书，从前废科举，后来办学堂，现在连我们家里也有女学生，前向还有人到县里讲，说四处有人想造反，要赶跑满人，恢复明朝。那么，天下又得乱。

7. 云卿笑道：“……现在的世界，一天不同一天，一赶不上将来就不行了。玉儿他们将来大子，怕都要学科学，中国要想不被瓜分，就要赶跑满清，这是一定的……”（注：下划线是引者所加。）

---

① 丁玲：《致〈大陆新闻〉编者》，选自丁玲：《丁玲全集》第12卷，石家庄：河北人民出版社，2001年，第8页。

上面的例句中都有一个关键词“变”或“不同”，分明昭示这是一个变化的时代，这个时代的变化特点反映清末的时代背景。清末的洋务运动第一次使国人睁眼看世界，懂得“师夷长技以制夷”，所以第1、2句说出部分中国人开始留学、关注和效仿外国人的做法。第3句连续用四个“不同”，强调兴办新学，不仅有男学堂，还有女学堂，与过去学堂不一样，教授的内容和理念不同，“教学生们应该怎样把国家弄好，说什么民权，什么共和，全是些新奇的东西”。第4句分析封建家庭秩序的崩溃，家族势力逐渐削减。第5句写出女性能走出家庭的束缚，预示妇女解放的前奏，女性有了放足、求学和做社会工作的机会。第6、7句综合起来概括晚清的历史变迁，洋人入侵、国人造反，废科举、办新学，赶跑满清，都鲜明地镌刻着那个风起云涌的革命时代的深刻烙印。所以当有人批评《母亲》描写的时代“太模糊，太不亲切”时，茅盾马上著文题为《丁玲的〈母亲〉》反驳说：“《母亲》一书，既有‘时代的描写’，又感人。一个新时代的孕育，在当时社会种种不安的现象，是在什么地方也令人感觉得到。党人的兴学、办报、组织、活动、家庭间的分崩离析，封建势力的动摇、不稳，广大青年的苦闷、转变；这一切，都成了新的时代，辛亥革命要来的预言，这预言，在《母亲》一书里，什么地方找不到呢?”“丁玲虽然没有正面地或者强调地写辛亥革命的史实，《母亲》却不失其为一部时代的革命史。①”

文学作品毕竟不是历史的教科书，不一定明明白白地写出历史，而是通过文学语言的具体描写来显明时代性的，比如身体的变化、衣着打扮的特色、社会价值观以及对重大事件的标志性描绘暗示读者那个时代的风貌。《母亲》在这方面表现得相当充分。我们举其中两个典型的例子，可以语段来说明。

《母亲》中“剪辫”与“放足”虽说是个人身体的变化，但极富于时代特点，实在是因为这个举动牵扯了历史的敏感神经。留辫本是女真人的风俗，满清入关后，强行推广了血腥的剃发留辫运动，中国男人有了二百多年的“Q”字发型史。逐渐地，人们对“Q”字发型经历了由抗拒到被迫接受，然后麻木，最后不再将其视作蛮夷之俗，而将其看作天朝大国之俗。西方人看到中国人“Q”字发型时，真是充满费解与鄙夷。英国人伶俐曾说过这样一段话：“许多年里，全欧洲人都认为中国人是世界上最荒谬最奇特的民族，他们剃发、蓄辫、斜眼睛、奇装异服以及女人毁行的脚，长期给了那些制造滑稽的漫画家以题材。”直到今

① 钱谦吾：《丁玲的〈母亲〉》，选自丁玲：《丁玲研究资料》，天津：天津人民出版社，1982年，第260页。

天，辫子仍然是国外漫画家丑化中国人形象的素材之一。到了太平天国运动后，晚清的一些有识之士开始呼吁和实行“剪辫”；辛亥革命后，中华民国临时政府开始实行强制剪辫法令。所以，剪辫行为不是个人行为，而是反清的政治性运动，遭到满洲贵族的激烈反对。有贵族言：“发辫亡，中国虽不亡，大清国亡。”作品选取这个带有时代标志性的行为来描写，正说明这个时代特点：

> “于三太太拿出衣服之后，又捧出一顶帽子来，蛇一样的一条黑辫垂着。云卿露出了那截了发的头，这不平常的样子，真觉得有点碍眼，曼贞忍不住便问道：“不是已经蓄起来了么？怎么又剪短了，难道一辈子就这样，到人家里，帽子也不好脱。”“不蓄了，我们都不蓄了，总有一天大家全得剪去的，到那时才好呢。”

这段文字已经告诉我们云卿是剪过辫的，“那截了发的头”，但却要戴一顶帽子，“蛇一样的一条黑辫垂着”，这个比喻十分形象，但用“蛇”比喻“辫子”让人感到恶心和恐怖，这种不伦不类的打扮说明剪辫的社会压力，剪过辫的人还得用假辫子来掩饰自己。最后，云卿认为“总有一天大家全得剪去的”，“总有一天”这个时间副词预示着将来，“全”这个范围副词说明所有中国男人，所以这是相当肯定的预言，是这个时代的发展潮流，说明晚清注定要灭亡，连同这个怪异的打扮习俗。

如果说“剪辫”是男人反清的重要举动，那么“放足”则是近代女性解放的有力宣言，比剪辫还要难上加难，毕竟历史因袭了近千年。在中国所有的传统与习俗中，大概最不能为世界各国所理解的就是妇女缠足了。学术界大体认为缠足风俗起于南唐而成于南宋。说到缠足起因，大概说来有四个方面：审美的要求、汉族历史上两性隔离制度发展的结果、宋明理学的推动、对处女嗜好的促进等。① 汉族追求女子窈窕曼妙身姿的传统，就是女子缠足习俗形成的最原始的动因。明代对妇女贞洁的要求发展到极致，妇女缠足成为汉族最普遍的习俗。虽然清廷反对妇女缠足，但清代却是缠足风俗最为流行的时期。全国除了两广地区和江苏、安徽、云南、贵州等省，“此外各省无不缠足，山、陕、甘此风最盛”。流风所至，缠足成为妇女最为重要的事情，甚至超过了品德的修养，如果一个女人是天足，则父母以为耻，夫家以为辱，甚至亲友乡邻传为笑谈，女子本人也自

---

① 潘洪钢：《汉族妇女缠足起因新解》，载《江汉论坛》，2003 年，第 10 期。

惭形秽，相沿成习。除了最贫困的劳动妇女外，一般小康人家的女子都自幼开始裹足。女子缠足虽然是一种苦难，却是身份的象征。尽管缠足简直就是一种残酷的肉刑，可是越是慈爱的父母，越不能娇任儿女。“小脚一双，眼泪一缸”，缠足这个“肉刑”不管妇女是否接受，其所受的苦难是注定了的。缠足作为对妇女的一种摧残与桎梏，历来就有人提出反对。到近代以后，反对缠足形成一种声浪、一种思潮，开启了妇女放足的先声。从社会总体情况看，缠足到晚清时已流行800年，积习所致，非一时一令所能废止。晚清以后，在太平天国运动和此后民族危机空前严重的情况下，新生的中国民族资产阶级走上政治舞台，发起并参与了反缠足运动。它实际上是以反缠足运动为切入点的一次思想解放运动，真正意义上的废止缠足在这一时期还远没有到来，但这种强调妇女是中国重要的一部分、平等对待妇女的思想开始深入人心。正是因为有了这个基础，民国初期及以后，缠足现象才逐渐在城市中消灭。而真正意义上的放足，是到新中国成立后，在土改和民主运动中才得到实现的。《母亲》反映的正是晚清时期妇女放足的艰辛与不易。

文中多处以多语段描写“裹足”与“放足”：

1. 大姑奶奶同死去的三老爷长得很相象，有两个大眼睛，一个尖下巴，鼻子顶端正的。人瘦得很。脚小到只有二寸多，伶伶巧巧，端端正正，不是大户人家哪里能裹得出这样出色的脚。

2. 这老妈常常忙得把稀稀的白头发都披在额上，常常要找一个石磴来坐一会儿，捻捻她那双象茄子又象苦瓜的脚。

3. 尤其使她不甘服的，就是为什么她是一个女人，她并不怕苦难，她愿从苦难中创出她的世界来，然而，在这个社会，连同大伯子都不准见面，把脚缠得粽子似的小女人，即便有冲天的雄心，有什么用！一切书上，一切的日常习惯上都定下了界限，哪个能突过这界限呢？

4. 于三太太不十分同意，她同她说：“象金先生、于敏芝那些脚到底难看。你看于敏芝她一走路，老是翻开裙门，现在上海那些地方也许时兴大脚了，不过我们这里总还没有兴。我看要大还容易，假若后来又兴小，可就不容易了。”

“不管时兴不时兴，脚总是大些的好。我在乡下看见一些乡下女人，山上也去得，水里也去得，同男子差不多，我真羡慕。好看不好看，我也不管，只要能够走路，中一点用，就好了。”

"又不要你上山，又不要你下水，学堂里总还是读书，大家斯斯文文，脚放得好，也还罢，要是茄子不象茄子，苦瓜不象苦瓜，到底不象样。珠儿这一双脚，我就愁不知怎样才好，她爹总说不准包，要把她留学的，只是拦也不拦一下，明儿同男人们一个样也难看，我想再过两年怕也该包一点点了。"于三太太也有一双好脚，她无论如何舍不得放，她在这双脚上吃了许多苦，好容易才换得一些名誉，假若一下忽然都不要小脚了，她可有一点说不出的懊恼。

5. 更使她难过的，还是那一双脚，刚刚把脚布剪短，下地时多痛，包松了也痛。但是她总希望她的脚可以赶快大一点，便忍着。夜晚赤着脚只穿一双袜子睡，白天也只松松地包着五六尺布，有时痛得不敢下地，同刚刚裹脚时一样的痛。

6. 她开始不想上体操课，因为有好些小脚的学生都不上。她自己知道脚还不行，怕别人笑，可是夏真仁却诚恳的鼓励她道：

"曼贞姐！不要怕，尽她们笑吧，她们最多笑你三天。你要不肯上体操，你的脚更难得大了，脚小终是不成的。你一定要跟着我们一块儿来。"

她真的听她的话，自然有人心里笑她，悄悄说：

"看于曼贞，那么小一双脚也要操什么……"

尤其是当练习跑步的时候，她总赶不上，一个人掉到后边，王先生便说道："于曼贞，你可以在旁边站一会儿。"一些不上课坐在两旁凳子上看着玩的也喊她：

"曼贞姐，来坐坐吧。"

有人劝她，算了。可是她以为夏真仁是对的，她不肯停止，并且每天都要把脚放在冷水里浸，虽说不知吃了许多苦，鞋子却一双又一双大，甚至半个月就要换一双鞋。她已经完全解去裹脚布，只象男人一样用一块四方的布包着。而同学们也说起来了：

"她的脚真放得快，不象断了口的，到底她狠，看她那样子，雄多了。"

第1至4段文字都是有关"裹足"的，说明在那个时代女子裹足的普遍性，只要家境允许，都会给女子裹脚，脚的大小也成了身份和门第的标志。如第1段所感叹的："脚小到只有二寸多，伶伶巧巧，端端正正，不是大户人家哪里能裹得出这样出色的脚？”用了一个反问句来说明“脚小”恰恰证明她的高贵，与第4段意思相近，“于三太太也有一双好脚，她无论如何舍不得放，她在这双脚上吃了许多苦，好容易才换得一些名誉”。尤其是“好容易才换得一些名誉”，言下之意“小脚”代表着名誉，但很“苦”。连在曼贞家帮忙打理家务的老妈也裹脚，劳动之余“捻捻她那双象茄子又象苦瓜的脚”。这里用了一个比喻句，把小脚比喻成“茄子”和“苦瓜”，完全失去了脚的美感，更容易想起变型的肌体而引起厌恶之感，说明时代的审美意识已悄悄转化。第4段写出于三太太的反对，她的理由是：大脚难看，放脚可能只是一时的“时兴”，过一段时间会后悔的。她的思想代表当时有钱有身份而又保守的太太们对新事物的排斥，她们本是受罪的女性中的一员，却反过来维护这个畸形的社会秩序。所谓“美”与“不美”更多地体现人们的认同与感觉，更是时代的产物，就像唐以丰腴为美，现代又追求骨感美一样，变化不定，并没有统一标准，折射出时代的风尚。那么，在文中的时代，大脚与小脚已经超出美与不美的范畴，还有“中用”与否的问题了。正如曼贞说的：“不管时兴不时兴，脚总是大些的好。我在乡下看见一些乡下女人，山上也去得，水里也去得，同男子差不多，我真羡慕。好看不好看，我也不管，只要能够走路，中一点用，就好了。”说明两种思想的尖锐对立和矛盾，这正是那个时代人们思想的真实写照。曼贞无疑站在了时代的前沿，她反对裹脚，并从行动上实践这个主张。

第5、6段写出曼贞放足的艰难过程，她不仅要承受肉体的折磨，还要忍受旁人的讥讽。第5段用四个“痛”字来形容放足的锥心之疼：“下地时多痛，包松了也痛”，“有时痛得不敢下地，同刚刚裹脚时一样的痛”。同时，第6段还用了四个“笑”来表达人们的不理解：“怕别人笑”“尽她们笑吧，她们最多笑你三天”“自然有人心里笑她”。第一个“笑”是母亲的担心，第二、三个“笑”是夏真仁的安慰，鼓励她不怕别人的嘲笑，第四个“笑”写出真的有人偷偷笑她。显然，社会的舆论压力对于曼贞而言是巨大的，但她克服了肉体的苦痛和心底的怯弱，勇敢而坚定地“放足”，终于赢得大家的赞誉：“她的脚真放得快，不象断了口的，到底她狠，看她那样子，雄多了。”“快”“狠”“雄”三个形容词简洁有力，掷地有声，快意人心，说明曼贞的勇猛和胜利，一扫先前太太的柔弱风格。丁玲描写母亲不只是为了夸耀自己的母亲，更是把她当成妇女的先驱来赞赏。正如米兰·昆德拉所言：“永远不要认为我们可以逃避，我们的每一步都决定最后的结局，我们的脚正在走向我们自己选定的终点。”曼贞确实通过自己的脚步艰难地丈量着未来，她直面困难、勇敢挑战腐朽传统观念的行为，其实为当时的无数女性走向健康解放作了最有力的表率。茅盾热烈地称道："以这部《母亲》作为'前一代女性'怎样从封建势力的重围中重压下挣扎出来，怎样憧憬着光明的未来"①。曼贞不愧为清末时代的新女性，虽然她的经历不属于惊心动魄，却充满挣扎与苦痛，充满奋发与抗争。

（二）通过词语描写母亲形象，描绘展现国内革命战争时期的复杂性。

国内革命战争时期，国共两党统一战线破裂，由合作转而斗争，国内局势非常复杂，既有国民党血腥的白色恐怖，又有共产党领导下广大人民斗争意识的觉醒。丁玲的母亲作品正反映这个时代黑暗与光明交织的特点。

《从夜晚到天亮》《魍魉世界》写出 1927 年"大革命"失败后的黑暗。文章的标题语言鲜明地显示出黑暗与鬼魅的时代特点。《从夜晚到天亮》带有自传特点，写的是丁玲这个年轻的母亲刚刚失去丈夫（胡也频）后的心情。"大革命"失败后，国民党大肆屠杀共产党，1931 年胡也频成了"左联五烈士"，带着刚出世不久的婴儿，母亲内心充满惶惑和苦痛。文中用了四个"晕眩"来描写母亲的状态，那是受了刺激后晕晕乎乎，天旋地转，茫然无依的精神状态。因为多少有理想，纯洁而可爱的热血青年莫名其妙地被暗杀了，这个时代真的让人看不到方向和未来，多少人感到丢了魂似的，可以说与鲁迅的彷徨、茅盾的矛盾不谋而合，鲁迅曾著文《为了忘却的纪念》表达自己的愤怒与哀思。"黑暗""晕眩"其实就是那个年代的特性。《魍魉世界》回忆丁玲 1933—1936 年被国民党秘密绑架到南京的遭遇。文本里多处描写自己所处的危险诡异充满阴谋的环境，就如同魍魉世界："一群匪徒，一群穷凶极恶的魔鬼，紧紧地围着我，用狰狞的眼光盯着我。""一个人都出现好几个影子，真是鬼影憧憧。""四周漆黑，我无法左右顾盼，只感到一阵阴凉冷气，好像到了杳无人迹的旷野。""他们有意把我住处的空气弄得阴森恐怖，充满阴谋和杀机。""我被隔离在这阴森的高山上，寒冷不止冻硬了我日用的毛巾、手绢、杯里的茶水，也麻木了我的心灵。"这里的词语，名词"魔鬼""鬼影""旷野""杀机"组合成一个魔鬼般的意象，同时又与形容词"狰狞""穷凶极恶""漆黑""阴森恐怖""寒冷"构成地狱般恐怖的意境。这正是当时的革命者面临的"宁可错杀千人，不可使一人落网"的凶险处境。

《田家冲》《消息》则从另一方面透露共产党领导下工农群众的觉醒，如同

① 茅盾：《丁玲的〈母亲〉》，选自茅盾：《茅盾全集》第 19 卷，北京：人民文学出版社，1991 年，第 495 页。

运行的地火随时会喷发。《田家冲》中的妈妈瞒着暴躁的丈夫，默默地支持地主小姐出身的三小姐的革命活动，因为“她教导她们的那一些，当然她们是信仰她的。怎么一个小姐会知道那么多？知道他们种田人的苦处，世界上所有的种种苦痛？这世界不好，她们绝不能苟安下去，她们已经苦得够长久了。这世界应该想个法，她在做那些事，为了大众；正因为她是这么，她们才觉得她可敬。”“妈总喜欢握着她的手腕说：‘为什么你不像那些人一样？都能像你，这世界就好了！’她总是拍妈，做出一副调笑而威吓的神气：‘你又忘记了！不准望别人，得靠自己！’家里常常生活在一种兴奋里面，一种不知所以然的兴奋，因为大家现在都有了思虑，一种新的比较复杂的思虑。”这些文字显示三小姐的思想启蒙初见成效，使农民明白了地主剥削的不合理，要改变自己的命运，所以家里人包括安分的母亲在内才会“兴奋”“不知所以然”暗示这种觉醒还很朦胧，但毕竟感觉到了希望，农民朴实的头脑里学会“思虑”不合理的现实，这是革命初期熹微的光芒。《消息》中的老太婆怀着好奇偷听参加革命的儿子们的对话，打听了消息，和其他老太婆自愿组织起来做衣服送给“他们”，这些帮过穷人的革命者。文中并没有明确“他们”是谁，但通过上下文的内容，我们知道这是秘密的地下活动组织者，因为阿福在与老太婆的对话中提到过：“呀！你们真好，我一定替你们交去，还告诉他们这里的老太婆都自动送东西，爱护他们，希望他们胜利……”这句话全部用的代词，两个“你们”指的是老太婆们，“他们”很隐晦，但对于对话者可谓心照不宣，就是还不能公开身份的地下工作者，说明中国共产党领导的革命运动深得民心，连老太婆都自愿组织起来了，那么革命的力量蕴含得多么巨大。这篇写于1932年的文章，印证了毛泽东1930年1月5日写的《星星之火　可以燎原》中的精辟见解，正如毛泽东在文中激情描述的，中国革命高潮快要到来，“它是站在海岸遥望海中已经看得见桅杆尖头了的一只航船，它是立于高山之巅远看东方已见光芒四射喷薄欲出的一轮朝日，它是躁动于母腹中的快要成熟了的一个婴儿”。革命的星星之火，终将燎原。

（三）以动词、比喻等手段表现母亲的形象，以奏响抗日的最强音。

《新的信念》彰显了抗日战争的坚强信念。1937年抗日战争爆发以后，日本帝国主义大肆入侵，到处烧杀抢掠，奸淫妇女，不分老幼，造成中华民族历史上甚至人类历史上空前的浩劫 。作品中陈新汉一家在日本鬼子魔爪下失去了年幼的儿子，母亲也惨遭侮辱。这个老母亲顽强地爬回家，被折磨得不成人形，“那更老去的脸，象一块烂木头，嵌着鱼一样的眼睛”，连续的两个比喻反映老太婆从外形到精神所经历的非人的摧残，“烂木头”说明形容枯槁，“鱼一样的眼睛”显出呆滞与惶恐。所以当她苏醒后恐怖地叫了一声“日本鬼子!”便“像一个被宰后的鸭子，痉挛地扑着翅膀转侧着，缩着颈项，孩子般的哭了。”又是个形象的比喻刻画她的惊恐，两个动词“扑着”“缩着”写出她的挣扎。正是这个受到如此创伤的母亲却勇敢地站出来控诉日军的兽行，以大量近乎自然主义的语言描述日军的罪恶，像熊熊燃烧的火焰点燃人们复仇的火种。这篇文章的前三部分写的关键词是“受辱”，后面的三部分关键词应该就是“控诉”，而最后则是“信念”。“她亲切地感觉了什么是伟大”，“她看见了崩溃，看见了光明，虽说眼泪模糊了她的视线，然而这光明，确是在她的信念中坚强地竖立起来了。”母亲的“信念”、抗战的信念才是文章的精神内核，这在当时还貌似无比强悍凶残的日本帝国主义面前，这种信念奏响了时代的最强音，震撼了中国大地。

（四）母亲的心理话语再现了“文革”时期人与人的隔阂与冷漠，展示母子亲情的变化，这在《风雪人间·远方来信》中吐露出时代的心声。

《风雪人间》回忆丁玲 1958 年以后被错划为“右派”后送到北大荒劳改 20 年间的遭遇。丁玲的命运急转直下，从令人尊敬的作家沦落为囚犯，批斗、劳改、关牛棚，尝尽了人间的酸甜苦辣，这时候的朋友大多远离了她，也许来自陈明不离不弃的爱情是她的精神支柱，她也渴望子女的理解与谅解，她的内心其实常常处于敏感脆弱的边缘。《远方来信》以细致委婉而多情的心理语言表达了那种百转千回的感受。这个部分的前面部分文字基本上都在书写自己对子女的担忧，设想他们的处境：“在任何时候，不管在沉重的劳动中，或是躺在床上休息的时候，我都念念不忘他们，担心他们。面对严酷的现实，他们将怎样向组织交代，怎样向他们的朋友，他们未婚的爱人表明心迹……他们都是极憨直单纯的人，面对这样尖锐复杂的事态，他们将怎样活下去？而这一切都是被他们的人连累的，是一个母亲加害于自己的儿女的。”用了“任何时候”“不管……或是……都……”多个重复句来表达母亲无时无刻、无处不在的担心。用了三个“怎样”的排比问句设想子女的艰难处境，可见一位母亲撕碎的心：“这种压在心底、充塞血管的苦汁不断地折磨我，一分一秒也难得平静。”母亲的自责与痛苦交织缠绕令她不得安生。

然而，她接到了儿子的来信，信却“写得多么平静”，并且“经过仔细思考，决定在一个时期里不同我们发生任何关系和联系。”“这里没有更多地说明，没有任何解释，也没有流露一点感情。这种冷静使我怔住了。难道这是真的吗？

这会是最爱我的儿子此刻写给我的判决书吗?”用了三个否定词“没有”来强调儿子来信传达出近乎冷漠的“平静”，用了两个反问句来表达自己的难以置信与震惊。人在危难之时最渴望的是爱和理解，特别至亲亲人的安慰。所以这封信对母亲“又一次的致命打击”，丁玲用了“判决书”一词来形容感情，说明这种心灵的打击是毁灭性的。文革时期人们所经历的人性创伤，人与人之间的冷漠与隔阂多么可怕，母子关系尚且如此，何况其他，这恰恰是那个时代人际关系的一个缩影，照出人情的冷暖与世态炎凉。母亲还是以极大的善意和本能的爱理解了儿子:“我很理解儿子的处境、心情和为此而经历着痛苦与折磨。”这就是母爱伟大的包容性，一个饱受磨难的母亲坚强的理性，也是一个具有政治历练的老党员的胸襟气度。呼唤人情的回归，人际关系的正常化何尝不是那个年代人们的心声?

（五）以多个感叹句、排比句及感叹句表现母亲形象，艺术地再现社会主义时期人们的劳动与建设豪情。

《杜晚香》写了一个孤儿成长为劳动模范的过程。文中通过人物的描写，洋溢出新时代人们的建设豪情，歌颂党与祖国的伟大。

> 祖国！人民的祖国！你是多么富饶，多么广袤！你蔚蓝的明朗的天空，你新鲜柔嫩的草原，你参差栉比的村庄，你浓荫护盖的绿色林带，你温柔多姿的河流，你雄伟的古城和繁华似锦的新都……一切一切，祖国的一切都拥抱着人们的心，每个人的心都如痴如醉，沉浸在幸福中，而又汹涌澎湃，只想驾狂风，乘巨浪，飞越高山大流，去斩蛟擒龙。

> 什么地方是最可爱的地方？是北大荒！什么事业是最崇高的事业？是开垦建设北大荒！什么人是最使人景仰的人？是开天辟地、艰苦卓绝、坚忍不拔、从斗争中取得胜利、从斗争中享受乐趣的北大荒人。他们远离家乡，为祖国开垦草泽荒原，为祖国守住北大门，保卫边疆，建设边疆。他们同传统的意识感情决裂，豪情满怀，建设现代化的社会主义农业基地，把自己锻炼为有高尚品德的新型劳动者。他们生产财富，创立文化。这里是祖国的边疆，却又紧紧联系着祖国的心脏。人们听到这里，从心中涌出一股热流，只想高呼：“党呵！英明而伟大的党呵！你给人世间的是光明！是希望！是温暖！是幸福！我们将永远为你，为

共户主义事业战斗，我们是属于你的！”

以上两段文字很富有代表性，传达了在社会主义建设时期人们的劳动激情。第一段通过对“祖国”美好山河的歌颂反映出人们焕然一新的精神面貌，展示人们战天斗地的豪情。三个感叹句奠定了感情的基调，可谓壮怀激烈；六个排比句一气呵成，赞扬祖国山川河流，如同气势磅礴的交响乐鼓荡人们的心灵。这是一个新时代的声音，充满昂扬的激情和奋斗的豪迈。第二段用了三个设问句、三个感叹句来回答，层层递进，音节由短而长，感情如滔滔江水连绵不断，歌颂北大荒的人民、歌颂劳动、歌颂党的伟大！这就是欣欣向荣的祖国，这就是散发无限能量的人民，这就是激扬奋发的时代！

丁玲的母亲语言是一面镜子，从中可以看见时代的身影，还可以看见特定的社会环境和特定的社会心理。

二、 母亲话语有助于了解作家思想感情与境遇变化

自古以来，文学为了表情达意，“诗言志”、“言为心声”、“文以载道”等等文论不绝于耳，所以我们不难通过作家的文学语言厘清他们的思想脉络与感情波澜。丁玲的母亲作品也成功地为我们提供了宝贵的范例。她以不同词语、句法、对话、语言、标点符号等语言手段表现母亲形象，由此可见作家的心境。

丁玲怎么走上创作之路呢？她在《我的创作生活》一文中自述：“我当时为什么写小说，我以为是因为寂寞，对社会不满，自己生活无出路，有许多话需要说出来，却找不到人听，很想做些事，又找不到机会，于是便提起了笔，要代替自己给这社会一个分析。因为我那时是一个很会牢骚的人，所以《在黑暗中》，不觉的也染上一层感伤。”[①] 又在《一个真实人的一生》中回忆：“我那时候的思想正是非常混乱的时候，有着极端反叛的情绪，盲目地曾倾向于社会革命，但因为小资产阶级的幻想，又疏远了革命的队伍，走入孤独的愤懑、挣扎和痛苦。”“除了小说我找不到一个朋友，于是我写小说了，我的小说就不得不充满了对社会的卑视和个人的孤独的灵魂的倔强。”[②] 由此可见，丁玲走上文学之路主要因为对现实的不满和内心的苦闷。她以《梦珂》《莎菲女士的日记》等描写女性恋爱与精神叛逆的小说震动了文坛，充满个性解放与妇女解放的思想。茅盾曾说

① 丁玲：《我的创作生活》，选自丁玲：《丁玲全集》第7卷，石家庄：河北人民出版社，2001年，第15、16页。

② 丁玲：《一个真实人的一生》，选自《人民文学》，1950年，第3卷第2期，北京：1950年12月1日。

过，丁玲是以“一种新的姿态出现于文坛”。“她的莎菲女士是心灵上负着时代苦闷的创伤的青年女性的叛逆的绝叫者。”①丁玲的思想感情还停留在小资产阶级的民主自由与个人解放甚至无政府主义的范畴，而之后一系列描写母亲的作品却显示她思想变化的进程。

《从夜晚到天亮》《田家冲》《水》《母亲》展示丁玲1931—1933年的思想变迁。

《从夜晚到天亮》写于1931年4月23日，同年2月7日是中国现代文学史上最黑暗的一天。优秀的左联作家胡也频、李伟森、柔石、冯铿、殷夫及其他革命者被国民党秘密杀害，血染荒野。这一年彻底改变了丁玲的命运，更扭转了她的思想立场。爱人的牺牲极大地撼动她的心智，使她从个人孤独的反抗投入到革命阵营的斗争，从无政府主义逐渐过渡到共产主义的坚定信仰。之前的丁玲受到向警予、瞿秋白的影响向往革命，但一直徘徊共产党的领导之外，崇尚自由，观察革命，胡也频的牺牲惊醒了她的灵魂，让她做出重要的抉择，1932年在革命最艰难的时期，在国民党的白色恐怖之下加入了中国共产党，开始一生“飞蛾扑火，非死不止”的执着追求。所以1931年是丁玲一生的转折点。

美国学者丁淑芳在《丁玲和她的母亲》一书中分析丁玲当时的心理：“在胡也频可怕的死亡余悸中她加入共产党。她入党的动力看来好像基于个人复仇而不纯粹是思想信念。”② 同时她又运用“认识不一致”的心理学理论③解释丁玲的转变过程：“当丁玲加入共产党时，她无疑就得摒弃国民党这个执政党。知道这个行动可能带来的不利后果，而且她的选择是自由和自愿的。在共产党这方面甚至当他们急需党员的时候，也是高度地选择。丁玲以写作无产阶级文学和作为一名烈士的未亡人从事革命事业证明她自己是有价值的。而且，在‘白色恐怖’时期中国共产党被迫转入地下以后，丁玲冒着生命危险加入党。入党的程序可说很严格，根据认识不一致的理论，预料是她对党的高度评价。而且，那不仅是为她的丈夫的死报仇的行为。她的母亲的最要好的朋友对丁玲像是阿姨一样也被国民党杀害的这个事实也一定增加了她抉择取舍的因素。”④ 这个心理学的分析的确很精辟，也就是说，丈夫与向警予的死为丁玲选择入党增加了心理上的重要砝

① 茅盾：《女作家丁玲》，选自《茅盾全集》第19卷，北京：人民文学出版社，1991年，第434页。

② ［美］丁淑芳：《丁玲和她的母亲：人文心理学研究》，厦门：厦门大学出版社，2006年，第182页。

③ 费斯廷格尔：“1. 不一致的存在，心理上的不适之感，将会激发这个人试图去减少不一致和达到不一致。2. 当不一致存在时，除了试图减少它以外，这个人要积极避免可能增加不一致的情况和信息。”坦斯福：斯坦福大学出版社，1957年，第3页。

④ ［美］丁淑芳：《丁玲和她的母亲：人文心理学研究》，厦门：厦门大学出版社，2006年，第184页。

码，使她心理与认识达到平衡一致。其实丁玲选择革命的道路经过近十年的深思熟虑，不是一蹴而就的，她一直追求光明和真理，也很自觉地靠近共产党的进步人士包括瞿秋白、冯雪峰等，当然胡也频牺牲这个突发事件确实让思想的天平完全倾斜，这是可以理解的。重要的人事变迁经常会改变我们一生的走向，偶然中有必然。

《从夜晚到天亮》表现的正是胡也频死难后丁玲的一段心情，文本中的语言叙述显得很杂乱，场景切换很快，缺少条理和逻辑性，好比电影中剧烈晃动的镜头，令人“晕眩”，开篇第一段就能给人这种强烈的印象：

> 弄堂，沉寂的，一弯眉月高高地挂在天上，星星在闪呢，电车轮轧在铁轨上。小孩，一个可爱的后影，两边走着的是父亲和母亲吧……混账，这一切都是很无道理的呵……

这一段中的几个意象：弄堂、眉月、星星、电车、小孩、父亲、母亲，很随意地粘合在一起，没有必然联系，从地上到天上，从天上到地上，天旋地转，语无伦次。两个省略号意味深长，第一个省略号说明眼前的景物还很多、很杂，第二个省略号显然是想说出心里的不平，但无从说起，思绪极为混乱。夹杂一句“混账”又想骂人，究竟要骂谁呢，没说明。这一切却构成了一个刚失去丈夫的女人真实的心境，混乱绝望而莫名的愤怒。这种意识流的杂乱贯穿了整篇文章。即使处境如此不堪，即使自己的孩子没有买奶粉的钱，却还惦念着给朋友的孩子买衣服，为了使那个孩子的母亲高兴，“我给她点愉快吧，让她更快乐些吧，我……我要，我去买了那小衫吧。我送给她。”这段比较清晰的语言表述，五个“我”字最终指向还是“她”，反映的是那种“幼吾幼以及人之幼”的无私爱心，这是丁玲之前描写女性作品所没有的感情，不再只是个人主义的表达，而显露了关怀他人的崇高情愫，这也是丁玲自己思想感情的进步。

丁玲的意志并没有瓦解，反而锤炼得更坚定。她说：“悲痛有什么用！我要复仇……问题横竖是一样的。他的一生就这样结束了，他用他的笔，他的血，替我们铺下到光明去的路，我们将沿着他的血迹前进。”（丁玲：《一个真实人的一生》）丁玲的思想感情就这样在痛苦中升华。

《田家冲》《水》《消息》显示丁玲已经把视角从小资产阶级转向广大的工农群众，竭力表达他们的思想感情，她也逐渐从小资产阶级作家转化成无产阶级革命作家。在《田家冲》里描写了农民反抗地主剥削的朦胧愿望，但是大量关于农村美丽景物的语言又客观上冲淡了农民的劳苦，对地主出生的革命者三小姐的语言描写也充满浪漫的气息，有点概念化倾向。正如丁玲在《我的创作生活》中所说：“材料是真的，失败是我没有把三小姐从地主的女儿转变为前进的女儿的步骤写出，虽说这是可能的，却让人有罗曼蒂克的感觉。再者，我把农村写得太美丽了。我很爱写农村，因为我爱农村，而我爱的农村，还是过去比较安定的农村。加之我那种对农村的感情，只是一种中农意识。”美国学者梅仪慈也非常中肯地指出：“小说里对田园生活的渲染美化显然是不合思想意识的逻辑，因为作者没有弄清情节发生的时间。”“现实的刻画、背景的特色在很大程度上要取决于小说情节处于革命进程中的哪个时间表上。革命前的旧世界整个为黑暗与苦难弥漫着。”“革命的必然是因为他们终究还是在贫困与剥削的桎梏下过着牛马不如的生活。”[①] 所以，丁玲的语言驾驭、艺术表现受制于她的“中农意识”与生活体验，特别是对农民的理解。《水》的发表为她迎来巨大声誉，被当时的革命作家认为是里程碑式的小说，何丹仁认为：“这是我们应当有的新的小说。”[②] 茅盾也高度评价这篇小说意义重大，说：“不论丁玲个人，或文坛全体，这都表示了过去的‘革命与恋爱’的公式已经被清算！”[③] 这篇小说之所以被赞誉，除了因为取材于1931年十六省大水灾的时事背景外，重要的“显示了作者对于阶级斗争的正确的理解”[④]。灾民要抗击天灾，更要与军阀混战和地主官僚的剥削现实作斗争，这在文中多处对话中被一次次强调：

“我晓得，有钱的人不会怕水，这些东西只欺侮我们这些善良的人。我在张家作丫头的时候也涨过水，那年不知有几多叫花子，全是逃荒的人，哼，那才不关财主们的事，少爷们照样跑到魁星阁去吃酒，说是好景致呢，老爷那年发了更大的财，谷价涨了六七倍，他还不卖。”“有钱人的心像不是肉做的。”

“塌鼻！你莫吹，你有本领，不会连条不破的裤子都没有。你做了二十年长工，插田，种地，打杂，抬轿，没有饿死，算你的运气，还把你的东家当好人，你这猪猡！”

“没有法，家被水冲了，又不是懒，又不是抢，为什么他们不给我

---

① ［美］梅仪慈：《丁玲的小说》，厦门：厦门大学出版社，1992年，第103、104页。

② 《关于新的小说的诞生——评丁玲的〈水〉》，载《北斗》，1932年，第2卷第1期。

③ 茅盾：《女作家丁玲》，选自茅盾：《茅盾全集》第19卷，北京：人民文学出版社，1991年，第436、437页。

④ 《关于新的小说的诞生——评丁玲的〈水〉》，载《北斗》：1932年，第2卷第1期。

们吃？他们拿了我们的捐，不修堤，去赌，去讨小老婆，让水毁了我们的家，死了我们多少人，他们能不给我们吃吗？”

“处处的老鸦一般黑，哪里种田人有好日子过？”

以上几段对话只是文中的一部分，还有不少地方都在揭露官僚地主的残酷剥削使得农民民不聊生，食不果腹，地主勾结官僚，遇到天灾更是变本加厉，趁火打劫，“有钱人的心像不是肉做的”，这个比喻句生动地显示农民对财主的憎恨，天灾、人祸共同激化了阶级矛盾，说明丁玲对阶级对立的深刻理解，具有了无产阶级的观点。

此外，作者有了新的描写方法，在《水》里面“不是一个或二个主人公，而是一大群的大众，不是个人的心理分析，而是集体行动的展开”，展现了大众的力量。《水》里描写了农民的集体群像，他们没有名字，老外婆、三爷、塌鼻、张大哥、女人、男人等等，没有太多个性和心理描写，只是一拨拨的声浪，对话描写充满了整篇文章，农民的话语带着怨恨、绝望、野性和愤怒，还有排山倒海如洪水般势不可挡的力量，如同文末一段叙述的：“于是天将朦朦亮的时候，这队人，这队饥饿的奴隶，男人走在前面，女人也跟着跑，咆哮着，比水还凶猛的，朝镇上扑过去。”“咆哮”“凶猛”“扑”三个词语将民众的愤怒与力量写到极致。把群众比喻成洪水，将人物化，巧妙地讽刺反动统治者“防民甚于防川”的历史认识，表明丁玲已看到农民无比巨大的反抗力量，这也是历史巨大的洪流，必将摧枯拉朽！

《消息》写出工人老母亲的觉醒，她自觉自愿自发地组织起来支持革命，文中描写老太婆的语言更细致，更有个性化，尤其对她偷听消息时的动作、神态语言的描绘栩栩如生，不再是《水》中的群像，但在老太婆的背后同样站着无数不知名的和她一样的母亲，丁玲展示这股革命的暗流悄悄地涌动。至此，丁玲的思想也自然转变，从个人主义的叛逆到对工农革命群众运动的理想追求，从离社会到入社会的新生。从此以后，丁玲逐渐以马克思主义的观点表现社会、反映人生。

除了对工农母亲觉醒意识的赞赏外，丁玲作为一个历经磨难的共产主义战士，作为遭受屈辱的母亲，在历史的沉浮中坚贞不屈，能辩证地看待历史，始终不渝地坚持自己的信念和理想，把党当成精神母亲一样歌颂和追随。《风雪人间》描写她被错划为“右派”以及到北大荒的生活见闻，语言描述客观理性，其中虽然有激愤，但更多地表达出对党的热爱与坚持的信念、对人性的信心和希望，就像书名传达的寓意，风雪严寒中还有人间的温暖。丁玲的思想认识巧妙地蕴含在书名或篇名语言的选择上。同样是回忆类纪实性文章，她把国民党囚禁她的文章命名为《魍魉世界》，充满对国民党的仇恨与憎恨，而对共产党她始终抱有信心，即使自己蒙受不白之冤时也不放弃希望，这是信仰的力量。正如她自己所言："我总还是愿意鼓舞人，使人前进，使人向上，即使有伤，也要使人感到热烘，感到人世的可爱。"[①] 1979年她写的《"七·一"有感》就像子女写给母亲的口吻，并反复将党称为"母亲"，犹如失散的女儿找到了家的温暖：

> 党呵，母亲！我回来了！今天，我参加了政协的党员会。
>
> 整整二十一年了，我日日夜夜盼望着这一天。为了今天，我度过了艰难险阻；为了今天，我熬尽了血泪辛愁。我常常在早晨充满希望，昂首前进，但到了晚上，我又失望了。何时能见到我的亲娘呵？哪年"七一"，周围的同志们都兴高采烈，拥挤着去开会，庆祝党的诞辰。每当这时，我就独自徘徊在陋巷树阴，回想那过去战斗的幸福岁月，把泪洒在长空，滴入黑土。在那动乱的日子里，我是饱受磨难。好心人对我说："你死了吧，这日子怎么过？"我的回答："什么日子我都能过。我是共产党员，我对党不失去希望。我会回来的，党一定会向我伸手的。海枯石烂，希望的火花，永远不灭。"
>
> 二十一年过去了，我看见一代代人的降生，一代代人跨进党的行列，可是山高路远，我什么时候才能回到党里来呵!?
>
> 二十一年了，我被撵出了党，我离开了母亲，我成了一个孤儿！但，我不是孤儿，四处有党的声音，党的光辉，我可以听到，看到，体会到。我就这样点点滴滴默默地吮吸着党的乳汁，我仍然受到党的哺养，党的教导，我更亲近了党，我没有殁没，我还在生长。二十一年了，我失去了政治地位，但我更亲近了劳动人民。劳动人民给我以温暖，以他们的纯朴、勤劳、无私来启发我，使我相信人类，使我更爱人民，使我全心全意，以能为他们服务为幸福。今天，我再生了，我新生了。我充满喜悦的心情回到党的怀抱，我饱含战斗的激情，回到党的行列，党呵！母亲，我回来了！
>
> 二十一年来，党也不是一帆风顺的，党经过曲折，遭受蹂躏。今

① 丁玲：《我所认识的瞿秋白同志》，选自丁玲：《丁玲全集》第6卷，石家庄：河北人民出版社，2001年，第58页。

天，摆在党面前的，是一条艰难的旅程，但我坚信……

这是丁玲复出后写给党的肺腑之言，声声呼唤，字字血泪。语音上的回环反复，奏出了丁玲的百转心曲。“党呵，母亲！我回来了”前后呼应，一声呼唤，如杜鹃啼血，喊出了她郁积多年无法倾诉的深情，像被遗弃的女儿投回母亲怀抱那声惊世呼唤。“二十一年”这个时间复词重复了五遍，四次置于每段开头，被反复吟唱，既宣泄了感情，又连缀了段落，一气呵成，酣畅淋漓，如滔滔江水连绵不绝，诉说了丁玲被开除出党的委屈、痛苦，也诉说了回归的渴盼与欣喜。21年对于一个人的一生有多么重要，对于日日在冤屈与误解中生存挣扎的人又是多么漫长难熬，对于一个热情有为的作家意味着怎样的损失与摧折，这四个字组合的词组浓缩了无以计算的人生经历和感情煎熬，所以被不断重复、提及，数字在某些时候是最好的见证。然而通篇的文字给读者的印象不是哀怨、哭诉，苦难对于强者只是磨练，而是读出了信念与坚持，看到一个新生的时代的希望：“我再生了，我新生了。我充满喜悦的心情回到党的怀抱，我饱含战斗的激情，回到党的行列，‘党呵！母亲，我回来了’！”“再生”与“新生”两个词不仅标志着丁玲自己，更折射出社会与时代的浴火重生、充满生机，这是同时代写“伤痕文学”的作品所达不到的精神境界。正如她经常对人说：“俱往矣！没有什么说头。”其实陈明深透地解读了她的思想：“经过‘文革’的十年浩劫，她痛切地感到，在大难之后，国乱民穷，历史赋予这一代革命作家的任务不是鸣冤诉苦，不是愤懑呻吟。有良心、有责任感、重新获得了工作权利的作家、艺术家，在痛定思痛之余，应该总结教训，在党中央的正确领导下，为党分忧，为民解愁，为振兴中华而戮力同心。丁玲就是这样想，这样做的。”[①] 丁玲的思想无疑是立足于文革后的历史高度，以老党员的责任感与革命作家的使命感进行创作的。《杜晚香》中的孤儿杜晚香也将党称为“母亲”，这种表述的内涵与感情和散文《“七·一”有感》同出一辙。

① 选自《风雪人间》，厦门：厦门大学出版社，1987 年，前言。

中篇

多维视野　风貌各异

第一章　以叙述模式语言表现不同类型母亲形象的画廊

丁玲的文本语言完全服务于塑造不同类型的母亲形象，为构造千姿百态的母亲画廊运笔摹画。我们已运用语言的手段研究了她作品中母亲形象的特点，还要采用叙事学的方法进行探讨，不过这两种方法往往结合在一起的。因此无论文中的叙述语言、叙述模式，还是母亲的人物语言、心理独白，抑或人物对话，都是简洁畅达的，体现作家的匠心独运，富有特点与变化。

一、母亲形象的叙述模式

文本中的叙述语言对于表现母亲形象至关重要，直接体现了作者的叙述方式，包含文本中的叙述语言、景物语言，有的介绍人物的生平与环境，有的烘托气氛为人物出场作铺垫，有的联结上下文的结构，谋篇布局，预示人物曲折的命运与心理历程。我们常常把作者对事件、环境、风景、人物的描写与评价称为“间接描写”，作者的语言习惯上称作“间接语言。”

（一）叙述视角的选择（全知视角、限制视角和客观视角）

帕西·拉伯克的“视角”（perspective）指叙事文本中叙述者或人物观察、讲述故事的角度——即热奈特所言“选择（或不选择）某个缩小的‘观察点’”[①]。视角之于小说等虚构性叙事文本以及散文，有着同样重要的意义。英国批评家路伯克曾这样说过：“小说技巧中整个错综复杂的方法问题，我以为都要受观察点问题——叙述者所站位置对故事的关系问题——支配。”[②]视角的类型、选择及其变化在丁玲母亲文本的叙述模式中占据重要的地位，无疑是一个具有前提性意义的存在。

至于视角的基本类型，以热奈特的叙说为依据，将其作全知视角、限制视角和客观视角的划分。事实上，这三类视角在叙事文本中往往发生相互作用，即产生交叉与转换，导致同一文本中存在两种视角，此可看作视角的变异，可称之为

---

① ［法］杰拉尔·热奈特：《论叙事文话语》，选自张寅德编选：《叙述学研究》，北京：中国社会科学出版社，1989年，第240页。

② 胡亚敏：《叙事学》，武汉：华中师范大学出版社，1994年，第19页。

"转换视角"。

一般而言，第三人称写法方便全知视角的叙述者即作者，可以客观自由地描写人物，全方位地展示人物的处境、性格甚至心理流程，这也是小说最普遍采用的写法。丁玲的母亲作品，像长篇小说《母亲》，还有短篇小说如《消息》《新的信念》《田家冲》《水》等篇章基本运用第三人称写法，作者的全知视角在描写母亲形象时发挥了极大的优势。

为了更全面地展示母亲的形象，从各种视角表现母亲的生活经历，作者即叙述者往往超越作品中的人物，如同"上帝"无所不知的视角去注视作品中的人物。《母亲》在不到8万字的篇幅里，主要人物于曼贞（小菡的母亲）正式出场是在五六千字的叙述之后，之前作者都在描述家庭中的其他人物，特别是小菡与幺妈，还有于曼贞武陵娘家来人的情形。小菡令人心疼的乖巧背后与出奇安静的家让人不由地感到家庭可能的巨大变故。"这原来就很幽静的灵灵坳，在农忙后，是更显得寂静的。""小菡捧着萝卜，望望幺妈的脸，全是皱纹，但是她也聪明的笑了。望望萝卜，又去望远远的天了。""小菡素净的衣着，和小辫上的白绳，以及静静望过来的大黑眼睛，和无知的笑脸，使老于对她产生极大的同情。"幺妈说她"聪明得很呢，看见她妈哭，就跟着跳起来哭；她妈病里头，她就成天跟着我，安静多了。唉，看见她懂事的样子，不由人心痛"。只有三岁的孩子天真烂漫，她是无法明白成人世界太多的忧虑与悲苦，但她能感受大人世界的气氛，所以自然地显得温顺懂事一点，"静静""安静"写出了三岁孩子与年龄不相称的静，让人心痛，也写出家庭气氛对她的深刻影响。作者又从幺妈的视角去描写这个家的变化："厨房侧面还对堆着许多建筑木料，那栋横的预备盖花厅的房子还是孤零零的几根梁柱，空空的站在那儿，这还是春天的时候立上去的，好久就没有匠人来了。自从春天三老爷病后，这个屋里的女主人就百事都废弃，这座在预计中很辉煌玲珑的小花厅，自然是无人管了。经过日晒夜露，风吹雨打的那些梁柱，都变得有点憔悴了。"采用拟人化的写法，使无意识的景物在人的眼里也变得沧桑，梁柱"孤零零""空空的""站在那儿"，显得落寞而孤寂，"经过日晒夜露，风吹雨打的那些梁柱，都变得有点憔悴了"，预示着物是人非、物非人非的苍凉。"三老爷"的病与"屋里女主人"的"百事废弃"又揭示家庭变化的缘由。几千字的叙述、气氛铺陈过后，文章才从武陵来人引出了曼贞的正式出场，作者对她进行了简要地交代："小菡的母亲，三奶奶，一个刚满三十岁的、新近死去了丈夫的少妇，悄然的坐在一张近床的大靠椅上，独自的留着泪。"描述了刚刚丧偶的年轻少妇无可名状的悲伤、哀怨。至此，叙述者的全知视角对于展现人物的环境、氛围、性格起着重要的作用，也让读者感受到真实的人物场景，就象电影的全景式扫描，为主要人物出场起了铺垫式的作用。

除全知视角之外，限制视角在描写母亲的散文文本中比较突出。散文是以第一人称“我”或“我们”为标志的限制视角。一般来讲，文本中的叙述者“我”多由文中的人物来充当之外，在大多数情况下，这个“我”或“我们”并非故事中的人物，而是文本的制作者——作家本人。因此，这里的“我”常常就是作者与叙述者的合二为一，而缺少像小说那样出现叙述者与作者关系或分而治之或基本等同的复杂关系。譬如在一些带自传性的散文中，如《我怎样飞向了自由的天地》《向警予同志留给我的影响》《死之歌》等均采用第一人称的写法，叙述自己的母亲，从丁玲作为女儿的角度深情回忆自己的母亲，这一视角虽然有所限制，但在表现母亲的角度又往往是最真实且容易流露感情的，古今中外描述母亲的篇章多适用这种方法，既可叙事，又可抒情和议论。《我怎样飞向了自由的天地》里有一段介绍母亲帮我转学的事情：“她说长沙周南女子中学要进步得多，那里面有新思想。于是母亲自己把我送到长沙，把我托付给她的旧同学陶斯咏先生了。一年半以后，我母亲又放手让我随王剑虹到上海去，也基于这种思想，她要使我找着一条改革社会的路。后来她自己也找到了这条路，她完全同意我，我们不只是母女关系，我们是同志，是知己。从那时离开她二十多年，我都在外奔波，她从没有后悔，而且向往着我的事业，支持我。我的母亲呵！你现在生活得怎样？我们被反动者们封锁了，隔绝了，你无依无靠，但是你会挣扎的，你的生命力是强盛的。”在这短短的一段话里用了三种人称，第一、第二和第三人称同时并存，但并不混乱，完全是根据表达的需要自由运用，说明母亲的思想对我成长的作用，支持我追求进步与革命的热望。先是表明母亲为我转学的原因，用第三人称写，比较客观；接着议论母亲与我的关系，用第一人称写，包含作者的认同，“母亲”与“我”感情是一体的，不分彼此；最后写现在的严峻形势，引发对母亲的信任与赞叹，干脆用“你”这个第二人称来写，仿佛对话和书信形式，显得更亲切、更直接。

在描写母亲的作品中，我们发现几乎没有纯客观视角的叙述，而是出现全知视角与限制视角的互相交叉、转换，即转换视角。《母亲》作为小说题材在这方面表现得最为突出，通篇的叙述者主要采用全知视角，描写每个人的生活与心理，但是在某些关键点上作者干脆放开这种视角的特征而取用限制视角，集中展示人的感情变化。比如在小说中，小涵的弟弟是母亲“于曼贞”的心肝宝贝，是家里唯一的男孩，在男尊女卑统治的传统家庭，这个男婴可以毫不夸张地说是母亲在父亲去世后最大的精神支柱，所以他的重病强烈地牵动曼贞脆弱的神经，文中先是写出家庭中大家为这个男孩治病的忙乱、紧张，连小涵也得帮忙照顾弟弟，还要去向神灵祖宗叩头祈福，讨妈妈的欢心。小涵的弟弟有点好转的时候，作者的笔触转向这个可怜的婴儿，还是第三人称的叙述，“他也居然懂得望着倚在床头悄然出神的母亲，微微的露初了寂寞的笑。他也像他姊姊一样，有一双大而圆、灵活而清澈，静静的望过来的眸子。这是死去的父亲的眼睛呵！这些温柔的慰藉，慰藉了那个做母亲的脆弱的、伤感的心情，人事的一些小小纠烦，又把这走到死境去的母亲拖回来了。”接下来，作者猛然将叙述人称转换而用第二人称的手法进行抒发：“唉，你这个可怜的小东西呵，你这个一生下来就没有父亲的，你是这么孤伶，世界是这么强暴，但是，小东西呵，傍着你的母亲，不要怕，她一定要保护你，使你强大起来的呵！”这个叙述视角的转换完全在情理之中，也能被读者所接受，表达母亲的忧心与爱，就像是与孩子的对话，母亲的心灵独白，更是与孩子的心灵沟通，表现的是人在极度关切焦灼之后的感情流露，由于感情洪流的撞击，自然脱离全知视角的而关注于母与子的独立世界，所以用第二人称的表达再恰当不过。

（二）叙述结构（连贯叙述、倒装叙述、非时序叙述）

丁玲描写母亲的作品在叙述结构上并非单一的模式，有传统的连贯叙述、倒装叙述，还有非时序叙述等，主要是根据表现人物的需要设计的。小说《母亲》《消息》以及散文《我怎样飞向自己的天地》《我母亲的生平》《我的生平与创作》等基本按照时间的顺序以及时件的发展来完成的，属于连贯叙述。

《新的信念》中采用过倒叙的手法。这篇小说的主要人物是陈新汉的母亲，作品先写她从日本鬼子的手中跑出来，再由她细细地回忆鬼子占领时的兽行，她的孙子、孙女及周围人们遭受的欺辱与折磨至死的惨状。“她残酷地描写她受辱的情形，一点不顾惜自己的颜面，不顾惜自己的痛苦，也不顾人家心伤。”经历痛苦记忆的人总是不希望回想可怕的过去，而老太婆却要反复地宣讲这些耻辱的见闻，反复咀嚼自己的痛苦，意在通过切身体会激发大家的仇恨和愤怒。揭开伤疤的过程居然不是为了疗伤，而是为了不能忘却的记忆，所以这种倒装的叙述就显得惊心动魄了，更凸显这位老太婆异乎寻常的光彩。

《水》的叙述方法比较奇特，时间的顺序在文中几乎可以忽略，也较少出现直接的时间词语，而是通过景物语言来反映。文中第一部分的开头通过月亮描写来显示时间，“有着一点点淡青色的月光照到茅屋的门前，是初八九里的月亮”；

第二部分则从深夜到黎明，先是深夜“半圆的月亮，远远的要落下去了”，接着“天这时微微在发亮”，最后“天慢慢的亮了”。前面两部分描绘水灾爆发的那一夜，写得紧锣密鼓，夺人心魄。后面的两部分的时间概念就变得模糊了，读者只能明白经过了这场特大洪水劫难之后的严酷现实，时序反而显得不重要了，只剩下一种恍惚感觉：“太阳从东边上来，从西边下去，时间在痛苦、挣扎、饥饿、惶惶无希望里爬去了。”“时间慢慢的爬走。”“人们还留在那些地方，从各处聚拢来的，又不觉的在减少，因为死神在这里停住了。”所以时序安排不是最重要的，更多的是围绕发大水的事件而叙述的，里面穿插了很多人的经历、回忆，比如“老外婆”的自语：“几十年了，我小的时候，龙儿那样大，七岁……事情过去六十年，六十五年了……那是我第一次看见水，水……后来是……”这些描写往往打破了时空的限制，将人们的视野拉回数十年的时空，人们也是痛苦地生，还有迷惘无望的未来“从前年纪轻的时候，还只望有那么一天，世界会翻一个身，也轮到我们穷人身上来。到老了才知道那是些傻想头，一辈子忠厚，一辈子傻。到明儿，我死了，世界还不知怎么呢？一定更苦，更苦……”这几段虽然都是文中人物的语言，却巧妙地打破眼前时间的局囿，非时序的叙述揭示出亘古不变的道理：“兴，百姓苦；亡，百姓苦。”

由此可见，叙述模式的变换不只单靠作者叙述语言的转化，景物语言也有着至关重要的作用，往往映射出人物的心理与精神状态，体现写作者的寓意和感情。

（三）叙述模式与景物语言

丁玲叙述母亲形象，除了对人物经历绘声绘色的描述外，经常借助景物语言来烘托人物的心理感受和作者的爱憎感情，甚至通过景物描写来转换场景，调整叙述顺序。《杜晚香》则是其中的一篇典型。景物语言所占的篇幅不少，和人物描写水乳交融。

> 有时写人是人，有时写景是景，有时写人却是景，有时写景却是人。如此节四句十六字，字字写景，字字是人。①

《杜晚香》描写的是一个失去母爱的孤女成长为劳动模范的过程，每一个过

---

① （明）金圣叹：《增订金批西厢》卷二《琴心》批语，北宜阁藏本。

程都不惜大量的笔墨绘制了杜晚香生活的四季风景。比如在“一枝红杏”里描写料峭的初春：

> 春天来了，春风带着黄沙，在塬上飞驰；干燥的空气把仅有的水蒸气吸干了，地上裂开了缝，人们望着老天叹气。可是草却不声不响地从这个缝隙、那个缝隙钻了出来，一小片一小片的染绿了大地。树芽也慢慢伸长，灰色的、土色的山沟里，不断地传来汩汩的流水声音，一条细细的溪水寂寞地低低吟诵。那条间或走过一小群一小群牛羊的陡峭的山路，迤迤逦逦，高高低低。从路边乱石垒的短墙里，伸出一棵盛开的耀眼的红杏，惹得沟这边，沟那边，上坡下沟的人们，投过欣喜的眼光，呵！这就是春天，压不住，冻不跨，干不死的春天。万物总是这样倔强地迎着阳光抬起头，挺起身躯，显示出它们生命的力量。
>
> 晚香就是这样，像一枝红杏，不管风残雨暴，黄沙遍野，她总是在那乱石墙后，争先恐后的怒放出来，以她的鲜艳，唤醒这荒凉的山沟，给受苦人以安慰，而且鼓舞着他们去作向往光明的遐想。

这个部分一共只有三段文字，其中两段都在写景，而景即是人，正是严寒的春天里那顽强的“草”，“耀眼的红杏”，还有那“压不住，冻不跨，干不死”的春天，三个否定的“不”字短语既写出环境的严酷，又突出人物的倔强，环境的铺陈描写不正是杜晚香性格的写照：“在后母嫌厌的眼光、厉声的呵斥声和突然降临的耳光拳头中，已经捱过了三年，居然能担负许多家务了，她在劳动里享受着劳动的乐趣。”“在后母嫌厌的眼光、厉声的呵斥声和突然降临的耳光拳头中”用排比的修辞对应上面的三个短语，表明了晚香顽强的生命力，以及苦中作乐的朴实与单纯，充盈着对笔下人物的同情与赞赏之情。正是“说景即是说情，非借物遣怀，即将人喻物”。①

后面又写到北大荒的冬景与夏景，杜晚香是迎着凛冽的朔风，在冰雪飞舞的冬天奔赴北大荒的，这在“飞向北大荒”和“这是什么地方”两部分中有不少关于冬景的描绘，反衬人物不怕艰苦的精神。她又是在夏天投入火热的工作，倾注了她所有的热情与欢乐（“欢乐的夏天”）。这些景物描写其实已具有叙述的意义，对应着人物的经历，在叙述模式上，由景而人，景迁人变；在艺术上又与人

---

① （明）李渔：《窥词管见》，词话丛编本。

物性格交相辉映，人与景合而为一，难分彼此。景物描写在丁玲的很多描写母亲的作品里都具有重要的叙述价值，具有独特的叙述方式，所以特别值得一提。

二、作品中的母亲话语、对话或心理言语

20世纪的哲学经历了语言学的转向，多学科的融合成为历史潮流，很大程度上影响了社会科学的发展。《话语和社会心理学——超越态度与行为》[①]就系统简述了话语分析的方法，并解释如何使用这一方法来进行心理学的研究，“它在很大程度上借鉴了社会学、哲学、人类学、文学理论和语言学的研究”[②]，本书作者“将心理状态视为言语的社会实践”，“话语的生产者就不仅仅是‘主体’(subject)，而是行动者（agents)，这样一来，对话语过程的描述和分析，也必然是对具体的社会过程的描述和分析”[③]。也就是说，语言学的运用有了更广阔的空间，话语本身就是一种心理的、思维的、社会体验的过程。这对于我们分析和理解母亲话语具有实践意义。

如果说叙述语言对于表现母亲形象的作用不可忽视，那么文本中的母亲话语则不言而喻，是一种“直接语言”。直接语言的语音、词、语段和句子，除去本身的意义外，还表现人物的性格、社会属性和心理特征。母亲话语从狭义上说包括人物对话、心理言语，在展示人物形象上更为直接，更容易彰显个性化特征，“言为心声”的作用自然发挥得淋漓尽致了。

《母亲》中描述于曼贞形象的变化，从不问世事的少奶奶到走入社会独立坚强的母亲，这个过程在人物的对话中逐渐演化，也显露出她的心理特点。这篇小说的第一部分，曼贞的话很少，几乎无话，大多是别人的言语和评论，让读者了解了这个刚刚新寡还拖儿带女的母亲无限的悲戚，也了解了这个母亲不谙世故温柔贤惠的性情：“小姐脾气，百事不问。”“好性子，终日在上房看书，小声音说话。”“我们奶奶是贤惠的，就只没有人手，喊起来不灵。”“横竖奶奶人好，一切好商量”……这些都是曼贞家的幺妈的话，侧面反映了曼贞的性格。文中也一样描述她：“在女人中，她是一个不爱说话的。生得并不怎么好看，却是端庄得很，又沉着，又大方，又和气，使人可亲，也使人可敬。她满肚子都是悲苦，一半为死去的丈夫，大半还是为怎样生活。”这些语言描绘了曼贞的一个面影，似

---

① ［英］乔纳森·波特：《话语和社会心理学——超越态度与行为》，北京：中国人民大学出版社，2006年。

② ［英］乔纳森·波特等：《话语和社会心理学——超越态度与行为》，北京：中国人民大学出版社，2006年，第21页。

③ ［英］乔纳森·波特等：《话语和社会心理学——超越态度与行为》，北京：中国人民大学出版社，2006年，第9页。

乎有点柔弱可怜，有其真实的意义。丁玲笔下的母亲决不仅仅是一个逆来顺受的闺秀，她有着比其他人更多的见识，以及对未来朦胧的向往和不屈的追求；她还是个母亲，不仅要为自己开拓生存的空间，还得为弱小的儿女撑起希望的天空。所以坚强地站立起来不只是为时势所逼，也是她自觉主动的追求，因此母亲的光彩真正闪耀无限的光芒。文中为数不多的曼贞话语便体现她的另类性格。

我只晓得外国女人是不同的，她们不裹脚，只缠腰，你没看见我们那架座钟，那上面的女洋人不是几多小的腰肢么。她们也读书，做许多事，还要参政呢，就是要做官。她们比我们真幸福多了。我们就是规矩苦死人，越有钱的人家，做女人越苦。

这段话说明她在那个时代的见识不一般，也说明她隐藏内心不那么安分的向往，向往那样一个“不同”的世界，欧风美雨的自由空气悄悄地侵入中国传统女性的封闭世界。所以，在短短的话语中巧妙采用两个比较的修辞方法，“不裹脚，只缠腰”说明身体上的差异，但是“裹脚”对女性身心的束缚更严酷，是封建时代男性社会对女性的防范与压抑，带有深刻的社会烙印和历史性的压迫；而“缠腰”却多少还体现女性对美的追求，至少不影响行动上的自由。在于曼贞看来，外国女人可以读书、做事、参政、做官，“她们比我们真幸福多了。我们就是规矩苦死人，越有钱的人家，做女人越苦”。这又是一个比较，说明她对“幸福”和“苦”的理解，流露她对外国女人的羡慕。正是有这种异乎常人的见解，自由思想的底色使她后来敢于冲出樊篱，追求独立自主的生活方式。任何解放总是先从思想开始的，然后才付诸行动。于曼贞这么想的，后来也这么做了。她主动要求上学，并做了弟弟云卿的思想工作，这段话语同样精彩：

我说你当然赞成，你都帮着王宗仁办学堂，要别人家的姑娘们读书，未必自己的姐姐要读书，你又说不好了。我的难处，我也晓得，不过因为小菡她爹死了，头上还扎着白绳，两边都是读书做官人家，不好抛头露面，我想这是不要紧的，我自己的行径我自己拿得定，我不走差一步就是，姑娘们好去的地方，我都想想再去。眼前别人说闲话，我不管，到后头总可以看出来的。真的，江家已经有那么多节妇牌坊匾额，我好不替我的儿子争面子，肯落一句话柄给人？至于江家那边，我自己对付，爷爷们既不能替我还账，又不能替我抚孤，也就管不到我许多，我只要规矩，不差礼数，我就不怕，我懂你的心，总不叫你为难，替我担承，他们说起来，你总是我兄弟，不是我哥哥。不过我假如要读书，就得搬到城里住，我打算把家产统统卖去，在城里再置一所住房，许许多多的事情，都得请你替我上前，你要能答应我这个麻烦，我一切事情才敢动手，我到底是个女人，又只有你一个亲人。

这段话充分展示了于曼贞的口才和性格，既晓之于理，又动之于情，从方方面面来消除弟弟云卿的顾虑。本段传达了几层意思，第一层意思是相信弟弟会赞成。首句用一个多重复句肯定对方会“赞成”，连续用了几个副词“都”“未必”“又”来婉转地表达自己的要求，言下之意是“别的姑娘读书你都帮，自己的姐姐总不能不帮”，只是曼贞是较为温文柔婉的，虽然有点怨言，只是用词含蓄多了，语气上不会有咄咄逼人之感，毕竟她是在恳求对方。第二层意思是我不怕。她谈到自己的处境和态度，用的是转折复句，尽管刚刚丧夫，双方家庭都做官，按照封建礼教不宜“抛头露面”，但自己还是有办法自律“不走差”，所以就“不要紧”。别人的闲话只是现在的，“我不管”，“到后头总可以看出来的”，并以一个反问句强调不会给江家丢面子：“我好不替我的儿子争面子，肯落一句话柄给人?”第三层意思是不用怕。她提到利害关系，江家不能帮她任何忙，所以“管不到我”。第四层意思是“你还得帮我”。最后这句话更多的是从感情上打动和依赖对方，也适时地示弱请求帮助：“许许多多的事情，都得请你替我上前。”“我到底是个女人，又只有你一个亲人。”这些话语说明曼贞很有主见，很勇敢，很坚决，而这决定经过深思熟虑，也经过一番利害考量，具有超强的说服力。

以上话语揭示的正是曼贞要主宰自己命运的强烈的心理愿望：“她不愿再依照原来那样的方式做人了，她要替自己开辟出一条路来，她要不管一切的讥笑和反对，她不愿再受人的管辖，而要自己处理自己的生活了。”作者直接写出母亲的心声，用了两个“不愿”来表示她的反抗，“不愿再依照原来那样的方式做人了”，“不愿再受人的管辖”，用了三个“要”来强调改变的决心，就像临战的士兵暗暗给自己鼓气。心理话语不必考虑别人的反应，所以措辞更加果断，不用像与云卿的对话那样字斟句酌，考虑周全，但语气却更强烈，更肯定。

现在的女性上学读书似乎是天经地义的事，也受到法律的保护，“男女平等”已写入宪法。但在20世纪初的中国风气未开，绝大部分女人只能在家相夫教子，笑不露齿，足不出户，三从四德、三纲五常依然严重地束缚女性的身心。毛泽东曾深刻地概括四条绳索——“政权、神权、夫权、族权”——对女性的捆绑。在那个年代，女子走出家庭，进入学堂要“冒天下之大不违”。鲁迅曾经说过：“可惜中国太难改变了，即使搬动一张桌子，改装一个火炉，几乎也要血；而且即使有了血，也未必一定能搬动，能改装。不是很大的鞭子打在背上，中国自己是不肯动弹的。”[①] 所以从这个意义上回望曼贞的话语，就能理解她内心的挣扎和隐藏在柔弱外表下倔强的个性，因为她要对抗的是家族和社会舆论的压力，而这种压力已经延续了千年之久。但也正是这些勇敢的先行者改写了中国的历史，促进民主思想的萌芽与发展，符合《话语和社会心理学：超越态度与行为》一书中所提及的“反身性（reflexity）”特点，即“谈话和文本能过反作用于它所处的社会环境。”

如果说要求读书的语段展示于曼贞冲破封建藩篱的勇敢形象，那么回忆故乡的一段则以抒情的语言，反映她多愁善感的内心世界，说明奋斗中的欢乐与迷茫，使其形象更丰满，更符合小资产阶级知识女性的精神实际：

> 曼贞也想起灵灵溪，那美的、恬静的家呵！那些在黄昏里的小山，那些闪着萤火虫的小路。那些在风里呻吟着的树丛，那树丛中为光扰醒的小鸟也拍着翅膀。灵灵溪的溪水和月儿戏着，又逃到下边去了。她实在怀念那里，那个安静的，却随处荡漾着柔美的生命的世界，是属于她和她的小孩的。那里的春风，曾吹散她的忧愁，而给予她生活的力量。她爱它，小涵也总不能忘记的。然而，她想到的时候，是形容不出的一种酸楚侵上心头。那个家，那里的一切，那里的天和地，流水和气息，都将属于一个陌生人的了，她们永远不会再有那地方，而且，她的家，她也想不出什么地方才可以说是她的家，她是一个没有家的人，她的孩子在哪儿，哪儿便是她的家。

从语言上说，这一段具有语音的美感，语音的重复造成复沓回旋的美，如分别出现若干个“那”“那些”“那里”，既有单音节重复，也有双音节重复，如“那些在黄昏里的小山，那些闪着萤火光的小路”“她的孩子在哪儿”“哪儿便是她的家”，这些词有规律地出现，增强文学语言的音响效果，表现一种绵绵不绝的乡愁，缭绕于耳，缠绵于心。语音的长短也错落有致，以短的音列为主，音的高低轻重搭配自然，琅琅上口，使人物内心的轻愁自然而然地流淌出来。平仄相

---

① 鲁迅：《娜拉走后怎样》，选自鲁迅：《鲁迅全集》第1卷，北京：人民文学出版社，2005年，第71页。

间自然，前四句平声字较多，语调和缓，充分回忆故乡的美景，后面的句子仄声较多，抒发她怀乡的酸楚，语调顿挫而沉郁。

词语的选择能情景交融，揭示母亲的怀乡之情，她的迷茫。“美的”“恬静的”“安静的”“柔美的”几个短语营造了故乡的美好安宁，不由自主地勾起怀乡的情绪。“小山”“小路”“树丛”“小鸟”“溪水”“月儿”分别构造一幅恬静和美的意象，共同勾勒家乡的美丽形象，展示一幅引人的山水画，这种美景与曼贞的内心相照映，正如王国维所说：“写景，非景语，实情语。”由此，一位多愁善感的知识女性形象跃然纸上，并构筑了情景意境。之后，便将她怀乡而不能还乡的种种矛盾心里刻画出来，“酸楚侵上心头”一句便由沉湎于家乡景物的回忆拉回到内心的感受，“酸楚”暴露出她的内心，“侵”一词巧妙地将人物不自愿地弥漫了某种情绪的过程渲染出来。曼贞离家出走求学，顶着巨大的压力，为家庭其他成员所不容，有家也无法回，因此，尽管家园再美好，却有着许多痛苦无奈的记忆，她只能在矛盾中忍痛割爱了。因此她认为“家”将“属于一个陌生人”，“永远不会再有那地方。”她的孩子在哪儿，哪儿便是她的家，这恰是她对于“家”一词的诠释，流露出她的痛苦矛盾。

为了适合抒情，行文语句比较简短、流畅，语流自然，容易渲染人物的内心情感，使之情景交融。首句为整段奠下了语言的抒情基调，接下来的句子自然铺陈开来，一气呵成，长短句结合得很好，如“那个家，那里的一切，那里的天和地，流水和气息，都将属于一个陌生人的了”，句子由短而长，有层次地说明人物无可奈何的感情，对过去的眷念，对前途的迷茫。

在修辞上，运用拟人，排比等修辞方法，拟人手法如“呻吟的树丛，为星光扰醒的小鸟”赋予景物人的灵性，使客观的景物随即灵动活跃起来，更能牵动作品中人物的感情。还有“那个家，那里的一切，那里的天和地”采用排比手法，反复铺陈“那里”，更说了曼贞对家乡难以割舍之情。

由上述分析可见，“景语”和“情语”浑然交融构成美妙而略带感伤的意境，突出母亲时而流露的柔弱和彷徨，与她坚强勇敢的一面相得益彰，也使人物形象更立体真实。

《魍魉世界》是丁玲复出后写的一部回忆录，回忆在南京被国民党囚禁 3 年的经历和心理历程。其中一段反映丁玲作为母亲怀上了冯达的孩子后的愤懑心态。与上面两个语篇不同的是，这儿的“母亲”不再是小说中塑造的形象，而是丁玲自己作为母亲经历人生的艰难磨砺后的真实形象。母亲的形象不再是冲出家庭的小资产阶级知识女性，而是投入社会的残酷斗争后伤痕累累而信念弥坚的共产主义者，她的心态由激烈、焦灼、愤恨而变得豁达、宽容。这一段文字直抒胸臆，情绪激烈，语言上也显示另一番气象。

> 因为我终于怀上一个孩子。我没有权利把她杀死在肚子里，我更不愿把这个孩子留给冯达，或者随便扔过什么人，或者丢到孤儿院、育婴堂。我要挽救这条小生命，要千方百计让她和所有儿童一样，正常地生活和获得美丽光明的前途，我愿为她承担不应承担的所有罪责，一定把她带在身边，和我一起回到革命队伍里。这是我的责任，我的良心。哪里知道后来在某些人的心目中，这竟成了一条"罪状"，永远烙在我身上，永远得不到原谅，永远被指责。甚至有时还要加罪于这个无辜的女孩身上，让她从小到大，在心上始终划上一道刀口，好像她应该低人一等，她应该忍受一些人对她的冷艳和歧视。我有时不得不长叹："这人世实在太残酷了，怎么四处都象那个寒冷的冻僵人的冰冷的莫干山的世界呢?"

这段文字语气强烈，语流急速，显示人物内心抑压不住的愤恨。首先是代词"我"的反复出现，使得语言的主观色彩非常明显。"或者""一定""永远"也相间重复，使语句的节奏加快。整段文字降调较多，基调以短节奏为主，表现顿挫紧凑的语音效果，极其符合母亲的心态，在这段无奈，自责，交织着痛苦愤懑的叙述中，我们听到了母亲的声音，她呼唤着人间的理解与同情。接下来又以比较和缓的语气肯定某些领导同志的理解，说明丁玲此时作为成熟的共产主义者，透过时间的尘埃，能客观辨证地看待历史问题。文章语句由急而缓，随着人物思想感情的变化而变化。

词语的选择激切有力，掷地有声，与母亲的坚强性格相映照。"杀死""留给""扔给""丢到"几个动词写出了处理孩子极不理智与人道的方式，以这样的词语表述更反衬母亲那颗流血的心。接下来，重复以"要""愿""一定"几个词语表达母亲坚决挽留无辜孩子的决心和勇气。为了千方百计"挽救"未出世的孩子，母亲愿意担负罪责和沉重的枷锁，体现了母性的无私和伟大。"寒冷的冻僵人的冰冷的"连续三个反映"冷"的短语来修饰莫干山，也进一步阐释人世的冰冷和残酷，将母亲的感受宣泄无遗。想保存自己的孩子是母亲的本能与天性，而这最起码的人性却因为孩子父亲的不光彩身份变得复杂，使母亲遭受非议和责难，几乎促使人丧失理智。可见，同样是母亲，丁玲的处境比曼贞更难堪，更需要顽强的意志。

句型的运用符合人物这种复杂的心理状态，显示母亲痛苦心情和超常的理性。复句的运用，特别是并列、递进、转折关系的复句更能表现人物千回百转的心情。“我没有权力把她杀死在肚子里，我更不愿把这个女孩留给冯达，或者随便扔给什么人，或者丢到孤儿院、育婴堂”，这一句的几个层次，先是递进，再是并列关系，说明程度的加深，流露心底的难于言表的愤恨。类似这种句型，还有几句，句型比较繁复，却能充分展现母亲的复杂心态，也说明丁玲驾驭语言的能力已达到炉火纯青的水平。

修辞上排比、反问、比喻的使用也有利于抒发强烈愤懑的情绪，如“哪里知道后来在某些人的心目中，这竟成了一条罪状，永远烙在我身上，永远得不到原谅，永远被指责”。“罪状”暗喻“生下这个孩子”，三个“永远”形成排比句式，说明所遭受的屈辱。“这人世实在太残酷了，怎么到处都像那个寒冷的冻僵人的冰冷的莫干山的世界呢?”采用反问，比喻的修辞方法，将人世喻为寒冷的莫干山世界，说明母亲的心寒和颤栗，反问又显示她的不平和冤屈。愈是如此，愈是反衬母亲百折不挠的性格。

这一段文字展现人物波澜起伏的内心世界，揭示复杂斗争中强烈的爱和恨，真实深刻地表现母亲已投身社会革命的女性百折不回的意志。《魍魉世界》中的“我”与《母亲》中的曼贞，都是经历困苦磨练的母亲，丁玲与于曼贞的勇敢顽强一脉相承，却少了忧伤、彷徨的情绪，而多了一份革命者的清醒和决绝。

三、 母亲身份改变影响了语言色调

无论叙述语言还是人物语言都会随着作品中人物身份、语境、心情、年龄、职业等等因素的变化而变化，这也是文学语言生活化、性格化的重要体现。丁玲曾在《答〈开卷〉记者问》一文中说：“人总是不一样的，写出这个不一样，人物就有血有肉，就活了，相反，则只是骨架子，读起来完全没有趣味。”她以自己的文学实践证明了这一点。

她善于以多姿多彩的语言描绘各种思想面貌的母亲形象，进步开明与落后保守的母亲都进入其创作，这些母亲们又因所处年代、隶属阶层不同而显示不同的思想风貌。工人、农民、小资产阶级知识分子、共产主义战士等母亲形象都进入她的笔端，那么她是如何变换文学语言来描绘她们的千人千面呢?

不同的语言色调表现不同类型的母亲（思想、性格不同）：农民母亲、工人母亲、知识分子母亲以及革命母亲等。

描写农民母亲形象的有小说《田家冲》《水》《新的信念》等等。写到农民母亲时很少使用心理话语，更多的是通过人物的行动和对话展示性格特点。《田家冲》中母亲自己的语言比较少，往往显得较为粗放，有点概念化，但真真实实的属于农民的特点，朴实寡言、安分守己。幺妹的“妈”不是作品的主要人物，写到母亲的用笔很少，写了她“纳鞋底”“叱狗”，还有就是“喊魂”“哭”“担心”，说不清的“忧虑”，寥寥数语，极为简省，几乎没展开描述，写的就是无数普通的农民母亲中的一员，而即便这个母亲也慢慢接受被人看来有点危险的“三小姐”的革命活动了，说明农民思想的悄然转变。《水》中的“老外婆”显得特别地啰嗦，作者在她的话语里使用不断重复的修辞手法，三个重复的句子：“算命的说我今年是个关口”，两个“咒语”，三个“自语”，七个“死”，这种语言上的冗余现象却恰到好处地刻画了一个年老体衰的老母亲在天灾人祸面前的无助和焦虑，面临特大水灾，生死攸关，她唯一的能力就是唠叨、怨叹。《新的信念》中的陈老太婆——陈新汉的母亲，在一次日本侵略军进行残酷扫荡的冬夜不幸落入敌物，遭到蹂躏，孙子、孙女惨死，但她却顽强地活下来，怀着复仇的怒火，现身说法，以唤起人民群众同仇敌忾的抗日激情。这位母亲的话就更多了，但不是无力的呻吟，而是残酷的叙述和愤怒的吼叫，作者用激烈甚至极端的言辞来表达。“她就吼起来了：‘你这孱头，你怕死！好！你等着日本鬼子来宰你吧，我看见宰这样烂棉花一样的人呢。’”母亲声嘶力竭的语言不是为了骂人或宣泄，而是为了激起人们对日本鬼子的仇恨！作者的语调也变得激昂慷慨，急切而躁动。

描写工人母亲形象的小说中，《消息》是重要的一篇。《消息》中的老太婆是位工人的母亲，她有一位从事秘密革命活动的儿子。代表先进生产力的工人阶级出身免除历史积淀的奴性，比之农民较易于走上进步的道路。这位老太婆已不满足于在屋晨缝补衣服、做饭烧水，她开始偷听儿子们议论的消息，由原来只会操持家务的母亲变为关心革命、要求成为支持革命的千百万觉醒百姓的一员。觉醒的社会意识、萌生的社会责任感在这么普通的老母亲身上崭露生机。作者运用她擅长的细腻笔法描写“老太婆”偷听消息的情形：她为了偷听儿子们的事，悄悄“爬进另外一个门洞，一间小到只能睡一个人的阁楼”，“屏着气用心听着，不肯放过一个字”，被油烟呛得咳起来，就“用一块布抵着嘴，让眼泪鼻涕流满脸上”，“蚊子成群结阵来袭击，她轻轻挥着，在那枯老的没有血的一双手上，咬了许多口，好些地方，小块小块的肿了”。作品中连续用了好几个动词：“爬”

"屏""呛""抵""流""袭击""挥"等，生动刻画出一个母亲秘密偷听的辛苦与难堪，写得栩栩如生。作者的笔法写实，细致而传神，又不乏俏皮和幽默，使一个普通的工人母亲显得异常可爱。

具有民主思想的小资产阶级知识女性在丁玲笔下表现得最充分，以自己的母亲为原型的长篇小说《母亲》就是其中的佼佼者。这篇小说发表于 1933 年，是赵家璧主编的良友文学丛书之一种。本文展示了于曼贞从衣食无忧、不问世事的少奶奶成长为自食其力、投身社会的知识女性的生命历程。这篇多达 8 万字的小说，语言摇曳多姿，时悲时喜，刚柔并济，雅俗兼备，完全围绕人物展开，像生活的语言一样富于变化，又像文学的艺术语言耐人寻味。这里举个作品中关于描写悲喜感受的例子，也营造了语言中"哭"和"乐"的语义场。[①] 于曼贞刚刚痛失丈夫，心底的悲苦无以名状，作品以各种形态的语言多次写到她的"哭"：

1. 小菡的母亲，三奶奶，一个刚满三十岁的，新近死去了丈夫的少妇，悄然的坐在一张近床的大靠椅上，独自的流着泪。

2. 小菡看见妈又在哭，便骇得收住了笑容，

3. 曼贞说完后，便从怀里掏出手帕来拭眼泪。

4. 家里的一些人的影子都在曼贞眼前映出来了。她同她的二哥，不是有五六年没有见面了么？然而她却越觉得伤心了。

5. 一切的苦痛，说不出，放在心头上的这命运的悲苦，眼前的艰难，前途的黑暗，没有一个人可以商量，没有一个人可以依赖，在丈夫死了过后，还存者一丝希望，希望能倒在她慈爱的母亲怀中去哭，谁知连这一点可怜的希望也意外的破灭了。她一想起这些就忍不住要大哭，要失去了理性，失去了知觉的大哭一场。

6. 可是眼泪已涌到扎痛的眼眶边，她咽住了声音，半天说不出一句话来。

---

① 语义场是通过不同词之间的对比，根据它们词义的共同特点或关系划分出来的类。意义相同或相近的词组成的语义场，叫做同义义场，同义义场中的各个词叫做同义词。欧洲结构主义语言学家在语义研究方面做出了重大贡献。结构主义的先驱瑞士语言学家索绪尔（Ferdinand de Saussure）认为词义的研究就应透过共时（synchronic）比较，通过实质内容，认识其抽象关系。德国和瑞士的一些语言学家发展了这一结构主义思想。德国学者特雷尔（J. Trier）提出了著名的语义场理论。（The Theory of Semantic fields）. 所谓语义场又叫词汇场。是一个系统，它把相互关联的词汇和短语组织起来，显示其间的相互关系，意义相关的 W1、W2、W3……构成一个集合，称为词汇场，词汇场 F1、F2、F3……的集合构成某一语言的词汇总和 V（vocabulary）。

7. 曼贞只觉自己软弱得很，没有什么主见，也哽着声音说道：

8、倒身在床上，那张大的银朱漆，雕了花、描了金的火色的床，那张十年前作为嫁妆的床，还有那锦缎的被，蒙着头，竭力压住自己欲狂的声音，然而也很尖锐惨厉的哭起来了。

9. 可是，在这时，她的这个最亲的亲属，她的年轻力壮有为的兄弟涌到她眼前时，新的、从来没有过的软弱又来了，她更看出了自己的孤单，需要别人怜悯，于是她痛哭了，哭到什么都没有的境界。她曾盼望过的那种放肆的痛哭，只有倒在母亲怀里才能有的那种尽情的倾泻，她现在可以什么都不管了，她要哭，不是倒在母亲的怀里，而是她死后的灵前。

10. 已经哭得泪人儿似的了。

11. 于是只剩下了她一个人还在哭，热的手巾，热的茶，热的情意，全是恰好的安慰的话语都堆了来，她只得慢慢的在抽噎中停住了。唉，停了哭泣后的心，才真是寸寸的痛得要命的呵！

12. 这全是一切不堪闻问、更不堪回忆的情境，于是一边讲又一边流泪，直到打过了三更才睡。

13. 在被窝里还不免一人悄悄的哭了又哭。

第1句到到第7句写的是于曼贞新寡后在夫家江家时竭力压抑而抑制不住的无声哭泣，“流眼泪”“拭眼泪”“咽住了声音”“哽着声音”等等都显示她克制自己，不让哭出声，因为在江家她是女主人，家里的亲戚、佣人、孩子都还要仰仗她而生活，为了面子，她即使有再大的悲苦也不敢肆意宣泄，只是再坚强的意志也克制不了人的深哀巨痛，所以眼泪是忍不住的。第8句写的是娘家人告诉她母亲去世的消息后，旧愁加新愁，丧夫又丧母，她再也无法控制地“尖锐惨厉的哭起来了”，已经是锐声地痛哭了，可是还“竭力压住自己欲狂的声音”，说明她还在克制，因为还在夫家。第9句到13句写她回到娘家后，在至亲的亲人面前，在母亲的灵前，不用那么辛苦地克制自己，任悲伤如同山洪爆发一般“尽情的倾泻”，“放肆的痛哭”。心理学表明，只有在最信任的、最爱的人面前，人们才会更真实地表露自己的感情。把“哭”写得这么细致入微、动人肺腑，又完全符合曼贞的个性和心理，构筑了“哭”的语义场，充分展示了丁玲的语言天才。

当然，痛苦不可能永恒，新的生活、劳动的生活也会给人带来一点欢欣。丁玲也作了描绘：

1. 曼贞望着她笑笑，她不答应她，她从来不会想到她们应该要贩鸡的。

2. 她笑，弟弟笑，于是妈也笑了。

3. 曼贞望了望窗外的阳光，便高兴的答应了。

4. 曼贞不觉的在心中有了一些快乐，她用温柔的眼光，向四方眺着。

5. 于是曼贞便举起眼去望四周，这四周的景物却用欣欣的颜色来回答了她。于是她觉得不应该说苦，这里就是一个乐境。

6. 于是她高兴的伸了伸腰，骄傲的望了望晴空，便又朝家里望了望，意思是说："好，你们看我吧！"

第1、3、4、5、6句写了曼贞重新面对生活，真正担当生活，参加家庭劳动，养鸡、种田后流露出来的欢乐心情。第2句是面对可爱的子女所感受的天伦之乐，生活中除了男女之情，还有许多美好的感情会唤起我们的愉悦，母子或母女之情自不必说。丁玲运用平常的语言，"笑""高兴""欣欣""快乐""乐境"等，却把这种经过痛苦之后，浴火重生的欢乐写得纯净而真实，真是平中见奇、耐人寻味。

因为《母亲》是长篇小说，语言也显得更丰富。除了上面举到的描写悲喜的例子外，还有很多类似描写母亲感情的语言，不再一一枚举了。小说开头第一、二部分的语言比较悲伤、低沉、柔弱，后面的语言比较开朗、乐观、刚毅，与于曼贞的性格变化相映衬，体现了丁玲一贯的细腻质朴的风格，又时有变化，丰富多彩。

革命母亲形象主要在丁玲的《魍魉世界》《风雪人间》及散文等篇章中体现。这类母亲中表现丁玲自己作为母亲，在经历了人生和社会的大起大落、悲欢离合甚至生死考验之后的人生体验，虽然回忆往事，但透露着作者自己的哲理思索。革命者的语言不只是慷慨昂奋的，而且是能揭示事物本质，带给人启迪和希望的。当丁玲被错划为"右派"，发配到北大荒劳动，想到无辜牵连的子女，她的内心痛苦而矛盾："母亲不好受，但她毕竟是从几十年艰难险阻中走过来的人，在这边远的北大荒，即使亲人离散，但她是个老党员，她相信历史，她不失去希望，她一定能熬过去。可是孩子们象刚出土的嫩苗，怎能经受住这样苦涩的风霜！刚放苞的鲜花，怎能放在烈火上炙烤？"前面一句话正面叙述，用的是肯定句，表明母亲的坚定、睿智和勇敢，"她"经历过困难，不怕困难，能熬过困难，因为“她”是个老党员了。这里不用“我”，而用“她”，其实是站在儿女的立场上来考虑问题的，是母亲的换位思考。后面两句话用的是比喻句和反问句，把“孩子们”比喻成“嫩苗”和“鲜花”，这是美好的褒义，体现母亲由衷的喜爱；“风霜”“烈火”与之对应，说明黑暗势力的残酷，母亲的心痛！反问句又透露了母亲的隐忧，说明孩子们还太嫩了，缺乏斗争的经验。短短的几句话写出具有共产主义情操的母亲思想的深刻和辩证，道出事物的本质，闪耀哲理性光芒。

同一阶层的母亲在语言上因人而异（年龄、经历、性格）。同样是农民母亲，《水》和《新的信念》中的母亲不一样的语言风格。《水》和《新的信念》写的都是老母亲的形象，前者是外婆，后者是奶奶，而且都是农民母亲，都在反复叙述自己的经历，但语言的效用大为不同。

语言是思想的外壳。这两个母亲的语言传递的信息不同。《水》写的是面对天灾——特大水灾，母亲的无奈与诅咒，当然里面也包含人祸，比如统治者的不救助。《新的信念》写的是面临人祸——日本侵略，母亲表现出的复仇精神。《水》中的“老外婆”在发大水的前夜，不断地“自语”或发出“咒语”，两次感叹“算命的说我今年是个关口”，迷信而又唠叨，明明怕死又说“不怕”，“我是不怕，我活了七十多岁了，看得真多，瘟疫跟着饥荒，死又跑在后面。我没有什么死不得，世界是这样。我们这样的人太好了，太好了，死到阴间不知怎么样，总该公平一点吧……”三句话中出现三个“死”字，让人感到恐怖而绝望。她的唠叨只会让所有面对灾难的神经绷得更紧，让大家厌烦不安，“没有人理她”。她的话语只会将别人拖入绝望的深渊，引不起共鸣，缺少建设性的内涵。

《新的信念》中陈新汉的母亲也在不停地叙说，残酷的描绘日本的暴行：“那姑娘叫，喊，两个腿像打鼓似的，雪白的肚子直动……”“三个鬼子就同时上去了。”“那姑娘叫不出声音来，脸变成紫色，嗯……嗯……像只母牛般哼着。生儿子也没有那么难受。她拿眼睛望我，我就喊她：‘咬断你的舌根，用力咬。’我以为她死了好些。”这么残忍的诉说先是“吓住”她的亲人邻居，但接着“得到同情、同感，觉得她的仇恨也在别人身上生长”，让她“感到一丝安慰”，“她就满意自己所搧起的火焰”。她还残酷地描写她受辱的情形：“我是一个被日本皇军糟蹋了的老婆子，你们看……”当她看到人们的苦脸就“叫着”：“你们别怜惜我，你们怜惜你们自己，保护你们自己。你们今天以为只有我可怜，可是，要是你们自己今天不起来堵住鬼子，唉！天呀！我不要看你们同我一样受苦呀！”她用第一人称“我”来叙述经历，显得真实，但又用我的故事来警醒“你们”，这种叙述指向的转化能引起触动，语锋犀利。她的话语有着强烈的倾向性和目的性，不像《水》里的老外婆漫无目的地诉说，而是要传递着抗日的坚定信念，唤起的是全民族同仇敌忾的精神，所以，她的话语引起大家的共鸣和回应。

两个母亲因为境遇不同，话语也不同。《水》中的老外婆话语总是埋怨，怨天怨命，语言也是简单机械的重复，显得苍白而缺少生命力；《新的信念》中母亲的言语在赤裸裸的描述背后隐藏着火一样的愤怒，透着顽强的生命力。

同一个人在不同生活境遇、不同年龄、不同场合、不同人面前的语言也会变化。《母亲》中于曼贞在初寡、求学、放足等不同的人生阶段所运用的语言不一样。于曼贞的丈夫刚刚去世时，作品中的语言也是凄凄惨惨的，“哭”的语义场充分显示人物的悲恸、柔弱与无助。景物语言也透出凄凉与萧瑟，表达了物是人非的景象。而当于曼贞要求上学，母亲的话语又透出坚定与决心，充分展示她的说服力。“放足”一段说明她的果敢与坚韧，“放足”过程的语言描写简洁有力、掷地有声而又鼓舞人心。

于曼贞在不同人面前，比如娘家人面前，夫家人面前，朋友面前、孩子面前的语言描写也不同。她在夫家人面前总是寡言少语，中规中矩，连“哭”都是压抑着的。在娘家人面前，她能放声恸哭，在弟弟云卿面前敢于表露自己的生活意愿和追求。在朋友面前，特别在她的挚友夏真仁面前，她会吐露自己的心声，诉说自己人生的矛盾与痛苦。在孩子面前就不自觉地流淌出温柔与爱的语言，显示母性的光辉。但总体而言，于曼贞的性格是统一的，柔中有刚，刚柔并济，作品的语言完全吻合这个特点。

第二章　不同文体的语言描写母亲的不同风貌

丁玲描写母亲语言的气象万千还表现在不同体裁语言的把握与运用上。中国现当代文学史上第一部描写母亲的长篇就是丁玲的《母亲》，同时她写的数十篇描写母亲的散文，小说语言与散文语言风格各异，也值得探究、同样的作家、同样的题材，不同体裁的语言究竟会有怎样的差别，这或许还是学术界未曾关注的领域。

丁玲最著名的长篇小说《母亲》是以自己的母亲为原型创作的，那么在创作中，丁玲塑造的母亲与真实的母亲是否完全一致，是否有差异？这种差异怎么从语言上体现出来？《母亲》《我母亲的生平》与《丁母回忆录》对照阅读，从语言上进行梳理和比较后，我们就会发现除了运用语言学及叙事学探讨母亲形象，还可以对不同体裁表现母亲的特点作进一步研讨，以了解丁玲笔下母亲的多姿形象。

一、小说语言与散文语言

描写母亲形象，丁玲主要运用小说与散文两类体裁来表现，小说语言与散文语言既显示了相似性，又具有明显的区别。按照西方的文学划分，小说和散文均属于叙事文学的大范畴，它们在大的语言功能方面一脉相通；这两种文学样式所使用的一些语言手段，如叙述、描写和议论，往往具有较高的相似性和互换性，致使这两种文学样式之间的语言个性不太鲜明。然而，即使如此，散文语言和小说语言毕竟不同。原因是无论小说和散文语言表达有多少外在的相似与相近，它们各自的文本世界终究承载着不同的艺术使命。具体而言，“小说大抵是一种再现性艺术，它的要义是尽可能生动、也尽可能深刻地讲述一段客观发生的、属于他人的故事，虽然其中并不缺少有关人物内心深处的发掘；而散文从根本上讲，是一种表现性艺术，其宗旨在于通过笔触的内窥，传达作家主观的所见所闻、所思所想，尽管其中也每见心灵折映的大千世界”①。所以，厘清小说和散文的语言疆界便成为可能。

---

① 古耜：《散文与小说的语言的差异》，载《海燕》，2007 年，第 10 期。

以描写丁玲母亲的作品为例，小说即她的名篇《母亲》，这是丁玲毕生完成的三大长篇小说之一；散文有《我怎样飞向了自由的天地》《向警予同志留给我的影响》《我所认识的瞿秋白同志》《我母亲的生平》《死之歌》。同样都写自己的母亲，但由于体裁与写作时间的先后不同，反映出小说语言和散文语言表现手段的诸多分别，即使在叙事、描写和抒情议论方面也各有特点。由于这篇母亲小说写于20世纪30年代，而散文却大多写于40年代，甚至七八十年代，丁玲的语言风格也已经悄然转变，所以也体现丁玲文学语言的变化与发展。

首先是叙述语言的差异。就叙述视角而言，小说采用全知视角和第三人称写法，作者以全方位多角度地展现人物的社会环境，描写母亲于曼贞的人生经历，甚至抒写她的心理历程。小说语言描摹了客观的真实的生活场景、人物描写细致入微，如同电影的一幕幕画卷清晰、连贯而生动。时代的变迁，新思想的传播，曼贞的新寡、求学、放足等等都通过语言的详细叙述徐徐展开。于曼贞个人的喜怒哀乐、周围人们的种种交往反应也都生动展示，历历在目。散文基本上都采用第一人称写法，也就是限制视角的叙述方法，以“我”即作者的视角来叙述母亲的经历，从女儿的眼光来评价母亲，语言表述更加直接，没有太多的铺垫和描绘，主观性比较强，更利于感情的抒发，更利于分析和评价。正因为叙述视角的差异，小说的语言注重客观性，而散文语言偏于主观性，有时干脆直接评述母亲的特点。

小说语言，特别是长篇小说可以全方位刻画人物，除了作者直接的描摹：“在女人中，她是一个不爱说话的。生得并不怎样好看，却是端庄得很，又沉着，又大方，又和气，使人可亲，也使人可敬。”这将一个大家少奶奶的外表、气质、性格都勾勒出来。小说还利用其他人物的转述进一步表现了于曼贞的特点：“要我们奶奶说几句，她又总是不做声，来了十年，一不问田地，二不问家当，像做客一样，住一阵，看不过家里样子，吩咐轿子就回到娘家去了。”“奶奶么，真是好性子，终日在上房看书，小声音说话，真是相敬如宾。”“我们奶奶是贤惠的。”这些都是通过家里的佣人幺妈说出的话，从侧面反映出于曼贞的贤淑、安静，不问世事的个性特征，从各个侧面塑造了母亲曼贞的鲜明形象。当然期间也展示了于曼贞的学问与见识，受新思想影响不太安份的心气，以及从生活的劫难中挺立起来的坚毅与刚强。小说语言不断地补充、强调、叠加，如同雕塑家手中泥团与刻刀将人物逐渐丰满起来，也像电影中多点透视，清晰地映射出母亲的多重面貌。散文语言就不可能这么无拘无束，全面展示人物，更多地从“我”的视角，或者文中特别的人物如九姨“向警予”的评价中概述母亲的生平与性格，所以更多的是片段式的语言，描写的是母亲的一个面影。从某种意义上说，小说语言如同电影语言，绵长而动态，而散文语言却如同定格在女儿心中母亲的一幅幅画像语言，诉说着丁玲的尊敬与思念。

关于母亲上师范班读书第一天的穿着打扮，小说《母亲》这样描述："（她）换了一件品蓝软绉的夹衫，四周都是滚黑边，压银道儿。倒袖也是一式。系的是百褶黑湖绉裙，裙的填心也钉着银丝边。穿一双蓝纱锁口的白绫平底鞋。头上扎了一条白绒线，一式儿插着几根珐琅的银簪，一支鹦鹉摘桃的珐琅压鬓花。倒也素素净净大大方方。"而在散文《向警予同志留给我的印象》一文中同样写到开学第一天母亲的装扮："我母亲穿得很素净，一件宝蓝色的羊皮袄和黑色的百褶绉裙。她大大方方的姿态，很使我感到骄傲。"两段相比较，就能感到小说语言与散文语言在叙述上的差异，小说写得详尽，用了一百多字，细节描写很充分，衣服与裙子的样式写得极为清晰，如果要拍成电影，连衣着的滚边都可照样模仿。散文只用"一件宝蓝色的羊皮袄和黑色的百褶绉裙"十几个字描写，简省得多。还有，小说是以叙述者的视角描述母亲的，这个叙述者是全知性的，不仅包括女儿，还包括其他人眼中看到的于曼贞，是客观的描摹；散文则从"我"作为女儿的视角去描写母亲，所以才有"很使我感到骄傲"的议论，写出母亲在我心中的印象，带有主观的情感色彩。另外，小说突出于曼贞的守寡特点："白绫平底鞋。头上扎了一条白绒线。"这与小说中的情节相一致，承前启后，是艺术构思中不可分割的一部分。散文就省略了，因为与全文的要表达的意义无关。

再者，从艺术功能而言，小说语言与散文语言有所不同。古耜在《散文与小说的语言的差异》一文中认为，小说目的是再现客观的社会场景和人物命运，把营造生动的故事情节和塑造丰满的人物形象，作为最核心和最重要的任务。所以，其语言必须是宏观着眼，大处落墨，追求一种整体的、画卷式的叙事效果。也就是说，要超越具体的、微观的语言把握，而小说语言只要做到这一步，那么即使出现某些局部的生涩或粗糙，也不过是白璧微瑕而又瑕不掩瑜，最终无伤大雅。相比之下，散文是作家心灵与人格的外化，这种性质和使命反映到语言上，虽然并不排斥整体的形象性和画面感，但它同时必然更讲究微观的精致性和细节的完美感，即要求语言在遣词、造句、组建句群和调度段落的层面，具有较高的准确性、丰富性和耐读性，否则，便难以真正贴近作家的生命，更无法深切传达作家复杂而微妙的内心世界。所以，小说语言主要是一种宏观的形象化语言。而散文语言则本质上是一种微观的语象化语言。① 我认同这种分析，也认为小说语言“从繁”，包括语言字数与长度，才能达到艺术再现的功能；而散文语言一般“就简”，力求简洁凝练，表情达意最关键，能达到散文特有的审美功能。丁玲的母亲语言，就小说《母亲》及其上面列举的散文，也具有这种区别性特质。

譬如关于母亲的人生，小说与散文的描述就不太一样。散文《我母亲的生平》这么写：“她的婚姻生活是不幸的，从她口中知道，我父亲是一个多病、意志消沉、有才华、却没有什么出息的大家子弟，甚至是一个败家子。我母亲寂寞惆怅、毫无希望地同他过了十年，父亲的早死，给她留下了无限困难和悲苦，但也解放了她，使她可以从一个旧式的、三从四德的地主阶级寄生虫变成一个自食其力的知识分子，一个具有民主思想，向往革命，热情教学的教育工作者。母亲一生的奋斗，对我是最好的教育。她是一个坚强、热情、勤奋、努力、能吃苦而又豁达的妇女，是一个伟大的母亲。”这一段也就两百多个字，有述有评，高度概括和评价了母亲的一生。在小说《母亲》里运用了8万字来叙述母亲的奋斗历程，原计划以30万字来描述，所以语言描写要细致具体得多。而散文只用三言两语就交代了母亲守寡的困苦：“父亲的早死，给她留下了无限困难和悲苦”，小说用了整篇小说四分之一的篇幅即文章的第一部分，大概两万字来渲染母亲面临的困境，经济上的债务累累，精神上的孤独无助，还有嗷嗷待哺的儿女，清清楚楚地展示这个现实，就像鲁迅深刻体会到的：“有谁从小康人家而坠入困顿的么，我以为在这途路中，大概可以看见世人的真面目。”② 读者也能从丁玲的母亲形象的语言描述中读出世态炎凉与人情冷暖，但这种感悟却隐藏在小说冷静细腻的生活描写中，隐藏在人物的举手投足与心理变化中，隐藏在母亲的眼泪与坚忍中，小说语言提供的是生活，是人物，感悟更多的留给读者，散文往往直接表达出感悟，这也是丁玲小说语言和散文语言的区别所在。再者，母亲的守寡只是小说情节的一部分，是母亲真正意义上个人奋斗的起点，是表现人物从家庭走向社会、性格由柔弱内敛到刚强开放的催化剂，不只是一个单独的事件，参与构成小说的艺术整体。比之散文的零碎片段更具有宏观性和整体感，小说语言自然而然适应艺术的需要，体现出这种整体宏观特征。

小说语言侧重客观描摹，散文语言偏于主观抒写；小说语言讲究宏观把握，艺术构思上由大而小，散文语言喜欢局部着墨，以小见大；小说语言繁多厚实，散文语言简约概略，两种体裁的母亲语言各有千秋，相映成趣，构成丁玲语言的

---

① 古耜：《散文与小说的语言的差异》，载《海燕》，2007年，第10期。

② 鲁迅：《呐喊·自序》，选自鲁迅：《鲁迅全集》第1卷，北京：人民文学出版社，2005年，第437页。

摇曳多姿、千变万化的语言特点。

二、 不同文体中的母亲语言展现不同的风貌

《母亲》是丁玲的未竟之作，只完成8万多字，第一章前半部分在1932年6月15日至7月3日的《大陆新闻》上连载，后由上海良友图书印刷公司于1933年6月将已完成的部分出版。《母亲》原打算创作三部，共30万字。小说以丁玲母亲的生活经历为素材，根据丁玲自述，第一部写她入校的斗争，至1912年止；第二部反映她从事教育事业的斗争，至1927年止；第三部写她在“大革命”失败后对于革命失败的怅然及其对前途的向往。但由于1933年丁玲被国民党特务机关秘密绑架，在南京囚禁了3年，《母亲》创作被迫中断，后来一直未能续写，也成了丁玲文学创作上的一大憾事。

1980年复出后的丁玲创作了《我母亲的生平》，“因为许多更紧迫的事”，“不能不压下续写《母亲》的欲望”，“只能把母亲的生平，作一极简要的介绍，希望能帮助读者更易于了解另一个时代，另一种社会，和在另一个时代，另一种社会斗争的人吧”[①]。

丁玲的母亲姓余，名曼贞，后改名为蒋胜眉，字慕唐。她是一位具有民主主义思想、向往革命的我国早期妇女运动者。丁母留下一部60年的回忆录和一百余首诗，后被《丁玲全集》收入为附录[①]，成为研究丁玲的弥足珍贵的材料。《丁母回忆录》始作于1941年，完成于1943年。“从一岁述至六十四岁，以年记述，分为三段：第一段仿小说之名称，曰《繁华梦》；第二段谓之《幸生》；第三段曰《余生》。主体虽则以年记一人之经过，而内容却极复杂，写时代之变幻与各种的新奇，虽无可观，亦有可惊可吓之处，其记人情风俗，社会教育，时代改革，文化勃兴等类，亦复不少。”[②]

《母亲》虽然是以丁母为原型创作的小说，但是小说中必然有加工和虚构的成分，于曼贞自然成为一个虚构的革命女性形象。这与《丁母回忆录》中真实的母亲形象会有怎样的差异，母亲话语的区别对于研究丁玲的创作具有非同寻常的意义。

首先是叙述角度的差异，《丁母回忆录》是以母亲的视角观照和回忆周遭经历的一些重要人事变迁，丁母是当然的主角与叙述者。而《母亲》基本采用第三人称叙述，也就是前面提及的全知视角，那么母亲就只是“贯穿这部书的人物

---

① 丁玲：《我母亲的生平》，选自丁玲：《丁玲全集》第6卷，河北：河北人民出版社，2001年，第64页。

② 丁玲：《丁母回忆录》，选自丁玲：《丁玲全集》第1卷，河北：河北人民出版社，2001年，第228页。

中的一个”。日记体中母亲书写的私人化特征，母亲话语的内向型，在丁玲创作的《母亲》计划中被弃置，代替的是开放型的母亲话语，既有母亲自己的话语，也有被书写的话语。因此，母亲形象就更生动、更全面。“母亲”形象的塑造，实际上也体现了经历“五四”并接受革命理念的丁玲对清末民初新女性的理解和想象，带有作者本身的意识在里面，是丁玲心目中的新女性与真实母亲形象的叠加。

其次是重要的事件与年份的更改，这更符合小说的时代话语。在《丁母回忆录》中，她进入常德女子师范学堂是在1908年：“社会上有先觉者，欲强家国，首先提倡女学。因女师缺乏，特先开女子师范学校。”[①] 而在小说《母亲》中，曼贞进入学堂的第二年，即小说结尾处，便写到辛亥革命的发生：“就在考棚那边，传来一阵零落的洋枪声，于三太太紧紧地抱着意儿坐在堂屋里望那边渐渐红上来的天空，那里是烧起来了。”[②] 那么，在小说中，常德女子师范学堂的创办便是1910年了。丁玲还在《向警予同志留给我的影响》一文中写道：“1910年、1911年的时候，是一个‘大革命’的时代。在我们湖南那个小县城常德，也酝酿着风暴。几个从日本法政回国的年轻人成了积极分子，他们同外地联系，在县城里倡导许多新鲜的事物，参与辛亥革命的前奏，女子要读书成了时代的呼声。经过筹备，1911年新年刚过，常德女子师范开学了。”事实上，据《常德市志》载：“光绪三十四年（1908年），武陵县（今常德县）创办常德女子师范学堂一所。”[③] 这与《丁母回忆录》中创办女子学堂的1908年一致，与清政府兴办女学的政策密切相关。我们诧异的是，丁玲把学堂的创办时间改为1910年或1911年，这是记忆失误呢还是另有深意呢？显然，小说选择的1910年是一个革命的、转折的时代，而于曼贞则是代表这种转折时期中即将告别崩溃的封建家族而投入时代革命潮流的时代女性，所以代表着进步的女子学堂的创立就必须在辛亥革命的前夕，置于辛亥革命的启蒙话语下。在小说中，于曼贞进入学堂后思想也受到革命的启蒙，小说人物对话中不乏对时事的关注，对满清的不满和对于帝国主义的愤恨，像于曼贞的同学夏真仁（以向警予为原型）：说出了“不联合起来把满清赶跑，自己立国，真是不得了[④]”这样带有辛亥革命的标语性话语。因此，我们可以说这个时间是象征时代话语的。

① 丁玲：《丁母回忆录》，选自丁玲：《丁玲全集》第1卷，石家庄：河北人民出版社，2001年，第271页。
② 丁玲：《母亲》，选自丁玲：《丁玲全集》第1卷，石家庄：河北人民出版社，2001年，第224页。
③ 应国斌总纂，《常德市志》，长沙：湖南人民出版社，2002年。
④ 丁玲：《母亲》，选自丁玲：《丁玲全集》第1卷，石家庄：河北人民出版社，2001年，第200页。

以上是对于时间的更改，下面的例子是对于事情前后顺序的变动，而这凸显出于曼贞的先进性和革命性，对真实母亲形象的有意拔高，从而突出革命话语。在小说中，于曼贞是先入学而后才让夫家知道的，“要说总不会准的，那时倒不好办，还不如先进了学校再讲……”① 在《丁母的回忆录》里，则是先征得夫家同意后才入学的。“于是去晤深晓世理之伯兄，申明事之轻重，不能顾小节失此时机。彼亦赞成。”② 丁玲小说文字的处理，无疑是要让于曼贞的夫家——即将崩溃的封建大家族表现得更具有反面性和落后性，显示于曼贞追求进步的阻力越大，越体现于曼贞的反叛性和进步性。另外，在小说中于曼贞的“放足”是在进了女子师范学堂之后的事情，又是在辛亥革命之前，文中进行浓墨重彩地描绘，将这一行为作为反对封建束缚的典型事件，语言描写极尽细腻。而在《丁母回忆录》中，1905 年的日记里已开始放足行为：“走得我腰也痛，腿也酸，幸脚放了还来得及。”③ 可见，小说对事件先后顺序的安排是精心策划的，以突出母亲形象的革命性话语，“以革命女性丁母作为原型”的话语曾经出现在《母亲》的书籍广告上，也就不足为怪了。

小说《母亲》的语言基本上采用白话，表现出质朴浅显的风格。丁玲自己也表达过同样观点。④ 而《丁母回忆录》还基本以文言为主，夹杂少量的白话文，还有大段的心理语言。相比之下，小说《母亲》语言的现代性特征不言而喻，正如对于曼贞形象的先进性描绘，都昂首于时代的前沿。

如果说小说《母亲》本身就意味着可虚构，可加工的成分，小说中的母亲与真实的母亲作为独立的个体存在于不同的世界，让我们了解丁玲的书写意图，那么散文《我母亲的生平》中对于丁母回忆录的改写，则试图化解读者对于真实母亲的理解，这又是耐人寻味的事情。

《我母亲的生平》是丁玲回忆母亲的文章，文中介绍了母亲的生平事迹，并多处摘录了《丁母回忆录》中的片段。但这些片段与后来公开发表的回忆录有多处不同，我们将摘录片段与回忆录的原文进行对照，可以发现丁玲的改动，有些地方的改动纯粹是语句上的修改，语意不变，而有些地方的改动却大有深意，不妨列举出来做一番比较。

---

① 丁玲：《母亲》，选自丁玲：《丁玲全集》第 1 卷，石家庄：河北人民出版社，2001 年，第 168 页。

② 丁玲：《丁母回忆录》，选自丁玲：《丁玲全集》第 1 卷，石家庄：河北人民出版社，2001 年，第 271 页。

③ 丁玲：《丁母回忆录》，选自丁玲：《丁玲全集》第 1 卷，石家庄：河北人民出版社，2001 年，第 261 页。

④ 参阅丁玲：《致〈大陆新闻〉编者》，选自丁玲：《丁玲全集》第 12 卷，石家庄：河北人民出版社，2001 年，第 8、9 页。

……弟之友来告，城门（常德）已锁，恐有意外事发动，嘱做准备，如消息恶劣，当再送信。此时她不在家，急与弟妇商量。我更因校长与监督均已去省城，校中（常德女师）仍有数十住宿生，她们皆是年轻姑娘，又处异地，万一有事，不堪设想……第二天风声愈紧，乃反满战争（指辛亥革命——引者注）。民众平安久了，不胜恐惧，市上已半空，学校停课，学生纷纷回家，我又喜又悲，不觉流出泪来。[①]（引自《我母亲的生平》中1911年事）

……弟之邻友来告密，现城门已竟（经）锁闭，怕有意外发动。弟客外未回，家无五尺之童，只仆役数人耳。伊曾受弟托，故来知会，少要外出，奖紧要物件点一下，如小溪恶劣，自来送信。吾急于弟妇商议，女校数十青年怎样，且校长与监督均已下省，他们皆是以低，万一有事，不堪设想……终夜无事安眠。天亮群众归校。第二天风声愈紧，乃种族之战争。民众安平久，不胜恐惧，市上已搬一空，学校停课，学生纷纷回家。外县的自觅同乡，作归计。予睹惨状，不禁悲从中来，将素所迫不使出的眼水，嚎啕大哭，以杀我的苦闷。[②]（引自《丁母回忆录》1910年事）

两段文字是丁母关于辛亥革命的回忆，充满动荡和恐慌。丁玲将“种族战争”改为“反满战争”来说明辛亥革命，显然比较准确。但对于丁母的感受也改了一下，由“不禁悲从中来”“嚎啕大哭”改为“我又喜又悲，不觉流出泪来”。“喜”从何来？这显然是丁玲作为后来者对于辛亥革命的认可与评判，并非丁母当时真切的历史体验。

唉，可怜不幸的曼，又从死里逃生。唉，不能够死咧，还有一块肉，伤心呦！吾女每见我哭，则倒向怀中喊道：‘妈妈咧妈妈！’做妈妈的怎舍得你，你若再失去妈妈，你将何以为生！只得勉强振作精神，自己竭力来排解，从此母女相依为命，从弟家重返县立女校，为千万个别人的子女效劳。（引自《我母亲的生平》中1918年事）[③]

可怜不幸的曼，又从死里逃生。唉！不能够死咧，还有一块肉，伤

---

① 丁玲：《我母亲的生平》，选自丁玲：《丁玲全集》第6卷，石家庄：河北人民出版社，2001年，第65页。
② 丁玲：《丁母回忆录》，选自丁玲：《丁玲全集》第1卷，石家庄：河北人民出版社，2001年，第276页。
③ 丁玲：《我母亲的生平》，选自丁玲：《丁玲全集》第6卷，石家庄：河北人民出版社，2001年，第67页。

心呦！吾女每见我哭，则倒向怀中喊道：‘妈妈咧妈妈！’可怜的宝贝，做妈妈的怎舍得你。只得强振精神，自己竭力的来排解，从此母女相依为命。休息了数日，弟家实无可恋，反而触目伤感，只得仍旧赴校负（服）务。[1]（引自《丁母回忆录》1919年事）

爱子的夭折给予丁母致命性的打击，让她感到生不如死、处于几近情绪崩溃的边缘，爱女的声声呼唤唤醒母亲的牵挂与责任，也激发了母亲的生存欲望，这是母性的本能，因此丁母在回忆录里真实地记述当时的心境，回校教书不过是一种忘记痛苦的消遣而已，因为在深哀巨痛之时并没有更高的追求。丁玲刻意加上一句“为千万个别人的子女效劳”，使母亲的精神境界更加崇高，文字背后展现的是丁玲赋予母亲另一种坚强的理念，另一种无私广阔的胸怀。这也许是丁玲对于母爱的理解与冀望吧，超越普通的母爱，走向高尚。

不久，白友准备留学法国，从她的故乡溆浦去长沙，路经常德，特来看我。彼此知己，相晤之下，极其忻悦。留居校中，并约旧日好友，为十日之聚。夜夜与白友抵足谈心。伊劝我振作精神，将眼光放远大些，不可因个人的挫折而灰心，应以救民救国之心肠，革命的成功，来安慰你破碎的心灵。并介绍我看那几种书，都是外边京沪出版的一些杂志新书。我听她这些话，如梦方醒，又如万顷波涛中失了舵的小船，泊近岸边一样。亦正如古人常说的‘闻君一席话，胜读十年书’。白友之来，其所言真是我的福音。[2]（引自《我母亲的生平》1918年事）

至春季，吾正伤旧创，是白友留学某国路经此地，特来看我。彼此知己，多年未会，相晤之下，极其忻悦。留居校中，并约旧日好友，为十日之聚。幸校内放了春假，寄宿者回家，空了些床铺，又特雇小舟数只，游览名山，寻幽觅胜，赏花小酌，至日暮返校，与白友抵足谈心。伊劝吾振作精神，将眼光放远大些，不可恢（灰）心，需报我佛救世之心肠，拿事之成功来安慰你破碎的性灵。还介绍我看那几种书，唉，我听她这番话，如梦方醒，又好像波涛中的船拍（泊）了岸样。古人尝云：“闻君一席话，胜读十年书。”对的，不错啊！第二天我人都强

① 丁玲：《丁母回忆录》，选自丁玲：《丁玲全集》第1卷，石家庄：河北人民出版社，2001年，第298页。
② 丁玲：《我母亲的生平》，选自丁玲：《丁玲全集》第6卷，石家庄：河北人民出版社，2001年，第67页。

了许多了。白友真是我之福音。[①]（引自《丁母回忆录》1920 年事）

两段文字叙述了白友，即向警予对我的鼓励和影响，主要细节接近，但鼓励丁母的内容却完全不同，回忆录中是“需报我佛救世之心肠，拿事之成功来安慰你破碎的性灵”。这与丁母信佛有关，用宗教来说服，用“事之成功”来安慰“性灵”“事之成功”比较空泛，“性灵”也更加玄虚，和宗教的神秘色彩一致。而在丁玲对母亲的回忆文章中则改为“以救民救国之心肠、革命的成功，来安慰你破碎的心灵”。这里凸显向警予对于丁母的“革命引导”，立意非常明确。

我只得深居斗室，恨不能将此身埋在地穴，或把两耳紧塞，因常有尖锐的毙人的号声传来。又常有人说“某女生亦在其内”，或说，“今天的那个年纪很小，还不到十五岁咧……”还形容他们的状态和其家庭如何。这些话都使我听了如万箭穿心，恨不能放声嚎啕大哭。我用两手捧着头，靠在书桌上任泪水澎湃以剎悲。可怜的热血青年死得真冤枉，我那可爱的有觉悟、舍身为国的青年呦！这次将我国的元气太丧了！国家前途就败落在这群自私自利的奸猾之徒手里吗？[②]（引自《我母亲的生平》1927 年事）

我则终日深居斗室，恨不能将此身埋在地穴，或把两耳紧塞，因常有“搭底搭底”毙人之号声，或听同居的说某女生亦在其内，很可怜呢！有的说，今天又是那几个，没年纪，有的还不到十五岁咧，并且他们还说许多不忍听的话。形容如何的状态，其家庭若何的悲痛。他等式谈白话，无心的，可怜使我听了如万箭穿心，恨不能放声嚎啕大哭，把头用两手捧着，靠在书案上，任眼水澎湃以杀悲。可怜的热血青年，死得真冤枉，可痛的慈爱父母，怎么悔得，还做什么将儿女读书，燕子含泥空费力，只落得肝肠寸断。万恶的人类，昧于天良，我那青年呦！可惜呀，可惜的呀！爱什么国，爱什同胞，替群众谋什幸福？牺牲得真不抵！成个人生十几年，只是那水中之一泡耳。自私自利的奸滑（猾）之徒，反笑尔等没知识。我那勇敢的青年啊！聪明的青年啊！这次将我国的元气太（大）丧了！将来把什么人才对付外敌？[③]（引自《丁母回

---

① 丁玲：《丁母回忆录》，选自《丁玲全集》第 1 卷，石家庄：河北人民出版社，2001 年，第 301 页。
② 丁玲：《我母亲的生平》，选自《丁玲全集》第 6 卷，石家庄：河北人民出版社，2001 年，第 70 页。
③ 丁玲：《丁母回忆录》，选自《丁玲全集》第 1 卷，石家庄：河北人民出版社，2001 年，第 339 页。

忆录》1929 年事）

这是丁母听到青年被残杀后的反应，但表述上不同。丁母在回忆录中，对于青年的被杀痛心疾首，感同身受，仿佛痛失自己的儿女一般，深为他们鸣冤、喊不值。“可惜呀，可惜的呀！爱什么国，爱什同胞，替群众谋什幸福？牺牲得真不抵！”对于那些青年为之牺牲的“爱国”“替群众谋幸福”的理想话语也产生了质疑。而丁玲则改为“可怜的热血青年死得真冤枉，我那可爱的有觉悟、舍身为国的青年呦！”表述上除了喊冤以外，更多表现对谋杀者的愤恨，对牺牲者的肯定，那些青年是“可爱”的、有“觉悟”的。语言表述上体现了不同的价值取向。或许丁母是从母亲的角度感慨生命的脆弱、牺牲的无谓，青年应该有更大的作为。而丁玲则认为革命必然伴随着牺牲，有斗争就会有牺牲，牺牲的意义重大，死得其所。

从以上列举的几段文字中，我们不难发现，丁玲在散文《我母亲的生平》中所摘录的母亲遗稿与公开发表的《丁母回忆录》确有差别，曾经当过主编的丁玲对母亲遗稿的修改不仅停留于文字上的修正，更深入到文字背后的深层意义。也许有人会批评丁玲对于母亲本真的遮蔽，但读者却感受到丁玲赋予“母亲”更崇高的意义。丁玲的母亲抚孤守寡、自立自强、献身教育，已经非常了不起，但丁玲心目中的母亲还必须具备更高的精神境界：一是对时事的正确判断，具有历史的眼光；二是勇敢无畏，敢于冲破世俗的偏见，敢于与封建家族决裂，具有革命精神；三是即使家庭遭遇巨大不测，也能勇于担当，不仅成为家庭的脊梁，还能担当社会的责任，社会化的程度很高，有见识，识大体。这才是丁玲心目中理想的母亲形象，所有的语言表达都指向这么一个光辉的形象。

第三章 从性别语言展示母亲形象的独特性

在丁玲漫长的创作生涯中，她塑造了形形色色的人物形象，特别是以莎菲、于曼贞、贞贞、杜晚香等为代表的一系列女性形象，倍受学术界关注与评价，毁誉交织。其中的母亲形象姿态各异，光芒四射，却没有引起足够的重视。众多人物画廊里的女性话语和母亲话语共生共存，却呈现不同的特点，我们有必要去辨析与开掘，以丰富和开拓丁玲作品的文学语言研究。

"母亲"始终是女性主义的一个敏感话题，在女性主义诸多理论流派中，她都是一个倍受争议的性别身份。而在女性文学的实践中，母亲形象作为一种符号源，更有着复杂的文化特征，因而通过解读"母亲"，我们也许可以获得关于女性文学及性别文化的多元视角。

一、母亲语言与女性话语

关于"母亲"，还是要从父权制的"母亲神话"说起。唯意志论者尼采说："妇人的一切是谜，同时妇人的一切只有一个答语，这答语便是生育。"[①]叔本华也认为，女人的存在基本上仅仅是为了人类的繁殖。这里便存在父权制所设置的一种"母亲神话"，这一神话的实质就是：女人的最高价值和唯一使命就是她们自身女性特征的完善，而这一完善的关键就在于女性在男权主宰下的母亲身份的获得。面对这样一种理论，女权主义者中出现了不同的意见，一部分如西蒙·波伏娃认为母性是使妇女成为奴隶的最技巧的方法，因而妇女解放与做母亲二者无法共存；而另一些人则认为二者是可以相融的，母性中包含的爱、忍耐、宽容等高贵品质正是人性的希望。也正是基于后者的观点，一种被视为可以作为人类生存的拯救与出路的文化关怀——母性关怀，成为可能，因而女性文本中便出现了复杂的母亲形象与母性表征，它构成女作家对女性主义以及所谓的母性拯救的不同观点，这种分歧也导致了母亲形象在女性文学实践中的复杂性和多义性。

母亲身份在女性性别身份中处于重要位置。一方面母亲是女儿身份的延伸，另一方面，从传统伦理观念看母亲身份又暗示了妻子身份的在场，这样对母亲身

① ［德］尼采：《尼采文集》，北京：中国言实出版社，1996年。

份的关注，事实上就是对女性命运的全面关注。这里有必要对母性、妻性、女儿性等进行区分："母性是一种母亲性质，是区别于'男性'和'女性'的一种性别意识的'第三性'，又是父权制所提倡的'母性主义'的具体对象"①，它包括生理范畴的母亲性质与社会范畴的母亲性质，对母性的研究表明："母性不仅仅是'天然的'母亲属性，还包括在不同的社会、文化、历史的条件下产生的不同性质的'社会的'母亲属性，置身社会、文化、历史环境的父权制对母性的解释以及对母性的造就，直接影响到母亲的形象和母亲的性别角色分担的逻辑理论以及母亲的价值本位的确定。"② 从传统意义上理解的母性大多是类似于博爱、奉献、保护等正面心理特征，但是现代心理学证实：一个母亲在面对子女时也会有恐惧、厌恶、仇恨等心理，这样母性中也存在着隐秘的负面因素；女儿性主要是女性在少女时代所具有的纯净、自由的天性，《红楼梦》对于女儿性的界定与推崇可作为参照；妻性是女性后天形成的属性，妻性对应着丈夫的权威性，因而它是女性的奴性与受虐性的表现。鲁迅认为："女人的天性中有母性，有女儿性，无妻性，妻性是被逼成的。"③而被逼成的妻性作为女性集体无意识的深层心理结构已经先于每一个个体女性而存在了。妻性、母性、女儿性虽然在女人生命的不同阶段以及面对不同的对象时各有侧重，但是它们又并非各自孤立毫无交叉，事实上这三种品性始终都隐含在一个女人的成长过程中，它们是一个女人的综合属性。因而对母亲形象的分析是把她视为一个拥有了母亲身份的多属性的女人，而不是一个单纯的生育行为的完成者。这样我们的视角便有了以下两种指向，即一个女人作为母亲和一个作为母亲的女人。正是因为母性及母亲身份之于女性生存体验的这种复杂性，因而母亲形象成为透视女性文本的一个重要参照系。④

上述观点是女性主义研究者对于"母亲"意义的阐述，那么丁玲笔下的母亲形象是否也反映这种理论呢？我们试图从文本的语言出发来研究，揭示"母亲"这种女性的内涵。丁玲描写母亲的作品与描写其他女性（非母亲）的作品为数不少，其中的母亲语言与女性话语有相似性也有差异性，我们选择其中具有代表性的文章进行比较，譬如《母亲》与《莎菲女士的日记》，《新的信念》与《我在霞村的时候》分别作比较。之所以选择这两对文本，是因为《母亲》是描写母亲形象的代表作，《莎菲女士的日记》是丁玲早期描写年轻女性的成名作。

---

① 卢升淑：《中国现当代女性文学与母性》，选自中国社会科学院研究生院博士论文，2000年，第1页。
② 卢升淑：《中国现当代女性文学与母性》，选自中国社会科学院研究生院博士论文，2000年，第1页。
③ 鲁迅：《而已集·小杂感》，选自鲁迅：《鲁迅全集》第3卷，北京：人民文学出版社，2005年，第55页。
④ 参阅王虹艳：《"母亲神话"的解构与"母性关怀"的重建——切入女性文本的一种视角》，http://www.chinawriter.com.cn，2007年8月23日浏览。

《新的信念》与《我在霞村的时候》是描写抗日战争时期受辱的母亲与女性的重要佳作。

《母亲》与《莎菲女士的日记》尽管一部描写20岁未婚的年轻女性，一部描写30岁左右守寡的年轻母亲，但她们身上都具有共同的话语特质，追求自由与个性解放，突破世俗偏见的叛逆性。莎菲追求灵肉一致的爱情，作者以大胆开放的笔触描写莎菲复杂的情爱心理，在20世纪20年代可谓惊世骇俗，“好似在这死寂的文坛上，抛下一颗炸弹一样，大家都不免为她的天才所震惊了。”①《母亲》中于曼贞冲破封建家庭束缚，要求受教育与工作，追求自强自立，在同时代的女性中亦属凤毛麟角。从两段文字中可以“窥一斑而知全豹”。

> 唉，可怜的男子！神既然赋予与你这样的一副美形，却又暗暗捉弄你，把那样一个毫不相称的灵魂放到你人生的顶上！你以为我所希望的是“家庭”吗？我所欢喜的是“金钱”吗？我所骄傲的是“地位”吗？“你，在我面前，是显得多么可怜的一个男子啊！”（引自《莎菲女士的日记》）

> 她从小便羡慕她的弟兄，她是不愿只躲在屋里过一生的。她看过几本从外国翻译的小说，不知有多么羡慕她们。你看，象程二嫂，往外边跑了一趟，进过学堂，她现在就也是先生了。她当然懂得她不懂的，她又可以自立不求人。（引自《母亲》）

前一段是莎菲的心理独白，经过了痛苦的挣扎之后，慢慢从迷醉凌吉士漂亮的外表中解脱出来，进行灵魂的拷问，高傲地蔑视这个充满诱惑的男人。三个感叹句无疑显示莎菲的轻蔑与惋惜，重复两次使用“可怜”这个词将莎菲的评价袒露无疑，说明她从心底里瞧不起这个美男子，因为他那与外表“毫不相称的灵魂”。三个反问句清晰地表明莎菲对世俗的否定，“家庭”“金钱”“地位”三个词概括了世人的追求及幸福的含义，而莎菲对此不以为然，她只希望能“懂我”，能有高贵的灵魂。难怪毅真在《丁玲女士》一文中评论：“在冰心女士同绿漪女士的时代，是母亲或夫妻的爱；在沅君女士的时代，是母亲的爱与情人的爱互相冲突的时代。到了丁玲女士的时代，则纯粹是‘爱’了。爱被讲到丁玲的时代，非但是家常便饭似的大讲特讲的时代，而且已经更进了一层，要求较为

---

① 毅真：《中国当代女作家论》，载《妇女杂志》，1930年，第16卷第7期。

深刻纯粹的爱情了。”[①] 莎菲正是满带着“五四”时代烙印的新女性。

后一段是作者代替于曼贞的心理倾诉。这一段文字提到了于曼贞羡慕的两个人：她的弟兄和程二嫂，一个男性，一个女性，但他们都是“有思想、有学问、有事业”的时代领军人物，这正是她学习的榜样和奋斗的目标，所以文中用了两个“羡慕”的词来着重表达她的思想，她一直要向先进人物看齐。正如美国的心理学家所言：“一个人越是进步和富有活力，他越是积极地去学习他人并取益于他选择的模特。”[②] 于曼贞终究“不愿只躲在屋里过一生”，而且实现“可以自立不求人”的生活理想。因此，钱谦吾在《丁玲》一文中指出丁玲的创作“一贯地表现了一个新的女性的姿态，也就是其他女性作家的创作中所少有的新的女性的姿态。”[③] 在此焦点上，丁玲的母亲话语与女性话语是一致的，那就是追求独立自主的生活。

但是这两篇小说中的母亲语言与一般的女性话语依然存在不同之处。

《莎菲女士的日记》总是以“我”为叙述的中心，写的绝大部分文字都是关于情爱与苦闷的心绪，用了很多长句来表达这种烦乱的思绪。比如下面的两段：

> 太阳照到纸窗上时，我在煨第三次的牛奶。昨天煨了四次。次数虽煨得多，却不定是要吃，这只不过是一个人在刮风天为免除烦恼的养气法子。这固然可以混去一小点时间，但有时却又不能不令人更加生气，所以上星期整整的有七天没玩它，不过在设想出别的法子时，又不能不借重它来像一个老年人耐心着消磨时间。
>
> 当我明白了那使我爱慕的一个高贵的美型里，是安置着如此一个卑劣灵魂，并且无缘无故还接受过他的许多亲密。这亲密，还值不了他从妓院中挥霍里剩余的一半！想起那落在我发际的吻来，真使我悔恨到想哭了！我岂不是把我献给他来玩弄来比拟到卖笑的姊妹中去！这只能责备我自己使我更难受，假使只要我自己肯，肯把严厉的拒绝放到我眸子中去，我敢相信，他不会那么大胆，并且我也敢相信，他所以不会那样大胆，是由于他还未曾有过那恋爱的火焰燃炽……唉！我应该怎样来诅咒我自己了！

---

① 毅真：《当代中国女作家论》，载《妇女杂志》，1930年，第16卷第7期，1930年7月1日。

② ［美］查尔斯．霍顿·库利：《人类本性与社会秩序》，北京：华夏出版社，1999年，第48页。

③ 黄英编：《现代中国女作家》，北京：北新书局，1931年。

第一段以不厌其烦的文字写到一个无聊的举动，即煨牛奶，三次也好，四次也好，完全是为了“免除烦恼”的法子，表明她的空虚落寞。接下来用了77个字组合成长长的复句，以“固然”“但”“却”“所以”“不过”“又”几个连词连缀起来，其中几个转折性的连词恰恰写出莎菲反复无常的心理，叛逆而又寻不到出路的她，只能在病中以无意义的事情来消耗年轻的生命。第二段写出莎菲接受凌吉士亲密举动之后的自责与悔恨，整段话的语气十分激切，一共使用了四个感叹句来表达这种愤恨，一句比一句更长，层层深入，既指责凌吉士的轻浮也谴责自己的轻率，这是一个生动而无情的心理剖析，剖析的结果是缺少精神共鸣的肉体之爱令人厌弃。这两段话都很感性，侧重于内心体会。丁玲巧妙地选择一个患了肺病的女孩来思索爱情、体验爱情，从而以莎菲特有的偏执与病态来发现爱的真谛、爱的无望。这与鲁迅《狂人日记》中利用狂人来揭示正常人不敢言说的社会真相不谋而合。年轻女性往往以爱情的方式来接触社会，来把握社会，对男性的失望，对爱的失望常常导致她们对社会的厌恶，以至于反过来自暴自弃。正像拜伦说的：“男人的爱情是与男人的生命不同的东西；女人的爱情却是女人的整个生存。”[①] 这种典型的女性的爱情话语，比五四时期对自由爱情的追求，具有更深刻的思想内涵、社会内涵。

母亲语言相比女性语言中的多变、不稳定、歇斯底里甚至神经质而言，具有较强的理性或稳定性、社会内涵及责任感，这与她们的人生阅历、生理状态及其心理状态有关。《母亲》中的于曼贞在丧夫之后也有过苦痛与悲哀之语，甚至绝望，但这种苦痛却有现实中的具体意义，即生存的压力，不再是女性话语中的爱情困惑。

> 她满肚子都是悲苦，一半为死去的丈夫，大半还是为怎样生活；有两个小孩子，拖着她，家产完了，伯伯叔叔都像狼一样的凶狠，爷爷们不做主，大家都在冷眼看她。有两个妯娌是好的，譬如二婆婆也是可怜她的，却不中用，帮不了她什么。靠娘家，父母都死了，哥哥也到云南去了，兄弟是能干的，可是小孩子多，而弟媳……靠人总不能。世界呢，又是一个势利的世界，过惯了好日子，一朝坍下来，真受苦。

这段话与莎菲那有许多转折连词组合起来的冗长句式不同，语句明白如话，

① ［法］西蒙娜·德·波伏娃：《第二性》，北京：中国书籍出版社，1998年，第725页。

找不到几个连词，甚至为了表达的连贯性而省略了部分连词，主要靠句子之间的语义关联自然组合成段，但思维清晰，比莎菲的不着边际的苦闷更有现实感。这一段是曼贞初寡后对环境中各种因素的梳理，里里外外的亲友都尽数一遍，却找不到一个可以依靠的对象，所以她感到“悲苦”。第一句是一个因果复句，将“悲苦”一词前置，强调于曼贞的感受，后面两个并列分句再说明原因，她痛苦的根源还是生存的压力，没钱、没人帮忙，有孩子的拖累，在“势利的世界”何以为生？整段话的中心句也在第一句，下面的话语都是对“怎样生活”的解析，语言的逻辑性强。由此可见，莎菲的语言用于分析男人和自己，而于曼贞的语言则用于分析所有与她有利害关系的人。母亲语言与女性语言在表达心理感受时都很细腻，但母亲语言更理性、更具条理性和逻辑性，富有现实感，语言也更加简明清晰。

《母亲》一文中虽然没有情爱话语，但母爱的语言却感人至深，似乎颠覆了女权主义者的理论：

> 不过她有一个吃苦的决心，为了孩子们的成长，她可以捐弃她自己的一切，命运派定她该经过多少磨难，她就无畏的走去。其实她是连所谓苦，怎样苦法，都是不清楚的。
>
> ……悲哀就在感觉中慢慢深刻了起来，而一种力，大的忍耐的力也在她身上生长起来了。她如果要带着孩子们在这人生的旅途中向前去，就得不怕一切，尤其是不怕没有伴，没有帮助，没有一点同情，这正是最使她伤心，最容易毁伤一个人勇气的东西呵！
>
> “……你说我没有孩子会更好些，我不懂，我实在是为了孩子们才有勇气生活。那个时候，唉，我连像样的朋友也没有的。我现在，这大半年来，得了你们许多帮助，才算懂得一些事，从前真不懂得什么，譬如庚子的事，听还不是也听到过，哪里管它，只要兵不打到眼面前就与自己无关。如今才晓得一点外边的世界，常常也放在心上气愤不过。我假如现在真的去刺杀皇帝，我以为我还是为了我的孩子们，因为我愿意他们生长在一个光明的世界里，不愿意他们做亡国奴！”

前面两段是于曼贞的心理语言。第一段将两个正常的语序颠倒，正常语序应该是：“其实她是连所谓苦，怎样苦法，都是不清楚的。不过她有一个吃苦的决心……”但是作品为了突出母亲“吃苦的决心”，故意将这句话前置，说明母亲已经不再顾忌生活的苦，“为了孩子们”，“她可以捐弃她自己的一切，命运派定她该经过多少磨难，她就无畏的走去”。这样的语序安排更有震撼力和冲击力，能鲜明感受到母爱的勇敢坚强、无私无畏，而这种精神的源泉正是孩子，是责任，反过来孩子给了母亲生之意志。这与“莎菲”女性们只是为了自己的爱而言，更具有利他性。第二段也突出母亲迸发的“力”“大的忍耐力”，由一个词再到一个词组的强化，使表述更充分。这种“力”源自一个强烈的愿望，为了“带着孩子们在这人生的旅途中向前去”。这种观点与女性主义者不同。女权主义者认为母性是使妇女成为奴隶的最技巧的方法，孩子似乎会妨害女性的生命追求。可在丁玲笔下，孩子也许在生活上、经济上成了某种负累，但在精神上成就了母亲的强大，母爱也是一种责任，责任会激发力量，否则“生命会无法承受之轻”，就像“莎菲们”一旦失去爱情的寄托后就觉得茫然无力。第三段的母爱话语又有更深更广的表述。第 1 句与前面两段的意义接近，都说明孩子给予母亲的力量和勇气，接下来说明随着母亲社会阅历的增长，对孩子的爱有了更广博的空间和体悟，那就是为他们创造“一个光明的世界”，“不愿意他们做亡国奴”！母爱已经从家庭之爱转向国家之爱，因为国乃千万家，没有国哪有家，覆巢之下岂有完卵，这是中华民族经历血的教训后发出的肺腑之言。这段话中的“孩子们”显然不止是母亲的儿女，更指民族的后代，这与鲁迅的《狂人日记》中喊出的“救救孩子”中的“孩子”一样，代表国家的下一代、我们的未来，母亲语言的境界豁然开朗。由此可见，母亲语言比女性语言更为大气开阔，社会内涵也更为丰厚。

《我在霞村的时候》中的贞贞与《新的信念》中陈新汉的母亲都是被日军蹂躏的女性，都是受害者，但女性话语与母亲话语差距甚远。《我在霞村的时候》中的女性话语主要凝结在女性“贞洁”上。贞贞不幸沦为慰安妇之后，不顾个人安危为解放区送情报，为抗战做过许多有益的事，在敌人面前她是勇敢的。可是当她回到家乡，大家对她却充满鄙夷：“亏她有脸面回家来”，“听说起码一百个男人总‘睡’过，哼，还做了日本官太太，这种缺德的婆娘，是不该让她回来的。”“昨天他们告诉我，说走起路来一跛一跛的，唉，怎么好意思见人！”“谁还肯要鬼子用过的女人！”“尤其那一些妇女们，因为有了她才发生对自己的崇敬，才看出自己的圣洁来，因为自己没有被敌人强奸而骄傲了。”如果说敌人摧残了贞贞的肉体，而这些来自父老乡亲的话语却深深地伤害了贞贞的心灵，也是“吃人”的话语，我们不得不佩服丁玲对人性的洞悉。而贞贞虽经历苦难，却依然保持着从容、淡定与洒脱。丁玲没有给贞贞设计太多的话语，而是通过对其外貌举止的语言描述，让我们认识到一个可爱、妩媚而落落大方的年轻女性。“她拿着满有兴致的眼光环绕的探视着。她身子稍稍向后仰的坐在我的对面，两手分开撑住她坐的铺盖上，并不打算说什么话似的，最后便把眼光安详的落在我脸上了。阴影把她的眼睛画得很长，下巴很尖。虽是很浓厚的阴影之下的眼睛，那眼珠却被灯光和火光照得很明亮，就像两扇在夏天的野外屋宇里的洞开的窗子，是那么坦白，没有尘垢。”关于坐姿的语言显示出贞贞的随意与大方，对眼睛或眼光的描绘则费尽笔力。眼光是“满有兴致”“安详”的，这两个定语透露了贞贞内心的健康与宁静，同时以一个长长而奇特的比喻写出贞贞眼睛的坦白与澄澈，“像两扇在夏天的野外屋宇里的洞开的窗子”，把眼睛比成“窗子”，寓意明显，即为心灵的窗户，只是“窗子”的修饰语像一幅美丽的画面，“夏天”“野外”组合的意象让人感受到一个纤尘不染、自然纯净、充满生机的开放世界。“洞开”本为动词用以修饰名词，词性转化为形容词，生动地传达出那种无拘无束、敞明透亮的感觉，极富有语言的美感，为了强化贞贞洒脱明朗的性格。如此健康阳光的女子在人言可畏之下也变得可怕，“两颗狰狞的眼睛从里边望着众人”，“她像一个被困的野兽，她像一个复仇的女神，她憎恨着谁呢？为什么要做出那么一副残酷的样子”。“狰狞”“残酷”与“野兽”“复仇的女神”结合成令人心惊胆战的形象，将贞贞以前的可爱一扫而光，让人痛彻感到女性在世俗面前的变异和脆弱。《新的信念》中陈新汉的母亲一样饱受女性失贞的痛苦煎熬，但她早已将女性的贞洁与名誉抛开，将世俗的偏见无情撕毁，破茧成蝶，达到忘我的境界。她反复诉说自己的受辱经历，“愿意为了这些人的生命幸福而牺牲自己”，她的诉说理直气壮、凶神恶煞（上面已举过许多例句），让人望而却步，却能激起大家的共鸣与理解，因为她完全把自己抛给这个苦难深重的民族，母亲的话语犹如一把双刃剑，刺伤自己，更毁灭敌人，因而母亲语言透出倔强与伟力以至杀伤力。我们不能忘记，正是因为有千千万万忍辱负重的母亲们，以柔弱的身躯为我们撑起希望的蓝天，她们与鲁迅笔下冲锋陷阵的脊梁式的父亲们一起，承袭了我们民族五千年的历史，虽历经风雨沧桑而屹立不倒！

所以，通过女性语言与母亲语言的比较，我们不难发现，丁玲笔下的女性多为强者，完全颠覆了“女性，你的名字是弱者”的传统，而母亲更是强者中的强者，坚忍顽强蕴含内力，因为母亲担负着更重的责任甚至苦难！

二、母亲语言的性别意识与妇女解放及社会解放主题

既然丁玲笔下的母亲形象比较刚强，于是有人认为丁玲笔下的母亲，是从社

会的角度来描写的，忽视其女性特征或母性特征，从而被说成是女性文学的“异化”。一位批评家曾不无惋惜地说过，包括丁玲在内的一大批现代女作家，由于她们投身于中国革命的政治激流之中，所以“她们虽然从事文学创作，但此时，政治意识强于文学意识，她们的主体意识发生了变化，女性意识大大减弱，女性文学的个性、特点以及特有的艺术魅力也随之减弱或消失”①。

这是从女性主义（或女权主义）角度的评论，他们要求在文学创作中高度张扬妇女的主体意识，而从政治的、社会的角度进行创作往往会掩盖女性的特征。

我们承认并肯定丁玲母亲语言的时代性与社会性，但是否会因此就丧失了女性（母性）特征呢？时代性、社会性与女性（母性）是否是矛盾对立呢？答案显然是否定的。还是回到文本的语言中寻找答案：

（一）丁玲笔下的母亲语言有着浓厚的母性特征，但又带有鲜明的时代性与社会性，二者不可分割。

如果说，贤慧、痴情、慈悲、勤劳、能干、团家、亲子乃至无私奉献的精神是传统母亲形象所具有的特征，那么在丁玲笔下的母亲形象也依然保存着这些优良的品质。《从夜晚到天亮》中母亲对婴儿的牵挂，细致到买奶粉和衣服；《母亲》中于曼贞扶老携幼的艰辛与顽强。在散文中表现的母教之伟大，不仅冀望和鼓励子女成长，走上成功和幸福的康庄大道，还能言传身教以身作则，又能充分谅解子女的心思，默默忍受委屈等，这些语言表述都是相当动人的。但作者不是孤立地去描写母爱，而是置于时代的洪流中，既表现母性的温馨，又塑造一个充满生命感、创造力的女人，并且使母亲们带有浓郁的社会性。当然，母亲首先是作为社会的人而存在，必然与社会的政治、经济、文化等多方面存在联系，就像马克思所说：“个人是社会的存在物。因此，他的生命表现，即使不采取共同的，同其他人一起完成的生命表现这种直接形式，也是社会生活的有现和证明。”②所以，人的本质是“人的社会特质”。只不过女权主义者的主张，是相对于“男权主义”而言，使之脱离一般的社会革命而独立。马克思则强调“社会的人”，母亲亦不例外。

同时，女性特征还表现在女性（包括母亲），不断地为追求自身的平等权利

① 李兴民：《“五四”以来女作家群的女性文学》，载《社会科学研究》，1987年，第4期。

② ［德］马克思：《1844年经济学哲学手稿》，选自马克思、恩格斯：《马克思恩格斯全集》第42卷，北京：人民文学出版社，1979年。

和解放，为后代子孙的幸福而奋斗。这个过程，必然要与社会解放相联系，这都在作品的语言中显明。于曼贞的成长（《母亲》）、老太婆的觉醒（《消息》）、陈老太婆的复仇愿望（《新的信念》）是特定的历史条件下形成的。如恩格斯在《家庭、私有制和国家的起源》中，从历史发展的高度对妇女的地位、处境和前途作了极其深入的探讨和论述，指出妇女命运的变化紧合着历史前进的步伐，并以大量的科学论据证明妇女解放和社会解放的完全一致性："在任何社会中，妇女解放的程度是衡量普遍解放的天然尺度。"① 鲁迅也一针见血地指出："在真的解放之前，是战斗……我只以为应该不自苟安于目前暂时的位置，而不断的为解放思想，经济等等而战斗。解放了社会，也就解放了自己。"② 这也是女权主义者未能充分意识到的。因而将女性特征生硬地与社会性、时代性对立是不科学的。

（二）丁玲的母亲语言都体现了女性的生活经历和心理特征，怎能说是"性别弱化"？

于曼贞从地主阶级不问世事的少奶奶生活到亡夫后的寡妇生涯，从哺孤的艰辛到求生的挣扎以至个人的发展，都是作为女性的独特经历，并伴随女性深切的感受，譬如初寡时孤立无援、凄凉悲哀的心情，放脚过程的苦痛煎熬，这是其他男性们所无法了解的，文本中的语言表达十分细腻逼真。《新的信念》中陈老太婆的苦难代表日帝侵略下女性的深重苦难，那种在失贞情况下羞辱交织、愤恨相杂的感受是微妙深刻的，比男性所身负的民族仇恨更多了一层女性身心的劫难，比如她在控诉日军暴行时见到儿子的反应，那段文字写尽母亲作为女性的心灵煎熬："做娘的却看见了儿子，她停止了述说，呆呆望着他，听的人也回过头来，却没有人笑他。他感到从没有过的伤心，走过去，伸出他的手，他说：'我一定要为你报仇！'老太婆满脸喜悦，也伸出了自己的手，但忽然又缩了回去，像一只打败了的鸡，缩着自己，呜咽地钻入人丛，跑了。"这段文字调动语言的多种表现手段，精妙地表现母亲的复杂心理。形容词、动词将母亲的表情瞬间转换，从"呆呆"到"喜悦"到"呜咽"。动作语言更是细致，泄露了母亲难以抑制的痛苦，"伸出""缩了""缩着""钻入""跑了"一连串的动作上演了母亲在儿子面前难以掩饰的自卑与脆弱，无以遁形，恨不得钻入地下的羞赧。比喻句"像

---

① ［德］马克思：《致路德维希·库格曼》，马克思、恩格斯：《马克思恩格斯列宁斯大林论妇女》，北京：中国妇女出版社，1978 年。

② 鲁迅：《关于妇女解放》，选自《鲁迅全集》第 4 卷，北京：人民文学出版社，2005 年，615 页。

一只打败了的鸡”，将母亲从高昂的情绪一下子跌入低谷的情形展现得栩栩如生。面对儿子，母亲再也无法掩饰自己的羞耻和痛苦，变得那么可怜而脆弱，丁玲用极为细腻的笔致反映母亲那颗受伤破碎的心灵。母亲的这种女性语言写得丝丝入扣。在《魍魉世界》里描述怀上冯达的孩子后那段叙述饱醮着母亲的血泪，挽救一条小生命付出的是声名的代价和别人的指责，那种无奈、自责交织着痛苦、愤懑的心理，显然是女性、母亲独有的感觉。

也有人说杜晚香是“性别弱化”①。我们认为，所谓女性性别特征，是基于生理心理上和男性的不同，杜晚香为人女、为人妻、为人母，有着一般普通妇女人生轨迹：她从小自觉负起家务，十三岁被卖为媳妇，在公婆姑叔中求生，恪尽妇道与孝道，完全是旧式传统本分的劳动女性；她尊敬丈夫，不远千里追寻他的足迹，除了工作的热情，难道没有个人的情感吗？她帮助别人做鞋、补衣服、看孩子、组织家属妇女集体劳动并忘情高歌，这恐怕是中国一般男子所没有的。她还曾不惧酷寒破冰背姑娘们趟不过河，敞开胸怀捂暖别人冻紫的双脚，细致体贴得像“妈妈一样”。将母亲般爱与温暖的柔情付与更多人，这不正是胸怀无私、地道的女性话语吗？这种贤淑质朴的品格不正是中国妇女的传统美德吗？《丁玲小说中的三个女性》认为杜晚香的“性别明显弱化”的最重要理由是没有爱情的婚姻。她不像莎菲狂狷大胆地追求灵肉一致的情爱，不如贞贞“拒绝回到传统的社会和两性关系的农村体制上”，而是面对婚姻的现状“没有反感”。我们认为这应结合作品具体实际作具体分析。应该说杜晚香有过对志同道合的爱情的希翼，然而事实上，“那位具有共产主义道德情操的女英雄，也像传统中的中国妇女那样受到歧视”。② 她思考过，内心质问过，但“没有反感”，真实地反映旧伦理道德影响下中国妇女的隐忍与屈从。当时新中国刚刚成立，政治上确定了女性和婚姻自由的权利，然而对于农村妇女来说，这种地位和权利的获得经历过曲折与反复，旧习惯努力有一定的市场，男尊女卑现象在家庭中明显存在，不少人很难有平等基础上的爱情。丁玲没有拔高杜晚香的形象，让她同莎菲一样奋而抗争，而是从她的思想实际出发，真实地描写她的爱情生活与婚姻现状，却是合情合理的。难道只有像莎菲的爱情观才具有个性吗？

由以上分析，我们不难发现，女子的个性特点会因社会环境、家庭环境和年龄的差异有所不同，不能简单划一。在肯定莎菲少女式“多愁善感”性格时，

---

① 《丁玲小说中的三个女性》，载《文艺争鸣》，1993 年，第 5 期。

② ［法］居伊・勒・克莱克：《巴金的〈复仇〉，丁玲的〈大姐〉》，载法国《罗讷・阿尔卑斯日报》，1981 年。

不能否认于曼贞、杜晚香等母亲的女性特征。从心理学的角度说，中年期的女性情绪比较稳定和深沉，意志比较坚强，有较强的自制力，与少女时期的多变心绪不同。她们爱的侧重点逐渐转向子女，而不像年轻时对两性之爱的完全投入，社会责任感也较强。人恒言："为女弱，为母则强。"可见，少女与母亲之间的性格有不同的表现形态。这些在各个文本的语言中都鲜明展现。

母性是女性性别的鲜明标志，母爱又是女性最高级的感情之一。丁玲善于把这种感情以委婉的语言表现出来。丁玲笔下的母亲语言富有女性的特质和个性特征，这是勿庸置疑的。

法国女性主义者西苏曾说："所有父权制——包括语言、资本主义、一神论——只表达了一个性别，只是男性利比多[①]机制的投射，女人在父权制中是缺席和缄默的……'女人不是被动和否定，便是不存在'。"中国传统文化也认为：男子为阳，乾道成男；女子为阴，坤道成女，男尊女卑，"男主外，女主内"的观念根深蒂固。在漫长的封建社会里，三从四德、三纲五常又进一步剥夺了女性的话语权，"在家从父，出嫁从夫，夫死从子"，女性包括母亲实际上处于"无名"的状态，母亲角色承载的是父权的意志。传统文学中如《西厢记》《红楼梦》里的崔母、贾母都是男权主流文化的代言人。可见，母亲大多只有家庭地位，没有社会地位，家庭地位还得附庸在父亲或儿子的权威之下，也就是女性主义研究者所指陈的"第二性""第三性"[②]。

当然，历史上也有许多广为传颂的母亲，她们的社会价值更多地体现在子女的成就、地位上，正所谓"母凭子贵"，而母亲个人的欲望、追求往往被遮蔽。母亲在文学作品和民间演义系统中呈现出两种人格风范。一种是正统道德提倡的深明大义、自我牺牲的圣母典范，如孟母三迁、岳母刺字中的母亲，她们为国家和民族奉献出一个又一个栋梁式的孝子贤臣；另一种是在个人叙事抒情文本中所凸显的美德：勤劳、慈爱、宽厚、隐忍等等超功利而成为女性最可骄傲和光辉的人格魅力，这在文人名士回忆母亲的文章中比比皆是。张爱玲为此嘲讽道："母爱这大题目，像一切大题目一样，上面作了太多的滥调文章。普通一般提倡母爱的都是做儿子的而不是做母亲的男人，而女人，如果也标榜母爱的话，那是她自己明白她本身不足重的，男人只尊重她这一点，所以不得不加以夸张，浑身是母

---

① 弗洛伊德认为，性是人的一切思想和行为的原动力。性欲，成为证明一个人魅力的最主要表达与展现方式。他还把性称为"libido"，即"利比多"。

② ［法］西蒙娜·德·波伏娃：《第二性》，北京：中国书籍出版社，1998 年。

亲了。其实，有些感情是，如果时时把它戏剧化，就光剩下戏剧了。母爱尤是。”[①] 但当我们回望丁玲的母亲作品时，则会发现母亲形象在新的人性尺度下，呈现出更为充盈复杂、鲜活亮丽的形态，母亲语言与她笔下女性大胆越轨的话语一样，在历史的天空中回响，在妻子和母亲的称号上，我们不应该忘记还有一个“人”的称号（美国的玛丽·称维莫尔）。这也是母亲、女性与人性话语的高度统一。

① 张爱玲：《谈跳舞》，选自张爱玲：《张爱玲文集》第4卷，合肥：安徽人民出版社，1992年，第163页。

第四章　丁玲与现当代作家笔下母亲语言比较

古人云："孝廉出于寒门，圣贤在于母教。"描写母亲的作品历来有之。美国作家萨拉·约瑟法·黑尔声称："对人生影响最大的是母亲。"现代也有人高呼："推动世界的手是摇摇篮的手。"① 不少作家都怀着热爱和感戴追述母亲的昔日生活，特别是对自己的温情和慈爱（以冰心为代表）；有些作家也重叙当年的生活情节，表现母亲勤劳善良的品质（如邹韬奋《我的母亲》、何家槐《我的母亲》、白朗《珍贵的纪念》等），作为贤妻良母的传统形象定格在我们脑中；另有一些男性大师笔下旧中国的不幸母亲，是被罪恶尽可能凌辱的弱者（如鲁迅笔下的祥林嫂、单四嫂子以及柔石的《为奴隶的母亲》）。而丁玲以开阔而又委婉的笔致描述母亲与母爱，这种母爱亦非抽象、宽泛而具鲜明的时代性和社会内涵，更重要的是写出母亲的奋斗历程和对子女思想、性格的熏陶及人生道路的影响，具有广阔的社会背景，在中国现当代文学史上，这类作品不多。和其他作家相比，丁玲的母亲语言有着独特的价值。

在此，只能列举其中的几个代表作家的母亲作品进行比较，以发现丁玲母亲语言的独特价值。

一、与女作家比较，比如冰心、张爱玲等

"五四"新文化运动揭开了中国新文学历史的帷幕，也开启了现代意义下中国女性文学的第一页。"五四"时期，存在一个特殊现象，那就是许多作家，尤其是众多女性作家对母爱异口同声的赞美和歌颂，"冰心，沅君皆以之为主题，陈衡哲、白薇、凌叔华、袁昌英、苏雪林、沉樱则用重要作品表现了它，庐隐、石评梅也都写到它，这里差不多已是这时期全部主要女作家了。母爱书写集中出现于大约十年的女性创作之中，集中度甚高，形成一代文学的主题之一，怕是之前之后的中国文学都未曾有过。"② 母爱成为"五四"女作家讴歌的重要主题，冰心无疑是书写母爱的代表人物。

冰心是世界文字中把母爱表现得淋漓尽致的作家之一。冰心以最热烈的语言

① 王东华：《发现母亲》，北京：中国妇女出版社，2003 年。

② 乐铄：《中国现代女性创作及其社会性别》，郑州：郑州大学出版社，2002 年，第 73 页。

讴歌母爱，把母爱宣扬为至诚至大、至高无上的伟力，把母亲宣扬为孕育着一切的“万有之源”。在她的笔下，母亲的爱是博大、深厚、无私、忘我的。她要“尽我在世的光阴，来讴歌这神圣无边的爱”，“因着母爱，使我承认了世间一切其他的爱”。（《寄小读者·通讯十二》）在她的《寄小读者·通讯十》这篇文章中对母爱的赞美几乎达到登峰造极。

小朋友！当你寻见了世界上有一个人，认识你，知道你，爱你，都千百倍的胜过你自己的时候，你怎能不感激，不流泪，不死心塌地的爱她，而且死心塌地的容她爱你？

有一次，幼小的我，忽然走到母亲的面前，仰着脸问说：“妈妈，你到底为什么爱我？”母亲放下针线，用她的面颊，抵住我的前额，温柔地，不迟疑地说：“不为什么——只因为你是我的女儿！”

小朋友！我不信这世界上还有人能说这样的话！“不为什么”这四个字，从她的口里说出来，何等刚决，何等无回旋！她爱我，不是因为我是“冰心”，或是其他人世间的一切虚伪的称呼和名字！她的爱是不附带任何条件的，唯一的理由，就是我是她的女儿。总之，她的爱，是屏除一切，拂拭一切，层层的麾开我前后左右所蒙罩的，使我成为“今我”的原素，而直接的来爱我的自身！

假使我走至幕后，将我二十年的历史和一切都更变了，再走出到她的面前，世界上纵没有一个人认识我，只要我仍是她的女儿，她就仍用她坚强无尽的爱来包围我。她爱我的肉体，她爱我的灵魂，她爱我前后左右，过去，将来，现在的一切！

天上的星辰，骤雨般落在大海上，嗤嗤繁响。海波如山一般的汹涌，一切楼屋都在地上旋转，天如同一张蓝纸卷了起来。树叶子满空飞舞，鸟儿归巢，走兽躲到它的洞穴。万象纷乱中，只要我能寻到我到她，投到她的怀里天地的一切都信她！她对于我的爱，不因这万物毁灭而更变！

她的爱不但包围我，而且普遍包围着一切爱我的人；而且因着爱我，她也爱了天下的儿女，她更爱了提那下的母亲。小朋友！告诉你一句小孩子以为是极浅显，而大人以为是即高深的话，“世界便是这样的建造起来的！

这段文字以娓娓动听的语调与小朋友谈心，从而阐释了母爱的伟大无私。从语言上体现了“冰心体”散文的特色，以行云流水的文字抒发感情。冰心的散文既体现了白话文简明畅达的书写风格，某些词汇句式又保留了文言文的典雅凝练（如“何等”“屏除”“拂拭”“麾开”“纵”等文言词语的运用），并适当地欧化，修饰成分后置，如“天上的星辰，骤雨般落在大海上，嗤嗤繁响。海波如山一般的汹涌，一切楼屋都在地上旋转，天如同一张蓝纸卷了起来”，使句子更灵动婉转，富有韵律感，以此来渲染沧海桑田、万象变更，而母爱永恒！这也吻合了冰心对于文体的自觉追求：“我主张‘白话文言化’、‘中文西文化’，这‘化’字大有奥妙，不能道出的，只看但作者如何运用罢了，我想如现在的作家如能无形中融合古文和西文，拿来运用于新文学，必能为今日中国的文学界，放一异彩。”① 冰心的语言将白话文、文言文和西文调和得出神入化，难怪诸多评论者对其语言众口一词，赞誉有加。郁达夫对她曾给予很高的评价：“冰心女士散文的倩丽，文字的典雅，思想的纯洁，在中国算是独一无二的作家了。”② 王欣先生也称道：“她感觉细腻、想象伸展、谈吐生香、举止凌风，她用平易的白话文娓娓讲述，却旋起了数千年文学的优雅美丽的乐感。”“胡适甚至撇开了自己对文言的蓄谋攻击而明确的褒扬了冰心白话文中注入古典汉语诗文的首创佳绩。”并声称：“这一语言高度至今未被超越。”③ 周作人说冰心“在白话的基本上加入古文方言欧化种种成分，使引车卖浆之徒的话进而成一种富有表现力的文章，这就单从文体变迁上讲也是很大的贡献了。”④ 唐弢也认为：“冰心的散文笔调轻倩灵活，文字清新隽丽，感情细腻澄澈；既发挥了白话文流利晓畅的特点，又吸收了文言文凝练简洁的长处。”⑤ 广大读者对这种语言交口称赞，以致把后来的既表现出白话文的流畅、明晰，又有文言文的洗炼、华美，统称之为“冰心体”语言。

由此可见，丁玲与冰心描写母亲的语言具有共同点，即女性特有的细密多情，明白晓畅，在白话文的基础上适当地加以欧化，赋予文学语言更鲜活的生命力。当然，丁玲的母亲语言与冰心的母爱语言又各异其趣，风格迥然。

首先，丁玲的母亲语言是生活的语言，充满人间的烟火气息；冰心的语言圣洁无瑕，超凡脱俗。冰心在作品中往往不指向任何一个具体的母亲，只是母爱的

---

① 冰心：《遗书》，选自冰心：《冰心全集》，福州：海峡文艺出版社，1999 年，第 431 页。
② 赵家壁主编：《中国新文学大系·散文二集导言》，上海：良友出版公司，1935 年。
③ 吴宏聪、范伯群主编：《中国现代文学史》，武汉：武汉大学出版杜，1991 年，第 481 页。
④ 周作人：《志摩纪念》，载《新月》，1931 年，第 4 卷 1 期。
⑤ 唐弢：《中国现代文学史》，北京：人民文学出版社，1979 年，第 209 页。

载体，突出母亲的共性，将母亲的出身、性格、经历等特质悄悄抹去，而将母亲或母爱同化、泛化、神化，使之成为圣母般的典型。在小说《超人》中的母亲给予人神秘的气息："星光中间，缓缓地走进一个白衣的妇人，右手撩着裙子，左手按着额前。走近了，清香随将过来，渐渐地俯下身来看着——目光里充满了爱。"这段文字在"星光""清香"与"充满了爱"的"白衣妇人"之间构成了仙境般的意境，母爱语言也显出空灵而脱俗，给人"此景只应天上有"的感觉，缺少人间的温度。丁玲笔下的母亲都是具体生动的个体，有自己的音容相貌，像一个母亲的画廊，展示了各自的出身、性格或经历，感受着生活的悲欢离合，痛苦与欢欣。丁玲笔触蘸满生活的气息，使母亲血肉丰满、个性鲜明，活灵活现。比如描写母亲为婴儿洗澡的文字："于是她喊奶妈们在床面前，生大了火炉，很舒适的替婴儿洗澡。因为她知道他的洗澡是太稀少了。她又叫丫头们替小涵也换了衣服。她还不能起床时，便有一桩一桩的为这些事忙着了，这些使她温柔的琐碎的忙碌。"这段文字写得多么亲切、温暖，这才是人间的母爱，琐碎而现实。

其次，丁玲的母亲语言是时代的语言、革命的语言，显得大气而刚健；冰心的母爱语言超越时代，却显出柔弱而忧郁，属于闺秀作风。冰心书写母亲语言的典雅美丽自不待言，然而也显得纤细柔婉，"满带着温柔，微带着忧愁。"因为这超越一切的母爱并无法解决人生的困惑和斗争，所以冰心早期的母亲作品中时时透露出矛盾和逃避，"母亲啊！你是荷叶，我是红莲，心中的雨点来了，除了你，谁是我在无遮拦天空下的荫蔽？"（《往事（一）》之七）"母亲呵！/天上的风雨来了，/鸟儿躲到它的巢里；/心中的风雨来了，/我只躲到你的怀里。"（《繁星》）母爱也不过是其精神逃避之渊薮。冰心后来也承认她"退缩逃避到狭仄的家庭圈子里，去描写歌颂那些在阶级社会里不可能实行的'人类之爱'"。①梁实秋对其语言也略有微词："她的短处是在她的气力缺乏，或由轻灵而流于纤巧，或由浓厚而流于萎靡，不能大气流行，卓然独立。"② 丁玲的母亲语言恰恰相反，充满抗争的勇气和力量，无论辛亥革命前期的曼贞，抗战时期的陈新汉母亲还是社会主义建设时期的杜晚香，无论身陷囹圄还是流放北大荒的母亲丁玲都不屈不挠，与命运搏斗，在时代的洪流中展露母亲的坚韧和力量。她笔下的母亲形象并不局囿于个人感情天地中，一味抒发对自然性母爱的感喟，更注重母亲社

① 冰心：《冰心小说散文选集·自序》，选自范伯群编：《冰心研究资料》，北京：北京出版社，1984 年，第 155 页。

② 梁实秋：《〈繁星〉与〈春水〉》，选自范伯群编：《冰心研究资料》，北京：北京出版社，1984 年，第 371 页。

会性内涵，注目于更广阔的社会空间。作家社会责任感驱使她探讨母亲作品中女性解放、阶级解放、民族解放、社会解放的命题。所以她特别强调人物的时代性，她认为："我们必须得找，找我们这个时代的、能代表这个时代的人的灵魂。"（《生活·创作·时代灵魂》）"作家应该是一个时代的声音……时代在变，作家一定要跟时代跑。"（《答〈开卷〉记者问》）所以，丁玲笔下的母亲形象具有强烈的时代性。从而赋予了女性文学语言以新的审美意向，显得大气从容，刚健有力。

再次，丁玲的语言质朴流利，多姿多彩，平易近人；冰心的语言典雅清丽，简洁凝练，如沐春风，给人美的享受。

20 世纪 40 年代张爱玲中篇小说《金锁记》横空出世，被誉为"我们文坛最美丽的收获之一"[①]。张爱玲以其华美绚丽、才情纵横的洋场才女笔调书写了曹七巧这样一个极端的母亲形象。张爱玲的作品语言以及由此生成的文体风格，基本上介乎新旧雅俗之间。她的小说既有"古典小说的根底"，又有"市井小说的色彩"，还有"西方现代小说的情调"，将各种艺术元素进行调和。"在似乎'相克'的艺术元素的化合中，找到自己的那一种'调子'。这调子未必是最动人的，但对于张爱玲叙述的故事，却是最适宜的。"[②]

所谓"古典小说的根底"，即采用传统的语汇与描写手法，透出浓郁的"《红楼梦》风格"，有时索性是用语、字眼等的直接搬用。《金锁记》的开头以另个丫头的对话交代了小说中的主要人物关系，其对话声口使得姜公馆俨然似乎大观园。七巧的出场，也类乎王熙凤："众人低声说笑着，榴喜打起帘子，报道：'二奶奶来了。'兰仙云泽起身让坐，那曹七巧且不坐下，一只手撑着门，一只手撑住腰，窄窄的袖口里垂下一条雪青洋绉手帕，下身上穿着银红衫子，下着葱白线镶滚，雪青闪蓝如意小脚子，瘦骨脸儿，朱口细牙，三角眼，小山眉，四下里一看，笑道：'人都齐了，今儿想必我又晚了！怎怪我不迟到——摸着黑梳的头！谁教我的窗户冲着后院子呢？单单就派了那么间房给我，横竖我们那位眼看是活不长的，我们净等着做孤儿寡妇了——不欺负我们，欺负谁？'"对话与衣饰的细致描写都逼肖《红楼梦》。但即使这段酷似《红楼梦》的语言描写中也透过曹七巧的行为语言展示市井小说的俗气："一只手撑着门，一只手撑住腰"，完全不似大家闺秀的娴雅端庄，而处处显露了麻油店小姐的粗野泼辣。七巧后来

---

① 迅雨：《论张爱玲的小说》，载《万象》，1994 年，第 3 卷 11 期。

② 赵园：《开向沪港"洋场社会"的窗口——读张爱玲小说集〈传奇〉》，载《中国现代文学研究丛刊》1983 年，第 3 期。

干脆直接警告女儿长安："男人……碰都碰不得！谁不想你的钱？你娘这几个钱不是容易得来的，也不是容易守得住。轮到你们手里，我可不能眼睁睁看着你们上人的当——叫你以后提防着些，你听见了没有？"爱情与婚姻在她眼里都与金钱挂上了钩，这句话说出了她的心声和人生体验，充满了市侩的气息，具有市井小说的印记。丁玲的小说《母亲》在叙述上也学习了《红楼梦》笔法，描写细致，从环境到服饰到音容笑貌都工笔描绘，以对话交代人物的关系，比如第一部分幺妈关于曼贞的叙述，但这种叙述比较质朴、平民化，没有明显的贵族气与市井气。

张爱玲在叙述中善于运用联想，调动人物周围的色彩、音响、气味、触觉等感官印象，造成小说丰富而深远的意象，并伴随意识的流动，充满了象征的意味明显留下了西方现代派的先锋痕迹。最有名的就是"月亮"的意象。

"隔着玻璃窗望出去，影影绰绰乌云里有个月亮，一搭黑，一搭白，像个戏剧化的狰狞的脸谱。一点，一点，月亮缓缓的从云里出来了，黑云底下透出一线炯炯的光，是面具底下的眼睛。"这是长白娶亲之后，七巧不许儿子回房，将他留下来抽鸦片并打探他们夫妻隐私时的描写。月亮躲在"影影绰绰乌云"后面，"一搭黑，一搭白"，让色彩、视觉与动感结合起来，营造了诡异而狰狞的月亮意象，与母亲变态的心理同质。"黑云底下透出一线炯炯的光，是面具底下的眼睛。"这是一个巧妙的比喻，指出偷窥的炽热欲望。

"今天晚上的月亮比哪一天都好，高高的一轮满月，万里无云，像是黑漆的天上一个白太阳。……窗外还是那使人汗毛凛凛的反常的明月——漆黑的天上一个灼灼的小而白的太阳。像是黑漆的天上一个白太阳月光里，她脚没有一点血色——青、绿、紫、冷去的尸身的颜色。"这一段映照了长白的妻子芝寿恐怖而绝望的心理，用形容词"汗毛凛凛""反常"修饰月亮，令人心生恐惧，比喻句"月亮……像是黑漆的天上一个白太阳"又由反常而生惊悚，映照着芝寿所生活的一个疯狂的世界"丈夫不像个丈夫，婆婆也不像个婆婆"，媳妇也被折磨成死人般颜色，这种荒诞的意象与芝寿的阴凉绝望心理交叠重映在一起。类似的意象语言不胜枚举，构成张爱玲小说异乎寻常的超拔风格。

由此，我们来概括地对丁玲与冰心、张爱玲的母亲语言特点进行比较：

三位女性作家以不同的语言色调表现不同形态的母亲形象。冰心以澄澈明丽、典雅凝练的语言将母亲形象和母性神圣化，使人心生高山仰止的崇敬。张爱玲以绚丽华美、阴冷深邃的笔触写出一个变态的恶母形象，将母亲妖魔化，深度挖掘母性中"恶"的一面："母亲的具有破坏性和侵吞性的一面……她能创造爱的奇迹——但没有人比她更能伤害人。”[①] 曹七巧其实仍为旧女性面貌，她从受害者变成虐害者，戴着黄金的枷锁毁掉自己的幸福，也劈掉儿女的幸福，成为变态阴鸷的老太婆，在大家的怨恨中死去。冰心与张爱玲都以其天才的笔调塑造了两种极端类型的母亲形象。丁玲却以其朴实动人、多姿多彩的语言为我们提供了一个母亲的画廊，这是还原为“人”的姿态各异的系列母亲形象，主要为时代新女性，她们有优点也有局限性，有欢笑也有泪水，有成功也伴随挫折，充满奋斗与挣扎，血肉丰盈栩栩如生，但总闪现乐观和希望的色彩与光芒，语言中保留着质朴温暖的底色。

她们均以女性的细致笔触书写母亲，但叙述的手法与风格却各有千秋。冰心以温婉多情而细腻的语言尽情地抒发对母亲与母爱的颂歌，主观性、抒情性比较强，闺秀气息浓厚，被有些评论者指为“新文艺腔”，即她的文字中有刻意雕饰的痕迹，与现实及现实语言存在一定距离的书面化语言形式，却是难得一见的“美文”。张爱玲的语言将客观叙述与主观感觉高度融合，细致尖刻，榨出母性的苦汁与毒液，甚至不惜以铺陈繁复的语言构造奇异的意象描摹心理，以出人意料的比喻写出人性与母性的“荒凉”，悲剧感强。但由于张爱玲基本上在爱情或婚姻的背景下，在家庭中表现母亲，深度开掘有余而广度不够，显得较为狭仄。丁玲的母亲语言不乏女性的委婉细致，行动、对话、心理语言都写得生动入微，充满生活气息。她的语言叙述既有感性的抒发又有理性的思辩，这在后期的回忆性散文中尤为突出。庄钟庆在《丁玲创作的个性演变》一书中概括丁玲文学创作的风格为“磅礴而又精细的风格”：“她一向以大胆而细密的描写著称于文坛，不过，这是她的艺术风格的一种。她还有《水》那样雄浑的气势，然而，我认为，她的风格的突出特点是舒缓而跌宕，宏放而又细密……”[②] 确实，丁玲的母亲语言呈现了女性文学语言中少有的磅礴大气、豁达从容，时代性、社会性与革命性的语言赋予女性文学语言新的审美特质，刚柔并济，耳目一新。

她们都以现代白话文写作，并善于汲取古今中外语言的滋养，但语言的修养与文采各异其趣。冰心与张爱玲从小深受古典文学的熏陶，遣词用字凝练老道，甚至文中还保留不少的文言词汇。张爱玲对《红楼梦》更是痴迷有加，叙述故事的手法具有浓郁的“《红楼梦》风格”，冰心也喜欢《红楼梦》，但她内化得比较自然，不留痕迹，丁玲极为欣赏《红楼梦》的个性化语言，在创作《母亲》时亦能自觉地借鉴。张爱玲独异之处在于对中国现代通俗文学的喜欢和借鉴，比

① ［美］艾·弗罗姆著，李健鸣译：《爱的艺术》，北京：商务印书馆，2000 年，第 67 页。
② 庄钟庆：《丁玲创作个性的演变》，曼谷：留中大学出版社，2009 年，第 7、8 页。

如鸳鸯蝴蝶派小说，张恨水是其喜欢的作家之一，所以张爱玲的小说还兼具市井小说色彩，通俗化倾向比冰心和丁玲更甚，大雅大俗矛盾又辩证地统一在张爱玲的文学语言中。冰心的典雅文字即成为美文的典范之一。丁玲的语言比较平易自然，并且不断变化。三位女性作家的语言都受到欧化影响，冰心与张爱玲的英语水平很高，英语的语法与表达，西方现代小说的写法自然在其作品中留下印迹，冰心还受到泰戈尔诗歌的影响，张爱玲受西方现代先锋派写法的影响。丁玲语言的欧化主要受到“五四”时期大量的翻译文学的影响，她本人并不懂得外语，丁玲学习欧化语言对于心理的细致绵长的描绘。丁玲的文学语言比之冰心、张爱玲所不同之处，在于对方言的学习表达，《母亲》的对话中有不少湖南的方言，后来发表的母亲语言中还有陕北、东北等地的方言，地方色彩鲜明，也是她对通俗化、民族化的自觉追求，所以丁玲的语言比较质朴浅明，更加口语化。

二、与男作家比较，比如鲁迅、柔石、艾青等

丁玲的母亲语言与蜚声中外的女性作家相比有其独特的价值，那么她的母亲语言与现代文学史上男作家相比，又呈现怎样的风貌呢？这也值得我们去辨析研究，从而发现丁玲母亲语言的艺术魅力。

男作家书写母亲的作品不可胜数，主要分成两类：一种是虚构的母亲形象，主要通过小说描绘，比如鲁迅的《祝福》、柔石的《为奴隶的母亲》、叶绍钧的《夜》、老舍的《月牙儿》、艾芜的《石青嫂子》《一个女人的悲剧》、赵树理的《小二黑结婚》、冯德英的《苦菜花》、李英儒的《野火春风斗古城》等等；另一类是散文或诗词里表现的真实的母亲，作者自己对母亲的感念与回忆文章，像胡适的《我的母亲》、老舍的《我的母亲》、丰子恺的《我的母亲》，贾平凹的《我不是个好儿子》、梁晓声的《慈母情深》，艾青的诗《大堰河——我的保姆》，甚至一些近现代革命领袖或风云人物都留下关于母亲的文字，比如朱德的《母亲的回忆》，蒋介石的《哭母文》、毛泽东的《祭母文》等等，都写得感天动地、情深意切。在此只能作一些概略的比较，以图抛砖引玉。

（一）丁玲与男作家的母亲语言格调不同。

男作家经常将笔触着力于苦难甚至落后愚昧的母亲形象，那些被侮辱被损害的女性，从而控诉不合理的社会现象，带有悲天悯人的情怀。他们的语言显得沉郁而凝重。比如鲁迅的《祝福》、柔石的《为奴隶的母亲》、艾青的《大堰河——我的保姆》等描写母亲的作品。以《祝福》为代表，鲁迅的叙述很沉闷，

特别对气氛的描写让人有一种压抑得透不过气的凝滞感。“灰白色的沉重的晚云中间时时发出闪光，接着一声钝响，是送灶的爆竹；近处燃放的可就更强烈了，震耳的大音还没有息，空气里已经散满了幽微的火药香。”“天色愈阴暗了，下午竟下起雪来，雪花大的有梅花那么大，满天飞舞，夹着烟霭和忙碌的气色，将鲁镇乱成一团糟。”“冬季日短，又是雪天，夜色早已笼罩了全市镇。人们都在灯下匆忙，但窗外很寂静。雪花落在积得厚厚的雪褥上面，听去似乎瑟瑟有声，使人更加感得沉寂。”“我在朦胧中，又隐约听到远处的爆竹声联绵不断，似乎合成一天音响的浓云，夹着团团飞舞的雪花，拥抱了全市镇。”形容词“沉重”“阴暗”“沉寂”与“夜色”“浓云”“雪花”，还有爆竹的“钝响”构成阴冷威压的意境。在这种“病态的社会中不幸的人们”① 之祥林嫂的出场一次比一次不堪：第一次到鲁镇时“头上扎着白头绳，乌裙，蓝夹袄，月白背心，年纪大约二十六七，脸色青黄，但两颊却还是红的……又只是顺着眼，不开一句口，很像一个安分耐劳的人”，第二次到鲁镇时“她仍然头上扎着白头绳，乌裙，蓝夹袄，月白背心，脸色青黄，只是两颊上已经消失了血色，顺着眼，眼角上带些泪痕，眼光也没有先前那样精神了”。听到柳妈关于死后两个男人要抢她说法后“两眼上便都围着大黑圈”，被四婶呵斥不许碰福礼后“她像是受了炮烙似的缩手，脸色同时变作灰黑，也不再去取烛台，只是失神的站着。直到四叔上香的时候，教她走开，她才走开。这一回她的变化非常大，第二天，不但眼睛窈陷下去，连精神也更不济了。而且很胆怯，不独怕暗夜，怕黑影，即使看见人，虽是自己的主人，也总惴惴的，有如在白天出穴游行的小鼠，否则呆坐着，直是一个木偶人。不半年，头发也花白起来了，记性尤其坏，甚而至于常常忘却了去掏米。”临死前“五年前的花白的头发，即今已经全白，全不像四十上下的人；脸上瘦削不堪，黄中带黑，而且消尽了先前悲哀的神色，仿佛是木刻似的；只有那眼珠间或一轮，还可以表示她是一个活物。”从语言上对照阅读，寥寥几笔写出了脸色、眼睛、头发、表情等的巨大变化，安份勤劳的祥林嫂从身体到精神都被这个杀人不见血的社会给摧毁了。在“吃人”的社会里，祥林嫂几乎没有话语权，所以写她的说话很少，总是沉默寡言，因为她心里浓重的悲哀。只有三处写到她的话语，一处是问“我”死后灵魂的有无；一处是和柳妈关于再嫁贺老六时抗婚的对话；一处叙述阿毛被狼吃掉的故事。“一个人死了之后，究竟有没有魂灵？”这一句使“我”局促不安的问话，更说明了祥林嫂面临死亡的惶恐不安，精神

① 鲁迅：《我怎么做起小说来》，选自鲁迅：《鲁迅全集》第4卷，北京：人民文学出版社，1981年，第512页。

世界的深刻伤害。叙述阿毛被狼吃的话语也成了祥林嫂的典型话语，“我真傻，真的……”以笔墨简省著称的鲁迅文中多次重复写到祥林嫂的絮叨，这个沉默寡言的母亲在此表现的啰嗦与重复，这种看似语言上的冗余现象，却真实地展现母亲难以释怀的自责与痛苦，失去儿子的巨大打击与伤痛无时无刻不在撕裂她的心，情抑于中而发自于外的反复咀嚼的悲凉。可惜“她的悲哀经大家咀嚼赏鉴了许多天，早已成为渣滓，只值得烦厌和唾弃”，只报于她“又冷又尖”的笑影。鲁迅以极其冷峻的笔法写出人性的麻木，看与被看的悲哀。《祝福》沉痛地控诉封建社会的四条绳索——政权、神权、族权、夫权对农村妇女的虐害。《为奴隶的母亲》叙述了一个被丈夫典押出去的母亲的痛苦而屈辱经历，写出她“为奴隶”的悲哀与无奈，她的顺从和眼泪，对话比较多，但格调却很压抑。《大堰河——我的保姆》也展示了这种乡土视野中负载着底层女性最最深重的苦难，有着紫色灵魂的母亲形象，有力地控诉人间的迫害与凌侮，“写着给予这不公道的世界的咒语”，语言上重叠反复与排比的修辞手法强化了充沛的诗情，诗歌的语言充满悲愤的基调。

男作家的母亲语言带着浓重的悲剧感，饱含悲悯同情的色彩。母亲还只是男权社会里的弱者，男作家笔下还表现人类社会“一半萎缩一半狰狞的畸形扭曲状态”。[①] 鲁迅在20世纪20年代发表的杂文《关于妇女解放》一文中深刻地嘲弄“唯女子与小人为难养也”。“女子与小人归在一起，但不知道是否也包括了母亲。后来的道学先生们，对于母亲，表面上算是敬重的了，然而虽然如此，中国的为母的女性，还受着自己儿子以外的一切男性的轻蔑。”因此，女性包括母亲的家庭悲剧、社会悲剧也就在所难免。

丁玲笔下的母亲形象大多为时代的进步女性，她们也感受到社会的威压与迫害，但这些勇敢又有觉悟的母亲们却一直在抗争与挣扎，充满独立自强的精神力量，对光明的向往和追求。比如于曼贞对封建传统的叛逆，争取放足和求学，努力投身于社会的教育事业；《魍魉世界》中母亲的机警、清醒与坚守；《从夜晚到天亮》的母亲面对丧夫之痛的艰难克服；《新的信念》中母亲对日寇的控诉；《杜晚香》中母亲对新生活的追寻；《风雪人间》中母亲的执着与信念……都通过语言的叙述展示出开朗乐观和希望的格调，即使面对屈辱与不平，也透出倔强的不向命运低头的豪气，比男作家母亲语言那浓重的阴霾、历史的负重、柔弱的屈从、沉郁的格调，多了一份女性书写天空的清新畅达、洒脱自然，像《母亲》

① 张宏良、金瑞德编：《改变人类的八大宣言》，北京：中国社会出版社，1996年，第3页。

《田家冲》《杜晚香》中世外桃源般的景物语言却是男作家描写母亲的作品中极少见的。

（二）丁玲与男作家相比，书写母亲的叙述视角更加多维。

男作家描写母亲主要是两种视角，一种是客观视角，一种是儿女视角。丁玲除了采用这两种视角以外，还有一种母亲视角，并且可以在这几种视角中转换自如。客观视角自不待言，主要在小说中展现，基本上以第三人称写法叙述母亲的生活变化、刻画性格特点，丁玲与男作家都运用得熟稔巧妙。儿女视角主要在散文中体现，男作家往往怀着深厚的感情与崇敬追述自己母亲的前尘影事，她们勤劳善良的品质和坚韧朴实的性格，以及对子女的爱与教育，特别是性格上的影响，以贤妻良母的形象定格在读者的脑海中。比如邹韬奋的《我的母亲》[①] 曾经深情的怀念母爱的温馨："我由现代追想当时伏在她的背上睡眼惺忪所见她的容态，还感觉她的活泼的、欢悦的、柔和的、青春的美……这是我对母爱最初的感觉"，同时给予母亲极高的评价与惋惜："我的母亲只是一个平凡的母亲，但是我觉得她的可爱的性格，她的努力的精神，她的能干的才具，都埋没在封建社会的一个家族里，都葬送在没有什么意义的事物上，否则她一定可以成为社会上一个更有贡献的分子。"胡适也在《我的母亲》[②] 一文中感谢母亲"给了我一点做人的训练"，对我性格的影响，"如果我学得了一丝一毫的好脾气，如果我学得了一点点待人接物的和气，如果我能宽恕人，体谅人——我都得感谢我的慈母。"老舍在《我的母亲》[③] 将母亲称为他"真正的老师"："把性格传给我的，是我的母亲。母亲并不识字，她给我的是生命的教育。"对母亲充满了感恩："生命是母亲给我的。我之所以能长大成人，是母亲的血汗浇灌的。我之所以能成为一个不十分坏的人，是母亲感化的。我的性格，习惯，是母亲给我的。"对母爱怀有深深的眷恋："人，即使活到八九十岁，有母亲便可以多少还有点孩子气。失了慈母便像花插在瓶子里，虽然有色有香，却失去了根。"朱德则在《母亲的回忆》[④] 以真挚朴实的文字感戴母亲对"我"走上革命道路的影响："我应该感谢母亲，她教给我与困难做斗争的经验。我在家庭中饱尝艰苦，这使我在三十多年的军事生活和革命生活中再没感到困难，没被困难吓倒。母亲又给了我一个强健

① 选自《吾父吾母》，上海：团结出版社，2007 年，第 192 页。
② 选自《吾父吾母》，上海：团结出版社，2007 年，第 211 页。
③ 选自《吾父吾母》，上海：团结出版社，2007 年，第 218 页。
④ 选自《吾父吾母》，上海：团结出版社，2007 年，第 229 页。

的身体，一个勤劳的习惯，使我从来没感到过劳累。”“我应该感谢母亲，她教给我生产的知识的革命的意志，鼓励我以后走上革命的道路。在这条路上，我一天比一天更加认识了：只有这种知识，这种意志，才是世界上最可宝贵的财产。”这些都是从儿子们的血管里流出的话语，“母亲”也是儿女们话语中的母亲。

丁玲也在很多的散文里，从女儿的视角叙写母亲，感谢她对自己人生道路的深刻影响。在《我怎样飞向了自由的天地》一文中，丁玲回忆母亲：“她要使我找着一条改革中国社会的路。后来她自己也找到了这条路，她完全同意我，我们不只是母女关系，我们是同志，是知己。从那时离开她二十多年，我都在外奔波，她从没有后悔，而且向往着我的事业，支持我。”在《我所认识的瞿秋白同志》赞赏母亲的性格及其对我的影响：“我虽然从小就没有父亲，家境贫寒，但我却有一个极为坚毅而又洒脱的母亲，我从小就习惯从痛苦中解脱自己，保持我特有的乐观。”在《我母亲的生平》中高度评价母亲：“母亲一生的奋斗，对我也是最好的教育。她是一个坚强、热情、勤奋、努力、能吃苦而又豁达的妇女，是一个伟大的母亲。”这是女儿心目中的母亲，表现的只是真实母亲的一个侧影。

丁玲与一般男作家相比，多了一种母亲视角，即从自己作为母亲的角度书写母与子的关系，母亲的期望和心理。这在《魍魉世界》和《风雪人间》中都有所表现。她在《同雪人间·远方来信》不断书写对儿女处境的担忧，但对于子女也给予希望和要求，正如她描述的：“我小时，从来没享受一点作为爱娇闺女的幸福，没听到过一声心肝宝贝的亲昵的呼唤；我也拒绝了一个做为母亲满饮母性的甜酒。但我欣赏我对自己母亲的了解。我们不是母女而是朋友，是最贴心的朋友。”丁玲强调的母女关系是“朋友”式的平等与了解，不是表面的溺爱或亲昵，不是爱娇与依赖，而是灵魂深处的心有灵犀、那种与生俱来的深刻理解、血脉相连，要求两代人的共同努力，体现了现代母性的意义。这完全是母亲视角的典型话语。在小说《母亲》里，母亲视角与女儿视角的叙述语言往往互相转换。这来源于丁玲作为女性，特别是女儿和母亲的切身感受，书写自然流畅，如同血管里流出的血，饱含着深深真挚的情感。

（三）丁玲的母亲语言对母性内涵的表达更加丰富。

男作家的母亲语言所表达的母性内涵比较单一化、概念化，即使在文学大师的笔下我们也很难发现母亲的个性化追求，作为女性的生命体验，要么是贤妻良母，成为儿女们永远的眷恋和精神寄托，“梦里依稀慈母泪”；要么就是苦难深重的被欺压者，是儿子们救赎的对象。母亲的心理语言比较缺失。难怪法国的女性主义者西蒙·波娃认为："即使最有同情心的男人，也无法完全理解女人的具体处境。"①

丁玲的母亲语言所表达的母性内涵却极为复杂，甚至千回百转，写出女性身心的劫难、挣扎与苦痛，也写出母性的坚韧与伟大，这种语言真实的传达了女性深切的感受。一方面在社会与时代中展示母性的内涵，情与理相纠缠。譬如《压碎的心》通过小孩的心灵去感受母亲遭遇的战争苦难和生离死别的心灵折磨，作者有意在民族斗争的新的历史背景下去写他们的感情波澜、思想矛盾等纵深的内心世界，母亲送儿上战场的感情是相当复杂，一方面是民族大义驱使母亲作出理性抉择择，另一方面则是母子割舍不掉的感情以及要忍受可能痛失儿子的结局，作者用相当委婉的语言表现出来。还有如《新的信念》的一个细节描绘让人印象至深，即当老太婆在演说自己的受辱历史时，"做娘的却看见儿子，她停止了述说，呆呆望着他"，当儿子伸出的手说要为她报仇时，"老太婆满脸喜悦，也伸出了自己的手，但忽然又缩回去，象一个打败的鸡，缩着自己，呜咽地钻入人丛，跑了。"面对儿子，母亲再也无法掩饰自己的羞耻和痛苦，变得那么可怜而脆弱，人前的强颜果敢，也会不可抑制地浮出千年来沉重压迫女性的贞操观，儿子的脸面比自己的脸面还重要，没有任何一位母亲不希望替儿子在人前挣得高贵与贞洁，因此自己可以忍受的耻辱怎堪让儿辈们去感受，丁玲用极为细腻的笔致反映母亲那颗受伤破碎的心灵。而在描写母亲对子女的感情时，作者采用的也是很温柔动情的文字，娓娓道出心声，但情中传达理，情理交融。例如文中写到陈老太婆"对于儿子的爱，也全变了。以前，许久以前，她将他们当一个温驯的小猫，后来，她望他们快些长大，希望他们分担她的痛苦，那些从社会上家庭中被压抑的东西，儿子们长大了，一个个都象熊一样茁实，鹰一样的矫健，他们一点也不理她，她只能伤心地悄悄地爱着他们，唯恐失去了他们。后来，儿子们更大了，她有了负累，性情变得粗暴，他们实在太不体谅母亲了，她有时恨他们，但她更需要他们的爱，她变得更脆弱，他们的一举一动；他们的声、影都能使她的心变得暖融融的，她更怕他们了。可是现在她没有那么怕她们了，她不专心于儿子们对她的颜色，那已成为次要的事；但，她不爱她们了？卑视他们么？一点也不，她更尊崇她们，当儿子们同她谈着打日本鬼子的时候，她就越爱他们，她非常满意自己对于他们一生养育的辛劳。"这段母亲的心理话语细致入微，娓娓道出母亲的九曲柔肠，做到情与理的统一，母亲对儿子的爱、儿子对民族的爱，母

---

① ［法］西蒙·波娃著，桑竹影、南珊译：《第二性——女人》，湖南文艺出版社，1986 年，第 23 页。

亲对国家的爱既有冲突又高度融合起来。

另一方面，丁玲所理解的母性即使是在个人范畴内，也颇为独特。在她笔下，一个母亲可以为孩子承担罪责，奋不顾身，如她在《魍魉世界》一书中写道："因为我终于怀了一个孩子，我没有权力把她杀在肚里，我更不愿把这个女孩留给冯达，或者随便扔给什么人，或者丢到孤儿院、育婴堂。我要挽救这条小生命，要千方百计让她和所有的儿童一样，正当地生活和获得美丽光明的前途，我愿为她承担不应承担的所有罪责，一定要把她带在身边，和我一起回到革命队伍里。这是我的责任、我的良心。哪里知道后来在某些人心目中，这竟成了一条'罪状'，永远烙在我身上，永远得不到原谅，永远被指责。"在这段痛苦愤懑的文字中有自责、有无奈，但更多的是直面惨淡人生的真诚与勇气，责任与担当。为了未出世的孩子，母亲宁愿背上如此沉重的枷锁，这即是母性的厚重与伟大，带着决绝与牺牲，痛并爱着，任凭风雨肆虐，母性光辉依然透射在魍魉世界与风雪人间。传统中，母性的定义乃是奉献与牺牲，丁玲笔下的母亲形象有此特征，她付出的不是一般身为母亲那种爱的喜悦，而交织着痛苦和希望。

事业的追求、放足的艰辛、怀孕的痛苦纠结、失贞的羞辱等等母亲鲜为人知的心理都在丁玲细腻委婉的语言中鲜活生动地呈现出来，丰富了母性的内涵。

三、与东南亚华文作家相比

东南亚华文作家与中国现当代文学作家都是以白话文创造了形形色色的母亲形象，是否会因为地域与时代差异而呈现不同的特征呢？我们以丁玲的母亲语言表达与东南亚华文作家的母亲形象的语言相比较，也许会为我们从文学语言研究丁玲笔下的母亲形象提供新的视角。

在东南亚较有代表性的华文短篇中，有不少篇章着力描绘各个阶层的母亲形象。一类是刻画处于社会底层的母亲，比如新加坡作家苗秀的《流离》中的"女人"，马来西亚作家云里风的《俱乐部风光》中的阿芳姐，印度尼西亚作家黄东平的《有女初长成》中的母亲等。这类描写母亲的文章较多，表现那些挣扎于社会底层，为生计奔波，苦苦拉扯子女的母亲。另一类是中产阶级的母亲，比如新加坡作家尤今的《风筝在云里笑》中的茱利亚，菲律宾作家小四的《锣鼓声中》的妈妈。她们的家庭收入稳定，衣食无忧，在教育自己孩子方面有更富裕的时间和精力，而教育方式和内心感受方面却更丰富，形象较为鲜明。还有一类是高门贵族的母亲，例如张曦娜的《都市阴霾》中的梁叔思，她生活宽裕，养尊处优，但在教育孩子方面却要受家族观念的影响，难于自主，交织着矛盾与痛苦。尽管东南亚不同阶层的母亲境遇、性格千差万别，作者倾注的笔墨浓淡不一，仍具显著的共同点，不过丁玲与之相比，有着自己的特色：

（一）不同类型的母亲形象语言折射不同社会的现状及生存状态。

就像马克思所说："个人是社会的存在物。因此，他的生命表现，即使不采取共同的，同其他人一起完成的生命表现这种直接形式，也是社会生活的表现和明证。"① 东南亚不少短篇小说借助母亲形象的塑造反映社会的各个层面，既有底层人们的辛苦辗转，又有上层人物的挥霍无度，更有不同人精神领域的天壤之别。《流离》中的母亲几次迁家，居无定所，男人无处谋职，孩子生病，尝尽颠沛之苦。活生生地刻画华人漂泊异乡的辛酸。《俱乐部风光》通过阿芳姐这个善良勤劳的母亲反衬所谓上流人士的虚伪、污浊和无耻的面目，如蔡一虎、吴大平、王百川等人跻身高尚俱乐部消磨时光，饱食终日无所事事，俨然《日出》的场面，只不过阿芳姐不似陈白露沉湎其中不能自拔，仍具清醒的头脑和道德感，不为金钱蒙昧人性，穷也穷得有骨气识大义。同样为办华校捐钱，那些挥金如土的富人只不过作为沽名钓誉的手段或敷衍了事，阿芳姐透支工资慷慨解囊，理解此举意义深远，由衷地说："我们身为华人，对于华文教育不能漠不关心，大家都尽一点力量。"朴素几句话表达高尚的情愫。

中国作家笔下也描绘过很多饥饿贫困交加的母亲形象，如鲁迅《祝福》中的祥林嫂，柔石的《为奴隶的母亲》中的母亲等，但毕竟她们都生活在家乡或至少是国内，不像流落异乡的贫穷华人多了一重身份的顾虑和难堪，连打工也得有本地户籍，随时都有可能无立足之地而陷于生存危机。丁玲作品中的母亲形象也有类似祥林嫂等母亲的境遇，不过有着鲜明的时代特征，例如《田家冲》中农民出身的"妈妈"，体现国内革命战争时期的一些特点，既描写她受到封建土地制度的种种剥削和压迫，长期为全家人的生计忧愁叹息，胆怯不安，惊恐地听任命运的安排，又描写她受到革命影响，敢于顶着丢掉饭碗的压力，瞒着暴躁的丈夫默许"三小姐"的革命活动。《消息》中的老太婆是一位工人母亲，深知工人阶级所受的压迫与剥削，她逐步改变了原来只操持家务的观念，变为关心革命、支持革命的觉醒者。

（二）母亲语言中保存着中国的文化传统，不过中国与东南亚作家有着不同

① 马克思：《1844年经济学哲学手稿》，选自马克思、恩格斯：《马克思恩格斯全集》第42卷，北京：人民文学出版社，1979年，第122—123页。

表现，以东南亚作家来说，这可以从她们的母亲对子女的言传身教中体现出来。《俱乐部风光》中阿芳姐重视环境对子女的影响，认为在那群不思进取、堕落腐朽的富人集中的地方不利于儿子的成长，因此决定离开。此举不仅带给她心灵的轻松，也给读者留下一道灿烂的光辉。中国古代早有“良禽择木而栖，良臣择主而事”“物以类聚，人以群分”“近朱者赤，近墨者黑”等名言警句。更有孟母三迁的经典故事教育后人。中国向来重视教育，尤其是道德教育，“君子喻于义，小人喻于利”正是民族教育中的优良传统，阿芳姐始终把这作为行为准则。说明虽人在异邦身处贫贱，我们的同胞仍坚持民族的优秀传统。《都市阴霾》中的梁叔思希望女儿有自己的文化根基，不满夫家崇日媚日“有奶便是娘”的主张，体现浓厚的乡土情谊、尊祖敬宗意识和民族文化认同感。这在豪门家庭需要极大的勇气和信念。鲁迅先生曾经说过，越是民族的东西越能走向世界，海外华人对此会有深切体会。梁叔思正是怀着对民族文化的深沉情感和强烈的民族自尊心而作出理性的选择。《锣鼓声中》的母亲生动地教育子女“家国一体”的观念，说明个人、家庭、国家不可分割的情感，强调中国文化中的整体观念。她意味深长地教育子女说：“中国就是咱们的国家，咱们共同的妈妈，失去她的保护，大家都会来欺负我们。”对祖国深厚的赤子之心，将自己的命运和祖国的命运联系在一起，正是母亲语言带给人们的精神震撼。热爱民族、保护国家，这种认识与丁玲的母亲语言不谋而合。《新的信念》中抵抗异族的入侵，同样都是爱国主义语言的表达，不过各有特色，应该说丁玲笔下的陈老太婆对日本侵略者深仇大恨给人留下不可磨灭的印象；她还善于表现中国妇女发扬传统女性的坚韧顽强追求民主思想的品格，例如《母亲》中的于曼贞，即是典型例子；她还能在社会主义新女性中赋予女性传统的色彩，例如杜晚香。这些新特征在丁玲笔下的母亲形象中格外突出。丁玲的语言表述更为丰富，具有浓郁的历史性与社会性，现代性与传统性交织的特征。

（三）东南亚华文作家与中国现当代作家都是运用中外现实主义创作方法表现母亲形象，有些作家还采用浪漫主义和现代主义相结合的手法，在艺术风格方面，各有追求。

以尤今来说，她善于以肖象、动作表现女性生存的意义。就《风筝在云里笑》来说，此篇多处描绘茱莉亚这个人物的肖像。首先是她给人的第一印象：“茶色的头发，干巴巴的、毫无韵致地垂散着，额头有些微脱发的痕迹，露出两峰尖削的额骨。眼睛很大，好象两个滚圆的铜铃，然而，这两个铜铃不是晶亮的，它们好象蒙者一层薄薄的灰层；整个的眼神，显得异常的空洞，但在空洞当中，却又像深沉地蕴藏了些什么”，细致的工笔语言，描绘一个被生活拖累得疲乏而毫无生机的形象，象一个幽灵一样。文中接着在另一处描写她的笑，“她鼻子的双翼到嘴角之间，有一条相当深的纹线，好象一条细细的泪泉长年长日地在脸上无声无息地奔流。正因这样，她即使在笑着时，给人的印象也是苦涩多于欢乐。”所谓相由心生，用一个奇妙的比喻句，写出这样的人物肯定不可能是乐享天伦的母亲，而是如同无休无止运作的机器，内心充满了苦涩。显然作者对这一形象寄予深切的同情，也隐含无声的批判。不少作家都怀着深情赞颂母亲的勤劳善良、颂扬母亲无私的奉献精神，却很少对这种奉献提出质疑，作品站在现代人的角度对教育效果提出更高的要求，教育是一种艺术，需要智慧和创造力，不是简单的奉献，这是本文达到的思想高度。作品不是一般地提出妇女问题，而是指出妇女在家庭中，作为母亲这一角色应选择怎样的形象。同时就茱利亚本人而言，她的存在也令人感到悲哀，作为现代女性应该如何生活，为自己，也为别人，什么才是理想的生活方式，此类问题的探索，不仅是女性研究的课题，也是人类社会要研究的课题。“在任何社会中，妇女解放的程度是衡量普遍解放的天然尺度。”[①] 茱莉亚的肖像、行动和语言揭开了一个隐含的社会问题，让母亲苟安于目前暂时的位置已毫无前景，她迟早是家庭和社会的隐形炸弹，应引起普遍关注。

丁玲与尤今笔下的母亲语言风格不尽相同。丁玲往往采取细密的笔致、委婉的手法，显示女性深切的感受力和温柔的情愫。譬如《消息》一文对老太婆偷听消息神形毕现的细致描绘，《压碎的心》通过小孩的心灵去感受母亲遭遇的战争苦难和生离死别的心灵折磨，作者用相当委婉的手法表现出来，侧重于心理的曲折，语言表达不重形似而重神似，不那么直观明显。

由此可见，东南亚华文作家的母亲语言主要表现和平时期的日常生活，反映生活中的矛盾与问题，类似于中国“五四”时期的问题小说，语言也显得日常化，所以力求平淡中见奇异。而作品语言中带着浓郁的东南亚色彩，特别是关于东南亚华人处境与心态的语言表达，这是丁玲和中国作家缺少的。丁玲生活在20世纪的中国，那是一个战争与和平交错风云激荡的时代，丁玲的笔触渲染了那个时代浓重的风云，在生与死、血与火中淬炼而熔铸成的文字，即使不经意地书写往往也能出彩，极富弹性与张力，时而柔情似水，时而愤激如火，大爱大恨，至柔至刚。

---

① ［德］马克思：《致路德维希·库格曼》，选自《马克思恩格斯列宁斯大林论妇女》，北京：中国妇女出版社，1978年。

下篇

母亲新貌　屹然前行

第一章　以个人笔触多维书写母亲形象

除了运用多种方法，从文学语言视角探视丁玲作品中的母亲形象的方方面面外，还要探讨丁玲如何以个人笔触书写母亲形象。

一、朴实而又多彩的文笔

丁玲在谈及《母亲》的文学语言时说过，力求朴实与浅明。《母亲》的语言体现了作者的这一自我要求。

《母亲》中的母亲于曼贞大胆反叛传统的道德和封建秩序，冲击禁锢森严的封建大家庭，向往自食其力的生活，坚决“要替自己开辟出一条路来”，充分显示其勇毅的个性。而事实上，母亲追求的不是单纯游离于社会之外局囿于一己悲欢的个性张扬，而是自觉地将个人与社会相结合，欲在社会中磨练身手。早在以前，她就知道“外国女人是不同的，她们不裹脚，只缠腰……她们也读书，做许多事，还要参政呢，就是要做官”，因此促使她开始为男女不平而不平，这时她的意识里就有对妇女命运的深切关注，那就是要“做事”“参政”。所以到了武陵母家，她特别羡慕弟弟于云卿出色的社会活动，像兴学、办报、组织、宣传，“教学生应该怎样把国家弄好”，讲的尽是“什么民权，什么共和”，她的心都动了。因此她坚决要求携带五岁的女儿走上革新派创办的新式学校——女子师范学校，开始放足、锻炼、学习，迈出了女性解放的第一步，从生理和心理上废除裹足，获得新境。并在学校结识了夏真仁、金太太等激进的女子，热心公益事业，提倡妇女解放和社会革新，带有鲜明的社会解放倾向，使作品单纯追求个性自由的思想大大前进一步。

从上面的引文中可以看出《母亲》中母亲语言是朴实与浅明的，不过《母亲》语言又是多彩的，如开头描写于曼贞家环境的语言非常优美。

> 是十月里的一个下午了。金色的阳光，洒遍了田野，一些割了稻的田野；洒遍了远远近近的小山。风带点稻草的香味，带点路旁矮树丛里的野花的香味，也带点牛粪的香味，四方飘着。水从灵灵溪的上游流来，浅浅的，在乱石“泊泊泊”的低唱着，绕着屋旁的小路流下去了。

描写女学繁琐的开学典礼情景时的语言栩栩如生，诙谐风趣。

> 这时在男宾中走上来两个唱礼的。像人家做喜事一样，也有奏乐，却是那位体操教员，走到那桌边的不知叫什么的东西旁边，坐了下来按着，从那里发出一些听不懂的音乐。奏完了乐，便由知县官、堂长、管理员带着这起小脚的女人在那三合土上面，一起一落的磕着头，算是谒圣，好容易才磕完，真是吃了很大的苦，却又得站得端端正正替知县官，替堂长，替管理员，甚至替来宾都要行礼。而且，知县官又训话了，咭咭呱呱，不知道说些什么。他原来是宝庆人，而堂长也训话了，来宾也来演说，有几个女学生几乎忍不住脚痛要哭了。大半心里都焦急起来了，只想走开去坐坐，又怕动得，小孩子们就真的有几个走开来找妈了，好容易这典礼算完了场，乐声送着男宾们出去，而这些学生便像被赦的囚徒一般，快乐的，匆忙的跑着。

再来看看《新的信念》的语言，作品中刻画陈老太婆忍辱负重、顽强求生的意志和火一般复仇的性格。作者这样描写她逃出敌人魔手后的情景："原野上只有一个生物在蠕动，但不久又倒下去了。雪盖在上面，如果它不再爬起来，本能地移动，是不会被人发现的。渐渐这生物移近了村子，认得出是个人形的东西。"这段描写让人想象得出她在日本鬼子那里遭受了什么样非人的折磨，体现她"生之坚强"。作品并不止于此，而是让她更充分显示内在的性格力量。这个人形的生物——陈新汉的老母，忍受被毁坏声誉的奇耻大辱，解开她的衣襟，让人看那"条条斑痕"，声泪俱下现身说法，控诉日本鬼子灭绝人性的种种罪行。复仇的怒火奔突出她的胸膛，也点燃了周围人群的愤怒，鼓动人民群众奋起抵抗，增强抗日胜利"新的信念"。陈老婆性格异常浓烈而鲜明，热腾腾的如灼人的火焰扑面而来。

这段描述的语言与《母亲》的语言有着共同之处，不过它更为具象化，如陈老太婆逃出日本侵略者魔掌时的情景，表明丁玲文学语言的形象性有所增强。到《杜晚香》时，她的文学语言特点又有新的变化。

《杜晚香》中杜晚香是从农村中成长起来的劳模形象，性格发展并非简单化地一蹴而就。她是孤儿出身，新社会给了她机会，她入了党，热心帮助别人，从小事做起，勤勤恳恳，公而忘私，将母亲般的温暖传递给周围的人群，最后被评为劳模，然而她"没有慷慨激昂，有的只是亲切细致。不管她怎样令人景仰信服，但她始终那么平易近人、心怀坦白，朴实坚强，毫不虚夸，始终是一个蕴藏着火一样热情的，为大家熟悉的杜晚香”。这段话以朴实的语言极好地概括她的性格特征，也刻画出另一种特具风范的母亲形象。

不过，丁玲表现母亲形象的语言又是多变化，且有不同色彩的。她善于表现风沙遍野、春意料峭的西北辽阔的大塬，尽管它给了天真无邪的晚香驰骋幻想的空间，却一切都沉浸在闭塞、蒙昧、平静、荒凉而寂寥之中，残存时代的切肤冷意，一位孤女单纯可爱却命运未卜，象征童年生之艰辛，反衬她顽强生命力。她更善于表现北大荒壮丽的情景，例如蓝天、红日、云彩、软风、山村河流、田野树林、肥沃的黑土、热情的人群，显示出截然不同的地方特色，洋溢着活跃欢欣的时代氛围和晚香踌躇满志的心态，预兆新生活无限希望的前景，一片开朗、乐观、欣欣向荣的景象，一位觉悟的女子已向新天地奔赴、以不同的视野和襟怀投向时代的浪潮。丁玲在这篇作品里对地方不同色彩描写相当出色，匠心独运，与杜晚香人物形象互为映照，别具格调。

从以上几篇作品的引文中可以看出从《母亲》到《杜晚香》，丁玲笔下的母亲形象的语言都是朴实而又多彩。到了晚年创作《杜晚春》时也不改初衷，只是越写越老练、纯熟。

二、细密而又委婉的语言色调

丁玲描写母亲形象的文学语言又一特点是细致而又柔和。如《新的信念》中的陈老太婆、《消息》中的老太婆、《压碎的心》中的母亲等丁玲都是采取细密的笔触、委婉的手法，主要表现在句法及遣词的复杂与变化，通常说法是欧化的影响。

譬如《消息》一文对老太婆偷听消息神形毕现的细致描绘，富有生活气息。《压碎的心》通过小孩的心灵去感受母亲遭遇的战争苦难和生离死别的心灵折磨，作者有意在民族斗争的新的历史背景下去写他们的感情波澜，思想矛盾等纵深的内心世界，母亲送儿上战场的感情是相当复杂，一方面是民族大义驱使母亲作出理性抉择，另一方面则是母亲割舍不掉的感情以及要忍受可能痛失儿子的结局，作者用相当委婉的手法表现出来。

还有如《新的信念》的演讲让人深受触动，即当老太婆在演说自己的受辱历史时，“我是一个被日本皇军糟蹋了的老婆子，你们看……”勒起袖子，听到台下传来一阵怜惜的声音，“你们就怕了么，这算得了什么……”她残酷地描写她受辱的情形，一点都不顾惜自己的颜面，不顾惜自己的痛苦，也不顾人家心伤，她巡回望着那些人的脸，全是一些苦脸呀！于是她叫着：你们别怜惜我吧，你们怜惜你们自己，保护你们自己。你们今天以为只有我可怜，可是，要是你们自己今天不起来堵住鬼子，唉！天呀！我不要看你们同我一样受苦呀！……我到底老了，受受苦也不怎么样，死了，也就算了。可是，我看你们，你们都年轻呀！你们应该过日子呀！你们一点人道也没有享受过，难道你们是为了受罪，为了给鬼子欺侮才投生的么？……"这一段话语才是现身说法的锥心之痛，撕开自己痛不欲生的伤口，展示在众人面前，不是为了简单的诉苦，而是引起大家对自身命运的颤栗与恐惧，不反抗就受辱或惨死，"你们怜惜你们自己"，"别怜惜我"正是演说的最高境界。一个朴实的老太婆以自己的痛，激发同胞的恨，由己及人，层层传递，写得自然不露痕迹，又能将情与理巧妙传达。这也体现丁玲语言设计的细致与力量。

丁玲细致刻画母亲的心理活动，除了上述的大段铺写外，还善于分段着墨，然后组成完整形象，现以《杜晚香》为例。

作者着力描绘杜晚香在北大荒的锻炼与成熟，这是杜晚香性格全面展示的最重要阶段，在她不畏艰难毅难奔赴的荒原边陲，等待她的是困惑、奋斗、矛盾、幸福、烦恼与光荣……

虽然北大荒沿途的见闻振奋她跃跃欲试的心情，"她觉得有许多东西涌上心头，塞满脑子，人们习惯地把她看作随军家属；也不被丈夫李桂理解和支持，李桂只盼望她理好家，根本不留意妻子强烈的劳动热情，他同别人有说有笑，回家和她却无话可说，正像她公公对她婆婆一样"。渐渐她便对安闲生活中自己的无能为力，"悄悄地怀着一股哀怨"："他老远叫我来干什么呢？就是替他做饭，收拾房子，陪他过日子吗？"一个解放了的中国劳动女，一位真正的无产阶级战士，迎着百业待兴而沸腾的生活浪潮，心中不能不充盈主人翁的责任感，所以让她再度踅居家庭主妇小环境，是很困惑和不安的。

她勇敢地跨越小家庭的羁绊，投身火热建设的洪流，从微不足道的小事做起：她为家属区打扫厕所、过道，帮人买粮、买油、做鞋、补衣裳，默默无闻，任劳任怨；还加入棒小伙行列，上山伐木，野外刈草，取石开渠。劳动带来空前的兴奋与快乐，因而当她面对丰收麦场欣欣景象和勤劳的人们，低着细看，"热乎乎、圆滚滚的麦粒"，"觉得宇宙是这样的庄严、这样的美丽"，"不觉放肆地把幼年时代的山歌唱了出来"，感染了全场人们。在此我们能体会到丁玲所说的："劳动本身就生长着生的希望、生的乐趣。每一种劳动对自己都有报酬，使我们得到精神的快乐，尽管它是苦、累、乏、臭。"这儿的晚香是一位健康、爽朗而快乐的劳动者，作者给予她真挚的歌颂！

劳动的欢畅令她忘情高歌，但生活的烦恼也杂沓而至。杜晚香平时劳动不计时，不讲计酬，困难时期还捡粮归公，她说："这是国家的粮食。我们是国营农场的个人，要看到六亿人口呵！"如此克己奉公，却被别人骂为"好出风头"，"家庭中闹开矛盾"，弄得她很难受。而且她还一反常态地呵斥偷公物的恶行，"气得发抖"，反被讥笑"多管闲事"。生活不是坦途，还有暗流险滩，有烦恼与矛盾，在这迂回道路上锻炼了她的气度，她以凛然正气战胜邪恶与私欲。

杜晚香这个时代新人，她的内心生活不是简单化的，而是丰富的，作者以细致的笔法加以表现，从上面的引述与分析中，可以体会到。

丁玲善于细致的心理刻画，这显然是受外国文学影响的，在中国现代作家中不乏其人，不过仍有区别，如丁玲与茅盾的笔法都是细致的，不过丁玲是在细致之中又有委婉多情，茅盾则是在细致之中带有刚健的笔力。

三、简扼畅达而又从容余裕的文风

在文学语言方面又继承中国传统的以对话，行动和故事情节表现人物的特点，使母亲形象更具体可感，生动亲切。作者书写语言是简扼畅达而又从容不迫的，舒紧得当。这与传统女性文学还是有差异的，传统的女性表现为对母亲的尽情讴歌中任一感情的倾泄与挥洒，或表现为对母爱的吟唱中含情脉脉的温柔，或在对女性自我价值的艰难追寻中表现出忧愤的抗争和沉郁的叹息等。丁玲重在形象的具体表现，基于个人感情又能与人物保持距离，立足点更高，因此她表现母亲形象的风格能在描述中展露力度和深度，透出哲理的光芒。

我们以《魍魉世界》《风雪人间》为例说明上述的观点。如她在《魍魉世界》一书中写道："因为我终于怀了一个孩子。我没有权利把她杀在肚子里，我更不愿把这个女孩留给冯达，或者随便扔给什么人，或者丢到孤儿院、育婴堂。我要挽救这条小生命，要千方百计让她和所有的儿童一样，正常地生活和获得美丽光明的前途，我愿为她承担不应承担的所有罪责，一定要把她带在身边，和我一起回到革命队伍里。这是我的责任，我的良心。哪里知道后来在某些人的心目中，这竟成了一条'罪状'，永远烙在我身上，永远得不到原谅，永远被指责。"在这段无奈、自责交织着痛苦、愤懑的叙述中，我们看到的是一颗滴血的母亲的心，为了未出世的孩子，母亲要背上如此沉重的枷锁，她呼唤着人间的理解与同情。

还有在《风雪人间》中这样描述道："我小时，从来没享受一点作为爱娇闺女的幸福，没听到过一声心肝宝贝的亲昵的呼唤；我也拒绝了一个做为母亲满饮母性的甜酒。但我欣赏我对自己母亲的了解。我们不是母女而是朋友，是最贴心的朋友。”丁玲强调不仅是血缘至亲，不是表面的溺爱或亲昵，不是爱娇与依赖，而是灵魂深处的心有灵犀、那种与生俱来的深刻理解、血脉相连，要求两代人的共同努力，体现了现代母性意义。另一次是在文革期间，在蒙受不白之冤失去自由的日子里，她想到的是如何为子女们开脱，不受牵累，在历史面前她是顽强的：“母亲不好受，但她毕竟是从几十年艰难险阻中走过来的人，在这边远的北大荒，即使亲人离散，但她是一个老党员，她相信历史，她不失去希望，她一定能熬过去”；但念及子女时她的心又陷入极度痛苦中：“可是孩子们象刚出土的嫩苗，怎能经受这样苦涩的风霜！刚放苞的鲜花，怎能放在烈火上炙烤？我可以想出一千条理由命令自己好好活下去，可是对这一对无辜的孩子我却一丝一毫也不能帮助他们。这种压在心底、充塞血管的苦汁不断地折磨我，一分一秒也难得平静”，将母亲的“耻辱”牵连到孩子身上，怎不令她肝肠寸断！

从几段描述中可以看出丁玲内心及事件的复杂变化都是通过极为简括的笔法从容不迫地把母亲形象展现出来，且寓意深远。

在丁玲回忆母亲的文章中，用笔也是要言简不繁的，她在《我母亲的生平》中说：“我母亲幼年得与哥哥弟弟同在家塾中读书，后又随她的妹妹们学习绘画、写诗、吹箫、下棋、看小说，对于旧社会女子无才便是德的规矩，总算有了点突破……”点明了自己的母亲并非完全一位旧式的女子，为其以后的思想成长奠定了良好的基础。接着作者又提到自己的母亲不幸的婚姻，父亲的早死，“给她留下无限困难和悲苦，但也解放了她，使她可以从一个旧式的、三从四德的地主阶级的寄生虫变成一个自食其力的知识分子，一个具有民主思想，向往革命，热情教学的教育工作者”。这些简括的论述生动地把生活中的真实母亲形象逼真地表现出来。

无论是作品中的母亲，还是生活中的母亲，在丁玲笔下表述都是简明的，且从容不迫，这就构成丁玲在展示母亲形象文学语言的又一特色。

总之，丁玲作品克服欧化语言消极因素后，逐步形成新的特点，突出表现为描写母亲形象的语言风格，作品中明朗、细密而又委婉多姿的语言给人们留下了深刻印象，在语言表达形式上，句法比之外来语言的短些、顺畅些，较之传统及现代的白话长些，且句法多变化，语言的不同色彩有所配搭，这样语言风格的形式与内容就能统一起来。

第二章　丁玲母亲形象语言描述特色成因

当我们从多种方法探讨丁玲母亲形象语言特点及作家个人语言特色后，有必要探究其成因，着重从她的文学语言观、她的写作语言与白话、欧化语言的关系等方面进行研究。

一、文学语言观的作用

丁玲是以自己的创作蜚声文坛的作家，同时又是一位热情的文学评论家和理论家，为我们留下了数百万字的著作。她以独具个性的语言创作了大量文学名篇，丰富了现当代文学的语言宝库，这同她在理论上对文学语言给予一以贯之的关注与重视是分不开的，我们从她的字里行间闪耀着光辉的论断以及精辟的见解中可以领悟到。

文学是语言的艺术，古往今来凡是能流传下来，并令人耳熟能详的文章必然具有脍炙人口的文字，所以杜甫才有“语不惊人死不休”的千古之叹。丁玲能在中国现当代文坛纵横驰骋半个多世纪，除了她的作品紧扣时代反映跌宕起伏的社会现实以外，也离不开她对文学语言的重视以及孜孜追求。她总结自己的创作经验时语重心长地说：“文字是有很多帮助的，因为很好的题材，有时候因为文字的不会运用而失败。”[①]“语言不好，即使作品本身的思想内容不错，也往往流传不开。”[②]可见，语言的恰当与否直接关系到文章的成败。那么，丁玲关于文学语言究竟有哪些方面的论述呢？我们有必要作一个梳理。这对于丁玲的母亲语言研究极具价值。

丁玲很少孤立地论述文学语言，总是结合自己丰富的创作经验有感而发，广泛地论及文学语言的特征、要求，文学语言的来源，语言的大众化与艺术性、个性化关系等等。

尽管丁玲没有对文学语言下一个明确的定义，但对文学语言的特征及要求却作了多方面的阐述。她认为文学语言要“凝练和谐、生动准确”，要“写得精练

---

① 丁玲：《我的创作经验》，选自丁玲：《丁玲全集》第7卷，石家庄：河北人民出版社，2001年，第12页。
② 丁玲：《谈与创作有关诸问题》，选自丁玲：《丁玲全集》第7卷，石家庄：河北人民出版社，2001年，第336页。

一些，深刻一些，有分量一些，给人的东西多一些”，同时注意语言的情境性，强调文学语言的个性化。这是对文学语言本质及特征的重要概括，与茅盾的论述基本一致，[①] 唯一不同的是，丁玲不是集中地论述文学语言的特性，而是分散在若干篇目中。丁玲所指的“生动”，也就是茅盾所说的形象化，是能映现审美理想的生活图画。“精练、深刻”，即用最少的语言表现尽可能丰富的内涵，是语言形式的追求，涉及文学语言运用的技巧，语言的情境性与个性化，也折射了文学语言的艺术功能。

也许由于丁玲首先是一位创作家，所以她对作品中不同类型的语言有特别的感悟，体现在她对人物语言、景物语言以及叙述语言的不同论述中。

人物语言指描写人物的语言或作品中人物自己的话语，尤其要求个性化，符合人物的身份，使人物栩栩如生。丁玲在《我的创作经验》一文中回顾自己的创作过程时说：“我自己代替小说中的人物，试想在那时应该具哪一种态度，说那一种话，我爬进小说中每一个人物的心里，替他们想，应该有哪一种心情，这样我才提起笔来。”也就是说，作家在构思作品时对人物用语应做到心中有数，努力设身处地为人物设计好言语，什么身份说什么话。她又在《创作要有雄厚的生活资本》文中再次强调：“我们写人时，要看这个人应该怎样说，就让他怎样说。”动笔写作时对人物语言的个性要求就更明确了。她非常赞赏《红楼梦》和《三国演义》刻画人物的语言，简洁生动，个性鲜明，令人过目不忘：“他们描写的人物跟活的一样……短短的几行就写出一个生动的人物，你说是典型人物也可以，使我们读书时好象不仅见其人而且闻其声。”《红楼梦》的语言最好，“每一个人物的腔调、每一个人物的个性，都从语言里面出来了。”“林黛玉就是林黛玉的话，薛宝钗就是薛宝钗的话。他们的讲话都是个性化的。”[②] 人总是不一样的，写出这个不一样，人物就有血有肉，就活了，这也是文学语言的特征与要求。所以，在她笔下千姿百态的母亲画廊里，既有工农母亲，也有知识分子母亲，还有各个时期的革命母亲；既有进步的母亲形象，也有落后的母亲形象；她们的语言表达各具特色，个性分明，不容混淆。

景物语言指描写景物的语言，历来为文人墨客所青睐。古今中外多少争相传颂的写景名篇，均不是为写景而写景，而是通过写景寄寓主观感悟，抒发内心的情绪，表现人生的理想与境界，因之写得有意境，烘托人物的个性，如《醉翁亭

---

① 茅盾：《新的现实和新的任务》，选自茅盾：《茅盾全集》第24卷，北京：人民文学出版社，1996年，第280页。。

② 丁玲：《谈写作》，选自丁玲：《丁玲全集》第8卷，石家庄：河北人民出版社，2001年，第268页。

记》《岳阳楼记》《陋室铭》等等，小说里的景物描写也不例外。丁玲在《和湖南青年作者谈写作》一文中十分强调写景致要创造意境，合乎人物的场景。她举了《水浒》的例子，“如写林教头风雪山神庙，火烧草料场，这个风景实在重要哇！使我们感到林冲上梁山实在是不得已了。”“这一段景色描写着重渲染了他命运多舛，已经到了穷途末路，写得很细致。”“不是为写景而写景，而是要写人，写林冲上梁山的必然性。”景始终是人眼中之景，自然受心情影响，比如有一次宋江死里逃生从船舱走出，只见“皓月当空”，丁玲称赞“就这样四个字，把宋江当时从死里得生的这种心情，把江上夜色，全写出来了。写得多么简洁，多么有声有色呀！”因此，丁玲也认为：“写景致要把它活动起来，同全篇的情绪一致。”① 她正是写景的高手。阅读丁玲的母亲作品，景物语言与人物情境往往水乳交融，比如《母亲》中关于灵灵溪的多处渲染，和于曼贞的心境变化巧妙地互相映衬。《杜晚香》一文中的景物语言，特别是“一枝红杏”那一部分关于春寒料峭中傲然盛开的红杏的语言，显然就是人物性格与生命力的写照：“晚香就是这样，像一枝红杏，不管风残雨暴，黄沙遍野，她总是在那乱石墙后，争先恐后地怒放出来，以她的鲜艳，唤醒这荒凉的山沟，给受苦人以安慰，而且鼓舞他们去作向往光明的遐想。”

叙述语言是文本中作者自己的陈述语言，与特定的艺术环境相结合，参与构成艺术形象或意境的语言。丁玲在《〈文艺报〉编辑工作初步探讨》希望写作者的语言“力求文字浅显，含义要深，问题要深，却要写得明白、清楚、肯定，避免含含糊糊屈屈折折使人有深不可测的感觉，我们要使人感觉文字亲切，情理分明，我们是为着使人喜欢读，读得懂，读了有益，而不是使人怕读，读不懂，读了等于不读。这是对作者的要求”。她主张作者的语言明白易懂，因此要使用规范的白话文，不用或少用方言土语。“有些土话在对话中还可以懂。但行文是就不易看懂，最好不用或少用。”② 显然叙述语言还要考虑读者的接受与审美标准。“只有朴素的，合乎情理的，充满生气的，用最普通的字写出普通人的不平凡的现实的语言，包涵了复杂生活中的情愫，才能使读者如置身其间，如眼见其人，长时间回声萦绕于心间。”③ 丁玲在母亲作品中的语言风格虽然随着时间推移有

---

① 丁玲：《对于创作上的几条意见》，选自丁玲：《丁玲全集》第7卷，石家庄：河北人民出版社，2001年，第10页。

② 丁玲：《创作要有雄厚的生活资本》，选自丁玲：《丁玲全集》第7卷，石家庄：河北人民出版社，2001年，第409页。

③ 丁玲：《美的语言从哪里来》，选自丁玲：《丁玲全集》第8卷，石家庄：河北人民出版社，2001年，第340页。

所变化，但朴素平实的文风却始终保留。

丁玲认为文学语言不是凭空产生的，主要来源于生活、书本以及传统的民间艺术。丰富多彩、变化万端的生活不仅是文学作品的源泉，也是文学语言的最初来源，大众的语言生动活泼，作家能从群众中学到活生生的语言。但只有生活还不够，作家还要提高文学修养，要多读书，从古今中外的名著、从大量的作品中汲取营养。中国很多传统的艺术形式包涵有益的成分，也是学习的重要来源，不可忽视。除此以外，就是作家提炼加工的程序，直至最终产生文学作品的语言。

深入生活，向群众学习大众用语是丁玲一贯的最重要的主张。她在多篇文章中不断提倡，希望我们的写作者重视。她在《谈与创作有关诸问题》中明白道出语言与生活的关系："创作中用来表现思想的，主要靠语言。一定的内容，需要相称的语言。没有生活的人并非没有话，话是有的，而是没有那样相称的话，说出来的话没有那样相称的味道。"也就是说，没有生活，只有字而没有话，缺少构成文学语言的相应字句，缺少活的言语内容。她又在《从群众中来，到群众中去》一文中赞赏大众语言："老百姓的语言是生动活泼的，他们不咬文嚼字，他们不装腔作势，他们的丰富语言是由他们丰富的生活产生的。""我们不仅要体会群众的生活，体会他们的感情，而且要学习他们如何使用语言，用一些什么话来表现他们的情感，这个人不同，那一个人又不同。"作家还要会运用大众语言，需要集中提炼的能力："大众的语言是最丰富的，最美的，最恰当的；但却不一定是一个普通农民，普通士兵能说出的，这些人常常能说出最简单的几句话。不过如果在大众里去搜求，集千万人的语言为一人之语言，则美丽的、贴切的、有味的语言全在这里了。"

除了学习生活中的大众语言外，潜心读书，广泛阅读古今中外的各种著作也必不可少，对于锤炼写作语言非常关键。丁玲曾在多篇文章中反复强调读书的重要性，不仅读书的数量要足够，而且还要学会欣赏和精读，甚至反复研读琢磨，才会有收获，变成作家的文字修养，渗入作家的写作生命，然后倾泻于笔端。她在《怎样阅读和怎样写作》中谆谆教诲写作者多读书："读上几百本、几千本、上万本吧！不仅要多读，而且要认真地读，仔细地读。一本书不能读一遍就算了。"她非常推崇中国古代的名著，特别是《红楼梦》《三国演义》《水浒传》的文学语言，比如《水浒》中的"语言何等惊人！何等有力！这些生动的语言在《水浒传》里多得很，都是很有感情，很有气派，有血有肉的"。《三国演义》的煮酒论英雄"只几百个字，只几句话就把两个人的个性、处境、心事、样子、声音全托了出来"。"《红楼梦》写人物有样子，有声音，叫你像见到听到一般"，不仅传神而且简洁，“只用很少的字”。[①] 当然，学习不能照抄，而是学它“运用语言的方法，我们的话必须像它这般写得既具体，又有力量”。作家毕竟反映的是当代人的生活，还要多看现在的作品，因为“今天群众里的新的人物，新的感情，新的性格，新的语言，必然会出现在新的作品里。要改变文字的作风，也要看现在的作品”。还要看国外的作品，特别是她提到的翻译的苏联小说。她诚恳地希望大家多读书，“国内国外，古的今的，只要能找到的，都不妨读一读。有比较才有鉴别，采百花之精，酿一家之蜜。”[②] 也就是博采众长，兼容并蓄，提高文学语言的素养。

民间传统艺术蕴涵了劳动人民的语言精华，流传在民间，为大家所喜闻乐见。丁玲也十分关注。她分析快板为什么动人，为什么受欢迎时说是因为快板艺人“被逼得要说得时时刻刻都能抓住观众的心理，不让观众走掉，这样他就得经常研究把噜唆松散的字句去掉，整理得非常精悍、紧凑、具体、生动。”[③] 这也是文学语言学习的重要来源，可惜经常被忽略。中国现当代非常著名的语言大师像鲁迅、老舍、赵树理、曹禹等都自觉不自觉地从民间艺术中吸取滋养，构建起自己的文学语言殿堂。

丁玲要求文学语言接近生活，接近大众，但作为一个创作经验十分丰富的作家，她深谙创作的独特规律，创作的审美艺术功能，特别是作家的个性特征，因之，语言的大众化是与艺术化、个性化要求相辅相成的。

文学语言虽然来自于生活，但不等于生活中的日常用语，不只是作为交际功能而存在，毕竟文学高于生活，具有构成艺术形象或意象的审美功能。她在《谈谈文艺创作问题》中明确指出：“所谓生活，绝不是指琐碎的生活现象，而是从实践中，从生活里面发现并提出最基本的问题，最能代表现实的问题。”所以，“作者一定要对生活经过酝酿、研究、分析、总结，才能将自然形态的艺术加工、提高，进入到创作过程。”[④] 也就是说，文学语言需要作家的艺术加工，不是原生态的生活语言，要经过收集、提炼的过程，要创造性地将语言用活，使语言更精粹，艺术加工必不可少。她明白告诫我们：“生活中群众运用的语言，不一定

---

① 丁玲：《谈与创作有关诸问题》，选自丁玲：《丁玲全集》第7卷，石家庄：河北人民出版社，2001年，第341页。

② 丁玲：《写给女青年作者》，选自丁玲：《丁玲全集》第8卷，石家庄：河北人民出版社，2001年，第127页。

③ 丁玲：《谈与创作有关诸问题》，选自丁玲：《丁玲全集》第7卷，石家庄：河北人民出版社，2001年，第345页。

④ 丁玲：《创作与生活》，选自丁玲：《丁玲全集》第7卷，石家庄：河北人民出版社，2001年，第220页。

全是好的、美的，其中也有不好的、不健康的。”“作家要像蜜蜂采蜜那样，在无边的花海中勤劳地、一点一滴地采撷、酿制，去粗取精，区别美丑，把语言同生活、人物混为一体，有个性、有神韵、有情意、有时代感。”① 将语言的艺术化比喻为蜜蜂采蜜、酿蜜的过程，形象而贴切。这就要求作家要经常练习，锤炼每一个句子，每一句话，每一节，到每一篇。

既然文学语言需要作家的艺术创造，那么创作者的个性特征必然会投映在作品的字里行间。同样的事物、同样的情境在不同作家眼里、笔端流露出的特征往往迥异，譬如同是《咏梅》，陆游与毛泽东的风格则有天壤之别。陆游的悲观遗世、孤高清冷与毛泽东的乐观自信、生机勃勃的诗词各异其趣。丁玲非常欣赏语言的个性化，十分反感教条化、干巴巴的语言。她强调：“作家笔底下的话，应该是人人心中所有，而不是人人笔下所有的。陈词滥调是最讨厌的东西。”②“人人心中所有”指的是人类对某种事物共同感受，简言之是能引发共鸣的思想感情；“不是人人笔下所有”指的是作家独到的表达，震撼人心、富有新意的语言，化腐朽为神奇的点睛之笔。言人所未言，见人所未见，需要一双慧眼，更需要磨砺笔锋，才能显出作家的个人风格。古人云：“一言可以兴邦，一言可以丧邦。”言语在特定情况下常常发挥惊人的威力，文学语言如果也能达到此种艺术效果，就可能成为传世之作，文学史上的例证不胜枚举。

综上所述，丁玲关于文学语言的论述十分广泛丰富，不仅是她毕生创作的总结，而且为我们提供了可资借鉴的宝贵理论。同时，她以自己对文学语言看法为指引，表现她笔下的母亲形象。这些值得我们进一步挖掘与探讨。

二、 传统与现代的白话关系的处理

“五四”时期以来兴起的新文学，与白话文运动有着密不可分的关系，没有白话文运动便没有真正意义的新文学。

“五四”文学革命旗帜鲜明地提出反对旧道德，提倡新道德；反对文言文，提倡白话文。关于文言与白话的对立和争论持续了相当长的时间。1917 年胡适在《新青年》发表《文学改良刍议》一文明确提出“白话文学之为中国文学之正宗”，之后受到各方面的剧烈攻击，有人嘲笑“白话鄙俚浅陋，不值一哂”，但后经他以陈独秀、周作人、鲁迅等一大批作家的论争和实践，白话逐渐通行，

① 丁玲：《美的语言从哪里来》，选自丁玲：《丁玲全集》第 8 卷，石家庄：河北人民出版社，2001 年，第 338 页。

② 丁玲：《作家与大众》，选自丁玲：《丁玲全集》第 7 卷，石家庄：河北人民出版社，2001 年，第 45 页。

势不可遏。正如鲁迅在《华盖集续编·古书与白话》中写道："记得提倡白话那时，受了许多谣诼诬谤，而白话终于没有跌倒的时候。"创作上，鲁迅的《狂人日记》《孔乙己》《药》等小说以深刻的反封建思想和崭新的形式以及富有表现力的白话，显示了文学革命的实绩，奠定了新文学基础。郭沫若的新诗体现了五四反抗叛逆，破旧创新的精神，冲破了旧诗格律的束缚，开一代诗风。胡适、刘半农、沈尹默等的白话新诗，叶绍钧、汪敬熙、杨振声等的白话小说等都是文学革命的最初实绩。1920 年，北洋政府教育部才承认白话为"国语"，通令国民学校采用。白话文运动终于取得胜利。文言与白话无论句型、语法、修辞都有差别，主要是经过加工的口语，要求"明白如话"，正如鲁迅在《且介亭杂文二集·人生识字糊涂始》中再次强调白话文应该"明白如话"，要"从活人的嘴上，采取有生命的词汇，搬至纸上来；也就是学学孩子，只说些自己能懂的话"。当然今天看来文言和白话仍有其一脉相承之处，如某些词汇、句型仍然保留，完全割裂文言与白话的关系不符合历史唯物主义，但否认五四时期文言与白话的对立也违背了历史事实。不过应该指出，在五四时期文言文与白话文的剧烈斗争中难免出现过多否定文言文的现象，但即使当年也并非全盘否定古文或"废古尊今"，因为当时对于中国古典文学的研究及评估依然是重视的。

需要进一步说明的是，传统白话和五四前的白话还不是现代意义上的白话。尽管《水浒传》《红楼梦》也称为传统白话小说，晚清谴责小说了也是近代白话小说，虽然比起文言文明白晓畅了，但是文言文的成分依然十分明显，现代人读起来仍有些费力。梁启超在《清代学术概论》中曾说明"新文体务求平易畅达，时杂以俚语、韵语及外国语法，纵笔所至不检束"，"其文条理明晰，笔锋常带感情"。作为新文体典范之作的《少年中国说》给我们的印象仍是文言味十足的小说，如开篇即为"日本人之称我中国也"，"一则曰老大帝国，再则曰老大帝国"，与鲁迅小说的语言，郭沫若、徐志摩的诗歌语言仍有很大差距。晚清的白话文运动主要着眼于把白话作为向群众宣传的工具，以及在古诗文的框架内添加一些俗字俗语，不像五四以后的白话文真正达到"明白如话"的自然境界。胡适《谈新诗》主张音节要有自然的节奏，用字自然和谐、平仄是最重要的，诗的用韵要用现代的韵，平仄互押，有韵固然好，没有韵也无妨。《谈新诗》差不多成为诗歌创造和批评的金科玉律。鲁迅在《致窦隐夫》一文中一针见血的批评："若夫以前文豪之偶用白话入诗文者，看起来总觉得和运用辟典有同等之精神。"他又在《无声的中国》一文呼吁："我们要说现代的、自己的话；用活着的白话，将自己的思想、感情直白的说出来。"真正意义上的白话新诗经过很长时期的倡导和尝试，从胡适、郭沫若、徐志摩、臧克家、艾青等一代代诗人的努力才逐步成熟、发展起来。

“五四”时期新文学倡导者之所以反对文言文、提倡白话文开始是有原因的，正如王瑶[①]所说：从当时先驱者们的主张看来，他们之所以坚决主张“白话当为文学之正宗”，主要有两方面的理由：第一，白话能够为一般人所看懂，容易普及；第二，白话是一种完善的文学语言，它比文言文更富于艺术表现力，更能完满地反映现实生活。白话文容易普及这一点是常识之内的事情，有充分的说服力；但白话文是否可以成为一种完善的文学语言，当时就有人抱着怀疑的态度。这当然可以据理驳斥，但更重要的还在于用创作实践来证明。白话小说虽然在中国有悠久的历史，但由于它是从“平话”和说书的口头文学演变来的，从文学语言的观点看就不够精炼和完美，人们日常的口语和谈话当然是作家采取的源泉，但须加提炼的工夫。因此鲁迅在《关于翻译的通话》中说他用的语言是“采说书而去其油滑，听闲谈而去其散漫，博取民众的口语而存其比较的大家能懂的字句，成为四不像的白话。”[②] 这里所谓“采说书”就是采自旧的章回小说，而闲谈和口语则是从生活中直接提炼的，所以他在《做文章》中称赞高尔基说的“大众语是毛胚，加了工的是文学”是“很中肯的指示”。[③]

“五四”时期新文学提倡的白话文要求从人民的语言中加以艺术加工。胡适曾提出“不摹仿古人”“不避俗字俗语”，要有“国语的文学”；陈独秀主张建设“平易的、抒情的国民文学”“明了的、通俗的社会文学”；周作人提倡“人的文学”“平民文学”，归根结底是将文学同人民群众生活贴近，以人民群众的语言为语言，正如鲁迅《写在〈坟〉后面》明确指出“以文字论……将活人的唇舌作为源泉，使文章更加接近语言，更加有生气”。当然文学语言不能就是原来样式的口语，而是加工了的口语。1942 年《在延安文艺座谈会上的讲话》发表以后，文艺的民族化、大众化成为作家们的自觉追求，出现了为老百姓的喜闻乐见的文学形式，语言的大众化更趋显著，赵树理、丁玲、周立波、李季、阮章竞等一大批作家作为代表。建国后社会主义文学依然离不开人的生活及语言。茅盾在《读〈新事新办〉等三篇小说》中认为社会主义文学作品的用字和造句的技巧主要是从生活中去学习，“善于从活的语言中提炼其精髓，经过加工，使成为‘文

① 见王瑶：《论鲁迅作品与外国文学的关系》，选自鲁迅：《鲁迅研究》第 1 辑，上海：上海文艺出版社，1980 年。

② 鲁迅：《鲁迅全集》第 4 卷，北京：人民文学出版社，2005 年，第 293 页。

③ 鲁迅：《鲁迅全集》第 5 卷，北京：人民文学出版社，2005 年，第 557 页。

学的语言’”。

“五四”新文学的白话文，需要来自人民活的语言，也需要借鉴传统白话，早在“五四”白话小说出现以前，施耐庵及其《水浒传》、曹雪芹及其《红楼梦》、李伯元及其《官场现形记》等近体白话小说逐渐盛行，更有晚清时期梁启超所提倡的新文体开辟了一代文风，白话小说初露端倪，这些传统白话作品对当时新文学倡导者实践者都产生过影响。内容好、文学好的古代诗文也给新文学倡导者以影响。当然，那时掀起的外国文学作品热潮，在推动新文学的白话文运动方面作用不少。不过，也存在一些问题。

新文学提倡白话写作，不同于传统白话，而是活着的白话，现代的白话。这个目标不是一下子就可以达到的。朱自清在《论白话》① 对当年几种提倡白话的文体作了评价。他认为周作人的“直译”实在创造了一种新白话，也可以说“新文体”，这种文体“不但欧化，还有点儿日化”。“创造社对于语言的努力”，“比前一期的欧化文离口要近些了，郁达夫先生尤其如此”，又说：“欧化体和创造体曾经风靡一时；现在却差点儿势”，他认为国语体“是我们白话文的基调”，这种文体或称白话体要求“尽量地采用活的北平话”，“多采用北平话的句法和成语”。

联系“五四”新文学实际，我们不难发现，新文学提倡者大都是主张并实践白话体的。丁玲是在他（她）们的影响下走上文坛的，她也是采用白话体写作的，不过她的作品中也夹着家乡湖南的方言。这种情况，新文学先行者如鲁迅、茅盾等也是如此，他们的作品都是白话体，各人也采用了自己家乡的方言。当然丁玲不只吸收家乡方言，又到过陕北、华北，她的作品都留下这些地方的方言，对表现人物性格及风土人情都有帮助。

梅仪慈博士在《不断变化的文艺与生活的关系》一文中对于丁玲在吸取地方口语所取得的成就给予很高的评价。她以《太阳照在桑干河上》中描述董桂花形象为例说明。

这位妇联会主任在四年多以前从关南逃难到这里，经乡亲说合，跟了李之祥过日子。李之祥图娶她不花钱，她看见他是一个老实人，两相情愿的潦潦草草的结了婚。她是一个快四十岁的女人，很利索，配这个三十多岁的光棍也就差不多。两人一心一意过日子，慢慢倒也象户人家

① 朱自清：《论白话》，选自朱自清：《朱自清序跋书评集》，北京：生活·读书·新知三联出版社，1983年，第200－206页。

了。旁人都说李之祥运气好，老婆不错。她是吃过苦来的人，知道艰难，知道冷暖，过家有计算，待人没脾气，西头那一带土房子的人便都说她好。去年暖水屯解放了，要成立妇联会，便把她找了来，她说她不懂，又不是本地人，可是不成，她便被选上了。有事的时候，她便找人去开会。

梅仪慈说有关董桂花的基本情况，书中作了简单的介绍，而且有一些场合由于用了方言口语，实际上使人物的生活语言更富有生气。对这些口语丁玲是下功夫学会了的。丁玲作为南方人，她没有别的方法。直来直去的句子结构，说明这样一种情况：董桂花被认为是牢牢扎根于她的生活环境之中，这一点是很清楚的，也是我们能够通过她周围的人的眼睛观察到的。[①]

三、“欧化”文学语言的扬弃

关于文学语言的“欧化”与丁玲关系如何，这是值得讨论与研究的。

早在“五四”时期，傅斯年在《怎样做白话文》一文中说过：“白话散文的凭藉：一、留心说话，二、直用西洋词法。”后者指的是“直用西洋文的款式，文法、词法、句法、章法、词技，（Figure of Speech）一切修词学上的方法，造成一种超于现在的国语，欧化的国语，因而成就一种欧化国语的文学”。[②]（注：下标点为引者所加。）有人认为这是“盲目鼓吹‘全盘西化’，提倡所谓‘欧化的白话文’‘欧化国语文学’”，“给新文学的发展带来过消极影响。”[③]

鲁迅、茅盾等新文学提倡者认为采用西洋文法要有分析的态度，不能一概而论。早年茅盾在《语体文欧化之我见》中说：“采用西洋文法的语体文我是赞成的；不过也主张要不离一般人能懂的程度太远。因为这是过渡时代试验时代不得已的办法。”[④] 后来他在《为发展文学翻译事业和提高翻译质量而奋斗》一文中指出，“五四”以来的“优秀译本中的适当的欧化句法对于我国的语体文法的严密化，是起了一定的作用的”，“但也有流弊。这就是有些青年盲目模仿，以至写出来的东西简直不像中国话”，这种流弊要“努力消除它”。[⑤]

---

① 原载美国哈佛大学东亚研究所编：《“五四”时代的现代中国文学》，剑桥：哈佛大学出版社，1977年。转引戴刚译本，载《丁玲研究资料》，第570页。

② 赵家壁主编：《中国新文学大系·建设理论集》，上海：上海良友图书印刷公司，1935年，第223页。

③ 唐弢主编：《中国现代文学史》（一），北京：人民文学出版社，1979年，第46页。

④ 茅盾：《茅盾全集》第18卷，北京：人民文学出版社，1989年，第110页。

⑤ 鲁迅：《鲁迅全集》第24卷，北京：人民文学出版社，1996年，第313页。

20世纪30年代鲁迅在《玩笑只当它玩笑（上）》中说："欧化文法的侵入中国白话中的大原因，并非因为好奇，乃是为了必要。"又说："要说得精密，固有的白话不够用，便只得采些外国的句法。比较的难懂，不像茶淘饭似的可以一口吞下去是真的，但补这缺点的是精密。"[①] 他在致曹聚仁信中又说："要支持欧化式的文章，但要区别这种文章，是故意胡闹，还是为了立论的精密，不得不如此。"[②]

对欧化文法的看法，鲁迅、茅盾等新文学倡导者都主张应采取正确态度对待，要吸收其中好的东西，反对硬搬或滥用外来语言。他们在创作实践中也是如此。他们作品语言上的成就，同其主张及实践分不开的。

丁玲早期文学作品的语言如同许多新文学大家一样，有着明显的欧化倾向，她突出表现在句法复杂及遣词灵活，这有助于细致而又委婉地刻划人物的内心活动及表现五光十色的世界。应该说这在丁玲当时的创作所起的积极作用是主要的，必须充分肯定。当然某些消极影响是存在的，也应当指出。

对此，梅仪慈有着自己的看法。她在《丁玲的小说》[③] 中指出，丁玲早期小说中的欧化语言对于表现人物内心活动很有帮助，她引用《莎菲女士日记》中的一则日记，然后进一步论述，《日记》写道：

> 好几天又不提笔，不知是因为我心情不好，或是找不出所谓的情绪。我只知道，从昨天来我是只想哭了。别人看到我哭，以为我在想家，想到病，看见我笑呢，又以为我快乐了，还欢庆着健康的光芒……但所谓的朋友皆如是，我能告谁以我的不屑流泪、而又无力笑出的痴呆心境？因我看清了自己在人间的种种不愿舍弃的热望以及每次追求而得来的懊丧，所以连自己也不愿再同情这未能悟彻所引起的伤心。更哪能捉住一管笔去详细写出自怨和自恨呢！

紧接着梅仪慈说："我们再次听到了莎菲对朋友的抱怨，说他们老是不能理解她的悲伤和快乐，使她很觉失望，然而使她产生这些情绪和行动的原因连她自己也说不出来。"此外，她对了解这个矛盾的我已逐渐失去耐心。她又说："上引的文字很能代表这日记一般的语言风格，恰好反映了她的心情。"在这段文字

① 鲁迅：《鲁迅全集》第5卷，北京：人民文学出版社，2005年，第548页。

② 鲁训：《鲁迅全集》第13卷，北京：人民文学出版社，2005年，第188页。

③ ［美］梅仪慈：《丁玲的小说》，厦门：厦门大学出版社，1983年，第187、188页。

中，大量的句子和分句里反复出现第一人称代词或自身代词如：我，我的，自己。这便指明了莎菲的自我中心，并且，与汉语语言习惯大相径庭。既长又复杂的从句结构也可以看成是一种欧化倾向。每个起形容作用的从句似乎是在尽量准确地反映她的真实心理状态，由一些像“又”“还是”“或是”“但”“而”“连”“更”这样的连接词连接在一起，但这样的从句最后只是会引出一些似乎与前面的情景互相矛盾或干脆否定前者的句子。这些句子在一起反映了人物的曲折和起伏不定的内心活动。日记中使用的大量词汇，结果并不是让读者清楚地了解内容，而只是为了让人感到混沌迷茫，展现了一种绝境。

梅仪慈博士在《丁玲的小说》[①] 中还认为欧化语言有助于丁玲早年形成自己创作风格。她指出丁玲早期小说特有的“书本气的”风格，可以从它们用词的习惯及爱造又长又复杂的“欧化”句子上看出来。下面是丁玲对梦珂，这位丁玲第一部小说《梦珂》里的天真无邪的姑娘，如何在她老于世故的表姐的薰陶下去熟悉世道常情的一段描写：

> 但这也并不很快乐，尤其是单独同两位小姐在一块时，她们肆无忌惮地讥骂日间她们所亲密的人，她们强迫教给她许多处世，待遇男人的秘诀。梦珂常常要忍耐地去听她们愚弄别人后的笑声，听她们所发表的奇怪的人生哲学的意义。有时固然为了她们那些近乎于天真的顽皮笑过，但看到她们如妖狞般的心术和摆布，会骇得叫起来，拳头便在暗处伸缩。

梅仪慈说梦珂对这种生活方式与行为的动摇不定和前后矛盾的反应，都是通过一些复杂的修饰语和精心设计的比喻来表现的。

梅仪慈又说在描绘梦珂的小说中，吸引读者注意力的是自觉的、复杂的写作风格，夸张与破坏“正常”的语言。这与梦珂生活在当年上海这个旧世界有关，那里在政治上与道德风尚有别于革命圣地延安。

梅仪慈博士不仅看到欧化语言对丁玲早期创作的积极作用，而且也指出不足之处，她在《不断变化的文艺与生活的关系——丁玲作家生涯的诸方面》一文中指出《莎菲女士的日记》中欧化语言的瑕疵，她说：“对莎菲女士说来，外面的世界几乎是不存在的，正是这种独立于外界的意识加速了她的自我认识，也更

---

① ［美］梅仪慈：《丁玲的小说》，厦门：厦门大学出版社，1992 年，第 75、76 页。

加加深了她的沮丧。”在《莎菲女士的日记》中，丁玲这样写道：

> 好几天又不提笔，不知是因为我心情不好，或是找不出所谓的情绪。我只知道，从昨天来我是更只想哭了。别人看到我哭，便以为我在想家，想到病，看见我笑呢，又以为我快乐了，还欣庆着这健康的光芒……但所谓朋友皆如是，我能告谁以我的不屑流泪，而又无力笑出的痴呆心情？并且因我看清了自己在人间的种种不愿舍弃的热望以及每次追求而得来的懊丧，所以连自己也不愿再同情这未能悟彻所引起的伤心，更哪能捉住管笔去详细写出自怨和自恨呢！

梅仪慈说这些又长又别扭的欧化句子，后面的修饰或否定前面的，是一种能导致精神麻痹的心烦意乱的内心自述。她无力说清自己是怎么回事儿，无力得到朋友们的理解，更无力采取实际行动。[①]

当然，也有些学者以丁玲文学语言“欧化”为名，否定她作品成就，如美国夏志清在《中国现代小说史》中说：“一看《水》的文笔就能看出作者对白话辞汇运用的笨拙，对农民的语言无法模拟。她试图使用西方语文的句法，描写景物也力求文字的优雅，但都失败了。《水》的文字是一种装模作样的文字。”[②]

20世纪30年代以后丁玲逐步深入实际，注意向群众学习语言，她的作品的文学语言就有了新的变化，不过，她跟一些作家不同，她的作品除了采用群众语言外，还继续吸收外国语言的长处，这在《母亲》一书中可以看出来。她在《致〈大陆新闻〉编者》中说，关于《母亲》的形式，“我想也还是只能带点所谓欧化的形式，不过在文字上，我是力求着朴实和浅明一点的。象我过去所常有的，很吃力的大段大段的描写，我不想在这部书中出现。”这表明丁玲深入实践后创作的《母亲》的语言风格有了新的变化，力求“朴实和浅明”。[③] 尽管《母亲》的语言已克服欧化的弱点，如不见“很吃力的大段描写”，不过仍保留着带点所谓欧化形式的优点。

吸收外国语言的长处并同白话有机地结合起来，构成独特的文学语言风格，这是丁玲开始创作以来在文学语言上的追求，她不断探索，不断有所提高，有所

---

① 转引自袁良骏编：《丁玲研究资料》，天津：天津人民出版社，1982年，第569页。

② 节录自香港1997年版中文译本，转引自袁良骏编：《丁玲研究资料》，天津：天津人民出版社，1982年，第556、557页。

③ 《现代》第4卷第1期，1933年11月1日，转引自袁良骏编：《丁玲研究资料》，天津：天津人民出版社，1982年，第105页。

进步。以《太阳照在桑干河上》的语言来说，应该客观地指出，她在吸取华北地区的群众语言，在融化外来语言以及这两方面结合等方面都明显的表现，但也不否认都留下改进的空间。这些问题到了写作《在严寒的日子里》才得到圆满的解决。关于这方面的看法，日本冈崎俊夫在《〈现代中国文学全集第九卷·丁玲篇〉后记》中也有类似的见解，他说："《太阳照在桑干河上》的作家不仅试图采用中国传统的语法，而且也没法背离在长时间中已经形成的欧式文风，正是在这一方面，描写上有时给人并不一致的感觉。然而，如果认真地反复阅读作品，那么，感觉也就会变化。这部小说，仍然具有无法舍弃的魅力，完全可以说，丁玲在描写人物上是第一流的。"①

丁玲的文学语言，表现在母亲语言方面，是很丰富的，基本以白话为主，吸收了欧化语言的长处，也吸收了湖南某些土语和陕北、华北、东北的俗语，这与她自觉学习群众的语言息息相关，也成为她追求民族化与大众化语言风格的生动体现。同时，《母亲》中的语言表述也受到《红楼梦》语言潜移默化的影响，与她对《红楼梦》的钟爱与学习密不可分。

---

① 据河出书房1955年版，译者严绍，转引自袁良骏编：《丁玲研究资料》，天津：天津人民出版社，1982年，第525页。

第三章　文学语言组成的母亲画廊为中国现当代文学作出的贡献

丁玲以变化多姿的语言，描绘了鲜活灵动的系列母亲形象，如同一卷卷长长的母亲画廊呈现在读者面前。母亲画廊不仅在丁玲自己的创作中占有重要位置，而且在中国现当代文学中有着独特的价值。

描写母亲的作品古今中外皆有，母亲不仅给以生命与温情，也是人生的第一任启蒙老师，母教的影响渗透到每个人的灵魂深处。许多作家赞颂母亲的温情和慈爱，如以冰心为代表的作品，感人至深隽永绵长；有些作家回忆往昔的生活情节，展现母亲勤劳善良的品质（如邹韬奋《我的母亲》，何家槐《我的母亲》、白朗《珍贵的纪念》等），创造了大家熟知的贤妻良母的传统形象；另有一些男性大师笔下旧中国的不幸母亲，是罪恶尽可能凌辱的弱者（如鲁迅笔下的祥林嫂、单四嫂子以及柔石的《为奴隶的母亲》）。而丁玲不仅仅停留在描述母爱的温馨，而是以细致的笔触写出母亲艰苦卓绝的奋斗历程，充满昂扬向上的精神及鲜明的性格特征，母亲是作为一个独立人格魅力的形象存在。母亲的悲欢离合并非只限于家庭的空间，而是延伸到社会的广阔世界和历史的跌宕起伏中。丁玲注重母亲对子女思想、性格的熏陶及人生道路的引领，爱不是简单的给予，更是智慧的引领。此类作品在中国现当代文学史上并不多见。和其他作家相比，丁玲的母亲作品及语言表达、语言追求有着独特的价值。大致说来有几个方面：

一、通过“系列母亲”反映漫长历史时期的风云变幻，具有史诗般的特点，母亲语言在各种尝试、追求和实践中成熟丰盈起来，形成独特的丁玲语言风格。

丁玲描写母亲的作品，表现了从辛亥革命前夕（《母亲》）、国内革命战争时期（《从夜晚到天亮》《消息》《魍魉世界》）、抗日战争时期（《新的信念》）、社会主义建设时期（《杜晚香》）直至文革前后（《风雪人间》《“七·一”有感》）等历史阶段的重要社会生活，这在文学史极为罕见。

作为世纪的同龄人，笔耕不断并以描写“母爱”著称的冰心，她书写母亲主要在解放前，集中在通讯集《寄小读者》、短篇小说《超人》《烦闷》《悟》

《第一次宴会》、诗集《繁星》《春水》等作品中，解放后的长时间内，创作有所转向，专写母亲的作品几乎没有。

各时期也都涌现一批描写母亲的女作家作品，但带有明显的阶段性。“五四”时期曾兴起热潮，除冰心外，还有冯沅君、石评梅、凌叔华、庐隐的作品；20 世纪三四十年代逐渐减少，影响较大的有绿漪的《棘心》、张爱玲的《金锁记》、罗淑的《生人妻》；文革后新时期再度复兴，如张洁、谌容、宗璞等都有佳作问世。

男作家中很少有贯穿如此漫长时期的母亲作品，只在特定历史时期出现一些代表作。“五四”时期如鲁迅的《祝福》；左联时期如柔石的《为奴隶的母亲》、艾青的《大堰河》、老舍的《月牙儿》；抗战时期如艾芜的《石青嫂子》《一个女人的悲剧》、赵树理的《小二黑结婚》等；当代文学中有郭沫若的《蔡文姬》、冯德英的《苦菜花》、李英儒的《野火春风斗古城》等。

因此，丁玲的母亲作品跨越的历史时间最长，充分体现广阔的历史视野，即如美国学者梅仪慈博士说：“丁玲的文学生涯提供了一份有关中国现代文学史中发展的先烈而又精确的记录。”（《不断变化的文艺与生活的关系——丁玲作家生涯诸方面》）这用来概括丁玲的母亲作品也很恰切。

丁玲的母亲语言也在时代的熔炉中不断锤炼。从“五四”之后白话文写作的尝试、欧化风格的渗透、大众化语言的探索，一直在文学语言的道路上不断前进，除了保持着丁玲一贯的朴实真挚的语言风格，还更加提炼语言的美感，使之日益精粹富有理性、思虑深远、胸襟博大的壮阔之美。这种语言风格的追求，在文学史上难得一见。母亲画廊的史诗般特点，恰恰见证了丁玲的语言风范。

二、感应着时代的声音，塑造富有时代性而又有特点的母亲形象。

“作家应该是一个时代的声音，他要把这个时代的要求，时代的光彩，时代的东西在他的作品里充分地表达出来。”① 丁玲的母亲作品形象地践行了自己的文学主张。

我们先以享誉文坛的长篇《母亲》为例。《母亲》发表之后，关于时代性的评价有过分歧。犬马在《读〈母亲〉》一文中批评“《母亲》的时代描写太模糊，太不真切”。茅盾不同意这种观点，认为这是“太苛求”，是一种“略偏”的意见，他指出：“丁玲在《母亲》中所要描写的主要点也就是曼贞思想的转变。”因此，“若把‘辛亥革命’当作《母亲》的主要点而责备作者不能创造出辛亥革

① 丁玲：《一二九师与晋冀鲁豫边区》自序，选自袁良骏：《丁玲研究资料》，天津：天津人民出版社，1982 年。

命的‘史诗’是不公允的”。他认为曼贞的独特点是：“以曼贞为代表的我们‘前一代女性’怎样挣扎着从封建思想和封建势力的重围中闯出来，怎样憧憬着光明的未来。”①

茅盾主要从人物形象的时代性方面驳斥对方的观点。我们也认为《母亲》的时代性描写比较真切。理由是：（1）虽然作品并未正面描写辛亥革命，但从侧面勾画时代的变化，如封建家庭的分崩离析、资产阶级民主革命潮流的激荡，写出“一个社会制度在历史过程中的转变，”这正是那一时代背景。（2）作者在一定程度上反映当时民主进步思潮的巨大力量，并给整个社会于影响（如对于以曼贞为代表的许多女性的影响），肯定时代发展的主导力量，如以夏真仁为代表的新一代女性的奋求，预示历史发展的必然趋势。（3）从侧面描写了辛亥革命的声势，如造反的谣言、考棚的枪声、富人家的惶惶不可终日，肯定资产阶级革命的历史力量。（4）更重要的一点是，通过形象具体地（不是概念地）描写辛亥革命前夜的时代特征，作品写出了带有时代光彩的“前一代女性”的典型形象于曼贞。在中国现代文学史上，写“五四”以后的新女性的作品不少，但写“五四”以前妇女（特别是母亲）觉醒和反抗的作品，却不多见，能够塑造出这样富于时代感和真实感的母亲形象，传达那样一个在大变动时代的母亲话语，更是凤毛麟角，从这一点上看，《母亲》填补了现代文学史上的这一空白。

在另外的作品《从夜晚至天亮》《消息》则显示国内革命战争时期的时代性。这主要在1930年前后中，革命正处于低潮走向新的高潮阶段，革命潮流正在复兴。丁玲反映的正是光明与黑暗交织时期，无产阶级领导的群众运动正如火如荼地在运行这种时代特征。虽然有血腥的白色恐怖，年轻的妈妈经历着丧夫的悲痛和牵挂幼儿的愁肠（《从夜晚到天亮》）。但与此同时，劳动妇女的群众运动却在兴起，年迈的母亲同样汇入革命的浪潮（《消息》），这也是前者必然要走的道路。正如列宁所说：“从一切解放运动的经验看，革命的成败取决于妇女参加解放运动的程度”②，“没有妇女就不会有真正的群众运动”。③ 丁玲选择从母亲投入革命的角度来体现 时代性，是独具慧眼的。

这与叶圣陶《夜》有相似之处，表现在大革命浪潮中走向觉醒的母亲，同样预告了母亲形象在现代文学作品中的变化，不再纯粹表现为如同柔石《为奴隶的母亲》、艾青《大堰河——我的保姆》、魏金枝的《奶奶》等与祥林嫂、单四

---

① 茅盾：《丁玲的〈母亲〉》，《文学》1933年，第1卷第3期。

② ［苏联］列宁：《在全俄女工第一次代表大会上的演说》，选自列宁：《列宁全集》，1918年，第28卷，163页。

③ 蔡特金：《列宁印象记》，北京：读书、生活、新知三联书店，1979年，第75页。

嫂相似的那种母亲的女性的微末苦难，在无知、牺牲与忍耐中度日，而初步具有朦胧的社会意识这种时代赋予的特点。当然《夜》中的老母亲有投身革命的决心和勇气，主要是从思想方面表现较多，而《消息》中的老太婆已经付诸行动，从而支持了革命。所以丁玲的母亲作品更为先进，跃于时代前列。

抗战期间，《县长家庭》《压碎的心》《新的信念》又以母亲们的惊人义举，体现同仇敌忾的民族精神和忍辱负重、舍生忘死的英勇气概，奏响了时代的最强音。“作为时代的号角，反映现实的文学艺术，更其不能例外地要为祖国的抗战服务”（罗荪《再论“与抗战无关》）。当时通过母亲反映抗战的还有郁如《遥远的爱》，描写一位深明大义的母亲送儿女奔赴抗日前线，和丁玲的《压碎的心》《县长家庭》较为接近。《新的信念》表现的就不只是送儿上战场的生离死别，而是更为惨烈的以身许国，那种忍辱负重、仇恨满怀的思想感情其实是更深刻地揭示那个时代民族的心理内伤。在表现这种时代性上，丁玲另辟徯径，有振聋发聩的效果。

其余作家描写母亲的作品如艾芜的《石青嫂子》，揭示在国统区黑暗统治下农民的痛苦生活，反映时代的侧面，没有反映抗战时期民族的主要矛盾；刘盛亚的《小母亲》描写德国法西斯对人民的欺骗和残害，影射日帝，但不直接明确；张爱玲的《金锁记》描述封建旧家庭中的生活，远离抗战现实。因而在当时文坛上有关描写富有时代性的母亲形象作品中，丁玲当是其中的佼佼者。

建国后，丁玲仍然追踪时代步伐，表现新中国昂扬奋发的时代情绪，将祖国比喻为母亲并加以讴歌（《“七·一“有感》），表现社会主义国家欣欣向荣的时代气息（《杜晚香》），曲折地传递时代动荡的音响（《远方来信》）。

丁玲的母亲语言紧密贴近跃动的时代，语言的时代感非常鲜明，这在中国现当代文学作品中实属少见，可谓出类拔萃。

三、个性化的语言，表现丰富的的社会内涵且有异彩的母亲形象。

从富有特色的母亲形象语言中表现丰富的社会内涵。长篇《母亲》中的母亲形象是有代表性的，因为它真实地再现辛亥革命前夕中国内地的典型社会图画。

首先，母亲思想性可知的转变是有社会、阶级的原因。母亲于曼贞目睹贪图安逸、奢侈挥霍、腐化堕落、思想保守顽固的地主阶级，厌恶且毫不可惜他们的溃灭。同时她又看到了资产阶级维新人物，如程仁山、于云卿、王崇仁的改良活动，像兴办女学、成立学社、出版杂志，立意传播新的科学文化，力图组织力量，制造舆论、振兴中国，这种环境促使于曼贞思想觉悟，要求冲破旧家庭走向社会，逐步具备反封建的思想因素。她还在女子师范学堂中结识以夏真仁、金先生为代表的思想最为激进的先进女性，其中夏真仁是以未来的共产党向警予为原型，她们正迅猛地奔向妇女解放和革命的洪流中，母亲在此思想中又有了进展和飞跃，立志投身社会报效祖国。于曼贞比夏真仁年长，不像夏那样锋芒毕露，但她却为夏的勇敢和先进的议论、宽广的胸怀所折服。而她固有的追求理想的坚毅性格更使这种转变显得真实、可信。

母亲思想的转化还有家庭关系，宗族血缘关系的原因。鸦片战争给中国社会特别是封建统治阶级带来严重后果。江家日益衰败，江三爷病死后，家庭内部经济利益的矛盾也显露出来。于曼贞顿时从少奶奶地位跌落下来，变成身负债务拖儿带女的寡妇。随着家庭格局的变动，母亲的性格因此转化，不谙世事少奶奶的依附性、软弱性被生活狂潮吹荡去了，代之而起的是支撑门面，扶孤携老的坚强、独立的性格。家庭中新旧思想的冲突也十分明显，顽固保守的叔伯与要求自立的曼贞，思想守旧的弟媳与于曼贞及女友们的分歧愈为突出，然而这种冲突却更显示母亲冲破传统道德和礼教束缚的坚定性。

在表现母亲思想性格变化的过程中，展现了一系列湖南内地生动的风俗画，表现社会习俗的变迁。比如女学开学典礼的描写，既有在新兴学校典礼上的知县官的前清服饰，又有小脚女人在上学前的磕头谒圣，中西结合而又不伦不类的特点表露无余，特别真实反映湖南内地的落后风俗；其次再如维新人物去日本留学剪辫子，回到本乡却碍于顽固的传统，只好装上假辫的滑稽情形与尴尬心情，在当时湖南内地，已算是有进步作用的；另外围绕女人放小脚的争论，于三太太大为反对，都说明当时残存极浓重的封建思想传统。这些颇具风俗意味的情景事件，更说明“前一代女性”挣扎的艰辛和冲出牢笼的相当难人可贵的顽强坚韧的性格。

从母亲形象中表现丰富的社会生活容量而言，可以和丁玲相媲美的不多。丁玲写到社会上的方方面面，特别是对进步力量的揭示，社会意义更强。张爱玲的《金锁记》主要表现封建旧家庭里面经济利益的倾轧、勾心斗角的争夺以及变态的人格特征，有一定的反封建性，但对家庭以外的社会的描写较少，社会意义不那么明显。

除了《母亲》外，丁玲的其他有关母亲形象的作品多为反映社会生活的一个侧影。《过年》写了地主舅家在过年时的优裕而放荡的生活，既写了封建家庭的奢靡（有似于《母亲》中的江家），又反映了封建家庭在年节敬神祭祖的习俗，富有风俗画意味。《过年》不像鲁迅的《祝福》那样，能放在阶级对立的背景下加以表示，所以不能更充分地展示社会的污浊面。《水》比《过年》的社会意义更强，它是以十六省水灾为背景，力图描写水灾给人民造成的巨幅惨景，揭露统治者的罪恶，表现人民的反抗，有重大的社会意义。

在表现丰富社会内涵的同时，丁玲描绘母亲形象的作品中还提出广泛的社会问题。如《母亲》通过曼贞的经历提出关于妇女解放的问题，即个性解放应与社会解放相联系；《新的信念》揭示无可避讳的社会问题，战争改变人们的命运，也改变着人们传统的道德观念和价值观念，比如强敌入侵时妇女失贞与和平时代女性的失足，不在同一评价体系。前者会引发同情，激发民族情绪。应正确理解这种现象；《远方来信》启示人们思考处理母子关系的问题，与张洁的《挖荠菜》一样，是对两代人关系的重新思考。

有人认为丁玲笔下的母亲，是从社会的角度来描写的，忽视其女性特征或母性特征，从而被说成是女性文学的“异化”。一位批评家曾不无惋惜地说：“包括丁玲在内的一大批现代女作家，由于她们投身于中国革命的政治激流之中，所以她们虽然从事文学创作，但此时，政治意识强于文学意识，她们的主体意识发生了变化，女性意识大大减弱，女性文学的个性、特点以及特有的艺术魅力也随之减弱或消失。”①

这是从女性主义（或女权主义）角度出发的评论，他们要求在文学创作中高度张扬妇女的主体意识，但从政治的、社会的角度进行创作往往会掩盖女性的特征。

我们承认并肯定丁玲创作中的时代性与社会性，但是否会因此就丧失了女性（母性）特征呢？时代性、社会性与女性（母性）是否是矛盾对立的呢？答案显然是否定的，甚至相反，女性特征及个性特征恰恰在时代与社会的广阔背景下得以充分彰显，充分交融。女性为人女、为人母的经历并不局限于家庭，而是在和社会众生的真实接触中，得以更准确地定位，也完善了母教的全面意义。这些理由在上文中已论述，见“母亲语言的性别意识与妇女解放及社会解放主题”这一部分。

“女人天性中有母性和女儿性。”（鲁迅语）母性是女性性别的鲜明标志，母爱又是女性最高级的情感之一。丁玲善于把这种感情很委婉地表现出来。丁玲笔下母亲的母爱有自己独特的方式，不是一味的疼爱与溺爱，或单方面无谓的牺牲与奉献，而是以身作则，激励子女健康发展、追求进步，并提倡民主、平等的朋友式交流。正如高尔基所言：“爱孩子，这是母鸡也会的事，可是要善于教育他们，这便是国家的一桩大事了，需要才能和渊博的知识。”我们在《远方来信》及其丁玲儿、儿媳回忆文章中，均能发现母教闪光的富有哲学意味的言语。

由此可见，丁玲笔下的母亲形象富有女性的特质和个性特征，这是勿庸置言的。

四、 表现母亲形象的独特色调

美国记者韦尔斯对丁玲有一段形象的描绘：“她绝不是中国认为的知识分子

---

① 李兴民：《“五四”以来女作家群的女性文学》，载《社会科学研究》，1987 年第 4 期。

典型，而是西洋各国很普通的康强的知识分子那样一种康健型，她是一个使你想起乔治桑依列亚特那些伟大作家的女子——一个女性而非女子气的女人。”（海伦、斯诺《续西行漫记》）文如其人，丁玲笔下的母亲形象或类似的特色，既具有女性的温柔、细腻、沉静，又具有洒脱、豪放、强悍、刚健这些男子汉气概，热情中透露出泼辣，细致中展露力度。

丁玲表现母亲的独特色调同她在题材上的选择有重要关系。她善于从时代、社会变化的洪流中吸取素材，所以笔致显得雄浑一点。新文学史上部分女作家描写母亲的作品，也具有一定的时代意义。五四时期如冯沅君、庐隐等人描写母亲的作品，表现对自由爱情与幸福婚姻的追求与渴望；冰心的母亲作品麾开了长幼两代人身上封建意识的包围圈，显露其人类固有的纯朴的天性，具有一定的反封建意义。20 世纪 30 年代郁如的《遥远的爱》写一位鼓励子女投身民族抗战的深明大义的母亲，富有时代号召力；谌容的《人到中年》通过一位奔忙于家庭与事业的、不堪重荷的母亲的描写，提出关于知识分子的问题。诸如此类的题材与丁玲比较接近，但为数不多。不少女作家描写母亲的作品时代背景模糊，社会性不强，比较单纯地探讨母亲、家庭、伦理关系。譬如冰心笔下的母亲是圣母般的典型，仿佛真善美的化身，这种神圣无边的母爱既是子女遮拦风雨的荫蔽，又是救世的妙方，广博、忘我而神圣地包容着宇宙（《寄小读者》《超人》《烦闷》《悟》《春水》等），向往着“我在母亲的怀里，母亲在小舟里，小舟在月明的大海里”的境界。但这种超阶级的母爱，“是否解除了世界上的痛苦，那完全是虚幻的梦想”（冰心：《把帝国主义斗争进行到底》），因而形成“满蕴着温柔，微带着忧愁”的风格特色。有的母亲形象凝结着一些女性痛苦的情感历程，为她们被压抑的情感和欲望得到倾诉和发泄提供中介，如石评梅在《母亲》一文中感慨身世，发出“母爱是我永久依凭的柱梁，也是我破碎灵魂、最终归宿的坟墓”的喟叹。陈学昭也说：“我憎恨了一切，然而我却想到了母亲。”（《寸草心》）所以她们的作品充满幽婉哀怨、缠绵悱恻的风格。丁玲因为跳出个人狭小的感情天地，在社会背景下描写母亲，所以作品显得开阔明朗而雄健，与中华人民共和国成立后谌容、张洁比较类似，但丁玲又有不少工农母亲的题材，所以显得更质朴。另一方面与男性作家相比，丁玲是继鲁迅、郭沫若、茅盾之后比较善于反映时代和社会的杰出作家之一。但这些伟大的作家多侧重于描写老旧中国母亲的不幸和苦难，控诉旧社会的吃人现象，如祥林嫂、单四嫂、魏金枝的《奶妈》中的奶妈、柔石的《为奴隶的母亲》中的母亲、艾青的《大堰河》中的大堰河等，虽风格各异，但都显得比较凝重雄浑。丁玲的母亲形象不再是被动的受害者，富有鲜明的历史使命感追求进步的女性，因此更有昂扬向上、乐观轻盈的格调，和郭沫若的《蔡文姬》中的格调有相似之处。

丁玲的风格特色还与她特有的表现母亲的手法密切相关。她注重从整体形象中表现母亲，一是从广阔的历史背景上描写人物，并不使人物游离于历史和社会之外。二是在人物关系上发展情节，并在情节变化中表现人物的发展；三是以景物描写、气氛渲染烘托人物精神面貌和心理变化。所以母亲形象的表现不至于抽象笼统，像“五四”时期女作家笔下的母亲少有个性，而是一种象征意味，丁玲的母亲是通过个人经历、具体事件表现出的有喜怒哀乐的个性特征，她们在现实世界里生活、感受、奋斗，形成了一个完整的形象，不是单一、凝固的，而是立体、有变化的。因此她的作品风格也是生产勃勃、丰富多彩。同时丁玲的母亲跃于时代的前列，具有现代意识，追求女性的独立、自尊、自强、自信，富有现代人的洒脱和豪放，在热情中透出勇毅。这种现代型的母亲在男作家笔下较少出现。丁玲还敢于在尖锐而敏感的矛盾中刻画母亲形象，如国共斗争、民族矛盾、文革时期的人民内部矛盾，因而母亲形象被赋予敏锐而泼辣的特色。

表现手法融合中西方特点，影响了风格表现。丁玲笔下母亲也吸收国外心理描绘的细致之特长，刻画母性中的细腻、温柔和多情，表达许多复杂的感情。同时又继承中国传统的以对话、行动和故事情节表现人物的特点，使母亲形象更具体可感、生动亲切。作者的写法又是从容不迫，舒紧得当。这和传统女性文学还有差异，传统的女性表现为对母爱的尽情讴歌中任一感情的倾泄与挥洒，或表现为对母爱的吟唱中温柔的含情脉脉，或在对女性自我价值的艰难追寻中表现出忧愤的抗争和沉郁的叹息等。丁玲重在形象的具体表现，基于个人感情又能与人物保持距离，立足点更高，因此她表现母亲形象的风格能在细致中展露力度和深度，透出哲理的光芒。

英国伟大的诗人、评论家柯勒律治曾经说过：“伟大的心灵都是双性同体的。”[①] 英国女作家伍尔芙也曾论及：“做个单纯而简单的男人或女人是不幸的；一个人必须是男人般的女人，或者女人般的男人。”[②]“人不应该是插在花瓶里供人观赏的静物，而是蔓延在草原上随风起舞的韵律。生命不在安排，而是追求。”做一个有生命力的人，女性而非女子气的母亲，如此观照丁玲的母亲语言所创造的作品，能得到极好的对应与回答。

丁玲，正是以个性化、人性化、女性化、生活化，又充满时代感与史诗特点，委婉细致、朴实真诚、开阔雄健的母亲语言，塑造了多姿多彩鲜活生动的母亲形象，丰富中国现当代文学上的人物画廊，还为中国现当代女性文学增添异彩。

---

① 曲黎敏：《生命沉思录》，武汉：长江文艺出版社，2012 年，第 65 页。
② 曲黎敏：《生命沉思录》，武汉：长江文艺出版社，2012 年，第 65 页。

第四章　文学语言研究没有结束

丁玲塑造母亲形象的成就和不足是有多方面原因的。任何一位作家只能在历史、时代或自身的局限中从事文学创造。丁玲当然也离不开这主客观因素。

客观原因有三个方面：

一是时代和历史的变化为丁玲创作提供素材。丁玲所处的年代，在中国是天翻地覆的时代。她经历着从民主主义革命到新民主主义革命乃至社会主义革命、社会主义建设时期。她在“五四”思想下登上文坛，伴随祖国一起受难、一起前进，在不平坦的人生道路上吸取生活的素材和人物形象，创作了史诗般的系列母亲形象。她的整个身心及其笔下的母亲形象也都有这个经历伟大变革时代的特色。丁玲自己后来在《我怎样跟文学结下了“缘份”》一文中说：我要感谢我们生活的这个时代。我既不能跳出这个波澜壮阔、多姿多彩的时代，我就必须要全身心投入……我不幸，也可说是有幸总被卷入激流漩涡，一个浪来，我有时被托上云霄，一个波去，我又被沉入海底。我这条小船有时一帆风顺，有时却顶着九级台风。因此我得到了很多难得的经验，接触了各种各样的社会现象和人物，我这样常在风浪中走，等于在不断受到锻炼，对我的写作提供了很好的条件。可谓极形象地概括她的创作与时代关系。因而，她的全部有关母亲形象的作品都具有反映时代以及生活在那个多变年代中形形色色的母亲及其她们的命运和斗争的特色。

二是革命的文学运动给丁玲以影响。丁玲描绘母亲的作品大部分始于20世纪30年代左翼时期，此时的中国左翼文学运动明确提出要创造无产阶级文学，作家必须“要以农工大众为我们的对象”，在思想上，要“努力获得无产阶级意识”，“克服自己小资产阶级劣根性”，要求文艺大众化。丁玲于1930年加入中国左翼作家联盟，思想日益左倾，开始选择了革命现实主义的表现方法。首先表现在题材和人物的转向，由表现小资产阶级知识分子到反映广大工农母亲，如《田家冲》《水》《消息》等；其次是丁玲能以无产阶级观来分析现实，初步具有马克思主义观点。

三是艺术上追求大众化。在选择这种新型创作方法之初，由于对工农母亲的生活了解不多，所以描写得不深刻，有个性的母亲形象不多，艺术上也存在着某些概念化、公式化的倾向。只有到了长篇《母亲》发表之后，她才寻找到自己思想飞跃后适合自己的题材和人物，更适合自己的艺术表现技巧，创造了富有个性、血肉丰满的母亲于曼贞形象，从而标志革命现实主义的初步成熟。

在民族解放旗帜下的文艺运动进一步影响了丁玲的创作。1938 年，中华全国文艺界抗战协会成立，要求为抗战服务，提出了“文章下乡，文章入伍”的口号。丁玲也参加文协的活动，随军到了抗日前线。她将“抗日高于一切”的口号作为自己的信仰，为救国杀敌、争取民族生存与解放投入极大的热情。这时期创作《新的信念》中陈老太婆形象蕴含抗日的主题，时代气息很浓，在思想和技巧上都达到新的高度，为革命现实主义注入新的思想内容，标志革命现实主义的深化。

1949 年初，丁玲参加中华全国文学艺术工作者代表大会，忙于组织领导文艺工作，创作母亲形象的作品很少，只有零星散见于个别散文篇章中。1958—1979 年由于文艺的反右斗争扩大和史无前例的文化大革命，剥夺了丁玲的创作权利。粉碎“四人帮”后，丁玲恢复了政治声誉，又能重新握笔，并创造了大量精粹的有关母亲的散文、两部回忆录《魍魉世界》《风雪人间》及小说《杜晚香》。这些作品中最引人注目的是具有共产主义思想道德情操的母亲——丁玲自己和杜晚香。久经考验的丁玲能以辩证唯物主义和历史唯物主义来分析历史，展望未来，标志丁玲的母亲作品在社会主义现实主义方法上的成熟和完善。

影响丁玲创造母亲形象的个人主观原因也是相当重要的，主要有如下几个方面：

其一，作家独特的生活经历对她创造的母亲形象有直接影响。丁玲出生在没落的地主阶级家庭，“这个家庭里充满了中国古典小说《红楼梦》《儒林外史》中描写的各种人物，实际上是整个没落的封建社会的缩影，充满了惊心动魂的矛盾故事。这个大家族中的一部分逐渐没落垮台，贫穷潦倒……寂寞的童年，帮助我深刻领会 20 世纪初封建社会里人们的悲惨命运以及人与人之间世态炎凉”。这种生活经历不仅为《母亲》创作提供素材，而且也造成她叛逆的性格。青少年时代，除了给她以重压的环境，她还有幸生活于一群人的身边。她的母亲余曼贞、“九姨”向警予以及一些同学和朋友给她以积极影响。丁玲的母亲对于丁玲一生有着极大影响，她母亲在她父亲死后“从封建的家庭牢笼里跳了出来，闯进社会，自食其力，从事教育事业。她不只接受了当时西欧的民主思想，还进而对社会主义革命也抱有朦胧的希望”。（《我的生平与创作》）母亲以自己的行动教育了丁玲，勉励她努力奋斗，自立自强。母亲又关注丁玲的事业，支持她的事业，她不仅是丁玲敬爱的母亲，是她的启蒙老师，而且是她前进路上的引路人和行为楷模，是她的同志和知已。所以丁玲后来创作的长篇小说《母亲》，不仅是余曼贞生活的传记式的记载，而且更重要的是歌颂了她那种与环境挑战，追求人格独立和追求光明的可贵精神。在以后的许多回忆性散文中，丁玲都反复提到过她母亲的影响。丁玲曾说："我要永远为她而战斗不息地努力，不敢自怠。"可见母亲余曼贞在她创作事业上的重要位置。另一位给丁玲很大影响的人是向警予，丁玲曾说："那里除我母亲以外，我最信奉的便是九姨了。"丁玲虽然当时还不可能完全认识向警予的革命事业，但受到她坚韧不拔精神的感召，感到她的伟大。在丁玲早期生活中，值得一提的还有丁玲的同学、朋友王剑虹，如丁玲所说："我认识她以后，在思想兴趣方面受过她很大影响，那就是对社会主义的追求、对人生的狂想、对世俗的鄙视。"上面提到这些人物都有一个共同点：她们都是些不甘忍受环境压迫的女性，她们身上洋溢着一股昂扬奋发、向上追求的精神，不甘平庸，敢于向世俗挑战，追求人格的独立自强，这些都给丁玲塑造的母亲形象以深刻影响，让她关注妇女的命运和妇女解放运动与社会解放的关系。

还有一些重要事件促使丁玲创作的转型。胡也频的被害是丁玲思想与创作转折的重要契机。胡也频是丁玲志同道合的爱人和同志，他的被害彻底摧毁了丁玲头脑残存的罗曼蒂克成分，也使她过去思想上为民族为社会的意识迅速转化成了强烈的阶级意识和阶级仇恨。在沉默了四个月后，她毅然选择了一条继承死者遗志的道路，创作了《田家冲》《水》等，并以极大的热情参加了左联的工作，加入共产党。生活的打击直接把她推上左翼文学的道路。她的母亲作品从思想倾向上有了新的转变。1933 年丁玲被国民党绑架，受尽折磨，也加剧了内心的仇恨，她后来创作的《魍魉世界》可略见一斑。此后，便坚定地向无产阶级革命和创作道路迈进。

抗日战争时期，她随八路军到前方战地做宣传工作，在抗战首府延安做文艺工作，比较了解抗战时期人民特别是妇女的生活命运和心理，因此从女性的敏锐视角写了《新的信念》《压碎的心》等作品中感人至深的母亲形象。中华人民共和国成立以后，丁玲从事文艺的组织领导工作，所以也特别强调文学与政治、文艺与生活、文艺与群众的关系，随后丁玲在 1958 年被打成右派，文革期间又遭到迫害。坎坷多舛的生活经历锤炼她的意志，使她具备一般人所没有的深刻思想和高瞻远瞩的气魄，所以她晚年创作有关的母亲的作品里闪耀共产主义的光彩和哲理思辩的光芒。

其二，思想、观念上的独异性使她在母亲作品中表现了主观的选择。丁玲从事创作的主观动因并不是为艺术而艺术，而是如她自己所说："我是为人生，为民族的解放，为国家的独立，为人民的民主，为社会的进步而从事文学创作。"所以她的笔下的母亲形象并不局囿于个人感情天地中，一味抒发对自然性母爱的感喟，更注重母亲社会性内涵，注目于更广阔的社会空间。作家社会责任感驱使她探讨母亲作品中女性解放、阶级解放、民族解放、社会解放的命题。所以她特别强调人物的时代性，她认为："我们必须得找，找我们这个时代的、能代表这个时代的人的灵魂。"（《生活·创作·时代灵魂》）"作家应该是一个时代的声音……时代在变，作家一定要跟时代跑。"（《答〈开卷〉记者问》）所以丁玲笔下的母亲形象具有强烈的时代性，从而赋予了女性小说以新的审美意向。

她还自觉地将文学与无产阶级革命事业联系起来。丁玲曾经这样回忆她20世纪30年代创作动机："我要沉入、深深地沉入，沉到人民中间去，和人民共忧患、同命运、共沉浮、同存亡。反映在我的作品中，就从20世纪20年代末为小资产阶级知识分子女性向封建社会抗议和探讨，逐渐发展、转变成为农民工人的抗争[①]。"所以工农母亲形象的出现不是无缘无故的。同时她还把文学当成战斗的武器（1936年11月30日《红色年华》），以创作为无产阶级斗争服务，《新的信念》即是鼓动全民族抗战的力作，陈老太婆母亲形象易于让我们联想起祖国母亲形象。

作者要求文学为无产阶级革命事业服务，不过时而又忽略了文学自身的一些独特之处，造成艺术形象不够丰满的缺憾，特别是30年代初出现某些公式化、概念化倾向。丁玲自己也发现这个毛病，她说："我觉得新的内容，是不适合旧的技巧。"[②] 直至《新的信念》发表后，才逐渐克服这种缺陷。

在选择人物方面又有丁玲独特的见解。她特别关注女性的命运，在《写给女青年作者》中说："我懂得妇女的弱点，也更懂得她们的痛苦。"因此她能以女性的视角反映母亲们的命运和心理，但她选择的女性，是"有朝气、健康的、忠实的人"[③]，要表现她们自尊、自立、自强，反映她们作为"社会人"的价值，所以在风格上体现了和其他女作家所不同的刚健之气，甚至有时要消灭性别差异。如她宣称"我卖稿子，不卖'女'字"，这造成她审美观念的特别之处，也影响其风格特色，有点男性气派。

---

① 丁玲：《我的生平与创作》，选自丁玲：《丁玲文集》第5卷，长沙：湖南文艺出版社，1983—1984年。
② 丁玲：《我的创作经验》，选自丁玲《丁玲文集》第5卷，长沙：湖南文艺出版社，1983—1984年。
③ 丁玲：《我的生平与创作》，选自丁玲：《丁玲文集》第5卷，长沙：湖南文艺出版社，1983—1984年。

其三，丁玲善于吸取古今中外文学的素养。她说："那时我爱中国的古典小说，觉得那里面反映了我们所处的社会时代，我可以从那里得到安慰，得到启示。"① 而《红楼梦》，把人与人之间的关系写得那么细致、那么深刻。是的，丁玲的母亲形象受到比较多的影响的是中国古典文学，除了《母亲》外，《消息》《水》《新的信念》中都显露出来，克服早期欧化倾向，转向民族化方向。

首先，丁玲去掉过去那种娴熟的、直透人物心灵的心理剖析而代之以古典式的叙述。在她有关母亲形象的作品中，出现中国传统小说的叙事特点。《母亲》学习《红楼梦》的手法，叙平常之事，写平常之景，状平常之物又能平中见奇。她不善于写理想中的英雄人物，而善于以娓娓动人的笔调叙说身边的人事，丁玲笔下的母亲形象也多是在平凡琐事中开掘和提炼思想和感情。她善于将这些事用她那带着深沉感情、细致的笔触和通俗、自然、朴素的语言表达出来。显示质朴的风格。同时，在具体事物、人物上，寥寥数语，却能形神毕现。《母亲》在借鉴《红楼梦》手法方面表现得尤为突出了，在其他母亲作品，也能发现这种手法的运用。其次，丁玲去掉了早期那种直白的、散文体式结构方式，更多地运用传统小说的结构方法。在她 30 年代以后的描写母亲形象小说中，随着将心理表白的方式改变为客观描写，小说中生活场景、人物活动空间描写比重增大，她便更多地借鉴中国古典小说中按事件发展线索展开叙述的方式，将过去多写横断面改为纵式结构。她还重视从语言、行动上去表现人物，在故事情节和矛盾冲突的复杂关系中表现母亲形象。

中国现代文学作品也给丁玲很大启迪，我们从她对鲁迅有关描写母亲形象的作品如《祝福》的评论，以及茅盾对丁玲母亲作品的评论中可以看出来。

外国文学如俄国文学、法国文学对她的创作有深刻的影响。丁玲曾经说过："虽然法国小说我看得很多，喜欢的不只是莫泊桑、福楼拜，也喜欢雨果，也喜欢巴尔扎克。但很难说我具体受哪个作家影响。美国小说家我喜欢狄更斯，真正使我受到影响的，还是十九世纪的俄国文学和苏联文学，还是托尔斯泰、屠格涅夫、高尔基这些人。"② 就丁玲创作的母亲形象作品，确实很难具体说到哪个作家的影响。不过从总体上说，其是继承与革命、借鉴与创新的关系，依稀可见的，如有人指出《消息》有着高尔基《母亲》的韵味，即是一例。

丁玲以其丰富多彩、性格各异的系列母亲形象，反映中国漫长的历史变化，闪耀时代的光芒，有着史诗般的特点。这个系列形象在她的创作生涯中是一个可

---

① 丁玲：《 我的生平与创作》，选自丁玲：《丁玲文集》第 5 卷，长沙：湖南文艺出版社，1983—1984 年。
② 丁玲《谈自己的创作》，载《新苑》，1980 年，第 4 期。

观的收获，也为中国现当代文学增添了异彩。她把描写母亲形象的题材范围，从家庭扩展到社会，从亲情推及对妇女、阶级、民族、社会等方面问题的探讨，在中国女性文学的同类题材作品中显示独异的视角和风貌。其革命现实主义创作方法不断丰富、深化，艺术技巧也在多样、完善。从这方面而言，她描写母亲形象的作品表明她是继鲁迅、郭沫若、茅盾之后的杰出的无产阶级作家。

当然，丁玲笔下的母亲形象也存在一些不足，譬如30年代初期母亲形象比较单薄，像《田家冲》《水》《法网》中母亲形象模糊，给人印象不深；晚年集中描写母亲的作品也较少，有些只是介绍性地一笔带过。艺术手法上，即使如《母亲》这样久负盛名的作品也略嫌冗长。但是瑕不掩瑜，这些不足并不能掩盖其光彩。

丁玲塑造了形神各异、风采斐然的母亲形象，犹如一条生动的文学长廊演绎出多彩的人生故事。悲欢离合、爱恨情愁，尽收笔底。那么，丁玲是以怎样的文学语言去书写、去描摹、去刻画不同形态的母亲，又调动怎样的笔触展示各种文体中母亲，显示了作者的文学风格的母亲语言有什么独特之处……种种论题在文中有所探索与发现，但是还远远不够，尚待更加全面地铺开及细化、深化。

围绕着文学语言问题，以运用文学与语言学结合方法为主，兼用叙事学、体裁学及性别学等多种方法探讨丁玲作品中母亲形象的特色，指出通过描述母亲形象的语言反映时代，表现多姿多彩的母亲形象以及不同的艺术风格。这是书中的主体部分。

但是本书也指出，丁玲笔下的母亲形象的文学语言除了具有社会历史、艺术美学的价值外，还有自身的价值，这是与作家个人语言风格分不开的。丁玲在表现母亲形象的语言特点大体说来有几点：（1）不仅如她自己所说的，在写作《母亲》时力求语言朴实、浅明，而且注重多种色调。她从《母亲》到《杜晚香》的写作都是如此。（2）以细致语言风格刻画母亲形象，这与学习外国语言长处分不开的。（3）用简括语言描述母亲的对话与行动。这种传统手法表现在丁玲有关描写母亲的作品及记述自己母亲的散文中。

如何处理丁玲作品中有关描写母亲形象的语言个人特点与其社会历史、艺术美学的价值关系，这必须进一步深入探讨。

在探讨文学语言的过程中，深深地感受到文学语言不同于理论语言、日常语言，它必须经过艺术加工，具有具象的、美感的特点，且要符合语言规律。

文学语言需要多层面去解读，才能完整而准确地理解它。

高尔基说："文学就是用语言来创造形象、典型和性格，用语言来反映现实事件、自然景象和思维过程。”①

这即启示我们，文学语言是构成文学作品形式不可缺少的因素、手段，同时它自身也有其独立性，这是一个方面，还有另一个方面，那就是作为艺术手段的文学语言，必须具有表现性，能够表现丰富的内容，如现实生活、多样人物、艺术表现及审美感受等方面。如果只看到文学语言作为表现手段的作用，忽视其独立价值，便无法了解作家作品独特的语言风格，倘若只看到表现手段的价值，忽视其应表现的内容，那就容易陷入形式主义。

人的一生使用的语言就像指纹一样，有特点和鉴别性，通过语言可以用来确定他们的身份，甚至是他们的社会背景，语言又提供通往内心的各种线索。语言被认为是“洞察人们的思想、感受、动机和他人联系的有力工具”。语言分析这种方法正在被“各个学科的学者所了解，如语言学、社会语言学、人类语言学、神经系统科学、心理语言学、发展主义、计算机科学、计算机语言学以及英语学者和其他学科的学者。②”文学语言又是在日常语言中提炼出来的艺术语言，具有更加鲜明的个性特点，包括作者的语言风格和作品人物的语言特征，所以研究的方法可以更加多样广泛，涉及的学科联系也更多，需要与时俱进不断更新。

关于母亲语言的研究还可以引进统计学的词频、词性、词类的分析，使语言研究更加数字化和科学化。

文学语言的自然解析与一般语言的差异何在，怎样更好地服务于艺术的展现，主观性与客观性怎样达到完美结合，人们对语言美感的感知是否能通过自然的语言解释显明？还有许许多多的问题需要研究，无论广度还是深度，都远远没有终结！

---

① 高尔基：《论文学》，北京：人民文学出版社，1983 年，第 332 页。

② ［美］詹姆斯·彭尼贝克著，刘珊译：《语言风格的秘密》，北京：机械工业出版社，2018 年，第 4 页。

参考文献

[1] 宗诚. 风雨人生·丁玲传 [M]. 北京：中国文联出版社，1992.
[2] 黄英编. 现代中国女作家 [M]. 北京：北新书局，1931.
[3] 王中忱，尚侠. 丁玲生活与文学道路 [M]. 长春：吉林人民出版社，1982.
[4] 中国丁玲研究会编. 丁玲创作独特性面面观 [C]. 长沙：湖南文艺出版社，1986.
[5] 中国丁玲研究会编. 丁玲研究 [C]. 长沙：湖南师范大学出版社，1992.
[6] 陈涌、丁玲. 太阳照在桑干河上 [J]. 北京：人民文学出版社，1950.
[7] 冯雪峰. 太阳照在桑干河上. 在我们文学发展上的意义 [N]. 文艺报，1950—5—25.
[8] 中国丁玲研究会编. 丁玲研究在国外 [C]. 长沙：湖南人民出版社，1984.
[9] [法] 狄德罗. 论戏剧艺术 [J]. 文艺理论译丛，1958 (1).
[10] [美] 梅仪慈. 丁玲的小说 [M]. 厦门：厦门大学出版社，1992.
[11] 丁玲. 丁玲文集（1—6 卷）[M]. 长沙：湖南人民出版社，1983—1984.
[12] 丁玲. 丁玲文集（7—10 卷）[M]. 长沙：湖南文艺出版社，1991—1995.
[13] 张炯主编. 丁玲全集（1—12 卷）. 石家庄：河北人民出版社，2001.
[14] 丁玲. 母亲 [M]. 上海：良友图书印刷公司，1933.
[15] [美] 韦勒克，沃伦. 文学理论 [M]. 北京：三联书店，1984.
[16] 袁良骏编. 丁玲研究资料 [C]. 天津：天津人民出版社，1982.
[17] 罗常培. 语言与文化 [M]. 北京：北京出版社，2006.
[18] 北京大学中国语言文学系汉语教研室编. 文学语言问题讨论集 [M]. 北京：北京文字改革出版社，1957.
[19] 童庆炳编. 文学概论 [M]. 武汉：武汉大学出版社，2000.
[20] 李国正等. 东南亚华文文学语言研究 [M] 厦门：厦门大学出版社，2002.
[21] 李润新. 文学语言概论 [M]. 北京：北京语言学院出版社，1994.

［22］黎运汉．汉语风格学［M］．广州：广东教育出版社，2000.
［23］李荣启．文学语言学［M］．北京：北京人民出版社，2005.
［24］高万云．文学语言的多维视野［M］．济南：山东文艺出版社，2001.
［25］朱星．中国文学语言发展史略［M］．北京：新华出版社，1988.
［26］刘明今．中国古代文学理论体系方法论［M］．上海：复旦大学出版社，2000.
［27］潘洪刚．汉族妇女缠足起因新解［J］．武汉：江汉论坛，2003（10）.
［28］［美］丁淑芳．丁玲和她的母亲：人文心理学研究［M］．厦门：厦门大学出版社，2006.
［29］茅盾．茅盾全集（1—40 卷）［M］．北京：人民文学出版社，1984—2001.
［30］张寅德编．叙述学研究［M］．北京：中国社会科学出版社，1989.
［31］胡亚敏编．叙事学［M］．武汉：华中师范大学出版社，1994.
［32］鲁迅．鲁迅全集（1—18 卷）［M］．北京：人民文学出版社，2005.
［33］中国新文学大系（1—10 卷）［M］.上海：上海良友图书印刷公司，1935.
［34］温儒敏、赵祖谟主编．中国现当代文学专题研究［M］．北京：北京大学出版社，2003.
［35］古耜．散文与小说的语言的差异［J］．海燕，2007（10）.
［36］陆勇编．梦里依稀慈母泪——现当代文化名人献给母亲的歌［M］．昆明：云南美术出版社，1996.
［37］瀚章编．吾父吾母［M］．北京：团结出版社，2007.
［38］刘传霞．被建构的女性：中国现代文学社会性别研究［M］．济南：齐鲁书社，2007.
［39］程光炜等主编．中国现代文学史［M］．北京：中国人民大学出版社，2000.
［40］钱理群等．中国现代文学三十年［M］．北京：北京大学出版社，2000.
［41］唐弢主编．中国现代文学史（一）［M］．北京：人民文学出版社，1979.
［42］唐弢主编．中国现代文学史（二）［M］．北京：人民文学出版社，1979.
［43］唐弢、严家炎主编．中国现代文学史（三）［M］．北京：人民文学出版社，1980.
［44］唐金海、周斌主编．二十世纪中国文学通史［M］．上海：东方出版中心，2003.
［45］尼采．尼采文集［M］．北京：中国言实出版社，1996.
［46］［法］西蒙娜·德·波伏娃．第二性［M］．陶铁柱译，北京：中国书籍出

版社，1998.
[47] 王国维. 人间词话 [M]. 上海：上海古籍出版社，2004.
[48] [英] 乔纳森·波特等. 话语和社会心理学：超越态度与行为 [M]. 肖文明、吴新利等译，北京：中国人民大学出版社，2006.
[49] 李平主编.《中国现当代文学专题研究》作品讲评 [M]. 北京：北京大学出版社，2004.
[50] [美] 查尔斯·霍顿·库利. 人类本性与社会秩序 [M]. 北京：华夏出版社，1999.
[51] 贾文昭主编. 中国古代文论类编 [M]. 福州：海峡文艺出版社，1990.
[52] 张炯，王淑秧. 朴素·真诚·美——丁玲创作论 [M]. 北京：人民文学出版社，1998.
[53] 叶宝奎. 语言学概论 [M]. 厦门：厦门大学出版社，2003.
[54] 庄钟庆. 丁玲创作个性的演变 [M]. 曼谷：留中大学出版社，2009 年.
[55] 王东华. 发现母亲 [M]. 北京：中国妇女出版社，2004.
[56] [美] 艾·弗罗姆. 爱的艺术 [M]. 北京：商务印书馆，2000.
[57] 范伯群编. 冰心研究资料 [M]. 北京：北京出版社，1984.
[58] 于青、金宏达编. 张爱玲研究资料 [M]. 福州：海峡文艺出版社，1994.
[59] 李兴民. "五四"以来女作家群的女性文学 [J]. 社会科学研究，1987 (4).
[60] 乐铄. 中国现代女性创作及其社会性别 [M]. 郑州：郑州大学出版社，2002.
[61] 张宏良、金瑞德编. 改变人类的八大宣言 [M]. 北京：中国社会出版社，1996.
[62] 马克思恩格斯列宁斯大林论妇女 [M]. 北京：中国妇女出版社，1978.
[63] 高尔基. 论文学 [M]. 北京：人民文学出版社，1983.
[64] [美] 詹姆斯·彭尼贝克著. 语言风格的秘密 [M]. 刘珊译. 北京：机械工业出版社，2018.
[65] 杨怡. 丁玲语言风格的演变 [D]. 厦门：厦门大学. 博士论文.
[66] 毕玲蔷. 丁玲小说代表作文学语言研究 [D]. 厦门：厦门大学. 博士论文.
[67] 陈天助.《蚀》的文学语言研究 [D]. 厦门：厦门大学. 博士论文.
[68] 卢升淑. 中国现当代女性文学与母性 [D]. 北京：中国社会科学院研究生院.
[69] 邱单丹. 二十世纪女性作家笔下的母女关系研究 [D]. 福州：福建师范大学.

后记

在硕士研究生阶段，主要从文艺学角度探讨丁玲笔下的母亲形象，博士期间又尝试运用文学与语言学相结合的方法，兼用叙事学、心理学、文体学、性别学等多种方法综合研究丁玲的母亲形象。求学期间我出版了一部专著《丁玲笔下的母亲形象》，书中的部分章节在《文艺报》及《丁玲国际学术研讨会论文集》中发表。最终在博士论文基础上作了重大调整，并几易其稿，克服种种困难完成本书的写作。但由于学识有限，其中难免有错漏与不足，恳请大家不吝赐教与批评。

论及母亲，古今中外，男女老少，不由心底会涌起温情的涟漪，牵动情感的神经。母性实为女性生命中最富光辉的人性特质，无私与爱任凭世人歌咏颂赞亦不为过，甚至是由人性升华为神性的捷径。也正因如此，母亲的面目又如此雷同，极易脸谱化，那些鲜活灵动的女性们似乎一成了母亲，即消弭了千姿百态的面影，只有画家作家笔下可供临摹的一张张图像光影。还有对母爱美德如此不遗余力的宣扬，许多感天动地的故事真可以推向人类情感的极致。可是母性中闪烁的理性之光，却无数次被遮掩。除了情外之理的难能可贵，就没必要书写一番吗？母亲的价值除了通过子女的成就体现，自身的个性与价值是否被重视呢？带着种种对母亲及母性的疑问，进入了书中的议题。

而丁玲恰恰提供了这种书写母亲的可能性和实践。这是丁玲最独异的，令人钦佩之处。也可供学术探讨之外的人性研究。

丁玲是大家公认的传奇，丁玲的母亲也是同时代普通母亲中的佼佼者，又因为丁玲的独特卓著而更加引人注目，引人思考。丁玲笔下的母亲则是另一种存在，在生活和艺术之间，丁玲如何运笔，如何腾挪辗转书写母亲，是否有共通之处或一以贯之的线索呢？这足以引发人们的好奇与探究吧。

文学语言不仅是母亲群像塑造的基石，也是解锁人物内心的各种密码，文字的魔性赋予人物灵性。如果能真正沉入语言之中去探索人物百转千回的人生，感受跌宕起伏的时代风云，将意趣无穷。

从文学语言视角解读作品与形象，有助于读者贴近文本，贴近作者。在这种潜心语言文字的研究中，我仿佛能从字里行间触摸到丁玲那颗跳动的心和澎湃的激情，领悟到毛泽东所说的“人是需要一种精神的”深刻含义，使我们在平凡而琐碎的生活中见到依稀可辨的理想与信念之光。这或许是写作之外的另一种收获吧。

在曲折的求学之路上，我要衷心地感谢导师李国正教授的教诲与启发，不仅引导我们勇于探索与研究文学语言这个前沿性领域，而且鼓励创新和独立思考的学术精神。我还要深深地感谢庄钟庆教授，对学生一如既往的培育与关怀，对本书写作倾注极大的心血，从提纲的拟定到观点的提炼，甚至的资料搜寻和参考文献的校正，他都提供无私的帮助。感谢叶宝奎、何耿丰、赖干坚老师耐心地授业解惑，开拓了学生研究的视野。感谢涂绍均先生对于湖南方言的释疑与辨析。老师们兼容并蓄、开放大气的学术风范，激发我们尝试在多学科的交融与碰撞中发掘真理。感谢师长们多年来的心血浇灌与培养，我将永远铭记在心！

感谢我的师兄师姐们，杨怡、毕玲蔷、陈天助，感谢你们的研究所提供的宝贵范例与经验！

感谢厦门大学哲学社会科学繁荣计划项目、厦门大学中央高校基本科研业务费的资助，感谢厦门市东南亚华文文学研究会编辑委员会的支持，本书作为《文学语言学科研究丛书》之一种才得以出版面世。

王丹红
2018 年 11 月 20 日
于厦门

文学语言学科研究丛书

映衬社会的演进

——马华新文学语言特点与风格流变

苏永延／著

厦门大学哲学社会科学繁荣计划资助项目
厦门大学中央高校基本科研业务费专项资金资助
《文学语言学科研究丛书》编委会审核

实践篇（2）

主编　庄钟庆　李国正　李无未　郑楚

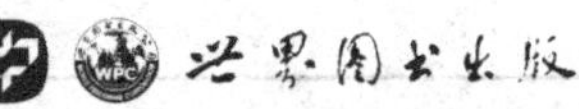

广州·上海·西安·北京

图书在版编目（CIP）数据

映衬社会的演进：马华新文学语言特点与风格流变/苏永延著. --广州：世界图书出版广东有限公司，2025.1重印
（文学语言学科研究丛书 / 庄钟庆，李国正，李无未，郑楚主编）
ISBN 978-7-5192-5789-7

Ⅰ. ①映… Ⅱ. ①苏… Ⅲ. ①华人文学－文学语言－文学研究－马来西亚 Ⅳ. ①I338. 06

中国版本图书馆 CIP 数据核字（2019）第 004550 号

书　　名　文学语言学科研究丛书
　　　　　WENXUE YUYAN XUEKE YANJIU CONGSHU
主　　编　庄钟庆　李国正　李无未　郑 楚
责任编辑　程　静
装帧设计　苏　婷
责任技编　刘上锦
出版发行　世界图书出版广东有限公司
地　　址　广州市新港西路大江冲 25 号
邮　　编　510300
电　　话　020-84451969　84453623　84184026　84459579
网　　址　http://www.gdst.com.cn
邮　　箱　wpc_gdst@163.com
经　　销　各地新华书店
印　　刷　悦读天下（山东）印务有限公司
开　　本　787 mm×1 092 mm　1/16
印　　张　85.75
字　　数　丛书 1630 千字（本分册 330 千字）
版　　次　2019 年 4 月第 1 版　　2025 年 1 月第 2 次印刷
国际书号　ISBN 978-7-5192-5789-7
定　　价　398.00 元（全 7 册）

咨询、投稿：020－84451258　gdstchj@126.com

《文学语言学科研究丛书》编委会

《文学语言学科研究丛书》出版说明

重视高等教育的学科建设，这是当今世界的潮流。

党的十九大报告发出号召：“加快一流大学和一流学科建设，实现高等教育内涵式发展。”全国高校正在掀起学科建设大潮。在这个大好形势的鼓舞下，我们编印了《文学语言学科研究丛书》，希望对推进学科建设有所助益。

关于文学语言学科问题，20 世纪 50 年代，语言界早已有知名人士提出建立相类似的学科，即汉语辞章学（或汉语修辞学、汉语风格学）。80 年代正式提出设立文学语言学科。虽然文学界没有明确提出相似的主张，但是他们在文学语言问题看法上同语言界有相似之处，文学界与语言界不少热心于建立新学科的学者做出了一些努力，并取得一定成绩，然而效应并不显著。希望能够借此大好形势，把文学语言学科建立起来；这不仅是个人写文章或创作重视风格的需要，而且是新时代中华民族和人民大众要求建立新文风或新风格的需要。

《文学语言学科研究丛书》讨论的文学语言，专指文学作品用的语言，即艺术语言。《文学语言学科研究丛书》着重探讨作为学科的文学语言研究的目的、对象、内容及方法。分为两辑，第一辑为“理论篇”，阐释文学语言学科重在研究风格（语言风格或艺术风格）问题的理论依据。第二辑为“实践篇”，着重展现学者通过探索后的成果，即表现中国现当代文学及东南亚华文文学作家作品的风格特色。

在探讨文学语言的问题上，语言界学者明确指出为了进一步发展语文教学，应加强文学语言学科建设，提出文学语言是语言学和文学交界处的学科，修辞学、风格学是研究对象。既研究不同文体的不同风格，也研究不同作家的不同风格。文学界从推进文学创作向前发展出发，也非常关注文学语言问题，学者虽然是从文学理论视角切入，但是与语言界有着殊途同归之处。文学界也认为文学语言应当研究作家的文学语言“个性”，因为“这个性就构成了他们的各自的独特的风格”。

如何研究文学语言特点、风格，语言界与文学界的学者都有共同的看法，又有不同方面。语言界与文学界学者都非常重视综合运用语言表达手段所形成的特

色。不过语言界不乏学者往往把语言手段作为工具使用，没能看到语言手段在表达内容及表现形式方面的独特价值。文学语言作为文学和语言学之间的边缘学科，它是以文学和语言学为基础并借助两者的成果发展起来的，因而既要吸收这两个学科的长处，又要有新的创造，这样才能有助于学科理论的提升和写作实践的加强。

作为具有跨学科性质的文学语言研究，不仅要重视文学语言的文学特色，而且要讲究文学语言的语言规律。这是因为文学作品是以语言为媒介构成艺术形象的艺术，区别于其他艺术的特点，同时从文学作品形式因素来说，语言是具有独特性的。文学语言研究学科的研究方法，力求具有创新性，提倡从语言因素入手，结合文学手段，探讨文学语言特色。

《文学语言学科研究丛书》部分成果发表后受到新华社、中新社与《文艺报》等关注，并予以了介绍。《文艺理论与批评》《中国现代文学研究丛刊》及《茅盾研究》《丁玲研究》《东南亚华文文学研究辑刊》等专集收入研究成果。在厦门大学中央高校基本科研业务费专项资金资助、厦门大学哲学社会科学繁荣计划资助及厦门市东南亚华文文学研究会等的大力帮助下，我们从多部文学语言研究论著中，选出若干部，经过反复修改后交付出版。

欢迎批评指正！

《文学语言学科研究丛书》编后记

为提高写作能力和培养创作人才，厦门大学中文系历来非常重视文学语言的研究，重视写作者文学风格的养成。不过，离达到显著的效果还有一段差距。

为了提升文学语言研究水平，2000年起，语言学学者李国正教授在本系庄钟庆教授等许多老师协助下，申请并获准设立文学语言研究方向的博士点。他明确地提出“文学语言学是横跨文学和语言两种学科的研究领域，在当前学科发展呈交叉渗透趋势的条件下，文学语言研究蕴含着发展为一门新学科——文学语言学的增长点。”他招收了多名文学语言的博士研究生，他们来自中国大陆与台湾，以及新加坡等地，他们的研究课题都是围绕着文学语言这个方向来展开。如他与人合著的《东南亚华文文学语言研究》（厦门大学出版社2002年）即是当年文学语言的研究成果。为了推进学科建设，厦门大学中文系离退休教师编选了《文学语言学科研究丛书》，收入其博士研究生或合作者撰写的论文，各人从不同角度论述文学语言各有特色，达到一定的学术水平。

《文学语言学科研究丛书》之所以能够与读者见面，这与各方面的大力支持分不开的。

语言学家如中国社会科学院语言研究所张振兴研究员、张惠英研究员，文学研究专家如清华大学中文系王中忱教授、复旦大学唐金海教授、福建师范大学中文系庄浩然教授等为收入本丛书的论著把脉。

厦门大学中文系文学与语言方面的教师发表了不少有关论文，均收入本丛书，这些成果对进一步开展研究具有启发性意义。

厦门大学社会科学研究处处长陈武元教授早在2001年就热心支持中文系开展文学语言方面的研究工作，始终不渝。该处副处长林木顺副研究员也非常关注文学语言研究工作的开展。厦门大学哲学社会科学繁荣计划、厦门大学中央高校基本科研业务费专项资金等资助项目给予大力支持。

《文学语言学科研究丛书》还得到厦门市东南亚华文文学研究会的大力支持。

对于来自各方面的助力，深表谢意！

我们期待专家、学者的批评指正！

《文学语言学科研究丛书》编选小组

2018 年 10 月 20 日

目 录

绪 论

第一编　马来亚华文新文学语言特色（1919—1963）

第二编　马来西亚华文新文学语言风格特色（1963 年以来）

绪论

第一章　文学语言风格内涵

一、马华新文学语言风格研究问题的提出

什么是马华文学？为什么要研究马华文学语言？探讨文学语言风格有什么作用？这些问题，是本书必须首先理清的问题。有一些可以用约定俗成的方式来说明，有一些则有待于进一步深入探讨，这也是本书所起的抛砖引玉作用。

马华文学，是一个约定俗成的用语，即马来亚和马来西亚华文文学的简称。华文文学有旧文学与新文学之分，本书所谈的是1919年以后的华文新文学。马来亚曾是英国位于马来半岛南部的殖民地，并非独立的国家，时称海峡殖民地，因此马来亚华文文学被称为“马华文学”。第二次世界大战后，马来亚的政治及地理格局发生剧变：1957年8月，马来亚联邦在英联邦中独立；1963年，马来亚联邦又和新加坡、沙捞越、沙巴合并组成马来西亚；1965年，新加坡脱离马来西亚联邦独立。因此“马华文学”遂一分为二，新加坡华文文学被称为“新华文学”，马来西亚华文文学则依然称为“马华文学”。因本书研究对象涉及整个20世纪，用“马来亚”或“马来西亚”华文文学，都难以全面涵括，新、马华文文学研究拓荒者方修先生的好几本著作，如《马华新文学大系》《马华新文学简史》，都以“马华文学”为名，所以我们也遵循旧例，采用了这个说法。

马华文学语言指的是马来亚及马来西亚华文作家从事文学创作时所用的语

言。它虽然使用的也是现代汉语，但又有自己的特点，融现代汉语及中国各地方言、古汉语、马来语、土著语及英语等诸多元素为一炉，在语音、语法、词汇等方面呈现出与中国现代汉语不同的面貌，是中华文化绽放在南洋热土上的艺术之花。关于马华文学语言研究，此前的文学批评作品里，或多或少会有所涉及，不过，这些批评作品，只是把文学语言当成一种艺术表达方式来看待，其关注要点仍在艺术内涵或手法上。2001 年李国正等编著的《东南亚华文文学语言研究》一书中，马华文学语言被列为专章讨论，这是第一次从文学语言角度，对马华文学语言进行系统研究的开始。十多年过去了，随着研究的深入，有必要结合人们对文学语言的新认识，对马华文学语言进行更为深入系统的剖析，指出其独特性是如何一步步体现出来？这种演变的机制又是如何运作的？作家使用不同的文学语言进行创作，艺术效果又将如何评估？文学语言创作又是如何影响读者心态的？等等。目前，学术界已经把目光转向探讨文学语言与文学创作之间的复杂关系，并涌现出不少关于作家、作品的个案文学语言研究，使文学语言与文学创作之间的联系日益紧密。

所有的理论研究都将用于具体实践，为理论而理论是没有意义的。文学语言研究也是如此。研究文学语言，就是为了研究作家在进行文学创作时，选用文字进行文学创作的心理生成机制，读者在阅读时的感受效应之间的微妙关系，并进一步分析说明优秀作家的文学语言是如何炼成的，如何把一般的生活用语加工成文学语言。生动的日常用语不一定会成为文学语言，而经过作家加工后的文学语言，一定是生动的用语。其间的转换就极为微妙，这些都需要精细地分析。如果掌握了文学语言的生成机制，并了解相应的可能效果，作家在进行艺术创作时，就会主动选择何种文学语言进行表达，而不是单凭直觉感受来进行创作。

本书的文学语言研究，将从文学史的角度入手，探讨文学语言在不同时期所体现的不同特征，并努力发掘这种语言特点又是如何变化和发展的。如果从语言学的角度来看，这是关于文学语言的时代性演变研究；如果从文学史的角度来看，则是一部角度新异的文学史。其实不管它是什么样性质的研究，目的在于弥合语言学与文学创作之间的鸿沟，使二者能在更高的层次上得到融合和发展。

二、 文学语言风格研究若干问题

在文学语言研究中，文学语言风格研究是最难的，然又是最重要的一面。文学语言风格研究，不像语音、语法、语汇等物质层面研究，具有实在的可操作性。然而，语言风格又确实存在，它通过物质层面体现出来，虽看不见、摸不着，然又具体可感。因此，对于文学语言风格这种介于虚实之间的研究对象，我们要有十分明确的认识，即必须要清楚地划出与文学语言风格相关的各种概念，如语言与文学语言、文学语言与文学风格、文学风格与文学语言风格等诸多概念之间的内涵与外延，这样，我们对文学语言风格的认识也才会清晰起来。

1.　语言与文学语言

语言与文学语言这两个概念，从大的方面来讲，文学语言是语言中的一个组成部分。如果要细究的话，学术界对这两个概念的理解其实有着很大的差别。关于语言，我国学术界对此的认识是，如《辞海》中认为，语言是“人类重要的交际工具，它同思维有密切的联系，是思维的工具，是思想的直接现实，是人区别于其他动物的本质特征之一。”“是一种特殊的社会现象，它随着社会的产生而产生，发展而发展，一视同仁地为社会各阶级服务。”从这个概念来分析，我国学术界认为语言是一种交际与思维工具，具有广泛的应用场合。其本质特征又是什么？并没有统一的认识。《不列颠百科全书》的撰写者对语言的认识，既反对强调 H·威斯特提出来的过分强调“思想”的一面，又反对B·布洛克和 G. L. 特雷杰提出的“任意的”符号系统说，他认为语言和人类社会生活的每个方面都有关系，是人类所特有的；语言的产生不是作为表达思想中已经确定的判断和疑问的工具，而是作为思想本身的工具；语言和思维之间的关系还没有解释清楚。从世界范围理解来看，人们认为语言究竟是什么，并没有十分清晰明确的结论，但作为思维、交际表达“工具”说，为学界所共认。

比语言范围还小一点的文学语言，其概念界定也并不见得比语言的概念界定来得容易。如什么是文学语言的特征？这在语言学界依然有各种不同的意见。目前国内语言学界有以下几种看法：

> 文学语言，就是指大众的口语结晶，是文学家用来塑造艺术形象的语言。①
>
> 把语言要素作为艺术材料和艺术手段用于文学创作而形成的一种语言形态——语言的艺术形态或者说是艺术的语言法式。
>
> 是以美为标准的对语言的特殊适用，是语言的变异形式。②

---

① 李润新：《文学语言概论》，北京：北京语言学院出版社，1994 年，第 6 页。

② 雷淑娟：《文学语言美学修饰》，上海：学林出版社，2004 年，第 6、17 页。

文学语言是文学活动中的中介，“把构成文学的诸要素联结为一个整体。”

文学语言是一种语言现象，但同时也是一种社会现象、文化现象、心理现象、艺术现象，与作家和读者心理乃至整个社会历史，思想文化的外部语境都有不可分割的联系。①

文学语言是指文学作品中所使用的，体现文学性与审美性，独具特色的语言。

超越了语言规范的活生生、具有内容性的语言，是熔铸着作家情思与睿智的特殊话语系统，是从作家心理炼制出来的，是一切艺术感觉、审美经验、文学形象的表现者。②

以上诸家对文学语言的理解有较大的区别，李润新侧重于从文学语言的来源加以考察，指出其与大众语的联系与区别；雷淑娟是从美的标准出发，认为它是一种语言艺术形态；王汶成则认为文学语言是一种中介，侧重于分析文学语言与社会各种现象之间的联系；李荣启从内容与艺术表达这两个方面来考察，以审美为重点，并考虑到了语言应用主体的主观能动性。

这些不同角度的文学语言观，反映了研究者从不同立场描绘心目中的文学语言特征，或从文艺学、美学的角度来阐述文学作品中语言的艺术性和审美特征；或从语言学的角度来研究其属性；或从抽象思维高度来研究文学语言所蕴含的哲学性等。这些不同的出发点，正是当今文学语言研究中所涉及的哲学、心理学、文学等学科的思路和方向，使文学语言研究呈现出多学科齐头并进、综合发展的局面，体现出文学语言研究所特有的魅力与挑战，这也是人类思维发展和学科研究的必然趋向。

综合以上诸家之见，我们大致可以对文学语言有一个较为全面的认识。首先，它是一种独特的美的艺术形式，只不过它与其他艺术门类所用的材料不同，是以语言为材料的表达方式；其次，它不是孤立封闭的艺术自足体，而是开放性的，与各种社会现象有着千丝万缕的联系，具有不断生发创造的可能性；第三，它又必须充分体现作家的主体性创造作用，没有主体性的创造，文学语言不会自

---

① 王汶成：《文学语言中介论》，济南：山东大学出版社，2002年，第52、77页。
② 李荣启：《文学语言学》，北京：人民文学出版社，2005年，第4、73页。

动产生，也正因为有了主体性的介入，文学语言才呈现出千姿百态的艺术形式。所以，审美性、系统开放性、主体性是衡量文学语言特质的重要标准。以此来衡量，我觉得李荣启的定义是比较贴近文学语言这个独特的现象本身的。

2. 文学语言与文学风格

关于文学语言的特征，因为人们对文学语言的认识角度不同，所以对文学语言的性质认识差异也很大。有的学者认为文学语言具有高度的形象性和直观性，具体而言有形象性、多面性、抒情性、精确性、民族性、时代性、音乐性、全民性。[①] 有人在此基础上进一步指出，文学语言具有形象性、抒情性、美感、丰富、凝练，含蓄、独创、变异等特征。[②] 前者倾向于文学语言所体现出来的内涵，后者更注重于文学语言自身艺术上的特殊性。还有的学者从哲学认识高度来看待文学语言，即具有审美性和指义性。[③]

不过，有论者并不赞成用“形象性、抒情性、主动性、时代性、民族性、全民性”，认为“这是从接受终端的表达效果而言的简单概括，日常用语其实都有这些属性的。”[④] 她认为文学语言的美学特征具有节律性、意向性、模糊性。这是从哲学和美学高度来认识和把握文学语言，对文学语言的特征把握是没有错的。但人们又会发现，其他艺术门类其实又具有这些特征，不知不觉间抹煞了文学语言与其他艺术门类之间的差异，难以准确地体现出复杂的文学语言特征来。

李荣启的观点与李润新的较为接近，她把文学语言分为两层，表层的是形象性、情意性、多样性、音乐性；深层的是情景性、变异性、暗示性、独创性等。这种观点，具有一定的折衷色彩。

学者们对文学语言特性的认识差异，自然是与他们的立论出发点相联系的，或出于内涵，或出于艺术表述方式，或用哲学的严密逻辑，都有各自的理由。但也有共识，审美特性已为诸家首肯。新问题又接踵而至，文学语言研究中的历时性与共时性又将如何处理？目前，研究者们往往把文学语言视为一个巨大完全的整体，古今如一。其实又不尽然，如何正确认识历时性与共时性的关系，又成为文学语言研究的重要方面。马克思的辩证唯物主义认识论要求做到逻辑的与历史的统一，这样的认识才是全面、深刻的。所以，对文学语言的特征认识，还有许

---

① 李润新：《文学语言概论》，北京：北京语言学院出版社，1994 年，第 13 页。

② 详见张德明：《语言文学描述技巧》，北京：中国青年出版社，1998 年。

③ 王汶成：《文学语言中介论》，济南：山东大学出版社，2002 年，第 163 页。

④ 雷淑娟：《文学语言美学修饰》，北京：学林出版社，2004 年，第 12 页。

多值得深入探索的问题。

以审美性、系统开放性和主体性为主要特征的文学语言，与文学风格有着相当密切的联系。所谓的文学风格，指的是作家创作个性与具体话语情境造成的相对稳定的整体话语特色，它是作家创作趋于成熟、其作品达到较高艺术造诣的标志。文学风格的涵盖面较广，除了可以是作家作品风格，也可以包括时代风格、民族风格、地域风格、流派风格等内涵。

文学语言与文学风格既有区别，又有联系。文学语言是形成文学风格的重要基础。当然，并非所有的文学语言都有文学风格，而文学风格最终得通过文学语言的多种艺术表达方式而得到体现。或者说，文学风格是在文学语言基础上的进一步集中凝练的发展。因此，从特征来看，文学语言的特征与文学风格各有不同的体现。

3. 文学风格与文学语言风格

文学语言研究的是语言文字所表达出来的各种内涵和意蕴，并以何种手段来达到这一目的。因为文学语言的表达复杂性，所以关于文学语言的风格问题也就成为文学语言研究的一个重点。胡裕树说，“风格学是一种记述科学。”[①] 文学作品的风格学是语言研究中最难，也是最重要的一类。

“风格”一词，自古就有，其含义、用法、场合也颇不同。“风格”可指人的风度、品格、气魄、丰采、神韵等，当它用于文学作品时，则指作家或艺术家在创作成果中所表现出的格调特色，如《文心雕龙·议对》里所指的那样，“及陆机断议，亦有锋颖，而腴辞弗翦，颇累文骨，亦各有美，风格存焉。”“风格”就是格调特色。影响作家创作的因素很多，诸如作家个人的生活道德、思想感情、生活知识、个性、选择的题材、运用文学语言的习惯和特色等方面，汇总起来即为作家的风格。面对如此复杂的创作因素，又将如何把握和认识作家的风格呢？平心而论，影响面虽广，其中必有核心，作家均是以语言文字为手段来进行创作的，因此只要把握住他的文学语言风格，即为抓住问题的核心。

何谓“语言风格”？其定义古今中外各不相同。我国语言学家如高名凯、胡裕树认为语言风格是“在语言运用中形成的言语气氛和格调”，而周迟明、张静认为是“语言运用中形成的各种特点的综合表现。”黎运汉更倾向于后者，他认为广义的语言风格，指的是“运用语言表达手段所形成的诸特点的综合表现。”

---

① 胡裕树：《序》，见黎运汉《汉语言风格探索》，北京：商务印书馆，1990 年。

如果以黎运汉的定义来看的话，“文学语言风格”是“语言风格”中的一种，我们可以说，“文学语言风格”就是作家在文学创作中运用语言表达手段所形成的诸特点的综合表现。①

从以上分析可以看出，文学风格与文学语言风格具有明显区别。文学风格指的是作家或作品所体现出来的总特征，它自然体现出文学语言的特征，同时也可以是时代、个性、艺术特点等诸多方面的综合体现。而文学语言风格则主要是集中于语言表达上体流露出来的总特征，虽然也会包涵时代、个性以及艺术特点等方面的内容，然其侧重于语言表达上的效果。因此，文学风格并不等于文学语言风格，而文学语言风格则几乎可以视为文学风格的重要代表。

三、 文学语言风格的侧重点

我国对风格的研究，起步很早，自汉魏以来，就崭露锋芒，从曹丕、陆机、刘勰直至清代的姚鼐，研究者们主要是从作家的思想、性格、气质、作品主题结构、语言等来谈论风格，业已形成一种比较成熟的风格学思维方式。自现代以来，随着西方语言学理论的逐步引进和发展，我国传统的风格学研究也悄然发生了改变。欧门在“语言与风格论”中提出了12种方法，如历时风格、共时风格、印象主义、辞格研究、意向研究、作品结构研究、语法特征统计性研究等。② 在外国语言学的深入精细研究中，我们可以发现中国传统风格研究思维与西方现代语言学研究思维的巨大差距：传统重语言风格研究的外在诸因素的联系，宏观阔大；西方则重文学语言内在诸系统的考察，精深微细。虽然西方的方法并非尽善尽美，无懈可击，但对我们的学科研究依然有启发意义。

1. 文学语言风格研究的外在影响因素

在探讨文学语言风格的形成原因方面，我国传统的风格研究是整体论思想，它把主观与客观、内容与形式作了一个整体的观照，所以在分析风格的形成原因时，我们同样也可以把这种思维方式进行逆向推演，即形成风格的原因也有两个，那就是主观和客观两大因素。主观因素上又可细分为先天禀赋、思想性格、生活经历、言语修养、表达习惯等，这是从作家个人的主观因素来看的；客观因素，则是与时代、民族、地域环境等密切相关，这是外在的因素，可谓内外有分别。

① 见黎运汉：《汉语言风格探索·绪论》，北京：商务印书馆，1990年。
② 详见王德春，《外国现代修辞学概况》，福州：福建人民出版社，1986年，第60页。

人们在研究人的性格特点与语言风格之间关系时，已经有了很深入的认识。“热情者热烈，冷漠者冷淡，谨慎者严谨，轻率者粗疏，深沉者含蓄，直爽者爽快，温柔者柔和，粗暴者粗鲁，文雅者高雅，骄横者生硬，忠厚者朴实，奸诈者虚伪，渊博者丰富，浅薄者贪婪，聪慧者机敏，愚钝者笨拙，幽默者风趣，古板者枯涩，豪迈者豪放，娴静者委婉，刚强者刚健，懦弱者绵软，果断者干脆，犹豫者模糊……”① 所谓人文一致，古人在这方面的认识是十分透彻的。风格的形成特点又与人的个性特点是紧紧联系在一起的。当然，这种性格特点的形成又与作家的自身多种因素有关系。

2. 文学语言风格研究的几个步骤

以上探讨了文学语言风格的成因，虽然它是由内、外两种因素决定的，但毕竟文学语言风格是一种非常抽象的美学意蕴概括，期间要经历过几个层次的转换才最终达致。王汶成认为有三层，即“言、象、意”，他认为“言”是语言表达层次，“象”是语象，“意”是潜在、隐蔽层次，似乎还没有把文学语言的层次说得透彻。李荣启也认为有三层，第一层是语言符号层，第二是文学形象层，最后才是审美意蕴层。虽然同样是“言、象、意”，但显得清晰、明确了许多，风格特征其实是高度抽象化了的言、象，因而这个“言”的语言符号是体现风格十分重要的步骤，我们也可以把文学语言风格的实践性因素确定为语言符号层次，这是所有文学语言研究的基础，只有把这一层次的结构和方法落实清楚，文字语言的生成研究才是科学、明晰的。

文学语言符号层次是语言学家们研究的重点层次，从传统的语言学观点来看，这一层次即为语音、语汇、语法三个要素的物质层。单纯的语言学现象确实不离这三种要素，但是文学语言的丰富性和复杂性决定了还有这三要素无法解决的问题，比如表现手段如何安排？超语言要素的风格手段如修辞方法、篇章结构又怎么处理？语言表象意义与深层意义之间又是如何转换和传达的？这就不是简单的物质层次解析就能达到的效果。

当前，现代语言学尤其是现代修辞学研究领域的拓展，有关文学语言研究方面，传统语言学方法逐渐发生了改变，现代修辞方法学中，对语言符号层次的认识有择语、调音、设格、谋篇、言语创新五大类。② 这五大类中，择语指的是选择词汇、语法同义手段，这包括了传统语言学中的词汇手段，如基本词、新造

① 李润新：《文学语言概论》，北京：北京语言学院出版社，1994 年，第 141 页。
② 详见王德春、陈晨：《现代修辞学》，上海：上海外语教育出版社，2001 年。

词、古语词、外来词、方言、熟语、术语、粗俗词等的艺术化，把这些词语进行艺术化加工，使之准确贴切、灵活、协调而又生动活泼。语法手段则广泛应用各种句式，如长句、短句、整句、散句，这些句子的繁简、长短、散整、省略及完全以及主动、被动的形式变化，使语言在错综中显出洒脱与曲折，体现出语句的纷繁与多变。

调音指的是用一定的手段来追求话语的音响效果，这些都是属于传统语言学研究中的语音手段，如平仄、押韵、叠韵、摹声、双声、叠韵、儿化韵等，这可使语言收到抑扬顿挫的音乐般美感，具有一定的节奏，以便更好地表达思想感情。设格是传统修辞学的主要内容，虽然不断有新的修辞格发现，或者修正旧的修辞格，但是一些主要的修辞格也渐渐为人们所接受，辞格可分为：对偶、排比、反复、同字、顶真、回环、设问、引用、跳脱、层递、对称、比喻、比拟、呼告、拈连、仿词、借代、婉曲、夸张、双关、反语等。通过使用众多辞格，达到塑造形象、创造意境，生动形象地表达思想感情，起到积极的效果。

谋篇与布局往往是并列考虑的，无论是择词、调音，还是设格，它们都只注重于字、句、段的具体选择与安排，这些虽然是文学语言的基础工作，但是文学语言不能只停留在这层次。有好句而无好篇，在文学创作上是常见的现象；字句花团锦簇，通篇却零落不成章，结果只能是失败的。一般而言，谋篇布局要处理好几个大问题，如全局与中心的安排、层次和条理的梳通以及开头、结尾之间的关系等，这些本是文学理论与欣赏方面的范畴，却也纳入了修辞学的研究体系，正说明了学科之间的综合发展趋势，在更高的层次上促进学科的建设，新兴学科的增长点也在一点一点地浮现。

文学语言的篇章结构形式复杂多变，在情节的组织方式上，就有对比法、误会法、间接叙述法、断片法、零起式、悬念式、强铺垫式、事与愿违式、节外生枝、相向交叉等组织方式；而总体组织结构又可分为单线结构、双线结构、对比式结构、放射式结构、归缩性结构、爬藤式结构等。这些都是常见的谋篇式布局方式，还有更多的没有被统计进来。

言语创新有两大类，表义创新和表情创新。文学创作的一个最突出的亮点就是创新，这不单是思想内容上有吸引人的创新点，还在于文学语言上有让人感到新奇之处。形式主义语言学理论“陌生化”，其逻辑起点就建立在“创新”之上。不过，这有一点为了创新而创新的不良倾向。真正的言语创新应建立在为表达新思想、新感情而使用的手段，具有水到渠成的艺术效果，而不是为创新而故意生造硬设一套诘屈聱牙的话语来，生涩无比，且无任何美感，达不到应有的艺术效果。创新还意味着要打破固有的框框条条，冲决旧的规范，语言学是探讨语言规律的，一般着眼于规范语言现象。而这种规范化的要求又常常会与文学语言的创新性发生矛盾，如何看待文学语言的非规范性现象呢？张振兴认为“小说的语言除了明显的词汇和语法错误之外，在很多情况下是无所谓对的与错的。这跟人们常用口语的表达无所谓对与错也是一样的道理。所以文学语言的多样化是形成作家风格、作品风格形象特征的最重要因素之一。在这个问题上，我们需要有灵活的思维。”[①] 张振兴的观点，在解释语言规范问题与语言写作非规范现象，做了深刻的理论阐述，是比较合理的。现实生活与文学创作中，许多用语从严格的语言规范来看，往往是不合格的，但这依然没有影响其表达效果，这就是规范与不规范关系的辩证统一。

3. 文学语言风格的分类

关于文学语言的风格种类研究，也颇为复杂。黎运汉认为，从交际空间看，有民族的、流派的；从交际时间看，有时代的；从作家个人条件看，有语言的个人风格；从交际目的、条件看，则有语体风格；从表现手段看，则有表现风格。[②] 正是有这种多样性的风格，才造就了文学语言绚烂多彩、百花竞放的局面，这也决定了文学语言风格研究具有多样性与一致性的辩证统一，想用某一种现成的语言学理论来套取文学语言风格研究，可能会陷入理论的困境。

事物的复杂性在于，表面上看起来简单的问题，其内部依然十分复杂。黎运汉把风格分为交际空间、时间、个人条件、交际目的、表现手段等几个不同大类，似乎已经穷尽了风格应有种类。但是如果我们再深入研究的话，就会发现，这些种类其实是围绕着文学语言风格外在诸因素来展开的，对于文学语言风格的内在因素似乎并没有深入触及。这些内在因素，又可细分为语音、语法、修辞、章法等，它们又被称为文学语言风格的物质材料因素，或者说是风格的手段系统。正是这些文学语言风格的内在、外在诸因素之间的有机辩证地融汇，又形成某种特征，造就了多姿多彩的文学语言风格的面貌。

有鉴于此，在研究汉语的文学语言风格时，我们觉得还是从汉语的传统思维方式出发来加以把握，才有可能更准确些——这不是保守、排外做法，而是经过深思熟虑后的自然选择。目前我国的语言学家，关于文学风格的描述虽各有异，

---

① 张振兴：《谈文学语言问题》，《东南亚华文文学研究》第十辑，曼谷：泰国留中大学出版社，2010年，第48页。

② 黎运汉：《汉语风格探索》，北京：商务印书馆，1990年，第20页。

却不约而同采用传统的概念和方法，并非偶然的巧合。如李润新把风格分为 16 类，黎运汉则主张 4 组 8 类，李荣启则认为有 5 组 10 类，这说明他们虽然在分类上的意见有差别，但是在大方向上都是一致的。文学创作，历来讲究文无定法，文学语言风格也并不固定，难以用现成的风格类型来套用。当然，无论分成哪几类，都是研究者们欲为全面认识和把握文学风格所做的种种努力，是值得肯定的。当然，由于文学语言风格自身的活泼多彩而又易变的本性，使得这种努力变得非常困难。在研究过程中，我们只要把握了风格变化的本质，无论它怎么善变，还是可以认识和把握的。

一般来说，关于文学语言风格，人们会自然与作家的个人语言风格联系在一起，如果我们把作家的个性风格特点作为一个单独的例子来看的话，就会发现作家的风格又有自然地域环境的特点，从某一个地域来的作家，总会带有其生活环境中常用的语言符号体系，这就无形中烙上了自然地域的色彩；再进一步，虽然来自不同的地域，但作家因使用了同一种语言表达系统，具有了整个族群共同的思想价值观念、思维方式、感情表达体系，以及文化传统等方面的内容，与其他国家或民族的语言风格形成鲜明的对比；另外，文学语言风格又有时代性的特点，古人常说一时代有一时代的文学，自然也就具有一时代特有的语言风格。每一个时代的人们都有不同的思想感情和表达方式，也有关注的兴奋点。这些特有的用语、用词以及表达方式，自然深深地烙上了时代的痕迹。时间越长，与现实生活之间的距离就越远，时代性的特征也会愈发分明。地域性、民族性、时代性，是作为从更大视阈来考察文学作品的角度，也是体现文学作品语言风格从微观研究逐渐走上宏观把握的一个重要立足点。

另外，由于文学作品的体裁复杂多变，对不同文体，文学语言的特点要求也不同。研究者们倾向于用三分法来分别文学语言的种类，即叙事性文学语言、抒情性文学语言、影剧性文学语言，这三种类别的文学语言特征及要求也各有不同。

叙事性文学语言，以叙述描写为主要方式，起到事件告知和场景展示的作用，如在人物语言上和作家语言融合统一，人物语言要符合人物的环境、性格、身份等；描写性的语言则要做到高度的形象化，善用词语和修辞格，做到文学语言虚指性和真实性的有机统一，同时又体现出灵活性、多样性和简洁性的特点。

抒情性文学语言，以传达作家感情为核心，以直接抒情和间接抒情为主要表现方式，体现出音乐性、精练性、含蓄性、变异性等特点，讲究节奏美、韵律美、声调美，产生抑扬顿挫的节律之美，语意跳跃、变化多端。

影剧性的语言，大部分通过角色的道白，充分体现出强烈的动作性、高度的个性化和充分的表现力，明朗动听。

可见，不同文体的语言风格要求各不一样，这种不一致性，主要是由文体的差异和交际的目的差异而导致的，呈现出文学语言复杂多变的风貌。

4. 东西方文学语言风格研究的差别

对文学语言风格的认识，因思维方式的不同，东西方也是迥异的。自索绪尔语言学观念所引领的结构主义语言学出现以来，由此而产生的各种主张的语言学流派，它们都是以科学理性为主导，以逻辑推理为特征的语言学理论，体现出这种思维具体、详尽而准确地把握语言风格的努力。但是这种努力就像自然科学研究一样，必须要设定出大量的参数和条件，该研究可靠性才有保证，一旦超出该范围，那就必须用新的一套理论及参数了。语言风格研究也是如此，他们都是在某一种语言学理论的框架下来讨论的。因此，西方语言学风格理论表现为一定程度上的可操作性和可把握性，但往往都有致命的缺陷与硬伤，必须不断创造出新的理论来弥补缺陷，补丁越来越多，令人眼花瞭乱，犹如叠床架屋，庞大冗长。表面上创新论迭出，给人一种不断“进步”的感觉，其实他们仅仅围绕着某一种事物在不断地改变观察角度和方式而已，对事物真相的把握反而被淹没在概念与推论之中。

东方的传统思维方式并不倚重于逻辑推演，而是一种近乎直觉的感性认识，大多使用形象的语言来描述事物的总体特征，具有一语中的的准确性。但这种思维方式，在不同人身上，可能不具有操作性，假如他没有达到这种艺术直觉的话，是把握不住的。当然其优点也不容忽视，因为它把文体与风格、内容和形式全都糅为一个整体，具有全面、准确、深刻等特点。其不足是以直觉的感悟为前提的，因时、因人、因事而异，对一般水准的人而言，可能会显得虚灵而不可捉摸。话又说回来，虽然传统的风格表达显得空灵和不可捉摸，其认识的准确性是毋庸置疑的。

关于文学语言的风格的研究，我国古代已有专业而深入的探讨，如刘勰的八体、皎然的十九字、《诗品》的二十四种、严羽的九品、姚鼐的阴阳二种等。自魏晋南北朝到清朝，跨度一千多年，而用词甚少变更。现以《诗品》的风格为例，它列有 24 种：雄浑、冲淡、纤秾、沉著、高古、典雅、洗炼、劲健、绮丽、自然、含蓄、豪放、精神、缜密、疏野、清奇、委曲、实境、悲慨、形秀、超诣、飘逸、旷达、流动。这些语言风格特征概念，概括出古往今来如恒河沙数的作家作品风格，直到今天依然被广泛地使用着。这一做法颇类似于中医和中药，几千年来，医生们面对的病形形色色，可使用的还是那些千百年未易的药名，通过调节配伍和药量，来达到疗效。从这些超乎寻常稳定性的命名中，我们可发现，他们对事物的本质特征把握是准确的。

面对这两种思维方式下所体现出来的语言风格研究，究竟要采用哪一种好呢？由于各有优劣，难以说有一种十全十美的解决方式，或者是完美的理想形态的理论模式。我们就得从实际情况出发，去研究语言应用的实际环境再做出选择。一种语言学理论常常是其与所在的语言环境密切相关的，是对特定语言现象的一种把握和认识。汉语的使用者在长期的东方思维影响下采用这样的语言体系，它用有限的单字，经过无数次的重组整合，表达出一个个时代人们的心路历程。每一个字看来都是分散的，合起来就是一个完整的有机整体，这就无形中培训了人们必须以整体的思维方式来考察问题。西方语言中，不少以表音为主的语言体系里，都有庞大的词汇群，一旦词汇失去应用的范围和场合后，就成休眠或死亡的文字。新的现象出来后，再创造出一种新的词汇来代替，给人一种时刻升级、推陈出新的感觉，这又与西方逻辑思维方式十分接近。

传统风格研究有优势，西方思维方式亦有可取之处。如何把它们二者紧密地结合起来，这是一项颇具挑战性的工作。当然，比较理想的状态是宏观用传统思维方式，微观用西方思维方式，这样既有准确性，又不失精细与可操作性。

四、 文学语言风格的时代性

关于文学语言的风格研究，在西方现代修辞学中已是重要的一个方向，除了风格学的研究之外，西方现代修辞学已发展为实践修辞学、论辩修辞学、小说修辞学、语体学、辞格理论等庞大的学科。在这些庞大的修辞学科里，语言风格学具有了文学创作、语言学、文学理论以及哲学—美学等方向的学科研究，呈现出极其复杂的面貌。在这复杂的语言风格学研究之中，欧门提出 12 种研究角度，其中一种就是“历时风格”研究，所谓“历时风格”，即为文学语言风格的时代性。

所谓的语言风格时代性，指的是语言风格所特有的时代特点。不同时代的语言风格是不一样的，同一时代的不同阶段亦有差别。对风格的时代性，可以从两个方面来看，对作家个体而言，其创作风格的时代性是会变化的，因而语言风格的时代性特点就容易理解了；不同时期作家的时代性差别就更明显了。这是从纵向角度来考虑的。若从横向的角度来看，同一个时代中，作家的语言风格时代性会比较接近，虽然各自的喜好、风格特点不同，但同处于一个时期，人是永远无法超越自己所处的历史的，因而时代风格方面的某些共性就可以理解了。因此，考察文学语言风格的时代性就不是一种孤立静止的语言现象，而是具有相当丰富复杂的背景的。

“一粒砂里见世界，半瓣花上说人情”，这不仅是客观与微观的差异，更说明世界的整体联系性，我们在做研究时也应作如是观。既要对研究对象有具体、系统的客观把握，又必须对各种不同侧面的观点和方法进行深入探索，这样才能形成具体、全面而又深刻的认识，这是对文学语言风格时代性认识最基本的前提。

在文学语言风格中，时代风格仅仅是其特点的一个方面。与时代风格有紧密联系的还有社会生活、社会思维、统治思想等，简而言之，就是时代精神的外在表现。从小的角度来看，不仅时代风格与个人风格有着密切的联系，影响个人风格的诸多因素也一样可以作为考察时代性的重要方面。大而言之，时代风格也一样会流露出民族风格、流派风格等方面的特色。这些风格特点，最终通过语音、词汇、语法、修辞，甚至文体等要素体现出来。

由此可见，通过文学语言的时代性风格，我们可以窥测到文学语言的独特魅力，感知时代和历史前进的跫音，是一个良好的切入点。本书有意识地从时代性入手，就是为了探讨文学语言所蕴含的时代精神，并展现文学语言的独特之美，多层次、多角度地探析华文文学语言的特色。

从目前语言学的发展情况来看，在西方，文学语言研究虽然受到了不小的关注，也曾在我国研究界掀起过热烈的讨论，不少语言学研究者也在这些方面做了大量的工作。但是，文学语言研究的一些领域还有待于拓展和深入。我国的语言学者在关于文学语言的宏观研究和理论探索上有不小的进展，但很少在具体的语言现象做更深入具体的阐述。另外，在文学理论界，对文学语言的深入研究还不够，新批评、形式主义、结构主义等理论所提倡的文本解读，虽然注意到语言方面的问题，但只是把它当作是寻找文字间的隐含意义，在语言空白中寻找微言大义。深入研究语言学的学者，则侧重于从统计、定量分析、频率等角度来分析语言物质层面，从哲学、文艺美学理论层面上的分析则比较少。本书拟从文学语言的风格入手，来阐述文学语言的独特地位，为这门尚在成长的新学科做一些探讨性的工作。

学科的发展是十分有意思的。在西方的科学思想未发达之前，科学的理论思维尚未深入到生活的方方面面，语言、文学本是一体的。随着近现代语言学的发展，语言逐渐离文学越来越远，而与自然科学的研究思路越来越近，语言与文学之间的鸿沟也越来越大了。现代语言学所用的方法不少是依靠数学运算来完成的，更像是自然科学了。随着学科向更深入的境界发展时，现实生活要求借助其他学科的力量才得以完成，当今的自然科学逐步走向综合发展就是明证。文学语言的研究，则是语言与文学之间再次的深度合作。学者们的探索努力，必然会使二门学科在更高层次的融合，揭示人类思维、情感、语言表达等诸多方面的深沉意蕴。

五、 东南亚华文新文学语言的独特性

东南亚华文新文学语言指的是东南亚各国华文新文学作品中所使用的文学语言，从地域而言，它包括中南半岛的越南、老挝、泰国、柬埔寨、缅甸，以及马来西亚、新加坡、印度尼西亚、菲律宾、文莱等国的华文文学语言。目前，我国学术界研究比较深入的有泰国、马来西亚、新加坡、印度尼西亚、文莱、菲律宾六国，本书所引用的例子也大多以这六个国家为主。长期以来，东南亚是中国大陆移民比较集中的地区，东南亚华文文学也是最具旺盛生命力的海外华文文学，华文文学语言具有鲜明的独特性。

由于东南亚华文文学是由诸多定居东南亚各国的华侨、华人采用汉语进行创作的产物，因此，从其根本特征来说，它具有鲜明的民族性与地域性的特征，也就是说它以汉语为主，然后又融汇了各种语言特征，形成开放包容的民族性，即大中华性。汉语是中华各民族的共同用语，人们在使用这些语言的同时，不知不觉间就把中华文化的各种特质也保留下来，并向海外传播。语言不仅是一种表达手段，同时也是思维方式、文化传统的载体，人们在使用某一种语言的同时，也在传递着该语言的特殊思维方式与文化气息。华文文学在保存与传扬中华文化上居功厥伟。如果说生活习俗、信仰是族群文化之根的话，那么文学则是族群文化之花，若无文学，族群之树将不结果，文化传承延续的时间也不会长久。虽然习俗、信仰在语言、文字消失之后，仍会长期在族群中延续下去，但是犹如有根而无花之树，则不会繁衍与兴盛的，最终将逐渐萎缩消亡，东南亚早期移民的后代如峇峇族群的消亡同化就是明证。东南亚华文文学的重要性也就可见一斑。

东南亚华文文学语言的大中华性虽然与大陆的文化传统有着大量相似之处，但又有细微的差别，这也是它在世界华文文学中闪烁独特艺术光芒的魅力所在。从历史上看，移居东南亚地区的族群，大都是从福建及广东地区的沿海出去的居民，他们带去的不仅是中华文化的普遍特性，也带去了其地域特殊性的一面。为

了适应中国南方移民的阅读习惯，华文新文学作家们在创作时，一般会采用带有中国南方方言特性的语言，形成了具有独特意味的南方语言文学。或者说，东南亚华文新文学是中国的南方语言文学在东南亚一带开花结果，形成类似“礼失而求诸野”的现象。而真正的中国南方地区的文学创作，作家们为照顾到全国各地读者的阅读需要，采用了广大读者都能适应的北方语言，南方地域色彩反而不浓。所以说，东南亚华文新文学语言的大中华性，不仅具有普遍性，又有其特殊性，且其特征性在某种程度上得到强化，并与东南亚各国的语言形成了有机的交融，化为开放在异域他乡的艺术之花。

如上所述，东南亚华文文学语言的民族性与地域性，形成了其鲜明的本十性特色，具体而言就是由大中华性的普遍性与特殊性，以及当地的语言特质三者的融合，深深扎根于各国的文学之林中，并顽强地生存和发展下来，在世界华文文学发展史上具有十分重要的地位。

当然，东南亚华文新文学语言的发展，也是随着时代的变迁而不断变化，这种时代性是所有事物所具有特性，只是其具体的表现形式有所差异罢了。若从更细微的角度来看，时代性的内在表现有着非常复杂的形态，与中国大陆的文学语言也有着明显的差别。具体而言，时代性可以从“变”与“不变”的角度来说明。若从“不变”而言，东南亚华文文学语言承担着保存民族特性的责任，它不易随意改变。华人大量移居东南亚始自近代，当时是以大量的契约劳工形式，或是以“猪仔”被骗往东南亚一带，或是因种种原因逃往东南亚的，他们大都是文盲，只有少量的知识分子。即使如此，这些早期前往东南亚的华人十分重视保存文化传统，体现在用语上，就是大量保留了近、现代华语的用语习惯和词汇，当大陆的许多用语随着时代的变迁而消失时，这些用语在东南亚地区依然广泛存在。对东南亚华人来说，保存从祖辈流传下来的语言，就是一种保存族群安身立命之地的神圣使命，因此，东南亚华文文学语言还有大量古汉语的词汇与表达方式。从另外一个角度来说，东南亚远离中国大陆，当中国大陆发生巨变的时候，东南亚的华人族群处于一个相对稳定、封闭的状态，他们的语言所受到的影响与冲击也相对较少，保持着相对稳定的传承状态。这种现象可以从语言学史里找到印证。如福建方言中的闽南话、福州话、莆田话，都大量保留着中古时代的语言，因福建地处偏远，加之崇山峻岭的阻隔，使其在历次中原大动荡时，处于相对稳定的状态，所以语言环境的变化也较少。相反，中原一带的语言，在民族大迁徙与战乱的破坏下，中古语音则急遽减少。由此可见，东南亚华文文学语言的“不变”也有其特殊的缘由。

从“变”的一面来看，东南亚华文文学语言又会随着所在地区的变化而发生改变。一切语言，都是为了适应社会生活而存在的。东南亚各地区的华文文学语言，也随着各地区的政治、经济、文化的变化而呈现微调的现象。新、马文学，尤其是五六十年代的华文文学语言，与目前的文学语言相比，是有巨大变化的；印度尼西亚的华文文学语言，更由于其特殊的政治遭遇，变化更是明显。这种“变”，大都以为了适应各国的社会生活而出现。马华文学语言，多夹杂马来语；菲华文学语言，则多掺杂了英语；泰华文学语言，则混入了不少泰语……当然，这种变化，又和不同时代的关键词是紧密联系的。所以，从广大的东南亚来说，华文文学语言的变化也是明显的，并呈现出与中国大陆的文学语言不同的鲜明特征。

文学创作，在某种程度上就是美的创造。文学语言自然也具有审美性的特征，不过这种审美特征与中国大陆不同，它是带有混合着民族传统审美与本地审美特征的独特审美理念，是多元审美观的融合。任何一种文学语言，都承载着使用这种语言民族的传统审美特征，当然它又会随着时代、地域的变化而变化。如汉语，南北方的语言审美表达就不一样，北方的粗犷，南方的细腻随处可见。同样，东南亚华文文学语言不仅具有民族传统审美的一面，也带着当地的审美特征，用词也各有不同。如马华文学里面形容人美爱用“红毛丹西施”来称呼，形容人丑则有时会用“‘榴梿’或‘菠萝蜜’似的皮肤”，皆十分生动。不仅如此，东南亚各国人民的审美习惯也会不知不觉间融入华文文学语言里去，形成了多元化的审美特征。这种审美不仅体现在人物塑造、价值判断，甚至艺术手法的使用也有诸多差异。

以上三个方面各有侧重，这是文化传播过程中的正常现象，也与各国的政治、经济、文化等因素紧密联系，皆与本土性有着密切的关联，共同构成了东南亚华文文学语言独特性的一面，是中华文化走向世界，并与世界紧密相融的典型范本。

第二章　马华（马来亚、马来西亚）新文学语言特点与风格形成

东南亚华文新文学语言与中国新文学语言相比，具有其独特性的一面，这是从文学发展的地域性来考察的。如果从更深入的角度来看的话，因为东南亚各国的历史和文化发展进程各不相同，每一个国家和地区的华文文学语言又有细微的区别，本书将以马华新文学语言的时代性风格为研究的切入点，作一些深入的探讨。

一、 马华新文学语言的发展及风格变化

马华新文学是指自 20 世纪 10 年代末以来，在马来亚及马来西亚以华语创作的文学，文学语言是文学创作的基础，从这一点来看，马华新文学语言的发展与马华新文学的发展是几乎同步的。

马华新文学的发展经历了一段漫长的岁月。鸦片战争之后，大批中国大陆沿海居民因为政治、经济等原因到南洋一带谋生，他们大都是契约劳工，农民出身，所受教育不多，文学作品的出现较迟。只有在华文报刊出现后，华文作品才依附于报刊出现。较早的报刊有《叻报》（1881—1932）、《槟城新报》（1895—1941）等，早期所刊登的作品尚属旧文学的范畴。“戊戌变法”失败后，一批维新派知识分子为了躲避清政府的缉捕，逃往南洋，他们在那里播下了华文的种子。

从 1915 年开始，《叻报》《槟城新报》《益群报》刊登了华文白话小说。这个时期的作品，由翻译小说逐渐过渡到创作阶段，由庸俗落后的思想趣味转向关注国家、社会和人生。在创作的艺术技巧上，水准参差不齐，篇幅短小，叙事简略。在语言上文言与白话掺杂，这种半文不白的状态，实际上是马华新文学诞生的前奏。它为马华新文学语言从文言到白话，最终达到较纯正的白话，铺平了道路。[①] 在中国“五四”新文化运动的浪潮催生下，1919 年 12 月，新加坡的《新国民日报》副刊《新国民杂志》开始刊登具有新思想的白话文学作品，宣告了

---

① 郭惠芬著：《马华新文学的先驱——1915 年到 1919 年 6 月马华白话小说研究》，《新华文学历程及走向》，厦门：厦门大学出版社，2001 年。

马华新文学的诞生。从此，马华新文学开始了它艰难而又顽强的文学之旅，起着启迪民智、丰富文化生活的作用。这个时期的马华新文学语言从总体上来说，处于新旧交替的过渡状态，其语言特征显得比较平实、朴拙，尚未形成鲜明的文学语言风格。

1927 年“大革命”失败后，大批文化人逃离了充满白色恐怖的中国大陆，来到南洋，壮大了马华新文学队伍。作家发表在报章副刊上的作品多具有反帝反封建色彩。1937 年开始的中国抗日战争，在海外也掀起了一股救亡的热潮，马华文学界提出“抗日卫马”的口号，抗日文学活动兴盛一时，与中国的抗战文学遥相呼应。这时的文学语言带有明显的华侨文学色彩，思想感情的表达，词汇的选择都有鲜明的中国化特色。语言特点则与那个时代的风云变幻紧密相关，呈现出愤激、劲健、悲慨、雄浑等诸多特征。

日本南侵，马来亚沦陷，在这 3 年 8 个月日本法西斯残暴统治的黑暗时期里，马华文学处于沉寂阶段。战后，随着马来亚人民民族意识的觉醒，他们发起反对殖民统治、争取民族独立的斗争。许多南下文化人就因传播这种思想意识而被殖民者遣送归国。1948 年的紧急法令对言论出版有了严格的控制。1949 年中华人民共和国成立后，英殖民当局禁止输入中国书报，不准两地人民自由往来，切断了马华文学与母体文学之间的联系，马华写作人开始认真思考建构马华文学独立性与独特性问题。此时的文学语言则侧重于本土化的创作方向，显示出朴略、自然而又激朗的风格，充分表现了华族与马来亚各族人民共建家园的决心。

1965 年新加坡脱离马来西亚联邦独立，马来西亚的华文文学走向了与新加坡华文文学不同的发展道路。从此，新加坡的华文文学被称为“新华文学”，马来西亚华文文学依然称为“马华文学”。由于马来西亚当局以马来语为国语，且实施各族马来亚化的同化政策，造成华文教育大滑坡，对华文产生了巨大的冲击。到了 20 世纪 70 年代，经过华人社会各阶层的努力抗争，华文教育才逐渐有了起色。

独立后的马华文学语言与独立前大不相同。马华作家在创作中也开始有意识地突出本地化的特点，它反映的是本国的现实生活，反映华族的生存境况和文化忧患意识，并选用富有当地特色的语言，具有明显的地域性和时代性，形成以汉语为主，并吸收方言成分融汇当地语言的“本地特色”。

二、 马华新文学语言的特点

马华新文学语言的特点，从根本上来看，具有很强的继承性与融汇性、创新性。继承性是其保存华族民族特性的功能，融汇性是体现其积极、灵活且富有强大创造力的体现。现就这三点做简要论述。

1. 继承性

从继承性方面来看，马华新文学语言继承了汉民族的文化传统及审美习惯，使用了大量具有特定含义的现代汉语词汇，如固定用语、文学形象词语、格言谚语、诗词歌赋等，体现了汉民族所特有的文化精神和行为方式，具有很强的民族风格特色。

民族风格是指同一民族的人们运用本族的语言各种特点的综合表现。[①] 体现在民族的地域环境、性格爱好、风俗习惯、文化传统等方面。对文学的民族风格的重视自文艺复兴以后才出现，中世纪西欧各国，都只用拉丁文或法文来写作，此后各国才开始用本民族的语言进行写作，可见对民族化特征的重视，是随着各国民族精神的觉醒而开始的。在中国传统文化中，虽不强调民族的精神，却一直有强烈的文化认同意识。因此，对民族精神与特征的重视是自近代以来才出现的。如日本文学在明治维新之后，西方关于民族的理论和思想传进来后，日本国内出现过西洋化与民族化的论争，有人提出“混血日语”，即日语掺杂英语词汇，后来还是日语的“国语化”逐渐为人们所接受。这种争论，在中国的近代也曾出现过，卢戆章的汉语拼音化运动，就是西洋化运动的一种代表，当然西洋化并没有成功。

在汉语的民族风格中，除了语言所承载的民族文化、风情、习惯等特征外，汉语本身确实也有一些独特之处。首先，汉语之中的双声叠韵现象就是汉语自身所特有的。在英语或俄语等文字中，叠音现象几乎很少见，这几乎成了汉语的专利，同时也为汉语语音形成乐音提供了有利的条件。李重华在《贞一斋诗说》中指，“叠韵如两玉相扣，取其铿锵；双声如贯珠，取其宛转。”[②] 这种现象是汉字以单音表意文字作为独特的形象而体现出来的魅力。其次，是汉语所表现出来的句式简短、表达明快的特点。由于汉语是世界上少有的以表意为主的语言文字体系，每一个字蕴含的内容十分丰富，在文字的组合过程中又显得极其灵活，这是表音文字体系的文字中所不具有的。因此，其简洁明快的特色就非常突出，在联合国文件使用的文字中，汉字所占的篇幅最为简短，这就是汉字表现内容的丰富性和高度的浓缩性。再次，汉语的文学修辞方式具有一些独特性。在汉语中，

---

① 黎运汉：《汉语风格探索》，北京：商务印书馆，1990 年，第 66 页。

② 详见吴蓝玲：《小说言语美学》，北京：警官教育出版社，1996 年，第 22 页。

尤其是古代诗歌作品中，押韵现象不但极其常见，而且表现方式千变万化，其中比如排韵、偶韵、随韵、散韵等，大大增强了汉语形象与音乐特性的表现。表音文字体系，虽然也会有押韵现象出现，但在整齐划一的文字形式上，又能表达出千变万化的音乐节奏，确实为汉字所特有的。又如“回文”，无论怎么念法，皆能表现一种特定的含义，这与汉字具有无限随意组合特性的能力有巨大的关系。因此，汉语的民族风格特征不仅表现在文化、习俗等外在内容的差异上，也体现在文字及语言本身的特征上。

马华文学语言的民族风格特色在各种表达中都随处可见。如韦晕的《还乡愿》中描写老东忍气吞声的生活，“虽然东洋鬼子曾经把枪托杆儿撞过他的背花，那厚笨的军靴也踢过他的屁股……在这个一生永远是用耻辱、受难编成的生活中似乎没有什么感觉。”[①] 老东甚至还笑罗友为一个死去的工友“出头出角”讨棺材钱，表面上是老东懦弱无能，其实他的行为方式正是老子“不敢为天下先”、“勇于敢，则杀；勇于不敢，则活”的柔忍哲学的生动注脚，体现了中华民族善于隐忍、宽容的处世精神。这虽是优点，但在某些场合就变得苟且而丧失原则。

此外，一些具有特定含义词语的使用，无不处处渗透出中华文化的传统精神气息。如“见利忘义”，“忠君爱国”，“物以类聚，人以群分”，“抽刀断水水更流，举杯浇愁愁更愁”，“恶竹应须斩万竿”……这类词语必须从华族的思维及审美习惯上加以分析考虑，否则是无法理解的。现就文学形象词语举几个例子。

> 那时我要提防的，不仅仅是阴险小人背后的冷箭，还有王伦、高俅之流迎面袭来的明枪，以及“白虎节堂”式的诬陷。[②]
>
> 失踪事件要遏止，鹿妖、鲭鱼精、高衙内和王婆们要打发到十八层地狱里去，灰黄文化要扫荡，健康文化要提倡，失足者要挽救。[③]

这里有大量的文学形象内涵词语，如王伦、高俅、高衙内、王婆这些都是《水浒传》里的反面人物，或心胸狭窄，或阴险毒辣，或浪荡成性，或花言巧语，不一而足；鹿妖、鲭鱼精是《西游记》中的妖精，它们的共同特点是幻化为人，在高尚华丽的面具下，从事满足一己私欲的残害生灵的罪恶行径。从作家的语言表达上看，马华文学语言是直接继承了中华民族语言传统的。当然，马华

---

① 韦晕：《还乡愿》，新加坡：新加坡青年书局，1958 年，第 5 页。

② 甄供：《甄供文集》，厦门：鹭江出版社，1995 年，第 24 页。

③ 甄供：《甄供文集》，厦门：鹭江出版社，1995 年，第 83 页。

社会又有特定的社会环境，便呈现了一些细微的区别。还是以甄供的文章为例：

> 有自诩是当代文曲星者，他敲锣打鼓地宣告，他读过几十辆拖格罗里才能搬运的典籍，才呕出他那痰血的结晶，造福了文坛。可恨文苑派别林立，没有伯乐把他捧到九重天，遂使他看破红尘，隐迹于文苑边缘，用声声血泪来控诉马华文坛的不幸。但时事如七巧板，略稍掀动，就露出他另一副嘴脸——偶尔攀得名绳利索，就恰似周郎帐中的蒋干，耸肩翘足，咧嘴笑了。①

甄供生动地描绘了马华文坛上的一些以文来沽名钓誉之徒的丑相。既富有传统的语言韵味，又体现了当地语言表达的特色，如“拖格罗里”（大卡车）、“名绳利索”采用的是当地的惯用语言。

2. 融汇性

如果说继承性是一种语言所特有的标志，那么文学语言的融汇性则体现出其光彩照人、气象万千的面貌。马来西亚是个多民族的国家，多元文化在此聚合，形成一个多姿多彩的社会。华族在与其他民族交流时，也不断吸收各族的语言成分，并融汇到自已的语言里去，逐渐形成了马华文学语言。即以现代汉语普通话为主，以中华民族的文化背景和特有的思维方式，吸收了英、巫、土著以及闽粤的各地方言，再加上人们使用过程中创造出他们所惯用的语言，形成了新的文学语言特色。

这种融汇性的特色，就是在不丧失自己本族特有语言韵味的前提下，融汇了马来西亚来自中国各地华人所使用的方言，如闽南、莆仙、客家、潮汕、广州话等多种方言，接着进一步采用巫语、英语、土著语中的一些语词，或音译，或意译，或半音半意，直到最后形成巫华、英华混合语言，甚至出现了以当地社会特定背景自创的词语。

马来西亚的华人大都是来自福建、广东两省的华侨的后裔，故而其方言可以说是福建话（主要是闽南话）、粤方言（广州话）的大汇合。如：

反映经济活动的词：赚镭（赚钱）、收镭（收钱）

生活用词：豆干（豆腐干）、黄梨（菠萝，闽南话为旺来，音同）、火炭

---

① 甄供：《甄供文集》，厦门：鹭江出版社，1995 年，第 98 页。

（木炭）、电发（烫头发）、杀鸡教猴（杀鸡骇猴）、收山（洗手不干）、车大炮（大吹大擂）、臭酸（腻烦之意）

对人的描绘：

称呼：头家（老板）、令伯（你父）、大粒人（大人物）、衔头（头衔）

反面称呼：咸湿鬼（流氓）、摆脚佬（跛脚者）、夭寿仔（骂人的话，即早该死）、老夭寿（老不死的）、臭卡（坏脚色）、烂蕉话（骂人的话，意为不象话）、不见笑（不害羞）、青盲牛（文盲）、朦查查（模糊不清）、铁齿人（固执人）、衰人、真衰、衰仔（衰指运气不好）

人际关系：厝边头脚（左邻右舍）、老厝边（老邻居）

以上的词语，有些还带有古汉语的用语习惯，如"夭寿"（未成年之死）、"厝"（房子）、"朦"（视物不明）、"衰"（为縗，古代丧服的一种，引申为不幸、不好），更多的是口头用语，很少作为书面语使用。这些方言成分被作家艺术加工处理后，很容易成为马华文学语言的构成成分。

还有一些词和习惯用语，它们必须在一定的语境下才能理解，大都来自口语。如"你父亲那个样子啊，年纪一大把了，并不生性，七日三工半，近来竟学人抽起香烟来。"①"不生性"，指不懂事听话；"七日三工半"，指三天两头，"工"为方言发音，意为"天"。这就直接把方言的发音写进作品中去。

"那烟屎佬奸得教气恨，你一不注意，他便吃称，最少一两，有时甚至二两。"②"吃称"即短斤少两，方言中最常用，"吃"字的使用也十分生动，富有动感和形象性。

"李文中骂那两个赢家是蛇。"③"蛇"指十分狡猾、奸诈，无孔不入之意。

"嗤，要我载你，除非你的屁股先去针铁丁"；"阿咨，捧杯白滚水请阿伯——唷，这种天气，热死人。""我被那斩头仔庄宗骗来做'猪仔'，也有十五年了。"④"针铁丁"指安上铁钉，意为不怕疼；"白滚水"即白开水；"斩头仔"即该死的。

"看那婆娘比我雄哪"，⑤"雄"闽南语发音，指凶狠、厉害，一般用于贬义词。若指人，"雄"即指狠毒凶恶，毫无仁慈之心。

有些词语掺杂在句子中，体现其特殊意义，只有结合上下文，方能明了。还

---

① 碧澄：《碧澄文集》，厦门：鹭江出版社，1995 年，第 125 页。

② 驼铃：《驼铃文集》，厦门：鹭江出版社，1995 年，第 24 页。

③ 云里风：《云里风文集》，厦门：鹭江出版社，1995 年，第 28 页。

④ 马崙：《马崙文集·槟榔花开》，厦门：鹭江出版社，1995 年，第 128 页。

⑤ 原上草：《韭菜花开》，吉隆坡：蕉风出版社，1961 年，第 177 页。

有一些惯用语，则整句置于文中。如以下几例：

“好眉好貌生沙虱”，[①] 指外表单纯，却是一肚子坏水。

“你都会读书写字啊，为什么还是没有人要你呢？我可不同，瞎眼牛，腹肚内全是草，无料，当然没人要罗！”[②] 这是习惯性的说法，指的是一个文盲，身无长技，没有一点才能。若“有料”就指人有些才干。

“我是青蛙垫桌脚——死撑”[③] 指人面对困难，只好硬着头皮坚持下去，跟这句话有些类似的说法是“乌龟垫桌脚——硬撑”，这两句话表达的意思是一样的，若仔细推敲，还是略有区别。前者指超出个人的承受能力，还不得不坚持着，颇有点惨烈的味道。后者程度略轻，指压力或困难还在最大的承受范围内。

习惯用语的使用，增添了文章的生动性，同时也带来了所在地特有的文化气息和氛围。有的作家甚至在作品中大量使用方言进行创作，如麦秀的《球》就是典型，《球》反映的是一青少年百无聊赖、精神空虚，寻求刺激，最终走上堕落毁灭道路的经过，其所使用的都是闽南方言，兹举几句：

> “少年家，这条巷行久会软脚风，各人趁早收脚，叫令老母给你娶。”
>
> “能落，一支乌狗”，“有影？”“令爸几时讲白贼。”
>
> “唔屎展大空，有本事仙给令爸看”，“唔屎加讲，快打”
>
> “汝的嘴干净淡薄。”[④]

这些句子，使用大量的闽南语。“少年家”指年轻人，小伙子；“软脚风”指双腿无力，身体虚弱；“收脚”指洗手不干，与“收山”意同；“有影”指“真的”；“白贼”指说瞎话、假话；“唔屎展大空”不要讲大话；“仙”即先；“淡薄”指一点点。纯方言的使用，虽然对懂得的人来说富有亲切感，但对于不懂的人，就失去了语言所应用的传播功能，还是有很大的局限性的。因此，方言的运用，必定是出于不可替代的需要，经过作家的艺术构思，为塑造特定的文学形象服务。

广州话在马华文学语言中也大量出现，几乎与闽南语一样，是十分盛行的。

---

① 碧澄：《碧澄文集》，厦门：鹭江出版社，1995 年，第 162 页。

② 马汉：《马汉文集》，厦门：鹭江出版社，1995 年，第 38 页。

③ 爱薇：《回首乡关》，吉隆坡：南马文艺研究会，1991 年，第 96 页。

④ 《马华当代文学选・小说》，吉隆坡：马来西亚华人文化协会，1982 年。

如“大只佬”（大高个、大块头）、“油瓶仔”（被母亲带着改嫁的孩子）、“八婆”（骂人的话，又叫“八卦婆”，指好管闲事、搬弄是非的女人）、“姑爷仔”（专门引诱、陷害少女的恶少）、“走鸡”（走脱，失掉机会）、“投契”（投机）、“麻麻地”（过得去）、“湿湿碎”（小意思）、“水喉”（水龙头）、“头手”（酒楼饭店的主要厨师）。广州话也常在作品中出现。如：

“那个万字票公司爆了厂，只能赔十巴仙。”“爆了厂”指公司超出支付能力，破了产。①

“赌呃的钱，逢场作戏，玩巨一个零钟头，已经好够了，输赢都要睇得开，如果你想长赌当饭吃，唔输死才怪。你想，个个想赢大镭，巨地一样所赚的几千万要同边个罗？”② 如“一个零钟头”“好够了”是方言习惯用法，指“一个多钟头”“够好了”。

“那个叫阿凤妹的，脸虽俗气，牙擦擦地十足像母亲。”③“牙擦擦”指自视甚高，看不起人。

“这家伙真是寿星公吊颈嫌命长。”④ 指活得不耐烦了。

“那独行侠啊，就只叫一壶茶，两斤盐焗蟹，用那电镀过的小锤一敲一敲的，连蟹爪的肉也吃得一干二净。那样子，真有型。”⑤“真有型”带有羡慕、称赞的意思，即真有风度、潇洒好看，值得欣赏。

“工作了这么久，活了这把年纪，竟还没长合脑缝。”⑥“长合脑缝”原指小孩发育完全，对大人来说是成熟、懂事。而办事不干练，不谙事理者被称为“没长合脑缝”，这是十分生动的。

“那个死妹钉阿凤妹，我不爱她，一脸子阴奸，一肚子鬼怪。”⑦“妹钉”指幼小婢女，“死妹钉”指坏小妹或死小妹；“阴奸”指阴险尖刻；“鬼怪”指诡计多端。阿凤妹常常欺负同父异母的姐姐阿珍，或栽赃陷害，或诬告，惹得阿珍常受到继母的虐待、毒打，所以用“阴奸”“鬼怪”是十分恰切的。以上方言成分都是为文学形象的塑造服务，是经过作家精心考虑的，它们同普通话词语一起成为马华文学语言的构成因素。

---

① 云里风：《云里风文集》，厦门：鹭江出版社，1995 年，第 138 页。
② 云里风：《云里风文集》，厦门：鹭江出版社，1995 年，第 149 页。
③ 原上草：《韭菜花开》，吉隆坡：蕉风出版社，1961 年，第 174 页。
④ 韦晕：《还乡愿》，新加坡：新加坡青年书局，1958 年，第 24 页。
⑤ 碧澄：《碧澄文集》，厦门：鹭江出版社，1995 年，第 133 页。
⑥ 碧澄：《碧澄文集》，厦门：鹭江出版社，1995 年，第 226 页。
⑦ 原上草：《韭菜花开》，吉隆坡：蕉风出版社，1961 年，第 175 页。

以上介绍了方言在文本中的使用情况。它们大多穿插在行文当中，间或出现，增添了文章的情趣，也突出了来自各地华人的不同用语习惯的多姿多彩。其实，方言也是作为一种独特的民族性或地域性而存在的。当然，在使用过程中，也可见一些句子的语法与现代汉语普通话通行的规则有些细微的差别。如："三几天以后，满载的黄梨就开始腐烂了。"① "只有当船停泊家乡的码头时，他才可能和太太团聚三数日。"② 从这两个例子，我们可以看出马华文学语言在表现日期量词上的用法与现代汉语普通话的细微区别。"三几天""三数日"只表示多日之意，"三"只不过是个虚指，其重点在"几""数"上。按现代汉语普通话的表达习惯，超过三天一般是用"三五日"来加以表示，若是三天之内的日子，则用"两三天"来表示，显得确切多了。因此，"三几天""三数日"这样的表达方式，还遗留着古汉语语法的痕迹。

> 可是两口子的生活，俭俭也要二三十元。
>
> 现在我却没有钱，少少也要廿元，刚才主人买来葬狗的还要卅元呀。③

这两句，按现代汉语普通话的语法规则来看，是不规范的用法："俭俭"是无法表达意思的，只有用勤俭、节俭、俭用之类的词语来表达。而在这里，"俭俭"指最节俭的生活，它是比节俭程度更深的副词。同样，"少少"即最少，也属于程度副词。

方言的使用，不仅使马华文学语言与中国现代汉语普通话用词规范的差别扩大，在语法上，也表现出一些细微的差别，加深了二者之间的差异性。

语言是不断变化发展的。旧的词汇不断消亡，新词不断产生。新词的产生或通过创新，或通过吸收外来用词。华族在与马来族的交往中，不断吸收了马来语的词汇，并把它们用于日常的交际活动中，其数量也是颇为庞大的，单是音译词就有不少。现举几个例子。

马来语中，最常被汉语直接使用的如：

政治用语：默迪卡（merdeka，独立）、沙拉（罪过、错误）、甲巴坐家股（监牢）、甲巴拉波当（杀头）

---

① 马崙：《马崙文集 · 槟榔花开》，厦门：鹭江出版社，1995 年，第 46 页。
② 马崙：《马崙文集 · 槟榔花开》，厦门：鹭江出版社，1995 年，第 117 页。
③ 方北方：《江城夜雨 · 人狗之死》，上海：作家书屋，北方文丛，1970 年，第 60 页。

习俗与文化：苏纳（sunat，割礼）、高姻（kahwin，有写成交因，即结婚）、班顿（pantun，马来诗歌）、纱笼（一种马来围裙）、降头（有的写为贡头，咒语，巫术的一种）

生活用品：姜固（cangkul，锄头）、巴冷刀（parang，马来长刀，用来披荆斩草）、奎笼（kelong，捕鱼工具）

食品类：罗惹（rojak，一种食物）、占镭（cendol，一种饮品）、datuk（蛋糕的一种）、末拉煎（balacan，鱼虾酱）

客气用语：甘第（替代）、多隆（帮忙）、弄帮（tumpang，乘搭）、德里玛加西（terima kasih，谢谢）

愤怒语气：kurang ajar（岂有此理）

人物称呼：abang（哥哥）、旦士里（或写为丹斯里，一种地位称号）、督（tok，对老人的尊称）、仄库（先生）、阿列（弟弟）、格格（kakak，姐姐）、askar（士兵）、YB（yang berhormat，国、州议员的简称）、甲巴拉（或写为夹甲拉，工头）、彭古鲁（村长）、pengarah（局长）、orang chin（华人）、蒙郭（bongkok，驼背）、估俚工（打工人员）、马打（警察）

地点称呼：山芭（乡下、山林）、甘榜（kampong，乡下、老家、山村）、班拉（城镇）、巴列（parit，运河）、亚答（又为阿答，马来茅屋）、巴刹（市场）、乌冷（仓库）、卡辛诺（casino，赌场）、乌登（矿场设立的合作社）

动物类：峇米（babi，又写为峇咪，猪猡、杂种）、明蚋单（畜生）、都败（tupai，松鼠）

以上只是摘录了一些零星散见于华文作品中的马来语词汇，若从总体作品来看，马来语在华文语言的使用肯定是十分惊人的。因为这些词语在马来西亚属于常用语，对当地华人读者不会产生阅读障碍。不仅如此，汉语接受马来语的同时，也会对它进行一番改造，使之适应汉语用语习惯。其具体的表现形式为巫+华或华+巫。兹举几例：

亚答屋（厝）、亚答棚（有的作品写成阿答），“阿答”“亚答”皆指用一种树叶作为屋顶覆盖物的房子，“屋”是汉语，可住人；“棚”是相对简陋的搭盖。前者为巫语，后者为汉语，二者相融，组成新词。

弄迎舞（Ronggeng），是一种舞蹈，“舞”字是添上去的，表示其性质。

“芭”原为山村、山林之意，在这个词上又衍生出好多词语来，如“芭场”“芭林”“山芭仔”“山芭妹”“山芭佬”等。“芭场、芭林”指山上的种植园，在山上开荒又称“烧芭”。“山芭仔、山芭妹”是指来自山村的青年男女；“山芭佬”是对山村居民的不敬之称，但在日占时期，它又有另一层含义，指抗日游击队，因为他们常年在丛林中出没，故称“山芭佬”。

巴菇菜（Paku），一种野菜。“巴菇”是马来语，“菜”就点明了其特征。

意玛刹：“意”是方言，为玩耍之意；“玛刹”是煮炒游戏。这是方言与巫语的结合。

估俚工，“估俚”本来就有工人之意，“工”只不过点明了其性质。不过，也有人把“工”字省略，直接说做“估俚”。

马打厝：“马打”为警察，加上一个“厝”字就表明其位置，即警察局。

“芭蛭”，指丛林中的水蛭，专附人畜体上吸血。“简直是只芭蛭”，指人吃饭狼吞虎咽，饥不择食。这些把汉语和巫语成分融合构成的词语，是马华文学语言的丰富养料，也是形成马华文学语言特征的重要因素。

华文作家在使用马来语时，或直接音译，或华巫配合，形成了一套他们所熟悉的语言体系，体现了语言的强大亲和力和相融性。英语虽非国家规定的国语，却因历史原因和国家发展需要，仍有着十分重要的地位，至少对人的求职、谋生还是较为有利的。因此，还是有不少英语词汇被吸收。如：

经济类：阿飞士（office，办公室），甘仙、干仙（commission，佣金），贴士（tips，小费），士多（store，商店），礼申（licence，执照，许可证），Shopping（买东西），品特（pint，品脱，英语量词，约 0.568 升），巴仙（percent，百分比），依吉、吉（acre，英亩）

人物称呼：孟加里（Bengalese，Bengali，孟加拉人）、波士（boss，老板）

事物名称：西敏土、水门汀（cement，水泥），马塞迪、马赛地（Mercedes - Benz，奔驰汽车），罗厘（lorry，货车），德士（taix，的士）

在一些场合，甚至干脆以英文代替。如：Gas（煤气），Lousy（差），哥必、羔呸（coffee，咖啡），Ice cream（冰淇淋），Notice（通知），Dunhill（香烟名，即希尔顿香烟），Fail（不及格），Pass（及格），Picture（打扑克时的牌名）等。

在句子中也常夹杂着英语。如：“他暗骂了一声：‘Horn 个鸟，难道我不想快点走，现在已七点三十五分了，Office 八点十五分开门，最迟八点三十分开始办公，你有本事，就从我头上飞过去吧！’”① 这里讲的是一个机关公务员勤勤恳恳，处处陪着小心过日子，结果还是升迁无望，满肚子的牢骚无处发泄，上班遇到堵车，只好对后面按喇叭的汽车司机暗骂一通，求得心理平衡。

---

① 碧澄：《碧澄文集》，厦门：鹭江出版社，1995 年，第 45 页。

"老婆大人没有出 permit（准证）给你呀!"[①] 这是一句调侃的话，张大发偷偷溜出来搓麻将，旁人就讥笑他。可见，一些常用的英语词汇也时时出现在人民的生活中间。

进入华文语言的土著语言，以沙捞越的土著语言（伊班语）最为突出。如：伊逆、伊軅（祖母）、印代、英代（母亲）、亚纳（孩子）。这些都是伊班语。此外，还有汶那（munah）：鲁巴河口呈喇叭状，涨潮时潮头滚滚，势如万马奔腾，当地人称为"汶那"，《吴岸诗选》称为"梦那"。

如仪式类：曼沙湾（Bangsawan，马来人传统的舞台戏）

末里凯（Meligai，为病者的祈福仪式而搭建的高台）

宁邦（Nimpang，祈福仪式）[②]

雅扎（Ngajat，达雅人的传统舞蹈）

卡歪（Gawai Dayak，达雅人最大的节日，在每年六月一日庆祝）

人物称呼：阿拜（父亲）、因奈（母亲）

事物名称：杜亚（Tuak，达雅人自酿的糯米酒，有的写为"杜阿酒"）、达邦树（Tapang，婆罗洲生长的一种树木）、拉让江（鹅江）

伊班族语进入华文作品的不是很多，而且大部分局限于沙捞越的华文作品中，作为一种点缀，也显得颇有情趣。

汉族的各地方言、巫语、英语，以及土著语言，都给华文文学语言增添了不少亮色，文学语言就是这样奇妙地结合着，形成一道亮丽的风景线，最有趣的是几种语言综合在一起的效果。以下是《扫不尽的枯残》中的一段：

> "Faham?" 马来 cikgu 的声音
> "明白吗?" 李老师的声音
> "understand?" 密斯钟的声音
> ……
> Jangan Tanya. Awakmesti ingat
> 对，别多嘴。叫你这样做，就这样做。
> That's right. Just do what you are asked.[③]

---

① 云里风：《云里风文集》，厦门：鹭江出版社，1995 年，第 46 页。

② 以上数例出自田思：《犀鸟乡之歌》，香港：香港国际出版社，1986 年。

③ 碧澄：《碧澄文集》，厦门：鹭江出版社，1995 年，第 18 ~ 19 页。

这是在一所中学所听到的声音。每三句都是同一个意思。马来语的老师叫"cikgu"，英语中女士就以"密斯"（miss）来表示。三种不同的语言在此得到了奇妙的组合。这就是马来西亚特殊的语言环境所造成的语言奇观。华文学生一般都学习或掌握这三种语言，自然在文学作品中，三种语言的交互出现也就不足为奇了。

3. 创新与发展

马华文学语言在融汇各族语言的基础上，并不断创新与发展，逐渐形成独特的语言风格。由于马来西亚的特殊语言环境以及社会生活，华文语言也渐渐形成它们所特定的用语习惯和文化背景，以富有创意的语言表现特殊的风土人情，与中国的文学语言风格大异其趣。

一般来说，文学语言反映某地风情可以从反映的内容以及特有词汇上得到体现。在内容上最常见的有这么几个方面，如：天气（气候）、物产、水文、自然景观特征等。马华文学语言在反映自然环境的同时，也生动地展示了一幅幅马来西亚特有的生活画面，表现了马华文学语言独特的地域性。

马来西亚地处热带，四周为海洋所包围，是典型的热带雨林（海洋）气候。终年高温多雨。因此，在许多马华作家的笔下，似火骄阳与滂沱大雨这两种天气特征常常是一对孪生兄弟，如影相随。韦晕在《还乡愿》里写道："忘记了是什么季节的时候了，这亚热带不是飘飘下雨，就是那火砵似的焦灼的太阳吊在峰峦的高空上。"① 这两句话相当准确地概括出马来西亚的气候特征。终年皆夏，无所谓春秋，更谈不上冬天了，这对来自节气分明的中国大陆的老番客老东来说，确实是季节不分了，混混沌沌过日而已。正如古人所说的"山中无甲子，寒尽不知年"的混沌状态。一天当中，骄阳烈焰的烘烤与闪电雷鸣的大雨是紧紧连在一起的。

> 晌午，天空赤裸着，不见一片云，一缕风，一切植物在太阳的淫威下，如残兵败将，毫无生气。林家的那只老乌狗躺在门前的一棵红毛丹树下，伸着长长的舌头，在喘息着。这样的大热天，屋子里实难长于呆人。②

---

① 韦晕：《还乡愿》，新加坡：新加坡青年书局，1958 年，第 15 页。

② 魏萌：《马华文学选 · 小说》，《养鸡人家》，吉隆坡：马来西亚华人文化协会，1982 年，第 77 页。

魏萌以“天空赤裸”非常生动地反映了热带地区万里晴空的景观，在无遮无拦的情形下，太阳也就愈发炽热，植物被烤炙得发蔫，犹如“残兵败将”，这就是典型的高温热带生活的写照。高温天气，同时也是高湿的。在下雨之前，天气总是十分闷热的。这种闷热的天气就是暴风雨即将来临的先兆。

热带地区的暴雨或雷阵雨通常都在午后，其来势十分迅速。“又是轰隆一声巨响，真个是惊天动地，远处的胶林已开始动荡，暴风雨即将来临。”① 大雨之后，天气又转入凉爽。热带的天气就是这样，炎热的上午与中午，下午的阵雨，始终是这样周而复始。马华作家在描写气候时常带有这么两股气：火辣辣的热气与湿漉漉的水气。春花秋月、冰雪皓莹的景观只能是梦中或想像之境了。这使文学语言带有鲜明的热带特征。

不仅天气描写具有明显的热带性，而且作家描写的物产，特别是一些热带所特有的物产，如橡胶、胡椒、榴梿等植物已深深融入了人们日常生活中，并进一步演变成某些特定象征意义的物象，这在中国的文学语言中极为罕见。

橡胶树是马来西亚最常见的经济树种。马来西亚很长一段时间以来都是世界上最大的橡胶生产和出口的国家，只是后来由于产量下降，才落在印度尼西亚和泰国之后，但橡胶树依然在国民的生活中占有极其重要的地位。人们对它普遍怀有深厚的感情。许多马华作家也把它当作歌咏的对象。冰谷是其中较为典型的代表。

冰谷把橡胶树喻成“血树”。他在《血树》中赞美橡胶树的伟大奉献：

啊！橡树
你无形的力
为液体所造
却背起沉沉的巨厦
你一滴一滴的血——乳白色的
凝聚成钢
像千万条坚毅不拔的石柱
支撑起整个国
你的牺牲，无以比拟
而每一天的斧刑

① 魏萌：《马华文学选·小说》，《养鸡人家》，吉隆坡：马来西亚华人文化协会，1982 年，第 86 页。

迭次加深了你的贫血症
一年一度的赤裸
和干旱。成为催命符
促你苍老①

冰谷把橡胶树比为受伤的奉献者，是伟大的象征，在苦痛中凸显悲怆的崇高。1990 年他写的《橡树——给自己》在意象上更进一层："强忍着眼泪与痛苦/在自己臂腿上/开刀/在鲜血与伤痕中/度日……/也从没有一种树/如橡树/负伤累累 历尽沧桑。"② 这首诗进一步脱离了对橡胶树具体物象的描绘，却更真实、形象地衬托出人与树的相同的悲怆命运，具有更普遍的象征意义。由此可见，冰谷笔下橡胶树形象是不停地演变，并赋予人的种种思想感情，显示了马华作家不同的运用语言的角度。现见另外一例。

哪怕多少次的曝晒
我们还是完整的一颗颗
即使把我们浸在水里
我们火辣辣的性格永不消褪

当肉身被研磨似芥末
我们的辛香更加浓馥
为了除菌防腐的任务
我们宁愿粉身碎骨③

田思对胡椒特性的描写，使人很容易想起于谦的《石灰吟》："千锤万凿出深山，烈火焚烧若等闲，粉身碎骨浑不怕，要留清白在人间。"这两首诗从反映的思想内容上看，有许多相似之处，都是对高风亮节者的崇高礼赞，这种矢志不移、刚正不阿精神是何其相似！但其选用的表达方式却大相径庭。胡椒是一种热带经济作物，它是热带地区人们日常生活中不可或缺的调味品，有许多实用之处，它耐久贮，杀虫却菌，功效卓著。马来西亚是世界上最大的胡椒生产国，胡

① 冰谷：《血树》，吉隆坡：马来西亚华人文化协会，1993 年，第 9 页。
② 冰谷：《血树》，吉隆坡：马来西亚华人文化协会，1993 年，第 87 页。
③ 田思：《犀鸟乡之歌》，香港：香港国际出版社，1986 年，第 72 页。

椒早已成为人们日常生活中一个组成部分，以之作为歌咏对象，把它的一些特性赋予人的种种美德，也是理所当然的了。马来西亚物产丰饶，我们只介绍了作家笔下橡胶树、胡椒这两种最普通且又富有热带韵味的作物，由此可以窥见文学语言在描写作物时所特有的地域性。物产常常是一个地区的特殊标志，且它们与人们的生活关系也最为密切，文学语言是无法不提到它们的。

如果说天气或气候是地域性的最直接表现对象，物产是地域性的特殊标志，那么自然景观则是地域性的迷人的背景，在这个迷人的大背景底下，一地的特殊所在方能一览无遗。马来西亚有着十分旖旎的自然风光，奔涌翻腾的江河、烟波浩渺的海洋、神秘莫测的原始森林，这无疑是马来西亚人民的骄傲所在，在文学语言中，不乏对这些现象的描绘。

马来西亚有郁郁葱葱的原始森林，在这森林之中，常常会有无数意想不到的事情。梁放这样描绘沙捞越洲的森林景象：

> 穿山度水，山路崎岖，也常遇到毒蛇、火蚁与毒蝎，防不胜防的还有无孔不入的水蛭，发现它们时，一个个已吸饱血圆鼓鼓地悬在你的小腿上，像熟透了的樱桃……另一种类是埋伏在树上的，一只只象冬虫夏草，有听到声响，全部倾雨般而下；大缘帽，雨衣只挡住一部分，在它们常出现的地方，我们还不成体统穿上男用避孕套，曾有人因它们进入尿道而痛苦不堪。①

梁放笔下的原始森林有如此种种奇物，行文间隐隐透露出这种窈冥幽深森林所特有的神秘与威严，过惯了文明社会都市生活的现代人，在这种神秘的森林面前显得狼狈不堪，洋相百出。而伊班人——温达，才是真正的自然之子，这原始森林的主人。在森林中，他们的才能得到充分的体现，几乎是无所不能，无所不晓。马来西亚的这种原始森林在当今世界上，已是硕果仅存了，而能够出没于丛林、真正贴近大自然的民族，更是少之又少了。单就这两个特性，其散发的迷人魅力就足以令世人侧目。马华文学语言抓住这个世所罕见的背景并加以反映，确有其得天独厚之处。

马来西亚有很长海岸线，北有中国南海，南有马六甲海峡。靠近岸边的沼泽地带，也有一些独特的风景。“住在这种靠海的沼泽地带，蚊虫特别多，如果不

---

① 梁放：《烟雨砂隆》，吉隆坡：马来西亚华人文化协会，1985 年，第 115 页。

常常在屋外烧些火堆，浓烟熏走恶蚊，晚上睡觉时，别说点燃了蚊香，就是喷杀虫剂也赶不走那么多的蚊子。……这些体积小、全身乌黑的小蚊子，可以通过厚厚的衣服，叮了人更是奇痒不堪。”[①] 海边的沼泽地，是动物的乐园，人类要在此地生存，就要与它们进行一番较量。小蚊子就是较量的对象之一。

马华文学语言所展示的不同地域的风景线，带有极其明显的区域性，无论是河流，还是森林、海洋，都展现其迷人的魅力，这是大自然的造化所致。而人们所造出的风景，也能处处显露出其所特有的热带景观，颇为婉约可人，现举两例：

> 三月天是炎热的，艳如火；天空蔚蓝得出奇，云朵好象被人粘在天壁上，死死不动。在这时节里，却是各种树木开花的时候，树胶花开了，榴梿、红毛丹、芒果等也不甘示弱，争相在枝头上挂了黄黄白白的花朵。而夜合树，也开放着一朵朵柔细的淡红色的小花，于是，橡胶园和果林都被花朵点缀得像个花的世界。[②]

> 种满热带果树的花园，不久就野草丛生，季节一到，花香就从树上飘来。大片的凤仙花，大片的紫茉莉、美人蕉、胡姬和蝴蝶兰，一年四季点缀我们的日子……炎热的阳光灿烂异常，满塘的荷花在微风中轻摇。[③]

这两段描写虽然都写出了鲜花盛开的美景，但又有不同的侧重。前者在炎热的环境中透露出热烈，后者在炎热之中隐隐渗出些许清凉。即使如此，热带的园景还是五彩缤纷、绚丽多彩的。橡胶树、榴梿、红毛丹、夜合树、胡姬花等都是热带所特有的植物，而植物是代表某个特定地域的标志，是众多地区的不同所在。

从以上的分析我们可以得知，马华文学语言充分地表现了马来西亚这块土地上的独特地域性，无论是天气、物产，还是自然景观，都带有马来西亚所特有的热带性，以及种种与中国文学语言迥然相异之处，是汉语在特定环境下的新发展，丰富和增添了汉语的表现力。马华文学语言在反映当地的特有风土人情的同

① 洪祖秋：《讨海人》，新加坡：新亚出版公司 1990 年，第 44 页。

② 马崙：《马崙文集·槟榔花开》，厦门：鹭江出版社，1995 年，第 117 页。

③ 林幸谦：《马华当代散文选·繁华的图腾》，台北：台湾文史哲出版社，1996 年，第 39 页。

时，也根据当地的生活特征或以华人对某些现象的理解来创造出一些词汇来，其数量也不少。兹就日常生活用词举几例：

“市虎”（汽车）：[①] 汽车是都市常见的交通工具，其迅速敏捷、行走如风，犹如老虎。同时，车祸也因此频繁发生，使人轻则受伤，重则丧命，如虎之噬人。因此，这一词汇是十分生动的。

“跳飞机”：指非法到国外打工，即偷渡客。因为马来西亚人的非法入境目的地多为英美等发达国家，飞机是其主要交通工具。以“跳飞机”来说明这种行为存在的巨大风险性和前途的不明确性。

“浮脚楼”：指马来人的住宅，特别是乡村一带，大都是钉上木桩，离地数尺，才在上面铺上竹片或木板，可避免虫害和爬行类动物的袭击。在我国，这类房子俗称“吊脚楼”。

“打老虎”：一种高利贷的名称，债主借出 100 元，每天向借款人收回 4 元，连收 30 天，共 120 元。[②]

“设立架步”：设立卖淫窝点。为 20 世纪 80 年代一些人士特定使用的“暗语”。

“合作社”：华人集资经营的小储蓄所或银行。20 世纪 80 年代中期，由于有人经营不善，进行投机活动，曾经导致“合作社金融风暴”，许多储蓄户血本无归。我国的合作社是 20 世纪六七十年代农民组成的一种经济互助机构，与之相差极大。

“出粮”（发工资）；“断粮”（没有钱）。这种叫法可能与当时“猪仔”南来工作时的环境有关。他们的劳动所得就是为了换取一天的粮食，故发工资的日子便是“出粮日”，没有了钱，便为“断粮”。这个词语中，含有老一辈华人的辛酸记忆和对生活的最朴素的愿望。

“直到母亲逝世了，他才知道母亲是在姑娘堂长大的孤女。”[③]“姑娘堂”说得通俗些是孤儿院。各国或各地区的叫法不一样。我国一般称“儿童福利院”，更早期的“育婴堂”等名称，均是收容孤儿的机构，只不过为了避免直呼其名给人不快，所以用种种名称来代替，使之更有人情味。就如“按摩院有不少别名，什么消遣宫、健身中心、舒骨院、逍遥宫、娱乐宫一大堆。”[④]“按摩院”实

① 梁放：《暖灰》，香港：南风出版社，1987 年。
② 云里风：《云里风文集》，厦门：鹭江出版社，1995 年，第 176 页。
③ 李忆莙：《李忆莙文集》，厦门：鹭江出版社，1995 年，第 144 页。
④ 碧澄：《碧澄文集》，厦门：鹭江出版社，1995 年，第 46 页。

质是色情场所，这些花里胡哨名称都是为了掩饰其不可告人的目的而使用的幌子罢了。

在度量衡的表达方面，华文语言也用当地人的习惯表达方式。如以下几例：

> 这样曲曲折折差不多走了有半条石远近，那些白色的脚印就散在草丛之内不见了。①
>
> 十多年前，他只不过是一名胶工，靠着老子遗下的几十吉老树，夫妇俩胼手胝足，才能维持一家的生活。②

以“条石”来表示距离的远近，是华人的一种通俗的说法。按英制，一英里路就树一块石碑（milestone）来表示，华人以石碑名之为“条石”，称呼就这样沿用了下来。“吉”也是英制，原为依吉（acre），英亩。人们在使用过程中为了便于交流，逐渐把“依吉”的“依”字去掉，只剩下“吉”字了。

“大的黑狗一支来”，③“黑狗”是一种啤酒商标的图案，人们习惯以最有特征的部分来表示事物。“一支”是一瓶酒。“支”字也是方言用词，在有些作品还以“枝”来表示，音义皆同，不过字形相异罢了。因此，这种混用方言一音多字的表示方法在某种程度上是语言表达尚未完全规范化的表现。

对其他种族的称呼，华人多以其特征来称呼，不过多有不敬之词。如对英国人（或白种人）统称“红毛”；洋女人就叫“红毛妹”，印度人称之为“吉宁仔”；孟加拉人称“孟加里”；沙捞越的土著居民称“拉子”，妇女就叫“拉子妇”，对海达雅人称“大耳拉子”，陆达雅人“小耳拉子”；缅甸女人干脆叫“乌肚婆”，等等。不过，这些称呼随着时代的变迁也会发生改变。

马华文学语言在融汇了中国的方言、马来语和英语、土著语的基础上，又在这种特殊的文化背景下不断创新，形成富有马来西亚特色的文学语言，当然这种有特色的语言是在长期的融汇中缓慢形成的，还处于不断变动的状态，如“咖啡”一词在韦晕的《还乡愿》中就有“羔呸”“咖呸”“咖啡”这三种写法。“水泥”一词在小黑的作品中有时以“西敏土”，有时以“水门汀”出现，这就说明了马华文学语言用语还存在某些不规范性。

继承、融汇、创新发展，这几个特点，正是马华作家在长期创作实践中逐渐

① 姚拓：《捉鬼记》，《马华当代文学选·小说》，吉隆坡：马来西亚华人文化协会，1984 版，第 54 页。
② 云里风：《云里风文集》，厦门：鹭江出版社，1995 年，第 34 页。
③ 驼铃：《驼铃文集》，厦门：鹭江出版社，1995 年，第 43 页。

形成的语言特点，当然，其他的文学语言也一样会有这样的特点，只不过具体的表现内容不同罢了，马华文学语言是扎根于马来亚与马来西亚这块热土上形成的，它所反映的内容与体现出来的精神气质，是其他文学语言所不能替代的。马华文学语言风格也就在这样的环境下不断地变化发展。

第一编 马来亚华文新文学语言特色(1919—1963)

第一章　草创之际：新旧过渡的履痕（1925 年以前）

华人开发东南亚的时间很长，自从唐宋以来就有人零星地移民东南亚，明代郑和下西洋以后，开始有越来越多的人移居，并在那里落地生根，因为他们的后代很快就与当地融合了，仅零星保留着某些传统的习惯，与当地人略有些不同，遂被称为“峇”。近代以来，西方殖民者开辟南洋，尤其是马来西亚的锡和橡胶种植业都得到巨大的发展，急需大量的劳工，于是就有契约华人劳工或“猪仔”，源源不断地被运送到热带的土地上从事采矿、种植等繁重的工作，虽然劳工们有“过番歌”一类的民谣。但有意识进行艺术加工创作的毕竟很少。19 世纪的华文创作还处于沉寂状态。

19 世纪末，一些文化人及革命者开始在南洋活动，他们中有康有为、梁启超、黄遵宪、邱菽园等，在南洋的热土上播洒下中华文化的种子。华文学堂渐次开办，于是不少有知识的人们渐次移居，使本来一片荒芜的马来亚华文土地上慢慢呈现出新的生意和转机。20 世纪初，慢慢地在当地就出现了报纸，偶尔刊载一些作品，大抵是诗词歌赋或文言旧体作品，依然是属于旧文学的范畴。中国大陆上的新文化运动思潮的风气，逐渐流传到马来亚来了。1919 年 8 月 16 日，

《益群报》发起设立"新小说会"，鼓吹具有新思想的文学创作，而《新国民日报》则刊登了具有现代意味的诗歌、小说作品，他们共同开启了马华新文学的先河，此后马华文学以惊人的毅力在异域顽强地扎下了根。

在 1925 年以前，马华新文学处于萌芽时期，按方修先生的话说，"就是一切都在萌芽或草创的状态之中。"① 在这个阶段，没有纯粹的新文学刊物，也没有群众性的文学运动，只有个别的写作活动。马来亚的阳光依然酷热，但顽强的马华新文学正悄悄萌生。

在马华新文学刚刚诞生的这样一个时代里，虽然每一位马华作家的创作特点不同，各体文学发展也很不均衡，也难以形成统一的文学语言风格，但是该时代的文学语言共同特征还是十分清晰的。因为马华新文学与中国的新文学目标几乎一致，追求唤醒民众，争取科学、民主，故而语言显得平实；文学创作为的是启蒙宣传，目标明确，故显得明快；由于从文言文写作，转向现代白话文创作，一些传统表达尚存，尚余古雅之气；在呼应新文学思潮上，有着明显的模拟痕迹，用语则为朴拙。这几个特点，既可以反映出那个时代的社会思潮与理想追求，也可以从语言的诸要素中得到体现。

一、 社会病苦的烛照：平实

马华新文学与中国新文学发端期十分相似，它承继了"五四"新文学的优秀传统，宣传新思潮、新学说；提倡白话文，反对文言文；鞭挞旧思想、旧道德。这与受"五四"新思想、新文化的影响直接相关，也与马华新文学变革的需要相符合。因此，总体来看，萌芽时期的马华文学的基本特征是启蒙主义文学样式，主要是对华人的封建思想的分析与抨击，号召青年一代勇敢地冲出封建的藩篱，追求平等自由的生活。文学创作立足现实，如实揭露现实、反映了南洋社会和底层生活，烛照出马华社会的诸多病苦，语言总体特征是平实的。

平实即朴实无华，这在文学语言里，既是指风格，也可以指其反映的内容，都是现实生活中常见，实实在在，按生活的本来面貌来反映，不夸张，不变形。这其中的平实特点，可以从作家的语言中看出来，双双的《洞房的新感想》提到：

那男人再娶，以及三妻四妾的，都还说是应该，此等事虽没有丝毫

① 方修：《马华新文学简史》，吉隆坡：马来西亚华校董事联合会总会，1986 年，第 3 页。

> 公理，但现在的女人那里逃得出这恶习惯的圈子呢？离了婚的女子，是更不必说了，男的再娶，女的便要守一世的活寡——我们做男子的心已不安，万一这女的寻了死，那时男的良心上觉得怎么样？我听静甫的话很有理，所以我这理想的室家之乐——算是绝望了！[①]

这段话里描绘了社会上男尊女卑的不公平现象，此段以两个设问句、一个感叹句的形式，来描绘女子无路可走的情形。而且每一个设问句中间，又均包含着假设与转折，从语言效果上来分析，我们可以体会到思想的不断改变、冲突，最后又无力改变结局的态势，宛若一位女子想尽各种可能的前途出路，却一次次地碰壁，最终走投无路的悲哀，只能用“绝望”才能形容了。句式的改变、语气的调整，是有助于传达感情的。另外，从叙述的节奏来看，都是两三句短句，配上一句稍长的句子，短句一般节奏较快，长句则显舒缓，体现出人的感情由冲动，变成无力软绵的变化过程，与思想变化是合拍的。

平实的语言风格体现在感情的表达上较为朴素，很少使用华丽、繁缛的词汇。在马来亚，社会贫富分化严重，人们或在死亡线上挣扎，或在花天酒地中寻欢作乐。试看诗中的语言：

> 咳！失业的人们，/可怜失业的人们，/穷、愁、病、饿，死着。/同是人类，/一在天堂，/一在地狱，/人间的苦乐为何这样不平均呢？[②]

> 现在的世界，/有权的作威作福，/有钱的汽车马车，/无产阶级做奴隶做牛马。/险狠的有福气，/诚直的饿肚子，/情冷着，/心硬着，/鬼脸壳戴着。/世界——悲惨，/社会——黑暗！[③]

这两首诗，虽然作家不同，语言风格颇为相近。不少语言都是抽象的词语，如穷、愁、病、苦乐、悲惨、黑暗等。文学语言要揭示社会现象本质，最好应以形象化的手段，才能深刻动人；抽象的概念，则容易流于空洞的呼喊。第二首还有较为具象的词“鬼脸壳”，但不能扭转整体诗风语言上的平板，缺少表达手段

---

① 双双：《洞房的新感想》（1919），《马华新文学大系三·小说一集》，新加坡：星州世界书局有限公司，1970 年（以下的《马华新文学大系》皆是此版，不复注出），第 4 页。

② 冶襄：《怀疑》（1922），《马华新文学大系六·诗集》，第 15 页。

③ 胡鉴民：《奋斗》（1922），《马华新文学大系六·诗集》，第 7 页。

变化的弱点。这种平实的语言，与新诗刚刚摆脱旧文学的束缚，有意去除旧文学中的押韵、平仄等格律限制，但又难以找寻到一种合乎艺术规律的表达方式，所以只好用散文化的手法来作诗。我们从这两首诗中可以看到：韵律上，它们都没有押韵，甚至采用相同的字，如“们”、“着”等，这种修饰语气的助词，并没有真正起到调节音调的作用。最后一句，“世界——悲惨，/社会——黑暗！”语调上略有一点铿锵之意，是发自作家内心的急切呼声。

从这时的新诗创作来看，我们可以发现新文学发展初期一些矫枉过正的弱点。讲究平仄押韵，是我们古代诗歌发展过程中不断总结而得出来的艺术准则，但因格律严格限制，许多思想难以得到自如的表达，所以打破旧格律的限制，在实践中，却被简单理解为不要格律，当然，诗味也就大大降低了。

雪樵的《屈服》写一年轻人的内心活动，他在头家女儿与自己所爱的女子之间作艰难的抉择，最后他选择了安逸舒适的生活——头家的女儿，

> 此时如果有人看见，定必失声在喊：“爱之神，失败了！”很失意的看着经济魔王的傲脸，步步去了！①

作家本意要通过这样的故事来说明，婚姻与爱情都要建立在一定的感情基础上，只不过感情与经济在热恋的人们心目中究竟占了多大的比重，以此来衡量爱情的坚贞与否。年轻人的选择，连作为旁观的作家都会猛地从文中跳出来，哀叹经济力量在婚恋中所占的巨大比例。这句直抒胸臆的句子，所使用的乃是两个呼告句，“失败了！”“步步去了！”传达出一种无可奈何花落去的绝望式的感叹。但是从艺术表达效果来看，这样的语言除了能一泄作家的心头之愤外，并没有把语言艺术上那种含蓄、婉转、传神的传统保留下去，在技巧上还是较为粗糙，缺乏深入的锤炼，这也是平实语言的不足。

不过，平实的语言，采用日常生活的口语表达式，也常常能达到意想不到的艺术效果。一位鸨母对年轻少女施加暴力毒打，使她屈服后，很得意地说：“怕你性子硬？用起心来，直打也成曲的。说什么金玉贞坚呢！”②“直”与“曲”是一对反义词，“宁直不曲”形容的是人们坚持立场，永不改变的精神意志，“直”与“曲”象征着坚守与屈服，这位鸨母把日常生活的这一对反义词用一个“打”加以衔接，可见她生性残忍、阴毒、不择手段。也说明此人得意洋洋的生活，则

---

① 雪樵：《屈服》（1925），《马华新文学大系三·小说一集》，第 56 页。

② 陈桂芳：《人间地狱》（1925），《马华新文学大系三·小说一集》，第 54 页。

是建立于狠毒压榨众多深陷苦海的女子身上。一句简单的话语中，流露出无数的信息，也揭示了社会的真实面貌。从行文布局结构看，该文用侧笔法，通过人物说话的声音来传达，并推动情节的发展，虽然语言上并没有太多的修饰，只是地地道道的生活对话，却仿佛给人一种置身其中、心惊肉跳的感觉，作家虽不言地狱，却营造了阴风飒飒、血肉淋漓的地狱般氛围。因此，平实的语言，在一定的场合和情境中，也能起到力抵千钧的效果。作家不从正面描写场景入手，只是用“听”的方法来传达着深刻的意蕴。艺术技巧上的高超，也能弥补平实语言貌不惊人的不足。艺术上的至境，乃是于平中见不平，方体现出作家的创作进入化境。

在华文文学发展初期，小说、诗歌的发展成就大体与中国五四时期文学成就相类似。鲁迅曾认为五四散文的成就最大，因为这是中国有着非常深厚的文学传统的缘故。同样，马华萌芽时期的散文，尤其是政治散文的光彩照人，作家在列举事例的平实语背后，自有一股勃勃生气。

> 哈哈！学生是出于爱国的行为，做有生气的举动，就说是越轨嚣张的举动，但不知张作霖、张勋等做复辟的举动，张敬尧等做私卖矿产的举动，章宗祥、曹汝霖等做密订卖国条约的举动，李厚基、杨以德、田中玉、马良等做残杀禁锢学生的举动，倪嗣冲的军队做奸淫女生的举动，是不是“越轨”？是不是“嚣张”？现在要惩治嚣张的越轨者吗？请先自惩治这辈起了！①

这段文字是关于学生示威游行表达爱国意愿所发表的议论，作家用5个排比句，共同形成一个巨大无比的长句，“但不知……是不是越轨?”其中的排比句，一一罗列北洋军阀种种祸国殃民的行径，罗列的句子越多，揭露其罪行错误也就越多，层层堆叠，使接受方只能穷于应付，而无还手之力；排比句中的平行并列给人一种气势磅礴的推动感，自有一种势不可挡的力量；5个排比句所形成的长句，表面上会冗长无比，其实又是可以节节分开，独立成句，犹如一字长蛇阵，无论哪一方面展开，都可自成一系，连起来，又如长江大河，滔滔不止。于是文气贯通，铿锵有力。作家有意重复使用“举动”，表面上是顺着北洋军阀政府指责学生的语言，却是巧妙地把这种语言转用到他们那些统治者的行为描写上面，

---

① 林稚生:《民气嚣张》(1920),《马华新文学大系七·散文集》, 第6页。

可谓调转矛头顺势回击的一气呵成，绝无生涩迟滞之感。从音韵角度来看，“动”乃是中东韵，适用于表达雄壮豪放的语气，正好契合了语言的那种气势如虹的魄力。有了这个长句的铺垫，以下的两个反问句和结论就水到渠成了，语气在平实中显得沉着有力，豪气冲天。

我们来看看另一个例子。

> 文学则登那无病呻吟的真谬诗文，小说则登恣荒淫逸的肉麻小说，道德则登那二三千年前周公孔子所说不合现社会的旧道德，以社会国家所赖以鼓吹进化的报纸，其价值乃更如此，勿妨碍社会国家已算儌幸，还敢望其促进文明吗？此类腐败的报纸，现在触目俱是，而社会人士反趋之若鹜，不以为鄙，这可说我国社会还是黑暗，而腐败的报纸，其害人处实在很深。①

这段文字与上一则比起来，有一个鲜明的特点，那就是语言节奏舒缓了许多，上一则的政论文，句子分隔较短，节奏快些，适于表示激越愤忿之情，这里的文字句子总体变长，且有不少的修饰词，因此节奏变缓，说明了作家下笔时的考虑是比较周全成熟的，他所指的一些特有的现象是“无病呻吟”“恣荒淫意”“不合现实”的这些特征，并非一概棒杀。用语实在，并无夸张和变形，道出事物的事实真相来。而且有意思的是，作家在排比句中还非常注意每一句的首尾呼应，如“文学”对“诗文”“小说”“道德”都是一一相对的，每一种现象自成一个格局，而影响社会风气、思想观念、道德水准三大主要部分均被这种现象占领，报纸的腐败之深就可见一斑，这种现象犹如版图分割，一块块地被分割后，所剩无几了。这文字的后半部分，不少是用“i”韵，表达出婉曲、不畅之情，其情压抑可想而知。所以从这段文字的语言特点来看，它与上一则相比，无气冲斗牛之势，反而显得压抑、愤忿，气结内敛，表现作家对报纸腐败现象的不满与无奈绝望的情绪。

二、启蒙思想的呼唤：明快

大凡文学作品具有鲜明价值取向，尤其是要宣扬某种思想观念之际，作家往往会急于将思想和盘托出。譬如在战争状态的社会中，文学作品的实用目的很强

① 青民：《腐败的报纸》（1921），《马华新文学大系七·散文集》，第 13 页。

烈，用语自然就呈明快特征。自然，在五四新文化运动中，启蒙者为了使大众接受科学、民主、自由等这一套思想时，唤醒昏睡的国民，用语亦有类似的特征。因此，明快的语言风格特点是这个时期马华文学语言的突出特征，明白晓畅，不晦涩呆板，是这种语言特点的重要特征。作为一种总体的语言特点，我们可以从多个方面来加以考察，一是思想表达上的明快，一是艺术手法，最后就是用语、调音修辞等方面的内涵。

这种语言特点在政论文与杂感散文中特别常见，其作品散见于各报的“时评”“社论”“来件”等专栏以及新闻版副刊等，如林稚生的政治散文猛烈抨击了辛亥后中国政治的腐败、封建军阀祸国殃民等令人痛心疾首的现象，他是马华文坛初期的政论家。在他之后，此类文章就少了。在新诗语言方面，明快的特点亦十分鲜明。如林独步、胡鉴民的诗鼓舞青年人奋发自强、热爱工作、追求理想；失钧、黄楚狂的诗歌则沦为悲观颓废的代表。这一时期的新诗创作存在两大缺陷：或急欲挣脱旧体诗的限制，散文化、议论化倾向严重，缺少蕴藉回味的诗情；或无法从传统束缚中跳出来，食古不化。

从思想表达层面来看，马华文学早期的明快语言所传达出来的时代精神，人们可以分明感受到。经过长期的封建思想压抑，在西方个性主义精神、民族、民主精神等新思想注入后，中国青年人发现了自身的意义和价值，他们对自己、国家和民族前途有一种崇高的使命感，和对社会、时代的真切认识，而不只是沉溺于晚清时期老旧衰亡中国的痛苦和哀伤之中。正如林独步小说中所说的，“所以我希望我们青年人，凡事要把眼光放大一点，把自己站在高处，观察事物才好，所谓欲穷千里目，更上一层楼呢！”① 青年知识分子是当时社会变革的主要推动力量，中国社会要有前途，这一群体的视野阔狭就决定了变革能否成功的关键。作家毫不掩饰自己的设想，想以明快的语言，唤起广大青年读者的雄心抱负，使之不至于在感伤的哀叹中消沉，也不会在浑浑噩噩的状态中沉沦。社会现实的刺激是使人清醒的良药：

> 我们应该讨论的问题多得很，就近而论，这风雨飘摇的中国，奄奄垂毙的黄种，将要亡灭了，怎样去救？文化不如人，怎样的振兴？科学不如人，怎样的去追求？体格不如人，怎样的锻炼？这不都是应该讨论的问题么？②

① 林独步：《同窗会》（1922），《马华新文学大系三・小说一集》，第22页。
② 周丕承：《船中之一夜》（1925），《马华新文学大系三・小说一集》，第66页。

一段话中，一连串的问句如连珠炮般倾泻而出，锋芒直指当时古老中国积重难返的沉疴。两个青年的谈话，所指的问题竟是如此深广，其中两个关键词，“不如”与“怎样”，构成了现实与理想的冲突，也为青年的奋斗指明了方向。说明了年轻人应该放开自己的思想封闭状态，走出自我狭窄的天地，去除“个人自扫门前雪，莫管他人瓦上霜”的自私自利心态，应以“覆巢之下，岂有完卵”的紧迫心情，以民族国家前途作为自己所应担当的使命。这 5 个疑问句，如同五座铜钟，被撞响之后，必然会有振聋发聩的巨响，唤醒更多昏睡中的人们。从这些明快的语言中，让人分明感受到那个时期青年的忧心如焚和拳拳的爱国之心。

人的思想觉醒与否，除了受各种社会现实的刺激之外，更重要的是个人的主观能动性，即个人的价值观问题。林独步也提到了这一层。他说“人生的价值是主观的，不是客观的，是相对的，不是绝对的——自己若是以为人生有价值，那人生就是有价值，自己若是以为人生是无价值的，那人生就是无价值了。自己的人生价值，是要个人自己定的，不是他人所能代定的——各个人有各个人的主观的人生观。”[①] 这里所谈的人生的价值观是由个人的主观决定的，一定程度上继承了西方思想中个性解放的思想。这也是当时五四时期的社会主潮，确实是时代的进步。但这只是问题的起点，而不是问题的终点。在个人的价值观问题上，又将如何处理个人价值观与社会共同价值观问题呢？二者孰轻孰重？司马迁有言，“人固有一死，或重于泰山，或轻于鸿毛”，所以价值观还是有层次、有区别的。明白的人自然清楚，那种只为一己之私而努力的人生价值观，是轻于鸿毛的。我们在这样的一个逻辑命题中发现，胸中有大爱的青年的选择不会这样浅显和低陋。

为了表达作家的思想，明快的马华新文学语言起到了直指人心、催人猛醒的作用。这一类的语言才是真正的济世之音。明快的特点还体现在艺术手法上，作家大都将中心意思和盘托出。《笑一笑》讲的是小孩子不听话，最后做姐姐的只能用武力让他听话，她得出一个结论“凡人做事，单单讲空话，是不中用的，连一个小孩子，我若不用武力来对他，牺牲一点血，他那里肯服从呢！可见今日好多女子，不想修养实力来奋斗，专靠纸上空言，要求平等，是不能成功，助己者，就是自己……”[②] 这句话其实就是作家创作的目的，阐明中国的改革与变化，一切都必须靠自己的奋斗与努力，并付诸行动，才有实现的可能，其间少不

① 林独步：《同窗会》（1922），《马华新文学大系三 · 小说一集》，第 43 页。

② 林独步：《笑一笑》（1921），《马华新文学大系三 · 小说一集》，第 9 页。

了要有流血和牺牲。当然，这些真理很难在短短的篇幅中得到清楚的表达，所以作家只能借人物的心理活动来说明其微言大义的。道理固然明白了，但是作为文学作品所特有的形象性、深刻性反而有所减低了。所以明快的语言风格的优点与不足，是要实事求是而论的。

如果说明快有利于在艺术手法上体现中心，它还可以直抒胸臆，表达作家愿望与期盼。

> 总之，我们要从阴森惨黑的人间，找出一条光明的道路，认定一个伟大的目标，而一切艰辛困苦，都是玉汝于成。一切浊世浮华，都是浮云过眼，我的朋友，再不要胡思乱想，自寻苦恼，希望之光，似塔灯一般的在我们前途照引了。①

这是周了因离开马来亚前留给青年读者的一封公开信，表达了寻找光明道路之不易与艰辛，应以大无畏的勇气和毅力去追求。语言富有鼓动性，充满着乐观主义的精神。不过，虽然作家坚信希望是存在的，其实他也不清楚究竟这“希望”是一种什么样的具体图景，只能模模糊糊地朝预定的目标进发。有一种近乎安慰式的虚无缥缈的感觉。在散文中直抒胸臆，这里的效果会比小说中的直接议论要好一些。所以，明快的语言要看它应用在什么样的场合与氛围，这样效果才会是最佳的。对于语言来说，明快也好，晦涩也罢，自身在艺术表达上并没有好坏效果之分，但是它的使用条件、氛围等具体情境却是有好坏之分的。无怪乎周作人30年代后期散文的风格日趋枯涩晦暗，依然有人会欣赏它的枯藤危石般的美感，这要看在什么样的氛围与条件了。可见，艺术手法与语言风格的应用，也要依具体的环境来决定，这取决于作家的艺术美感修为了。

这个时期文学语言的明快在用词上，在诗歌方面则是直截了当，干净利索。让我们来看一例：

> 让我讴歌“爱”罢！/让我讴歌“爱的劳动”/“劳动的爱”罢！/哦，“爱的劳动”呵！/“劳动的爱”呵！②

这首诗的特点在用语上借鉴了郭沫若的《凤凰涅槃》中的颂诗一般的诗句，

① 周了因：《赤道上的呼声——别辞》（1925），《马华新文学大系七·散文集》，第63页。
② 石樵：《我将为谁讴歌呢?》（1923），《马华新文学大系六·诗集》，第11页。

"我们更生了。/我们更生了。/一切的一，更生了。/一的一切，更生了。"郭沫若通过字词顺序的调转，来表达凤凰更生后无比欢乐的情景，节奏明快，用语流畅生动。石樵歌颂两个方面。"爱的劳动""劳动的爱"，落实的重点不同，字句的理解也是多方面的，一方面可以理解为充满着爱的劳动过程，在劳动过程中产生的爱，这是人生阶段美好幸福的时刻；另一层"劳动"又有其他深意，它代表着广大工人阶级，宣扬了作家的劳工思想，即工人阶级团结起来，互助友爱，形成了一个有力的、强大的队伍，建设自己的美好生活，体现了"劳工神圣"思想，这可以从发表日期恰好为"五一"劳动节得到印证。在简单、明快的语词中，只有寥寥数语的重复和调序中，表达强烈单纯的感情。

明快的用语还可以从另一个角度得到体现，那就是通过一对对意义相反的词来衬托，使语言显得鲜明，富有层次感。

> 热情是现代青年应有的精神，也就是现代青年的生命，反过来说，没有热情，便是垂死的人，也就是我们前头所说的不曾活着。
>
> 我们要晓得，这种精神，也有一种无上的威权，他能使鬼怪遁形，豺狼缩爪，他能使儿女刚强，英雄堕泪，他似烈火的洪炉，把人间铁块一般的心肝溶成一起，他又似温暖的东风，使枯摧的万卉，抽起鲜嫩的萌芽，他又似滔天的洪水，能摆荡了一切陈腐的骸尸，他又似散花的天女，把清香红艳的花儿一片片洒人间，他又似中宵的皓月，惯把清辉照彻黑暗的尘寰。
>
> 总之，他是全人类的精神，他是宇宙永远的生命。①

在这些句子里，词语依作家的意愿分裂成真善美、假丑恶两大阵营，其中热情、生命、活着、威权、刚强、英雄、女儿、洪炉、东风、萌芽、洪水、天女、清香、花儿、皓月、清辉，表达的是现实生活中的一切美好的意象；垂死、鬼怪、豺狼、铁块、枯摧、陈腐、骸尸、黑暗、尘寰，则是一切恶丑的代名词。正是因为美恶的鲜明对比，作家要表达的热情的重要意义才得以鲜明的突出。明快的风格特征在词语的对比中有非常突出的强调意义。同时，这种明快的效果自然与作家善用多种比喻、排比、层递等修辞手法来达到目的有关。

语词本身的穿插应用，时时起到了对比的作用，还有一种是属于意象的

---

① 周了因：《赤道上的呼声——别辞》（1925），《马华新文学大系七·散文集》，第 61 页。

比照。

亲爱的朋友们啊，不要悲伤吧！这沉沉之夜，茫茫之海，将要过去了，你们不看那东北方已渐渐有红光了吗？那水天的尽处，已约约现出彼岸了，要知道沉沉之夜，茫茫之海，无论谁都要经历的，只要不灰心，努力打破夜的黑幕，航过海的幅员，一登彼岸，就是清朗和美丽的晨光，便是光明愉快的大道。朋友们啊！不要悲伤，努力猛进吧！①

这段文字的语言，与上一则的语言在内容和主题意义是相近的，都是带有激励鼓动性意义的。但其意象显得更加单纯，一个是“沉沉之夜，茫茫之海”，代表着黑暗、陈腐、落后，没有希望，看不到前途；一个是“东方的红光”“清朗美丽的晨光”，代表着无限的希望和光明美好的未来。这两种不同的意象，其实也可以看成是当时马华社会青年人或是中国青年的苦闷，他们面对这黑暗的现实社会，觉得个人的渺小，也产生一种绝望甚至无奈的心态，但同时也明白这种心态是不健康，不可取的，挣扎着寻找出路。另一种是努力追寻光明前途，他们认定一个目标，锲而不舍，总是希望必有出路，这是积极的人生态度。两种意象，两种人生态度，两条道路。一切都那么清晰可鉴。这种明快的风格特征，对于处在苦闷中的青年是十分有意义的，因为他们需要的是积极的指引，而不是在晦涩半明半暗的氛围里不生不死地活着。

明快的语言风格，不但代表着词汇或意象的表达，它的深层更是一种思想的表达。五四前期，在中国旧思想笼罩下的中国青年也隐约从西方传来的思想中发现了某种传统未曾有过的异质倾向，但是落后、保守的思想氛围和黑暗的现实又使他们常常有一种无路可走的痛苦。有些人则滑向了传统思想中消极的一面，在消极的麻痹中自我解脱与放纵。这种典型的思想就是“所谓名啦，利啦，得啦，失啦，悲啦，喜啦，……若是聪明的人，闭眼一瞑想，就知道人生的活动，都是一个大自愚的——滑稽的、悲剧的、怪剧的、混合乱演的，不安定的杂戏剧！这剧场的剧员，都是以空求空，到底归空……”② 从这些语言表达上来看，我们姑且不论其内容，其句子的形式大体都是以词来构成句子的，这有可能会使句子变得短简，但过多的短句排列，则会产生另一种后果，也就是语气的支离破碎。恰好说明了说话人心中的思想处于碎片化的状态，他表面上都已经看破人世间的一

① 周丕承：《船中之一夜》（1925），《马华新文学大系三·小说一集》，第69页。
② 林独步：《同窗会》（1922），《马华新文学大系三·小说一集》，第42页。

切名利空相，好像很超脱的样子，颇有佛家思想的影子，其实这只不过是借佛家的某些概念、观点来掩饰自己极端消极且碌碌无为的真实面貌。作家用这样的语言就是想让持有这种思想的青年获得正确的认识，那就是只有以勇敢的行动，执着的理想，才能拯救自己，拯救濒于危险境地的民族。明快的写作风格，就是为了传达出作家的意图，带着极强烈的功利性的色彩，说教意味也在所难免了。这时的文字作品都或多或少有这样的影响，深深地烙上了时代特有的印记。

三、 新旧过渡的屐痕：古雅

本时期的马华文学语言中，与传统的气息还比较接近，所以在创作上，还保留着传统文学语言的某些古雅之气，这与新文学刚从旧文学脱出来有一定关系。具体而言，除了一些词汇是明显带有古语词或具有旧思想气息之外，还有一些创作依然是文白夹杂，带着相当浓厚的传统审美气息。

在运用古代词汇上，马华文学语言有些是用古词汇，在现代汉语中已经很少用了。“他听了很伤心，竟向华胥国里去。”[①]“华胥国”指的就是梦，《列子·黄帝》中云：“昼寝，而梦游于华胥氏之国。华胥氏之国在弇州之西，台州之北，不知斯国几千万里。盖非舟车足力之所及，神游而已。其国无帅长，自然而已；其民无嗜欲，自然而已……黄帝既寤，怡然自得。”所以“华胥国”指的是理想中的和平安乐之境，也因此被称为白日梦，后来理想中的国度之意逐渐被陶渊明的“桃花源”所取代了。在现代汉语中，随着社会用语的变化，“华胥国”指梦境之说，渐渐地少了，但在新旧文学语言交替之际，这种情境还是会出现的。

在古雅的语言中，一些古代常用的生活术语也不时出现。如“你便像封禅传姜子牙的坐骑四不相！”[②] 鹤朋在与石声交谈时，流露出对婚姻的折衷主义，不离婚，不另娶，不装虚伪爱情，又不是独身主义者，就被称石声为“四不相”，“四不相”是一种较为少见的动物，后来比喻少见的特殊事物。一个时代总有一个时代常用的词汇，这是事物发展的必然特征。在旧文学统治时期，必然有一套与之相适应的文字。而在新旧文学交替之际，旧文学词汇中常见的意象被用于某种事物的比拟物，也是很自然的事。

不仅词汇与生活有联系，作家们在创作时也会采用古代文学创作常用的意象。如果说其根源的话，还可以称之为民族审美情趣的语言民族性问题。现举一例：

---

① 李垂拱：《一个车夫的梦》（1925），《马华新文学大系三·小说一集》，第 60 页。

② 双双：《洞房的新感想》（1919），《马华新文学大系三·小说一集》，第 4 页。

> 今天晚上，月亮格外的明亮，那淡白的光线，直穿过窗槛，来窥探靠在书桌上时而出神时而深思的飘泊者，使得我益兴起客中的悲感。这充满着愁绪的漫漫长夜，要如何过去呢！①

见月起兴抒情，这是传统文学的表达方式。自诗经“月离于毕，俾滂沱兮”（《小雅·渐渐之石》）开始，抒发幽婉、深切、绵邈之情，往往为作家们所重。《古诗十九首》“三五明月满，四五蟾兔缺。”表达的是对团圆的殷切期盼；张若虚的“人生代代无穷已，江月年年只相似”更是把对月感怀推向了人生的终极追寻；李白的《静夜思》、张九龄的“海上生明月，天涯共此时。情人怨遥夜，竟夕起相思。”月亮渐渐化为思乡的代称。孟浩然的“移舟泊烟渚，日暮客愁新。野旷天低树，江清月近人。”也是望月思乡的。如果我们把古代文学的意境表达放在这里来考察的话，本段文字的意象中的圆月、漂泊、客住、长夜，莫不与古代的传统意象有着紧密的联系。从这个角度上来说，新文学的语言表达虽然是号称“新”的白话文，但是在感情表达，审美取向等方面，古的成份依然相当浓厚。尤其值得注意的是，鲁迅的《狂人日记》里，第一则就是“今天晚上，很好的月亮”，然而狂人却因看到了一个全新的世界而疯狂。所以，从古到今，月亮是一种固有的抒情意味的意象，引发人们无限的遐思，牵起传统审美中的万千愁绪。

在马华文学早期的语言当中，李西浪的《蛮花惨果》是较为特殊的一篇，这篇小说保留了从旧文学向新文学发展过程中鲜明的过渡特征，用古雅的语言，传达现代人的思想气息。文白夹杂，把古代文字的写景技巧用于简介马来亚一带的美丽风情，显现出一番别具特色的风味来。

> 却说婆罗洲是南洋群岛中一个有名的海岛，幅员辽阔，山川雄峻，在水有鱼盐虾蛤之饶，在陆有煤铁五金之富，巨浸环天，海风四扇，深秋不到，地旷人稀；除了沿海一带稍事开辟之外，余的尽是苍苍平野，郁郁崇岗，那深山大泽的里面，还不知窖藏着多少未辟的精华哩！②

在早期马华文学作品中，对马来亚本地风景习俗、物产等描写的语言较少，

---

① 新晓：《回忆》（1925），《马华新文学大系七·散文集》，第24页。
② 李西浪：《蛮花惨果》（1925），《马华新文学大系三·小说一集》，第70页。

一般只局限于生活场景的刻划，对于马来亚的地理形势总体描写的极少见到，给人的感觉是格局、气魄偏小，而《蛮花惨果》却用如此恢弘的笔触来写婆罗洲，令人神往不已。这个语言风格颇似《战国策·苏秦始将连横》的文句。苏秦始将连横，说秦王曰："大王之国，西有巴蜀、汉中之利，北有胡貉、代马之用，南有巫山、黔中之限，东有肴、函之固；田肥美，民殷富，战车万乘，奋击百万……"战国时期的谋臣策士们为了让国君们接纳自己的主张，往往很注重语言上的吸引力，排比、夸张等修辞是他们常用的策略，所以渐渐形成一种风格。而在这段文字里，也是采用了策士们常用的手法来进行语言修饰，把婆罗洲的美丽、富饶、神奇等特点都表现出来，得天独厚的海岛，神奇的土地，令人向往。如果说柳永的《望海潮》所反映江南美景曾引得金主顿起南下之志的话，那么这段文字也可说是吸引人到南洋谋生的宣传广告了。

> 如今且说婆罗洲之西面，有一座大山，叫做西瓜叶，因为这山形状，从远处望见，如同西瓜之叶一般，山势非常雄峻，一峰中座，万岭遥围，高入九霄，俯看八极。①

这段文字，在描述山形地势时，不仅采用类似四六文一样的体式，语言简洁，节奏明快，而且非常注重对仗与呼应，在白描一般的叙述里，传统语言的雅致古朴，韵味十足。"一峰"对"万岭"，"高"对"俯"，"九霄"对"八极"，十分工整，行文颇见大气。从这些语言和故事的描述情景来看，作家似有雄心来描绘知识分子在早期的南洋社会中，是如何生活的，与他们交往的人物又是何等的状况，可惜这是一部未完成的小说，留下了无数供人猜想的余地。

在一些美景的作品中，作家为我们展现了婆罗洲的美丽风光。

> 山的上面，也是一极阔的平地，所生树木，都高不过一丈，疏疏落落，飞鸟罕见，天气严寒，淫雨不止，终日皆为云所遮蔽，四时不辨。②
>
> 便入谷口，只见满谷里都是翠竹苍松，花光云影，一湾流水，掩映溪桥。③

---

① 李西浪：《蛮花惨果》（1925），《马华新文学大系三·小说一集》，第 71 页。
② 李西浪：《蛮花惨果》（1925），《马华新文学大系三·小说一集》，第 77 页。
③ 李西浪：《蛮花惨果》（1925），《马华新文学大系三·小说一集》，第 74 页。

这两段景物的描写，第一则体现的热带地区高山的风情，但细究其文字所体现出来的意境，我们发现作家不知不觉地套用了古代诗词中的某些意象。屈原的《涉江》有一部分是描写翻越高山石的情景："入溆浦余儃徊兮，迷不知吾所如。深林杳以冥冥兮，猿狖之所居。山峻高以蔽日兮，下幽晦以多雨。霰雪纷其无垠兮，云霏霏而承宇。"而李西浪出现的几个重要的关键词如淫雨、遮蔽、不辨、严寒，与屈原所用的词句十分接近，可知他在不知不觉间化用了古代诗词的意境与词语。虽一定程度上反映了热带高原的风光，但更多地增加了作家对古文化的想象。

第二则的山谷情景，里面所出现的翠竹苍松，恰如隐逸之士所居的世外桃源。这种情景，我们也可以在古代作品中找到相类似的情景。唐元结《登白云亭》"俯视松竹间，石水何幽清。涵映满轩户，娟娟如镜明。"反映的是山谷间松竹遍地，清幽可爱的情景。宋徐玑《建剑道中》"云麓烟峦知几层，一湾溪转一湾清。行人只在清湾里，尽日松声杂水声。"是人在画中游，饱听天籁的享受。松竹乃是自古以来清幽隐逸、高洁出众的象征，它渐渐化为一种文学上特有的审美气质象征。李西浪所写乃是婆罗洲的山谷景致，貌似奇观，实则不然。其实热带地区的风物，比中国大陆不知繁盛的茂密多少倍！原始森林的宏大壮美，已远远超出作家的想象。因此，我们可以推知，作家是用自己的文学素养积淀，来构建他理想中的世外桃源，而这并非是马来亚所特有的景物，饱含着作家在异域他乡浓烈的文化中心情结。

作为一种新旧过渡时期的文学语言，流露出传统文学的审美气质和趣味倾向，是很自然的现象。这也证明了新文学的发展其实是颇为艰难的，它是在一点一点地去除旧文学的思想、趣味、表达方式等方面的影响之后，才慢慢形成一套话语体系来的。

四、 模拟生长的起步：朴拙

马华早期的文学思潮，与中国大陆的新文学大潮几乎同步波动，只不过规模有大有小而已。因此，文学创作也是处于模拟时期，有模拟自然就会有学得不象或变形之处，给人的感觉是不够成熟老练，表现在用语上即为朴拙。这里的朴拙，指的是用笔用意较为简单，在技巧上变化不多，尚处于学习模仿阶段，是艺术上的生长期，缺少一些修饰与变化乃是正常的现象。

从文学创作的情况来看，1919 年 12 月底第一篇具有新小说雏形的作品是双双《洞房的新感想》，林独步著有《珍哥哥你想什么》《笑一笑》《两青年》《同窗会》等小说。1923 年后开始有若干浓厚生活气息的小说，对马来亚殖民地的经济生活以及封建性的社会结构有了轻微的批判，如陈桂芳的《苦》《人间地狱》，李西浪的中篇《蛮花惨果》等较有特色，但也有不足之处，比如思想内容平庸浅陋、主题模糊、文白混用、叙述简略，甚有个别作家写作态度不够严肃等。最初的戏剧创作，是为了应付“新剧”演出的需要，即兴而作，只留梗概，剧本存留很少。新晓的《买婚书》反映青年一代的新的思想观念，成就较高。邱国基的《亚片毒》、朱梦非的《死了》等戏剧，反映了南洋华社生活的某一方面的问题。

由此可见，马华新文学尚未形成有组织、有一定目的性的文学运动，文艺作品依附于综合性的刊物或文白混杂的文艺刊物，文学理论与创作大潮尚未形成，只有零星的论述，如黎明的点点寒星，补缀天宇。一切都在形成之中，未成气候，所以文学语言的诸多稚拙、朴质等特征也显得尤其突出，这可以从用语和技巧表达这两方面看得出来。

在用词方面的朴拙，最先体现在表现时间、地点等方面。作家们一般用字母来加以代替。如“C 省大商埠 S——正举行美术展览会”（林独步《同窗会》）“S 码头”“K 省 S 县”等等。其他的都不再举例了。总的来说，人名、地名用字母来标志的现象总是存在的。第二种类型是在语言中类杂着许多外语，或直接用外语来标注，如“你坐好好，我替你描个 Sketch（写生）”。①

这两种类型的外语字词在马华早期文学语言中出现，是否能说明马华文学语言因受到殖民地语言因素的影响，而产生变化一个标志呢？其实未必。在这个时期外语的出现频率，其实也不算多，只能算是一种点缀而已。只要考察中国“五四”时期的文学创作状况，就可以明瞭。《中国新文学大系》第一个十年的小说集在行文中杂有字母、外语的现象已十分普通，叶绍钧、王思玷、彭家煌、黎烈文、敬隐渔、许志行、张资平、成仿吾、陶晶孙、滕固、张定璜、全平、严良才、叶灵凤、建南、曹石清、郑伯奇、林如稷、顾瓛、冯至、陈翔鹤、陈炜谟、沅君、裴文中、黎锦明、川岛、向培良，更不用说鲁迅、郭沫若、郁达夫等作家了。这么一大批作家的作品中用字母，除了表示时髦进步之外，还有一种是有意为之，表示与旧的文学创作语言有所不同的异质。其实他们大抵可以采用一种化名方式来表示人名、地名，却为何要字母不可呢？

原因可以有很多种，我认为在这个时期的文学创作，作家们秉持的是一种传

① 林独步：《同窗会》(1922)，《马华新文学大系三 · 小说一集》，第 28 页。

统的现实主义创作原则，主张真实地反映现实，改造社会，但是如果用真名真姓来写作的话，肯定会引发众多无谓的风波。地点亦是如此。而作家又不想随意编造一个另外的地名，万一地域不对，风土人情就会大打折扣，于是作家们选择以字母代之，更为省事，读者们可以尽情地猜想，或许靠谱，或许离谱。这是一种原因。

还有一个是时尚因素。时尚有时是非理性的，当许多人都共同采用某一种形式来表达时，它就变成了时尚。许多新文学作家不是具有留学经历，就是当时的社会精英，即大中学生，他们也接受了大量西方思想的影响。从传统教育生长起来又不受西方影响的作家极少，因为有了这样的知识背景，文学作品中有了外国字母也就不足为奇了，这股风潮自然也波及到马来亚的华文创作中来。

除了以上原因之外，用外文字母表示地名、人名等现象，说明这个时期的文学语言还处于不事琢磨的状态，作家们认为这对于整个故事大局影响不大，因此起名也显得随意。其实，中国古代小说，除了《红楼梦》在各方面的细节都有隐藏的意义外，即使像《三国演义》这样的历史小说，在人名、地名的使用也是挺随意的，如过五关斩六将的故事，从历史学的角度，其实根本不成立。因此，在新文学发展之初，朴拙的语言出现并不奇怪。

朴拙的用语还表现在词语的选择上，不是选择外来语，而是选择土语或方言，兹有两例：

> 忽有人送来现成的菜饭，味素很好。①
> 只有数尾白色水虎（即鳄鱼）②

这些例子中的“味素”“水虎”，实际上就是方言用语，把口语放入文学语言中，在一定场合里它会起到烘托氛围、突出人物性格等方面的优点，同时也表示作家选择更加贴近现实生活。“味素”即味道的俗语，车夫在社会底层奔波生存，用这样的词比起“味道”“口味”等词，会更加贴近其身份。在朴实的描绘中，更有一种现实的泥土气息。“水虎”用于半文半白的小说之中，这更具有夸张性的色彩，是从老百姓的日常生活中加以提炼而成的。

在语言中，还有一种现象很值得关注，那就是马华文学语言中，对一些词的使用还处于起步阶段，不规范的现象十分普遍。比如对“新加坡”一词的写法

---

① 李垂拱：《一个车夫的梦》（1925），《马华新文学大系三·小说一集》，第 61 页。
② 李西浪：《蛮花惨果》（1925），《马华新文学大系三·小说一集》，第 71 页。

都各不一样，“高跟鞋在‘星加坡’更是流行”。[1] 在其他场合里，“新加坡”又可能为“新嘉坡”“星嘉坡”“星架坡”不一而足，可见那时的文字并没有讲究规范的一致性，其实这种现象不单体现在地名，日常生活用品，也有类似的现象。如咖啡，可以写成“羔呸”，这是那个时期语言中的随意性和半粗放性的特点。当然，随着时代的发展，共同用语习惯逐渐形成之后，这类现象就少了。

在用方言来表达时，除了使用一些常用的词汇外，有的作家还有意不使用文字来表达，而是发音来代替。“Towkay！要吗？towkay！要吗？”这里指的是“头家”之意。[2] 这是皮条客在晚夜招呼生意的声音，起初让读者以为这是外国语言，不知所云，但细读全文后，根据其发音，人们才恍然大悟到这是闽南方言“头家”的发音，意尊客人为老板之意，作家使用字母标音的方法来写作，固然可以惟妙惟肖地还原特定的环境和氛围，但是对于广大的读者来说，或许会成为智力的挑战题，不利于正确地传达准确的含义。这些方言、俗语的使用，可以看到早期马华文学的应用上，还在存在着许多随意性的特征。

在一些意象的营造、手法的表达方面，语言上的朴拙也相当明显。

> 月姐姐慢慢的把脸上带的乌网打开，雪白的脸儿四下里不住的探望，把她的光线竭力的放射出来，好像要叫人家看着那雪白美丽的脸儿，以此自己夸耀夸耀。江里忽起了一阵狂笑的的水波声，豁啦啦啦，豁啦啦……的向江边的一个沙滩激荡过来，和那沙滩不住地接吻。水和沙滩交界的中间，有一块高而且大的怪石，巍巍然的立在那里。有的时候，江里的水激荡到那块石上，就渍起丈余高的雪白的浪花，好像快乐到极点的狂笑。……微微的海风，一阵一阵的向沙滩徐徐的吹过来，这种情景真要叫乐的人看了愈乐，悲的人看了愈悲呢！[3]

这段文字，主要写了三种自然现象：月亮、江水、海风、礁石。然而从总体上看，这些文字的意象表达较为混乱。如描写月亮时，用的是“月姐姐”，带着一种亲昵、美好的意愿的词汇，然而以下的语言却改变了本来的含义，“探望”“竭力”“夸耀”，这些词组合起来以后，月亮由美丽、温柔的形象变成了虚荣、浮夸；江水所用的词汇则多为贬义，“狂笑”“接吻”“快乐到极点”，体现出江

---

① 谭云山：《缠足与高跟鞋》（1925），《马华新文学大系七·散文集》，第 33 页。
② 天木：《夜市掮客》（1924），《马华新文学大系七·散文集》，第 19 页。
③ 刘寿山：《月夜》（1923），《马华新文学大系三·小说一集》，第 57 页。

水的粗鲁、得意、狂妄的意象；中间穿插着的“怪石”，作家则用“巍巍然”来形容，来赞其坚屹顽强的形象；海风徐风，给人的感觉是舒畅柔和，却与江水狂暴粗鲁又形成鲜明的对照。因此，从语言意象分析来看，作家在这段文字体现出来的意象自身是含混的，难有一个共同的指向，这如何能让乐者“愈乐”呢？悲者也不一定“愈悲”。可以说，作家的景物描写技法并没有达到预期的目的，反而给人支离破碎之感。所以，我们发现，在艺术技巧的掌握和使用上，马华早期作品还不成熟，从语言上的朴拙就可以看得出来。

第二章　生发阶段：缓慢坚韧的伸展（1925—1937）

1925年至1937年是马华文学的发展期。1925年下半年《南风》和《星光》等纯文艺刊物的创办，标志着马华文学在独立发展道路上迈出了可喜的一步。1927年中国大革命失败后，一批文化人来南洋避难，大大充实了马华文学队伍。有组织、有意识的文学运动，在这个时期蓬勃展开，新文艺刊物印行，文学团体纷纷成立。报刊数量也大为增多。据统计，星洲有30多家华文报纸，100余家期刊。其中，1919年创办的《新国民日报》、1923年的《南洋商报》、1929年的《星洲日报》对马华文学的影响作用最大。

在中国文学运动思潮影响下，1927年马来亚也兴起了“新兴文学运动”，孙艺文、依夫、衣虹、滔滔、悠悠是这方面创作的代表。在如何发展新兴文学充实南洋文坛、改造社会争取读者等方面，潘衣虹提出要着重正面描写，宣扬新兴阶层生活，反对艺术政治化的说教等看法，类似于中国的“普罗文学”主张。

从1928年开始，国际经济危机席卷马来亚，导致胶锡价格大跌，工矿企业破产，大批工人失业，又加上英殖民政府对进步报刊的压制，许多作家不得不停笔或离境。再加上移民入境限制，来到南洋的知识分子大量减少，文坛较为冷清。1932年以后才慢慢恢复。

1934年至1935年间，马来亚兴起大众语与拉丁化运动。其目的在于普及大众教育，以《星洲日报·出版界》的若干作家最为积极。同时，马华文坛也加强了对不良文学思想或文学现象的批判，并对外来的新书进行鉴别评价，如有介绍哲学、社会科学的理论专书，也有关于茅盾、巴金、曹禺等人作品的评论等。

本时期的马华文学语言风格，与前期有了一定的区别。这与各体文学的发展是紧密联系在一起的。各种文学形式渐趋成熟，小说创作形式多样，诗歌与散文创作呈现多样化的特点。戏剧得到了长足的发展，文艺批评也有了较大的进步。谭云山的诗歌与杂文、孙艺文的散文、陈晴山的戏剧与小说，曾圣提、曾华丁的散文与小说，陈炼青的文学批评在马华文坛上有重要的影响。综合考虑以上各体文学创作的实绩，本期的语言风格特点突出表现为沉实、愤激、婉曲、劲健的特色。

一、 紧贴南洋劳苦众生：沉实

在马华文学的生发阶段，马来亚的现实主义创作潮流继续发展，反映社会生活而逐步扩大，从“南洋色彩”的提倡，到“马来亚本位”的形成，正是这一创作原则发展逻辑的必然结果，标志着马华文学本土化的逐步形成与发展。从文学创作题材来看，已由先前的中国题材为重点转向反映南洋现实社会，强调南洋乡土色彩，贴近大众的生活。

因此，与萌芽时期的马华文学语言相比，这个时期的文学语言由平实转为沉实，即深沉写实，这是相对而言的。随着作家们对马来西亚社会生活的进一步深入认识，他们的创作也逐渐从社会的生活表象，逐渐深入到社会的内里去，得以展示马华社会阶层的内心世界，相对而言，显得深沉，且更有实在性的内容了，具体则体现在语言的词汇使用上，除了原有的各地方言之外，作家们开始注重使用熟语、谚语、外来语等，来表现生活丰富多彩的面貌。同时，更为深刻真实地刻划了处于社会大变动、饥荒之中各界人士的内心，为我们提供了那个时代的人们的生存图景，其艺术上的真实力量具有动人心魄的感染力。

在马来亚的华人社会，以来自广东、福建两省为多，而这些地区的方言使用复杂情况也最为复杂，为了能真正地体现出这些地区人民的日常用语，并应用到文学语言中来，方言的应用较先前显得更为广泛了。

“ㄓㄚ，ㄏㄚ，ㄇㄧ?”“ㄙㄨㄥ，ㄙㄧ……”①

这种用语在现在看来，如果不是语言专业的人士，是不知所云的。其实这是当时的方言发音用拼音化的表达方式，不知不觉间暗合了20年代文学普罗大众化的时代背景，其意思很简单，是指堂倌问客人“吃什么?”，客人回答说是“送四盅”，只不过作家有意如此表达而已。

当然大部分的方言还是用汉字的同音字来代替的，如：

好先生，一份八占，只要这一种吗?②

---

① 冷笑：《热闹人间》（1927），《马华新文学大系三 · 小说一集》，第202页。

② 浪花：《生活的锁链》（1930），《马华新文学大系三 · 小说一集》，第282页。

你家有米无米与我何干呢？我要知道这里不是米较呀！①

这两个例子中，“占”，是闽方言中的“分”；“米较”，指的是碾米机械。只不过作家用了同音字来代替，如果不是对该方言有一定了解的人，读起来肯定会很吃力。而这在当时的马来亚，只不过是日常生活中常用语，作家不必特意加注大家都会明白。但不像萌芽初期，作家们还有意识地在方言俗语中加注，以示引起注意。从这个细节来看，我们会发现，华文虽然是所有华人共同使用的文字，但在语音上却是南腔北调。这在以后的创作中这种现象会越来越明显。80 年代以后，这种南腔北调式的方言又逐渐消退，这说明了华族各地方言群也在逐渐寻找一种共通的语言，以便形成一种特殊的语言表达方式。在这种表面的不规范用语中，我们看到的是一个个鲜活的历史映像。

妻已被他打得死直直的横在床上。②

未晒！未晒！（福建音，不能的意思）③

“死直直”意即“直挺挺”昏死过去之意，但从方言表达的效果来看，方言用法更加生动、形象，富有质感，如果用昏死，则书面味较浓，也比较抽象。“未晒”，完全是音译过来的，“使不得”之意，其文字并无任何意义，也无形象性，这种情况就属于生硬地传达效果的作用。

当然，仅仅用方言词并没有让文学语言有质的重大变化，作家更多地使用俗谚语来增强语言表达效果，俗、谚语是千百年来各地民众生活的总结，具有言简意赅，意蕴丰富、深刻等特点。

我现在已穷到见骨了！④

越穷越见鬼⑤

1928 年开始的世界性经济危机，世界各地人民都饱受其难，“穷”是当时的流行语，但是“穷”到了什么程度才是真正的“穷”呢？俗语中的“见骨”，可

① 白丁：《愤》（1930），《马华新文学大系七·散文集》，第 129 页。

② 慧聆：《铁牛》（1930），《马华新文学大系三·小说一集》，第 307 页。

③ 柳鞭：《饥饿的狗》（1930），《马华新文学大系三·小说一集》，第 580 页。

④ 呆伯：《偷生日记》（1929），《马华新文学大系三·小说一集》，第 226 页。

⑤ 呆伯：《偷生日记》（1929），《马华新文学大系三·小说一集》，第 233 页。

谓令人惊心动魄。这可以从两个角度来加以解释，“见骨”，一是瘦得皮包骨头，没有一点肉，然尚有一点点活力；二是极瘦的夸张说法，见到骨头，离死已经很近了。这样的用词，就具有极强的艺术感染力。另一种境界就是“见鬼”，表示运气坏。在马来亚这样的殖民地里，失业者没有任何生活资料，寸步难行，处处碰壁，找不到生活的希望，与民间常用的“鬼打墙”状态相类似。无论是“见骨”，还是“见鬼”，在死亡线上挣扎生活民众的痛苦跃然纸上，这样的语言不仅生动，而且意蕴深沉，耐人咀嚼。

如果说以上的例子还只是套用了汉语中常见的俗谚语，并无特殊之处的话，那么作家们在创作中逐渐使用马来亚当地华人常用的谚语，概括了在南洋一带谋生的艰难与不易，这是中国大陆俗谚语中所没有的。

> “州府的树有横干，没有总根的”；
> “州府的水无情的，有去没有还的。”
> “金山丁，南洋伯”
> “年望年好，年年割山草”
> “人过番，你过番，甚么无钱番。”①

这些俗谚语，使用民间歌谣的形式，有三字，或四五字，不拘一格，凝聚了无数下南洋谋生者的万千感慨。许多出外谋生者飘洋过海，希望在异域他乡寻找一块安定生活的乐土，但是当他们劳累一生之后，发现自己的生存境遇其实都只能糊口而已，发家致富、衣锦还乡的梦想离他们越来越远，不觉生出无限的失望与感伤。“年年割山草”正是他们这些“无钱番”的真实生活写照，即使明白自己的处境无法改变，他们还是以坚忍不拔的毅力，“年望年好”，期待着有那么一个美好的未来，虽然这个希望终究十分渺茫。当然，是什么原因造成了这些南洋客“年年割山草”？他们自然无法从更高深的层次去理解，只能根据自然现象加以类比推理，认为是水土风情造成的。州府的树“没有总根”，这是热带地区常有的现象，独木成林比比皆是，但也就意味着没有一个总源，这对于历来很强的认祖归宗意识的华人来说，是十分悖理的；水流入海，本是自然现象，却成为华侨有去无回的隐喻。因此，语言中充满着对这块土地的怨怼与无奈，可谓爱恨交加。新到者总是想到衣锦还乡、叶落归根，而能够实现的毕竟是极少数，大多

---

① 张金燕：《南洋华侨的祖家观念》（1927），《马华新文学大系七·散文集》，第143，144页。

数的人则是有家难回，零落他乡。在这些看出平常的俗谚语中，倒映出多少代南下寻梦者破碎的梦！

文学作品都是以反映某一地人民生活作为艺术追求，其次才是人类的共同精神指向。这时沉实语言，还体现了马来亚社会复杂的生存环境，不单有方言，还有外在的大环境——外来语，如果这一方面没有进步的话，那么反映当地生活的现实意义则将大大折扣了。马来亚是英殖民地，在统治阶级使用英语作为官方语言之时，普通百姓则用马来语作为主要的交流方式。因此，马华文学语言中混杂有英语和马来语就是十分正常的现象，在现实生活中，一般是两者并用，现以丘士珍的《峇峇与娘惹》为例。

> 呵，我的好妹妹，我沙央你呵！①
> 这把"梵哑铃"也带去吗？②
> 苏来说情愿在吾家弄帮呢？③

在小说中，这种英语与马来语夹杂出现的情况很多，正是这种多元化现实社会环境的真实反映。"梵哑铃"是英语，violin，小提琴；"沙央"是马来语，"爱"；"弄帮"，指的是帮忙的意思。这两种外来语在作品中很自然地自由转换，正是马来亚社会这种民族大融合的真实反映。英语和马来语在作品中出现的比例差不多。

如有关英语使用的，

> 只要我们的"甘密星"到手就算数！④
> 一位米斯请我看了一回影戏。⑤
> 岩影病了，他的表哥说他是患了lovesick"⑥

这些外来语，或直接出现，如lovesick，或以音同形式出现，相思病；"甘密星"，即commission，佣金；"米斯"，是指Miss，小姐。这些日常生活中的常用

---

① 丘士珍：《峇峇与娘惹》（1932），《马华新文学大系四·小说二集》，第33页。
② 丘士珍：《峇峇与娘惹》（1932），《马华新文学大系四·小说二集》，第38页。
③ 丘士珍：《峇峇与娘惹》（1932），《马华新文学大系四·小说二集》，第50页。
④ 饶楚瑜：《囚笼》（1934），《马华新文学大系四·小说二集》，第96页。
⑤ 谭云山：《教员学生与看影戏》（1926），《马华新文学大系七·散文集》，第48页。
⑥ 枕戈：《他的美梦醒了》（1932），《马华新文学大系四·小说二集》，第85页。

语，在殖民地社会里，使用极为普遍。另一方面也反映出语言的交融趋势，作为官方语言的英语，和民间使用的马来亚语、华语，正出现初步的交混现象，只不过这种相至交混的内涵还不太大。换另一个角度来考察，马来语自然也会混入英语和汉语的发音，这些都是需要经过很长的一段时间交融后，才会逐渐形成的一种特有的语言现象。

马来语的杂用，在作品中出现的比例也很大，兹举数例：

没法子想，请你“倒囊”我吧！①

不由分说地把峇峇和娘惹用手镣扣起来，并且连阿婶都带至“公班牙”去了。②

峇微！③

玻璃主辞去官职，回到中土去。④

忙说了一声“搭礼”（行礼，致敬的意思，马来语）⑤

老婆子实在可怜的啊！天天只吃“无拉赞”配饭，要买一点油菜也不能呢！⑥

这些例子中，“倒囊”，也称“多隆”，指相助之意；“搭礼”是问候词；而“峇微”，则是马来语骂人的话，指的是猪，那是一种带有侮辱性的语言；玻璃主，即英语 police，警察之意，主即头头之意，是管理猪仔们的警官；公班牙，原是“公司”Company（Compagnie）的音译，但并非现代意义上的公司，乃是指 18 世纪后期粤、闽农村中各种经济组合的通称，无论人员、组织还是资金、账目上的组合，都可以致用这一称呼，比如东印度公司，当时被华人音译为“公班牙”。“无拉赞”是南洋人尤其是马来人最喜欢的一种调味食品，用小虾和盐等腌制而成，香港人叫虾酱，马来语是 Belachan。这些词语其实是衣、食、住、行等社会活动中最常见的用语，而骂人话则是人们在异地最常见，也最容易记住的语言，因其发音特征十分明显易记，成为最常听见和使用的词。由此可见，马华文学语言已经渐渐深入反映广阔马华社会生活，当然，这些还仅仅是开始，我

---

① 饶楚瑜：《囚笼》（1934），《马华新文学大系四・小说二集》，第 94 页。
② 丘士珍：《峇峇与娘惹》（1932），《马华新文学大系四・小说二集》，第 60 页。
③ 饶楚瑜：《囚笼》（1934），《马华新文学大系四・小说二集》，第 89 页。
④ 曾华丁：《五兄弟墓》（1929），《马华新文学大系三・小说一集》，第 534 页。
⑤ 柳鞭：《饥饿的狗》（1930），《马华新文学大系三・小说一集》，第 585 页。
⑥ 浪花：《生活的锁链》（1930），《马华新文学大系三・小说一集》，第 285 页。

们也可以在以下几段语言中看到外来语在语言中的混用情况：

> 卖雪糕的铃儿，在街心犇令的响，孩子的小手在楼窗里招着：
>
> “爱士吉林，satu cen satu cen.”①

这是日常生活中一个非常普通的场景，却杂有多种语言成分的因素，共同构成了马华文学语言的独特现象，“犇令”，是生造的拟声词，用于代表铃响的声音，现代一般用“叮铃”一词，如果细加比较，这两个词的音响效果还是不同的，“犇令”有平仄变化，显得更为柔和，有抑扬高低的节奏感，让人想起走街串巷的小贩们是如何叫卖的情景，“叮铃”都是平音，变化较小。“爱士吉林”，即英语 ice cream，“satu cen，satu cen”是马来语，satu 是一的意思，cen 是分，就是一分钱，短小的文字中，截取了马来亚社会中的一段独具风韵的生活情景。随着社会的发展，这种生活场景已逐渐退出历史舞台，成为以往社会生活中依稀温馨而又美好的记忆。骆明先生在他的散文《叫卖声》里曾回忆小时候记得的各种叫卖声，流露出那种美好的情愫。

> “stop”，刚走到园口的时候，兵警们对着率领工人的亚牛瞄准。
>
> “亚巴？路皮仅亚巴？”（什么？你们做什么？）亚牛用马来话说。
>
> “不利妈锁”（不准进去！）兵警大声地叱骂。
>
> “妈锁！一定要进去！”②

这是一段饱受压榨欺凌而奋起抗争的工人们在行动前面对的势力对视。因为这是斗争前的交锋，所以语言都十分简要，显得斩钉截铁，不论是马来语，还是华语，均是如此。

> 阿番刚想拔开门闩逃走，但是来不及了，门板被外面的马打踢翻了。接着一队黑大汉蜂拥地抢进来，一时棍光拳光，雨点般错杂交加，大狗和暗牌的峇都靴橐橐地怒吼着。
>
> 峇咪！峇咪！
>
> 大狗怒吼的叱声。

① 曾圣提：《生与罪》（1929），《马华新文学大系三·小说一集》，第465页。

② 浪花：《生活的锁链》（1930），《马华新文学大系三·小说一集》，第298页。

入妈的！暗牌和马打的合奏调。①

这段文字描写的是因穷困潦倒而不得不偷窃为生的阿番被捕时的情景。由于是激烈打斗场景描写，语句都显得比较简短，有二字、三字句，也有六七字为一句的，使叙述的节奏明显加快，有利于描写动作性场面，更好地烘托出抓人打斗时的暴烈氛围。而且，从使用粗俗语和特定暗语来看，我们可以看出十分微妙的内涵来，“杏咪”“入妈的!”这是属于骂人的语言，“杏咪”是马来语的“猪”，显然这是当地警方人员辱骂华人的用语；“入妈的!”没有标明是谁发出来的，有可能是挨打的阿番抗争时的声音，也有可能是华人暗牌的声音，这是较为含糊的，统治者与被统治者的身份、文化背景在这短短的话语中显露无疑。

此外，这段文字中又有一些特点的暗语，如“马打”、“大狗”、“暗牌”，显然都是贬义词，是底层百姓对那些政府中的暴力执法者的称呼，具有鲜明的阶层性，也带有极其明显的感情色彩。于是这些语言在这里也就形成了截然对立的语言斗争张力，一方面是粗鲁的辱骂，一方面是不满的贬称，那个时代的阶级矛盾和社会心理的对抗可见一斑。相比前一则而言，同样是斗争性场面的反映，作家的态度和写作时的投入状态是大不相同的，上一则比较客观，如实描写胶工与兵警的交锋，用词大都是中性语；而这一则明显加入了作家的感情色彩，体现了作家对贫民的深沉的同情和对统治阶级的高度不满。

常言道，一方水土养一方人。某一个地方的人，常常会用某一个地的特有风物来形容当地人和事。马华文学语言就有非常鲜明的地域色彩，就像中国传统的语言在描写美人时，爱用“面若桃花”“肤如莹雪”的词一样，马华文学语言中也开始出现了用当地特有的风物来表现的语词：

满脸高高凸凸的疙瘩，却如包着波罗密的厚皮。②

“三只狗头牌啤酒”“五十枝庄的狮牌烟”③

形容人的脸皮之粗糙，马华文学语言用波罗蜜来形容，是十分形象的。波罗蜜是当地常见的水果，体积很大，几十斤重的都有，外皮很粗。而这样的意象，在中国的文学语言里，是从未有过的。文学史家方修称这是马华文学逐渐“南洋

① 曾玉羊：《生活圈外》(1930)，《马华新文学大系三·小说一集》，第562页。

② 吴仲青：《梯形》(1929)，《马华新文学大系三·小说一集》，第506页。

③ 饶楚瑜：《囚笼》(1934)，《马华新文学大系四·小说二集》，第95页。

化”的过程，这种本地色彩也在用语、意象的使用上具有其他地区所没有的特色。“狗头牌”啤酒、“狮牌烟”，正是当时马来亚人民日常生活用品的一种。“狗头牌”“狮牌”只是商标的图案，当地人并不用商标名称，而是选用商标的图形来称呼，这与他们的社会阶层、所受的教育背景等方面又是息息相关的。工业化产品时时可以看出时代进步的身影。虽然这只是日常用品，但一样也能折射出那个时期的社会氛围与生活节奏。从反映社会生活的深入程度来看，这个时期的文学语言比上一个阶段要显得沉实。

马华文学语言的沉实不单体现在具体的词汇用法上，也体现在文学语言所传达出来的时代心理上。它如实展现出经济危机大潮中社会底层人民挣扎生存的苦痛状态，为人们记录下了那一时代，普通劳苦大众所面临的巨大生存挑战。

> 翻来覆去五更天/饥火如焚肠欲煎/安得一盘白米饭/教他憔悴转欢颜。①

“五更”是个标志性的词汇，喻指凌晨时分。颜真卿有一首励志诗，“三更灯火五更鸡，正是男儿读书时，黑发不知勤学早，白首方悔读书迟。”颜氏以光阴不居来激励莘莘学子，千百年来影响巨大。这篇作品也用了“火”“五更”等词汇，具有自我安慰的自嘲式的态度，说明读书并不能解决肚子饥饿的问题。可见知识分子一旦沦落到社会底层，他们的自尊心，使他们放不下面子，去乞求别人的同情，但“饥火如焚”的生存欲望又促使他们产生了极大的心理矛盾，故而只能用这样的方法来安慰那辘辘饥肠，落魄的知识分子可怜的境地愈发令人同情。当然，作为一首打油诗，虽无太多的艺术审美价值，同样能忠实地传达出主人公身处的特殊境地。

> 自别家乡八九年，/未曾挣得一文钱！/父母情断，/妻子缘悭，/啊啊！潦倒颠连！/……②

这是小说主人公在描述自己不幸生活所写下来的诗句，从字面上来看，文字十分浅白，使用的是类似于半民谣半自由体的格式，通首押的是“ian”韵，体现了主人公已至于“父母情断，妻子缘悭”潦倒生存的窘迫境地，无颜回去见

---

① 柳鞭：《饥饿的狗》（1930），《马华新文学大系三 · 小说一集》，第 577 页。

② 呆伯：《偷生日记》（1929），《马华新文学大系三 · 小说一集》，第 228 页。

家中老小，这使他的心情抑郁难舒，感情哽噎，说不出话来，只得以感叹词“啊啊！”来表达这种无法忍受的痛苦，最后才以“潦倒连连”来作结。显然，这种文字正符合作品主人公小知识分子的身份，虽有一定的文化修养，但水平不高，因此文字及表达的技巧就显得非常有限，这才是真正符合作品人物形象要求的。倘若文采流丽、用词古奥，那可能是属于另一阶层的人物，绝对不会写出“未曾挣得一文钱”的句子来。因此，文学语言的沉实是十分明显的。

> 我们可怜的祖国，被万恶的军阀抓在它冰冷冷的指尖下，悲哭，哀吟，许多许多的无辜民众，不堪统治者的榨取，不堪军阀的摧残，不堪饥寒惊慌的压迫，都大批逃亡到这里。他们无亲无戚，在陌生途上飘零。狂风吹着他们，暴雨打着他们，流离，颠沛，满街上乱窜，找不到栖身之所。①

《拉多公公》是一篇带有神话色彩的小说，这段文字是通过一位华侨之口来向拉多公公诉说来到南洋的境遇，用语极为特别沉重。为了体现出民众在军阀统治下民不聊生以及在南洋生存的艰难，作家采用了一种较为特别的句式，即长句与短句的参差交互，来达到语意的表达与感情的宣泄。长句，一般用于诉说沉痛、不幸时的特有节奏，短句，则是感情突然被打断后的情感无法通畅说出，给人一种哽咽之感，有着一停三顿的艺术效果。如果细看，就可以发现，“悲哭”“哀吟”之前，是一句长句；此后又是两个排比句，紧接着“流离”“颠沛”，短句又出现了，这样的长句、短句交织，既有语言表达的急于宣泄的倾诉，又有诉说过程中难以抑制的痛苦，被突然打断的意味，这种节奏的安排就显得十分深沉。

> 我知道了街头巷角走着的人们的低头的作用了，昂然而过，傲气凌人，这是肚子饱而又不用愁的人们的气概；彳亍而来，按部就班绝似儒者风气，是肚饥的人，不会有的风采；蠕蠕而动，步步垂头，两眼放出贼盗偷物时一样的光芒，注视着马路，思有所得，这是饿而未曾死去的人的行街法。我就是这样做了。②

① 海底山：《拉多公公》（1930），《马华新文学大系三·小说一集》，第327页。
② 柳鞭：《饥饿的狗》（1930），《马华新文学大系三·小说一集》，第578页。

这段文字，用对比、排比、比喻等手法来描写三种人的走路方式，十分深刻，也十分切合实际情况。小说里描写一个饱受饥饿折磨的人，在救济断绝、投靠无门、濒临饿死的境地里，上街去寻找一点可以让自己活下去的东西，这是他在边走边看时的联想。人们考察事物的角度是十分有意思的，生性开朗乐观的人，他眼前常常是光明之境；忧肠百结的人，往往触目皆为伤心断肠之景，落花流水，亦是见月伤心之辈。鲁迅也说过，煤油大王是不懂得捡煤渣老婆子的辛酸，焦大是不爱林妹妹的。因此，从这样的一种心理状态而言，对于一个饱受饥饿折磨的人来说，他所思考的角度也一定是肚子饱否作为标准的，在他看来，"昂然而过""按部就班"者都是不必为生存发愁的人；而"蠕蠕而动""步步垂头"者，是无食无力，希望找到一点可食之物或意外之财者的写照。作者十分贴切地描绘了大量失业、无依者的心理状态。没有亲历者，单凭天马行空的想象，是根本写不出如此沉实的文字来的，更无法为那个时代的底层人民留下血泪斑斑的印记。

> 坐脚龟也是我们最愿意的事哩。我们想坐脚龟是一条妥善的生路呵！我们愿意跑进监狱里面去生活呀。我的主呵，愿你早点把我们送进监狱里罢。①

在这段文字里，"坐脚龟"指的是坐牢，这是方言中的一种形象的说法。龙有一子，名为赑屃，长得像龟，善于负重，历代以来都让这样形象的动物来驮石碑。所人们就把"坐脚龟"形容为负重生存或是在狱中苦度岁月。这段文字大量使用呼告句式和感叹词，如"哩""呵""呀""罢"，几乎每一句都是一种心意或愿望的表达，可见其祈求的愿望是何等强烈。从心理学的角度来看，生存是人类的第一意愿，只有这个要求得以满足以后，才会有其他如自尊、进取、个人价值实现等愿望。坐牢本是一种限制人身自由的方式，更是一种不光彩的事，但人若是到了走投无路的时候，这种极端方式也成为向主祈祷的内容，可见社会的穷困已经到了令人触目惊心的地步。

美国作家欧·亨利的名作《警察与赞美诗》中，流浪汉苏比在深秋时想方设法要被警察抓进监狱以便度过严冬，无果；当他听到教堂的赞美诗后，心中鼓起了向善的力量，要重新做人时，却被警察逮捕，送入狱中。我们或可猜测曾玉

① 曾玉羊：《生活圈外》（1930），《马华新文学大系三·小说一集》，第565页。

羊模仿欧·亨利的手法，但也有许多证据可以证明这是作家对人性深入体察而得出来的殊途同归的写法。欧·亨利笔下的流浪汉是属于精神上的自我流放，并没有达到活不下去的境地。而这段文字里的人物呼告，已经到了山穷水尽、走投无路的境地，虽然他的精神并没有堕落，依然十分清醒，但残酷的现实逼迫他只好选择自我堕落的生存方法。可见马来社会里的贫民悲苦，比起欧美文学作品中的流浪汉的境遇还要惨烈。在看起来十分荒唐的祷告幻想中，留给了读者许多深沉的思索。

二、艰难时世一吐块磊：愤激

20世纪20年代末，一场世界性的经济危机大潮席卷马来亚，一时间马来亚社会陷入混乱之中，马华小说对处于危机中的马华社会现状进行真实的反映，如胶锡跌价、工人失业、阶级矛盾加剧，主要作家有罗依夫、李梅子、浪花、慧聆、海底山、丘珍、饶楚瑜、林参天等；散文则以谭云山为代表，其作品对南洋社会的闭塞气风展开强烈的批评，带有浓郁的感情色彩，其他散文作家有一工、孙艺文、古月等；诗歌以《南风》编者拓哥及《星光》谭云山、邹子孟、段南奎等为代表。作家虽然所写的体裁不同，但是语言风格则有相当大的相似性，对处于苦难中民众的深切同情，与对不劳而获者的愤慨，呼出了广大底层百姓的心声。

愤激的语言就成为艰难时世中的文学创作特征。因为时代动荡，百姓生活困苦，贫富悬殊，阶级矛盾尖锐等社会现象，必然会体现在文学作品中，古人早就有过十分精辟的论述，“治世之音安以乐，其政和；乱世之音怨以怒，其政乖；亡国之音哀以思，其民困。”（《礼记·乐记》）虽然古人所谈的是音乐，但自古以来，文学与音乐几乎是同源。20年代末与30年代初的马来亚，在世界经济危机大潮的冲击下，也是哀鸿遍野——自然比起中国的战争乱世，似乎还是相对平静的。但民间的苦难与资本所有者的奢华对立现象并未消除，故而“怨”与“怒”的社会心理，反映在文学中，则形成愤激的语言风格。

> 五个儿子，好像五颗可怕的子弹，狗贱的妈就是制子弹的枪筒，可恨她同时又是制造火药的兵工厂。她不断地工作！她好像一条母狗，狗贱的爷想。①

---

① 曾圣提：《生与罪》（1929），《马华新文学大系三·小说一集》，第466页。

一个极端贫困的家庭，连大人自己都难以养活，更何况拖家带口。“屋漏偏逢天夜雨”，对这种家庭来说，多添一口人，生存的痛苦就会增加一分，于是本来是人丁兴旺的家，则变成了生存的恐怖威胁，这对一家之主狗贱的爷来说就是如此。他甚至产生了幻觉，这一段文字的比喻十分生动、贴切，吻合人物此时的心理状态。“子弹”“枪筒”“火药”“兵工厂”，无一例外都是与令人恐怖的杀人武器联系在一起，营造出恐怖的氛围；而“母狗”则是令人鄙夷、轻视的对象。综合起来看，既鄙夷轻视又忧惧恐怖的感情居然综合到一个女人的身上，正衬托出狗贱的爷的变态心理。如果联系他的生存环境来看，就会发现这种变态是被贫困、饥饿折磨得精神恍惚而几近疯狂了，所以，这种语言里，包含着作家对苦难者同情而流露出来的愤激心理。

> 今日的社会对于我们只有冷酷的待遇！职业问题得不到解决，婚姻问题得不到解决，一切一切问题不能得到解决；社会一天一天对着我们反动！使到我们找不到出路。像站在这前无去路后有追兵的我们，是十分有自杀的可能！①

不单是虚构性的小说里有着痛苦的幻觉，在散文中，我们也能看到类似的沉痛忧愤的呼喊。一段短短的句子里，一连用了三个感叹句和一个排比句，表达出心中郁积许久的痛苦。感叹句式是用于表达强烈、集中、奔放的情绪，作家采用重复的句式，“……问题得不到解决”，这样的句式，加强语气的力度与气势，这种有意的重复，象征着社会问题堆积如山，积重难返，有一种令人喘不过气来的感觉，因此，在语言表达上就形成了一种感情上的张力。不断重复的句式，表示压力层叠，有强烈的压迫感；感叹号句子则象征着感情的抒发与喷薄渠道，压力越大，则感情爆发力越强，“自杀的可能”现也就顺理成章了。当然，情感的表达，只是诸多社会不满与痛苦的发泄方式而已，让人分明感触到马来亚底层人民痛苦的呼号。

> 幽绿的月光，罩住了广阔的森林地带，格外怖人。潮湿的空气，几乎令人窒息，泥泞的路上，堆积着许多落叶，间歇地在那里喘气。无数的白铁罐子，杂乱地卧在毛茸茸的草地上。许多受着磔刑的树干，还在

① 实夫：《社会杀了人》（1929），《马华新文学大系七·散文集》，第107页。

一滴一滴地流泪。一些完成了它们使命的钢刀，也在泥土里安眠，毫无声息了。这时候，一些黑影子开始在树林中摆动，接着就有鬼火似的灯光，闪闪烁烁地，往树林中乱钻，一些面黄肌瘦，鬼气十足的人们，就一群一群地出现在一个树胶园里。他们并不招呼，也不打话，各拔出他们自已的锋利的尖刀，往那里遍体疮痍的橡树身上乱割，就好像对于橡树有什么深仇积恨似的。①

这是一段描写胶工在凌晨时分工作时的情景，整个环境显得凄清恐怖、伤感而诡秘。从语步分析，本段文字长短参差，若干短句之后，紧接着是长一些句子，给人以和谐平静之感，所以从叙述的语调来看，作家的情感是平和的。但从用语考察，就会感受到平和之中又有一股巨大的冲击力："幽绿""潮湿""窒息"这三个词，营造了一种阴森恐怖、危机四伏的氛围。一般来说，月光若是皎洁，那表示明净美好，但是"幽绿"的话，则代表冷气森森，寒气逼人，且有一种不祥之感，因为它往往与绿色的"鬼火"联系在一起。在这样的环境中，有动有静，"磔刑""流泪"与"无声息""安眠"，形成反差，说明即使是安静无声的环境里，痛苦是无所不在的。关于树胶工人的描绘，作家使用的词语与四周的环境的恐怖氛围也是相近的，"鬼火""鬼气""乱钻""乱割"，表面上这些工人们的工作毫无章法，随心所欲，似乎这些人也是鬼气森森的，令人恐怖的。只有细加体会，才会感受到作家的用意，这是一种反讽的写法，恐怖、诡秘、阴森的环境，与鬼气森森的人们，固然是令人不舒服的，但又是什么造成了这一些像鬼一样工作的人呢？什么因素把人变成鬼呢？这种生活状态并不是他们希望的，因为"深仇积恨"这几个字，就把劳动者的那种强忍生活巨大压力，过着非人生活的状态给体现出来了，他们惟有把满腔的不幸与痛苦转移到劳动过程中去，让无言的橡树来承担这种无以名状的痛苦。因此，反讽的手法，使作家对社会的不公，对劳动者的深切同情体现得明明白白。这不是劳动者的哀歌，而是对把人变成鬼的社会的愤怒批判。

贫困有时是相对的，有时是绝对的。每一个时代都有相对贫困的存在，但是绝对贫困往往是诱发社会大动荡的根源。因为一方面是食不果腹，而另一方面则是奢华挥霍，这更易形成社会的不稳定因素。文学语言的风格不会自动形成，而是在各种社会因素的合力作用下，它才会凸显出来。马华文学语言中的愤激，就

① 饶楚瑜：《囚笼》(1934)，《马华新文学大系四·小说二集》，第88页。

是社会两极分化对立心理的生动体现。

> 是一群魑魅魍魉，是一群牛鬼蛇神，是一群当路的豺狼，是一群喜欢吮血的母猩猩！呀！它吃的是玉液金精！它穿的是锦绣绫罗，它住的在那手可摘星的高楼七十二层！却原来是脂膏涂就，是血泪染成，是万颗枯髅一层一级的筑成！呵！是罪恶之府！是人间地狱幽冥！①

对于在死亡线上挣扎的普通百姓而言，那些把自己的享受建筑在他人痛苦之上的豪富之家，无疑就成为人民的公敌。作家以辛辣、夸张的语言，描绘了一个群魔乱舞、生灵涂炭的社会乱象。从词语的选择表达上来看，这些词语可以从感情色彩的角度分两个截然对立的阵营：魑魅魍魉、牛鬼蛇神、豺狼、母猩猩、枯髅、罪恶、地狱、幽冥，这些代表着人世间的一切丑恶、残酷和黑暗，是罪恶的渊薮，是痛苦的总源。另一个则是代表着美善：玉液金精、锦绣绫罗、高楼七十二层，玉液金精乃是道家术语，能使人延年益寿的仙人食物，非同寻常；七十二层高楼，乃是步步高升之征兆，飘然登仙，那是理想状态神仙般的日子。然而，能享受这些神仙般日子的人，竟然不是那些勤劳、善良的人们，反而是那些噬人魔怪。"为善的受贫穷更命短，造恶的享富贵又寿延。"（《窦娥冤》）善恶之报截然颠倒，形成了巨大的对比。同时，值得注意的是，无论是善还是恶的形象，为了使自己要表达的意象更为明确集中，作家都采用了一个个的成语，并没有另造新词或新创意象，以唤起读者在脑海中的民族传统意象，带有极为强烈的民族文化色彩。它几乎每一句都是一个感叹号，既说明了作家对这种现象的极度震惊，也说明了这种现象已经达到令人发指、无法言说的状态。一句一个强调，除了震惊，更是震怒，是作家愤怒的诅咒。这犹如穆时英所写的新感觉派的小说一样，"上海，造在地狱上面的天堂。"这种批判的力度与诅咒的力度是一样的深刻。

其实，这种愤激状态的心理，在各种文体中都存在，诗歌表现得尤为充分。

> 饮吧！饮吧！/新鲜的血/从人们那里才榨出来的；热烘烘的。/工人汗后底血；清凉凉的/士子脑中底血；②

诗人以极为愤慨的语言，发出对"得意人们"的强烈谴责，指出这些"得

---

① 蓬人：《心弦》（1930），《马华新文学大系七·散文集》，第113页。

② 海若：《得意人们的歌》（1927），《马华新文学大系六·诗集》，第35页。

意者”，是以榨取社会众生鲜血来获得个人欲望满足的，他们已成为社会的吸血鬼，是工人大众的公敌。诗人用“热烘烘”来形容工人汗后底血，“清凉凉的”来形容士子脑中底血，似乎是在描述这一群吸血鬼在品鉴不同阶层鲜血时的得意之状。令人毛骨悚然，客观上也映衬出“得意者”的残忍、无情的狂欢之状，于是，越是狂欢，作家的语言批判力度也越为有力。鲁迅在得知几位文学青年被杀后，写下“忍看朋辈成新鬼，怒向刀丛觅小诗，吟罢低眉无写处，月光如水照缁衣。”马华诗歌中的“饮吧！饮吧！”表面上是力劝、鼓励，其实正是鲁迅先生诗中的“忍”字，真正要体现的则是“怒”字。劝中有告诫，鼓励中有出离的愤怒，在貌似“劝说”的语言中，带有极度的憎恨和鄙视，感情愤忿难平。

在二三十年代，贫富悬殊严重的程度，那是涉及到能否生存的问题，可能会引发社会的动荡。当今的贫富悬殊也很明显，只不过它体现的是公平的问题，2011年9月开始的轰轰烈烈的美国“占领华尔街”运动，其“1%”与“99%”的口号，不外只是一种呼吁与发泄而已，尚不及于乱。以下两例，可以看到那个时期的感情表达强度达到何等境界。

一排排的楼房列队街旁，/一幢幢的高厦矗立海滨，/伟大呵，这建筑的雄壮！/说是文明创造者所居吗？/为何里面却住着噬人的魔王！/是荒郊还是都市？/是都市还是荒郊？①

火车驰过铁桥，/铁桥下发出雷鸣吼声/这吼声有如火山的愤怒，/这吼声有如狂涛的不平。//搭客们只感到旅行舒适，/何曾见到当日建路的工人？他们用枯骨把铁轨架起，/他们用尸体把海面填平。②

这两则文字的写法与所表达的含义是一致的，故放在一起来看。从语段所用艺术手法来看，都是使用先扬后抑之法。即歌颂建筑的宏伟、火车经过铁路桥时的雄壮威猛，地动山摇。随即又用了疑问句“说是文明创造者所居吗?”“何曾见到当日建路的工人?”这两个句子起着过渡的作用，为感情的抒发转变做好铺垫，于是感情调子变得十分峻急，批判式的语言接二连三地喷发出来，把对社会统治者和利益既得阶层的愤慨淋漓尽致地表达了出来。把荒郊和都市作了相对的疑问提了出来，实则指出不同社会阶层对这富丽雄壮的都市的感受，普通民众创造了大量的物质财富，然而这一切又与他们无缘：统治阶级享受行乐之地，对广

① 连啸鸥：《都市和荒郊》（1929），《马华新文学大系六·诗集》，第112页。
② 连啸鸥：《火车驰过铁桥》（1930），《马华新文学大系六·诗集》，第113页。

大民众而言，却是他们精神上的荒郊。人间与地狱本无差别，差别的是判断者的标准与感受的差异。作家把社会的运行比喻为火车前进，而这是以无数死难者的奉献和牺牲作为代价来决定的。普通民众用生命和鲜血换来了社会的前进和发展，但他们什么都没得到，甚至连名字都被淡忘了。人们能感到得到只是火车的磅礴气势而已。这种巨大的不平，其呼声如“火山的愤怒”，如“狂涛的不平”，迟早会有山崩地裂般的巨变。

大凡物有不平则鸣，没有哪一个社会的人们会在诸多不平的时代里无声无息地沉沦。饱受生存折磨和痛苦的人们，迟早会奋起抗争的。因此，这个时期的语言除了愤怒，又有另一种不平的呼吁。

> 织吧，织吧。/为这班幸福的人们，/织造丧衣吧！/让他们的青春死灭，/让他们的幸福死灭；/为我们自己褴褛的青春，/绣织花一样的衣裳呵！①

这首诗，与海涅的《西里西亚纺织工人》的写法如出一辙。“忧郁的眼睛里没有泪花，/他们坐在织机旁咬牙：/德意志，我们织你的裹尸布，/我们织进三重诅咒——/我们织，我们织！”“一重诅咒将上帝咒骂”、“一重诅咒给富人的国王”、“一重诅咒给虚伪的祖国”。1844年6月，德国西里西亚纺织工人起义，海涅创作的这首诗是对这场起义的声援。海涅把纺织工人对上帝、对国王、对虚伪祖国的诅咒，写得铿锵有力，气壮山河，而又干净利落。马克思也很喜欢这首诗歌，它象征着无产阶级以主人翁的姿态出现在世界政治舞台上，是一首歌颂工人阶级斗争的赞歌。纺织业在马来亚也是有的，织工们的工作、生活条件，按当时的生活条件来说，也好不到哪里去。所以大保模拟了海涅的节奏与写法，直接加上了诅咒，让“这班幸福的人们”、“青春”、“幸福”死灭，这是对生活腐朽奢华的“幸福者”的诅咒，也希望为自己的将来找寻一条光明的未来。如果比较海涅的诗来看，大保的仿作显得更为具体明确，而海涅的气势更为磅礴。在情感的表达基调上，愤怒是一致的，海涅的愤怒中带有强大的沉郁力量，大保的愤怒中带有自信的激昂。毕竟海涅作品诞生于无产阶级的起步阶段，而30年代已是世界共产主义运动的蓬勃发展期，时代已经有了巨大的变化了。鼓励工人们奋起抗争，追求应有的幸福，也在这个时期体现了出来。

---

① 大保：《织女的诅咒》（1935），《马华新文学大系六·诗集》，第134页。

> 啊！可怜的小羊，你怎样的永远只是哭？这于你有什么益处？哭，只有自己才能了解，这畸形，矛盾，罪孽，污臭，浑暗的社会，一切的权势者，都是残酷的败类，是人世的活无常。他们早把一般的汗血用魔威榨干了，早把真理斩成肉酱了。这一切社会底斑点，你底泪呀，又怎能，怎能把它洗净了呢？惟有，惟有啊，奋起你底勇敢，抵抗毁杀……①

这是作家对受污辱受损害的女主人公雪影劝慰之词，在温情怜悯的语言里，又带有隐约的愤激与刚强，是对迫害弱者权势者的批判与声讨，这个世界的畸形、污臭与浑暗，都是这些活无常一样的魔类把持着，默默无声的大众只有承受这无声的恐怖的压迫。作家用了几个反问句，“作怎样永远只是哭?”“这于你有什么益处?”“怎能把它洗净了呢?”这表明了作家态度，那就是眼泪是不能改变这个黑暗的社会，哭泣是不能改变被戕害的命运。“惟有，惟有啊”作家有意用了重复的句子，是为了强调除了勇敢抵抗之外，别无出路可走。最后一句话，如果从节奏上来看，颇有一种鼓点般的节奏，“惟有（1），惟有啊（2），奋起你底勇敢（3），抵抗毁杀（2）”，音步排列由短渐长而又渐短，把内容如鼓点般弹奏出来，起到了鼓舞人心的力量。从整段的节奏来看，作家使用的是由缓渐紧，由弱到强的过程，前面的文句较长，而最后又有意把长句变短，这其实是为了适应这种感情逐渐演变而采取的一种句法。

> 啊！是呀！失业的工人们！/不要踌躇失望！不要徬徨悲哀！/起来起来！你们看：/晨鸡已破晓！曙光已来临！/努力吧！努力地拼出一条生路来！②

同样是鼓励人们起来斗争的意思，新诗中与小说还是有不少的区别，小说的语言不如诗歌来得直截了当。从这首诗的语言来看，我们看到的是作家充满激情的呼喊，他的目标是要唤醒所有的工人们起来努力斗争，可谓激情洋溢。“起来起来”，这样的词汇在二三十年代普罗文学运动兴盛之时，有着特定的蕴义。《国际歌》中“起来”二字，号召全世界的无产者联合起来，推翻这黑暗腐朽的旧世界，建设属于工人阶级自己的新社会，正是因为有着这种崇高的理想和信

① 增建：《雪影》（1932），《马华新文学大系四·小说二集》，第14页。
② 霏霏：《晓》（1930），《马华新文学大系六·诗集》，第60页。

仰，体现在诗歌中，就显得热情和激越，而这种激愤的呼吁，则源于对社会腐朽的深刻认识与愤怒之情。

这种愤激之情，并不是作家空洞的呼喊，或是一厢情愿的认识，这种风格的形成，与当时社会极不平等的财富分配体制有着密切联系。在作品中，不少作家都反映出这样的一种社会现实。

> 老义，是不是？我们汗血筑成的高楼，大厦，给人们住，我们反而要在这等鬼窟似的茅屋来受罪，让人们坐享其成！我们从大清早到晚，费了几许的汗珠，所得来的代价，仅足以为糊口之用，你想……①

从这段工人之间的交谈过程中，劳动者对劳动价值观念产生了怀疑，流血流汗地工作，却一无所获，获利的是那些拥有巨大资本的豪商富贾，当然，他们隐约地感觉到社会的不平等现象是存在的，至于其中的具体原因，则非这些流血汗出苦力的劳工们所能够解释的。有疑问，则会反思，有反思，就会有对比和批判，这是人们思维上发展的一个必然的过程。

> 你看越劳动的人是越穷，闲着不做事的资本家是越闲越富，这也该说是先天注定的吗？唉！课室里听先生们说什么平等，什么和平博爱……这些实在是听得够了。②

人们已经越来越怀疑社会上各种思想观点的正确性，因为他们看到的现象，与理论上的说法有着巨大的差距，并对宿命论产生怀疑，说明了工人阶级的觉醒，不公正、不合理的事实刺激着他们，课堂里面所传授的平等、自由、和平、博爱这一套理论，又与维护现存统治秩序是相一致的。既已从社会统治秩序现象中发现了许多不平等，不自由的现象，必然会怀疑到这个理论的正确性。当然，作为被压迫的工人而言，他们的思想认识是无法从理论上来分析资本主义思想与制度之间的深刻矛盾的。但是有这样的认识，已经是难能可贵了。这种对制度的怀疑与批判，又与当时资本主义经济危机所暴露出来的社会不可调和的矛盾有着密切的联系。再加上普罗文学运动的推动，作家也有意识地通过文学作品来传达自己的理想，这种理想与政治家、思想家的言论是不同的，它通过形象来说话，

---

① 慧聆：《转变》（1930），《马华新文学大系三 · 小说一集》，第 313 页。

② 浪花：《邂逅》（1930），《马华新文学大系三 · 小说一集》，第 278 页。

而不直接喊出来。因此，在文学作品中，对这一套资本主义的核心理论价值的怀疑，作家以劳动者的口语，“听得够了”来表示厌倦与不耐烦。

虽然劳动者并不能讲出理论家的语言，但是每个人都有自己的生活经验与观察体会，也能悟出一些朴素的真理，这正是这个社会得以生生不息发展的真正动力。理论只能是华丽的外衣，但是当现实的一切与理论的描绘发生矛盾时，华丽的外衣自然就会破绽百出。所以，马华文学作品中，对马来亚社会现象和社会心理的如实描绘与传达时，就会把这个社会最深层的矛盾给暴露出来，发出被压迫者在挣扎生存之时的痛苦而又愤怒的呼声，传达了他们对自身命运理解与把握的渴望，激励着所有的读者为争取自己的出路而斗争，所以，愤激的语言风格也在这个时期形成，起到了传达民意，转承呼声的效果。

三、 寄篱他乡曲达心志：婉曲

本时期的马华文学语言，也不只有沉实、愤激，因为报刊、作家为了在这殖民地里生存下去，还要有一定的语言策略，以曲折的方式来表达意愿，即为婉曲的风格。所谓婉曲，就是指委婉曲折地表白创作意图，这种婉曲风格的形成，除了社会的政治因素影响外，还是一种艺术手法，使含义更为深沉隐晦。关于这一风格，可从两个角度来看，一是用词的委婉曲折，一个是手法上的深沉隐晦。

对于特殊的政治生态，文学语言并没有如实使用原来的词汇，而是用了婉曲之笔，见以下数例：

> 使民众起来，打倒××主义，并拆它的走狗——军阀的台。①
>
> “好在把他打了靶，不然，这村不知道要被他弄成什么样子了呢？长庚是×党!”仁彩伯显出非常得意：“万恶的×党被枪决了，为村里除了一个大害。”②
>
> 在国内若碰见了阿拉，马上有卫生丸吃。③

20 年代末，特别是 1927 年大革命失败后，中国大陆的白色恐怖笼罩四野，许多进步的文化人或选择出逃，或选择沉默。在那个时期谈起共产、无产、红色等词汇，无疑是一种禁忌，因为这往往会带来许多麻烦，包括杀身之祸。逃到新

---

① 林雪棠：《一个女性》（1929），《马华新文学大系三·小说一集》，第 207 页。
② 慧聆：《铁牛》（1930），《马华新文学大系三·小说一集》，第 305 页。
③ 呆伯：《偷生日记》（1929），《马华新文学大系三·小说一集》，第 225 页。

马一带的文化人，他们在生命上至少可以得到保证，但政治方面也须小心谨慎。马来亚是英国的殖民地，对来自中国大陆的人士管控也不会像大陆那么严格，但是因为政治意识形态的影响，对于全世界蓬勃兴起的无产阶级斗争和国际共产主义运动，殖民当局自然不会等闲视之，在这方面的舆论控制还是较为敏感的，于是作家们在创作时，只好选择曲笔之法，用“××”等来代替。如《一个女性》中的“××主义”，指的是帝国主义；《铁牛》中的“×党”，即为“共党”。在大革命时代，反对帝国主义，反对封建主义是革命的主潮，而“帝国主义”这类敏感的词常常会戳痛殖民当局，所以当时的报纸为了减少政治上的危险，纷纷使用符号来代替，既可绕开法禁，也让读者心知肚明。

“卫生丸”，并不是真的药丸，乃是枪弹的代称。因为如果把吃“卫生丸”用“枪毙”这样的准确术语，会引起强烈的社会政治意识形态抗争的反弹，因此，改用一种委婉的说法。把这种白色恐怖的影响和给人们造成的心理创伤减少到较低的程度。

以上词句不少是涉及中国大陆的政治斗争的情况，在万里之遥的马来亚也能感受到这种残酷的血腥。如果参照这种状况来看看描绘本地生活的政治词汇，其实也是一样非常敏感的。

> 不过为了现在，因为××主义胶业生产过剩竞争的结果，把胶价退了下来。①
>
> 只有一条良法，就是联合全坡的工人，设个××联合会。……②

在这两句之中，省略部分的词为“资本主义”、“工人联合会”。这两个词本为中性词，并没有类似于大陆那种激烈阶级斗争的含义，但也一样成为马华文学语言在那个时候的政治禁忌语。从小说出版的时间可以看到，30 年代正是全世界经济危机深重之时，许多工厂纷纷倒闭，工人失业，物价飞涨，民怨沸腾。按照马克思主义的政治经济学理论来看，资本主义的经济危机，其实并不是资本本身的危机，实质乃是生产过剩的危机，其原始推动力乃是资本贪婪的逐利性格特征决定的。这样透彻而又清醒的语言，当然也就很难为殖民当局所容，也只能用符号来代替了。而“工人联合会”则更为敏感，大批工人失业，生活没有着落，作为个体的工人，他们根本无法与拥有雄厚资本的资产阶级讨价还价，但是如果

① 慧聆：《转变》(1930)，《马华新文学大系三・小说一集》，第 311 页。

② 白丁：《愤》(1930)，《马华新文学大系七・散文集》，第 130 页。

工人们在一定的组织领导下协同活动，其力量才会真正显示出来，所以代表工人利益的“工人联合会”对于资产阶级而言，无疑就是一种梦魇，尤其是在社会动荡、群情激昂时期，则更为敏感。因此，殖民地政府对这一类词也是严格管制的，所谓的自由，乃是一种幌子，是保证资产阶级能够顺利剥削的自由。而文学创作也得适应当地特有的政治生态，不得不采用婉曲之法来表达。

当然，婉曲的做法，并不只是因为政治因素而采取被动的做法。有一些语言的婉曲则体现为作家在创作的艺术手法，而这种方法，从字面上是很难能让人直接看到其隐含的意义来。兹举数例说明。

> 帐子排列着许多三尺宽六尺长的木板，板上躲着僵尸似的工人，有些人在歪着身体，躺在木板床上唱：“啊哟哟！我的心！”更有一些工人，蹲在地上，抽着香烟屁股，一边吐出白烟圈，一边说着不很雅听的戏谑。有的又陶然自得地横倒在木板床上尽抽鸦片。有的又在赌番摊、牌九、十二支……①

该文描写了休息期间割胶工人的生活场面，表面上蜻蜓点水般画出了工人业余生活各种各样的消遣方式，显得平实而简略。但如果我们进一步分析，就会发现这个场景反映出来的工人形象是无聊猥琐、自甘堕落的，与禁忌语言中工人阶级的强大、团结无私的形象大相径庭。这是作家用这样的方式来委婉地表达了工人阶级组织起来斗争的艰巨性。在《囚笼》这篇小说中，反映的是一群割胶工人起来争取自身权益的过程，这种有损于工人阶级形象塑造的写法，也是作家在创作技巧上婉曲的体现。割胶工人大都出身于农民，他们或因社会动荡，或因生活破产而来到南洋谋生。由于大部分劳工的知识水平很低，多数是文盲，他们的生活追求与思想境界自然也就不高，只是根据一些自然的需求来打发业余时间，抽鸦片、赌博、唱淫词等行为也就不足为奇，他们的生计在没有受到剥夺之前，自然就会浑浑噩噩地过着年复一年的劳作，这种苦日子也许会伴随他们的终身。

在这样的情形下，这些在苦水里泡大的割胶工人根本不会想到“资本主义”、“工会”、“共产党”这类具有高度抽象意义的词，与他们相伴的倒是工头、工价、三餐用度，如此而已。作家如此细致地描写胶工浑浑噩噩生存状态的目的，不仅仅只是一种如实的处境描写，更包括着作家的委婉劝诫，让工人阶级觉

① 饶楚瑜：《囚笼》(1934)，《马华新文学大系四·小说二集》，第90页。

醒起来，为自己的前途命运而斗争并非易事；使他们团结起来，为着某个理想而奋斗则更为艰巨。如果我们把二三十年代描写工人阶级斗争的小说，放在一起来考察的话，作家使用婉曲之法来进行创作的特点就会显得更加分明。

此时，一些志趣相同的文人组成小团体，他们的创作也体现出各自不同的艺术倾向，涌现出浪漫主义、唯美主义、感伤主义等不同的流派，使马华文坛呈现了丰富斑斓景象，而这一类的创作倾向，其语言往往会或多或少地流露出婉曲的特征来。

婉曲的语言，还体现在作家对人物心理描写时所用的方法。我们来看看以下一段文字。

> 韩江两旁堤上春草凄迷，远处的翠树多么可爱。他沐浴于绮丽的自然的怀抱中，他与自然共一体，他受自然所陶醉了。他呆坐于舟中，悠然忘机了。
>
> 到了（舆石）峰。呵！（舆石）好象伛偻立着的老人。这个隔了汕埠一衣带水的（舆石）峰，那真是世外的桃源，浓郁郁葱的树林里面，新式的建筑物半隐半现。①

这里所描写的景物乃是故乡的山水，青翠、绮丽，奇峰怪石，美得目不暇接。作家突出其自然、悠闲之美，是极为理想的境地。其实，在热带的马来亚，终年皆夏，一年四季都有花开花落，草木荣枯，生机勃勃而景色万千，其山水之美，并不逊于春天时分的韩江两岸，而为什么这里的山水并没有入小说主人公之眼呢？除了表达了主人公对家乡的思念外，更重要的是婉曲地表达这块土地对他们来说并不是理想的乐土，流露出小说的主人公在这块土地上过得并不如意，失意者总要用其他的精神上的方法来进行慰藉，那可爱的世外桃源，悠然忘机的景色，其实就是他们自我营造的幻境，并以此来自我麻醉。小说作家显然并没有把这种自我麻醉当成一种值得肯定的方法，而是指出心造幻像必不能持久。作家的态度其实是非常复杂的，既有表示理解、同情，但也表示出一定的批评之意，一切都在这不言之中。

> 他此时才悔当初若不把几块田地都变卖了来做路费，这时也可回唐山

① 侠夫：《深谷里的叹息》（1934），《马华新文学大系四·小说二集》，第116页。

> 耕田。耕田虽不是好过日，甚末肥料捐、五谷捐、保安捐、户口捐……，整年辛辛苦苦耕作，大半的收成都落在衙门老爷的荷包里；但是最狼狈时还有一些蕃薯干度活过日。①

一些到南洋来谋生的人，他们实际上是在家乡已经活不下去了，虽终年辛苦劳作，但苛捐杂税逼得他们不得不背井离乡，南下者的故乡生活往事成为他们逃离的对象，痛苦的渊薮，他们当时是下了很大的决心才离开这块给他们带来苦难的土地的。然而到了南洋之后，繁重的劳动，低廉的工资收入，有时甚至是挨饿的日子，使这些劳工认识到他乡虽好，毕竟并非久居之地，动起了思念家乡好处的念头，怀念家乡粗陋的食物还可充饥，而在异域他乡，不劳动马上就会面临断炊的威胁。作家用婉曲之法，写工人们思乡，体现出工人们对生活环境又恨又爱的心态。表现上看，故乡好像比南洋好，但从这些侧面我们可以看到两种不同的爱恨心态：对故乡来说，只有一种不至于饿死的安定感，其他的则没有了；对于生活着的马来亚来说，虽然没有那种安定感，但是有难得的自由活动感，没有苛捐杂税的催逼，这也是国内难有的。有利必有弊，世事难两全。因此，这里的后悔并没有说明劳工们会放弃这里的生活而毅然回乡。因为回乡的幻想虽然不时出现，但是现有的一切又令他们割舍不下。在这样的语言里，作家非常细腻地体现了这些工人们的内心活动，而作家只写其一面，另一面则需细细体会才能感觉得到，可见婉曲手法的使用，在表现人物内心时，所体现出来的良好效果。

婉曲的表达方式，还体现为用喜体现幽愤，以乐衬悲的方法，生动体现出艺术手法所特有的感染力。

> 哈哈！这样快活！这样尊贵！这样威风！哈哈……
>
> 师长，师长太太，大姨太，二姨太，三姨太……真好玩！吃花酒，又麻雀，兜风……好快乐！师长之乐乐无穷！②

这段文字的语言表达十分有特色，通篇采用极少字的短语来描绘，以此来显示师长的快活、尊贵与威风的情景，而且有意思的是，作家用一系列的名词排列，句子也不完整，似乎杂乱无章，细看又给人带来无穷的联想，这种写法犹如传统的艺术“拉洋片”，一张张图片显示出来，语句越短小，表明节奏越快，从

① 一村：《橡林深处》(1935)，《马华新文学大系四·小说二集》，第100页。
② 邹子孟：《师长》(1926)，《马华新文学大系三·小说一集》，第170页。

“师长……兜风”，一系列的名词中，最长的只有四个字，大都只有三字或两字，这样形成了一个个孤立而又有紧密联系的人物和事件，都围绕着“师长”的私生活全面展开，如同一个个色彩鲜明简洁的摄影镜头，一一呈现给观众，形成一个集中的视觉冲击，而快速的节奏说明了军阀官僚在掌政之后，迅速腐化，花天酒地，骄奢淫逸的丑状跃然纸上。这段文字似乎是对军阀生活的歌颂，而且采用的是当事人彼时彼境的心理状态，“快活”“尊贵”“威风”体现出一种令人晕眩般的幸福，乐不可支的狂态，这是一种贪婪纵欲、剥削民脂民膏恣意享受的恶行，在歌颂中有尖锐的讽刺，在快速的状态与节奏中，体现出作家严峻的批判。而这种笔法，以婉曲的方式来表达“其兴也勃，其亡也忽焉”的发展，这些人民的吸血者将落个可耻的下场。这就是以乐衬悲，以喜衬怒的独特艺术方式。

有的作家的婉曲则是用衬托内心的方式，把这个人物的最隐秘的内心世界给揭示出来，现看以下两则：

> 白帏上似乎闪过一只人影，然而闪过了，依旧是惨白的帏布，垂在灵牌后面；顿时四围空气，尽在紧挤拢来。春奎感到一阵寒冷，看去一切都失了颜色，他也在旋转，室内格外见得阴森了。门外狂风怒号着。①
>
> 风从门隙吹进，帏布飘动了。屋瓦上沙粒，悉悉地落在灵旁纸人身上，仿佛纸人在移动了。他周身汗毛都战慄着，拼命一跳，跳到五六尺远的屋角。②

这是对灵堂氛围的描写，春奎的哥哥被人杀了，嫂子与人私奔了，春奎在其兄灵前发誓要杀那个不义者来为其兄报仇，然而作家在描写四周景物之时，反而是灵堂的鬼气森森：若有若无的人影，紧紧聚拢的寒气，惨白的四周，阴森的灵堂，暴烈的外部环境，会动的纸人……，把这个灵堂衬得十分阴森恐怖、诡异无常、充满杀机，用这种方法来反衬出春奎的内心恐惧。这实际上是作家语言应用的技巧，透露出一种独特的信息，既然春奎发誓要报仇，来告慰其兄在天之灵，理应得到其兄在天之灵的首肯与庇佑，但是四周的环境体现出来的却是处处与春奎为敌的氛围，或者说是春奎的四周充满着无数敌意的目光。不管是屋外怒号的狂风，还是屋内阴森的布景与事物，都展现出人物意愿与场景相悖的张力，未免使读者觉得十分疑惑：春奎面临的恐惧非同一般，“拼命一跳”则是他逃避生命

① 吴仲青：《刀祭》（1928），《马华新文学大系三·小说一集》，第495页。

② 吴仲青：《刀祭》（1928），《马华新文学大系三·小说一集》，第496页。

威胁时的自我保护的动作。

于是人物感情表达与心理状态及周围景物的割裂矛盾就出现了，表达复仇的方式应该是大义凛然，不应是如此贪生怕死之辈所为。原因究竟在哪里？作家故意在行文中制造出让读者产生矛盾错乱的阅读判断，正是其手法的高明之处，只有等到读者把全文都读完了，春奎死于自己的刀下，且无其他人物出场，就可以推知，春奎乃是自杀，而那把刀正是要取那不义者的人头的。根据这个推理就可以理解事实的真相，那个不义者正是春奎本人，文章所描写的正是春奎临死之前正义感与生命本能的内心非常激烈的斗争。春奎的恐怖、畏惧是作为肉体本能的春奎对自己生命存在的恐惧，而发誓的春奎是作为正义与伦理审判者出现的，作家用婉曲之法，描绘了生命本能与道义的交锋消长，可谓是极其成功的。所以作家的语言应用技巧是值得称赞的。

在马华社会里，文学作品也会出现一些应用性的文字，而这些文字也可以婉曲地折射出马华社会的某些共同心态。兹举一例。

通告

启者：本公司年来亏本，复值此商景冷落之秋，殊难挽救，实不敢再俟挨延，深恐有破产之虞，自本日起，宣布停工，祈望诸工友，志图别业，各自高就，但本月辛俸，只能发半薪，诸希谅之！此布

中国民国廿年三月×日

本公司启①

这则通告从语言表达上来看，用的是半文半白的语言，实际上体现了当时社会一种较为复杂的现象，现实生活中，白话文应用已经很普遍了，但是人们的内心还是以为文言才是正式场合使用的文体，从一个侧面说明了白话文创作虽然兴旺一时，但许多人的内心还会自觉地趋向于文言，就像鲁迅一样，他虽然是中国新文学的旗手，但是他的学术著作《汉文学史纲要》依然是以文言写成的。我们也可以这样认为，文学语言的发展是分阶段、分层次的，人们的习惯、思维方式也是循序渐进的，旧的习惯仍然会不知不觉间流露出来。如果从这个通告的内容来看，在客气、谦逊、彬彬有礼的措辞中，终于隐藏不住主事者的残酷狰狞的面目，工厂宣布停工，无论对资方或是工方，都是致命的打击，是谁都不希望发

① 竹虚：《劳动的代价》（1931），《马华新文学大系三·小说一集》，第371页。

生的事件。但是，只发“半薪”就体现出资方盘剥工人的真实面目。作家似乎是以客观的口吻，用通告这样貌似无关者的角度来描写大萧条对全世界的伤害，而其中尤以劳工受害最为深重。在平静的语言里，委婉地表达了作家多大的愤怒与不平。

尤其值得注意的是，在落款的时间标志上依然用“中华民国”的纪年方式，这说明了广大马来亚华侨的身份认同倾向，突出体现了马华社会里的许多人，并不认同自己是马来亚这块土地上的主人，他们只是过客，真正的祖国还是中国，他们迟早是要落叶归根的。因此纪年方式也不同于英殖民当局的纪年法。见微知著，马华社会心态也就跃然纸上。由此可见，直到20世纪20年代末，马华社会的各界心理与文化、政治倾向等因素，都可以从这些最普通平常的文字中折射出来，是值得深入细致地解读的。

四、动荡岁月不屈心魂：劲健

劲健的文学语言风格，在本时期也可鲜明地感受到，中国新文学的发展，是在反对旧文化、旧文学的基础上发展起来的，其目的在于改变中国落后的社会面貌。如果说“五四”初期，或者是萌芽时期的马华文学语言中还着感伤之气的话，那么这个时期的文学语言则渐趋劲健，即刚劲强健的语言特色。因为文学为社会、为人生的思想观念也同样为广大马华作家所信奉，尤其是在马来亚社会面临着社会动荡，民怨沸腾之际，文学既有着这方面的追求，它必然会在鼓舞人心、指明出路等方面有所作为，因此也就不是纯粹的个人感伤，这种刚健之风，可以从社会生活各方面的描写体现出来，表达了作家们对社会发展的某些憧憬和向往。现举数例为证。

> 触目皆是高可三四丈长底椰树，树茎光着好像是裸体底长瘦底巨人。蕉叶似底叶丛里，垂着大的小的青的椰球，每成为我们解渴底的良品。清晨，月夜，中宵，如其立在我们底楼头，定会透彻了自然底幽美与伟大。朝露闪烁着人生底短促，在树枝上睥睨，在萍叶中打滚。绿树披上轻纱似的雾衣，在远处，在远处仿如仙境之漂渺，暂时遮掩着红尘的丑恶，代以爽人的朝气。①

① 张冲：《漂流到狮子岛去》（1929），《马华新文学大系七·散文集》，第174页。

本处描写热带地区特有的椰树，充满蓬勃生机，语言清新刚劲，作家用“长”“巨人”“睥睨”，这样的词语来描绘椰树的特殊气质，体现了一种藐视生活中的困难、大无畏的精神与气质，对红尘的丑恶，它也能遮掩，代之以“爽人”的朝气，这是作家到狮子岛后对这种风物的独特感受，与其说是树木自身的特点，不如说是作家昂扬奋发精神状态的体现，所以描写的事物也都具有高大、宽阔、清爽、伟大等基本特征。人生的苦难和丑恶虽然是存在的，但它们并不是社会的主要方面，并不会改变人们积极努力的上进之心。正是这种敢于面对困难和黑暗，且又勇于放眼未来的一种刚劲的风格，体现出一种强健的生命活力和生命意志。

当然，以上的场景还是属于静态的景物描写，还有在许多不同情境下的表达。

> 赤道之下是我们的家，/我们的家是在赤道之下。/……苦刑我们也得忍受，/因为我们要求的是生命的保存。①

本诗的抒情主体不是人，而是橡胶树。橡胶树是当时世界上重要的经济作物，人们在树身上割取胶汁，导致了树身伤痕累累，终生不得痊愈。然而，诗人在写作时，用了模糊性的策略，使抒情主人公不觉间幻化为无数劳苦的大众，他们为了生存，在忍受着无穷无尽的苦刑，也表达了他们异常坚忍顽强的生命意志。所以，在特定的场合与氛围之中，物与人的界限，实现了高度的契合。橡胶树无声而坚忍地活着，与广大劳苦大众默默地承受着巨大的精神压力，又是何等的相似！文学语言在这特殊的年代里，表达了广大民众内心里已经把赤道之下的热土当成他们永久生息的家园，强调了他们的这种强健的生命意志。

> 自然的爹爹呀，英雄的马来亚！/我乘着风驰电掣的罗里在你的怀中奔命！/胶林椰林好像远征军一般的齐整！/但是呀，英雄的马来亚，你究竟要跑向何处/去呀？②

这首诗歌，在文字、句法上没有使用特别的修饰语，但是在韵脚使用上，“呀”“亚”交替出现，用的是“a”韵，“a”韵是开口呼，用于表达激昂、热

---

① 依夫：《憔悴了的橡树》（1929），《马华新文学大系六·诗集》，第73页。

② 老爹：《英雄的马来亚》（1931），《马华新文学大系六·诗集》，第86页。

烈的情感。传达出对马来亚的歌颂与对马来亚人民的希望。“胶林椰林好像远征军一般的齐整!”语气之中自有一股雄壮有力的气势，暗示着这里的人民其实就是一支具有无穷力量的军队，一旦他们觉醒起来，势将迸发出排山倒海式的声威来。诗人用一种亲切询问的口气，“你究竟要跑向何处去呀?”说明了这些具有强大力量的人们，还没有真正清醒过来，他们不知道自己的光明未来在哪里，虽然热带骄阳，也一时照不亮他们处于黑暗而酣然沉睡的心灵。在这诗歌当中，作家对“英雄的马来亚”寄以深深的厚望，希望这块土地上不分种族，不分地域的人们能够觉醒起来，为自己的命运和前途而奋斗。从音步上看，三音步与二音步相间交替出现，如鼓点般密集，舒缓中有激烈，迸发出生命的活力与奔放的激情。而且在语汇上，使用的都是具有一定速度感的词汇，如“乘”“驰”“掣”“奔”“跑”，总体上体现出一种速度的跃动之美，元气磅礴与刚劲之美，尽在其中。

不仅在诗歌上我们可以感受到这样的语言力度，在散文上，我们也一样可以感受得到这种语言上强劲感。

> 外国人谬称中国为“和平宽大”，中国人也谬然以“和平宽大”自居，其实我们中国人，哪是“和平宽大”，哪能“和平宽大”，哪配称“和平宽大”呵。①

这段文字颇有鲁迅文学语言的强健之气。通篇频繁地出现的是“和平宽大”四个字，6句话中，“和平宽大”居然出现了5次，然而，奇妙的语言魅力也正体现于此。重复的词语往往给人的感觉是啰嗦累赘，松弛无力，而这里却是紧凑有力的。在五句的语言重复中，各有不同的指向力度，如五行八卦掌一样，表面上动作一成不变，而方位已经悄悄转移了。一移方向，指向、力度也就改变了。第一句的“和平宽大”，指的是引用别人的观点，而这种认识不一定是正确的，故用“谬称”；第二句则以“也谬然”来否定一些中国人自以为是的思想认识，这是一种没有思考，没有实践考察判断的应声虫式的回应，因为外国人的观点，可能是赞美之词，是客气话，但也有可能是有险恶用心的，以此来引君入彀，为了这而自我封闭，那才是蠢材，所以作家是持辛辣的讽刺态度的；第三句是“哪是”完全否定了这种现象的存在，因为中国社会现象十分复杂，统治阶级对于民

① 谭云山：《呜呼痛哉》(1926)，《马华新文学大系七·散文集》，第41页。

众的压迫可谓残酷之极，根本不是这种现象的；第四句是“哪能”，有压迫就有反抗，不反抗就只有死路一条，说明了阶级之间的尖锐对立，已经达到水火不相容的地步，于是想要“和平宽大”也就达不到了；最后一句用“哪配”来批判统治阶级根本没有资格说这样的话，因为他们的行动证明了他们是根本不够格的。所以，从这五句话中，我们看到文句的逻辑变化有鲜明的逐步推演的经过，最终以“哪配”一词作为文句力量的集中爆发，将这种谬论彻底予以摧毁，则是从语句的内容上来推演完成的。

若从修辞的角度看，文句采用重复、排比、层递、反语等方法，使意思层层递进，语言的力度也由缓慢的挤压到最后的突然发力，可谓迅猛刚健，干净利索，气势上先声夺人，十分精彩。

谭云山的文学语言的特点一向十分鲜明，我们再来看看他的另一篇文章。

> 呜乎，高张“礼教”者，即“礼教”之贼；高唱“男女社交公开”者，即“男女社交公开”之贼。高议“礼教”，而男女行动，反无“礼教”，高唱“男女社交公开”，而男女社交不公开，此何故耶，假其名而乱其实也。①

以上的文学语言，用斩钉截铁般论断的语言，后一句是对上一句的完全否定，把宣称“礼教”“男女社交以开”的言论者皆定性为“贼”，给人的感觉是十分偏激和走极端的做法，语惊四座。然而词锋一转，作家又对此现象作了一个限定性的说明，指出在行动上不付诸实践者，实际上是对这种口号和理论的亵渎，这才是假其名而乱其实的真实本质特点。马克思主义理论认为，再好的理论，如果不付之实践，它只不过是一句空话。同样，“礼教”“社交公开”是那个时代青年们追求的现代礼仪，但实际上，一些掌握实权的人说的是一套，做的是另一套，作家有意用夸张的手法来说明这些沽名钓誉之徒的丑恶嘴脸，扯下他们的伪装面具来。这种刚劲有力的语言，对于破除马华社会中一些守旧保守而又惺惺作态的言论，可以说是致命的一击，具有强烈的震撼力。

劲健的语言风格还体现出反映那一个时代青年人的理想和追求。一个时代的青年世界观往往决定了下一阶段社会发展的面貌，这往往是经过历史检验的。

---

① 谭云山：《男女社交公开》（1926），《马华新文学大系七·散文集》，第49页。

> 学生是社会的医生，教员是学生的先生，所以为先生的人们，应该尽量地把医社会的方式和社会的现症，及将来的状况，详详细细的告诉学生们。断不能闭着眼睛一味来敷衍和骗拐他们。[①]

在一个文盲占大多数的社会里，学生的品质高低就成为社会将来发展的决定性力量，从这个意义上来讲，教员的职责是十分重要的，这是原因之一；另一个原因是社会上的普遍认为教育关系到社会的发展，是能够扭转乾坤，平定天下的，意义非凡。在民国时期，有一股教育救国思潮，认为通过教育的途径，促进国民素质的提高，那么这个民族就自然发展了，能够摆脱任人宰割的悲惨命运，达至独立自强。当然，在动荡不安的民国时期，这个美好的教育理念结果是以破产而告终。尤其是在民族生存面临生死威胁之际，通过教育来提高国民素质与认识显然是远水解不了近渴的。本段的语言就体现了那个时期教育理念宏大的抱负，教育者不仅要对自己的人生认识负责，同时也要对整个国家和民族负责，这种看似直白的语句中饱含着那个时期人知识分子的伟大抱负，没有这批伟大抱负的知识分子，可能中国还在泥淖里挣扎。这种直白语言就具有穿透人心，明心见性的强大力量。

> 秀清看完了这一封简短的信后便决定把全身的生命为事业而牺牲。松秋的“爱人”是革命，伊亦决定爱着松秋的“爱人”，永远地追随着伊的唯一憧憬，再没有其他恋爱的企望了。[②]

这篇作品描写的是中国大陆大革命时期青年男女的恋爱与革命的故事。这在20年代末是十分流行的，这种创作新风自然也吹到马来亚的文坛来。秀清与松秋原是一对恋人，松秋参加了大革命的活动，严峻的斗争形势使他不得不放弃儿女私情，起初秀清无法接受，后来她感觉到松秋献身革命的伟大，此后她也把“革命”作为唯一的恋人，这就是盛行的“革命 + 恋爱”的结局之一。一对恋人双双转向以革命为终身奋斗目标，真正做到了个人性与集体性、小我与大我的完美融合，自然是最为理想的状态，因此缠绵感伤的爱情在不知不觉间得到升华，化为刚健勇猛精进的斗争精神。那么这类来自遥远故国的故事情节，除了能透露一点家乡的斗争精神外，又能对马来亚华人社会产生怎样的触动呢？对华人青年

---

① 呆伯：《偷生日记》（1929），《马华新文学大系三 · 小说一集》，第237页。

② 林雪棠：《一个女性》（1929），《马华新文学大系三 · 小说一集》，第215页。

学生来说，这同样也能触动他们的灵魂，他们是生活在异域他乡的华侨，祖国才是他们的根。同时，革命与恋爱故事，自身就是一种精神境界上的认识，反帝反封建的任务，在马来亚也是同样需要的。而这类故事的语言特征除了因故事的需的细腻、缠绵和略带感伤外，又不乏金刚怒目式的干戈之气，因此语言风格还是走劲健一路。

能和我讲起爱情来就好了，失去十年寿命也可以，和她一同踏上革命的战线，互相鼓励，和她一起用文学的手腕把一切作威作福的伪善东西尽情揭破，拿起公理的种子和她一起播给全世界……①

这就是典型的“革命+恋爱”的白日梦，姑且不论主人公的动机如何不纯，性格如何脆弱，单这心理就可以看到他的狂热的梦幻，而且理想宏大，语句虽长而节奏铿锵，尤其是几乎每一句的结束词都是仄音，如“以”“线”“励”“破”“界”，表达出果断、坚决和不容置疑的心理状态，语音语调如板上钉钉般沉实；句子又是比较长，正是激动得象一口气把所有的心思都表达出来的那种状态，而这恰恰体现出主人公的不切实际的狂热梦想的虚幻性。

二三十年代，是经济危机最深重的年代，同时也是工人阶级与资产阶级矛盾斗争最为尖锐的年代，文学语言自然会体现出那种特有的力量感，显得刚劲、强健，尤其是对劳苦大众的描写的语言，更是如此。

“荷荷……”
“砰砰……”
“铁柱架！”云端来了一声！
“铁柱架！”
黑色工人们便飞般走过去。
“三合土架！”又是一个命令。
“三合土架！”下面用海南的土话。
阔脚趾牛掌般的女工们飞般走过去。
“水平！”
“水平！”

---

① 枕戈：《他的美梦醒了》(1932)，《马华新文学大系四·小说二集》，第69页。

"荷荷！荷荷！"

"杭育……杭育！"①

这是作家从见、闻这两个独特的视角来描写建筑工地的繁忙景象。在忙碌紧张的工作环境中，体现出工人阶级的力量美。通篇皆用短句。一类为拟声词，如"荷荷""砰砰""杭育"，它们有的是工人们集体用力时发出来的，有的是工作时发出来的，这两类声音混杂在一起，体现了工人们团结一致、奋勇向前的精神状态；另一类的声音是命令与回复的应答声。"铁柱架""三合土架"，作家不厌其烦地描写他们之间的应答，从中看出他们之间的配合默契，做到雷厉风行，说明他们之间工作职责分明，工作纪律严明。在这里，看不到一丝一毫工人们的个人感情色彩的话语，他们都是为了一个共同的事业，严谨、有序、准确、默契，犹如一架纯熟的运转的机器，他们的力量就在此得到了集中的体现。

就见而言，则只有两句话，"黑色工人们便飞般走过去"，"阔脚趾牛掌般的女工们飞般走过去"。作家用"黑色"这样的细节来描写工人，说明他们长年风吹日晒，皮肤显得黝黑，生活的艰辛与操劳可见一斑。另外，若作黑人解也可以说得通的，因为从全文来看，黑种人也是文章中的劳动者之一。"牛掌般"阔脚趾的女工这一形象更有深刻的蕴含。长期以来，女性皆以瘦、小、弱为美，"三寸金莲"更成为某些不良癖好者的审美对象之一，女性因劳动而自然形成的天足是健壮美的象征，特别是用"牛掌般"来比喻其又大又厚实的形状，因为牛掌是有力、阔大、结实的代名词，并不是有意嘲弄和贬低，而是对那种变态审美观的有力还击。这一细节也透露出另一内涵，虽然他们刻苦耐劳，结实有力，但都依然十分贫穷，无一例外地打着赤脚在工地上奔忙，连作为劳动保护的鞋子都没有，然而这并不影响他们为创造一个新的世界而奋斗的精神和意志。从这段文字来看，那种热火朝天、勇敢自信的气氛将感染着每一个人，而这都是通过劲健的语言表达效果而体现出来的。

劲健的语言不仅表现出工人阶级勤劳勇敢和高效纪律性，文学作品还着重描写他们在忍受长期的压榨之后，不堪忍受而奋起反抗的情景。

夜未央，屋外仍然笼罩着昏黑的气象。这时候他们有的拿灯笼，有的举火把，一燃起来，顿时照得黑暗的园中，发出一片明亮的光彩。他

① 巨鳄：《在建筑工场》（1929），《马华新文学大系七·散文集》，第161页。

们成队地、顺序地，从东南角黝黑的橡林深处冲过去，由此处一直去，便是包工头的家。①

以上语言是用色彩明暗对比，来反衬工人自发起来反抗的斗争场面。“夜未央”“昏黑”“黑暗”“黝黑”“橡林深处”这类词，乃是一组代表着沉重、凝固、压迫等痛苦的意象。长期以来，工人们忍气吞声接受工头各式各样的刁难和盘剥，只是为求得工作的安稳和活得下去而已。然而，当多数人觉得忍气吞声再也无法生存的时候，他们就会奋起反抗，而且这次的反抗跟往常单打独斗不一样，所有人都扭成一条心，组织起来，具有强大声势和力量，因此跟黑暗相对的词语就是“灯笼”“火把”“明亮”“成队”“冲过去”，一组果敢勇猛又代表着光明正义的意象跟第一组的意象形成截然相反的对比，后者语言具有摧枯拉朽的强大爆发力。

这类的语言，颇像丁玲的《水》，“于是天将朦朦亮的时候，这队人，这队饥饿的奴隶，男人走在前面，女人也跟着跑，咆哮着，比水还凶猛的，朝镇上扑过去。”② 天灾本是惊天动地的巨变，一旦生存不下去的百姓觉醒起来斗争时，将是比这天灾还要猛烈，是谁都阻挡不住的，一场革命斗争的大洪水随即到来，丁玲以这种雄浑阔大的气魄，勾勒一个特定时代里的呼声和画面，可谓震撼人心。而一村所写的胶工组织起来的场面，与灾民自发组织去抢粮，场面效果一样震撼，只不过丁玲倾向于声威的展示，而一村的描写更重于色彩情景的对比衬托，异曲同工，在描写这种浩浩荡荡、势不可挡的场面上，都各有独到之处。

无论是描写工场、描写斗争场面，大体都是通过正面的方式来写的。有时，劲健的语言风格也可以通过另一种侧面的描写方式来达到艺术效果。曾华丁的《五兄弟墓》写的是历史往事，然一样具有类似的艺术效果。

这时，帷外成千万的中华的其他猪仔在参观着。他们看见黑布下露出五个猪仔的垂下来的足，他们听到五个用血和身体在换他们的自由的血汉在帷内咯咯地喉头响着。

这样，过了半点钟之久，典刑成功了。五个大蕃薯，中华的猪仔的尸体从绞死架上放下来，由刑官的指点，于是用五根五寸长的大铁钉在五个猪仔的尸体的顶门上钉进去，咯咯地钉进去。刑官的意思是要靠这

---

① 一村：《橡树深处》（1935），《马华新文学大系四·小说二集》，第108集。

② 丁玲：《丁玲全集》第七卷，石家庄：河北人民出版社，2001年，第434页。

五根五寸长的大铁钉巩固五个猪仔的死的地位。[①]

小说写的是一件在马来亚华社流行甚广的历史往事，因为华人猪仔不堪忍受狠毒的农场主和工头的剥削，终于爆发起义，杀死了农场主，随后被镇压，五个猪仔主动承认是他们杀的，于是被施行了绞刑，这段文字就是叙述绞刑施行的整个过程。值得注意的是，在这里大都用长句，使感情表达显得舒缓、肃穆和庄严，而且作家还非常详细地描写他们死前喉头"咯咯"作响，以及死后长钉穿脑门的"咯咯"的声响，令人痛彻骨髓，反衬出成千上万在围观的猪仔们都以极其沉痛的心情，屏住呼吸，向牺牲的英雄们表达崇敬和感激之情。本来细写行刑过程都是十分血腥且令人不快的，但是作家使用的文字节奏则一定程度上减缓了这种恐惧感，并相应地提升了崇高感。五兄弟为大家的利益而牺牲自己的生命，换取了他人的自由，这种崇高的精神，就是通过残酷的绞刑过程来升华的，也说明了他们的肉体虽然消失了，但是他们的精神将得到光大和弘扬。舍生取义，历来是中华民族的优秀传统，富贵不能淫，威武不能屈，文字之间，一股民族的浩然正气，正在奔突穿行，使文学语言获得另一种震撼人心的感人力量。

① 曾华丁：《五兄弟墓》(1929)，《马华新文学大系三·小说一集》，第 534 页。

第三章　勃兴际遇：多声部的合奏（1937—1941）

1937年至1941年，马华文学获得了一个十分奇特的发展际遇。1937年卢沟桥事变后，中国抗日战争全面爆发。自古云："国家不幸诗家幸。"在远离中华大地的马来亚，广大华侨被迫卷入了这一场决定民族生死存亡的战争之中。本来处于自生自灭的马华文学，在此后短短的几年间，却因宣传抗战而迅速勃兴，进入了一个全新的发展阶段。

抗战全面爆发后，大批中国文化人奔向南洋，宣传抗战，马华作家阵容进一步扩大，当地作家也日趋成熟，马华文艺界加入了声援中国抗日战争的活动中，文学活跃，文艺刊物增加，作品质量也大大提高。

中国的抗日战争牵动了广大海外爱国华侨的心，马来亚掀起了抗战文艺热潮。抗战文艺运动是这个时期各种文艺工作的总方向和创作主流。马华文坛1938年正式提出"抗战文艺"，随后又出现了"南洋抗战文艺""南洋战时文艺"等名称，叶尼的《论战时文艺》是较有代表性的理论著作，他认为文艺要成为一种救亡武器必须具有能够暴露、宣传、报告与争取民众等功效。为了达到这一目的，文学界又掀起了"南洋文学通俗文化运动""马来亚文艺通讯运动""马华诗歌大众化运动"，这些运动鼓舞了海外华侨积极支持祖国抗战。1940年以后，日本侵略者的野心全面暴露，东南亚逐渐笼罩在战争的阴影下，此时马华文坛提出"马华文化现实化运动"和"反侵略文学运动"，指出抗日战争不但是中国抗日救亡，而且是关系到全人类的存亡绝续和保卫民主、自由的社会理想问题。

1942年初，日军占领马来亚后，马来亚社会沦入了三年八个月的"黑暗时期"，马华文学沉寂了。

在这短短几年间，各类体裁都得到长足的发展。抗战小说空前繁荣，救亡戏剧蓬勃兴起，诗歌、散文大获丰收——抗战成为最高昂的主题。郁达夫1938年底南下马来亚，1939年接编《晨星》并编了大量文艺副刊，发表了大量文章，对当地文坛产生了极为深远的影响。

马华文学语言在这特殊的历史时期里，突出反映了许多百姓颠沛流离苦难生活，痛苦而不消沉，悲哀而不软弱，语言流露出悲慨之气；也反映了各地军民同仇敌忾，视死如归的英雄气概，用语雄浑；鞭挞贪生怕死、自私自利、卑鄙无耻的民族败类，语言则显得辛辣；为唤起千千万万百姓的抗战热情，用语富有鼓动性，呈现出通俗化的特色，这些都是与抗战这个时期最大的政治紧密联系在一起，体现出那个时代人们共同的心理与审美取向。

一、 苦难心魂留影像：悲慨

战争是残酷的，但中国人的抗战热情并不因此而减弱。马华的许多抗战小说大都写得昂扬激奋，色彩鲜明单纯，它们或写中国题材，或写当地抗战情绪。乳婴、陈南、萧克、啸平、李蕴郎、上官豸是当时活跃的小说家。救亡戏剧有不少是以中国的抗日救亡运动作为题材的，但反映当地救亡现实的作品也不少。有黄清谭、黄祝水的《巨浪》，流冰的《十字街头》等。它们为那个时代的苦难心魂留下了特殊的影像。

悲慨之气，是该时期马华文学语言的一大特征，其悲伤感慨之词，乃是该期民族苦难的真实写照。抗日战争全面爆发之后，日本侵略者铁蹄所到之处，无不狼烟四起，生灵涂炭，普通民众只能背井离乡四散逃难，留下了一幅幅惨绝人寰的生离死别的画面。李大嫂在鬼子快追上之前，如何处理襁褓中的孩子：

> 又一下子坐了起来，坚强地，像报复一椿仇恨似的，狠狠地再咬着流血的嘴唇；显得安祥地，解开了包扎，把孩子摔了出来，久久地看着、看着；突然，她把孩子丢在雪里，立了起来，调过了头，紧闭着眼睛，但没走几步，又站住了，迟疑了一会儿又迅速地回到孩子的身边，捧起来紧紧地抱在胸头。①

这一情节写的是母子生离死别令人心碎的场面。李大嫂背着襁褓中的孩子逃难，又累又饿，但鬼子很快又要赶来了，不丢掉孩子，她就逃不上山去，结果必然会双双丧命；丢掉孩子，她又割舍不下。本段的语言就描写李大嫂的内心活动，作家采用了心理斗争外化的方式，来展现人物处于极度痛苦的两难抉择之中。在这短短的文字之中，展现了人物心理的两次激烈斗争：第一次弃子场面，作家用“坐”“坚强”“报复”“狠狠”“咬”之类的词，来描绘人物的内心抉择

---

① 乳婴：《逃难途中》（1938），《马华新文学大系四·小说二集》，第229页。

的痛苦倾斜，她决定要丢掉孩子，而这种决定是通过恶狠狠的神情描写来实现的，连自己的嘴唇都咬破了还不自知，残酷的决定是理性选择的结果，当然这种狠心的决断似乎战胜不了天生的母爱的温情，当她把孩子解出来时，神态又显得“安详”“久久”“看着”，对于后有追兵的逃难人而言，久久不动意味着灾难将进一步逼近，但这种母性的本能又使她无法下这个决心。这是第一回合的心理斗争：最终母爱的力量战胜了对自身生命的恐惧。当然，这只是一瞬间的感觉而已，紧接着理性的力量又告诉她必须放弃，于是她又把孩子丢在雪里，第二次弃子，“调过”头，“闭”了眼，这一次仿佛没有第一次决定时的那种决绝勇猛的气魄，而是用不忍视来抗拒那母爱的呼唤，但是她又“迟疑”“回”到孩子身边，“抱”在胸头：一个小小的片断，把生与死的抉择，爱与恨的交织，果敢与迟疑的较量，体现得淋漓尽致，可谓一唱三叹。民众的悲伤与泣血的呼唤仿佛依稀可闻。

这一细节的描写，与三国时期王粲《七哀诗》中所写的又是何其相似。“出门无所见，白骨蔽平原。路有饥妇人，抱子弃草间。顾闻号泣声，挥涕独不还。未知身死处，何能两相完？驱马弃之去，不忍听此言。南登霸陵岸，回首望长安。悟彼下泉人，喟然伤心肝。”李嫂与诗中饥妇人的心理其实是相通的。“未知身死处，何能两相完？”小说中虽然没有描写孩子的哭声，但与草中的孩子哭声中又仿佛相似。李嫂只是一个乡野村妇，也不可能读过王粲的诗歌，但是人性的光辉和力量，又把相隔近两千年的感情与心绪打通，又证明了人性某些方面又有永恒的一面。

如果说乳婴的这则语言中还只是描写个人的感情，体现出“悲”的一面，那么铁亢的这些文字，在“悲”中又多了一些“慷慨“之气。

> 这是万千遭难的婴儿中的一个，是流离的中国人的儿子，伟大的上帝给他的“生”，也许日本人就要赐他的“死”，万一得免于难，就望发现的人设法收留，因为这是未来复仇的种子。①

一对青年夫妇，在逃难途中，无法养活刚生下的孩子，只好放弃，在弃婴的身上有这样的字条，其语言与上一则相比，在悲伤之中，带着淡然的激奋与慷慨。这段文字用层递之法来写，先是“遭难婴儿”中的一个，这是在社会大乱

---

① 铁亢：《试炼时代》（1938），《马华新文学大系四·小说二集》，第460页。

过程无数家庭的痛苦抉择之一，把自家的苦难，化为万千受苦受难者的共同不幸，紧接着是“流离的中国人的儿子”，又上升到整个民族的象征，由千万人的不幸进一步化为民族的不幸，在层层升华之中，巧妙地把个人的痛苦化为集体的痛苦，又变成民族的共同苦难，这不仅是一种悲伤的外化和排解，而且也是一种激励性的力量，鼓励人们万众一心，共赴国难。在民族苦难面前，生死离别的痛苦也就化成理性的思考，上帝的“生”与日本人的“死”，两相对照，把所有的苦难都化为仇恨的力量，自然而然地就有“复仇的种子”。在语言中，悲伤中有坚强，痛苦中有慷慨，蕴含着乐观、悲伤而激昂慷慨的气质，这正是不畏强敌、敢于死战的民族特性。

一个民族遭受异族蹂躏之苦，饱尝生离死别之痛，这种悲痛往往又是全方位的。它对所有在逃的人与已逃的人的心灵创伤都是一样的。

> 如今，连这么个玄想的享受也给扔得粉碎，明朗的记忆爬进了坟，憧憬中的老家是一个悲惨的魔窟，一个支离的、破碎的家呵！如今我用尽悲哀的想像去摹拟每一张沉郁的嘴脸，我又用尽耻辱的字眼去描划每一片被蹂躏的湖山……①

从抗战大爆发开始，时间已经过了快三年，对于作家而言，他已经到达了战火烧不到的南洋土地上，但是国破家亡的惨痛记忆依然在刺激着他，悲哀、沉痛的感情溢于言表。从文字上看，几乎都是带着伤心、痛苦一类的词，如“粉碎”“坟”“魔窟”“悲惨”“悲哀”“沉郁”“耻辱”“蹂躏”，唯一个具有亮色的词是“明朗”，但它只是这众悲之词的反衬而已。尤其值得注意的是，作家用了许多带“一”的句子，“一个”“每一张”“每一片”，可以想象作家是用充满痛苦的感情，奋力地拼贴已破碎的记忆，那是一种咂摸式的回忆与想象，而回忆越多，其实对作家来说也就越痛苦。作家用一系列的长句，来体现这种回想时的心理活动，使感情表达变得沉郁、低缓。特别是最后两句，用接近对仗的方式来写，更使语言与感情的表达如泉水一般自然无声地淌出，而淌出的是家园破败、山河飘零的伤感。这种伤感，在诗歌中化为另一种形态。

> 啊！故乡的母亲！/你可曾知道/你那可怜的孩子/也正在血泪交流

---

① 叶冠复：《静的怅惘》（1940），《马华新文学大系七·散文集》，第481页。

//他还有着活的心/熬过了恶毒的磨折/可是，他渴望着你的容颜/他要把血洒在你的心头①

这诗歌的语言，与散文不同，是一种发自内心带血的呼喊，犹如杜鹃啼血，这种呼唤怀着神圣一般的崇敬和英勇的慷慨就义的决心，返回故乡，把血洒在自己的故土。从马华语言的表达来看，作家们因为远离家乡，远离祖国，在这方面的情感表达和浓烈程度上会强烈一些。那些在祖国各地躲避战乱的人们，虽说家园已破，但广阔的国土处处都是他们厚实的家园，感觉还是有所不同的。在这诗歌中，用的是“母亲”“游子”的意象来比喻祖国与子民的关系，虽非新鲜的独创意象，但也正因这两个词所包注的象征意义的确定性，更容易唤起读者的传统意象积淀，获得感情的共鸣。有时候，文学语言往往不一定非要创新不可，相反，一些触手可及的意象词汇反而更能拨动读者的心弦。旧有时也是新，要看它用于什么样的场合、表达什么样的感情，这也是文学语言的辩证特性。

有的人在战争中，失去了许多亲人，他们的伤痛尤其深重。

她的嘶叫的声音在空气里弥漫地拖长着，仿佛一只被捆上屠场宰杀的牛羊悲凉惨痛地恸嗥。她紧咬牙根歪扭着痛苦与恨怒的脸，两条细弱的秀眉是在震颤，丰满的胸膛因噎喘而起伏地动着。②

梅是个沦落马来亚的妓女，她的全家几乎在鬼子轰炸广州时被杀了。无依无靠的她逃到南洋后，为了生活只得以卖笑度日。然而这种倚门卖笑的生涯，不仅为当地主流社会所鄙视，而她也在这种堕落的岁月中鄙视自己。在清醒的状态下日渐沉沦，这是她内心永远的痛，恰恰在这时候，又提及自己的往事，她情不自禁地发出自己一生要完了的哀号。这段文字在表达人物的内心世界时，不是静态的反映，而是充满着动态感，使人觉得有一种激烈的感情狂涛正扑面而来。我们看到是一系列的动词，这些动词是人物细微的表情变化，“嘶叫”“拖长”“宰杀”“恸嗥”“歪扭”“震颤”“起伏”，人物的身体没有移位，但是肌肉在强烈的痛苦打击下而移位，脸上的肌肉变形、眉毛震颤、胸膛起伏，这些都是在极大痛苦来袭而无法排遣时的生理反应，而“嘶叫”声音，则是她唯一可以表达痛苦的方式，声音拖得长久，说明痛苦的绵长与深重，如被宰杀牛羊的恸嗥，是一

① 林秋：《故乡》（1939），《马华新文学大系六・诗集》，第276页。
② 林敏：《一个女人》（1941），《马华新文学大系四・小说二集》，第619页。

种无路可走的绝境时的惨叫。造成她的痛苦绝境有两大方面，一是亲人的丧生，一是自身的沉沦。一个人到了绝境之时，有时也会变为生境，这也是事物的辩证转化。“民不畏死，奈何以死畏之?”就是此理，梅到了什么都豁出去的时候，那就是她的生路的起点。所以在“我”的指点之下，梅立即脱离了该行业，去走复仇新生之路。马华语言中，描绘处于绝境的人们的感情，这一段可谓令人惊心动魄。我们也在悲伤的痛苦之中，看到了生的顽强与坚韧斗争的光辉。毕竟没有哪一个民族会主动沉默地选择被屠杀的命运的。

悲慨的语言风格，所体现出来的特点不仅有悲伤的一面，更有一种为了某种崇高的信念而慷慨赴义的坚强特征，那是悲而不伤的，感慨而不消沉。

> 我是爱这长年是夏的热带，这里是我的第二故乡，在这里有我的兄弟和爹娘，更有那些具有这热带的特征的热情友人，他们像一团烈火，时刻的、永远的燃起我生命的力量；时刻的、永远的给我生命的温暖，给我觉到这世界是多末值得留恋的啊!①

东南亚各界华侨积极支持祖国的抗战，他们不仅出钱、出力，还返回祖国用自己的一技之长为抗战服务。许多青年组团回到祖国，奔赴抗日前线，这是离开马来亚的青年在留别之前的语言，带着一种慷慨激昂，舍生取义的气势。尤其是最后一句话“这世界是多末值得留恋的啊!”既是对马来亚社会的热爱，又是对自己生命前途未卜的隐隐担忧，这种担忧并不会成为他们积极奔赴抗战前线的障碍，他们很快就会把这一切都置之脑后。如果说激于“义”者的行为是高尚的，那么这种慷慨的高歌就是对爱国主义精神的崇高礼赞。

> 马来亚，我离开你了！当我们见面时，必定是中华民族得到解放的日子！
>
> 马来亚，我离开你了，当我们见面时，必定是被摧残的真理复活了，挂着快乐的笑，过着人的生活。②

作家以诗一般的语言，表达了自己的理想和愿望。那是为了民族的解放、真理的追求这一宏大的志向，年轻人纷纷从海外各地回到祖国。但是马来亚又是他

① 啸平:《向朋友们告别》(1940),《马华新文学大系七·散文集》,第498页。
② 啸平:《向朋友们告别》(1940),《马华新文学大系七·散文集》,第500页。

们的故乡之一，故土难离，一方面是对生活土地的依恋，一方面又是对祖国的牵挂。因此，外在的热情里，有着隐隐的感伤，与深明大义的慷慨。只有在关键时刻，人性的光辉与伟大越发显得深沉感人。无论是风华正茂的年青人，还是社会底层的卖笑女，他们的心思与信念都有着惊人的一致，情感表达虽异，其特征都是一样的。

而在遥远的中国大陆，战火燃烧正酣，呼唤的是血与铁的精神，颂扬的是一种全民皆兵的奋战精神。

> 暴风/掩去你/软弱的/心胸，/宿命的/悲哀，/站起来！/把自己的血/在自己的国土上洒。①

1937年底正是抗战犹酣之际，号召抗战的语言如鼓角一般激动人心，这类诗歌的特征鲜明，即节奏明快，每一句都很短，只有两个字或者三个字，如鼓点一般，催人奋进；如楔子一样，深深地钉入读者的心中。从平仄安排来看，作家使用的并不是平仄相间的方法，而是采用近乎两句仄音，一句平音，这样的音响效果如同鼓槌猛擂，步步坚实，才稍稍有舒缓一下，形成一种声声紧逼的艺术效果，慷慨的呼唤之中带有着悲凉的意味。

> 迅速地把水雷的引线装好了。老黄拉着老谢的手，对众人望了一眼：
>
> “弟兄们，咱们来生再见！”
>
> “走吧，二十年后又是一条好汉！”扑通，老谢钻到水里去了，老黄也跳了进去。
>
> 留在岸上的人们差不多都窒息着，全神注视着两个浮沉的黑影，慢慢地消失在江中。
>
> 这时，夜显得更可怕地寂静，每个人都听到了自己的心在跳动，自觉到手在战抖。②

这一情节反映的是为了轰炸停泊在上海的日本战舰“出云”号，抗战义士组成敢死队，用血肉之躯带着水雷，潜水游到敌舰近距离将其炸毁的过程。本节

① 滔流：《保卫华南》（1937），《马华新文学大系六·诗集》，第304页。
② 高扬：《黄浦江中的巨雷》（1937），《马华新文学大系四·小说二集》，第143页。

写的是他们这些敢死队员出发前的细节描写，人物的语言非常简洁，都各只有一句话，“来生再见”与“二十年又是一条好汉”都带着视死如归豪迈气势，一种慷慨就义的悲壮美。与之相映衬的是送行者的态度，都是用着极为担心而又崇敬的感情来为他们送行，“窒息”“寂静”“心在跳动”“战抖”，体现出内心的激动与不安，慷慨与崇高得到了极大的映衬。

关于这类情节与氛围的塑造，在《史记·荆轲》里依然可见那激动人心的场景。

> 太子及宾客知其事者，皆白衣冠以送之，至易水之上，既祖，取道，高渐离击筑，荆轲和而歌之，为变徵之音，士皆垂泪涕泣。又前而为歌曰：“风萧萧兮易水寒，壮士一去兮不复还！”复为羽声慷慨，士皆瞋目，发尽上指冠。于是荆轲就车而去，终已不顾。（《史记·刺客列传》）

如果《史记》与上一则的文字相比，就会发现在写作情景的设置上都是一样的：英雄的豪迈与慷慨古今不二。虽然具体情节与语言不同，氛围的营造上却无二致。太子与宾客的涕泣、瞋目、竖发等反应，与黄浦江边的岸上人们的反应，都是被英雄的慷慨之气而感染的一种集体崇拜反应的动作。《史记》文字的经典性意义几乎感染和影响了一代又一代的作家，可见语言魅力其实不分古今，只关乎审美效果。

> 回到那辆车旁，还是没有人，汽油在地上淋得更湿了，王老爹快捷地掏出了火柴。
>
> “擦！”
>
> 一阵猛烈的火便在汽油上燃烧了，燃烧了！车轮上着了火了，车身着火了，好像火山爆发一样，军用车冒出了数丈的火焰，在烈火中毁灭着……
>
> 在和王老爹的骨头破碎的同一刹那间，一个巨大的爆炸声从火中发出，一切都在烟火中毁灭了。[①]

---

① 流冰：《在血泊中微笑》（1938），《马华新文学大系四·小说二集》，第147，148页。

这段文字所写悲慨之气，与上一则的有很大不同，如果说上一则写敢死队出发的场景是慷慨中带着庄严肃穆而又凝重的话，突出悲壮的崇高与伟大之美。这一则是以欢愉的文字来表达这种悲壮的特性，“燃烧了，燃烧了!”“车轮上着了火，车身上着了火!”语言用不断重复欢呼的方式，反映了火烧起来的模样，有一种看着火越来越大而欢欣喜悦之情。其实放火点着一辆满载武器弹药的汽车，就是一种自杀性的举动，其危险性与炸船是一样的，行动者根本不能全身而退。王老爹除了为亲人复仇和必死之心外，还在于他体会到其重大的意义，即对于日本侵略者是重大的打击，所以又感到欢欣的。这种因视死如归的精神中所流露出来的欢愉，显得那么神圣、安详和自然。一代高僧弘一法师临终前的题词“悲欣交集”，体现出他参悟人世后的豁达与圣洁心境。从这一意义上看，王老爹的这一义举，也具类似的境界，虽然他并非出家修行之人，但这种崇高的舍生取义的精神并不因此而相形见绌。因此，以喜衬悲的语言特色，在那特定时代里，也是颇为突出的。

二、 血火抗争显伟力：雄浑

与反映全国人民上下一心抗战的悲慨语言相连系的，是马华语言的雄浑风格，这是悲慨风格的自然延伸。雄浑指的是雄健浑厚有力，它与纤婉形成鲜明的对比。在民族面临生死关头，在血与火的战斗洗礼中，呼唤的是雄健有力的精神，那种在个人小天地里辗转呻吟的声音虽然凄冷、婉转动听，但并不是社会所需要的审美对象，因为社会急需的是勇猛的奋斗、坚韧的意志、团结一致的伟大力量，这是要用雄浑的语言来体现的。

> 虹口全部戒严，小部分已开始了决斗。
>
> 横穿天空的炮弹，时常在它流线式路径的终点绽开有声有色的血红火花，仿佛倦了惫了的流弹在蒸郁的七月天空中奔走着，有时抓住了一个活的目标，便残忍地在它身上描绘出一幅红的图画。壮烈的战争就这样地正在虹口及其附近的郁热中进行。东亚几万万人的心在期待，几万万的口在祷告，虹口是在制作一阕伟大的“解放与自由之歌”。①

这段文字，反映的是残酷激烈的上海会战场面。作家有意识地采用一些明

① 铁亢：《在动荡中》(1938)，《马华新文学大系四・小说二集》，第366页。

朗，甚至是热烈的词汇来体现正面战场的情景，如“有声有色”“血红火花”“红的图画”“自由之歌”等，战争的残酷与血淋淋的场面显得淡化了。这其实与作家的价值取舍和意义指向有着密切的关联，这能正面反映战争中那种视死如归的大无畏气概，体现民族自由解放斗争过程中所应有的精神。作家从大处着眼，针对虹口一带的局部战争，作家用的是“几万万人的心”“几万万人的口”这样的字眼，就使之转化为不仅仅是作战双方士兵的拼杀，而是牵动着全中国乃至全世界爱好和平人们的心，这样语言的背后，就有着极其浑厚的力量，是民族的强大意志和精神的共同集合点，因此，语言的力度和厚度就远非一般的个人内心感受和呻吟所能比得上的，作家采用“伟大”二字，并不算为过。即使是残酷、血肉横飞的场面，作家使用的是“红的图画”，展现出来的是一种近乎残忍的“美”。其实纵观世界各国的民族独立发展史，又有哪一个不是建立在无数血肉之躯牺牲的基础上而最终获得自由与独立的？所以，从这个意义上来看，为这民族斗争而鼓与呼的文学语言，它所代表的已不仅仅是作家个人的意愿和呼声，而是代表者千千万万的共同心声，传递出来的是坚忍不拔、力透纸背的强健意志。

在传达出雄浑的语言风格特色上，铁亢的《试炼时代》就颇为突出地体现出这一个特点来，尤其是体现出抗战初期的社会各个方面的风貌，更见功力。

> 鬼子的炮火烧毁了宛平之后，就以燎原的趋势，像马拉松火炬赛跑似的向平汉路南端及其附近迅速奔去。休养了三数年的华北平原又开始呻吟起来。野火的种子撒落在她浓黄而宽阔的胸上，恶意地寻找农民稀有的财产和妻儿的生命作为食料。永定河早就给暴戾的射击手击伤，痛楚地诉苦着意外的灾厄。①

作家以雄浑的笔触，描绘饱受炮火蹂躏摧残的华北大地，使用的是比喻和拟人的手法，展现出饱受战火焚烧的惨状图，控诉了侵略者的凶残与贪婪。“燎原”“火炬”“野火”“暴戾”“恶意”等词，勾勒出残酷的日本铁蹄践踏中国土地上的形象，“赛跑似的”，既反映了日本侵略者推进速度之快，也可见侵略者疯狂般的贪婪。面对残暴的侵略者，手无寸铁的普通百姓除了逃难与默默忍受之外，他们实在没有太多的选择。作家使用“呻吟”二字，那是一种遭受巨大痛

① 铁亢：《试炼时代》（1938），《马华新文学大系四·小说二集》，第373页。

苦而不能自已的情感表达，十分精确，体现出民族的特殊性格，那就是极为坚韧的忍耐意志和深厚绵长的生命力，不是一般的暴力所能轻易打败的。因此，作家并没有把笔触用于具体描绘百姓如何惨遭凌辱、杀戮的命运，而是用了一句比较虚的词语："寻找农民稀有的财产和妻儿的生命作为食料"，貌似平淡无奇的语言中，流露出作家对侵略者的极大仇恨，因为战火所摧残的是一切，包括人民的生命，人民的处境已不单是水深火热，简直是炼狱般的苦痛煎熬。在这段文字里，永定河的"诉说""野火的种子""华北平原的呻吟"以声音和图像交织的方式，铺展开抗战初期中华民族所蒙受的巨大灾难，气魄雄浑，笔力千钧。

对战争惨烈场面的描写，作家的语言也一样震撼人心。

> 原野亦疯狂地惨叫着，低飞的铁鸟从这边荡到那边。泥土夹杂着铁屑，由裂了的土口溅出，发出可怕的黄焰。大地摇着，似乎向下猛堕，又向上狂升。烟、火，在摇震的地面乱抖着光影……。①

同样是描写战争给人们带来的灾难与破坏，这里的文字与上一段就有很大的不同。上一段侧重于静态的描绘，在语言节奏上，由于语句较长，显得缓慢沉重，而这一段侧重于动态，而且作家用雄浑的语言营造出来的气氛，使读者处于一种全方位的感官刺激中，似乎有一种令人晕眩的感觉。因此，从语言的安排看，句子都是用简洁的短句，与激烈的战场氛围形成和谐的节奏。在动词的选择上，都是一些充满着急遽变动的词汇，如"惨叫""荡""溅""摇""猛坠""狂升""摇震""乱抖"等，体现出来的场面是动荡不安的，广大读者仿佛也置身于遭受敌机轰炸、炮弹爆响、火焰喷燃、大地摇晃的战场之中，可以说是全方位的立体感觉冲击图，而正是这种强烈感官冲击，才能传达出祖国大陆所经历的残酷战争的真实风貌，这对生活在炮火暂时还打不到的南洋广大华侨而言，真实描写战场的酷烈、中国军人视死如归的精神，渲染日本帝国主义的疯狂与贪婪，正是时代的急需，类似的文字表达效果也就水到渠成了。

战争不是舞榭歌台上的轻歌曼舞，也不是花前月下的浅酌低唱，它代表着暴力和毁灭。历史上的苏州，以风光秀丽、景色迷人而著称，唐代就有《忆江南》这样的词来交口称颂。这样的土地，孕育着多少文人雅士的风流佳话和浪漫传奇。然而处于战争状态下的苏州在作家笔下已是另外一番面貌了：

---

① 铁亢：《试炼时代》(1938)，《马华新文学大系四·小说二集》，第407页。

> 油秀娟丽的苏州，在什然并作的炸声里张开了几百个暗红的血口，溅起一坟坟的污血，火苗从屋宇间向上生长，带着白的黑的，红的烟，茁成了十百株的大树，喷发着，而后泛开了火的河，火的海，阳光中飘着去而又来的机声，银翼闪着死光，朝上、掠下，地面便拼命轰响，富贵人家的雕梁跟着大理石屏向天空溅上，然后像另一枚炸弹似的压到附近的屋顶，引起一阵新的栋角与瓦石混成的雾。……①

在狂暴的战争机器面前，美已变成毫无意义了。这段语言中，描绘的是美如何在战火中毁灭的过程。作家以雄浑的笔触，从鸟瞰的角度，描绘了苏州遭受轰炸的全景图，特别是以一种极为诡异的意象，来形象遭受轰炸时的那一瞬间，先是“几百个暗红的血口”，比喻苏州仿佛是一个受到数百个重创的人一样，那是极度令人恐怖的场面，几百枚炸弹的爆炸，作家使用的是“血口”，它既可指创伤面的巨大，也可以指战争野兽的血盆大口，正在把美丽的苏州吞噬，普通百姓在空袭中死于非命的情景。血肉横飞的场面，作家也不加细划，只用了一句“溅起一坟坟的污血”，个人生命在这里已经变得像蝼蚁一般的微不足道，他们已变成填补战争野兽尖牙利齿的食物，令人触目惊心。

在描写炮弹所引发的大火上，作家所用的意象更是匪夷所思，因为它是用“大树”，不过这棵大树是令人恐怖的“死亡之树”：“白的黑的、红的烟”，由各色烟雾所组成的噬人的场景，展现出来的图象令人不寒而慄，冉冉升起的浓烟，其间夹杂着火苗，在半空中迅速扩大升腾，那是何等的诡异！这种场景，也只是在现代工业发达时期才看得到的景象，在古代的战争中，也是难得一见的，最常见的不外就是“火光冲天”的词汇而已。而日本侵略者动用了最为残忍的毁灭性武器来对付中国的抗战军民，其冷酷嗜血可见一斑。先是浓烟，随后又引起发起大火，变为“火河”“火海”，整个苏州城化为火的海洋、火的世界了。

作家在这场大劫难里还特意描写了一个细节，那就是“雕梁”“大理石屏”被炸飞的情景，这也是一种象征，这两种事物在现实生活中本代表着美和尊贵，然而在这场战争中它们只能落得玉石俱焚的下场。作家通过对遭受轰炸和毁灭的古城苏州的片段描绘，在传达出战争暴力所造成的大毁灭的控诉同时，也指出战争毁灭的不止是普通百姓安居乐业的希望和企盼，更加衬托出这已是整个民族的灾难与浩劫。作家雄浑的语句的特殊魅力就在于他巧妙地把局部的、片断的场景

① 铁亢：《试炼时代》（1938），《马华新文学大系四・小说二集》，第454页。

以鸟瞰的方式，烘托出整个国家民族共同面临的灾难——这不是沉溺于内心诉说的语言艺术方式所能达到的。

雄浑的语言，有助于表达集体力量的伟大，这一点对于抗日战争时期而言，尤为重要。只有鼓舞广大民众的抗日热情，唤醒他们心中坚定的信心和树立必胜的信念，抗战才会取得最终的胜利，不仅铁亢是用这样是用这样的语言来表达，许多作家都自觉或不自觉地采用这样的语言艺术。

乳婴的《八九百个》，这个标题自身就有很强的号召力，它通过描写八九百个矿工自发罢工，不为日本矿主采矿的事迹，来歌颂团结奋斗所体现出来的伟大之处，现看两处句子：

> 大家的国家要大家救，这一次，我们八九百个一定要一条心，才有用处，让大家看看我们到底怎样爱国，让大家看看没有我们八九百个，日本的铁矿场能不能再弄到一点铁，做了军火来杀我们同胞。①
>
> 是中午了，八九百个人觉得有点疲乏，有点难受。但是谁也不曾现出惨苦相，在骄阳的威迫下坐着，高兴地双谈笑着；是一种满足的愉快的情绪，在八九百个面上，八九百双眼睛里，八九百个心头浮泛着，显现着，交流着。就是几十个印工和巫工，在八九百个人的狂热的爱国行动的激动下，也不曾想到离开不远的橡树林里去躲避一下毒热的太阳。②

这两则文字共同的特征是，大量使用集体称呼的语言，而且语言的出现重复率相当高。如第一则常用的就有“大家”“国家”“我们”“同胞”，这些集合性意义的词汇反复出现，营造了一种共同的认识氛围，具有把不同思想和想法的人统一到一起的效果，这也是作家不厌其烦地重复这一类词的初衷，所谓“人心齐泰山移”，当共同的思想认识形成之后，它们就会形成无坚不摧的力量，体现了作家巧妙地把用集合体的词语表现雄健浑厚的语言艺术。

第二则不仅是用了集合性的词语，而且用的是一个共同的词“八九百个”、“八九百双”，就是为了强调这惊人的集体力量。普通矿工的身份是卑微的，他们的能力也是有限的，或者说是微不足道的，但是一旦他们拧成一条心时，就会迸发出惊人的伟力，凝聚他们的心不是庸俗的物质享受，不是触手可及的金钱诱惑，恰恰是那无形而又无所不在的爱国主义精神，把这些来自不同地区、不同遭

① 乳婴：《八九百个》（1938），《马华新文学大系四·小说二集》，第250页。
② 乳婴：《八九百个》（1938），《马华新文学大系四·小说二集》，第260页。

遇的劳工们团结在一起。当然，这里也不乏人类之间伟大的同情心，印工和巫工，虽然不是出于爱国心而团结，但他们以善良的同情而与中国劳工们走到了一起。

30 年代初的文学作品语言，也有对群体事件过程的描绘，那是工人们在争取自身的权益，那种权益尚属局部性质的，不能代表所有人的共同心态。但是在抗战这种大环境中，这些集体认识已超越了阶级的界限，变成了中华民族与日本军国主义侵略者的矛盾对立，这是更为严峻、尖锐的斗争。语言中激荡着爱国主义的豪情与激情，所以这种重复之中，又带着很强烈的颂歌性质。作家还把这种激越的爱国心通过“面上”“眼睛里”“心头”三个不同的层次，由外而内加以渲染，说明了这种爱国热情不是仅仅浮于表面的形式，而是源于广大劳工的内心之中。

唤醒广大民众抗日热情的雄浑语言，在诗歌之中，也极突出。马华抗战诗歌前期显得昂扬，作家有静海、李蕴郎、东方丙丁、刘思、清才、蓬青、野火、三便等。随时着战事拉长，诗歌也显得隐晦曲折。

> 五指山脚下的一百万战士/即将举起他们的/磨利了多年的刀枪，/把百年仇恨当做一颗炸弹/一声春雷/一座火山，/连同着你的骨头/罪恶/幻梦/轰！炸！喷！/一起抛进太平洋的浪里。/青天白日，才是/五指山万古的标志，/万古的标志！①

这首诗歌的语言，从其用语与节奏来看，简直不象是诗人用笔写出来的，而是其内心郁积许久的心绪如火山岩浆喷发一般，洪流滚滚，所向披靡。他把仇恨的感情比作“炸弹”“春雷”“火山”，直接体现就是“轰！炸！喷！”语句只有一个字，独字成句的方法，可谓斩钉截铁，其语言的力度更是鲜明刚健，那种刚健、勇猛、奋勇向前的拼搏态势，可谓传达了抗战思想的最强音。

> 来/来歌唱/大家集合/在露天场上/不要脸红害羞/不要怕日头炎/咱们仰口可吞天。②

这首诗歌的写法也是颇为雄健的，但是技巧与李蕴郎的不一样。李蕴郎的诗

---

① 李蕴郎：《怒吼，五指山》（1939），《马华新文学大系六·诗集》，第 175 页。

② 刘思：《来唱歌》（1939），《马华新文学大系六·诗集》，第 196 页。

歌以直抒胸臆的方法，发脏腑之音，给人以力竭声嘶的拼命之状。刘思的诗歌则以双关与夸张的方法，来表达广大爱国华侨坚定的抗日精神。从诗歌的叙事角度来看，不过只是一个召集大会唱的描述，但作家巧妙地用了双关之法，“不要怕日头炎”，这就有了两重含义，一是大自然的现象，这在南洋一带乃是平常之景；另一个是日本侵略者的气焰嚣张，他们所进行的是不义的侵略战争，亦不足畏。“咱们仰口可吞天”，这给人的第一直觉就是郭沫若的《天狗》，那是一种充满着无穷浪漫的想象，充满着极大的自信和伟力。在看似寻常的口语中，流露出对敌人的藐视，充满自信、自豪的精神。

> 我歌颂你——十月：/在血海中沐浴的兄弟，/在苦难中成长的新中国，/在反侵略战争的各民族，/以同情和同情的手臂，/拥抱在一起。/以求生和求生的心理，/搅匀在一堆！①

无论是何种文体，在表达共同力量和决心时，他们用的都是集合性的词语，凝聚这些个体的因素是爱国的热忱。但爱国热忱的内在推动力又是什么？似乎没有一个作家把它当成一个具体的问题，或认为是理所当然的，无需追问的。蓬青的诗歌在歌颂团结斗争的伟大力量时，已经接触到这方面的问题了，那就是“同情”“求生”，这是爱国热忱的内在动力。爱国主义热忱不是突如其来的，而是当民族或国家面临着生存的危机时迸发出来的共力，这就是“求生”，也是共同的本能反映；“同情”，不单指的是共同想法的人们，还指那些从正义立场上支持斗争的人们，诗人把二者的“拥抱”与“搅匀”称为民族众志成城、团结一心的象征。在这首诗歌里，各族人民的浴血奋战中透露出刚健中的某些悲壮的颜色，是视死如归永不言悔的钢铁般的意志。

用雄浑的语言来表达各地民众共同认识的，还是以铁亢的最为典型。

> 是地球翻身的第二晚，大武汉烧起了十万支火炬。
>
> 十万人汇成了烘热的血川，在火样的高热中炼出无上刚毅的灵魂与意志。十万支火炬血红地烧，英勇地高高擎举。火光闪荡里，几乎加烈了欢呼和歌唱像河也似的流向新生的途道。十万、百万、万万的心，万万的意志在火炬示威大游行中庆祝津浦大会战的空前胜利。

① 蓬青：《十月的烽火》（1939），《马华新文学大系六·诗集》，第329页。

火炬的红焰伸开了翅膀，企图成为暴风雨中的海燕。这海燕是血红的，是中华人民燃烧着的心。心在烧在熔，从街旁的店、的家流了出来，成为这绵长巨大的庆祝游行队伍……①

1938 年正是抗战最为惨烈的时期，中、日双方所投入的兵力规模空前，因而描绘此时的民心沸腾，群情激昂的文字也特别多。在抗战初期，中国军队在津浦大会战中的胜利，极大地鼓舞了全国人民斗志，铁亢的这一段文字当中，描写的正是武汉军民以火炬游行的方式来庆祝胜利，同时也表达了全国人民同仇敌忾、英勇顽强抗战到底的雄心。这段文字以层递的方式，把这种激情逐步推进。从感情表达看，“十万人汇成了烘热的血川，……新生的途道”，语句较为从容舒展，形成了层层有力的感情铺垫，随后的句子则在此基础上拓展。而且在自然段的结尾出现“十万、百万、万万的心，万万的意志”，这是把十万火炬的游行队伍和坚强意志逐步外化、扩大，进而变成亿万人的共同意志，作家的感情也在此过程中得到升华。

第二段的感情抒发与表达方式也是相类似，用形象的比喻来形容全国人民的火热爱国情怀。紧接着又有一句层递性的语句，“心在烧在熔，从街旁的店、的家流了出来，成为这绵长巨大的庆祝游行的队伍。”也是从小处、近处着眼，接着升华为总体的爱国壮举。因此，抒情的表达方式就颇为讲究，从舒缓——热烈——渐缓——激昂这样一种情感节奏的变化，既合乎人的情感表达需求，对人的情感抒发的节奏控制也是相当娴熟的。如果作家采用一呼到底的表达方式，就会显得生硬，且让人透不过气来，而这样的步步推进而又适当舒展的方法，就更容易把心中的感情宣泄出来，于是雄浑的情感如江河波浪，形成重重叠叠，一波又一波地扑面而来，具有裂石崩云的强大力量。

三、 爱憎分明曝阴类：辛辣

在这个抗战犹酣的时期，抗日成为马华社会里的最高政治，文学语言在社会生活的各个领域里都发挥着鼓动人心的力量，雄浑的语言对于鼓动人心，投身抗战起着相当积极的一面。但事物历来是复杂的，有些人或出于无奈或各式各样的私心，对抗战不仅不支持，反而起到破坏作用。对这类现象，马华文学也不乏相当尖锐的揭露。尤其是自 1939 年以后，抗战持久化，使大众急切喷薄的热情内

① 铁亢：《试炼时代》（1938），《马华新文学大系四·小说二集》，第 472 页。

敛，暴露、讽刺性作品多了。对于那些为虎作伥、认贼作父、自私自利、招摇撞骗等现象的描绘，揭露这类事物的丑恶、虚伪与卑鄙的面目，文学语言则显得辛辣，也是从另一个角度配合了中国的抗日战争。这是一条隐而不现的战线，而这条战线更加贴近马华社会的真实生活面貌，因此也就更具有鞭辟入里的效应。

所谓辛辣的语言风格，指的是文学语言尖锐而刺激性强的特征。在抗日这种独特时代的氛围里，文学语言的辛辣首先表现在对日货爱憎分明的用语上。正如大陆用“鬼子”来指代日军一样，其全称为“日本鬼子”，表示国别。但慢慢地“鬼子”就成为专用名词。在马华社会里，因为还没有面临着与日本侵略者的直接对抗，所以华侨所发起的活动就是抵制日货，但“日货”是一个中性词，在文学语言中，它的名目是不断变幻的。

> 因为卖劣货的“味之素”是有点不名誉的。①
>
> 仇货不让给它烧个净光，还要去叫什么水龙车?②
>
> 染着乌油的劣鱼。③

以上几例，可以看出那时候的华侨对日货鲜明的态度，他们用“劣”“仇”来形容日货，又在此基础上，衍生出“劣鱼”“劣货”“劣油”“劣布”等称呼，“仇”字也一样可以与其他词汇组成针对日货的专用名词，表达他们对日本侵略者的高度仇恨与蔑视。在这些词语当中，民众对卖“劣货”的高度鄙视，那是他们的崇高爱国主义感情所唤起的。如果有人与日本商人做生意，实际上是卖国行为，不听劝告的话，他的货就会受到破坏，甚至被浇沥青，俗称“淋乌油”。

不光是日货，对日本侵略者，马华文学语言还有比鬼子更为刻骨仇恨的语词。

> 西方一撮胡子的魔王，/东方的矮无常，/遥遥相对地/狂饮血腥的祭酒!④

在第二次世界大战期间，德、日、意结成轴心国，掀起了人类历史上最为浩

---

① 紫焰:《招牌的命运》(1937),《马华新文学大系七·散文集》，第363页。
② 啸平:《失火》(1937),《马华新文学大系七·散文集》，第496页。
③ 佐丁:《剃刀》(1938),《马华新文学大系七·散文集》，第601页。
④ 蓬青:《十月的烽火》(1939),《马华新文学大系六·诗集》，第327页。

大的劫难，虽然此时日本还没对东南亚一带动武，但是随着战事的发展，国土狭小、资源匮乏的日本已经支撑不起旷日持久的战争，急欲寻找能源基地，其对东南亚早已是虎视眈眈。诗人把它和魔王希特勒相提并论，创造出“矮无常”这样的形象，来代指狂妄贪婪的日本侵略者。“无常”本是中国民间信仰中索命鬼卒的代称，又有“黑无常”“白无常”之分，若从其本源来看，是佛家用语，指的是世界的永恒变迁的状态，故为“无常”，后来这个词逐渐演变为人生无常，生命的短暂脆弱，因此就由具有哲学意味的词化为具体可感的形象了。无常鬼是专门从事勾魂索命工作的，故而又是恐怖的代名词。日本人古代称为“倭”，即矮也。于是诗人就用这两个词的特别组合，变成了专指给中国人民带来恐怖和死亡的“矮无常”，可谓入木三分，异常辛辣，其嗜血贪婪、残忍等反人性的特点昭然若揭，是十分精彩的词汇。

我们可以从另外的角度来加以论证这种反人性的侵略者的恐怖之处。

> 一个人，如果丧失了家业，即使活着，还能干什么？……鬼子是讲道理的，只要不反抗。①

铁亢在作品中描写了一个中等人家的男主人，他天真地以为只要当好顺民，就可以守着自己的小家业，苟延残喘，安安稳稳地过着亡国奴一般的小日子。实际上鬼子一来，他家马上就被抄了，妇女被奸淫，自己也一命呜呼。这实际上就是以人性的角度去猜想没有人性的野兽，乌可得乎？“矮无常”所到之处，必然生灵涂炭。对敌人的仇恨可见一端。

马华文学语言的辛辣，不仅表现在对敌人、敌货等的尖锐讽刺，还表现在对那些自私自利、出卖国家和民族利益，以及为虎作伥者的辛辣讽刺。作家们对这类人大都使用夸张的艺术手法，用漫画式的笔法来加以体现的。

> 大肚皮常常吃补，所以他长得胖，两颊胖得像被人搥肿一样，把两只老鼠似的小眼睛，遮得叫人看不见，而且还把两条腿胖得变成短了，走起路来，就像皮球一样的滚着。所以呀，店里计厌他的伙计，常常这样叫着：
>
> “皮球又滚来了！”②

---

① 铁亢：《试炼时代》（1938），《马华新文学大系四·小说二集》，第 382 页。

② 艾蒙：《大肚皮和阿明》（1939），《马华新文学大系七·散文集》，第 587 页。

这是用夸张的词汇来描写一个人的形象。在马华二三十年代以来的文学语言里，“大肚皮”是有所指的，针对的是那些为富不仁的社会寄生阶级，而这里的“大肚皮”，不单具有以上劣行，而且还卑鄙、无耻，毫无民族操行。作家在夸张突出他的胖时，所用的语言带着极度轻蔑的语气。如形容其脸之胖，用的是“像被人搥肿一样”，这是十分尖刻的说法。俗语说“打肿脸充胖子”，形容某个人虚伪得可笑的丑态，故用一个“搥”字，可见“大肚皮”已胖得整个脸都变形了，丑陋不堪，面目可憎。“把两只老鼠似的小眼睛，遮得叫人看不见”，人因胖而眼睛变小，作家还特地加上“老鼠似”的小眼睛，更突出其小。除了审美意义上的小和丑之外，“老鼠”眼还有一层文化上意义，那就是给人以鼠目寸光、卑鄙贪婪的印象。小眼睛并不代表罪恶和丑陋，但“鼠目”则是明显的贬低和讽刺。作家从各个方面，用漫画式的笔法描绘了那些置民族利益于不顾，大发国难财的奸商形象，可谓不遗余力。

还有一些语言则是从侧面来讽刺和描绘各类反动势力，把这一类的人形象展现得惟妙惟肖。

> 有着房东大爷的胖胖的身材，披着那绣有八卦花格的外衣，不失一位正人的体统。观他走路时的那种优优闲闲的阔步，有礼守节的步伐，也合乎“鹰爪手，八字脚”这一套文士的规范，大可嗅出其“书香”的气味，则其大摇大摆昂然而来，昂然而去的风度，也不失堂堂的绅士仪表。①

文字看起来一本正经，用满是崇敬、赞扬的语言来写，但是细看，在语言之中又隐隐藏着戏谑的口气，从修辞的角度来看，所言非所指方法，乃是反语。表面上所写的对象乃是温文尔雅、风度翩翩、不急不躁的绅士般的人物，但若揭开其谜底，就会发现所写的对象不过是一只乌龟而已，就令人哑然失笑了。作家巧妙地把动物身上的某些特点加以集中突出并放大，这样给人造成的错觉愈大，其讽刺的意义也就愈强烈。通过乌龟来讽刺某一种人，历来不乏佳作。乌龟虽有时被称为灵物，地位尊崇，“神龟虽寿，犹有竟时”（曹操《步出夏门行》），“静养千年寿，重泉自隐居”（唐·李群玉《龟》）。但有时它又是被人所嘲笑的对象，

① 萧魂：《动物园点将》（1941），《马华新文学大系七·散文集》，第569页。

“有灵堪托梦，无心自解谋。不能蓍下伏，强从莲上游。负图非所冀，支床空见留。倘蒙一曳尾，当为屡回头。”（北齐·赵儒宗《咏龟诗》），这里的龟的灵性、崇高地位逐渐被消解了。现代白话诗急先锋刘大白也有一首诗写乌龟的：

> 古人说你灵，/你却这样蠢：/蠢倒也罢了/又龌龊得很！/你大肚彭亨，/好像个财神/但身没半文钱/说甚么富国裕民！//
>
> 你全身披挂，/好像个军人/但动辄勾头缩颈/说甚么冲锋陷阵！//
>
> 你雍容雅步/好像个老官僚阔乡绅/但不过曳尾涂中/说甚么显威风拿身份//
>
> 你不曾劳动/却侥幸生存——/这种堕落的生涯/也算得掠夺阶级底标本![①]

刘大白诗歌的语言，以坦率尖锐而突出了乌龟诸多可笑龌龊之处，这与萧魂的反语式的描写相比较而言，显得更为直白了一些。不过，从语言风格来看，总体特征还是以辛辣的讽刺意味为主的。这一类人表面上道貌岸然，气度非凡，实质一无是处，对祖国抗战大业毫无贡献。辛辣的语言就是剥下他们华丽伪饰的最佳工具。

1938 年 4 月，讽刺作家张天翼发表了《华威先生》，描绘了抗战时期的利欲熏心的官僚华威先生虚伪的外表，自私卑鄙的内心世界，所以其辛辣的讽刺性得到充分的体现。自然，只要有这类的思想和此类人的存在，轰轰烈烈的南洋华侨抗战热潮里，此类渣滓也会趁机泛起。马华文学作品也描绘了南洋版的华威先生。

> “唉！真是忙死我。”这一天导演先生在林民的房间，一边用指头醮着杯底剩着的茶水在桌上乱画，一边自语似的对林民说着：“晚上要写讲义，白天又不能抽个空休息，简直是把我忙死了。”他说着，忽然像想起了什么事情，举高左手，望了一下表，“你看，再过半个钟头，我又要到戏剧训练班去主讲。”[②]
>
> “主席。”他站起来，向主席举了一下手，说道：“我因为还有事情，我得先退席！至于大家要我帮忙戏剧工作，我是很愿意的。好了！

① 刘大白：《刘大白诗集》，北京：书目文献出版社，1983 年，第 84 页。

② 林晨：《导演先生》（1941），《马华新文学大系四·小说二集》，第 593 页。

再见!”他没有等主席回答，像怕来不及的样子，拉开了椅子匆匆的走了……①

这两段文字，我们可以从张天翼的《华威先生》中找到类似的情节、动作和语言。

“我们改日再谈好不发，天翼兄。我总想畅畅快快跟你谈一次——唉，可总是没有时间，今天刘主任起草了一个县长公余工作方案，硬要叫我参加意见，叫我替他修改。三点钟还有一个集会。……”

“我恨不得取消晚上睡觉的制度，我还希望一天不止二十四小时，救亡工作实在太多了。”

接着掏出表来看一看，他那一脸丰满的肌肉立刻紧张了起来。眉毛皱着，嘴唇使劲撮着。好像他在把全身的精力都要收敛到脸上似的。他立刻就走；他要到难民救济会去开会。

……

“主席!”他叫，“我因为今天另外还有一个集会，我不能等到终席。我现在有一点意见，想要先提出来。……”

五点三刻他到了工人救亡协会指导部的会议室。②

从文章的命名方法、语言等方面的比较来看，林晨的《导演先生》是对张天翼的《华威先生》的有意模仿，以此揭露南洋一带也有活生生的“华威先生”存在。鉴于“华威先生”在中国大陆已经有了很大的影响，作家想用类似的方法来提醒人们注意南洋“华威先生”的真实面貌，所以在描写“导演先生”的夸张性的看表动作、到处参会、迟到早退等细节都是一样的。这不能用简单的抄袭来看待，是有意识的借用，以揭开事物的真实面目，提起关注。重复的模仿在文学创作上有时是一种恶习，有时它又是一种善行。《导演先生》就是属于后者。因为情节虽大体与《华威先生》相近，但背景却置换成南洋，有强烈的特指意味。同时，因着《华威先生》的影响，《导演先生》也能够凭借这股人气而迅速扩散到马华社会中去，让人们对“华威先生”一类的人物产生警惕，及时

① 林晨:《导演先生》(1941),《马华新文学大系四·小说二集》，第596页。

② 张天翼:《华威先生》,《中国现当代文学作品选》，上海：华东师大出版社，2008年，第194－196页。

揭开他们丑恶的面目，辛辣的语言让这些丑类无处遁形。

如果说马华语言的辛辣性是专指这类丑恶现象的话，那么它们尚带着中国故事的某些痕迹。铁亢的《白蚁》所指的人和事就只有南洋社会才会发生的，具有极强的针对性。国难是民族的共同浩劫，但对某些人来说可能化为意外发财的良机，他们会巧妙地利用民众的爱国热情，趁机中饱私囊，其恶虽小，却是对爱国热忱的重大腐蚀，可谓一粒老鼠屎坏了一锅汤。小说中写一个骗子，自称乃是铁甲兵团长，在南洋各地招摇撞骗，募款骗钱。

> "只要大家帮忙送我回去，我不杀死一万个鬼子，决不姓林！"
>
> 这话够使人兴奋……但是，现在却想起麻坡，麻坡老姘头阿雪。
>
> ……
>
> 对，拿了钱再说。到这里来不到二天，一百块；二天后到另一个小州府去，说不定又是一百块。一百块，一百块……一千！港币二千，国币四千！带阿雪回去广西，开店，做小老板，大老板，发财，做官……①

这两段文字用夸张的对比和层递的方法来描绘人物的形象，生动而又尖锐之至。骗子的第一句话说得激昂慷慨，有一种不成功便成仁的意味，颇具铮铮铁骨的气派。然而，下一句随即转入人物的内心，指出其私心里是想起老姘头阿雪，说明他根本就无心抗日。在这里，崇高的语言与卑鄙的内心，高大的形象与渺小的追求，形成鲜明的对比，犹如揭开一个穿着华丽外衣者的外套，让人看到其内里的丑恶与腐朽。二者形象的落差越大，达到讽刺的效果也就越强。

第二则是纯内心活动描写，有两个句子几乎全是短句。"一百块……国币四千！""开店……做官"，短句之间的逻辑安排则是递进式的，由小到大逐层抬升，以此来形容人的欲望和野心也在一步步地变大的过程。如果把这时的心理活动比成如意算盘的话，那么这些短句就如一个个的算盘子，层层递进则是数字位置的升级，十分形象地反映了这类人把小算盘打得噼里啪啦响的心理状态，这类人的内心越得意，那么他们的形象也就越丑陋，在不动声色之间，反面角色人物也就呼之欲出了，辛辣的讽刺效果自然水到渠成。

抗战是中华民族的共同事业，在二三十年代，马华作品也会偶尔描写沓沓的

① 铁亢：《白蚁》（1939），《马华新文学大系四·小说二集》，第491页。

生活情景，不过那时大都体现出他们对中华文化的背离一面，并没有更多的价值评判。不过，到了抗战激烈时期，置身于民族事务之外的族群咨咨也会被纳入战争的评判标准中，他们的冷漠自然也成为一种不正常的现象，一旦民族受到奴役，他们将自然难以独善其身。这时候马华文学语言对这一族群生态有了非常细腻的体现。铁亢的《洋玩具》反映的就是他们中的代表性心理。

> 红毛学堂那里跟你们唐人学堂一样。整天读唐人 History？读糖芋马铃薯？人家红毛学堂读的是维多利亚、乔治第五、爱德华第三，等等，谁耐烦去读唐人朝代。又不是唐人，又不想回唐山，读了又不能进政府机关入洋行。说真话，红毛人的洋行要你懂糖芋做甚么？何况红毛学堂的目的只教人会说红毛话，打红毛字，速红毛写；谁像人们唐人学堂，整天不说红毛话，在红毛地方偏说国语……①

这则文字体现了从小接受西化教育的咨咨马奇烈先生的心理活动。这段文字用的是方言与英语这两种语言来思维，并非标准的汉语表达。“红毛字”“红毛学堂”“红毛人”等称呼是方言中对西洋人的统称；“速红毛写”，指的是用“红毛字”速记之意，这是方言区的特殊思维表达方法。“History”冒出来，说明马奇烈已经在他有限的方言词汇里找不到一个可以表达自己想法的概念，只能以英语来取代，并不是所谓的时髦或高高在上的姿态。“糖芋”，原意是“唐虞”，只不过马奇烈概念中也没有此类的印象，只好用食品来取代。由这段文字的表达方法及思维方式来看，可以看出这位马奇烈先生的文化素养，他的词汇只能勉强应付的日常生活，学术概念则全部是西化的那一套，在价值观上更别提没有中华传统的美德，就是西方文化的精髓他也没有学到，得到的只是一些自私自利、功利主义、个人享乐主义等一些肤浅的观念。这些心理活动，夸张地突出了一类没有文化根柢的实用功利主义者的形象，他们的崇高性追求处于死寂的状态，并且浑然不觉，沾沾自喜，实在可悲。究其原因，是殖民主义教育的恶果，殖民政府需要的是洋奴，而非有思想、有追求的人才，批判的矛头直指罪恶的统治制度。在辛辣的语言中有着严正的批判。

马华文学语言辛辣讽刺了那些趁机发国难财的招摇撞骗者，以及漠不关心者的洋奴才，语言中多少是带有一点嘲笑的意味，但是如果是对汉奸的描绘时，那

① 铁亢：《洋玩具》(1941)，《马华新文学大系四·小说二集》，第511页。

么辛辣的语言中则带着峻急的特征，体现了抗战时期马华文学语言爱憎、敌我分明的鲜明特色。

> 白面无须的小丑汪逆精卫，从上海溜到东京唱了一剧“秦琼卖马”，而领得横滨正金银行的一百五十万津贴费，留在上海的汪系文化界败类垂涎之余，也借重报章杂志的篇幅，吠声吠影地，为东亚协同体廉价播音了。①

这里所用的语言全用带有强烈鄙视意味的词，对汪精卫的界定用了三个复杂的修饰语，“白面无须”“小丑”“汪逆”构成了汪精卫的总体特征。从古代戏曲的演员角色来盾，奸臣出场都是化妆成大白脸，喻此人阴险狡诈、残酷无情。总之，历史上的大奸臣都是这样的一种扮相。“无须”既是实指又是虚指，实指是汪长得颇帅气，但这语言的口气来看，它还有另一层意思，男子无须者近乎阉寺，合起来是长得好看的太监，是对汪氏的极大蔑视——他连起码的男子汉都不是，可见其令人唾弃也是应该的。“小丑”指他为了一己私利，而不惜委身事倭，不过是日本人眼中的小丑而已，根本没有什么价值可言；“逆”字，则着重点明其主要特征，乃是卖国的逆贼，是全民族的叛徒。一个汪精卫的出场，用了如此众多的蔑视语，“千古罪人”的断语对汪氏来说，绝不算过分，他已被牢牢地钉在耻辱柱上。所以开头的第一句话犹如戏曲中的出场亮相，汪精卫的一连串修饰语，就是他亮相的主要特征，观众对他的性格为人也都一目了然，所以此后的行为细节都是照此逻辑性的发展：“溜”“领得”“垂涎”“吠声吠影”等语句，也就顺理成章了，描绘了一出汉奸卖国的集体丑剧。而这丑剧则以强烈的批判而告结束的。

> 这种伪善的狗，是疯狗的帮凶，这种狗是阴谋最大的狗。
>
> 汉奸是最无耻的畜生，这群狗就以汪精卫为首。汪精卫这只狗男，陈璧君那只狗女，这对狗男女之下，就有褚民谊、李圣五、陶希圣……等等狗，他们“汪汪”的吠；吠得不对的时候，那疯狗主子就给它一记耳光。②

① 陈南：《命运》（1939），《马华新文学大系七 · 散文集》，第311页。

② 山兄：《谈狗》（1939），《马华新文学大系七 · 散文集》，第507页。

上一则对汪精卫之流的描写，还是把他们当成人来看待的，虽然有些“吠声吠影”的词汇，但总体是对人的描写。这一则，使用的手法是拟物，指出它们的非人类的特征，日本侵略者是“疯狗”，而汉奸则是伪善的狗男、狗女、狗奴才等，由人而为畜生，这是更大的鄙视态度，同时指出这群畜生，他们不仅受到全国人民的口诛笔伐，同时也随时得挨其疯狗主子的耳光，可谓两面不讨好。而这种生涯则源于其浅见和急功近利的自私自利心态，完全咎由自取，怨不得别人。作家在语言表达过程中，流露出极大的厌恶和鄙视。

其实，不仅是像汪精卫、陈璧君这一类的大汉奸，人们才用辛辣的语言来讽刺，在马华社会里，“汉奸”也会成为最为卑鄙下流的代名词。高云览的《翻脸》就写这么一件事情，一对青年男女在花前月下闲谈，几乎是海誓山盟般的问答，男子激动地问，假如他变成穷光蛋了，女子会依然爱他。于是又问假设成为挑粪工、猪头三、小瘪三、哈巴狗……，女子都表示会爱着他。

> “假如我变了个华北的汉奸呢？你也爱吗？”他等着一个觉醒的回答。
>
> 可是回答的是一个把掌。“我可一枪干掉你！”女的完全翻脸，脸变成可怕的铁青：“而且，即使你并不是，可是你已经这样说，连听了也觉得很恶狠！”①

恋人之间的对话颇具深意，男子的问题假设成穷光蛋、挑粪工、猪头三等身份，只表示他在社会地位上的变化，对个人思想、人格并没有太大的影响，这对于热恋中的情人而言，她都可以接受。而后，男的抛出最后一个问题：变成“汉奸”，男子为什么会把这个问题放在最后来发问？其实他的内心也是相当清醒的，知道“汉奸”的身份比小瘪三、哈巴狗，甚至是臭虫还要低贱的，而且已经逾越了作为一个正常中国人所应有的道德底线。表面上男青年是在热恋中脑袋发昏时的冲动设想，其实在他的内心，早已掂量过这一句话所包涵的沉重份量。可是等来的是一记响亮的耳光和迅速的断绝关系。这位女子的反应可谓旗帜鲜明，恋爱可以不分贫富贵贱，无论寿夭穷通，但它也不是盲目的，无原则无底线的，即须以一个起码的中国人作为前提。一旦突破了这条底线，那么这种人还有什么不敢做的呢？他已经成为一个无任何道德约束力，为所欲为的人，或者说是非人

---

① 云览：《翻脸》(1938)，《马华新文学大系七·散文集》，第417页。

了。这位女子的反应是对的，她认为男子既有这样的设想，虽没有马上成为汉奸，说明此人心中是没有原则的唯利是图的家伙，根本不值得托付终身的。这对话的意味深长之处在于，"汉奸"已成为全民的公敌，是人人得而诛之的角色，这在残酷的战争年代，是任何人都形成的共识。我们来看看这一类角色的最终结局：

> 我亲眼看见了一个青年，一个旧同学，做了旧时代的俘虏，做了大时代的渣滓，我是多么的替他惋惜。但是，有什么法子呢？当一个人他自己要使自己变成大时代的渣滓！
>
> 让他跌进黑暗的深渊里去吧！大时代的巨轮会不客气的使他粉身碎骨呵！我是多么的愤恨！①

作家对这位堕落的同学态度是惋惜和愤恨。惋惜的是，作为一个有知识的人，他本来可以过着正常的生活，然而他却偏离了正常的生活轨道，滑向黑暗的深渊里去，万劫不复，作为一个生命个体，是应该"惋惜"的；"愤恨"的是这条道路是他自己选择的，他为了自己的某种私心和欲望，选择了这样的一条道路，他在得到个人的某些利益享受的同时，也必须要付出被时代巨轮辗得粉身碎骨的代价。上天是公平的，在为你打开一扇门的同时，也就关上其他的门。鱼与熊掌不可兼得，这是两难的选择。可见，在文学作品中，对丧失民族节操者的批判挞伐历来是不遗余力的，不管他的个人欲望和动机究竟如何强烈。

马华文学语言在抗战时期所体现出来的辛辣风格，与这个时代的要求以及社会心理预期是紧密联系在一起的。只有对破坏抗战、伪善、认贼作父等行为作坚决的批判和峻急的讽刺斗争，才能真正起到打击敌对势力、团结民心，形成全民抗日的局面。辛辣的特性，虽然尖锐刺激，却是一贴清醒的良药，使大众认识到魑魅魍魉的真面目；它是一剂杀菌水，使形形色色的腐败无处容身；它又是一种凝和剂，大胆去除败类，使民心更趋一致，在马华社会里产生过相当巨大的影响。

四、唤起工农千百万：通俗

这个时期的文学语言还有一个十分明显的风格特点，那就是通俗化的风格，

① 艾蒙：《大时代的渣滓》（1939），《马华新文学大系七・散文集》，第581页。

对通俗化的提倡并不是抗战以后才兴起的，它在30年代初的大众化运动中已经开始提倡，只不过那个时期还较多地停留在理论层面。所谓的通俗化风格，指的是语言为广大人民群众所熟悉易懂，不晦涩，采用的表达方式也是大众所喜闻乐见的艺术形式，这在那时有着非常强烈的现实意义，那就是作家们的创作尽量贴近现实生活，以活生生的现实生活语言作为传达思想内容的载体。作家们创作了大量的作品，如流芒的《觉醒》、啸平的《忠义之家》、悴纯的《龌龊的勾当》，朱绪改编的《教师》《黄昏时候》等，其内容或反映矿工的斗争、思想落后者的觉悟转变，或体现人民群众与汉奸间谍的无情争斗、学生争取救亡自由的斗争等，是抗日时期华人社会多姿多彩救亡运动的缩影。并以通俗的语言把抗战的信息和决心传达到社会的各个阶层——新文学再也不是专属于青年们反对旧思想、旧文化的工具，它已成为一切有益于抗战的宣传力量，通过它们唤醒千千万万爱国的人们。

通俗化的语言风格，在语言使用类别、词汇，甚至在表达方式都有了鲜明的体现。

从语言来看，因为大部分华侨都来自闽粤两省各地，方言众多，文学创作语言也以闽方言、粤方言居多；其次是马来语的部分词汇。这种情况在二三十年代的文学语言中已出现了，但是在这一时期又有新的变化。二三十年代的文学语言，除了中国大陆各地方言外，偶尔夹杂着马来语和英语词汇。值得注意的是，英语词汇的直接使用在本时期似乎也比较少见了，这是耐人寻味的现象。英语作为当时的殖民地官方语言，是一种身份和地位的象征，虽然百姓的口头语中会偶尔夹杂英语的发音，但是很少人用字母直接表达。这个时期字母的减少，并不是对英国殖民当局的否定和不满，而是为了更加贴近大众的生活实际，现就语言问题举一些例子来说明。

在马华文学语言中，方言的使用占了一大部分，如“番仔旗”“红毛旗”（铁亢《洋玩具》），“到番边去呀!”（李蕴郎《古巴树》），“今晚历士甚么电火戏?”（铁亢《洋玩具》）。在闽方言中，大量的外国事物的称呼都有一定鲜明的词汇色彩，“番”字即是一个。“番仔”“红毛”都是指外国的。“红毛”也只举其主要特征来表达。如玉米在闽南语中变为“番珠”，地瓜即为“番薯”，火柴称为“番火”等，因为都是外国来的。这种语言的命名方式，使这些远涉重洋在异域谋生的人们依然保持着以前的生活方式和思维方式，而混然未觉自己就在“番”地了。自然，“番”地，也就是“番边”，其意都是如此的。“历士”是当时REX戏院的称呼，“电火戏”是对现代电影的一种叫法，这与传统的中国戏剧不同，用的是现代的电力、声光系统所表达的艺术叫法，民间称为“电火”。

更有意思的是在行文中直接杂入一些方言说法，并拟其发音来表达。

妈仙新情佥呢依可明。①

第一句话，单纯从字意来看，这是毫无意义的词汇堆积。但是从闽南语的角度来发音，即“马先生，请你签一个名！”作家的这种写法，除了艺术表达需要外，更重要的是希望用这种通俗化、贴近生活用语的方式来表达内容，使文学语言更具有生气勃勃的朝气。

其实，有的作品，对方言的应用已经很多了。黄嫋云的《良姆教子》通篇皆以闽南方言来进行写作，关于这一点，将在艺术表达形式上详加论及，这时就不展开了。

与方言的使用紧密联系的，还有一些特别的俗语、谚语，这使语言显得更加生动、活泼而又含蓄。

在唐山，上头用武力，老糠也榨出油啦！②

他们就要眼巴巴地躺着，数屋顶上的角樑挨饿过日子。③

咱们俗话儿有句“杀人放火金腰带”。④

俗谚语是最隐秘的文化符号，它饱含着某一个地区百姓世世代代生活经历的记忆和经验，能纯熟地使用这类语言的人们，才是真正把握住了语言的精要所在。

“老糠也榨出油来”，这一比喻指的是达到了日常生活中几乎不可能实现的目的，可怕的并不在于效果，而在于这种方式的恐怖与残忍。“糠”本来就极为粗砺，乃是无用的糟粕，人们只有在饥荒无食之时才会吃糠的，而有人异想天开，想从中榨油，可见其手段之惊人。其实，相类似的说法各地都有，只不过对象不同而已，如“瘦狗也要榨出四两油”“蚊子腹内刳油，鹭鸶腿上劈肉”等等，都与之有着十分相似的内在联系。

---

① 铁亢：《洋玩具》（1941），《马华新文学大系四·小说二集》，第508页。

② 上官豸：《非英雄史略》（1939），《马华新文学大系四·小说二集》，第351页。

③ 斧夫：《挣扎》（1936），《马华新文学大系七·散文集》，第263页。

④ 上官豸：《非英雄史略》（1939），《马华新文学大系四·小说二集》，第339页。

“数角樑”是十分生动的比喻。古代房子都是木构造的，“角樑”指的是椽子，上面盖上层层叠叠的瓦片，它位于屋上方，人只有躺着的时候，在百无聊赖之际才会有数角樑这毫无意义的行为与举动。一个人到了这个山穷水尽，无计可施的地步，就表明了他的窘困、无奈已是何等的可怜。当然这种说法，对于不同地域的人来说，体会是不一样的，不必说习惯于木石结构的西方人了，即使是熟悉窑洞的陕北人也是难以理解的。而对于热带地区的居民来说，同样是不可解的，只有在这种特殊氛围里的人们才能深刻体会到这一点。

“杀人放火金腰带”，指的是越大胆、越蛮干的人，他们可能得到的利益会更大。“金腰带”指的是荣华富贵，朝廷的高官往往有特殊的身份象征物，“腰带”就是其中之一，“金腰带”自然是尊贵异常了。但是，这种富贵却建立在“杀人放火”的基础上。“窃钩者诛，窃国者候”就是具有相同的道理。罪恶与报应的不对等性，才是人类社会常态，一句话道出了社会的荒谬与混乱。

诸如此类通俗用语的使用，不仅增加了文字的表达内涵，而且有助于把作家的思想用通俗化的形式加以传达，这是文学语言在扩展影响过程中的一种策略和方式。

在应用方言俗语方面，不仅能起到塑造人物形象，生动再现现实生活的作用，而且更重要的是用这样的语言，把有关抗战团结的信息，渗透到社会的方方面面，它所起的作用自然是不可估量的。

张财伯割过树胶，当过码头苦力，拉过人力车，终于存了一点钱，买了一辆牛车来赶。像他这样几十年在社会底层苦苦挣扎的劳动人民，没有任何文化知识和恒产，有的只是不断被迫出卖的血汗劳力而已。政治斗争对他们来说，简直就像是天外传奇，更不用说民族生存大计了。遇到小学生募捐，

> 只好摸出荷包来把一个铜镭丢进小箱子里。什么“国兰”（国难）啦，空的九梦（抗日救亡）啦，他总听不懂。……唐人合日本人打伩就打伩啦，关他张财伯什么事。①

这里的文字，采用方言的谐音和表示拉长声调的感叹词，来描绘张财伯此时的淡然心态，十分生动地衬托出广大尚未觉醒的劳动阶层对抗日战争募捐的不情愿心态。抗战爆发后，南洋各界纷纷捐钱捐物，支援抗战，随着战事的延长，募

① 李蕴郎：《转变》（1939），《马华新文学大系四·小说二集》，第327页。

捐活动也不得不成为常态，广大中小学生自发到街区各地募捐，方式也多种多样，其中一种是卖纸花来募捐，面对笑脸相迎的热情孩子，张财伯不好扫他们的兴，只好忍痛从自己的血汗钱中掏出一点，聊为打发，说明了张财伯的思想认识对抗日是十分模糊的，把捐款当成一种负担，而不是责任。在谐音上，“国兰”“空的九梦”，与其原意“国难”“抗日救亡”相比而言，是显得多么荒唐可笑。这对张财伯来说，已经是他努力理解这些词语的意思了。“兰”“九梦”与古代戏曲的诸多内容有着紧密的联系，他自然而然就往这方面去联想，其结果是南辕北辙，这是张财伯落后的文化知识所造成的。

而且，行文中不时出现“啦”字，带着拖长尾音的作用，有利于表示人物的思想及态度，那就是“啦”字前的内容，其实与他不相关的，拖长的尾音，正是事物关联性远近的标志，音越长，则关联性越远，可见，在张财伯的思想认识中，所有这些事，都与他毫无关系，作为一介草民，只要顾得上自己温饱已很不错了。这一段文字，用贴近现实的语言，生动而形象地描绘出广大劳苦阶层的心态和思想，是极有代表性意义的。正是连他这样高高挂起的毫不关心国家大事的人，也饱尝了亡国灭种的威胁与耻辱之后，毅然发生了改变，便更具有深刻的意义。

> 他一想到生意做得不好，就恨起爱国团，因为爱国团写信给他，叫他不要再卖××货。所以，他就骂起爱国团来啦：
>
> “干你老母……阑鸟团……我怕阑鸟团吗？呃……”①

张财伯对抗日捐款的负担思想乃源于认识模糊和生存不易。这里的大肚皮大骂爱国团，使用的是十分粗野的用语，对抗日活动中抵制日货行为进行肆意辱骂，这种性质就不是一般的不懂或浅见，乃是大肚皮的良心已被贪婪迷蔽了。对他来说，只要能赚钱的生意，就是好生意；只要限制他赚钱的措施，就是坏措施。他的不分青红皂白破口大骂，正体现出这类人的极端自私自利，没有起码的民族大义观念，文学语言绘声绘色地写出他粗野骂人的口气和内容，从另外一角度塑造出社会上另类渣滓的形象，这种人若没有得到血的教训，其贪婪的本性是不会改变的。通俗化的语言，并不因语言通俗甚至粗野而降低其艺术感染力，反而会因作家在细节上的加工与语言上组织上的得当而显出其旺盛的生命力。

---

① 艾蒙：《大肚皮和阿明》（1939），《马华新文学大系七·散文集》，第588页。

如果从当地土语的词汇使用来看，通俗化的语言也依然体现在马华社会生活方方面面。一般来说，当地土语进入马华文学语言中还不是很多，大部分乃是与老百姓的生活息息相关的词汇，有的已在二三十年代作品出现过，有的则不一定，因为社会生活面的逐步扩大出口，当地土语的出现也呈渐进的方式。

“叫一点沙爹阿样好不好。”“我要加江布爹!”“四号烟花二角六占一二五，艰苦赚!”①

他很想一跨便跨到“呵匹”去把礼申领回来。②

第一个例子，体现的是在饮食方面对马华社会生活的影响，“沙爹阿样”，指的是用鸡肉在火炉上烘热，然后加以辣椒。“加江布爹”，即马来人的食品，是用豆、麦制成的。这是说明马来人的饮食习惯已经渐渐融入了马华社会的日常生活中，成为其生活的一个有机组成部分；“呵匹”“礼申”则是政府部分一些法令法规的称呼方法。“呵匹”是英语 office 发音，即办公室，这是以福建话发音来写的；“礼申”则是营业执照，是“licence”的中文叫法，这也成为马华社会生活的一个重要组成部分。百姓为了生存，有时也要时常与政府的某些部分打交道，因此，土语自然而然就进入了语言。

“亚巴茂（做什么）?”有一个在叱他。

佐隆（帮忙），印直（先生），请告诉我领礼申的呵匹。张财伯尽力在脸上装着笑。

呵匹？什么呵匹？一阵笑声。

呵匹，领礼申的冬八（地方）。

阿固达道（我不知道），比结（滚）!

印直，佐隆佐隆有什么相干呢？张财伯脸上的笑还在装着，声音颤栗的厉害。

告诉你吧，呵当大（老人），那边的一间房子便是。其中一个好意的告诉他了，还用手指出那间房子。③

---

① 陈南：《手的故事》（1939），《马华新文学大系七·散文集》，第289页。

② 李蕴郎：《转变》（1939），《马华新文学大系四·小说二集》，第326页。

③ 李蕴郎：《转变》（1939），《马华新文学大系四·小说二集》，第328页。

这些对话，是张财伯为了办理一张营业执照而向殖民政府的公务人员用半生不熟的马来语对话的情景，张财伯的谦卑、谨慎，公务人员的傲慢自大、漫不经心的情景可谓栩栩如生。从这些对话里，真正用到的词没有几个，张财伯的用语都是客气、谦卑的，所求也很渺小，但就是这样一种普通的小要求，竟然受到对方的喝叱、嘲笑，可见华侨在当地社会所处的地位是多么可怜！他们无权无势，无依无靠，只有一条任人宰割的道路可以走。反过来，使用马来语的公务人员则显得盛气凌人，高高在上，他们似乎掌握着生杀予夺的大权，他们所使用的都是带着强烈威严和叱喝一般的话，"亚巴茂""比结"，发音虽短，却有很强的指令色彩。

在这非常简短而又通俗的一段对话中，形成了语言应用过程中的力量对比，强势和弱势、高傲与谦卑、嘲讽与隐忍，无不在此过程中一一浮现。正是因为张财伯受到如此强烈的刺激，他的所有精神支柱几乎崩溃，只有那遥远的、似乎与张财伯毫不相关的祖国，才是他的精神依托之所。

> 就是冻死饿死，也是在家乡的土地上好，为什么要做他乡游魂呢？好像自己已嗅到家乡土地上的气味了，分别了廿多年的一切便一一浮到他的眼前来。他看到家乡村前的那株古槐，那流小溪，那片葱绿的田野，他做孩童时手植的一株龙眼树……。①

张财伯的精神受到严重的刺激，人格上也受到极大的侮辱，他又无从报复，只好把满腔的怒火往肚里咽，这一段文字乃是回忆性的内容，只有遥远故国的乡情能疗救他那痛苦的心灵。于是对他来说，先前毫不相干的祖国，其实一直深深地埋在自己的记忆里。古槐、小溪、龙眼树、田野等充满着家乡风情的普通事物，现在成了疗他心灵创伤的良药。同时，我们也从这流畅的表达文字中，与方才那种结结巴巴、战战兢兢讨好式的语言中，看到了不同情景的心态：不自由的拘谨与自主的舒畅。

马华文学语言的通俗化色彩除了体现在方言、土语等方面，在语言表达的技巧上也是一个相当重要的方面。新文学之"新"，就在于艺术表达形式上与传统文学有着巨大的区别。但在抗战初期，随着"文章下乡""文章入伍"等口号提出来以后，人们发现传统的文学语言艺术仍可起到鼓舞人心、宣传抗战的作用。

---

① 李蕴郎：《转变》（1939），《马华新文学大系四·小说二集》，第333页。

因此，以前作家们避而不用的艺术形式也自然焕发异彩，这也是马华文学语言发展过程中一个十分独特的阶段。

在使用传统形式与语言来宣传抗战上，陈南作了不少的尝试。他的《老将报国记》用的是传统的章回体小说形式，有回目，如“将计就计李福林精忠报国”“弄巧成拙宫崎繁损将折兵”，而且叙述的口吻乃是传统的说书方式，如“话说”“列位呀!”等说书人常用的词汇，有结尾的诗句来概括，“老将报国显威名，巧计诱惑日本兵。牺牲金钱爱祖国，救护同胞得安宁。”虽然是短篇小说，却也在这简短的篇幅里把故事叙述得跌宕起伏，波澜迭出。这是人们喜闻乐见的说书。《金叶琼思君》也是如此。它把老将军机智擒敌、热血青年如何投身沙场，用评书的方式加以表现，新文学就再也不是激进青年独享的艺术，它也一样能吸引广大读者，具有深远的影响。

不仅小说，在诗歌的通俗化上，还有黄嫋云的《良姆教子》，作家采用闽南方言，用民谣的形式写长篇叙事诗，颂扬广大百姓的爱国热情，“海深有底天无边，天高海深水青青。做人应该守正义，尽忠报国正合宜。无国有钱无路用，爱国应该赛过钱。千般万事且免讲，且讲良姆教儿子。”诗歌采用了古代诗中的赋比兴及对仗、押韵等手法，换韵灵活，贴近方言的发音，琅琅上口，颇具特色。使用方言与文字之间，作家巧妙地选择地音、义均近的词，既保留了方言发音，又不会扭曲字的本义，这就需要颇高的文字修养。如“三更冥半来入货，暗想我子只样做，天光就共福奇讲，住人地头着守法，公班牙人那查知，我子你着听母话。”这里的用语“三更冥半”即“三更半夜”因平仄而调序；“只样做”，是“这样做”；“共福奇讲”，“向福奇讲”等。音、义皆能照顾周全，着实不易，这样传唱，就易于传播爱国故事了。

因此，传统的艺术形式的采用，也为通俗化起了很大的推动作用。当然，除了传统的语言表达艺术外，作家们在反映全国人民的抗日活动时，也会有意用通俗化的手法来写人叙事。如金丁《谁说我们年纪小》，描写上海的一支小学生队伍，一边逃难撤退，一边沿途宣传抗战的事迹，当他们到达武汉时，有个小孩在汇报这些经历时说：

> 我们一共走了五十一天，四千里路，我们一共演了七十三次戏，举行三十五次讲演会，我们曾经有十五次没有饭吃，我们离开上海时，每

人只带四块钱，我们……。[1]

这些语言都是那么朴实无华，数字详尽，句子结构也几乎是一致的，因为它几乎是以“我们……”这样的说法来开头的，若从语句的通俗来看，它确实是十分完全的通俗化，没有任何的修饰和夸张。甚至没饭吃的总次数都列举出来。正是这样的俗气化说法，才能真正传达出这些孩子们的内心感情，数千里的奔波与颠沛流离，他们也许并不觉得如何痛苦，而这种饥饿的恐慌感在他们幼小的心灵中所投下的阴影会有多大，这才是切肤之痛。这些痛苦的流离生活，并没有磨灭幼小心灵中对抗战的强烈愿望。他们仍以另一种形式来表达对战争的支持。

你们看，小华愿意将他唯一的小刀，献给我们的祖国了，我们应当佩服他呀！现在我要把这小刀换了钱，算是小华捐的，你们赞成吗？

赞成！好像屋子倒下来一样大声。

那么，谁愿意出多少钱买这把小刀？高老师问。

我出两分钱买！陈金炳站起来说。

不，我出三分。谢祥抢着说。

五分！

七分！

高老师，我出一角！

两角。

……

我们不要看不起这一把生锈的小刀，这就是我们小朋友爱国的心！它比世界上最利的剑还要利！这把小刀就要把奴隶的锁链斩断的！[2]

小华因为没有钱捐款，但是同学们会嘲笑他不捐钱的人不是中国人，情急之下，只好把自己唯一的宝贝——生锈的小刀捐出来了，这是所体现就是他捐物之后，老师与同学们之间的对话经过。老师的循循善诱，学生们的天真活泼，仿佛就是课堂情景的生动再现。这个场景其实也很普通，一把生锈的小刀，几分钱，一两角的拍卖过程，并不算是惊天动地的丰功伟绩，不过是现实生活中一个很不起眼的通俗情境。作家慧眼的过人之处在于，他能从中看到平凡事件中的不平凡

---

① 金丁：《谁说我们年纪小》（1938），《马华新文学大系四・小说二集》，第 223 页。

② 流冰：《一把生锈的小刀》（1937），《马华新文学大系七・散文集》，第 392 页。

之处，能从渺小的小物件上看到崇高，能从弱小看到刚强的伟大，其实这件事的意义是非凡的了。

通俗化的语言与表达，并不意味着文学水准的降低，重要的是它所传达出来的力量能深深打动读者的心，引发强烈的感情共鸣，这才是语言所要传达的境界。这个时期的通俗化语言，在唤起广大民众的抗战决心和热情上，起过积极的意义，这就弥足珍贵了。

第四章　劫后重生：恢复与发展（1942—1963）

1942 年到 1963 年这前后 21 年之间，马来亚社会发生了巨大的变化，文学发展也在血与火的考验中及时代变革里发生巨变，即为劫后重生，由一片静寂中迅速恢复和发展起来。1942 年，日军入侵马来亚，从此开始了马来亚三年八个月的沦陷时期，许多作家被迫隐蔽起来；或逃离马来亚暂避风头，甚至有的作家在日本侵略者的大“检证”中惨遭杀害，铁亢等作家就因此而惨死，郁达夫则在抗战胜利前夕被害。所以，这三年的沦陷期，进步的马华文学遭到毁灭性的打击，能公开发行的报刊，充斥的尽是无关痛痒的汉奸文学。

战后，马华文学迅速得到恢复和发展。新加坡、吉隆坡两地是马华文学活动的中心，同时马来亚社会的民主主义、民族独立运动蓬勃兴起，于是民主主义文学运动、爱国主义文学运动、马华文学独特性及侨民文学的论争也在迅速发酵、膨胀，这一切都与马来亚地区从殖民地变成独立民族国家的政治巨变紧密相连。第二次世界大战结束后，英殖民者重返马来亚，但经过战争的洗礼，各族人民要求马来亚独立、解放的呼声日渐高涨，在各族人民反殖斗争的努力下，1957 年 8 月 31 日，马来亚正式独立。1963 年 9 月 16 日，马来亚联邦与新加坡、沙捞越、沙巴合并组成马来西亚；1965 年 8 月 9 日，新加坡脱离马来西亚，成为独立国家。自此，马华文学与新华文学有了正式的分野。

在这风云变幻的社会大潮中，马华文学从原来马来亚地区中国移民及土生土长的华人以其民族语言为载体的文学，转变为马来西亚、新加坡的华族公民以其民族语言创作的文学。这种身份的巨变，使马华作家们的心态和和认识出现巨大的分歧。“侨民文学”与“马华文学的独特性”这两种不同观点发生了论争。随着时代的推进，马华文学应当反映马来亚现实，为马来亚现实服务的观点逐渐占据着主导性的地位，从理论上来讲，马华文学已经从理论、观念、创作等方面完成了向马华文学本土化的发展过程。尤其是 1948 年“紧急法令”颁布后，大批马华作家、文化人士返回中国，此后数十年间中国大陆与马华文学界的人员交流被切断，本土化的进程加快了。

在这战后近二十年间，马华作家用现实主义的创作方法，从各个角度反映马来亚的社会现实，塑造了各式各样的人物和形象：其中一类如桃木、铁戈、杜红、原甸、严冬、范北羚、沙飞等创作的抒情诗表现他们对马来亚民主运动的支持，表达了对马来亚的认同和热爱；另一类如夏霖、苗秀、韦晕、李过、赵戎、姚紫、李汝琳等作家，展示了从华人南渡到日据时期和战后社会变革的风情及全景画，塑造了形形色色的人物形象，极大地丰富了马华文学的人物长廊。有的作家们还从眼前的生活场景，进而深入到反映早期华人拓荒历史的描绘，歌颂华人先辈不畏艰险、开拓进取的精神，讴歌先辈们的丰功伟绩。李过的小说《浮动的地狱》《大港》《新垦地》完整再现了从契约劳工南来的血泪史及第二次世界大战中马来亚华人的抗争史。

在近二十年的文学发展过程中，虽然马华文学思想观念、创作方法、意识形态等方面都发生了巨大的变化，但马华文学语言的一些共同时代风格特征还是十分鲜明的，与当时大环境相适应的是，马华文学语言呈现出三种突出的风格特征，即朴略、自然、激朗，现就这三个特点作详细的分析。

一、 吸取民间活泼气：朴略

朴略的语言风格，是指文学语言质朴简约，同时也保留一定的原始性，即语言的鄙野特征，来自民间活跃芜杂的气息扑面而来。从 20 世纪 20 年代以来，各个时期的文学语言都有质朴的特征，但每一个时期又不一样，20 年代初是质朴中显得平实，30 年代的质朴中有真实，30 年代末则是接近于大众化的口语性质，40 年代之后，语言在通俗化的基础上又有所发展，即采撷民众活生生的语言进行艺术加工时，作家们依然保留着那种来自民间的充满生机活力的活泼特质。这种活泼性，甚至带有粗俗、鄙野的气息，但也一样呈现出表达简约、明快等特征，艺术效果有时甚至十分良好。

朴略语言风格的形成，并不是突如其来的，也非自然而然形成的，它与时代思潮有着十分密切的联系。1948 年之后，马华文学要体现其当地的生活独特性，这种认识已成为当时广大作家的共同主张，这不仅要求作家在进行文学创作时，在故事内涵、人物塑造、社会环境等方面，都要有马来亚的本土化色彩。自然，文学语言也要求采自活生生的大众的口语。这是朴略语言特别突出的原因。固然有一些作品在典雅、精致上有所追求，但总体特征，朴略的特性还是占据主流地位的。

马华文学语言追求反映本土上的现实生活，描写的对象，大都是社会各阶层尤其是底层的普通百姓，他们大都是来自大陆或本地土生土长的华侨华人，所操之语大抵为方言，而方言之中，又以日常用语居多，因此，我们看到，如实地采用当地华人的用语，具有质朴的特色，同时真切反映其语言表达水平，又往往带着鄙野的倾向。以下数例可以看到：

干伊老母，今日我共曼加里兵讲，伊讲明夜正“欲使”去车物件，真“杜弄”……

“糖一包要割多少钱?”“大比黑市一斤块外银。”①

“啥米人讲无相干，瞎眼的才没看见我两个儿子，一天忙到黑。”②

“天公有眼呵，除这班人，害人害种，食蛇配虎血哟……”③

处于底层的百姓，因为生活环境的关系，讲起话来大抵是粗鄙无文的。第一句是关于一个出版社的小职员与社会上的走私分子合伙去偷买军营里糖的故事，这句话正是走私分子的语言，“干伊老母”，这是属于骂人的口头禅，其实在句子中并无任何实际意义，只可作为开口讲话前的一个铺垫而已，当然，这类语言自然就显得鄙野了；《中秋》中的李七伯为了“头家炉主”的事忙得焦头烂额的，而此时又有人说他的不好，自然就急了，用闽南方言开始骂人，“啥米人”指的是“什么人”，“瞎眼的”自然是指那些讲他坏话的人，这是属于情急之下脱口而出的语言；《七洲洋上》的这一句，则是出自老妇人之口，虽然一样是属于骂人的话，不过这种诅咒与第二句的普通骂法不一样，带着十分刻薄、阴毒而又无能为力的程度，只好寄希望于“天公”来除掉这班人，“害人害种”是很严重的犯罪行为，而且凶残到野蛮的地步，“食蛇配虎血”，可见人的野蛮已是达到了令人发指的地步。这是弱者的呼号与哀叫，简约的语言中，渗出一缕缕被无声压迫残害的苦涩。

为了使语言表达在短小的篇幅里传达出更多的信息，作家们在文字表达上充分应用了口头语、俗谚语丰富的内涵，把它用于文学创作，使之显得活泼有趣，而又生动深邃。

---

① 刘冷：《贼?》（1946），方修编《战后新马文学大系小说一集》，北京：华艺出版社，1999 年（以下相同，不复注），第 72 页。

② 萧村：《中秋》（1948），《战后新马文学大系小说一集》，第 167 页。

③ 韩萌：《七洲洋上》（1949），《战后新马文学大系小说一集》，第 156 页。

小偷摘瓠，大偷牵牛——福建民谚[①]

当兵打仗，不知打死多少人，多可怕！而且古语说："好铁不打钉，好儿不当兵！"[②]

有点错状元，无改错花名。[③]

就从这三个谚语来看，它所包含的意义就值得深思。《小偷的故事》叙述如何让不良少年迷途知返的故事，而这个故事中的反面结局就是谚语，它说明如果任恶行发展下去，那么最终将走上沉沦堕落的结局。一般来说，谚语大都是具有一定韵脚和修辞手法相配合的，具有相当强的艺术感染力。"瓠"与"牛"，在闽南话中皆为"u"韵；在修辞上用的是比喻和对比之法。"瓠"与"牛"，比喻小与大之别，说明为恶也有大小之分，短短的数字中，所含的意义颇深。"好铁不打钉，好儿不当兵"，既有韵脚的对应，又有比兴的应用，可见"当兵"是何等令人恐怖了。从这句俗语中看出，许多军事上的战争，尤其是军阀混乱在百姓心灵上投下了难以抹去的阴影，这不仅仅只是对生命的爱惜和厌战，更重要的是看不到战争的正义性何在。"有点错状元，无改错花名"，带有极强的历史信息，至今已经很少人用了。"状元"是代表读书人博取功名的最高境界，而"花名"用是人的诨号，人们常常会根据某人身上的突出特征来起外号，故而有花名之说。说明人的诨号并不是毫无根据的。这些民间谚语，虽然没有象诗词那样讲究字斟句酌，甚至不时有重复的字眼出现，这就说明了民间谚语的朴素性，以其朴素性，故易于记诵传达，琅琅上口，有很强的感染力和亲和力。

这种朴略的语言风格，不仅在马华文学中有，在其他国家的也一样存在。如泰华作家老羊的就善于使用这种深厚浓缩性又带着强烈生活气息的语言，来塑造人物形象。他在《横陇姆》中就大量使用。横陇姆是一位来自潮汕地区的农村妇女，看到小俩口在吵架，于是劝道：

刀着哔，姆着叱，鼎着揪，翁着咒。

这句话的意思是：刀要磨，妻须叱，锅要擦，夫须咒。原意是生活中的夫妻吵架就象日常生活中的磨刀、擦锅一样平常，无足挂齿。从押韵来看，这些句子

① 高静朗：《小偷的故事》( )，《战后新马文学大系小说二集》，第141页。

② 丘天：《复仇》(1948)，《战后新马文学大系小说一集》，第18页。

③ 赵戎：《盲牛》(1948)，《战后新马文学大系小说一集》，第228页。

都是平起仄收，带着不容否定的语气；在修辞手法上，则为比兴的应用。显得顿挫起伏，有很强的节奏感。可是因为它用的时间场合不对，变为鼓动夫妻对骂，"姆着叱""翁着咒"，那不是煽动人家夫妻不和吗？本来一番好意的劝告，瞬间转化为居心叵测的煽风点火，于是那对吵架的小夫妻，转而矛头一致对外，这也是横陇姆所料不及的，喜剧感也就油然而生。

除了俗谚语之外，马华语言还大量用了歇后语，这不仅大大增强了语言的内涵，还使语言气势有了很大的增加。

①"丢那妈，好心无好报，好头戴烂帽，引蛇入屋拉鸡母，丢那妈，呢个世界的人无良心，唉！"

"丢你祖宗十八代，白狗得食，黑狗当灾。"[①]

②吃自己甘榜人，——哼，苦瓜虫蛀内不蛀外！[②]

③"看我地的中国人，成日鬼打鬼，搅到乌烟瘴气，丢，若果大家齐心，真是蚁多咬死象啊，点怕的番鬼佬砭卵恶！唉，中国，丢那妈……"

"呢次唐山的人，唔系打死就是饿死，真是有头无绳吊咯！"[③]

④怕赶到阎罗王面前报名，这样死钻活犁……[④]

⑤还不是筷子遮眼睛——针过线就过。[⑤]

以上这些歇后语，有十分强烈的艺术性。现看第一例，说话人讲的意思其实只有一句话，"好心无好报"，但是他所引用的歇后语居然有三个："好头戴烂帽"、"引蛇入屋拉鸡母"、"白狗得食，黑狗当灾"，这三种不同的情况，其实都有一个共同的指向，那就是受到他人的恶意对待，心中感到特别委屈，就用这样的一种方式来发泄自己的不满，气势上大大压过一般的语言申辩，给人以万分委屈的感觉。第二则，形容阴险吃里扒外的人的特征，使用的是"蛀内不蛀外"的"苦瓜虫"，这是极为鲜明和易懂的，因为在马来亚乡村，苦瓜虫的形象性就在于家喻户晓，人们对它的认识也极为深刻。可见，老百姓所使用的词语，大都与他们的生活息息相关，充满着泥土的气息。第三则的歇后语，并没有把主旨明

① 夏霖：《分》（1947），《战后新马文学大系小说一集》，第87页。
② 高静朗：《小偷的故事》（1963），《战后新马文学大系小说二集》，第143页。
③ 夏霖：《急潮》（1948），《战后新马文学大系小说一集》，第100页。
④ 白寒：《人参汤》（1950），《战后新马文学大系小说一集》，第185页。
⑤ 韩萌：《七洲洋上》（1949），《战后新马文学大系小说一集》，第122页。

说出来，但意思是清楚的，那就是齐心协力的结果，“蚁多咬死象”，形象说明了即使再弱小的生物，只要团结一致，最终也能战胜强大的敌人。这与“人心齐泰山移”的效果是一样的，只是这种比喻更加贴近马来亚大众的生活实践。“蚁多咬死象”，并不是中国常见的景象，但在热带地区，这种现象也不是一种臆测。而“有头无绳吊”，其实是一个没有本义的歇后语，它指的是老百姓在这激烈的内战过程中，寻死无门的悲惨境遇。第四则，用形象的比喻来指代某一种动作，不顾场合，不分轻重地蛮干，称之为“死钻活犁”，那必然是死路一条，但是本意如果这样表达，就体现不出文学语言的风趣性与活泼性，故用“赶到阎罗王面前报名”，那简直就是“找死”！第五则，指的是办事情的顺理成章，水到渠成的自然境界。针头能穿过的地方，线自然也能穿过，犹如一筷子就能遮住眼睛一样，只要足够近，筷子总是人的瞳孔大的，比喻不费吹灰之力就可以办到的事。

歇后语的应用，只是民间质朴语言的一种表达方式而已，其实还有很多方式，都可以体现出朴略语言的生机勃勃的态势。

> 她说：人是好势面，一表斯文声音轻；肚里装毒烟，野兽心肠无色认。①

这段文字是描绘乡间神巫的语言和口吻，在艺术上颇有玩味之处：句子讲究平整与押韵，它用的不是严格的诗词格律，但又隐含着格律韵脚的要求，“面”“轻”“认”三个字，都是押同一个韵。字数相对较为灵活，又不失整齐，皆为五七五七的排列方式。从韵脚与字数安排来看，它是一种介于格律诗又近乎词的样式来出现的，是比较适合吟唱的，与神巫喜以吟唱的形式来传达神意的方式是十分接近的。在这种文字中，近乎民谣的比兴手法也应用得淋漓尽致。上面一句话是好话，是表面现象，后面一句话是否定性的句子，是内在的真实，二者形成鲜明的对比。通篇都是隐喻性的句子，又与神性寓言往往通过譬喻传达实情有着紧密的联系。从这些语言来看，民间生活的质朴，语言的简约传神还是十分生动的。

还有一些语言除了半歌唱性质的表达方式之外，作家们还采用一些专有名词，来表达某一种特定的含义。兹举数例。

① 高静朗：《青青草》(1962)，《战后新马文学大系小说二集》，第164页。

他老早已经死了，在鬼子时代便被检证检去了，杀害了。①

积蓄了几百元老虎纸，准备家乡比较宁静一点，便和建生一道回海南去。②

李七伯是中秋的“头家炉主”。依照小“甘榜”（乡村）的成规：演戏时，一切不敷的用费，都由“头家炉主”独自补贴。

连我去做“老鹿仔”也负担唔起。③

天天吃饱咖哩饭 ④

这些句子中的某些词语，高度凝聚了一个特定时代的社会生活，成为那个时期社会的专门用语，具有十分简约的特点。如“检证”一词，在第二次世界大战之后及其过程中，就是一个非常恐怖和令人悲伤的语汇，它代表着日本侵略者在马来亚土地上对无辜百姓实施的残暴屠杀；“老虎纸”指的是英殖民者发行的货币，老百姓根据其上面的图案所做的称呼，随着时代的变迁，货币图形的改变，“老虎纸”渐渐化为一种历史的符号；“头家炉主”，是盛行在马来亚乡村的华人社区里一种民俗活动，实际上是拜神活动的筹办人。逢年过节要酬神敬祭等活动，总要有相应的组织者，这就是“炉主”。随着社会的发展，迎神活动也渐渐地消退，这类词也逐渐退出人们的视野；“老鹿仔”喻指勉为其难的强大负担，超出人们的承受范围的苦差事。“吃饱咖哩饭”指坐牢。在那个时代，并非真的是无所事事的享受，而是到监狱里去接受各种折磨。只不过“吃”字有极强的组合能力，与它结合的词，早就改变了其本来的意义，这在词汇的变迁上，也是常见的。如“吃亏”“吃官司”“吃败仗”，都与“吃”的原意毫无关系。但是组合后又变成另一番意义了，所以“吃饱咖哩饭”，并非有“饭”可“吃”，而是有“难”可“受”的，特指吃牢饭。一般来说，越有明确时代意义的词，它随时代变化而变化的频率也就越大。以上的这些例子，大部分在现实生活中已不大使用了，然而其丰富的时代内涵则是不容忽视的。

朴略的语言，还可以通过民间最通俗易懂的方式，来表达民间特有的思想认识，虽然这些认识不一定能说明什么问题，却是他们心中最真实坦诚的流露。

① 丘天：《爱情的快乐》（1947），《战后新马文学大系小说一集》，第 15 页。

② 夏霖：《冲》（1947），《战后新马文学大系小说一集》，第 93 页。

③ 萧村：《中秋》（1948），《战后新马文学大系小说一集》，第 168 页。

④ 于沫我：《卖卜卜面的头手》（1949），《战后新马文学大系小说一集》，第 248 页。

> 那些发了番财的，都是八字重，阎罗王漏掉他的名字，死不去。说实在话：唐人过番实在苦过吃黄连，你想，一条浴巾，一咸菜瓮淡水，一支扁担，就飘洋过海到那荒山僻野去拼生死，就连那些发大财的番客，在南洋还不是赤脚大仙，连条上衣都没有哩！①
>
> 有两个后生家再来，拍桌拼椅，明天无镭还：遇鸡掠，遇菜摘，人都抓去“钉炼”（坐牢）……②

这第一则文字，道出了马华社会第一代侨民远涉重洋到南洋这块热土上艰辛拼搏、勤劳创业的真实过程。其简约之处在于叙述这些拓荒者的背景、历程、现状、原因等诸多方面，不仅说得到位，而且准确生动，远远胜于一般性的介绍文字。从背景来看，这些出外谋生者大都是赤贫阶级，无产无业，无依无靠，在国内已经活不下去了，才会挣扎着向外谋求生路。作家描写出外准备很简单，“一条浴巾，一咸菜瓮淡水，一支扁担”，寥寥数语，就体现出这群早期拓荒者的悲惨境遇：浴巾是用来擦汗水的，也是用来作被子的，淡水是坐船时可喝的救命水，扁担则是苦力的象征，他们大抵是赤手空拳来到南洋的。历程介绍则更简单：“飘洋过海到那荒山僻野去拼生死。”过番时的艰辛只有寥寥数字，“飘洋过海”，就知道旅途的艰辛。创业亦非易事，拓荒者大都从事橡胶种植业和采矿业，而这些工作都必须向原始森林进军，个人的力量与大自然的伟大，比起来是微不足道的，故用“拼生死”来形容创业的巨大风险，以及其中所蕴藏的无数辛酸；大部分人的现状是“赤脚大仙”，没有“上衣”，说明了许多人皆停留在勉强维持生活的状况中，偶有发财者，都是靠自己的勤劳和智慧才好不容易积攒下来一点点的财产。自然，与出国前的境遇相比，他们已是俨然小富了。这些文字质朴的特征主要表现于，把奋斗者的成功原因归结为天命或运气，他们都是“八字重”“阎罗王漏掉名字”的，完全从偶然性的因素来总结，流露出他们浓厚的因果报应、生死轮回的生命观。这或许是落后的，或许是麻醉，但他们在宿命的解释里能够为自己的终生劳碌而无所得找到一种心理上的平衡与心灵上的慰藉。

下一则的语言则是描绘讨债的情景，通篇全是短句，而且动词特别多，“拍”“拼”“还”“遇”“掠”“抓”“钉”，也有近似于对仗式的语句，把这种气势汹汹的讨债人物形象给烘托了出来。如果从方言来看，其中又有不少是入声字，使音节十分急促，与讨债人恶狠狠的语言腔调十分接近。用方言的创作语

---

① 韩萌：《七洲洋上》（1949），《战后新马文学大系小说一集》，第159页。
② 萧村：《山芭》（1948），《战后新马文学大系小说一集》，第176页。

言，除了显得质朴气息之外，经过艺术加工，也会显得精当简约，表达效果生动传神。

朴略的文学语言，不仅体现在词汇、语句等方面上，还在文学语言的艺术手法上可以看得出来。

> 女债主两手插着腰，两道脱毛的狭眉像两支钢刀般伸动着，她也看清冯金福这把穷骨头，今天是压榨不出什么油水了。①

作家在描写女债主的凶狠面貌时，在关键的地方点染了一下，整个人物形象也就活灵活现了。写人的眼睛，是许多作家最常用也最有效的方法。但是萧村只抓住人物的眉毛来写，功力就颇不一般。他用"脱毛"反映女债主精心修饰的特点，"狭"字，体现眉毛被修饰得又细又长，这本是一种美好的形象，古人也常用"柳眉"来形容女子之美，不过因为作家故意使用"脱毛"二字，意象顿时变得非常粗俗丑陋，因为它不是自然之美；"柳眉"成"狭眉"之后，给人的感觉是非常生硬，这足以颠覆女债主的修饰形象，尤其是作家用了"钢刀般伸动"来形容此人的神态极为凶狠，杀气腾腾。在这短短的肖像描写里，可谓穷形毕肖，十分生动，一个粗俗、丑陋、尖刻、锐利的女高利贷者的形象站在了面前。

> 透过门口，他老睇见一个涂了黑眼圈的歌女，在麦克风扩音器前张大了血红的嘴巴，哗啦哗啦地嚎叫些什么；他老等不到听完一支歌，就厌恶地走开了。②
>
> 接着出现在台上的，是一个瘦排骨，她那一头蓬发的小脑袋，一住唱一住朝着麦克风频频点头，像母鸡啄食似的，插在鬓边一朵大红花便跟着抖呀抖个不停。③

这两则文字，是通过一个惯偷的视角，来描写他眼中所见的歌女形象。作家虽然没有表现出任何情感的喜好，但在这肖像描写中还是体现出视角里包含的情感倾向。第一位歌女，只有几个形象要点，"涂了黑眼圈""血红的嘴巴""嚎

---

① 萧村：《山芭》（1948），《战后新马文学大系小说一集》，第175页。

② 苗秀：《二人行》（1952），《战后新马文学大系小说一集》，第204页。

③ 苗秀：《二人行》（1952），《战后新马文学大系小说一集》，第216页。

叫”，可见其形象丑陋，歌声难听；第二位的歌女“瘦排骨”“母鸡啄食”，其形象与第一位相比，虽未达到令人厌恶的地步，但其形象也是不佳的。如果我们联系这个惯偷的心理，就会发现其实他根本不是来听歌审美的，只想趁着人多混杂之际好下手扒窃。再好的音乐，对于没有乐感的人来说，是毫无意义的。对歌女形象的描绘，所用的比喻词也是粗鄙的，如“排骨”“母鸡”等，这也与惯偷所处的环境是相联系的，“近朱者赤，近墨者黑”，他的生活中尽是这些内容，当然文雅不到哪里去。如果从歌女的角度来看，在这底层人士消遣的场所，她们卖艺歌唱，也是生活所迫，妆束外表华丽，却是难达到时尚高雅的，只能因陋就简，聊胜于无而已。作家使用质朴的语言，其实就是一种策略，在平实、朴素中，突出人物形象所具有的特征。

在朴略的语言里，有的是通过生动有趣的对话来体现的。

> “贵姓大名?”
>
> “龟生? ……”
>
> “嗯，唔系，唔系，——系问你叫乜野名?”老年叔赶紧转口，他老知道自己的广府话，是有限公司的。
>
> “王亚衫。”
>
> “黄? 王? ——大肚黄，小肚王? ……”
>
> “王就系王，大肚王小肚王 ?”
>
> “呵，好! 王—亚—三?”老年叔伸三个手指，比了比。
>
> “系唔系? ……”
>
> “唔系，衫嘛!”那“师头”往身上指了指。
>
> “呵，衫! ——黄衫，黑衫个衫。”①

英殖民当局为了剿灭当时马来亚共产党的武装斗争力量，实行坚壁清野政策，不仅大建新村，迁徙居民，而且实行了严格的购物登记制度，对百姓生活用品实行限量实名登记。小说这一场景，所映出的是小杂货店老板老年叔在登记顾客姓名时双方吃力交谈的情景。由于双方的文化水平都不高，再加上方言的隔阂，要转换成文字难度也不小。作家巧妙地采用谐音字来制造双方理解上的误会，形成幽默的氛围。如“贵姓”变成“龟生”，这是由普通的问候语变成侮辱

① 杨朴之：《登记》（1955），《战后新马文学大系小说一集》，第417页。

性的语词，气氛马上转为严峻的矛盾对立。但是，随着老年叔的解释，矛盾解除。接下来的就是关于姓“王”的辨析，作家巧妙的歧义法，把老年叔的所想与顾客的所想再次构成矛盾。这段文字在于用乡村常见的场景与表达方式，再现了当时政策给老百姓所带来的巨大障碍，滑稽可笑中隐隐透出那个时期的政治氛围的恐怖。

> 老年叔可狐疑起来啦！再看了看，真把脑袋搞昏了。因为那居民证上相片里的人，可瘦得一重皮一条骨；而站在眼前的，却肥屯屯的像条肥猪，——老年叔迟疑了又迟疑，终于禁不住很歉意问起对方来：
>
> “嗯，呢张相片个人甘瘦……有罗错有？……”
>
> “一个人有几张居民证？”那肥古可不屑地反问老年叔：
>
> “肥都沙拉？——嗯？”
>
> “有，有，有，嘿，对唔住……嘿……”老年叔也觉得自己问得太滑稽了，人家肥不得？①

这一段文字，在滑稽中显示出荒唐的意味。老年叔看到一个胖子来买东西，却发现相片中的人极瘦，不禁怀疑起来，他们之间的对话也因此充满喜剧色彩。言其瘦，为“一重皮一条骨”，言其胖则为“肥屯屯的象条肥猪”，这是方言中的两个极端，用语颇为夸张。而胖子的回答“肥都沙拉?”“沙拉”指的是过错之意，更是令人啼笑皆非。因为这个问题本身就不是问题，当老年叔提出来的时候，它自身就变成十分可笑了。胖与瘦，本身是无所谓对错的，老年叔的盘问对胖子来说简直是不可接受的。“人家肥不得?”老年叔自己也意识到提问的可笑之处。对话也就在喜剧般的氛围里结束。这是的对话都是以方言进行的，但是场景以及事件又经过作家的精细安排，具有很强的代表性。这类事情越荒唐可笑，其实也暗指政策的荒唐。

朴略的语言风格，在当时的许多作品中都有。韦晕的《还乡愿》就是集中的代表。作家选择的叙事视角有时是有限视角，有时又是无限外叙事，作家与作品的主人公关系若即若离。主人公老东是一个苦了一辈子的猪仔，他一心想挣到钱就返回家乡。因为他没有文化，只知劳作，见的世面也不多，所以老东的语言时时带着民间用语的粗鄙的特质。“臭卡”（坏脚色）、“托红毛的卵巴”（拍洋人

① 杨朴之：《登记》（1955），《战后新马文学大系小说一集》，第420页。

的马屁)、“臭婊”(指妓女)等词,在老东的语言中不时出现。同时,作家不单在语言来体现,还在对老东的内心世界做了朴实、真切的体现。

> 十五年?十八年?还是二十年了,他老东那昏沉沉的脑袋就不十分记得起了,那只是一片萧萧索索的唐山秋天,渡头上那淤浊的水阴郁地呜咽着。天,灰暗地,没有一片云,也许遥远处簇涌了一丝丝阴霾。
>
> 秋天,在南中国还不十分冷,可是渡头旁那几株白杨,已经飘飘摇摇地带上了沉郁的神态了。①

在这段文字里,作家采用主人公内视角来反映老东的内心活动,他连自己到南洋已经多长时间没有一个确切的认识,“15”“18”“20”这三个数字都是模棱两可的,这不能仅仅用老东是一个文盲来作解释,没文化只是不识字而已,但对于南渡多少年是不会轻易忘记的,何况他心心念念想衣锦还乡。更重要的是,老东被长年的艰辛劳作折磨得感情麻木。作家用“昏沉沉”来形容老东的日子过得浑浑噩噩,一生恍如在苦海的梦境里挣扎,没有醒来的时候。他的生活中始终没有阳光灿烂的日子,这是老东一辈子作牛作马生活的真切写照。在老东的记忆中,家乡的记忆永远是萧索的秋天、淤浊的河水、呜咽的白杨、灰暗的阴霾,这是他抛妻别子下南洋痛苦心酸的记忆,老东虽然不记得来到南洋多少年了,却依然清晰地不断回忆当时离家的沉痛与不舍,对家乡的印象如此鲜明,说明南洋一二十年来的生活,不过是异乡为客的过渡,无足算计,所以老东没有计算南洋岁月,也是一种思维的习惯趋向。作家用近乎直白、朴素的语言,来反映老东的内心世界,可谓微入毫发。

> 嘟嘟……嘟!小火轮的汽笛抽动了,灰暗的渡头漾起了一片白濛濛,渡头下那宁静的江水却被小火轮的发动机拨得汹汹涌涌。
>
> “爸爸,荔枝,荔枝!妈买给你在船上吃!”
>
> 其实船已慢慢的离开了这灰暗的渡头了,老东面前一片白濛濛,只朦朦胧胧的看到一大一小的人影把一抓家乡的茶山黑叶(荔枝名称),向自己扔过来。
>
> 这灰暗的东江河,永远印在这离乡的番客心目中,是那末一片灰

---

① 韦晕:《还乡愿》,新加坡青年书局,1958年,第2页。

暗，这永看不见太阳，永嗅不到春天的气息。……①

在这段文字中，作家虽然没有详写老东与妻子之间的恩爱，但通过扔家乡的荔枝这一细节，就足以体现他们的深情。“荔枝”具有三层含义：老东迫于家贫，已无法寻到活路，才不得已离乡外出谋生。而在临别之际，妻子还特地去买荔枝给他路上吃，这一细节，远远超过花前月下的谈情说爱、山盟海誓，在患难之中不离不弃，方见恩情之深；其次，这一细节不仅是夫妻情的表现，同时也是家乡情的象征，老东在离开家乡的伤感时刻，还同时感受到家乡泥土的气息，家乡的风物都是那么美好，所以老东始终看不起南洋的红毛丹，念念不忘的是家乡的荔枝，这种根深蒂固的乡土情结也就在这一瞬间得到永恒的确立；第三，荔枝也为“离枝”，离树之后色香味很快就会变了，是难以长久保存的，以此来暗喻老东离枝之后，再也回不到故土了，他的一生注定只能不断地飘泊生存。所以，作家很巧妙地设置了“荔枝”这样一种富有象征意味的物象，饱含着无穷复杂的感情。只有把握了这一关键所在，才会理解他为什么一心要返回家乡，甚至明知对方是出卖民族利益的汉奸，也要助他逃回大陆。作家只选择了这样一个小细节，却为全书埋下了楔子，牵动了整个故事情节的发展，可谓举重若轻，朴略的语言蕴意深沉。

还有一个问题，荔枝是农历六月就成熟了，在秋天，荔枝是从何而来呢？是否为作家设计故事情节的一个纰漏呢？黑叶荔枝品种确乎是有的，不过，也有晚熟的荔枝，以其晚熟，故价格也就特别贵，愈发显示出情谊之深。故而这个细节大体是可以成立的。“离枝”所体现的不仅是事实的真实，还在于艺术的真实，作家通过这来传达离枝之痛、相思之苦，乡情之笃，万语千言尽在其中。

二、 描摹世态去雕饰：自然

本时期的文学语言还有自然的风格特征，所谓的自然，是指天然、非人为的特点，不勉强、不拘束、不呆板，这就是按照事物的本来面目进行描绘，做到生活的真实与艺术的真实之间的完美结合。许多作家的文学语言在这方面有着十分清醒而又明确的追求。对文学语言来说，自然的风格首先体现在对人物描写的准确、真切，不加雕琢上。

---

① 韦晕：《还乡愿》，新加坡：青年书局，1958 版，第 3 页。

> 他的脸孔瘦得只有一个巴掌大，皱纹是整千整万的，双颊和嘴唇都皱缩了，便露出几个残缺不全的黄黑门牙。他的眼珠是古怪的，左眼转动自如，有点活人的光彩，右眼却麻木呆滞，暗淡得像死人，他的身躯最多五尺高，他瘦得那样厉害，除了用“骸骨”来形容之外，再也没有别的切当的字眼了。[①]

这段文字描写一个饱受命运痛苦折磨的人马打古晋的外貌，他本是印度尼西亚人，阴差阳错来到了马来亚，好不容易攒了一笔钱娶妻。不久，妻子跑了，钱也被抢光了，于是他心中非常不平，盼望着能抓到那伙抢钱的劫匪。这是他出场时的形象，显得极为削瘦、无神、苍老。作家描写其苍老是通过皱纹来表现的，人们常说的皱纹多为“沟壑纵横”，这里的用词乃是“整千整万”，用的是口语化词汇，显示出马打古晋之老态已经远超一般的情形。写眼睛上，对左右眼的不同特征的强调，使人想起鲁迅笔下的祥林嫂的形象，“眼睛间或一轮，还说明她是活物。”这给人留下了深刻的印象。马打古晋一只眼麻木呆滞，一只会转动，恰恰象征着这个时候他已经对生活没有任何的热情，心如死灰，虽生犹死。然而会转动的另一只眼又恰恰说明他尚有一点点活力，那就是每天到法庭去察看，想要验证当年抢劫他的匪徒是否已经被绳之以法了。也就是说，对心目中正义公正的信仰成为支撑他活下去的动力，一旦这个动力消失，他立即就会崩溃。

正义的审判也许会来，也许不来，他已经发展成一种偏执的信念，化为令人觉得可笑的举止。这又与祥林嫂万念俱灰，心有死志还是不一样的。作家用这些语言来形容马打古晋瘦得可怕，采用“骸骨”作为总特征来概括，是从一个旁观者的角度去评判，自然地把此人的可怖、神秘突出出来，同时也诱发了读者强烈的好奇心，为以下故事情节的展开做了很好的铺垫作用。

这段文字，作家并没有使用修饰雕琢的词汇，而是选取几个重要的特征，从整体上反映人物的精神面貌，显得十分自然而又符合生活的真实。

同样，我们也还可以看到作家对鲁迅作品的巧妙艺术技巧的借鉴上。

> 他记忆起这几年来的困苦挣扎，流了不少血汗，于是，在他手上的银纸，立时变得血样的鲜红，简直就像刚刚从身上流出来似的，一阵创痛，他不禁滴下泪来，然后，他摺好那些纸币，重新放进皮包里，把皮

---

① 陈全:《马打古晋》(1954),《战后新马文学大系小说一集》，第472页。

包挂好，叹了几口气，横着身子躺下去。这时候，他往往发现自己忘记了祈祷，便重又爬起身来，祈祷后，再卧下，那份伤感便减少了许多，他便摸着腰边的皮包，满意地微笑。①

这段文字用非常细致的笔触来描写马打古晋对待多年来攒下钱的态度，他拿着钱的时候，就出现了幻象，因为大钞的颜色是红色的，而作家巧妙地把这红色的纸币与红色的鲜血挂起勾来，形成一种自然的情感逻辑联系，说明了这些钱已不仅仅只是货币符号，更是古晋一生血汗的凝结，这对他的意义至关重要。这也成为古晋每天必做的“功课”，查验这些钱，放进钱包，收好。这些钱已经远远超出他对宗教的信仰，所以对真主的祈祷反而成为其次。也就是说，真正的宗教不是宗教本身，而是可感实在的钱，尤其对于一生苦攒钱财，梦想返乡的人来说，更是意义非凡。所以他“摸到皮包”，“满意地微笑”，可见，钱财才是他最大的幸福与动力。

作家把一个人对钱的谨慎与喜悦写得如此细致入微，无形之中，又暗合了鲁迅《药》的细节描写。华老栓半夜起身，要去买人血馒头，临出门前，还摸摸自己身上的银钱，“硬硬的还在”，心中便踏实了许多。而古晋也是摸摸皮包，“满意地微笑”，这是否是一个对文学大家的作品的低级模仿呢？我们还得作进一步辨析。

一般来说，文学作品都是对现实社会或真切或虚幻的反映，尤其是现实主义作品，对世界的真实反映是作家们的追求，鲁迅描写华老栓的那细微的动作，也正流露出银元乃是来之不易的，而且这关系到他儿子的性命，故而极为珍重。当我们从这样一个角度来看问题时，只要真切地把事物的本质反映出来，这是文学创作的追求与境界。所以，在这部小说里，这笔钱虽然不大，但对古晋来说，却是性命攸关的。他的宗教般的顶礼膜拜也就不足为奇。大而言之，巴尔扎克写老葛朗台时，也是描绘他晚年把自己独自关在密室里，以摩娑把玩成袋成袋的金币作为快乐，只不过这种快乐与穷人的数钱是不同，乃是一种贪婪本性的流露。

因此，只要自然地描写出人的本性来，那么这种语言就是成功的，因为它传达人性内心最隐秘，也最没有雕饰的心态。即使是有相似的动作与情节，也并不见得是对某位作家的抄袭，可以说是对世界深刻反映的一种体现，不仅陈全，韦晕在《还乡愿》里也有一段这样类似的文字。

① 陈全：《马打古晋》（1954），《战后新马文学大系小说一集》，第480页。

> 有时眼瞪瞪望着屋角睡不着，有时十分疲乏了，勉强把渴睡的眼帘闭拢了，可是听到灶头那小耗子吱吱的一叫，他老就像在半天的云雾中掉了下来那样，一跳了起来，自那永远绑着自己的肚皮的兜一摸，沉甸甸的，他老放下心去……①

这同样也是一段因为钱而坐卧不安的文字，老东在日据时期，跑到山芭里养猪，好不容易猪养肥卖掉了，得了一大把成千上万的日本军票，结果一辈子没发过财的老东反而睡不着了，他心惊胆战地过着这样的日子，连听老鼠的叫声，都要赶紧摸摸自己的"沉甸甸的"肚兜，以求心理的平衡。有了钱，对贫穷人家来说，自然是一件好事，但在心理上反而是一种折磨，他们的心态需要经过一个过渡转换期，故而这种反映描写，也是自然的，就像小偷为什么会瞄准别人的口袋那么准确去偷东西，这不是他神，而是失主告诉他的。从心理学来说，哪个口袋装了钱，人们就会不由自主把这个地方不时按一按，正是这个下意识的动作泄露了秘密。因此，文学语言中自然传达出这样的一种行为，也是属于对社会、世界的真实反映，这就是自然的语言风格的体现之一。

> 在胡思乱想中，记起了新客初到石叻坡时，在牛车水，一个看相先生就批过自己一生韭菜命，长些就得割，长些就得割，这先生真准，真准。他想到那九只肥肥白白的肉猪，又想到那一捆一捆的军票，……唔，总是自己命贱，他又埋怨了祖宗葬得家山不好，犯了驿马星，累得自己抛妻别子穿州过府，一条咸水草当裤带，十多年来仍旧是一条咸水草……②

这段的语言，采用自然贴合人物思想与内心活动的文字，体现了老东宿命的思想观念。老东连他自己下南洋究竟多少年都不记得了，但是他依然记住自己新到南洋时，算命先生给他批过的命，即"韭菜命"，那就是一辈子永远不得富贵衣锦还乡。这些算命术语如同符咒一般，与老东的经历相吻合，所在给他留下深刻的印象，其实对于广大的"猪仔"们来说，他们何尝不是"韭菜命"呢，能发家致富者，不过是千万中之一、二而已。这也为老东认命提供一种心理暗示和慰藉。不过，老东虽然认命，却不完全接受，他又有不服命运安排的渺茫希望，

① 韦晕：《还乡愿》，新加坡青年书局，1958 年，第 53 页。

② 韦晕：《还乡愿》，新加坡青年书局，1958 年，第 67 页。

即归咎于祖宗的风水不好，犯了“驿马星”，才会出现后代子孙劳碌的悲剧命运。风水不好，是可以改变的，这说明了老东的内心认命与不全认命的心理交织，造就了老东坚韧不拔性格的一面，无论如何，只要心中还有依稀的信念，其力量也是非常强大的。作家还用了一个十分简洁生动的词汇来形容老东的窘况——“咸水草”当裤带，连一条裤带都买不起，老东一贫如洗的生活境遇，显得那么自然。“韭菜命”“驿马星”是术数用语，“咸水草”是日常专用语，与老东的内心是自然吻合而又贴切的。

自然的语言风格，还体现在作家善于根据表达要求选择相应的词汇，以传达出某一种特殊的氛围与情趣。

> 铛——叮铛——叮铛
>
> 挂在大礼堂右端的屋梁上那只紫褐色的校钟，像给热腾腾的开水烫痛了屁股的娃儿般狂叫起来。
>
> 放学了。
>
> 学生们像锢禁在监牢里的囚犯忽然得到了宽宥的通知似的，背上书包，嘻嘻哈哈，蹦蹦跳跳，一窝蜂拥出了校门。①

语言充满着生机盎然的自然气息。因为描写的对象是小学生，所以用的词汇大都是与孩童生活中密切相关的事物。尤其是校钟的声响，用词极富生气，是“被开水烫痛屁股”的娃儿“狂叫”，孩子的叫声一般是充满着童稚、真纯，同时又是响亮、富有穿透力的，可见钟声之响亮、结实，类似的语句表达并不少，然而作家又用“开水烫痛”一词来修饰，则是非常新颖的，那是一种急促而突然的钟声，完全出乎人们的意料之外。可以想象，那些被关在教室里等待下课的孩子们，在他们对下课铃声的期待已经完全绝望之际，钟声才突然响起，可见他们度日如年的学习心态，可谓细腻入微，符合孩子们的心态，贴切而自然，此后的“囚犯”宽宥通知的出现，也就顺理成章了。

> 黄昏时候，椰林里响起一片当当的钟声，不一会儿，从那间半阿答半沙厘的长屋里涌出一群小学生，闹哄哄的好像一窝蜜蜂在闹巢一般，那是这乡村唯一的小学校放学了，同学们没有排队，只是各大都把书包

① 谢克：《为了下一代》（1953），《战后新马文学大系小说一集》，第440页。

往臂膀一串，搭在肩上，三步当两步，连跑带跳地冲出了教室，有的甚至还喊着，闹着，好像一群被判无罪的囚犯得到解放一般。[①]

如果说上一则文字反映的是学生在等待放学那一瞬间的感受的话，那么这一段文字，体现的是学生在放学之后的快乐情景。“半阿半沙厘的长屋”，这样一种建筑样式，正是偏僻马来亚乡村学校的风貌，带着一种自然与半自然的气息，而这里的孩子天性也处于自然的流露状况之中，作家用蜜蜂“闹巢”来形容声音之大，可以看出小学生放学之后的快乐心情。其实，“闹巢”现象，在乡村中是经常见的，但在工业化社会中，它日渐淡出人们的视野。杂乱无章、声响喧天，正是学生放学后的最生动体现，他们用“串、搭、跑、跳、冲”等一系列动作来体现自己对于获得自由支配空间的无穷喜悦与激动之情。其实，学校集体教育是社会文明发展进程中对人类某些自然天性的强制性规范，使之更符合文明的要求，它是一个强迫的学习过程，处于偏僻乡村的人们来说，也许这种强迫性的特征会更明显。因为这里的孩子一方面日常生活与大自然紧密相融，另一方面又得遵守文明的教化与规范，其间必定会产生某种强制性的心理影响，孩子放学就是他们重获自由生活方式的开始，所以，作家不约而同地选择“囚犯”作为喻体，是富有深意，显得自然贴切。

文学语言的自然，还体现在不雕琢、不刻意加工，使描写出来的事物与原来的面貌特征得到精神气质上的一致吻合。当然，这与自然主义的描写方式是不一样的。自然主义的描写，只追求细节上的完全一致，追求对人们感官刺激，而不是在精神气质上对人们的感动，这是二者的最大区别。这个时期的语言，并没有走上这一条路，而是在力求形似、神似上有着强烈的追求，现举一例。

在浓雾中，他们摸索着前进，天还不很亮，前面十步之远，便模糊不清，草上，小树上全是冷的水，走了一段路，他们便全身湿透，连头发也是水，他们觉得有点冷，便不管一切地加紧脚步。这时，天又亮了一点，远处仍有鸡啼，树林里的猿声，似乎更响，呜呜咽咽，更为凄切，他们是朝着那一大片无尽的原始森林走进去的。而且里面是长年阴阴郁郁、黑黑洞洞的一片。人一走进森林，就像没入汪洋大海里，毫无声息地，庄严肃穆地，令人禁不住地感到战栗不安。[②]

---

① 流军：《可怜的孩子》（1962），《战后新马文学大系小说二集》，第205页。
② 陈全：《清晨》（1956），《战后新马文学大系小说一集》，第487页。

这一段文字，描写父子俩凌晨进原始森林去伐木时的情景，十分真实地体现出原始森林的广袤、神秘、深邃的特征。天刚蒙蒙亮，浓雾依然笼罩着森林，十步之遥，便模糊不清，可见雾气之大。森林里的湿度特别大，人一走进去，从草上、树叶上掉下来的露珠足以把人全身打湿，可见在这样的地方，可以令人感觉到大自然的伟大与威严，人类的渺小与无助。作家采用对比的方式来加以体现，"远处仍有鸡啼，树林里的猿声，似乎更响"，这两种声音代表着两种完全不同的生活场景。"鸡啼"代表着人类社会居住的环境，"鸡"是人类生息的一种标志，那是人类社会创造出来的并适于他们自己的居住环境，"猿声"则是大自然的真正声音，那是造物主所眷顾的原始生存状态，原始森林，是猿猴生息的乐园。

自古以来，"猿声"在中华文化的词汇里，代表着凄凉与感伤，自屈原的《涉江》开始，直到郦道元"巴中三峡巫狭长，猿鸣三声泪沾裳"，此后大抵都是有同样的意象。即使是马来人，他们对猿猴一类的生物叫声，也视为不吉祥的征兆。"鸡啼"的温馨与"猿声"的哀戚，形成了鲜明的对比。另外人类远离自己熟悉的生活环境，到幽深神秘的森林中去工作，自然会产生一种牵挂之心，鸡啼就是他们精神上的一点慰藉。因为进了那"阴阴郁郁""黑黑洞洞"的森林中，就象"没入汪洋大海"之中，无助、渺小等恐惧心理油然而生。作家以十分生动的语言，自然地描绘出人们为了生活，而不得不在威严的大自然面前匍匐生存的艰辛。

下面一则反映的是森林的超绝的威严。

> "跳下去！"父亲大声地命令着，而且照放木的规矩大声地呜呜叫着。儿子丢下斧头，跳了下来。父亲向着即将折断的树干上，连砍几斧，加速树干的倾倒。当他跳到地面的一刹那间，大树哗然地怒吼着，斜着巨大的身子，拖倒身边的树干，压断身下的大小枝条，一二丈高的树也成排地被拖下，大树扫荡着，像轰雷般响，像暴风的呼啸，整个山林也呼啸了，大地震抖了，惊心动魄的，整个山林都为这狂暴的哗啦啦声响慑住了。①

---

① 陈全：《清晨》（1956），《战后新马文学大系小说一集》，第494页。

父子俩砍伐一棵巨树，这是大树倾倒时那惊心动魄一刻的情景，作家从声响效果和动态描绘来体现树倒之时，山呼海啸般恐怖而又暴烈的气氛。从声响效果而言，作家用“哗然怒吼”“轰雷”“暴风呼啸”“山林呼啸”来形容这种巨大声响的震撼人心的力量。从动态描绘的角度来看，作家用“拖倒”“压断”“拖下”“扫荡”“震抖”这一类的词，体现出威力无比、雷霆万钧、无坚不摧的气魄和态势。整个森林是一个非常复杂的生态系统，大树轰然倒地之时，它周边的其他树木自然也难逃劫难，它们之间相互依存的生态被打破了。作家用细致入微的笔触，既反映了伐木工人生活的艰辛，又刻画出大自然超绝的神秘与威严，使人仿佛身临其境，一同体会那一瞬间的震撼性的威力，这是不可多得的场景刻划，是极为成功的。

马华文学语言的自然风格，除了体现出真实、细致、不雕琢方面，还善于应用各种形式来塑造人物，体现特定的社会风貌。

在文学作品中，作家的态度不好直接表达时，但他们又想有所流露，往往会采取一些方式，如童谣就是很好的选择，一来童子纯真无邪，自然大方，便于流传。二来自古人们对童谣比较重视，认为是传达某一个特定时代人们的心声，甚至能预测天下的兴衰更替，故而童谣形式一直有着十分重要的地位。所以，在马华社会生活的文学作品里，童谣也是较为醒目的。

> 老东，老东！/小时一条龙，/大来一条虫，/过到番邦裤穿窿，/带来番婆作龟公！[①]

作家对老东一生的不幸遭遇充满了同情，但对老东那无原则的生活态度也持一定的批判态度，这种批判之中又含着人世间的温情，作家借儿童之口自然地传达出来，既有赞扬、同情，同时也有批判，不过，总体基调又是以戏谑的方式进行的，一定程度上降低了批判的严峻性，相对完整地保持了老东的一贯形象，对老东的一生也做了一个总体性的概括。“小时一条龙，大来一条虫”，说明老东现前精神状态跟年青时相比，已经萎靡不振，无是无非，过着浑浑噩噩的日子。“裤穿窿”“作龟公”既为嘲笑，又是实情。老东所喜欢的那个老情人，其实是一个暗娼，且为日本人收集、打探情报，早已沦为汉奸，老东对这一切都很清楚，但还是不时去找她，原因在于她长着与老东妻子一样水汪汪的大眼睛，神态

① 韦晕：《还乡愿》，新加坡青年书局，1958年，第37页。

略近而已。老东为着这一点就对她给予无原则的偏爱，并因此丧失应有的民族大义，这也正是老东的糊涂之处。从音节来看，全诗都押“东”韵，使语言显得洪亮、有力，便于诵记，符合童谣传唱的特点，也符合语言自然特性。所以，这首童谣对老东的概括显得真挚、自然、全面。

同样，原上草则通过一个八九岁的小孩阿狗之口，唱出了一些终身未婚的光棍汉的窘境：

> 拍大臂，唱山歌，人人话我无老婆，激起心肝娶番个，有钱娶个娇娇女，无钱娶个豆皮婆。[①]
>
> 伯爷公，吹大筒，无女嫁，鼻哥红。买个饼，又穿窿，买碌蔗，又生虫。[②]

这两节童谣真实而自然地反映大批南下谋生苦力们的生活窘迫处境。“拍大臂，唱山歌”，所体现出来原始般的朴野之气，与古代所谓“击瓮叩缶，弹筝搏髀”的朴野、粗俗的秦声十分接近。这种情形，和社会底层的苦力们的身份和生活境遇大体吻合。当时南下谋生的人们大都是青壮年男性，只有一小部分人积攒了钱，才有能力回乡娶亲或接家小到南洋去。至于那些没赚到钱的人，娶当地女子成为他们的第二选择，不过其中又有“娇娇女”与“豆皮婆”的区别。这则童谣可谓真实地反映了当地华侨的生活处境和婚恋世界，朴素而略带直露的语言中体现了儿童自然无邪的天性。第二则童谣反映了那些因吸食鸦片而生活潦倒破落的悲惨情形。他的“饼穿窿”“蔗生虫”，其真正罪魁祸首乃在于“吹大筒”（吸鸦片），它可使富家败落，穷者潦倒，赤贫者只有等死的份了。联系中国近代史，“吹大筒”使中国落得个“东亚病夫”的称号，而幕后操纵者则是西方发达的资本主义国家。孩子看似无心的嘲笑歌谣里，实则凝聚了中华民族一百多年间的辛酸记忆。

> “……有情酒，无情杯，问郎出埠几时回？……”保叔和烂脚张从八十吉的胶园里托着一大束亚答跑出来，烂脚张的脚已经没有烂了，不过走路还是一拐一拐的，两个怪声怪气的唱着“咸水歌”对答。
>
> “丢保叔，大刀长过柄，工夫长过命，一年辛苦，休息一阵呀。”

---

① 原上草：《韭菜花开》，吉隆坡：蕉风出版社，1961年，第34页。

② 原上草：《韭菜花开》，吉隆坡：蕉风出版社，1961年，第45页。

“唉，公众事大家帮吓力无问题，古语有话：力贱多人敬，口贱得人憎，搭间学堂，等大家的子侄识几个字，好过成世做盲牛吗！”烂脚张说。①

在这段文字中，作家很巧妙地嵌入了乡野情歌、俗谚语、歇后语等内容，显得自然、朴素而又真切。“咸水歌”是一种民间流传的小调，更多是体现青年男女的情愫，且多以伤别离的逆旅之苦为主调，语词质朴，一般为士大夫们所不屑。不过，普通百姓总有自己的审美情趣和娱乐方式，他们选择这一艺术形式，并不一定是为了感情的需要，而是一种打发时光的消遣。烂脚张、保叔年纪都不小了，他们“怪声怪气”地歌唱，正体现出其内心对美的追求，为那个时代的人们的精神追求留下了一个十分鲜明生动的剪影。“大刀长过柄，工夫长过命”，用的比兴手法，说明世界上的许多事情是短时间完成不了的，用反面来劝说的方法，自然地引出了劝人休息的建议，这是类比的手法；“力贱多人敬，口贱得人憎”，则是用对比之法，即“敬”与“憎”行为效果的天壤之别，从闽南方言来看，二者恰好为同一韵。“盲牛”二字，虽然是形象的比喻，却饱含着无数华侨的辛酸记忆。他们因为没有文化，就象牛一样只会出蛮力，付出甚多，而所得甚少，一辈子就在流血流汗中艰难度过。他们十分清楚地了解自己的命运薄弱点在哪里，为了让后代子孙不再过这样的日子，他们自发团结起来，兴办学校。这段文字简略，却极为自然生动，既有日常情趣的描绘，又有性格和思想认识的深刻展示，显得趣味盎然。

马华文学语言的自然风格，还体现在反映华人的民族心理映像，尤其是有关南洋的传说上。由于南洋这一带有文字记载的历史相对比较短暂，许多往事皆以民间传说方式流传。郑和下西洋的往事，在民间传说渐渐神化，文学语言在描述这些故事的时候，就显得舒缓、自然，带有宗教般和崇敬与强烈的民族自豪感，现以韩萌《七洲洋上》为例。

海水蓝到变黑啦，七洲洋的深潭无底的。听讲三保公第一次过番，来到这块，风浪很大，船险此都要沉到下海去，好得他用一支长竹竿插入海底，才平安无事，——现在，那支竹竿，变成铁的，永远浮出一节在水面。还有哪，潮州的鳄鱼，被韩文公赶出潮州后，又在海滨各地作

① 夏霖：《急潮》（1948），《战后新马文学大系小说一集》，第98页。

> 恶，三保公去过番，就顺便把鳄鱼带去丢在番山，他到七洲洋，把鳄鱼放下海去，那鳄鱼回头就问他怎样返唐山？三保公说用蚊帐做帆就返得去。它又问：下海要吃什么？三保公就命它食风，那鳄鱼错听是食番人，所以，现今番山地方，在河边洗蚊帐，鳄鱼就即刻来交涉，特别是番人，一定会给它用尾巴扫下河去食掉……①

这是世世代代在南洋华侨中流传的神话，对于新近出洋的人来说，传说不仅神秘，而且有趣，把异地奇特风俗也顺便揉进了有关的注意事项中，对于新到者，也能起着极大的警示作用。当然，这历史的叙事方式，采用的是循循善诱的方式，特别是夹杂语气词"啦""哪"，来代表两个不同的故事传说，从叙述的节奏来看，长句与短句交叉使用，特别是短句之间的字数、节奏较为均匀，符合叙说者的平静和顺的心态，这叙说者的自然口吻是比较吻合的。

现看看另一则传说。

> 一群潮州人和一群福建人，为了争水桶吊水冲凉打起架的，他们请三保公评断谁对谁错。他就随嘴判一句：好啦，福建人少冲点，让潮州人冲个饱吧！就这一句圣君话，现今，福建人过番头发不用淋湿也不会病，潮州人呢？打一个瞌睡，眼睛就红，冲少三桶水，鼻孔血直流，背胛被日头晒裂……
>
> 三天无冲凉，包你骨头去肥茅草根！②

这是一则关于南洋生活禁忌的又一种神奇的解释，福建人与潮州人关于冲凉用水的多寡居然也附会到了三保公的传说中。他们为这种奇特的地域体质差别，找到了一个自认为十分合理的解释，在民间的叙事体系里居然有其合理性。文学语言也就在这充满神奇色彩的古代叙事中，体现出华人对自己所处境地的努力理解，自然就显示出其思想所能达到的高度。

三、自由独立意昂扬：激朗

在这个时期，马来亚社会的政治环境经历了巨大的变化，一是战后日本投降，殖民地人民得到暂时的解放；二是世界各地殖民地人民的觉醒和斗争，反对

---

① 韩萌：《七洲洋上》（1949），《战后新马文学大系小说一集》，第158页。

② 韩萌：《七洲洋上》（1949），《战后新马文学大系小说一集》，第159页。

殖民主义统治成为时代的主流。在这样的时代氛围里，控诉日本侵略者黑暗统治与暴行、追求民族独立的昂扬奋进精神，就成为那个时期文学创作的两大主题。与这种内容相适应的文学语言风格，则呈现出激朗的特征，即为激切、明朗：激切是指作家在表达思想感情的方面，倾向用带有强烈感情色彩的语言；明朗是指态度是非、爱憎分明。这样的语言风格适于在时代大潮中更好地表达作家的思想与感情。

激朗的语言风格，首先体现在文字表达激越、急切，甚至是愤怒的感情色彩，这在反映日本侵略者行径的作品并不鲜见。

> 十二月九日P城上空出现了几架红膏药的飞机，还好不曾下蛋，但人心不能不惶惶然了！
>
> 也来不及多喊地声，就“兵令碰郎”地丢下十几个大小炸弹，燃烧弹在吉宁街一带！人们一阵昏眩，四处混乱起来了！有几处的楼屋崩陷了，火烟浓雾般直冒上空！尖锐的女人喊叫声，小孩哭叫声，男人的沙哑声，织成一片恐怖的前奏曲！①

这些文字与描写中国抗日战争场景的风格十分接近，只不过地点不同，由中国大陆燃烧的战火，换成南洋的硝烟，但是表达出来的战争的残酷、恐怖和对侵略者的愤怒都是一样的。“红膏药”是对日本国旗的轻蔑称呼，在中国传统医药中，用于敷贴的狗皮膏药是最常见的，而日本的太阳旗在中国民间被称为膏药旗，不仅是诙谐，而且是轻蔑与不屑。“下蛋”与“下弹”是同音异字，虽然表达上可以传达出同样的含义，但在感情色彩上是完全不同的：“下弹”是中性词，指飞机上的高空投弹轰炸；“下蛋”指的是动物尤其是母鸡产卵，“机”与“鸡”又是同音字，母鸡下蛋乃是最平常不过的现象，因此，感情色彩就大不一样了，它代表广大百姓对日本侵略者的高度厌恶、鄙视之感。甚至在象声词上作家也细致加工，“兵令碰郎”是指炸弹从天而降的拟声词，虽然声音上略略相近，但是在词语的选择上作家却别出心裁，使用的是近似日本人的命名方式，即“×××郎”的通用格式，乍一看，仿佛是日本人，再细看字的内涵，“兵令碰”，把日本侵略者的赤裸裸的侵略本性给揭示出来，从这些词语的应用上来看，作家对日本侵略者的仇恨之情已深深蕴藏在行文之中。

---

① 丘天：《复仇》(1948)，《战后新马文学大系小说一集》，第20，21页。

另一方面，在鄙视、轻蔑的语言中不忘加入对战争残酷一面的描写，作家用一连串形式齐整的系列短句，体现出被轰炸后吉宁街一带令人昏眩的场面：四处混乱的街道，崩陷的楼屋，冒烟的大火，各种喊叫声、哭声，交织在一起，八个短句，共同形成了生灵涂炭、玉石俱焚的恐怖轰炸图，那种紧迫、急切、混乱的一系列印象如山一般扑面而来，传达出作家悲愤激动的感情。

> 满街都是火烟，满地都是死人，焦头烂额的有，只见一个女人的下体的有，不见了头的人，电线杆上摇晃着一条腿的也有……血渗渗的淌着，流着，在坍倒下来的梁柱上，士敏土上，一阵阵凄厉，惨痛的哀叫……①

这段文字体现的是遭受空袭之后的P城惨状，作家悲愤之笔描写了地狱般的血雨腥风的可怕与恐怖：尸横遍野，残垣断壁，血流成河，这对于从未经历过如此惨酷战争的南洋热土来说，也是亘古罕见的浩劫。作家在描写这段情景时，两处使用了省略号，标点符号的使用，一方面表示叙述的场景太多，只能用省略号来表示，另一方面，则是叙述语气的突然中断，然而气脉尚通。从这个效果可以看出，作家仿佛也身临其境，因见此惨状而语气哽塞，由此可见，激切、痛苦的心情跃然纸上。

如果说以上两则文字反映的是日本侵略者狂轰滥炸所造成的血腥恐怖后果，给人以强烈的感官刺激的话，那么日本侵略者的到来，则把这种地狱般的恐怖进一步强化了，作家的愤激也愈形于言表。

> 自从星洲沦陷之后，马来亚人民完全陷入绝望的深渊，膏药旗到处飘扬，满脸横肉，凶残邪气的矮鬼，到处耀武扬威！胆小的人只要一见到嘎嘎地来了一队鸭脚蹒跚地走来时，便不由心里一阵战栗，全身就起了鸡疙瘩！可不是吗？谁敢正眼看一看矮鬼，就
>
> “八谷雅鲁！”
>
> 赏你一个熊掌！你低着头走过，又是：
>
> “支那咨味！”
>
> 给你一支东京火腿，踢在屁股上，痛也没敢哼一声！②

---

① 丘天：《复仇》（1948），《战后新马文学大系小说一集》，第22页。

② 丘天：《复仇》（1948），《战后新马文学大系小说一集》，第35页。

这段文字，可以看出鲜明的愤激语言特色，语言中用两种方法来体现对日本侵略者厌憎之情，一是正面的批判，二是反语，一正一反，两相应衬，富有语言张力。日本占领新加坡后，曾对新加坡平民实施骇人听闻的“检证”制度，一时间成千上万名无辜百姓命丧日军的屠刀之下，昔日繁华热闹的新加坡转瞬间变为死气沉沉的人间地狱，日军魔鬼般的形象由此定格，给广大百姓留下了难以忘怀的印象。作家使用的是否定性的词汇，“满脸横肉、凶残邪气”，用“邪气”来形容敌人，作家抓住了侵略者狡猾残忍、鬼点子多，善变法子来折磨人这样的总特征来描绘，不过丑化侵略者这一心理上的蔑视仍不因敌人的凶残而改变，故而用“矮鬼”二字来形容，气焰万丈飞扬跋扈的敌人形象随即矮化。同时，还应用了一个小细节来描绘敌人的丑态，“鸭脚蹒跚”，鸭子的脚很短，因此走起路来一摇一摆，蹒跚而行，日本人因日常生活习惯等因素影响，走路也大多呈八字脚，且个矮，因而摇晃也更厉害了。这就形成了语言的特有张力：一方面是耀武扬威，气焰嚣张的侵略者，另一方面又是丑态十足、猥琐可笑的形象。于是可怖与可笑、畏惧与蔑视形成鲜明的对比。

从反面来看，作家还使用了反语的手法，而且都有一个共同的表达模式，一正一反，相互反衬。“八谷雅鲁”与“赏你一支熊掌”；“支那峇味”与“给你一支东京火腿”，都是相辅相成的。“八谷雅鲁”是骂人的话，意即混蛋，在大陆的文学作品中大都写成“八格牙路”；“支那峇味”则是混有马来语词汇语言，日本侵略者蔑称中国人为“支那人”，而“峇味”是马来语中骂人“猪”的意思，可见侵略者在使用侮辱性语言上，也是“与时俱进”的。“熊掌”与“火腿”都是反语，手无寸铁的普通百姓挨巴掌、被脚踢，只能默默地忍受，且自嘲地命之为“熊掌”“火腿”，这除了化解受辱的痛苦与不平之外，也只能打落牙齿肚里吞了。

尤其值得注意的是，对敌人侮辱性的动作有许多种方法可以描绘，为什么作家会选择使用“熊掌”“火腿”之类与食物有关的词呢？这可能与日本侵略者占领南洋以后，用残酷的粮食配给制来牢牢控制被占领区的百姓有关，所以百姓在开玩笑时，不知不觉就会用美味的食物来形容美好的东西，也就不足为奇了。

以下就是在日本侵略者严格控制下，百姓生活的苦难煎熬。

> 为了实行以战养战，便在马来亚更加进行残酷的压迫，贪婪地榨取、剥削，继“奉纳金”之后什么统制，组合，良民证，门牌照，车

牌税——种种垄断、没收，苛捐杂税，连地皮都剥完了去！[①]

这段文字，作家用了一个长句，且长句之中又有许多断续的词汇组合，从语言气势造成了这样一种氛围，给人以喘不过气来的压迫感，而连续不断冒出的苛捐杂税名称则犹如一块又一块不断冒出来的石头，接连砸向读者的内心，使人仿佛应接不暇。作家在句式的安排上和词汇的安排上，确实做到了语言的形式与内容的完整、紧密的结合，把马来亚人民在日军黑暗残酷统治下，气都喘不过来的感受，生动细致地体现了出来，而作家批判的激切就蕴含在其中。

作家鲜明的态度和倾向还体现在故意违反平常的用语上，展现出另一种新的表达效果。

宣传蝗军辉煌战果，日本天皇爱民如蚁子，大东亚共荣圈，新秩序总是这一套。[②]

“蝗军”是所谓的“皇军”的有意错写；“爱民如蚁子”是“爱民如子”的突然增加。对“蝗军”的称呼，在中国现代文学作品里也不是没有，但是这里的使用，是对侵略者的高度愤怒与不满，以此来发泄和表达被压迫者内心的激动心情。“蚁子”讽刺日本舆论宣传的虚伪，实际上，广大百姓是如同蝼蚁一般卑微地活着，日本人操持着生杀予夺的大权，许多人也是如蝼蚁一般地被屠杀，对这些反动宣传的蔑视可见一斑。

大量描写日本侵略者行为作品，都饱含着作家强烈的控诉意识，一种激烈的感情洪流在文字间奔腾，这是比较容易感受得到的，还有一些文字，采取的手法并不是直露的，而是通过艺术手法相当曲折地表达出来。

躺着的青年赤露着上身，仅有的一条短裤子也扯烂得连屁股都露出在外边；一身的皮肤因为过度的鞭打，已经血染到通红得带点儿光彩；而一背和两腿，那鲜明夺目的青紫了的鞭痕，手指那么大的肿胀了起来，纵横重叠，有如山岗。处处的外皮已经破裂，久了些的血迹干了，发了黑，绽开的筋肉在淤血中腐烂了起来，黄白色的脓水在滚动着；而新裂开的，色泽鲜艳可怕的筋肉凸出着，流泌出殷红的血滴来。在后脑

① 丘天：《复仇》（1948），《战后新马文学大系小说一集》，第52页。

② 丘天：《复仇》（1948），《战后新马文学大系小说一集》，第44页。

壳上，也有二三个地方开了洞，脓淤的血浆胶住了一团头发；耳朵那边，也拖着一长条从嘴角流出来的血迹。[①]

一位抗日的年轻人被捕受到酷刑，这是一位医生为他敷药时所看到的情景，出于职业习惯，医生全方位地考察青年全身的受到种种酷刑所留下来的伤痕，先是从全身皮肤的总体状况开始写起，然后接着逐一从背部、两腿、鞭痕、淤血、脓水、脑壳、头发、耳朵等每一个角度，细细描写被折磨后的惨状，令人目不忍睹。而作家在这叙述过程中，仿佛是一位冷静的职业医生，在为青年作全身检查，忠实地纪录伤者各处的状态，并不发一句多余的议论，他面对的不是一个青年活人，而是一个浑身是伤的物而已。其实这正是作家的用心所在：这位青年的伤痕与鞭打痕迹越是恐怖，越令人触目惊心，越是反映了日本法西斯毫无人性，他们疯狂地镇压马来亚各族人民的抗日活动，许多人就是这样被他们活活折磨而死的。冷静的描写之中蕴藏着火山一般的热情与爆发力，一声不响的文字里，将会引来大海一般愤怒的咆哮。这也是人的感情表达的另一番方式。《世说新语》里记载阮籍在母丧期间，依然饮酒吃肉，被人视为不孝，但在其母入葬之时，阮籍一声大号，呕血数升，终于人们又意识到，他是一位真孝子，只不过行为乖张，人们一时难以理解罢了。同样，这段文字所蕴含的激越之情，也只有通过深入细致的体会才能领悟。

激朗的语言风格，不仅存在于控诉日本侵略者罪行之上，它更多体现在这个时代青年人追求幸福与美好未来的文字之中。当一个饱受殖民统治和战争蹂躏的人民觉醒起来时，他们明白了自己的前途和出路，这时的自豪感、责任意识都喷涌而出，那是发自内心的坦率歌唱，一种明朗、激昂的美学风格也渐次浮现。现以吴岸在这个时期的诗作为例。

砂捞越是个美丽的盾，/斜斜地挂在赤道上，/年青的诗人，请问/你要在盾上写下什么诗篇？

让人们在你的诗句中/听见拉让江的激流声，/听见它在高山、平原和海洋/所发出的各种美妙的语言

一支笔，一个伟大的理想，/太阳和星星照在你的头上，/在生活、书本和伟大的先师/的光辉中寻求你的思想和力量。

---

① 殷枝阳：《牺牲者的治疗》（1948），《战后新马文学大系小说一集》，第66－67页。

> 写吧，诗人，在这原始的盾上，/添上新时代的图案，/写吧，诗人，在祖国的土地上，/以生命写下最壮丽的诗篇。[①]

这是吴岸出现在马华文坛之初最负盛名的作品，评论家杏影欣喜地称之为“拉让江畔的诗人”。从诗歌的平仄来看，诗人所用以仄声为主。如第一节、第三、四节中，仄声句占据了大部分，而第二节又以平声句为主。平声的调音以舒缓、顺畅为主要特征，仄声句更强调力度的铿锵，恰恰体现了诗人的那种澎湃的诗情，如拉让江奔腾咆哮的激流，喷涌而出，给人以强烈的感情冲击力。

从节奏上看，诗句的长短适中，便于感情的充分表达，尤其是第二节，由于采用大量平声句，使语调显得悠扬绵长，感情得到淋漓尽致的表现。在最后一节中，节奏明显加快，作家用重复出现的“写吧，诗人”这样的短句，使节奏明显快了，犹如鼓点般急促。如果从全诗的节奏而言，一、二两节相对比较舒展，第三节略为加快，“一支笔”“在生活”，这样的句子出现，三个字一句，使节奏渐渐快了一些，直到最后一节，以两字为一句，速度陡然增加，诗歌的力量也显得磅礴有力。作家的大气和宽阔的胸襟、高远的理想得到尽情的展现。

用语的明确、直接的特征，作家所用的语言近乎口语，很少具有晦涩、隐蔽的曲折象征意义，这使得语言琅琅上口，易于记诵，明朗通达的特征也是十分鲜明的。

> 你的祖国曾是我梦里的天堂，/你一次又一次地要我记住，/那里的泥土埋着祖宗的枯骨，/我永远记得——可是母亲，再见了！
>
> 我的祖国也在向我呼唤，/她在我脚下，不在彼岸，/这椰风蕉雨的炎热的土地呵！/这狂涛冲击着的阴暗的海岛呵！[②]

这首诗反映的是马来亚独立后，青年一代华人对祖国观念的变迁，曾经的祖国——中国，是世世代代华侨叶落归根的梦想，那是承载着他们无数希望的寄托，也是他们安身立命的精神家园。不过，对于土生土长的年轻一代，他们从未见过祖国的模样，有的只是父祖辈口耳相传的美好传说。当马来亚独立之后，马来亚就成为青年一代华人的祖国，他们要效忠的就是这块“椰风蕉雨的炎热土地”，是“狂涛冲击着的阴暗的海岛”。诗歌以儿子对母亲的诉说作为表达的角

---

① 吴岸：《盾上的诗篇》，《半世纪的回眸》，北京：首都师大出版社，1996年，第116页。

② 吴岸：《祖国》（1957），《吴岸诗选》，北京：华艺出版社，1996年，第19页。

度，突出了两代人不同的祖国观，老一代指的是中国，马来亚只是客居之地；新一代指的是马来亚，中国化为祖籍国。新一代在文化上认同中国，在政治上要服务与效忠的则是马来亚这块土地。

马来亚青年一代的华人，他们对这块生活着的土地在新历史时期里所体现出来的蓬勃生机和旺盛生命力的喜爱，青年人则充满着一种积极奋进、昂扬进取的精神面貌。

> 在海边，听到沙沙又沙沙的声响，“那不是星夜里的悠扬的歌声么？这是爱情的呼唤，这是乡土的赞歌。”
>
> 我们要到这历史巨人的心坎去，听他秘密的心语，看他经过了几千万代，怎样还是那么青春焕发。
>
> 手拉在手里。一片流沙，是千百颗细沙的集合，一个人，是单独的沙；我们呢，却是一片雪白的流沙①。

这一类的文字，在先前马华文学的作品语言里，甚为少见的。其中所流露出青年作家对爱、美的礼赞，虽然某些作家也曾有过相类倾向的文字，却缺乏这些文字所特有的自信与从容。

作家以联想的手法，由“沙沙”的声响，联想到“星夜悠扬的歌声”，显得神秘、缥缈而又美好，真是“此曲只应天上有，人间哪得几回闻?”的感叹，接着又联想起“爱情的呼唤”“乡土的赞歌”，那是甜蜜、温馨的感觉。作家把普通海边的沙沙声响，用多重意象来传达内心对这块土地的强烈热爱之情，带着非常美好的憧憬。希望从历史巨人身上汲取青春焕发的秘密，恰恰是青年一代欲有所作为的心态反映，如何才能有所作为，作家又通过海边的“流沙”来作形象的比喻——那就是所有的个体，为着某一种信念可以集结在一起，也能发挥巨大的作用。作家认识到，“一个人，是单独的沙”，独木不成林，强调个人固然没有错，但要做成大业，个人之力往往是渺小的，惊天动地的大事也往往是无数个人抱团而终究完成的。渺小无用的“单独的沙”，就要看它在哪里发挥作用。中国有句俗语，“聚沙成塔”，那就是崇高的理想信念与坚忍不拔的意志，也能把散沙一般的人们凝聚在一起，做出伟大的事业来，作家所歌颂的就是这种促进人们手拉手的共同信念。马来亚之所以能获得独立，也是正是散沙一般的马来亚各

① 慧适：《潮边》（1962），《幸福门外》，新加坡：海天出版社，1967年，第22页。

族人民团结起来，终于赶走了英殖民者。青年一代从中看到了国家光明的前途，也看到了生命的意义所在。

> 驾驶着黎明的大翅膀，我踏着露水珠明来了，乘着朝霞灿烂来了。
>
> 祝福每一朵果花都有果实，祝福土地有耕耘便有收获，祝福天常蓝海水常绿，诗人没有伤心痛苦，农夫没有忧郁，母亲没有恶梦，情侣没有贰心。①

显然，作家是借鉴了艾青《黎明的通知》的写作方法。艾青写的黎明是"踏着露水而来/已借着最后一颗星的照引而来/我从东方来/从汹涌着波涛的海上来"，慧适把春天的到来以黎明、露水、朝霞来比喻，它们都是希望、幸福、新生的象征。《黎明的通知》所描绘的是社会大同的光明境界，有着一股磅礴的气势。慧适的作品虽没有像《黎明的通知》那样全景式的多方位的体现，却也用一连串排比句来表达他对祥和安乐生活的憧憬和追求。这不是普通的借鉴，在那个时代大背景里，这种文字的出现具有一定的必然性。《黎明的通知》作于1942年，是中国抗日战争最为艰难的阶段，然而诗人深信理想的社会必定会到来，充满着昂扬乐观的精神。《春的通知》是马来亚建国不久，社会上下涌动着一种幸福、喜悦、乐观积极的心态和理想，所以这种激昂、明朗的风格，在当时的青年一代文学作家中，颇有一定的代表性。

在这个充满昂扬进取精神的时代里，对于个人的人生道路的选择上，马华文学语言的激朗风格有助于读者作出切实而深刻的认识。

> 我想着：这屋子那么大，只住着他们俩，一个小孩，一个佣人，一个印度人，一只狗。……而她——女主人，整天就坐在这儿闲着，度着空白的时光！……这样的家庭，可爱吗？
>
> 曲终了。她笑着对我说：
>
> 小于，这多么好，窗外是海，窗外是椰树和花园，窗外是阳光，是轻柔的风；海在歌唱，树在歌唱，花朵在歌唱；我弹着琴，也在歌唱。这样的人生，像海的那边滚起的初阳一样灿烂！……②

---

① 慧适：《春的通知》（1963），《幸福门外》，新加坡：海天出版社，1967年，第4页。

② 于琴：《走上新生的道路》（1955），《战后新马文学大系小说一集》，第387页。

这段文字，有两个完全相反的指向，也就是上半部分指向人们的内心精神追求，写作内容上却以表现外在事物为对象，下半部分则反之。二者形成了十分尖锐的冲突，实际上代表着两种不同的生活观念的交锋。一位女子嫁给了一个有钱的医生，当上了阔太太。当她的朋友去看她时，所见到的景象是空洞洞的大房子，家里只有小孩、佣人、印度人和狗，女主人则无所事事。表面上朋友“我”看到的是事物的外在内容，实际上却更关心人的精神生活是否充实，是否真正得到快乐，所以不由自主地发出疑问，“可爱吗?”宽阔的房子、尊贵的地位、悠闲的生活，其实并不一定能给人带来精神上的快乐，达到心灵上的宁静与满足。相反，女主人所谈的都是虚的，提到的是海、树、花园、阳光、弹琴，说明了她所求是虚幻的荣耀与满足，因为内心的空虚，只好用外在的事物来弥补，沉浸在虚幻的表象之中，根本就没有考虑到精神上需求问题，因此对话内容就显得相当有意思。不对称思想层次，使谈话内容发生分裂，答非所问。作家用这样的方式来表明人境界追求的差异性，其指向意义也是十分明朗的。

然而，沉浸在这种虚幻的幸福之中不久，人就会感到这种生活的无聊与痛苦，烦恼也接踵而至，女主人最终离开了这金丝笼一般的别墅，像一只获得自由的小鸟一样在大自然中快乐翱翔。

> 早上那儿多美，一片白濛濛的雾；笼罩在雾里的果树，那上面的鸟儿嬉戏的吱喳喳着，太阳出来了，雾慢慢高升，至消失了。旷野的草闪着露珠，这时候下地干活多好，你一锄着，掘起片片温顺的松土，感到一种甜蜜的满足，一会儿，汗珠便畅快地流着。这时，心与旷野一样愉快！……我只感到要歌唱，要写诗，要画画！……劳动是如此可爱！……①

本节文字，所描绘了充满诗情画意的田园风光：森林晨雾、百鸟嬉戏、日出雾散、露珠闪烁、掘地作诗、流汗作画……，说到底，仍然是属于用另外一副眼镜来看待世界的角度，亦非真实。终日在田间辛劳的农夫，他们并不会因流汗就想写诗画画，而是想尽快把活干完休息。这是生活际遇不同而出现的审美差异。不过有一点是肯定的，“劳动是可爱的!”这是作家想要传达出来的意思，也是希望人们要有积极的人生态度，投入到活生生的现实工作中，从这个意义上说，

① 于琴：《走上新生的道路》(1955)，《战后新马文学大系小说一集》，第404页。

“劳动不仅可爱”，“劳动还是伟大”的。

激朗的语言风格还体现在对现实人生的态度上，许多作家一致选择积极上进、正视困难而又目光远大的做法。

> 你以为孩子脏而讨厌他们，但我却以为他们一点也不脏，真正肮脏的和真正值得憎恨的是那些造成千万孩子脏，造成学校设备差，促使普遍物质生活低劣的人！①

这些对话是针对一个刚刚毕业走上工作岗位的青年而说的，一位青年教师把工作中的许多不顺利的事，归结到孩子的身上，其中“脏”就是她抱怨的理由之一。“我”以过来人兼指导者的身份劝告她，看问题不能只看表面现象，而是应该看到问题的本质。孩子的“脏”只是表象，那些贪婪榨取广大劳动者血汗而自肥的人，才是真正肮脏的。因此，同一个字“脏”，其指向分为两种层面：一是普通的“脏”，经过打扫是可以清除的；二是内在本质的“脏”，是属于道德层面的，是属于被批判的对象。所以作家很快就把创作的批判指向社会的阶级分化、社会制度的不平等上，可谓铿然有声。

> 我来自街头，就要大步地踏向街头去，我在垃圾堆里长大，就要站在垃圾堆上讲话。②

“街头”与“垃圾堆”是一种特别的隐喻，它指的是混乱不堪的生活环境。在“街头”活动者，大都是“引车卖浆者”流，是属于靠出卖体力谋生的那一阶层的称呼；“垃圾堆”更是明显，它指代的是贫民窟。作家通过主人公的心理活动，传达出那个时代的年轻人意欲改变广大民众生活的雄心壮志，他们的活动并不只是为了个人价值得到最大满足，而是希望广大底层民众能得到应有的尊严与快乐的生活。这些语言当中，通过有意的重复，强调主人公的决心，掷地有声。

> 秋扬，你是一个青年，你有血，有肉，你的心脏是会跳动的，你不能坐视许多青年向光明的坦途奔进，而你自己却悲伤，颓丧地消蚀你的

---

① 马亚：《美妮》（1954），《战后新马文学大系小说一集》，第325页。

② 黄叔麟：《牛车水之窗》（1958），《战后新马文学大系小说二集》，第290页。

青春！……勇敢些吧，忘掉一切个人的痛苦吧！——一个伟大的时代就要到来了！……①

秋扬是一个具有浓厚个人主义思想的年轻人，他发现自己的思想与周围环境一切都那么格格不入，对人世充满着厌倦、颓丧和感伤的情怀，对人生也充满着绝望。这段文字是劝告他从个人的自我封闭的天地里走出来。主要的方法有三个步骤：第一步是鼓励，先是肯定秋扬自身存在的一些诸多优点，“有血有肉”“心会跳”，指的是他具有丰富敏感的情感需求，有一种追求生活意义的精神，然而这还远远不够。第二步是对比，用许多青年奔向“光明”的坦途，而他自己却因沉溺于个人的小天地里，咀嚼着微小的痛苦与快乐，这是执迷不悟，落后于时代大潮的一种体现。第三步是理想的召唤。一个“伟大的时代”即将到来，这是从理想信仰层面来进行劝说。这三步对于沉缅于个人主义思想影响的人来说，是否确实有效，尚待斟酌。放弃个人主义思想，是一场思想上的彻底革命，并非三言两语就能达到的。这些语言，还是有着非常强烈的政治意识形态的说教痕迹。

这些文字，与中国左翼文学革命时期的语言似曾相识，只不过在表达上显得更加隐蔽罢了。如“伟大的时代”，指的是什么样的时代？就语焉不详。“劳动是可爱的”“站在垃圾堆上讲话”等语言中，包含着劳工神圣的思想，只不过作家们没有明说，如果结合当时马来亚社会青年中流行的左翼激进思想，这一类的隐语也就可以豁然而解了。虽然作家们采用了较为隐晦的表达词汇，但在语言之中那种激昂、明朗的情绪和价值观念倾向是掩饰不住的，这是社会发展过程中一股巨大的推动力量。

① 宋雅：《绿色的藤叶》（1958），《战后新马文学大系小说二集》，第24页。

第五章 马来亚华文新文学语言特点

马华文学有个重要时间分界点，即以1965年的新马分家为界，此前称为马来亚华文新文学，此后称为马来西亚华文文学，它们都称为“马华文学”。如果严格地按名称来讲，马来亚华文文学应该以1963年马来西亚联邦成立为界，因为“马来西亚”这个名词已经开始使用，但两年后新马分家了，这两年的文学创作归属不易厘清，所以我们仍以1963年为界，作为区分马来亚与马来西亚华文文学的时间界点。这有必要做个说明。

1919—1925年之间草创时期的马华文学语言，因时代及传统影响等原因，其语言所呈现的平实、明快、古雅、朴拙等特征，不仅体现在单个作品里，而且不少作品里也同样具有这些特征。风格是一个时代作品成熟的标志，马华草创时期的文学尚未达到这个程度，所以在此我们以特征来表示。其实，这些语言特征之中，平实与明快，其内在也有许多相关联之处，朴拙与平实之间的联系更是千丝万缕，古雅的作品中亦不乏平实等等，这都无法一一详加比较。

马华文学语言在东南亚华文新文学发展历程上，是属于相对起步较早的。当然，若从白话的发展来看，中国古代文学里已有白话，唐宋的变文、话本即为其源。因此，若从语言发展角度来看，草创时期马华文学语言的平实、明快、朴拙等特征，也不一定是早期文学的必然产物。我们从古代歌谣中，那吟唱着“日出而作，日落而息”的语言，虽似不事琢磨，分明是生命自由的真情流露，是来自远古时代的天籁之音，非后代漂亮词藻可以取代的。所以，早期马华文学语言特征的形成，更多的是与作家的创作观念及时代的选择有着极大的关系。

贯穿着中国现代文学史的两大主题，救亡与启蒙，在马华文学里，也同样不缺席。五四新文学运动，自身就是民族觉醒的体现，先知先觉的知识分子，担负着唤醒民众的使命，面对那些沉睡的民众，他们认为用最通俗易懂的语言及叙事方法，才能起到切实有效的作用。故而平实、明快的语言特点，也就成为作家们的共同选择。新文学作家，不仅仅是语言的工作者，同时也是社会变革的倡导与实践者，时代的要求，使文学语言呈现出独特的风貌。

在这样的时代里，作家的文学创作观念自然趋于现实主义一路。反过来，现实主义的创作原则，又促使作家在语言上有着类似的追求。按现实生活的本来面目去反映，这是他们创作的共同起点，无论是问题小说，还是政治论文，抑或是新诗，都离不开现实社会映象的范畴。于是，平实、朴素、明快等语言因子也就包涵其中了。这些特质，不仅是马华文学独有的，在中国五四文学时期，也一样存在。这是马华文学诞生的性质所定的。只不过，它的文学潮流没有像中国大陆上那么波澜壮阔，气势恢弘罢了。

古雅的语言特征，是新旧文学过渡时期必然出现的结果。没有一种文学的发展，是突然全新横空出世的，新的东西一定都建立在旧有的基础之上，语言的发展也是如此。只不过语言的过渡，不像文学形式的变迁那么显眼罢了。旧的表达习惯、思想情趣、审美取向等因素，也会或多或少地在语言中流露出来，这也是语言风格民族性传承的体现之一。即使像新文学巨匠鲁迅，他语言所显示出来的某种“硬”的特色，与其说是精神上的外化，不如说是存有更多古今语言转换的过渡痕迹。

如果要说马华文学此时与中国文学语言有不同的话，那就是它朴拙的特性。尤其是用语上，就体现出与中国文学语言有点相异之处——虽然这种差别还不是很明显。为了与当地的生活相应，作家在使用当地的语言时，作了不少尝试——这里有成功的范例，当然不乏失败之作。这是创作过程自发性选择的结果，因为作家更多的是听从内心的呼唤。

1925—1937 年间的马华新文学语言，是一个缓慢而又坚韧发展的时期。在二三十年代世界经济危机、劳资激烈冲突、共产主义思想风起云涌的社会氛围下，马华文学语言以沉实、愤激、婉曲、劲健的风格特点，留下了那个时代马来亚人民的呼声，传达出时代前进的脉搏，也为马华文学的发展奏响了时代的强音。

这种语言风格在这个时期的东南亚华文文学创作中，我们也可以看得到。毕竟在时代大潮的影响下，人们的思想都会具有某种相似性，语言表达上自然也就有相似的一面。如泰华新文学的先驱林蝶衣，在他的新诗中，所流露出来的感伤与阴柔的特色，莫不与婉曲的语言风格有着紧密的联系。如他在《古庙》里写道：

新新的月色/苍老的古庙/同在静静听溪声/古庙里闪颤的灯光/古庙

外因风叹息的古榕/助长了月、庙的沉郁①

林蝶衣是泰华现代诗的代表人物，也是泰华文学的先驱，在描写古庙时，所用的词语如“苍老”“闪颤”“叹息”“沉郁”等词，无一不指向破败、颓废、伤感等气息；同时，“新新”“静静”之词的发音，乃是半封闭性质，“郁”乃是撮口呼，从发音来看，这些词就特别适于表达内敛、纤细的感情。诗人的敏感与阴柔，固然有个人的因素，但时代的影响也不容忽视。尤其是对处于贫病之中的知识分子来说，这根神经要更加灵敏。仍以林蝶衣的《破梦》为例。

梦境无端给泊舟的轻笛嘶破/醒来热泪还挂在眼边/是当年一幕伤心的苦影/今夕又缥缈重来入梦/梦中的相抱/梦中的相泣/任什么都没有这般惨痛

在饱尝漂泊贫病之苦的诗人眼中，梦是痛苦、悲哀的，而现实生活尤其令人绝望。诗中所用的词，如梦、缥缈、苦影之类，皆是虚幻之境，非为实体，然亦实情，这是诗人苦情的自然流露。一段凄苦的爱情，与现实的惨痛相比，只能是淡淡的哀愁而已，可见现实生活的严酷。诗人把内心的哀婉尽情披露，实为彼时现实社会的缩影。

作家的文学创作，某种程度上是社会生活在其内心世界的反映与折射。社会的苦难，不能不在文学语言中留下永恒的记忆。同样，文学语言的风格也是因社会环境的变化而变化。如果说萌芽时期的马华文学语言，由平实转为沉实，是因为社会在危机面前露出了其狰狞的一面，那么文学自然不能无视这苦难的一面，语言表达也自然随之而变。

明快的语言特征，在反映激烈社会动荡之时，又分化成两种不同的态度，导致了语言风格的鲜明分流。愤激，是来自来爱憎分明的感情，有强烈使命感的作家对民生疾苦不能熟视无睹，充耳不闻，于是分明的态度，遂转化为愤激，感情如涌水般喷涌而出。另一方面，作家以充满激昂的感情，为处于生死线上挣扎的人们描绘出另一种出路的可能，这又与世界无产阶级革命大潮相合拍，劲健的风格也就应运而生。

艺术世界是复杂的，作家的追求与生活亦各有殊。随着时代的发展，古雅的

① 林蝶衣：《破梦集》，曼谷：泰华作家协会，1998 年，第 70 页。

语言风格，随着作家在艺术道路上的前行而发生了变化，作家们开始有意识地应用各种手法来委婉表达自己的艺术追求。但又囿于某种形势的限制，他们的文学语言也就化为婉曲。文学语言风格的变化，是随着文学创作内容与时代大潮而起伏的。

1937—1941 年，是马华文学发展黄金时期。马华抗战文艺不仅配合了中国的抗日救亡运动，唤起了马来亚广大华侨的爱国热情，而且也获得了英殖民当局的默许，特别是 1939 年以后，马来亚有逐渐被卷入战争的危险漩涡之中，所以马华文学不只是为着中华民族的存亡而奋斗，而且也为着全人类的正义与自由而奋斗。马华文学自诞生以来，尚未获得如此大的期望与荣耀，在这特殊的社会环境里，马华文学获得了空前迅猛的发展机会。这个时期锻炼了大批青年作家，他们将成为战后文坛的中坚力量，马华文学在本土化的道路上迈出了坚实而极其重要的一步。马华文学语言风格所形成的几个特点，也都是在这样的社会背景下形成发展起来的。

本时期的马华文学语言与抗战的关系如此紧密，在东南亚其他国家的华文创作上也不例外。如泰国剑伦《奴隶的怒吼》的一节写道：

这时代
谁还害怕狰狞的屠客
谁还害怕犀利的刺刀
谁便是千世万代的牛马
谁不怕流血、牺牲
谁便是最后必来的自由者
自由神是跟在黑暗的后面……①

这诗歌的语言慷慨激昂，于悲愤之中又有强烈的自信。“狰狞的屠客”“犀利的刺刀”，指的是面对敌人的死亡威胁，中华民族已处于最危险的关头，再也不能退让了。其实，不管是前进还是后退，死亡都很难避免。后退必然是死路一条，“千世万代的牛马”便是其可悲的结局，惟有前进尚有生存的可能。诗中不断重复出现的“谁”字，表面上是提出疑问，其实答案已自明晰，这一连串的

① 转引自［泰］李少儒：《“五四”爆开的火花——泰华新诗发展简史》，载《华文文学》，1989 年第 1 期。

追问，犹如在拷问着读者，欲挖出读者心灵中最隐秘的心思，使其无可逃避。最后两句是坚定的信念的础石，犹如砥柱中流，必胜之心坚若磐石。说明了悲慨的风格，不仅是马华文学的时代特征，也是那个时代的共同取向。我们也可以在印华文学中找到例证。

抗战全面爆发后，印度尼西亚的许多华文报纸，如巴达维亚的《朝报》、万隆的《汇流》、泗水的《新村》、棉兰的《苏门答腊民报》等报的文艺副刊，大量刊发“抗战文学”作品。如犁青在一首《花朵》的诗中写道：

前天/一个少女从前线带回一朵花/她说/——这是由丈夫的鲜血灌植的/一朵永不泯灭的红花
原野上的孩子们/绿色的花、绯色的花、黛蓝色的花……/红色的血，高大的树，枣榴色的马群……/他们都甜蜜地/在黎明的前夜/睡中/他们做了一个梦/梦见明天的世界/是一个绮丽的家园。[①]

这首诗中，洋溢着中华儿女面对强暴义无反顾的抗争精神，诗中虽然没有炮火连天的直接描写，却不断地用重复的“花”来衬托牺牲者精神的崇高，特别是破折号与省略号的应用，给人造成一种节奏上的顿挫感，犹如对牺牲者的献祭般庄重、肃穆，风格上的悲怆令人动容。

我们也可以在非华文学里找到类似的语言。《钩梦集》虽为战后出版，却是抗战期间一代热血青年心声的流露。杜若的诗《颂大汉魂》热情地歌颂浩荡磅礴、激昂热烈的大汉魂——中华民族精神：

我祭献你——
我的热泪，
我的鲜血；
我的大汉子孙的赤诚！[②]

杜若的诗歌是其加入菲华地下抗日组织，编印《大汉魂》刊物时，为鼓舞同胞抗战而作。诗歌中，作家用破折号来表示节奏的暂停，犹如祭拜之前的庄严

① 转引自汪义生：《印度尼西亚华文文学的艰难历程》，《同济大学学报》，1999年第3期。

② 杜若、芥子主编：《钩梦集》，上海：长城出版社，1947年，第46页。转引自郑楚：《〈钩梦集〉及臧克家序文的价值和影响》，《新文学史料》，2008年第4期。

行礼；而所用祭品亦十分奇特，即为“热泪”“鲜血”，似实非实，似物非物，然又是人最为宝贵的长物，那是用生命为代价来作为献祭，非一般供品，作家此后概括为“赤诚”之心，把这种最虔诚的心作了升华。作家以虚实之法，体现出对祖国最虔诚的爱心。这语言中，在慷慨之中又带有雄浑之气，这已从个人的感情天地里走出来，代表的是整个民族的深沉感情和共同的决心。

从以上几个不同的国家而相同的文学语言风格来看，说明了在抗战这个最大的政治影响下，文学语言呈现的特征并非独特的，具有一定的共性。悲慨、雄浑、辛辣、通俗，这些风格特点，表面上虽有许多不同，却都有一个共同的中心，那都是围绕着抗战而展开。悲慨者，乃是有感于战争的苦难，奋袂而起的决心；雄浑者，乃是代表整个民族而呼出的呐喊，如滚滚江河，势不可遏，如崩天裂石，摧枯拉朽；辛辣者，乃是对丑类的针砭，对恶者的鞭挞；通俗者，乃是面对民众的所进行的宣传与鼓动，让抗战的思想能够深入人心，最大程度地体现出文学语言的社会效用。

当然，因为每一个国家的华文文学发展及社会基础不同，每个国家的语言风格也各不相同，在此就不再赘言了。对马华文学语言而言，本时期与上一个时期的面貌是极大突出的。婉曲的艺术追求，在这个时期已非主流，代之的是通俗的倾向；劲健的斗争风格，则为鼓吹战争的雄浑所代替；沉实、愤激，则转为悲慨、辛辣。每一种风格的变化，其背后必然有强大的社会思想推动力。我们从这种风格的表现背后，看到的是整个社会汹涌奔腾的意志和力量。

1942—1963 这战后近二十年间，马华文学语言所呈现的朴略、自然、激朗的风格，是这个时代文学创作主流所呈现出来的主要特征。当然，这并不意味着没有别的语言风格的特点。如 1960 年代初，在台湾现代诗的影响下，马华文坛的现代主义文学创作方法萌芽逐渐出现，白垚、王润华、牧羚奴（哑子）、完颜籍、零点零、贺兰宁、刘川、文恺、南子等为代表的一批青年人开始提倡创作现代诗，在马华文坛上引起了一阵不小的骚动，说明了马华文学多元化文学创作的萌芽正在形成之中。现代诗的语言风格大体隐晦曲折，呈现出与现实主义创作潮流迥异的风貌。

而在东南亚其他国家之中，随着各民族国家的建立，作家在描绘时代跫音时，也有着相类似的激朗色彩。如菲律宾的王鹤筹，他 1946 年 5 月 11 日写的《这支笔是人民的》——

这支笔，是人民的，/我乐然献给人民。/我要蘸着人民的血汗和泪水，/写出人民的建造世界，/艰巨、牺牲、不畏缩；/还有饥饿、困苦、被践踏的屠杀，/还有人民的慰藉与欢乐。/笔，/我乐然献给人民，/这支笔是人民的。①

这首诗采用首尾呼应重复的写法，把“笔是人民的”的意思进行反复强调，充满着深情的抒怀。而“艰巨、牺牲……屠杀”，语言节奏则为两三字一顿，其中体现出来的七次停顿，象征着人民斗争过程的艰难曲折，历尽险阻，语言节奏与内容表达做到相融相合，使个人的牺牲与奋斗与大众的命运相关相连，语言的崇高性也就自然升腾。于是明朗的抒怀便显得高昂、激越。

同一时期，在印度尼西亚的冯世才，于他《明朗的日子》中，充满着对未来无穷的憧憬，《站在峇当哈里河旁》高唱：

印度尼西亚——三千艘不沉的船，
向着美好的未来开航
……
战斗中我要献出全部力量，
因为我知道：谁是最好的舰长。

印度尼西亚号称“千岛之国”，长期受荷兰殖民者统治，战后终于赢得民族的独立，这块土地的人民充满对前途无限美好的梦想，有着强烈的当家作主的意识和决心，那“三千艘不沉的船”，既是形象的比喻，又是高度的夸张，以岛为舟，可见人民翻身做主的强烈自信。如果把这些语言同我国建国初的颂歌来比较的话，就会发现这是一种风格颇为相似的语言体系，只不过歌颂的对象不同罢了。毛泽东的“天连五岭银锄落，地动山河铁臂摇”，用浪漫的想象的夸张，讴歌了新中国人民改天换地的强大力量，这就是新时代新社会人民的强烈自信心。冯世才的“谁是最好的舰长”，其雄心壮志亦灿然可见。

印度尼西亚林万里的《在医院里》描写一位护士叫醒酣睡的孩子时嚷着：

“‘恶狼该压’（ORANG KAJA 是印度尼西亚语，有钱人的意思），

① 王鹤等：《王鹤筹诗文集》，转引自李天锡：《抗日战争前后的菲华文学》，《华文文学》，2003 年第 4 期。

起来，起来。你看，他们又给你带来许多东西。”

……

“为什么护士叫他‘恶狼该压’?”我只顺便问一问。我想陈先生比他早来，可以知道这个别号的由来。

“因为他父亲是个银行家，是个大‘主公’，所以每天来探病的人非常多，而且带来许许多多的礼物。……这个世界是金钱世界。人们的眼睛只认识钱。你有钱，人们便接近你、巴结你；你没有钱，人们就不理睬你，什么亲戚、什么朋友，全没有了。”

这段文字的语言在表达作家感情上的顺接十分自然。东南亚这些国家，与新中国毕竟制度不同，民族的独立并不意味着人人平等，社会依然是有钱人的天下。同样都是小孩子，生病住院，也会显示出悬殊的社会地位差别来。护士在叫醒这个酣睡中的孩子时，使用的语言“ORANG KAJA”本身就是中性词，并无特别的情感取向。“ORANG”其义为“人”，如姚紫的小说就写成“窝浪”，并无任何实际意义；“KAJA”是指富裕、有钱，有的作家把它写成“加椰”，也是中性词。但在这里，因为作家在反映这种社会现实时，是带有对社会不平等的强烈批判意识，于是在采用中文字发音时，使用了带有鲜明贬义色彩的“恶狼该压”，虽非针对小孩子本身，却是对这个社会的不良风气的针砭，在语义与语音的衔接上做得顺畅自如，了无痕迹。这种自然的语言表达，不仅在文学作品中，如《红楼梦》中大量的人名隐意，如“贾雨村言”（假语村言）、“甄士隐”（真事隐）、“冯渊”（逢冤）等，举不胜数。日常生活中，类似的事例也俯拾尽是。如道光皇帝不取第一名的史求为状元，因其名谐音为“死囚”，不祥，弃而不用。这里也有情感的褒贬成份在里面的。

这在菲华文学中我们也可以看到朴略的特征来。如《商报小说集》里，许多菲华作家的语言上兼具现代汉语和地方方言（闽南语为主）俗语、谚语，如“蕃薯藤缚山狗”“猪哥做马骑”，都十分形象。同时也杂有菲语，如“引叔”“瞰肚”“干道角”“武智，愈芒者溜”……留下当时乡土文学的印记。方言、土语，各种语言夹杂使用，成为商报小说的语言特色，使之始终散发着蓬勃生气，使人如闻其声，如见其人，与菲华社会大众生活达到水乳交融的境地。

该时期马华文学语言风格的特征，可谓是前期风格的有机延续与变化。朴略、自然的语言，其实可以视为通俗风格的变化，如果说通俗的风格是为了抗战而唤醒民众的话，那么朴略的风格则为作家有意识地表现底层百姓最真切境遇的一种努力，这样就更有鲜明的地域色彩，贴近广大的马华大众，传达出他们的喜怒哀乐，也是文学的重要使命。

轰轰烈烈的抗战时代结束了，鲜血已随时光的流驶冲淡，悲情的抒发也渐次消退，疾声的呼唤消失在远去的天空中，于是悲慨与雄浑的语言，随着建国的喜悦和对前途的憧憬，转而化为激朗，澎湃的激情依然存在，只是已经换了内容。当然，当这股激情碰到别的环境时，它又将以新的面貌出现，这就是语言风格浪涛独特的波动逻辑。

从马来亚华文新文学语言的发展轨迹来看，它是一个渐进的变化过程，由当初的带有强烈中国大陆文学语言特征，逐渐转变到贴近马来亚当地人民尤其是华侨生活中去，成为体现马华社会现实生活与精神世界的可靠方式，与马来亚地区各族人民的命运发展息息相关。

第二编
马来西亚华文新文学语言风格特色（1963 年以来）

第一章　稳健前行：斑斓多彩的画卷（1963—1990）

从 1963 年到 1990 年近三十年的岁月里，马来西亚社会政治、经济、文化等方面发生了巨大的变化。1963 年马来西亚联邦成立，但新加坡于 1965 年脱离联邦独立。从此，“马华文学”遂分化为马来西亚华文文学——“马华文学”、新加坡华文文学——“新华文学”。由于英殖民者的民族歧视政策和日本侵略者的民族分化政策后症的影响，1965 年以后马来西亚政局动荡，民族矛盾激化，尤其是 1969 年出现“五·一三”种族冲突事件，使马华社会笼罩在不祥的阴影之中，直到 70 年代初方暂得和缓。但民族歧视政策依然存在，如 70 年代实行的“新经济政策”，限制和打击了华人在工商业的地位和影响，华文教育也日渐萧条。民愤难平，社会动荡的征兆若隐若现，马来西亚政府于 1987 年 10 月采取了“茅草行动”，平息了即将爆发的民族骚乱。

在文学创作方面，1963—1975 年间，文学创作上的现实主义潮流虽然比较低落，仍取得不俗的成就。1976 年到 1990 年马华文学由低谷走向复苏繁荣。这除了政治、经济、文化政策影响外，还缘于文学本身的内部发展的要求。从 20 世纪 60 年代初到 70 年代中期断断续续的写实主义与现代主义之争结束，两派各取所长，共同发展。同时马华文坛也结束了以往作家单打独斗的局面，于1978年成立了全国性的文学团体——马华作家协会，作协通过出版作协文库、创立写作园地、举办文学讲习班、加强国内外作家的交流等，得到社会的广泛关注与支持。

本时期的文学创作，以写实兼写意的现实主义潮流为主。从文学体裁来看，小说发展最快，成就也最大。主要作家有方北方、韦晕、原上草、云里风、丁云、碧澄、年红、陈政欣、驼铃、潘雨桐、小黑、朵拉、曾沛、梁放、洪祖秋等；诗歌的发展也令人瞩目，主要以吴岸、孟沙、田思、冰谷、方昂、田舟等为代表；散文以甄供、伍良之、看看、叶斌等为主；戏剧历来是马华文学的弱项，戴小华凭《沙城》一举奠定了她在马华文坛戏剧史上的重要地位。

马华文学的发展，除了内部文学小团体的交流外，自然离不开马来西亚各族、各界人民的理解与支持，马华文学的交流活动也日益增多。首先是与马来文学作家的交流，现代马来文学与马华文学十分相似，都秉承现实主义的文学传统，两种文学的交流有助于马华文学吸收友族作家的长处，进一步提高创作水平，扩大马华文学的影响范围；其次是与中国大陆的交流逐渐增加，由欧美传入的现代派创作方法被马华作家有意识地、有选择地使用，如陈政欣的探索性小说、吴岸兼容了古典与现代手法的诗歌，呈现出另一种气象。马华文学在各种复杂形势下始终稳健地前行。

本时期的文学创作，正处于马来西亚的经济建设向着工业化、现代化方向急速迈进的过程中，由此引发的诸多政治、经济、民族问题，都纳入了作家的笔端，于是文学语言风格也呈现了与战后迥然相异的风格，具体表现为郁实、忧愤、灵动、雅丽、幽默这五种特征。严格地说，这五种风格特点所表现的并非所有作家的语言风格，而是他们语言风格中特别明显的共同特征。现作详细分析。

一、 百态人生聚笔端：郁实

郁实的语言风格，指的是语言描写丰富而充实，它与之前的平实、沉实等特点有相近之处，同时又与之前有着鲜明的区别，那就是语言描写的丰富性与复杂性，把马华社会的百态人生充分展示出来。马华文学自1948年紧急法令之后，便已经走上独立发展的道路，大量第二代、第三代华人作家登上了文坛，他们来自社会各个阶层，对马来西亚社会有着更为深切的认识与理解，自然使文学创作呈现出丰富复杂的面貌。以小说为例，涌现出大批作家，如方北方、黄崖、马崙、马汉、魏萌、宋子蘅、年红、云里风、梁园、麦秀、驼铃、温祥英等，其中以方北风的“风云三部曲”——《迟亮的早晨》《刹那的正午》《幻灭的黄昏》最为有名，是马华文学的鸿篇巨制。马崙《迟开的槟榔花》，魏萌《红毛丹成熟的时候》，年红《舞会》《夜医生》，云里风《冲出云围的月亮》等以浓郁的生活气息获得好评。内容丰富，形式多样，文学语言风格自然就具有了繁杂、丰富的内涵。

马来西亚的社会发展，不仅有快速工业化的奇迹发生，也会裹挟着这个时期的一些负面影响，来自各行各业的作家们对此给予深入的反映。

> 当树桐触及锯轮时，陶廷龄即由倒床跨到台子上去。于是，随着一阵震得怪刺耳的尖锐的、令人毛骨悚然的沙沙声，和如万马奔腾而扬起遮天的烟尘似的木屑之后，树桐便被逐渐地破开成两半。
>
> 被锯轮旋转时产生的猛烈风气所卷起的木屑，在天空飞舞着，慢慢地掉下来，落在工人们的帽子上或头上；赤着的上身或污黑肮脏的内恤、脸上、手上……总之，在他们身体的各个部分，都有被木屑混合着汗水所黏住。①

这段文字描写锯木厂机器运转时震撼人心的情景，巨大的树桐、锋利的锯轮，以及刺耳尖锐的锯木声，映衬出现代化工厂的那种无坚不摧的气势，其中单是“万马奔腾”的扬尘，就足以达到令人近乎窒息的震撼效果，人类与自己造出来的机械相比，就显得渺小了许多，他们只能是这个工作流程中的一个微小的零件，自觉或不自觉地被巨大的工业怪兽所控制着，作家这样的细致描写，还隐隐流露出一种不祥的征兆感，巨大的工业怪兽都能轻易地把庞大的树桐剖成两半，对渺小的个人更不在话下了，其后果更是令人毛骨悚然。

接着作家笔锋一转，从另外一个角度渲染工作环境的恶劣。在锯木厂，四处扬起的木屑，在酷热潮湿的工作环境里，对人的身心也是一种痛苦的折磨：漫天飞舞的木屑，合着汗水黏在身上的各个部位。这种工作环境人们短期尚可忍受，而对于长期在此工作的人们来说，却是残酷的生命透支，不过，那是因为“生活的鞭子”驱使着他们忍受着这痛苦难捱的日子。这些语言在反映工人的生活上，可谓丰富而又复杂，并且隐含着某种象征意蕴，果然不久就出事了。

① 谢明：《生活的鞭子》(1963)，《战后新马文学大系小说二集》，第114页。

> 忽然，铁橇脱出了树桐的横断面，陶廷龄的身体失去了平衡，整个人摔在倒床上，手臂碰着了锯轮，登时被锯断。
>
> “哎哟!”他发出了一声凄厉的哀叫。
>
> 工友们都大惊失色，小马吓得手忙脚乱，大叫：
>
> “快关电！快！快！……”
>
> 但，陶廷龄的腰间已接着被锯中了，鲜血四溅。
>
> 等到关了火锯电钮，陶廷龄的身躯已被锯成两段。……①

这一段描写显得异常残酷，令人不忍卒读。其语言魅力在于那种极其真切的现实生活体验的再现。从事故的发生到结束，其实不过短短几秒之间，手忙脚乱的人们竟无法挽救那位受难者，眼睁睁地看着他被机器巨兽吞噬，场面极为恐怖和血腥。作家以极大的冷静重新还原了受害者从摔倒、断臂、断腰的三个过程，这是对人们精神承受力的巨大挑战。表面上看，工人被锯身亡，乃是因为他不小心跌倒而导致的结果，与周围其他人无关，也与杀人“凶手”——机器无关。其实不然，锯木乃是高危行业，劳动保护极其重要。恰恰这个工厂缺乏必要的防护措施。老板为了榨取最大的利润，能省则省，视工人生命为儿戏，不主动积极采取防护措施，因此让工人付出了惨痛的生命代价。与其说作家描写这段异常残忍过程中所表现出来的极度“冷静”，不如说是对这个吃人的制度的出离愤怒，语言的郁实风格，使得语言具有十分强大的感情冲击力。

国家的自主、独立，并不能马上改变所有人民的生活境遇，与二三十年代风起云涌的罢工斗争潮相比，这个时期罢工虽非主流，但小冲突依然不时在上演着。

> 时间过得快，转眼又是下午五时了，放工了，工友们三五成群到办公室领“记工册”。
>
> “怎么只有七小时?”突然，一个工友高声问。
>
> “刚才亚民跌倒，大家都没有做工，扣割一小时。”管工冷冷的说。
>
> “什么话！停工不到三十分钟，就扣人一小时，简直是吃人!”
>
> “这一小时不能扣!”
>
> “对！不能扣，一定要补回。”

---

① 谢明：《生活的鞭子》(1963)，《战后新马文学大系小说二集》，第115~116页。

"喂！你怎么不说话呀！要补不要补，请你说一句。"亚生扬了扬手上的铁锤。

"亚生，你这是什么意思？"管工脸色铁青，颤巍巍地说。

"识趣的，就补回给我们，要不然，哼！"①

一个工人在工作中负伤了，大家赶忙进行救助，在下班时发生了这样一段对话。这场纯对白的语言描写，极少有细腻复杂的动作描写，看似简单，其内涵却极为丰富，展示出在斗争过程中针锋相对、剑拔弩张的场面，融激烈的斗争于简洁的语言交流中，颇有戏剧性的特征。这场对话，实质就是工人与工头之间出招、拆招往来的刀光剑影斗争。从语言上看，在这极为简短的话语中，包含着说话者的不同立场、心态，转换迅捷而微妙，波澜起伏，十分精彩。

第一句话，是属于场景的交代，工人们去领"记工册"；第二句"怎么只有七小时？"这是工人发难的第一招，提出八小时的工作时间怎么会陡减为七小时，管工的回答即为接招，认为救人不是工作，是不能算的。这时的管工态度极为傲慢，作家用"冷冷"二字来形容，反映出他大权在握、自以为是的态度，这种不以为然的口吻，流露出其背后的思维逻辑，按其逻辑，工人必须时时守在岗位上，这才算是安心"工作"，他压根就没有考虑到工人会受伤，或者工厂所负的责任。从中也可以看出管工的冷血属性，他用纯粹的经济学理念来管理着工场，没有丝毫的人道主义的温情。

紧接着，新的斗争招数出现了，三个不同工人迅即做出回应，指出这做法的不合理之处，要为自身利益寻得公正的维护。而这时管工依然保持着不理不睬的姿态，事件遂处于胶着状态，这是一场心理战，而"战争"的背后则是意志与力量较量，胶着则是是不分胜负的交锋。

亚生的一句话打破了这种力量的均衡，因为它配合着肢体语言，"扬了扬手上的铁锤"，这肢体语言自身就显示出另一种力量——不仅是道义上的公正力量，同时也是工人们团结起来不可任意欺凌的伟大力量，这已不仅仅是亚生个人的力量，也代表着群体的意志。

于是斗争的转折点出现了，管工的心理防线开始出现松动，他用"这是什么意思？"来掩饰自己内心的虚弱与恐慌，作家还用了"铁青"的脸色、"颤巍巍"的状态，人在紧张恐惧、愤怒等状态时，脸色会有一些变化，古人曾经总结过，

① 邓亮：《工场杂记》(1976)，《战后新马文学大系小说二集》，第411页。

面临不同紧急情况：人脸青，则其勇在肝；脸红，其勇在血；脸白，其勇在骨；脸无变色，其勇在神。不管是什么脸色，说明了管工面对众人的强大抗议力量，已经变得只有招架之功了，说明了他于情、于理都处于劣势。

最后一句话是属于最后通牒式的话语，表明了工人们集体意志和力量。简简单单的数行文字，蕴藏着如此复杂而又尖锐的矛盾斗争，双方出招、接招、拆招等动作隐隐可见，是语言所特有的这种丰富性的体现，其表面平实如镜，波澜不惊，底下则暗流汹涌，惊涛骇浪，都是在这短短的对话中得到淋漓尽致的体现。

> 我们这样的人家，要割梘没行头，要种植没园地也没本钱，做散工，一个月也没十日好做，唉！条条是绝路，行唔通啊！①

这句话道出了所有穷苦人家的辛酸。在这经济建设特别是以工业化为主体的大发展时代，普通的农民，依然处于社会的底层，只能靠出卖劳力来谋生。然而，即使如此，他们也难有用武之地，没钱、没地、没技术等因素的限制，使他们感到"条条是绝路"，语气之中满含着无限的沉痛与无奈。

一对穷人父子的对话。

> "爸爸，星星可以摘下来玩吗？"二毛子以他那孩子的纯真的想法说道。
>
> 爸爸笑了一下，说："星星长在天上的泥土里，就好像咱们地上的花一样，把她摘下来就没有生命了。"
>
> "为什么星星要长在天上，为什么星星不长在地上呢？"
>
> "因为地上的坏人太多。"
>
> "我们算不算坏人呢？""我们虽然不是坏人，可是，在别人的眼中，我们可不是好人呐。"②

父与子的交谈表面上是童话般的浪漫想象，其实质是严峻社会现实的真实描绘。对于二毛子这样的儿童来说，好奇乃是天性，他对世界上的一切充满着无穷的向往与斑斓的想象，甚至提出摘天上的星星来玩这样看似可笑的问题。对于成人来说，这种问题是愚不可及的，可是对孩子来说，他们对世界的认识全凭自身

---

① 连铜：《当朝阳初升》（1977），《战后新马文学大系小说二集》，第415页。

② 萧汀：《小洋兵》（1975），《战后新马文学大系小说二集》，第557页。

的感觉与想象，也证明了孩子在生活中确实难以找到可玩的物品，才会往遥远的高空去寻找，隐隐透露出孩子心中的孤单与渴望。父亲的回答则力图让孩子保留着一份纯真浪漫的想象。然而，随着孩子不断追问的深入，父亲不得不把严酷的社会现实告诉他，“因为地上的坏人太多”。在一个充满着种种尖锐社会矛盾的环境中，人们不由得以“好”“坏”来进行区分。自然就会有各种各样的标准。对于穷人来说，那些剥削他人劳动血汗以自肥的人就是“坏人”，而那些拥有财富的人，则对赤贫者充满着恐惧，赤贫者就成为他们的“坏人”。二毛子喜欢店里一个小玩具，却被店伙计当成小偷来看待，这种粗暴的做法对孩子就是一种伤害。父亲的话中，包含着极为复杂的哲理，也很深刻的社会意义，虽然孩子不懂得其中的含义，但也能隐隐感觉到这个社会复杂的面目。

在一个以追求金钱和利益至上的社会里，一切事物都可以拿来作交易，这不仅是马来西亚社会当时的现实，也是世界各地经济高速发展地区的常见现象。这种现象在当今依然不断地上演着。文学语言郁实的魅力就在于如实地刻画出这种唯利是图的社会里人吃人的可怕情景。现举一例。

作家在台湾参观一功夫武馆，见到这里的药品销售表演，居然用开水烫女售货员，随后涂上药膏，以此证明此药功效卓著，而售货员的表演顺序是按抽签来决定的。

> 战战兢兢上前抽决吉凶的纸团，眼前好像出现一只一只待送上屠宰房的猪羊……全身颤动，手掌微颤下打开那纸团，拿到空白的是长长的舒了口气，有字的那一个只有目滞口呆，脑神经麻木，身体的颤动没有了，她在虚脱之境等着面临的虐刑！①

作家以游客敏锐的目光，看到这种充满魔术般传奇表演背后的痛苦，以悲悯的情怀来描写这些饱受折磨的人们。这些文字把抽签过程写得极为细致，既有形象的比喻，又有细节的衬托，把那残酷的过程展现在人们面前。“待送屠宰房的猪羊”，生动描绘了这些售货员正处于悲惨无助的境地。她们明知在这里工作是充满着虐刑痛苦的，但又无法摆脱，只能是睁着双眼走向地狱，世界上没有什么比明知死路而往前直走更为悲惨和恐怖的了。打开纸团时，“手掌微颤”，可见内心激烈的心理斗争已经达到了无法控制的自然生理反映，而这时的叙述节奏的

① 伍良之：《在天秤上的人和商品》(1980)，《长路花雨》，吉隆坡：马来西亚华人写作协会，1981 年，第 20 页。

紧张程度也达到了高潮，接下来紧张程度的消解是以两种不同的结局所分化：空白纸的“舒了口气”，侥幸逃过了一劫；有字的一方“颤动没有”了，并不是说明她们是镇定的，而是说明她们对得到这样的结果已经彻底绝望，一点侥幸心理都没有了的麻木心态。而这种虚脱般的麻木则是人生痛苦的极致体现。人们常说心如死井，或心如槁木的境界，就是这样极度痛苦折磨而形成的心理。须知这样的心理折磨并不是一天一次出现的，而是一日数次，每天均是如此，在这样的环境下工作，又与身处无间地狱的折磨有何差别呢？作家以郁实的语言，展现了商品社会对人的摧残。

这个时期的语言郁实风格还体现在语言应用的复杂上。在马华文学语言里，作家们在创作中应用了多种语言来表达，这并不少见。它们大都是穿插在行文之中，读者可以从作家注释中或从上下文去猜知其意。但这个时期，还有另一种语言，全部采用方言的发音法来进行写作，使文字出现了极有特色的韵味。

> 他们正要尾随，忽然有人拦阻了他们。
>
> “喂，眼睛开大淡薄。”
>
> “什么事?”
>
> “令爸先仙的。”
>
> “笑话，伊又唔是汝的某，什么人有本事什么人仙。”
>
> “汝是唔是有意思呷令爸如笑，汝栽令爸是什么人?”
>
> “汝是什么人，令爸仙查某呷汝什么相干?”
>
> “唔屎加讲，有本事来××路，令爸等汝，唔敢来是狗生的。”
>
> 那人走了。①

这段文字所描绘的是一天夜里，一个小混混与街头流氓在妓女和暗娼出没之地对话。作家的叙述性语言是普通话，而对话则全是闽方言的音字，突出了血气方刚的青年在争夺妓女过程中的粗鲁、野蛮的特点。这些文字，如果换成不懂闽方言的人来看，完全是一头雾水。“淡薄”，指的是“一点点”，小混混找妓女，受到流氓警告，让他的“眼睛睁大一点”，言下之意是要识相，早早让出该女人。“令爸”，是方言中的口头禅，原义为“你爸爸”，其实是指“我本人”。讲话者故意抬高自己的辈份，妄图从气势上压倒对方；“仙”，其实是“享”之意，

---

① 麦秀：《球》（1971），《马华当代文学选第二辑·小说》，吉隆坡：马来西亚华人文化协会，第347页。

意即享受、享用等；“某”是妻子，而“查某”是女子，“栽”即“知”，“呷”是“和”之意。综合起来看，这两个青年的对话，具有一种挑衅、炫耀的性质，互不相让的结果，就是约好在某地进行决斗。作家有意在这段对话中采用全方言的特征，就是为了保留对话过程中那种生动、活泼，甚至是不加修饰的粗鲁性质，这更有利于表现人物的性格特征、心理状态以及身份特点等，倘若换成了普通话，那这种鄙野蛮横之气便会减少许多。写作中用闽方言的文字很多，但用闽方言发音入字的，却是很少——因为在这里它代表着另一个世界，另一种生活的气息。

切切切，切切切/母亲在橡树身上切下伤痕/生活在母亲身上切下伤痕。①

这首诗的文字，在平常中融进不平常的深意，在不变中饱含着变数，体现出十分丰富的意蕴。写橡树、割橡胶的文字，在马华文学作品里很多，大都只是以人物辛酸劳动的对象物而存在，冰谷于这首诗中，在保持着严格的现实主义创作精神的同时，消融了“物”“我”之间的隔阂，呈现出物我两化的境地，别有一番意味。

第一行的六个“切”字，以三、三排列的形式出现，乍一看，并无太多吸引人的地方，诗歌语言历来讲究精粹，最忌重复。而这里的诗句居然重复了六个相同的字，这是诗家大忌。但这正是语言艺术平淡中见险奇之处：三、三排列的同一字，从音步来看，可以这样安排，即“一、二，一、二”形式，恰好和割树胶时操刀一慢二快的劳动节奏十分吻合，无其他文字的掺杂，正是割胶时枯燥辛酸的无声写照。单调中有变化，枯燥中有韵味，可谓难得。不过，这一行还只是铺垫，作家所着之墨在于后者，“母亲在橡树身上切下伤痕”，是对上面六个字的一个总括式的描述，母亲在橡胶园里劳动的身影，正是广大马来西亚胶工们生活的缩影，所有的行文重心全落在最后一句，“生活在母亲身上切下伤痕”，这与上一句的句式，用词大抵相似，只不过动作的施行者作了变化而已，在貌似不变的句子之中，悄然转换了行为的主体。由对橡树的描写和歌颂顺势转为对母爱的歌颂。橡树日日流血，养活的是这块土地上的人民。而母亲的流血流汗，则是辛劳哺育后代的无私奉献。一座伟大的丰碑也就此升腾。作家在这里巧妙地应

① 冰谷：《母亲和我数着橡树》（1978），《血树》，吉隆坡：马来西亚华人作家协会，1993年，第20页。

用了语言灵活转换的特点，完成了对母爱的礼赞，这种丰富、复杂而又实在的语言，是并不多见的，完成了由感性的想象到哲理性的深邃的飞跃。

这一时期，随着本土成长起来的作家登上文坛，他们与马来西亚各大族人民都有着十分密切的关系，大大拓宽了马华文学的表现领域，同时也丰富了马华文学语言的表现魅力。同时，七八十年代又是华族利益严重受损的时代，表现民族之间关系的作品所持的立场便显得非常重要，也特别敏感。大体有以下三类倾向。其一是歌颂性的，如梁放的《温达》赞扬了民族间美好、淳朴的友谊；其二是揭露，如洪祖秋的《过海客》叙述了华人既组织偷渡又串通官府抓捕，从而两方得利，最后落得可耻下场；最后一种是反思，田思《竹廊》、丁云《围乡》、梁放《龙吐珠》、李永平《拉子妇》都牵涉到如何正确处理民族间的关系问题。在描写其他民族生活时，梁放、洪祖秋等作家的创作就散发出十分浓厚的乡土气息。

> 我们走过一大片沼泽地，伊班同胞们把茅草与稻禾扎成一捆捆的，密密地编排成一条浮桥。每一回只许三几个人隔着一段距离走过。在其上可以感觉到桥面随着人的体重波动，既新奇又刺激。桥没有扶手，插下去的木条很快地沉了下去。它的深度在外表上竟一点也看不出来。①

这些文字，带有纯朴、新奇的意味。在与世隔绝的地方，没有现代文明社会拥有的一切物质材料，伊班人巧妙地利用大自然的造化，就地取材，用茅草、稻禾扎成沼泽上的浮桥，充分体现了人类智慧与创造力，倘按现代社会技术条件看来，可能不值一提，但处于那样一种生产方式和物质条件，确实没有什么方法比这更巧妙的了。作家以丰富的生活阅历，为马华文学宝库增添了新奇之趣，显得十分丰富的扎实。

如果说梁放笔下着重于土著生活的新奇，那么洪祖秋则着重于体现海滨湿地的诡秘，勾勒出另一个世界的奇趣。

> 午夜过后的月亮，也不知躲到那儿去。大地是一片漆黑，只有海风阵阵，撩起椰叶，发出沙沙的声音；远处不知名的虫豸，吱吱地一唱一和；加藤树林中，猫头鹰咕咕地低叫着，与阿答叶芭内的夜鸟，一呼一

① 梁放：《温达》（1982），《烟雨砂隆》，吉隆坡：马来西亚华人作家协会，1985 年，第 122 页。

应，奏起了黑夜的四重奏，为夜色添加了不少恐怖的气氛。

一脚高一脚低，他摸黑走进加藤树林，穿过阿答叶芭。这时路更难走了，偶尔红树的气根，纠缠在泥泞中，每踏出一步，脚跟都深深陷入烂泥中。在漆黑中，脚跟从烂泥中拔出来的单调的声音，听起来怪异奇诡。他还特别留神，泥上或红树上偶尔会藏着水蛇，还有那不知名的夜鸟，瞪着血红的小眼，突地飞了过来，会吓了人一大跳。[①]

小说描写的是与印度尼西亚隔海相望的马来西亚海滩夜景，它与一般人们所想象的洁白无垠的沙滩大相径庭，而是人迹罕至的红树林滩涂，这里才是偷渡客的乐园。一个华人在这一带开店，同时也做起接应和转送从印度尼西亚方面来的偷渡客的“生意”。这里所体现的是他摸黑走进红树林的情景，充满着诡异和恐怖的气氛。

第一段描写在海滩边所听到的一切，在伸手不见五指的漆黑午夜，视觉功能基本派不上用场，人们只能凭借各种声响来判断事物的性质及远近，作家描写了四种声响：沙沙的椰叶声、吱吱的虫鸣、咕咕的猫头鹰叫唤，阿答叶芭的夜鸟呼应，这里，大自然之子成为主宰，人类的所有优长全部派不上用场，只有匍匐在大自然的威灵之下。这段文字紧紧抓住“听”来做文章，眼鼻舌功能俱止，给人以身临其境的恐慌感。

第二则是由海边向滩涂行进过程中的描述，因为是前去接应偷渡客，所以不敢打开灯光，只能摸黑前进，作家虽没有具体写人物的心理活动，但与上面的纯景物描写不同，更多地通过声响来反衬人物的内心。行走在长满红树林的滩涂上，那种“奇诡”的走路声，除了是黑夜的恐惧所造成的心理影响外，更大还在于组织偷渡自身就是一种犯罪活动，内心充满着恐惧。与其说是脚步声的“怪异奇诡”，不如说是主人公内心世界惶惶不安的体现。人在紧张之时各种感觉器官的功能会变特别敏锐，主人公在谛听自己内心的声音之外，还会留心外部声音的声响，而越往前走，就越朝犯罪深渊滑行，这种“怪异”感也就不足为奇了。那瞪着“血红”小眼的夜鸟，会吓人一跳，此乃是人的活动侵犯了它的栖息空间，它们不得不夺路而逃，应该是人惊吓了鸟，但在主公人的感受之中，却反为受到了鸟的惊吓，这也是内心感受的外化，正是他内心高度恐慌和紧张的体现——毕竟组织偷渡活动，乃是在钢刀上舔蜜，虽暂时尝得甜头，终有截舌之祸。作家

① 洪祖秋：《过海客》，《讨海人》，新加坡：新亚出版公司，1990年，第49－50页。

在这两则描写中，巧妙地把人物的内心活动与大自然的静谧神奇整合在一起，达到了情、境相融的程度。语言的丰富、扎实特征得到很好的体现。

郁实的文学语言，是这个时期文学语言的突出特征，它大大拓展了文学语言的表现范围，是马华文学深化发展的生动体现。

二、族群遇困鸣不平：忧愤

一个时代的社会生活往往会影响了文学创作潮流取向。20 世纪七八十年代是马来西亚经济快速增长的时代，也是华族利益受到日削月割的时代，尤其以 1980 年代中后期为甚。因此，文学作品从多方面反映了华族在政治、经济、文化、教育等诸多方面的困境，怨愤之气郁积，不平之鸣此起彼伏。反映教育困境的作品，以云里风的《望子成龙》、韦晕《陨石原》为代表，它们描绘了华族子弟在不公正的教育政策下的奋斗、挣扎甚至沉沦的过程；表现政治方面的有潘雨桐《一水天涯》、驼铃《柴船头》、碧澄《暴风雨前夕》、傅承得《惊魂》等；随着政治影响减弱，教育困顿，马华社会的伦理也受到严重的侵蚀，碧澄《最后一颗榴梿》、艾斯《千帆过尽》、曾沛《阿公七十岁》通过新老两代人不同伦理的对照，唱出了华社传统美德沦丧的悲歌。与表现华族困境联系的另一主题是揭露社会的种种丑相。陈政欣的《火刑》写的是所谓的“金融奇才”的可耻下场；云里风的《俱乐部风光》反映上层社会庸俗无聊、醉生梦死的生活；江振轩《爆竹》讽刺华社政治领导人尔虞我诈的争权夺利行为；看看《黄金狂想曲》则辛辣讽刺了金钱拜物教的疯狂。

从这个时期的文学创作来看，忧愤的语言风格特征，主要体现为对社会现实各种不公所发出来呼喊。自 70 年代以来实行的“新经济政策”，是东南亚各个国家中对华族利益进行各方面箝制为时长久而严厉的国家政策，导致民怨沸腾，这也是马来西亚社会动荡不安的重要原因之一。马华文学作品中，就有大量的篇幅用于体现这些不公正的现象，用语忧愤，表达了对民族权益受损和文化日渐凋蔽的深深忧虑。

陈政欣在他的探索性小说里有这样的一段文字：

> 巴士司机都是熟悉政治的人，他为了减轻搭客们急于抵达目的地的心理，为了满足他个人普渡众生的虚荣心理，他会告诉搭客他正为搭客的目的地全力以赴，至于是不是能够到达搭客心目中的目的地，对他们来说，都毫无关系了。主要的是，让所有的搭客有个方向感，要搭客在

心理上有所企期，他知道，所有的搭客都会在旅途上死亡……每个人都在寻找个人心目中的城市，一直到死亡。①

作家把从事政治活动与毫不相关的驾车作了巧妙的譬喻。一辆根本不走的汽车，人们坐在上面却感觉它仿佛在运行的样子，其特征与政客们夸夸其谈，四处忙碌奔波实则无所事事的形象十分吻合。作家采用长句、短句相互配合的方式，使节奏变得疾徐有致，这是作家在语言节奏上的控制，尽量不流露出个人的情绪状态。但从内容来看，却可以看到作家把愤愤不平之气压在具体的文字上，充满着嘲讽的味道，"熟悉""减轻""满足"等词是属于赞扬式的，然后一个"虚荣"就颠覆了前者；"全力以赴""到达"被"毫无关系"否定，再次颠覆；"方向感""企期"是幻想式的安慰，"一直到死亡"又是对前者的否定。作家的词汇使用，用肯定与否定交替出现的词汇，营造出政治家对民瘼的冷淡，勾勒出他们虚伪造作、欺骗百姓的嘴脸。因为政客是通过各种煽情的表演来获得个人利益和享受的，为大众谋福利不是他们认真的选项，平静的叙述语言中，对政治的厌恶与反感油然而生。

然而二十一世纪的教书匠/只是汲汲营营巴巴闭闭/的/白鹅/而且还是近视的/然而二十一世纪的政客/只是吵吵嚷嚷恓恓惶惶/的/乌鸦/而且还是纯黑的。②

苦艾在诗歌中用直抒胸臆的方法，喊出了他对世界反常现象的极端不满，讽刺一些知识分子目光短浅，只顾着个人利益得失，不敢秉公仗义，是令人失望的"白鹅"。"白鹅"在中国文化氛围里，历来是优雅美好的象征，王羲之因观鹅而顿悟书法之道，遂成佳话，但这里的"白鹅"并无古代的意义，而是指"呆头鹅"，是那些不具判断力、死读书的知识分子的形象。政客喻为"乌鸦"，作家特地加上"纯黑的"来指代政客们的卑鄙无耻、毫无操行的特点。在诗句的安排上，作家有意把"的""白鹅""乌鸦"等字列为一行，起到着重强调的意义，同时它们也代表着这些物象如作家心中块垒，不吐不快，一字一字地蹦出，犹如吐出秽物一般的畅快。可以想象，长久被压抑的愤懑与不平的情绪，通过文学语言的表达，如火山喷发般倾涌而出，有着酣畅淋漓的气势。

① 陈政欣：《树与旅途》（1984 年），《陈政欣文集》，厦门：鹭江出版社，1995 年，第 4 – 5 页。

② 苦艾：《变形记》，《阳光·空气·雨水》，北京：现代出版社，1993 年，第 89 页。

升斗小民的泪流了又干/干了又流/他们愤怒，他们挥着拳/他们结束自己的生命/……我束手无策/因此/我呐喊/我咆哮/我碎尸万段。

我痛苦而壮烈的牺牲/究竟能否狠狠鞭挞/他们已泯灭的良知?①

这些诗句，若无标题，人们只能感到一种极为暴烈的情绪发泄而已。自古以来，以物咏怀是文学创作的重要手法，爆竹虽为普通生活用品，却也烙上了每一个时代的深刻印记。从宋代王安石的《元日》“爆竹一声旧岁除，春风送暖入屠苏，千门万户曈曈日，总把新桃换旧符。”明代瞿佑的《烟火戏》“天花无数月中开，五彩祥云绕绛台，堕地忽惊星彩散，飞空旋作雨声来。”这些还算是写实的，体现欢乐祥和的氛围。明代黎淳的“自怜结束小身材，一点芳心未曾改，时节到来寒焰发，万人头上一声雷。”则是那些胸怀壮志而身居下游士子们遭遇的写照，他们希望有一天也能扬眉吐气。在民族衰微的时候，刘大白的《爆竹》成为先知先觉思想启蒙者的象征，“拼掷微躯寓意深，苍生酣梦正沉沉，大声唤醒神州梦，莫让朦胧负此心。”在马华作家笔下，爆竹成了一无所有、任人宰割的平民的象征，他们所有冤曲之泪只能“流了又干，干了又流”，表面上这只是字序的调整，实质是无穷无尽的痛苦压在身上的体现，他们虽无能为力，但并不束手待毙，一旦他们奋起反抗，即使碎尸万段也无所畏惧之时，那就是统治阶级恐怖时刻的到来，反映了百姓对社会不公的积怨已经达到了危险的境地。

我踏着了泥土，灰黑的泥土，肥沃的泥土，我的手脚是沾着泥土成长的，我的身体是发着泥味成长的……只要我肯努力，我肯把汗水浇下，它就长出满满的青葱，瓜果长得结结实实，蔬菜长得又肥又美。那木瓜，又大又甜，那些柚子，汁水会甜死蚂蚁；那些红毛丹，压低了条条树枝。我蹲下去，抓起一把泥土，出力地闻它，深深吸气。我感到它是那么温暖，一滴眼泪，掉了下去。②

这段文字，表达的是主人公对土地的高度热爱，在这里，最频繁的文字就是“泥土”，它是人们生活的根本。在情节设置和细节的体现上，颇似《红旗谱》中严志和卖宝地那一刻的动作，他把宝地的泥土狠狠地吃了一口，因为明天它就

① 江振轩：《爆竹》，《阳光 · 空气 · 雨水》，第148页。

② 林之流：《土地》（1978），《马华当代文学选第二辑 · 小说》，第351页。

不属于严家了。而这里的主人公是深深地吸气、无声地流泪，以表达依依不舍之情。在马来西亚工业化进程之中，许多农民逐渐被驱离土地，他们求告无门，只能忍受着这无声的剥夺之苦，在万分不舍的感情之中，隐隐透出作家的忧愤。

在“新经济政策”推行过程中，华人明显地受到了有关政策的歧视。方昂在《无题》诗中称孩子出生“选择一种黄色的祸”。

并非以后三色旗升起时/你不忠诚的仰望，并非/你的脐带通向/另一种母体。

你不以炎黄为耻且不甘唇舐/他人的唾弃 你竟坚持分享/一块切得不平均的糕/啊，孩子，你的诞生/竟是项严重的违例！①

诗人以寄语孩子的方式来表达对当局政策歧视华人的不满。“黄色的祸”一词，其实是“黄祸”一词的扩写，乃是西方人对中国人带有恐惧和污蔑性的称呼，想不到当局政府竟然继承了前殖民宗主国的政策糟粕，也用类似的有色眼镜来看待当时同马来亚各族人民一起斗争、赶走殖民者的华族，这实在是令人痛心疾首的事。方昂用两个“并非”来引起疑问，否定了社会上某些人对华族不忠于祖国，背叛祖国之类别有用心的言论。“三色旗”“脐带”都是指代，三色旗即马来西亚的国旗代称，“脐带”乃生命的根本所在，两个否定句，其实就是对不实之词的反驳，是对华族政治忠诚的肯定。接着诗人又用两个否定句式，“不以炎黄为耻”“不甘唇舐”，是在对华族特有品格的颂扬，那就是华族坚守自己的文化传统，对自己的文化有着执着的热爱与自豪感，对公平信念的理想追求，使他们不甘于默默忍受一切不平等的现象。作家频频使用否定句式，就是一种申辩与抗议的心理，然而，华族对国家的认同、对文化的认同和对理想社会的追求并没有办法消除根深蒂固的民族歧视心理，更无法改变民族歧视政策，于是只能十分悲哀地称孩子无辜的出生是“严重的违例”。

这首诗表面上以写给孩子作为对象，其实是说给大家听的，无辜的孩子与无知的大众，跟随心怀鬼胎的当权者，构成了鲜明的对比，作家的悲愤感情也就一览无余了。

与方昂的悲愤不同，彼岸对此类的表达则显得悲恸了。

---

① 方昂：《无题》（1980），《夜莺》，吉隆坡：北方书屋，1984年，第60页。

假如祖国拒绝了我/让痛苦把我捏成一尊/望乡石，碧血长天/叫痴情烧出一只/苇莺，日夜悲啼/在芦花飘絮的季节。①

作家用望乡石、苇莺为喻体，表现的是诗人对祖国忠诚不悔之心，这是效忠国家的政治宣言，"望帝春心托杜鹃"，古代诗歌中的意境乃是以悲为主，而彼岸的诗歌更多的是为着华族的前途而忧心呐喊。既是这样的表达，说明了作家心中，对华族的歧视已经造成的灾难与痛苦是何等令人难以忍受了，只能学痴情的鸟儿哀鸣，岂不凄厉！

其实，不仅是政治因素上的变化，马来西亚社会的急遽现代化进程，迅速地由农业国向工业国转变，社会的急遽变迁，不仅使过去的生活方式荡然无存，也破坏了生存的环境，导致了人们的心态发生了巨大的变化，这就是大工业化对人的异化。作家们或对人事变迁，或对理想生活抒怀，如孟沙的《山灵》、冬青的《归来后》和章钦《绿的怀念》写的是人类对自然的贪婪掠夺。作家的语言在其中体现出来更多的是对异化的深深忧虑。

再次走进钢骨丛林/别后竟如此茂盛得惊人/又熟悉又陌生的街和路/熟悉的是新面孔，敞着门/陌生的是旧面孔/闭着门
烈日下，竟是彻骨寒意。②

这首诗的语言充满着一系列矛盾对立性的词汇，由它们组成一个个对立而统一的古怪意象，正是工业化社会所体现出来光怪陆离现象的真实写照。茂盛得惊人的"钢骨丛林"，正是工业社会的代称。综观世界各工业化国家，到处高楼大厦林立，越是密集，就越是发达。大都市集中了大量的人口，自然追求低成本高利润的工业法则，就会催生出这种"钢骨丛林"来。随后，抒情主人公以一个久别返乡者的目光，看待着周围的一切，精神受到极大的刺激，"又熟悉又陌生"的街和路，熟悉的是指在抒情主人公的印象中，依然保持着多年前的印象，路名、地理位置可能是不变的，然而周围的一切又全部发生了翻天覆地的变化，因而又是陌生的。接下来的两句诗也是充满着悖论，"新面孔"是指陌生的，然而作家却使用"熟悉的"来修饰；反之，"旧面孔"却用"陌生的"反映，与之相对应的是"敞着门"与"闭着门"。问题也就随之油然而生，究竟是敞着门的

① 彼岸：《写给祖国的情诗》（1988），《半世纪的回眸》，北京：首都师范大学出版社，1996年，第278页。
② 铁冬青：《归来后》（1980），《半世纪的回眸》，第263页。

熟悉，还是“新面孔”熟悉的？颇费思量。如果从街道和路的变迁来看，就大约可以体味出作家的意图来了。作家的印象中的街道也是热闹喧哗、商店林立，敞着门迎客，这是他所熟悉的城市印象，那为什么要用“新面孔”呢？原因在于商业竞争十分激烈，要在这竞争性越来越强的社会中求得生存，商家必须在门面、服务、品种等诸多方面不断革新，于是呈现出来的就是“新面孔”，这样才能够像以前那样保持生命活力——“敞着门”，把生意维持下去，否则，坚持以前的“旧面孔”，其结果只能倒闭。“闭着门”，对于保持着以往生意兴隆的旧顾客来说是不可理解的，故用“陌生”来形容，因为世界的变迁太过厉害了，诗人的感情因这种巨大的冲击而发生判断上的反常，“烈日下”“彻骨寒意”，可能指的人们在这世道，已经抛弃了以前的生活准则，一切旧的信念之塔轰毁，这不能不令人感到不寒而慄。

这首诗对发展中国家因工业化推进而导致诸多矛盾和人性异化现象的揭露，对于80年代的中国人来说，也许是不可理解的。对于广大马来西亚华人来说，他们正饱尝这种悖论变异的痛苦。而今天的中国人，也正经历着相似的异样感，不能不令人叹息不已，也引发了人们诸多深深的忧虑。

> 字花，这个害人不浅的玩意儿，像是一种强烈的醇酒，深深地麻醉了许多人的心。男女老幼，他们荒废了正业，把一切的希望都寄托在字花上，希望能够中了彩，获得一笔奖金，于是乎求神猜花题，如火如荼，紧张得很，他们简直已醉溺在字花风之中，虽然他们也明了中彩的希望是那么微小，但是他们却仍然执迷不悟，热烈地赌着，疯狂地赌着，以至倾家荡产、身败名裂……①

云里风以善于描绘马华社会的众生相而著称。他在这段文字里，以近乎诅咒的口气来描写字花对人们精神的腐蚀作用。究其实，不是字花自身的强大破坏力，而是社会上流行的不劳而获和幻想一夜暴富的心理在兴风作浪，正是它放大了人性之中的贪婪。金庸在创作《连城诀》的时候，正是香港人发财致富欲望最为狂热、喧嚣之际，书中所写的大大小小的“英豪”们，为了传说中的神秘宝藏而狂读《唐诗选辑》的荒诞情景，虽是小说家的想象，然而现实生活中还有远比小说更为荒谬的情形。“六合彩”在二十一世纪初传入大陆时，那些盼望

① 云里风：《黑色的牢门》，《云里风文集》，厦门：鹭江出版社，1995年，第254页。

一夜暴富的人们，可以通宵达旦研究那精深晦涩的天干地支五行生克奇门遁甲等专用术语，那勤奋的劲头简直不亚于专业研究者。不过，他们只是迷，而“迷”者是永远“悟”不了的，其结果只能“倾家荡产、身败名裂”，可见人性之中那种贪欲之心一旦被激发起来，犹如魔性附体，什么事都会干得出来的。

死读，考试，拿文凭，考取硕士、博士，搞关系，找工作，结婚，求荣誉，伟大，要人赞扬，而我们的孩子一代一代也只是这样。

那块猪骨头爬上树身，忽儿又摔下，爬上，摔下，爬上去，唉！又摔下来，另一代人又看见那一群蚂蚁。

一个个疯汉的头被按时电疗，虽然有人“正常”了，出院了，便被送进院去“电”的新人仍是一个接着一个。

那个朋友结婚的那天，我们以作家的身份在报章给他们刊登贺词。我们的车子给他的婚礼加强阵容。我们在筵席上豪饮健谈，车大炮，谈女人。有的天才还即席吟诗，大家似乎要发疯了，真想不到他现在疯了。

苍老的太阳从东山爬上，却摔倒在西山下。那块猪骨头仍然被扛上，摔下；扛上，摔下……①

这两则文字以隐喻之法写人生，是现代人生活的寓言。作家善于在逻辑层次上步步深化，把一种普通的自然现象转化成人类社会无法解脱的困境。

在这些文字的开始，作家用一个个的语句，来概括人生各个阶段的工作，这些动词有“读、考、拿、取、搞、找、求、要”，与之相关的是读书、学业、工作、地位、名誉等内容，应该说，这是所谓“成功人士”的共同经历，总共有十句，实际上只有几个字组成一句，密密麻麻地排过来，其叙述节奏之快，让人几乎喘不过气来。“十”代表着最圆满的阶段，圆满则意味着终结。一行句子中，囊括了人生必经的几个大阶段，何等迅捷！然后用一句长一点的句子把这快速的节奏压了下来，得出“也只是这样”的结论，说明这样的人生可以预期的。其实人生还有别样的精彩，作家以不屑的口吻对这种观念加以否定，为了表示这种价值观念的无聊与荒谬，作家紧接着又用自然界中蚂蚁扛骨头上树的情形来作

① 黄戈仁：《蚁群》（1969），《马华当代文学选第二辑·小说》，第123页。

喻，文字中蚂蚁锲而不舍地扛着骨头上树，作家极有耐心地反复用“爬上、摔下”，次数达到三次之多，可谓不厌其繁，其目的在于形容所谓“成功”步骤，不过就象蚂蚁抬骨头上树那样一代代轮回而已，并无任何实际意义

一个社会中，绝大多数人所认同的观念，往往就被视为正常；反之，就是疯子。有一些人不按常理出牌，不守这种所谓的“法则”，那么他就被视为“疯子”，结果就是“电疗”，即精神上的强制洗脑。“那个朋友”本来也是按正常的道路进行的，“我们”前往助阵，“似乎要疯了”，这里的“疯”并非“朋友”的“疯”，指的是情绪的极度放纵，不过只是世俗感情中可以接受的情感发泄，而“朋友”的“疯”是指离经叛道，对这种生活道路以及生存境遇的拒绝，然而又找不到出路之时的迷惘状态。同样的“疯”字，所体现的精神境界竟有如此差异。“我们”与“朋友”相比，其实乃是一样的芸芸众生而已，并无什么特别之处。

作家还进一步把这种生活状态由自然界的动物，个人、群体的共同生存状态，变为全人类的宿命，具有很强的抽象性，用“太阳东升西下”，也演化为“爬上”“摔下”的状态，这就说明了全人类的宿命，为着某一种所谓“正确”的目标而矻矻穷年，终究乃是一场空。所以“骨头”变成了一种模糊性的象征，是一切利益的象征，人若执着于此，犹如古希腊神话中的西西弗斯一样，终不得解脱。

从这些文字来看，作家用比喻的方式来描绘人生价值追求的荒谬性，体现了作家对马华社会人们传统价值观念沦丧的深深忧虑，当人们只为个人的蝇头小利而汲汲营营时，那么他们的生存意义就与蚂蚁没有什么两样了。这就是作家为什么用“蚁群”来命名文章的意义所在。当然，从哲学意义来看，作家所看到的只是万物皆空的一面，并没有看到万物毕竟非空的一面，尚未彻悟。即使如此，作家对这种风气的不满之情还是值得肯定的。

马华文学语言忧愤的风格，除了体现在对政治、经济及社会心理等方面，还大量体现在对华文及其文化传统在马来西亚所受到的各种限制而面临凋蔽、衰微的忧心。很长一段时间里，华文是马来西亚政府意图压制，以实现民族同化的目标之一。华文的发展空间受到极大的压制。作家在涉及此类问题时，都会在行文过程中奋笔疾呼。

是一个不平世界/造就这一株株被压缩的美丽/你把千古直道的寂寞

/塑一个无语的控诉。①

田思通过盆栽植物之口，来倾诉对压抑、限制的不满与控诉。盆栽之景，乃是用压制之法，限制自然界植物的生长，使之形体迎合主人的审美需求，既要好看，又不会占用地方，充为摆设。作家用“压缩的美丽”来形容被禁锢者所处的凄惨处境，那是一种不生不死、奄奄待毙的生存处境，作家在这诗句中，每一句的最后韵脚均为仄声，这使情感表达显得低沉、有力，很好地配合了作家忧心如焚的心态。“无语的控诉”表现愤激之情，“控诉”是用语言来表达的，“无语”则是连控诉话语都说不出来时，正是饱受压抑而又无从诉说的真实写照。

孟沙的《松道》笔法也与田思极为相近，只是追求的内容不同而已。

我局促在/浓缩的天地

我翘首窗外/我多么向往/大自然无边无际

我记取遥远的年代/和那群辉煌的家族/迎风屹立的形象/气盖山河的壮志。②

诗人以一棵被种在花盆里的松树为叙述者，它不是以悲哀得无法诉说的受害者形象出现，而是带着梦想追求自由广阔天地，虽然它局促地生活在这狭小的空间之中，但他依然没放弃期盼那无边无际的自然、辉煌的家族、气盖山河的壮志，迎风屹立的雄姿，松树自古在中华文化的传统里，是以坚忍不拔、顽强劲健的君子形象的象征。虽然身处逆境，却依然抱着强烈的信念与梦想。鲁迅说过，“石在，火种是不会绝的”，同样，无论身处何地，只要有坚忍的信念，顽强的意志，以及不息的抗争精神，终能迎来生命的春天。在悲愤之中又有一股慷慨飞扬之气。

牌坊死了/她最后的记忆/是血汗砌成的红墙/相思的绿浪

被凿掉名字的遗骸/僵立在高速公路旁/所有通往回忆的蹊径/都被铁丝网所切断

只有泥土夜半的叹息/会悄悄牵动埋着的无数碎瓦/但总是揭露不出/一个毁尸灭迹的离奇故事

---

① 田思：《盆栽》（1985），《犀鸟乡之歌》，香港：香港国际出版社，1986 年。

② 孟沙：《松道》，《孟沙文集》，厦门：鹭江出版社，1995 年。

牌坊的魂魄/化作一道白虹/跨过世纪的长空/在后代的心灵闪烁。[1]

牌坊是中华文化中特有的一种建筑，是为纪念和表彰某些做出重大贡献或有巨大影响的人而修建的，它有点类似于西方盛行的人物雕像或纪念碑，是对某一种特定精神的肯定和弘扬。中国的牌坊是一个时代或一段历史的见证与象征。田思紧紧抓住牌坊之死与牌坊不死的传奇来写。

作为实物的牌坊，它是被人有意破坏了，墙毁坏了，名字消失了，残砖断瓦四处丢弃，牌坊被毁，意味着一段珍贵的历史被遮蔽，所有“回忆”都被铁丝网的禁锢所切断。没有“回忆”，就没有历史，而没有历史的民族，则是无根的，族人只能随波逐流，仰人鼻息而活，自然也就没有了未来。因此，牌坊所承载的不只是马来西亚华人某些杰出人物的辉煌史迹，同时也是华人共同的历史，不能等闲视之。牌坊被毁，是一段“离奇”的“毁尸灭迹”的故事，可见，某些别有用心的人希望通过这样下作的手段，来抹除华族的记忆与历史，希望这个民族患上健忘症，浑浑噩噩地活着。作为实体的牌坊虽然消失了，但这种精神却不会被遗忘，因为牌坊的“魂魄”已“跨过历史的长空”，在后代心中扎根，从这个意义上来说，牌坊是不死的，也就是民族的精神并不会随着时空的变化而消失。

这首诗，作家用“死而复生”的传统意象，描绘了中华文化在马来西亚所遭遇到的种种困境，对各种破坏势力文化压制等方面表现了巨大的忧思，在用语上，都显得特别凝重。然而又有很强的自信力量，在忧思之中，不失进取奋争之气。

在当时的马华社会里，教育界、文化界对华族的日渐式微已经有了十分清醒的认识，许多人为了文化振兴而四处奔走呼号，广大作家的努力，就是一种明证。

太阳凛凛而来/整个洪荒宇宙的/黑暗/压不熄/我心中微弱/仍坚持的/一星烛火。[2]

该诗以象征、对比之法，体现了广大民族文化爱好者为了维护传统优秀文化而作出的艰辛努力。太阳之光，相对于整个宇宙的黑暗来说，不过是点点星火而

① 田思：《牌坊》（1987），《半世纪的回眸》，第276页。

② 黄子：《心的群像》，《阳光·空气·雨水》，北京：现代出版社，1993年，第111页。

已，但它依然发光发热，使地球上的万物生灵得以生息繁衍；同样，个人的理想信念，相较于庞大的国家意识形态体系，及芜杂的社会思潮，亦如星烛之光，微不足道，但不灭的光芒总能形成坚定的信念，对他人及后人将会产生一定的影响。个人虽然暂时无法改变政策的指向，但朝着正义与公正之路的努力，永远不会过时，也不会迷失，这就是信仰的强大力量。而马华文学正是有了这样一群人的呐喊，喊出了时人忧愤的最强音。

三、 汲古求新尽冶工：灵动

在相对和平建设时期，社会矛盾虽有存在，并没有达到你死和活的地步。因此，有些作家在艺术上进行了探索性的追求，他们或从古典中汲取灵感，或从西方现代主义中获得新知，在文学语言的求索道路上摸索前进。于是，有些文学语言呈现出灵动的一面。灵动的风格不仅在于用字灵活多变，还体现在意境设计安排以及艺术手法的变化等多方面，形成这种灵动的语言风格除了作家的个审美追求之外，还与这个时期文学思潮有较大的关系。

在诗歌领域，由于马华文坛上负有盛名的诗人在新马分家后大都流向新加坡，使马来西亚华文诗坛冷清了许多。主要诗人有韩玉珍、何乃健、温任平、方娥真、陈慧桦、冰谷、孟沙、唐林、萧艾、慧适、忧草、田思等。小诗方面，以何乃健的《碎叶》最有代表性，意境清新，文字精炼。慧适的《牧歌》、淡莹的《千万遍阳光》和萧艾、忧草《五月的星光下》等作品也较引人注意。长诗方面，韩玉珍创作的长篇叙事诗《茉莉公主》取材于民间传说而引起轰动。总体来说，现代主义诗歌创作还处于萌芽阶段，并不具有主导力。

自 60 年代西方现代主义创作潮流在马华文坛逐渐兴起之后，在马华文坛上就出现了一股追求新奇表达手法的潮流，这不仅在用字用语上，在意境上都与传统的语言有着相当明显的差别，那就是语言的灵活性特征尤为明显，现举一些例子来说明。

> 清癯的阳光缕缕/榨出柏油路的血迹/营营声　苍穹的梦魇/远方丛林　沼泽战争/隆隆——　隆隆——/几道无赖的哨声/玫瑰滴的血……//几千里后的国度/我们站在路边等/未婚妻的惊喜　祖父的皱纹/艳阳一泻千里/南方果园/怔忡[①]

---

① 陈慧桦：《午后》，温任平等编《马华文学》，香港：文艺书屋，1974 年，第 79 页。

这是一首现代派诗歌。为了使诗歌的文字能起到新奇且发人深思的目的，作家故意改变了字句之间的常用搭配，使人们不能立即领悟其中的蕴意，以达到出奇制胜的目的。这是文学语言在字句搭配灵活多变的体现。

“清癯”原指人脸庞消瘦、苍白，精神不够健旺，现在忽然用于阳光上，显得很突兀，也许作家想要说明阳光并不是很灼热，然而它的威力也不小，“榨出”二字的力度又很大，只有外力压迫才会称之为“榨”，而阳光根本不可能“榨出”柏油路，作家把一种现象外化成一种强力，“血迹”的出现，就是诗歌的中心词，它可以和上一句的“缕缕”配合，也可以单独使用，故而搭配显得很灵活，从这两句，就可以看出诗歌中流露出来的的新奇与力度的转换。此后四句，就是对这两句诗歌的进一步铺垫、渲染，作家想象这血来自何方，可能是远方的战争，而且是恐怖的空袭，但作家又力求不用明白易晓的语言来表达，而是采用“营营声”“苍穹的梦魇”，这样的词语搭配也是少见的。“苍穹”是指大自然，乃是无感情色彩的，但“梦魇”又是具有感情的文字，本来二者并不能搭配，与其说是苍穹的梦魇，不如说是生活在这片蓝天下人们的梦魇，那就是“隆隆—”的轰炸声，作家则用“无赖哨声”来代替，尖利、刺耳而又轻薄无礼的声音，两种声音有何关联？让人们无所适从。然而，诗句又挑战了人们的情感与思路的维度，作家以“玫瑰滴的血”，把以上的句子意境全部破坏，那“血迹”并不是人们流的血，乃是落红在地上的残留。当然，“玫瑰”也可以理解为其他事物的象征，如爱情、美好的事物，被一种突如其来的外力所打破了，失去了美的形象。

综观以上分析，这里的文字的指向性就极为灵活，可以理解为战争对美好事物的破坏，也可以理解为在午后和煦的阳光中看到马路上的落红而触发的联想和思绪，这其中有爱的争斗与失落。在语词搭配及情感表达、读者的体悟上都极富有多样化的指向性，充分体现了语言的灵动性。

另一节的语言也颇耐人寻味。“几千里后的国度”，可以指上一节所写的乃是遥远异国他乡的事情，他已将之抛诸脑后；另一种则指自己站在遥远的异国，来想象此时的家乡的情景。那就是未婚妻的“惊喜”，祖父的“皱纹”，游子远在异乡飘泊，家里的亲人们翘首企盼他能够早日回乡。此时的热带南方，太阳依然灼热。“艳阳一泻千里黄叶地”，可以有两种断句方式，“一泻千里”可与“艳阳”搭配，体现出热带阳光的火热、威猛、无遮无拦；“一泻千里”与“黄叶地”配合起来，则是一片落木萧萧的凄凉景象，范仲淹的“碧云天，黄叶地，秋色连波，波上寒烟翠”，《西厢记》“酒入愁肠，点点化作离人泪。”则是秋天萧瑟的氛围，抒感伤的别情。两种断句和解读方法结合起来看，就是一幅热带干季的形象图。“南方果园”与“怔忡”并不能搭配，它更多的是与上一句有更密切的关联，放在这里，只是使诗歌的语言显得更为灵动罢了。所以这节是站在路边遥想此时的家乡，也引发作家的心中无限的担忧。

通过这一首诗的意象解读，有些现代诗为了使艺术表达效果丰富、复杂，在语句位置、语言的搭配，甚至在标点符号和语言节奏上都采用灵活搭配的策略，呈现一种灵动的特色。当然，这种灵动并不完全与读者的审美习惯相适应，显得有些晦涩，生硬模仿的痕迹还是相当明显的，作为初学者，在艺术上还不够成熟，也是可以理解的。

在文学语言的灵动优美上，吴岸的诗歌是做得很好的。

> 十年无音讯/万里江山/夜夜入梦来/梦回/灯残/墙高/门深锁
> //我不眠/夜亦不眠/听墙外风雨/有万马奔腾。①

该诗语言呈现意境阔大、思绪迷离、朦胧，语言灵动飘忽的艺术美。这首诗写的是对往昔十年铁窗生涯的回忆。被限制了活动自由的诗人，与外界联系隔绝，但其心绪依然飞扬，“万里江山/夜夜入梦来”，心灵的自由是禁锢的身体所关不住的，依然可自由翱翔于广阔的天地之间。然而，一旦清醒过来，所见到的则是冰凉的现实生活，那是灯残、高墙、门深锁，现实的不自由与梦想中的自由形成了鲜明的对比，作家的语言锤炼到了极为简洁的地地步，且每一个词的使用又有很大的灵活性。“梦回/灯残/墙高/门深锁”，每一句的次序也可以倒过来看，意思却不会有太大的偏离，“回梦/残灯/高墙/锁深门”，虽然强调的重点不同，但总特征则没有改变，可见语词选用的灵活搭配可谓炉火纯青，珠圆玉润，自然而又不落痕迹。

第二节则是写度过一个不眠之夜的情景。如果说上一节是由虚到实，那么这一节则是由实到虚，“我不眠/夜亦不眠”，对夜而言，眠与不眠本无差别，重点落在“我不眠”，因心事重重，难以入眠。故而能静听大地的声音，感受到“墙外风雨声”犹如“万马奔腾”一般的自由驰骋，这种联想又与“万里江山”入梦遥相呼应。综合这两节来看，诗人由自己的自由——被拘——无眠——自由的过程，与之相对应的是由虚到实，由实返虚的转化，起落鹘突，了无痕迹，语言

① 吴岸：《静夜》（1978），《吴岸诗选》，北京：华艺出版社，1996年，第45页。

意象灵动自然，一气呵成。

与此类题材相类似的是《墙》。

> 又见到马当山的秀美/听见山泉泻落涧谷的潺潺//又见到鲁巴河的浩瀚/远处有“梦那”似闷雷滚过天庭//拉让江依然澎湃/清澈的如楼河滩/流淌着浣衣妇和朝霞的倒影//最斓灿的依旧是丹绒罗班的晚霞/别时依依/留下彻夜轰鸣的潮声//我和佳人有约/约在青山/约在翠谷/约在江河湖海边//我要去/我要去/我伸手/触到的/依旧是/厚而冰冷的墙……①

“墙”作为现实生活中最平淡无奇，也是最不起眼的事物。但是诗人用一系列美丽而生动的意象，衬托出“墙”所隐含的喻义，由梦想开头，以梦碎结尾，其中则是作家对美丽家乡山山水水的思念，在表达艺术上的处理可谓斑斓多彩。

在诗人的梦中，动静、明暗、浓淡都得到参差错落的安排，使诗歌的语言富有变化，摇曳多姿。秀美的马当山、潺潺的清泉，所体现的是清幽隽丽的风景胜地，王维的“明月松间照，清泉石上流”是高雅清幽意境的极致，而这马当山也有如此雅致之所，静中有动，以静为主。接着浩瀚的鲁巴河、闷雷似的“梦那”、澎湃的拉让江则是激动人心的壮丽风光，它们使人心胸激荡，神采飞扬，有千军万马般的奔腾气势，这是从动的情景来描画的。在抒情节奏上，作家又把它纳入较为舒缓的轨道上，那清澈的河滩、美丽的倒影、天上的晚霞，则是明暗对比、动静相兼，把沙捞越美丽而又激荡人心的情景一一呈现，在感情的抒发上还处于较为平稳的层层推进的渲染过程。

在感情的深化上，由景入情，作家以“我与佳人有约”来过渡，体现的是作家对美的永恒的追求。“佳人”在中国文化符号上，并非实指。自屈原开创以香草美人来作喻之后，历代的创作汗牛充栋，逐渐化为民族的特殊审美情趣，张衡的《四愁诗》都不断有“美人”的意象，美人赠我金错刀、金琅玕、貂襜褕、锦绣段，然皆无法释愁。因此，“佳人”在此可以是心目中的美、理想、信念等的代称，歌咏的对象由外向内，由淡转浓，最后情不自禁地喊出“我要去/我要去”，作为抒情的最集中的爆发。

然而，语言节奏在此瞬间急转直下，“厚而冰冷的墙”把所有的美和追求全

① 吴岸：《墙》（1978），［新加坡］槐华编：《半世纪的回眸》，北京：首都师范大学出版社，1996 年，第 187 页。

部破坏了，节奏在此嘎然而止。犹如老鹰看见湛蓝的天空，急欲重返蓝天而奋力前冲，结果撞到的却是玻璃幕墙，坠落尘埃之中，痛苦呻吟。

这里的文学语言，铺垫浑厚、转换迅捷灵动，意象摇曳多变，衬托出现实与理想的巨大落差，冷酷的现实与美好的理想破灭，一切在那一瞬间化为永恒。

> 那缠腰的壮士/挥引着彩球/逗我/千里蹿扑/霍然一个腾空/挟掌声雷动/不觉/双双/已飞渡万里重洋。
>
> 我在梦中/醒着/我醒在/梦里/这斗室晨昏不分/岁月似流水无声/但我听见/季节的脚步/感受/人世的悲欢。①

这首诗以舞狮自述的口吻，叙述中华文化是如何在南洋一带移植扎根的历史，诗人在场景的描写和时空的转换上灵动跳跃，自然浑成。诗歌先是写舞狮在壮士彩球的逗引下，“霍然一个腾空”，“双双/已飞渡万里重洋”，表面上是写狮子在跳跃的那一瞬间的情景，而其表演的空间已迅速虚化，其间衔接着“掌声雷动”，是在大众的欢呼声中不知不觉由大陆的家乡转化为万里之外的南洋。从意境的表现而言，作家的描写十分优美，一个“千里蹿扑”的动作，自身就足以引发无数惊异的目光，同样优美的动作，也传到了南洋，在故乡、南洋都能得到欢呼的掌声，空间就在这优美的动作与欢呼声中悄然转换，如狮子跳跃般一气呵成。

舞狮，是华人节日喜庆时的庆祝活动，它不单单是一种艺术的表演，其实也饱含着华族文化的精髓，是人们的审美以及信仰的重要组成部分。但在异国他乡，它的表演场合就显得特别有限了，时时处于赋闲之中。“我在梦中/醒着/我醒在/梦里”，诗人的语言应用灵动自如，“梦”与“醒”之间的顺序调换，营造出一种似梦似醒之间的意境，显示了舞狮时刻准备着出发活动，然又苦苦等待无果，希望中有些许落寞，同时又不绝望，这时的舞狮就不仅仅只是艺术的载体，而是象征着中华文化在马来西亚所处的地位和影响，虽然不受重视，但并不放弃希望，时刻坚守应有的阵地，以备不时之需。诗人的语言的灵活特性就在于把一种单纯的艺术，外化为整体文化的移植、变迁和境遇的代表，其举重若轻的功力令人赞叹。

文学语言的灵动特性，在散文、小说中也常常出现，传达出一种神奇、诡异

---

① 吴岸：《我何曾睡着》（1983），《阳光·空气·雨水》，北京：现代出版社，1993年，第153页。

等奇特的感受，也可以说“灵动”之“灵”的另一种奇特属性的体现。现举数例说明。

> 才跨过门槛，一幅幅静穆的嵌墙瓷像沉沉地盯住你，他们的状态永远不变，他们的目光永远不变，多半还带着半个奇异的笑意。在没有甚么人的会议室里，有时会听到一些轻微的声响，像是纸屑被风曳过地面，也像灰尘自梁柱上坠落，更像有甚么人在寂然的空气里叹息，你大骇中抬头，墙上的脸突然向自己逼近，他们脸上那个笑顿而变得异常酸楚。那个笑里有矿场上的赤膊，有烈日下的翻土，有胶园的凄风苦雨。历史迅快地在此与你打了一个照面，又迅速隐退回去。你踉跄奔出会馆，外面是车如流水马如龙的街市。①

在近现代，许多南洋会馆是由来自中国大陆不同地区华人华侨出资兴建的，最初用于招待来自大陆的新客，或用于维护本地区华人权益的议事场所。温任平描写的是在会馆里面感受到的某种诡异神秘的气氛。

在有悠久历史的会馆里，许多为维护华人利益或做了公益事业的华人先贤的肖像就会被置于墙上，以作永恒的纪念。因此，作家在描述初进会馆之时的第一个感受就是静穆，然后再描写墙壁上挂像人物的神态，“永远不变”，甚至“带着半个奇异的笑意”。这对于初进会馆参观者而言，并没有什么特别之处。然而，有人的感觉特别敏锐，能够听到一般情况下所听不到的声音，而这种轻微的声响变得异乎寻常，如风拂纸屑、如梁尘落地、如寂然叹息，它们构成了十分奇异神秘的气息，周围静悄悄的环境里，连这么细小的声音也能感受得到，似乎意味着有某种特殊的事情将要发生。而抬头再看画像，似乎感觉到画像人脸的改变，会突然逼近，脸上的笑容变得异常酸楚，这酸楚的笑中带着老一代华人先贤在马来亚这块土地上胼手胝足辛苦创业的历史，每一张画像并不是普通的人物，乃是一代代华人先辈的奋斗史和辛酸史，它的背后凝聚着无数华人的血泪，是华族精神的代表。这或许是人在这一瞬间的幻觉。80年代，中国大陆的作家也有类似的创作，如莫言的《透明的红萝卜》里的黑孩那种异乎寻常的感知能力、残雪《山上的小屋》病态的扭曲世界，都与西方现代派作家提倡直觉感受创作影响有关的。温任平是马华现代诗的一位重要代表人物，所以他的作品里有这样的倾向

① 温任平：《会馆》，《马华当代文学选第一辑·散文》，吉隆坡：马来西亚华人文化协会，1982年，第230页。

就不足为奇了。灵动的语言，更可以说更侧重于特殊神秘的灵异倾向。当然，这种感觉还只是瞬时的感受，又回到车水马龙的街市上，一切恢复正常。这种描写，是让历史忽然灵光一闪，提醒后代子孙，勿忘历史。

如要说温任平散文的这种灵异怪诞的语言表达，乃是出于瞬间的幻觉，那么以下的文字，则是人的精神受到突然刺激而产生变异。

> 四周很静。
>
> 人猿向我露齿狞笑。
>
> 老虎不怀好意地瞪着我。
>
> 山猪愚昧地向我咆哮。
>
> 野豹的笑很邪门。
>
> 长颈鹿傲然望天，它根本就不看我。
>
> 我坐在中央，仿佛又回到了很原始的世纪里。这里除了我，没有人类，有的只是野兽！野兽！野兽！……[①]

小说中的主人公丘宁，意外得知自己的母亲曾是一位妓女，这对他来说是一个巨大的打击，他以前的思想观念全部轰毁，精神也受到极大的刺激，产生了一种不想见人的厌恶心理，于是跑到动物园里去，希望能够让自己静一静。这一段文字描写的就是他在动物园里的感受。从中可以看到，丘宁发现所有的动物都对他很不友好：人猿的狞笑、老虎的不怀好意、山猪的咆哮、野豹的邪笑、长颈鹿的傲视……。人们常说，境由心生，万事万物随心而变，正如六祖慧能所说的“非幡动”，乃是“心动”。以此来分析丘宁的心态，则是十分恰切的。丘宁知道自己卑贱的出身后，觉得周围的人们仿佛都了解他的底细，会看不起他，只有动物们什么都不知道，于是想在动物园躲避人们不怀好意的目光，来获得内心的平静，结果发现动物们对他也不怀好意。其实动物们无所谓好意与不好意，呲牙咧嘴、咆哮，是它们生活中常见的动作。乃是丘宁有了自卑的心理预设之后，发现自己无论在人间，还是在兽间，都找不到立锥之地，这就从另一个侧面揭露了主人公极度自卑的心态。作家用一系列的环境描写，细致入微而又灵活地衬托出主人公的那种无处遁逃，几近崩溃的心理状态。

---

① 邓亮：《崩》（1972），《战后新马文学大系小说二集》，第634页。

他眼望长空，上面是茫然一片，正像他的脑海一样。

占镭一碗，占镭一碗……

快点……

红豆加多些……

黄糖加多一点……

钱。收钱……

他用手掌把两边的耳掩住。①

小说中的“他”是一个品学兼优的学生，然而因家贫无法升学，只好摆小摊卖占镭来养家糊口，他在摆摊时见到了以前的中学同学，他们大都已是大学生了，身份、地位跟他有了天壤之别，这对他来说是强烈的刺激，这段文字所反映的就是“他”此时复杂的心态，文字中全是顾客的诸种要求，每一句话就代表一个人的语言和口气，只不过作家删掉了这些顾客说话的目的、动作、场景，使之变得一模一样，似乎是毫无意义的重复。因为摆卖东西的主要内容不外就是买、卖、提要求、提供服务、交钱、收钱，仅此而已。这段文字和内容看起来并无任何新鲜之处，其作用究竟好在哪里呢？

首先，语言格式的固定化和重复性，说明了作品中的“他”对这种枯燥无味生活的厌倦，卖占镭只是为了赚钱，看不到人生的意义和前途，这种工作只是机械般重复，并没有任何新鲜的意味，他所幻想的是继续升学，在知识的海洋里寻找人生的乐趣与价值，但是梦破了，只好守住这种枯燥的日子。

其次，去掉任何顾客说话的场景、原由与目的，使之变成冷冰冰的要求，体现出“他”心中烦乱，已经不会观察和揣摩顾客的需求，只是十分被动地听从顾客的指挥而手忙脚乱地做事，完全是一种心不在焉的心理状态的体现。

其三，一连串的命令和要求接踵而来，从另一方面衬托出生活的艰辛，谋生之不易。他捂住自己耳朵的这个动作，表明了他的心理接受程度已达到了极限，精神濒临崩溃的边缘。他的心在梦想与现实的煎熬中，正不断地淌着鲜血。

这段文字的灵动性并不在于语言本身，而在于语言背后所蕴含的丰富潜台词，不精彩的语言里，却有着极为精彩的艺术魅力。把灵活多变的含意，通过貌似朴拙无聊的句子渗透出来，这是语言内在灵动性的体现。

文学语言的灵动性有时还体现在语言之外的形式上，这在诗歌中的体现尤为

---

① 碧澄：《占镭》（1979），《马华当代文学选第二辑·小说》，第225页。

明显。

出
　拉
　　思
　　　沈
　　　　坐
　　　　　枯
　　　　　　从
　　　　　　　紧
　　　　　　　　阵
　　　　　　　　　一
　　　　　　　　　　喜
　　　　　　　　　　待①

关渡是沙捞越诗人，60 年代末开始写现代诗。这是一篇写垂钓者的诗。有关垂钓方面的诗，历代名作甚多，然而从语言形式排列来体现，且具有一定感染力的，并不多见。从这首诗来看，诗行排列位置逐级递降，且形成一定的弧度，恰似一根弯曲了的钓鱼杆；"喜"字，犹如被钓住的猎物挂在那里，把整根鱼杆吊成一个优美的弧形。其意并不玄奥，要从下往上读，"喜待一阵紧，从枯坐沈思拉出"，这文句中所含的乃是钓鱼的要诀，如果从这样的文字次序来看的话，那么诗歌所要强调的是钓鱼过程自身给人带来的享受。还有另一种解读方式，倒过来读，"待一阵紧，从枯坐沈思中拉出——喜"，这样的次序安排，表面上改动了一个字的位置，却强调了钓鱼结果给人们带的来欢乐。无论从哪一种解释方法，都可以看出作家的语言安排上的巨大弹性，其语言的灵活性也就使诗歌具有十分生动的可感魅力。

单调的鼓声
是我的心跳
在长方形的黑暗中
没有人知道

① 关渡：《守钓者》，《雕泪》，古晋：砂拉越华人作家协会，1989 年。

没有人知
没有人
没有
没。[①]

这首诗以“死前一刹那”为标题，描写的是人在濒死时分的感受，从语言安排上看，作家颇费了一番心思。他把“没有人知道”逐句减少一字，按顺序递减，犹如医院中的心电图，心脏跳动逐渐趋缓，到后来渐渐变成一条直线，这就是死亡。诗人用文字逐层递减的方式，形象地反映出生命缓缓消失的过程。同时，“没有人知道”这几个字的单调减少，也可以看到两层意义，一个没有人知道这濒死的体验是什么，二是没有人知道这死者此时还尚有些许微弱的知觉，活着的人是感觉不到的。在平常简单的语句之中，却蕴藏着十分灵活的意义指向。

如果是从整首诗的内容来看，则传达出远比这几个字的效果更为惊人的信息。“在长方形的黑暗中”，指的是棺材，而死者临死之前还能感觉到心跳，那就说明没有完全断气就被装棺埋葬了，如果从这个角度来看的话，这首诗背后所隐含内容的恐怖性就令人毛骨悚然了。一种是被匆匆埋葬，另一种则是活埋，则更残忍了。那是一缕不屈的冤魂在徘徊和呼喊，令人不寒而慄，原因就成为难解的谜团了。这首诗以灵动的风格反映的只是短暂的一瞬间的感觉，体现大量不为人知的信息。

四、幽思逸趣发微细：雅丽

马华文学因为创作方法上的差异，文学审美观呈多元化特征。虽然总体上文学创作以现实主义潮流为主，但在语言追求上则是多样化的，有的力求贴近生活口语，通俗化、生活化的气息浓郁，有的倾向于体现内心细腻、纤微的情思，更讲究在语言琢磨上下功夫，这类作品在风格上以雅丽为主，也就是语言典雅、方正、优美隽秀的特点。现举例子作进一步的说明。

从长沙城望去，隔一条澄澈的湘江，便见一座秀丽的山峰，那就是岳麓山了。岳麓山是南岳七十二峰最尾的一峰，山中有一个地方叫清风峡，峡旁有这么一座座凄美得令人萦怀的“爱晚亭”。我为什么要说它

---

① 温任平：《死前一刹那》，《马华文学》，香港：文艺书屋，1974年，第72页。

凄美呢？因为清风峡四周都是大片的枫林，枫叶到了秋天，经霜后叶变得赤红如火，大的如手掌般大，小的如一枚铜钱，远看近看无不美。①

这段文字优美典雅，读之令人心向往之。作家离开家乡到马来亚工作、生活，数十年的光阴都在与家乡风情殊异的热土上度过，于是故乡的一草一木，一山一水，在岁月长河的洗涤中，印象愈发鲜明。与其说这段文字抓住了岳麓山爱晚亭之美，不如说是作家把所有恋乡情贯注于其中，使之焕发出独特的光彩。

文字之雅在于其展示了一幅优美隽秀的岳麓山风景图。作家的笔力雄阔，善于从大处着眼，先写岳麓山的地理位置，在长沙城外，湘江之侧，仿佛是一幅大山水写意卷，让人们对岳麓山有一个大致的印象，而且点明是南岳七十二峰之一，从山川走势上为它定位，犹如在苍莽辽阔的湘汉平原上勾勒出大地的气脉，接着作家把笔墨聚集于“清风峡”，而“清风峡”旁的“爱晚亭”乃是最为令人萦怀之地，细处的点染也颇为穷形尽相，作家称之为“凄美”，此乃最为传神之处。境界阔大而不疏疎，细密而不狭仄。这种写法，颇得古代山水画作之精髓，在一片云遮雾绕，峰峦叠翠、危峰坠石旁，或万丈飞瀑之下，必有一人或数人悠游闲坐，寓情抒怀。作家的写法就是如此，大处把握得住，小处的精细并不忽略，取得了空与不空，细与不细的动态平衡。随后作家进一步解释“凄美”的原因，在于秋天的枫林最美。岳麓山之美甚多，为什么作家唯独欣赏这“凄美”的枫林呢？枫林经霜，灿烂如花，有水有色，这是生命之美的极致，随着严冬来临，山川萧索，美到了极致就意味着终结，其中自身包含着淡淡的感伤。而这种情怀尤其对于那些少壮离家、老大怀乡者而言，他们感到来日无多，则对往昔的思念则愈甚。

从用语上来看，作家大都采用典雅的书面语，如“望”“澄澈”“凄美”“萦怀”“赤红如火”等，使语言带有优美的气质，这对于写美景而抒情还是很相宜的。

从语言的节奏来看，每句的音步排列大体相近，句子之间的数字大体接近，可见叙述者用平和从容的方式来追忆，在不疾不徐的语气节奏中，体现出十分优雅的气派。

那个晚上，我忽然感觉到天地的悠悠和苍茫；我忽然颖悟到，亿万

① 翠园：《我的故乡恋》，《马华当代文学选第一辑·散文》，吉隆坡：马来西亚华人文化协会，1982 年，第 34 页。

> 年前，山川立处何曾是山川？亿万年后，山川立处何尝有山川？若虚死去了不知有几个世纪，春江畔的芦荻，也不知曾经几度的枯荣？我们一生中短短的百度月圆又何足道哉？
>
> 一个孩子提着一只灯笼走过我的面前，他的眼神告诉，他很为拥有这么美丽的灯笼而自豪。小时候我也很喜欢提着灯笼，从街头逛到街尾，深怕别人不知道自已有鱼灯似的。那时我老是不明白，干什么这么有趣的玩意儿大人们总不去提一只呢？现在我才明白过来，童心原来就像灯芯一样，化成灰烬后，就燃烧不起来了。①

这段人生感悟是从张若虚的《春江花月夜》化用出来的，“江上何人初见月？江月何年初照人？人生代代无穷已，江月年年只相似。”表达的是人生有限自然永恒的感慨。何乃健的散文虽脱胎于此，然又不全是如此，它指向是另外一种情形，即在永恒之中又看到了无常的变迁。亿万年前与亿万年后，眼前的“山川”，并不一定存在。也就是说，人们“青山不改，绿水长流”的观念，并不准确。紧接着作家从悠远漫长的自然变迁史，转入相对短暂的人类发展史，虽然今人还能读到千年之前古人的作品，古人的精神与思想又似乎触手可及，恍然如昨，但是“芦荻”已不知“几度枯荣”了，其间的历程也一样如山一般的沉重。再下一层才转到自己的感触上来，对于短短的百度月圆的人生而言，无论多大的悲喜，跟浩浩荡荡的人类历史长河与深不可测的自然历程相比，都是微不足道的。最后一层才是作家要表达的重点，前面的两层都只是起着铺垫作用而已。思想境界的范围由无穷的自然、漫长的社会，到渺小的个体，急遽收缩，使读者的空间感在阅读过程中，恍然觉得有一股强大的压迫感，自身的空间与思想也急遽收缩。

然而，这还不是作家的最终目的，通过小孩子提灯笼的心情与成人感受的巨大差异，领悟到童心就象“灯芯”一样，化成灰烬后就再也燃烧不起来了。人类的童年与整个生命的长度相较而言，只有短暂的数年而已。一旦童年与童心消失了，就再也不会有了，可见童真、童心、童趣在人的一生之中是何等重要。从总体上来看，作家写人生短暂，并非最终目的，乃是渲染童心的可贵之处，希望人们以童心一般的纯真无瑕来看待社会，看待人生，获得更多的快乐与幸福。

从思想发展的脉络来看，作家很好地把握“空”与“不空”之间的分寸，

---

① 何乃健：《几度月圆》（1971），《马华当代文学选第一辑·散文》，第184页。

如果单纯强调“空”，就会对人生失去兴趣和积极的态度；如果仅强调“不空”的态度，那就会目光短浅，不知因果流转的关系，只有二者的辩证有机结合，才会有旷达而又积极的正确认识。

这段文字之雅，乃在于其探讨的义理不“俗”，读者对象乃是那种善于玄思、辨究因果的，不是所有的人都能立即领悟并且准确地把握它，属于阳春白雪般的高雅之类。

与何乃健的文字不同，梅淑贞的雅则是另一种形式。

> 佳人舞点，金钗滚溜，舞态已阑珊。佳人已逝，今夜只有鬼魂，在若有若无的灯火下狂欢。狂吧，舞吧，一首曲子只能被演奏一次，我们只能活一次，舞曲不停留，生命也不停留。如流水，如寒蝉，如我彻骨的哀伤，当火焰自你眼中熄灭，当我触摸到冷冷的灰烬。[①]

该文字描写人在那一瞬间的情感触动。作家用各种各样繁丽的意象来衬托人的感觉。对人们爱情感觉的复杂描写，在文学语言中极为多见，该文又结合了电影音乐剧《最后的华尔兹》的感受来写作，一方面既是对影视剧的介绍，另一方面也融人了作家的某些想象，使之既有传统的佳人歌舞、及时行乐的味道，又有现代人的情愫。“佳人舞点，金钗滚溜”是对歌舞场的描绘，有着十分浓厚的传统表达气息，衬托了那种豪华、富丽的歌舞场面，然而这种富华之美很快就会变成另外一番面貌，“衰草枯杨，曾是歌舞场”，历史一次又一次地留下这样的告示。尤其在这只有最后一支曲子的时候，就更应该抓住欢乐的尾巴，纵情狂欢。这样的歌舞并非出自内心的欢乐，而是出自对宿命的恐惧，带着过把瘾就死的惨烈心态。这“如流水，如寒蝉，如我彻骨的哀伤”，三重修饰性的比喻词，把爱情消失的悲伤衬托得淋漓尽致。流水日夜奔流，永不停息，爱情是永远无法挽回的；寒蝉的叫声以凄厉悲切为主，是人们内心凄切的哀鸣；而“彻骨的哀伤”是对爱情消失痛入骨髓的体验，这三重具有夸张性意味的词语，描绘的不过是爱情消失时深深的失望，然而作家用了婉辞来表达，“当火焰自你眼中熄灭，当我触摸到冷冷的灰烬。”不过，这句话还是很大程度地保留了原来歌词的意思，“And then the flame of love died in your eyes, My heart was broken two when you said goodbye”，“爱情之火”与“心碎”是原文的词义，但经作家加以演绎之后，带

---

① 梅淑贞：《最后的华尔兹》（1973），《马华当代文学选第一辑·散文》，第206页。

有一种往事如烟的怅惘感。

这段文字，究其内容而言，只是写人在失恋瞬间的感觉，但是经过了作家重叠繁复的修饰与夸张之后，变得仿佛天都会塌下来，生命终结一般的可怕。她把古典与现代的元素进行糅合，显得文雅而富丽。当然，这种文字，对于感情丰富但社会经验较少的青年作家来说是比较常见的，而阅历深者往往善于一语中的，言简意赅——一切尚需留给时间去磨洗，繁华去尽留真淳。

> 昨夜/倾听了一夜/风的叹息/雨的低泣/窗口的小风铃/轻轻叮叮/且敲碎一室的空寂/荡在漆黑。
>
> 独泣的雨/空叹的风/勾起　你/长发　如云/微笑　如醉/那微斜肩膊的/倩影。①

蓝波所写的乃是所爱之人离去之后的感觉，他与梅淑贞不同，并非通过直抒胸臆的手法来体现，而是以一系列的修辞手法来层层渲染，把这种孤寂和深深的思念诉诸文字，是属于浅斟低唱式的雅词。作家用拟人化的手法，将自然的现象转化为个人情感的表现内容，“风的叹息”“雨的低泣”，把屋外和风细雨拟想为对自己不幸的同情，而“叹息”“低泣”是感情程度较为和缓的悲伤表现，正是这种缠绵深切爱情，使痛苦绵绵不绝，使人心处于长久的折磨之中。风铃的“叮叮”声，与“敲碎”“空寂”本来是无法搭配的，因为作家已经预设“空寂”犹如玻璃一般易碎，或者屋里空无一人，而风铃的响声就显得特别清脆，更映衬出主人公内心的空虚和苦闷。主人公所受的伤如易碎的玻璃，只要一点点声响，就会勾起他的感情波澜，冲击着他这颗易碎的心。

什么样的人能让主人公如此丧魂落魄，多愁善感？乃是一位美丽的“女子”，“长发如云”“微笑如醉”，上一节是通过侧面描写来反映，这一节是正面的肖像描写，渲染其头发和微笑之美，自古以来，写美人的手法很多，不过成效最大的并不是那种细致、铺排的正面刻画，侧面映衬常常会有意想不到的效果。“羞花闭月”“沉鱼落雁”的侧面乃是夸张；《西洲曲》的“双鬓鸦雏色”，映衬少女的青春美貌；“笑语犹如解语花”，可见杨贵妃的美貌和微笑所拥有的巨大感染力。同样，诗人仅从“微笑”“长发”就可映衬出该女子如何温柔美丽，成为他魂牵梦萦的对象。

---

① 蓝波：《倩影》《变蝶》（诗集 1984），转引自《半世纪的回眸》，第 270 页。

该诗语句都比较短，只有四五个字，甚至只有两个字，长一点的也只有七八字而已，从这样的音步就可以感受到感情表达中的一顿一挫的情态，与诗人的感情中的抽泣、呜咽的性状是十分相近的，在情感上找到了共鸣的节点。

> 在彼此互祝声里，我默默掉转头，抬眼便是前面那座恒古不移的青山，山坳间的岚烟已经飘尽，化作山头起飞的行云。一只老鸦曳开嗓门从河床对岸掠来，匆匆投入万木苍茫中，暮色尚未开始凋浓，它是呼唤无奈还是无依呢？眼边的河水仍旧悠悠地东流，浅滩上冒起一些老树的残躯，各自拥抱一团阴影，凄凉地望向四周宁静的空灵。它们该是滞流不动的沉渣，我不禁由此起起那位固执任性的老人，生命一如搁浅在东流水中的枯木，日夜株守无边的寂寞，缅怀一个残缺的春梦！①

这里通过写景、状物、抒情，表达对令人唏嘘不已的爱情悲剧的感受。这种抒情的表达，是通过对周遭景物的点染铺垫而自然流露出来的，语言雅致、深沉。那位老人讲叙了自己年轻时所错过的一段美好的爱情，在双方心灵上留下了无尽的创伤，也在他自己内心世界形成一个走不出去的牢房。作家对这样的人生态度如何看待？他虽未明说，却可以通过景物来侧面看出来，那“恒古不移的青山”，“岚烟”飘尽，化作“行云”，这只是眼前之景的表象，正是它说明了世间上的是非曲折、恩怨情仇，都会随着岁月的流逝，而渐渐淡化、消失，因为人总是要活着，要生存、发展的，以往的一切都只是过眼烟云，唯一不变的是那永恒的山川。有情之人与无情之物，本身就不在同一层面上：变与不变形成了鲜明的对比。

暮色归鸦，其叫声是“无奈”还是“无依”？这是第二层，乌鸦的叫声总是难听的，古人也常常以此入诗，高适有诗云：“节物惊心两鬓华，东篱空绕未开花。百年将半仕三已，五亩就荒天一涯。岂有白衣来剥啄，一从乌帽自欹斜。真成独坐空搔首，门柳萧萧噪暮鸦。”（高适《重阳》）这种人生迟暮、功业无成、百无聊赖的心态，与这位老人的“无奈”“无依”不是很近的吗？

河水东流，老树残躯，正如刘禹锡的“沉舟侧畔千帆过，病树前头万木春”，固守自己的“阴影”，其实于人生而言，是毫无意义的。有了这么三个方面的铺垫，作家认为这位老人，还在为一个残梦而耿耿于怀，虽体现出一定的痴

---

① 原上草：《水东流》（1978），《马华当代文学选第二辑·小说》，第 71 页。

情，但总体心态犹如水中枯木，人生就不值得了。

作家是用一层一层的意象，并与古代文学的精髓相映成趣，构成了一个雅致的抒情氛围，既表达了作家的同情，也表达了作家的批判态度，都在这不疾不缓的语言中缓缓流露出来。

> 河之湄，山之巅，岭之侧，两边亲人都望眼欲穿，啊！啊！这道人为天堑多作怪，它把两地亲人硬生生地分开，呼吸着同样的空气，立足在同样的一块土地，却听不到亲人的声音，更不要妄想看见亲人的脸面。春水南流或北流，那悠悠的流水，化成一股离愁别恨，纷纷凝聚在这三八线上的山岭野地，溶成一道伤心愁肠泪，洒遍南边与北边！①

伍良之到韩国旅游，他对韩国、朝鲜两地人民骨肉分离、天各一方的悲惨遭遇表示深切的同情。韩国与朝鲜的边界线乃是“三八线”，这并非历史沿革的分界线，乃是第二次世界大战之后才形成地理分界线，成了隔绝了两国人民的鸿沟。作家以直抒胸臆方法，把两国人民的渴望之情撒在了“河之湄，山之巅，岭之侧”，作家采用了排比句，把高山、丘陵、河流等自然山川都一一罗列出来，说明三八线这一条政治分界线已成为一道不可逾越的天堑，如钢铁一般的坚硬、牢不可破。而那南流或北流的江水，则是南边或北边人民无穷无尽的相思泪。这是夸张的说法，作家把自己的同情，通过春水得到传达。在这些文句中，我们仿佛看到宋词一般意境与格调，那是绵绵不尽的思念与痛苦，文字的显得尤为古雅。

其实，这种南北分离的国家分裂的惨痛经历，在冷战时期并非只有韩、朝二国，中国大陆与台湾、东德和西德人民的分离痛苦也一样深重，这都是冷战时期所造成的后遗症。虽然冷战已经过去了，但世界并不太平，更多的家破人亡、骨肉分离的惨剧还在不断上演着。

> 胶林之夜的情调是宁静而神秘的，一切扰人视听的嘈杂声，在这儿都听不到，但也并不是你所想像的饱和恬静。当黑夜踮着脚步悄悄地莅临，那黑影紧紧地拥抱着每棵胶树的时候，蕴藏在苍翠叶子下的绿色小蝉就噤住了嘴，不再吱吱的歌唱了。在片刻的沉寂中，整个胶林里气氛

① 伍良之：《我在三八线——韩国一题》(1985)，《飞鸿散笺》，吉隆坡：学人出版有限公司，1986 年，第 87 页。

仿佛都改变了，而轻风和绿叶的喁喁细语替代了它。此刻，一个奇异的感觉会突然把你慑住，教你静静地竖耳聆听，仿佛这些微妙的声响里，包藏着夜的秘密，包藏着珍贵的启示。①

你听过橡胶果炸裂的清脆声音吗？你听过橡胶籽滚落在泥土上的微细声音吗？我想，那‘劈拍劈拍’的爆炸声以及坠落在泥土上的微细声响，是属于夜的，在单纯的声响中蕴藏着一种很优美的节奏。橡胶果树炸裂是代替夜枭的哀叫而来的，仿佛悄悄的提醒你：季节在缄默中又转换啦！

在沉寂的夜里，响得更清晰。夜来无事，不妨静静地依在窗畔，默数橡胶果的炸裂声，听坠落下来的橡胶籽在屋顶上滚动，从水槽里射出去，想像着它已经跌落在草丛里或深埋在枯叶下，你便会在这单纯的节奏中获得一份喜悦的满足。②

这两则写橡树的文字，以雅致轻快见长。描写橡胶林之夜的文字并不鲜见，然而这些文字又与之前的大不相同，二三十年代的橡林之夜，那是为了衬托胶工们劳动的艰辛。当为生存而拼死奋斗的时代过去之后，人们才有可能静下心来，细细体味生活本身所包含着的美。

黑暗一般是恐怖、威严、神秘等意象的代表，然而这里的黑夜，作家用雅致之笔，把它描绘成略带调皮、轻快的神灵，“踮着脚步”“紧紧拥抱”，这样的词语一般用于表现亲昵、友好的行为，体现的是欣喜之情。但是毕竟黑夜不同于白天，吱吱的虫鸣消失了，取而代之的是片刻的沉寂，这是胶林入夜之初的那一瞬间的声响，作家以精细深入的观察紧紧地把握住这一临界点的特殊性状，极为难得。在这只有轻风绿叶“喁喁细语”之时，是夜的神秘和珍贵启示的时刻，这种感觉十分奇特，只有心平气和、敏锐颖达者方能做到，犹如入定境界，在万籁俱寂中，可以看见另一种新奇美妙的天地。此类文字，心浮气躁者或没有深入体验者是根本写不出来的。

在描写橡果炸裂的声音这一段里，文字十分优美。夜间的声音并不少，作家居然把橡果炸裂落地的独特的声响，写得如此生动，实在难得。在干季时分，漫山遍野落叶萧萧，橡果入地，正是大自然生生不息活力的象征。

① 鲁莽：《橡林里的夜声》，《马华当代文学选第一辑·散文》，第64页。

② 鲁莽：《橡林里的夜声》，《马华当代文学选第一辑·散文》，第66页。

作家无论是写入夜之际的橡树，还是橡果落地声，都是日常生活中普通现象。然而，经过作家的点染，它们变得富有魅力，说明美其实是无处不在的，重要的是要有发现美的眼光、欣赏美的心境，以及表现美的能力。这些文字都做到了。

从句子的形式来看，作家偏向于应用长句，这样使语气显得舒徐和缓，文气绵长。即使是较短的句子，也很少单独出现，而是用若干相近的句子来铺垫，使之节奏不会变化得太过突兀，因此的节奏安排总体是平稳纡和的，这与作家的描写这种独特对象的心境的宁静和颖悟有着很大的关系。

五、万千世情一笑中：幽默

幽默的语言风格，在这个时期的马华文学语言里，也是比较突出的特征。所谓“幽默”，乃取自英文“humour”的音译，指诙谐生动有趣而又意味深长的语言，与庄重风格有明显的不同。同样是幽默的手法，有的是讽刺性的，有的是娱乐性的，指向各不相同，然而又有共同特点，那就是情感不是很强烈，但又能体现出机智、活泼等生活情趣。它是社会发展到一定阶段时，人们因生活情趣的改变，作家们除了要表现社会生活的风貌和精神的状态外，同时也要使作品具有娱乐轻松效果。因此，幽默的语言也能带来意想不到的艺术效果。

> 梁万全把书收拾好，比了一个砍杀的手势，故意提高声音说：
>
> “这回我是过五关斩六将……通通杀！”
>
> “鬼相信你通通杀呢！”莫来香斜眼看了一下梁万全，轻视地说：“你没正式地准备过功课！”
>
> “嗨！这样的意思都不懂，”梁万全微笑着说：“通通被杀！”①

本节文字反映中学生毕业考试后的情形，在那个时期，要继续升学，除了要考好之外，还得有足够的经济实力。许多学生自知升学无望，他们反而以一种十分轻松的口气来对待。梁万全的“过五关斩六将……通通杀！”这样的语气，让听众产生一种战无不胜、势如破竹的感觉，仿佛是胜券在握的样子。“通通杀”这三个字是隐含玄机的。因为缺少主语的缘故，使语言呈现出多种不同的含义。如果是主语为“我”的话，那么这句话就变成“我”考得很好，一切都能过关；

① 史雷：《火的道路》(1964)，《战后新马文学大系·小说二集》，第84页。

如果主语是“题目”的话，那就变成“我”倒得很难看，意思就完全相反了。期间的省略号，说明了说话者的思想出现了转折，故意把意思往另一个方向引导去。然而，他的夸口式的话语被熟悉他的同学揭穿之后，他才改口为“通通被杀”，这才是实情，正是梁万全在考场上狼狈相的写照。

由“通通杀”到“通通被杀”的转变，作家用诙谐的语言，反映了那个时期教育制度的真实面貌，可见升学不易。我们也可以看到那个时代青年人面对人生困境的乐观、豁达的心态，因为他们除了读书之外，只要勤劳、肯吃苦，照样可以谋生的。

如果说梁万全的乐观还带着一种对明天充满信心和希望的青年人心态，那么，幽默的语言在描写社会各个阶层心态的时候，都一样能让人感受到主人公的那种积极的人生态度。

> 二牛子唱“手拿刀藨，来到山上呵！
> 拣长竹藨，把刀起砍呵！
> 竹筒削成香枝藨，一把又一把呵！
> 隔壁阿妹见了藨，说我勤又快呵！”
>
> 阿兰唱“二牛子呵，大懒虫藨！
> 喜鹊叫呵，没起身藨！
> 老爹把藤条挥呵，才把山来上藨！
> 竹林里没有人见呵，倒直做大梦藨！”①

这节山谣，一正一反，相映成趣，构成了一个十分活泼幽默的画面。二牛子是马来西亚偏远山村的一位勤劳的小伙子，每天上山砍竹子、做香枝就是他的生活内容。二牛子在山上砍了一些竹子之后，情不自禁地大声歌唱。“藨”字本意为“浮萍”，但在这里，仅作为语气的辅助词，无实际意义。二牛子歌唱心思单纯，不外就是对自己工作、生活的描绘，在最后一句，就有一点得意忘形了，想象“隔壁阿妹”会对他的勤劳能干大加赞扬。恰好邻居阿兰也在山上，这对阿兰的智力无疑是一个考验。如果阿兰没有出声，那就是默认了对他的欣赏；如果阿兰唱别的内容，那会言不对题，也相当于默认。

---

① 连铜：《当朝阳初升》（1977），《战后新马文学大系·小说二集》，第412页。

于是，从出于年轻姑娘隐藏自己真实感情的需要出发，阿兰所唱的歌就与二牛子的内容针锋相对。单就语气词的应用来看，二牛子都是“薸”起头，“呵”结尾，阿兰的山歌则是“呵”起头，“薸”结尾，明显就带着反其意而用之的戏谑意味；若从内容来看，那更是彻底的颠覆。二牛子的唱词，自我形象是高大、勤劳能干的，而阿兰的则是写一个大懒虫，而且懒到需要老爹用藤条抽打才上山干活的人物，可以想象，那种在藤条抽打下慌忙起身，狼狈上山的人，是何等可笑。阿兰用夸张性的情节，彻底瓦解二牛子的自我标榜。

两段完全相反的唱词，一为无心，一为有意；一为正言，一为反唱。相映成趣，诙谐幽默，具有很强烈的生活气息。其实两人所唱的，并非在于内容是否真实。而在于调节一下枯躁无味的劳动过程，二牛子的憨直和阿兰的机灵敏感，也在此过程中得到淋漓尽致的体现。犹如歌剧《刘三姐》一样，即使是最隐蔽、曲折的情感和心思都可通过歌唱得到传达。

普通百姓的生活语言中，幽默色彩俯拾可得。主要是看作家如何把它们进行提炼加工，并在关键之处稍加点染，使之成为富有特色的的文学语言主。现以张寒的《翻种》为例。

> 大麻成，你要是有心讨老婆，就不必像巴刹买菜般讨价还价。我女儿是金马崙芥菜，又肥又嫩。我要是抬高价，最少也有一打人排着队呢！①

这句话是赌徒大麻成在介绍自己娶亲之前，丈母娘跟他讨价还价时所说的话，包含着许多喜剧性的因素。一方面这位丈母娘在不耐烦地教训求亲者，“不必像巴刹买菜”那样跟她在聘金上讨价还价，另一方面又把自己女儿形容成又肥又嫩的“金马崙芥菜”，亦即承认了自己的女儿也是巴刹里的“菜”，无形中否定了自己前面所说过的话，让人忍俊不禁；再者，她又夸口说，自己的报价已是优惠，即使再提高价格，仍有“一打人”排队求亲，意为暗示要抓紧下定，莫失良机。这种语言上的前后矛盾，正说明了丈母娘其实也是把女儿当成筹码，待价而沽。其口是心非，原形毕露，然而又要装成一本正经的模样，就显示出其可笑的一面。这种幽默化的手法，对于这个以讲话诙谐的大麻成来说，可能是实情，也可能是有意夸大和丑化。

① 张寒：《翻种》（1976），《马华当代文学选第二辑·小说》，第171页。

> 生孩子的虽然眉毛像二索，眼睛像一筒，鼻子像三索，身材就是不折不扣的直立八筒，我不但不嫌弃，反像上手就得了清一色可以胡一条龙好牌那么喜欢。①

这是典型的赌徒语言，大麻成对麻将的喜爱不亚于对妻子的爱，所谓“爱屋及乌”，自然就把麻将术语一股脑儿全用于描绘妻子形象上。经过这术语的加工后，其妻的形象简直是一无是处，丑陋不堪，但是他的兴趣并不在相貌上，乃在于这种相貌所代表的麻将“一条龙”的蕴意，说来说去，大麻成对妻子的爱与对麻将的爱是一致的，这是沉迷于赌博之中的变态心理，也是人性变异的具体表现。当人们沉溺于某种事物时，就会不知不觉地用相类似的观点和方法来观察世间万事万物：军事迷们在日常生活用语中，军事术语脱口而出；一心想寻至宝者，会从圣经中去探赜埋藏财富的蛛丝马迹；狂热的教徒们往往会认为，不信教的人士都是不可救药的迷途羔羊……，大麻成的这种“麻将”世界观，就是这样一种被扭曲了的世界。作家对他的批判并不通过直接的言语来表达，而是用诙谐的语言来展现这被扭曲的世界。

作家们不仅用幽默的语言来描绘日常生活中那些充满情趣的故事和细节，同时他们也用于反映社会上的一些众生相，涉及面颇广，而幽默的风格特色，使文学创作的内容呈现出另外一番新意来。

> 十岁就皈依/一尾扁扁不沾腥的木鱼/法号悟尘，不食/人间烟火三十年/三十年旁敲侧击/轻轻重重反反覆覆的/讯问木鱼/究竟啊究竟/甚么是/红尘。②

这首诗的语言可谓“冷幽默”，表面上写一位皈依佛门者的虔诚修炼，实质上映衬出他根本就没有入门。读者在最后的关头恍然大悟，要超脱红尘并非轻易之事。这种幽默的表达效果就在于语言表达处处留有玄机和暗示，在貌似一本正经的语言中，潜藏各类包袱，以此达到喜剧般的幽默讽刺效果。

诗歌一开头，就写和尚十岁就皈依“木鱼”，木鱼是佛门中常用的法器，以此来指代佛门，好象并没有什么不妥。“不沾腥的”木鱼，木鱼本非鱼，似乎不必强调“不沾腥”，这也是作家有意留下的玄机。十岁年龄，乃是混沌未知的童

---

① 张寒：《翻种》（1976），《马华当代文学选第二辑·小说》，第172页。

② 方昂：《悟尘》（1979），《夜莺》，吉隆坡：北方书屋，1984年，第7页。

年，思想也是单纯幼稚的，这样的年龄与思想，涉世未深，犹如那永“不沾腥”的木鱼一样纯洁，根柢纯净良好，这样的人学佛，可谓“又红又专”，在佛学的修为也许会比别人好得多。作家不用皈依佛门，而用皈依“木鱼”来指代，其语言之中另有一层暗示，即小和尚虽入佛门，但一开始就舍本逐末，误把佛教中一些次要的东西当成主要的方向，努力的目标发生偏差，自然南辕北辙。这是作家预设的第一道玄机。

第二道玄机是“悟尘”“不食人间烟火三十年”，形容和尚修炼的虔诚与勤奋，心无旁骛，这似乎是一个非常模范的佛教徒。玄机恰恰暗藏其中，证道成佛是所有佛教徒的终极目标，然而成佛过程是极其艰辛的，非历经千磨百劫难成正果，释迦牟尼佛成道过程也是久历诸难而成就的。不食人间烟火，犹如处于一个自我封闭的空间里，没有任何外界压力的促进与考验，又谈何进展？就像温室里的豆芽，不经风雨，自然是不会茁壮成长的。

第三道玄机是最后的追问，“甚么是/红尘”。所谓“悟尘”，天天过着日复一日的枯燥无味的生活，作家用顶针、重叠的修辞与组词方式，如“轻轻重重”“反反覆覆”“究竟啊究竟”等词语，形象地刻画出他生活的无聊与无趣，根本无法参透博大精深的佛法，更谈不上那滚滚“红尘”。谜底最终揭开，“悟尘”和尚虽经三十年勤苦修炼，终因入门走偏，修炼不得法，一切枉为，他的一生遂为悲剧性的一生。作家用他询问木鱼的话语，幽默地点出所谓“又红又专”，勤奋修炼的所谓“悟尘”，根本就不能悟尘，使读者在会心一笑中发现生活中更多的真理。

其实不只是“悟尘”走偏，无论是科学研究，还是文学创作，世界上像“悟尘”这样的人还少吗？

> 他们搜索枯肠，苦心吟哦/描述苍蝇的美腿，蚂蚁的胳肢窝/小鸟又飞去了，相思树又一番寂寞/潺潺溪水，带去了飘零的花朵。[①]

这是韩玉珍在《金头发的孩子》中，对一群无聊文人行为的讽刺。诗歌用诙谐的语言来展现他们的丑相，作家的手法与方昂有点类似，不过显得更为直接。先是塑造这些诗人们崇高形象，“搜索枯肠，苦心吟哦”，是对苦吟诗人们最生动的褒奖之词，在文学史上，苦吟诗人的成就虽不是最大的，但他们精益求

① 韩玉珍：《金头发的孩子》（1973），《茉莉公主》，香港：香港上海书局，1985 年，第 346 页。

精的执着精神却是令人肃然起敬的，所以诗人用这么一顶硕大而崇高的桂冠戴在这些文人们的头上。然而，笔锋一转，所指对象却令人大跌眼镜，文人们关注的不是生民大众，而是“苍蝇的美腿”“蚂蚁的胳肢窝”，这种情趣的无聊劲简直令人作呕。“苍蝇”之微，已令人目力难以辨清，何况其“美腿”？而且，“苍蝇”长期以来作为一个负面的形象出现，是丑陋肮脏的象征，说明无聊文人们已经无聊到了审丑时代。“蚂蚁的胳肢窝”则是更为离奇的想象。文学创作如果到了关注如此细小、琐碎的时代，那它如何具有打动人心的力量呢？这种文学创作又有何意义呢？作家的否定就是通过这一本正经的歌颂来达到幽默的讽刺效果。庄子的寓言，“有国于蜗之左角者，曰触氏；有国于蜗之右角者，曰蛮氏。时相与争地而战，伏尸数万，逐北旬有五日而后反。”（《庄子·杂篇·则阳第二十五》），这就是“蜗角之争”，那种目光短浅、见识鄙陋的行为令人感到可笑不已。

无聊诗人们还有另外一种特征，那就是无病呻吟。“小鸟”与“相思树”，“落花”与“流水”，这一类自古以来就有的文学意象，在这些诗人眼中，仿佛可以触动他们的万丈豪情，似乎很象那么一回事，其实，不外是老鼠尾巴上的脓汁——一点而已，根本不是那样的。

这首诗的语言幽默还在于，让那些无聊的事物自己上来表演，露出其丑陋卑微的一面，让这顶纸糊的硕大桂冠洞穿，引人会心一笑。可以看到，作家对那个时代马华文坛创作的琐碎、无聊的写作风气是何等的厌恶，而这样的创作在文学长河里的影响也是微不足道的，无论它的作家是如何的自我夸耀。

> 今天就显得反常，一点风也没有，空气已经凝住。一时使人有如置身于火屋之中；胸膛阵阵的闷郁，几乎要从毛管挤出去，却老是挤不出。于是令人感到通身在燃烧，呼吸短促，有随时被窒息，或被烧死的危险。
>
> 人类的眼睛毕竟是贪婪的，既然已经处身流火之中，自然而然地，不一会儿又把眼光投向那对衣冠整齐的动物身上去了。①

第一则的写景，是为作场景铺垫，闷热无比的天气，在热带地区是司空见惯的，作家通过这种“流火”一般的天气，来映衬黛英与史校长在众目睽睽之下

① 方北方：《不是六月流火》，《江城夜雨》，吉隆坡：北方书屋，1970年，第71，77页。

肉麻亲热、纵欲放恣的丑态，作家对这样的行为的不满是通过幽默的语言来表达的：“衣冠整齐的动物”，“衣冠整齐”一般是对人的赞扬，是褒义词，然而话锋突然一转，用“动物”来作结，说明这一对男女的表现实在是太出格了，已不配称之为人了，他们不过是穿着人的衣裳的动物而已。而反过来，作家所夸张的“流火”一般的天气，也不仅仅只是一种自然现象，乃是一种更具象征意义的社会现象，那就是存在于人性之中的欲望，欲火如焚，才有把人烧死的危险。

看看的《黄金狂想曲》则是通篇以幽默的口吻来描写黄金对人类社会的巨大影响力。

> 有黄金者，可以放你老命一条；没有黄金者，请送上老命一条。
>
> 黄金乎！黄金乎！你是百灵药，世间最贵的汉满全餐，那里比得上你呀！
>
> 戴了金丝眼镜，金手表，金项琏。镶了金牙，以示“金人”复活。[①]

看看的这篇散文的语言幽默老辣，且句子上大量使用对偶、排比等修辞手法，增强语言的气势，深刻地批判了狂热的拜金主义思潮。有黄金，可以“放你老命一条”，没则“送上老命一条”，口气十分诙谐，他模拟古代杀人越货蛮横不讲理强盗的口气，“要从此地过，留下买路钱！”其目的在于讽刺某些与民争利的政策，使百姓难以聊生。第二句，与其说是充满着激情的歌颂，不如说是最强烈的诅咒。眼镜、手表、项琏，本来是实用物品，或是装饰品，但经作家用“金”字加以刻意修饰后，本来可以作为审美的对象，反而变得十分庸俗丑陋，这就是语言修饰的魅力，只要把某一方面的特点加以强化突出后，就会出现两种截然不同的效果，要么向加强方面发展，要么向反方向发展，这取决于叙述表达的感情倾向，如果是正面感情，则正向；反之，是弱化。而这里的口气是诙谐、幽默的，那么语言效果则是反向的。所以由审美变为审丑，浑身披金戴银，倘非表演，就只能是暴发户了，而以后者居多。暴发户现象，在一些社会、国家中还是不时出现的。“金人”本指秦始皇统一六国后，“收天下之兵，铸以金人十二”，以示永息干戈，这里则异化为招摇、炫耀的代称。

另外，还有一些幽默语言以滑稽的方式来体现，这种滑稽是近乎喜剧中的闹剧，让人们在笑过之后，引发深沉的反思。是什么造成了这样的闹剧？现以姚拓

① 看看：《黄金狂想曲》《异乡梦里的手》，北京：现代出版社，1993年，第282－283页。

的《捉鬼记》为例谈谈。戏院经理对看门的印度人山星说：

> "是不是你又喝椰花酒？站在门口，瞪着死鱼眼看女人？"
>
> "不是，不是，头家，头家！"他急得直抓着满腮的胡子分辩说，"这两天我连一口酒也没有喝过！"
>
> 我闻了闻他的嘴，有一点酒味。
>
> "混帐东的西"，我咆哮着说，"还说没有喝酒，小心我要拔去你脸上的狗毛！"
>
> "头家，头家，"他慌慌忙忙地几乎是哭着说，"酒……酒……，酒是喝了一点点——要是不喝点酒壮壮胆，我……我真的连站在这里也不敢了！"
>
> "胡说，你守门守了半辈子，还要喝酒壮你的胆！"
>
> "不是呀，头家，"他变得有点神经质地全身战抖，而且上牙打着下牙说，"头家，不瞒你说，人家都说这个戏院有鬼？"
>
> "有鬼？"我几乎跳了起来，"你才是鬼！"我真想当面给他几个耳光。①

一家设在荒僻乡村的电影院，本来生意一切正常，不料数日之间观众急遽减少，经理开始查找原因，这一段文字是影院经理与印度籍的守门人山星的一段对话，从夸张的语言中可以看到其叙述所体现出来的滑稽幽默的特色。这两个人的动作、语言在夸张中具有滑稽色彩。先看看经理，他对守门人山星一开始就不是用询问的语气，而是用指责、挖苦、甚至挑剔的态度来开场的，使用的词汇也是带有侮辱性的，如"死鱼眼""狗毛""你才是鬼！"等，说话是用"咆哮"，甚至是凑近去闻别人嘴上有无酒味，这是对别人的极大不敬，这些夸张戏剧化的语言与动作，正是作家幽默地刻画影院经理为查找顾客遽减的原因而心急如焚的心理状态，他病急乱投医，影院只有几个工作人员，他先从守门人开始查原因，并作一厢情愿的推断，显得十分可笑。

守门人山星的动作和语言，也颇为戏剧化，山星面对经理的突然质询，心情十分紧张，说起话来变得结结巴巴，重复不断，并且紧张到"上牙打着下牙"，可见心中的恐怖与慌乱。表面上看，山星的这种状态是因为经理的粗暴和威压所

① 姚拓：《捉鬼记》（1969），《马华当代文学选第二辑·小说》，第47页。

造成的，其实造成山星紧张的原因还是他自己。因为他有过恐怖的“见鬼”经历，本来已心有余悸，但为了保住自己的一份工作，不得不硬着头皮站在门口，等候“鬼”的再次光临，这对他来说，简直是一种精神上的虐刑，引发了他表达的紧张与混乱。这是幽默化处理的喜剧性效果。

> 我的第六感已经告诉了我，“他”准定百分之一百的是鬼。“他”穿了一件破旧的白衬衫——短裤是什么颜色，我已经还不及细看——瘦到像棍子一样的双腿，从黑暗处慢慢向我们的售票窗口走来。那位售票小姐早已嚇得钻进售票的柜子下面。我不得不用力双手撑着柜面，支持着身体以免跌倒地上。“他”走近窗口，那副面貌，要说有怎么难看就怎么难看；脸上瘦削得连一块肌肉都没有，颧骨高高地像两把尖刀；双眼陷深深的眼眶里面，比木乃伊还要可怕；嘴里有几只残缺不整的长牙，差错地伸出口外，好像刚吸过死人的血液，牙齿门殷殷地露着红色；全部脸上的颜色，说黑不黑，说青不青，说白不白，说黄不黄，总之没有半点是“人”色。……“他”站了好一阵子，我觉得“他”那双陷在眼眶的眼珠，比两把利剑还要厉害，一直刺在我的心口，刺得我几乎要失了知觉。①

这段文字描写“鬼”真正出现在这影院时，“我”所见所见，夸张而又幽默的语言把见“鬼”后的感觉刻划得栩栩如生，作家用的是先侧面后正面的描写方法，在叙述语气上，则是有着很强的判断语气，并特地用科学性的术语来为这荒诞的“非科学”现象下断语，如“第六感”、“百分之一百”，所谓的“第六感”不外是直觉，“百分之一百”是数学术语，用如此精确、庄重的科学用语，为“我”的荒诞不经的“见鬼”判断作了有力的支撑，殊为可笑。正因为有了这样的“准确性”和“科学性”，人们的恐慌也就顺理成章了：售票小姐躲起来，经理则浑身发软，站都站不住，几乎“失去了知觉”。作家用幽默的语言，夸大影院工作人员见“鬼”时的狼狈不堪和恐惧万状的丑态，用语越夸张，这种喜剧性的效果也就越明显。

在正面描写方面，作家的用词也颇为幽默，把一切形状往恐怖的情境里推去，颧骨像“尖刀”，双眼如“利剑”，红色的长牙，不是“人”色的脸，其实

---

① 姚拓：《捉鬼记》（1969），《马华当代文学选第二辑·小说》，第48、49页。

是把世代相传的恐怖吸血鬼的形象往“他”身上套，越看越像，越像越想，越想越怕。因为有了前者人们的恐怖描述，再加上亲眼所见引发的想象，恐怖心理自然愈发加重了，而幽默的效果也就自然体现出来。仿佛是一个叙述者硬撑着身子，尽量把自己所见“客观”地报告给读者，孰不知这种“客观”里已经包含着无数主观的臆想，造成了感觉与事实的巨大错位，荒诞效果自然更为突出。幽默的语言，常常是具有极强的喜剧色彩的。这在《捉鬼记》里体现得淋漓尽致。

这个时期的语言风格，无论是郁实、优愤，还是灵动、雅丽、幽默等，都有明显的区别。说明了这时期社会心理、审美心态，都是复杂多变的，是迈向工业化的马华社会的真实写照。

第二章　转型分野：浓妆淡抹总相宜（1990 年以来）

自 1990 年代以来，马华文学有了新的变化，这与马来西亚政治、经济、文化等方面的转型息息相关。

政治方面，马来西亚政局面日稳。1989 年 12 月 2 日，以陈平为首的马来亚共产党代表团同马来西亚、泰国政府达成协议，宣布放下武器，停止战争。马来亚共产党自 1948 年被“紧急法令”宣布为非法政党后，便转入地下活动，活跃于泰、马边境，提出建立“马来亚人民共和国”的主张，并组织马来西亚民族解放军，从事武装斗争。马共停止斗争后，马来西亚从此进入了和平稳定发展时期。

经济方面，马来西亚的经济政策做了相应的调整。如颁布《投资促进法》，延长新兴工业税务优惠长达十年，允许外商拥有企业 100% 股权，此举吸引了不少外资，其中有不少是台资。“新经济政策”自 70 年代实施以来，其弊端也日益明显，种族矛盾加剧，1991 年马来西亚政府公布了《第二个远景计划纲要》（1991—2000），用以取代“新经济政策”。这项措施有助于消除“新经济政策”的阴影，缓和民族关系，大大促进了华人企业的投资积极性，增强了华人对国家的认同和对政府的信心。

对外关系上，马来西亚大力加强与中国的关系，扩大双边经贸和人员往来。中国从马来西亚进口橡胶、油棕，马来西亚从中国进口农产品、农机等，双方互有投资，旅游开放，中、马之间交往增多，文学交流也日益密切。1991 年，马华作家组团访华，这既是寻根之旅，也是马华文学走向世界的重要一步。

在这样的文学发展大背景下，马华的文学创作呈现实主义与现代主义融汇的创作潮流。马来西亚自建国以来就致力于经济建设，在短短的几十年时间里，商品经济的浪潮不仅把一个逐步工业化的国家推向世界经济的汪洋大海中，同时也无情地冲击着人们固有的思想文化观念，这当然也反映在文学创作上，表现出与以往创作大异其趣的文学风貌。

对历史文化的重新审视，成为本期文学创作的内容之一。马华文学界与中国大陆文学直到 20 世纪 90 年代才恢复直接联系。80 年代中国大陆文坛盛行的"寻根文学"对马华文学中的文化寻根思想产生过一定的影响，在社会环境的变迁影响和文学发展自身动力的诸因素影响下，马华文学的文化之根反思，由政治层面转入对历史文化的关怀，小黑的《前夕》《白山黑水》《十·廿七的文学纪实与其他》是对马来西亚华人筚路蓝缕的开拓与奋斗的历史风云的生动再现，同时也暗示了一个时代的终结。与此相类的类似的还有钟怡雯、沙禽、陈大为等人的诗歌、散文，如《可能的地图》《地下城》《治洪书》等，都是这一方面的题材。另外，文学与现实政治关系也逐渐疏离，对政治的态度不少呈现为冷静、旁观甚至是冷嘲热讽，如吕育陶《资本主义国民宣言》、吴龙川《绳子》等即属此类。

其次是对现代人、现代社会、现代生活的种种体悟和探索。急剧变化的马来西亚都市生活，亦渐渐成为作家们笔下的题材，尤其以都市中的情爱表达为甚。女性作家在此方面颇为擅长。如《痴男》《希望你快乐的人》《哀情》等表现的是男女间畸形的爱；《行云万里天》《画城倾情》《十九爱情的演出》集中描写了职业女性的感情悲欢。本时期创作大都倾向于个人、内心，崇尚人的价值，尊重个性解放及个人自由，旧有的文学观念遇到了极大的挑战。

吴岸谈及 1990 年代的马华文学，认为存在两种趋势，即"文学作品社会性的低落"，"马华文学的独特性的逐渐丧失"。这是他针对华文报章的消费主义和功利主义，有感而发的。又如有人认为"文学不需要使命感"，纯粹把文学当作一种消遣或是游戏，吴岸则认为应创造出一种更具有社会性和时代性，具有包含民族性与地方色彩的独特性的文学。① 关于文学的价值与理想的观念分裂，在这一时期显得尤为突出。

从这个时期的文学创作情况来看，马华社会的心理状态，已与以往时代的文学心理有着相当大的区别，自然体现在文学语言上，也有十分鲜明的特征与分野。一类是注重对文学语言的锤炼、修辞的创新与技巧上的追求，追求文学语言的精雅、含蓄，力求使文学语言体现出应有的丰富表现力。此类创作不少是运用心理描写、夸张变形、意象、象征等现代主义创作常用的手法，由对外部世界的反映转入到人的内心世界的开掘，描绘人类内心最隐蔽的内容，揭示人性当中潜伏的各类善恶根苗，作家斟酌语言的用法与表达效果的努力显而易见。

另一类是以通俗晓畅的语言，迅速反映大众生活中的喜怒哀乐，怡情悦性，

---

① 吴岸：《马华文学的再出发》，吉隆坡：马来西亚华文作家协会，1991 年。

不少专栏作品就是此类。叙述者尽量采用与读者等同的姿态，用语更接近日常口头表达，力求用让普通读者都能够接受和理解的规范化用语，因而显得明畅。在20世纪五六十年代，作家的文学语言中夹杂着大量的方言土语，传达着特定时代的人们的心声，但只能让某一特定方言使用者能够明了。90年代后的马华作家们不常大量地夹杂方言土语，说明了来自不同方言区的华人，经过数十年的语言交流磨合，已经逐渐采用一种相互认同的语言规范，虽然皆为汉语普通话，但是某些用语则是马华社会交流的常用语，这也是文学语言逐渐本土化、规范化的体现。明畅的语言特征是时代发展的一种必然结果。

一、 闲情雅致细雕琢：精雅

精雅的文学语言，是指语言精致、典雅的特征。作家推敲文字、追求最佳表达效果，乃源于作家的创作要求；但语言的精雅追求，则为创作上的审美倾向。这说明了作家不仅重视了内容，也十分重视形式表达之美。

何乃健的文学作品，历来以语言优美而见长，这一特点也延续了下来。《年轮》是他创作于1996年的散文，作家通过细数历经沧桑的被砍伐下来的大树年轮，回想起中国及马来亚所经历的种种苦难，并引用艾青、戴望舒、臧克家等人的诗作加以表现。

> 树干里的年轮经过火焚之后，将化成灰烬，永远消失在狂烈的风里。将来，我的孩子，以及孩子的孩子，要从哪些树木的年轮里，寻觅与重温当年惨痛的回忆？我们又将如何去教导孩子，以及孩子的孩子：
>
> 敌人留在我们心灵深处的创伤，我们必须努力去宽宥；敌人留下血淋淋的史实，我们绝不应该忘记。①

作家把树木的年轮当成历史最忠诚、最真实的记载者。历史虽然是由人们来写的，自然会杂有许多主观成份，然历史又是真实不虚的，它就象树的年轮一样，虽不自言，却缕缕分明，实实在在，供有心的读者去品味解读。作家在这段语言中，对历史亲历者、承载者等诸多历史性载体消失之后，作了思考。这段文字颇为讲究，如“火焚”，指的是燃烧，“火焚”乃是典型的书面语；“灰烬”，一般是用“灰”来代替；“宽宥”，即宽恕之意，然而与宽恕又有细微的不同，

---

① 何乃健：《年轮》（1996），《逆风的向阳花》，马来西亚雪兰莪州，1997年，第88页。

“宥”有包容、心胸宽阔的含义，而宽恕则代表着怨仇可以既往不咎，一笔勾销，包容并不等于遗忘和忽略。从这样一个用词中可以看到，作家的语言的选择上是何等精致，在感情的表达上分寸把握得相当准确到位，精致、典雅的特色分明。

这段文字的精雅，也可以从语言的节奏上看得出来，文字的音步长短错落有致。第一句“树干里的年轮经过火焚之后”，有 6 个音步，这是比较长的，而此后的 6 个句子中，大部分音步相对比较均匀，最后两句，也大体是 6 个音步，这说明了作家的感情表达的节奏控制均匀，没有大起大落的变化，没有忽高忽低的情绪波动，显得典雅大度，平静深沉。而且，作家为表示对子子孙孙的永恒告诫，特地选用了“我们的孩子，以及孩子的孩子”这样重复的表示方式，以此来形象地暗示着子孙绵亘不绝，他们对这一段历史不会轻易忘却的。故而不用“子孙”，而用貌似啰嗦的文字。这同时也造成了表达节奏的均齐匀称，具有动态的节奏美，显示出作家既不忘历史又超越历史的辩证的态度，这是具有大气魄、大智慧民族所特有的心胸。

> 这中间，数十年光阴如重叠镜头般，哗哗流转成时空倒置的浮生幻境。
>
> 流离的家世，经过时间轰炸后的灰飞烟灭，岁月的跌宕递嬗，也不知是什么时代的转换，带动了包括你的家庭的变迁，仅靠如今残缺模糊记忆，加上各人的猜想臆度世代相维系。①

如果说何乃健笔下的历史，是用典雅的笔触勾勒出一个具有真实历史往事记忆的话，那么寒黎的精雅语言，则勾勒出一段破碎残缺的历史。寒黎用《庄子通秘诀》为引，导出了华人南来生活及后代生活的经历，由外曾祖父开始谈起，一直到现代的生活情景，在作家看来，他们没有什么丰功伟绩，没有留下什么值得自豪骄傲的物证，一代代地在南洋热土上开拓生存，留在后代印象之中，也只有世代口耳相传的传说与猜想。历史对后代子孙而言，显得那么模糊不定，作家用“时空倒置”“浮生幻境”来表达，颇有“万象皆空”的生命幻灭感。对于这种幻灭感，作家使用各种情境的语言加以描绘，使之更富有动态感，如“流离”“灰飞烟灭”“跌宕递嬗”“转换”，华族的历史记忆，在这一系列的语词之中，

---

① 寒黎：《也是游园》（1993 年），《马华当代散文选，1990－1995》，台北：文史哲出版社，1996 年，第 200 页。

显得那么飘忽不定，转瞬成空。历史是真实的，然而作家眼中的历史又是那么不确定，这究竟是什么原因造成的？是华族自己的健忘吗？这是颇令人寻味的。

有一点是可以确定的，书写历史的话语权掌握在谁手里，这才是关键。作家感觉的华族历史“残缺模糊”“猜想臆度”“世代”“维系”的现状，即为自生自灭的状态，如果不及早整理记录，可能就成了一段无声的历史，那么华族就是一个无声的民族，其生存处境将是相当令人哀悯的。年轻一代的看法与老作家虽然角度不同，出发点却是一样的。只不过相同的风格中，体现出来的特征却不一样，一个平静深邃，另一个是急切忧思。寒黎的这种历史观，已不单是她个人的感受，而是这一代华族中颇具代表性的思想认识。

> 其实在半岛各大州，都有类似的村庄和小镇，留着拓殖者背对天的创瘢和汗迹，在一片野草萋萋的荒坟和残碑之中，一任时间的洗刷而渐渐剥蚀……在失根的年代里醉生梦死的生存下去。①

这段文字同样是对华人开拓史被遗忘的无限感慨。作家用“创瘢”“汗迹”来描写华人拓荒者是如何胼手胝足、筚路蓝缕，他们用毕生的血汗来浇灌这块到处是莽莽林海的处女地，华族付出劳动的艰辛代价其实是无法胜数的，但作家只用了这两个关键的词语来浓缩：“背对天”的“创瘢”，这不是一般的劳动印记，而是中国农民世世代代面朝黄土背朝天辛勤耕耘的定格和缩影，这种被热带太阳灼晒而出的创瘢，正是他们长年艰辛劳作的写照。

“荒坟”“残碑”可以从两个方面来加以阐释，一是指年代久远，后代子孙已难以辨识出祖宗的坟茔；一是指无主之墓，许多华人苦力在这椰风蕉雨的热土上洒尽了一生血汗，依然孑然一身，最后孤独凄凉辞世：生时孤单，死后飘零，自然就是“荒坟”“残碑”了。二者的共同结局就是遗忘与消亡。其实不管是哪一种情形，每一座荒坟、每一块残碑，都埋藏着一段段活生生的历史，而这些历史经过时间的剥蚀、子孙的遗忘后，将逐渐湮没消失，一代代华族的贡献与劳作，就这样被后代子孙弃若敝屣，或许等到他们某一天需要这些历史作为证言说话时，可能已遍寻不获了。列宁说过，忘却历史就意味着背叛，而无视自己先辈历史的子孙，则是不肖子孙。故而作家用“醉生梦死”来形容这种得过且过的苟活人生，带着极为鲜明的批判意识。在这么一段短小的文字中，蕴含着许多作

① 辛金顺：《历史窗前》，《马华当代散文选，1990—1995》，台北：文史哲出版社，1995 年，第75 页。

家的见识与忧虑，在舒缓深沉的语言中，典雅的抒情性特征也就跃然纸上。

精雅的语言，不单用于描写对社会、历史、人生等方面的思索，也一样可用于对现实生活的生动反映，现举一例。钟怡雯在《我的神州》中描写乡下孩子的脚掌情形，用极为精致准确的语言，栩栩如生地描绘了当地人的生活情状：

> 那上面布满细密的坑洞，就象蜂巢扯开，当袜子穿在脚掌，每个洞里都像住满小黑蚁，黑压压的一片拥挤，他家的每个人足上风光都是如此。

这段文字反映的是小孩及大人们特殊的“足上风光”，令人触目惊心。这种极其特殊的现象，在当地人看来，是稀松平常的，因为所有的人都长着这样的一双脚，也就不奇怪了。但是在外人看来，那满布细密“坑洞”的脚是极其恐怖的。作家用了两个句子来形容其形状，如同穿着“蜂巢”袜，每个洞都住着“小黑蚁”，这两个意象分开来看，并不奇特，然而合在一起看时，则给人一种蚂蚁到处乱爬般的不舒适感。可见这种奇特的病症给人所带来的强大刺激，虽然所引发的是阅读的不舒适感，却在语言表达效果上达到了目的，用精致准确的用语，展现居住在乡村里人们生活的贫困状况。可以推想，当地人们之所以会“穿”上这种古怪的“袜子”，其实都是皮肤这被寄生虫所依附侵蚀的结果，究其因，则是贫困。他们终年打着赤脚，在泥地里跑来跑去，伤口感染了，无法得到及时有效的医治，若不危及生命，只能任由它发展，读者在产生恐怖感之后，仔细回想，又会有一种对他们生存状况的无限关注和怜惜之情。

精雅的语言，在描绘思想的顿悟及诸多细腻微妙的心境颇为相宜。

> 读有字经书不如读无字经书，若能忘言，山河大地，万事万物，则皆成典籍。
>
> 我以脚印诵读/般若的尘土，然后看/树树禅寂的苍茫，睡过/月光照亮霜露清凉的婆娑/照见五蕴皆空的山河/摇曳的柳影……①

这段文字，不少是直接引用佛经用语，如“般若”“禅寂”“五蕴皆空”，有的是古代的文言写法，如“忘言”“皆成典籍”等，这种顿悟思想语言表达典

---

① 辛金顺：《夜读大地经书》（1990），《马华当代诗选，1990—1994》，台北：文史哲出版社，1995 年，第 101 页。

雅，富有韵味。在叙述过程中，辩证式的思维和禅语机锋随时可见。《般若波罗蜜多心经》是佛教典籍中最为简洁而又广为人们接受的一部经书，涵盖面极广，为三藏经的精要之法，可使人明心见性、开启智慧。很显然，作家用这部经书里的若干词汇，也就是要表明自己的某一种理解和顿悟。作家认为，读有字经书不如读无字经书，世间一切，皆为典籍，这是具有辩证式思维的智慧体现。有字经书虽然重要，但它是人类某种思想的感悟之一，而只有无限的大自然，才是真正值得深入研讨的，说明了实践的重要性，这是认识世界的唯一方法，经书乃为“法”，而“诸法皆空”，若唯以“经”为主，并不能真正得到大智慧。

真正的智慧是“以脚印诵读/般若的尘土”，即践行更为重要，读万卷书，行万里路，无数前辈的实践已经深深印证了这一真理，没有实践的验证，一切理论只是教条，一旦它们和实践相结合，一切又都是鲜活、生动、圆通的，只有到了这样的境界，才是真正的自由解脱，得究竟大智慧，享受清风明月般的清爽与自在。精雅的语言中，带着旷达与从容，为浮躁的世态人心带去一股清风，几缕清香。

与此相类似的还有描写某一片刻的寂静情景，充满着许多令人遐思的境界。

> 鸟棲息在梦的枝桠/枯叶静悄悄地凋落/风的琴师随意随意拨弄/绿草们排演着浓荫
>
> 空了一整天的长椅/保持沉默/我多么希望，日子/永远摆放在这样的缄默上面。[①]

如果说上一则文字是精雅中带有点空灵，那么这些文字则是精雅中带有静谧，具有大音希声，大象无形的空濛之美。

在悄无人声的静寂公园里，人们可以静听大自然的呼吸，甚至可以感受到心跳的搏动，这一切都是那么祥和、美好。写鸟棲息在“梦的枝桠”，这个语言带有两种不同指向意义，一是真实存在的“枝桠”，即物的存在，是鸟儿在枝桠上做梦；一是虚幻的存在，是鸟儿棲息时有一种幻想，可以安稳做梦的环境，其实这两种可能性都有。以“梦”为主要字眼，万籁无声，没有喧闹，没有嘈杂与不安，大自然温柔静谧的美也油然而生。紧接着，人的内心宁静细腻感也就油然而生，可以听到枯叶凋落的声响，微风拂过绿草的情态，这虽非大自然的绝美之

---

① 陈强华：《公园》，《马华当代诗选，1990—1994》，台北：文史哲出版社，1995年，第69页。

景，但是经过作家语言的渲染与描绘，那种澄明细致心境和细腻敏锐艺术感受力的心态，非心浮气躁者所能欣赏和体会得到的。这对处于分秒必争的现代人来说，难得浮生半日闲，静听谛心灵的呼唤，亦是奢侈的。

不仅作家谛听心灵的空灵，在艺术境界的追求上，作家们也倾向于用精雅的语言来表达自己的艺术追求。

> 初醒的晨曦/冼净/被千古烽烟熏黑/一管狼毫//沾淋漓激情/以跌宕狂草/挥舞/万里江山的/新绿。①

这是作家冬日登上长城时的所见所思，描绘了冬天旭日初升的情景，长城在作家的心中所激发出来的形象。这首诗的语言精致之处，在于其舍弃了一切具象化的语言，用古代书画的大写意笔法来描写长城，所体现的乃是具象与非具象之间的特殊情境，把大自然比喻成一个具有人性一般的巨人，在装点江山，实际上也是在歌颂中华民族的伟力与辉煌。作家不从实景入手，而是从书画之道切入，带着极为浑厚的古雅气息，仿佛使人看到的不是静止不动的长城，而是在时间巨人面前舒缓展开的轴卷，随着轴卷的推展，一切显得那么生机盎然、元气磅礴淋漓，这样的语言，使人觉得它是用意而不用力，文字浑然天成，绝无雕饰、迟滞之感，酣畅淋漓而不失优雅之气，可谓作家的得意之作。

二、 且为生民鼓与呼： 明畅

本时期的马华文学语言，具有突出的明畅风格，这是几个主要因素共同作用的结果。从语言的发展规律来看，马华社会交流语言逐渐告别了之前以方言为主要交流方式的阶段，规范化的普通话逐渐成为马华社会的交际用语，它们剔除了方言、土语等诸多成分，因而显得通俗、明白易懂，这是原因之一。另外，随着马来西亚社会的发展，对外交流的增多，政治意识形态的控制力度在市场经济条件下，也变得稍弱了一些，作家们的思想表达自由度相对大了一些，可以较少顾忌地畅所欲言，自然，这也是社会进步的一种体现，语言就具有畅达明晰、锋芒毕露的特征。第三个原因，则是社会心理的要求和影响，现代社会节奏加快，读者希望在尽可能短的时间内获得所需的信息量，以满足种种要求，因此作家在写作时，就得考虑到读者的接受心理，在语言应用上，追求表达明晰，减少模糊性

① 田思：《冬上长城》（1991），载《华文文学》，1993 年第 2 期，第 26 页。

和歧义。诸多方面的影响，使得明畅的语言风格成为这一时期的突出特征。

在这样的社会环境里，作家们对社会上的一些不公平现象，不是像七八十年代的作家们那么充满忧愤色彩，在他们的语言中，有的显得更加尖锐、辛辣，所谓的嬉笑怒骂，皆为一浇胸中之块垒，故而用语都是直截了当。如叶明的《减肥计划》，用对比的手法，写富人想方设法耗费金钱无数来减肥，则穷人则盼增肥。

他们鼓着瘦削干瘪的手/掌/他们茫然的眼神在盼望/希望你把那些你所诅咒/的累赘/丢给他们/让他们把那肋骨与肋骨/之间的鸿沟/填平。①

在诗歌之中，作家有意处处用对比的写作方法，来突出他所要讽刺的对象。当脑满肠肥、大腹便便的富人们，为不断堆积富余的“赘肉”而感到心烦时，大批的底层百姓正为如何活着而发愁，他们是用“瘦削干瘪”的手掌来为自己的生存而忙碌；富人们所“诅咒”的“累赘”，正是他们急切需要的。这里一正一反，无疑夸张描绘了贫富之间紧张对立的现象。这里的没有隐喻、暗语之类的修辞手法，有的只是鲜明的语言对峙的张力，营造出悬殊贫富所引发的激烈矛盾。当然，“减肥”与“增肥”只是表象，深层的原因是社会上的贫富悬殊的鸿沟正在越来越扩大化的现象，因此产生的不满心理和对抗，这也远非富人“减肥”所能弥合的裂痕。

新闻自由配给率等于/记者写稿手臂弯曲度加挺胸度/乘以版位面积。②

诗歌讽刺在国王专制统治下，新闻不自由的现象。语言的明畅是通过使用近乎数学公式一般的句式，如“配给率”“弯曲度”“挺胸度”“面积”，科学术语充斥字里行间，直白、畅达，没有任何隐约闪烁之词，似乎其结果也是科学理性推断的，是合乎法则的逻辑运算。这是作家的用语策略，在貌似科学的法则要求下，隐藏着一个荒唐和不合理的社会现实，所谓“手臂弯曲度”，指的是记者报道时，使用文字是否真实，有否扭曲或曲解；“挺胸度”，即面对现实的真诚度，

---

① 叶明琚：《减肥计划》，《阳光·空气·雨水》，北京：现代出版社，1993 年，第 173 页。

② 吕育陶：《国王考》（1992），《马华当代诗选，1990—1994》，台北：文史哲出版社，1995 年，第 157 页。

是否敢于仗义执言，揭开事实的本相，这才是决定新闻自由最重要的因素。"弯曲度""挺胸度"，拷问出记者们的职业良知，同时也映衬出统治制度的开明与否的试金石。这才是作家的笔锋所指，内容晓畅，明白的语言中，也能暗含批判的力度与锋芒。

作家在《梦幻马戏团》的题记中写道，"无论是想像王国或者马来西亚，整个世界就是一个马戏团。"

> 魔术师穿透铁枝，站在/兽笼的轴心/手握引线狂烧的炸弹/戛地转身，他把即将暴喝的雷声/化成一束微笑的/百合花。①

在作家的眼中，那些从事政治的人，就像在围满观众的舞台中央，进行一场惊心动魄的马戏表演。他们善于把现实生活中看似不可能的事变成富有戏剧性的结局，以惊心动魄的夸张方式，调动大众（观众）们的情绪，让他们的心情如同坐着过山车般大起大落、大悲大喜的遽变，并因此而出现了他的"卓越"才华。在诗歌中，作家用了两种物象，一是"穿透铁枝"，二是"化干戈为玉帛"，这二种匪夷所思的现象，其实不过是魔术师的"障眼法"，其真实性是不存在的。那么，这用于娱乐的表演尚可，不外博得大家的一惊一乍，获得一种感情上的满足尚可，但作为政治活动，这种"表演"就具有非常恶劣的影响。严格地说，政治活动是一种实践性很强的活动，它要求实事求是地解决各种现实生活中所遇到的问题，而不是以夸张的表演来取悦选民。究其实，乃是病态的政治生态。作家一针见血地描绘了这种政治生态的实质。因为这种华而不实的表演活动，其后遗症正逐渐显示出来。近年来世界各"民主"发达国家，债台高筑，政府濒临破产边缘，而政客们依然在那里讨价还价，一惊一乍地上窜下跳，而人民却在无望的等待中陷入绝望，这不就是魔术师障眼法的表演所带来的必然结果吗？政治虽有表演成分，但它自身并不是表演，政治的表演性成份越大，它的后遗症也就越多。

经过多年的社会历炼，吕育陶文字上的明畅依然，现举一例。

> 大选海报挂起时/总有声音幽灵般从海报背面透出/投我……否则时

---

① 吕育陶：《在我万能的想象王国》，《马华当代诗选，1990—1994》，台北：文史哲出版社，1995年，第157页。

钟/将回拨五月十三日/那年。[①]

这首诗歌中对马来西亚的政治选举作了十分尖锐的揭露。“五·一三”事件指的是20世纪60年代末所爆发的马来西亚种族大骚乱，在马来西亚各族人民的心中留下了永远难以愈合的伤疤。此后，每次大选或政权更迭时，那些大大小小的政客们都会拿种族问题说事，作家用“幽灵般”的词汇，来形容种族主义阴魂不散，不少政客也以此作为要挟选民的工具。否则“时钟/将回拨五月十三日/那年”。这从另一方面说明，建国几十年来，马来西亚的种族问题依然是十分敏感的。真正的平等、公正、自由的社会，还在艰难地形成之中。

明畅的语言风格，还因读者的层次需求而体现出来。对于只有一般语言水平的读者而言，文学创作就得以相对简单、明晓的词汇，来传达某一种深刻而富有情趣的意蕴，这就要求作家在进行创作时，就要有意识地对语言进行精心安排，才能达到良好的表达效果，现举一例。

桌面黑了/妈妈叫我拿抹布来
书包黑了/我叫妹妹/拿抹布来
有一回/妈妈生气了
我告诉妹妹：/妈妈脸黑了
妹妹眨上眨眼睛/说：我去拿抹布来。[②]

这首诗乃是儿童诗，诗歌语言的运用，要与读者的年龄接受层次严格相应，如何将这种富有生活情趣的细节，以通俗易懂的方式表达出来，对作家无疑是一种挑战。第一节、第二节，乃是“赋”，实起铺垫作用：“桌面”“书包”等东西黑了，可以用抹布除黑，而且作家为了照顾儿童的接受心理，在语言安排上，尽量采用重复的手法，仅仅更换了一两个字，其他句子依然保持不变，这种简单的重复，貌似平常无奇，实际上正吻合了儿童接受能力的大体水平，只有在不断重复练习中，他们才会掌握某一种语言表达方式，明白某一种特定的含义，可见作家的良苦用心。

然而这非诗歌的出彩之处，第三节的诗句中，依然与一、二节的表达方式无异，只是换成了“妈妈脸黑了”，在不变的语言形式中，内在含义已经悄悄发生

① 吕育陶：《黄袜子，自辩书》之《我的五一三》，万津：有人出版社，2008年，第76页。
② 苏清强：《抹布》，《不睡觉的晚上》，黑风洞：大将出版社，2008年，第58页。

了转变，即“黑”，指的是人生气时脸色变得阴沉、难看，大大超出了原来本义，这是不变之中的潜在变化，对于成人来说，此不足为奇，然而对于涉世未深的儿童来说，他们依然用固有的思维方式来看待周围的世界，幼稚与纯真无邪的特征也就跃然纸上，“拿抹布来”，就是要把妈妈的“黑脸”抹白，令人好笑之余，更为这种纯真而称奇。

于是就形成了两种思维方式的对立：简单与复杂、纯真与杂乱的冲突。可以说，这才是诗歌创作独特的情趣和韵味的体现。在平白无奇的语言中，只要经过作家的细腻独到的艺术加工，一样也能达到奇峰突起、摇曳多姿的语言表达效果。从这个意义上讲，无论是语言的明畅，还是晦涩，都并不一定代表作家水平的高低，只能体现出作家用语习惯而已，更重要的是看语言表达的艺术效果，明畅的语言照样具有深奥的内容，而晦涩深奥的语言不一定能传达出深刻的意蕴，这就是文学语言的独特魅力所在。

在马华文坛上，朵拉的文学语言以清新明畅而闻名，她的语言之中，用日常生活中的常见用语，贴切而细腻地体现出作家独特的感受，特别是她写现代人的情绪变化，尤有特色。朵拉在《唱片日子》中认为，人的一生如同唱片一样，一成不变。

> 日子是麻木不仁/日子是复印机/日子是前一天与后一天的交叠……
> 早早/早早就已经/已经变成/变成一张/一张唱片。①

在作家笔下，日子过得波澜不惊，没有一点生机活力与刺激。因此，作家的印象是“麻木不仁”“复印机”一般的千篇一律。我们姑且不论这种说法的正确与否。对于一位整天忙着张罗全家老小一日三餐的家庭主妇来说，她们虽然拥有不用上班的自由，但围着锅台转的日子，没有与万千世界形形色色人打交道的机会，这又是另一种不自由的生活方式。所以，难免会有许多人对这种感觉的文字产生共鸣。倘若撇开家庭主妇的身份不论，那忙忙碌碌四处奔波的上班一族，似乎每天可以看到形形色色的人，但是他们仍然会有一种日子过得像复印机一般的感觉，因为他们每天都过着同样的生活，却不知道这种忙碌的意义究竟何在。

说到底，这就是现代社会人的异化，人们因着自身的欲望和追求，而不惜牺牲各种各样的代价去获取，虽有所得，可能有暂时的满足，却难有一种长久的幸

---

① 朵拉：《唱片日子》，《行人道上的镜子》，吉隆坡：马来西亚华文作家协会，1993 年，第 90 页。

福感。不管是家族主妇，还是奔波的上班族，刻板的日子印象，正是他们心灵刻板异化的征象。世间诸象，因心而成。他们忘记了，人的幸福与满足并不是通过外在获得的，而是应注重内心平衡、心灵的愉悦，这才有可能达到。只有内心宁静，才能把喧嚣的欲望平息下去，获得应有的幸福感。现代人困惑与迷惘也就在于此，不求节制过多的欲望，而想以更多的物质欲望来求得内心的幸福，无异于缘木求鱼。

为表达这种一成不变的无聊感受，作家还特意用顶真的手法，把日子变成一串绵延不绝的珠子，最后的形象是“唱片”，“唱片”的特点是周而复始，是平板无味的象征。此类意象，在作家的其他作品中也不断出现，如《钟摆》中那种钟摆一样，无论怎样努力，只能在很小的空间里变化折腾；《等》“其实日子正像复印机印出来的，每一天都没有变化，今天重叠昨天，昨天重叠今天，忍得住时微笑自我安慰。”①

不过，朵拉的文字，不仅仅只在于体现当代人的那种怅惘与困惑，她的明畅语言，也给我们带来了日常生活中的点滴感悟。

> 雨在身边飘洒着，仿佛细细的，剪了一段段或切成一截截的粉丝，渍过水的，滑溜溜的抓也抓不住，似时光，流下去，落在地上，便不见了。
>
> 日升日落，花开花谢，时间就悄悄地走过去，像雾的蛩音，无声无息而不知觉。痕迹切切实实地留下来了，发间眉梢脸上，在在皆是。②

这两则文字，是经过了少年不知愁滋味，乃至于中年遍尝酸甜苦辣之后的淡然心态。作家描写的太阳雨，用最为常见的“粉丝”来加以形容，突出其“细”“滑”“密”的特征，可谓形神兼俱，又不显粗俗，给人飘逸轻盈的感觉，它又像看不见摸不着的时光，一旦流逝，就再也找寻不着了。作家在描写太阳雨时，善于由虚到实，又由实到虚的转化过程，既不迟滞，又不过于缥缈，充分体现出明畅的风格特点。第二则文字，要显得深沉，岁月无声，时光留痕。倘非有心人，不能够觉察到此。大自然周而复始地运行，岁月流转，似乎一切都依然如故，然此日非彼日，此花非彼花，一个轮回开始了。人们虽然能目睹了这种轮回，但时光依然会在不知不觉间留下它特有印记，本来这是十分微妙的，但作家

---

① 朵拉：《贝壳里有海浪的声音》，台北：石头出版社，1991 年，第 16 页。

② 朵拉：《太阳雨》，《亮了一双眼》，新比：稻田出版公司，1994 版，第 182 页。

用“发间眉梢脸上”，将之落到实处，让人们切切实实地感到时光的痕迹所在。这是朵拉文学语言的魅力，晓畅而不浮泛，实在而不迟滞，虚实相生，恰到好处。

在现代的生活节奏中，有人会在纷繁喧嚣的表象面前迷失方向，感受到那种异化所带来的切肤之痛。但也有人在传统的思想源泉中找到精神寄托，追求保持内心的平和与宁静，试看唐珉的一首诗：

> 缘聚/地水火风，成就/五蕴肉身你我他//说人身难得/这躯体/可是你我可是他？//不过一幢房子/借你暂住//缘灭/四大解体五蕴散/你，从未曾得/又何来失？①

这首诗除了一些佛教常用的术语之外，其语言十分明晰。作家认为人的出生乃是自然界四大因缘聚合而成的，人们无须过于迷恋自我的存在，肉身的自我乃是这茫茫宇宙的一个暂时存在的形态：因缘聚合，则种种色生，种种想出；因缘寂灭，则种种色消，种种想亡，复归空无，何尝有得失？唐珉这种通俗晓畅的语言表达，破除了世俗生活中的种种谬见的迷雾，可谓直指人心，有醍醐灌顶之感。从语言表达来看，诗歌犹如从口中朗朗而出，并不拘泥于韵律的限制，真正达到畅所欲言之境。

不过，话又说回来，如果从单纯的艺术创作要求来看，可能有人会认为这首诗只是一种说教，把佛教的教义变成诗歌的形式，没有独特自我存在，那可能不是一首好诗了。这是有趣的创作悖论。从宣扬超脱空无观的佛教理论而言，倘存有鲜明的“自我”形象，正是失败之作，因为它不究竟；若无“自我”形象，又不符合现代文学创作的“个性”化要求。这二者之见，其实无法融合，只能见仁见智了。如果硬要寻找其诗作之中的个性特征的话，也不是没有的，那就是“无我”乃是该诗的特性，无象之象，无形之形，这才是辩证的认识。

三、万语千言费思量：含蓄

社会经济在不断发展，人们的生活节奏也日益加快，于是大众审美需求变得日益平面化、浅显化和娱乐化。但作为语言艺术，文学又有自己的独特性一面。明畅的语言风格是许多创作的共同特征，但亦有含蓄的语言风格。所谓含蓄，是

---

① 唐珉：《自在》（2004），《石恋》，吉隆坡：燧火出版社，2005 年，第 51 页。

指言语表达并不直露，具有一种耐人寻味的特点。含蓄的风格，可以从思想内容上和从艺术形式看得出来。

据说捆缚时，一条绳子/总是身不由主地先扭曲/先绑住了自己/但这往往成了细节，焦点是/解开一条绳子，释放了/整个世界。①

这首哲理性的诗歌，通过某种特定的意象来言情达意，语言含蓄深刻，意义隐藏于字里行间。绳子捆绑东西时，这个动作乃是司空见惯的，但作家却能从中看到它所包含的特殊意义："一条绳子"不由自主地"扭曲"，先绑住自己，这是实情，但更是一种象征，"捆缚"是一种压制、禁锢的动作，人类社会的现象中，许多"捆缚"现象不断上演着，执行这种动作的人就是"扭曲"了自己的天性，去执行着某种压制任务的行为，这就是人"异化"的开始。从这个意义上说，整个现代社会的异化，它并不是孤立的现象，大量个体的异化，逐渐形成了一种生活方式与潮流，并裹挟着人们自愿或不自愿地进入这一体系之中。"解铃还须系铃人"，只有当许多人清醒意识到自己的处境之后，先放松自己被"扭曲"了的内心，自我的心结解开了，那么这个世界也就象解开了的绳套一样，得到释放。西方现代主义关注的是自我的"内心"感受，但什么样的"自我"内心才能使自己的世界得到释放，这才是问题的关键。如果只求自我欲望的满足和利益最大化，那么这种心结将越缠越紧，自然异化的痛苦更进一步加重。于是关键在于"解开"，以"放下"的心态，淡化个人利益最大化的追逐，自然会有意外的收获。在这首诗中，诗人通过"绳子"这一意象，揭示了现代人的心灵困境与解脱之道，可谓言有尽而意无穷。

含蓄的文学语言风格有多种多样的艺术形态，有的是技巧上，有的是形式上，有的则是语言的应用上，不一而足。

最后一轮和平主义的夕阳/在幻梦中濒临精神分裂/花影零落中，梦幻/开始创世纪的痛苦/英雄的恸哭非常哲学　做起/野兽做的梦/肉体的欢宴和灵魂的葬礼之间/英雄的诅咒伸展到人间净土/……满怀心事的蛆虫/在人间。顾盼风华。②

① 吴龙川：《绳子》(1990)，《马华当代诗选，1990—1994》，第137页。

② 林幸谦：《宴饗人间》，《马华当代诗选，1990—1994》，第85页。

诗歌表现的是人间互相残杀、弱肉强食的惨相，作家在词汇选择与搭配上，费了不少心思，通过转变词语固有的搭配方式，使之呈现出与原来表达方式大相径庭的意蕴，如“夕阳”与“精神分裂”，“创世纪的”与“痛苦”，“恸哭”与“非常哲学”，“蛆虫”与“顾盼风华”等，这种违反常规的词语搭配方式，使诗句具有一种特别的情感张力，也获得了一份耐人咀嚼的滋味。用一般的话来说，作家描绘了这样一幅令人惊心动魄的混乱以及乖张的社会众生相：和平的理念已被抛弃，信奉者对真的坚持已成为梦幻，并时时怀疑其存在的合理性，对和平主义的信仰陷入了深刻的危机。所谓“英雄的恸哭”，那是装出来的。“哲学”乃是对整个世界最高度抽象的认识，是深奥难懂的，“非常哲学”，就指这种“哭”，一样也是令人难以揣摩的。当然，所谓的“英雄”内心，并没有外表装出来的那么高深，他们的心思是粗野、残暴甚至是无情的，那是“野兽做的梦”。“蛆虫”本是令人恶心的丑陋的象征，在这乱世之中，善恶、美丑难分难辨之际，这些下贱卑鄙的丑类也有了表现和发挥的空间与舞台，在那里“顾盼风华”。这些诗句的语言，充满着令人绝望甚至窒息的丑恶现象的意象，含蓄地传达出作家对污浊不堪社会的深恶痛绝和诅咒。

> 在图腾宴上/忍着泪/把吞下的传统回吐/我吐出我的中国/自己变回蛇体/钻入黑暗的地狱/冬眠/现在中国/纯属个人的私事/梦中没有故乡/传统都在变体/独尝梦的空虚。①

这是20世纪90年代马来西亚华族青年对传统文化的复杂心态。他们不再像老一代华人那样，对中国抱着十分强烈而深厚的感情。青年一代虽然从小接触的也是华文教育，但他们以马来西亚为自己的祖国，而祖籍国中国在他们的印象中已变得模糊，当然谈不上有什么深厚的感情。在“图腾宴上”，把“吞下的传统回吐”，这是十分含蓄的情感表白。每一个民族都有自己信奉的图腾崇拜，龙、凤乃是中华民族的图腾，尤其是龙的崇拜，更是深入人心，华人均以“龙的传人”而自称。马来西亚有着完整的华文教育体系，能够把中国的文化传统较为完整地传递给下一代。不过，对于一些年轻人来说，中国的文化传统跟他们的现实生活，有着明显的隔阂，虽自小接受这方面教育，长大后却会自觉或不自觉地抵制，即“吞下的传统回吐”。那么抵制中国文化思想观念的青年一代，是否就马

① 林幸谦：《中国崇拜》（1994），《马华当代诗选，1990—1994》，第93页。

上拥抱了其他文化了呢？也未必见得。他们的梦中“没有故乡”，只是“空虚的梦”。一般来说，一个种族的文化传统，就是他们得以安身立命的精神故乡，也称为“原乡”之梦。世上难以长存无根的民族，无根种族就像无骨之肉，只能任人宰割；无土之花，唯有漂泊流浪；断裂之冰，迟早分崩离析。这是其必然的归宿。

当然，马华青年不再以自己的文化传统为豪，是有着极为复杂的社会环境大背景的。自近代以来，中华民族积贫积弱，饱受凌辱，海外华人地位也不高，只能忍气吞声过活。直至90年代中期，中国大陆的经济虽有所发展，但给人的印象依然是大而穷弱的，文化传统自然也成为落后和愚昧的代名词。从另一个角度来看，中国传统文化在异域传播，也会以某种变异的形态出现，出现变体乃是正常的现象。不过，观念的变异并不可怕，盲目排拒而又不知往何处去的迷茫心态，才是那个一代青年华人精神焦虑的原点。“独尝空虚”，可谓穷形尽相，道出了时代众生的内心矛盾。

如果说林幸谦的诗句反映的是华裔青年对文化传统的疏离，那么中原的诗歌，则是从另一个角度，含蓄地反映坚守文化传统的艰辛与无助。

> 不曾想起　乡愁原是一种/深藏心底带泪的心痛。
>
> 当星星撑起夜幕/城外的灯火已赶我上路/蓦然惊觉/历史早已将我/放逐为天涯的异客/频频回首　不断驻足/我也将留不住/最后一盏夜灯。①

同样涉及文化传统，虽然立场有所不同，结局却颇为相近。一种是主动放弃后的空虚，一种则是追求失落后的空虚。作家称乡愁为“心底带泪的心痛”，这语言具有很强的情感包容性。可以从两个方面去解读。一层是“心痛”，另一层是“带泪的”。“乡愁”与“心痛”，说明二者之间的关系乃是刻骨铭心的痛苦，而不是那种可有可无的淡淡哀愁，可见这种情感对心灵的强烈震撼；其二乃是“乡愁”与“带泪的”，“愁”历来是有多种表达方式的，《诗经·黍离》之愁，“中心摇摇”“中心如醉”“中心如噎”，此三种境界为千古愁绪之祖，而“带泪的”境界，虽与“噎”相比，没有那么痛苦，但比一般的愁来说，程度已经很深了。作家抒发的“带泪的心痛”，乃是与母文化断绝的无奈与悲哀。

① 中原：《天涯海角》，载《马华作家》，1999年6月。

长久以来，旅居海外的华侨，往往把祖国与文化传统当作自己安身立命的根，不管他们在何方漂泊，这种信念始终没有断绝。但是，第二次世界大战之后民族国家兴起，民族文化与国籍限制，客观上把诸多海外华人变成异乡之客了，他们成为被历史放逐的群体，尽管他们在文化思想上依然执着地保持着民族传统精神，但是无情的社会现实还是将这些频频回首的异乡客拒之门外，精神家园只能在虚幻的想象中得以延续。咫尺天涯，求而不得，这才是异乡客最永恒的心痛。因此，最永恒的痛苦，莫过于失根漂泊的痛苦，这首诗含蓄地传达出频频回首天涯客内心的巨大悲哀和无奈，可谓震撼人心。

丁云的《无望的都市》通过描写鸦城巴生某个英文实习班的众生相，折射出畸形社会的某些吊诡而又令人绝望的现象，是现代都市社会生活某一侧面的真实写照，在小说的结尾处，作家写道：

> 还是迁徙，像冰河时期，还是围城的状态，有些人幻灭，背起行囊离开。有些人充满企望与梦想，涌进这里。黄昏、乌鸦港上黄昏，鸦群漫天，喋喋不休吵嚣。人们习以为常，继续散步、SHOPPING 、玩乐、吃饭、做爱与繁衍下一代。滚滚黄流，依旧飘浮着动物的腐尸、藻类、垃圾、卫生棉、破家具、婴儿尿片。
>
> 他看见最大件的垃圾，也飘浮河上，悚然是个招牌。
>
> 招牌写着：××华文小学。①

在这里，写乌鸦归巢的，自古不乏相关的描写，宋代戴复古的“群鸦争晚噪，一意送斜阳。”（《访杨伯子监丞自白沙问路而去》）辛弃疾的《鹧鸪天》不时也有噪鸦的意象，“昨日寒鸦一片愁，柳塘新绿却温柔。”“平冈细草鸣黄犊，斜日寒林点暮鸦。”古人所写的暮鸦晚噪，是一种自然现象，大都会引起诗人的某种诗兴，或愁或思，不一而足。鲁迅的《无题》“英雄多故谋夫病，泪洒崇陵噪暮鸦”，这里的“暮鸦”就带有一种嘈杂、紊乱不堪的意味。丁云在这里所写的“吵嚣”的归鸦，大体上与鲁迅的“噪暮鸦”是相近的，同时又能引发人们的愁思。把握住了这一点，就可以看出人们离开都市，或者涌进都市的行为，都像这“噪鸦”一样盲目、混乱，作家不厌其烦地描写人们日常吃、喝、玩乐的行为，这只是普通人的生存状态的体现。表面上他们也有一定的目的性，其实与

---

① 丁云：《无望的都市》，吉隆坡：爝火出版社，2005 年，第 119 页。

"噪鸦"没有什么两样，都只是顺从身体欲望的驱动，现出庸碌无奇生活一面而已。滚滚黄流，飘浮着各式各样的物件，有些甚至是丑陋、令人作呕的。

作家像用放大镜一般地加以逐一罗列，目的在于说明这"黄流"并非实体之流，乃是人的欲望之流，因各种欲望而滋生出来的各类令人恶心现象。不过，这欲望之流往往会泥沙俱下，结果是玉石俱焚，"华文小学"命运就是如此。在追求利益最大化的时代，不能立竿见影地给人带来物质利益的华语，也一样受到无情的抛弃。长期以来，在新、马一带，学习华文者或华校毕业生的工资，总体比英校毕业生差一大截，经济地位的巨大落差，给人们留下抹不去的阴影，所以，学习华文就意味着种下了落后贫穷的种子，这也是人们急于"送穷"的原因。

通过这段文字，作家越是把现实社会的庸碌、丑陋刻划得细致，越体现其内心对这物欲横流世界的不满与绝望，含蓄地表达了对这世界丑恶现象的冷峻批判，同时也掩饰不住作家对随波逐流弱势群体困窘生活的无奈和深深的叹息。

含蓄的语言风格，我们除了在内容上可以感受到之外，也能从形式上感受得到。

山林里底荒塚，
总爱把思念
孤独地雕刻成
一
柱
图
腾。①

在这些文字中，作家将"一柱图腾"拆开分行排列，其实是有深意的安排，含蓄地体现出作家的审美观和沙捞越的独特风情。这要从沙捞越土著居民的生活与习俗来解释，土著居民习惯在死者的坟前树一根雕满各种图腾形象的木桩，只不过大小不同而已，因此这种传达出美与逝者身份地位及纪念意义的雕刻作品，就成为土著居民感情的表达方式之一，如果我们把这种习俗参照诗歌的上下文联系起来考察，就会发现"一/柱/图/腾"的形状，恰似那矗立在荒塚前的墓碑。当然，如果从人类的发展历史来看，墓碑是较迟出现的，早期的中国先人大都以

① 沈庆旺：《哭乡》，《哭乡的图腾》，诗巫：诗巫中华文艺社，1994年，第21页。

"树封"来作为墓碑。树柱子其实正是人类早期的习俗的遗存。单字矗立排列如柱的方式，按当地风俗习惯来看的话，适用于表达较为庄重、严肃的话题，如同土著树碑时的那种虔诚与庄重，不可随意。因为这个原因，沈庆旺在诗歌创作中已不知不觉地使用了这种颇具象征意义的诗歌表达方式，具有很强的地域色彩。

如"浓浓酸酸涩涩的/故乡酒/拒/绝/乡/愁。"① 这种语言与排列方式，情感表达完全融为一体，犹如打桩一般，一字一顿，沉实有力地冲击着读者的心灵。

这种以外在形式来表达感情的现象，在现在的不少诗作语言中还可以常常看到，让读者从外表形式上就可以感受到那隐藏于其中的深意。

出力拉
拉
拉
出汗拉
拉
拉
出血拉
拉
拉
出泪拉
拉
拉
拉弓了背
拉弯了腰
拉直了电缆
拉到天黑
拉到天亮
拉到每一家的门口
灯
笑②

---

① 沈庆旺：《浓浓酸酸涩涩的故乡酒》，《哭乡的图腾》，诗巫：诗巫中华文艺社，1994 年，第 28 页。

② 秋山：《牵夫》，《一树芬芳等你》，吉隆坡：马来西亚福建社团联合会，1995 年，第 36 页。

这首诗在语言排列形式上颇值得玩味。诗歌描写纤夫们的辛劳生活，这在古今中外作品中也不时有所体现，但是用文字排列的形式，直观地展示出纤夫生活苦与乐、悲与喜，是不多见的。先从诗句的字眼安排来看，通篇满是充斥着"拉"字，这不仅表示一种动作，同时也传达出纤绳的意象，由"拉"这根纤绳连结着牵夫们的喜怒哀乐等一切行动，连结着现代社会和他们家人的变迁与期待。总而言之，这一条"拉"字绳索，贯穿着纤夫们的一生，也决定了他们的一生世界活动范围。

从纤夫的几个主要活动来看，作家用"出力拉""出汗拉""出血拉""出泪拉"，这几个层次，集中体现为"血、泪、力、汗"，正是纤夫们艰辛谋生的真实写照，无论多大的痛苦，他们都得承受，这也是象征着生活的重压下，他们所体现出来的坚韧不拔的意志。

如果从另一个角度来考察，我们所看到可能是另一番情景，诗歌中的每一个字，仿佛代表着每一个人，那不就是一群纤夫在艰难拖船的形象写照吗？这是左边排列的意象所体现出来的象征性意义。而右边的"拉弓了背……拉到每一家门口"，则紧紧排列在一起，这些紧致排列的语句，犹如一艘被拉着的船，其内容则十分丰富，也象征着纤夫的生活其实也是如此，可能拉了一辈子的船，背也驼了，腰也弯了，这是这项职业所带来的副作用，但他们的付出也并非都是无谓的，那就是换来家庭的安乐，"灯笑"，这说明了家庭幸福的渴望是他们工作的强大动力。

如果从"灯笑"这两个字的意义来推敲的话，那么这可以说明这根长长的生活"纤绳"何以套在他们身上，并无怨无悔工作的原因，那就是纤夫们为了谋得生活的温暖，家庭的安乐，这是他们最好的补偿与强大的动力。

从这首诗的情感趣味来审视的话，虽然有着艰辛与苦涩，但也不乏温馨与祥和。世界名画《伏尔加河上的纤夫》，同样是描写纤夫的，但其内涵则透露出沉重的苦难以及深不可测的黑暗深渊的味道，是对这个世界最强烈的控诉和诅咒；臧克家的《老马》，虽非纤夫，内容相近，情感则显得凄怆悲凉。其趣味则是完全不同的。

李忆莙的含蓄语言，形成某一种具有特别意味的形式，传达出作家没有完全说出来的话。现以下文句子为例：

> 这江，这水，构成多少人心目中的图像？七十年前，萧红，那个不断飘泊的女子，她必定也曾多次站在这江风寒冽劲吹的江畔，神思恍惚

地望着江心，经历了无数次挣扎与不舍，才挥别了哈尔滨，挥别了松花江，也挥别了呼兰河。自此之后不曾踏足故土。1942 年，以 31 岁的风华之年病故于香港。寂寞的心境，孤独的灵魂，思之怎不令人怆然？我忽然有种冲动，也想从中央大街的南端走出去，或坐火车，或乘搭汽车，到几十公里以外的呼兰县去，去看一看萧红的呼兰河，去寻访《呼兰河传》中所描写的“后花园”，那是一座很旧的院落，芳草萋萋。听说几年前已修复为“萧红故居”。多少年了，那飘泊的灵魂应该回家了吧？①

作家在文章的开头谈到来东北是为了萧红，那是一种矫情，似乎在有意掩饰萧红在心中的地位。不过，她在行文中又不断出现萧红作品中的某些情节、意象，可以说作家是在呼吸着由萧红作品营造环境的特殊空气里，并不时跳出作品进行议论，在文章的结尾之处，作家用含蓄的表达方式，传达出对萧红的敬仰、同情、惋惜等诸多复杂的情感。

作家通过松花江畔流淌的江水，思绪飞翔，与萧红在哈尔滨漂泊的生活相联系，及其客死异乡的寂寞与孤独。作家使用短句、长句夹杂以及排比的手法，营造出一种顿挫感与情感表达力度。开头用了四个短句，或两字、或五字为一句，使感情的表达呈现出顿挫，目的在于压实感情的空隙，随后用三个“挥别了”的排比句，让这种情感得到暂时的释放，给人一种“黄鹤一去不复还，白云千载空悠悠”的时空感叹。当然情感还是相当节制的。随后语言的节奏又迅速加快，与那种“冲动”“出去”看萧红故居的情感合拍，不远迢迢，只是为了一睹故居，作家的情感沸腾了。随后作家马上又用了一句短句，“多少年了”，截断了这股强烈的文气，反以“那漂泊的灵魂应该回家了吧?”这样舒缓的调子来结束。从文气的表达上看，这里的文气有低迴，也有高扬，但又迅即转为舒徐，正体现出作家语言含蓄的独到功力。表面上看，最后的舒缓性句子，效果不如趁势上扬的语句。如果从全文创作的立足点来看的话，这样的艺术效果又是最佳的。因为文章所求，乃在于精神的交流与契合，最后一句话，使用的是宛若老朋友久别重逢式的问候，显得亲切、细腻与温馨，理解中有同情和敬仰，正是女性作家特有的情怀与风格。

---

① 李忆莙：《寻访萧红的商市街》，骆明编《亚细安散文》，新加坡：新加坡文艺协会，2008 年，第 262 页。

第三章 马来西亚华文文学语言风格的独特性

从上以各个不同历史时期可以看到，马华文学语言的风格随着社会的发展变化，逐渐形成了具有自己独特性的一面，使之既有中国文化的共同性，又具有强烈的马来西亚本土性的特征。具体而言，其风格的独特性具有时代性与本土性的交汇、主导性与多样性的统一，并具有多种价值。现就此进一步详加论述。

一、时代性与本土性的交汇

从马来亚到马来西亚的不同时期，马华文学语言不断地随着社会的演进而不断发展。马华文学语言在马来亚时期，与中国大陆的交流与互动是相当频繁的，但自从“紧急状态法”实施以后，马华文学与中国大陆的联系被切断了，马华文学从此走上了独立发展的道路，马华文学语言的独立发展个性也渐次展现出来。

从20世纪60年代到90年代，这30年正是东南亚许多国家经济建设的黄金时期。这与第二次世界大战之后，西方资本主义社会的经济恢复、东南亚诸国独立后经济建设有着紧密联系。在冷战这个大背景影响下，中国的政治、经济对东南亚的影响力很小，同样，文学方面的直接影响也很微弱。另外，东南亚各国政府的文化政策各异，华文文学也因此呈现出诸多复杂面貌，但无论如何，华文文学的本土化已是日益加强了。马华文学语言在这个时期所体现出来的郁实、忧愤、灵动、雅丽、幽默五种特征，也是基于马华社会现实而体现出来的。

新马华文文学有着共同的传统，新、马分家后，华文文学也各寻出路。由于剑拔弩张式的奋争时代已经过去，新华文学的语言也与马华文学一样有了改变。同样是写社会底层的生活，作家的语言特征呈现出与马华既有相似又有区别的特点来，那就是对都市的百态反映更为集中。现以新华作家田流的作品为例。

麦文仪早已闻说某一巷里的娼妓，非仅环肥燕瘦，同时还包括不同肤色的应召女郎。迩近因为艾滋病蔓延的影响，娼寮的生意稍见清淡，寻欢客的嫖妓费用也略见廉宜。麦文仪宛似个色中饿鬼，光顾娼寮也无需认真选择，对妓女们的姿色也没多大计较，任由老鸨的吹嘘及胡诌，诳说给他介绍一个刚刚卸下文牍工作，为了家族经济，冀图赚取更多的入息而操此丑业的惹火女郎，让他享度春宵。[1]

在战前的马华文学作品里，描写妓女生活的作品并不少，作家们大都是以人道主义这个特殊的视角来反映底层人民的苦难，期盼社会的公平与清明。随着新马社会经济在战后的迅速崛起，人们为了生存而卖命的现象少了，然腐化堕落的生活现象，随着经济的蓬勃发展，反倒显得兴旺起来。于是文学作品中转而集中揭示人性丑恶的一面，阶级对立、阶层分化则退为其次。这段文字的语言，在幽默的表达中，流露出强烈的讽刺意味。从词语的选择上，如“娼寮”“饿鬼”“寻欢客”“丑业”“吹嘘”“胡诌”“惹火”等，这些用语，都属贬义词，由此可见作家的鲜明的批判态度。同时，有些词如“娼寮”“丑业”“惹火”等，在中国文学作品里则很少见，更多地体现为新马一带人们的常用语，具有很强的地域色彩和本土化倾向。如果从本段文字的节奏看，句子之间字数相对均齐，音步也相应显得一致，没有突然的变化；在韵脚上，平仄相间，抑扬起伏，平整中又略显变化。可见，作家在叙述过程中，是以一种较为从容舒徐的心态，以幽默的语言来表达对这一现象的不满，但并未因此而愤懑、激动等，也无三四十代那种深沉的怜悯与同情，是针对人性丑恶面的漫画式讥讽，是都市欲望叙事的真实呈现。

在反映社会真实性方面，其他东南亚国家的华文语言均有不同的方式，使之显得丰富多彩，又具有鲜明的地域特征。泰华文学中就有不少作品采用潮汕方言歌谣，如催眠歌“去时草鞋共雨伞，来时白马挂金鞍”。[2] 民间歌谣历来具有很强的时代性特征，它是社会百态众生的形象写照，也是现实社会中的某种投射。如催眠歌中的内容，初看并无太深含义，实则颇耐咀嚼。“草鞋”“雨伞”乃是普通百姓日常用物，以此喻指庶民；“白马”“金鞍”则是富贵人家的象征。一去一来，岁月流转，境遇大异，反映了百姓心中那种最为纯朴的发家致富愿望。从用语来看，自然不是现代社会的流传歌谣，而是带着南方社会世世代代相传的儿孙成材的美好期盼。在现代泰国社会里，旧时的草鞋雨伞、白马金鞍诸物虽不复有，然而望子成龙的心态依然存在，所以这种歌谣也有其应有的生命力。

如果说泰华作家使用的是潮汕方言，那么菲华作家则以闽南人为主，他们在

---

① 田流：《又是头一遭》。转引自《东南亚华文文学语言研究》，厦门：厦门大学出版社，2001 年，第 123 页。

② 详见李国正：《东南亚华文文学语言研究》，厦门：厦门大学出版社，2001 年，第 185 页。

作品中大量使用闽南方言语词及俗语等，使语言具有浓郁的闽南特色。如番客（从菲律宾回来的华侨）、番婆（对菲妇女的称呼）、某（妻子）、恁父（男子自称，表示自负、发怒或开玩笑时的口头禅）、眠床（床）、代志（事情有）、生理（生意）、豆乳（豆浆）、肉圆（肉丸）、古意（老实）、水（美，多指女性）、缘投（英俊，多指男性）、贵气（高贵）、歹（坏）、衰（倒霉）、厝（房子）、子婿（女婿）、放工（下班）、年兜晚（除夕夜）、割香（到远方寺庙取香火来本乡的迎神游行，盛行于闽南与台湾）等。[①] 除了直接引用菲语、英语、西班牙语的词汇外，菲华作品中还有大量的音译菲语词，如大家乐（Tagalog，他加禄语，即菲国语）、引叔（Instik，菲华对中国人的称呼）、沓当（Dadang，老叔或老伯）、大呆（Tatay，爸爸）、夏乐夏乐（Halo－Halo，一种甜食冷饮）等，此外还有大量得用汉语与菲语语音构成的新词，如怡江、马罗山、武乐刀、描利宋刀、玛迷妮街、罗哈示大道等。[②]

从以上的语言本土性强化可以看到，华文文学语言在描绘当地人民生活的时候，大大增加了汉语的表达能力，也使语言呈现出丰富多彩的特征。自十九世纪以来的一百多年间，中国因国力衰微，积贫积弱，许多在海外谋生华侨，为了生存，不得不忍受各种难以言喻的痛苦与辛酸，其中所历的坎坷亦是一言难尽。在这样的背景下，菲华诗人云鹤《野生植物》描绘了这样一群坚忍异常的民族，成为华侨的辛酸史的缩影。

> 有叶/却没有茎/有茎/却没有根/有根/却没有泥土/那是一种野生植物/名字叫/华侨

全诗从内容上看，无一字涉及忧愤，但通篇却自流露出这样一种神韵来。全诗两节一换韵，相对显得短促，使情绪难以自然抒发就停顿了，造成强烈的顿挫韵律感；从音步看，每个音步都是由单音节或双音节构成的，所以主音节奏短促，类似于脱口而出的呼喊，是无数世代华侨内心情感的迸发，其构成的意象给读者留下深刻的印记；全诗有 21 个仄声字，却只有 11 个平声字，其中第三、四、五句仄、平相间，语音效果较为平稳。但从整体上看，由于仄声字占了绝对的优势，声调显得短促压抑，造成全诗低沉抑郁的基调，这正好与作家所要表达的思想感情相吻合；从修辞角度来看，诗人以顶针手法，把诗句意象联系在一

① 李国正：《东南亚华文文学语言研究》，厦门：厦门大学出版社，2001 年，第 265 页。
② 李国正：《东南亚华文文学语言研究》，第 270－271 页。

起，仿佛是一棵节节相生的植物，语断意连，一气呵成。诗人以沉郁的旋律诉说着千百万海外华侨华人浪迹天涯、寄人篱下的命运，在令人黯然神伤的同时，也流露出对华侨饱受屈辱生活的深深忧愤。

诗歌语言表达一向讲究精确传神为主。这不仅表现在诗人创作上，我们也可以在民间歌谣中看到这种充满灵性的语言风格。如泰华作家在创作时，就引用了一些民谣，产生了极佳的艺术效果。如梅县客家山歌"入山看见藤缠树，出山看见树缠藤。树死藤生缠到死，藤死树生死也缠。"① 山歌中的"入山""出山"既为实写，亦为虚写，泛指时世迁流，所见景只有一种，却灵活地由"藤缠树"换成"树缠藤"，腾挪变化，倏忽轻盈，"藤"与"树"的生死纠缠，死死生生，生生死死永不休止，正是现实社会中的爱情魔力写照。相爱之人，他们的感情是生死不渝的，而山歌中的"树死藤缠""藤死树生"的语言，表面上虽为语序的简单调换，实际上却是表达对象的灵活对换，表达的却是这种不变的情怀，令人叹服不已。好的语言表达，不一定要花哨漂亮，只要灵活调度，自然产生梦幻迷离般的表达效果和感人力量。

文学语言风格，在不同国家虽然会出现相似的一面，但马华文学语言在这一时期所体现的风格，却是这个社会华人心态的总特征，与其他国家的语言风格具有一定的区别。从语言风格来看，作家的审美追求呈现出多种多样的特色，郁实、忧愤是现实主义主潮的体现，而灵动、雅丽则不少是现代派诗人的追求，幽默则是文学娱乐性的另一面的体现。马华文学语言也映衬出时代大潮滚滚向前的涛声，在历史的天际回响。

进入20世纪90年代之后，随着中国的改革开放政策的推进，中国与东南亚各国的政治、经济、文化交流也日益密切起来，这使东南亚各国的华文文学语言，面对这一历史机遇，逐渐发生了改变。由于每一个国家的社会环境不同，文学语言的发展也呈现出迥异的风貌。如复苏之后的印华文学，是在经历过惨痛的大暴乱之后的血痕上，逐渐发出声音的，因此，其语言风格也与第二次世界大战之后不久的马华文学语言相类似的特征，在悲愤之中，带着无限的沧桑之气。

1998年5月，印度尼西亚爆发了针对华人骇人听闻的种族大骚乱。"百年古邑风云变，五月华人血泪滔"② 是对这场暴乱的最沉痛的概括。1998年5月13日，雅加达上空腥风血雨，浓烟冲天，一场惊天动地的疯狂暴乱发生了，《一江乌水向海流》所描写的就是这一场暴乱，其标题是从"一江春水向东流"中化

① 李国正：《东南亚华文文学语言研究》，厦门：厦门大学出版社，2001年，第185页。

② 戴俊德：《唐人街即景有感》，《儒雅余韵》，雅加达：印华写作者协会，2009年，第44页。

用过来的。文末写道："梭罗河呀梭罗河，我们美丽的故乡。问君能有几多愁？恰似一江乌水向海流……"前两句是歌谣，后两句是旧词，虽古今中外内容不一，却能和谐地组成一体。① 带着两种文化风格的各自印记，如同五味杂陈，呈现出印华社会对印度尼西亚这块土地爱恨交织、悲婉无奈的心态。

现再以叶竹的《乌雨伞》来看看印华文学语言在此时期的表达特点。

伞开来便是一阵天昏地暗
能为我顶住弹林枪雨吗
伞里
有文明的野火在烧烤派对
抢烧辱后仍然手舞足蹈
最后再把我那一层薄薄的黄皮
拿去烧成沙嗲
不辣也得脆的早已握在
持伞人的掌中
开阖折拆
任人处治②

这首诗的语言，并没有较为鲜明韵脚，即使有，也相距甚远，所以在语言韵律上给人以破碎、不连贯的感觉。然而全篇语言所传达出来的炽热感情又具灼人之痛，这个效果就与感情的极度悲愤，犹如四处迸发的火星一般，虽则散乱而光芒耀目。从修辞来看，诗歌采用疑问、对比、反语、拟物等手法，映衬出华人在大暴乱之中忍受非人般的凌辱、饱受摧残的悲惨境遇。

当惨烈的遭遇逐渐过去之后，印华语言风格的悲愤色彩也渐次淡去。作家在语言中强调意近旨远的含蓄特征，阿里安在诗歌中，善于用象征之法来表达印度尼西亚华族坚忍顽强的意志，"在血脉淌流梭罗河/手掌延伸万里长城/椰风蕉雨中栽植梅兰菊竹/两块土地叠成不塌的舞台。"③"梭罗河""椰风蕉雨"与"万里长城""梅兰菊竹"是中华文化与印度尼西亚文化的典型代表，那"不塌的舞台"，正是这一群具有强烈的文化自觉与使命感的作家共同支撑起来。于是自然

① 李国正：《东南亚华文文学语言研究》，厦门：厦门大学出版社，2001 年，第 244 页。
② 李国正：《东南亚华文文学语言研究》，厦门：厦门大学出版社，2001 年，第 246 页。
③ 阿里安：《长路醉语》，香港：香港千岛出版社，2008 年，第 6 页。

就有“鬓边霜白的老人伏案/用生命加速追赶黎明。”① “一支笔管倾吐一腔血……一摊热血在纸上呼啸。”② 这已经不是用文字来进行创作，而是用生命在创作，笔底饱含风霜之气，隐有雷声，令人不觉肃然起敬而又激昂不已。

新加坡的华文文学语言风格，与马华文学语言较为相近。作为发达的工商业城市国家，新华作家取材或聚焦都市风情，或揭人性的隐显，或绘异域风情，明畅的语言风格，于适应都市社会人们快节奏的生活倒较为合宜。如尤今的旅行散文，就具有此类特点，让人们在繁忙的工作之余，精神随其卧游。《爱惧交加话火锅》就是这样写重庆的“山城火锅”：首先是视觉，“锅里盛着的，与其说是汤，不如说是油”，又浓又黑的汤中，“有不计其数的辣椒干，正穷凶极恶的浮在那一层厚厚的油上面，鲜红鲜红的闪着狰狞的亮光，”一开始就大量地渲染火锅辣得可怕，使人未食先惧。随后笔锋一转，听觉、味觉一齐调动，食物烫熟之后，放在蒜泥里蘸着，“‘嗤’的一声，化解了那烫舌的热气，使入口的食物变得辣而不燥、甘而不干、润而不涩”，甚至还“温柔敦厚”，给读者以暂时的宽心。但这东西进肚之后，“不顾一切的在身体里燃烧起来，烧的人汗下如雨，坐立不安，”这时，作家意犹未尽，又把读者抛人另一种更热、更辣的境界之中，夏天吃火锅，“天气热，火锅热，热热相逼、内外夹攻，可是围在火锅前的四川人，却面不改色地吃得痛快淋漓、在狂流的臭汗里细细品尝那令人‘怒发冲冠’的辣，也许特具刺激性哪!”从作家的语言表达特点来看，尤今的语言明畅，力道集于“畅”上，她善于用绘声绘色的语言加以修饰，突出事物的某一方面的特征，犹如使用聚光灯一样，吸引读者的注意力去把握事物，故而给人留下了一幅幅色彩鲜明的的画面。

同为新华作家张曦娜的语言，虽亦具明畅，但其集中于“明”，如同家常谈话般亲切，娓娓道来。现举一例。

> 江南走一遍，我再问自己：为何全世界中蛊一般，为“Gangnam Style”疯狂？可我还没有答案。也许吧，在全球经济持续笼罩着阴霾的年代里，对于背负着沉重负债的欧美人士来说，嘻哈搞笑的舞曲 Gangnam Style 也好，可以手脚齐动，集体宣泄一番的骑马舞也罢，都是放下压力，暂时忘却压力，暂时忘却烦恼的解脱方式。哎，谁说不是呢，活

① 莎萍：《伏案》，《感情的河》，雅加达：印华写作者协会，2008 年，第 10 页。
② 阿里安：《牵思》，《长路醉语》，香港：香港千岛出版社，2008 年，第 55 页。

在这世上，有时还真的要无聊一下！[①]

韩国的“鸟叔”，本是藉藉无名的艺人，他无意中在网络上传了自娱自乐的搞怪骑马舞——Gangnam Style，顿时红遍全球。人们不问贵贱尊卑，对此搞怪舞蹈模仿效行，蔚然成风。首先，“中蛊”一词，是具有独特地域色彩的词语，“蛊”是一种毒，可以药毒，也可以为鬼神所加之害，轻者言语失常，或行动诡异，重者丧命。中国大陆蛊毒不盛，这个词语自然用得少了，但由于巫蛊在东南亚民间依然存在，人们莫不谈之色变，于是在大陆不频繁使用的词语，在东南亚这些地方成为高频词，这就是语言的时代性变化本土性交汇的结果。其次，张曦娜对此做一番探究，这段文字中，作家用家常聊天一般的口气，谈了自己的观点，尤其使用“哎”“呢”这一类的语气词，更显得轻松随意，而“无聊一下”从严格的语法规范来看，是有语病的，但当用于口头表达时，这种小语病似乎无足挂齿——只要不影响意思的表达，读者或者听众能够明白，口头语的不规范是不必介意的。再次，我们如果从学理角度上来看作家对原因的推究，就会发现，她只是从日常心理角度来谈，并无太多的深入与发挥。从严格的意义来讲，一种时尚的流行，与社会的政治、经济、文化及人们的心理都有密不可分的关系，甚至还可以上升到哲理高度来认识，而这一些又显得遥不可攀了，学术研究和文学创作毕竟不一样，作家还是回归到人世情理之中来——以“无聊一下”的感性认识作为总结。这正体现出“明”字的风格。

作家们的艺术追求各不相同，有的是以明畅为特征，有的则追求文字词藻的优美，都各有讲究。讲词藻者，倾向于语言的精雅，如新加坡李成利的散文，其语言就具有此类特征：

> 年轻的风采，好象三月天的春风，吹遍青青的原野，让大地苏醒，让大地勃发无穷生机，惊叹为钟灵毓秀。大地，稻海扬金波，麦浪滚滚、竹丛间木耳香，山林树木葱茏，繁花四处攀爬四方，沃野如诗可画。走过深山幽谷，诗路回扬，文学悠悠的清馨，叫人微醺。一系列的一点一滴，震撼生灭震撼动静，瞬间的印迹，凡俗眼光是看也看不出一个所以然来的。[②]

---

① 张曦娜：《可以无聊一下的年代》，《开罗紫玫瑰》，新加坡：新加坡文艺协会，2012 年，第 89 页。

② 李成利：《笔到中年好留灰》，《新华 2012 年度文选》，新加坡文艺协会，2013 年，第 74 页。

这一段文字，从表达的内容来看，其实是很简单的。若从句子的结构来看，“风采”二字，对它的修饰语达三句之多，从“好象”开始，直到“叫人微醺。”每一句又都是三五句排比罗列，形成了十分繁复的意象。也就是说，该段文字不谓“精”，但作家又用各层次的富有诗意的意象组成，使之形成一种共同的思想倾向，在语言上还是可以谓为“雅”的。举凡这些三月春风、青青原野、大地苏醒、稻海、麦浪、竹丛、山林、繁花、沃野、邃谷等意象，无不与“年轻的风采”相为呼应，这些都是大自然最富有生命力的体现，恰如人生的青年时代，充满朝气与活力。当然，大自然呈现给人们不仅是生机和活力，它也有衰败枯残的一面，只不过它们已被作家用特殊的语言之网过滤了，于是人们体会到的就是那种美好的一面。何以知其过滤？这一段文字也可以看出作家的良苦用心，“震撼生灭震撼动静”“生灭”“动静”乃是大自然的常态。从人的感受来看，眼耳鼻舌身意为六根，意觉生灭，耳听动静，眼观诸色，鼻嗅香气，舌尝甘苦，身触顺逆，诸象皆出，都在这文字中有所体现，这种从宗教般感受的角度来写，自然是凡俗人等所无法体会的，于是才会有“笔到中年好留灰”的深深感慨。自然，文字之雅，则近乎古雅之美了。

东南亚社会经历了20世纪后半叶的经济飞速发展，也繁盛过一段时间，一些国家获得过亚洲的“小龙”“小虎”诸如此类的别名，但90年代的经济危机，把这些国家数十年的成果积淀，冲刷殆尽，此后便元气大伤，风光难现。此前积聚的各种社会矛盾也随之浮出水面。60年代以写《北斗》而成名的菲华诗人陈扶助，面对纷繁复杂的社会现象，以形象明快的语言，道出芸芸众生无路可走的窘境：

马逃不出圈，
猪羊逃不出圈，
人间有个大牧场，
所有出路，
条条给欲望的
符箓封死了！[①]

这是极为深刻的彻悟。马、猪、羊与人的命运本非处于同一层次上，但作为

① 陈扶助：《隽语·大牧场众生相》，北京：文化艺术出版社，2012年。

众生，其命运背后虽各有原因，然皆非本因。作家认为，表面上，是“符箓”封住了出路，更深层的本因就是种种欲望交织、缠绕，导致了无路可逃的结局。过盛的欲望也导致了过多的灾难，现代的人痛苦也正源于此。“符箓”本来是用于禁锢鬼神活动的象征性符号，人类自身即为空相，“菩提本无树，明镜亦非台，本来无一物，何处惹尘埃?”六祖慧能以破除我执、法执空相的伟大见识，道出了人间的种种空相。然而没有认识到这一层次的人，就会被各种各样的欲望所拘禁，永世不得解脱。可以说，此诗道尽了欲望对于人类的影响的极大能力，也道出了人类自我解放的根本出路。

陈扶助不仅写现代诗，也工于古体，他努力寻找一种当代心态浮躁的人们能会心的语言表达方式，即这种方式既明白，又不失深刻；既自然，又不失含蓄。颇受读者青睐。如他的《博君一粲》“亿万富翁有句口头禅/我赚的都是血汗钱。/没有错，/他的钱都是工人们/用血汗挣来的。”诗句中的“血汗钱”暗藏玄机，前者是伪装，是亿万富翁用“自己”的血汗钱来作包装，后者是剥开伪装，还原出事实的真相。《掌声》也是如此。“最慷慨的掌声，/送给所有比自己/优秀的人。/最无格的掌声，/来自一双双拍马屁的手。”作家以独具特色的语言和思维方式，犹如“古稀老人挑橘子/不看皮，/只相信味道。”（《信与实》）从司空见惯的事物中找出它们所隐藏的种种意外之象，让人在看到事物真相时，又体验一种机智洒脱的审美情趣。

文学语言的风格特点，历来因人而异。同一个社会环境，往往也会有不同的风格，这都是很自然的现象。菲华散文家柯清淡，在文学语言上追求几近苛刻，他力求用最平淡无奇的语言，来传达最丰富的内涵。我们可以从其偶作之诗看到这一点。《留痕》一诗所写的是，在长城之上，许多人在石头上留下的痕迹，有来自祖国各省及台湾、香港等地的游客名姓，他们都已是祖国大家庭中的一员。正当“我”拿出西洋的刀叉，也想在这石头刻下自己的名姓时，疑心《龙之族谱》“已无我的户籍”，“只好抖著手刻下：/海外一遗民鬓霜到此!”[①] 粗看此诗不甚显眼，细琢其词，其精神则令人动容。

其中有三个关键字：“刀叉”“遗民”“鬓霜”。“刀叉”是日常餐具，与筷子具有相同的用途和相异的方式，其背后则代表着不同文化体系。诗人在此用“刀叉”二字，说明了旅者不仅国籍改变了，连文化观、思维方式也已深深融入异邦之中，是不折不扣的中华血统外国人；“遗民”有多种意思，如亡国之民，

① 柯清淡：《留痕》，载《联合日报》，1996年8月29日。

或改朝换代后不仕新朝的人。从此诗的含义所指，应该不是指这种政治意义上的概念，而是指普通的后裔之意，后裔是一种自然人概念，与国籍、文化都不相关；“鬓霜”二字，饱含着无限的历史沧桑，我们不知道旅者因何离开，但可以肯定他的归来已是数十年岁月迁变，少小离家，老大还乡。离而知返，说明旅者心中，始终有一个祖国的观念，这种观念无论时间和间隔多大，都不会磨灭。于是，诗中体现出的是一个对祖国念念不忘的老华人，身处异邦，心向祖国，虽有文化认同，却无法得到接纳的痛苦心情。这种痛苦，乃是一种漂泊无依、无所适从的精神之痛，令人动容。这就是含蓄语言风格的特殊魅力。

二、 主导性与多样性的统一

马华文学语言风格及特点的形成与发展，自身又是主导性与多样性的统一。前面所讲过的时代性与本土性的交汇问题，其实在许多国家的文学语言发展过程中也一样会出现，只不过本土性各有差别罢了。归根到底，文学语言的风格特点之中，依然有一种特点起着主导性的作用，这种主导性其实就是本土性。在文学语言本土性的发展道路上，会出现大大小小不同流派、不同风格的语言特点，它们又与本土性一道，共同形成了马华文学语言发展的总体风貌。

马华文学语言风格本土性主导作用的形成，是与环境分不开的。文学作为一种反映社会、人生的语言艺术，它必然要受到多方面的影响，大而言之如自然环境、社会环境、文化环境等；小而言之，如作家各自不同的经历、修养、观点、爱好、创作心态、创作技巧，乃至用语习惯等等，都能对文学语言产生影响。马华文学语言与其他国家的语言相比较，其突出的影响可以从以下几个方面加以考察，即自然环境、社会文化背景、作家个人因素这三大方面对马华文学语言产生影响，并由此形成了马华文学语言风格的独特性。

自然环境因素在相当大的程度上对文学语言产生了明显的影响。一个地区的地形、地势、气候、水文、植被以及地貌等地理环境不可能不影响人们的生活方式，因此，在反映一个地区人们生活的同时，一些自然环境因素也无形之中被作家摄入他们的作品，构成了富有地方性色彩的生动画面。

马来西亚位于亚洲大陆和东南亚群岛的衔接部分，由马来半岛南部（俗称西马）、婆罗洲岛北部（俗称东马）这两部分组成，东马与西马隔着750公里的南海。西马的中央山脉（吉保山脉）由北向南延伸，形成了丘陵与高地，东西两侧是冲积平原。东马的沙捞越地势由东南向西北倾斜，沙巴由中部向东西两侧递降。由于马来西亚处于北纬2°～6°之间，四周为海洋所包围，它的气候就是典型的热带雨林（海洋）气候，其气候的主要特征就是终年高温多雨，相对湿度大。因为临海，温度变化不大，低地在26°C～27°C之间，金马仑高原一带，终年气温在15°C～25°C左右。雨量充沛，雷阵雨较多。早晨和夜间凉爽，下午闷热并降雷阵雨。①

高温多雨的气候使马来西亚的植物生长茂盛，森林覆盖率高，植物群落丰富多样。当地种植着大量热带作物如橡胶、椰子、油棕、胡椒、可可等，它们已成为作家们笔下耳熟能详的对象。河流是哺育人类的乳汁，人类的生活与河流息息相关。马来西亚的河流众多，水力资源丰富，虽然河流不长，水流量却很大，不少河流都可通航。拉让江、彭亨河、霹雳河、巴兰河等河流在马华作家的歌咏中不时出现。

因此，烟波浩渺的大海、茂密的原始森林、闷热的天气、如火的骄阳、狂暴的雷雨、奔腾不息的大河、如雷般轰鸣的潮声、流着滴滴白汁的“血树”、颗颗香气馥郁的胡椒、青面獠牙的榴梿……深深地烙在马华文学的篇章里，并不时散发出一股热带所特有的灼人的气息，形成了马华文学语言所特有的地域性。值得注意的是，马来西亚各地华文语言也有地域性差别，如西马作家的语言与东马的便有细微区别。因为西马开发较早，东马较迟，许多地方还覆盖着原始森林，主要以农业、林业和矿产业为主，因此东马作家的语言多散发出浓郁的热带雨林湿漉漉的气息，给人以窈冥幽深之感；西马则多有种植园的热火朝天的味道和现代工商社会的喧嚣与浮躁。这些细微的区别只是从整体上大致而论，至于每个作家，则又另当别论了。

人们的行为受到自然环境制约，而人们在改造自然的同时也带上了自然给人类留下来的印记，这些印记在文学语言中便成为文学作品显著的地域性标志。

马华文学语言的发展与当地的政治，还与经济等社会背景息息相关。华人起初到了马来亚，只是为了谋生，总希望能衣锦还乡，叶落归根。第二次世界大战之后，华族改变了思想观念，他们把马来亚视为自已的家乡，积极投身到争取马来亚的独立解放运动中去，马华公会和马来人统一机构（巫统）、印度人国大党联合，于1957年争取了马来亚的独立，组建了政府。在政体上，马来西亚也富有特色。从全国而言，马来西亚属于资本主义社会制度，但它还保留着王室苏丹作为权力的象征。同时，各州也有苏丹，一定程度上还保留着封建制度的余绪。更有甚者，各个土著民族部落依然以酋长之令是从，带有原始社会的痕迹。因

① 朱振明主编：《当代马来西亚》，成都：四川人民出版社，1995年，第一章。

此，现代的制度与封建等级并存，民主选举与原始的世袭共处，构成了马来西亚政体的奇妙组合。

从1957—1969年，马来西亚在经济上对华族的限制不多，较为宽松。1969年“五·一三”种族骚乱事件后，马来西亚政府制定了“新经济政策”，对华族的政治、教育、经济都有严格的限制。在“新经济政策”实行的20年中，华语教育受到严重的冲击，华族的经济地位也大幅度降低。在政治上，由于马华公会的内部党争，使许多华族的正当权益得不到维护。华文经历了一段艰难曲折的发展道路，这在方北方的《花飘果坠》中有十分详尽的描绘。20世纪90年代以后，马来西亚政策又比较宽松，华文文学活动也活跃起来，对外交流增多，扩大了马华文学的影响。

因此，马华文学的发展与政治、经济紧密相连。政、经政策有利时必然会有长足的进展；反之，则萎缩滞缓。同时，马华文学语言也就带上了一定的政治、经济等社会活动的痕迹，有着十分鲜明的社会性。

马华文学语言的形成、发展还与文化背景有关。不同种族、信仰的人们在社会活动中创造出不同的文化。马来西亚可以说是亚洲的“微型化”（Asia in miniature）[①] 亚洲的几个主要文化在这里汇合。马来西亚有三大民族——巫族（马来人）、华族、印度人，还有一些少数民族——土著人。据2010年人口统计，马来人占全国2870万人口的68．7%，华人占22%，印度人约占6．9%，土著民族占1.2%左右。马来人从公元前3世纪左右从亚洲中部南迁，与当地原住民混合，他们使用的马来语属印度尼西亚语族，绝大多数从事农业，种植橡胶、椰子、水稻、可可等，信仰伊斯兰教。

华人从19世纪后半叶开始大批移居马来亚，从事种植业和采矿业等艰巨的劳动。今天的华人不少是当年的南迁华人与当地妇女通婚的后裔，从事农、工、商等多行业的活动。华人大都信仰佛教、道教，少数信仰伊斯兰教。印度人19世纪后半叶大量移居马来亚，他们绝大多数是泰米尔人，主要居住在农村，从事种植园工作，少量从事商业活动和专业技术工作。他们信仰印度教。土著居民在西马主要是塞诺伊人、塞芒人、原始马来人，他们大多居住在内地偏僻的森林地区，少数分布在沿海或沿河地带，过着狩猎和采集经济的生活。东马是土著居民集中的地方，主要有伊班人（海达雅克人）、陆达雅克人、卡扬人、梅拉瑙人、克拉比特穆鲁人、普兰人、佩兰人等10多个少数民族。他们从事农业或渔猎的

---

① Barbara watson，Andaya，Leonard. Y. Andaya. *A History of Malaysia* · Foreword，st. Martin's press，1982.

生活，大都相信原始宗教，即相信万物有灵和灵魂不灭，崇拜多神。巫师往往是部落的酋长，有很高的地位。原始宗教与生产活动紧密地交织在一起，成为土著民族宗教信仰的一大特色。①

众多的民族，不同的宗教信仰，使马来西亚的文化背景显得色彩斑斓。这种文化背景的驳杂性，表现在习俗上，就显得十分突出。如饮食上，马来人以大米为主，佐以辣椒、咖喱、椰汁，不吃猪肉和水生贝壳类动物，农村马来人习惯用手抓食物。住宿方面，在农村一般住在“高脚屋”里，其他少数民族集体住在“长屋”里。此外，他们有许多禁忌，如社交活动不能当众表示亲热、不能摸头、不能随便翻看《古兰经》、忌讳用左手吃食、拿东西或碰别人等等。诸多禁忌，实则是各族人民生活、信仰的一种体现，多种文化背景与宗教使各族人民之间的相处必须熟悉对方的习俗，小心谨慎，尽量避免出现不愉快的事。此外，政府还规定了 10 个全国性节日，如华人的春节、先知穆罕默德诞辰日、维赛节（释迦牟尼诞辰）、开斋节（马来人）、屠妖节（印度人）、哈吉节、圣诞节等，众多节日的设定，一定程度上促进了各族人民之间的融合与友好相处。

五花八门的习俗、纷繁复杂的宗教信仰、多元共处的政体组合，构成了马来西亚多元文化和平共处的特征。这种特征就是各种文化之间不断的交流与碰撞，求同存异，在融汇中不断发展。华文文学作为其中的一种文化，也不例外，文学语言也表现出相当明显的融汇性，即把各族的语言，统统纳入自己的表现范畴。因此，它除了使用本族的语言之外，还借用甚至半借半造，形成了独具一格的马华文学语言融汇性的特征。

在这种特定的环境下，马华文学语言的来源就显得丰富多彩。首先，华文文学语言除了以现代汉语普通话为主外，还吸收了闽粤各地方言和古汉语词汇。因为马华文学的种子是由前清的知识分子播撒下的，来自各地的农民在前往南洋谋生的同时也带去了他们家乡的方言，由于他们的语言离开了母体文化氛围，逐渐与中国大陆的用语习惯脱离，形成了相对固定的存在状态，还保留了较多当年的用语，其中有些词语，在中国已经很少使用了。其次，华人与马来人或土著居民相处之时，自然而然也混杂使用了马来语或土著语，既缩短了与异族交流的文化差异距离，也丰富了汉语的表现能力。最后，由于马来西亚曾是英国的殖民地，英语一度成为该地区的通用语言，西方文化的色彩也在马华文学语言中留下了重重的一笔。

---

① 朱振明主编：《当代马来西亚》，成都：四川人民出版社，1995 年，第三章。

在以上多种语言来源的影响下，马华文学语言的独特性益发明显，它以现代汉语普通话为主，把汉语方言、古汉语、马来语、土著语、英语等的某些成分熔铸于一炉，创造出反映当地生活的新词汇、新句法的语言风格，即形成了我们常说的“南洋色彩”或具有“当地特色”的马华文学语言。

如果我们在同一个时代里，来考察马华文学语言的主导性与多样性问题的话，也会发现这个特征也是同样存在的。以本书第一编的第二章为例，在此章中，主要研究了四种风格特点的文学语言，即沉实、愤激、婉曲、劲健这四类风格特点，当然并不是说从 1925 年到 1937 年间的文学语言只有这四类风格，而是指这四类风格的文学语言是占据主导性地位的，或者说当时的文学作品语言中常常流露出这类的特质，其他种类的风格特点虽然也有，只不过没有那么招人注意而已。如 20 世纪 30 年代的马华现代主义诗歌，是从西方现代主义流派里学来的，其表现的晦涩风格特点就令人颇费猜想，因为它是极少数的文学现象，并不能形成主导性风格特点，它们在文学上的地位与影响自然就小。在 50 年代末 60 年代初，当台湾兴起的现代主义诗歌影响到马华诗歌创作时，诗人们不再是生吞活剥地采用西方的意境与表达方式，且作品在当时的青年读者中也有一定的影响，它自然成为那个时代一种令人瞩目的语言风格，这一点在本书第二编的第一章就关注到了。恩格斯提出的历史合力论，在文学语言风格的变化发展过程中也一样清晰可见，这也从另一侧面印证了主导性与多样统一的特征。

三、 马华文学语言的价值与地位

文学语言与文学作品有联系又有区别。文学作品可以笼括八荒，无所不及，表现力极强。文学语言若单独从语言学角度看，只是一些语言的要素与手段的综合体，自身难以体现特殊的意义和价值。但若把它与文学创作联系在一起看时，它就会生发强大的影响力，具有独特的价值。文学语言并不等于文学作品本身，但文学作品又不能离不开文学语言而独自存在，故此，文学语言独特价值应作如此观。它不仅是马华民生的镜子，又是马华民众的心路，并折射出马华社会独特的审美情趣。

1. 马华民生的镜子

马华文学语言表现华族及其他民族政治、经济、教育、文化生活等方面的际遇，成为马华民生的镜子。从这个镜子中，可以看到每个时期华人所处政治氛围与政治态度。如第二次世界大战期间，日军南侵东南亚，马来亚的华人生活处于暗无天日的法西斯残酷统治之中。当时的马来亚抗日武装大都是由华人组成的游击队，因此日军对华人的控制和镇压也就特别严厉和残酷，史称这段时期为“黑暗时期”。华人组织的抗日游击队在丛林中出没，不时寻机打击日本侵略者，他们神出鬼没，活动迅速灵活，被称为“山芭老鼠”，[①] 或称“山芭佬”。[②] 这仅是一种代称，并不包含任何贬低的语气，因为那个时代“抗日”是十分刺激的字眼。而那时，日军也四处收买一些人为他们跑腿，打探情报，这些人自然被称为“暗鬼”（即暗探，专为日本人服务的）。[③] 这个词是十分生动的：日本侵略者是“鬼子”，而为“鬼子”服务的华人当然不能成为明目张胆的“鬼子”，只好退而求其次，叫“暗鬼”，准确而尖刻，对这些人的厌恶之情溢于言表。还有一些人被称为“狗”，“听说大城里就派了很多的狗（日本暗探）到这儿来是么?”[④]“狗”即“走狗”或“狗腿子”，人们将其简化为“狗”，“走狗”尚有人相，而“狗”就是纯粹的非人了。百姓的这种叫法实则在当时白色恐怖下所采用的隐喻和暗语，隐隐透露出愤恨不平与轻蔑无奈。

自然，日治时期，也有当时的通用语，如“香蕉票”（日本军用货币）、“军票”“宪兵部”“美那美”（日本的下等香烟）、“皇军”“花姑娘”“特高课谍报”“吃乌豆饭”（坐监）等词，带着日占时期的境况缩影。

从 1970 年开始，马来西亚实行所谓“消灭贫困”的新经济政策，大力扶持土著民族和马来人，与此同时，马华一些政党领导人只顾于派系斗争，争权夺利，拉拢民心，无心干实事。这样华族的正当权益得不到保护，华人的政治、经济、文化教育等方面江河日下。以下是竞选的场面：

> 在政坛上，林××还是一名新丁，二哥不但服务好，他甚至有充沛的竞选基金。单单是海报，二哥就印有二十万张，从城市的交通圈开始张贴，绵延直达新村的篮球场与甘榜回教堂外面的大雨树，都是二哥英俊潇洒的海报。[⑤]

这是马来西亚特有的政治活动。所谓的竞选，不外是资金的较量，谁的资金雄厚，谁就有可能获胜。而资金的来源，当然离不开某些利益集团的支持，从这

---

① 原上草：《乱世儿女》，吉隆坡：铁山泥出版公司，1985 年，第 72 页。
② 原上草：《乱世儿女》，吉隆坡：铁山泥出版公司，1985 年，第 84 页。
③ 原上草：《乱世儿女》，吉隆坡：铁山泥出版公司，1985 年，第 100 页。
④ 原上草：《乱世儿女》，吉隆坡：铁山泥出版公司，1985 年，第 33 页。
⑤ 小黑：《前夕》，马来西亚：十方出版社，1990 年，第 43 页。

个意义上讲，候选人不过是利益集团的代言人而已。因此，关心民瘼只不过是竞选时拉拢选民的旗帜。“他们飞机党是真正关心穷苦大众的，不象轮船党那样，只知道照顾资本家。”①“飞机党”“轮船党”虽为小说虚构的政党，却一定程度上反映了老百姓根本不理睬众多政党究竟在竞选时说什么，而是看他们做什么；不记他们的名称，而以政党在海报上的标志作为代称，反映了下层百姓的政治态度。

这样的政治候选人，自然不会为底层百姓作出实质性的改变生活的事情来，于是贫者愈贫，有些乡村一片破败。“蛤河乡是一座只有几十户人家的小村落，简陋破旧的木板屋沿着河岸，东倒西歪地撑着，蛤河贫瘠，养不起河岸的人口。蛤河的老乡，过的是艰辛的割胶生活，许多年下来，蛤河已渐渐成为死乡。”②这段文字中，“简陋破旧”“东倒西歪”表现的是小山村居民生活条件恶劣；“贫瘠”“艰辛”“死乡”正是山村停滞、落后的最有特征的词。综合起来看，贫困的阴影盘桓不去，居民生活困苦，为着最起码的生活而挣扎奋斗。

有些词也很出色地体现一个时代的经济状况。如马来亚刚刚摆脱殖民统治的桎梏，草创之际，尚有许多不尽如人意之处。失业率居高不下。

“‘歪头周’这阵子也和我一样，当了量地官。”③“量地官”是失业者的代称，颇有自我解嘲的意味。当时人们找工作，大都靠两条腿东奔西跑，四处寻找机会，被封为“官”，实属无奈与可怜。

“青云却郁郁不得志，一直在候差队伍等待了三年。”④“候差”本指古代官员等待朝廷委任工作，说得很文雅委婉。“候差”相对于“量地官”来说，显得消极一些，等待时机送上门，但至少有一点点希望存在。

在反映教育上，有些词汇也颇能体现马华教育的渐进发展历程，“请不要带教鞭进课堂，因为新的教学法是反对体罚的。”⑤“教鞭”便是反映教育制度变迁的一个道具。老式的教学方法，源于私塾教育，学生读不好打板子、挨鞭子，乃是家常便饭，带有浓厚的封建专制色彩，不适宜现代教学体系。现在，鞭子，作为一种教学辅助工具已成为历史。

许多词汇反映了华人在教育上受到的诸多限制。马来西亚许多华文学校是自筹经费的，公立大学华人的录取名额也是相当少的，而且有关部门还规定，只要

① 驼铃：《驼铃文集》，厦门：鹭江出版社，1995 年，第 31 页。

② 小黑：《白水黑山·细雨纷纷》，吉隆坡：马来西亚华文作家协会，1993 年，第 38 页。

③ 马汉：《马汉文集》，厦门：鹭江出版社，1995 年，第 38 页。

④ 方北方：《江城夜雨》，吉隆坡：北方书屋，1970 年，第 41 页。

⑤ 马汉：《马汉文集》，厦门：鹭江出版社，1995 年，第 157 页。

是马来语不及格，便不能升学，导致了许多社会的悲剧。“那个傻丫头，据说MCE拿了六个A，但因为BM不及格，给老子责骂了几句，一时想不开，就在前天晚上用一条绳子把自己吊在冲凉房里。”① MCE指大学入学考试；A指成绩优秀；BM指马来文。林碧霞因为马来文不及格，断送了上大学的希望，从此也失去了生的欲望；吴健民虽然有8科都是A，也因为马来文不及格，上大学的希望落空了，导致后来堕落入狱、母亲绝望发疯的悲惨结局。有句话更简练地概括了这种不公平的政策，“别的科目尽管好，好到7个1，1个7便把你整垮了。”② 陈大孚就是这样，7科为1，即优秀；1科为7，即不及格，若为6就是及格，陈大孚的马来语成绩因分数被报错，得了1个7，服毒自杀。这种貌似枯燥的数字表达，饱含了多少不幸家庭的辛酸泪。

马来西亚是个多元种族的社会，不同的宗教信仰及生活习俗形成了五彩缤纷的文化氛围。如马来族信仰伊斯兰教，就要对他们的宗教有所了解。马崙在《槟榔花开》中详细介绍了伊斯兰教的教义及习俗。伊斯兰教规严厉，如有人胆敢冒犯就是亵渎圣明，要受到严惩；异族男女须加入伊斯兰教，方可与伊斯兰教徒通婚；《可兰经》还在整洁、斋戒、食物等方面制定了一整套的卫生法则；穆罕默德为教徒制定了五大教规，即念功、拜功、斋戒功、课功和朝功，只有这五功全做到了，才算尽了教徒的全部义务。开斋节（Hari Raya Puasa）是马来人的隆重热闹的节日，他们把做的各种年糕赠与友族，与他们共享节日的快乐。这些教义、习俗的描绘，对于沟通各族间的友好亲善关系，无疑起了十分重要的润滑作用。

梁放对沙捞越的伊班人的信仰及生活习俗有十分生动的描绘。他在介绍伊班人的生活方式时，充满着新奇的韵味。到伊班人的长屋要通过一大片的深不可测的沼泽地，而“伊班同胞们把茅草与稻禾扎成一捆捆的，密密地编排成一条浮桥，每一回只许三个人隔着一段距离走过。在其上可以感觉到桥面随着人的体重波动，既新奇又刺激。而长屋则用粗大未经人工刨修的柱子在起坐间顶天立地地一溜排了下去，住有80户人家”。③ 聚族而居是伊班人的生活特性。伊班人曾有猎人头的习俗，其勇猛、剽悍可见一斑。他们曾把一个人拥有的人头数目作为衡量其财富与勇敢的标准。他们也保存崇拜者的人头，并相信只有这样才能永远保住心目中的偶像。每逢祭鬼的日子，这些历史的陈列品一个个地排列出来，伊班

① 云里风：《云里风文集》，厦门：鹭江出版社，1995年，第107页。
② 驼铃：《驼铃文集》，厦门：鹭江出版社，1995年，第54页。
③ 梁放：《烟雨砂隆》，吉隆坡：马来西亚华文作家协会，1985年，第122页。

人为它们喂糯米饭，洒米酒，间中还“泪涕俱全地大声哭号”。① 他们还以传统方法埋葬死人，在坟上矗立高耸且刻满花纹的巨柱，其下搭了小屋子，里边放了死者生前用过的一切。另一些人的葬礼更为简单，他们只用草席卷起死尸，用绳子绑了八个大结，只准四个人把尸体抬到坟山，然后安放在一个临时搭起的棚子上，解开四个结后就必须头也不回地回去。“万一死尸在中途掉下，那么只得随他去而不加以理会”。② 此外，伊班人过达雅节、待客方式、采用远古时候的买卖方式以及用巫术驱魔治病的方法，无不显示他们依然保持着原始的生活方式，以及万物有灵的宗教信仰。作家为我们揭示了在现代文明世界之外，还有如此丰富多彩、简单纯朴的社会存在。

华人也很快适应了各族不同的习俗与信仰，并与之融为一体。这是伊答人（华人猪仔与土著女结合）所形成的村落生活情景：“这片原始的土地，连人际关系也这么浑沌不分，人人之别的想法尚未找到适当的水土繁殖，阿末的小孩今晚在阿布的家过一宿，明天阿布的女儿你可能发现她就在阿里的地铺睏的正酣，他们食无定处，在哪家聊天过了时间，就食在哪里，哪家的瓜果菜蔬长得好，想要，喊一声，就可摘走。”③ 入乡随俗，到什么山唱什么歌，华族极强的适应环境能力在伊答村落得到了最鲜明的印证。土著居民的单纯素朴与华人的勤劳在此得到完美的融合。多种民族、宗教、信仰乃至习俗的融合，使华文语言有了更加广阔、自由的表现空间和想像空间。

2. 马华民众的心路

马华文学语言还表现华人、华侨及当地人民的思想、性格、情感及美学追求。每一个时代有其特定的生活内容，不同时代的文学语言能捕捉住当时的社会生活，并使之永恒化。马华文学语言在反映不同时代华人的思想、感情和追求时，也都紧扣住那个时代的前进的脉搏。

由于每个时代都有其用语习惯与方式，如词汇的使用，语言的结构安排、作家个人不同的修养和个人喜好等，都会在一定程度上深深烙上了时代的印记，展示了华人的种种希冀与追求，马华文学语言生动地反映了广大民众的心路历程。

从 1919 年至 1957 年马来亚独立之前，马来亚是英国的殖民地，其社会生活不可避免地带上了殖民色彩。英语成为官方语言，是正式的交际语。所以在文学

---

① 梁放：《长屋》，《暖灰》，吉隆坡：南风出版社，1987 年。

② 梁放：《长屋》，《暖灰》，吉隆坡：南风出版社，1987 年。

③ 钟怡雯主编：《马华当代散文选，1990—1995》，台北：文史哲出版社，1996 年，第 285 页。

语言中时时可见英语单词出现在作品里，随之而来的是英国的生活方式、宗教信仰、政治、经济观念渗入人们生活之中。

英国殖民者掠夺、开采了当地丰富的锡矿资源，在农业上则是大量种植橡胶、烟草、菠萝等经济作物，大量外来劳工从事的都是这方面的繁重工作。他们的命运犹如老东一样，“一生韭菜命，长些就得割，长些就得割……抛妻别子穿州过府，一条咸水草当裤带，十多年来仍是一条咸水草。”[①]“韭菜命”“咸水草当裤带”反映了一无所有者的艰辛生活。然而到了南洋，他们流血流汗所得的钱又会被矿主或园主以种种方式诱榨，落得两手空空，以血汗和生命的代价换来的却是客死异乡的下场。“那些用‘合同’那卖身契绑了千千百百的估俚，却又一方面又用赌博、鸦片和婊子来诱惑自己，一方面借粮的放印子钱，九出十三归的方法，把一批一批的番客用一块块四方板装好葬到福广义山的乱葬岗去。一个番客的史迹!”[②]

在这段话里，浓缩了一个个“猪仔”的悲惨的一生。“猪仔”说得好听些叫“番客”，他们只是来这“番邦”客居，终归要落叶归根的。他们的工作是“估俚”，即苦力。而矿主或园主为了使这些“估俚”能够长期在这里替他们卖命，必然要想方设法留住他们，只要他们口袋里没钱，就走不掉了，于是使出赌博、鸦片、婊子这三种手段诱使他们花光工资，让他们开始新一轮的卖命。另一方面又放高利贷，即“印子钱”，或叫“九出十三归”，使这些借贷者终生在还债中打滚，永无出头之日，其结果只好被人送至义山的乱葬岗去了。因此，“番客”“印子钱”“九出十三归”“估俚”这些词语带上了那个时代所特有的印记，也映衬出那个时代广大底层华人的辛酸与挣扎。

同时，与“番客”生活环境相适应的语言便应运而生。如番客来自各地，他们使用的方言不同，便有了地区之别，如“上四府客”“下四府客”（人、佬）、“乌登”（矿场设立的合作社）、“梘园”（橡胶园）、“红毛字”（英文字）、“红毛纸”（殖民者印制的钞票）、“红毛园”（殖民者的种植园）、“米国”（美国）、“财副”（文员）、“坐家股”（监牢），这一类表示华人彼时心态的词语，目前已经很少使用了。

当日占黑暗时期过去，英国殖民者重新回来时，马来亚各族人民的民族意识觉醒了。他们发现争取国家独立、民族自由的可贵，华族也改变了以往落叶归根的观念，而把马来亚当作他们的祖国，他们要为自己争得应有的权益。《还乡

① 韦晕：《还乡愿》，新加坡：新加坡青年书局，1958 年，第 67 页。

② 韦晕：《还乡愿》，新加坡：新加坡青年书局，1958 年，第 5 页。

愿》有一段讲到老番客老东死后，他墓碑上写着的字是“中华民国三——”和“××古岭老东”，这些记年法是按中国的风俗习惯写的，甚至连地点也是中国化的，说明他们并不打算长留此地。

> 渐渐这木牌的墨迹却经这热带的风雨侵蚀了，变成了一片废柴头，再过了些年月，连这废木头也给扔掉了，只是土堆旁边却长着株挺拔的白杨。虽然没有吹风，这株白杨却永远把头靠向北方去，有些这义冢址给刮了风，这白杨叶子还像一阵低泣那样萧萧瑟瑟地歌啸着。①

这段话颇有象征意蕴。老东之死，意味着老一代华人落叶归根之梦的破灭；而坟旁的白杨树则象征着新一代已经深深扎根于当地的泥土，生息繁衍，他们变成落地生根的一代。正如韦晕在序言中所说的一样，“为了幸福的明天，就抛弃了那种旧的怀恋，旧的幻想，我们已不再是海外的‘孤儿’，我们是这新生祖国土地爱的孩子。”这就意味着忍辱苟活、一心衣锦还乡的殖民时代的华人旧观念，已被当家作主的新观念所取代，一个旧的时代结束了。

有什么思想，就会有什么性格特征。如华人抱着谋生赚钱的思想时，自然就顺从、柔弱，息事宁人。“罗友这家伙正在他手下当打笼撑（将木柱夹板支撑着矿壁的工作），这家伙真是新客屎还没有疴清，却替一个打炮窿的（在矿场壁内凿放炸药洞的工作），为失足掉到第七砰隔死了，去出头出角向工头讨棺材钱。”② 这其中，那些与采矿有关的专业术语如“打笼撑”“砰隔”，在采锡业兴盛时，是挂在人们嘴边的寻常话语，随着原始人工采矿的消失，这些词语也就成为固化这段历史的文字见证。“新客屎还没疴清”是指从中国大陆来的华侨，他们依然带着以前的习气，不懂得认清时势，即这里是番邦，人在屋檐下，不能不低头，要忍气吞声，韬光晦略，圆滑处世。“出头出角”地显露锋芒是不对的。所谓的“新客”变“老客”就是忍辱谋生的生动写照。因此，在殖民时代，华人作为外来劳工，过的是一种屈辱、忍让、苟且偷安的生活，体现了逆来顺受的性格特征。

然而，华族又继承了中华民族的优良传统，在外敌入侵的时候奋起反抗。小黑的《白水黑山》就描写了一支以杨武为首的抗日游击队在人迹罕至、充满幽深神秘的原始丛林中穿行，寻机消灭侵略者的英雄事迹，反映了华族勇敢坚强、

---

① 韦晕：《还乡愿》，新加坡：新加坡青年书局，1958 年，第 106 页。
② 韦晕：《还乡愿》，新加坡：新加坡青年书局，1958 年，第 24 页。

为理想而不折不挠斗争的精神。

在不同的时代氛围，人们就会产生不同的心态和情感。从1957年马来西亚建国以来到20世纪80年代，马华文学语言也紧紧映衬出这一段历史的演进过程。从建国初的积极火热的心态，到遭遇挫折的迷茫；从马华党争到民众的困苦与愤激，莫不一一毕现。

1957年马来亚独立以后，当局政府规定马来语为国语，伊斯兰教为国教，确立了马来语（巫语）的统治地位。当局的最终目标是建立一个各民族马来亚化的国家，在教育政策上，以巫语为重，甚至把许多华侨中学改造成为以巫文为主的国民型学校。学生的巫文若不及格，升入高一级学校的希望便化为泡影。在经济政策上，实行所谓消除贫困的“新经济政策”，大大损害了中、下层华族的利益。当局这种使华族马来化的同化政策，反而使种族矛盾日趋激化。1969年“五·一三”种族骚乱事件和1987年10月的大逮捕事件，反映了马来西亚尖锐的社会矛盾。本时期的马华文学语言对华族所面临的经济、政治、文化困境的表示深切忧虑，语多沉郁悲愤，具有一定的批判锋芒。

不公平的政治、经济、文化政策，使马华社会普遍存在一股抑郁愤激之气。方昂的一首诗写得尤为悲愤，他以孩子出生为喻，说明华人受到的种族歧视，孩子的出生“选择一种黄色的祸。”“黄色的祸”“严重的违例”是愤激的反语，并不是孩子（华人）不忠于马来西亚，仅仅是他黄色的皮肤给他带来灾祸，按现行制度，他是不宜出生的。语气之中有沉重的愤懑，更有不平的控诉。在1987年种族矛盾尖锐的时候，小黑索性写了一首颠倒诗，来表达对这黑白颠倒世界的强烈和抗议。

20世纪90年代以来，由于国际环境的变化，国内当局调整政策，马来西亚进入转型阶段，政府推行一种更为宽松的政治、经济、文化政策，由此引发了人的观念、生活方式的一系列变化。马来西亚某些地区已发展成为工商业发达的城市，激烈的现代工业化社会竞争，导致了都市人性的异化，追求个性自由、反映人性的无奈等文字时时见于报端。

3. 马华社会独特的审美观

马华文学语言也生动地体现了华族的审美追求。马来西亚特有的审美文化氛围，为华文文学语言的独特表达提供了条件。巍萌在《养鸡人家》里这样形容丘彩霞的可爱之处，她“瓜子脸，挺鼻，大眼珠，身材中等，很结实，编两条小辫子，未开口，即笑脸迎人，叫人见了，把什么烦恼都给忘掉了。大家给她取个绰号——开心果‘红毛丹西施’”。[①] 把惹人喜爱称为“红毛丹西施”，这种叫法可能在盛产红毛丹的马来西亚才有，犹如鲁迅在《故乡》中称杨二嫂为“豆腐西施”一样。又如“她原本两只水汪汪、晶亮亮、黑白分明的大眼睛，肿成像两粒红毛丹似的”。[②] 我国形容哭肿的眼睛，习惯的用法是“肿成像熟透的桃子一样”，因为桃子是我们熟悉的事物，而红毛丹是他们日常熟悉的事物，体现了植根于异域的汉语所具有的不同审美倾向。

当然，从总体上来说，马华文学语言的审美追求是以朴实为主的。现代派的流变就是一个很好的明证。马来西亚从20世纪60年代开始，迅速朝建设工业国家的方向迈进，急遽的社会变迁，使人们的思想观念发生了巨变，人们陷入苦闷、混乱的状态之中。20世纪50年代末，从台湾传来的现代主义诗歌迅速在青年作家中盛行。现代诗歌通过变换词性用法，以跳跃、扭曲方式来表达某种复杂的感情。作家力图通过这种不寻常的搭配方式来营造与众不同的氛围，并用隐喻、象征手法使语言更富有表现层次。现代派诗人的语言具有力图突破旧的表现框架，欲作惊人之语的倾向，通过对句、词加以重新组合，故意变动句法，混用词性，虽一定程度上反映了当时青年不满现状却又苦闷抑郁的状态，但由于语言表达不合人们的审美习惯，造成诗歌晦涩难懂的弊病，20世纪70年代中期以后马华现代诗有了明显的转变。

20世纪80年代中期以后，华文文学语言有了一些变化。首先语言表达日趋规范、明白畅达。中、青年作家从小就受到规范的华文教育，方言的隔阂正逐渐消除，于是他们所使用的是一种华族各方言群易于明白、大家都能接受的语言，如大量的报纸专栏作品即属于此类。其次是语言的精雅化，作品讲究语言的锤炼。青年作家特别是大量留台作家对此比较讲究。他们从古代文学语言中汲取新的营养，力图形成一种精雅的文学语言。最后一种是反映乡村生活的乡土作品，这些作品的语言地域性十分明显。

青年一代的作家，特别是留台作家，他们对语言有了更高的追求。如钟怡雯在《马华当代散文选·序》中说，评选散文是“以作品的语言风格、题材的处理手法、结构的严谨程度作为筛选的标准。”[③]“重视修辞技巧”，[④] 这说明了他们的文学语言更注重语言技巧的使用，文字更加精雅。这与当时盛行的文化寻根有

① 《马华当代文学选·小说》，吉隆坡：马来西亚华人文化协会，1982年，第78页。
② 爱薇：《告别青涩》，新山：南马文艺研究会，1995年，第179页。
③ 钟怡雯主编：《马华当代散文选，1990—1995》，台湾：文史哲出版社，1996年，第10页。
④ 钟怡雯主编：《马华当代散文选，1990—1995》，台湾：文史哲出版社，1996年，第7页。

很密切的联系。马华文学与中国大陆文化割离已有数十年之久，它接受的只是来自香港、台湾的文学影响，为冲破这种亦步亦趋的做法，全面提升马华文学的创作水平，作家自然地把目光投向了古典文学，希望能够从中汲取有益的营养成分，构建马华文学的新大厦。

值得注意的是，文化寻根与政治并无任何必然联系。因为新一代对祖籍国的概念是淡薄、模糊的，他们认同自己的国家。辛金顺说："我们这一代既没有离乡背井而还是紧紧抓住自家乡土的泥香感情，也没有海外遗孤旅居客地孤寂清冷的乡念，桑梓社会的感情自然是较之先辈来得淡薄。"① 老一辈虽然扎了根，可是对祖籍国依然怀有深厚的感情。年青一代根本没有这种认识，他们认同的是自己生长的国度。但政治上的淡薄并不等同于文化上的淡薄，他们反而更加执著地固守、追寻自己文化之根。因为文化乃是维系一个族群生存的最重要的内在动力。当这种文化失落，这个族群也就处于十分尴尬的生存地位，如"峇峇"就是鲜明的例证。作家们关注的是根的失落，"根"不单单指中华的传统文化，还应该包括华人拓殖马来亚的艰辛历程，这才成其为马来西亚华族的文化之根。这样的根，才能在新的国度里继续深扎下去，适应那里的一切，使族群枝繁叶茂。华族在保存传统同时，也在使传统文化不断得到新的补充和发展。这就是青年一代作家的创作价值取向。

在创作上，他们也以实践来表现他们追求精雅文学语言的主张。现以钟怡雯的散文为例：

"建叔两块突出的臂肌比下水道的黑老鼠还结实。"② 就这么一句普通的人物肖像描写，可见作家的语言功力和深厚的学识修养。在英语中，肌肉"moucle"是"mouse"（老鼠）和"cle"（小的）的结合体，她化用英语词源，把结实的臂肌与下水沟的黑老鼠这两个本来无任何联系的物象不可思议地结合起来，突如其来的联想效果远远超出一般的比喻。"下水沟的黑老鼠"是十分矫健灵活而有力的，作家还特意以"黑"字加以点染，这就十分生动描绘了建叔常年经受风吹日晒，身强体硕的形象。这种富有乡土气息的作品除了钟怡雯之外，林春美、辛金顺、林惠明、许裕全等也有不少佳作。

马华文学语言除了规范化、精雅化之外，也还有不少作家沿着乡土文学这条道路继续走下去。因为马来西亚毕竟还是发展中的国家，工业化尚不很普遍，广

---

① 辛金顺：《历史窗前》，《马华当代散文选，1990—1995》，台湾：文史哲出版社，1996年，第73页。

② 钟怡雯主编：《我的神州》，《马华当代散文选，1990—1995》，台湾：文史哲出版社，1996年，第266页。

大的农村依然有许多尚待挖掘的题材。如小黑、梁放、洪祖秋、沈庆旺等人都在这方面深入探寻。

每个时代都有特定的用语，随着一个时代的结束，这些反映人们思想、性格、情感、美学追求的特定用语也渐渐失去原有的作用，或成为死亡的词汇，或改变其原来的意思，或被赋予更新的意义。社会是不断进步的，文学语言历来与一定社会生活、人们的心态紧密相连，展现一个个时代的特征。

马华文学语言的特色是由众多马华作家的作品体现出来的。不同作家，由于他们的生活经历和文化修养不同，表现出各自不同的风格。语言的使用也大不相同，或朴素，或华丽，或晦涩等；青年作家成长于比较正规的教育环境，不少人有到台湾、香港留学的经历，都注重对语言的选择与锤炼，显示出一定的文学功底和现代意识。

对某事物的特征考察只有在具体的文化或社会背景下才得以准确地把握。我们对马华文学语言的研究也是以马来亚及马来西亚这个特定的大背景底下进行的。我们所研究的文学语言的立足点都是以民族性为前提的，即以华族自身的文化观、审美观来对种种现象做出富有本族思维方式的理解和描述。对同一种事物和现象，不同种族或文化背景者的理解也会大相径庭。华族对异族的生活习惯有种种理解或解释，同样，马来人也会对华族有不同的看法。如华人对送葬时的锣鼓声是以哀乐理解的，而马来人没有这个风俗，便是这样以为，“那喧闹的声音会带来灵气和魄力，一切喧声会把力量赐给过世的人。……升天谢世者都必须有喧闹声伴随，以便给他壮胆。”① 这就是马来人以自己的宗教观念去阐释的中华习俗。又如在森林中碰见猴子，华人可能反映平平，因为猴子自身并无什么特定的文化内涵，而对马来人来说，可能会惊恐不安，“那一定是邪妖的化身！猴子是不祥的征兆。”② 可见民族思维习惯千差万别。

当然，现在马华文学语言也存在着隐忧。那就是语言的地域性色彩较淡，有些作品甚至已经很难看得出来了。这可能与作家的生活、对题材的取舍有关。

一时代有一时代的文学，自然就会有与那个时代相适应的文学语言，文学语言的变迁不单是生活内容或艺术方式的转变，它包含的是特定时代社会的生活、审美追求等诸多方面的集合体，由这样一个特殊的视角，也一样可以窥见大千世界的纷繁，谛听时代前进的跫音，感受芸芸众生内心的悲欢。从这个意义上来

---

① 阿妮丝：《天堂之路》，《马来西亚女作家短篇小说选》，北京：现代出版社，1993 年，第 5 页。

② 戴荷苒·依布拉欣：《菊花》，《马来西亚女作家短篇小说选》，北京：现代出版社，1993 年，第 159 页。

说，文学语言是理解和反映世界最切实可靠的工具，其价值也正在于此。

4. 马华文学语言的地位

马来西亚是个多民族国家，多语并存，现有马来语、汉语（在东南亚地区也称为华语）、泰米尔语、土著语（伊班语为主）等语种。

马来语是马来西亚的国语，它的地位于马来亚独立后得到确立。古典的马来文学在1000多年前存在，主要是口头流传的英雄豪杰、妖魔鬼怪等民间传说。15世纪才出现古马来文——爪威文创作的《默罕默德传》《亚历山大传》《马来纪年》《汉都亚》等作品。19世纪以前，马来文学发展十分缓慢，一些作品大都是神话传说，小说、诗歌甚少，而且大部分是从英文、泰米尔文、阿拉伯文翻译过来的，语言古老，不为一般读者所接受。20世纪20年代马来现代文学开始起步，内容大都具有初步反封建的启蒙性质，是马来民族觉醒的前奏。马来亚独立后，马来语成为国语，政府成立“国家语文出版局”，大力发展马来语和马来文学，才使马来文学有了飞跃。马来文学语言也因此成为马来西亚文学的主要语言。

作为前英国殖民地，英语曾经是马来亚的通行用语。独立后，英语的地位逐渐降低，英语文学，特别是马来西亚人创作的英文作品，就显得特别少；泰米尔文是印度族所使用的文字，但印度人约占全国人口的6．9%，泰米尔文仅限于本族内交流、传播，影响不大；土著语（伊班语）是沙捞越一带的少数民族的语言，他们的文学也以口头流传者居多。总之，用英语、泰米尔、土著语所创作的文学语言在马来西亚影响并不广泛。

汉语是马来西亚第二大语言，使用人数曾经占该地区的百分之三四十，现在成为占全国人口约22%的华族所通用的语言，所占比例虽然下降，却依然拥有庞大的读者群和为数众多的写作队伍，与诞生于20世纪20年代的年轻马来现代文学并驾齐驱，是马来西亚文学的重要组成部分。

然而，迄今为止，汉语尚不被马来西亚政府承认为国家官方语言，马华文学也并未被官方承认为马来文学的有机组成部分。马来西亚政府认可的文学只是马来语文学，汉语、泰米尔语等仅被定位为各族内部的交际语言，以此语言创作的作品自然不属于鼓励和支持的范畴。话又说回来，政府不承认，并不等于马华文学没有地位，其实际地位与影响，有时与政府肯定有关，有时则不一定。只要有马华文学创作实践的存在，它的地位自身就是一个绕不过去的话题、一个无法忽视的存在。须知，一种文学语言地位的确立，不是靠某种善心的恩赐或肯定而存在的，而是必须通过华族各界一代又一代人锲而不舍的努力，在辛勤的汗水浇灌下，终有一天自然水到渠成，一切的苦水自成甜味。从文学史的角度来看，几十年不被承认的历史，对于一个具有数千年文明史的民族来说，只不过是一个淬炼的瞬间，是无须耿耿于怀的——值得耿耿于怀的倒是那些对自己族群文学前途丧失信心的思想和行为。

当前，随着中国改革开放和经济力量增强的影响，中国的国际声望日益提高，汉语也受到越来越多人的关注与重视。在马来西亚，不仅是华人到华校读书，不少马来人也进入华校就学，这是十分可喜的现象。但马华文学的影响目前大都局限在华人社会，马来文学对华文的影响甚微，反之亦然。二者之间缺乏文学交流是原因之一。有鉴于此，一些马华作家开始从事这两种语文之间的译介工作，取得了一定的效果。相信在不久的将来，马华文学会有一定比较稳定、广阔的发展空间。

如果从整个东南亚华文文学的发展来看，马华文学语言虽然在马来西亚有一定的阻力，但放在东南亚华文文学的格局中，它还是具有一定优势的。现在马来西亚华文教育体系相对完善，从小学、中学，乃至大学，都已形成一个完整的系列。这在东南亚诸多国家中，是少有的。新加坡和菲律宾，虽然承认华文文学为其国家的文学组成之一，但华文发展潜力尚不明晰。新加坡在战前本为华文文学的重要地区，但自从 1965 年独立以来，新加坡政府大力推广英语，使其一家独大，华语仅限于口头或商业交际之用。20 世纪 80 年代，新加坡政府关闭了南洋大学，从此这一使用华语为教学语言的大学消失，新加坡的华语教育体系不仅在高等教育残缺，中、小学的华语教育也日渐滑坡，现在新加坡的中、青年人，能达到熟练应用华文进行创作的水平，其数量不容乐观。目前活跃在新华文坛上的作家，除了老一辈还在坚持之外，则为 90 年代之后从中国大陆移居到新加坡的“新移民”，似乎又重现了 20 世纪三四十年代的华侨文学的情形。菲律宾华文文学更是不容乐观，在英语为官方语言及主要交际语的国度里，华文教育呈现日渐萎缩现象，许多华人后裔在使用华语方面已十分困难，遑论写作。菲华写作家队伍年龄偏大，皆为六七十岁以上，说明菲华年轻一辈尚未达到接班的程度；印度尼西亚华文文学，经过三十多年的冰封期，人才断层十分严峻，要有足够的耐心，等待新一代作家的成长，尚需时日。所以，从目前而言，马华文学依然是东南亚诸国华文文学的重镇。

在世界华文文学的格局中，马华文学语言亦有独特之处。经历了近一个世纪的发展，马华文学语言已逐渐形成了自己的特色，它与东南亚其他国家的华文文学有联系也有区别。大体而言，因为马华文学语言是与马来亚及马来西亚的社会环境相适应而产生的，所以充满着矿山、胶林、田野、森林等特色的气息。新加坡华文文学语言因为自60年代之后的迅速城市化，充满着强烈的都市气息；泰华文学语言，更多流露出佛国的某些色彩；印华文学语言，因作家反映生活面十分广阔，呈现出五光十色的面貌；菲华文学语言，在古代诗文及闽南方言的采用方面，尤为突出。它们都以各自的特色，为世界华文文学宝库增添了宝藏，有着不可替代的作用。

结　　语

近年来，从文学语言的角度来研究文学创作与审美之间的关系，日益得到学术界的关注。不过，这也并非是全新的视角。早自俄国形式主义流派的开始，文学语言研究已成为文学理论探讨的主要对象。形式主义流派把语言视为文学本身，是惟一能够把文学和其他艺术门类区分开来的一种标志，此后的新批评、结构主义、符号论美学等流派均持此见。

自古以来，作家们一向对文学语言的运用十分敏感，留下了无数精辟的见解。他们大都是创作过程中的经验之谈，系统性、理论性显得不足。自俄国形式主义流派之后，关于文学语言的系统理论研究也渐次出现。我国自上世纪八十年代开始，也陆续有了这方面的研究著作。研究者们或从语言学，或从美学及文学理论角度进行阐释，从宏观的视野中考察了文学语言所具有的特点及形成机制等，取得了不小的成果。本书则以国别华文文学史为考察的对象，采用文学语言研究方法对文学史作出新的阐释，把文学语言理论落实到具体的文学史层面，为文学史研究开辟新的道路。

科学研究从来是没有止境的，文学语言研究也不例外。目前的研究成果，大都是宏观和整体性的描述，许多具体问题并没有深入。如一般的语言是如何转换为文学语言的？其形成机制又是如何运作？文学语言学理论又将怎样影响文学创作？从文学语言的角度来看待作家个体创作，它与社会思潮、时代变化等的关系又是如何？文学语言的个性特点、时代特点、民族特点等之间又有什么关系？诸如此类的问题，都需要研究者付出巨大的努力，一代代地不断推进和深入。

文学语言学科研究丛书

文学语言与都市文化

——以茅盾早期小说《蚀》为基点的考察

陈天助／著

《文学语言学科研究丛书》编委会审核

自助与他助的项目

实践篇（3）

主编 庄钟庆 李国正 李无未 郑楚

世界图书出版公司

广州·上海·西安·北京

图书在版编目（CIP）数据

文学语言与都市文化：以茅盾早期小说《蚀》为基点的考察/陈天助著. --广州：世界图书出版广东有限公司，2025.1重印
（文学语言学科研究丛书／庄钟庆，李国正，李无未，郑楚主编）
ISBN 978-7-5192-5789-7

Ⅰ. ①文… Ⅱ. ①陈… Ⅲ. ①都市小说－小说语言－小说研究－中国－现代 Ⅳ. ①I207.42

中国版本图书馆 CIP 数据核字（2019）第 004684 号

书　　名　文学语言学科研究丛书
WENXUE YUYAN XUEKE YANJIU CONGSHU
主　　编　庄钟庆　李国正　李无未　郑　楚
责任编辑　程　静
装帧设计　苏　婷
责任技编　刘上锦
出版发行　世界图书出版广东有限公司
地　　址　广州市新港西路大江冲 25 号
邮　　编　510300
电　　话　020-84451969　84453623　84184026　84459579
网　　址　http://www.gdst.com.cn
邮　　箱　wpc_gdst@163.com
经　　销　各地新华书店
印　　刷　悦读天下（山东）印务有限公司
开　　本　787 mm×1 092 mm　1/16
印　　张　85.75
字　　数　丛书 1630 千字（本分册 190 千字）
版　　次　2019 年 4 月第 1 版　　2025 年 1 月第 2 次印刷
国际书号　ISBN 978-7-5192-5789-7
定　　价　398.00 元（全 7 册）

咨询、投稿：020－84451258　gdstchj@126.com

《文学语言学科研究丛书》出版说明

重视高等教育的学科建设，这是当今世界的潮流。

党的十九大报告发出号召："加快一流大学和一流学科建设，实现高等教育内涵式发展。"全国高校正在掀起学科建设大潮。在这个大好形势的鼓舞下，我们编印了《文学语言学科研究丛书》，希望对推进学科建设有所助益。

关于文学语言学科问题，20 世纪 50 年代，语言界早已有知名人士提出建立相类似的学科，即汉语辞章学（或汉语修辞学、汉语风格学）。80 年代正式提出设立文学语言学科。虽然文学界没有明确提出相似的主张，但是他们在文学语言问题看法上同语言界有相似之处，文学界与语言界不少热心于建立新学科的学者做出了一些努力，并取得一定成绩，然而效应并不显著。希望能够借此大好形势，把文学语言学科建立起来；这不仅是个人写文章或创作重视风格的需要，而且是新时代中华民族和人民大众要求建立新文风或新风格的需要。

《文学语言学科研究丛书》讨论的文学语言，专指文学作品用的语言，即艺术语言。《文学语言学科研究丛书》着重探讨作为学科的文学语言研究的目的、对象、内容及方法。分为两辑，第一辑为"理论篇"，阐释文学语言学科重在研究风格（语言风格或艺术风格）问题的理论依据。第二辑为"实践篇"，着重展现学者通过探索后的成果，即表现中国现当代文学及东南亚华文文学作家作品的风格特色。

在探讨文学语言的问题上，语言界学者明确指出为了进一步发展语文教学，应加强文学语言学科建设，提出文学语言是语言学和文学交界处的学科，修辞学、风格学是研究对象。既研究不同文体的不同风格，也研究不同作家的不同风格。文学界从推进文学创作向前发展出发，也非常关注文学语言问题，学者虽然是从文学理论视角切入，但是与语言界有着殊途同归之处。文学界也认为文学语言应当研究作家的文学语言"个性"，因为"这个性就构成了他们的各自的独特的风格"。

如何研究文学语言特点、风格，语言界与文学界的学者都有共同的看法，又有不同方面。语言界与文学界学者都非常重视综合运用语言表达手段所形成的特

色。不过语言界不乏学者往往把语言手段作为工具使用，没能看到语言手段在表达内容及表现形式方面的独特价值。文学语言作为文学和语言学之间的边缘学科，它是以文学和语言学为基础并借助两者的成果发展起来的，因而既要吸收这两个学科的长处，又要有新的创造，这样才能有助于学科理论的提升和写作实践的加强。

作为具有跨学科性质的文学语言研究，不仅要重视文学语言的文学特色，而且要讲究文学语言的语言规律。这是因为文学作品是以语言为媒介构成艺术形象的艺术，区别于其他艺术的特点，同时从文学作品形式因素来说，语言是具有独特性的。文学语言研究学科的研究方法，力求具有创新性，提倡从语言因素入手，结合文学手段，探讨文学语言特色。

《文学语言学科研究丛书》部分成果发表后受到新华社、中新社与《文艺报》等关注，并予以了介绍。《文艺理论与批评》《中国现代文学研究丛刊》及《茅盾研究》《丁玲研究》《东南亚华文文学研究辑刊》等专集收入研究成果。在厦门大学中央高校基本科研业务费专项资金资助、厦门大学哲学社会科学繁荣计划资助及厦门市东南亚华文文学研究会等的大力帮助下，我们从多部文学语言研究论著中，选出若干部，经过反复修改后交付出版。

欢迎批评指正！

《文学语言学科研究丛书》编后记

为提高写作能力和培养创作人才，厦门大学中文系历来非常重视文学语言的研究，重视写作者文学风格的养成。不过，离达到显著的效果还有一段差距。

为了提升文学语言研究水平，2000 年起，语言学学者李国正教授在本系庄钟庆教授等许多老师协助下，申请并获准设立文学语言研究方向的博士点。他明确地提出“文学语言学是横跨文学和语言两种学科的研究领域，在当前学科发展呈交叉渗透趋势的条件下，文学语言研究蕴含着发展为一门新学科——文学语言学的增长点。”他招收了多名文学语言的博士研究生，他们来自中国大陆与台湾，以及新加坡等地，他们的研究课题都是围绕着文学语言这个方向来展开。如他与人合著的《东南亚华文文学语言研究》（厦门大学出版社 2002 年）即是当年文学语言的研究成果。为了推进学科建设，厦门大学中文系离退休教师编选了《文学语言学科研究丛书》，收入其博士研究生或合作者撰写的论文，各人从不同角度论述文学语言各有特色，达到一定的学术水平。

《文学语言学科研究丛书》之所以能够与读者见面，这与各方面的大力支持分不开的。

语言学家如中国社会科学院语言研究所张振兴研究员、张惠英研究员，文学研究专家如清华大学中文系王中忱教授、复旦大学唐金海教授、福建师范大学中文系庄浩然教授等为收入本丛书的论著把脉。

厦门大学中文系文学与语言方面的教师发表了不少有关论文，均收入本丛书，这些成果对进一步开展研究具有启发性意义。

厦门大学社会科学研究处处长陈武元教授早在 2001 年就热心支持中文系开展文学语言方面的研究工作，始终不渝。该处副处长林木顺副研究员也非常关注文学语言研究工作的开展。厦门大学哲学社会科学繁荣计划、厦门大学中央高校基本科研业务费专项资金等资助项目给予大力支持。

《文学语言学科研究丛书》还得到厦门市东南亚华文文学研究会的大力支持。

对于来自各方面的助力，深表谢意！

我们期待专家、学者的批评指正！

《文学语言学科研究丛书》编选小组

2018 年 10 月 20 日

前言

在厦大求学的20世纪90年代初期，我们很崇尚“读书破万卷”这句话，图书馆有许多“被读破”的书，其中茅盾《蚀》三部曲算是“最破”的一本，某些描写已被同学们的各种笔迹所覆盖，封套改成坚硬的塑料皮。我们都心知肚明，这本书被读到这份上有其独特的原因，许多人把它当成“禁书”来看。也许出于同样的兴趣，我把探索《蚀》语言迷思作为研究方向，当然，用学术的说法，好听很多——茅盾早期创作思想与方法研究。

我的硕士导师庄钟庆先生是茅盾研究专家，他引导我把焦点瞄向茅盾早期文艺观与进化论的关系，着重于文艺理论的考察，而其创作实践，只能浅尝辄止。2007年，我有机会再到厦大研修博士学位，第二年我直接把《蚀》三部曲的文学语言作为研究的发展方向，着力点就在茅盾早期创作，即他如何运用新白话表达他所认识的世界，及其对现代汉语的贡献。论文答辩会上，来自国内的资深学者们提出了许多宝贵意见，并鼓励我多探索现代白话与社会变迁的关系，随后我相应阅读和汲取了新文化史和社会理论的研究成果。2017年春节过后，我着手修改我的博士论文，把文学语言放在20世纪20年代末都市社会与文化的背景下思考，重点围绕文学语言与都市文化的关系展开。虽然考察对象不变，但问题和边界却有所拓展。

我的思考立足于“五四”新文学发轫期的创作情景，当时新文学作家普遍认为，中国文人向来不善于写实，也不敢想象，毕竟百年前的文言和旧白话，难以表达社会生活的种种面相。面对中国社会的剧烈变革，新文学写作者竭力颠覆固有语言模式，胡适、鲁迅尝试新白话诗歌和小说，着力改变新兴知识阶层观察和思考世界的方式。而让中国现代文学驻足都市社会生活的最早实践者，应该是茅盾。

作为早期新文学实践者，茅盾《蚀》三部曲不但描绘都市生活和变革，同时，他将三部曲作为语言实验场，运用新白话的写实和想象，创造都市社会的新文化景观。正是因为茅盾在都市文学语言的表现和创造，某种意义上改变了人们原有的知识结构和社会关系。

本研究从文学语言底层出发，首先进入《蚀》三部曲所建构的都市文学世界，探寻作家如何选择与运用新白话语汇，如何运用语法与章法改变人们观察和思考方式，如何运用修辞功能和语言体式创造都市文化的多样性。随后，从文学语言本身转向文学语言与外部世界的联系，从读者阅读与接受、书刊出版及机制等层面，分析文学语言与都市文化的相互构成。最后，沿着《蚀》《虹》《子夜》的创作历程，思考茅盾等中国现代作家的语言实践对中国都市文化变迁的影响。

从这样的视角审视，力图重新发现现代白话的创造能力，也希望对中国早期都市生成及其文化记忆，有一个新的认识。

目　　录

绪论

一、《蚀》：现代小说的一个转折点

五四新文学创作者有一个共同的认识：旧白话和文言决定了人们模糊的、不确定的表达方式，使人们无法清晰地组织和呈现世界。特别是，面对新时代、新事物，更是无能为力，所以鲁迅用“二桃杀三士”嘲讽文言的自摆乌龙。

这时的作家们发现，现代白话真正打开了他们的视野，让他们看到以往看不到的新事物和新风景。胡适亲自示范，他用《尝试集》投石问路，现代白话驱使他对新鲜事物重新定义，创造观察世界的另一种语言思维。“两个黄蝴蝶，双双飞上天。不知为什么，一个忽飞远。剩下那一个，孤单怪可怜。也不无上天，天上太孤单。”① 读者突然也顺着作者的视角忽上忽下，还钻进了动物内心世界。现在来看，这样的文学作品平白得可笑，像是儿歌或打油诗。但是，如果我们把它放在当时的背景下，如此单纯的文学语言，却开拓了不同以往的认知视域。

接着，就有了鲁迅在《秋夜》中的名句：

> 在我的后园，可以看见墙外有两株树，一株是枣树，还有一株也是枣树。这上面的夜的天空，奇怪而高，我生平没有见过这样的奇怪而高的天空。他仿佛要离开人间而去，使人们仰面不再看见。然而现在却非常之蓝，闪闪地䀹着几十个星星的眼，冷眼。他的口角上现出微笑，似乎自以为大有深意，而将繁霜洒在我的园里的野花草上。

门前的那两棵孤立的枣树，一再为人所乐道。不经意间，两棵枣树已然成为文学语言的“经典”，读者顺着作家的视野，观察空间的变化，身体不断向外延伸。这是鲁迅要达到的目的：现代白话文要“发表更明白的意思，同时也可以明白更精确的意义。”②

---

① 胡适：《蝴蝶》，收集在《尝试集》，上海：亚东图书馆，1920 年。

② 鲁迅：《且介亭杂文·答曹聚仁先生信》，《鲁迅全集》第 6 卷，北京：人民文学出版社，1981 年，第 77 页。

当时的新派作家们坚信，新文学和新语言有能力改变旧有秩序和结构，他们绝对认同“文学的国语”和“国语的文学”所具有的能量[①]，甚至认为文学和语言背负建构民族国家的重担，而不是简单的文字游戏。茅盾早期着力推介和倡导写实主义和自然主义，他坚信，文学革命是面对危机最好的知识手段，“最初的成功一定是文学的国语”[②]。的确，新语言焕发的能力，让当时的人们惊异：原来语言和文学可以这样创造新世界。而这样的表达能耐，凭借的是新白话的写实和想象。

文学革命经历十年过后，“国语的文学”和“文学的国语”取得初步成效，但是传播的范围仅局限于知识圈和新兴阶层。在这样的背景下，茅盾开始小说创作，他不是从短篇小说开始，而是选择中长篇小说（这是现代的说法，当时并没有长篇小说和中篇小说的说法），更重要的是把目光投向新兴的都市生活和裂变中的社会形态，他似乎想检视新白话与文学语言是否具备这样的能力。毕竟，之前从来没有一个新派作家，敢用大篇幅文字建构变革中的都市世界，虽然鸳鸯蝴蝶派也涉足都市生活，但那种老派的观察方法和描述手段，表现的只是都市的外在面相，作品中的人物和环境与新都市生活有一定的距离和隔阂，读者群体的构成也可想而知。

二、 文学形象的密码

文学要活灵活现地表现都市生活，靠传统的描写方法显然是徒劳的，因为旧白话和文言在一定程度上已经失去对生活的形象表达能力。而文学语言需要形象，这是由文学的本质特征所决定的，我们都熟知这样的文学原理。中国现代文学的先驱们知道，表现和创造新兴的都市景观，首要任务就是寻找新语言创造形象的密码。

文学形象从哪里来？有人说是言语，因为言语发生于人际交往过程中，带有个体性和主观性，它因偏离语言标准和语法结构，而容易产生形象性[③]。这里所说的言语，相对应的是语言。语言是生活事实的验证，词法、语法、句法具有一定的规范性和稳定性，一般而言，越严整越规范的语言，越不利于创造形象。问题是，在新文学发轫期，当时并没有足够的语言条件，没有充分的语汇、语法、

---

① 胡适于1917年1月发表的《文学改良刍议》。1916年底在美国留学的胡适，将《文学改良刍议》文稿寄给陈独秀主编《新青年》，发表在第2卷第5期上。

② 茅盾：《新文学研究者的责任和努力》，《茅盾全集》第18卷，1989年，第71页。

③ 参阅童庆炳：《文学概论》中“关于文学语言与日常言语的关系”，北京大学出版社，2006年。

章法的支撑，写作者们苦于没有足够的语料表现日常生活和社会变革。更何况，不规范不标准的言语，当然也无法创造生动的文学形象。所以，对新文学作家来说，首先要解决的是写实能力的问题，鲁迅宁可用“硬译”，也不用意译，意在利用写实手段，寻找新白话创造形象的可能性，茅盾同样也不停呼吁“写实主义”，认为这才是新文学的希望所在。

写实成为作家创造形象的最基础要素，但所谓写实，并不是刻板地照搬生活中的言语，而是人们对生活的认知和个体对生命的体验，没有对生活的体验与感受，就难以准确地传达对象的形象特征。当然，这需要作家的提炼，也就是对生活的艺术加工。优秀的写作者具备出色的语言锤炼的能力，鲁迅这样总结自己的提炼手段：“采说书而去其油滑，听闲谈而去其散漫”，“这白话是活的，活的缘故，就因为有些是从活的民众的口头取来的，有些是从此要注入活的民众里去的”[①]。博取民众的口语，塑造形神兼备的形象，即使没有合适的，可以从古语中提取有用的资源，“没有相宜的白话，宁可引用古语，希望总有人会懂，只有自己懂得或连自己也不懂的生造出来的字句，是不大用的。”[②] 显然，鲁迅的形象描写来自于自己对生活的体验和认识。

作家在寻求表现客观事实的同时，单纯写实，也难以创造形象及形象系统，所以作家更需要经过想象而创造审美形态，这就是语言的想象力。它无需外在验证，只需符合人的情感和想象的逻辑，就可以为作家的形象创造插上翅膀。从智人到现代人，人类进步最重要的是依靠自身的想象力，这是其他动物难以企及的。新近被广泛接受的观点，来自于以色列历史学家尤瓦尔·赫拉利，他认为人类语言的虚构和想象能力，是区别于其他动物的最主要特征。人类和动物都可以传递事实，比如“河边有狮子”，人类可以超越事实，想象“狮子是我们的守护神”，而其他动物却没有这种能力。这是“人类语言真正最独特的功能”。这种语言的想象，具有无穷创造力，形成许多想象的共同体和社会网络，诸如国家、民族、货币、股市……都建立在语言的想象之上[③]。由此，人类在经历认知革命之后，传说、神话以及宗教也应运而生。著名历史学者海登·怀特也持相同观点，他认为人们对“历史”的认识，和语言一样，是可以超越事实，形成审美认知[④]。

① 鲁迅：《关于翻译的通讯》，《二心集》，《鲁迅全集·南腔北调集》第4卷，北京：人民文学出版社，1998年。

② 鲁迅：《我怎样做起小说来》，《鲁迅全集·南腔北调集》第4卷，北京：人民文学出版社，1998年。

③ ［以色列］尤瓦尔·赫拉利：《人类简史》第二章“知善恶树”，北京：中信出版社，2007年。

④ ［美］海登·怀特：《元史学》中译本序言，北京：译林出版社，2013年。

为此，写实与想象双双为新白话的文学创造奠定了根基，成为现代作家塑造形象的主要手段。新白话的这两个语言法宝，为我们提供了解开茅盾《蚀》三部曲创造都市生活的密码的重要线索，本研究要考察的是茅盾早期创作如何运用写实与想象的手段，创造崭新的都市文学世界。从这样的视角切入，或许可以重新发现现代白话的创造能力，从而对中国早期都市生成及其文化记忆，有一个新的认识。

三、 文学语言中的都市文化

在进入语言本体之前，我们有必要梳理文学语言与文化研究之间的关系。文学语言是文化的一部分，语言在被文化决定的同时，也创造新的文化系统，并创造文学自身。我们并不把文学语言看成只是人类表达的工具，或文学的一般载体或中介，而是把它当成文化的存在方式①。语言可以创造意义，语言一定程度上决定人们所要表达的东西。进一步说，语言具有表征作用，作家不可能操纵语言，相反，语言为作家，特别是新文学早期的作家们，打开一个崭新的视域，为他们创造新兴的都市图景提供新的可能。

这里，我们可以重新认识文学语言所具有的超强的创造能力，从而改变固有思路，尽量破除语言工具论的观念，毕竟文学语言已经不是与客观世界一一对应的镜像。我们选择这样的路径，并把分析研究对象放置在作家所生活的都市境景中，也就是 20 世纪 20 年代后期上海及武汉等都市文化背景下，从语言的写实与想象入手，探寻作家如何表现和创造都市文化形态，并试图解释文学语言与都市文学之间的关系和意义。

语言隶属于文化系统，文化并不是没有既定的规则，它由一个个可以解释的符号组成，人们通过分析解开蕴藏其中的关系和意义。正如马克斯·韦伯所说，人是悬挂在由自己所编制的意义之网的动物。文化是社会行动的产物，而追求意义则是人的永恒渴求。② 进一步说，文化是依靠各种符号表达意义，人们凭借这些符号进行交流、延续，并发展他们有关生活的知识和对待生活的态度。为此，我们把所要分析的都市文化定义为都市发展过程中人们所创造的符号，这些符号影响和规范着人们的思想和行为。人们在都市生活中创造出特有的文化符号，即物质形态和意识形态，前者包括日常生活中的服饰、书籍、道路、建筑、戏院等

---

① 这是现代语言学的代表性观点，它的理论源于索绪尔的相关论述，参阅高名凯译：《普通语言学教程》，北京：商务印书馆，1987 年。

② 〔美〕利福德·格尔兹：《文化的解释》，北京：译林出版社，2014 年，第 5 页。

等，后者包括语言、文学、教育、习俗、生活方式等等。而文学和文化研究的目的，在于解释这些符号的意义及其相互之间的关系。

在中国，都市文化可以追溯到宋元时期，大家熟知的《清明上河图》，描绘了汴京作为都市的繁华景象，这里的日常店铺、游乐场所、街头交易……热闹非凡。我们还可以透过《金瓶梅》的情爱故事，看到明代中后期都市人的多彩人生。但是，这样的都市毕竟在传统社会体制的背景下生成，算不上严格意义上的都市。现代都市的概念，来源于工业革命之后的西方，伴随着现代性的步伐，快速传播到东方。

茅盾纪念馆（乌镇茅盾故居）

1860 年代，上海在开埠后迅速成为全国乃至全球现代贸易网络的中心节点，到 20 世纪 20 年代，上海成为“东方魔都”①。在现代作家群体中，茅盾是特殊的一个，他对都市文化具有自己独特的考察和思考方式。在刚刚入职商务印书馆时，他极度不满都市流行的游戏文学，大力主张和引介“写实主义”。他在涉足文坛之后，一直关注和思考都市社会和经济。茅盾这样概括都市特征：人口密度大。比如，当时的上海，人口达到百万人；地产价格飞涨。现代建筑林立，当时上海已有二十层大楼以及新式住宅；还少不了现代服务机构，比如，银行、海

① 参见李欧梵：《上海摩登——一种新都市文化在中国》，上海：三联书店，2008 年。

关，以及跳舞场、电影院、咖啡馆等娱乐消费场所。更重要的是，在这些场所里活动的人物，是阔少爷、大学生，以及流浪的知识分子[①]。他说，“新的人类以大无畏的精神急趋于新世界的创造——新生活关系的确立”[②]。这些虽然是茅盾在创作《蚀》过后几年的总结，但新都市生活时常出现在三部曲之中，特别是他关注的新人类，成为他描写都市文化的一条主线。

英国学者哈维在《巴黎城记》一书中，将巴尔扎克小说定位为绘制都市空间，变化的中枢，在都市空间中，特定故事与不同阶层的人物间的对应为更大的活力所左右，在《十三人故事》中起了决定作用的刻板空间在后来的作品中变得可塑起来，……都市越来越被理解为辩证的、结构的和相应而生的，而不是被动的或仅仅被反映的[③]。这种视角转换的思路，有助于我们用语言的视角审视茅盾所创造的多维都市空间，而不会停留在被动的反映论之中。

那么，茅盾在《蚀》三部曲里，究竟建构了一个怎样的都市文化世界？如何创造活动其中的人物形象？如何用写实与想象的手法表现新奇而复杂的都市文化？为什么在这个时间和地点产生这样的作品？茅盾如何通过文学创作与读者交流及其与批评家论争？这些问题在文学语言与都市文化的关系之间如何展开？

四、《蚀》的语言研究及本书框架

从《蚀》三部曲研究的历史来看，关于文学语言的应用，受到过文学批评家的关注，自从《幻灭》发表伊始，就争论不断，倾向性最激烈的当属太阳社诸君的批评，主要聚焦于作品为普罗大众还是为小资产阶级，特别是对语言运用的争论，其背后涉及的是读者群体和意识形态问题。当然除了左翼批评家的论述之外，茅盾早期文学语言的特点，也受到许多批评家的重视，比如，苏雪林曾经指出：“茅盾取欧化文字加以一己天才的熔铸，别成一体。”[④] 茅盾早期在语言上的创造受到广泛的批评，但也从另一方面让人们看到作品的影响力。

中华人民共和国成立后，关于茅盾早期文学语言的评论，专门论述并不多见，其中乐黛云的批评有一定代表性，她主要聚焦于茅盾当时语言应用上的欧化病现象。文革过后，陆续出版的四种茅盾文学专著，只有庄钟庆教授《茅盾的创作历程》在《蚀》的分析章节中，对茅盾早期语言及风格的评述，算是着墨最

---

① 茅盾：《都市文学》，《申报月刊》1933 年 5 月，载《茅盾散文集》第九卷。

② 茅盾：《现代的!》，《茅盾散文集》，上海：天马书店，1933 年。

③ 〔澳〕斯科特·麦奎尔：《媒体城市：媒体、建筑与都市空间》，南京：江苏教育出版社，2013 年，第 46、47 页。

④ 苏雪林：《 <阿 Q 正传 >及鲁迅创作的艺术》，原载《国闻周报》，1934 年，第 11 卷，第 44 期。

多，对不同时期的语言风格的发展过程，都有所描述和评论，勾勒了茅盾文学语言变化的整体线索。

而在国外评论家对《蚀》的评价中，普实克《论茅盾》、夏志清《中国现代文学史》影响最大，对《蚀》的评价褒贬不一。在语言分析上，两位批评家同样没有进行掘进式的深度论述。总体而言，历史上关于茅盾语言的研究，多为点评式或感想式，只是提供了一种思考的方向，但具体表现形态如何？不管是过往的论述，还是现在的研究，基本都停留在传统的印象式点评上，对《蚀》文学语言的表现也只是点到为止。

当然我们也应该看到目前的文学语言研究，已经有许多进展，但仍存在着韦勒克所指出的问题，要么强调语言重要性，流于纯语言学的文本分析，离文艺学越来越远；要么过于强调语言哲学，离开具体的文本分析，有点不着边际。韦勒克对文学语言研究提出这样的要求："语言的研究只有在服务于文学的目的时，只有当它研究审美效果时，简言之，只有当它为文体学服务时，才算得上文学的研究。"[①] 也就是说，语言研究必须关注语言的形象性和创造性，及其背后的脉络，否则就像他所批评的《莎士比亚语法》《拉伯雷语言》一样，只停留在语言学层面，无法达到从语言通往审美再到社会意义的深层。

本书的总体结构，首先从文学语言的组织出发，揭示文学形象系统和都市文学意蕴[②]。文学语言组织，作为最基本的层面，我们思考的是文学语言如何表现都市文化，如何创造都市新型的文化形态，也就是，聚焦于语汇、语法、章法的生产、功能及其意义。这是本书的第一部分。当然，我们并不停留在文学文本，而是以文本为基点，跨入到作者与读者和编者的关系。按照美国新文化史研究学者娜塔莉·戴维斯的观点，探寻的不止是人们如何讲故事，更重要的是讲述者的动机，以及他们通过叙述进而使之与当时人们的经验相结合。这些问题正是我们在文本分析之后需要讨论的，也有助于我们对文本及其意义的再度发掘。这就要求我们"密切关注创作故事的方法和背景以及叙述者和听众在这个过程所关心的事物。"[③] 为此，我们有必要将目光投向都市里的读者、出版机构，落实到茅盾这样组织文学语言的意义和价值。

① 〔美〕韦勒克、沃伦：《文学理论》，上海：三联书店，1984 年，第 189 页。

② 童庆炳主编：《文学概论》，武汉大学出版社，2000 年，第 655—658 页。

③ 〔美〕娜塔莉·泽蒙·戴维斯：《档案中的虚构》，北京大学出版社，2012 年，第 5 页。

五、《蚀》的版本问题

《蚀》由《幻灭》《动摇》《追求》三部略带连续性的中篇小说组成，写于1927年8月至1928年6月，所反映的年代为1925年至1927年期间，地点分别在大革命前夕的上海和革命高潮中的武汉，以及受都市政治和文化影响的城镇，茅盾着力刻画的是都市青年的思想面向和生活经历。《幻灭》写大革命前夕，都市青年所受的幻灭性双重打击，即对于大革命中某些政治现象和自身爱情的失望。《动摇》写的是在革命危急关头，时代青年对革命的摇摆态度和思考。《追求》着力描写革命过后的悲观情绪。《幻灭》《追求》，两篇故事的发生地均为上海，《动摇》却是武汉周边某县城的场景，必须说明的是，《动摇》中人物活动都与武汉上海保持着密切联系，人物和事件与都市有着直接或间接的牵连。所以，《蚀》三部曲基本围绕都市变革而展开，在这个新兴空间演绎人与人之间的复杂关系，重构都市世界的社会空间。

《动摇》手稿

《幻灭》《动摇》《追求》三部曲最初发表在《小说月报》18卷8号至19卷9号。当时作者并未取一个总书名。直到1930年，由上海开明书店出版合订本，茅盾取名为《蚀》。1954年人民文学出版社推出《蚀》修订本，茅盾在《写在<蚀>的新版的后面》说，“我采取了执中的方法，字句上作了或多或少的修改，而对于作品的思想内容，则根本不动。至于文字上的修改，《幻灭》和《动摇》改得少，仅当全书的百分之一或不及百分之一。《追求》则较多，但亦不过当全书的百分之三。”不过，有学者做过具体统计，发现《蚀》语言上的修改并不少，多达613处，其中多处与细节描写有关[①]。作者对初版的若干句式加以修订，删改了一些欧化词句、古白话或近代白话词句和方言词句，使文学语言更合乎现代汉语规范，使那些不合乎语法、不合乎逻辑的词句变得更明白晓畅。

虽然茅盾不像老舍修改《骆驼祥子》那样整章删节，更不像郭沫若那样以后来的思想拔高早期作品，但是毕竟《蚀》在文字上已有不少变动，文学语言的研究要求以原始版本为精确指向。

版本可靠应该是文学阐释和批评的最基本元素，正如沃尔夫冈·凯塞尔所说，一个可靠的版本，“就是一个能够代表作家意志的版本。”[②] 初版最能反映作家最初的创作心态和艺术趣味。鲁迅编辑《中国新文学大系》（小说二集）基本选择的是初版，他说：“加了修改之后，也未必一定比质朴的初稿好。”同样，20世纪50年代以后，《蚀》修订版本并不能反映小说的语言原貌。因此，我们在版本的选用上尽量运用《蚀》的初刊本和初版本，这才是最可靠的版本，它代表了茅盾当时的语言意趣和创作追求[③]。

不过，对修订版与初版进行比较分析，是研究《蚀》文学语言的一个富矿。我们可以参照和对比《蚀》初版和修订版的文字差异，从中发现作者在思想和艺术上的变化。我们知道，《蚀》受左拉自然主义的影响，一些文学语言带有自然主义痕迹，特别是一些细节描写，比如：“红嫩，欢迎”“诱人的白脖颈”“血红的嘴唇”，作者对一些细节描写和场景描写的修改，及其早期自然主义的创作手法，应该说是一次扬弃。显然，不同版本的细节比较有助于深入考察作家文学观念的变化。

---

① 徐学在《扬弃左拉的一个实际例证》（《山东师大学报》，1989年第6期）做了详细统计。关于修改情况，茅盾不止说明过一次，他在《我走过的道路（中）》（人民文学出版社，1984年版）也说，“对于作品的思想内容，则根本不动”，只是“字句上的修改”而已。

② 沃尔夫冈·凯塞尔：《语言的艺术作品》，上海：译文出版社，1984年。

③ 关于《蚀》三部曲的版本问题，厦门大学中文系庄钟庆教授在参加《鲁迅全集》《茅盾全集》注释工作时，他在编辑组讨论中提出，作家作品选集适合使用修订版，而全集最好用初版，因为全集反映的是时代变迁和作家当时的观念。这个提议并未被采用。

第一章　词汇的应用：都市形态的再现与表现

要知道，1915 年 9 月《新青年》在上海出版时，所刊作品全部采用文言，虽然《新青年》已大力提倡“文学改良”。当时受鲁迅肯定的苏曼殊创作小说、刘半农翻译小说，也都是运用文言文。鲁迅这样总结五四时期新白话创作的艰难起步：胡适发表《文学改良刍议》，只有胡适本人的诗歌和小说是白话。“后来白话作者逐渐多了起来，但又因为《新青年》其实是一个论议的刊物，所以创作并不怎样着重，比较旺盛的只有白话诗；至于戏曲和小说，也依然大抵是翻译。”① 由此可见，新白话开始时的步履蹒跚。

一种新语言从生成到成熟，要经历一个过程，更何况需要运用它表现和建构剧变中的都市社会和生活。茅盾在写作中，首先面对的是词汇的选择和应用，他不但要考虑再现的问题，而且要探索如何表现都市日常生活，包括交际场所、现代建筑与交通、卫生与健康以及人们的行动……这需要我们首先从语言底层出发，进入《蚀》三部曲在词汇上的应用问题。

一、都市场景及其活动

场所、交通和建筑等等，是物质文化最基本的构成部分，物质世界还有多种形态，身体、服饰、气味、声响……这些都是人们感受现代都市的因子②。茅盾的创作把笔墨浸入都市最新鲜、最基本的文化层面，并让它们与人物发生直接关系。

影戏场

戏院，带有戏剧或戏曲的成分，但在都市形成时期，电影的因素突现出来，成为社交和娱乐的重要场所，这与我们通常理解的电影院相似，在当时这样的公共场所，带有茶座和爆米花，电影的内容极为新潮，能引发都市青年对外面世界的想象。

① 鲁迅：《中国新文学大系（1917—1927）》，小说二集·序言，上海：良友图书公司，1935 年。

② 〔英〕彼得·伯克：《什么是文化史》，北京大学出版社，2013 年，第 19—21 页。

> 静从未看过影戏……P影戏院专门瞻仰妥斯妥耶夫斯基的《罪与罚》，在静女士的意思，在五卅日到外国人办的影戏院去未免“外渐清议”，拗不过慧女士的热心和抱素的鼓动……（《幻灭》第三节）

场所里人们的行为，更为重要，他们看的电影是《罪与罚》，这在当时绝对是新潮的，它引领人们思考社会改革和人生运命。而《追求》里的百星影戏院“还在映《党人魂》”，这是一部以俄国革命为背景的爱情剧情片，1926年5月23日在美国公映，11月12—17日于上海首轮公映，可见当年的上海新片上映与美国几乎同步，这样的故事不能不让青年人的观念时时更新。

青年们在影戏院当然不只是看电影，而是演释着“人生戏剧”：“龙飞，你尤其不配说话。你只会在影戏院里闯祸，你只会演恋爱的悲剧，你只会跟在王诗陶背后，像一只叭儿狗；究竟她也不曾给你什么好处！无怪老曹要骂你‘太乏’，想起来真不好意思呢。”（《追求》第三节）这是电影的隐喻，让读者去体味都市里青年人的幻想与迷思。

法国公园

与影戏院一样，公园也是都市生活展开的公共场所，慧与抱素不同寻常的情感碰撞，反复出现的场所，即是在上海的法国公园：“‘最好是到法国公园内的食堂去。’抱素万分鼓舞了。”法国公园不但是谈情说爱的好地方，还可“尝尝中国的法国菜是什么味儿。”

“他们吃过了夜饭，又看了半小时的打木球，在公园各处走了一遍，最后，拣着园东小池边的木椅坐着歇息。榆树的巨臂伸出在他们头顶，月光星光全都给遮住了。稍远，蒙蒙的夜气中，透露一闪一闪的光亮，那是被密重重的树叶遮隔了的园内的路灯。”之后这一场所多次出现。

甚至到《追求》，法国公园也是不可或缺的活动场域。“你是到同学会去罢，没有人在那里。”章秋柳半转了身体，送过一个告别的眼波；但当她看见仲昭颇露踌躇之色，便又接着说，“我到法国公园去。如果你没有事，就同去走走罢。”（《追求》第三节）公园显然成为人与人之间关系演变的核心空间。在影戏院谈恋爱，在法国公园确立或解除关系，这与传统白话小说，甚至星期六小说的作派完全不同。

跳舞场

还有跳舞场，也是他们最常去的交流场域，只是这是一个更狂放的地方，这里上演的情节、矛盾和冲突更为激烈。《追求》一开始，一群青年在上海“同学会”聚集，他们的主题是商讨结社，这是当时都市青年的新鲜事。他们七嘴八舌聊着章程，“第一，我们要出版一种杂志，发表主张，批评时事。第二，我们要做社会运动……”，宗旨中有一条很特别：“不许去跳舞场”，看似玩笑式的规定，不是那么正儿八经，实际上正透露出时代青年的复杂心理，也暗示跳舞场已经是都市青年人活动的重要场所。

不过，在跳舞场里，人物的行为才是茅盾用笔的着力点：“军装少年拉着慧要和她跳舞，后来，黑矮子说要宣布慧最近的恋爱史，慧淡淡答道：‘有，你就宣布，只不许造谣！’”时代青年的特性，在跳舞场表现得透彻，因为这里时常成为他情绪的爆发点：

> 我是时时刻刻在追求着热烈的痛快的，到跳舞场，到影戏院，到旅馆，到酒楼，甚至于想到地狱里，到血泊中！只有这样，我才感到一点生存的意义。（《幻灭》第七节）

显然跳舞场是让人放松，也让人激奋，都市形态及活动其中的人物状态在这里得以集中表现。

二、马路、交通与信息流通

都市里的人物活动离不开时尚之地，交通是人们交往的基本媒介，信息在这里汇集、流通。三部曲中一些地名、路名及路上跑的交通工具，成为故事发展的枢纽。

交通地标

霞飞路，为纪念淮海战役胜利，后改名为淮海中路。20世纪二三十年代，霞飞路堪称上海城市的时尚之策源地，无轨电车、公共汽车，最新型交通工具汇集于此。这无疑是小说展开的一个重要路段。“抱素和慧小姐在霞飞路的行人道上闲步。”（《幻灭》第28页）“从同学会出来，仲昭便往报馆去。他在霞飞路上走着，意态很是潇洒。曹志方他们的苦闷，张曼青的幻灭，史循的怀疑，在仲昭看来，都不过是一种新闻材料，并未在他心灵上激起什么烦恼。”（《追求》第二节）这条被法国梧桐贯穿的以法国将军名字命名的商业街，长约4公里，名店林立、名品荟萃，展示着几乎与欧美发达城市同步的高档生活消费品，还有西餐、西点，当然是都市人物不可或缺的交往据点。

1920 年代的上海，洋楼、电车，还有匆匆行人，构成一幅新都市的交响。
（引自 wikimedia commons）

仲昭“轻松地在霞飞路上走着，奔赴他的岗位，残阳曳长了他的影子，在人行道上的榆树中闪动。”这是得意的仲昭。当然也有失志的仲昭，他照样从“霞飞路”穿行而过，只是陪衬大有不同，一条街承载着各种复杂心境：

> 电车从霞飞路飞奔而来：他到公园门前路中间的电灯柱边站着，向四面望望，似乎为了辨认方向，又似乎为了选择他的去路。
>
> 电车疾驰的声音从那边霞飞路上传来；隆隆隆，渐曳渐细，消失了。（《追求》第四节）

相比而言，鸳鸯蝴蝶派的小说故事却发生在四马路，这里是风月场所聚集地，“文人卖文，妓女卖身”，旧式文人的小说喜欢以此为背景，这与新派作者是格格不入的。新旧两派小说作者，在地点名词选择的不同，说明他们在建构都市文学世界的不同趣味和倾向。

吕班路连接霞飞路与徐家汇路，《追求》第三节三次出现，章秋柳出没于此：

> 这是个上好的晴天，仲昭洒开大步，到了吕班路转角，看见章秋柳像一条水蛇似的袅袅地迎面而来。章秋柳方才知道自己的衣服是全湿了，空气侵袭她的嫩肌肤，她又几乎发抖了。她不能不先回去换衣服，于是招呼车夫改道到吕班路。

这条路在1902年以法国驻华公使吕班命名，改名吕班路，在当时也是时尚之地。1943 汪精卫政权接收法租界时改名灵宝路，1946年改名重庆南路。

还有望平路，当时上海报馆多集中在此地。《追求》第二节这样描写："仲昭不免有些愤愤了，巴不得立刻到报馆，找着总编辑问个明白。他跳上一辆人力车，只说了'望平街'三个字，就一叠声催着快跑。"不用向车夫解释，显示这条街应该是无人不知，所以只说了三个字，人力车夫一听就懂。望平路在中国出版文化史上扮演着重要角色，想必茅盾在商务印书馆时也经常出没于此。1872年《申报》在望平街开业，之后四五十家报馆集中在这条街竞争，1936年《大公报》在望平街设立分馆，英国人在这一带推广印刷技术，新型文化社区就这样形成并影响全国的文化脉动。

电车和路灯

茅盾描写道路及其流通，其实他聚焦的是路上的行动者。道路只是故事深入发展的"道具"，茅盾着墨于由道路延伸出来的电车及人物上。电车是青年最常用的交通工具，也是都市的新鲜事物，许多故事都以电车为背景，所以《幻灭》一开始，章静就说"讨厌电车的卖票"。而仲昭对电车却有不一样的感觉，"电车疾驰的声音从那边霞飞路上传来；隆隆隆，渐曳渐细，消失了。"（《追求》第四节）他往回走，"到路北的一根红柱子下等候向北去的电车"，他默然望着天空，心里责备自己太易激动。"一列电车停在路中央。仲昭下意识地动着脚步，却见电车早就开走了。他略一迟疑，便也慢慢地跟在电车后面，迎着半西斜的太阳光，走回家去了。"（《追求》第四节）作为现代交通工具的电车，似乎总与他擦肩而过，也似乎在暗示着他人生的一个个错失，借用事态观照内心是茅盾用新白话的一个常见手法。

在《蚀》三部曲中，塑造的不止是现代都市空间，空间中的行动物也是故事必不可少的。与电有关的描写，相当突出，电车、路灯都嵌入到都市日常生活，极大地渲染作品中人们的行为，时时映照着新青年的心思。

"街心悬空电线上的路灯，也已放了光明。都市里的街灯，拉长他的身影。"

（《追求》第二节）电灯放大了人物形象，同时也照亮都市青年的心思：

> 仲昭随手把两封信搁在一边，在房里踱了几步，然后拿起一本《求阙斋日记》躺在藤椅上看着。这部书是陆女士的父亲的赠品，仲昭本来不以为奇，但现在却觉得很有意思，一直看到电灯放光。（《追求》第三节）

“电灯放光”其实是仲照的心理感觉，他的自我意识“由暗转明”。《求阙斋日记》是后人整理的曾国藩带有箴言性质的合集，这样的作品，在进入灯下阅读的时代，青年却看到“电灯放光”，这本身就是一个讽喻。

三、服饰与身体的延伸

服装是文化的代码，“向我们讲述了有关文明的大量信息”，“衣着的背后确实可以看到心态结构”①。这也是茅盾在时代女性身上用墨颇为讲究的地方。

> 静还穿着哔叽旗袍，颇觉得重沉沉的。哔叽是当进的新布料，当时旗袍这一传统服装，的确让新派人物不舒服，他们想挣脱传统的束缚，所以她换了轻纱，顿感身体自在许多。……慧女士半提高了嗓子，紧皱着眉尖说；她的右手无目的地折弄左边的衣角，露出下面的印度红的衬衫……（《幻灭》第六节）

某种意义上说，服装的演变当然也是一种革命，有人就当作是“自由、平等与博爱”的标志。《幻灭》第十三节写到静女士到牯岭的第二天，静和强一早起来，就跑出了旅馆。那天一点云气都没有，微风；虽在山中，也还很热。“静穿一件水红色的袒颈西式纱衫，里面只衬一件连裤的汗背心，长统青丝袜，白帆布运动鞋。”作者这样评论：“本来是不瘦不肥的身材，加上这套装束，更显得窈窕，活泼。”服装是心绪的外化，“窈窕和活泼”不同于之前旗袍给静的束缚。所以，有人把服装与身体的关系当作现代性的重要符号②。

但是，服饰只是外在的东西，茅盾在都市女性身上的着力点，是身体的现代

① 〔英〕彼得·伯克：《什么是文化史》，北京大学出版社，2013年，第73页。

② 陈建华：《革命与形式：茅盾早期小说的现代性展开》，南京：复旦大学出版社，2007年。虽然“现代性”这个万灵药似乎用得过火了，但最后一章《“乳房”的都市与革命乌托邦想象》中，对身体与服饰的关系有独特的分析。

特征。来自都市的孙舞阳，在县城特别耀眼，“她的短短的绿裙子飘起来，露出一段雪白的腿肉和淡红色短裤的边儿。”（《动摇》第五节）“因为说话太急了些，又可以看见她的圆软的乳峰在紫色绸的旗袍下一起一伏地动。”（《动摇》第六节）不同于县城的所有人，这是健康、豪爽的都市女性，虽然有些自然主义描写的色彩，却凸显都市女性的健康爽朗的形象特征。

尤其《动摇》第五节，茅盾从孙舞阳那衫子写起，“大概是夹的，所以很能显示上半身的软凸部分”，视线转到她的剪短的黑头发上，箍了一条鹅黄色的软缎带，这黑光中间的一道浅色，恰和下面粉光中间的“一点血红的嘴唇，成了对照”。

> 她的衫子长及腰际，她的裙子垂到膝弯下二寸光景。浑圆的柔若无骨的小腿，颇细的伶俐的脚踝，不大不小的踏在寸半高跟黄皮鞋上的平背的脚，——即使你不再看她的肥大的臀部和细软的腰肢，也能想像到她的全身肌肉是发展的如何匀称了。

茅盾善于用雨水或汗水描绘时代女性的健康和活力。慧女士、静女士、孙舞阳都有这样的表现，《追求》中章秋柳这样的用墨更多，比如第三节：“章秋柳焦灼地想着，在急雨中打旋，完全不觉得身上的薄绸衫子已经半湿，粘在胸前，把一对乳峰高高地衬露出来。她只觉着路上的行人很古怪，都瞪着眼睛对她看。”茅盾借此衬托女性身体的健硕。

服装背后透露的是身体信号，以及时代女性对现代生理卫生学的认识。与其说，茅盾写的是服饰，不如说是都市女性的身体，健康的体魄，更重要的是体现都市人们对现代科学的认知，这是现代都市女性的一个重要标识。没有一个时代如此关注自己的身体，因为在民族意识崛起之时，人们认为强健的身体与国家和民族的命运关联在一起。相较于旧派小说的文学语言，身体总被束缚在身体和空间里，甚至被视为一种纪律与规训。而《蚀》却不同，身体的存在，可以导向人们对现代观念的更多认知。

四、 声音及日常用品

现代女性的声音是身体意识的延伸，有人认为这是具有区别性的现代特征之一。慧、孙舞阳、章秋柳发出的声音，是传统文学语言所没有的，为此茅盾给予一些笔墨上的重视。在方罗兰与方太太的矛盾中做了铺垫后，《动摇》到第六节孙舞阳实实在在的“出场”，就是以现代声浪为引导：

> 在紧张的空气中，孙舞阳的娇软的声浪也显得格外袅袅。这位惹眼的女士，一面倾吐她的音乐似的议论，一面拈一枝铅笔在白嫩的手指上舞弄，态度很是镇静。

从声音入手，袅袅的“声浪”，“音乐似的议论”，不同于县城的所有人，这里用“照旧满含着媚、怨、狠，三种不同的摄人的魔力”，“照旧”很特别，似乎她出场多次，其实才第一次，她似乎已经与读者互动多时。都市女性的魅力，通过作者对一个“声浪”的描述，足以震荡县城人们的情感秩序。

1920 年代上海新兴的跳舞场，给现代作家提供崭新的观察视角和创作动力。
（图片来自 wikimedia commons）

在《追求》中，章秋柳以一系列的喊叫，来激奋场面。她一手推开了椅子，拉住史循，朝他叫起来：“哲学家，怀疑的圣人！这是 tango，野蛮的热情的 tango，欧洲大战爆发前苦闷的巴黎人狂热地跳着的 tango！你也怀疑么？”英文不只是身份的符号，也是现代女性行为的标识。

还有许多现代名词的选择也很特别，作品中的许多新鲜器物，都是很能体现都市的日常形态的多样性。比如，这个方罗兰看不懂的东西：他“拿起纸盒再看，纸盒面有一行字——Neolides－H. B. 也不明白是什么意思，揭开盒盖，里面是三枝玻璃管，都装着白色的小小的粉片。”Neolides－H. B. 一种避孕药，茅盾后来加注①。“哦，原来是香粉。”方罗兰恍然大悟似的说。孙舞阳不禁扑嗤地一笑，从方罗兰手里夺过了纸盒，说道：“不是香粉。你不用管。难道方太太就没用过么?”

《幻灭》中“白兰地酒瓶”，这是作为人物的指代，其实是与慧打交道的办公室主任，他细长脖子，小头，穿中山装，巧的是，他冒冒失失地对慧嚷道：“来！来！赌喝一瓶白兰地!”静觉得这形象本身就像一个“白兰地酒瓶”。于是，洋酒成为人物的指代而进入小说。同样，最新流行的“百代”唱片也不例外，他“说话时每句末了的哈哈大笑颇有几分像‘百代’唱片里的‘洋人大笑’”。洋酒、唱片……这些器物都是刚在都市流行的玩意儿，茅盾从生活中加工转化为形象，创造性地应用到笔下的都市人物群体里。

当然现代名词所构建的都市日常，还有一些很刺激的现代化伴生物，这是都市的流行病，比如“夺命”的梅毒。《追求》最后一章，章秋柳想知道“梅毒”在他身上的真相，“不愿接受梅毒的恫吓”，尽管她明白这是史循的“遗产”。

还有当时都市里新流行的药物，或许因为，写作前茅盾在医院住过一段时间，对一些流行药物特别熟悉。他在《追求》中描写道，医生曾给史循用过哥罗芳，这哥罗芳麻倒时的趣味，是史循永远不能忘记的。那将就麻醉时的浑身骨节松解样的奇趣实在比什么都舒服。他从军医朋友处要了一点哥罗芳，也就是想再尝尝那种沉醉的滋味：

> 他时常把鼻子凑在瓶口上作一个深呼吸，直到身子像要浮起来了，然后仰后靠在椅背上，领略那两三分钟的飘飘然的醉意。这样的常常使用着，一小瓶的哥罗芳也几乎升化完。

这种哥罗芳是无色透明液体，有特殊气味，味甜，茅盾对其作用于身体中枢神经有一定认知，这种麻醉作用使人迷幻、升腾。对这一现代医学新知，茅盾现学现用，使作品人物行为更为真切感人。

语言学家罗常培曾经写过一个现代语言学的普及小书，他说从人们的造词用语中可以看出不同的文化心理、文化特征②。我们拿上海20世纪30年代现代派作家穆时英来比较一下，就可以看出两人所构建的文学世界具有不同特征。人称

① 对当时的新女性用品，初版没有加注。

② 罗常培：《语言与文化》，北京：语文出版社，1989年。他在第三章中，从造词心理出发，考察西南少数民族文化特征，阐明一些很有代表性用语的形成过程，比如“穿针婆”(妻)、“买女人”(结婚)。

穆时英为“城市浪子”，他聚焦于上海的光怪陆离，“晚上漫步经过回力球馆、舞厅、赌场、情调迷人的酒吧和咖啡馆，一路上他吸着最钟爱的吉士牌香烟，想着尼采的‘查拉图斯如是说’。”①从表面上看，他与茅盾一样，表现出都市日常百态，以及现代性特征。但是穆时英创造自己的语汇系统，构筑一个个梦幻世界，让人沉醉其中，表现现代主义的颓败面相。两人用词上传达出不同的文化心理和艺术旨趣，茅盾并不刻意地创造语汇，他所建构的物质文化系统，服务于人物性格的塑造，为人物行动和心理展开打下了坚实根基。这只是创作的第一步，接下来我们要分析的是他在语法与章法上的创造及其与都市文化的关系。

① 穆时英：《骆驼、尼采主义与女人》，李欧梵编选《新感觉派小说选》，北台：允晨文化，1988 年，第 191—197 页。

第二章　语法与章法：改变观察都市的方式

旧白话无法传达新事物，这才有鲁迅所刻意描写的门前“那两棵树”[①]，他着力引导读者观看新世界，摸索一种观察和想象的方式，新的句式结构给人们带来新的视野。除了句法，新白话在章法方面的探索，也给新文学世界带来了新的景观。对于文本研究，我们必须深入句法，同时也不能停留在句法层面，必须深入到章法结构之中，否则难以探究文本的深层意义。正如文体学在研究小说时，凭借语言学理论解释作品中的词汇、句法，也研究篇章特征。同样，叙事学关注叙述方式与被叙述的事件之间的关系，对篇章结构也给予很多关注。

茅盾在《联系实际　学习鲁迅》一文中说，鲁迅的文学语言与中国古典文学（文言和白话）的作品有其一脉相承之处，又是完全不一样的新的文学语言，包括句法和章法。可见，茅盾把章法看成是与句法一样，纳入文学语言的思考范围。那么，从句法到章法，茅盾如何运用语态、及物与不及物表现现代都市生活和人物形象？如何引导读者观察和思考都市发生的变化？

一、动词的核心作用

新白话的最大功效，不在于用字，而是语法准确的表现动态和时态，读者顺着语法和篇章的引导，看到不一样的世界。这其中的最大动力，应该是对动词核心作用的强调，在新白话表达时态系统中，动词构成句子的谓语，占据表达的中心位置，对人物行为和心理起到关键作用。正如文化史学家彼得·伯克所说，动作就是姿态，是都市符号，从动作行为中，我们可以发现社会群体的差异及其变化，自制与下意识所包含的不同况味[②]。

动词着重行动者的动态性，强调动词的主导作用，这是现代汉语与传统语言的笼统表达完全不同的地方。新白话借动词，按空间顺序一步步展开，使人们的视线延伸。下面《幻灭》的这个语段中，动词将无形的东西变成有形的形象，动词处于语段的中心地位。正是借助这些关键动词，都市女性的无奈和困惑才得

---

① 鲁迅：《秋夜》，选自《鲁迅全集·野草》，北京：人民文学出版社，1980 年。

② 〔英〕彼得·伯克：《近代早期意大利的姿态语言》，载于《文化史的风景》，北京大学出版社，2013 年。

以充分表现：

> 静知道这小册子是抱素的，不知什么时候放在桌上，忘却带走了。她随手翻了一翻，扑索索地掉下几张纸片来。一帧女子的照相，首先触着眼睛，上面还写着字道："赠给亲爱的抱素。一九二六·六·九·金陵。"静脸色略变，掠开了照相，再拿一张纸看时，是一封信。她一口气读完，嘴唇倏地苍白了，眼睛变为小而红了。她再取那照相来细看。女子自然是不认识的，并且二寸的手提镜，照的也不大清楚，但看那风致，——蓬松的双鬓，短衣，长裙，显出腰肢的婀娜——似乎也是一个幽娴美丽的女子。静心里像有一块大石头压着，颞颥部的血管固执地加速地跳，她拿着这不识者的照相，只是出神。她默念着信中的一句："你的真挚的纯洁的热烈的爱，使我不得不抛弃一切，不顾一切！"她闭了眼，咬她的失血的嘴唇，直到显出米粒大小的红痕。她浑身发抖，不辨是痛苦，是愤怒。照片从她手里掉在桌上，她摊开两手，往后靠住椅背，呆呆地看着天空。她不能想……（《幻灭》第63—64页）

这是《幻灭》一个重要章节，作者着力刻画静女士在大革命中遇到爱情挫折而陷入悲哀和迷惘的泥潭。作者首先抓住了面部表情的变化，选取"触着眼睛""掠开了照相""眼睛变为小而红了"，还有颞颥部的血管"加速地跳"等动词或动词短语为主干，加以蜻蜓点水式的描绘，从而使这些独立的语象构成相关的意象，再由意象组合起来，勾画出一个失落、痛苦的女性形象。虽然只是点到为止，却准确地映现了静女士烦躁不安的心境。

这个动作表达的句法结构以短句为主，"静脸色略变，掠开了照片""她一口气读完，嘴唇倏地苍白了，眼睛变为小而红"。这些语句均不超过8个字，显出人物动作的局促，与"血管固执地加速地跳"相呼应，从而使静女士紧张的心境跃然纸上。最后几个短句层层推进，使读者也有喘不过气的感觉："她浑身发抖""摊开双手，往后靠住椅背，呆呆地看着天空""她不能想，她也没有思想。"这些短促的动作描写，与心理环境的变化融为一体，句法顺序随着人物的眼光和心理转换，很好地表现了静女士是如何一步步走向空虚，直到最后幻灭。这是旧白话和文言难以做到的。

当然动作的表达不一定需要行为描写，有时只需要相关语词的巧妙配合。这里作者只用一个象声词"扑索索"，就收到了这个语词背后的动作效果。在一般情况下，纸张落下的声音我们是听不到的，这里却夸张了这种声响，反衬出环境的静寂和心境的沉郁。这个语段同样只用了一个修辞手法，“她心里像有一块大石头压着，颞颥部的血管固执地加速地跳”，这个比喻精妙无比，形象地传达了静女士心理上的冲击，这块大石头的作用力犹如泰山压顶，使人的形态和心态完全变形。同时，由于这一语段基本由短句构成，音程很短，语速较快，平仄交错，我们感觉到声音的短促低沉，仿佛听到静女士局促不安的呼吸声。

茅盾的动作描写，及时地引入现代科学的知识，显示了人们对客观世界的把握和自信。许多人们在都市日常生活看惯的常识，在他敏锐的捕抓和丰富的想象中，变得新奇，又合情合理。比如关于电流的动态描写：“静低着头，没有话。回忆将她占领了。”当静霍然立起，抓住抱素的手时：“从静的手里传出一道电流，顷刻间走遍了抱素全身。”（《幻灭》第六节）电流走遍全身，这已经超越人们对都市日常的一般体验。

动态描写得以顺利表达，某种意义上也归功于现代医学的应用，它可以带领读者体验时间和空间的细微变化：“仲昭的话，她有一半听进去，却都混失在她自己的杂乱的思想里，只有那最后一句清清楚楚在她脑膜上划了道痕迹，就从她嘴里很有力地反射了出来。而这尖音，也刺醒了她自己。她偷偷地疾电似的向仲昭望了一眼，看见他的惊讶的神气。”语段中“脑膜”上划出的一道“痕迹”，从嘴里“反射”出来，“刺醒”自己，“疾电似地”望去……这些核心词语所表达的行为，对于旧白话或文言来说，是难以做到的，因为里面传达出“下意识所包含的不同况味”。

《蚀》三部曲中，有时人物的姿态、动作似乎可以被时间定格，这样的姿态也无形中成为新兴都市的现代符号。《追求》对章秋柳的动作描写有：“她这么想着，右手托定那肥皂盒，左手平举起来，把腰肢一扭，摹仿运动员的掷铁饼的姿势。”（《追求》第五节）茅盾用手势，带领读者认识现代女神，而且是“掷铁饼”的姿势，女性的男性化特征得以加强。这是科学新知在写作中的应用，这样的表达无疑促进了都市生产和生活中新知的传播。

二、被动语态的支配作用

从整体的章法看，茅盾有意运用“主动—被动—主动”的三部曲。这里的“三部曲”只是借用的概念，不是原本意义上的三部曲，而是语言的一个循环模式。有人说，语言学研究到句子为止，无权过问其他的语言单位。但是，考察语篇的被动语态，才有利于揭开《蚀》语言意蕴，从而挖掘文本的章法。《蚀》中的篇章似乎都要经历从“主动”到“被动"，再到“主动”的发展过程，这是时代女性的“三部曲”。

相对《蚀》的男性角色来说，茅盾似乎对笔下的时代女性是有所偏爱的。章秋柳、孙舞阳等人物出场时并不悲观，他们都相信有能力驾驭命运，她们的情绪甚至传染了周围的人。下面语段是章秋柳出场不久的描写，基本上是通过复杂的动作表达动作过程，而且大多数都是主动的，表明了人物的自信和执著：

> 章女士已经看见了仲昭，也看见了坐在仲昭旁边的朱女士；她微微一笑，就走过来；她的蹑着脚尖的半跳舞式的步法，细腰肢的扭腰，又加上了乳头的微微跳动，很惹起许多人注目。她像一个准备着受人喝彩的英雄，飘然到了特别椅子前面。(《追求》第 138 页)

只是，随着事态的发展，语态改变了，语篇的内容随之改变，并直接影响文本的深层结构和形象意蕴：

> 章女士却不多开口。不知道什么原因，怅惘横梗在她心头，烈性的白兰地也不能将它消融。而这怅惘的性质又是难言的。加以酒精的力量使她太阳穴的血管轰轰地跳，便连稍稍沉静的考虑也不可能。(《追求》第 201 页)

“怅惘”“白兰地”“酒精的力量”等外在力量主宰了人物主体，不及物形态一再出现，三部曲的人物命运出现转折点。但是，从语篇的发展考察，作者并没有让这些时代女性一直处于被动语态之中，特别是表现文本结束之前，对时代女性的描写还是用互动模式加以表现，这是作者对时代女性寄予了同情和希冀。以《动摇》最后章节为例：

> 孙舞阳很锋利的发议论了；同时，她的右手抄进粉红色衬衣里摸索了一会儿，突然从衣底扯出了一方白布来，掷在地上，笑着又说：“讨厌的东西，束在那里，呼吸也不自由；现在也不要了!”(《动摇》第 234 页)

《蚀》三部曲结束时，作者叙事视点都转向人物的迷茫和幻灭，方罗兰、张曼青、史循等一个个被雨打风吹去。但是行笔到时代女性时，作者并没有一味陷于动摇和幻灭之中。比如上述语段，这是孙舞阳最后的出场，小句由“她”充当主语，“扯”“撩”“笑”等动作是孙舞阳主体性的显现。静女士和章秋柳也是这样的性格，她们有过失落，但没有被现实击败，作者最后都给时代女性留一丝希望或幻想。章秋柳在得知自己染上梅毒时，仍然很冷静，仲昭还在替章女士担忧时，“章女士却还坦然，就和闲谈别人的事情似的转述医生对于她的恐吓”（《追求》第241页）；同时，静在强离去前，“她不但自慰，且又自傲了。她天性中的利他主义的精神又活动起来。”（《幻灭》第131页）

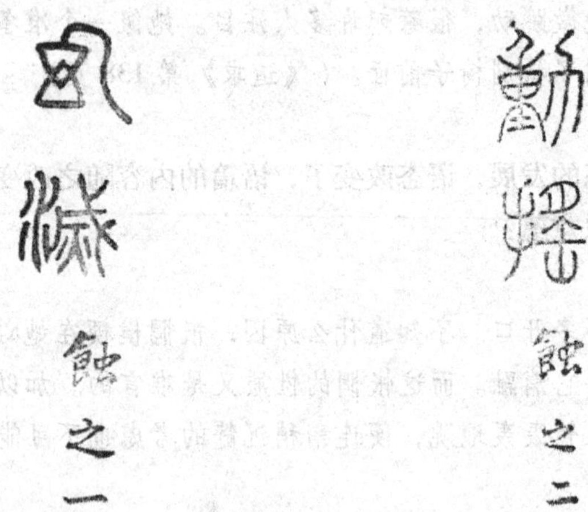

1948年12月开明书店出版的《蚀》三部曲的封面

茅盾曾在《几句旧话》中提到，“在上海所见的那样思想意识的女性也在武汉发现了，并且因为是在紧张的大漩涡中，他们的性格便更加显露。”[①] 这些时代女性与1926年到1928年的革命有关，她们是革命进程的参与者。分析具体文本的章法转换，我们可以发现，虽然这些人物只在边缘上张望，但茅盾对这些都市里的时代女性是寄予希望的。

三、被不及物性包围的行动者

我们理解的不及物性，即动词不能带宾语，这是不及动词的基本特征。但是，在文学活动中，即使及物性动词有时也不可带宾语，也就是说，原来能带宾

① 茅盾：《几句旧话》，《茅盾全集》第19卷，北京：人民文学出版社，1991年。

语的词语（及物性词语）向不能带宾语（不及物性词语）的演变。我们把这种现象叫做不及物现象。在谈到文本意义与文学语言的关系时，热拉尔·热奈特也认为，文本意义是语言及其形式建构的产物，不及物性的表达，对文本意义起到关键作用。①

回到《蚀》三部曲的人物群体之中，我们看到除“时代女性”之外，其他人物的结局相当暗淡、落寞。这是一群遭时代浪潮冲击后的失败者，这些人物行为自始至终都处于不及物系统的包围之中。我们以《动摇》结尾为例，方太太的梦被现实击破，语段一开始就出现两个非互动行为：“方太太低呻了一声，头垂下去，搁在膝头。”方太太处于焦虑和无助之中，脑袋本来是人的指挥中心，但在这里却失去了主体性，被任意“搁”在膝头。动词“搁”把人放置在迷茫之中。接着，不及物动词重复出现，她被迫接受可怕的现实，随后就被眼前的景象带入幻境。作者把方太太的行为描述为一个纯粹的自然过程，所有的因果关系都被模糊了。语段中的“立”“落”“退回”等不及物动词具有非同一般的意义，表明人物完全失去主体意识：

> 吹来一阵凉风，方太太不自觉的把肩膀一缩；什么都没有了，依然是荒凉的尼庵。她定了神，瞧着空空的四壁，才觉悟到方罗兰和孙舞阳都不在跟前了。她迟疑地立起来，向佛龛望时，看见石榴树侧郁金香的茂叶旁露出一片粉红色的阔袖，接着就换上了蓝布的衣角。一缕酸气，从心里直冲鼻尖；方太大抢前一步，但又退回，颓然落在原凳上。（《动摇》第236页）

生活在都市里的男性，在社会现实的挤压下，更是一步步陷入泥淖，不能自拔。《追求》中史循的自杀行为从一缕“甜香”起笔，主体不是他，而是“甜香”，这样就将史循与他的行为分离开来。接着是6个动词描写心理过程，余下的是没有目标的不及物动词，譬如“不能看见”“不能听见”“已消散”“沉下”，最后，连意识也“完全消减”②。这就像康拉德在小说《特务》中描写维络

① 热拉尔·热奈特：《热奈特论文集》导论，天津：百花文艺出版社，2001年。

② 英国文体学家利奇和肖特曾运用不及物性系统分析康拉德小说《特务》，分析维络克被太太刺杀的过程：“维洛克先生听到地板嘎吱嘎吱地响，感到心满意足。他等待着。维络克太太过来了。”维络克先生在度过很糟糕的一天之后，正躺在沙发上，等着太太给他送饭。这时读者清楚，他太太正拿着一把肉刀过来杀他，而他自己则完全蒙在鼓里。《特务》一书涉及人与人之间的孤立与隔离。转引自王守元等主编：《文体学研究在中国的进展》，上海外语教育出版社，2004年，第28—30页。

克被太太刺杀的过程，心理痕迹清晰可见。在整个自杀过程中，史循其实并非过程的主动引起者。这样的不及物性结构体现出史循的身不由已：

> 一缕颇带凉意的甜香从喉头经过，注入他的胸部，立刻走遍了全身，起一种不可名说的畅快。这是他屡次经验过的。但随即有些新的异样的来了。他觉得身体已经离了床，一点一点的往上浮；他看见天花板慢慢地自行旋转；他又听得无数的声音充满了他的耳管，似乎是很近很响的，又似乎是远远的轻微的。他仍旧用力深呼吸。身子更浮得高了，像是已经贴着天花板；他只见一团疾转的白光了，耳朵里也换了一种单调的嗡嗡的声音；他身体的各部分正在松解融化，又感得胸膈间有些胀闷。于是时间失了记录，空间失了存在。他再也不能看见，再也不能听见，似乎全身都已消散，只有一个脑子还在，他还有意识。他意识到现在是沉下，沉下，沉下，加速度地沉下！忽然像翻了个身，便什么都没有了，连意识也完全消减。(《追求》第 72—73 页)

对比史循的两次自杀，我们可以进一步理解作者对待笔下人物的不同态度。虽然前后两次描写都以心理过程为重心。但是，第一次自杀描写是偶然发生的过程，带有自作自受的意味。第二次自杀描写，则是有意图的物质过程：

> 他闭上了眼，用力呼吸一下，想呕出胸间的什么东西，同时猛嗅得一股似香非香的气味；他再睁开眼来，却见章女士站在他头旁，也把空酒瓶向空掷去。他的眉毛被章女士的衣缘轻轻的指着，就从这圆筒型的衣壳中飘来了那股奇味。他看见两条白腿在这绸质的围墙里很伶俐的动着，然后，在突然的一曳中，他又瞥见了浅色 vest 紧裹着的圆凸的臀部了；他心里一动，伸臂想抱住这撩人的足踝，骤然一阵晕眩击中了他，似乎地在他身下裂了缝；他努力想翻个身，但没有成功，腥血已经从他嘴里喷出来。(《追求》第 219 页)

这段描写中，有一系列不能实现的心理过程，“想呕”，“想抱”，最后“骤然一阵晕眩击中了他”，这一小句是语篇的指示中心，史循企图做出主动行为，但没有成功，叙述者对不及物性系统的选择，使“晕眩”和“腥血”控制事态，人物主体被逐渐泛化，动作的致使者被掩盖，这就是作者选择不及物性模型对文本的意义，它把读者带入都市特定的文化场景之内。

四、动态语言的视觉化

蒙太奇（Montage）原来是建筑学术语，意为构成、装配，经常用于三种艺术领域，可解释为有意涵的时空被人为地拼贴剪辑的手法。最早被延伸到电影艺术中，后来逐渐拓展到文学创作等艺术领域。蒙太奇手法在上海都市的现代主义运动中广泛运用，比如大家熟知的《上海狐步舞》《南北极》，苏雪林在《新感觉派穆时英的作风》中这样评论《南北极》：故事“不足为训”，文字却为“射穿七札”，粗犷之力。这体现了语言章法的三个主要特征：拼贴、穿插、多彩。

茅盾早期创作也大胆借用这一章法，通过镜头剪辑和拼贴表现都市快速变化的生活节奏，折射声光电的新奇感觉，描绘旧白话无法达到的景象。

> 李克随口讲了句再见，竟自走了，身后拖着尾巴样的一条长影子，还在抱素跟前晃；不到几秒钟，这条长影子也渐远渐淡，不见了。抱素惘然看着天空，他顺着脚尖儿走，在这空场里绕圈子。

一条长影子，“渐远渐淡”，从近到远，从远到近，从有到无，又转入脚下，这一组组镜头式的叙述，显然是旧白话无法表达的。当时都市里，看电影是年轻人特有的娱乐，茅盾在《追求》中多次引用电影里的素材，都市青年在困顿或欢跃时，都想到“看电影去罢。‘百星’还在映《党人魂》，我们再去看一次罢。”甚至史循决定自杀时也想到电影情节：“我想自杀，但又怕只成了滑稽电影里的故事，手枪子弹打进嘴里去，却仍旧像可可糖一样地吐了出来了。”这里，茅盾借助史循的口吻，把子弹的行进视觉化，漫画化。

《动摇》最后这段最常被引用，语言主体推动人物和故事的发展，沿着蜘蛛的视角去想象，作者有意运用电影的蒙太奇手法，把抽象的思绪具象化：

> 方太太痛苦地想着，深悔当时自己的主意太动摇。她觉得头脑岑岑然发眩，身体浮空着在簸荡；她自觉得已经变成了那只小蜘蛛，孤悬在渺茫无边的空中，不能自主地被晃动着。
>
> 她的蜘蛛的眼看出去，那尼庵的湫隘的佛堂，竟是一座古旧高大的建筑；丹垩的裂罅里探出无数牛头马面的鬼怪，大栋岌岌地在撼动，青石的墙脚不胜负载似的在呻吟。忽然天崩地塌价一声响亮，这古旧的建

筑物齐根倒下来了！黄尘直冲高空，断砖，碎瓦，折栋，破椽，还有混乱的带着丹青的泥土，都乱迸乱跳地泻散开来，终于平铺了满地，发出雷一般响，然而近于将死的悲鸣和喘息。

俄而破败的废墟上袅出一道青烟，愈抖愈长，愈广，笼罩了古老腐朽的那一堆；苔一般的小东西，又争竞地从废墟上正冒着的青烟里爆长出来，有各种的颜色，各种的形相。小东西们在摇晃中渐渐放大，都幻出一个面容；方太太宛然看见其中有方罗兰，陈中，张小姐……一切平日见过的人们。

突然，平卧喘着气的古老建筑的烬余，又飞舞在半空了；它们努力地凝结团集，然后像夏天的急雨似的，全力扑在那丛小东西上。它们奔逃，投降，挣扎，反抗，一切都急乱地旋转，化成五光十色的一片。在这中间，有一团黑气，忽然扩大，忽然又缩小，终于弥漫在空间，天日无光………

方太太嘤然一声长呻，仆在地上。

方太太与蜘蛛构成的意象穿插在语段中，视角互相置换，主体意识变幻。这种观看方式改变了都市旧小说的刻板作法，突破固有的时间和空间的限制，复句与分句，连接与转折，融合运用表达出人物的复杂心绪。这种奇崛的章法和语篇，在茅盾看来，不是为了简单的拼贴和穿插，而是服务于表现和塑造方太太崩塌了的心理变化。

她对于两性关系，一向是躲在庄严，圣洁，温柔的锦幛后面，绝不会挑开过这锦幛的一角，看看里面是什么东西；她并且是不愿挑开，不敢挑开。现在慧女士的话却已替她挑开了一角，她惊疑地看着慧，看着她的两道弯弯的眉毛，一双清澈的眼睛，和两点可爱的笑涡；一切都是温柔的净丽的，她真想不到如此可爱的外形下却伏着可丑和可怕。(《幻灭》第6页)

这里，茅盾四次运用“挑开”一词，看是繁复，实际也是用电影镜头，他引导读者视角的延伸。同样展现女性心理，这个语段让人体察到都市女性内心的微妙变化，与外在世界的关联。作者的语言表达无须太多冲击和踊跃，同样深入人心，而都市时代女性却在镜头的拼贴中，表现出特有的文化品性。

有评论家说，鲁迅工于用字，茅盾工于造句。这句话颇有见地。茅盾在早期创作中的语言探索，特别是在语法和章法上的努力，使得现代白话具有“想象、感情和体性”，表现出都市日常生活的节奏和况味。罗家伦比较新白话和文言时这样描述：（文言）无论写什么人，因为都是一个腔调，一个模子印出来的。而用新白话，一字一字之间，都可以写得人微。这样，“写大总统，绝不会变成叫花子，日常情状、话语、腔调，各有个性”①。这个概括，也从一个角度点明了现代作家在新白话表现日常生活领域的开拓，其最大贡献就在于语法构成和章法运用，改变了现代读者观察和思考的方式。

① 罗家伦：《驳胡先骕君的中国文学改良论》，《中国新文学大系（1917—1927）·文学论争集》，上海：良友图书公司，1935年，第109页。

第三章　语言体式与都市文化

朱自清在《论白话》一文中认为“五四”白话文有三种主要语体形态——“国语体”“欧化体”“创造体”，这三种语体各有代表人物，分别为胡适、周作人和郁达夫[①]。这样的描述，有时是为了概括的方便，让读者很容易理解，但很容易消弭语言本身的复杂性。如果，我们进入茅盾在《蚀》三部曲构建的语言体式世界，或许可以看到多样而复杂的语体特征。

《蚀》是茅盾在“五四”退潮后尝试创作的第一部长篇白话小说，当时“五四”白话文运动的论争才平息下来，茅盾有意在《蚀》文本中进行一次大胆的语体实验。《蚀》的语言属于哪种基本体式？学术界几乎一边倒地认为属欧化语言，即所谓的“欧化体”。茅盾同时代学者以及现代研究者均有此说法：“《蚀》的语言的欧化倾向相当明显”，“不少人物都说着一种一般的知识分子语言，缺乏鲜明的个性色彩。”[②] 茅盾的确也曾提倡过，“过渡时期‘语体文’采用一些‘西洋文法’是可以的，‘不能因为一般人暂时不懂而便弃却’”。实际上，茅盾提倡的采用西洋文法只是在过渡时期[③]，时间为 1920 年，到写作《蚀》时，茅盾的语言观已经发生了很大转变。他在《从牯岭到东京》已有明确的阐述：“不要太欧化，不要多用新术语，不要太多象征色彩，不要从正面说教似地宣传新思想。”随后他的《王鲁彦论》就人物语言的“通文”现象还提出过批评。

总体上看，《蚀》的语言大概是如下三类的综合体：国语体、文言体、欧化体。当然，还有旧白话、方言等语言元素。我们不能简单地以“欧化体”一概论之。捷克著名汉学家普实克认为，茅盾的语言与古文关系密切，他更着力于继承传统汉语写作的优点，同时力求创新和发展，他的小说在语言运用上更注重汉语写作的韵味，但是又有别于中国旧文学的传统叙述手法。必须注意的是，这几种语言体式不是截然分开的，而是相互交织在一起，形成一个以现代白话文为底色

---

① 关于语体文的说法，有多种不同解释，胡壮麟、刘世生的《文体学研究在中国的进展》（上海外语教育出版社，2004 年，第 7—9 页）认为，要弄清 style 这个词的意义很难，它像一条活泥鳅，一手抓不住。因为语言学理论不同、定义者认识不同，都会产生不一样的界定。我们沿用五四新文学作家相对一致的看法，即“表达方式说”。

② 乐黛云：《＜蚀＞和＜子夜＞的比较分析》，《文学评论》，1981 年第 1 期。

③ 茅盾：《语体文欧化之我见》，《茅盾全集》第 18 卷，北京：人民文学出版社，1989 年。

的语体网络，从而才有可能有效地表现中国早期现代都市快速变化、纷繁复杂的生活形态。

一、白话与文言：承接传统汉语的审美经验

现代白话文与古代汉语一脉相承，在欧化语言体式植入过程中，汉语是如何应变，汉语弹性又是如何？这是一个非常值得思考的问题。作为新文学先驱，茅盾虽然倡导现代白话文，但是他也曾受过私塾文化的洗礼，而在汉语建设中古代文化起着举足轻重的作用。细读《蚀》文本，可以看出古代汉语元素在白话文中的分量。

“五四”作家往往片面追求以西方语言为标准的共同性，而忽视古代汉语传统的积极意义。更可怕的是，欧化体对汉语写作的影响绝不只在修辞或句法层面，还会挤压和限制汉语叙事的想象力。虽然在欧化语言中浸淫日久，但是，当时作家并没有完全摆脱古语。鲁迅表示，“没有相宜的白话，宁可引古语，希望总有人会懂”①。茅盾在《文学青年如何修养》中认为白话文应该容纳“口头上活用的文言文字眼”。

茅盾在取法古代汉语时，并没有被欧化语法所禁锢，他对民族语言的心态要比其他作家从容得多，表现出比其他现代作家更娴熟地驾驭现代汉语的能力。《蚀》文本尽管有不少分析性的语言元素，却保留有不少传统汉语的特性。屠格涅夫是“诗意的写实家”②，茅盾对他的文法推崇备至，《蚀》文学语言具有诗意的写实意韵，这是茅盾的美学追求。

讲究言简意长

言简意长是汉语最重要的特点，按张中行的说法，“花少钱多办事”。研究《蚀》的文学语言，不能不重视作家剪裁句子，调整句子节奏的功夫，他用最简洁的文字表达最丰富的内涵。

“鼓掌声起来了。胡国光也在内。”（《动摇》第26页）“方罗兰慢慢的把纸条团皱，丢在纸篓里。他浸入了沉思里。”（《动摇》第77页）两个短句构成一个语段，作者尽力拧干句子的水分。只要语义条件充分，读者就能补足其余的语言成分，隐约看出胡国光的嘴脸，虚假，奸诈。下面一段描写抱素和慧在公园静

---

① 鲁迅：《我怎样做起小说来》，《鲁迅全集·南腔北调集》第4卷，北京：人民文学出版社，1998年，第511—512页。

② 茅盾：《俄国近代文学杂谭》，《茅盾全集》第32卷，北京：人民文学出版社，2001年。

坐的情景，显示作者在精简句子上的独到功夫：

> 榆树的巨臂伸出在他们头顶，月光星光全都给遮住了。稍远，蒙蒙的夜气中，透露一闪一闪的光亮，那是被密重重的树叶遮隔了的园内的路灯。那边白茫茫的，是旺开的晚香玉，小池的水也反映出微微的青光。此外，一切都混成灰色的一片了。慧和抱素静坐着，这幽静的环境使他们暂时忘记说话。
>
> 忽然草间一个虫鸣了，是细长的颤动的鸣声。跟着，池的对面也有一声两声的虫鸣应和。阁阁的蛙鸣也终于来到，但大概是在更远的沟中了。夏初晚间的阵风，虽很软弱，然而树枝也索索地作响。抱素冒险似的伸过手去轻轻握住了慧。慧不动。"（《幻灭》第29—30页）

这一段景物描写中，"星光月光"等三个意象，剪裁静谧的夜空，紧接着连续两个最精简的句子——抱素"伸过手轻轻握着了慧。慧不动"；"抱素几乎脸贴着脸了，慧不动。"（《幻灭》第31页）读者摒住气息，仿佛也听到人物的心跳。"慧不动"是个完整的主谓句，却意味深远，正如王世贞在《艺苑卮言》所说："繁简奇正，备极其度"。茅盾也是这样要求自己的："句子有长有短，表现情绪有相互的关系，两者必须一致，不能矛盾。"①

茅盾擅长在段落起首句用一个最简洁的汉语句式，比如，"没有回答。在灰色的微光中，抱素似乎看到慧。两眼半闭，胸部微颤。"（《幻灭》第32页）紧接着又一个同样简洁的开头："慧不作声。但是她的空着的一手自然而然地勾住了抱素的肩胛。"（《幻灭》第32页）简单而内敛，达到收放自如，点到为止的艺术效果。

"长时间的静默。草虫早已停止奏乐。近在池边的一头蛙，忽然使劲地阁阁叫了几声，此后一切都是静寂。渐渐的，凉风送来了悠扬的钢琴声，断断续续，听不清奏什么曲。"（《幻灭》第65页）起笔又是一个简单句："仿佛时间停止了。一只青蛙打破平静，凉风又送来悠扬的琴声。"诗化的语言，散文的笔调，这是与欧化语式格格不入的。如此语言描写，在"五四"时期的小说中难得一见。

茅盾还喜欢运用最简洁的独立句，形成一个段落，让人回味无穷。《幻灭》第六节用了7个简单句构成独立段落，分别为"从早晨起，静女士又生气。"

---

① 茅盾：《怎样阅读文艺作品》，《茅盾全集》第24卷，北京：人民文学出版社，1996年。

“抱素点头，没有话。”“静一怔，微微摇头。”“静亦觉惨然，虽则还是摸不着头绪。”“他垂下头，脸藏在两手里。”“半晌的沉默。”“没有回答，静翻转身，把脸埋在枕头里。”姜夔在《白石道人诗说》中写到：“意则期多，字则唯少。”茅盾也尽力用少量的词语表达丰富的内容，做到寓繁于简，以一当十。

句子成分省略是文言中常见的现象，为了更精简地叙事，茅盾常常省略句子成份，使句子更趋于轻便灵活。《幻灭》的第一段第一句：“我们在上海，讨厌它的喧嚣，它的拜金主义化，但（我们）到了乡间，又讨厌乡村的固陋，呆笨，死一般的寂静了”。括号为句子所省略的主语。又如：“金博士皱着眉头干笑了一声，虽然（他）还极力保持着绅士的学者态度，但那一股怫然的神情已经不能遮掩了。朱女士张大了眼，忧虑着这位博士的赫怒，但（她）心里未尝不乐意章女士的将要受窘。”（《追求》第143页）“曼青勉强笑着装出主人的排解的身分，（他）暗中却扯了一下章女士的衣角，（他）警告她须得小心说话。这都被朱女士看在眼里了；她的脸上立刻泛忿恨的红色来，她从极坏处猜想曼青和章女士中间的关系了”（《追求》第143—144页）。括号内为主语省略，但语义清晰，叙事富有镜头感。在不危及语义表达的情况下，消除句子的主语，这一点恰恰是汉语写作者争取做到的。

20世纪20年代，一部有轨电车正行经上海最繁华的南京路，道路左右两边分别是当年上海最大型的两家百货公司，先施公司（右）、永安公司（左）。

（引自 wikimeidia commons）

用现在的眼光看，省略主语是作家的基本功，但是在欧化体盛行的年代，有目的地脱略主语，则是现代汉语写作的一种努力方向。除了省略主语，茅盾还有意识地省略宾语、谓语，我们以《动摇》第五章描写店员风潮的语段为例："然而店员工会坚持第三款，说是凡想停业的店东大都受土豪劣绅的勾结，要使店员失业，并且要以停业来制造商业上的恐慌，扰乱治安。"（《动摇》第59页）"待到接过照例的财神，各商店须得照旧营业的时候，这风潮便突然紧张起来了。店员工会的纠察队，三三两两的在街上梭巡。劳动童子团，虽然都是便服，但颈际围着一式的红布，掮着一根比他们的身体还高些的木棍子，在热闹的县前街上放了步哨。"（《动摇》第60页）语段中"意见分歧"，本应有谓语动词"存在"分歧意见，但作者用主谓词组，省略动词。"劳动童子团，虽然都是便服"，原本应有动词"穿戴"，但作者有意省略，使句子更为简洁。"三三两两的"，用数量词表示状态，省略了动态描述的语词。

> 至于他的"印象记"呢，在第八篇上他就搁笔了；搁笔也好，这本是特地为嘉兴之游壮壮行色的临时设备，现在似乎无须，并且应该说的话差不多已经说完，大可善刀而藏。……离婚事件的增多，以及和奸诱奸之"报不绝书"，便表示了旧礼教与封建思想之内在的崩坏，是一种有价值的社会史的材料。因此即使是很秽亵的新闻，向来只有小报肯登载的，王仲昭也毅然决然地尽量刊布了。（《追求》第100页）

这是《追求》第四节的核心语段之一，描写仲昭新闻救国的理念。其中有两处省略了宾语："无须"再就此事多说，因为该说的话已经说完，省略宾语；"小报肯登载的"省略了宾语新闻，语义仍然清晰。类似的句式还有"人们盼望一场痛快的大雨，但是没有。"（《追求》第67页）"章女士微笑着半闭了眼，等候那震撼全心灵的一瞬，然而没有"（《追求》第92页）等。

注重音律节奏

小说文本也可以讲究音调谐和，茅盾对汉语的这一特性也相当关注，同古代汉语一样，现代汉语照样可以具有音响的艺术功效。现代作家都非常重视语言的音响效果，老舍说："除了注意文字的意义而外，还要注意文字的声音和音节。这就发挥了语言的音韵之美。我们不要叫文字爬在纸上，必须叫文字的声响传到空中。”①茅盾也认为，汉语是典型的声调语言，抑扬顿挫、朗朗上口是汉语的一个主要特点。

首先，以《动摇》的两个典型语段，看看茅盾是如何运用同韵呼应的。

例一：方罗兰突然心里起了一种紧张的痛快。太太的话，负气中含有怨艾；太太的举动，拒绝中含有留恋。这是任何男子不能无动于衷的，方罗兰岂能例外？在心旌摇摇中，他吃夜饭，特地多找出些话来和太太兜搭．当他听得太太把明天要办的事，一一吩咐了女仆，走近卧室以后，他忽然从彷徨中钻出来，他发生了大勇气，赶快也跑进了睽违十多天的卧室，把太太擒拿在怀里，就用无数的热烈的亲吻塞住了太太的嗔怒，同时急促地说：

“梅丽，梅丽，饶恕了我罢！我痛苦死了！"

方太太忍不住哭了。但是也忍不住更用力地紧贴住方罗兰的胸脯，似乎要把她的剧跳的心，压进方罗兰的胸膛。（《动摇》第176—177页）

例二：从嘉兴回来后，王仲昭愈加觉得“希望”是不负苦心人的。他在嘉兴的陆女士家里只逗留了四小时，但这短短的四小时，即使有人肯用四十年来掉换，王仲昭也是断乎不肯的。这四小时，他和陆女士有了更深一步的了解，他给陆女士的父亲一个很美满的印象；这四小时，他的获得真不少！他不但带回了一身劲，并且带回了陆女士的一个小照，现在就高供在他的书桌上。（《追求》第99页）

例一短短的语段中连续用了两组押韵，一个排比句式，强化语言的韵味。“痛快”“怨艾”“例外”同属怀来韵，通过音步节律表现了方罗兰紧张、急促的情绪。同时，排比句式，“太太的话，负气中含有怨艾；太太的举动，拒绝中含有留恋”，进一步加强节奏感，再加上一个反问号，更表现出人物的烦躁不安。接着又转到另一个仄声押韵“事”，作者内心变得更为局促。在这个语段中，作者根据人物情感的起伏，连续押韵，渲染了紧张气氛，使音响富于变化。这里音律的运用，让读者与作者笔下人物一样，一下子紧张起来。这种效果就像韦勒克所说，“声音和韵律必须与意义一起作为艺术品整体中因素来进行研究”②。

例二中作者在排比句中运用“印象”和“书桌上”两个江阳韵，表现人物

① 老舍：《民间文艺的语言》，《中国语文》，1952年创刊号。

② ［美］韦勒克、沃伦：《文学理论》，上海：三联书店，1984年，第185页。

慷慨激昂的感情，洪亮的韵脚使整个语段显得波澜壮阔。例二中，一口气排出四个“四小时"，使语句音调和协，错落有致。

其次是平仄配合。汉语每一个音节都有高低不同的四声，一般说来，平声语调平缓柔和，仄声语调曲折激越，平仄配合得当，能使文本具有音乐美。我们试以《追求》的典型语段为例加以分析：

> 接连三天都是顶坏的天气．太阳光忘记了照临大地，空间是重淀淀的铅色。湿热的南风时时吹来，吹到老年人的骨节里引起了酸痛，吹到少年人的血液里使他们懒散消沉。人们盼望一场痛快的大雨，但是没有；他们在睡梦中会听得窗外淅淅沥沥地响着，但是第二天起来看时，依旧是低低的灰色的麻木的天空。(《追求》第67页)

这是第三章的起首段落。一开始，接连不断地运用仄声，音调沉雄。但是最后还是流露出叙述者压抑的心境，以两个沉重的平声“消沉"和“天空”，给语段中两个最重要的语句定调。秦牧的《掌握文学语言的音乐美》一文说：“表现柔婉缠绵或凄悠扬清之情可以多用平声字，表现幽咽沉郁之情可多用入声字，上声字常用来表现矫健峭拔的风格，去声字常用来表现雄阔悲壮的情调。”这虽然不是一成不变的，但有其道理。在《蚀》文本中运用更多的是平仄调配，我们以《追求》第二节的典型语段为例：

> 这里头，有史循的冷彻骨髓的讽刺，有曹志方他们的躁闷的狂呼，有张曼青的疲倦的中吟；这一切，很残酷地在他的脑壳里纵横争逐，很贪婪地各自想完全占有了他。似乎有一张留声机唱片在他脑盖骨下飞快地转着，沙沙地放出各人的声调；愈转愈快，直到分不清字句，只有忒楞楞的杂音。忽然，像是脑子翻了个身，一切声音都没有了，只有史循的声音冷冷地响着：人生是一幕悲剧，理想是空的，希望是假的，你的前途只是黑暗，黑暗，你的摸索终是徒劳，你还不承认自己的脆弱？(《追求》第48页)

语段中，几个主要句子平仄交错，“仄仄平平，平平仄仄平平”；“平仄平平，平平平仄”；“平仄平仄，平仄平仄，平平仄仄”，表现作者的复杂心绪。语段开始时，以平声为主体，显得沉郁平缓。随着心绪的波澜起伏，音调逐步抬高。最后以仄声为主体，音调急促挺拔。

再次是音节调和。汉语语词分单音节、双音节和多音节。古代汉语中单音节占多数，现代汉语中双音节占多数。单双音节交错运用，或者让同一个词的单音、双音分别出现，可以造成音节整齐匀称，富有音乐美的效果。

> 她从未梦见人世的污浊险峻，她是一个耽于幻想的女孩子。她对于两性关系，一向是躲在庄严，圣洁，温柔的锦幛后面，绝不会挑开过这锦幛的一角，看看里面是什么东西；她并且是不愿挑开，不敢挑开。现在慧女士的话却已替她挑开了一角，她惊疑地看着慧，看着她的两道弯弯的眉毛，一双清澈的眼睛，和两点可爱的笑涡；一切都是温柔的净丽的，她真想不到如此可爱的外形下却伏着可丑和可怕。（《幻灭》第6页）

上述语段展现都市女性心理的微妙变化。茅盾运用双音节词“挑开”，表达不同含义；运用单音节词“不”，组成“不会”“不愿”“不敢”三个词，层层递进；多次运用单音节词“可”，组成“可爱”“可丑”“可怕”三个相关词，形成一个反差强烈的意象。短短语段中多次出现对称音节，由此形成强烈节奏来描写静的矛盾心情。

> 他自问只有更加亲热，更加体贴，而所得的回答却是冷，冷。她偎着的，是没有真诚的喜气，没有情热的血在皮下奔流的脸；他吮着的，是两片麻木的嘴唇。他拥抱她，种种的爱抚，种种的戏谑，但是她，像戏台上的戏子履行不可少的职务似的应酬着；像一只很驯顺然而阴沉地忍受人们的作乐的手指的猫。她摊开了两手，闭着眼，像一个劣等的小学生受到莫名其妙的责罚似的，接受方罗兰的爱的揉擦，没有热情的反应，没有沉醉的表示。唉，她是变了。为什么呢？方罗兰始终不明白，且也没有法子弄明白。（《幻灭》第142页）

1954年茅盾对上述语段作了较多文字上的修改，修改本删改带着有自然主义色彩的文字①，笔者认为初刊本最能体现早期在音节应用上的独到工夫，修订

① 茅盾：《蚀》，北京：人民文学出版社，1954年，第169页。

本语言失去了原有的韵味。作者在这个语段中多次运用音节的协调关系，还有热情与冷淡的对称、爱抚与戏谑的对称，形成节奏一致的音律美。

“春的气息，吹开了每一家门户，每一个闺闼，第一处暗陬，每一颗心。爱情甜蜜的夫妻，愈加觉得醉迷迷的代表了爱之真谛。”（《动摇》第120页）“给她精神上一个新的希望，新的安慰，新的憧憬。”（《幻灭》第85页）这里用的是并列词组，收到一唱三叹的效果。“这一个结合，在静女士方面是主动的，自觉的；在那个未来主义者方面或者可说是被摄引，被感化，但也许仍是未来主义的又一方面的活动。（《幻灭》第106页）一系动词后面的“主动的，自觉的”，与下一句的“被摄引，被感化"相呼应，作者非常注意上下句式的音节对称。音节的规整和对称，是传统汉语的特征，茅盾加以恰到好处的运用，构成《幻灭》的音律美。

还有叠音自然。叠音，又叫重音、叠字，是将相同的音节重叠起来使用。茅盾惯用叠音表现 事物的情态，比如，“陆慕游作事固然荒唐，但委实是‘春’已来了。严冬之象征的店员风潮结束以后，人们从紧张，凛冽，苦闷的包围中松回一口气来，恰恰然，融融然，来接受春之启示了。”（《动摇》第119页）“恰恰然”“融融然”两个叠音，春的美景与人的心境彼此配合，音节和谐。还有，“方罗兰闷闷的回去，闷闷的过去了一夜。”（《动摇》第147页）“喳喳切切地私语”“嘤嘤的鸣声”（《幻灭》第46—47页）“横穿马路而去，咛咛喳喳”（《幻灭》第28页）章秋柳“还是浑身热刺刺的。她在房里团团的走了一个圈子，眼光闪闪地看着房里的，觉得都是异样的可厌。”（《追求》第170页）声情和文情相映成趣，节奏优美。

此外，茅盾还利用了拟声的音乐效果。

例一：战场的生活是最活泼最变化的，战场的生活并且也是最艺术的；尖锐而曳长的啸声是步枪弹在空中飞舞；哭—哭—哭，像鬼叫的，是水机关；——随你怎样勇敢的人听了水机关的声音没有不失色的，那东西实在难听！大炮的吼声像音乐队的大鼓，替你按拍子。死的气息，比美酒还醉人。呵！刺激，强烈的刺激！和战场生活比较，后方的生活简直是麻木的，死的！（《幻灭》第111页）

例二：似乎要搜寻章女士那样专心凝视的到底是什么东西。但是除了半遮半掩的阳光和几片白雪，没有其他特别的东西。几只小鸟在树上啾啾地叫，拍拍地掮着翎毛。（《追求》第107页）

例一，“哭—哭—哭”，是茅盾独创的拟声词，“哭”模拟了水机关的声音，也表现出叙述者对未来主义者的否定。例二，连续用了两个拟声词“啾啾”“拍拍”，摸拟小鸟的叫声和翅膀搧动的音响，静中有动。特别是“拍拍”的运用，动词拟声，形象生动。可以想象，茅盾在汉语书写中总是竭力排除欧化因素的干扰，发挥汉语语音特点，让文本中的每一语词，每一句式都焕发出汉语文化特有的音乐美。

句式灵活多变

茅盾自小研习中国古典名著，对汉语句法有深入的认识。汉语形式感差，语词却富有弹性；汉语控制力弱，句法却灵活多变。只要语义条件充分，句法就会时常做出让步，使语义随上下文的语境而自由应用。传统汉语的特性影响着茅盾的创作实践。《蚀》的句式富有弹性和灵性，主要表现在如下几点：

首先，句子形成多点透视。

多个视点顺时间而移动，随事态变化而衔接，这是因为现代汉语不是由单个中心形成框架，而由内容决定。《动摇》最后一章最为典型，从方太太的视觉来描述周遭事物的剧变，虽然句与句之间有些跳跃，但句子却简明有序。

> 方太太抬起头来时，首先映入眼帘的，是先前那双悬空的小蜘蛛，现在坠得更低了，几乎触着她的鼻头。她看着，这小生物渐渐放大起来，直到和一个人同样大。方太太分明看见那臃肿凝肥的身体悬空在一缕丝上，凛怵地无效地在挣扎；又看见那蜘蛛的皱瘦的面孔，苦闷地麻木地喘息着。这脸，立刻幻化成为无数，在空中乱飞。地下忽又涌了许多带血裸体无首耸着肥大乳房的尸身来，幻化的苦脸就飞上了流血的颈脖，发出同样的低低的令人心悸的叹声。（《动摇》第236页）

汉语“流块建构”的诗意堆迭和包孕，可以形成句子的多变格局。上述语段中，句子主语先是方太太，接着转换为小蜘蛛，然后回到方太太自身，最后，又转移到小蜘蛛，读者随着叙述者视点的不断转移，审视人物的内心世界。

> 母亲的爱的回忆，解除了静的烦闷的包围，半小时紧张的神经，此时弛松开来。金戒指抱在怀里，静女士醉醺醺地回味着母亲的慈爱的甜味。半小时前，她觉得社会是极端的黑暗，人间是极端的冷酷，她觉得生活太无意味了；但是现在她觉得温暖和光明到底是四处的照耀着，生

活到底是值得留恋的。（《幻灭》第49页）

在欧式句法中，主语贯穿头尾，不可轻易变更。而在上述语段中，“母亲的爱的回忆”是一个主语，“神经"又是另一个主语，读者却心领神会。汉语中语辞意蕴丰富有余，配合制约不足，形式感差却富有弹性。机动灵活的句式，让读者进出参与完成瞬间的印象。好比“鸡声茅店月，人迹板桥霜”，“鸡声”和“人迹”主语变换自由，“茅店”与“月”，“板桥”与“霜”，空间关系不定，任凭读者想象和组合。

有时，这种散点透视，由一组偏正词组构成。这样的句子在《红楼梦》有很好的表现：“嘴甜心苦，两面三刀，上头笑着，脚底下使绊，明是一盆火，暗是一把刀，他都占全了。”《蚀》也不乏例证，比如，“巴黎的繁华，自己的风流逸宕，几个朋友的豪情胜概，哥哥的顽固，嫂嫂的嘲笑，母亲的爱非其道，都一页一页地错乱不连贯地移过。”（《幻灭》第42页）“每一冷笑，每一谇骂，每一喳喳切切的私语，好像都是暗指着她。”（《幻灭》第60页）句子中心往后移，如果是欧化体句式，就要围绕动词构造复杂关系。

其次，常规句法与变异句法的交替应用。

汉语句式通常主语在前，谓语在后；动词在前，宾语在后；修饰语在前，中心语在后；偏句在前，正句在后。但是，茅盾为了更好地表现语言的文学性，有时可以做到不按常理出牌，而读者却能心领神会。

比如：“强抬起头来，一对小眼珠，盯住了静的眼睛看，差不多有半分钟；静觉得那小眼珠发出的闪闪的光，似喜又似嗔，很捉摸不定。”（《幻灭》第119页）

在短短的语段中，作者将两个修饰状语后置，有意凸显其在句中的地位。使读者更清楚地认识人物的心理状态。类似的句子还有：“喊杀的声音震得窗上的玻璃片也隐隐作响。房内的老地板也格格的颤动起来，因为几位先生的大腿很不客气地先在那里抖索了。”（《动摇》第215页）

“她撩起了羊皮袄的衣角来擦眼睛；大概她自觉得要落下眼泪来，虽然事实上并没有”“曹志方很侮辱的嚷着，若无其事地反倒退后一步，又哈哈的纵声笑了，像是戏弄一头猫。”（《追求》第173页）“这脸，立刻幻化成无数，在空中乱飞”（《动摇》第236页）

状语移位到中心语之后，突出状语作用，又使基本结构紧凑，语气舒缓。

“胡国光觉得这客厅的布置也像方太太，玲珑，文雅，端庄。”（《动摇》第

40 页）“曼青感觉得这淡淡的一瞥中包孕着无限情绪，含羞，怨嗔，感伤。”（《追求》第 92 页）“王女士住的是人家的亭子间，很小很低，单是那张颇为阔大的木床已经占了一半地位。”（《追求》第 169 页）中心语在前，修饰语在后，突出人物特征及内心活动。“鼓掌声起来了，胡国光也在内”（《动摇》第 26 页）正句在前，偏句在后，把句子重心移到后面，让读者把视点落在偏句。“从前的天真，从前的娇爱，你都收藏起来了？”（《动摇》第 54 页）宾语前置，突出宾语的地位，把无形的不可把握的情感形态具象化为可把握的物质形态。

再次，词性活用激活语句。

词性活用本来是文言用法，茅盾在《蚀》文本中利用语言的灵活性，突破语义限制。“现在他们中间虽然似乎已经完了，但静还保持这煞尾的快乐，她不忍完全抓破了自己的美幻，也不忍使强的灵魂上留一些悲伤。"（《幻灭》第 130 页）“宝贵”原为形容词，意动用法，后带宾语，以……为宝贵。“夕阳的红光在窗上映射了些时，又慢慢的偷偷的走了。室中渐渐黑起来。”黑，原为色彩名词，这里动词化，使天黑的过程产生动态感。茅盾甚至直接引用古代汉语的词类活用法，比如，“现在南乡的农民便要弥补这缺憾，将多余者空而不用者，分而有之用之。”（《追求》第 121 页）

用词的古典意味

《蚀》在文字上颇具古典意蕴，这是茅盾传统语言功力发挥的效应，他们这一代新文学先锋，都受过私塾教育，童子功摆在那里，想活用时，手到擒来。《蚀》中古语词安置在现代句式中，使句式变得精简含蓄。选用文言词汇是茅盾的有意为，与鲁迅的想法相似，现代白话不够用时，古文、西文都可以为我所用。所以不是一般癖好，而是创造性的选择和运用。

古语词在《蚀》文本用得恰到好处，收到奇效。比如茅盾用“裾长到踝”，而不用“衣服摆长到脚踝。”“似乎忧哀压住了他的舌头，他只能用他那一双倦于谛视人生的眼睛来倾吐胸中的无限牢愁。”（《追求》第 164 页）“牢愁”，古语词，愁闷的意思。刘克庄在《次韵实之春日五和》也运用过这个词：“牢愁余发五分白，健思君才十倍多。”类似的古词今用在《蚀》中还有：“现在隔开了两年多，曹志方还是从前的曹志方；固然不会苍老些，也仍是那么伉爽爱闹。”（《追求》第 54 页）伉爽，意为刚直豪爽。明代方孝孺《郭君圹铭》：“少灵异，伉爽不群。”

“铲除封建思想的呼声喊得震天价响，然而亲戚故旧还不是拔芽连茹地登庸了。”(《幻灭》第93页)登庸,古语词,意为被选拔重用,《书·尧典》:“畴咨若时登庸”;“他觉得自己业已屈伏到无可再屈伏了。”(《动摇》第109页)屈伏,古语词,动词,即屈服。《晋书·刘曜载记》:“为之拜者,屈伏于人也。”“自己的风流逸宕,几个朋友的豪情胜慨。”(《幻灭》第32页)古语词,名词。胜慨,优美的生活。《黄冈竹楼记》:“待其酒力醒,茶烟歇,送夕阳,迎素月,亦谪居之胜概也。”“静的眼光追随着抱素的视线,似乎在寻绎着他的思路。”(《幻灭》第51页)寻绎,古语词,动词。反复推敲思索的意思。谢惠连《雪赋》:“王乃寻绎吟玩,抚览扼腕。”

在《蚀》文本中,茅盾酷爱使用成语来概括事物,“自从先严弃养,接着便是戊戌政变。到现在,不知换了多少花样,真所谓世事白云苍狗了。”(《动摇》第123页)“白云苍狗”又作“白衣苍狗”,杜甫诗云:天上浮云如白衣,斯须改变如苍狗。古往今来共一时,人生万事无不有。“胡国光当然没有什么不同意。对于这件事,他业已成竹在胸。”(《动摇》第108页)“我和她不过是同学,素来是你恭我敬,她为什么恼着我。”(《幻灭》第31页)你我和恭敬,分开来用,虽然也是互相敬重的意思,但意味更多,韵味更足。

除成语外,茅盾有意尝试传统汉语四字格的表现手段。“他们都女儿成行,并且职务何等繁剧,尚复有闲情逸趣,更无怪那班青年了。”(《幻灭》第70页)“现在静女士坐在书桌前,左手支颐,惘然默念。”(《幻灭》第60页)“章女士把左手支颐,靠在枕头上……”(《追求》第240页)“现在这县里又是平静得像死了一般了。县党部委员们垂拱无事……”(《动摇》194页)垂衣拱手,相安无事,茅盾灵活改造了一下古语结构,把县党委员们的神态一笔勾勒出来。“巍巍然孤峙在锥刺之海的,是阅兵台的尖顶。”(《幻灭》第8页)“太太以为应该先请张铁嘴起一卦,再作道理。”(《动摇》第4页)四字格能很好地概括人物个性,比如:“胡国光一脸奸滑”(《动摇》第35页)“王荣昌通身俗骨”(《动摇》第35页)。吕叔湘《现代汉语单双音节问题初探》一文说,四字格“一直是汉语使用者非常爱好的语言段落”。茅盾运用四字格,达到音节匀称、形式整齐、节奏明快的艺术功效。

茅盾还用四字格指代复杂内容,让句子更简明,清澈。比如,“章女士抿着嘴,露出何必骗我的神气。”(《追求》第148页)“各人都准备了一肚子话来的,不料成了‘不期而遇’,弄成不便多说话。”(《动摇》第92页)

二、 白话与旧白话: 脱胎于旧白话的书面语体

瞿秋白在《鬼门关以外的战争》中曾这样评价旧式白话小说,某种意义上

是“新的文学”，这说明新白话在发展过程离不开旧白话的桥梁作用。没有旧白话的蓬勃发展，仅靠“充其量也不过一万人”的新白话小团体，显然不能推翻延续了两千多年的文言统治。比如，张恨水的旧白话，虽然与新文学格格不入，但在汉语表达上有其特点，都市一部分大众还是很容易接受的。新式白话和旧式白话有历史渊源联系，茅盾对这一点是有所体会的，即使到了写作《子夜》，他对旧白话的养料，也有意充分运用。吴组湘曾经听朱自清说过，茅盾写作《子夜》时，“有意模仿旧小说的文字，务使他能为大众所接受。”这样，文字上“没有除尽为大众所不懂的词汇。作者的文字明快，有力，是其长处”，当然，有时也“有勉强不自然的毛病”，这是可以理解的[①]。但是，总体来说，茅盾没有全盘否定旧白话，而是汲取和保留下一些有用元素，在新白话与旧白话之间尽量融合两者之间内在的联系，这是现代都市读者需要的，也是新白话在发展和壮大过程中的必经之路。

革新旧白话词义

为了更准确地表现人物特征，茅盾对旧白话词语加以革新，从而产生新的语义。以“笑”为例，茅盾笔下的笑法众多：艳笑、狞笑、浇笑、软笑、苦笑、干笑等等（本书将在下一章中具体分析笑的语义功能）。“扑嗤的一笑”（《追求》第145页）“吃吃一笑”（《幻灭》第30页）“抿着嘴笑”（《追求》第148页）“轻蔑的纵笑”（《追求》第173页）“吃吃地艳笑”（《追求》第189页）“像切断似地收住了笑声”（《追求》第199页）“微微地笑”（《追求》第202页）“章秋柳觉得脸上一阵热，只回答了一个轻盈的倩笑，没有说话。”（《追求》第202页）等等。多种多样的“笑料”，表现了都市人物百态，在新白话不够用时，茅盾主要借用旧白话的说法，表现都市人的复杂心境。

“看”也衍生出不同“看法”：斜睨、一掠、睃、瞅、瞟等等这些原先多是旧白话的用词，茅盾革新词义，在不同语境中加以创造性运用。比如，“怨嗔地对史循瞅了一眼”（《追求》第207页）“睇视”（《追求》第197页）“眯着半只眼睛”（《追求》第175页）。西方语义学认为，一个语词可以衍生出一个语义家族，不同的描写对象可以找到最接近准确的词语。茅盾在旧白话的利用上，合理地挖掘出每一个词的语义特征，在每一个细节动作中发挥不同的作用。

另外，单是语素“娇”，就能组成“娇爱”“娇媚”“娇软”等语词，它们

---

① 吴组缃：《〈子夜〉》，《文艺月报》创刊号，1933年6月。

用处不同，也达到一定功效：“可是，梅丽，近来你没有那么活泼了。从前的天真，从前的娇爱，你都收藏起来了？”（《动摇》第54页）娇爱，旧白话，美丽可爱之意；“在紧张的空气中，孙舞阳的娇软的声浪也显得格外袅袅。”（《动摇》第157页）娇软，旧白话；“章秋柳摇头，很娇媚地歪在自己床上，湿润的眼光在曼青脸上掠过”（《追求》第321页）这里用旧白话：娇爱、娇软、娇媚，感觉也有点像吴组缃说的，有“过火的成分”，毕竟现代白话也有不够用的时候。

茅盾还利用旧白话小话中常见的词语，放在新的言语环境下，激发出新的语义。比如，“在两心融合的欢笑中，方罗兰走进了太太的温柔里，他心头的作怪的艳影，此时完全退隐了。”（《动摇》）“他又看见那苗条的艳影卓然立在他面前，遮蔽了一切，成为他的全宇宙，全生活了。”（《追求》）“‘但是我倒因此悟得处世的方法，我就用他们对待我的法子回敬他们呵！’慧的粉涡上也泛出淡淡的红晕来，大概是兴奋，但也许是因为想起旧事而动情”（《幻灭》第5页）“艳影”“粉涡”的用法均属旧式白话，都是旧小说作家挂在笔下的常用词，但是茅盾却极力想给旧白话赋予时代的活力。

活用旧白话叙事语言

《幻灭》不时出现“只见、只听”之类旧白话，有人由此认定《蚀》沿用旧小说形式。其实，茅盾是有意利用旧式语言，表现视觉听觉的空间延伸，“却见”“当下”“这时听得”“猛听得笑声、脚步声”，他引入旧白话进入新小说，并加以合理运用，这些词语移动小说里的叙述的视点。

比如，《动摇》描写胡国光刚进家门，“听得豁浪一响；他估准是摔碎了什么瓷器了，并且还料到一定又是金凤姐和太太吵闹。他三步并作两步往里跑，穿过了大门后那间空着的平屋，猛听得正三间里一个声音嚷道……”（《动摇》第1页）顺着作者的引导，读者一步一步地进入小说的虚构世界。

《蚀》有时还停留在第三人称的全知视角。“作者还不大弄得明白”（《动摇》第22页）；“我们要知道王昌荣是一个规矩的小商人”（《动摇》第一节）有人说这种主观的语句，有伤客观描写的真实。但是，作为现代小说的最初尝试，这是可以理解的。譬如“我们的‘小姐’愕然了”（《幻灭》第15页），此处是1952年人民文学出版社版删节。“我们看见他们三人坐在一排椅上”（《幻灭》第20页）“但是你也不能说静女士不美，你终于受了包围，只好‘缴械处分’了”（《幻灭》第21页）“深深嘘了口气——你几乎以为就是叹息”（《幻灭》第30页）“静仍旧微笑着，眼睛里射出光来（你可以说这就是热情的流露）”“我们这慧小姐躺在狭小的行军床上转辗翻身，一时竟睡不着。一切旧事都奔凑到发胀的脑壳里来”（《幻灭》第33页）“我们这位狡猾的老实人遂单刀直入地转到他的目的物了。”（《幻灭》第39—40页）这类全知叙事方式不时流露，使作者时常不自觉地跳到前台与读者对话，这种手法对于都市一部分读者来说，有助于他们的阅读和接受，这是旧小说常用的手段，在新小说过渡时期对读者仍有吸引力。

的确，《蚀》没能割断与旧白话的脐带关系，比如，描写朱女士的敌意，她也只好“嫣然一笑”“睃的几眼”（《追求》第五节）。《追求》第四节王诗陶与章秋柳谈论赵赤珠时，用“淌白”来形容她，这让章吃惊。“淌白”指女流氓或私娼，对异性引诱、诈骗财物的流氓行为，为当时上海俗语。林语堂《吾国与吾民》中也用这个词，是贴近时代背景的。

正因为茅盾运用了旧白话的叙事方式，不可避免地引来当时文艺批评家的责难。阿英直截了当地指出：“全书脱不尽旧小说的风味，虽然在形式上完全是新格式，旧小说的风味是特殊的浓重，不是我们需要的。”“主客观的叙述的不调剂。我们认定一三自称的夹叙是可能的，不过这里所采用的方法，十之八是纯客观的描写法。”“很重要的一点，就是作者描写的方法有改正的必要。作者采用的完全是旧写实主义的方法”①。茅盾在后来的回忆中说，《蚀》的叙事模式未洗尽旧法，带有旧白话的叙述语式。

我们应该认识到，新小说与旧小说之间无法一刀剪断脐带关系，在都市兴起过程中，都市新旧文化交融和竞争，旧小说的某些技法还是可以借鉴和利用的，合理改造后仍然能焕发出艺术魅力。正如汪曾祺后来总结的：“我们的语言都是继承了前人，在前人语言的基础上演变、脱化出来的。很难找到一种语言，是前人完全没有讲过的。那样就会成一种很奇怪的，别人无法懂得的语言。”② 这个说法适用于解释茅盾在早年语言实践中遇到的问题。不过，我们也注意到，旧白话的叙事方式主要体现在最早的《幻灭》文本，随后的《动摇》《追求》，作者有意加以控制。

三、 白话与欧化语： 提升现代汉语的写实功能

“五四”时期，新兴白话文还不足以传达纷纭复杂的现实矛盾，借用和改造欧化文体成为白话文发展的必由之路，现代作家都致力于提高现代汉语的写实功能。茅盾也不例外，但是他对欧化文体不是照单全收，而是有选择地加以改造和

---

① 阿英：《文学与社会倾向》，原载《太阳》月刊第七号，1928年7月。

② 汪曾祺：《中国文学的语言问题》，《文艺报》，1988年1月。

利用。“五四”初期茅盾就发表《语体欧化之我观》，主张改造欧化语优化汉语的表现能力。《蚀》发表过后，茅盾撰写《从牯岭到东京》一文表明自己的语言观：“第一是文字组织问题，照现在的白话文，求简练是很困难的。”但是，现代小说至少要做到，“不要太欧化，不要多用新术语，不要太多象征色彩，不要从正面说教似地宣传新思想。”与同时代其他作品相比，《蚀》文学语言的确发生了很大的变化，如系词增多、动词地位上升、句子结构复杂、关联词语和补足用语增加，从而改变传统汉语书写不够严密的欠缺，强化了现代汉语书写的表现力和想象力。

谓语地位的变化

围绕动词的核心作用构建句子，我们在上文中有所提及，这里从语言欧化的角度加以阐释。茅盾深得西式语言三昧，他在动词的运用上下了功夫，使得动态描写都具有很强的张力。“方太太从方罗兰怀中夺出，站了起来。方罗兰的每一句话，投到方太太心上，都化成相反的意义。”(《动摇》第125页)“夺出”“投到”“化成”三个动词力量感很强，即使是静态的行为，也动感十足，这都得益于动作描写的形象处理，不但给人印象深刻，还收到幽默效果。又如：“他（方罗兰）为的是一片真心来和太太解释，为的要塑出她的痛苦。”(《动摇》第155、156页)“他垂下头，脸藏在两手里。”(《幻灭》第54页)“金凤姐咬着涂满胭脂的嘴唇，忍住一个笑，胡国光也不觉得。”(《动摇》第47页)“章女士却已经看见他，掷过一个媚笑来。”(《追求》第101页)。茅盾有意强化动词在句子中的地位，本来“痛苦”“欢笑”等都当动词用，但作者觉得太宽泛，于是他有意引用西式语言中动词功能，用动作形态表现得更具体、生动。

由于动词产生了强烈的描写效果，《蚀》的行动场面表现得活灵活现，这显示了茅盾语言个性中雄健的特征。茅盾运用动词不是一味夸张以强化力度，有时也表现出男性作家少有的细腻和精准：

> “我们中间就此完了嘛？”
>
> 曼青悲欢似的问；第一次声音发抖，并且向前移动一步，差不多接触着朱女士的身体。他的急促的呼吸，嘘在朱女士颈项，拂动了他的短发。然而朱女士坚持着不动，也没有回答。(《追求》第157—158页)

像是用显微镜放大动作，把人的触角写得精细入微，“嘘”“拂动”，比电影镜头的特写还细腻。“方罗兰不敢看似的赶快闭了眼，但是，那一张笑口，那一对颇浓的墨睫毛下的无限幽怨的眼睛，依旧被关进在闭合的眼皮内了。”这样的描写不同于旧白话小说，如张恨水的语言，因为动词不足，无法深入描述，只能点到为止。旧小说作者也尽力描写动作细节，但是事倍功半。茅盾在《自然主义与中国现代小说》里这样描述：“都是直记连续的动作，并没有一些描写。我们看了这种‘记账’式的叙述，只觉得眼前有的是个木人，不是活人”。中国传统小说注重情节描写，疏于环境描写和人物心理描写，茅盾正是汲取了欧化体的营养元素，加以一己的创造。

借助欧式语汇表现都市节奏

“五四”作家在外来语汇的应用上，要么直接运用外文语词，要么纯粹音译两种。两种方式都有利于借用外文强化都市文化的语境功能，但是茅盾为了表现新女性的生活时尚和内心矛盾，一般直接运用外文的语汇，比如：“方罗兰再看纸盒面有一行大字 Neolides. H. B. 也不明白什么意思，揭开盒盖，里面是三枝玻璃管，都装着白色的小小的粉片。”（《动摇》第 105 页）“那时，仲昭曾戏呼她是北欧的勇敢的命运女神的 Verdandi 化身。”（《追求》第 105 页）“好在金博士也很有 fair play 的肚量。”（《追求》第 143 页）“王龙章是这里著名的情场三杰——Les Trois Mousquetaires。比黄埔三杰，还要响啦！”（《追求》第 10 页）此类外文也可以译成汉语，茅盾有意保留原汁原味，彰显人物形象的个性特征。Neolides. H. B. 是一种避孕药，当时新派女性喜用之。fair play 为公平竞赛之意，当时留洋青年不说公平竞赛而是搬出英语，这是都市生活和时代青年的真实写照，某种意义上说，也是茅盾通过汉语书写，创造一个崭新的都市世界。

茅盾用科学主义眼光，引科学名词入作品，在特殊语境中达到新的语用效果。比如，“……不过是走顺了脚，等于物理学上所谓既动之物必渐次增加速率而已。一小丫头银儿久已成为胡国光喜怒的测验器，这天当然不是例外，而且特别多挨了几棍子。”（《动摇》第 45 页）

在《蚀》中我们最常见到“然而、但、不过、却、况且”等转折词，比如，“况且黄医生的品德早已得了静的信仰”，“然而悲观的黑影尚遮在她眼前”，“似乎、似的、好像、仿佛”，“终于、大约、于是、恐怕”也用得较多，这些都是欧式语言元素，但是在《蚀》篇章中，茅盾却加以积极运用，使语气婉转，虚实相生。更重要的是，这些转折语有助于传达当时的矛盾心境：

他虽则天天和慧见面，并且也不能说是泛泛的交情，然而关于她的家世等等，尽茫无所知；只知她是到过巴黎两年的“留学生”，以前和静女士是同学。(《幻灭》第39页)

茅盾在《蚀》中常常运用超常搭配的结构方式，加以强化动词作用，如“滚出声音”“嗅出秘密”“读出内心活动”等等，这些词的用法直接来源于英语和日语，茅盾利用欧式句法的原则，使这些特殊结构更有表现力。“章秋柳觉得脸上一阵热，只回答了一个轻盈的倩笑，没有说话。”(《追求》第175页)“回答……倩笑”，来自于英语 send…smile，动态形象跃然纸上。“回答的是纵声大笑，然而随即像切断似的收住了笑声。”(《追求》第199页)“回答……大笑”“收住笑声”都是借鉴欧式句法，把无形的不可把握的情感形态，具体化为可把握的物质形态。

工于造句胜过工于用字

其实借用西式语汇，还不是茅盾的强项，茅盾的功夫在于改造西式句法。如果说鲁迅工于用字，茅盾则工于造句。经过早期翻译的打磨，茅盾步入小说创作坛，就表现出超强的造句能力。他惯用延伸视觉的方法，状物由远而近、由上而下、自大到小，或先物后人，使作者对世界的观察准确地复印在读者的心像之中：

呐喊的声音，更加近了，夹着锣声；还有更近些的野狗的狂怒的吠声，它们是照例爱管闲事。陈中苦着脸向四下里瞧，似乎想找一个躲避的地方。彭刚已经把上衣脱了，拿些墨水在脸上，说是他曾经化装茶役脱过一次险。方罗兰用两个手背轮替着很忙乱地擦额上的急汗，反复自语道：“没有一点武力是不行的！没有一点武力是不行的！”(《动摇》第215页)

遥远的呐喊声逐渐逼近，茅盾巧妙地借助野狗的狂吠，把声音从远处引到近处，落笔写的是人，人物焦虑的神情各不相同。反之亦然，下面一段由物及人，由外到内，引领读者观察和感受外在和内在世界：

曹志方接着说，但是脚步杂乱地落在楼梯上的声音早把他这句话压平了。客厅里只剩下王仲昭他们三个，都没有说话。大时钟还是毫无倦态地走它的循环的路程。西斜的太阳光很留恋地吻着客厅里火炉架上的一张画片。(《追求》第 24 页)

说话声、脚步声、钟声，由人到物，观察和描写“移步换景”，读者视线随文字的导向而转移。这是茅盾的拿手好戏，使所描写的物态形象化、生动化。

茅盾的造句功力，还体现在擅长长句与短句的交错、整句与散句的融合。

欧式句法以长句见长，这并不是汉语的特点，汉语从根本上说是重意会而轻形式，所以句子结构比较松散。长句精细绵密的特征，有利于弥补传统汉语描写不精确的缺点。茅盾将长短句交错、整散句融合，从而形成跌宕起伏的句式特征：

第二天，胡国光着手去实现他的计划。昨天他已找过了陆慕游，谈得很投机，已经约定互相帮忙。胡国光原也知道这陆慕游只是一个绔纨子弟，既没手腕，又无资望，请他帮忙，不过是一句话而已；但胡国光很有自知之明，并且也有知人之明，他知道现在自己还不便公然活动，有些地方，他还进不去，有些人，他还见不着，而陆慕游却到处可去，大可利用来刺探许多消息；他又知道陆慕游的朋友，虽然尽多浮浪子弟，但也有几个正派人，都是他父亲的门生，现今在本县都有势力，要结交这般人，则陆慕游的线索自不可少. 还有一个念头，说来却不高明了，在胡国光亦不过是想想而已；那就是陆慕游还有一个待字深闺盼妹子，陆慕云，是远近闻名的才女。(《动摇》第 17 页)

上述语段，最长的句子只有 17 字节，以结构简单字数较少的短句为主体，“既没手腕，又无资望，请他帮忙，不过是一句话而已”“谈得很投机”“已经约定互相帮忙”，这些句式都没有过多描述性的状语，句子短得急促。但是，把句子联结起来，又是长句，而且结构比较复杂，“胡国光很有自知之明，并且也有知人之明”，一句后面有两个分句，都是为了说明胡国光的“无所不知”。

这里，茅盾运用长句准确复写现实，同时又努力把长短句交错应用。同时，句式有整散之分。整句指对应整齐、结构匀称的句式，散句指不求对称、参差错落的句式。其中，“有些地方，他还进不去，有些人，他还见不着”“他知道”“他又知道”等句式工整匀称，属于整句；而从整体语段来看，句子又有行云流水的叙述效果，属于散句。总体上，作者调遣得当，在参差的散句杂有整齐的整句，表现出茅盾在造句上的功力。

茅盾在利用欧化体改造汉语句式时，尽量照顾到汉语言自身的特点。五四作家都尝试利用外来语言改造汉语言，“胡适体”的文学语言真的“用力过火”，只好归顺于欧式语言逻辑，意味着要牺牲汉语固有的意韵。茅盾却竭力让语言的逻辑性归顺汉语。他在涉足文学创作前，翻译大量外国文学作品。虽然翻译也出现一些叠床架屋的复句，但为了阅读的方便，他选择把句子拉直、拉平，并用逗号来切分长句。我们选取茅盾的翻译作品《桃园》[①] 与《动摇》的两个语段对照分析，更能发现茅盾打通中西句式的业绩：

> **例一：**溪涧的涨水滋润了那一带树阴下的草地，即使在最热的天气也不见干燥；夏季过到尽头了，第二批的新草却又在滋生。这片草就在大路的两旁伸展开，地上是永远的碧绿，而上边天空呢，枝头上的桃子被融融的暖日晒得一天比一天红熟。清凉的水和新绿的香草使得那些桃园有一种不可抵抗的迷人力量。在这里，——这红绿交映浓荫幽雅的所在，春天赖着不肯走，直到初秋。（《桃园》第1页）
>
> **例二：**在乡村里，却又是另一番的春的风光。去年的野草，不知在什么时候，已经占领了这大地。热蓬蓬的土的气息，混着新生的野花的香味，布满在空间，使你不自觉地要伸一个静极思动的懒腰。各种的树，都已抽出嫩绿的叶儿，表示在大宇宙间，有一些新的东西正在创造中，一些新的东西要出来改换这大地的色彩。（《动摇》第120页）

例一为茅盾于1923年翻译的《桃园》（土耳其）第一段，这一段美文描写春的气息。例二为茅盾五年后步入小说坛的创作实践。对比两段关于春天大自然的景物描写，更能看出茅盾造句的一脉相通之处。两段文字都把抒写的重心落在青草地上。例一，虽然并列句居多，语势舒缓，但是句子结构并不冗长拖沓，可以看出茅盾在翻译中努力实现“句调精神”的主张，拒绝用长长的、软软的形容词组来表现春的气息。

例二与例一相比，句式更为简约，“去年的野草，不知在什么时候，已经占领了这大地”，本来可以一句说完，但作者有意用逗号把句子分割，使句式更为灵巧。“在乡村里”“各种的树"等等，地点状语和主语都从句子中独立出来，

---

① 茅盾译：《桃园》，《茅盾译文选集》，上海：译文出版社，1981年。

他把早期对欧式句法的改造运用到汉语写作中，初步达到了“句调精神”的言语境界。

当然，我们也不能一味掩盖《蚀》文本也存在着翻译体的痕迹。欧化语体毕竟与传统汉语有一个融化过程，在《蚀》文本中也出现形容词重叠、词组层层累加的欧式句法。比如，“眼角里瞥见了似乎是女子的淡蓝的衣角的一飘”“抱了坚决主意的那时的静女士”，读起来感觉拗口，别扭。朱自清所批评的“长长的软软的形容句子”，即是这类句式。

> 他几次掷去了笔，恨恨地想：难道在这一点小事上也藏匿着理想与事实不能应合的真实么？难道平日所见的舞场上的特殊的氛围却不多不少只是自己的幻觉么？老朽了的中国民族大概只能麻木污秽地生活着，无忿怒无悲哀无希望地生活着，未必能像德意志民族在战败后的疑惧痛苦中会迸射出躁动的力求复活的表现主义那样的火花；目下上海人的肉感的歌舞的风狂，怕只能比拟于古代罗马人的醉梦的颓废罢了。失望，失望！在这时代，无论事之大小，所得的只有失望！（《追求》第59页）

从这一段长句子可以看出，茅盾在克服欧化体的影响时的迷思和挣扎。这是情绪难以控制的自由言语，作者任由思绪杂乱丛生，言语像脱缰的野马，欧化句式就不自觉地跳出来了。茅盾当时曾经分析说，这类的句法很适合小资产阶级读者群，这是新文学所要争取的阅读对象。从这个角度来说，有些欧化句式的表达方式还是很有时代价值的。茅盾在人物对话时，特别热衷于运用欧化句式，这同他的读者预设不无关系。

还有，“一对揄揶的眼睛对抱素瞧”（《幻灭》第41页），纯粹的西洋句式，这类句式在《蚀》中有时出现，这是茅盾在汲取中来不及消化的个案，五十年代茅盾加以修订。“猫头鹰的察察的唿哨声在宣告它的时代已经到临。在这辉煌的落日的残照里，大自然中的一切也表示了十分动乱的矛盾。”这是初版《追求》开头的一段文字，茅盾觉得过于累赘，在新版中一概删除，可见他对这样的表达方式保持着警醒的头脑。

朱自清的《论白话》一文说：“在中文里渗进西文的语法，在相当的限度内，确能一新语言的面目。流弊所至，写出‘三株们的红们的牡丹’一类句子，那自然不行。”《蚀》有时也难免有类似的句式，但不能把局部的语言特征放大，以致抹杀茅盾在《蚀》文本中的语言实验。茅盾着力改造欧化句法，以丰富和建构汉语写作，他自己对“非驴非马”的欧化一直有严厉批评，他曾指出：“最触目的是作者的文笔太欧化，简直读不下去。……上引五条是欧化到了极端的；可是这篇小说全体就不合于‘读得出，听得懂’的条件。”① 正因为如此，茅盾才用创作实践证明自己语言主张的可行性。

四、方言运用：表达都市日常生活的一种选择

《蚀》以白话体为基本体式，并改造文言文、旧白话、欧化体，建构了现代汉语写作的多维语言网络。但是，除了这几种语言元素外，茅盾也运用方言、俗语等民间语言，更接近都市人群的生活，“现代都市生活有许多的动作情感（且不说物事）根本就没有旧的语汇以名之，运用各地方言的语法和语汇，以这些为依据再新造语法和语汇。”这是茅盾在《文学修养》论述的观点。吴越写作者有偏爱方言的习惯，《海上花列传》脱胎于鲜活的口语，还引发了关于方言写作的争论。茅盾对各地方言有一定了解，《追求》第一段就表现出茅盾对方言的兴趣和认识：

> 闭口音很多的粤语，轻利急溜的湘音，扁阔的笑声，和女子抢先说话的‘快板’似的一串尖音，一个追逐一个在淡黄油漆的四壁内磕撞。（《追求》第1页）

值得注意的是，《蚀》主要以上海都市生活为背景，为塑造人物形象，茅盾有选择地运用吴方言：“背后一个尖锐的声音说道：‘真正作孽！夜饭也吃弗成！’”（《幻灭》第42页）吃弗成，吴方言，意为即吃不成的意思。“真正难为情，人家勿喜欢，放仔手拉倒，犯弗着作死作活吓别人。”（《追求》第98页）放仔手拉倒，吴方言，意为不去管它算了。“为什么我不做一次淌白，玩弄那些自以为天下女子皆可供他玩弄的蠢男子？”（《追求》第79页）“她已实行了你刚才说的话：她做过——淌白。”（《追求》第38页）淌白，吴方言，名词，也叫“淌牌”，指骗取财物的流氓和私娼。“‘可以找替手的么？’王荣昌低声问。”（《动摇》第106页）替手，吴方言，名词，代替人。方言在《蚀》还真不算多，但在都市人物塑造上却发挥了不小的作用。

在方言的运用上，《蚀》与《子夜》有所不同，《子夜》中人物的活动空间

---

① 茅盾：《几种纯文艺的刊物》，《茅盾全集》第19卷，北京：人民文学出版社，1991年。

集中在上海，写作者有意运用大众语言，吴方言的作用更为明显。“用水磨工夫盘剥农民，我们不如你；钻狗洞，摆仙人跳，放白鸽，那你就如我了。”（《子夜》第225页）仙人跳，即男女勾结，引诱他人上当，骗取财物。类似的吴方言在《子夜》中运用得很恰当、生动。“他非但掮客生意落空，一定还在他那后台老板跟前大吃排头了。”（《子夜》第552页）吃排头，即挨批评。“吃隔壁帐”（《子夜》第408页），即替别人赔钱。“老太太她们都在打中觉罢?”（《霜叶红似二月花》第25页）打中觉，吴方言，即午休的意思。

周作人给俞平伯《燕知草》写跋时说：“以口语为基本，再加上欧化语，古文，方言等分子，杂糅调和，适宜地或吝啬地安排起来，有知识与趣味的两重的统制，才可以造出有雅致的俗语文来。”这一论断与茅盾写作《蚀》时的语言主张不谋而合。不同语言体式在文本中不是孤立存在的，而是相互融合，统一在白话体上，从而构成一个庞大的语言网络。茅盾正是成功地在传统汉语和欧化语体基础上进行创造，在民族语言的融化方面表现出相当灵活性和独创性，他不像同时代的许多作家，要么欧化得让国人难以接受，要么食古不化，一味固守传统文言用法。

从这一点上看，《蚀》并非如许多学者所说的属于纯粹的欧化体，茅盾用语言主张和创作实践表明，他一直坚持以白话文为基本体式，从外国作品中去吸收新的语言成分和表现方法，并且必须是在本国语言的基本语汇和基本语法的基础上去吸收而加以融化。捷克茅盾研究专家普实克在考察茅盾语言运用与中国古典文学的关系后认为，茅盾的语言习惯在《儒林外史》等中国传统文学中常常能找到源头，有必要对比中国新旧两种不同的文学语言，从而发现“在何种程度上某种新的作法已有先例，到了什么时候，这种作法才已成为作家普遍使用的共同财富。”①

从语体的角度观察茅盾语言运用，可以更好地看出作者对都市多样形态的理解，以及他对新兴都市世界的认识和对都市文化的创造。朱自清《论白话》说，周作人直译“创造了一种新白话，也可以说是新文体”，“文中渗进西文的文法”。朱自清也讲到徐志摩，吸收了地方方言，北京的口吻，还有他家乡硖石的口吻，有意用地方话来让语言鲜活，劲道。同样，茅盾的语体多样形态来自都市生活，反映都市人生，又创造出都市文化的多种色彩，他依靠“一己的创造”，拓宽了新白话表现都市生活的路径，争取到更多的广大读者。

---

① 〔捷〕普实克：《论茅盾》，《茅盾研究在国外》，长沙：湖南人民出版社，1984年。

第四章　言外之意：修辞功能与都市文化

中国古典小说创造了许多修辞手法，比喻、拟人、对偶等，这些都是文学创作者常用的手法。进入五四时期，现代汉语的发展为文学修辞提供了肥沃的土壤，现代修辞手法不排除旧有的修辞手法，比喻、拟人、排比、对偶、夸张、借代等一直发挥创造文学的审美功用。纵观《蚀》的修辞手法，除了旧有的、常用的几种，还创造性地应用了象征、语义变异、冗余现象、互文性等修辞手法，作者通过这些修辞手段的应用，发挥语言主体创造性和想象力，表现都市日常生活及行动者的多样性和复杂性，同时又丰富传统汉语的修辞手法和语言能力。

一、意象与象征

茅盾非常重视语言的意象性，在创作《蚀》之前，他曾经多次论述过语言意象的功能。他认为，“将编制好的和谐盼意象用文字表现出来，就成了文学；那些集团意象的和谐程度愈高，便是那‘文学’愈好。和谐是极重要的条件，而使意象得成为和谐的集团的，却是审美观念。”在语象、意象、审美的关系中，意象扮演最重要的角色，是语言符号与所指客体之间的桥梁。

意象是以客观物象为原料，借助文字加以主观创造的艺术形态。茅盾曾概括指出，“文学是我们的意象盼集团之借文字而表现者，这种意象是先经过了我们的审美观念的整理与调谐（即自己的批评）而保存下来的。”[①] 语言是意象的基石，语言组织达到和谐效果，就具备产生意象的基础。后来，他在《论无产阶级艺术》中进一步指出，一系列意象经过艺术组合便形成文学形象，“新而活的意象……借文字或借线条或借音浪”，可以表现“社会的大环境”。这里，茅盾涉足文坛之前，就开始关注文学意象的所指功能。

茅盾经过理论实践和历练后，直接介入长篇小说创作，在《蚀》构成文学整体的过程中，他并没有太多理性概念和逻辑推导。茅盾擅长抓住形象性较强的语词，去塑造艺术形象，这些语词进入语言环境后，便很快成为构筑艺术意象的有用材料，它们本身所具有的形象性很快成为文学形象的最好表征。所以，普通

---

① 茅盾：《告有志研究文学者》，《茅盾全集》第 18 卷，北京：人民文学出版社，1996 年。

语词在茅盾笔下往往发挥出独特的语言效用。我们从下列语段可以体味到，茅盾是如何运用形象性突出的语词构成艺术意象的：

> 兀然和他面对面的，已不是南天竹，而是女子的墨绿色的长外衣，全身洒满了小小的红星，正和南天竹子一般大小．而这又生动了。墨绿色上的红星现在是全体在动摇了，它们驰逐迸跳了！像花炮放出来的火星，它们竞争的往上窜，终于在墨绿色女袍领口的上端聚积成为较大的绛红的一点；然而这绛红点也即刻破裂，露出可爱的细白米似的两排。呵！这是一个笑，女性的迷人的笑！再上，在弯弯的修眉下，一对黑睫毛护住了眼眶里射出的黄绿色的光。（《动摇》第48－49页）

这是由意象和意象群构筑起来的一种墨气四射、充满艺术张力的意象集团。茅盾抓住色彩语词的语象特征，恰当地使用诉诸感官的秾丽词藻，比如墨绿色、红星、绛红、米白等，使文学语言图案化、视象化。为了捕捉魅力女性的闪现过程，作者有意对色彩语词加以多元组合，从而“编制”出一系列“好的和谐的意象”，凸现时代女性的鲜明个性。值得一提的是，在语段中茅盾用复杂的句式构成意象，甚至那些关联语句也直接参与意象的构成，把不可度量的意境传达得看得见，摸得着。茅盾抓住汉语形象富有弹性和暗示性等特征的优势，加以创造性的发挥。

罗兰·巴特曾指出，文学文本有由“言”与“象”构成的第一系统，还有“象”与“意”构成的第二系统①，这一系统使语句摆脱实用目的的羁绊，不断增殖的许多信息被含糊而又精心地组织起来，从而使语言闪烁出无限自由的光芒。我们分析《蚀》文本就得跨越“意象”层面，这样才能体会作者在象征营造上的良苦用心，才能在虚构的文学世界里流连忘返。

语言符号世界存在无限的潜能，现代白话不只是对一种经验和意象的表达，有必要通过象征的修辞，让文学成为艺术的交流方式。茅盾在创作中，似乎偏爱借用象征手法，如《蚀》《虹》《子夜》这样的标题，一看就引人联想。《野蔷薇》中的五篇短篇小说都用象征拟题，《诗与散文》虽然写的是青年丙和房东寡妇桂奶奶的一段情史，题目却是两个人物的象征。散文《卖豆腐的人》：“我猛然推开幛子，遥望屋后的天空。我看见了些什么呢？我只看见满天白茫茫的

① 〔法〕罗兰·巴特：《符号学原理》，上海：三联书店，1988年，第169页。

愁雾。”①

语言本身构成一个自足的符号系统，象征构成艺术整体，强化文学性特征，与纪实文学不同，意像不只是简单的事实演绎，而是“饱和着非通常的美学意义——象征性的、意味深长的、绘声绘色的魅力”，比如“天高云淡，望断南飞雁”，有景，有人，有声音，有色彩，有深深的思索②。

《蚀》的意象带有明显的象征意义。茅盾在叙述中时常运用语言的隐喻机制，将背景中的隐含要素转化为前景中的凸显要素。比如，“一头癞蛤蟆，意外地从他脚下跳出来；跳了三步，又挪转身，凸出一对揶揄的眼睛对抱素瞧。”(《幻灭》第41页）癞蛤蟆作为喻体，作者还赋予了一个动态的描写，使喻体与本体互动，两者在语言层面的相似性颇多，读者一下子就理解隐喻所产生的深层语义。又如，《动摇》最后一段意象—象征构成：

> 方太太抬起头来时，首先映入眼帘的，是先前那双悬空的小蜘蛛，现在坠得更低了，几乎触着她的鼻头。她看着，这小生物渐渐放大起来，直到和一个人同样大。方太太分明看见那臃肿凝肥的身体悬空在一缕丝上，凛怵地无效地在挣扎；又看见那蜘蛛的皱巴巴的面孔，苦闷地麻木地喘息着。这脸，立刻幻化成为无数，在空中乱飞。地下忽又涌了许多带血裸体无首耸着肥大乳房的尸身来，幻化的苦脸就飞上了流血的颈脖，发出同样的低低的令人心悸的叹声。(《动摇》第236页)
>
> 她自觉已经变成了那只小蜘蛛，孤悬在渺茫无边的空中，不能自主地被晃动着。她的蜘蛛的眼看出去，那尼庵的湫隘的佛堂，已经是一座古旧高大的建筑……在这中间有一个黑心，忽然又扩大，忽然又缩小。(《动摇》第238页)

在方太太的视域里，当蜘蛛化成乳房，而她又化成蜘蛛的眼珠，世界已经完全变形和极度反常。在这蜕变过程里，蜘蛛只是喻体，却占据了方太太的本体，最后在方太太的幻觉里一切都幻灭了：那是一个“黑心”，一边突突地跳，一边漾出一层层黑圈，它们“跳得更快，扩展得也更快，吞噬了一切，毁灭了一切，弥漫在全空间，全宇宙……”

① 茅盾：《卖豆腐的人》，署名M．D．，发表于《小说月报》第20期第3号。

② 邢公畹：《红楼梦语言风格分析上的几个先决条件》，《邢公畹语言学论文集》，北京：商务印书馆，2000年。

《动摇》和《幻灭》的象征意义在最后以隐喻的形式显现。这里，隐喻的喻指已不是一个语象，而是一个特定的精神内容的象征。所以，美国学者陈幼石提醒阅读《蚀》时，不能只关注“心理现实主义及其对历史大动荡年代中革命青年的思想情绪的成功描写”，他特别提到《蚀》“使用了相似的象征手法”，三部曲“都有一个悲惨的结局”，“作者隐晦地表达了他对党的政策和行动的批评。可是，这些结局的喻义常常为读者所忽略”。[①] 虽然这个结论值得商榷，但是从语言的隐喻机制切入，探寻茅盾三部曲中的审美价值，这一点为我们拓宽了理论视野。

汉语富有可逆性的特征，更容易形成隐喻和象征性形象。正是象征性语言的运用，“常常给用来强调社会变得太快所带来的不安”[②]，这是作者思考现实的一种修辞手法。比如：

> 那晚好月光。天空停着一朵朵的白云，像白棉花铺在青瓷盘上。几点疏星，嵌在云朵的空隙，闪闪地射光。汉阳兵工厂的大起重机，在月光下黑压压地蹲着，使你以为是黑色的怪兽，张大了嘴，等待着攫噬。武昌城已经睡着了，麻布丝四局的大烟囱，静悄悄地高耸半空，宛如防御隔江黑怪兽的守夜的哨兵。东边一片灯火，赤化了半个天的，便是有三十万工人的汉口。大江的急溜，嘶嘶响，武汉轮渡的汽笛，时时发出颤动哀切的长鸣。此外，更没有可以听到的声音。（《幻灭》第98、99页）

从“好月光”起笔，视点移到“白云”“疏星”，再到“兵工厂的大起重机”，先是作者特别选择的语言意象，机器名词的选择开始产生新的伴随意义，这是“黑色的怪兽”，接着描写“东边的赤化”，黑、白、红三种色彩的描摹和转换，使得隐喻在语言符号系统中得到显现。三部曲通过隐喻丰富、扩大、深化了文本的诗意内涵。在选择轴和联想轴上，被选择出来的字词占据了某一特定空间，而它的存在，又暗指那些与其相似但未被选择的不存在，这种暗指激发读者的联想，捕捉隐藏在意象里的种种言外之意，韵外之致，于是在无形中便大大丰

① 陈幼石：《<牯岭之秋>与茅盾小说中政治隐喻的运用》，载《茅盾<蚀>三部曲的历史分析》，北京：社会科学文献出版社，1993年。

② 约翰·柏宁豪森：《茅盾最早期小说中的主要矛盾》，庄钟庆编《茅盾研究论集》，天津人民出版社，1984年。

富了作品的意蕴。

诗歌一般倾向于隐喻的修辞手法，如浪漫主义和象征主义的诗歌，是高度隐喻性的。而现实主义的小说，倾向于转喻①。著名语言学家雅各布森很重视隐喻和换喻之间的区别，他认为，在隐喻中，一个符号被另一个所代替，因为它们有某些相似之处："天空的赤化"变成"工人运动的火焰"；在转喻中，一个符号被联系于另一个符号，"翅膀"被联系于飞机，因为前者是后者的组成部分。隐喻的运用使艺术形态接近象征主义，虽然茅盾对《蚀》的写作手法从来不曾明确地论述，但是，在关键情节出现时，作者往往运用隐喻的修辞手法，其他情节也基本沿着选择的轴线扩展隐喻。从这个角度看，《蚀》是诗性的小说，它的语言努力扩展隐喻的幅度，描写基本上是沿着选择的垂直轴移动的。因此，我们可以认为，《蚀》以写实主义为基石，具有浪漫主义小说的特性，而且表现出现代主义的倾向。茅盾写作《蚀》之前，大量介绍写实主义、象征主义、现代主义的表现形式，这对他的创作有潜在影响。

二、 语义的变异功能

语义变异拓展了语言的表征能力，有助于新白话表现都市生活的空间。一般说来，具有相同的区别性语义特征的聚合体构成语义场，语义场理论来自于索绪尔的"联想关系"，即从纵向聚合关系方面来分析、描写具体语言的语义分布关系。因此，语言符号系统的潜力是无限的，一个语词的内在机制可以生成无数表达各种概念的新语义。从语言的生成机制探寻新词生成的语义桥梁，是我们理解语义与文本关系的最自然方法。曼海姆在《意识形态与乌托邦》为我们提供了一个理解的思路："同一个词，或同一个概念，在大多数情况下，由不同情境中的人来使用时，所表示的往往是完全不同的东西"②。

茅盾在《蚀》中不断创造词语新义，为汉语符号建立了一个个庞大的语义场，"笑""看""说""走"等常用话语在三部曲都有相应的语义场域。这里我们以"笑"的语言符号为例，分析茅盾如何利用汉语的语义系统表现文本的复杂内涵。

笑与哭，是对立关系词，构成矛盾的两个对立面，既对立又相互依存，一方面的存在以另一方面的存在为前提。把笑的语义放在语境中加以考察，可以看出

---

① 〔英〕特雷·伊格尔顿：《二十世纪西方文学理论》，西安：陕西师范大学出版社，1987 年，第 109 页。

② 〔德〕卡尔·曼海姆：《意识形态与乌托邦》，北京：商务印书馆，2000 年，第 245 页。

对立语义在文本语境中的突出作用。

笑是作家描写人物的一种主要动态手段，是控制人物情绪的晴雨表。话剧必须依靠人物笑容和笑声，传达情感。小说强调动作、面部表情的描写也是重要手段。《红楼梦》的“笑料”多种多样，也是可以作为语义场的分析标本。史湘云的笑最让人难忘，她竟然把一口茶喷出来，这在大家闺秀中是特立独行的。《聊斋志异》婴宁一出场，到处都是笑声，这是对封建礼教“行不露趾，笑不露齿”的嘲笑。细读《蚀》三部曲，我们发现，人物的行为过程基本上都与笑的行为发生关系，事态发生变局时，或情节进入拐点时，笑的行为过程都会伴随情节变化出现。可以说，对动词“笑”的选用成为茅盾表现文本主题的一个不可或缺的修辞策略，也成为文本叙事的一个重要基点。

我们知道，“笑”原本有两种语义：第一，露出愉快的表情，发出欢喜的声音；第二，讥笑。《蚀》中，明显包含着这两层意思，然而这只是从字面上的理解，放在文本的语义场中，“笑”已经突破词典义项的限制，在不同的语言环境中生成新的语义系统，构成一个“笑”的语义场。

从对立关系看，我们发现三部曲中基本看不到“哭”的场面。但是，我们却能通过笑的描写透视人物内心的泪水和悲怆。笑与哭是对立关系，表面上两者是对立的，是联系的，相互建构的。正如，大与小是对立关系，度量是大小的语义轴；黑与白是对立关系，色彩是黑白的语义轴；笑与哭是对立关系，两者之间的语义轴则为情感①。时代青年在最痛苦的时候，总以笑应付一切，狂笑、纵笑、倩笑、媚笑……，背面都是哭笑不得。

章秋柳出现时，基本没有脱离对笑的描写，以下只是摘选其中的一部分：

（章秋柳）也正在看他，遥掷他一个微笑。（第 1 节）

她笑吟吟地伸直了身体，两只很白的手在胸前一上一下地揉摩。（第 1 节）

嘴角上停留住个嘉许的笑容。（第 2 节）

章秋柳娇憨地笑着，拿过曼青的一只手来合在自己的手掌中……（第 3 节）

章秋柳愕然，但随即抿着嘴笑了一笑。（第 3 节）

章秋柳笑盈盈地又接着说下去了……（第 3 节）

（章秋柳）回答是一片荡人魂魄的软笑。（第 3 节）

她又吃吃地艳笑起来了。曼青心里一跳。章秋柳的笑是冶荡的，但也是带刺的。（第 3 节）

---

① 〔法〕A. J. 格雷玛斯：《结构语义学》，天津：百花文艺出版社，2001 年，第 20—26 页。他通过“意义的基本结构”的分析，揭示语言的关联意义。

章女士很快意地格格地笑着。(第4节)

章秋柳回过身来，扑嗤地笑了一声……(第4节)

章秋柳却已经看见他，掷过一个媚笑来。(第4节)

章秋柳淡淡地不承认似的一笑，可是有个什么东西在她心里一拨……(第4节)

章秋柳向仲昭掷过了一个俏媚的微笑。(第5节)

章秋柳很妩媚地笑着说；她的大方而又魅惑的语音落在金博士脸上……(第5节)

章秋柳嫣然一笑，并没回答。(第5节)

章秋柳说时扑嗤地一笑。(第5节)

章秋柳抿着嘴笑，露出“何必骗我”的神气。(第5节)

章秋柳觉得脸上一阵热，只回答了一个轻盈的倩笑，没有说话。(第6节)

章秋柳只回答了一个冷笑。(第6节)

章秋柳在鼻子里笑了一声。(第6节)

章秋柳吃吃地艳笑了。(第7节)

章秋柳吃吃地笑起来。(第7节)

回答是纵声的大笑，然而随即像切断似的收住了笑声。(第7节)

(章秋柳)保持着鼓励史循勇气的倩笑，等候他的下文。(第7节)

章秋柳长笑了一声，从衣袋里拿出一叠纸来轻轻地扬着……(第8节)

《蚀》三部曲的所有动作描写中，笑的运用频率最高。围绕着情感语义轴，一个肯定必然包含着一个否定，笑与哭的语义伴随显现，笑的频率越高，主题深层的忧患意识越深。尤其是《追求》对笑的描摹多种多样，特别是时代女性出现的场面，几乎都伴随着笑的描写。而我们注意到，《动摇》第6节由于没有女性人物出场，所以基本没有笑的描述，这预示着叙事者的艰难选择。

任何一个语义都不可能脱离它所从属的体系而孤立地存在，都必须受到相关语义的规定和具体系统的制约而处于特定的关系之中。具体而言，语义之间既存在着横向的组合关系又具有纵向的类聚关系。《蚀》即以放浪的笑与苦恼的笑分成两个不同的类聚。时代青年曼青、仲昭、史循露出的笑，与时代女性的笑不同，他们是苦恼的笑，在这个语义系统中有“发悸”的“干笑”“惊异”的苦笑、“挂在嘴角”的苦笑……这是时代青年们无法突破困境的绝叫：

曼青不能自已地继续着说，竟没觉到默然坐在那边的史循的脸上正浮出一个发悸的苦笑。(第1节)

仲昭干笑着竭力把话说得诙谐些。(第2节)

史循眼皮一跳，幻象没有了。他的嘴角上显出一个苦笑。浪漫！疯狂的由感追求！这都在认识周女士以前。(第3节)

史循加了一句，唇边露出一个苦笑，慢慢地把剃刀揩干净，收进盒子里。(第7节)

曼青的回答却是一个颇使仲昭惊异的苦笑。(第8节)

相比之下，章秋柳的笑却是另一种形态的笑，同样也有狂笑，却有着不同的语义，“章秋柳霍然立起来，捧住了曼青的面孔，发怒似的吮着他的嘴唇，直到曼青的惊愕的眼光变成了恐惧，然后放了手，狂笑着问道……（第3节)

这里的狂笑，不是史循、仲昭那样的内心错乱和神经过敏，而是对曼青所作所为的不以为然。

作者总着力延伸不同类聚中的语义，并力图阐释“笑”在不同语境中的重要功能，让语义在读者面前得以显现。时代女性的笑，有时“荡人魂魄”，有时为周遭“纷乱的思想开辟出一条新路”，有时“对失意人有鼓劲”。茅盾如此细腻地分析方太太笑声中所蕴藏的虚假和勉强：

> 在方罗兰面前，虽然还是照常地很温柔地笑着，但是方罗兰每见这笑容，便感到异样地心往下沉。他觉得这笑容的背面有深长的虚伪与勉强。他也曾几次追询她有什么不快，而愈追询，她愈勉强地温柔地笑着，终于使得方罗兰忍不住笑里的冷气，不敢再问。(第9节)

而孙舞阳呢，不管有多少烦恼，像已经忘了一切，吃着、谈着、笑着，和平常一样。在方罗兰眼里，孙舞阳的笑却充满无限的诱惑。茅盾用特写手法逐层展开笑的细节，放大笑所包含着的能量：

> 像花炮放出来的火星，它们竞争地往上窜，终于在墨绿色女袍领口的上端聚积成为较大的绛红的一点；然而这绛红点也就即刻破裂，露出可爱的细白米似的两排。呵！这是一个笑，女性的迷人的笑！再上，在弯弯的修眉下，一对黑睫毛护住的眼眶里射出了黄绿色的光。(第4节)

这一番描写，像电光雷霆，像是嘲笑方罗兰缺乏勇气。一方是率真的笑，另一方是心灵的哭泣，动摇者与弄潮儿就像银币的正反面，相生相随。

茅盾有时还借助旁观者的叙述来传达笑的不同语义。比如，借助曼青的感受描写章秋柳的浅笑，“包孕着无限情绪：是含羞，又是怨嗔，也还有感伤。”（第3节）情节发展到高潮时，顺着仲昭的眼光，我们读到：“章女士笑了一笑。这不是常有的那种俏媚的笑，而是渗些苦味的代替叹息的那种笑。她从床上跳起来，走了几步，淡淡的说……（第8节）”当然，这是通过仲昭和曼青的主观感受来描写，仲昭和曼青都戴着有色眼镜加以审视章秋柳，这样的笑，底色当然渗着苦味，但这是两位失意者的主观折射。即使在故事结束时，章秋柳委托仲昭寻找靠得住的妇科医生诊治梅毒，也只是“淡淡地一笑”，仿佛是很平常的卫生问题。

同样描写女性的笑，茅盾总是力图寻找笑的两个不同语义系统。方太太与孙舞阳的笑完全不同，方太太表现出“半嗔半喜”地笑，或者“妩媚地笑”（第5节）；而孙舞阳却是“吃吃地笑”“怪样地笑”（第6节），“格格地笑”（第9节）。一种是古典的、含蓄的、勉强的、心事重重的；另一种是现代的、奔放的、张扬的、无所畏惧的，显示出笑所包含着的区别性语义特征。

叙述者运用“笑”的语义场，把若干个具有相同的区别性语义特征的笑聚合在一起，形成一个互为关联的语义场，从而建构起一个新型的文化空间，这是之前不曾有过的，是新兴的都市文化所独有的。从语义场的关系出发，可以为我们解读文本的深层文化意蕴提供一把较为可靠的钥匙。

三、冗余现象

我们在日常生活中接收的信息永远是不完整的，或者说是有偏差的，信息经过编码、解码、再编码，信息在渠道的循环中受到干扰，所以语言表达就出现冗余现象，这才使得对方容易理解其中的信息和含义。如果没有冗余，那么信息和语言就会被杂音所吞噬。所以，在日常语言中，我们总是使用限定性语汇，以避免歧义和误解。在文学创作中作者也要尽量消解现实语言的工具性和抽象性，赋予语言审美功能，冗余现象即是文学语言的一种创造形式。

但是，冗余现象并非多余的语言现象，任何语言都具有冗余性，语言符号之间彼此制约，使得我们可以根据前后符号的关系来判断有关语言符号的性能，这样语言符号就显示出冗余性，这一特性使得语言与文本意义发生了联系。冗余现象作为语言的一种修辞手法，它总是在人们表达关键意义时反复出现，是对意义的一种升华。

《蚀》三部曲从标题——《幻灭》《动摇》和《追求》开始，利用语言本身的冗余现象，不停塑造或揭示都市日常生活中隐秘的符号。场景和事件往往发生在芜杂的都市生活中，作者为了创造读者既熟悉又陌生的崭新的文学世界，冗余现象不可避免。我们在阅读《蚀》三部曲时，找不到对“幻灭”“动摇”“追求”一词做出的限定和解释。但是，一些与“幻灭”有关的形容词在文本中重复出现并互相取代，借助这个稳定的语境，我们能发现“幻灭”“动摇”和“追求”的语义层出不穷，比如“悲哀”“绝望”“空虚”“厌倦”等形容词或形容词性词组，文本的意义也就越来越清晰地显现出来。这种语言的冗余现象按照格雷玛斯的说法，“文本越长，冗余现象就越来越多”，而且，“鉴于作者所偏爱的结构重复出现，文本会同时展示一套独立的次代码”①。也就是说，情节越往纵深发展，文本越具有个人言语特征和表现形式，冗余现象越多，以便让读者理解文本的意义。

> 她决不能再让它草草的如痴如梦的就过去了。但是现在完了，她好比做梦拾得黄金的人，没等到梦醒就已胡乱花光，徒然留得醒后的懊怅。（《幻灭》第34页）
>
> 慧颓然再躺下，第二次回忆刚才的恶梦。梦中的事已经忘了一大半，只保留最精彩的片断。她禁不住自己好笑。头脑重沉沉的实在不能再想。“抱素这个人值得我把全身交给他么？”只是这句话在她脑里乱转，不，决不，他至多等于她从前所遇的男子罢了。（《幻灭》第36页）

梦幻是最容易破灭的。小说一开始，就频频出现梦境的描述，突出梦醒的怅惘、苦闷和幻灭。从篇名“幻灭”出发，随着情节的发展，文本冗余现象越来越多，作者的语言选择围绕“幻灭”不断扩展，与之相关的形容词或形容词组相继出现：

> 议论讥笑，她是不顾的；道德，那是骗乡下姑娘的圈套，她已经跳出这圈套了。当她确是她自己的时候，她回想过去，决无悲伤与悔恨，只是忿怒——报复未尽快意的忿恨。如果她也有悲哀的时候，大概是想起青春不再，只剩得不多几年可以实行她的主义。或者说是这一点幽

① ［法］A·J·格雷玛斯：《结构语义学》，天津：百花文艺出版社，2001年，第137页。

怨，作成了夜来噩梦的背景。(《幻灭》第36页)

但是现在被剩下在这里，空虚的悲哀却又包围了她。确不是寂寞，而是空虚的悲哀，正像小孩子在既得了所要的物件以后，便发现了“原来不过如此”，转又觉得无耻了。(《幻灭》第60页)

过去的短短的两个多月，静女士已经换了三次工作，但每一次只增加了些幻灭的悲哀，理想中的光明热烈的幻象，渐渐模糊了，仅不至绝望。现在誓师典礼给她的悲壮的印象，又重新燃热了她的希望。(《幻灭》第84页)

现在他们中间虽然似乎已经完了，但静还宝贵这煞尾的快乐，她不忍完全抓破了自己的美幻，也不忍使强的灵魂上留一些悲伤。(《幻灭》第130页)

矛盾冲突是一切叙事文本的基础，随着矛盾的一步步激化，悲伤、空虚、悔恨、绝望……一系列与幻灭相关的形容词出现的频率就越高，话语的这一属性在有限的文本和封闭的表意域之间设立了一个等式，从而使《蚀》的意义所指不断显现。

有人说，描写场景不是茅盾的拿手好戏，“他好像是在极紧张的场面上，才能发挥出他的才干”①。这一说法，从冗余现象的角度看是有一定理由的，因为场景描写与文本意义距离较远，而冲突越剧烈，与文本主旨就更为接近。《蚀》三部曲的冗余现象折射出叙述者的焦虑心态，同时也传达出茅盾对都市女性心理困局的极多关注和同情。

冗余现象是语言本身所固有的特性，冗余信息使人们达到预期的交际目的，产生一定的交际效果。从《蚀》三部曲的语言表达来看，冗余现象具有相当积极的作用，突出重点，增进读者与作者的情感交流，这是一种理解文学意蕴世界的润滑剂。

在茅盾早期创作中，《蚀》三部曲的冗余现象很多，或许是作品反映的都市生活实在过于矛盾，他生怕读者在理解上出现偏差，所以尽量让冗余现象在文本中反复出现，从而达到强调、渲染的效用。

四、互文性

关于互文性，美国学者杰拉德·普林斯在《叙事学词典》中作了这样的解

① 韩侍桁：《<子夜>的艺术、思想与人物》，《现代》第4卷第1期，1933年11月。

释：互文性是一个确定的文本，与它所引用、改写、吸收、扩展或在总体上加以改造的其他文本之间建立关系，人们依据这种关系才可能理解这个文本。罗兰·巴特认为，一个文本与其他文本存在着"互文性"，每一文本都指涉无数文本汇成的"海洋"。《幻灭》《动摇》《追求》三个文本之间建立了相互指涉的关系，故事看似独立，却互有联系，不止是时间的前后关系，即三个故事在时间上构成关联，更重要的是人物之间也建立相互的联系。

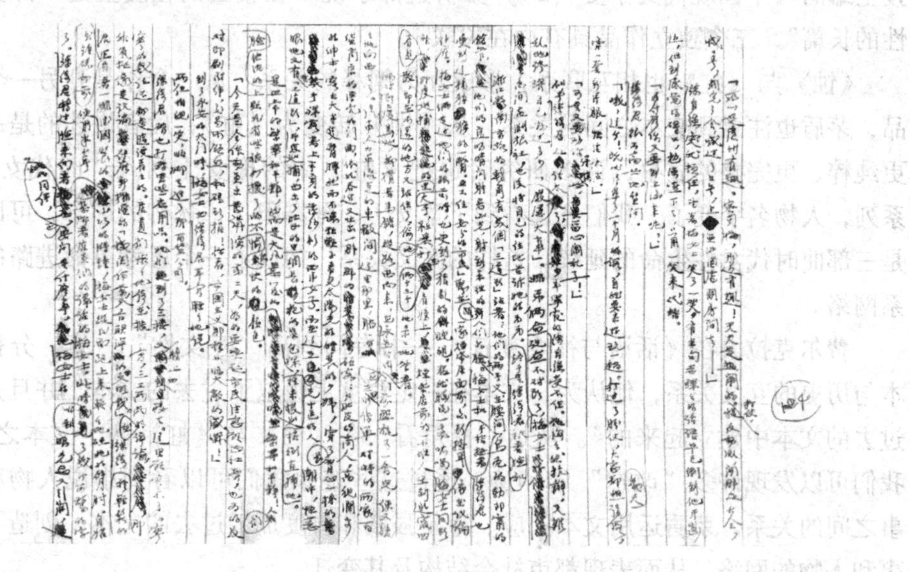

茅盾《虹》手稿

作为省城的特派员，史俊的到来让县城动静不小，他是小说中串连起《动摇》与《幻灭》的关联。《幻灭》里史俊鼓动静女士走出自己的阴霾，"赵女士拉静坐下，说道：'我们一同去罢。''密司章，又不是冲锋打仗，那有不会的理。'史俊也加入鼓吹了。"（《幻灭》第八节）章女士到武汉，"担任文书科里的事，当天就有许多文件待办，她看那些文件又都是切切实实关系几万人生活的事。她第一次得到了办事的兴趣，她终于踏进了光明热烈的新生活。"（《幻灭》第十节）而《动摇》中，史俊与孙舞阳在暴乱中相遇，正是这个人物的出现使《幻灭》与《动摇》的时代女性们联结在一起。

不但是人物关系相互勾连，故事地点也穿插进行，从而建立起相互关联的叙事网络。《幻灭》的主人公章女士就穿梭于上海与武汉之间。章女士情感脆弱而富于幻想，她对生活容易燃起希望，也容易感到失望。章女士讨厌上海的喧嚣和拜金主义，在读书和爱情两方面都感到了幻灭。为革命形势所鼓舞，她到革命中心武汉。她换了三次工作，但是每次都“只增加些幻灭的悲哀”。

茅盾曾自称：“我的作品选分四卷，约 120 万字，第 1 卷为长篇小说《蚀》《虹》”，“《蚀》包括《幻灭》《动摇》《追求》三个中篇，合为三部曲。”[①] 茅盾本人这一说法，应该较能让人接受，虽然是三个中篇，但在叙事上有内在的关联性，就像《儒林外史》《水浒传》看似独立成篇，但人物和情节仍有所联系。唐弢主编的《中国现代文学史（2）》分析这部小说“在相当的程度上是一部文献性的长篇”，三个独立作品具有内在关联[②]。

《蚀》与《虹》也相互联系，形成互为阐释的关系。从一个作品到另一个作品，茅盾也注意到文本之间的关系，从《蚀》转变为《虹》，后者讲述的是一个更纯粹、更完整的故事，许多研究者也把《虹》中的梅女士列入“时代女性”系列，人物名字变了，我们还是看到了章女士、孙舞阳、章秋柳的影子，可以说是三部曲时代女性生命的延续。这样的互文关系，构成了一个思考革命进路的关系网络。

费尔克拉夫在《话语与社会变迁》一书专门列出“互文性”一章，分析文本与历史的互文关系，他认为，文本在一定程度上吸取了过去的文本，并且是从过去的文本中建立起来的[③]。从这一视角看，在《蚀》与《虹》两个文本之间，我们可以发现许多“改造”的印迹，透过这些迹象我们可以看到小说人物和故事之间的关系。茅盾运用文本回应、重新强调和再度加工过去的文本，创造了故事和人物的网络，从而表现都市社会结构及其变迁。

---

① 茅盾：《茅盾选集》外文版序言，《茅盾全集》第 27 卷，北京：人民文学出版社，1996 年。

② 唐弢主编：《中国现代文学史（2）》，北京：人民文学出版社，1979 年。

③ 〔英〕诺曼·费尔克拉夫：《话语与社会变迁》，北京：华夏出版社，2003 年，第 93—95 页。

第五章　《蚀》三部曲与都市社会变革

闻一多曾经说过，“二十世纪是个动的世纪”[①]，这个“动的世纪”，表明一切处于变革之中。面对日新月异的动感时代，旧白话属“过气”的表述方式，显然已经力不从心。

而新文学在把握与表达现代社会变革上却显得单调、乏力，茅盾在《中国新文学大系（1917—1927）》“小说一集”序言中总结第一个十年的文学创作时，这样分析：“当时的青年作家大多数是生活单调的学生，生活以及生活产生的意识，一方面限制了他们的题材，另一方面限制了他们觅取题材的眼光。”[②]现代小说写作从鲁迅开始到1927年，除短篇之外，少有成功的中长篇小说。的确，这段时间里难以举出几部成熟的大篇幅作品。茅盾的三部曲发表后不久，叶圣陶《倪焕之》问世，之后蒋光慈“咆哮了的土地”完稿于1930年底，1932年以《田野的风》出版。王统照的《山雨》，则是在《田野的风》后一年印行。第一个十年，长篇画卷式的创作多少露出荒芜状态[③]。表现重大事件，在当时对许多作家来说，心有余力不足。

1928年茅盾在《读<倪焕之>》中这样论述：“‘五四’以来文学普遍缺点，没有表现出‘徬彷’的广阔而深入的背景，——比如思想的混乱，社会基层的动摇，新旧势力之错综肉搏而无显著的进退，——而只描写了一些表面的苦闷。……所以此一时期的作品缺乏浓郁的社会性。”茅盾意识到文学的新使命，“感召起更伟大更热烈的革命来”，“这样的文学方足称为能如实地表现现实人生以外，更指示人生向美善的将来”[④]。这就需要新的话语和表达，新白话如何给新文学作家插上创作的翅膀，写作者才可能成为创造动感时代的推动力量。

在现代作家群中，少有人像茅盾这样，在投入创作之前，曾经是文学理论引

---

① 闻一多：《女神之时代精神》，《创造周报》第4号，1923年6月。

② 《中国新文学大系》，由赵家壁主编，上海良友图书公司于1935年至1936年间出版，是由鲁迅、茅盾等编选的中国新文学运动第一个十年（1917—1927）理论和作品的选集，全书分为十大卷。蔡元培作总序，茅盾编选小说一集并作导言。

③ 刘授松：《论茅盾的“蚀”与“虹”》，《文学评论》，1963年第2期，摘自庄钟庆、孙立川编：《茅盾评论集（1）》，厦门大学中国现当代文学教研室教学辅助材料，1981年刻写油印本。

④ 茅盾：《文学者的新使命》，《文学周报》，1925年9月，第190期。

介者，对文学的病灶具有一定洞见，更重要的是，他还曾是职业革命家，直接面对过最剧烈的变革，他经历过五卅、第二次革命等新近发生的重大事件，他的细腻观察，培养了他善于把握稍纵即逝的事件和剧变中的人物。那么，茅盾创造的新兴都市是一个什么样的文学世界？在进入文本的语言底层分析之后，我们可以看看茅盾在《蚀》三部曲中所展现的“活力”，这至少包括几个方面：现代都市的快速变化；都市里最活跃的行动者（时代女性等群像）；“新时代”背景下都市与乡村的互动。

一、 现代都市的快速变化

19 世纪中叶五口通商之后，上海呈现都市雏形，到 20 世纪二三十年代逐步形成“东方魔都”[①]。这时，上海已经显露出现代都市的特点。茅盾曾在《现代的!》一文这样概括上海都市的特征：人口密度大（当时上海已有百万人），地产价格飞涨，还有现代建筑，高楼大厦，以及新式住宅[②]。是的，就拿“十里洋场”的中枢地带上海外滩来说，这里不仅有港口，而且有高楼林立的场所，外滩天际线点缀着洋式建筑群体。比如，汇中饭店、英国上海总会（有世界最长的吧台）、沙逊大厦和华懋公寓、海关大楼（1927）以及汇丰银行（1923）等汇集于此[③]。当然这里少不了百货商店、跳舞场、电影院、咖啡馆等现代形态的娱乐消费场所。

都市的这些新兴景象，在《蚀》三部曲中清晰地表现出来，但不止集中在外滩，还蔓延到新派知识分子出没的活动场所，比如霞飞路、望平路等，在这些路段不仅有奔跑着的新旧交替中的人力车，更有体现现代节奏的小汽车和电车，人们用电灯照明，用电话交流，用电报做生意。许多故事在这里发生和演变，都市里的社会生活时时变化着，包括日常生活中的新式药品、食品等接踵而来[④]。

但是，茅盾绝对不满意于都市生产的简单再现。他曾直接用“都市文学”为题名，撰写文章批评“消费和享乐是我们的都市文学的主要色调”，“我们太少了劳动者在生产关系中被剥削到只剩一张皮的描写”[⑤]。在创作三部曲时，茅盾已经看到事物的变化和背后的脉络，在他看来，表现重要事件更能看清社会变

---

① 参见李欧梵：《上海摩登——一种新都市文化在中国》，见前揭。

② 茅盾：《现代的!》，《茅盾全文　第 15 卷》，北京：人民文学出版社，1987 年，第 467 页。

③ 赖德林：《从上海公共租界看中国近代建筑制度》，《空间》，1993 年 1－3 月。

④ 对上海都市这些现代性特征，李欧梵、王德威等都有较为详尽的分析。参见程光炜主编：《都市文化与中国现代文学》，北京：人民文学出版社，2005 年。

⑤ 茅盾：《都市文学》，发表于 1935 年 5 月《申报月刊》，收入《茅盾散文集》第 9 卷。

革及其潜流，透过跳舞场的爵士音乐看到工场中的喧闹，霞飞路上的彳亍看到码头上的忙碌。

1927年茅盾在武汉的留影

（引自钟桂松著：《茅盾画像》。）

茅盾用写作实践，试验他的文艺理念，他表现都市变革，不是从日常生活小事作为落脚点，他总与时代大事件相结合。《幻灭》第七节，茅盾把新近的时事与都市的爱情故事相结合。比如，下面这段描写国民党收买知识青年当暗探的事实，可见大革命时期党派之间的复杂关系：

> 因为不是情书，静已将这纸片掠开，忽然几个字跳出来似的拨动了她的思想：帅座……报告……津贴。她再看一遍，一切都明白了。暗探，暗探！原来这位和她表同情专为读书而来的少年却不多不少正是一位受着什么帅座的津贴的暗探！像揣着毒物似的，静把这不名誉的纸片和小册子，使劲地擦在地下。说不出的味儿，从她的心窝直冲到鼻尖。她跑到床前，把自己掷在床里，脸伏在被窝上。她再忍不住不哭了！
>
> ……

即使到医院，茅盾也在写实中发挥想象，把事件安插在重要事件中：

> 人家到他房里，从没见他读医书，总见他在看报，或是什么政治性的杂志。他对于政治上的新发展，比医学上的新发明更为熟悉。
>
> 有一天，黄医生喜气冲冲地跑来，劈头一句话，就是：
>
> “密司章，吴佩孚打败了！”
>
> “打败了?”静女士兴味地问，“报上没见这个消息?”
>
> “明天该有了。我们院里刚接着汉口医院的电报。是千真万确的。吴佩孚自己受伤，他的军队全部溃散，革命军就要占领汉口了。”黄医生显然是十分兴奋。“这一下，中国局面该有个大变化了。”他满意地握着手。

《动摇》中矛盾冲突最剧烈的描写，都以真实事件为背景，店员风潮、没收婢妾、废除苛捐杂税，解放妇女保管所被胡国光搞得一塌糊涂：“接着又有县农协，县工会，店员工会的联席会议，宣布县长举措失当，拍电到省里呼吁。接着又有近郊各农协的联合宣言，要求释放被捕的三个人，并撤换县长。”还有，第11节描写反对省政府的军队从上游顺流而下，三四天内就要到县；那时，省里派来的什么的，一定要捉住了枪毙的。这里所说的反对省政府的军队，指的是反对革命的夏斗寅的部队，也是以写实手法再现大事件。

《追求》最后一节，表现的也是剧变中的动态事件：“几天来躲躲闪闪的太阳，此时完全不见了，灰黑的重云在天空飞跑。几粒大雨点，毫无警告地射下来，就同五月三日济南城外的枪弹一般。”小说着力于描写事件，却从天空着笔，很快再拉回到地面，然后用雨点“射下来”，代入真实事件，这是旧白话所不具备的能力，把想象和写实结合在一起，体现现代白话独有的张力。这一事件，喻指一九二八年，国民革命军于五月一日克复济南，日军遂于五月三日派兵侵入中国政府所设的山东交涉署，将交涉员蔡公时割去耳鼻，然后枪杀，将交涉署职员全部杀害，并肆意焚掠屠杀。此案中中国民众被焚杀死亡者，达一万七千余人，受伤者二千余人，被俘者五千余人。

茅盾表现都市的急剧变革，似乎离不开对新闻事件的思考和汲取。他自己也说，他的创作很多来自新闻报道。因为他在武汉《民国日报》的经历，所以许多情节来自《民国日报》。这也只是用了一部分，还有许多没法派上用场。茅盾在《从牯岭到东京》中表示：“有几段重要的事实是根据了当时我所得的不可能披露的新闻访稿的。象胡国光那样的投机分子，当时很多”，“所以我描写了一个胡国光”。[1]

新闻和小说都是“新知”，是现代都市的产物，也给都市读者带来新的刺激。茅盾的《追求》直接拿“新闻救国”说事。仲昭要求增加的“外勤记者”，不是老派的“访员”，茅盾在作品中直接称为“老访员”[2]，从访员到记者，称谓的改变，人员组织结构也大不一样，背后隐含的是记者职业地位上升。老派的访员不是现代都市所需要的，他们只是“包打听”，在表达上只有旧派白话，充斥着“之乎者也”，这当然无法适应新都市读者的要求。

> 可是我以为就个人立身择业而言，比较地还是新闻界有些意思。但只是个人择业而已，谈不到救国救人的大问题。近来我很讨厌这些大帽子的名词；帽子愈大，中间愈空。我以为切切实实地先须救自己。把自己从苦闷彷徨中救出来，从空疏轻率中救出来。要做一个健全的人。（《追求》第二节）

茅盾借昭仲之口，表达不需要“大帽子的名词”。他要使“这个垃圾堆放光彩”，就不能专靠几个“老访员”，非用“外勤记者”不可了。仲昭主张至少用四个外勤记者，就打算分配在四方面，有系统、有计划地去搜集新闻。一个月以后，第四版便可以成为最有意义的现实社会的实录。

这里涉及现代作家表现都市变革的一个深层问题，那就是作家要有社会科学眼光和社会批判的精神。在茅盾看来，一般描写表现不出都市中人与人之间复杂关系。毕竟，小说比新闻报道要更进一步，所描写的不是孤立的事件，而报道一般不关注过去或将来的因素。新闻的价值是实用，而不是欣赏和透视，没法表达新时代的使命。为此，茅盾指出，文学者要有很深的社会科学修养，“不一定是昨天发生的事，也许是一星期以前的事，用全面报导的形式，使人看到一般的、整个的东西，看出社会现象的来龙去脉，与其他社会现象之间的复杂关系”[3]。

---

① 从这个角度看，还有助于我们理解《动摇》的结构为什么不像传统小说，也不像现代意义上的小说。作者在写作中因为新闻事件的直接介入，不得不按所发生的新闻事件来贯穿。这也使得故事中的人物，没有一个完全正面的形象，像胡国光着墨最多，却是一个十足的投机分子。《蚀》三部曲不管是小说结构，还是人物形象，都与之后中国左翼文学的路数大相径庭。这方面不是本书分析的重点，在此不展开论述。

② 1872 年《申报》创刊后开始设立访员职位，专门采访本地新闻的人，被称为“访员”，进入 20 世纪初，随着职业记者的形成，上海等地才出现“记者”。

③ 《新闻与文学》，《茅盾全集》第 23 卷，北京：人民文学出版社，1996 年。

上海景云里曾经聚集众多现代作家，如今成为虹口的一道文化景观。

这样的观念，投射在茅盾笔下的人物身上，为此仲昭向总编辑提出这样的想法：

目下跳舞场风起云涌，赞成的人以为是上海日益欧化，不赞成的人以为乱世人心好淫，其实这只表示了烦闷的现代人需要强烈的刺激而已。所以打算多注意舞场新闻。

……

还有离婚事件，近来也特别多；这又是一个重大的社会现象，很值得注意。但是除了涉讼的离婚案还有记载，此外登一条广告宣告离婚的，可就没有新闻上的记录了。我们也应该据他们的广告去探访，给它详详细细登载出来。

但是总编辑对仲昭的“好言相劝”，也亮明当时都市里保守派读者的趣味，这种冲突也是茅盾在报馆里经常看到的：

“近来第四版的新闻很有趣味，很有趣味。但是，仲翁，似乎有点儿那个——有点儿……哦，态度上欠严肃，是不是？报纸总是报纸；不是小说；大报的本埠琐闻栏总还是大报，不是小报，仲翁，是不是？听

说外边很有议论。”（《追求》第四节）

茅盾对王仲昭的期待，也是作者自己的希望，用锐利的观察，缜密的分析，精悍的笔锋，嵌入社会改革的思考。做这样的自我革新，至少要有“高等的常识，冷静的头脑，锐密的观察，忍耐的精神”，就是要有科学精神与社会分析的基础，造就自己细密地观察社会，思考人生的能力。

中国历来对新近发生的重大事件，有所顾忌。人们总认为，“讲时事的”，很容易惹来杀身之祸，所以好故事，特别是重大叙事，“自然也被杀害了”。乾隆年间“所谓读书人只好躲起来读经，校刊古书，做些古时的文章，和当时毫无关系的文章。”乾隆学派为何繁荣，根源就在这里，这也是为什么中国人讲不出让人快慰的故事的原因。①

而茅盾推崇托尔斯泰《战争与和平》、巴尔扎克《人间喜剧》，这些作品都“拿最近的事情来”构建故事线索，而中国近现代作家对发生在身边的“中日战争、拳匪事件、民元革命”这些大事件，没有一部像样的著作。茅盾认为，“民国以来，也还是谁也不作声。反而在国外倒有常说起中国的，但那都不是中国人自己的声音，是别人的声音。”为此，他认为：“一是时代给予人们以怎样的影响，二是人们的集团的活力又怎样地将时代推进了新方向，换言之，即是怎样地催促历史进入了必然的新时代”。文学创作不但记录和表现时代的变动，也要创造“新时代”，推进“新时代”。这是茅盾在《读<倪焕之>》中的评述，最重要是后半句，主观能动作用，即主体在事件发展上的主动创造，可以“催促”历史的发展。

正是因为茅盾关切都市变革及其社会动因，捷克文学批评家普实克认为，在世界作家中，像他这样关注时事的，很罕见，他的作品可以串联成一部中国革命史，从五四、五卅、大革命、抗战……。而这一切始于《蚀》三部曲对都市变革的关注和思考。这些作品即使在发表数十年以后，也依然带有一种冲击力，“如同新闻报导一般让读者身历其境”，“因此启动了读者的参与感”。产生如此直接效果的原因，在于茅盾“试图掌握并传递现实的写作，令人想起他自己对时事的兴趣。世界上伟大作家中很少有像茅盾这样可以紧密结合不远的过去与眼前

---

① 鲁迅：《无声的中国》，最初刊于香港报纸，1927年3月23日，汉口《中央日报》副刊转载，据《鲁迅日记》，这篇讲演作于1927年2月18日。

重要的政经事件”①，似乎茅盾唯恐遗漏任何一件时事。

1925年底，茅盾乘“醒狮”轮去广州参加国民党第二次全国代表大会。
（引自钟桂松著：《茅盾画传》。）

二、都市里的“时代女性”

都市里必不可少的主体，是现代人物及其行动。这里活跃着许多不同以往的新派人物，他（她）们是阔少爷、大学生、时尚女性，也少不了新派知识分子……《幻灭》一下笔，就着眼于新兴都市的空间、时间及其与人物的关系。外国人、伙计、二房东、上海瘪三，都市人物纷纷登场，人物的行动载体也接踵而来：大商店、黄包车、大马路……这些现在看来再普遍不过的场所和器物，在当时却是新兴都市的突出特征，小说就这样一下子介入都市日常生活，人物活动的空间与边界向都市深层拓展。

我们知道，中国文言和旧白话表现人物自有一套，白描手法是其中一种手段，不过面对现代都市，人物白描的手段远远不够用，所刻画的形象多是扁平的，人物个性难以凸现。旧白话对人物行动的描写无能为力，对心理描写更是捉襟见肘。这是语言观念的问题，也是语言能力的问题。

---

① ［捷］雅罗斯拉夫·普实克：《茅盾与郁达夫》，引自王德威《写实主义的虚构》，南京：复旦大学出版社，2011年，第37页。

俞平伯1928年写过《谈中国小说》，谈到中国人用旧白话和文言写小说，人物性格“显托不出”，总是，“某生某地人也性倜傥不羁”之类。运用白话之后，特别是口语，就“顺遂”许多①。在《蚀》三部曲中，最新鲜的是“时代女性”群体：章静、孙舞阳、章秋柳……她们的行为、话语、姿态，让人耳目一新：“我讨厌上海，讨厌那些外国人，讨厌大商店里油嘴的伙计，讨厌黄包车夫，讨厌电车上的卖票，讨厌二房东，讨厌专站在马路旁水门汀上看女人的那班瘪三……真的，不知为什么，全上海成了我的仇人，想着就生气！”茅盾力图克服传统小说对人物描写的无能为力，他着力于发掘新白话描写人物的潜力，他用写实与想象描摹人物行为、语言和心理，更注重身体感知，从视觉、味觉、触觉和幻觉等方面延伸读者的视线，从而深入到都市人物的深层结构。

人物行动：“好动不好静”

都市人物的语言个性得以彰显，首先是人物行动特点不同于旧小说的行为描写，正如章秋柳所说：“我们这一伙人，都是好动不好静的；然而在这大变动时代，却又处于无事可作的地位。并不是找不到事；我们如果不顾廉耻的话，很可以混混。”都市人物行动，折射出现代生存方式和行为观念，文学语言模式是旧白话所不具备的，孙舞阳、章静的不同场合的“笑”“哭”，动作语义的变异特点，与都市时代女性的“动”贴合，展示崭新的时代个性（第四章第二节“语义的变异功能”有所论述，这里不加以赘述）。

什么时候开始有“时代女性”的说法，现代文学研究者基本以茅盾《蚀》三部曲创造的系列女性为源头②。如果从文学史料上梳理，应该与商务印书馆的一群先锋人物有关。1924年12月，《民初社会中之两性关系》发表于《妇女杂志》第二卷第12号，1925年商务印书馆引发了一场公开辩论，章锡琛在其主编《妇女杂志》“新性道德号”上发表关于离婚问题和新性道德的文章，受到责难，章锡琛被迫离开杂志。1926年1月创办期刊《新女性》，与《妇女杂志》对撼。《新女性》因其新锐思想、大胆内容而走在时代潮流的前端，它高举女性解放的大旗，塑造出一种新型的女性形象：她们奉行新的性道德标准、走自由婚恋之路、保持经济与人格独立、积极投身于公共领域与国家建设。

茅盾经历了这一论争过程，对“新女性”投入关注的目光。后来《新女性》杂志改为开明书店，茅盾与“开明”交往甚深，这也是三部曲由开明书店结集

① 俞平伯：《谈中国小说》，《小说月报》，1928年，第19卷，第2号。
② 唐弢主编：《中国现代文学史（二）》，北京：人民文学出版社，1979年版。

出版的原因。茅盾着力于塑造新兴都市里最为复杂的人物群体——“时代女性”，这不是一个简单的个体，放在中国文学史来看，这一群体是新奇的、独特的，更是纷纭复杂的。

茅盾运用精密而丰富的现代白话，刻画出人物行为的细微变化，表现复杂的思想感情，一定程度上解决了旧白话和古文中解释性不足的毛病。从《幻灭》慧女士开始，“时代女性”粉墨登场，她们与方太太等较为保守的女性形成对比，与中间过渡派女性静女士形成互补，随着故事的发展，静女士这样的中间派女性自我意识也开始崛起：

> 静怀着一腔心事，回到自己房里；新的烦闷又凭空抓住了她了。这一次和以前她在学校时的烦闷，又自不同。从前的烦闷，只是一种强烈的本能的冲动，是不自觉的，是无可名说的。这一次，她却分明感得是有两种相反的力量在无形中牵引她过去的创痛。（《幻灭》第八章）

《动摇》故事主干发生在县城，因为孙舞阳等人来自武汉和上海，故事的精彩之处在于贯穿始终的都市女性，孙舞阳独立寒秋，她是小说叙事中的精灵，也是都市与乡村思想冲突的暴发点。从文学意蕴的角度看，反派人物胡国光及其县城的故事，似乎更像“例行公事”，到了孙舞阳出场，她从武汉被派到妇协办事的这一刻，小说的大戏才真正开始，直到故事的高潮，一直是孙舞阳的行为和言行最引人关注。

孙舞阳的右手抄进粉红色衬衣里摸索了一会儿，突然从衣底扯出一方白布来，撩在地上，笑着又说：“讨厌的东西，束在那里，呼吸也不自由；现在也不要了!”而方罗兰看见孙舞阳“胸部就像放松弹簧似的鼓凸了出来，把衬衣的对襟钮扣的距间都涨成一个个的小圆孔，隐约可见白缎子似的肌肤。”（《动摇》第十二节）孙舞阳的豪放不羁，机警而又妩媚，她的永远乐观，旺盛的生命力，和方太太相比，更显出她的独特个性。这里我们引用方太太的话来评价最合适不过：

> ——我不知道应该怎样做，才算是对的。……这世界变得太快，太复杂，太古怪，太矛盾，我真真地迷失在那里头了!（《动摇》第六节）

文学语言是对集体规范语言的偏离，造成文体变异，从而形成一种独特性。

茅盾描绘“时代女性”时，用现代白话去把握稍纵即逝的时间与事件，塑造时代女性的特立独行，与旧时代人物行为相比，特别是女性人物的行动，完全是异样的，先锋的。

当时不同阵营的报刊，虽然对茅盾三部曲发表不同的看法，但认同他所塑造的时代女性，她们不同于“混在这变动中的一般人”，这点明了人物行为的“动态”特征。茅盾尽量使她们的行为“复杂”，表现“精微的感情与思想”，周作人说，这是艺术的工具：可以依照这样的“标准”去教育，“使最大多数的国民能够理解及运用这国语”[①]，周作人的这一表述，说明当时人们对人物“精微的感情与思想”传达的不足，也从一个侧面体现茅盾在塑造时代女性行动上的不同之处。茅盾描绘人物的细微动作，正是有意表现在“时代的转变”中，使得那些“混在这变动中的一般人的生活”，让人看得很明白，“所以他能够写得这样深切动人。”[②]

人物心理：都市文化的折射

除了严密的行动描绘和组织之外，刻画都市人物还需要借助细腻的心理描写。现在看来，小说中的心理描写，我们已司空见惯，而在现代汉语发轫之时，对人物心理的传达，一直有不同的看法，所以才有纪晓岚对《聊斋志异》的不以为然[③]。

鲁迅对纪晓岚的批评点明了这个深层原因。纪晓兰对蒲松龄《聊斋志异》这样评论：“才子之笔，非著书者之笔”。纪晓岚为什么有这样的评论？他的依据是：“小说既述见闻，即属叙事，不比戏场关目，随意装点”。这句话大意是，小说既然要表述所见所闻，那么重要情节就不要随意编撰，而蒲笔下的世界却是：“燕昵之词，媟狎之态，细微曲折，摹绘如生，使出自言，似无此理；使出作者之言，则何从而闻见之，又所未解也”，这样的“细微曲折、摹绘如生”，都是作者随口说出，闻之未闻，听之未听。[④]

鲁迅对此评价给予回击，他在《怎么写》特别用纪晓岚自己创作的《阅微草堂笔记》来说事：“竭力只写事状，而避之心思和密语。但有时又落了自设的

---

① 周作人：《国语文学谈》，《艺术与生活》，上海文艺出版社，1999 年，第 107—115 页。

② 林樾：《＜动摇＞和＜追求＞》，《文学周报》，1929 年 3 月，第 360 期。

③ 纪晓岚的弟子盛时彦有一段关于业师的评说，见于《姑妄听之·跋》，载于《阅微草堂笔记》卷十六《姑妄听之》，作于乾隆五十八年（1793 年）。

④ 纪晓岚的弟子盛时彦有一段关于业师的评说，见于《姑妄听之·跋》，载于《阅微草堂笔记》卷十六《姑妄听之》，作于乾隆五十八年（1793 年）。

陷阱，于是只得以《春秋左氏传》的‘浑良夫梦中之噪’来解嘲。”① 这是以其人之道还治其身，鲁迅举的例子即是纪晓岚在《阅微草堂笔记》中写的一篇《槐西杂志》，文本记载旁人谈论一个读书人，受鬼奚落，最后一段：“余曰：‘此先生玩世之寓言耳。此语既未亲闻，又旁无闻者，岂此士人为鬼揶揄，尚肯自述耶？’先生掀髯曰：‘浑良夫梦中之噪，谁闻之欤！’”②

针对当时旧白话在人物塑造的局限，鲁迅在 1927 年批评这种无奈的交流：“中国虽然有文字，现在却已经和大家不相干，用的是难懂的古文，讲的是陈旧的古意思，所有的声音，都是过去的，都就是只等于零。所以大家不能相互了解”，“我们要说现代的，自己的话；用活着的白话，将自己的思想感情直白地说出来。”③ 这样新的思想和感情，“将活人的唇舌作为源泉，使文章更加有生气”。⑤

但是，到茅盾笔下，心理描写的观念和手段，已大不一样。新白话为茅盾创造了人物书写的空间，或者说，茅盾靠自己的独创性，创造人物复杂的心理世界。从来没有一个时代，可以把人物心理描写与时代变迁紧密关联，这是作者在现实生活基础上的创造性发挥。

《幻灭》第六节写“怜悯哲学”在抱素心里起了“应和”，静女士感到欣慰，也很感动。从前抱素说的同学们对于他俩的议论，又闯进她的记忆，她不禁心跳加速了，脸也红了：“她不敢看抱素，恐怕碰着他的眼锋。她心的深处似乎有一个声音说道：‘走上前，对他说，你真是我的知心。’但是她忸怩地只是坐着不动”。“然而抱素像已经看到她的心，静心跳的更厉害，迷惘地想：他这不是就要来拥抱的姿势么？她惊奇，她又害怕；但简直不曾想到‘逃避’。她好像从容就义的志士，闭了眼，等待那最后的一秒钟。”

> 于是一根温暖的微丝，掠过她的心，她觉得浑身异样地软瘫起来，她感觉到像是一种麻醉的味儿。她感觉到四周的物件都是异常温柔地对着她，她不敢举手，不敢动一动脚，恐怕损伤了它们；她甚至于不敢深呼吸，恐怕呼出去的气会损伤了什么。

---

① 鲁迅：《怎么写》，《三闲集》，北京：人民文学出版社，1973 年。

② “浑良夫梦中之噪”，见《春秋左氏传》哀公十七年：“（秋，七月）卫侯梦于北宫，见人登昆吾之观，被长发北面而噪曰：‘登此昆吾之虚，绵绵生之瓜。余为浑良夫，叫天无辜！’”这年春天浑良夫被卫太子所杀，所以书中说卫侯梦中见他披发大叫。

③⑤鲁迅：《写在<坟>后面》，《鲁迅全集·坟》第一卷，北京：人民文学出版社，1980 年。

以一根“温暖的微丝”为载体，这是肉眼看不到的，只是人物内心纤细感知而已。然而，茅盾却循着这一根“微丝”，把笔触渗入到都市女性的内心，似乎参透人物复杂心境，这种形象化的心理表现，是现代都市旧式描写所不具备的，当然也是茅盾有意创造的都市女性的内心世界。当然，这种复杂心理与时代大事件紧密结合，随着故事的发展，溶合度越来越高：

她暗中忖量：这少年大概也是伤心人，对于一切都感不满，都觉得失望，而又不甘寂寞，所以到战场上要求强烈的刺激以自快罢。他的未来主义，何尝不是消极悲观到极点后的反动。如果觉得世间尚有一事足惹留恋，他该不会这般古怪冷酷罢。静又想起慧女士来；慧的思想也是变态，但入于个人主义颓废享乐的一途，和这少年军官又自不同。(《幻灭》第十二节)

对死亡意识的描写，是现代小说家最热衷的。茅盾在这一深层意识中，可以一步步拓展和考验新白话的能力。《追求》第三节描写史循的自杀，本来语言无法表述心理过程，茅盾却努力进入人物的内心。当看护妇出去后，史循把门上了闩，就躺在床上；他掏出一块手帕，叠为四层，将小瓶里的哥罗芳全数倒在上面，然后拿这手帕严密地蒙住了自己的鼻孔和嘴巴。他双手按在手帕上面，同时用力深呼吸。一缕颇带凉意的甜香从喉头经过，注入他的胸部，便立刻走遍了全身，起一种不可名说的畅快。这是他屡次经验过的——

有些新的异样的来了。他觉得身体已经离了床，一点一点地往上浮；他看见天花板慢慢地自行旋转；他又听得无数的声音充满了他的耳管，似乎是很近很响的，又似乎是远远的轻微的。

他仍旧用力深呼吸。身子更浮得高了，像是已经贴着天花板，他只见一团疾转的白光了，耳朵里也换了一种单调的嗡嗡的声音；他觉得身体的各部分正在松解融化，又感得胸膈间有些胀闷。

于是，时间失了记录，空间失了存在。他再不能看见，再不能听见，似乎全身都已消散，只有一个脑子还在，他还有意识。他意识到现在是沉下，沉下，沉下，加速度地沉下！忽然像翻了个身，便什么都没有了，连意识也完全消灭。(《追求》第三节)

现代人如何管理自己身体，迪尔凯姆在阐述社会与个体的关系时，认为当个体同社会团体或整个社会之间的联系发生障碍或产生离异时，便会发生自杀现象①。群体使成员受挫折时，得不到支持，容易产生自杀倾向。史循的挫折心理描写，是都市变革中特异的文化景观，体现作者对时代怪异现象的思考。

这样的人物心理描写，必然联系到人物的主体意识。可是这在当时的左翼阵营，是不能被接受的。“使我们失望的就是他每每参加些主观的语句，不免损伤客观描写的真实”。这个某种意义上说，与纪晓岚的说法相似。所以，左翼批评家评论说，茅盾的创作主体不能过于凸现。譬如“我们的小姐愕然了”（第15页）“我们看见他们三人坐在一排椅子上”（第20页）“但是你也不能说静女士不美……你终于受了包围，只好‘缴械处分’了”（第21页）“深深嘘了口气……你几乎以为就是叹息”（第30页），太阳社抨击这些“带了主观性的语句”，“都是应该避免的”②。

其实，茅盾在心理描写上的主体表现，是有所控制的。他在写作之前曾剖析托尔斯泰的心理描写过于冗长，影响叙述的节奏。五四时期，身体与个性意识的觉醒是当时的主色调，加上现代白话对人物心理描写具有飞跃式的作用，作者有时也流露出一些主观情绪。当时有评论家写过《＜幻灭＞的时代描写》，指出：“我不由得对于《幻灭》的作者起了一片感谢之心：为的是他把我所欲表现的很精细的强有力地表现了，把我所欲说的话而自己不会说的说出来了。作者对于我有这样伟大的贡献和效力，我应当如何地满足而感谢呀”。也有评论说，茅盾创作的特点是流畅生动的文笔，尤其擅于“描写青春女性的心理，细腻而熨帖”，“文笔老练”“非其他作家可比”这也指出茅盾心理描写的特点③。

可以说，鲁迅在短篇小说上的实践，证明了现代白话有能力到达旧白话和文言在人物刻画上所不能达到的境界。在此基础上，茅盾进一步发挥了现代白话写实和想象的特点，在中篇小说《蚀》三部曲中，他对都市人物心理轨迹的刻划，使得“时代女性”文学形象活灵活现，从而开辟现代语言新的可能性。从这一点来看，茅盾的创造“时代女性”，完全不同盛行一时的《良友》杂书封面的现代女性，也表现出现代性的诉求，但仅仅是一种表面的刺激，难以传达都市背后复杂的文化景观。

---

① ［法］埃米尔·迪尔凯姆：《自杀论·导论》，北京：商务印书馆，1996年。

② 贺玉波：《茅盾创作的考察》，《读书月报》，1931年，第2卷第1期。

③ 凌梅：《茅盾小传》，选自黄人影编：《茅盾论》，上海：光华书局印行，1933年。

三、都市社会与农村变迁

茅盾的眼光是开阔的，写农村，与都市不无关联。写都市，却离不开农村。《林家铺子》《春蚕》写的是农村的破败和农民的破产，背后却隐藏着另一条线索：现代都市的倾轧。作者有意引导读者，把视角向都市的边界延伸。《子夜》写的是都市，同样也离不开广阔的农村，本来有几个章节留给农村社会，可是后来未能如愿。同样，在三部曲中《动摇》虽然描写农村，却让人感受到浓厚的都市气息。茅盾撰写《“现代化”的话》，分析都市文化对农村生活的影响，“大都市里的时尚风气也很快地灌进内地去了；剪发，长旗袍，女大衣，廉价的人造丝织品，国产电影，一齐都来了”①。

孙舞阳在县城的动静搞得很大，就是她的都市女性的特质。她出场前，有方罗兰与方太太的矛盾作铺垫，由刘小姐发表了观察结果：她和孙舞阳同在妇女协会办事，差不多是天天见面的；一个月前，孙舞阳由省里派来到妇协办事，刘小姐就是首先和她接洽工作的一个人，她俩很说得来。都市与周边县城的关系，由孙舞阳作为桥梁建立起来。但是孙舞阳的出场方式，才真正带出都市与农村的纠结：

> 在紧张的空气中，孙舞阳的娇软的声浪也显得格外袅袅。这位惹眼的女士，一面倾吐她的音乐似的议论，一面拈一枝铅笔在白嫩的手指上舞弄，态度很是镇静。她的一对略大的黑眼睛，在浓而长的睫毛下很活泼地溜转，照旧满含着媚，怨，狠，三种不同的摄人的魔力。她的弯弯的细眉，有时微皱，便有无限的幽怨，动人怜悯，但此时眉尖稍稍挑起，却又是俊爽英勇的气概。因为说话太急了些，又可以看见她的圆软的乳峰在紫色绸的旗袍下一起一伏地动。(《动摇》第五节)

当事态剧变时，武汉派出特派员史俊，就他的服装，他的相貌，他的举止，种种而言，史俊只是一个二十五六岁的学生模样的人物。“然而恰因来的时机关系，他便成为大众属目的要人了。”因为他到达时，已是午后六时，只有林子冲和孙舞阳会见了这位特派员。茅盾这样描写：“他们在省里本已认识。但翌日一早，就有许多人找他。差不多党部和民众团体的重要人物都到了。各人都准备了

① 茅盾：《现代化!》，《茅盾全集》第15卷，北京：人民文学出版社，1987年，第467页。

一肚子话来的，不料成了个‘不期而会’，弄成不便多说话。”这从一个侧面交待了农村变革离不开省城武汉的影响。

但是，县城的封建思想还很浓重，都市女性即使有十分的胆识，也难以冲破环境束缚。“这里的妇女思想很落后，停刻你到妇协的茶话会就知道了。你看，我在这里，简直是破天荒。”史俊也认识到这点，他用力地说：“不做点破天荒给他们看看，是打破不了顽固的堡垒的。”（《动摇》第五节）茅盾善于通过人物关系的描绘，展示农村与都市关系的勾连，《幻灭》里的都市女性，也与其农村生活的背景纠缠在一起，她们想摆脱旧有的束缚，却不是她想象的那么容易。比如章静与故乡的关系：

> 静女士先回到故乡去省视母亲。故乡已是青天白日的世界了，但除了表面的点缀外，依然是旧日的故乡，这更坚决了静女士的主意。在雨雪霏霏的一个早晨，她又到了上海，第二天便和赵女士一同上了长江轮船，依着命运的指定，找觅她的新生活去了。虽然静女士那时脑中断没有“命运”二字的痕迹。（《幻灭》第八节）

她的“决定”，其实是被“指定”，而且是命中注定。她在意识中的迷茫，有其深层动因。茅盾《现代》中说，力和速度，是现代都市的主要标识。三部曲中，茅盾似乎已经看到农村传统固有文化牵制着都市变化的力量，也意识到都市资本碾压的速度，及其给农村带来的影响。但这不是他在这里需要展开的，只是打下一个伏笔，直到《子夜》，他对都市与农村关系的批判和思考，才清晰地显现出来。

第六章　文学语言、都市读者和出版机制

《蚀》三部曲的文学世界里，我们看到快速变化中的都市生活，还有茅盾创造的新型都市文化景观和人物群像，体验了新白话独特的创造能力，尤其是写实与想象所焕发的能量，但是至此我们的落脚点还是停留在文本分析。为了进一步拓展对《蚀》三部曲的认识，我们还有必要关注叙述者与读者、叙述者与评论者和出版商之间的关系，拓展文本的话语意义。为此，我们将由文本内部的解读，进入文本与作者之间及其外部关系的考察，透视文学语言与都市文化的复杂关系。

一、从职业革命者到职业作家

考察文学与语言的具体表现，离不开对叙述者身份及其与共同体关系的认识。同样生活在现代都市，处于另一写作共同体的鸯蝴派运用旧白话写作，他们延续传统文化的旧有路数，与茅盾这一批从“五四”时期走出来的作家所用的新白话相比，完全是不同的两套话语体系。虽然都置身于都市文化市场，但在创作中参杂进身份的不同元素，从而形成不同的社会联系。按话语理论的说法，话语可以建构起自我和社会关系，可以使创作者置身于社会的不同地位①。茅盾在创作《蚀》三部曲时，他是以什么身份投入创作，这样的身份如何影响或推动其在文学上的表达和传播？我们有必要回到茅盾创作《蚀》三部曲的“现场”。

作为政论家的茅盾：《民国日报》“主笔”

在现代作家中，可以说，茅盾的革命实践最用力、最深入。他早年曾奉陈独秀之命，翻译过共产党党章，他当时的身份是职业革命者与文学批评家。1926年4月1日茅盾收到郑振铎带来的商务印书馆支付的退职金和股票②。在上海，白天忙开会，晚上读希腊、北欧神话、中国古典诗词，始有创作冲动。之后与恽代英去广州，他在革命最前沿，拿笔当武器，他写作《自杀案与环境》《南京路上》等等杂文，发表于《民国日报》等刊物。

---

① 〔英〕诺曼·费尔克拉夫：《话语与社会变迁》，北京：华夏出版社，2003年，第3—5页。

② 据陈福康编著《郑振铎年谱》（书目文献出版社，1988年版），茅盾正式辞去商务印书馆编辑职务，担任国民党上海交通局主任，从事革命宣传工作。

这段时间，他一直在都市之间活动。1927 年 1 月 1 日，他与孔德沚去武汉途中，在英国轮船过新年，不久赶到中央军事政治学校武汉分校，因为学校在上海招收一批学员并招聘教官，他就在武汉分校当任政治教官，这让他有时间与都市青年进一步接触，与他们探讨对中国社会变革的看法。茅盾为青年们开讲，题目是：什么叫帝国主义、什么叫封建主义、国民革命的政治目的是什么，以及关于妇女解放运动……

1924 年 3 月茅盾担任中共上海地方兼区执行委员会委员。
（图片来自茅盾诞辰 120 周年影像展。）

由于茅盾在商务印书馆工作过，因此在 1927 年 4 月初，中央决定派茅盾参与《民国日报》的编辑出版，这是共产党创办的第一张大型日报，社长董必武，总经理毛泽民，茅盾担纲总主笔。不久后的 12 日，蒋介石集团在上海屠杀共产党人，陈独秀找到茅盾，说他在《民国日报》太红了，要他少登左派文章。当时上海许多左派刊物，也都因为太红，而停刊或转移阵地①。这时，瞿秋白主张"另办一张"报纸，宣传共产党政策，由茅盾任总编辑，这事后来没能办成。

茅盾作为职业革命家的时间并不长，因为蒋介石突然清共，他很快被南京政府列入通缉 80 人名单，他排在第 58 人。1927 年 7 月 8 日茅盾写完最后一篇社论

① 当时，丁玲在上海创办左翼文艺期刊《北斗》，组织要求她的编辑思路不要"太红"，要多争取不同倾向的写作者。于是她请沈从文等作家作为撰稿人，杂志曾经在上海青年读者中具有一定影响力。一年后，被逼停刊。参见拙作《探问左翼文艺刊物的短期行为》，载于《新文学史料》2008 年第 4 期。

《讨蒋与团结革命势力》，给汪精卫写辞职信，当天转入法租界一个大商家的客房，然后赴九江见董必武和谭平山，原本要去南昌，没车票，只好上庐山，得知去南昌的路不通，这时茅盾患腹泻，只好在旅店养病①。

从离开上海到武汉，这大半年时间，茅盾作为职业革命家，还坚持创作杂文，研究文学，撰写古代文学研究论文。《中国文学内的性欲描写》发表于《小说月报》第 17 卷号外《中国文学研究》，因为少数卫道者的干扰，只装订百余册，文章即被抽去。这些研究，成为他的文学观和语言观的基石，体现了对中国传统文学表达方式的反思，为日后创作做了铺垫。

创作小说： 从副业到职业

上海大都市给他的职业身份提供了最好的土壤。茅盾从生存的需要出发，开启了新的写作道路。从牯岭下山，茅盾回到自己最熟悉的都市——上海，这时北京新式文化人也大批南下，上海大都会一时成为新文化中心，报刊杂志也应运而生。1927 年 8 月下旬，茅盾一家住进上海景云里。孔德沚因小产住院，茅盾一边照顾病人，一边思考中国革命的使命，头脑中浮现出现代都市中最活跃的那些年轻人。他开始提笔创作小说《幻灭》，他在《我走过的道路（中）》中回忆说，9 月初动手写《幻灭》，用四周时间，“我隐居下来后，马上面临一个实际问题，如何维持生活？找职业是不可能的，只好重新拿起笔来，卖文为生，过了大半年的波涛起伏的生活正在我脑中发酵，于是我就以此为题在德沚的病榻旁写我的第一部小说《幻灭》”。“当初并无大计划，只觉得从‘五卅’到大革命这个动荡的时代，有很多材料可以写，就想选择自己熟悉的一些人物——小资产阶级的青年知识分子”。

当时决定小说创作，对茅盾来说，也许是无奈的选择。“我并不是一九二七年以后才搞革命的，倒是在一九二七年以前专搞革命活动，而文学是副业，一九二七年才以文学为业，因为搞革命把职业丢了，在社会上不能公开，不得不以买文为生。”②在中国，小说及其作者的地位一向不高，五四时期从事小说创作的作者相当有限。鲁迅曾说：“小说不算文学，做小说也决不能称为文学家，所以并没有人想在这条路上出世。”③ 的确，放在当时的背景来说，小说的地位很低，

① 这成为茅盾后半生的一个“问题”。参照唐金海、刘长鼎主编：《茅盾年谱（上）》，山西高校联合出版社，1996 年。

② 庄钟庆：《茅盾答问实录》，载于《茅盾史实发微》，长沙：湖南人民出版社，1985 年。

③ 鲁迅：《我怎样做起小说来》，《鲁迅全集 · 南腔北调集》第 4 卷，北京：人民文学出版社，1998 年，第 511—512 页。

没人想借此成名。鲁迅开始小说创作，“只因为那时是住在北京的会馆里的，要做论文罢，没有参考书，要翻译罢，没有底本，就只好做一点小说模样的东西塞责，这就是《狂人日记》”，“《新青年》的编辑者，却一回一回的来催，催几回，我就做一篇”，陈独秀是催促鲁迅最着力的一个①。

1925年，茅盾与女儿于上海涵芬楼花园。
（引自钟桂松著：《茅盾画传》。）

中国现代两大小说家的诞生，有其相似之处，都是在“无事可做”的情况下，被逼出来的。与鲁迅不同，茅盾在上海时，纯粹是为了养家糊口。尴尬的是，茅盾在都市生活中，发现自己处于一种自相矛盾的状况，一方面为了获得独立的生活来源，选择职业作家身份；另一方面，茅盾苦恼于无法确定自己的身份，这时他并没失去职业革命家的身份，文学作家只是他暂时的身份标记。然而，他又不能公开真正身份，因为他还在国民党的黑名单里。他取名茅盾，源于当时的矛盾状态，为此，他在作品中大量借用隐喻和象征等表现手法。

1928年鲁迅迁居景云里，茅盾《蚀》三部曲在上海文坛已经引起轰动，因为正受通缉，他的行动极为不便，当时他和鲁迅共同定居在景云里，但彼此只会面一次。11月茅盾发表《鲁迅论》（10月写，署名方璧），指出鲁迅“没有呼唤

① 陈独秀在致周作人的函件中，极力敦促鲁迅从事小说写作，“我们很盼望豫才先生为《新青年》创作小说，请先生告诉他。”（1920年3月11日信）

无产阶级最革命的口号"，但文学形象却具有社会和时代的鲜明印记。茅盾以此回应左翼评论者对《幻灭》的抨击，他认为鲁迅作品表现出批评的张力，"老实不客气地剥脱我们男男女女，也老实不客气地剥脱自己"，"剥露一切的虚伪"。

当《动摇》连载于《小说月报》第19卷1—3号，他的评论《王鲁彦论》（署名方璧）也发表于《小说月报》第19卷第1号，再次回应左翼阵营的评论，他说，王鲁彦笔下的人物"多少已经感受着外来工业文明的波动"，是乡村的小资产阶级，而鲁迅笔下的人物"是本色的老中国儿女"。这些人物反映中国乡村最真实的人生，而不是都市的小资产阶级。现代作家似乎与农村土壤有着天然的联系，但是作为身居都市的现代作家，又经历过城市革命风暴的茅盾，他坚持认为都市及都市青年的复杂性更需要有力的表现。他在上海、武汉等地见识过的时代女性是他最好的写作素材。所以，他选择他所熟悉和身处的都市生活，这也是他个人作为作家身份的重要标识。

茅盾当时复杂的身份潜藏在语言和话语系统里，同时，茅盾还面临着传统与现代的两难选择。他偶尔也用"我们这慧小姐"类似插入语，以表明自己创作者的身份，这与白话报作者自己跳出来说"我说""在下"一样，茅盾有时不自觉去拉开自己与读者的距离。茅盾试图运用西方小说手法限制叙事特征，他主张叙事小说一人一事，但又舍不得传统小说的特长，比如《红楼梦》的全知视角和叙事时空的自由转换[①]。《蚀》三部曲，并不是以一个人物贯穿故事，而是自由转换叙事，这使得人物群像相当活跃，整体上缺乏一以贯之的人物刻画，这一点在《子夜》才得以解决。

当《追求》连载于《小说月报》第19卷6—9号时，作为职业作家，他的名字还在国民党的黑名单中。在陈望道帮助下，他决定去日本，换换环境。这时他用写作换面包的计划没有中止，《小说研究ABC》由世界书局出版，《幻灭》《动摇》由商务印书馆印单行本。1928年10月《从牯岭到东京》发表于《小说月报》，其中对太阳社激烈批评的回应，进一步梳理文学与劳工大众的关系，再次表现文学反映小资并不等于不革命。后来，一些研究者给茅盾帖上马克思主义文艺理论家标签，而他自己并不这样认为。他说，当时毕竟在思想上还没达到这个高度。最多，也是无产阶级文艺观，虽然他写过（有人说是翻译）论文《论无产阶级艺术》[②]。

① 参阅陈平原：《中国现代小说叙事模式的转型》，北京大学出版社，2003年。

② 茅盾接受庄钟庆访问时讲到，当时他尚不具备马克思主义文艺观，参见庄钟庆：《茅盾史实发微》，长沙：湖南人民出版社，1985年。

二、都市读者及其语言接受

新白话的普及在当时相当有限，20世纪20年代中后期，北洋军阀专制统治期间，文化薪水发不出，大批教授和文人南下。南京政府落定之后，北京官场里的文人也南下，主要聚集在上海。于是，上海在科学、教育、艺术、新闻出版、体育卫生等方面取代了北京的地位，成为全国的新文化中心。上海成为现代出版机构和新杂志角逐的地方①。新白话作者在这里能找到谋生的渠道，都可能生存下来，甚至有上升的通道。茅盾到上海，其中一个主要原因是这里聚集了众多知识青年，他们正是茅盾要找寻的读者，也为他的卖文养家提供了可能。

接受过白话文教育的读者

《蚀》发表前后，当时的读者明显存在着新文学与旧文学两个阵营。鲁迅说过，他母亲要他带张恨水的书，他很快把书寄到北京，但他在信上说：自己没看这类读物。显然，这是两代人的阅读取向和态度。毕竟，新白话小说并不如许多人想象的，一下子就取代了旧白话，而是两者在相当长一段时间内相互竞争，并行不悖。但是，代表新生力量的阅读群体增长速度更快，1922年以后文言文教科书被废止，上海商务印书馆和中华书局两大教科出版机构相继推出《新式国文教科书》和《新学生初级小学国语教科书》，受新式教育的年轻群体成倍增长。

当时，文学是教育的主要驱动力。商务印书馆编辑国文教材有一条基本原则，他们在上海《民国日报》（1923年2月11日第二版）阐明自己的编辑方针："本书以动人感情，发人想象，供人欣赏做主目的；所以实际形式两方面，都取有文学的趣味做标准。并不悖文学兴趣的范围内，参入史地理商各科教材，以收各科联络的效益。"其中，"文学"两字在广告中用黑体字特别标注，可见文学在当时教育体系中的地位和作用。

可以说，新文学与新教材携手，伴随语体文、新文学和新文化共同步入新兴知识阶层。据统计，到1930年全国中等学生数51万左右。虽然，中等教育为每万人十一人，高等教育每万人不到一人②，这些人主要集中在上海等商业机会最多的地方。

随着现代都市的拓展，读者群体的壮大，发行模式和渠道不断增加和扩张，开明书店结集出版的《蚀》三部曲至少发售了11版，连一些小县城也能买到这

① 唐振常：《上海史》，上海人民出版社，1989年，第730页。

② 参阅《第一次中国教育年鉴》，上海：开明书店，1934年。

些版本。虽然曾被列为“禁书”，但多次翻印再版，日本也把《蚀》改题为《大过渡期》翻译出版，日本评论家大田嶽夫在《鲁迅传》中也提到了茅盾的早期创作，他认为《蚀》是“这个时代（第一次大革命）的文坛收获。”

与读者的相遇

茅盾在上海看到这样的景象：小资产阶级出身的女学生和女性知识分子颇以为不进革命党便枉读了几本书。她们对于革命又抱着异常浓烈的幻想，于是走进革命道路，虽然不过在边缘上张望。有些则是在生活上碰了钉子，于是愤愤然要革命了，他们对革命的态度就在幻想之外，再加了一点怀疑的心情。茅盾分析说：“和她们并肩站着的，又有完全不同的典型。她们给我一个强烈对照”，这显然是都市特有的时代女性的原型，她们生活在现代都市，是茅盾的创作素材，也是读者群体。“在上海所见的那样思想意识的女性也在武汉发现了。并且因为是在紧张的大漩涡中，她们的性格便更加显露”①。上海和武汉的经历及所接触的青年，成为他的创作的出发点和落脚点。

茅盾早期创作的这个阅读群体，主体是“五四”知识青年，大致来自同一个社会阶层，“五四”知识青年多数是初高中学历，信仰各种主义②。这一时期的国民党经过改组，借助国民大革命的东风，发展成为一个具有相当规模的以国内民众为基础的动员型政党。特别是国民党改组时期，不少国民党员加入更有活力的共产党，这个群体成为茅盾等现代作家的基本读者群体。“正是这样的一些青年，通过国文教育与课外阅读，接受了现代文学观念和表现形式，学会了一种即非文言又非大众语言的现代白话，从而形成了与新文学具有文化修养、思想认识和语言一致性的‘语言文化共同体’③。”

所以，在茅盾的作品中，青年读者可以看到自己的影子，看到他们在都市生活的矛盾与挣扎，在这里，他们找到了新的表达渠道，拥有自己的交流平台，这是崭新的视域，还有什么比这更迷人，更独特呢！文学作为一种新媒介的出现，组织起都市新青年的生活方式，开始塑造他们的阅读习惯、感官体验和对自身与世界的认知。他们感觉到因为新的语言和媒介，可以跟旧时代的士大夫平起平坐，甚至可以弯道超车。“在知识精英面前，边缘读书人代大众而为一种想象的

① 茅盾：《几句旧话》，《茅盾全集》第19卷，北京：人民文学出版社，1991年。

② 王奇生：《党员、党权与党争：1924—1949中国国民党的组织形态》，上海书店出版社，2003年，第26页。

③ 李今：《新文学传播中的开明书店》，《中国现代文学丛刊》，1999年第1期。

听众，有时也将其所接收的再传布给大众（但其所传布的已打上自己的烙印）”①

三、面对左翼批评：大众还是小资

正是这样的阅读群体和描写对象，《蚀》三部曲引发左翼阵营的围攻，就作品本身而言，语言运用是焦点之一，作家应该同什么样的读者对话？以什么方式表达？归根到底是用大众语言与还是小资语言？

茅盾与太阳社的论争，属于上海左翼文坛的内部论争，太阳社以阿英：（钱杏邨）为代表。阿英对中国古典小说有研究，之前写过不少评论，他在《茅盾与现实》开头就认为，茅盾创作“虽然说是产生在新兴文学要求他的存在权的年头，而取着革命的时代的背景，然而，他的意识不是新兴阶级的意识，他所表现的大都是下沉的革命的小布尔乔亚对于革命的幻灭与动摇。”阿英在批评文章中，有意不点茅盾是谁，可能有身份公开的问题：“至于他究竟是谁，作者既不愿写出他的真姓名，我们当然没有在这里指出的必要。”

阿英的批评，从意识形态的宏大主题入手，然后进入到对叙事和语言的批评：“全书脱不尽旧小说的风味，虽然在形式上完全是新的形式，旧小说的风味是特殊的浓重，不是我们所需要的。”最后又回到“主客观的叙述不调剂”的问题上，阿英认为，如果说“方法有改正的必要”，作者“采用的完全是旧写实主义的方法，始终很注意环境”②。

这样的评论带有主观色彩，与茅盾三部曲的创作实际有一定距离。茅盾于1928年1月发表《欢迎<太阳>》③，回应太阳社诸君，主要是阿英和蒋光慈，先是表示对新文艺方向的认同，但他不同意“惟有描写第四阶级的文学才是革命文学”的主张④，如果那样做文艺，未免走入单调、仄狭的文学之路。

茅盾明确表白自己当时的创作取向。如果说写作《幻灭》时，茅盾还没有时间做太多的思考，那么到《动摇》，茅盾是经过冷静的有计划的安排，“就是如实地写了革命的失败和革命的胜利。我没有离开现实，凭空制造光明的前景……”⑤。他所接触的各方面生活，难道没有正面典型吗？当然不是，而是他有意选择最熟悉的，最有活力的群体来描述对象，用这一时代的语言和行为表现

① 罗志田：《文学革命的社会功能与社会反映》，《中国社会科学》，1996年第5期。

② 阿英谈《幻灭》发表于《太阳》月刊1928年2月出版的3月号；谈《动摇》发表于第7号，1928年7月。谈《追求》发表于《泰东》1928年12月。全文见于阿英：《文学与社会倾向》。

③ 茅盾：《欢迎<太阳>》，署名方璧，载《文学周报》第5期第23号。

④ 蒋光慈在《现代中国文学与社会生活》中提出“描写第四阶级”，意指普罗大众。

⑤ 茅盾：《我走过的道路（中）》，北京：人民文学出版社，1984年。

当时都市社会特征。

伏志英编《茅盾评传》1931年版封面

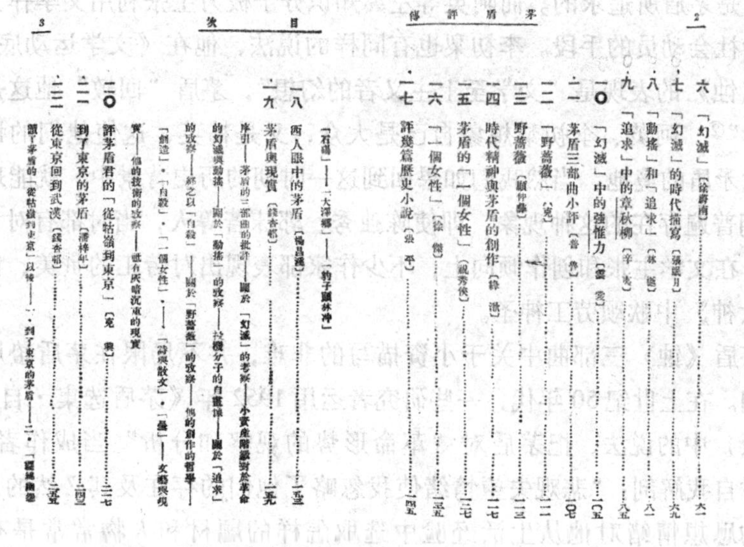

茅盾評傳　2

目次　3

伏志英编《茅盾评传》1942年版目录

不久，茅盾发表《从牯岭到东京》再次回应太阳社的同时，他还解剖当时的个人思想：“我爱左拉，我亦爱托尔斯泰”，是在经历了“真实地去生活”中所遇到的“幻灭的悲哀”“人生的矛盾”“以我的生命力的余烬”“在这迷乱灰色的人生内发一星微光”①。的确，茅盾开始文学写作时，就倾向于像托尔斯泰那样经历人生和思考现实。他“诚实地”“客观地描写”生活，指出文艺技巧要有“一条新路”，“不要太多的新名词，不要欧化的句法，不要新思想的说教似的宣传”，不要“标语口号文学”，“只要质朴地有力地抓住小资产阶级生活的核心去描写”。

这篇文章同样引来太阳社、创造社的进一步“围攻”。茅盾用文学评论《读<倪焕之>》再次回应，他强调《倪焕之》这篇小说“偏偏又是小资产阶级，这就支持了我的论点：以小资产阶级生活为描写对象的作品，也能成为表现时代性的巨著”。当时的茅盾有意真实地表现时代性，而无意拔高自己的境界。

茅盾描写对象是小资，读者也是小资，这是当时的实际情况，语言当然应该是小资的语言，没有必要牵强附和大众。茅盾敢用科学术语，表明他对自己所面对的读者的自信。举个例子来说，方罗兰“亦不过是走顺了脚，等于物理学上所谓既动之物必渐次增加速率而已。”（《动摇》第九节）物理学名词“速率”用在描写人物行动上，幽默而形象，把情绪具象化，但是没有接受过新式教育的读者，一般无法接受这样的描述。

对茅盾来说，讲故事并不是主要的，如何表现现代人的时代精神和现代意识，这才是茅盾所追求的。而阿英等左翼知识分子极力主张利用文学作为宣传工具，作为社会动员的手段。李初梨也有同样的说法，他在《文学运动底新阶段》中认为《蚀》的表现是“文学至上主义者的幻想”，茅盾“回敬”他这是“标语口号文学”②。阿英、李初梨想象自己是大众，又是精英，这使他们的评论往往陷入自我矛盾的境地。当然我们如果回到这一时期的历史背景中，就能理解“五四”时期普遍存在的这种现象，即使陈独秀、郭沫若等人，当时都有对普罗大众的迷思。在文学主张和创作倾向上，不少作家都表现出对劳工的赞美，比如郭沫若在《女神》中歌颂劳工神圣。

对茅盾《蚀》三部曲中关于小资描写的非难，并不局限在茅盾蛰居上海和东京时期。在上世纪50年代，一些研究者运用1952年《茅盾选集·自序》（开明书店版）中的说法，把茅盾对“革命形势的观察和分析”当成作者的立场。茅盾当时自我解剖：“悲观失望情绪使我忽略了他们的存在及其必然的发展，一个作家的思想情绪对他从生活经验中选取怎样的题材和人物常常是有决定性的……”，“表现在《幻灭》和《动摇》里面的对于当时革命形势的观察和分析

① 茅盾：《从牯岭到东京》，《茅盾全集》第19卷，北京：人民文学出版社，1991年。

② 阿英：《文学运动底新阶段》，《创造月刊》，第2卷第6期。

是有错误的，对于革命前途的估计是悲观的，表现在《追求》里的大革命失败后的小资产阶级知识分子的思想动态，也是既不全面而且错误地过分强调了悲观、怀疑、颓废的倾向。”这样的“批评与自我批评”有其时代印记，至少与1933年茅盾《几句旧话》相比，前后看法有所不同，特别是关于描写对象和读者群体的说法。如果我们放在当时的背景，就能理解茅盾的实际想法。正如，当时有些人对郁达夫《沉沦》中作家思想的分析，明明作者认为只是表现了青年人的苦闷，表达的是个性解放的问题，而某些人却非给它贴上爱国主义的标签不可。

四、《蚀》三部曲：从刊到书

从刊到书，指的是《蚀》三部曲从最早在《小说月报》刊出，到由开明书店结集出版。如果我们把当时蓬勃发展的文学杂志当作一种“新知”[①]，作为新的交流媒介，《小说月报》的出版周期、流通渠道及其读者群体，影响了作者的书写形态和故事呈现方式，同时杂志也为读者提供了新的交流方式。当小说在杂志试水成功之后，再结集出版，形成二次或多次销售和传播，再次改变读者对文学及其功用的认识。《蚀》三部曲从杂志到结集出版，为新文学拓宽了传播路径。

叶圣陶与《小说月报》编辑思路

茅盾在《写在<蚀>的新版的后面》一文说：“1927年8月，我从武汉回到上海，一时无以为生，朋友劝告写稿出售，遂试为之，在4个星期中写成了《蚀》。”[②]这里提到的朋友，即是叶圣陶，当时他正接替郑振铎担任《小说月报》主编一职，叶圣陶注重新白话阅读与写作训练，他主张“国文教育自有其独当其任”[③]，他提出培养学生表达的习惯和能力，这是国语教学的基本观念。叶圣陶与茅盾交往甚密，在文学研究会时相互呼应，一唱一和。当叶圣陶接到《幻灭》时，《小说月报》还从来没有刊载过如此大篇幅的小说（当时没有中长篇小说的说法），这是一个新问题，需要胆量去市场尝试并经受读者考验。但叶圣陶没有犹豫，很快安排出版，还与茅盾约定了续篇的交稿时限。可见，他的胆识和眼光不同凡响。

当然，同样承受压力的还有茅盾，他要面对紧急的交稿时间。新型刊物的运

---

① 黄旦：《媒介就是知识——中国现代报刊思想的起源》，《学术月刊》，2011年第12期。

② 茅盾：《写在<蚀>的新版的后面》，《茅盾文集》第1卷，北京：人民文学出版社，1958年。

③ 叶圣陶：《国文教学的两个基本观念》，《中等教育季刊》创刊号，1940年9月。

作手段，不同于旧有模式，它要按现代时间节点来计算出版时间，这是新式文人必须面对的。于是，他之前积累的写作观念和方法，结构似乎“不很正常”，故事没有确定的线索，任由事实去呈现都市社会中人与人之间的关系。从这个角度看，《小说月报》不仅为茅盾解决了“无以为生”的日常难题，更重要的是，为他开拓了一条小说创作的新路。故事和人物是在他头脑中盘桓已久的，小说语言的应用却是自然的流露，茅盾说自己没时间修缮就寄出去了，导致在行文中不时留下自然主义的痕迹。

叶圣陶接手《小说月报》，他和他的读者都期待新小说新表达，茅盾的小说因应这一需求，效果当然立竿见影。叶圣陶这样描写出版后的情形：“《幻灭》之后描写《动摇》，《动摇》之后接写《追求》，不说他的精力弥满，单说他扩大叙事的范围，也就可以大书特书。在他三部曲以前，小说那有写那样大场面的，镜头也很少对准他所涉及的那些境域”①。

在上海“接连着刊登时，不但茅盾名字一炮打红，连登刊小说的刊物《小说月报》确乎轰动一时。”② 小说“引起读者界的普遍注意，大家要打听这位‘茅盾’究竟是谁。”许多读者“觉得有些地方仿佛自己曾经亲历其境的，至少限度也应该认识其中的几位”③。

杂志与书籍的循环

茅盾写过一篇《所谓“杂志年”》④，文中用“杂志年”形容1933年都市文化现象，当年上海刊行杂志有215种，许多是商业性杂志，它们靠销量、靠作家的知名度养活编辑部⑤。依靠杂志求得生路的是，一群现代城市文化培养起来的第一代知识分子，他们不同于从旧社会走出来的士人，而是从上海和国内其他地方新式学堂毕业的学生组成，当然还有大量留学欧美、日本返国学生，从而形成新型的文化人集群。

这其中最活跃的是，鲁迅、茅盾等一批曾经投身于现实政治斗争的文化人，“20年代末，中国知识分子精英，一部分为国家与大学体制所接纳，另一部分不愿被接纳，自觉处于体制之外（或边缘地位），就发生了活动空间的转移。”⑥鲁

① 叶圣陶：《略谈雁冰兄的文学工作》，《新文学史料》，1982年第1期。

② 徐调孚：《<小说月报>话旧》，《文艺报》，1956年第15期。

③ 辛夷：《<追求>中的章秋柳》，《文学周报》，1929年3月，第360期。

④ 茅盾：《所谓“杂志年”》，《文学》，1933年，第3卷第2期。

⑤ 参阅李今对上海报刊的研究，上海20世纪20年代末30年代初，短短五六年间，小报先后有700种。

⑥ 钱理群：《现当代文学与大学教育关系的历史考察》，载《中国现代文学丛刊》，1999年第1期。

迅由北京高等学府里的教授，转型为上海都市的自由撰稿者，重心从北京转移到上海。茅盾是属于另一个群体，从革命前沿退回都市，融入都市的日常生活之中，用小说创作审视大都市变革及其命运。

有了作者群体的支撑还不够，出版机构还得考虑如何把作品推销出去。图书与期刊双向并重是一种方法，比如 1930 年刊发的张恨水《啼笑因缘》，由三友书社与杂志同时出版。这种旧有模式在当时相当成熟，读者群体为上了年纪的人。而新兴刊物的运作方式完全不同，比如商务印书馆《东方杂志》，最初由几份报纸订在一起，凑成一本刊物或杂志，这在当时成为都市阅读新品种，定期发放到读者手中，固定的时间节点成为现代都市生活的一个重要标识，吸引了众多新派文化人。实际上，我们很难说这是杂志还是书籍。不管如何，这也是市场认可的一种形式。

在此基础上，为适应市场的需要，商务印书馆旗下的开明书店开拓新路径，他们探索一种新的办法，将杂志和书籍形成一个出版循环，即作品先在报刊上连载，再出单行本。这种运作方式，以小说为主，某种意义上为现代长篇小说成长提供了媒介和空间。其好处很明显，杂志先刊发，试探读者反响，是否出书，由市场说了算的。与此同时，结集出书之后，再由杂志制造舆论，形成新的影响。《蚀》三部曲从杂志初刊到结集出书，就运用这一市场模式。

1930 年 5 月开明书店决定把《蚀》三部曲集合成书，实现从杂志到书籍的过渡，当年 10 月再版，当时还出一部分布面精装书，可见书局在运作上的成功。开明书店的发行渠道在当时数一数二，一般书扉都刊布发行地点，共有十几处，厦门、温州这些当时并不算发达的小城也包括在内。杂志《小说月报》每期推介书目和样本，还为此做了广告：开明书店，总部在上海，发行到杭州、南京、开封、广州、厦门、温州等地。当然，书籍本身的背后，也标示发行点地址，到 40 年代末期发行渠道扩张到县城。解放初期，在厦门书店还可买到开明版《蚀》三部曲，可见当时图书销售渠道已经很发达①。其中的一次再版，茅盾写了《补充几句》，说到开明初版的心情。1951 年开明书店出版的第 19 版，当时还是繁体竖版。

在出版机构的助推下，《蚀》三部曲的读者构成了相对独立的读者团体，这个群体通过其所读、所闻的共同关注点和思想方式而联系在一起，而不只是通过社会和市场网络联在一起，"人们能通过学习、思考、想象，直至构建梦想的共

---

① 据茅盾研究专家、厦门大学中文系庄钟庆教授回忆，拙著在写作中使用的原始版本便是由庄教授提供。

享世界，这个世界将会支配他们的行为"[①]。所以，即便受到出版审查机构的禁锢，三部曲还是在读者中构建着读者所梦想的"共享世界"。

共建新型交流空间

当时上海作为现代都市，并非商务印书馆一家独大，还有中华书局和世界书局两家出版机构，这三家各有创作主力，拿"世界"出版机构来说，它也是为新文学作家创造了一些生存空间。徐蔚南主编《ABC 丛书》有一百余种，有茅盾、陈望道、夏丏尊等进步作家撰稿，曾风行一时，茅盾流亡日本，生活不能自持，世界书局由徐蔚南经手接受了两人书稿 14 种，解除了茅盾一时之忧。

卖文为生，不但要有刊物和出版机构，还需要一些维权机构。文学研究会成立之初，郑振铎、胡愈之、叶圣陶等人率先组织了"上海著作人公会"，主旨是为了作家自己的生存，为了文化和文学自身的利益。随后又成立"全国著作人联合会"，正因为商业环境的发达，文人集团才可能走到一起维护自己的利益。这时期，鲁迅因为稿酬，与新北书局打一场公开的官司，这在传统文人社会是不可想象的事。这些在上海都是新生事物，新小说、新语言、新媒介，作为新知在都市中不停地扩散和传播。

1929 年 11 月 10 日《新文艺》第 3 期载"国内文坛小消息"一则：茅盾《幻灭》等三部作，由商务印书馆（当时开明书店隶属于商务印书馆）发行，忽然停止发行了；而且已在《小说月报》登载了的《虹》，近来也忽然停止登载了。读者很是诧异，四处打听，才知道是这么的一回事：因世界书局出版《诗与散文》杂志，里面有茅盾的散文，说茅盾即某某的化名，某某为"共产党徒"，所以，"茅盾的文章，不无宣传共党嫌疑"，即一面审查该杂志，一面通令各报及各杂志：审查期间，不准登载该杂志广告。商务印书馆也接到一纸命令：停止《蚀》三部作品及《虹》的登载。虽然进步文学受到当时审查制度管控，但这只是一时的困局，并没有形成完全的压制，新文学还在拓展其艰难的生存空间。

茅盾依托出版机构的合理运作，获得了独特的生存和创作空间。他靠创作小说获得稿酬维持生计，也为出版机构争取了读者和生存机会。正如《书籍的社会史》作者周绍明先生所说，"书籍作为一个对象就不仅仅是一种商品或一种信息载体，它还将被理解为一种组织信息的方式，促进某些机构和社会群体形成的一

① 〔美〕周绍明（Joseph P McDermott）：《书史与士人书籍的非士人背景》，摘自《书籍的社会史》中文版代序，北京大学出版社，2009 年。

个框架，这个框架对某些表达和论证方式的发展更为有利。”①很快，三部曲的成功让开明书店看到新的生机，之后茅盾的《虹》《子夜》在这里出版，还有巴金的《灭亡》及《家》《春》《秋》激流三部曲，沈从文《边城》《长河》，以及叶圣陶的《倪焕之》，这些新文学中长篇小说都在这里找到与读者交流的平台和机会。

① 〔美〕周绍明（Joseph P McDermott）：《书史与士人书籍的非士人背景》，摘自《书籍的社会史》中文版代序，北京大学出版社，2009 年。

第七章　语言风格与语言观念

茅盾从创作《蚀》三部曲开始，其语言风格在写实与想象的结合上，初步形成了多样统一的语言风格：缜密与简劲、冷峻与绚丽、幽默与严正。这三个特性在都市文学中独树一帜，与当时都市里流行的市民文学不同，有别于鸳鸯蝴蝶派小说的轻巧、艳俗。与鲁迅的洗练、峭拔而又幽默的风格也有明显区别[①]。茅盾的语言风格，当然也不是铁板一块，固定不变，而是与中国都市的社会变革一同生成和转变。

一、《蚀》的文学语言风格

一提起文学语言风格问题，人们总会以鲜明生动、简洁清新、准确朴实、富有表现力等加以笼统概括，其实这些说法也不无道理，但太空泛了，可以任意套在任何优秀作品的头上，不管是中国的，还是外国的，古代的，还是现代的。邢公畹在《<红楼梦>语言风格分析上的几个先决条件》中认为，风格问题最不容易谈，“谈稳重一些，容易空泛；谈深一些，又容易‘抽象’”。这的确是文学语言风格分析中存在的一个问题。我们第一部分曾经分析过语词选用、语法结构、修辞策略等语言特征及其与都市文化的关系，这里有必要从语言表达与文学风格的角度加以梳理，从语言本体出发，结合《蚀》的文学语言特点，研究他的文学风格及成因。

茅盾自己曾说：“伟大作家的文学语言是有个性的；这个性就构成了他们的各自独特的风格”[②]。文学语言首先是一种语言个性，但是成熟的作品却形成一种特有的语言风格，语言风格也就是文学风格的基本构成。《蚀》是茅盾最初代表作，最能体现他早期创作的语言个性，研究者往往只看到严正、缜密、冷峻的一面，却略其幽默、简劲、绚丽的一面，而严正与幽默正如硬币的正背面，相互配合，构成茅盾早期作品中独有的一种语言风格。茅盾创作小说《蚀》三部曲开始，初步形成了多样统一的语言风格：缜密与简劲、冷峻与绚丽、幽默与严正。这三个特性构成即是《蚀》语言的基本风格特征，这是茅盾都市文学风格构成的基石。

---

① 这是茅盾《联系实际 学习鲁迅》中对鲁迅文学风格的概括。

② 茅盾：《关于“歇后语”》，《茅盾全集》第24卷，北京：人民文学出版社，1996年。

缜密与简劲

总体看来，茅盾的语言以细致周密的风格著称。正如叶圣陶在《略谈沈雁冰兄的文学工作》中忆茅盾的写作风格，以“缜密”一词加以概括。法国汉学研究者苏姗娜·贝尔纳《回忆茅盾》中写到，“有自己独特的审视，阐述问题的方法严谨、全面、一丝不苟”。比如：

> 这天很暖和，孙舞阳穿了一身淡绿色的衫裙；那衫子大概是夹的，所以很能显示上半身的软凸部分。……她的衫子长及腰际，她的裙子垂到膝弯下二寸光景。浑圆的柔若无骨的小腿，颇细的伶俐的脚踝，不大不小的踏在寸半高跟黄皮鞋上的平背的脚——即使你不再看她的肥大的臀部和细软的腰肢，也够想象到她的全身肌肉是发展的如何匀称了。总之，这女性的形相，在胡国光是见所未见。（《动摇》第96页）

这是孙舞阳的出场，以胡国光的眼光来观察时代女性形象。茅盾注重再现对事物仔细观察，在语言上特别追求描写的层次推进。从远到近，先是“淡绿色的衫裙”，一定距离的观察，色彩是第一印象，再到脚下的寸半高跟黄皮鞋，进入细节描写。从上到下，先是“上半身的软凸部分”，再到“伶俐的脚踝”“平背的脚”。剥笋式的笔触体现语言风格的精细、缜密。正是城乡视界的对比和反差，孙舞阳的光鲜把胡国光耀得“眼花缭乱”。茅盾最善于运用成串的形容词、副词短语、介词短语等，把句子的复杂成分明晰化，比如“颇细的伶俐的脚踝，不大不小的踏在寸半高跟黄皮鞋上的平背的脚”，“她的肥大的臀部和细软的腰肢”，这些都很细腻地描述了事物的状态。但是，茅盾并非一味地追求绵密精细，他在《蚀》文本中也尝试用简劲的语言来表达。

> 突然，平卧喘着的古老建筑的余烬，又飞舞在半空了；它们努力的凝结团集，然后像夏天的急雨似的，全身倾扑在新生的那丛小东西上。它们挣扎，奔逃，投降！一切都急乱地旋转，化成五光十色的一片。在这中间，有一个黑心，忽然扩大，忽然又缩小，终于是不息的窣窣的跳！每一跳，分生出扩展出一个黑的圈子来，也在突突的跳。黑圈子一层一层的向外扩展，跳得更快，扩展的也更快，吞噬了一切，毁灭了一切，弥漫在全空间，全宇宙……（《动摇》）第238页）

“飞舞”“凝结”“倾扑”“挣扎，奔逃，投降”“吞噬了一切，毁灭了一切”……几个词语和短句都有一个强力动词搭配。本来是飘浮的余烬，但是在茅盾的语言控制下，变得强悍而富有张力，最后甚至扩张到能“毁灭一切”，可见茅盾在文本中充分利用动词及动词短语的语义功能，使动词词组在语段中极力推动事态的发展变化。

虽然，缜密与简劲看似对立，但在《蚀》作品中茅盾却把两种对立的语言现象统一起来。雄健的语言，句子较简短；精细的语言，句子较冗长。茅盾采用了长短句并用的手法，把简劲与缜密糅合在一起。

> 接连三天都是顶坏的天气。太阳光忘记了照临大地，空间是重甸甸的铅色。湿热的南风时时吹来；吹到老年人的骨节里引起了酸痛，吹到少年人的血液里使他们懒散消沉。人们盼望一场痛快的大雨，但是没有；他们在睡梦中会听得窗外淅淅沥沥地响着，但是第二天起来看时，依旧是低低的灰色的麻木的天空。（《追求》第67页）

分句往往是为了表达复杂的层次，茅盾在这个语段中运用一组分句，使复杂的事物更为明晰细致。但是，语段开句却是一个简单句：“接连三天都是顶坏的天气。”简略，却意味深长。开头的停顿，给读者留有想象的余地，就像是传统绘画中留白，以虚带实。“但是没有”后面省略了一串宾语词组，句读突然中止，让读者自由加以补充。茅盾自已在《怎样阅读文艺作品》中说过，“在什么情况之下，用什么样的句子，长的或短的，构造单纯的，或构造复杂的，这都是属于造句方面的技巧。总而言之，句子的构造是和它所要表达的情绪有相互的关系，两者必须一致，不能矛盾。”

一般认为，关系连词用得越多，说明作者越注重语境的因素，因为表达时间、空间、方式、程度、比较、因果等关联词越多，语言关系越绵密周全。不过，我们在《蚀》中发现，作者用关联语句表达最完整的语义的同时，还把繁简两种不同的语言特征结合在一起。

> 对于这一切曼青只能惊讶；他想：难道从前自己是瞎了眼睛，竟看不出这些破绽？但转念后，却也承认了自己是咎有应得；他要一个沉静缄默的女子，然而朱女士的沉静缄默却正做了她的浅薄鄙倍的护身符。（《追求》第226页）

这是一个复合句，“竟”“但”“却”“然而”等关联词多次转折，建构起语句之间的关系网络，传达出时代青年曼青处于自我否定的苦闷状态之中。茅盾一向对心理变化的细微末节不轻易放过。但是，从这个语段看来，关联词并不意味着语言的绵密繁琐，反而可以在简短的心理描述中看出作者有意把繁简相结合，从而使语言节奏更富有变化。同样，如下语段的关联词连缀后，语句并不 绵长拖沓，这是茅盾在语言应用上的一种发挥：

> 他虽则天天和慧见面，并且不能说是泛泛的交情，然而关于她的家世等等，竟茫无所知；只知她是到过巴黎两年的留学生，以前和静女士是同学。（《幻灭》第38页）

即使是细腻的心理描写，茅盾也用简捷的动词和动词词组描摹人物心理变化，把雄健与精密的语言个性很好地结合起来。下面语段中，茅盾描写的是章女士与曼青的情感交战，运用了许多动作描写折射内心变化，读者淡化了外在的动作，而是看到了活灵活现的心理细节。这是茅盾在语言运用上的过人之处，他把内在的心理与外在的动作融通，从而把两种语言范式有机地结合起来。比如：

> 章女士异样的笑了一声，仿佛是叹息，慢慢的从曼青的拥抱中脱离出来，坐在原处，低了头看着自己的脚尖。脸上的红晕已经褪落，胸部也没有波动；她很可爱的默坐着，似乎在沉思。然后她抬起头来，浅笑仍旧缀在唇边，对兴奋而且迷乱的曼青瞟了一眼。曼青感觉到这淡淡的一瞥中包孕着无限情绪：含羞，怨嗔，感伤。（《追求》第93页）

吴组缃评论茅盾小说的语言：“能一直维持住紧张的心绪并不感到厌倦松懈，这除了作者把材料安排得不支散漫的原因外，尚有两个原故，一是作者善于用对话来表现；二是作者的文字明快，流丽，有力”①。“明快、流丽、有力”是对茅盾语言风格的一个简明概括，虽然吴组湘不是直接评价《蚀》的文学语言，但《子夜》和《蚀》一脉相承。他的评价也是对《蚀》缜密而简劲的语言风格的间接注解。《蚀》把缜密与简劲的语言合二为一，这是茅盾在文学语言实践的一个成功表现。捷克汉学家普实克称，茅盾的语言细密准确而简劲有力，以独特的笔

① 吴组缃：《<子夜>》，《文艺月报》创刊号，1933年6月。

触为我们绘制了一幅幅真实的历史画面，这使得他担心国外汉学家翻译茅盾作品时无法传达作品的意境和韵味，“对数量不少的一批翻译家来说难度很大，难于准确地掌握茅盾简明、精细的语言风格。”①

冷峻与绚丽

1923年10月8日，茅盾在《时事新报》副刊《学灯》上发表关于阅读《呐喊》的感想，他说：“犹如久处黑暗的人们骤然看见了绚丽的阳光。”并评价鲁迅的小说语言风格：“这奇文中冷隽的句子，挺峭的文调，对照着那含蓄半吐的意义，和淡淡的象征主义的色彩，便构成了异样的风格。”茅盾最早注意到了鲁迅小说具有“冷隽”“挺峭”中带着“绚丽”的语言风格，鲁迅小说对茅盾创作有着不小的影响。当茅盾踏上文坛时，更以理性、冷静、建设性著称，在文学语言的应用上表现冷峻而绚丽的风格特征。

文学创作是主观精神与客观现实的统一体。茅盾早期主张客观地再现生活，《蚀》便是以理性客观的描写为主，他总是调用不动声色的叙述语言，不轻易发出主观评论，不轻易用情态动词、祈使句式或抒情句式，偶尔流露感情色彩也以冷峻为主色调。以下这段叙述，茅盾用理性和冷静的口吻分析人物的心理，他着力克制自己的内心冲动，对时代青年的苦闷和颓唐给予冷静的描述：

> 曼青好像是什么也没有听到，只把他的迷惘的眼光看定了对面的仲昭：香烟夹在他右手的中指和食指之间，袅出淡淡的青烟，熏黄了他的指甲。而仲昭呢，也在沉思，不大理会那近在咫尺间的喧闹。虽然他自己是一个很有定见，满怀乐观的人，可是曼青那种苦苦追索人生的意义而终于一无所得的疲倦的呻吟，也使他感到了无名的惆怅。他想起过去的多事的一年，真真演尽了人事的变幻；眼看着许多人突然升腾起来，又倏然没落了；有多少事使人欢欣鼓舞，有多少件事使人痛哭流涕，又有多少件事使人惊疑骇怪几乎不敢相信自己的眼睛自己的耳朵，无怪这身为大时代中一小卒的曼青……（《追求》第2页）

然而，一味地板着冷峻的脸孔，不是茅盾所追求的语言作风。情感色彩分为冷峻与热切两种，对立的风格却在《蚀》三部曲不停地交叉、融合。著名文艺

① ［捷］普实克：《茅盾短篇小说选》捷文版后记，《茅盾研究在国外》，长沙：湖南人民出版社，1984年。

评论家刘西渭这样评说："读茅盾先生的文章，我们像上山，沿路有的是瑰丽的奇景，然而脚下也有绊脚的石子；读巴金先生的文章，我们像泛舟，顺溪而下，有时连您收帆停驶的工夫也不给。"① 他用"瑰丽的奇景"一句，点出茅盾文学语言不乏明快和热烈的一面。

> 午夜后，人们从惊悸的梦魂中醒过来，听见猫头鹰的刷刷的凄厉的呼声；听见乌鸦的成群的飞声，忽近忽远的聒噪不休的哑哑的叫声，像看见了什么可怕的东西，不敢安恋他们的树顶的睡榻。太阳的光波再泻注在这县城的各街道，人们推开大门来张望时，街上已是满满的人影；近郊的武装农民就好像雨后的山洪，一下子已经灌满了这小小的县城。似乎"围攻县署"之说，竟将由流言而凝结成了行动。(《动摇》第192页)

这是《动摇》一段矛盾爆发时的表达，是小说的一个转折点。茅盾不时变换笔调，冷峻与绚丽合二为一，显得跌宕多姿。作者抓住了音响和色彩的变化，激昂的音响是情绪的兴奋剂，语言色调一下子从冷峻变得明艳诱人。斑斓的色彩更能使语言底色变得鲜艳夺目。音响和色彩是语言绚丽多彩的两个法宝，茅盾使用得恰到好处。

> 满天是乌云，异常阴森。军事政治学校的学生队伍中发出悲壮的歌声，四面包围的阴霾，也似乎动摇了。飘风不知从那一方吹来，万千的旗帜，都猎猎作声。忽然轰雷般的掌声起来，军乐动了，夹着许多高呼的口号，誓师委员到场了。静和慧被挤住在人堆里，一步也动不得。军乐声，掌声，口号声，传令声，步伐声，错落地过去，一阵又一阵，誓师典礼按顺序慢慢地过去。不知从什么时候下起来的雨，此刻忽然变大了。天上像开了大窟窿，尽情地倾泻。许多小纸旗都被雨打坏了，只剩得一根光芦柴杆儿，依旧高举在人们手中，一动也不动。(《幻灭》第82页)

这段描写极为热烈，茅盾更是着力描述听觉的刺激，利用音响尽情铺叙，

① 刘西渭：《爱情三部曲》，《咀华集》，上海：文化生活出版社，1936年。

“悲壮的歌声”、旗帜的“猎猎声”动摇了“四面的阴霾”，接着是各种音响一阵一阵随风飘来。茅盾用热切、浓烈的笔墨抒写，理性、客观的情绪被隐藏在激情潮流中。文字色彩鲜明，颜色的变化直接反射人物内心的躁动和不安，使文学语言变得热烈、明艳。

> 女子墨绿色的长外衣，全身洒满了小小的红星，正和南天竹子一般大小。而这又生动了。墨绿色上的红星现在是全体在动摇了，它们驰逐迸跳了！像花炮放出来的火星，它们争竞的往上窜，终于在墨绿色女袍领口的上端聚积成为较大的绛红的一面；然而这绛红点也就即刻破裂，露出可爱的细白米似的两排。呵！这是一个笑，女性的迷人的笑！再上，在弯弯的修眉下，一对黑睫毛护住的眼眶里射出了黄绿色的光。(《动摇》第48—49页)

墨绿、红、绛红、白、黑，五种色彩的不停变幻和闪现让方罗兰心跳加快，神情迷乱。冷峻客观的行文中突然迸发出绚丽耀眼的文字，读者眼前为之一亮。这也是茅盾的语言策略之一。除听觉、视觉的张扬外，触觉的描摹也是茅盾语言表现的强项，下面语段既有冷静的心理描述，也有绚烂的情绪渲染，表现出静女士爱情的错觉：

> 于是一根温暖的微丝，掠过她的心；她觉得全身异样的软瘫起来；她感觉到一种像是麻醉的味儿。她觉得四周的物件都是异常温柔的对着她，她不敢举手，不敢动一动脚，恐怕损伤了它们；她至于不敢深呼吸，恐怕呵出去的气会损伤了什么。她实在经验了新奇的经验了。(《幻灭》第50页)

茅盾在《蚀》中创造性地运用了“混合引语”（或者称间接自由引语），这是捷克著名汉学家普实克所发现的茅盾在汉语写作中的一个重要语言手段。这种语言手段既不同于直接引语，也不同于间接引语，而是不同主语的声音，或者更确切地说，他们的语调穿插在叙述中，这就促使内心独白经常和叙述溶合在一起，从而把冷静与激烈的语言基调合二为一：

> 这还能错？勤务兵看见。而且，听呀，呼啸的声音正像风暴似的隐

隐地来了。犹有余惊的孙舞阳的一双美目也不免呆钝了。满屋子是惊惶的脸孔，嘴失去了效用。(《动摇》第214页)

勤务兵惊惶失措，一下子感染了屋里所有人，大家都有同样的反应，“这还能错？勤务兵看见。”但是，如果用直接引语，或间接引语，叙述就显得平白了。茅盾用混合引语的形式，行云流水般把惊慌、紧张、动荡的情绪展现出来。又如下面这段慧女士的内心交战：

她禁不住好笑。头脑重沉沉的实在不能再想。“抱素这个人值得我把全身交给他么？”只是这句话在她脑中乱转，不，决不，他至多等于她从前所遇的男子罢了。刚强与狷傲，又回到慧的身上来了。(《幻灭》第35页)

虽然用了不带主语的直接引语，但作者还是感觉不够自由、爽快。“不，决不，他至多等于她从前所遇的男子罢了。这一混合引语，加快文字节奏，使原本较为理性的叙述变得激情澎湃。

天快黑时，方罗兰从妇女协会回家。他自以为对于孙舞阳的观察又进了一层，这位很惹人议论的女士，世故很深，思想很澈底，心里有把握；浮躁，轻率，浪漫，只是她的表皮；她有一颗细腻温柔的心，有一洁白高超的灵魂。老实说，方罗兰此时觉得常和孙舞阳谈谈，不但是最愉快，并且也是最有益了。(《动摇》第106页)

这个语段的主体部分是方罗兰的自言自语，以“混合引语”的形式出现，直截了当地再现人物的内心感受——虚幻、狂乱、不着边际。这是茅盾在《蚀》中着力实验的一种表达方式，正如普实克所指出的，作者目的是让我们看到一切，直接感受和体会所有的事情，排除任何介于读者与小说所描写情景之间的中间物，使读者身历其境，成为这一切进行中事情的目击者①。由于汉语从句意识淡薄，叙述语境对间接式的压力自然要比西方语言的小得多，体现人物主体意识的语言成分在转述语言中也能较为自然地保留。茅盾合理地运用汉语文化特征，

① 〔捷〕普实克：《论茅盾》，《茅盾研究在国外》，长沙：湖南人民出版社，1984年。

结合冷静描写与热烈自白，使观察和想象的对象得到语言的准确再现。相比于郁达夫、丁玲、巴金等现代作家，茅盾在汉语写作的开发和利用上更耐人寻味。

严正与幽默

茅盾是一位理性、严肃的作家，《蚀》反映的是都市生活和社会变革的主题，小说语言基调是严正的。但是仔细品读《蚀》三部曲，我们却发现茅盾在表达上并不板着一幅面孔，而是幽默感十足，有时诙谐，有时乖张，那个时代作家也有具备这些特点的，但是严正与幽默相互勾连，协同发挥作用的，并不多见。这或许是茅盾有意给严肃主题添加轻松的调味品，使文字更有情趣和意味，却无意之中形成一种特有的语言特色。那么，这样的审美机制是如何形成?

1. 语用的变异

一般说来，语音、语义、语词及语句都有相应的运用规则，以维持语言系统的平衡，但茅盾常常通过打破语言表达常规创造一个不同的言语体系，从而达到幽默与讽刺的功用：

a.“他垂下头，藏在两手里。半晌的沉默。”（《幻灭》第54页）

b.“关于南北战争的，都争先从纸上跳起来欢迎她的眼光。”（《幻灭》第70页）

c.“幸而省里的特派员史俊亦到了。这正是胡国光一交跌入‘革命’后的第四天的下午。”（《动摇》第92页）

d.“（章女士）本来是少说话的，近来越发寡言了，简直忘了自己还有舌头。”（《幻灭》第45页）

e.“曹志方接着说；但是脚步杂乱地落在楼梯上的声音早把这句话压平了。”（《追求》第24页）

a头不可能藏在手里。这是语用的错位，语句变形后，反而更形象，仿佛看出人物一副无奈的表情。b新闻报道自动“跳起来欢迎”静女士的眼光，这是不可能的事实，但是作者目的是变静态为动态，使整句话的意义得到加强，语句变得俏皮而生动。c革命不是请客吃饭，更不可能是不小心“一交跌入”的，语用错位，使 得正邪混淆，两相对照，让人忍俊不禁。d少说话是主观造成的，作者却故意说成是舌头的错失，逻辑上的悖论，形成幽默感。e脚步“压平”说话声，表面看来，动宾搭配不当，实际却形象突出了环境的宁静。

2. 语境的错位

在《蚀》三部曲中，语境错位的语言现象并不鲜见。本来每一个词都有它约定好的语境，有它比较稳定的语体特征，经过茅盾巧妙变异，既改变了它们最经常出现的语境，也突出小说的语体色彩，从而使小说语言显得活泼诙谐，引人发笑：

a. 这使得街头的野狗也减轻了追逐哮吠的职务，现在都懒散地躺在太阳光里了。(《动摇》第120页)

b. 陆慕游第二次第三次走进那个门。仗着他的漂亮面孔，伶俐的口舌，居然每次受到有进步的欢迎。只是她家还有一个老妈子，须得设法；然而几个钱也就把这障碍物化成了内线。(《动摇》第112页)

c. 小丫头银儿久已成为胡国光喜怒的测验器，这天当然不是例外，而且特别多挨了几棍子。(《动摇》第46页)

d. 呐喊的声音，更加近了，夹着锣声；还有更近些的野狗的狂怒的吠声，它们是照例的爱管闲事。(《动摇》第214—215页)

e. 她保持着鼓励史循的倩笑，等候他（史循）的下文。(《追求》第202页)

a 野狗与职务本来是不相干的两回事，这里错用在一起却产生了特殊效用。童子团、纠察队消散后，街面的喧嚣退去了，因为“野狗”恢复懒散的状态。b“有进步的欢迎”及把老妈子“化为内线”，变换原有语境后，作者巧妙勾勒出陆慕游的嘴脸。因为“欢迎”和“内线”一般用于正规场合，而这里却是见不得阳光的行为，体现茅盾讽刺与幽默的语言才能。c 人成为测验器，语境混合后，人物变形，表现胡国光的手段极其恶劣。d 野狗的狂吠表现为“爱管闲事”，人和动物相互指涉，具有荒诞的感受和嘲讽的意味。e“下文”是书面语，一般用于庄重的场合，而这里描写的是史循与章女士的爱情游戏，两种不同的语境错用，让人不禁为之一笑。

变异和错位是文学语言常见的一种传达手段，茅盾在《蚀》中着力尝试对语词加以违反常规的使用，使语用错位，使原有语义变形、扩张：把逻辑不相干，甚至对立的词语连结在一起，使之相互作用、碰撞，在相互碰撞的不协调中产生审美效果。尤其是茅盾的小说语言本来以严正、规范著称，突然的变异和错位，更显妙趣横生。

3. 修辞的策略

夸大其词，这是修辞策略最常见的一种做法。茅盾早期往往有意使用夸张修辞形式，使平常事物达到荒诞的地步，在一片喜剧气氛中使夸张对象得到变形的表现，从而产生幽默效果：

a. 颈间围着红布巾的童子团已经不再值勤……他们颈间的红布已经褪色，确没有先前那样红得可怖的。(《动摇》第119页)

b. 她贡献了一身臭汗，还是只走得十多家门面。(《追求》第156页)

c. 满屋子是惊惶的脸孔，嘴失了效用。(《动摇》第214页)

d. 她冲进了自己的房，便要将门碰上，可是曼青的一双脚已经塞进来，破坏了她的闭关政策。(《追求》第150页)

e. 抱素不回答，大踏步径自走去，得意把他的瘦长身体涨胖了。(《幻灭》第17页)

a 才一宿的工夫，红布巾可能褪色吗？显然作者是为了凸显主观印象，强化事态的突然变化。夸张的手法，显示热潮来也匆匆，去也匆匆。b 章秋柳才“走十多家门面”，就“贡献一身臭汗”，短短几步路，不可能大汗淋漓，但作家为了表现人物心理的焦灼，有意加以夸大。c 大脑指挥不动嘴巴的原因，是脸部肌肉有问题。然而这里作者不正面写大家的惶恐不安，而是突出“嘴失了效用”，表明现场鸦雀无声。d 闭关政策是政治术语，是严肃问题，这里却用来形容一个失意青年的一个得意行为，一小一大的对比，很有幽默感。e 抱素情场得意，这里以身体投影的具象描写暗示他的自我膨胀，一个简单句却传达出身体变形、形象滑稽的效果。

比喻分为喻体和本体，从喻体和本体的关系看，喻体往往是本体的某个特征的放大，对本体形成一种解构力，从而形成强烈幽默感。茅盾在《蚀》中注意运用比喻的幽默效果：

a. 她的嘴唇上接受了一吻，但是怎样平凡的一吻呀，差不多就等于交际场中的一握手。(《追求》第92页)

b. 小嘴唇包在匀整的细白牙齿外面，像一朵盛开的花，红嫩，欢迎。(《幻灭》第20页)

c. 车站上刚开到一班车，送来了机车头的脱力似的喘气。太阳躲进一叠灰色 的云屏，风吹到脸上便觉得凉快了许多。(《追求》第 218 页)

d. 但是陆慕游知道一句颠扑不破的恋爱哲学：女人会爱上唯一的常常见面的男子。常常见面很不难，本来要调查。(《动摇》第 113 页)

e. 但是我们仍要替他表明，他的更多去，亦不过是走顺了脚，等于物理学上所谓既动之物必渐次增加速率而已。他还是并没有决定把孙舞阳代替了陆梅丽，或是有这意识。(《动摇》第 164 页)

a 曼青唤不回旧日的美好记忆了。茅盾用了一个巧妙的比喻，喻体“握手”与本体“接吻”反差极大，这个比喻是读者心理上不曾预料或难以想到的。在读者没有心理准备的情况下，喻体突然跃入视野，读者豁然明白了——曼青自以为神圣的情感一下子瘫塌了。b 慧女士的唇齿配合得体，像是一朵盛开的鲜花，这一比喻已经够形象，更出人意料的是殿后的两个补足语：“红嫩，欢迎”，使“可描写”的慧更为活灵活现。c 脱力似的喘气，比喻有气无力的火车头，这火车头还是被推动过来的，不过真正折射的是章秋柳低沉的情绪。美国学者约翰·柏宁豪森特别归纳出茅盾在早期作品中常用机械作比喻的修辞手法。在茅盾笔下机械或现代技术的比喻（隐喻、明喻和象征性的形象）常常用来强调社会变得太快所带来的不安，这些比喻有助于表现人物对社会的漠然和捉摸不定的感情。d 钱钟书在《围城》中酷爱引用西哲名言比喻男女之情，戏拟名言而改变意向，其实茅盾也爱运用。陆慕游投机取巧，因为“常常见面”，而占了便宜。e 把“走顺了脚”比喻为一种常见的物理现象，收到了奇妙的幽默效果。柏格森在《笑——论滑稽的意义》中曾经说过，“把机械性暗示出来，是把严肃的文学作品篡改为滑稽作品的所谓仿拟的常用手法之一。”① 把生活导引到机械方面去，这就是这里引人发笑的真正原因。

我们经常在阅读文本时，忽略一些语言片断，事实上，一个文本就像一幅完整的图画，其中每一块色块都是组成部分。对于《蚀》的语言，我们往往只看到严正的一面，而忽略其幽默的一面，而严正与幽默正如硬币的正背面，相互配合，构成茅盾早期作品中独有的一种语言个性。当然，同鲁迅《故事新篇》的戏拟性幽默以及老舍《离婚》的冷幽默相比，茅盾早期的幽默感并不显著，但

① 〔法〕亨利·柏格森：《笑——论滑稽的意义》，北京：中国戏剧出版社，1980 年。

是我们考察茅盾语言风格的产生和发展，不能抛开早期茅盾在语言实验上的有益尝试。老舍在某段时间曾“故意禁止幽默”，转向严正的叙述，但不久就认为自己“是个爽快的人，教我哭丧着脸讲严重的问题与事件，我的心就沉下去，我的话也上不来”。幽默是老舍作品流淌着的语言血液。同样，茅盾早期曾经也有意“幽它一默”，三部曲发表后不久，阿英曾指出，茅盾的小说语言有“俏皮化”“趣味化”的倾向①。但是，不久他就发现自己是一个严正的现实主义作家，于是《蚀》以后就逐步放弃幽默语言。

语言风格的成因

茅盾早期的语言风格，与他接受的古典文学训练有关。茅盾早年是在古书、古文的浸淫中度过的，对于古文他有熟练的技巧和知识，能体会出其中最微妙的意味。传统汉语讲究篇法、句法、字法，王世贞在《艺苑卮言》中说：“首尾开阖，繁简奇正，各极其度，篇法也。抑扬顿挫，长短节奏，各极其致，句法也。点缀关键，金石绮彩，各极其造，字法也。”茅盾曾写过关于古典诗词形音义的普及性文章，经常用古体诗唱和，他还为《淮南子（选注本）》《庄子（选注本）》写作绪言。同时，茅盾早年也极其重视民间艺术形式，他对《打弹弓》等中国民谣有深入研究。茅盾写作《蚀》时，虽然开始推崇新写实主义，但是传统汉语和民间文学的积淀在他的深层意识根深蒂固，所以他着手创作时，力求“把文学的作品的章段字句都简练起来，省去不必要的环境描写和心理描写，使成为短小精悍、紧张、有刺激的一种文体，因为用字是愈省愈好……”② 这在当时白话文创作中显示出极为理性的一面。当然，我们并不否认茅盾为了写实，为了具体表现事物的本质特征，而采用的细密手法，看起来很矛盾，但实际上是不得已而为之。

茅盾语言风格的形成与发展，不但同他的传统文化根基相关，现代文艺观念的渲染也起到相当关键的作用。茅盾早期创作受左拉自然主义的影响，在上世纪20年代初大力提倡自然主义，在《对于系统的经济的介绍西洋文学的意见》一文中，他指出文艺创作中必不可少的三种工夫——观察、艺术和哲理，都需要贯穿科学精神。“（一）用科学眼光去体察人生的各方面，寻出一个确是存在而大家不觉得的罅漏；（二）用科学方法整理、布局和描写；（三）根据科学（广义）的原理，做这篇文字的背景。”这意味着文学必须传播现代知识，文学描写必须

① 阿英（钱杏邨）：《茅盾与现实》，载庄钟庆编《茅盾研究论集》，天津人民出版社，1984年。

② 茅盾：《从牯岭到东京》，《茅盾全集》第19卷，北京：人民文学出版社，1991年。

依照精确观察、科学实证、客观叙述的创作原则。他具体分析说，旧小说人物出场，必用数十字乃至数百字把人物的面貌、身材、服装、举止，一一登记出来；或者，“一大段，都是直记连续的动作，并没有一些描写。”这种记账似的语言手段容易将人物写成“死人”，自然主义却不一样，“一个动作，可以分析描写出来，细腻严密，没有丝毫不合情理之处。”① 在三部曲中虽然出现一些过于直露的细节描写，但是，自然主义手法却一改旧小说记账式的描写，使《蚀》表现出一种新语言独有的张力。

创作《蚀》之前，茅盾开始引入新写实主义，并加以理论诠释。在他看来，文学的构成元素有两种：“我们意识界所生的不断常新而且极活跃的意象；我们意识界所起的要调谐要整理一切的意象。”② 为此，茅盾认为，意象的集团通过文字表现而构成文学作品。关于语象、意象、意境的认识和思考，使茅盾步入创作实践时，合理地运用传统汉语与外来语言的特长，通过文字意象创造审美观念。关于新写实主义及其意象的说法，现在读来可能很平常，但是，在当时却是一次大胆的想象和创造，为茅盾在语言书写上的创造性发挥奠定了理论根基。因此，我们分析茅盾的语言风格的成因，离不开语象、意象到象征的理论主张。

除了文艺思潮的影响外，《蚀》的语言风格与当时的阅读倾向也不无关联。茅盾着手写作时，首先想到的是读者。他在《从牯岭到东京》一文声称，他的写作对象主要是城市小资产阶级，“第一要务在使它从青年学生中间出来走入小资产阶级群众，在这小资产阶级群众中站稳了脚跟。而要达到此点，应该先把题材转移到小商人、中小农等等的生活。”因为《蚀》的读者群以小资产阶级为主体，这些读者受过较好的教育，茅盾可以大胆地在文本中进行语言实验，都市青年读者对成串的形象词组、复合句及具有象征意味的文学意象都能接受。茅盾还有意把人物活动空间安置在霞飞路等真实存在的时尚地段，在二三十年代这是引领时尚的一条街道。实际效果证明，茅盾的选择是明智的，语言的写实和想象的功能得以展现。

《蚀》发表前后，上海作为新兴都市，文学创作已形成多种流派，各有市场。以周瘦鹃为代表的鸳鸯蝴蝶派小说非常流行，在都市有相当的读者基础。我们之前提到的鲁迅回忆母亲爱读张恨水的小说，正说明了这一点。当然，各流派之间有竞争也有合作，比如《小说月报》、《良友》画报、《礼拜六》都有对传统文言及旧白话的抨击，对封建卫道士的批判。然而，都市文学与市民文学大相径

---

① 茅盾：《自然主义与现代小说》，《茅盾全集》第19卷，北京：人民文学出版社，1991年。

② 茅盾：《告有志研究文学者》，《茅盾全集》第18卷，北京：人民文学出版社，1989年。

庭，市民文学表达手法上的流俗和刻板随处可见。

上海都市文学的另一个代表性流派——新感觉派，其语言新奇、跃动。他们的偶像作家横光利一，在《头与腹》就是这样表达：“大白天、特别快车载着乘客全速奔驰，沿线的小站像一块块小石头被抹杀了”，前一句还是客观描述，“大白天，快车、奔驰……”，后一句语锋突然变得主观而象形化，“抹杀”显得新奇，产生对比和刺激。穆时英作为新觉感派代表人物，其语言运用很有代表性，他的小说《黑牡丹》描写一个被生活压扁的人时，突然用了“333333333”，用数字的形象性替代客观描写，作者追求这种随意的、主观的感受，离语言有点远。朱自清说：当时新派小说能够站稳读者市场，就因为“欧化文的流行一半靠懂英文的多，容易得窍儿”。茅盾靠的不止是懂得英文的群体，更是以独特的语言风格及其所创造的都市图景，征服了广泛的知识青年群体。

二、 茅盾语言观的形成及其与早期翻译的关系

早在1921年茅盾涉足文坛之初，都市文学和文化正在生成过程中，他就在《小说月报》发表《语体文欧化之我观》两篇，提倡语体文必须欧化，但不是文学艺术的欧化。他在《文学旬刊》《小说月报》开辟专栏，竭力改造汉语书写的习惯，发挥汉语丰富的写实和想象能力。当时的新文学作家都自我加压，认为自己在白话文改革中负有重要责任，因为新文学运动是一场“带有国语运动的性质”的运动，国语运动正处于试验时期，“实在极需要文学来帮忙”。①

茅盾相信，虽然这不是新文学运动的终极目的，但是，“最初的成功一定是文学的国语”。正如西方许多国家的语言，都是以一二位大文豪的著作为根基，然后逐步修正、提炼成为国语文字。茅盾是带着语言实验的目的，步入文学创作的神圣殿堂的。《蚀》作为茅盾最早的实验文本，他有意把自己的语言的主张落实到自己的话语实践中。

这里我们以茅盾早期的语言主张为基点，考察他在语言观念上的主张及其变化。茅盾的语言主张是一个动态过程，进入三十年代茅盾开始积极介入关于大众文艺、民族形式等一系列论争，不断深化和完善其文学语言理论。所以，只有用发展的观点分析，才能更清楚地认识茅盾在文学语言理论探索上的独特价值，及其理论对其创作的影响和意义。

---

① 茅盾：《新文学研究者的责任和努力》，《茅盾全集》第18卷，北京：人民文学出版社，1989年，第71页。

摸索翻译理论的实用价值

“五四”运动以后，白话文翻译在都市文化圈轰轰烈烈开展，茅盾最早以译者身份步入文坛。20世纪20年代他翻译了大量弱小民族的文学作品，发表在《东方杂志》《小说月报》等进步刊物上，后来结集出版《茅盾译文选集》，茅盾翻译的《骷髅》《桃园》等为《蚀》创作打下了坚实根基。茅盾开始翻译时，也是“直译”和“意译”交锋最激烈的时候。林琴南的文言“意译”，受到新文学阵营的狂轰滥炸。而鲁迅却是“直译”的极力倡导者，而且身体力行，有《死魂灵》等多部翻译作品为证。鲁迅的用意很明确，就是用“直译”改变文言的不明白和含糊不清的毛病。他在《关于翻译的通信》中还说：通过翻译，让汉语“装进异样的句法"，从而“可以据为己有”。为了将白话文进行到底，鲁迅甚至主张连语序也不宜调整。

茅盾在“五四”时期也主张“直译”，反对“意译”，他认为汉语确实存在语言组织上欠严密的不足，有必要吸收印欧语系的句法形态。但是，茅盾与鲁迅观点同中有异，他认为“直译”并不是“字对字”，一个不多，一个不少。因为中西文法结构截然不同，纯粹的“字对字”，是不可能的。他举一个最简单的例子，“西文里同一字的意义，用在某段文中的和注在字典上的，常常有些出入；换句话说，某字的活动的意义，常随处变动，而字典中所注的只是几个根本的意义，字典不能将某字随处活动的许多意义都注了上去。”① 茅盾的翻译主张并不是一边倒地搬用欧化句法，而是有意识地照顾汉语自身固有的特性。“每种语言都有自己的语法和语词的使用习惯，把原作逐字逐句，按照其原来的结构顺序机械地翻译过来的翻译方法，如何能恰当地传达原作的面貌。”

如何改变机械翻译方法，让汉语在文学译本中焕发文化活力？茅盾在创作实践中积累了更多的语言经验，他谈到对伍光建先生翻译的《简爱》《三个火枪手》有好感，“有些曲折的句子是被拉直拉平了，可是大体尚能不失原意，而且和口语很近。”② 伍译本把原著的复合句拉直、拉平，从而远离“非驴非马”的欧化文体。这是茅盾在许多场合加以推介伍译的原因。

除了伍译的方法，茅盾还从自己的翻译实践出发，用日常语言和传统汉语丰富文学译本的汉语表达。在外国文学原著中有许多水手、流氓形象，他们的言语

---

① 茅盾：《“直译”与“死译”》，《茅盾全集》第18卷，北京：人民文学出版社，1989年。

② 茅盾：《伍译的<侠隐记>和<浮华世界>》，《茅盾全集》第20卷，北京：人民文学出版社，1990年。

很特别，译者苦于用汉语难以准确传达原意。但茅盾认为，现实生活中的语言是丰富 多彩的，译者从日常口语汲取和提炼的话，也会译得生动传神。《汤姆叔叔的小屋》里的黑奴语词丰富多彩，汉语也能传神翻译过来，包括方言语词也照译不误。当然，传统语言也有丰厚的养分可以汲取，比如，鲁迅在文学翻译中时常加用文言中的语词。茅盾认为，“只要用得恰当，用得贴切，是应该允许的，但切忌滥用。如有人在翻译时，形容欧洲贵族小姐的小碎步，用了‘莲步’的字眼，这就不恰当了，因为容易使人联想到缠足的女人。”①

写作《蚀》三部曲之后，茅盾避难日本京都高原町村，与杨贤江夫妇为邻。1929 年 8 月，杨夫妇回国，茅盾送行时，在船上与杨一家合影。

（图片来自钟松桂著：《茅盾画像》。）

茅盾在五四时期就提出“句调神韵”说的论点，这对文学译本的语言运用提出更高标准。语词、语句和语段在构成文学作品的形貌的同时，也形成了作品特有的神韵，“一篇文章如有简短的句调和音调单纯的字，则其神韵大都是古朴；句调长而挺，单字的音调也简短而响亮的，则其神韵大都属于雄壮。”② 也就是说，语词、语句在文章中，就像绘画中的线条与色彩，决定着艺术作品的整体风格。译者不能不注意到这个问题，“句调的精神却丝毫不得放过”，否则“委宛

① 茅盾：《茅盾译文选集》序言，《茅盾全集》第 27 卷，北京：人民文学出版社，1996 年。
② 茅盾：《译文学书方法的讨论》，《茅盾全集》第 18 卷，北京：人民文学出版社，1989 年。

曲折”译成“呆拙”，“阴郁晦暗”译成“光明俊伟”了。不知当下的文学译者，是否也用茅盾的“神韵”说来衡量自己的译本，看看在翻译语言上离这个标准有多远。茅盾在建国后总结文学翻译的规律时指出，文学翻译“不是单纯技术性的语言外形的变易”，而是要“通过原作的语言外形，深刻地体会了原作者的艺术创造的过程，把握住原作的精神，在自己的思想、感情、生活体验中找到最合适的印证，然后运用适合于原作风格的文学语言，把原作的内容与形式正确无遗地再现出来。”① 这样的翻译既需要译者发挥工作上的创造性，又要完全忠实于原作的意图。

茅盾早期的翻译作品基本实践了自己的理论主张。他用白话文对原著进行思考和想象，力图使自己的译文摆脱原文的语法和语词的拘束，使译文既是纯粹的汉语，而又忠实地传达了原作的内容和再现原作的风格。阅读《茅盾译文选集》，不难发现在茅盾笔下，文学译本的语言形态，从词汇到语法规则，都与他的翻译主张密切相关。有了这个坚实的根基，茅盾着手创作《蚀》时，在语言运用上已相当得心应手。试看《动摇》和《桃园》的两个语段，就能发现他的早期翻译主张对自己语言实践的重要影响：

> 溪涧的涨水滋润了那一带树荫下的草地，即使在最热的天气也不见干燥；夏季过到尽头了，第二批的新草却又在滋生。这片草地就在大路的两旁伸展开，地上是永远的碧绿，而上边天空呢，枝头上的桃子被融融的暖日晒得一天比一天红熟。清凉的水和新绿的香草使得那些桃园有一种不可抵抗的迷人力量。在这里，——这红绿交映浓荫幽雅的所在，春天赖着不肯走，直到秋初。②（《桃园》第3页）

从野草落笔，描写它的碧绿，即使到了秋天，还是连天伸展。然后，笔触转向天空，清凉的水和草的芳香，一步步绘出桃园的“迷人力量”。

> 去年的野草，不知在什么时候，已经重复占领了这大地。热蓬蓬的土的气息，混着新生的野花的香味，布满在空间，使你不自觉的要伸一个静极思动的懒腰。各种的树，都已抽出嫩绿的叶儿，表示在大宇宙

① 茅盾：《为发展文学翻译事业和提高翻译质量而奋斗》，《茅盾全集》第24卷，北京：人民文学出版社，1996年。

② 茅盾：《桃园》，《茅盾译文选集》，上海译文出版社，1981年，第3页。

间，有一些新的东西正在创造中，一些新的东西要出来改换这大地的色彩。(《动摇》第120页)

同样，茅盾从野草作为起点，野草的勃勃生机，将读者视线引向开阔空间，及布满空间的香味，然后，再与人们的心绪相映照——“改换”这大地的“色彩”。这样的抒写手法与《桃园》的描写相吻合。

茅盾编译文集时，不但把《桃园》列为首篇，还把丛书命名为《桃园》，同时在序言中评述：“《春》短短一篇，我花的时间可不少，然而读者也许觉得不及读了《桃园》《改变》《在公安局》及《皇帝的衣服》”[①]。可见茅盾在众多译文中对《桃园》还是较为用心，也还是满意的。从两段关于春意盎然的抒写，我们可以看到早期翻译，与《蚀》在汉语运用上的关联。作者同样从青草地起笔，满眼的嫩绿、嫩芽、嫩叶，视点再往上转移到树枝上，然后落在高远处。读《动摇》这段春暖花开的描写，我们自然就联想到桃园的春讯。只是茅盾在第二语段中更是渗透了自己的感情因素，暗示景致描写的弦外之音。

探寻新白话的形象性和局限性

文学作品的语言应当是形象化的、富有表现力的、准确的和精炼的，然后传达作者的思想情绪，从而构成鲜明的形象。这是茅盾对文学语言形象性的注释，在创作《蚀》以前，茅盾在介绍和引进西洋文学的同时，也思考汉语的形象化特征。他在《对于系统的经济的介绍西洋文学的意见》中对所谓“描写的美”提出批评：“‘床上面铺着些草；草上面是一床褥子；褥子上面睡着一双男女；他们上面盖了一条露棉花的被子……’这几句话似乎有些失却描写的美。”在《自然主义与中国现代小说》中，他认为“直记的连续的动作”，“并没有一些描写”。“这种‘记帐’式的叙述，只觉得眼前有的是木人，不是活人，是一个没有思想的木人”。为此，他提出借鉴写实派的描写手段，才合情合理，才能焕发汉语书写的形象美。

优秀的小说作品要求语言具备形象性，“才能满足读者的复杂的情绪的要求”。小说不能一味以浅易文字迎合读者，“文字浅易，看起来不费力，而其实这是疏浅粗劣的供词。”[②] 茅盾1928年撰写《从牯岭到东京》重要文章，指出汉语写作“不要太多的新名词，不要欧化的句法，不要新思想的说教似的宣传，只

① 茅盾：《桃园》前记，《茅盾全集》第33卷，北京：人民文学出版社，2001年。

② 茅盾：《杂谈》，《茅盾全集》第18卷，北京：人民文学出版社，1989年。

要质朴有力的抓住了小资产阶级生活的核心的描写!”文学语言的主要特征在于形象性，如果失去这一核心元素，那么新文艺就很难吸引更多读者群体，特别是新文艺所要争取的新生代读者群体。他明确指出，“我们要描写的那阶级口头语用的语言”，不要繁重拖沓的，而是需要简洁明快的。

经过《蚀》的创作实践以后，茅盾更深入地探寻汉语的形象特征。茅盾赞成语言的大众化，《水浒传》里“那雪正下得紧”，更接近现代大众语言的说法，比“大雪纷飞”多两个字，但那“神韵”却好得远了。他在《怎样阅读文艺作品》中主张：文艺作品的首要问题是要“创造出含义深刻而又新颖的字句来”。他在评论王鲁彦的小说时指出：“假使人物是乡村老妪时，最好连通文的副词如‘显然’等也要避去”。[①] 这里的“通文”，即文雅的书面语。茅盾认为人物口吻要与身份对等，而王鲁彦的语言毛病“是人物的对话太不合该人身份似的太欧化了太通文化了”。

茅盾早在五四时期就认为文学语言要具备形象性，就必须抓住语言的鲜明性和生动性特征，不同的人物形象，语气明显不同，茅盾在《译文学书方法的讨论》中说，“表现粗人的口吻，水手有水 手的不正确音，流氓有流氓的”；“粗人惯用的含有特别意义的普通字”。建国后他对不同创作题材的文学语言有其个性特点提出更具体的要求。比如，儿童文学的语言，“语法造句要单纯而不呆板，语汇要丰富多彩而又不堆砌，句调要铿锵悦耳而又不故意追求节奏”[②]。对于诗的形象性，茅盾有更高的要求，“所谓诗的语言，和一般的文学语言一样，是在民族语言的基础上加工提炼使其更精粹，更富于形象性，更富于节奏美。文学语言不能是原封不动的口语，但也不能脱离口语的基本要素——词汇、词法和修辞法。文学语言也和口语一样，是随着民族生活的变化而发展的。在发展的过程中，淘汰了一些不适合的词汇、词法和修辞法，增加了一些更适合诗的特殊性……”。[③] 他还指出，杜诗“香稻啄余鹦鹉粒，碧梧栖老凤凰枝”，用典过多，语言形象反而模糊不清。历史剧的语言特点也有自己的形象个性，他以《祝愿》为例指出：“历史上各个时代都有许多生活上、政治上、经济上、军事上的新辞汇，一个历史剧如果用了当时所没有的语汇，就犯了时代错误”。

汉语形象，除了要具备语言的生动和鲜明特点以外，音乐美也是不可或缺的因素。茅盾五四时期就在谈译诗的文章涉及汉字音乐美的问题，他对此作了较为

① 茅盾：《王鲁彦论》，《茅盾全集》第19卷，北京：人民文学出版社，1991年。

② 茅盾：《六〇年少年儿童文学漫谈》，《茅盾全集》第26卷，北京：人民文学出版社，1996年。

③ 茅盾：《漫谈文学的民族形式》，《茅盾文艺评论集（上）》，北京：文化艺术出版社，1981年。

系统的论述，他在《文艺杂谈》中分析汉字的音律特点："汉字为单音字，故音节美的获得，不外求之于平仄的谐调，求之于押韵，求之于双声叠韵，而押韵似亦可求之于同一声母的四声"。据此，他就沈尹默《三弦》的音律分析说：重唇音、舌音、阴声的和阳声的双声叠韵字参错夹用，写出三弦的抑扬鼓荡①。

有人认为现代汉语太"白"，不利于韵律的传达，茅盾却坚持，"文""白"虽自有别，中国语言之为单音体却未有变易，而且这些字可因其平仄，因其"双声""叠韵"而构成节奏之美②。茅盾讲究语言节律的观点渗透在批评文章中，他的《王鲁彦论》指称，"像《秋夜》的描写是诗意的，诗的旋律在这短篇里支配着，然而一切又都是自然而朴素的"；他的《工人诗歌百首读后感》对工人诗歌的节奏明快，给予了充分肯定；他的《关于历史和历史剧》称赞《胆剑篇》"文学语言十分出色的，它是散文，然而声调铿锵"。

语象是意象的基础，意象是形象构成的先决条件。由于汉语具有天然的诗性特征，汉语形象与语言意象更是形影相随。1925 年茅盾在《论无产阶级艺术》《告有志研究文学者》中特别论述意象的形成与效用，"文学是我们的意象的集团之借文 字而表现者，这种意象是先经过了我们的审美观念的整理与调谐（即自己批评）而保存下来的。"意象要"新而活"，文字才和谐而高贵，"集团的意象的和谐程度愈高，便是那文学愈好"。汉语自身的传统文化特点有利于语言意象的构成，汉语的语言色彩、节奏，特别是内指性的东西，都是汉语所独有的。茅盾分析王鲁彦的作品时指出，"附丽于文学语言的民族语言的韵味，却往往很难在别的语言中全部表达出来，有时甚至求得部分的表达也很困难"。譬如《动摇》的结局描写，黑圈的急乱旋转、扩展，预示方太太现实世界的幻灭：

> 它们挣扎，奔逃，投降！一切都急乱地旋转，化成五光十色的一片。在这中间，有一个黑心，忽然扩大，忽然又缩小，终于是不息的突突的跳！每一跳，分生出扩展出一个黑的因子来，也在突突的跳。黑圈子一层一层的向外扩展，跳得更决，扩展得也更陕，吞噬了一切，毁灭了一切，弥漫在全空间，全宇宙……（《动摇》第 238 页）

短短的一段意象描写却包涵着丰富的想象。茅盾在《怎样阅读文艺作品》指出，《水浒传》《红楼梦》《儒林外史》等小说语言往往用一两千字的篇幅，却

---

① 茅盾：《论初期的白话诗》，《茅盾全集》第 21 卷，北京：人民文学出版社，1991 年。
② 茅盾：《诗论管窥》，《茅盾全集》第 22 卷，北京：人民文学出版社，1993 年。

能写出非常生动的场面，这与汉语具有的意象功能不无关联。同样，“中国的旧诗，常用几十个字写出全部的意境，尤其具有不可比拟的精炼。”茅盾关于语言意象的描述与语言学家邢公畹的看法不谋而合，邢公畹在《＜红楼梦＞语言风格分析上的几个先决问题》中对语言意象也发表了精辟的见解，他认为“文学作品的语言的每一个要素：词、语段、句式和语音，除了他们在全民语言的通常功能，还具备了艺术的、构成作家风格的要素的功能，除了通常的意义，还饱和着非通常的美学意义——象征性的，意味深长的，绘声绘色的魅力”。

茅盾也清醒地认识到现代白话形象性特征的某些局限，特别是在都市生活表达上的局限性，毕竟都市生活是“动的”“繁复的”，而汉语结构的特点是松散的。20世纪30年代他曾谈到用新白话描写农村生活，还算凑合，一旦描写都市生活就变得捉襟见肘。“中国大众的口语就其语法与语汇而言，倘用以描写平静的单调的农村生活尚能恰到好处，但如要用以描写动的繁复的都市生活，那就大大的不够了。大凡农业和手工业社会的产生的语言，它的好处是节奏柔和而富于风趣，它的缺点则是组织松懈单纯，而缺乏准确性。”[①]《蚀》再现的是时代青年的困惑和挣扎，基本以都市生活为描写主体。正因为茅盾在语言观念上认识到汉语的特性，所以他才一直在调适新白话表达都市的节奏感和精准度。

当然，《蚀》的笔触并不局限于现代都市，有时也把叙事视点移到农村生活，这也许也是茅盾在语言观念及应对的策略。《动摇》描写暴动前的农村生活时，茅盾在描写动态事件中，有时以极其舒缓、平和的语言抒写田野的恬静与悠远，可以感受到作者对农村生活描写的自信和从容。《幻灭》中静女士在爱情幻灭时，回忆农村生活，也显示出汉语在描写“平静的单调的农村”时的“恰到好处”，这是汉语形象特征的优势。

勘察文学语言的运用方法

“五四”文学革命首先遭遇的是语言革命，新文学作家都必须面对白话与文言的痛苦选择。白话文的源流问题困扰着新的文学先驱们，对此茅盾却一直保持理性和清楚的认识。他主张白话文要采用欧化的文法，以“改良中国几千年来习惯上沿用的文法”。[②]不要太欧化，不要多用新术语，不要太多了象征色彩，不要从正面说教似地宣传新思想。茅盾坚持对欧化语体保持清醒的头脑，有选择地加工和提炼。文章发表后，引起轰动，但也引来许多批评，有人甚至以《小资产

① 茅盾：《论大众语》，《茅盾全集》第22卷，北京：人民文学出版社，1993年。

② 茅盾：《语体欧化之我观》，《茅盾全集》第18卷，北京：人民文学出版社，1989年。

阶级文艺理论之谬误》为题认为欧化语体具有普适性，可见当时白话文在欧化语体的应用上还是迷雾重重。

经历了创作实践之后，茅盾对于语言欧化的问题作了许多分析，他在《彭家煌的<喜讯>》一文中称赞彭家煌的小说的长句子文风，“读了彭先生那些长句子却觉得醇有味：这些句子并不怎样欧化，然而构造也不简单，读去别有一种风味”。茅盾十分注重作家在改造欧化句法方面所取得的成就。茅盾在《为发展文学翻译事业和提高翻译质量而奋斗》中又说“‘五四’以来优秀的译本中的适当的欧化句法对我国的语体文法的严密化，是起了一定的作用的”，“但也有流弊。这就是有些青年盲目模仿，以至写出来的东西简直不象中国话”，因之他提出“从外国作品中去吸收新的语汇和表现文法，必须是在本国语言的基本语汇和基本语法的基础上去吸收而加工融化”。虽然茅盾与鲁迅在“直译”与“意译”问题上有分歧，茅盾执著于文章的“句调精神”，而鲁迅却以“直译”试验汉语接受外来语言的弹性，不过，关于欧化语言运用的思路，两位文学先驱者的看法却基本保持一致。鲁迅认为要“支持欧化式的文章，但要区别这种文章，是故意胡闹，还是为了立论的精密？要说得精密，固有的白话不够用，便只得采用些外国的句法”[①]。

白话文除了汲取欧化语式的养料外，更主要的是还吸收加工了的口头语言。处理好文学语言与大众语言之间的关系，是文学作品成功的必由之路。茅盾在五四时期的论文中谈及“用文字描写”“平民”的人生和精神，之后又对这方面做了系统的探讨。他在《怎样阅读文艺作品》中说，作者必须善于从人民口头的“活的语言中提炼其精髓，经过加工，使其成为‘文学的语言’”。应当从人民的口语加工成为文学的语言。茅盾在《漫谈文学的民族形式》中认为“文学语言不能是原封不动的口语，但也不能脱离口语的基本要素——词汇、词法和修辞法”。如果违反了口语的基本规律，“我们有一句客气的批语，‘雕琢’”。茅盾批评《林海雪原》“全书中不协调的部分是短短几句的文言的环境描写，这是游离的，好像只是人物相片的镜框。”[②]

用字造句的技巧，从何处去学习？茅盾一向有自己的主张，他说：“可以从前人的名著中学到一部分，但主要是从生活中去学习。作品的文字是加过工的人民口头的活的语言，作者必须善于从活的语言中提炼其精髓，经过加工，使成为‘文学的语言’。”[③]他举了个例，文言文中的“螓首蛾眉”，现在变做滥调了，但

① 鲁迅：《致曾聚仁》，《鲁迅全集》第13卷，北京：人民文学出版社，2005年。

② 茅盾：《读书杂记》，《茅盾研究》第2卷，北京：文化艺术出版社，1994年。

第一次使用这个词儿的人，却是从生活观察而悟得的。平常人熟视无睹，文学家却发现了，提炼而成词，特别新颖可喜。

学习语言也离不开生活这本大书，作家“选择民众语言中的词汇、成语、谚语、俗语等等，以及语法和修辞方法，等等，不但要运用确当”，“而且要创造性使用”。[①] 原封不动搬用大众语言，不可能构成文学语言，只有经过加工和提炼，语言才具有审美功能。《林海雪原》之所以不能写好“林海‘雪原’”，使我们如身入其境，其中一个原因是对文言的运用不合理，茅盾在《读书杂记》中指出：“‘奇峰险恶犹如乱石穿天，林涛汹涌恰似巨海狂啸。林密仰面不见天，草深俯首不见地’这几句文言，并不能给读者一个明晰深刻的印象”。这些说法“没有新词，没有新的意象”。他在《文学青年如何修养》中强调白话文，不必排除一切文言文，应该容纳“口头上活用的文言文字眼”。文学语言的资源，不但来自欧化文，而且也从传统语言中吸收有用的成份。茅盾在《新的现实和新的任务》中说：“鲁迅的作品是尽量注意利用了古人语言中还有生气的东西的”。也就是说，鲁迅的作法很有创造性，把古人的语言用活用灵了。

关于方言的处理，茅盾认为运用方言是必要的，不过，他反对滥用方言和歇后语。比如人物的对话，他赞扬解放区的文学“尽量采用古代当地人民的口语（方言）”，有助于“表现新的人和新的生活。”[②] 的相关论述。但是，方言俗语的运用不是照单全收，而是为人物塑造服务的。茅盾在《目前创作上的一些问题》中认为：“我们可以用方言，问题在怎样用。”他以《静静的顿河》为例，这一部小说的对话，用了很多顿巴斯的方言，但只用于人物的对话，叙述描写部分却不用，这是很可以让我们取法的。

方言语法也有动态变化的过程，茅盾分析《红旗谱》的文学语言时说道，“用方言，有好处，也有副作用；有新鲜活泼处，但也有词汇不够丰富处”；而且方言语法“也是多变化的”。茅盾在《读书杂记》中说，“我不知冀中方言是否如此，我家乡（太湖流域三角洲）却是如此。”可见，他非常重视语法大众化，也可以看出运用方言不能单调硬套，要灵活多变。

擅长汲取外来语言和民族语言养分，有助于形成自己的语言个性和风格。茅盾早在五四时期就从文学语言方面探讨文学风格具有多样化问题，他在《译文学

---

① 参见茅盾《关于“歇后语”》，《再谈“方言文学”》，《茅盾全集》第23卷，北京：人民文学出版社，1996年。

② 参见茅盾《关于“歇后语”》，《再谈“方言文学”》，《茅盾全集》第23卷，北京：人民文学出版社，1996年。

方法的讨论》一文中认为，只要作家重视“句调”的精神，文章就有“神韵”。正所谓，“简短的句调和音调单纯的字，其神韵大都是古朴”；“句调长而挺，单字的音调也简短而响亮的，则其神韵大都属于雄壮。”作家如果不理会“句调的精神”，就有可能将灰色的主题写成赤色的，将阴郁晦暗的主题写成光明俊伟的。

建国后茅盾对于文学语言风格问题的探讨相当完备及精辟。茅盾在《关于“歇后语”》中认为，作家作品的语言都应该有个性，个性是风格的基础，“伟大作家的文学语言是有个性的，这个性就构成了他们的各自独特的风格”。在现代小说语言的建设方面，鲁迅建树颇丰，茅盾曾评价《呐喊》：“这奇文中冷隽的句子，挺峭的文调，对照着那含蓄半吐的意义，和淡淡的象征主义的色彩，便构成了异样的风格，使人一见就感着不可言喻的悲哀的愉快。”[①] 后来茅盾又总结鲁迅的语言风格“洗炼、峭拔而又幽默”[②]；老舍语言风格“形象生动，音高铿锵”；赵树理语言风格“在于明朗隽永而时有幽默”；沙汀语言风格“诙谐成趣，字斟句酌，谨严而含蓄，唯其含蓄，故多弦外之音，耐人寻味，但有时含蓄过甚，读者猝难理会”。他评论《青春之歌》的不足：尽管能够“表现不同场合中的不同气氛”，然而在“某些紧张场面缺乏应有的热烈和鲜艳，某些抒情的场合调子不够柔和”，“人物对话缺乏个性”。[③]“全书文学语言缺乏个性，也就是说，作者还没有形成她个人的风格”。茅盾还分析《红楼梦》文学语言说：“叙述文字既简洁而又典雅，干脆而又含蕴，人物对白或口角噙香，或气挟风霜，因人而异，因时而异，几乎隔屏可辨其为何人口吻”。正因为对语言风格的深邃思考，茅盾对个人语言风格的形成和发展也十分重视，从而形成自己鲜明的语言风格。

茅盾不是语言学家，但是其关于文学语言特征、文学语言风格、文学语言形象的加工和提炼等主张，对现代汉语建设和都市文化的形成，都具有实践意义。从茅盾关于文学语言主张的论述中，可以发现他对语言形式的敏感程度，以及对语言理论的深刻认识。虽然茅盾的语言主张散见在不同时期的文学评论，但是，如果加以疏理和总结，还是可以理出一个较为完整的脉络。

---

① 茅盾：《读<呐喊>》，《茅盾全集》第18卷，北京：人民文学出版社，1989年。
② 茅盾：《联系实际 学习鲁迅》，《茅盾全集》第26卷，北京：人民文学出版社，1996年。
③ 茅盾：《怎样评论<青春之歌>》，《茅盾全集》第25卷，北京：人民文学出版社，1996年。

第八章　对焦都市文化：从《蚀》到《子夜》

回顾“五四”新文学第一个十年，乡土文学在操作和实践上具有更开阔的空间，从光鲜的知识分子到漂泊的革命者，现代作家似乎对乡土有一种诉说不尽的情怀。相比而言，都市生活及其表现的文学创作却显得寂寞许多，这与都市五光十色的生活不相协调。在少有的几个都市文学实践者中，语言运用却表现出捉襟见肘的问题，都市文学语言要么混杂不纯熟的土白，要么造出“非驴非马”的欧化体，难怪傅斯年当时感叹许多作品“非驴非马，不成模样”①。

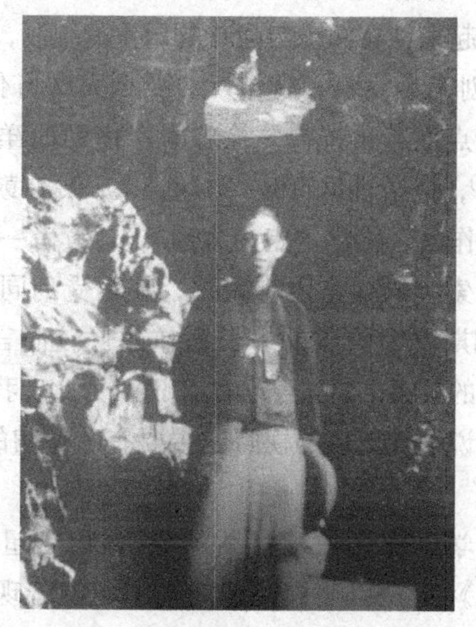

1926 年茅盾出席在广州召开的国民党第二次代表大会时留影

（图片引自钟桂松著：《茅盾画传》。）

茅盾一涉足文学创作，就瞄准都市这座文学富矿，作者具有都市社会的实践经验，能够以创新的语言意识进行写实和想象，都市社会变革在他的文学世界里显得如此摇曳多姿。在《蚀》创作中的语言实验，可以说是第一个十年的终点，

① 鲁迅：《怎样做白话文》，《中国新文学大系·建设理论集》，上海：良友图书公司，1935 年。

也是下一个十年的起点。从《蚀》到《子夜》，茅盾如何一步步地深入地探索文学语言表现都市文化？茅盾早期语言创造对中国左翼文学有什么影响和意义？

一、比较而言：茅盾与现代左翼作家

胡适借用欧化句法“尝试”白话诗，他将语言转换视为文学革命的重要环节，却在重视语言样式（文言还是白话）的同时，也掺入了对语言技巧的轻慢。他说：“因为注重一点在言中的‘物’，故不问所用的文字是诗的文字还是文的文字。”朱自清在《论白话》就认为，胡适虽然开风气之先，但还是属于“粗糙的文学语言观”。毕竟，“胡适体”是语言完全归顺于逻辑，逻辑先于语言而存在。

新白话起步时期，许多现代作家的确遇到不少麻烦。周作人给俞平伯《燕知草》写跋时就说：“以口语为基本，再加上欧化语，古文方言等分子，杂糅调和，适宜或吝啬地安排起来，有知识与趣味的两重的统制，才可以造出有雅致的俗语文来。”但是，在创作实践中，周作人“要么太文言化，要么太口语”，他为找到一个合适的切入点而苦苦追寻。徐志摩“借助西洋文法”之外，更“乞灵于活泼灵动的国语”①，但语言仍不够“本色”，丁玲在鼓浪屿回忆中认为她早年在上海读到的徐志摩作品，感觉“走得太远”，让读者一时难以接受②。

茅盾早期的语言探索，同样也困难重重，甚至受到同为左翼阵营人士的猛轰。如果把《蚀》与同期发表的重要中长篇作品比较而言，或许我们对《蚀》在语言运用与都市文化的关系上有进一步的认识。为此，我们把差不多同一时期较长篇的新白话创作小说纳入比较的视野，主要有叶圣陶的《倪焕之》、丁玲的《莎菲女士的日记》。

叶圣陶一贯主张文学创作必须“写话”，这是梁启超等提倡的“我手写我口”的延伸。《倪焕之》正是以明白晓畅的文字驰骋于现代文坛，小说发表于1928年《教育杂志》二十卷第1—12号，后来作家多次修改，从初版本到文集本的改动基本是一个语言加工的过程，特别是上世纪五十年代的修订本，更是为了体现现代汉语的规范③。张中行曾经评价：“叶圣陶先生是近年来最推崇写话的人，所以笔下的文字总是晓易流畅如话。郭绍虞先生是研究古典文学的，下笔

① 苏雪林：《<阿Q正传>及鲁迅创作的艺术》，原载《国闻周报》，1934年，第11卷第44期。

② 庄钟庆、孙立川：《丁玲同志答问录》，载《新文学史料》，1991年第3期。

③ 参见金宏宇：《中国现代长篇小说名著版本校评》，北京：人民文学出版社，2004年。

任其自然，所以杂有文言成分，离口语就不那么近了。"[①]看得出，张中行推崇的是郭绍虞语言表现的古典情愫，他们有相同的写作趣味，这一点不难理解。

同样，茅盾与叶圣陶是知交，在文学上也有许多相同的旨趣，但在文学语言的追求和实践上同中有异，茅盾主张文学语言"不能脱离口语的基本要素——词汇、词法和修辞法"，同时，更"不能是原封不动的口语"[②]。文学语言与一般口语有着根本性的差别，茅盾在语言的形象性和想象力上有他的追求。茅盾感到要表现都市生活的复杂性和多样性，单纯的口语显然不够用，他充分吸收欧式语言及其理论的营养，当然也不停留在语言构件的叠床架屋，而是竭力集合口语和旧文言的声音、意象、节奏、句法、音律、韵脚等等手段，产生陌生化、形象化，有时甚至以各种形式使普通语言"变形"。在文学手段的压力下，普通语言会"被强化、凝聚、扭曲、缩短、拉长、颠倒"。"由于这种疏离，日常世界也被陌生化了。"[③]这样，变幻中的都市生活，才得以有效表现和创造。

而在《倪焕之》中，叶圣陶着力使叙述使用的语言规范化、标准化。把《蚀》和《倪焕之》放在一起比较，我们不难发现茅盾语言中时常出现象意—象征等修辞手法，把都市日常生活变得新鲜、亲近而又陌生，从而呈现都市的多彩世界。

中篇小说《莎菲女士的日记》（以下简称《莎菲》）同样刊发于1928年。丁玲是新一代的五四青年，与茅盾、叶圣陶所受的教育不同，文学起点也不同。她没有受传统私塾教育，也就没有"五四"新文学最早那一批现代作家的顾虑和拘束。从文学语言上看，她的作品中较少旧文言和旧白话的痕迹，虽然她也意识到欧化体对语言文学性的侵害，但为了表达最真切的感情和真实的事物，不太拘泥于欧化体的语言，丁玲有意选择日记体，利用口语的言语特征加强语言的文学色彩。

丁玲开始写小说时，时常提醒自己"不要那么欧化"，"要按中国传统的手法去写"，但是在创作实践中，"也不一定完全按照自己的意思去办"。这是丁玲1984年在厦门疗养期间，谈到早期文学语言运用的思路。她坦言自己用日记体写作，是学习外国作家的叙述方法，句法汲取西方语言元素，例如倒装句等等[④]。她写作冲动来自其日记形式的表述，33篇日记一口气讲述了莎菲在北京寒

① 张中行：《文言与白话》，黑龙江人民出版社，1995年，第174、175页。
② 茅盾：《漫谈文学的民族形式》，《茅盾全集》第25卷，北京：人民文学出版社，1996年。
③ 〔英〕特雷·伊格尔顿：《十世纪西方文学理论》，西安：陕西师范大学出版社，1987年。
④ 参见庄钟庆、孙立川：《丁玲同志答问录》，《新文学史料》，1991年第3期。

冬贫乏而又奢侈的生活。在男性主宰的书写世界中，丁玲力图在文学语言中寻找全新的书写形式，寻找一种读者满意的另类语言。这一书写形式是否达到预期效果，包括作者自己也不敢肯定。她在作品中写到："谁能懂得我呢，便能懂得了这只能表现我万分之一的日记，也只能令我看到这有限的而伤心哟！何况，希求人了解，而以想方设计用文字来反复说明的日记给人看，已够是多么可伤心的事！"这也传达出作者对日记体这一书写形式的忧思。

我们把《莎菲》和《蚀》加以比较，可以发现茅盾早期小说在语言选择上，并不像丁玲面临着口语与欧化的两难选择。为了建设汉语的写作模式，茅盾运用新兴的欧化语法，弥补白话文写作在语言上捉襟见肘的欠缺，为了使文学语言表达更绵密、细致，茅盾在词汇的选择上还不时从旧白中取用新白话词汇，如"粉脸""软笑"等等，这在《莎菲》中却极少见到。相反，在《莎菲》中日常语言被一再激活，多数情况下还停留在"有什么说什么"的境遇。

相比而言，茅盾在语言实践上表现得更有理性、建设性，他带着做"国语的文学"的理想介入创作，在语言的欧化试验以及与传统语言的融合上表现出得更加自信。运用欧化句法，他对都市的仔细观察，使得他能准确地将都市图景复印在读者的心像之中，描述目的便不只是告诉读者看到什么，而是怎么看，这是传统汉语无法达到的。

二、《蚀》与《虹》

茅盾在探索现代汉语写作的语言范式方面，有着别人所不能代替的作用。《蚀》是茅盾小说创作的起点，之后茅盾先后发表《虹》《子夜》《腐蚀》《霜月红似二月花》等长篇巨著，小说语言与都市文化的关系也不断调整、适应。如果我们把《蚀》放在茅盾创作的发展历程来考察，或许更能发现其早期创造的语言运用对后来中国左翼文学发展的影响。

这里必须说明的是，就茅盾小说语言的嬗变而论，并不存在"随时迁善"的说法，这是僵硬的进化论文艺观，因为不是每个作家的作品和语言运用都要经历从不成熟走向成熟的发展过程。《蚀》在茅盾汉语书写历程中是一个高峰，《虹》《子夜》《腐蚀》《霜叶红似二月花》都是在这个语言范式基础上的发展和变化。正如鲁迅小说《狂人日记》是现代文学的第一篇白话小说，也是让人仰之弥高的力作。

1929 年 6 月《虹》发表于《小说月报》（署名 M. D.）第 20 卷 6、7 号，1930 年 3 月《虹》由开明书店印单行本，书后附《跋》："我决计改换一下环境，把我的精神苏醒过来。”① 这是《虹》中梅女士的表白，也是新时代青年性格的一缕投射。主人公梅女士发现“跟着新思潮的浪潮浮到上面来的‘暴发户’”，依然是满脑子的旧思想，新思想只是被当作抬高自己的工具。“她自己的思想的武库呢，对于这些问题向来就没有准备。现在浮上她意识的，只有一些断烂的名词：光明的生活，愉快的人生，旧礼教，打倒偶象，反抗，走出家庭到社会去！”受过新知识洗礼的人在旧的思维里，当然到处碰壁。

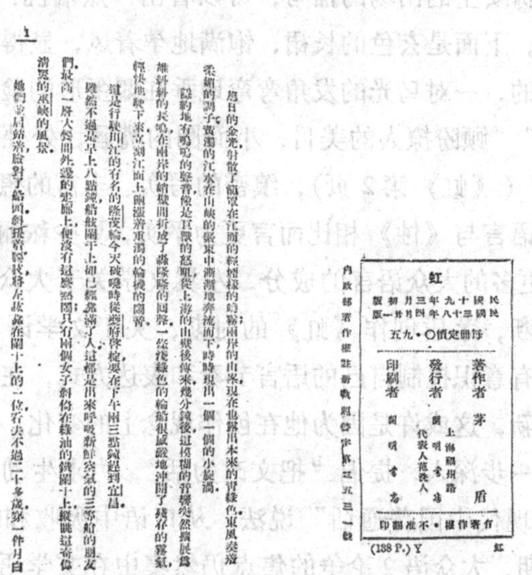
一

旭日的金光，射散了籠罩在江面的輕煙樣的晴霧；兩岸的山峯現在也露出本來的青綠色，東風奏着柔媚的調子。黃濁的江水在山峽的緊束中澌澌地奔流而下，時時現出一個一個的小旋渦。

隱約地有嗚嗚的聲音，像是巨獸的怒吼，從上游的山壁後傳來。幾分鐘後，這模糊的音響突然擴展爲雄糾糾的長鳴，在兩岸的峭壁間折成了轟隆隆的回聲，一條淺綠色的輪船很威嚴地沖開了殘存的霧氣，輕快地駛下來，立刻江面上洶湧着重濁的輪機的鬧聲。

這是行駛川江的有名的隆茂輪，今天破曉時從夔府啓椗，要在下午兩三點鐘趕到宜昌。

雖然不過是早上八點鐘，船舷闌干上卻已經靠滿了人，這都是出來呼吸新鮮空氣的三等艙的朋友們。最高一層大餐間外邊的走廊上，便沒有這麼熱鬧，只有兩個女子斜倚在綠油的鐵闌干上，凝眺這奇偉清麗的巫峽的風景。

她們並肩站着，臉對了船頭，斜捱着臂膀；將左肱靠在闌干上的一位，看去不過二十多歲，穿一件月白

虹

民國十九年三月初版
民國三十八年四月廿一版

每冊定價〇·九五

著作者 茅盾
發行者 開明書店 代表人范洗人 上海福州路
印刷者 開明書店

有著作權·不准翻印

內政部著作權註冊執照警字第二五三一號

(138 P.) Y 虹

《虹》1949 年 4 月开明书店已出版第 21 版

从梅女士与周围人的关系看，梅女士与《蚀》中时代女性的不同之处在于，她决然切断与旧有一切的联系。《蚀》中“时代女性”与旧有的人物关系，似断非断。而《虹》的主角虽然也是时代女性，但更富有革命激情。茅盾借用书中人物李无忌的口吻，表达梅女士的看法：“一切都无非是旧材料上披了新衣服，嘴巴上的新思潮比真正的老牌古董先生还要可恶”（《虹》第 137—138 页），这些都是她要彻底告别的。

《蚀》用的就是全知视角，自由转换时空，而《虹》以梅女士一人贯穿小说始终，她从四川走出来就形成独立一章，为什么没写到大革命？茅盾并没有迎合左翼人士批评家们的意思，他在困惑中无疑需要更多革命激情，更多想象和幻

① 据查国华编：《茅盾生平著译年表》，北京：人民文学出版社，1985 年。

想，所以要让梅行素沿着清晰线路成长，让她在故事中行进到五卅运动。从这一角度看，我们可以把《虹》当作《蚀》三部曲的前传，这就不难理解，茅盾为什么没有将大革命失败的情节续写下，不只是受够了阿英等左翼人士的批评，更是因为《蚀》三部曲对大革命前后事件已有表现。

在文学语言上，《虹》的自然主义元素有所克制，与《蚀》相比，自我言说的成分也少了许多。但并不像左翼批评家想象的那样，一下子改变了原来的语言风格。下面这段对梅女士的出场的描写，可以看出一点端倪：“穿一件月白色软缎长仅及腰的单衫，下面是玄色的长裙，饱满地孕着风，显得那苗条的身材格外婷婷，她是剪了发的，一对乌光的发角弯弯地垂在鹅蛋形的脸颊旁，衬着细而长的眉毛，直的鼻子”“顾盼撩人的美目，小而圆的嘴唇，处处表示出是一个无可疵议的东方美人”①（《虹》第2页），缜密的写实、丰富的想象，引导读者观察人物环境和内心，语言与《蚀》相比而言更为平实，更少秾丽辞藻。

《虹》表达出更多的大众语言的成分，左翼文学关于大众化的论争从《蚀》开始，一直没有间断，茅盾创作《虹》的时期，关于文学语言大众化的争论越演越烈，他创作中有意识控制自己的语言节奏和表达方式，在大众与小资语言表现上加以调和、创新，这或许是因为他在创作观念上的变化。上海左联成立前后文艺大众化讨论进一步深入，提倡“把文改为话”，力求生动易懂。之后在瞿秋白推动下，提出“现代中国普通话”说法，从口语中吸收和提炼文学语言。到20世纪30年代初期，大众语文论争的焦点仍然集中在文学语言运用，“大众说得出，听得懂，写得顺手，看得明白”。抗战时，茅盾创作《再谈“方言”文学》提出：“尽量采用当地人民口语（方言）”，要做到“方言文学的色彩都是相当强烈”，然而不要让人读了它们以后，会产生“这是方言文学”的感觉。

从“国语的文学，文学的国语”提出起，现代文学语言与民族意识和阶级意识就相互纠缠在一起，开始张扬的民族主义意识，很快被阶级意识所取代，语言本来是在民族意识层面上解决问题，突然变成为阶级而改变，文学语言大众化趋势，越来越占据主流地位。《虹》与《蚀》的表现手法，似乎浓缩了语言观念的变化。茅盾借助作品主人公梅女士表达他的想法：“从前我是和旧势力反对的，我从家里逃出来，我独立生活，后来又正式离婚，我总算都没有失败，然而究竟对于国家有什么好处呢?”（《虹》第237页）在颓丧中，她“随手捡起一本书：《马克思主义与达尔文主义》两个都面熟陌生的名词”，她眼光“贪婪地闪动

① 茅盾：《虹》，上海：开明书店，1949年，第2页。

着”，最后沉浸其中。

茅盾的创作《虹》时，对原有的语言表达和节奏做了一定调整，自觉书写的成分增加了不少，大众化语言表现都市的能力和局限也开始显现，都市文学与革命文学之间进一步接轨的同时，也出现某些环节的脱轨，作为革命的主流文学与非主流文学也在这里分道扬镳。

三、《子夜》：中国都市文学的代表作

进入20世纪30年代，茅盾同瞿秋白、陈望道等发起文艺大众化运动，民间语言的元素在小说中有所增加。有人说为适应大众化，《子夜》在语言应用上有点失败。当时吴组缃听朱自清说过，茅盾写《子夜》时“有意模仿旧小说的文学，务使它能为大众所接受”①。庄钟庆教授就此写信给茅盾问及此事，茅盾在信中表明，不同意评论者对《子夜》在语言上的这种说法，“写《子夜》时擬用旧小说笔法这个念头，在这时容或有之。不过，从来却并未贯彻，但在当时的小说中，《子夜》的文字还是欧化味道最少的”。②

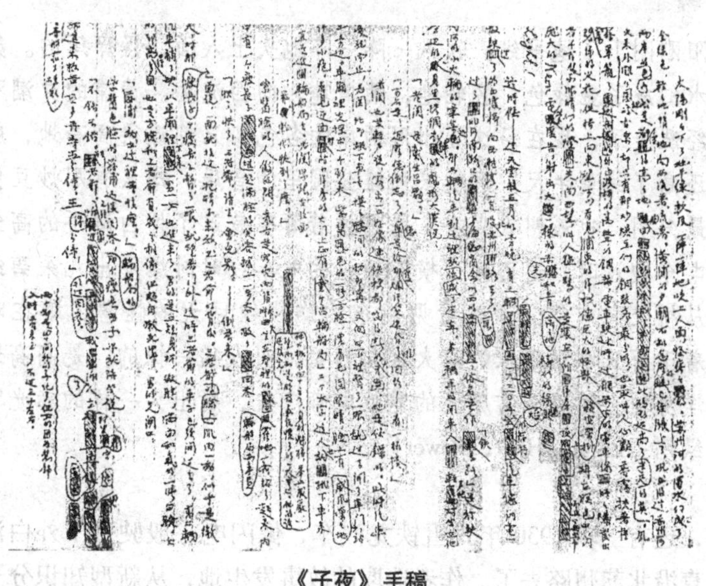

《子夜》手稿

如果说，茅盾在《蚀》中已经运用省俭的笔墨，细致而刚健地描绘出都市

① 吴组缃：《子夜》，《文艺月报》创刊号，1933年6月。

② “茅盾致庄钟庆，1961年6月15日”，载《茅盾史实发微》，长沙：湖南人民出版社，1985年。

人物和事件的微妙变化。那么，《子夜》却在早期小说语言的基础上汲取民族语言营养，用更为细密而刚劲的笔势状写都市复杂的景象，选词造句上都表现出新的特色，主观性和创造性更强。

《子夜》是左翼文学和都市文学的代表作，国外刊物也请鲁迅写一篇关于茅盾创作特色的文章，此时鲁迅与茅盾同住在上海景云里，已经有过一次接触，因为茅盾身份特别，所以两人之间见面不多。左联成立之后，茅盾承担了主要工作，彼此交往增多。史沫特莱找人翻译《子夜》，请鲁迅写序，鲁迅让胡风整理布尔乔亚作家对茅盾创作的看法，收集内容是茅盾小说的特点和地位及"作风"和"形式"，计划到美国出版，因为抗战爆发，没有出成。[①] 鲁迅在给胡风、茅盾的书信中提到此事。

《子夜》受到国内外评论界重视，主要在于茅盾所建构的中国都市变革及都市中的复杂社会关系。同样聚焦都市社会和人物，《子夜》比《蚀》《虹》更波澜壮阔。作品一开始就表现都市奇特的感觉和节奏，建筑、广告、百货大楼、电车，这是一个新奇的世界：

> 太阳刚刚下了地平线。软风一阵一阵地吹上人面，怪痒痒的。苏州河的浊水幻成了金绿色，轻轻地，悄悄地，向西流去。黄浦的夕潮不知怎的已经涨上了，现在沿这苏州河两岸的各色船只都浮得高高地，舱面比码头还高了约莫半尺。风吹来外滩公园里的音乐，却只有那炒豆似的铜鼓声最分明，也最叫人兴奋。暮霭挟着薄雾笼罩了外白渡桥的高耸的钢架，电车驶过时，这钢架下横空架挂的电车线时时爆发出几朵碧绿的火花。从桥上向东望，可以看见浦东的洋栈像巨大的怪兽，蹲在暝色中，闪着千百只小眼睛似的灯火。向西望，叫人猛一惊的，是高高地装在一所洋房顶上而且异常庞大的霓虹电管广告，射出火一样的赤光和青燐似的绿焰：Light，Heat，Power!

这时候，还有三辆1930年式雪铁龙汽车，像闪电一般驶过了外白渡桥，向西转弯，一直沿北苏州路去了。作者选取的故事发生地，从新型知识分子聚集地转移到更现代的外白渡桥和苏州路一带。都市物质文化在短短几年间，比《蚀》时期更多了许多现代色彩，让人读起来都喘不过气，更何况小说中的老乡绅：

---

① 鲁迅：《致胡风》，《鲁迅全集》第13卷，北京：人民文学出版社，1998年，第284—285页，《致沈雁冰》，《鲁迅全集》第13卷，北京：人民文学出版社，1998年，第300—313页。

> 汽车发疯似的向前飞跑。吴老太爷向前看。天哪！几百个亮着灯光的窗洞像几百只怪眼睛，高耸碧霄的摩天建筑，排山倒海般地扑到吴老太爷眼前，忽地又没有了；光秃秃的平地拔立的路灯杆，无穷无尽地，一杆接一杆地，向吴老太爷脸前打来，忽地又没有了；长蛇阵似的一串黑怪物，头上都有一对大眼睛放射出叫人目眩的强光，啵——啵——地吼着，闪电似的冲将过来，准对着吴老太爷坐的小箱子冲将过来！近了！近了！吴老太爷闭了眼睛，全身都抖了。他觉得他的头颅仿佛是在颈脖子上旋转；他眼前是红的，黄的，绿的，黑的，发光的，立方体的，圆锥形的，——混杂的一团，在那里跳，在那里转；他耳朵里灌满了轰，轰，轰！轧，轧，轧！

光怪陆离的都市景象，让老派乡绅吴老太爷丢了性命。吴老太爷为逃避乡下剧烈的社会斗争，跑到半殖民地半封建的大都市上海后，乘汽车直奔吴荪甫住所的所见所闻。从词语的选择上看，动词在这里起到关键作用。摩天建筑“扑”过来、路灯杆“打”过来、一串黑怪物（即汽车）“吼”来，这些主干动词矫健有力，把静态的物象变成动态的意象。摩天大楼、路灯电杆，这些都是居住在现代都市的上海人司空见惯的，但是对于蛰居乡下二十五年，固守一方的吴老太爷来说，却是异常刺激。再加上形容词短语“高耸碧霄的”“排山倒般的”“长蛇式的”“光秃秃的”等一系列意象，组合成一幅惶恐、紧张的图景，从而传达了吴老太爷与上海市景格格不入的感受。

与动词的矫健不同，这里的形容词显得相当精细。一般说来，雄健的语言句子短，精细的语言句子长。作者利用这一特点，长短结合，巧妙地把雄健与精细的语言特点统一起来①。这一段总的说来，是表现吴老太爷的紧张心情，根据内容的需要，作者有时用有力的短句，例如“吴老太爷向前看。天哪！几百个亮着……”“近了！近了！吴老太爷闭了眼睛，全身都抖了”，有时用绵长的长句，例如“高耸碧霄的摩天大楼……忽地又没有了”“光秃秃地拔立的路灯杆……忽地又没有了”。句法层次的这种长短交错，有力强化了环境气氛与人物心境互为表里的整体艺术效果。

从修辞上看，作者善于采用一连串的比喻，生动形象地揭示所要表征物象的

---

① 这段分析参照庄钟庆：《茅盾的创作历程》，北京：人民文学出版社，1982 年，第 201、202 页。庄著关于吴老太爷初进大都会的语言分析，曾得益于厦门大学语言学家黄典诚教授的指导。

具体特征，也反映人物的特殊感受，比如，窗洞像“几百只怪眼睛”，汽车像“长蛇阵似的黑怪物”，车灯像“大眼睛放射出叫人目眩的强光”，这些比喻带有夸张的成分，却十分传神。排比句的运用也很有特色，从视觉感受到听觉感受，句法层次突出排山倒海之势。这段文字具有铿锵的音律美，相邻的短语重复出现较多，例如，“忽地又没了”“冲将过来”“近了”；象声词“轰，轰，轰”“轧，轧，轧”“啵，啵，啵”，整个语段音律掷地有声，达到逼近自然本原的声响效果，所形成的一阵阵猛烈嘈杂的声浪，叫人心跳不已。

显然，《子夜》基本沿用简劲而细密的语言风格，在长短句的运用上更为游刃有余。《子夜》是茅盾文学创作的巅峰之作，小说语言展现了茅盾创作经过文艺大众化洗礼的新进展，但是从纵向比较看，《子夜》文学语言并非就创造了新高峰。《子夜》进一步证明白话文有能力成功地复写都市复杂的世界，启示读者“看什么”，“怎么看”，把阅读视野延伸到上海都市更宽广的空间，延伸到行动者的深邃内心。从某种意义上说，《子夜》不但抒写了1930年代都市社会文化，而且与读者一起建构了中国早期成熟都市的文化形态和社会变革。

四、《蚀》语言实践的当代意义

本书力图从文学语言底层出发，首先进入《蚀》三部曲所建构的都市文学世界，探寻作家如何选择与运用新白话语汇，如何运用语法与章法改变人们观察和思考的方式，如何运用修辞功能和语言体式创造都市文化的多样性。随后，从文学语言本身转向文学语言与外部世界的联系，从读者阅读与接受、书刊出版及机制等层面，分析文学语言与都市文化的相互构成。最后，沿着《蚀》《虹》《子夜》的创作历程，勾勒茅盾等中国现代作家的语言实践对中国都市文化变迁的影响。

通过这样的分析，我们得到这样的结论：作为早期新文学实践者，茅盾不但以《蚀》三部曲描绘都市生活和变革，而且他将三部曲作为语言实验场，运用新白话的写实和想象，创造都市社会的新文化景观。正是因为茅盾在都市文学语言的表现和创造，一定程度上改变了人们原有的知识结构和社会关系。

从这样的视角出发，或许我们可以重新思考以下几个问题：

第一，发现新白话在写实与想象方面的创造能力。

《蚀》三部曲表现出新语言特有的写实与想象能力，它们甚至可以改变了人们观看、记录、描绘世界的方式，有能力去描绘和表现新近发生的大事件，为读者构建一个新的都市世界。

茅盾早期提倡客观地观察和科学地描写，目的是为了接近事实，他在投入小说创作之前就极力推荐和介绍西洋小说写法，以改变中国读者看世界的方法，让大众接受文学所表达的现代观念。他把复杂句子调理得井井有条，新的语态和时态激发了读者分析性思维，像“已经”“曾经”“了”“过”等这些现在被人们诟病的语词，在当时却把事态交待得一清二楚，使语言表现更缜密、周到，甚至关联词在语段中也扮演重要角色。茅盾在严整的写实基础上，发挥新语言的想象和象征功能，从而使传统汉语写作焕然一新，他不只运用常规修辞手法，达到形象化效果，还创造性地使用互文性、冗余性等修辞手段。茅盾在《俄国近代文学杂谭》中称屠格涅夫为“诗意的写实家”，他有意在小说中尝试“诗意的写实”，用语言想象和创造世界，一定程度上催生了都市描写的“心理化”“诗化”。

在中国现代作家作品研究中，我们是否漠视新白话的写实能力，忽视其对表现事物细节和人物情感所做的突破；我们是否还漠视新白话的想象力，忽视其为新白话塑造一个个崭新文学形象，构建出复杂的都市世界。更关键的是，我们因此而看不到文学语言原来具有如此的能量，它可以改造人们对外在世界的认知，以及引起对内在世界的自省。对这些问题的重新审视，或许有助于我们进一步发掘文学语言更深层的问题。

第二，对当代都市文学的重新理解。

在中国现当代文学中，乡土文学一直唱主角，都市文学一直被当作乡土文学的映照，甚至是对立面，长久以来没能站在文学世界的中心位置。从文学革命、到革命文学，从左翼文学到延安文学，再到新时期文学，汉语大众化运动一步步向纵深方向发展，而文学语言表现都市文化特性的能力，反而一再被削弱。就拿周而复的《上海的早晨》来说，这是少有的表现都市社会改造的长篇小说，一定程度上显示了作者驾驭大时代的雄心，但人物形象留下时代印记，存在脸谱化倾向，文学语言上有意走大众化方向，而写实与想象却有所失色。

进入新时期，当代文学叙事重心开始出现从乡村走向都市的趋势，但是当精神原乡的思想渗透进作者的情感深处时，许多作家在潜意识中，对都市文化有拒斥的心理。所以，当作家进入都市时，就表现对寻根文学的迷思，这也是我们较少看到经典的都市文学作品的原因。到了网络时代，都市文学作家开始进行新语言实验，寻找汉语写作的新体验，许多作家把汉语推向另一个极端——世俗化、非理性化，使汉语传统与都市读者的距离越来越远。特别最近几年，网络语言以几何式的速度发展，网络语言与身俱有的随意性、隐秘性和颠覆性对传统汉语的冲击是前所未有的，成熟的都市文学更是难觅踪影。

究竟原因，主要是语言的困境。作家对都市文化有着天然的背离，他们一旦回到都市，就难以用文学语言的手段创造出复杂的都市文学，文学语言对都市复杂性无能为力。从文学文本与社会文化脉络的勾连来看，茅盾在《蚀》三部曲的语言探索及其所创造的上海都市图景，对当下文学创作和都市文化建设来说，是不是也是一种有益启示？

第三，重新认识中国早期都市社会形态及其复杂的关系。

在本书的分析过程中，我们不是依循反映与被反映的对立模式，而是从文学语言的主体入手，强调文本建构的意义，从中发现茅盾书写的创造性。茅盾用独有的语言创造了新的都市世界及其社会构成。也就是说，在茅盾笔下，他用新白话定义和建构早期上海都市，建构中国早期都市社会形态及其社会关系。

这样的书写和创造，从知识层面上松动了原有的社会关系。茅盾的尝试让都市新兴力量找到了属于他们自身的话语方式。《蚀》从刊到书，开明书局一版再版，发行量和读者群体成倍长增长，某种意义上显示都市新兴阶层的真实崛起。茅盾让青年知识分子找到表达对世界理解的崭新话语，以及他们创造新世界的可能。换句话说，新兴阶层从小说话语中发现新的起点，从而形成新兴力量的共同体。他们甚至发现，各阶层的人们原来可以处在同一个起跑线上，甚至有可能弯道超车，从而使旧有知识阶层感到压力。在这里，我们透过茅盾笔下的文学镜像，不但可以看到早期中国都市社会的多样构成，而且可以从中激发对当下都市社会与文化形态的重新思考，促使我们进一步关注当下都市文化结构的复杂关系，关注不同群体的话语表达。

参考文献

[1] 茅盾. 茅盾全集：四十卷 [M]. 北京：人民文学出版社，1984－2001.

[2] 鲁迅. 鲁迅全集：十八卷 [M]. 北京：人民文学出版社，2005.

[3] 赵家璧. 中国新文学大系：1917－1927 [M]. 良友图书公司影印本. 上海：上海文艺出版社，1980.

[4] 赵家璧. 中国新文学大系：1927－1937 [M]. 上海：上海文艺出版社，1984.

[5] 茅盾. 蚀 [M]. 上海：开明书店，1930.

[6] 茅盾. 我走过的道路：中 [M]. 北京：人民文学出版社，1984.

[7] 茅盾. 茅盾散文集 [M]. 北京：高等教育出版社，2006.

[8] 茅盾. 茅盾译文选集 [M]. 上海：上海译文出版社，1981.

[9] 茅盾语言词典 [M]. 成都：四川辞书出版社，1992.

[10] 现代汉语语言资料索引：子夜 [M]. 成都：四川辞书出版社，1986.

[11] 唐弢. 中国现代文学史 [M]. 北京：人民文学出版社，1979.

[12] 庄钟庆. 茅盾研究论集 [M]. 天津：天津人民出版社，1984.

[13] 庄钟庆. 茅盾史实发微 [M]. 长沙：湖南人民出版社，1985.

[14] 钱理群，温儒敏，吴福辉. 中国现代文学三十年 [M]. 北京：北京大学出版社，1998.

[15] 民国时期教育部. 第一次中国教育年鉴 [M]. 上海：开明书店，1934.

[16] 文振庭. 文艺大众化问题讨论资料 [M]. 上海：上海文艺出版社，1987.

[17] 唐金海，刘长鼎. 茅盾年谱：上 [M]. 太原：山西高校联合出版社，1996.

[18] 唐金海，孔海珠. 茅盾专集 [M]. 福州：福建人民出版社，1985.

[19] 周作人. 艺术与生活 [M]. 上海：上海文艺出版社，1999.

[20] 朱自清. 标准与尺度 [M]. 桂林：广西师大出版社，2004.

[21] 叶圣陶. 叶圣陶论创作 [M]. 上海：上海文艺出版社，1982.

[22] 唐弢. 西方影响与民族风格 [M]. 北京：人民文学出版社，1989.

[23] 庄钟庆. 茅盾的创作历程 [M]. 北京：人民文学出版社，1982.

[24] 李岫. 茅盾研究在国外 [M]. 长沙：湖南人民出版社，1984.

[25] 陈幼石. 茅盾《蚀》三部曲的历史分析 [M]. 北京：社会科学文献出版社，1993.

[26] 相浦果. 考证·比较·鉴赏 [M]. 北京：北京大学出版社，1996.

[27] 陈望道. 修辞学发凡 [M]. 上海：新文艺出版社，1954.

[28] 周振甫. 小说例话 [M]. 北京：中国青年出版社，1991.

[29] 王力. 汉语史稿 [M]. 北京：中华书局，1980.

[30] 吕叔湘. 吕叔湘文集 [M]. 北京：商务印书馆，2004.

[31] 张中行. 文言和白话 [M]. 哈尔滨：黑龙江人民出版社，1995.

[32] 邢公畹. 邢公畹语言学论文集 [M]. 北京：商务印书馆，1983.

[33] 罗常培. 语言与文化 [M]. 北京：北京出版社，2004.

[34] 黎运汉. 汉语风格学 [M]. 广州：广东教育出版社，2002.

[35] 童庆炳. 文体与文体的创造 [M]. 昆明：云南人民出版社，1999.

[36] 童庆炳. 文学概论 [M]. 武汉：武汉大学出版社，2000.

[37] 李欧梵. 新感觉派小说选 [M]. 台北：允晨文化出版公司，1988.

[38] 李欧梵. 上海摩登——一种新都市文化在中国 [M]. 上海：上海三联书店，2008.

[39] 李国正，等. 东南亚华文文学语言研究 [M]. 厦门：厦门大学出版社，2002.

[40] 叶宝奎. 语言学概论 [M]. 厦门：厦门大学出版社，1996.

[41] 张德禄. 功能文体学 [M]. 济南：山东教育出版社，1998.

[42] 申丹. 叙述学与小说文体学研究 [M]. 北京：北京大学出版社，2004.

[43] 王守元，等. 文体学研究在中国的进展 [M]. 上海：上海外语教育出版社，2004.

[44] 王奇生. 党员、党权与党争：1924－1949 中国国民党的组织形态 [M]. 上海：上海书店出版社，2003.

[45] 王德威. 写实主义的虚构 [M]. 上海：复旦大学出版社，2011.

[46] 陈建华. 革命与形式：茅盾早期小说的现代性展开 [M]. 上海：复旦大学出版社，2007.

[47] 程光炜. 都市文化与中国现代文学 [M]. 北京：人民文学出版社，2005.

[48] 索绪尔. 普通语言学教程 [M]. 北京：商务印书馆，2002.

［49］洪堡特．论人类语言结构的差异及其对人类精神发展的影响［M］．北京：商务印书馆，2002．

［50］韦勒克，沃伦．文学理论［M］．北京：三联书店，1984．

［51］格雷玛斯．结构语义学［M］．天津：百花文艺出版社，2001．

［52］诺姆·乔姆斯基．乔姆斯基语言学文集［M］．长沙：湖南教育出版社，2006．

［53］诺曼·费尔克拉夫．话语与社会变迁［M］．北京：华夏出版社，2003．

［54］特雷·伊格尔顿．二十世纪西方文学理论［M］．西安：陕西师大出版社，1987．

［55］卡尔·曼海姆．意识形态与乌托邦［M］．北京：商务印书馆，2000．

［56］罗兰·巴特．符号学原理［M］．北京：三联书店，1988．

［57］利福德·格尔兹．文化的解释［M］．上海：译林出版社，2014．

［58］彼得·伯克．文化史的风景［M］．北京：北京大学出版社，2013．

［59］彼得·伯克．什么是文化史［M］．北京：北京大学出版社，2013．

［60］罗拍特·达恩顿．拉莫莱特之吻：关于文化史的思考［M］．上海：华东师大出版社，2011．

［61］罗伯特·达恩顿．旧制度时期的地下文学［M］．北京：中国人民大学出版社，2012．

［62］娜塔莉·泽蒙·戴维斯．档案中的虚构［M］．北京：北京大学出版社，2012．

［63］尤瓦尔·赫拉利．人类简史［M］．北京：中信出版社，2007．

［64］海登·怀特．元史学［M］．上海：译林出版社，2013．

［65］周绍明．书籍的社会史［M］．北京：北京大学出版社，2009．

［66］大卫·哈维．巴黎城记［M］．桂林：广西师范大学出版社，2010．

［67］卡尔·休斯克．世纪末的维也纳［M］．南京：江苏人民出版社．2007．

后记

十年之后

从开始准备博士论文到现在，正好十年。“十年之后，我们是朋友，还可以问候，只是那种温柔，再也找不到拥抱的理由……”在这个寂静的夜晚，我脑海里冒出陈奕迅《十年》这句熟悉的歌词。我想，学术活动应该也是一个反思和否定的过程，十年之后，对原有的观点做一些改变和修心，也是学术姿态的一种自我调整。我很喜欢人类学家玛丽·道格拉斯在《洁净与危险》再版序中自嘲的一句话：长寿的好处，就是可以多次修改自己的论著。是的，用一辈子思索和涵养一个学术问题，这难道不是一件美差？至少保有终身学习的激情。我思忖着，十年之后，有机会的话，可以再来修改一次。

这十年没有许多师友的支持和提携，我真的就半途而废了。首先要感谢的是我的恩师庄钟庆教授。他是知名的茅盾研究专家，他的《茅盾的创作历程》是茅盾与现代文学研究领域的扛鼎之作，他近年又开拓文学语言的研究领域，并指导我们开展学术讨论。他一直鼓励我不要放弃学问，并不时打电话询问我的进展，还复印材料寄到我的单位。其次是李国正教授。我最初学的是中国现代文学，李老师从语言本体出发，引导我从语言学的视角研究文学，又从文学的视角思考语言学。他常引用赵元任对王力说的话勉励我们：“例不十，法不立”，可惜我天性愚顿，只学到一点皮毛。还有叶宝奎老师，他讲授的结构语义学，为我打开了现代语言学的新视野。由此，我撰写了一篇“从小小说到短信小说”的语义学分析文章，这是一根救命稻草，让我凑足了在核心刊物发表的论文数量，得以顺利拿到博士学位。

我还要感谢几位陌生的朋友。当我打电话到四川辞书出版社，想购买《现代汉语语言资料索引》，接电话的先生从仓库里搜出尘封的书本，并表示为了支持我的研究，他买下来，送给我了。还有美国康奈尔大学 Edward. M. Gunn 教授，他写过 *Rewritting Chinese*，对中国新文学语言转向有很深的研究，我发邮件请教白话文欧化问题。没想到很快得到他的回复和指点，还为我推荐了相关的阅读书目。

最后，感谢我太太周臻。这十年来，我没有建树，她似乎比我还着急，每当有人问起我的情况，她总回答："成天埋在破书堆里，不知都在干啥?"语气似乎从关切变成埋怨。我发觉不赶紧拿出点东西示人，可能我们之间会"沦为朋友"。如果，这本书算是成果，当然有她的一半功劳。

2018 年 11 月 29 日

文学语言学科研究丛书

丁玲文学语言风格的演变

杨怡/著

《文学语言学科研究丛书》编委会审核

自助与他助的项目

实践篇（4）

主编 庄钟庆 李国正 李无未 郑楚

广州·上海·西安·北京

图书在版编目（CIP）数据

丁玲文学语言风格的演变/杨怡著. --广州：世界图书出版广东有限公司，2025.1重印
（文学语言学科研究丛书／庄钟庆，李国正，李无未，郑楚主编）
ISBN 978-7-5192-5789-7

Ⅰ. ①丁… Ⅱ. ①杨… Ⅲ. ①丁玲（1904－1986）－文学语言－文学研究 Ⅳ. ①I206.6

中国版本图书馆 CIP 数据核字（2019）第 004549 号

书　　名 文学语言学科研究丛书
WENXUE YUYAN XUEKE YANJIU CONGSHU
主　　编 庄钟庆　李国正　李无未　郑　楚
责任编辑 程　静
装帧设计 苏　婷
责任技编 刘上锦
出版发行 世界图书出版广东有限公司
地　　址 广州市新港西路大江冲 25 号
邮　　编 510300
电　　话 020-84451969　84453623　84184026　84459579
网　　址 http://www.gdst.com.cn
邮　　箱 wpc_gdst@163.com
经　　销 各地新华书店
印　　刷 悦读天下（山东）印务有限公司
开　　本 787 mm×1 092 mm　1/16
印　　张 85.75
字　　数 丛书 1630 千字（本分册 180 千字）
版　　次 2019 年 4 月第 1 版　　2025 年 1 月第 2 次印刷
国际书号 ISBN 978-7-5192-5789-7
定　　价 398.00 元（全 7 册）

咨询、投稿：020－84451258　gdstchj@126.com

《文学语言学科研究丛书》编委会

《文学语言学科研究丛书》出版说明

重视高等教育的学科建设，这是当今世界的潮流。

党的十九大报告发出号召："加快一流大学和一流学科建设，实现高等教育内涵式发展。"全国高校正在掀起学科建设大潮。在这个大好形势的鼓舞下，我们编印了《文学语言学科研究丛书》，希望对推进学科建设有所助益。

关于文学语言学科问题，20 世纪 50 年代，语言界早已有知名人士提出建立相类似的学科，即汉语辞章学（或汉语修辞学、汉语风格学）。80 年代正式提出设立文学语言学科。虽然文学界没有明确提出相似的主张，但是他们在文学语言问题看法上同语言界有相似之处，文学界与语言界不少热心于建立新学科的学者做出了一些努力，并取得一定成绩，然而效应并不显著。希望能够借此大好形势，把文学语言学科建立起来；这不仅是个人写文章或创作重视风格的需要，而且是新时代中华民族和人民大众要求建立新文风或新风格的需要。

《文学语言学科研究丛书》讨论的文学语言，专指文学作品用的语言，即艺术语言。《文学语言学科研究丛书》着重探讨作为学科的文学语言研究的目的、对象、内容及方法。分为两辑，第一辑为"理论篇"，阐释文学语言学科重在研究风格（语言风格或艺术风格）问题的理论依据。第二辑为"实践篇"，着重展现学者通过探索后的成果，即表现中国现当代文学及东南亚华文文学作家作品的风格特色。

在探讨文学语言的问题上，语言界学者明确指出为了进一步发展语文教学，应加强文学语言学科建设，提出文学语言是语言学和文学交界处的学科，修辞学、风格学是研究对象。既研究不同文体的不同风格，也研究不同作家的不同风格。文学界从推进文学创作向前发展出发，也非常关注文学语言问题，学者虽然是从文学理论视角切入，但是与语言界有着殊途同归之处。文学界也认为文学语言应当研究作家的文学语言"个性"，因为"这个性就构成了他们的各自的独特的风格"。

如何研究文学语言特点、风格，语言界与文学界的学者都有共同的看法，又有不同方面。语言界与文学界学者都非常重视综合运用语言表达手段所形成的特

色。不过语言界不乏学者往往把语言手段作为工具使用，没能看到语言手段在表达内容及表现形式方面的独特价值。文学语言作为文学和语言学之间的边缘学科，它是以文学和语言学为基础并借助两者的成果发展起来的，因而既要吸收这两个学科的长处，又要有新的创造，这样才能有助于学科理论的提升和写作实践的加强。

作为具有跨学科性质的文学语言研究，不仅要重视文学语言的文学特色，而且要讲究文学语言的语言规律。这是因为文学作品是以语言为媒介构成艺术形象的艺术，区别于其他艺术的特点，同时从文学作品形式因素来说，语言是具有独特性的。文学语言研究学科的研究方法，力求具有创新性，提倡从语言因素入手，结合文学手段，探讨文学语言特色。

《文学语言学科研究丛书》部分成果发表后受到新华社、中新社与《文艺报》等关注，并予以了介绍。《文艺理论与批评》《中国现代文学研究丛刊》及《茅盾研究》《丁玲研究》《东南亚华文文学研究辑刊》等专集收入研究成果。在厦门大学中央高校基本科研业务费专项资金资助、厦门大学哲学社会科学繁荣计划资助及厦门市东南亚华文文学研究会等的大力帮助下，我们从多部文学语言研究论著中，选出若干部，经过反复修改后交付出版。

欢迎批评指正！

《文学语言学科研究丛书》
编后记

为提高写作能力和培养创作人才，厦门大学中文系历来非常重视文学语言的研究，重视写作者文学风格的养成。不过，离达到显著的效果还有一段差距。

为了提升文学语言研究水平，2000 年起，语言学学者李国正教授在本系庄钟庆教授等许多老师协助下，申请并获准设立文学语言研究方向的博士点。他明确地提出“文学语言学是横跨文学和语言两种学科的研究领域，在当前学科发展呈交叉渗透趋势的条件下，文学语言研究蕴含着发展为一门新学科——文学语言学的增长点。”他招收了多名文学语言的博士研究生，他们来自中国大陆与台湾，以及新加坡等地，他们的研究课题都是围绕着文学语言这个方向来展开。如他与人合著的《东南亚华文文学语言研究》（厦门大学出版社 2002 年）即是当年文学语言的研究成果。为了推进学科建设，厦门大学中文系离退休教师编选了《文学语言学科研究丛书》，收入其博士研究生或合作者撰写的论文，各人从不同角度论述文学语言各有特色，达到一定的学术水平。

《文学语言学科研究丛书》之所以能够与读者见面，这与各方面的大力支持分不开的。

语言学家如中国社会科学院语言研究所张振兴研究员、张惠英研究员，文学研究专家如清华大学中文系王中忱教授、复旦大学唐金海教授、福建师范大学中文系庄浩然教授等为收入本丛书的论著把脉。

厦门大学中文系文学与语言方面的教师发表了不少有关论文，均收入本丛书，这些成果对进一步开展研究具有启发性意义。

厦门大学社会科学研究处处长陈武元教授早在 2001 年就热心支持中文系开展文学语言方面的研究工作，始终不渝。该处副处长林木顺副研究员也非常关注文学语言研究工作的开展。厦门大学哲学社会科学繁荣计划、厦门大学中央高校基本科研业务费专项资金等资助项目给予大力支持。

《文学语言学科研究丛书》还得到厦门市东南亚华文文学研究会的大力支持。

对于来自各方面的助力，深表谢意！

我们期待专家、学者的批评指正！

《文学语言学科研究丛书》编选小组

2018年10月20日

目　录

目　录

引 言

人们通常把文学称为语言的艺术，把卓有成就的文学家称为语言大师。尽管人们惯于援引高尔基的“文学的第一要素是语言”的说法，但由于受传统文学语言观“载体”说与“工具”论的影响，至今我们在文学语言的研究方面依然落后，目前在文学研究、批评和文学史专著中，这个“文学的第一要素”却经常被排在附于作家作品骥尾的位置，同时一些文学理论的教材、论著在论及文学语言的特征时，通常多在描述上，如“形象性”，“精确性”，“感染性”，“音乐性”，“多样性”等等，还没能从文学语言内在的肌理上说清文学语言与日常语言的区别，没能提示文学语言的审美特性的另一方面，所以我们对作家作品的文学语言研究，与文学语言在作家及作品的艺术生命中所占有的特殊重要地位颇不相称。

文学作品的语言风格，虽然是构成文学风格的一部分，但却是占有十分重要位置的一部分。黎运汉在《汉语风格探索》① 一书中认为“它贯串于题材的选择，主题的提炼，形象的塑造，情节结构的安排和语言技巧的运用等各方面。”“语言是作家用以塑造艺术形象，反映社会生活的工具与媒介”，因此“文学作品的风格”“主要是通过语言表现的特点呈现出来的”。所以，鲁迅的《阿Q正传》，让读者感受到的那种讽刺的笔法，幽默的语调以及简洁警拔的语言与茅盾的《子夜》中那种细致的描绘和清丽多彩的语言是很不同的。②

如何进行文学语言的研究，应从哪些方面入手呢？我们认为应运用语言学（包括语音、词汇、语法、修辞，以及篇章结构等）与文学（包括形象性、美感

---

① 黎运汉：《汉语风格探索》，北京：商务印书馆，1994年。

② 引用蔡仪《文学概论》，北京：人民文学出版社，1985年。

性等手段）相结合的方法来探索作家作品的文学语言特色。

鲁迅、郭沫若、茅盾、巴金、丁玲等中国现代文学大家对于文学语言问题都曾发表过不少独到的看法。改革开放以来，在文学语言研究方面，文学界引进了西方文论，语言学界也有新的探讨，提倡文学语言研究便成为他们共同的呼声。语言学家吕叔湘在《把我国语言科学推向前进》一文中说："语文教学的进一步发展就走上修辞学、风格学的道路，也就是文学语言的研究，这是语言学和文学交界处的学科。"这句话指明了文学语言研究具有语言学与文学交叉研究的性质。修辞学、风格学都是文学语言研究的范围。季羡林在为李润新的《文学语言概论》所作的《序言》中指出："所谓文学语言……不出两途：一是修辞，二是风格，……二者相较，风格尤重于修辞。修辞，一两句内就可以看出，而风格则必须统览全篇，甚至若干篇，才能显出。"季羡林认为文学语言研究是包含修辞和风格两个方面，其中风格更为重要。

茅盾运用文学与语言学相结合的方法来研究文学语言的见解值得重视，他在《新的现实和新的任务》① 中指出："文学作品的语言应当是形象化的，富有表现力的、准确的和精炼的。"为此，"必须用字正确、造句合法"，还要有丰富的词汇。他又在《联系实际，学习鲁迅》② 一文中说："句法和章法"，也是文学语言的因素。他还在《漫谈文学的民族形式》③ 一文中明确指出文学语言也和口语一样，不能脱离口语的基本要求——词汇、词法和修辞法。他认为文学语言也要符合口语的基本要求。他还说讲究文学语言，是意在通过文学语言"可以传达作者所欲传达的思想感情"，"可以构成鲜明形象。"④ 茅盾既反对用纯语言学方法解读文学语言，也反对文学作品不重视语言的基本要求，而是主张语言学和文学相结合，从文学文本中进行文学语言及其风格的研究。

茅盾还认为文学语言与作家的作品风格关系密切，可以从文学语言的独异性探讨作家作品的个人风格，他在《关于"歇后语"》⑤ 一文中提到："民众的语言经过作家加工而构成为作品中的文字，这就称为文学语言"，"正因为经过这样的加工"，所以作家们"文学语言是有'个性'的；这'个性'就构成了他们的各自的独特的风格"。他认为鲁迅、赵树理等一批大作家都是以独特的文学语言

---

①《茅盾全集》第 24 卷，北京：人民文学出版社，1996 年。
② 《茅盾全集》第 25 卷，北京：人民文学出版社，1996 年。
③ 《茅盾全集》第 25 卷，北京：人民文学出版社，1996 年。
④ 《茅盾全集》第 24 卷，北京：人民文学出版社，1996 年。
⑤ 《茅盾全集》第 24 卷，北京：人民文学出版社，1996 年。

构成个人及作品的风格。比如，他认为可以从赵树理作品的独特文学语言中辨认个人风格。他还说有的作品"全书的文学语言缺乏个性，也就是说作者还没有形成风格"。因此他提倡除了可以从全篇韵味着眼来分析多种多样的风格之外，还可以从文学语言的角度分析作家作品的风格。①

对于文学语言的重要性，老舍也在《关于文学的语言问题》② 中说："我们总是一提到作品，也就想到它的美丽的语言。我们几乎没法子赞美杜甫与莎士比亚而不引用他们的原文为证。所以语言是我们作品好坏的一个部分，而且是一个重要的部分。我们有责任把语言写好。""我们的最好的思想，最深厚的感情，只能被最美妙的语言表达出来。若是表达不出，谁能知道那思想与感情是怎样的好呢？这是无可分离的、统一的东西。"

作家汪曾祺也在《中国文学的语言问题》③ 中提到："语言是小说的本体，不是附加的，可有可无的，从这个意义上说，写小说就是写语言。小说的语言是浸透了内容的、浸透了作者的思想的。我们有时看一篇小说，看了三行，就看不下去了，因为语言太粗糙。语言的粗糙就是内容的粗糙。"

由此可见，语言的意义是始终与它所表达的意义紧紧地联系在一起的，当它成功地和富于独创性地完成了意义的表达时，它自身才可能显示出独特的意义来。

语言学家邢公畹在《〈红楼梦〉语言风格分析上的几个先决问题》中同样表达了他对文学语言的看法："文学作品的语言的每一个要素：词、语段、语式和语音，除了它们在全民语言的通常功能，还具备了艺术的、构成作家风格的要素的功能；除了通常的意义，还饱和着非通常的美学意义——象征性的，意味深长的、绘声绘色的魅力。"并且从"作者是怎样用语音、语词、语段、句子和大于句子的结构来表现《红楼梦》人物的特征，社会属性和心理特征"这些方面对作品进行分析，运用语音因素探讨文学语言的美感价值，说明作者个人风格的与众不同，也就是其文学语言的个性化。

20 世纪 80 年代以来，随着研究文学语言热潮的兴起，不少论者对文学语言的特征又有了新的认识和探讨。

李国正在《东南亚华文文学语言研究》中认为文学语言除了要有形象性外，还应从汉字字形、语音、语词、语句和语篇等方面探讨文学语言的美感性。

---

① 茅盾：《一九六〇年短篇小说漫评》，《茅盾全集》第 26 卷，北京：人民文学出版社，1996 年。

② 老舍：《关于语言的文学问题》，《出口成章》，北京：作家出版社，1964 年。

③ 《汪曾祺文集 · 文论卷》)，南京：江苏文艺出版社，1993 年。

童庆炳在《文学概论》中结合汉语的独特性，从语音、文法、修辞几个层面入手，揭示文学语言的审美特征，即内指性、音乐性、陌生化、本色化。

李荣启在《文学语言学》中将文学语言的特征分为两大系统进行考察，即表层方面的形象性、情意性、多样性、音乐性及深层方面的情境性、变异性、暗示性和独创性。

黎运汉在《汉语风格探索》提出中运用语言、语汇、语法中的风格手段，探讨文学语言的特色。

综上所述，文学语言研究不仅要重视文学语言的文学性，而且要讲究文学语言的语言性，也就是说文学的语言必须具有语言的特性，符合语言基本要素的一般法则，同时也要求文学语言的个性化，所以研究文学语言的风格应从作品入手，通过语言手段，如语音、语法、修辞、章法等进行探讨。从这方面来说，文学语言是作家塑造形象，表现艺术风格的媒介或工具。然而文学语言还有其独特的价值，即表现不同语言风格或文学风格的价值。这一点却多为过去文学评论所忽视。这就需要我们对文学语言的风格进行分析和研究时，运用语言学与文学相结合的方法去评论文学语言风格。我们要探讨的文学语言风格指的便是从语言手段的不同运用中，探讨不同的语言风格特征，而这些特征能够表现出作家作品的整体风格。

丁玲是中国现代文学史上颇有影响力的作家，国内外不少专家学者对丁玲作品的研究已进行了多年，在所有研究中，评论丁玲的专著及论文集很多，然而还比较少见到研究丁玲作品文学语言风格的专著，专门分析丁玲文学语言的论文也不多见。虽然许多论著在评论丁玲的作品时，都或多或少会提到丁玲的作品在文学语言上的成就，然而人们大多提及的是她的作品作为优秀作品与中外其他优秀作品所具有的共性，而对其作品的文学语言风格不同于其他作家作品的特点，也就是其文学作品语言风格的个性特点及演变过程研究得不够，为此本书试图应用语言学与文艺学相结合的方法，并联系中国现当代文学的实际，探讨丁玲文学语言风格的发展、特点及其特殊贡献。

第一章　文学语言风格的形成（1927—1929）

——率直而又细致，委婉而又多变

1917年，晚清文学改良运动在新的历史条件下渐渐发展成以思想革命为主要内容的新文化运动。

晚清时期，维新派思想家、文学家视“开民智”为改革社会，振兴国家的关键，在文学界掀起了以诗界革命、小说界革命、文界革命、白话文运动为主要内容的文学改良运动。1911年辛亥革命推翻了清朝帝制统治，但国家政权很快被袁世凯篡夺，并进行复辟帝制活动。袁世凯死后，张勋继承其衣钵，继续上演复辟帝制的闹剧。在这一个时期里，帝制余孽封建遗老活跃异常，尊孔复古声浪甚嚣尘上。在这样的历史背景下，一些受到西方近代思想影响，有志于社会改革的知识分子，深感思想革命的重要性，发起和倡导了以科学与民主为旗帜的新文化运动。1915年9月陈独秀任主编的《新青年》（第一卷名《青年杂志》）创刊，标志着新文化运动的开始。

思想革命的不断深入，必然要求文学革命。文以载道的观念，使旧文学浸透了封建伦理道德的内容，僵化的语言和形式，既影响思想革命的深入，也阻碍着文学的自身发展。因此，文学革命也在酝酿之中。1915年，陈独秀在《现代欧洲文艺史谭》一文中介绍了欧洲近代文艺思潮流派，并在《通信》中指出：吾国文艺“今后当趋向写实主义。”①

1917年1月胡适在《新青年》上发表《文学改良刍议》，这是倡导文学革命的第一篇理论文章，胡适在文章中倡导文学改良“须从八事入手”：“一曰，须言之有物。二曰，不摹仿古人。三曰，须讲求文法。四曰，不作无病之呻吟。五曰，务去滥调套语。六曰，不用典。七曰，不讲对仗。八曰，不避俗字俗语。”文章侧重于文学的语言形式的改革，主张“今日作文作诗，宜采用俗语俗字。”胡适的倡导对文学革命在理论主张上产生了重大影响。这时期的胡适还在《易卜

---

① 吴宏聪，范组群主编：《中国现代文学史》，武汉：武汉大学出版社，1999年。

生主义》一文中介绍了易卜生的现实主义思想和个性主义。文章说："易卜生生平却也有一种完全积极的主张。他主张个人须要充分发达自己的才性，须要充分发展自己的个性。""社会最大的罪恶，莫过于摧折个人的个性，不使他自由发展。""世界上最强有力的人就是那个最孤立的人。"这种个性解放思想，是"五四"时期一股强大的新思潮，起过反封建的积极作用，成为"五四"新文学创作的重要思想内容，新文学浸透了民主主义、人道主义、个性主义等近代思想，从 1917 年到 1927 年，新文学的第一个十年是面向世界的自由开放时期，欧洲文艺复兴，古典主义、浪漫主义、现实主义、自然主义以及作为 20 世纪西方文学重要思潮的现代主义都被介绍进来。

丁玲就是在新文学的潮流中（1927—1929 年）开始逐步形成自己的文学语言风格的。

丁玲从 1927 年秋开始从事文艺创作，开篇之作是短篇小说《梦珂》，之后发表许多部作品。1928 年，她出版了第一部短篇小说集《在黑暗中》，内收《梦珂》《莎菲女士的日记》《暑假中》《阿毛姑娘》。1929 年出版第二部短篇小说集收有《自杀日记》《庆云里的一间小房里》《过年》《小火轮》。此时丁玲开始形成了自己的文学语言风格。

丁玲的小说创作开始于中国现代史上的一个紧要转换关头。大革命失败了，国民党反动政府开始活动，白色恐怖笼罩全社会，原来对革命抱有希望和幻想的许多知识青年，又陷入失望、沉闷的痛苦中，丁玲也深深地感受着这种痛苦，她是旧世界的一个叛逆者，是挣脱封建家庭束缚而冲向社会，寻找中国革命的道路的人，但社会给予她的只是失望、寂寞和痛苦。她要学最切实的知识，却并未如愿以偿，她要找革命的路，也未找到。这失望、寂寞所造成的痛苦，使她难以忍受，特别是她耳闻目睹在"四·一二"反革命政变中，她所熟悉的朋友有些被杀害，有些仍在苦战，而有些却已败退。她愤激了，觉得不能再沉默下去，于是开始提笔作战。她在谈她从事小说创作经历时说："我那时为什么写小说，我以为是因为寂寞，对社会不满，自己生活无出路，有许多话需要说出来，却找不到人听，很想做些事，又找不到机会，于是便提起笔，要代替自己给这社会一个分析……"①

在这种时代和这种思绪的激励下她写出了她的第一部短篇小说《梦珂》。《梦珂》描写了一个年轻女子因环境压迫而逐渐堕落的故事。

① 丁玲：《我的创作生活》，《丁玲全集》第 7 卷，石家庄：河北人民出版社，2001 年。

女主人公梦珂一出生便失去了母亲，而父亲在挥霍完祖产，仕途又因遭朋友欺骗而中断后，终日沉迷在酒醉后的萎靡和易怒状态中，梦珂长大后为了读书，也为了借此重振家声，不得不离开年老的父亲，独自远赴上海求学。

可上海学校的生活也并非平静。在美术学校，为了保护被人欺辱的女模特，梦珂挺身而出，这场风波的了结是以女模特失去工作，梦珂退学而告终，退学之后的梦珂寄居在上海的表姑母家，姑母家的生活环境虽然富有舒适，可梦珂感受到的却是不安、拘谨和虚伪的真情，一段时间之后梦珂才开始渐渐适应那原本与她从前所过的截然不同的生活。在新的生活环境里，梦珂为了迎合别人的爱好，常常说着言不由衷的奉承话，而这一切都让从前过着“自由的、坦白的、真情的、毫无虚饰的生活①”的梦珂从内心里感到不安。

> 当她回忆到自己那些勉强装出来的样子，像是非常自然的夹在那男女中笑谈一切，不觉羞惭得把眼皮也润湿了。过后才拿许多“不得已”的理由，来宽恕自己被逼做出来的那些丑态，但却不敢真的便把那一点愧心放下。如些翻来覆去的，半夜都不能睡着。②“难道这里来的人都是不坦白，不真诚……”最后只好归怨到自己。③

但是随着时光的流逝，梦珂也渐渐随遇而安。

> 时光是箭一般的逝去，梦珂的不安也随着时光逝去，慢慢就放心放胆的过活起来，比较习惯了这曾使她不敢接近的生活。

所以当面对杨小姐的一套受到大家称许的衣服时，虽然她并不称许那一套衣服，尤其是那件大红小坎肩，多么刺激人的颜色呀！袍子也太花，不如表姐姊那件玄色缎袍，只下边袍缘上一溜织就的金色小浪花。但她却不得不慷慨她的赞谀：

> 但又不知如何说才合意。过了半天只好也重复的学着别人：“呵，美透了！美透了！”

---

① 丁玲：《梦珂》，《丁玲全集》第 3 卷，石家庄：河北人民出版社，2001 年。

② 丁玲：《梦珂》，《丁玲全集》第 3 卷，石家庄：河北人民出版社，2001 年。

③ 丁玲：《梦珂》，《丁玲全集》第 3 卷，石家庄：河北人民出版社，2001 年。

上面的引文表明梦珂入住姑母家之后心境的变化，初始的心情“不觉羞惭得把眼皮也润湿了，”这里用“润湿”一词，是眼泪渐渐溢出的感觉，因为感情的变化随着一幕幕回忆镜头，从羞愧到惭愧再至愧疚而溢出的。“愧心”一词中，“愧”字包含的是整个回忆过程中心境由羞愧→惭愧→愧疚的整个变化过程。后来梦珂开始习惯了这总是戴着虚伪面纱的生活，当她面对自己并不称许的一套衣服时，作者用了“赞谀”而非“赞美”一词，“谀”有阿谀奉承之意，表明了梦珂当时内心的真实感受，若用不得不慷慨她的“赞美之词”，那么这“赞美”与“赞谀”之间的感受则是大相径庭了，既然用了“赞谀”的“谀”字，那么“美透了，美透了”中的“透”则要比用“美极了”的“极”更能表现出那“谀”字所蕴涵的味道。

梦珂继续在姑母家过着无所事事的生活，一日父亲的来信又勾起她对过去那真诚、坦白的幸福日子的回忆，可为了避免与父亲因提婚之事而发生冲突，梦珂只得继续在姑母家生活下去，直到有一天梦珂无意中听到了表哥晓淞与黎明对她不怀好意的对话之后，她伤心之极，留下一封告别信后不辞而别。

在一番痛苦的思想斗争之后，梦珂决定去投考剧社，以做演员为生。

> 梦珂大着胆子走进“圆月剧社”的大门内，在二层里那角上的铜栏柜台后忽地探出一个扁扁的脸。
>
> “喂，啥事体？”
>
> 在扁扁的脸后又伸出一个小后生的头，看样子是当差，或是汽车夫吧，两只小眼睛愣愣的盯住这来访的女客，拍一下扁脸的肩。
>
> 梦珂朝着挂有一块演员领薪的日期并规则的牌匾的铜栏走去：
>
> “我姓林。”摸了一下口袋，“呵，我忘了带名片……”，
>
> “倷找啥人？”
>
> “张先生？龚先生？……”那个小后生夹着问。
>
> “不，我想会会你们的经理……”
>
> “哈，经理！格个辰光弗在此地。”
>
> “哦……什么时候可以……”
>
> “倷是伊啥人？”
>
> “我还不认识他……”
>
> “哈……”那小后生的白牙齿露出来了。

> “明天来。”
>
> “上午……”
>
> “啥格辰光，阿拉弗晓得，经理来弗来也呒定规。”
>
> “哦……那你们此地还有什么办事人，我很想能见一见……”
>
> “倷到底有啥事体？”
>
> “劳驾，请去问一声，我姓林。”
>
> “哈哈……”扁脸把脸笑得更扁了，眼睛只剩一条缝：“阿宝，倷去问声张先生看，说是有位姓林的小姐要会他。”“姓林的小姐”几个字说得分外加劲，又从那肉缝中，挤着两颗黄眼珠，仔细再打量一下站在柜台前的林小姐。①

这段对话是梦珂进了“圆月剧社”大门之后与看门人之间的问答，一个用上海话问，一个用普通话答，让人更清楚地感受到故事是发生在上海，梦珂虽然离开了姑母家，但没有离开上海，当时她被社会环境逼得走投无路，从而进入所谓的“电影明星”的生活，剧社环境之让人难以隐忍，在梦珂踏进剧社大门，作者通过一连串用词已让读者感受到：首先是“铜栏柜台后忽的探出一个扁扁的脸。”“忽的探出”是一种贼头贼脑的表现，加上一张“扁扁的脸”，已经有些让人生厌，其次是后面“扁脸把脸笑得更扁了”，“又从那肉缝中，挤着两颗黄眼珠”，“更扁”“肉缝”“挤”“黄眼珠”，这张让人望而生厌的面孔，使读者不由得为梦珂后来踏进这个圈子的生活而担心，丁玲只用这几个词就准确地把这个圈子的险恶，形象地向读者展示了出来。

扁脸的“笑”这里出现三次，第一次写是“扁脸把脸笑得更扁了”，并把“姓林的小姐”几个字说得分外加劲。一个“扁”字可以让人看出笑者嘲笑人时的撇嘴动作。第二次的笑是在梦珂见过导演之后，导演送别梦珂时，“扁脸也笑笑的替她拉开玻璃门：‘倷去哉，林小姐’”。“笑笑的”带有迎逢张导演的谄媚之意。第三次写扁脸的笑则是在梦珂第二次去剧社时。

> 刚刚走进门，第一个迎着她的，又是那扁脸，那嘲笑的，滑稽的笑，开始便触了她一下。

---

① 丁玲：《梦珂》，《丁玲全集》第3卷，石家庄：河北人民出版社，2001年，第34页。

这次作者直接用上了形容词："嘲笑的"、"滑稽的笑"，比之前两次带有隐蕴地写扁脸笑的样子，更直接地给读者画出了扁脸的真实面孔。这样的一张面孔表明了梦珂即将坠入的社会圈子是多么的阴险黑暗，同时作者把那让人讨厌的看门人写成"扁"脸人，而不是"长脸"也是刻意为之，照理说，看门人只不过是个无名小卒，用"扁脸人"或"长脸人"对全篇的故事并无大的影响，可之所以用"扁"，是因为"扁"字能更形象地用于表达出那些趋炎附势的小人的丑恶嘴脸，正因为"扁"才能把脸笑得更扁，才能把眼睛挤成一条肉缝，倘若把"扁"换成"长"，在细细体味人物的形象后，会有不小的差异。可见作者在下笔之前，通常在脑海中勾勒了人物大概的体貌，以符合其在故事中所要担当的角色，所以细微的选字遣词都会对人物的形象塑造产生不小的作用。这就是文字的魅力，简简单单的几个字，几个词让人仿佛亲眼目睹梦珂是如何把"自己弄到更不堪收拾的地方去了"，"直向地狱的深渊坠去。"

这篇小说不仅真实地表现了那个时代青年们的处境，也深刻地揭示了当时的社会问题。《梦珂》无论与"五四"时代的其他作品比较，或是与左联时期的同类作品比较，它都"更透明地反射着那时代的新知识少女的苦闷及其向前追求的力量"。[①] 正如梅仪慈在《不断变化的文艺与生活的关系》[②] 一文中所说，"即使说《梦珂》还不是一个很成功的作品，但却是有形成丁玲早期生活经历独特情景的主要成分，一个孤独的人同敌对的格格不入的世界相抗争，热切地为认识自己的情感而努力，又为达到某种自我的理智而奋斗，这与作者自己所说的，她的早期小说充满了对社会的鄙视和个人孤独的灵魂的倔强"是一致的。

《梦珂》是丁玲开笔的第一篇小说，它虽然闪耀着作者不平凡的文艺才分，惹起读者的广泛注意，然而尚未形成丁玲的文学语言风格。正如丁玲自己所说："《梦珂》是我的第一篇作品。刚写文章，说不上有什么独特的文风。《梦珂》写了大半年，这篇小说材料多，但没有很好组织地展开。那时生活积累较多。各种感受都想装进去，容纳的东西是够多的，但每一件事情都没有把它写充分。"[③] 的确，这篇小说中写了许多事情，如美术学校的风波，梦珂的家乡生活，梦珂的父亲、朋友匀珍、姑母家的生活，表姐、表哥及其朋友杨小姐、雅南、澹明、无政府党，男人们虚伪的爱恋之情，最后是演艺圈等等，材料颇多，可是通观全篇，并没有一条很明确的主线，每件事情都泛泛而谈，没能充分展现小说中人物

① 冯雪峰：《从〈梦珂〉到〈夜〉》，《中国作家》1948 年第 1 卷第 2 期。

② 原载美国哈佛大学东亚研究所编：《五四时代的现代中国文学》，戴刚译，1977 年。

③ 庄钟庆、孙立川：《丁玲同志答问录》，《新文学史料》1991 年第 3 期。

的思想，性格的发展变化，甚至梦珂所要追求和奋斗的目标是什么都不十分明确，这样的作品自然称不上是很成功的作品，因而没能形成独特的风格，而《莎菲女士的日记》却始终围绕着莎菲要追求个性，追求真爱的苦闷及与周围不相宜的环境进行斗争这样一个中心来写，故而成功地塑造了莎菲这位时代女性，这篇小说成为丁玲这一时期的代表作，显示出了她独特的艺术风格。

虽然丁玲自己认为作品的材料没有能够得到充分地展开和组织，笔者认为这指的是篇章结构上的不足，但小说仍能引起读者的关注，闪耀着作者的文学才分，除了与其主题大胆新颖地反映了当时的社会问题外，在文字的选用上也不乏作者的匠心，这两者结合在一起才会引起大家对一个初出茅庐的创作者的广泛关注。

后来丁玲又发表了《莎菲女士的日记》等小说，特别是《莎菲女士的日记》这一篇，正如毅真在《丁玲女士》一文中所评价的，在这个时期“最能代表丁玲女士的作风，同时也最能代表她在时代的位置上的，也就是她的作品中一篇最精采的，自然要推《莎菲女士的日记》了[①]”。

《莎菲女士的日记》以其率直而又细致，委婉而又多变的描写著称于文坛，显示出她独特的艺术风格，这种风格也突出地表现在文学语言的种种方面。

《莎菲女士的日记》描写一个追求个性的青年女子莎菲因为患了在当时难以治愈的肺病，从而生活变得灰暗，恋爱无望，致使内心伤痛的故事。莎菲倔强地反对社会环境，却又寂寞孤独，她的心灵在痛苦和矛盾中煎熬着。为了表现莎菲这个性格复杂的典型知识青年女性，丁玲以率直而又细密，摇曳而又多姿的文学语言从多个方面展示她的形象。

《莎菲女士的日记》开篇便是：

> 今天又刮风！天还没亮，就被风刮醒了。伙计又跑进来生火炉。我知道，这是怎样都不能再睡得着了的。我也知道，不起来，便会头昏，睡在被窝里是太爱想到一些奇奇怪怪的事上去。医生说顶说好能多睡，多吃，莫看书，莫想事，偏这就不能，夜晚总得到两三点才能睡着，天不亮又醒了。象这样刮风天，真不能不令人想到许多使人焦躁的事。并且一刮风，就不能出去玩，关在屋子里没有书看，还能做些什么？一个人能呆呆的坐着，等时间的过去吗？我是每天都在等着，挨着，只想这

---

① 毅真：《丁玲女士》，《当代中国女作家论》一文节选《妇女杂志》1930 年第 16 卷第 3 期。

> 冬天快点过去；天气一暖和，我咳嗽总可好些，那时候，要回南便回南，要进学校便进学校，但这冬天可太长了。①

这段细描不仅表现了刮风的情景，而且交代了莎菲的生活环境以及种种心态活动。

> 今天又刮风！天还没亮，就被风刮醒了。

一个“又”字言简意赅地说明了连续多日的风天，一个“被”字表明了莎菲生活在被逼迫之中，由于身体的缘故，医嘱多睡多吃，莫看书，莫想事，然而风声扰人入眠，同时“睡在被窝里太爱想到一些奇奇怪怪的事上去”。“像这样刮风天，真不能不令人想到许多使人焦燥的事。”这种内忧外困的情况自然不会对病体的恢复有所帮助。这从“一个人能呆呆的坐着，等时间的过去吗？我是每天都在等着，挨着，只想这冬天快点过去；天气一暖和，我咳嗽总可好些，那时候，要回南便回南，要进学校便进学校，但这冬天可太长了”这种自问自答的反问句式，起到了一种强调时间漫长的孤寂，答句中的“是”字强调句，更说明了这时间的漫长，动词“挨”字的使用，则凸现了此时此刻莎菲那别无选择，无可奈何的心情。

莎菲的知识青年的身份也从其自己的语言“莫看出，莫想事，偏这就不能”，“那时候，要回南便回南，要进学校便进学校”的半文半白句式，以及“关在屋子里没有书看，还能做些什么?”的话语中，在小说的一开头便交待给读者了。

接着，小说又一连直接用了几个“生气”以及与“气”有关的词语衬托出这种内外不顺情况下莎菲的烦躁心情：

> 报看完，想不出能找点什么事做，只好一个人坐在火炉旁生气，气的事，也是天天气惯了的。天天一听到从窗外走廊上传来的那些住客们喊伙计的声音，便头痛，那声音真是又粗，又大，又嗄，又单调；“伙计，开壶!”或是“脸水，伙计!。”这是谁也可以想象出来的一种难听的声音。还有，那楼下电话也是不断的有人在那电话机旁大声的说话。

① 丁玲：《莎菲女士的日记》，《丁玲全集》第3卷，石家庄：河北人民出版社，2001年，第41页。

> 没有一些声息时，又会感到寂沉沉的可怕，尤其是那四堵粉垩的墙。它们呆呆的把你眼睛挡住，无论你坐在哪方：逃到床上躺着吧，那同样的白垩的天花板，便沉沉的把你压住。真找不出一件事是能令人不生嫌厌的心的；如同那麻脸伙计，那有抹布味的饭菜，那扫不干净的窗格上的沙土，那洗脸台上的镜子——这是一面可以把你的脸拖到一尺多长的镜子，不过只要你肯稍微一偏你的头，那你的脸又会扁的使你自已也害怕……这都是可以令人生气又生气。也许这只我一人如是。但我却宁肯能找到些新的不快活不满足；只是新的，无论好坏，似乎都隔得我太远了。[①]

对《莎菲女士的日记》一文，我们还可以从文学语言的几个层面对其文学语言风格进行探讨。

从语音层面来看，率直而又细密，委婉而又多变的语言风格往往能根据不同的要求发出不同的音调。汉语的音韵结构分声、韵、调三个组成部分：元音在音节中占重要地位，加上不同声调的升降抑扬，使汉语具有明显的音乐美。根据这个特点，可以构成各种风格手段。例如，按声调变化和音节长短，人们将四声分为平仄，协调平仄就是汉语音乐美的一种特有的风格手段。所以从音调上来说，文学语言要特别讲究音韵和节奏，仅仅音调音律便可构成诗律等艺术形式，因此中国古代律诗特别注重节奏，讲究平仄，要求押韵，所谓“平声平道莫低昂，上声高呼猛烈强，去声分明哀远道，入声短促急收藏”，便是我国古代诗论对汉语“四声”的说明和语音表现意义的总结。

《莎菲女士的日记》的开篇描写了患肺病的莎菲女士的烦躁心情，表现了受五四浪潮影响的叛逆的青年女士的沉郁苦闷，她们虽然冲破了封建家庭的束缚，却不明白要反抗什么和如何反抗。文中为了追求声情并茂的艺术效果以表现莎菲的烦闷，注意使用不同的语音节奏和声调来配合句子所要表达的语义。如：“它们呆呆地把你的眼睛挡住，无论你坐在哪方；逃到床上躺着吧，那同样的白垩的天花板，便沉沉地把你压住。”这个长句用拟人手法表达了墙和天花板给人物心境所造成的压力时，也采用了不同的语音节奏。由于单音节、双音节和三音节在阅读时的节奏不同，产生的语速效果自然是时快时慢。音调方面则是平仄间杂，造成语音有高有低，形成高低不同的反差，这种快慢不均的节奏和高低不一的语音很好地衬托出主人公烦躁不安的心态。尤其是那些短促低沉的仄音更是给这无

① 丁玲：《莎菲女士的日记》，《丁玲全集》第3卷，石家庄：河北人民出版社，2001年，第42页。

声的形象蒙上了一层“寂沉沉的可怕”的阴影，使读者感受到使用不同音调所产生的艺术感染力。

从遣词来说，细密多变的风格，要求选用精当且又新颖的词语以真实地表现人物的情感状态。

用词要贴切，生动和传神，其至高境界是任你名家高手也移易不得，这就有“炼字”之说，指每个词或字为着既符合节奏和音律，又实现意义的表达。

当莎菲悄悄地爱上凌吉士时，对莎菲的心理活动的描写，丁玲用的是短句，并用了三个“我要”，表现暗恋之中的青年女子心中的渴望。

> 我把所有的心计都放在这上面，好像同什么东西搏斗一样。我要那样东西，我还不愿去取得，我务必想方设法让他自己送来。是的，我了解我自己，不过是一个女性十足的女人，女人只把心思放到她要征服的男人们身上。我要占有他，我要他无条件地献上他的心，跪着求我赐给他的吻呢。我简直癫了，反反复复的只想着我所施行的手段的步骤，我简直癫了！①

最后重复地用“我简直癫了”，第二句更加上“感叹号”，以表示强烈的感情，对“反复”使用的重迭形式也从词语的节奏和连续重复的语音上起到加强语气的效果，把莎菲恋上一个人的兴奋情绪完全渲染了出来。

还是以上面的两个句子做例子，不仅“呆呆地”、“沉沉地”让读者有沉闷的窒息感，更是通过“你”字的运用，将“我”的内心感受外延，这种写法可以使读者与莎菲产生情感共鸣，身临其境地一般，也感受到环境对人性的压抑。还有为了反映莎菲“生气”的心态，有关词语的选用相当精细而又多样，有直接的，如“生气”、“气的事”、“令人生气又生气”等，还有间接表现生气的，如“真找不出一件事是能令人不生嫌厌的心的”，等等。

在文学语言组织中，语音层面固然重要，但语词，语句和篇章的排列组合等文法问题也不可忽视。词（字）有词法，句有句法，篇有篇法，文有文法。“文法”一词借助中国古典诗学，指的不是现代语言学意义上的“语法”，而是指“作文”和“作诗”之“法”，即文学创作的法则，这里主要指文学语言组织在语词、语句和篇章方面的构成法则。文法通常有三类：词法、句法和篇法，具体

① 丁玲：《莎菲女士的日记》，《丁玲全集》第3卷，石家庄：河北人民出版社，2001年，第51页。

到一篇文本中，则是篇法、句法和字法都各有其重要性，都应显示出各自独特而又统一的形象来。古人说："积字成句，积句成篇"，"百炼为字，千炼成句"，正是这个意思。明代王世贞说得比较具体：

首尾开合，繁简奇正，各极其度，篇法也。抑扬顿挫，长短节奏，各极其致，句法也。点掇关键，金石绮彩，各极其造，字法也。①

从句型来说，为表现生气的人，特别是年青女性的烦躁，行文语句多简短又有变化，如喊伙计"那声音真是又粗，又大，又嘎，又单调；'伙计，开壶！'，或是'脸水，伙计'"，当然篇中也有长句子，然而即使有的话，也不悖于生气的人的口吻。

为了强调莎菲的抑郁心情，作者还采用了一些修辞手法。排比的如"那麻脸伙计，那有抹布味的饭菜，那扫不干净的窗格上的沙土，那洗脸台上的镜子"；拟人的如"白垩的天花板，便沉沉地把你压住"等等。这些从内容上说都是"生气"郁闷的反映，从表述方式上说也是符合"生气"和郁闷情状的。

这些描写值得重视的是作者借助系列的意象精细地组成艺术形象。其方法是层层深入，浑然一体。先是有声的现象，比如莎菲听到从窗外走廊上传来的那些住客们喊伙计的声音，便感头痛；"这是谁也可以想像出来的一种难听的声音"；以及"那楼下电话不断的有人在电机旁大声的说话"。表现无声的现象，例如"感到寂沉沉的可怕，尤其是那四堵粉垩的墙。"这些揭示了莎菲生活在既杂乱又沉寂的环境中，同时也表现了莎菲内忧外困的不安心态，末了还有"那洗脸台上的镜子"的意象，更是把"生气"的内涵深化了。

《三月二十四》的日记也多用的是长短句结合，以及感叹词来表达莎菲在爱中挣扎的强烈情感。

当他单独在我面前时，我觑着那脸庞，聆着那音乐般的声音，心便在忍受那感情的鞭打！为什么不扑过去吻他的嘴唇，他的眉梢，他的……无论什么地方？真的，有时话都到口边了："我的王！准许我亲一下吧！"但又受理智，不，我就从没有过理智，是受另一种自尊的情感所裁制而又咽住了。"唉！无论他的思想怎样坏，他使我如此癫狂的动

---

① 王世贞：《艺苑卮言》卷一，《历代诗话续编》。

情，是曾有过而无疑，那我为啥不承认我是爱上了他咧？”并且，我敢断定，假使他能把我紧紧地拥抱着，让我吻遍他全身，然后他把我丢下海去，丢下火去，我都会快乐的闭着眼等待那可以永久得藏我那爱情的死的来到。“唉！我竟爱他了，我要他给我一个好好的死就够了……”①

作品的叙述方式也可以表现文学语言的风格，《莎菲女士的日记》采取的叙述方式，同细密而又多姿的文学语言风格是相融合的，从而有力地塑造了莎菲的典型形象。

《莎菲女士的日记》为了拉近读者与小说主人公莎菲的距离，以便更好、更细致地表达作者所要表达的种种真切感受，丁玲采用了日记体第一人称的叙事方式，把叙事视角移入作品内部，成为内在式焦点叙述。这种叙述角度有两个特点：首先，这个人物作为叙述者兼角色，他不仅可以参与事件过程，又可以离开作品环境面向读者进行描述和评价，这双重身份使这个角色不同于作品中其他角色，比其他故事中人物更“透明”，更易于理解。其次，读者在阅读过程中，由于一直用“我”来开始句子的阅读，开展故事的情节，不由自主也会逐渐进入作品主人公的影子里，心情随主人公的感受和环境变化而变化，产生如临其境般的逼真感觉。这种侧重于主观心理描写的叙事手法也是五四时期受外国文学影响的一种表现。

《莎菲女士的日记》中是用第一人称进行叙事的，但这第一人称并不是作者，而是作品的主人公。这种第一人称的叙事方式不仅便于主人公在日记中自我解剖，自我分析和其真实的内心情感袒露，也有利于表现作家的感情。通过莎菲本人来交代人物，展开情节，是因为作者对莎菲的命运也不是“全知”。日记中的莎菲总是认为她周围的人对她是绝对不了解，也不可能了解她的。因此读者所认识的莎菲都是通过莎菲的自我评价，而非其他人对她的看法。如：

《十二月二十四》：苇弟看见我笑了，便很满足。跳过床头去脱大氅，还脱下他那顶大皮帽。假使他这时再掉过头来望我一下，我想他一定可以从我的眼睛里得些不快活去。为什么他不可以再多的懂得我些呢？

我总愿意有那么一个人能了解我清清楚楚的，如若不懂得我，我要

① 丁玲：《莎菲女士的日记》，《丁玲全集》第3卷，石家庄：河北人民出版社，2001年，第71页。

那些爱，那些体贴做什么？偏偏我的父亲，我的姐姐，我的朋友都如此盲目的爱惜我，我真不知道他们爱惜我的什么；爱我的骄纵，爱我的脾气，爱我的肺病吗？有时我为这些生气，伤心，但他们却都更容让我，更爱我，说一些错到更使我想打他们的一些安慰话。我真愿意在这种时候会有人懂得我，便骂我，我也可以快乐而骄傲了。①

《三月二十二》：谁能懂得我呢，便能懂得这只能表现我万分之一的日记，也只令我看到这有限的伤心哟！②

“为什么他不可以再多得懂得我些呢?”这一自我反问句表达了莎菲希望他们了解自己的心情。

“我真愿意在这种时候会有人懂得我，便骂我，我也可以快乐而骄傲了”，作者让莎菲自己用表示极端情况的假设句来表达其特别渴望被人了解的心情。

这些句法的使用，都加深了作者所要表现莎菲不为社会所理解的孤寂心情。再如为了恰切地表达人物的心理状态，丁玲在句式的选用上也用了心：如《三月二十七》的日记：

今夜我简直狂了。语言、文字是怎样在这时显得无用！我心像被许多小老鼠啃着一样，又像一盆火在心里燃烧。我想把什么东西都摔破，又想冒着夜气在外面乱跑，我无法制止我狂热的感情的激荡，我躺在这热情的针毡上，反过去也刺着，翻过来也刺着，似乎我又是在油锅里听到那油沸的响声，感到浑身的灼热……为什么我不跑出去呢？我等着一种渺茫的无意义的希望到来！哈……想到红唇，我又癫了！假使这希望是可能的话——我独自又忍不住笑，我再三再四反复问我自己：“爱他吗?”我更笑了。莎菲不会傻到如此地步去爱上南洋人。难道因我不承认我的命，便不可以被人准许做一点儿于人无损的事?

假使今夜他竟不来，我怎能甘心便恝然上西山去……唉！九点半了！

九点四十分！③

---

① 丁玲：《莎菲女士的日记》，《丁玲全集》第3卷，石家庄：河北人民出版社，2001年，第43页。
② 丁玲：《莎菲女士的日记》，《丁玲全集》第3卷，石家庄：河北人民出版社，2001年，第70页。
③ 丁玲：《莎菲女士的日记》，《丁玲全集》第3卷，石家庄：河北人民出版社，2001年，第74页。

这段中整篇都是以第一人称“我”开头，以“我”的感受为表述中心的句子，以及“像……”“又像”“似乎”“想”“又想”“为什么”“难道”“假使”等一系列的比喻、排比、反问和假使句把恋爱中等待心上人出现的青年女子之心描述得淋漓尽致，特别是最后两个表明时间的短句，除了说明这是个心理上感受到的漫长的等待外，还表明了等待中的莎菲度日如年般受煎熬的感受。

《三月二十六》：回来已夜了，我一个人寂寂寞寞地收拾东西，想到我要离开北京的这些朋友们，我又哭了。但一想到朋友们却未曾向我流泪，我又擦去我脸上的泪痕。我又将一人寂寂寞寞地离开这古城了。在寂寞里，我又想到凌吉士了。其实，话不是这样说，凌吉士简直不能说“想起”“又想起”，完全都是整天在系念到他，只能说：“又来讲我的凌吉士吧。”这几天我故意造成的离别，在我是不可计的损失，我本想放松他，而我把他捏得更紧了。我既不能把他从心里压根儿拔去，我为什么要躲避着不见他的面呢？这真使我懊恼，我不能便如此同他离别，这样寂寂寞寞地走上西山……①

在创作上，注重写人，也是丁玲创作的一个特色。她说：在创作前要“爬进小说中每一个人物的心理，替他们想，那时应该有那种心情，这样我才提起笔来”②。因此，在作品的表现技巧方面，丁玲也大胆地向外国文学借鉴心理描写等艺术表现手法，写出人物细致曲折，瞬息万变的心理活动和隐秘复杂的情感动态，凸现人物思想性格的各个层次。她细腻的笔触往往能伸向女性心理世界的幽深去处。她笔下的女性形象复杂的心理冲突和错综的心理变化被表现得淋漓尽致，因而这些人物形象都显得丰实而独具个性。

仅此短短的两小段，作者用了四次“寂寞”和“寂寂寞寞”，这种集中、重复的用法，加上日记中多处用到的“寂寞”一词把病中莎菲那寂落难耐的孤独心情和身影完完全全地刻印在读者的脑中，达到了作者所要创造的心灵上负着时代苦闷及创伤的青年女性的叛逆的绝叫者③”。这也与丁玲在《一个真实人的一生——记胡也频》中说及自己开始小说创作的动机时，说自己早期小说“充满

① 丁玲：《莎菲女士的日记》，《丁玲全集》第3卷，石家庄：河北人民出版社，2001年，第72页。

② 丁玲：《我的创作经验》，《丁玲全集》第7卷，石家庄：河北人民出版社，2001年，第12页。

③ 宋建元：《丁玲评传》，西安：陕西人民出版社，1989年，第51页。

了对社会的鄙视和个人孤独的灵魂的倔强挣扎”的主题是一致的。①

文学创作是作家的情感体验与社会生活经验的结合的过程。中国古代诗论家认为，诗歌创作乃是诗人心灵与外在景物相互触发，彼此整合的过程，刘勰在《文心雕龙·特色》中说：“春秋代序，阴阳其容；情以物近，辞以情发。”自然景物及社会生活中的诸种事件都可以成为激发创作欲望的契机，司马迁的“发愤著书”之说是针对自己身受迫害而言的，韩愈的“不平则鸣”是指社会生活中不合理的事对作家创作心理激起的作用。“有感而发”是一切文学创作之通则。

这也正如丁玲在重返文坛后对莎菲形象所做的评述：“她是一个叛逆女性，她有着一种叛逆女性的倔强。有人说那是性爱，莎菲没有什么性的要求嘛，她就是看不起那些人，这种人她看不起，那种人也看不起，她是孤独的，她认为这个社会的人都不可靠。”“那时候，这种感情还是有代表性的。她们要同家庭决裂，又要同旧社会决裂，新的东西到哪里去找呢？她眼睛里看到的尽是黑暗，她对旧社会实在不喜欢，连同生活在这个社会中的人她也都不喜欢、不满意。她想寻找光明，但她看不到一个真正理想的东西，一个真正理想的人，她的全部不满是对着这个社会而发的。”②

丁玲在《一个真实人的一生——记胡也频》中也说：“除了小说，我找不到一个朋友。于是我写小说，我的小说就不得不充满了对社会的鄙视和个人孤独的灵魂的倔强挣扎。”在《我的创作生活》中，丁玲也提到“我那时为什么写小说，我以为是因为寂寞，对社会不满，自己生活无出路，有许多话需要说出来，却找不到人听，很想做些事，又找不到机会，于是便提起了笔，要代替自己给这社会一个分析。”③

作家创作时的独孤、寂寞情感自然会流露在她创造人物形象所用的字、词、句上。

再如《三月十三》的日记：

> 好几天又不提笔，不知是因为我心情不好，或是找不出所谓的情绪。我只知道，从昨天来我是只想哭了。别人看到我哭，以为我在想家，想到病，看见我笑呢，又以为我快乐了，还欢庆着这健康的光芒……但

① 丁玲：《一个真实人的一生——记胡也频》，《丁玲全集》第 9 卷，石家庄：河北人民出版社，2001 年。

② 《走访丁玲》，原载香港《开卷》杂志，1979 年第 5 期。

③ 丁玲：《我的创作生活》，《丁玲全集》第 7 卷，石家庄：河北人民出版社，2001 年，第 15 页。

所谓的朋友皆如是，我能告诉谁以我的不屑流泪，而又无力笑出的痴呆心境？因我看清了自己在人间的种种不愿舍弃的希望以及每次追求而得来的懊丧，所以连自己也不愿再同情这未能悟彻所引起的伤心。更哪能捉住一管笔去详细写出自怨和自恨呢！①

莎菲表述心情用的是日记一般的语言，在这段文字中，大量的句子和分句里，反复出现第一人称或自身代词“我”、“我的”“自己”，这便指明了莎菲的自我中心。又长又复杂的从句结构也可以看成是一种欧化倾向，每个起形容作用的从句似乎是在尽量准确地反映她的真实的心理状态，由一些象、又、还是、或是、但、而、连、更这样的连词连在一起，但这样的从句最后只是会引出一些似乎与前面的情景互相矛盾或相互否定的句子，这样的句子组在一起反映了人物内心起伏不定的活动。日记中使用的许多词，目的似乎并不是为了让读者清楚地了解内容，而只是为了让人感到混沌迷茫，感受到一种绝境。

丁玲采取的这种叙述方式对与其所要展开的主题有着深刻的内联作用，用日记体第一人称的方式写作，是作者要求自己只从主人公自身的观点出发叙述情节，由于小说中的莎菲总是认为别人是绝对不了解她，而读者又不能从其他人物的角度观察莎菲对其加以了解，导致读者只能随着莎菲的思绪这唯一的线索，因为线索的“唯一性”也会令读者在阅读中造成孤寂感。

同时由于日记作者只能知道一天终了时或截至写日记的时间所发生的事情，她无法预测第二天将会发生什么事情，理所当然地在每则日记的结尾都会留有诸如此类的一些问题，“明天将会怎样呢?”“这一切将会如何收场?”此类问题较容易引起读者的共鸣，丁玲用这种代表作品主人公的第一人称的叙事手法，为日记的作者与读者制造并保持一种悬念，把读者深深地吸引到日记作者的这次探索人生意义的旅行中去。莎菲在日记中不断反问自己：“我能说得出我真实的需要是些什么呢?（《一月三日》）“我到底又为什么呢？这真难说。”（《三月十三》）“我要什么呢？什么也与我无益。”（《一月十五》）“到底为的是什么呢?”（《一月十二》）日记这种叙事方式，表现了主人公对人生意义探索时的焦灼呼唤，也是丁玲当时创作小说的心情在笔端的自然流露，从莎菲的自我叙述中，完全可以体会到其文学语言风格同作品风格的一致性。

然而《三月二十八晨三时》的那篇日记，是莎菲的最后一篇日记，可在这

---

① 丁玲：《莎菲女士的日记》，《丁玲全集》第3卷，石家庄：河北人民出版社，2001年，第62页。

最后的一篇日记中，莎菲开首用的不再是“我”，而是第三人称“莎菲”。

> 莎菲生活在世上，要人们了解她体会她的心太热太恳切了，所以长远的沉溺在失望的苦恼中，但除了自己，谁能够知道她所流出的眼泪的份量？
>
> 在这本日记里，与其说是莎菲生活的一段记录，不如直接算为莎菲眼泪的每一个点滴，是在莎菲心上，才觉得更切实。然而这本日记现在要收束了，因为莎菲已无需乎此——用眼泪来泄愤和安慰，这原因是对于一切都觉得无意识，流泪更是这无意识的极深的表白。可是在这最后一页的日记上，莎菲应该用快乐的心情来重视，她从最大的失望中，蓦然得到了满足，这满足似乎要使人快乐得死才对。①

这段话从人称的变化上，产生了观察视角的变化，好像一个旁观者在观察莎菲。采用第三人称叙述的效果往往是叙述者如同无所不知的上帝，可以在同一时间内出现在各个不同的地点，可以了解过去，预知未来，还可随意进入任何一个人物的心灵深处挖掘隐私，而实际上在观察、评论莎菲的旁观者就是莎菲本人。丁玲这样写产生的效果是莎菲冷静而清醒地总结了自己的过去，决定结束从前的生活。可是，下面一段话又转为第一人称“我”。

> 但是我，我只从满足中感到胜利，从这胜利中得到凄凉，而更深的是认识我自己的可怜处，可笑处，因此把我这几个月来所萦萦于梦想的一点“美”反瞟缈了——这个美便是那高个儿的丰仪！

这段文字先用了第三人称，再转化为第一人称，表明莎菲在对自己的过去进行了总结之后，决心斩断过去。

> 但是我不愿留在北京，西山更不愿去了，我决计搭车南下，在无人认识的地方，浪费我生命的剩余；因此我的心从伤痛中又兴奋起来，我狂笑的怜惜自己：

① 丁玲：《莎菲女士的日记》，《丁玲全集》第3卷，石家庄：河北人民出版社，2001年，第75页。

> “悄悄的活下来，悄悄的死去，啊！我可怜你，莎菲！”①

“悄悄的活下来”是莎菲对未来的愿望，“悄悄的死去，啊！我可怜你莎菲”，是对自己过去生活状态的埋葬，日记开首用第三人称“莎菲”，结束仍用了第三人称“莎菲”，首尾呼应，表明旧人物，旧社会旧生活的逝去和新人物新生活的诞生。

作者塑造的莎菲是个不甘坠落，勇往直前的勇敢年轻女性，与《梦珂》最终跌入社会大泥潭的结尾大不相同。

与《梦珂》相似的随处可见的倒装句，长长的修饰成分，可以让我们从丁玲这一时期小说的文字运用上，看出当时文学创作上新文学语言演变及发展的印迹。

以新文学语言与欧化语言关系来说，五四时期反对文言文，提倡白话文。对应该怎样做白话文，傅斯年在《怎样做白话文》中主张“直用西洋文的款式，文法、词法、句法、章法、词技……一切修词学上的方法，造成一种超于现在的国语，欧化的国语，因而成就一种欧化国语文学”。茅盾、郑振铎与傅斯年围绕着要“语体文欧化”展开了讨论。在讨论中茅盾认为语体文欧化是指文法的欧化，不是指文学艺术的欧化。

左联时期，瞿秋白在《欧化文艺》中反对欧化文艺；而鲁迅在《二心集·关于翻译的通讯》中说译本“不但输入新的内容，也在输入新的表现法”，要“装进异样的句法去，古的、外省外府的，外国的，后来便可以据为己有”，“在日本，他们的文章里，欧化的语法是极平常了的”，他又在《致曹聚仁信》（1934 年 7 月 29 日）中说：“要支持欧化式的文章，但要区别这种文章是故意胡闹，还是为了立论的精密，不得不如此。”他还在《花边文学·“大雪纷飞”》中主张采用外国语，这些当时文学界热议的话题，对文学青年和爱好者来说无疑会产生影响。所以《梦珂》中这种带有明显欧化形式的句式比比皆是，是很正常的，如与教员起风波的一幕：

> 挨墙的第三个画架边，站得有一个穿黑长衫的女郎，默默地愣着那对大眼睛，冷冷的注视着室内所有的人。等到当她慢慢的把那一排浓密的睫毛一盖下，就开始移动她那直立得像雕像的身躯，走过去捧起那模特

① 丁玲：《莎菲女士的日记》，《丁玲全集》第 3 卷，石家庄：河北人民出版社，2001 年，第 78 页。

儿的头来，紧紧的瞅着，于是那半裸体女子的眼泪更大颗大颗的在流。①

对教员的外形描叙：

不过这一个教员，他那红的像熟透了的樱桃的鼻子却很惹人注意，于是自然把他那特点代替了他的姓名，其实他不同别人的地方还够多，眼睛呢，是一个钝角三角形，紧紧的挤在那浮肿的眼皮里；走起路来，常常把一只大手放到头上不住的搔那稀稀的几根黄发；还有那咳嗽，永远的，痰是翻上翻下的在喉管里打滚，却总不见他吐出一口或两口来的。②

对梦珂老父的叙述：

他自然是免不了那许多痛心的叹息和眼泪，并且终身在看管他那惟一的女儿中，夹着焦愁，忧愤，慢慢的也就苍老了，在那所古屋里。③

对梦珂的描述：

天然第一步学会的，便是把那细长细长的眉光一蹙一蹙，或是把那生有浓密睫毛的眼睑一阖下，就长声地叹息起来。不过，也许是由于那放浪子的血液还遗留在这女子的血管里的缘故，所以同时她又会很像她父亲当年一样的狂放的笑，和怎样的去扇动那美丽的眼。只可惜现在已缺少了那可以从挥霍中得到快乐的东西了。④

梦珂不愿听朋友的劝说时：

把脸收到手腕中靠在椅背上去了，是表示不愿听的样子。

① 丁玲：《梦珂》，《丁玲全集》第3卷，石家庄：河北人民出版社，2001年，第2页。
② 丁玲：《梦珂》，《丁玲全集》第3卷，石家庄：河北人民出版社，2001年，第1页。
③ 丁玲：《梦珂》，《丁玲全集》第3卷，石家庄：河北人民出版社，2001年，第4页。
④ 丁玲：《梦珂》，《丁玲全集》第3卷，石家庄：河北人民出版社，2001年，第4页。

对梦珂姑母的描述：

一个正在稍微发胖的四十多岁的太太，打扮得还很年轻，头顶上脱了一小撮头发，但搽上油，远看也看不出什么，……这时候刚在厨房里吩咐怎样做玫瑰鸭子转来，微带点疲倦，把眼皮半垂着，躺在一张摇椅上，椅子在那重的身躯下缓缓的、吃力的摇着。①

雅南留给梦珂的印象：

如此一天一天的玩，梦珂竟把匀珍忘了，还是雅南问着她，才记起已是四五个星期不到民厚里了。她要去又被雅南留住，因为雅南决定第二天动身回学校。在这晚上，他给了一个深深的印象在这还不很见过世面的女子心上。②

写梦珂如何在老于世故的表姐的熏陶下去熟悉世道常情：

但这也并不很快乐的，尤其是单独同两位小姐在一起时，她们肆无忌惮地讥骂日间她们所亲密的人，她们强迫教给她许多处世，待遇男人的秘诀。梦珂常常要忍耐地去听她们愚弄别人后的笑声，听她们所发表的奇怪的人生哲学的意义。有时固然为了她们那些近乎天真的顽皮笑过，但看到她们如妖狩般的心术和摆布，会骇得叫起来，拳头便在暗处伸缩。③

倒装句，长长的修饰成分，拗口的欧式长句等等，几乎通篇可见。从这方面看，《梦珂》的文学语言还是不够成熟的。

在《莎菲女士的日记》中，拗口长句依然随处可见，仅举几例：

《十二月二十四》：有时我为这些生气、伤心，但他们却都更容让我，更爱我，说一些错到更使我想打他们的一些安慰话。

---

① 丁玲：《梦珂》，《丁玲全集》第3卷，石家庄：河北人民出版社，2001年，第10页。
② 丁玲：《梦珂》，《丁玲全集》第3卷，石家庄：河北人民出版社，2001年，第22页。
③ 丁玲：《梦珂》，《丁玲全集》第3卷，石家庄：河北人民出版社，2001年，第24页。

但苇弟若站起来喊走时，我又会因怕寂寞而感到怅惘，而恨起他来。这个苇弟是早就知道的，所以他一直到晚上十点钟才回去。不过我却不骗人，并不骗自己，我清白，苇弟不走，不特于他没有益处，反只能让我更觉得他不容易支使，或竟更可怜他的太不会爱的技巧了。

《十二月二十八》：到真光时，还很早，在门口遇到一群同乡的小姐们，我真厌恶那些惯做的笑靥，我不去理她们，并且我无缘无故地生气到那许多去看电影的人。

不过人们太不肯鼓励我说那些违心的话，常常给我机会，让我反省我自己的行为，让我离人们却更远了。

《一月一日》：但我知道在这个社会里面是不准许任我去取得我所要的来满足我的冲动，我的欲望，无论这于人并没有损害的事。

《一月三日》：无论在白天，在夜晚，我却在梦想可以使我没有什么遗憾在我死的时候的一些事情。

《三月八日》：我因为有人在面前，便感得不快，也只掩藏住，并且觉得有点对凌吉士不住。

同时期的小说《暑假中》：

“你的承淑呢?”德珍姐有过好意在嘉理身上，于今虽说快结婚，已无意于朋友的人，但对承淑，说起来总是酸酸的。①

这小县城早已有了五六个学校的女教员，这些教员在几年来大家都已认熟了，但街上人只要一见那着短裙的影子，不觉地，并且还暗示着别人，送去一些使人受窘的眼光。为了这好些不愿上街示众的人便把腿也休息着了。②

---

① 丁玲：《暑假中》，《丁玲全集》第3卷，石家庄：河北人民出版社，2001年，第80页。

② 丁玲：《暑假中》，《丁玲全集》第3卷，石家庄：河北人民出版社，2001年，第86页。

《他走后》①：

> 并且每当秀冬沉默时，她又深怕他想到别的去了，她用那柔美的手腕勾着他的颈项，把自己的眸子放到他眼光中说：“秀冬，看看我，我要你看呢，我要看出你爱我的深浅呢！”

《阿毛姑娘》：

> 所以每天她总有空闲时候去同侄女们玩，大侄女在邻近的一个贫民学校读书，已是三年级的一个十岁的伶俐女孩。第二，是不很能给她喜欢的一个顽皮孩子，小的，便是团团，团团只两岁，时时喜欢有人抱。②

《一个女人和一个男人》：

> 这个年轻人是一个常常做些白话新诗在许多杂志上发表的，名字新近才改为一个满含日本风的什么“鸥外鸥”。

《小火轮上》：

> 临河的人家，大半有个小小吊楼，上面每处都伏得有穿大红衣服，或糟绿布衣的女人，她们每天三四次无厌的虔敬的观看这被人塞成了黑色的大船，和从船上下来的客，但是，最后，这船终于到了终点，大家都欢然地挤上岸去的时候，她黯然地呆着了。她怀疑那常为她住宿的私立学校，那就是她遭了辞退而去投宿的地方吗？她更迟疑，她怕再见昆山。她觉得，她所得于他的，一定是那虚伪和得意的眼光。③

这些欧化语言的表述方式也是时代发展的一个印迹。五四时期曾提出欧化国语，同时出现了大量的翻译作品，丁玲说：“那时我爱读中国的古典小说，觉得那里面反映了我所处的社会时代，我可以从那里得到安慰，得到启示。同时，我

① 丁玲：《他走后》，《丁玲全集》第3卷，石家庄：河北人民出版社，2001年，第229页。
② 丁玲：《阿毛姑娘》，《丁玲全集》第3卷，石家庄：河北人民出版社，2001年，第116页。
③ 丁玲：《小火轮上》，《丁玲全集》第3卷，石家庄：河北人民出版社，2001年，第221页。

也爱读欧洲文艺复兴时期以及十九世纪的世界文学，这些，孕育了我后来从事文学写作的最初的胚芽。”① 丁玲在20世纪20年代踏上文学道路时，除了中国小说外，她还阅读了大量的外国文学名著，如法国作家都德的《最后的一课》，小仲马的《茶花女》，福楼拜的《包法利夫人》，莫泊桑的《羊脂球》，以及俄国作家托尔斯泰、屠格涅夫、高尔基，英国作家狄更斯等的作品，这些作品都曾给她留下了深刻的印象。在谈到外国文学对中国的影响时，丁玲说：“我们很多年轻的作家，还有像我这样的人，都是接受外国的影响较多，‘五四’以来的新小说，大部分是学的外国小说的形式。”②

所以，在丁玲早期的作品中，无论在创作题材，故事情节，还是语言风格及艺术表现手法方面都或明或暗地留下了外国文学影响的痕迹，这对她在创作上形成独特的风格大有好处。

丁玲谈及自己早期创作作品的形式时，她说：“从形式来说，如日记体就是外国的，当然，还有别的，例如倒装句。那时是二十年代，三十年代，都这样。”③ 在作品的语言风格上，丁玲在《和湖南青年谈创作》时曾说：“我是受‘五四’的影响而从事写作的，因此，我开始写的作品是很欧化的，有很多欧化的句子。”

正是由于反封建的思想与外国文学对她的影响，她在开笔写小说时，便打破了中国封建社会给女子命名的传统思想，而采用了“梦珂”、“莎菲”、“伊莎”等这些颇带西方味道的名字。关于这一点，正如陈明后来说的，她“不喜欢用中国小说惯用的那些玉兰、金凤、桂英之类”，而是“采用了象莎菲这样较欧化的名字”。④

丁玲说：“如果没有西方文学对我的影响，我大概不会写小说。”她的早年作品不论在思想上或在形式上都受到西方文学的影响，因之“不免还流露着一些欧化的痕迹”，⑤ 陈明认为丁玲在开始写作的时候：“在文学方面似乎没有作很多准备，有不少地方不合语法规范”，“欧化的，有时又夹着湖南土语，并且有些

① 丁玲：《我的生平与创作》，《丁玲全集》第7卷，石家庄：河北人民出版社，2001年。

② 丁玲：《和北京语言学院留学生的一次谈话》，《丁玲全集》第8卷，石家庄：河北人民出版社，2001年。

③ 丁玲：《我的生平与创作》，《丁玲全集》第7卷，石家庄：河北人民出版社，2001年。

④ 王中忱、尚侠：《丁玲生活与文学的道路》，长春：吉林人民出版社，1982年。

⑤ 丁玲：《丁玲短篇小说选》前言（英文版），《丁玲全集》第9卷，石家庄：河北人民出版社，2001年。

显得拖泥带水的文字”。①

丁玲的文学语言是以五四时期提倡的白话文为基础，并吸收外国文学语言及中国古典文学和方言的长处，形成了独特的语言。丁玲这个时期的作品中，我们可以发现不少的地方方言、土语词汇和文言或文白夹杂的表达方式。

如《梦珂》中这样写道：

> 还要说下去时，杨小姐闯了进来，抓着梦珂便跑，梦珂一路叫到屋前的台阶边。阶前汽车里的澹明、表姐、朱成三人都嚷了起来。澹明打开车门，杨小姐一推，她便在澹明手腕中了。杨小姐上来后，车慢慢的走了起来，她夹在杨小姐和澹明中间，前面的两人转过脸来笑，她虽说有点生气，也只好陪着笑脸：
>
> “打劫我做啥子?”
>
> “告你吧，我一见晓淞二哥有四五天不在家，就疑惑，问他俩人都不知道，心想明哥是同二哥一鼻孔出气的，他一定知道，不过假使他们安心瞒我们，问也不肯说的，于是我去诈他，果然一下就诈出来了。现在我们去安乐宫找二哥。你，若不抢，你也不肯来，听到‘安乐宫’便不快活了。”
>
> “他住在安乐宫做啥子?”
>
> “哈，安乐宫能住吗？他们今夜在那儿跳舞。做啥子，他们在大东旅社做啥子!”
>
> “喂，啥事体?”②
>
> 在扁扁的脸后又伸出一个小后生的头，看样子是当差，或是汽车夫吧，两只小眼睛愣愣的盯住这来访的女客，拍一下扁脸的肩。
>
> 梦珂朝着挂有一块演员领薪的日期并规则的牌匾的铜栏走去：
>
> “我姓林。”摸了一下口袋，“呵，我忘了带名片……”。
>
> “倷找啥人?”
>
> “张先生？龚先生？……”那个小后生夹着问。
>
> “不，我想会会你们的经理……”
>
> “哈，经理！格个辰光弗在此地。”

---

① 苏珊娜：《会见丁玲》，《中国文学》（法文版）1984年第2期。

② 丁玲：《梦珂》，《丁玲全集》第3卷，石家庄：河北人民出版社，2001年，第29页。

"哦……什么时候可以……"

"倷是伊哈人?"

"我还不认识他……"

"哈……"那小后生的白牙齿露出来了。

"明天来。"

"上午……"

"哈格辰光，阿拉弗晓得，经理来弗来也呒定规。"

当梦珂第二天去剧社时，第一个迎她的又是那扁脸：

"呵，倷又来哉。张先生在楼上，从这门转过去，楼梯口有阿二，伊会引倷去……"

……

在这当儿，张寿琛出人意表，而她确确实实的听见他正打着上海腔向那瘦子说："阿是年纪弗大，面孔生来也勿错，侬看阿好?"那瘦子向她望了一眼，连忙点头，"满好，满好……"①

《莎菲女士的日记》里：

医生说顶好能多睡，多吃，莫看书，莫想事，偏这就不能，夜晚总得到两三点才睡着。

还有《暑假中》这样写：

"嘉妹，怎么了？嘉妹!"

把那从腰边伸过来的一只手扳开后她便拖着声音说："求——你！好不好，莫闹我，我实在要睡!"声音中含有无尽的不耐烦。

她也懂得嘉瑛在恨她，这恨能把她的心再拉向嘉瑛一些，她宁肯接受这懊悔，比嘉瑛终日在外面跑，能使她心里好受些，她百般抚慰她，

① 丁玲：《梦珂》，《丁玲全集》第3卷，石家庄：河北人民出版社，2001年，第37页。

如若她真要回去，她自己亲自送，送她到了家再一人转来。[①]

《阿毛姑娘》：许多人都沸沸扬扬，金婶婶一早就跑过来报消息。阿招嫂说："看样子还很有洋钿呢！""上海来的吧？"三姐迷乱地发着话。阿婆似乎遇到了什么好事一样，眯着眼同金婶婶笑。"你们今年一定可以多赚几个酒钱了，去年住的那和尚，很吝啬吧？""是的，外面人手头大方多了呢。昨天看妥房子，知道我们是看门的，一出手就给了两块多钱，说以后麻烦我们的时候多着呢，说话交关客气。转去时又坐了阿金的船，阿金晚上转来，喝得烂醉，问他得了多少船钱，他只摇头，我想至少也给半块。早上我们还说，可恨上面住的黄家同老和尚不搬，不然换几个年轻人来，好得多了，只是师宾师父还好些。"[②]

大嫂是一个已过三十的中年妇人，看阿毛自然是把来当小孩子看，无所用其心计和嫉妒，所以阿毛也感到她的可亲近。

阿毛的娘，也正像阿毛一样，终年都是快乐的操作着许多事，不知为什么，在刚刚把阿毛的奶革掉时，就很很的害着疟疾。头一次算挨过，第二回可完了。[③]

出去的时候，是早半天。她们迎着太阳在湖边的路上，迤迤逦逦向城里走去。三姐一路指点她，她的眼光始终现着惊诧的贪馋随着四处转。玉芝不时拿脚尖去蹴那路旁边枯草中的石子，并高声唱那刚学会的《国民革命歌》。

《小火轮上》：旅客们都走完了，挑夫们也不来了，船已成空船，她还茫然的站在舱中，过后，一个茶房走过来，诧异地大声向她说："到了呢，女客！怎么还不起坡去？要车子啵，我替你叫好不好？"[④]

《潜来了客的月夜》：我把手放开，正拟叹一声气；正在这时，我猛然听到，其实只能说感觉到，在后面的窗外，那陡立的山坡上，有一个很重的东西轻轻地坠下来，无声地落在地上，我心里不觉得大叫（几

① 丁玲：《暑假中》，《丁玲全集》第3卷，石家庄：河北人民出版社，2001年，第95页。
② 丁玲：《阿毛姑娘》，《丁玲全集》第3卷，石家庄：河北人民出版社，2001年，第130页。
③ 丁玲：《阿毛姑娘》，《丁玲全集》第3卷，石家庄：河北人民出版社，2001年，第119页。
④ 丁玲：《小火轮上》，《丁玲全集》第3卷，石家庄：河北人民出版社，2001年，第228页。

乎出声了）：“呀，硬有人呀！”[①]

《过年》：妈虽说已经吃过饭，也坐在饭桌上，同舅妈、舅舅闲谈。她站在旁边很高兴的听着。末后，舅妈便说：“正说要去接你呢。这几天把小菡急坏了，时刻跑来问，妈怎么还不回来呢，我总是说明天一定回来，她不信，等下又来问了，问到底明天会不会回来。我真怕她了，只好要强儿和毛儿去陪玩。不知怎样，她变得越小起来了，大约要吃什么了呢。”

小菡听到，有点害羞，又有点怏怏的。因为妈没有同情她，妈只淡淡的答：“总是不中用，弱得很，还是从小就常常离开着呢。”[②]

以上加点的字是方言，可是丁玲在采用方言时，由于加工不够，便出现一些生僻的方言土语。这些方言的运用虽然使读者了解到文中人物的生活背景和地域环境，但是也表现出作者在写作初期受到了方言潜移默化的影响。

在丁玲这一时期的作品中还有一个现象：

《梦珂》：这是他十八岁上娶过来的一个老翰林的女儿，虽说是按照中国的旧例，这婚姻是在两个小孩还吃奶的时候便走了起来的，但这姑娘却因了在母家养成的贤淑性格，和一种自视非常高贵的心理，所以从未为了他的挥霍，他的游荡，以及他后来的委靡而又易怒的神经质的脾气发生过龃龉。

《莎菲女士的日记》：“那时候，要回南便回南，要进学校便进学校。”“也许这只是我一人如是。”“可恨阳历三月了，还如是之冷。”“不特于他没有益处，反只能更觉他太容易指使，或竟更可怜他的太不会爱的技巧。”“回来已夜了。”

《暑假中》：她总这样想：“如若我现在还年轻，我便可以……”

“她一天比一天瘦了，有时竟不去吃饭，田妈若再来请，她就生气，

① 丁玲：《潜来了客的月夜》，《丁玲全集》第3卷，石家庄：河北人民出版社，2001年。

② 丁玲：《过年》，《丁玲全集》第3卷，石家庄：河北人民出版社，2001年。

饭并不是一个人惟一需要的呀!”

“至于志清如果升学，校长也不会挽留，因为她希望她们能如是。”

《阿毛姑娘》：这是一个非常的日子，然而也只在阿毛自己眼中才如是。

自然，一天，一天，她的欲望增加，而苦恼也就日甚一日了。

“若果阿毛有机会了解那些她所羡慕的女人的内部生活，从那之中看出人类的浅薄，人类的可怜，也许阿毛就能非常安于她那生活中的一切操作了。”

“阿毛看轻女人，同时就把一切女人的造化之功，加之于男子了。”

“其实阿毛并不如是。”

上面加点的字是文言或文言用法，如“夜”是名词动用，及含有文言成分的白话体。

这种现象是从用文言写作转向白话文写作这一过渡时期的显著特征，有其时代特点。这一时代特点是“五四”新文化运动和文学革命在由旧民主主义革命向新民主主义革命转变的历史条件下，在西方近代思想（包括西方近代文艺思潮）以及马克思主义影响下发生的。虽然倡导者对古代文化遗产存在否定过多的偏颇，但这种偏颇不能掩盖这场运动的伟大成就和意义。“五四”新文化运动是一场彻底反封建文化的运动，中国有史以来，还没有过这样深刻的文化革命。作为新文化运动一个重要方面的文学革命，也是一场历史上从未有过的彻底反封建旧文学，提倡新文学的革命，它是文学观念，文学的思想内容，文学的语言形式的大解放、大革命。文学革命批判了“文以载道”、“代圣贤立言”的旧文学观念，宣传了现实主义文学思想。新文学浸透了民主主义、人道主义、个性主义等近代思想，并且有社会主义思想因素，出现了新的主题、新的题材、新的人物。新文学引进话剧等新的文学体裁，进行了新诗的创建和小说形式的革新，特别是以白话代替文言，使白话文学立于正宗地位，文学革命使中国文学从禁锢束缚状态走向自由开放的状态，开创了中国文学的一个崭新的时代，开始向现代化迈进。文学革命批判传统的革命精神，对新文学的发展具有重要意义。

“五四”时期涌现的一批女作家，如冰心、庐隐，她们的作品在语言文字上大都脱不开传统文学和古典诗词的影响，较为典雅凝练，隽丽整饬。丁玲却在青年时代就觉得一天到晚都在旧诗里圈圈点点很不好。她说：“我这一辈子就受鲁迅的不要读线装书的影响，如果一天到晚老弄这些旧诗，我会悲观失望，所以旧的诗词在我身上始终没有多大影响。”① 由于外国文学的影响以及对旧诗词和线装书的疏远，丁玲在语言表达方式上的欧化，虽然有不足，但是也表现出她的文学语言的开放性和现代性，形成了一种酣畅洒脱，生气盎然的笔调。

丁玲早期的文学语言对当时文坛来说具有独特的意义，可以与五四时期的作品，如鲁迅的《伤逝》，冯沅君的《隔绝》等同类小说的不同语言风格进行比较，也可以同反映大革命以后情景的作品，如茅盾的《蚀》等作品比较，从而看出丁玲文学语言的特色。

鲁迅的《伤逝》以其简括、诗意的文学语言著称，冯沅君的《隔绝》虽有说理的语言成分，然而不影响其袒露内心的特色，茅盾的《蚀》与丁玲的文学语言有着共同之处，比如细致，不过也有不同之处，茅盾的作品显得遒劲有力，丁玲的则率直多变。

① 庄钟庆、孙立川：《丁玲同志答问录》，《新文学史料》1991年第3期。

第二章 文学语言风格的转换（1930—1936）

——刚健而又明快，蕴藉而又绵密

丁玲在左联时期文艺大众化的热潮中（1930—1936 年）开始文学语言风格转换，此时，丁玲从为小资产阶级知识女性向封建主义控诉逐步转变为为工农兵的斗争，她在这个阶段所创作的许多作品，成为了革命文学的标记，例如中篇小说《韦护》《母亲》《水》等。随着作品思想内容的变化，以语言表现为特点的艺术形式也发生了变化，文学语言的总的特点是刚健而又明快，又有蕴藉而又绵密的特色。

《韦护》写于 1929 年末到 1930 年初，从 1930 年 1 月 5 日起，在《小说月报》第 21 卷 1 至 5 号上连续发表，同年 9 月，由大江书铺出版。它是以王剑虹、瞿秋白的恋爱为素材，意在宣扬革命战胜恋爱。中篇小说《母亲》是通过母亲生活与思想的变化，反映辛亥革命的时代变迁及进步女性的奋斗历程。《水》是丁玲的短篇小说集，由 5 个短篇小说组成，即《从夜晚到天亮》《田家冲》《一天》《水》《年前的一天》。《水》写于 1931 年，以全中国十六省大水灾为背景，表现农民与洪水、与反动派的抗争；《一天》写陆祥在棚户区从事工人运动；《田家冲》写三小姐在农村从事革命活动。

1927 年“四·一二”反革命政变发生，内战代替了团结，独裁代替了民主，生气勃勃的大革命被葬送了，白色恐怖笼罩全国，但革命者却更加激进，昏迷者猛然觉醒，他们开始冲破个人狭隘的小天地，投身到大时代的洪流中去。丁玲在《向警予烈士给我的影响》一文中说：“大革命失败以后，在听到许多沉痛的消息的时候，最后又得到向警予阿姨光荣牺牲的恶耗，象霹雳一样震惊了我的灵魂，象巨石紧紧地压在心上。”这之后的丁玲，思想开始出现了转向革命的倾向，在创作上的突出表现，便是《韦护》的出现。这时期丁玲在创作上的积极性可以用胡也频的这句话作为印证“以前不明白为什么要写，不知道写什么，还写了那么多，现在明白了，就更应该写了。”① 丁玲当时的创作思想如此，情绪也如此，这和她以前的写作是很不同的。《韦护》的主题，虽然仍是革命加恋爱，但这篇小说发表不久，就有人看出了它与她以前小说有很大不同，指出：“这部长篇的主旨，很显然的是‘革命的信心’克服了‘爱情的留恋’，这一个概念就是很正确的概念，是她在前期所绝对不会如此主张的概念。具有那样‘近代女性’的性格的丽嘉，在最后也不免振作起来，要努力的去做一点事业，这也就足以证明这一概念的胜利。”② 当时有的评论文章说《韦护》大体还属于前期的东西，但也承认它与前期已“有点不同，就是有一条朦胧的出路了。仿佛已在社会中看见新的东西了，在《韦护》里，作者有意无意想把无政府主义的思想和青年知识分子的浪漫的生活埋葬”。③ 正如冯雪峰所说“在 1927 年以后，新文艺界也就有过所谓‘革命 + 恋爱’的流行主题，实质上就是从这一时代的矛盾所产生的。”④ 丁玲在《我的创作生活》一文中也提到写《韦护》之后，在写作态度上，“读者也看得出我是逐渐在变化”。

韦护的故事是这样的：当丽嘉和一群青年女子在南京自修文学，而陷于无出路，无工作可做的极端苦闷中时，在当时已经很有名气的作家、记者，年青的大学教授韦护来到了她们当中。他那不同一般的“蓝布工人服”，与众不同的言谈举止，立即引起了丽嘉的注意，并由惊奇、敬佩而产生了爱慕之情。而韦护也对丽嘉勇敢的举动和言语，发生了兴趣。他们彼此觉得很意气相投并产生了爱情，进而同居了。同居后的生活虽然甜蜜而快乐，可也无形中妨害了韦护的革命工作，经过一番痛苦的思考，韦护决定放弃爱情，投身革命。

这篇小说在艺术语言的表现风格上，没有像以前的小说语言有那么多地做静态叙述和心理描写，而是较多地运用了动态描写，即写动作、写对话多了，写细节多了，且增强了作品的具体感染力，克服了以往的沉闷感。

如当韦护爱上丽嘉时，丁玲是这样描绘的：

> 他又重新想过一遍她所说的一切的话，他证实了他是怎样的不能给她以人格上的刺激和满足。但是那眼光，唉，为什么在刚开始时，她就那样仿佛欲吞灭人的望着他。而且今天，更使人疑惑的亲切了起来。他

① 丁玲：《一个真实人的一生》，《丁玲全集》第 9 卷，石家庄：河北人民出版社，2001 年，第 71 页。

② 钱谦亮：《丁玲》，转引自宋建元，《丁玲评传》，第 148 页。

③ 何丹仁：《关于新的小说诞生——评丁玲的〈水〉》，《北平》第 2 卷，1932 年第 1 期。

④ 转引自宋建元：《丁玲评传》，西安：陕西人民出版社，1989 年，第 144 页。

越想，越不解，就越想，甚至有时忘形起来。他不知所以的在床上滚着，几乎将那小几上放的茶杯和水瓶都碰倒了。[①]

这段用的全是短句，符合年青男子的心理活动状态，同时连续用了“想”“证实”“不解”等动词来表现他对心爱之人的每一句话，每一个眼神，每一个细微动作进行反复咀嚼之状，一个动词“滚”字则把韦护翻来覆去思考的样子形象地描绘了出来。

而在丽嘉方面呢，“丽嘉又温习了一遍他所说的一切。没有错，他将她的意思引伸了，他补充了许多她未说出和未想到的话。他又说他的意见，那会与她一样，只是更具体，更确定，更将她引向他了。……有一种直觉，使她断定，若是韦护不逃避她，那他一定也要不断地往这里来。她不觉笑了。她笑她自己所料的决没有错，她又笑自己太急了。……”

动词“温习”“引伸”“补充”“说”“引向”“断定”，一连串的动词描绘了女孩子的心理活动，最后连用的三个“笑”，把丽嘉当时既自信开心又着急的情状细致地描绘了出来。

当韦护最终决定舍弃爱情，投身革命时，用的依然是短句、对话和动词来表现告别的场面。

他再回到丽嘉的面前时，他已有铁的意志的决断。唉，只这女人太可怜了，当她抚着他的瘦胸和那怦怦跳着的心时，她还无感觉地沉醉在爱情中。虽然，他也不免偶尔又起了犹疑，只是他认清了爱情不可再延长，这不仅害了他，于丽嘉也决不是有益的。他在第三天，选到了一个绝好的机会，便是珊珊也在这里的时候，他硬起心肠，向丽嘉作了一个最后的长久的深切的观望。然后他穿起大衣，说是要出外打一个转，他用力吻了她的嘴唇，握着珊珊的手说：“可感谢的，朋友！你且留在这儿吧，请一直等到我再回来。”[②]

声音有点哽咽了，手微微抖颤着。

① 丁玲：《韦护》，《丁玲全集》第1卷，石家庄：河北人民出版社，2001年，第47页。

② 丁玲：《韦护》，《丁玲全集》第1卷，石家庄：河北人民出版社，2001年，第106页。

珊珊也不觉的心里抖颤了一下，她骇得直着声音说：“不，我不能等你的，你还是留着吧！”但是他早已松脱手跑走了。

在楼下他伫立了一会，听到楼上没有一点声响，才阔步向外走去，眼泪不觉的充满脸上。呵！这不可再得的生命的甜蜜啊！

“选到”说明他时刻在准备着时机的到来，他时刻在准备着离开，“观望”把韦护希冀将爱人的影像深深刻入脑海的心理描绘了出来，“握着”有“托付”之意，“硬起”“用力吻”“哽咽”“抖颤”，把韦护的深爱不舍之情层层深化，直到“跑走”，以免泄露自己离去的计划，然而“伫立”和“充满”一词，又把韦护的难舍之情，难离之状细致生动地呈现了出来。“阔步”表现出了决绝之心。

在“革命+恋爱”的题材方面，丁玲还写了《一九三〇年春上海（之一）》《一九三〇年春上海（之二）》。

这个时期丁玲在描写爱情生活的语言上，生动、具体、细腻，既保持了她以前的那种大胆、酣畅的描写手法，又增加了更为典雅、细密的韵味。

如《韦护》中写他俩婚后甜蜜生活的这一段：

时间向前慢慢地爬着，韦护和丽嘉的爱情也和时间一样地进展着。很快的一个星期过去了，他们两人变成一对小鸟儿似的，他们忘记了一切，连时光也忘记了。他们日以继夜，栖在小房子里，但他们并不会感觉到这房子是小的，这是包含海洋和峻山以及日月星辰的一个充满了福乐的大宇宙。白天，那温暖的阳光，从那窗户，两扇落地的、象门似的窗户晒了进来，照到椅子的一角，他们便正坐到这里。他们的眼光，从没有离开过，而嘴便更少有停止了，有时是话说得多，有时是亲吻得更多。丽嘉常为一些爱情的动作，羞得伏在他身上不敢抬一下头，但却因为爱情，将她营养得更娇媚、更惹人了。他呢，他年轻了，逝去的青春复回了，且那过去的是多么不足道啊，因为他糟蹋了它。他浪漫过，他颓废过，但他却没有真真的爱过，生活过。现在呢，他爱了，他又被爱，他不能不重视这最使他沉醉，使他忘记一切不愉快的时日。他怕她一旦厌倦了跑开了，一当她不说话默着了的时候，他便要抱过她来，小说地问：“你想到什么了，告诉我，丽嘉，爱的！”①

---

① 丁玲：《韦护》，《丁玲全集》第1卷，石家庄：河北人民出版社，2001年，第83页。

值得注意的是，与从前描述多用长长的句式不同，整段除了一个大长句以外，皆用短句、短语进行大胆、生动、细密地描写是很引人注目的。

如《一九三〇年春（之二)》中：

> 她的意见与他不一致，这酒馆的空气很能刺激她，红的灯映着他俩，他显得更美了，他是个沉毅的男性；她自己呢，感觉得有点发烧，她相信这样她更使人动心，而且时时放点甜酒和浓茶到口中去，更加强了她的兴奋。她与她的爱人同坐在软沙发上，说一点使对方更心醉的话，忘记了一切，只慢慢互相撩拨着，撩拨着燃烧的心，这种难制的动心，她非常愿意延长，她不愿离开这境地，她怕回去，回去会把这种情绪冲断。那地方，冷清清的，而且还有许多琐碎事，不是她的行李还乱堆在房子当中吗？她只慢慢吃着酒。
>
> 望微却慢慢沉默下来，他为一种爱的欲望，却又不能达到所苦，他压制着自己，感觉全身都在发烧，红丝充满了他的眼睛，几乎放出火来。他只有默着，而且试着不听她的话，不受她的诱惑，因为那在他实在痛苦超过甜蜜。他更试着去想一点别的不关紧要的事，来缓和这难堪的情调。他默着，好像是在听她。其实他却将思想慢慢散开去，想到许多细小的事去了。
>
> 这是应该给他以原谅的，玛丽还不了解一个年轻男人常常在爱人前所忍受的难过。①

这两段采用的是对比式的写法，“他”“她自己”，用她和他各自的感受表现恋爱中青年男女的不同表现和行为，这两段描述情感的文字用得大胆、细密而又不失典雅，如“撩拨”“发烧”“放出火来”“诱惑”，面对这种情况，细密表现状态的是“她非常愿意延长”，而“他只有默着”，“默着”，这种大胆、生动、细密的描写是很引人的。同时，作者在故事的结尾也采用了这种鲜明、强烈的对比手法，玛丽不告而别，留了纸条，要他以放弃他的工作、他的信仰，作为她回家重聚的条件。但他却不肯放弃他的工作和信仰，于是她终于没有回来，在她走

① 丁玲：《一九三〇年春上海（之二)》，《丁玲全集》第3卷，石家庄：河北人民出版社，2001年，第305页。

后的第三个星期，他又去参加群众反帝反封建的示威游行，就在他演讲被捕时，玛丽却正被一个漂亮的青年搂着从大百货商店里提着许多东西出来。

> 他被拖到一辆大的黑的铁车旁，他被推到上面，那里挤满了被捕的战士。他从铁车的铁丝网里望出来，他突然看见大百货商店出口出现了一个娇艳的女性。唉，那是玛丽！她还是那样耀目，那样娉婷，恍如皇后。她还显得那么欢乐，然而却不轻浮的容仪。她显然是买了东西出来，因为她手里拿了许多包包，而且，的的确确，正有一个漂亮青年在揽着她。①

“他”一个被推上囚车的人，“她”却光彩耀目地欢乐着。这种手法突出、强烈地表现了两个人不同的道路，不同的归宿，起到了表现主题的画龙点睛的效果，突显了矛盾冲突的实质。

这也从丁玲1932年读《我的创作经验》中得到的印证：“去年，我觉得在苦闷，我有几个月不提笔，我当时非常讨厌自己的旧技巧。我觉得新的内容，不是适合旧的技巧的。”所以变化发展是必然的。

《奔》中写张大憨子在火车站等车和火车开走时对家无限依恋的思想活动：

> “天亮了呢。”他把他那烂了边的红眼睛，从拱着手的袖口边移出一条细缝，黯黯望着红的那方，在那方，家正在那儿。
>
> “对的，找着他们就好了。上海大地方，比不得我的家里，阔人多得很，找口饭还不容易吗?”张大憨子把那烂眼皮又朝家的那方挤了几挤，想着这是烧早粥的时候，又想着借来的那斗米和剩下的两簸箕糠，吃暂时是不愁的了。他接下去说道：“只要找到事做，不怕那孙二疤子，妈的这东西，到夏天我们归帐，一人三石谷算在一块，便宜点，二亩田又差不了好些了。”②

这些细描把张大憨子不得已背井离乡，投奔上海亲戚的农民思想写活了。这些都可以看出，丁玲在艺术技巧上的长进与娴熟。

---

① 丁玲：《一九三〇年春上海（之二）》，《丁玲全集》第3卷，石家庄：河北人民出版社，2001年，第338页。

② 丁玲：《奔》，《丁玲全集》第4卷，石家庄：河北人民出版社，2001年，第48页。

《水》是丁玲第五个短篇小说集，内收《从夜晚到天亮》《回家之中》《一天》《水》《年前的一天》等五个短篇小说。这本小说集里的作品，不但在题材、思想内容、人物形象上，而且在表现手法上，较以前都有了新的进展，茅盾认为“《水》在各方面都表示了丁玲的表现才能的更进一步的展开”。[①] 正如尼姆·韦尔斯在《续西行漫记》中记叙的丁玲所说：“我丈夫被杀后，我把我的婴孩送到湖南我母亲那里去，开始独自过一个新的生活。我读了许多书，写作小说，还在左联工作。我的写作，风格和内容二者都改变了。最初，我对我的旧风格稍感留恋，不满意我的新作，虽然我写了许多革命小说，虽然我早已放弃安那其主义，我的观点有一时本已渐渐在改变着。所以这不是思想方面的一个突变。我把我的作风，从个人自供式的写法和集中于个人，改变为描写社会背景。”[②]《水》是新作风的第一篇小说。说到自己的作品《水》，丁玲在《谈自己的创作》时说：“我的《水》也是写农村，写农民，写农民的悲惨命运和斗争，同自然斗争，同统治者斗争。发表的当时，较有影响。并不是说它写得很好，主要是题材不同于过去了。过去，一般作家都喜欢写个人的苦闷，对封建社会的不满，大都以小资产阶级知识分子为主。而《水》在当时冲破了这个格格。写了农村，写了农民，而且写了农民的斗争。”作者用自己的话印证了这种新作风的转变。

《水》是以1931年全中国十六省大水灾作为题材和背景的，丁玲在小说中力图描绘出水灾给人民造成的巨幅惨景，揭露国民党政府对灾民的冷酷和欺骗，更重要的是作者想写出农民的觉醒与反抗，从而表现中国革命的发展与高涨。

《水》发表后不久，冯雪峰即以《关于新的小说的诞生》为题，对《水》进行了深刻的分析。他指出，《水》作为一篇新的小说，主要表现在：第一，作者采用了重大的、巨大的、现实的题材。……第二，在对现实的分析上，显示作者对于阶级斗争的正确的、坚决的理解。第三，作者有了新的描写方法。[③] 这说明，丁玲已从写身边琐事，转向写广大农民的生活命运，从写个别人物，到写人民大众，即写群体；从青年的个人心理分析，到写集体的行动了，这新的描写方法具体到作品的文字语言上，就是刚健明快的特色。

刚劲有力的文学语言风格，有着多种表现，例如，在用字用词方面，常选用能表现刚劲的动词，形容词或词组合成的句子，《水》为了表现天灾来临之前人们的心态，在用词造句，及篇章构造的写作手法方面颇有讲究，力求体现文学语

---

① 转引自宋建元：《丁玲评传》，西安：陕西人民出版社，1989年，第166页。

② （美）尼姆·韦尔斯：《续西行漫记》（下册）第3章第5节。

③ 冯雪峰：《关于新的小说的诞生——丁玲的〈水〉》，原载1932年《北斗》第2卷，1932年第1期。

言的特点。如水灾来临之前，小说开篇：

> 家里的人，和一些仓促搬来的亲戚，静静的坐在黑下来的堂屋里。有着一点点淡青色的月光照到茅屋的门前，是初八九里的月亮。小到五岁的老幺也在这里，把剃了不久的光头，靠在他妈刘二妈的怀里，宁静的张着小小的耳朵听着。他并不知道要听些什么，他不过学着其他的人，所有的人，那末听着就是的。远远似乎有狗叫。风在送一些使人不安的声音，不过是一些不确定的声音，或许就是风自己走过丛密的树梢吧。①

这一小段开篇的文字，写一大群人静坐在堂屋里听风声，但只对这群人里的那个尚年幼无知的五岁小孩做了细描，并且特别写到：孩子并无目的，只是学着大人的样子宁静地张着小小的耳朵听着。这段对孩子的细描是用幼儿的举动暗示了当时大人们气氛的紧张和沉重，不直接写气氛的沉重，而通过孩子的表现，这种以小拟大的手法可以更强地表现出危险到来之前人们紧张不安的心情。

《水》善于使用借代、象征等手法，含蓄地表现在洪水灾害面前人的情绪的不同变化。如：用月亮的明暗和风及锣声的急缓代表时间的流逝和洪水的远近及水位的高低。在《水》一文中我们可以反复看到作者对月亮的描写。天刚黑时，作者写到“有一点淡青色的月光照到茅屋的门前，是初八九里的月亮”。随着夜的降临，天黑了下来，此时人们不仅可以看到月亮，还有天空中的星星和天河“天上有朦胧的月亮，还有密密的星，天河斜斜地拖着”。夜深风凉，“黯淡的月光映在人的黯淡脸上，风在树丛里不断地飕飕杀杀地响”。黯淡的月光和黯淡的人脸，再加上那飕飕杀杀的响声，使读者感到了夜的加深、人心的愁苦和险情的逼近。

“朦胧的月光下，认得出是两个妇人和两个小孩。”小说的故事是以月亮的移动，风的吹动徐徐有序地展开的。从篇首一段的“有着一点点淡青色的月光照到茅屋的门前，是初八九里的月亮”起头，让人看出这是夜幕初降时分，人们在山雨欲来风满城，大灾来临之前的不安中守望着。到大水到来之前的：“天上有朦朦的月亮，还有密密的星，天河斜斜地拖着”，夜渐深，人们开始感到大水在步步逼进，“天河”的出现，更加剧人们的恐惧和不安。

---

① 丁玲：《水》，《丁玲全集》第3卷，石家庄：河北人民出版社，2001年，第400页。

“远远鸡在叫了，近处的鸡也叫，东方的云脚上，有一抹青色的东西，是快天亮了吧。”这时的大堤已开始崩溃，“有几处地方崩溃得比较大了”，“一处地方忽然被冲毁了一个缺口，他们来不及掩上，水滚滚的流进来，水流的声响，像天崩地裂震耳的随着水流冲进来。”

“天这时微微在发亮”，大坝决堤了，水淹大地。[①]

> 天慢慢的亮了。没有太阳，惨愁的天照着黄色的滔滔的大水，那一夜淹了汤家阙，又淹了一渡口的一片汪洋的大水，那吞没了一切的怕人的大水，那还逞着野性，向周围的斜斜的山坡示威的大水。[②]
>
> 风远远的吹来，一直往屋子里飞，带来了湖湿的泥土气，又带来了一些听不清，却实在有点嘈杂的语声，远远的，模模糊糊一些男人似的说话。
>
> ……黯淡的月光映在人的黯淡的脸上，风在树丛里不断飕飕杀杀的响。人心里布满了恐惧，巨大的黑暗平伸在脚面前，只等踏下去了。[③]
>
> 就在这个时候，从堤那边传来了铜锣的声音……

“沸腾了的旷野，还是吹着微微的风。月亮照在树梢上，照在草地上，照在那太阳底下会放映绿油油的光辉的一片无涯的稻田，那些肥满的，在微风里嘻嘻轻语的爱人的稻田。”[④] 此时大水逼近，人们涌上大堤，准备守护这赖以生存的堤坝，“天空还是宁静，淡青色的，初八九的月光，洒在茅屋上”，人们开始在堤上抢险。

“半圆的月亮，远远的要落下去了，像切开了的瓜，吐着怕人的红水，照着水，照着旷野，照着窸窸响的稻田，照着茅屋的墙垣，照着那些在死的边缘上挣扎着的人群，在这上面，反映着黯淡的陈旧的血的颜色。”[⑤] 此时的大堤已险情不断，人们正在努力救护。

“太阳从东边上来，从西边下去”——暗示了白天的水灾惨象。

① 丁玲：《水》，《丁玲全集》第3卷，石家庄：河北人民出版社，2001年，第417页。
② 丁玲：《水》，《丁玲全集》第3卷，石家庄：河北人民出版社，2001年，第418页。
③ 丁玲：《水》，《丁玲全集》第3卷，石家庄：河北人民出版社，2001年，第407页。
④ 丁玲：《水》，《丁玲全集》第3卷，石家庄：河北人民出版社，2001年，第410页。
⑤ 丁玲：《水》，《丁玲全集》第3卷，石家庄：河北人民出版社，2001年，第413页。

风在送一些使人不安的声音，不过是一些不确定的声音，或许就是风自己走过丛密的树梢吧。

“不过”和“或许”表示人们起初对危险存在的不确定和希冀侥幸可以避之的心情。“风在送”使人不安的声音，“在”表示动作的进行态，这说明此时人们已经预感到洪水的危险了。转折词“不过”和表示可能性的“或许”两个词把人们对危险也许可以避免的侥幸心态表现了出来。“风”是水灾的代名词。“风真的送来了一些小的声音”，“虽然真的”，“小的”，表明离危险的大水到来还有一段时间，但这水灾的到来得到了确认。

外面风凉，天上有朦胧的月亮，还有密密的星，天河斜斜地拖着。

“外面风凉”四个字，看似简单平常的环境描写，其实是为了调动读者的感觉，暗示了随着洪水的逼近，人们在紧张和恐惧中僵住了的心情，“天河”则暗示现实中即将到来的洪水，“风远远的吹来，一直往屋子里飞，带来潮湿的泥土气，又带来一些听不清，却实在有点嘈杂的人语声，远远的，模模糊糊一些男人们的说话。”“风在树丛里不断的飕飕杀杀的响”调动了读者的嗅觉和听觉，说明危险的大水已近在咫尺。

就在这个时候，从堤那边传来了铜锣的声音，虽然是远远的传来，声音虽不闹耳，可是听得出那是在惶急之中乱敲着的，在静夜里，风把它四散飘去，每一槌却都重重地打在每一个人的心上，锣声，那惊人的颤响充满了辽阔的村落，村落里的人，畜，睡熟了的小鸟，还有那树林都打着战跳起来了，整个宇宙象一条拉紧了的弦，触一下就要断了。①

水灾到来的消息立刻传遍大街小巷。

微风穿过这凉快的夏夜。

沸腾了的旷野，还是吹着微微的风。

---

① 丁玲：《水》，《丁玲全集》第3卷，石家庄：河北人民出版社，2001年，第409页。

这大水无论人们如何挣扎抵御，它毁灭性地到来都无法抗拒。

风一阵一阵的送来，加强起来的喧闹，送到这些麻木叫喊着的人群里了。

水势越来越大，终于势不可挡，将人与物都无一幸免地被摧毁。

作者用“风”借代“水”，将危险的水灾由可能到确认，再到无可避免的过程一一表现出来，这种不直接叙述的方式，旨在调动人们的感官，让读者从内到外都有一种危险到来时的急迫感。

人群的团，火把的团，向堤边飞速地滚去。

另外的地方滚去另外的团，另外的火把，喊的声音从那里又滚开去。

火把滚向堤边去了，锣声一点也没有停，女人也冲到屋外，挂着眼泪，嘶起声音跑。

这段描述把人群在洪水来临，大堤危在旦夕时的表现，并且通过对词的选用，如用“团”表示人群之大和火把之多，用动词“滚”和“冲”表示行进的速度之快，“挂着”表示泪水流不断，“嘶起”，表现出人在紧张和恐惧中发出的声嘶力竭的绝叫，这些词把这大水到来的场面栩栩如生地展现在读者的面前。

丁玲在小说中并没有直接用“水灾”和“危险”一类的词来具体描述大水的步步逼进，而是采用借代法，调动人们的神经感受，感到危险的大水是分分秒秒地在逼近，不可避免。

雄健的文学语言风格还表现在善用短句，造成急促有力的效果，形成强劲之势。《水》在对话中充分地表现出短句的作用。

“听呀，听见没有？你们听呀！”小小的声音从屋角发出。

“是有人在喊着什么吧？”

“是的，象是从东边渡口那里传来的。”

“见神见鬼的，老子什么也没有听见。”

“真像有点响声呢，不要做声，听吧！”①

作者在文章的一开首就用简括的对话把洪水正在逼近的信息传达给读者。接着是洪水的步步逼近：

如：

“呵，是三爷。”

“怎么样了，从堤上来吧？”

“该会退了一点……”

“二哥呢……”

“怎么灯也不点一个，就打算天要塌下来，不想过日子了吗？”

“没有油了呀，还剩两支小蜡烛，就不留着急时候用吗？”

“到底怎么样了？一点声音也没有听见，退了些吗？”

“退呵欠，人都到下头去了，下头打锣没有听见吗？汤家阙、李家阙一带有点不稳，那里堤松些，屎到了门口才来挖茅厕。见他娘的鬼！我不信救得了什么，管它什么汤家阙、李家阙，明儿看吧，一概成湖！”

“我们这里呢？”②

这些对话都是口语式的短句，节奏明快，有助于表现强烈的感情。

飞速的伸着怕人的长脚的水，在夜晚看不清颜色，成了不见底的黑色巨流，响着雷样的吼声，凶猛的冲了来。失去了理智，发狂的人群，吼着要把这宇宙也震碎的绝叫，从几十里，四面八方的火光里，成潮的涌到这铜锣捶得最紧最急的堤边来。无数的火把照耀着，数不清，看不清的人头在这里攒动，慌急的跑去又跑来。几十个人来回的运着土块和碎石，有些就近将脚边田里的湿泥，连肥沃的稻苗，大块的锄起，不断的掩在那新有的一个盆大的洞口上。黄色的水流，像山洞里的瀑布，从洞口上激冲下来。土块不住的倾上去，几十个锄头随着土块捶打，水有时一停住，人心里才松一口气，可是，在不远的地方，又发现了另一个

① 丁玲：《水》，《丁玲全集》第3卷，石家庄：河北人民出版社，2001年，第400页。

② 丁玲：《水》，《丁玲全集》第3卷，石家庄：河北人民出版社，2001年，第403页。

> 小孔，水哗哗啦啦的流出来，转眼，孔又在放大，于是土又朝那里倾去，锄头声音也随着水流，随着土块转了地方。①

这段描述中，除了几个稍长的、十个字左右的句子，其他都是短句。这种句法形象地传达出抢险中人们着急的心情和忙乱的场面。

> 水还是朝着这不坚固的堤无情的冲来，人们还是不能舍掉这堤，时间已不准他们逃得脱了。除了死守着这堤，等水退，等水流慢下来，没有别的法子。锣尽管不住的敲，火把尽管照得更亮，人尽管密密层层的守着，新的小孔还是不断发现。在这夜晚，在这无知的，无感觉的天空中，加重了黑暗，加重了彷徨，加重了兴奋。在那些不知道疲倦的强壮的农人身上，加重了绝望，加重了彻头彻底的号叫，那使鬼神也不忍听，也要流出眼泪来的号叫。②

两个连续的“等”，表现了人们在大自然面前的缚手无力，三个排比句式的“尽管”，是转折关系复句，说明了人们一切的努力都是无济于事的，两个排比式的“在”“在”句子中，用了五个重复的“加重了”，淋漓尽致地表现了反动政府由于不关心人民的疾苦，致使大堤长年失修，在大水面前造成灾难。

通过使用三个“尽管”和五个“加重”的重复排比，让人感到人类在自然灾害面前的无能为力，使读者的心头沉甸甸地有“无知无感觉”般喘不上气来的窒息感。在这段描写中，一个悲惨的画面出现在我们的面前：可恶的浪头吞噬了田野、房屋，不幸的人们在洪水中举起可怜的双臂在呼救，无数尸首在树梢间漂流，无情的瘟疫，饥荒袭击着每一个贫困的村落……。文中广大农民对洪水的恐惧，让读者感到了多年以来压在人民头上的剥削制度的淫威，仿佛眼前浮现出许多经久不息、忍辱负重的历史悲剧，而那股隐藏在人们心中的仇恨怒火，又使读者看到了从黑暗王国里透露出来的一线曙光，“于是天将朦朦亮的时候，这队人，这队饥饿的奴隶，男人走在前面，女人也跟着跑，吼着生命的奔放，比水还凶猛的，朝镇上扑过去”。结尾的排比句式有助于深化作品的内蕴，也强化了作品的语言风格。

---

① 丁玲：《水》，《丁玲全集》第3卷，石家庄：河北人民出版社，2001年，第412页。
② 丁玲：《水》，《丁玲全集》第3卷，石家庄：河北人民出版社，2001年，第413页。

排比和拟人手法的使用，都是为了渲染洪水到来之前的紧张恐惧的气氛，也表现了作者浑雄刚健的文学语言风格。

> 那些原来是睡在宁静中的，于是那里的一切，连小小的草儿都张着耳朵起来了，眨着眼睛去望天空，那无感觉，那似乎又为地下悲惨着的天空；望树叶、那萧萧响着的，那似乎在哭泣着的茂叶。接着，那些不知高低，惶急跑着的赤脚，在哭声之中，在小草上面大踏步地跳过去了。昂不起头来的小草，便也叹息起来。①

就连无感知的小草、树木也为人类遭受的不幸而叹息，拟人化的写法把那不幸之深惨的情景更进一步地延伸。

《水》的叙述语言不乏长短句并用，短句是畅达有力，长句也是一气呵成的。

> 沸腾了的旷野，还是吹着微微的风。月亮照在树梢上，照在草地上，照在那太阳底下会放映点绿油油的光辉的一片无涯的稻田，那些肥满的，在微风里噫噫软语的爱人的稻田。②
>
> 天空还是宁静、淡青色的，初八九的月光，洒在茅屋上，星星眨着眼睛，天河斜挂着，微风穿过这凉快的夏夜。③

开始是“淡青色的月光照在茅屋的门前，是初八九的月亮”，到此时的“淡青色的，初八九的月光，洒在茅屋上”，月亮依旧、地点依旧。然而从“洒在门前”到“照在茅屋上”，则表明大地完全被黑夜笼罩住了，读到这里，读者的心也随着夜的加深，变得越来越沉重了，因为“黑暗”是沉重的象征。

> 半圆的月亮，远远地落下去了，象切开了的瓜，吐着怕人的红色，照着水，照着旷野，照着悉悉响的稻田，照着茅屋的墙垣，照着那些在死的边缘上挣扎的人群，在这上面，反映着黯淡的陈旧的血的颜色。④

---

① 丁玲：《水》，《丁玲全集》第3卷，石家庄：河北人民出版社，2001年，第416页。
② 丁玲：《水》，《丁玲全集》第3卷，石家庄：河北人民出版社，2001年，第410页。
③ 丁玲：《水》，《丁玲全集》第3卷，石家庄：河北人民出版社，2001年，第411页。
④ 丁玲：《水》，《丁玲全集》第3卷，石家庄：河北人民出版社，2001年，第413页。

"半圆的月亮，远远地要落下去了"，说明天快要亮了，最后用"天上换了一批星斗，月亮沉下去了"来表示夜过去了，黎明来了，洪水经过一夜的咆哮奔流，把危险一步步带近了。后面一段又一连五个"照着"，"着"用在动词的后面表示了动作的持续状态，暗示了夜的持续和危险的持续。再从月光的移动上，我们也可以知道夜的降临、夜的加深和夜的即将逝去，如开始月光是"照在茅屋的门前"，然后是"洒在茅屋上"，最后是"照在茅屋的墙垣"。

丁玲这一时期的作品中也有文言的使用。如《韦护》：时间将"暮了"是将名词用作动词。再如："丽嘉不家，如若不愿走，就这里坐吧。"一个稍微有点胖的姑娘站起身，腾出她坐了的那张小长条凳来。①

在这部中篇小说中，还引人注意的是丁玲的作品在这一时期仍受到外国文学语言的影响，如表述精密与多样，但拗口的长句明显减少，即使有欧化的句子，也简短多了，如：

他觉得现在的一般学者，不知为什么只有直觉，并无理解；又缺乏意志，却偏来固执。一回映起适才的激辩，他不禁懊恼他的回国了。在北京的如是，在上海的如是，而这里也仍然如是。你纵有清晰的头脑，进行的步骤，其奈能指挥者如此其少，而久训练者又如此其多，他微喟着举起那粗布的袖口，拭额上的汗点。②

于是他巡回望过去，连丽嘉有五个，却在十七八九上下，是些身体发育得很好的姑娘，没有过分瘦小或痴肥的。血动着，在皮肤里；眼睛动着，望在他身上。③

在每个眼光中，他懂得他很得了些尊敬和亲近。

将大的两股塞进软椅去，抽起烟来，她们自己以为可以发笑的话又特别多，不管你听不听，总是大声说下去。④

如《水》中：

愁惨的天还照着稀稀残留下的几个可怜的人，无力的，颜色憔悴的

① 丁玲：《韦护》，《丁玲全集》第1卷，石家庄：河北人民出版社，2001年，第8页。
② 丁玲：《韦护》，《丁玲全集》第1卷，石家庄：河北人民出版社，2001年，第1页。
③ 丁玲：《韦护》，《丁玲全集》第1卷，石家庄：河北人民出版社，2001年，第11页。
④ 丁玲：《韦护》，《丁玲全集》第1卷，石家庄：河北人民出版社，2001年，第12页。

皮肤，用着痴呆的眼光，向高处爬去。

这可惊的大的无数饥饿的群。

现在在长岭岗上，极目所见的，是饥饿的群连着饥饿的群。

还有比较生的白话：

他将昨晚的情形再想过，觉得今晚她们不会来，所以他仍然想走，但好久又决不定。

这个时期丁玲的文学语言，坚持在白话文的基础上加工而成，不过也更加注意从大众的语言汲取养分，如对一些方言土语的使用：

灾民及男人的话：

“退呵欠”（什么也没有退的意思），“只要有一个小孔冒水迟一些看见就会完场的”，“那年不知有几多花子”，“全是窟窿的捞什子堤”，“喊那些客堂们带着小鬼们跑”，“镇长亲身上县里替你们请米粮去了，你们应该安心地等着……”①

官府衙门的话：

“喊那起流氓安静些，我自然得想法呀，要闹是没有用的。你们这些饿鬼！吵什么！敢再闹，老子们把点颜色给你们看才知道……”②

《田家冲》小姑娘幺妹的话：

“她是多么体面，多么温柔的一个小姑娘。她同姐妹几多要好，又几多喜欢她，全乡的人，只要看见过她的人，都称赞着她的呵！”③

① 丁玲：《水》，《丁玲全集》第3卷，石家庄：河北人民出版社，2001年，第425页。

② 丁玲：《水》，《丁玲全集》第3卷，石家庄：河北人民出版社，2001年，第427页。

③ 丁玲：《田家冲》，《丁玲全集》第3卷，石家庄：河北人民出版社，2001年，第367页。

老奶奶的话：

“高升这痨病小鬼头，我真看不上眼……老太爷当日几多好……假如又来麻烦，明天老大背我进城去，我会同老太太讲理。老大不肯背，我便走起去，路我还认得，我快有十五年没有进城了。”

姐姐对三小姐的话：

“你不会的，这里脏得很，你转去吧。我要幺妹送水来。你昨夜睡得不够。”

方言土语词汇，本来不是民族共同的，经作者把它们放在一定的语言环境里，则显示了它们特殊的表现力，使读者了解和欣赏，从而进入了文学语言的总汇之中，然而由于作者未能深入群众实际，在使用群众的语言时也受到很大限制，如《水》中：

对面树上爬上了一些张着饥饿和忿怒的眼睛的人。那裸着半身的汉子便又大声说：

“现在明白了吧，杂种！我们鼓起眼睛看去，凡是看得见的地方，再走再看去，只要是有田的地方，只要有土地，就会有我们在。告诉你，就会有我们胼手胝足，挨冻挨饿的在。”①

“胼手胝足”似乎是知识分子的口吻，而非农人的口气。

这个时期丁玲的文学语言刚健之中含有蕴籍细致的特点，如《田家冲》和《母亲》的开篇都有农村景致的描写，语言相当细密，与整个语言风格是相一致的。

《田家冲》的叙述语言善于运用短句。如：

天气像凑趣一样，一天好似一天。夜晚常常下一阵一阵的细雨，可是天一亮，又是大太阳了。风微微有点清凉，有点湿，有点嫩草的香

① 丁玲：《水》，《丁玲全集》第3卷，石家庄：河北人民出版社，2001年，第431页。

气。还有那些山，那些树，那些田地，都分明的显着那青翠的颜色。天也更清澈、更透明，更蓝粉粉的了。人在这里，工作虽然劳苦，也是容易忘记忧愁的一种境地呀。①

太阳刚刚走下对门的山，天为彩霞染着，对门山上的树丛，都变成深暗色了，深重的，分明的刻划在那透明的，徘红的天上。幺妹，她今年刚刚十四岁，站在禾场上的一株树下，脸映得微红，和花瓣差不多。她望着快要消逝去的景色，她的心永远是，时时为快乐涨得饱饱的。②

她转身立望，她只觉得这屋子有点旧了。当然在另一种看法上，这是景色之中最好的衬托，那显得静的古老的黑的瓦和壁，那美的茅草的偏屋，那低低的一段土墙，黄泥的，是一种干净的耀目的颜色啊！大的树丛抱着它，不算险峻的山伸着温柔的四肢轻轻的抱着它，而且美的田野，象画幅似的伸在它的前面，这在她看来，是多么好的一个桃源仙境。

《母亲》中的开篇：

是十月里的一个下午了，金色的阳光，撒遍了田野，一些割了稻的田野，撒遍了远远近近的小山，那些在秋阳下欲黄的可爱的无名小山。风带点稻草的香味，带点路旁矮树丛里的野花的香味，也带点牛粪的香味，四方飘着。水从灵灵溪的上游流下来，浅浅的，在乱石上“泊泊泊”的低唱着，绕着屋旁的小路流下去了。因为不是当道的地方，没有什么人影。对面山脚边，有几个小孩骑在牛背上，找有草的地方行走。不知道是哪个山上，传来丁丁的伐木的声音。这原来就很幽静的灵灵坳，在农忙后，是更显得寂静的。③

这些句子短小简劲而又琅琅上口，清晰地塑造人物形象，描绘的田园风光十分优美。特别是《母亲》中的两个句子。丁玲没有写“金色的阳光撒满了一些割了稻的田野；撒遍了那些在秋阳下欲黄的可爱的无名小山”，而是一反过去叙

① 丁玲：《田家冲》，《丁玲全集》第3卷，石家庄：河北人民出版社，2001年，第380页。
② 丁玲：《田家冲》，《丁玲全集》第3卷，石家庄：河北人民出版社，2001年，第364页。
③ 丁玲：《母亲》，《丁玲全集》第1卷，石家庄：河北人民出版社，2001年，第113页。

写带着长长修饰成分句子的习惯，把第一句分成三小句，第二句分成两小句，造成了句式的短（5个字）短（5个字）短（8个字）长（10个字）长（17个字）的递增状态，增加句中所包含的诗情画意。

丁玲文学语言的发展变化不是孤立发生的，它是在中国新文学由文学革命发生整体性转向的大背景下发生并与之同步进行的。作为无产阶级文学运动之先声的左翼文学思潮的产生和发展，在客观情势上为丁玲的创作变化提供了现实土壤。丁玲登上文坛开始创作的年代，正是左翼文学思潮蓬勃发展，并成为当时文学思想之主潮的时代。虽然无产阶级革命文学思想早在20世纪20年代已经出现，但直至20年代末尖锐激烈的政治、阶级斗争才使之在这一特定的社会历史条件下最终形成了一股强大的文学思潮。大革命失败以后，由于大资产阶级的背叛以及民族资产阶级依附大资产阶级，中国革命进入了中国共产党及无产阶级单独领导群众进行革命的新时期。无产阶级在其同盟者农民及小资产阶级的支持下，成为中国政治舞台上的决定力量，早期的革命文学思想正是在这种条件下形成一股强大的文学思潮的。它所确立的文艺为人民，为社会利益服务的文学理论和观念，有力地促进新文学朝着与五四文学不完全相同的方向流动与发展了。丁玲在这种新的无产阶级文学潮流面前，显示了不断超越自己，追随时代前进的巨大勇气和毅力。的确，在阶级斗争极其尖锐、复杂的社会背景下，无产阶级革命文学正方兴未艾，如果丁玲仍然反复吟咏个人哀怨、抒发个人愤懑，继续塑造苦闷矛盾而在黑暗中摸索却找不到人生与社会出路的莎菲型女性，这显然是逆时代潮流而动，是有悖于文学的责任感、社会感的。

丁玲文学语言的变化还同左联时期几次涉及文学语言的讨论有着密切的关系。第一次是1930年春左联成立前后，第二次是1931—1932年，这两次着重讨论了文艺大众化的意义，大众文学的形式问题，也涉及内容、语言、向群众学习的问题。第三次是1934年，讨论形式的采用，以及为反击汪懋祖“复兴文言”的复古主张而提出的大众语和文字拉丁化的问题。瞿秋白发表《普罗大众文艺的现实问题》，提出“‘向群众学习’……就是‘怎样把新式的白话文艺变成民众的问题’的总答复”的论断。在瞿秋白的积极推动下，讨论还着重提到文学语言问题，瞿秋白针对新文学作品的语言，主张推行“俗话文学革命运动”。他详细地说明了“在‘五方杂处’的大城市和工厂里，正在天天创造普通话”，它一方面“容纳许多地方的土语”和“所谓‘官话’的转化”，一方面又是“各地方土话的相互让步，消磨各种土话的偏僻性质”，它同时还“接受外国的字眼，创造着现代科学艺术以及政治的新的术语”。[①] 他认为应该由此来逐步形成新的文学语言。尽管这些意见包含了对于“五四”白话运动的历史功绩估计不足的错误倾向，但强调从人民口头语言中吸取、提炼文学语言，却将问题向前推进了一步，并且切合于当时革命文学创作实践的需要，它还成为1934年大众语讨论的前奏，鲁迅发表《文艺大众化》《论旧形式的采用》《门外文谈》等文，就文艺的普及与提高，对旧文艺的批判继承和革新创造，作家和群众的关系等问题发表了精辟的意见，是文艺大众化讨论在理论上的重要收获。

左联时期革命作家提出文艺大众化问题，鲁迅、瞿秋白、茅盾等都参与了讨论，丁玲也受到影响，这些革命作家认识到文艺大众化要求文学必须同大众结合，学习人民的口头语言，创造崭新的文学语言，他们都付诸实践，尽管成效甚微，但都有助于缩短作家与群众的距离，他们都在为大众的旗帜下，发挥各自的文学语言个性，鲁迅、瞿秋白都有通俗歌谣作品，然而他们也都保留了自己的文学语言风格，如鲁迅的《故事新编》即是“古今杂揉”之作，其间插入大量现代语言，且构成特有的语言风格，茅盾的《子夜》曾有过采用“旧小说笔法的念头”，“后来并未贯彻”，不过“文字还是欧化味道最少的”[②]，他有着既工细而又有气势的独特的文学语言风格，老舍远离二三十年代的“新文艺腔”，他的作品语言是以北京话为基础的俗白、凝练纯净的语言，幽默风趣，富有“北京味”，在现代作家中独具一格。《骆驼祥子》成功地把语言的通俗化与文学性统一起来，语言平易而不粗俗，精制而不雕琢。文中对语词、句式、语言的选用，都有他独特的感觉和创作，文中渗透着北京文化，有地域性，这也是“京味”的重要表现，属于京派作家的沈从文的文学语言是以湘西口语为基础，揉合古典文学语言。句式简练，融合着忧郁的情调、幽然的笔致，构成独特的语言风格，《边城》便是这方面的代表作，丁玲的文学语言风格也是有别于老舍和沈从文的。

丁玲曾对大众化运动相当关注，她到过“大世界”、“新世界”去听“相声”、“独角戏”，“听过用中国传统形式说唱的东西，也去买过一些说书的唱本看”。虽然她觉得创作受大众欢迎的形式的作品，一时是写不出来的。[③] 不过文艺大众化的热潮对她总会有这样或那样的影响，故此这个时期她的文学语言有当年许多革命作家所具有的刚健明快的特点，又保留有自己已有的细密作风。可以说，这是丁玲在左联时期文学语言的独特性。

---

① 史铁儿：《普洛大众文艺的显示问题》，《文学》半月刊第1卷第1期，1932年4月25日。

② 《茅盾致庄钟庆》，《茅盾史实发微》，长沙：湖南人民出版社，1985年。

③ 庄钟庆，孙立川：《丁玲同志答问录》，《新文学史料》1991年第3期。

这个时期既有左翼作家文学运动，又有民主主义作家的文学活动，共同推动革命的、进步的文学运动前进。当年文学语言问题的三次论争，在推动文艺大众化，文学语言的群众化，对于左翼作家或民主主义作家在文学语言与大众结合方面都起了推动作用。

第三章　新的文学语言风格的生成（1936—1943）

——朴实而又流畅，细描而又有生气

在根据地革命文艺新潮中（1936—1943 年）丁玲形成了新的语言风格。

1936 年秋，丁玲从国民党的牢狱里逃出来奔赴延安，来到党的怀抱——革命根据地，以一个战士的身份，不怕牺牲，勇往直前，带领着西北战地服务团上前线，又到国统区——西安，深入战斗生活，这一时期许许多多题材的文学作品从她的笔下流出。

从 1936 年到 1943 年，丁玲创作的重要作品：短篇小说有《一颗未出膛的枪弹》（1937 年）、《新的信念》（1939 年）、《我在霞村的时候》（1940 年）、《入伍》（1940 年）、《夜》（1941 年）、《在医院中》（1940 年）；散文有《记左权同志话山城堡之战》（1937 年）、《彭德怀速写》（1937 年）、《风雨中忆萧红》（1942 年）。

这个时期丁玲的作品表现抗战时期根据地的战斗生活，歌颂人民大众反对日本侵略者的斗争，批评人民中的旧思想旧习惯，反映新思想和新意识的成长历程。

丁玲的作品不仅主题随着时代变化而变化，她的文学语言也是在不断发展变化中的。由于她同劳苦大众接触多了，她作品的语言风格变得朴实而又流畅，细描而又有生气。

朴实自然的语言风格，要求词语质朴、平实，不尚华丽，不事雕琢。

《彭德怀速写》只有 700 多个字，却朴实而生动地勾画出了这位威严而和蔼的红军将领彭德怀。她先用干部战士的一段话，以表现他作为红军统帅的指挥作用：

> 一到战场上，我们便只有一个信心，几十个人的精神注在他一个人身上，谁也不敢乱动；就是刚上火线的，也因为有了他的存在而不懂得害怕。只要他一声令下“去死！”我们就找不到一个人不高兴地迎着看

不见的死而勇猛地冲上去！我们是怕他的，但我们更爱他！①

这段文字是一个很富特色的粗描，有先声夺人的力量。接着便对他的形象，从外形到精神世界，作了粗线条的，但是却很深刻、生动地刻画：

穿的是最普通的红军装束，但在灰色的布的表面上，薄薄浮着一层黄的泥灰和黑色的油，显得很旧，而且还不大合身，不过在他似乎从来都没有感觉到。脸色是看不清的，因为常常有被寒风所摧裂的小口布满着，但在这不算漂亮的脸上有两个黑的、活泼的眼珠在转动，看得见在成人脸上找不到的天真和天真的顽皮。还有一个颇大的嘴，充分表示着顽强，这是属于革命的无产阶级的顽强的神情。

有些时候他的确使人怕的，因为他对工作是严格的，虽说在生活上是马马虎虎，不过这些受了严厉批评的同志却会更爱他的。②

这里丁玲从彭德怀的着装“旧”，“不大合身”和“他似乎从来都没有感觉到”来说明他对待生活“是马马虎虎”的，然后又通过描写转动的眼珠是“黑的、活泼的”和“颇大的嘴”来表现他所具有的孩童的“天真”和“顽皮”以及成年人的“顽强”的性格。接下来，用“严格”和“马马虎虎”这一对意思相反的词说明他对工作和对生活的两种截然不同的态度，“怕”和“爱”同样也是意思相反，却表现了彭与战士、干部之间亲密无间的关系。这些描写既逼真又富有风趣。在刻画他与老百姓的关系时，动词的运用也很形象和有特色：

拥着一些老百姓的背，揉着他们，听老百姓讲家里的事，举着大拇指在那些朴素的脸上摇晃着说：“呱呱叫，你老乡好得很……”那些嘴上长的有长胡的也会拍着他，或是将烟杆送到他的嘴边，哪怕他总是笑着推着拒绝了。后来他走了，但他的印象却永远留在那些简单的纯洁的脑子中。③

彭对百姓是“拥着”“揉着”“听”“举着”“摇晃着”“笑着”，而老百姓对

① 丁玲：《彭德怀速写》，《丁玲全集》第5卷，石家庄：河北人民出版社，2001年，第34页。
② 丁玲：《彭德怀速写》，《丁玲全集》第5卷，石家庄：河北人民出版社，2001年，第34页。
③ 丁玲：《彭德怀速写》，《丁玲全集》第5卷，石家庄：河北人民出版社，2001年，第35页。

他也是“拍着”，并把自己的烟杆给他“送到嘴边”，通过这几个动词，无须多加修饰，军民鱼水一家亲的场景便跃然在读者的面前。

丁玲就是这样用朴实的语言，生动地表现了彭朴实而又高大，严肃而又和蔼的形象，也刻画出了他淳朴顽强的精神世界。通篇文章中没有华丽不实的词藻，然而却为读者塑造出了一位棱角清晰，线条分明的真实的人物形象，显示出作者具有生动、准确地表现自己对人对事的观察和感受的语言能力。

朴实自然的语言风格，还要求充分利用口语的长处，如对话、叙述、描写等。丁玲这个时期的短篇小说在人物自白或对白方面时长时短，都是根据人物的需要来的，有一点是可以肯定的，她是努力使自己笔下人物的对话生活化、个性化。《夜》中的主人公何华明，是个 40 年代初抗日根据地的农民，乡的指导员，他忙于工作，妻子有意见，他的妻子比他大 12 岁，不能生孩子，他们又想生孩子，这就引发家庭的不和，但每次妻子对他不满时，丁玲都没有让华明与妻子起正面的言语冲突，而是通过描写他的心理活动，来表达他不赞同妻子的话，这些描写心理活动的文字语言，同前一期小说描写人物心理的长句和拗口的语言有了很大的不同，用的是符合那个时代的农民身份的短句和口语，心理描述的文字语言开始有了不小的改变，比前期简洁成熟、流畅。

当何华明的妻子因其不顾家里的生活，而整天在外为大家奔忙时，妻子感到委曲和埋怨时的心理状态及言语表现是：

> 然而有一滴什么东西落在地下，女人在哭，先是一颗两颗的，后来眼泪便在脸上开了许多条河流。微弱的麻油灯，照在那满是灰尘的黄发上，那托着腮颊的一只疲手在灯下也显出怕人的苍白。[①]
>
> 她轻轻地埋怨着自己，而且诅咒“你是该死的了，你的命就是这样坏呀！活该有这么一个老汉，吃不上穿不上是你的命嘛……”
>
> 他不愿说什么，心里又惦着牛，便把身子朝窑外躺着。他心里想：“这老怪物，简直不是个‘物质基础’，牛还会养仔，她是个什么东西，一个不会下蛋的母鸡。”什么是“物质基础”呢，他不懂，但他明白那意思就是说那老东西已经不会再生娃的事，这是从副书记那里听来的新名词。

---

① 丁玲：《夜》，《丁玲全集》第 4 卷，石家庄：河北人民出版社，2001 年，第 257 页。

当妻子因为他沉默不语，由轻声自责而转为大声咒骂时：

> 她哭得更厉害，捶打着什么，大声咒骂，她希望能激怒他，而他却平静地躺着，用着最大的力量压住自己的嫌厌，一个坏念头不觉的又来了：
>
> “把几块地给了她，咱也不要人烧饭，做个光身汉，这窑，这锅灶，这碗碗盏盏全给她，我拿一副铺盖，三两件衣服，横竖没娃，她有土地、家具，她可以抚养个儿子，咱就……”

当妻子继续哭着埋怨他说，“知道我身体不成，总是难活，连一点忙都不帮，草是我铡的，牛要生仔，也不管……”何华明也继续在心里赌气地说：“牛，小牛都给你。”①

从何华明和他妻子的对白或自白中可以看出，他们的言语都是符合各自的身份与个性的，何华明既热爱工作，又要兼顾家庭，两者之间不平衡便产生烦躁心情，他的妻子不理解丈夫的工作，产生了埋怨情绪，一个妇女在他在喂牲口时，她也跟着来喂，并向他表示自己对他的好感，她对他说：

> “你的牛生仔了没有?”这人一手托着草筐，一手撑在牛栏的门上，挡住他出来的路。
>
> “是你，侯桂英。”他嘎声地说了，心不觉的跳得快了起来。
>
> 侯杜英是他间壁的青联主任的妻子，丈夫才十八岁，而二十三岁了的她却总不喜欢，她曾提出过离婚，她是妇联会的委员，现在被提为参议会的候选人。
>
> 这是第三次还是第四次了，当他晚上起来喂牲口时，她也跟着来喂，而且总跟过来说几句话，即使白天见了，她也总是眯着她那单眼皮的长眼笑。他讨厌她，恨她，有时就恨不得抓过来把她撕开，把她压碎。
>
> 月亮光落在她剪了的发上，落在敞开的脖子上，牙齿轻轻地咬着嘴唇，她望着他，他也呆立在那里。
>
> “你……”

① 丁玲：《夜》，《丁玲全集》第4卷，石家庄：河北人民出版社，2001年，第259页。

他感到一个可怕的东西在自己身上生长出来了，他几乎要去做一件吓人的事，他可以什么都不怕的，但忽然另一个东西压住了他，他截断了她说道：

“不行的，侯桂英，你快要作议员了，咱们都是干部，要受批评的。”于是推开了她，头也不回地走进自己的窑里去。①

这段对话把侯桂英对于何明华的关爱以及何华明以工作为重的思想境界真实而生动地表现了出来。

丁玲不仅善于描述农民之间的对话，还能很好地表现老战士及新型青年知识分子之间的对话。《在医院中》陆萍与一位失去双腿老战士的对话值得品味。

“同志！我来医院两个多星期了，听到些别人说你的事，那天就想和你谈谈，你来得正好，你不必同我客气，我得靠着才能接待你。我的双脚都没有了。”

“为什么呢？”

“因为医务工作不好，没有人才，冤冤枉枉就把双脚锯了。”

“这是什么时候的事？”

“三年了。那时许多夜只想自杀。”

陆萍不懂得如何安慰他，便说：“我实在呆不下去了。我们这医院象个什么东西！”“同志，现在，现在已算好的了。来看，我身上虱子很少。早前我为这双脚住医院，把我整个人都喂了虱子呢。你说院长不好，可是你知道他过去是什么人，是不识字的人呀！指导员不过是个看牛娃娃，他在军队里长大的，他能懂得多少？是的，他们都不行要换人；换谁，我告诉你，他们上边的人也就是这一套，你的知识比他们的强，你比他们更能负责，可是油盐柴米，全是事务，你能做么？这个作风要改，对，可是那么容易么？……你是一个好人，有好的气质，你一来我从你脸上就看出来了。可是你没策略，你太年轻，不要急，慢慢来，有什么事尽管来谈谈，告告状也好。总有一点用处。”他呵呵地笑着，望着发愣的她。②

① 丁玲：《夜》，《丁玲全集》第4卷，石家庄：河北人民出版社，2001年，第260页。

② 丁玲：《在医院中》，《丁玲全集》第4卷，石家庄：河北人民出版社，2001年，第252页。

这段对话，可以看出新型的青年知识分子陆萍急于改变抗日根据地存在问题的殷切之情，又可以看到老战士胸襟坦然而又循循善诱的精神个性。值得特别提出的是那位老战士与陆萍之间的长篇对话，在那段话中，读者不难发现，许多句子都只有三五个字，非常口语化，通俗易懂，而且简短有力，能以理服人，不会给人有枯燥说教的感觉，同时也展现了老战士的风采。

《一颗未出膛的枪弹》叙述的则是小红军与军长的一段对话：

> 有一次是在行军的路上，军长在那里休息，他牵马走过去吃水。军长笑着问过他："你这个小马伕是什么地方人？怎样来当红军的"？他记得他的答复是："你怎样来当红军的，我也就是那样。"军长更笑了："我问你，为什么要打倒日本帝国主义？"他又听到军长低声对他旁边坐的人说："要好好教育，这些小鬼都不错呢。"那时他几乎跳了起来，望着军长的诚恳的脸，只想扑过去。从那时他就更爱他。①

只用这么一个十三岁小红军与军长之间普普通通的对话，就勾勒出了革命队伍中官兵平等的日常画面。

《一颗未出膛的枪弹》结尾处：

> "招来吧！"连长问他。
>
> "没有什么招的，任你们杀吧！红军不是土匪，我们从来没有骚挠过老百姓，我们四处受人欢迎，我们对东北军是好的，我们争取你们和我们一道打日本，有一天你们会明白过来的！"
>
> "这小土匪真顽强，红军就是这么凶悍的！"
>
> 他的顽强虽说激怒了一些人的心，同时也得到了许多尊敬，这是从那沉默的空气里感染到的。
>
> 连长仍是冷冷的看着她，又冷冷地问道：
>
> "你怕死不怕？"
>
> 这话似乎羞辱了他，不耐烦地昂了一下头，急促地答道："怕死不当红军！"
>
> 围拢来看的人一层一层的在增加，多少人在捏一把汗，多少心在担

① 丁玲：《一颗未出膛的枪弹》，《丁玲全集》第4卷，石家庄：河北人民出版社，2001年，第126页。

忧，多少眼睛变成怯弱的，露出乞怜的光去望着连长。连长却深藏着自己的情感，只淡淡地说道：

"那么给你一颗枪弹吧！"

老太婆又嚎哭起来。多半的眼皮沉重地垂下了。有的便走开去。但没有人，就是那些凶狠的家伙也没有请示，是不是要立刻执行。

"不"，孩子却镇静地说了，"连长，还是留着一颗枪弹吧，留着去打日本！你可以用刀杀我！"

忍不住了的连长，从许多人之中跑出来用力拥抱着这孩子，他大声喊道：

"还有人要杀他吗？大家的良心在哪里？日本人占了我们的家乡，杀了我们的父母妻子，我们不去报仇，却老在这里杀中国人。看这个小红军，我们配拿什么来比他！他是红军，我们叫他赤匪的。谁还要杀他么，先杀了我吧……"声音慢慢地由嘶哑而哽住了。①

这些对话发生在敌我两个阵营，作者仅通过对话对敌众我寡，敌强我弱的场面进行了对比，塑造了小红军誓死为正义而战的英雄形象，小红军用他那大无畏抗击日本侵略者的精神感动了有良心的中国人，化敌为友，成为抗日的同盟军。

丁玲作品中的口语，不像赵树理那样使用北方农民的口语，而是以普通话为基础，适当吸收北方，主要是陕北口语的长处形成的。

《夜》描述何明华经过八天紧张的会议，被批准回家住一晚时，面对妻子对他不顾家的行为而产生的强烈不满："在她脸上的每条皱纹里都埋伏的有风暴"，他却"希望省去一场风波，只好不理她，而且在他躺下去时，说：'唉，实在熬！'"可是妻子却并不因为他实在"熬"而饶了他。她一边哭，一边"轻轻地埋怨自己，而且诅咒'你是该死的了，你的命就是这样坏呀！'"

活该有这么一个老汉，吃不上穿不上是你的命嘛……"看到何明华依然沉默着，妻子便"哭得更厉害，捶打着什么，大声咒骂；她希望能激怒他。"但是何华明"却平静地躺着，用着最大的力量压住自己的嫌厌，一个坏念头便不觉的又来了："把几块地给了她，咱也不要人烧饭，作个光身汉，这窑，这锅灶，这碗碗盏盏全给她，我一副铺盖，三两件

① 丁玲：《一颗未出膛的枪弹》，《丁玲全集》第4卷，石家庄：河北人民出版社，2001年，第132页。

衣服，横竖没娃，她有土地、家具，她可以抚养个儿子，咱就……

用“熬”表示“疲倦”，“老汉”表示“丈夫”，“光身汉”表示“单身汉”，“碗碗盏盏”表示“锅碗瓢盆”，“横竖没娃”表示“反正没有孩子”。这些词语从陕北的农民口中说出不仅是那么生动、自然、贴切，而且将何华明妻子吵闹的情状描述得十分准确，传神。

《一颗未出膛的枪弹》中，当老太太在路上看到小红军战士之后的一串对话，也采用了陕北方言：

“说瞎话咧！娃娃，甭怕，说老实话，咱是一个孤老太婆还能害你?”

“你是……嗯，咱知道……”。

“不，咱没听见过枪响，也没有看见有什么人，还是春上红军走过这里，那些同志真好，住了三天，唱歌给我们听，讲故事，咱们杀了三只羊，硬给了我们八块洋钱，银的，耀眼睛呢！……”

“我有一个侄女生产，去看了来，她那里不能住，来回二十多里地，把咱走坏了。”

“我是瓦窑保人。”村上的人常常有趣地向孩子重复着这句话，谁也明白这是假话。尤其是几个年轻的妇女，拈着一块鞋片走到他面前，摸着他冻裂口的小手，问他：“你到底是哪搭人，你说的话咱解不下嘛！瓦窑堡的？你娃娃哄人咧！”

“这么一个娃娃，也当红军，你娘你老子知道么？”

他又唱了许多歌给他们听，小孩子们都跟着学。妇女们抹着额前的刘海，露出白的牙齿笑。但到了晚上，人都走空了，他却沉默了。他又想起了队伍，想起了他喂过的马，而且有一丝恐怖，万一这里的人，有谁走了水，他将怎样呢?①

这里的陕北方言，读者一看便知，是作者有意为之。

丁玲当时创作的小说还擅长在故事情节的发展中以逼真而又明朗的语言描叙人物的心态。《在医院中》描写了当时并不情愿放弃抗大学习到医院去做助产士

① 丁玲：《一颗未出膛的枪弹》，《丁玲全集》第4卷，石家庄：河北人民出版社，2001年，第122页。

的陆萍，她不得不服从“组织分配”，跟着管理科长去医院时，作品这样写到：

> 那天，正是这时候，一个穿灰色棉军服的年轻女子，跟在一个披一件羊皮大衣的汉子后面，从沟底下的路上走来。这女子的身段很伶巧，穿着男子的衣服，简直象一个未成年的孩子似的，她在有意的做出一副高兴的神气，睁着两颗圆的黑的小眼睛，欣喜的探照荒凉的四周。
>
> 他们从那边山腰又转到这边山腰，在沟里边一望，曾闪过白衣的人影，于是那年轻女子大大的嘘了一口气，象特意要安慰自己说：“多么幽静的养病的所在啊！”①

“有意的作出一副高兴的神气”，“大大的嘘了一口气”，“象特意要安慰自己说”，简单的几个动作以及自我安慰的一句话，都恰如其分地表现出陆萍在接受这工作时并非自愿的心情，正因为这不情愿在她的心里“不敢把太愉快的理想安置的太多，却也不敢把生活想得太坏，失望和颓衰都是她所怕的，所以不管遇着怎样的环境，她都好好地替它做一个宽容的恰当的解释”。这番心理活动也正说明了为什么“仅仅在这一下午，她就总是一副恍恍惚惚，却又装得安心的样子”。这几句话看似自然平实的语言叙述，却把人物的心理活动与外在的动作表情融合在一起了。

尽管陆萍极不情愿地来到了医院，然而当她听到她所熟悉的初生婴儿的啼哭时：

> 这呱呱声音带来了无限的新鲜来到她的胸怀，她不禁微微张开了嘴，舒展了眉头，向那有着灯光的屋子里，投去一缕甜适的爱抚：“明天，明天我要开始了。”

“微微张开了嘴”，“舒展了”，“投去”这几个动词及那句简单的展望工作的内心独白，又让读者看到了一个从内到外都会对工作极其认真负责的陆萍。

《新的信念》描述两位妇女会干部与老太婆的对话是这样展开的：

> 第二天果真来了两个妇女，一个穿件同她一式的短衣，另一个穿一

① 丁玲：《在医院中护》，《丁玲全集》第4卷，石家庄：河北人民出版社，2001年，第234页。

> 身军装，头发都剪短了，都很年轻。老太婆不客气的把她们请到屋子里，她们先谈了。
>
> “唉！妈妈！您不认识我，我可老早就认识您了，我听到您两次演讲呢。”
>
> “演讲”这名词她不懂，她不高兴的唔了一声。
>
> “我听您讲话，真忍不住要哭。妈妈，听说您到过日本鬼子那里，您说的都是您亲眼看见的罗？”
>
> 老太婆的颜色变和气了，她想：“呵！原来是打听消息的。”
>
> 滔滔不绝地，老太婆述说起来了。①

由“不客气的”、“不高兴的”到“和气的”，再到“滔滔不绝地”，这四个形容词把老太婆对妇女会的人，从误解到提防，最后到信任的心理活动过程完全描述了出来。

《夜》：

> 在桥头上分了手，大家都朝南走，只有何华明独自往北向着回家的路上，他还看见那倚在门边的粗大姑娘，无言的眺望着辽远的地方。一个很奇异的感觉，来到他心上，把他适才在会议上弄得很糊涂了的许多问题全赶走了。他似乎很高兴，跨着轻快的步子，吹起口哨来；然而却又忽然停住，他几乎说出声音来的那么自语了。
>
> “这妇女就是落后，连一个多月的冬学都动员不去的，活该是地主的女儿，他妈的，他赵培基有钱，把女儿当宝贝养到这样大不不嫁人……”
>
> 他有意地摇了一下头，让那留着的短发拂着他的耳壳，接着便把它抹到后脑去，像抹着一层看不见的烦人的思绪。于是他也眺望起四周来。②

对这些人物心理状态的描写，语言简朴，与前期作品写莎菲，写梦珂，写丽嘉等小资产阶级人物缠绵悱恻完全不同。

丁玲不但能细描陕北的自然风光，而且能絮说人们复杂的内心状态，并引起

---

① 丁玲：《新的信念》，《丁玲全集》第4卷，石家庄：河北人民出版社，2001年，第177页。

② 丁玲：《夜》，《丁玲全集》第4卷，石家庄：河北人民出版社，2001年，第255页。

哲理的思考。如她在《风雨中忆萧红》中对萧红感受的抒发：

骤睹着她的苍白的脸，紧紧闭着嘴唇，敏捷的动作和神经质的笑声，使我觉得很特别，而唤起许多回忆，但她的说话是很自然而直率的，我们似乎从没有一次谈到过自己，尤其是我。然而我却以为她从来没有一句话是失去了自己的，因为我们实在都太真实，太爱在朋友的面前赤裸自己的精神，因为我们又实在觉得是很亲近的，但我们会觉得我们是谈得太少的，因为像这样的能无妨嫌、无拘束，必须警惕着的谈话的对手，是太少了啊！①

丁玲与萧红相处的时间不多，但萧红的死却引起了丁玲对知识分子如何选择人生道路和艺术追求的思索，显得极富个性和思想深度。这表明丁玲善于抓住所忆之人最有别与其他人的特质，"苍白的脸"，"紧闭着嘴唇，敏捷的动作和神经质的笑声"，其语言的表述朴实、深情。

延安时期丁玲作品的心理描述语言风格不但质朴、平实，而且灿烂多姿。仍以《夜》为例子，何华明在回家的路上，作者就把主人公眼中所见的，用细致的语言为读者描绘了一幅陕北农村特有的风情画。

天已经快黑了。在远远的两山之间，停着厚重的靛青色的云块，那上边有几缕淡黄的水波似的光，很迅速的又是在看不见的情形中变换着。山的颜色和轮廓也模糊成一片只给人一种沉郁之感，而人又会想起一些什么来的。明亮的西边山上，人跟在牛后边，在松软的土地里走来走去，也有背着犁，把牛从山坡上赶回家去的。②

的确，走在这熟悉的乡间山路上，看着这多变的景色和熟悉的场景，自然会勾起人对过去生活甜蜜或辛酸的回忆，也自然会让人触景生情地想起自己现在的情况。对面山上人与牛的耕作让何华明想起自己那几块正等着他去耕种的土地，可繁忙的工作又使他无暇顾及这土地的矛盾在他心中产生了一种"总有说不出的一种痛楚"。

---

① 丁玲：《风雨中忆萧红》，《丁玲全集》第5卷，石家庄：河北人民出版社，2001年，第135页。

② 丁玲：《夜》，《丁玲全集》第4卷，石家庄：河北人民出版社，2001年，第255页。

因为“那土地，那泥土的气息、那强烈的阳光，那伴他的牛在呼唤着他，同他的生命都不能分离开来的”。

然而随着离家越来越近，路旁汩汩流淌的山泉和微微南风带来的熟悉的香味，又向读者暗示主人公执著乐观的生活态度。

远远的狗在叫了，有两颗黄色的灯光在暗处。他的小村是贫穷的，几乎是这乡里最穷的小村，然而他爱它，只要他看它那堆在张家窑外边的柴堆他就格外有一种亲切的感觉，他并且常常以为骄傲，那就是在这只有20家人家的村子里，却有28个共产党员。①

朦胧的远山，多变的云，明亮的西山、土地、人、牛、山泉、南风、狗叫、灯光、窑洞外边的柴堆。这段环境与场面的描写，不仅笔法细腻，有浓厚的生活气息，而且由于人物与环境相称，对何华明或忧郁或开朗的心理活动起到了很好的烘托作用，使景物同人的思绪交融在一起，并成为人物朦胧变幻心理的形象写照，展示出一个农村干部的淳朴感情，无论喜或忧、都是自然流露，毫无斧凿痕迹。这也是丁玲改造外国小说中的心理描写和景物描写，尽可能把景物描写和人物的心情结合起来，使之适合大众的阅读习惯所取得的成果。

除了上面的特点之外，丁玲还以抒情的语言描写自然风光。例如，在《秋收的一天》，作者写到：

山沟里的草，还显着没有霜的碧绿，丰厚地铺在小道的两旁，上面凝结着新缀上的露珠。草丛里伸出不少的小酸枣树，红的小枣密密地排列在多刺的枝头上，用清晨特有的润泽，引诱着生疏的人群。②

下面这种采用拟人的修辞手法的文字，使文章生动活泼。

糜子全身浴着露水，打湿了行人的衣裳，那些刚刚成熟的稻穗饱满地、含羞似地深深地弯着腰，垂下脸儿。

① 丁玲：《夜》，《丁玲全集》第4卷，石家庄：河北人民出版社，2001年，第257页。
② 丁玲：《秋收的一天》，《丁玲全集》第5卷，石家庄：河北人民出版社，2001年，第116页。

比喻的手法：

太阳已经照在上面了，黄色的、荡漾的海水似地一直涌到山尽头。

油画般令人心旷神怡的静态自然景观：

秋天的陕北的山头，那些种了粮食的山头是只有大胆的画家才能创造出的杰作，它大块地涂着不同的、分明的颜色，紫、黄、赤黄、暗绿。它扫着长的、平淡的、简单的线条，它不以纤丽取好，不旖旎温柔，不使人吟味玩赏，它只有一种气魄，厚重、雄伟、辽阔，使你感染着爽朗的季节，使你浸溶在里面，不须人赞赏，无言的会心就够了。①

《团聚》描写另一种大自然的景色：

去年插的柳枝早已发了叶，稀稀几丝向池塘里弯着腰身。几株小桃花夹在里面染上了点点的红。远近的群山，那些不大的，全植着老松的苍翠的群山，也加了可爱的新绿，而且在这些嫩草中，或是布满了苔藓的岩石边，一丛丛的野杜鹃，密密地盛开了。有阳雀，也有许多奇怪的，拖着白色长尾的鸟儿喧闹地啼着。还有一种顶小的莺，在黎明的时候，就张开了委婉清脆的歌喉，从这株树上飞跃到那株树上。一些小虫，爬着的，又有些生了翅膀，飞舞着花衣，在春天的景物中穿来穿去，一切东西，静着的动了，死寂的复活了。随处都探露出一种气息。是“生”的气息呵！②

这段景物“动”“静”结合的描写，仿佛使人耳闻目睹这极致美景一般。这篇小说在篇章结构上，没有采用平铺直叙，一泻无余，而是话家常般娓娓而谈，让生活的画面徐徐拉开，并且以陆家人为线索，通过他们各自纵横的联系，反映了较为广阔的社会生活，通过这一家似意外而非意外的“团聚”，真实地反映了那个时代，各阶层人民日益沦落、破败的悲苦生活，有很强的典型性。特别是以

① 丁玲：《秋收的一天》，《丁玲全集》第5卷，石家庄：河北人民出版社，2001年，第121页。
② 丁玲：《团聚》，《丁玲全集》第4卷，石家庄：河北人民出版社，2001年，第102页。

景抒情的开篇第一段中“静着的动了，死寂的复活了”，更是小说所要暗示的在这“崩溃的旧世界的一个小碎片”上，看到“新世界的一个萌芽”。[1]

语言带给读者一种乐观、轻松向上的感觉，这与丁玲投身延安后生活环境、气氛的改变而使作者本身思想状态的变化有关，在其笔端下流出了印迹。

欧化的方式越来越少见了，但也有不经易的流露，如《一颗未出膛的枪弹》：

> 他呢，他暖和了他感到很饥饿，他知道今天晚上，可以有一个暖热的炕，他很满意；因为疲倦，一个将要到来的睡眠很厉害地袭着他了。[2]

由此可以看出：丁玲的前期作品受西方现代派和俄国批判现实主义的影响，包括语言在内的形式比较“欧化”，在当时起了一定的积极作用，不过有些作品显得冗长拗口，不十分通俗。到了延安解放区后，丁玲的生活有了巨大的变化，她不畏艰险，跟部队到前线，组建西北战地服务团，深入部队农村，写将军和战士、农民、劳动模范……文风和语言有了很大的变化，1941 年她下乡深入生活后，写出的几篇作品，语言风格平易朴实，精练流畅。

再来看一看《我在霞村的时候》，作者是这样介绍第一次正式出场的贞贞的，她着重对贞贞的外表进行了描写以塑造人物形象。

> “有客人来了，××同志！”阿桂还没有说完，便听见一个声音噗嗤一笑：“嘻”……
>
> 在房门我握住了这并不熟识的人的手了。她的手滚烫，使我不能不略微吃惊。她跟着阿桂爬上炕上去时，在她的背上，长长地垂着一条发辫。
>
> 这间使我感到非常沉闷的窑洞，在这新来者的眼里，却很新鲜似的，她拿着满有兴趣的眼光环绕的探视着。她身子稍稍向后仰的坐在我的对面，两手分开撑住她坐的铺盖上并不打算说什么话似的，最后便把眼光安详的落在我的脸上了。阴影把她的眼睛画得很长，下巴很尖。虽在很浓厚的阴影之下的眼睛，那眼珠却被灯光和火光照得很明亮，就象两扇在夏天的野外屋宇里洞开的窗子，是那么坦白，没有尘垢。[3]

---

① 高尔基：《文学书简》下卷，北京：人民文学出版社，1965 年，第 302 页。

② 丁玲：《一颗未出膛的枪弹》，《丁玲全集》第 4 卷，石家庄：河北人民出版社，2001 年，第 124 页。

③ 丁玲：《我在霞村的时候》，《丁玲全集》第 4 卷，石家庄：河北人民出版社，2001 年，第 222 页。

这段描述贞贞的文字很朴实，没有一个拗口的长句子，都是比较简短利落的短句，相当口语化，把贞贞的外表及纯洁、质朴、热忱的个性栩栩如生地表现出来了。

她在创作中十分重视吸收朴素、自然、率真的群众口头语言，用的是群众的活口语。如《夜》中：

> 招待员从扫着石磨的老婆身边赶了出来："已经派好了饭呢，怎的又走了呢？家里婆姨烧的饭香些么？"
>
> 他有意地摇了一下头，让那留着的短发拂着他的耳亮，接着便把它抹到后脑去，象抹着一层看不见的烦人的思绪，于是他也眺望起四周来。①

《一颗未出膛的枪弹》：

> "嗯，咱知道……""不，咱没听见过枪响。"
>
> "把咱走坏了。"
>
> "你到底是哪搭人，你说的话咱解不下嘛！瓦窑堡的？你娃娃哄人咧！"
>
> "这么一个娃娃，也当红军，你娘你老子知道么？"②

《东村事件》：

> 妈呀！我明天早上硬要煮一点不放蚕豆的稀饭给老幺吃，他不能动，三婶说蚕豆不消化，昨天我按他肚子，硬顶，硬顶。③

《我在霞村的时候》：

> 还找过陆神父，一定要做姑姑，陆神父问她理由，她不说，只哭，知道那里边闹的什么把戏。
>
> 那些鬼子兵都藏得有几封写得漂亮的信：有的是他们的婆姨写来的，有的是相好来的。

---

① 丁玲：《夜》，《丁玲全集》第4卷，石家庄：河北人民出版社，2001年，第254、255页。
② 丁玲：《一颗未出膛的枪弹》，《丁玲全集》第4卷，石家庄：河北人民出版社，2001年，第122页。
③ 丁玲：《东村事件》，《丁玲全集》第4卷，石家庄：河北人民出版社，2001年，第133页。

> 那娃儿向来就风风雪雪的，你没有看见她早前就在街上浪来浪去，她不是同夏大宝打得火热吗？①

这些多属于陕北的方言土语与丁玲早期作品中的一些方言使用不同，那时多属于不经意的自然流露，而此刻作品中的方言则是有意识地使用以符合小说发生的地点和人物的形象，这种用法在后期的文章中更为明显。

《一颗未出膛的枪弹》：

> 他又想起了队伍，想起了他喂过的马，而且有一丝恐怖，万一这里的人，有谁走了水，他将怎样呢？②

《十八个》：

> “他们唤狗去了，你们听到么？”李无元压低了声音。
>
> “是的。我们横竖只有一条命，由他们摆布去，多少同志死在我们前边了。记住排长临死前的嘱咐，我们活着是勇敢的战士，死，是勇敢的牺牲。”原飞友时时都在鼓励大家。③

这些语言是经过作者提炼了的战士的生活语言，含有一股感人的力量。这说明丁玲在对人民口头语言的吸收、加工、提高方面，在把生活语言改造成为纯粹的文学语言方面，取得了很大的成就。

外国文学语言对丁玲创作有着潜在的影响，她善于吸收外国精密与完善句法和摇曳多姿章法的优点，同时又与人民大众的语言特色结合起来，形成新的语言风格。如《夜》《在医院中》《一颗未出膛的枪弹》等的语言风格依稀可见外来文学语言的影响，然而却显得十分民族化，叙事语言生动、精炼、准确。

---

① 丁玲：《我在霞村的时候》，《丁玲全集》第4卷，石家庄：河北人民出版社，2001年，第219、223页。

② 丁玲：《一颗未出膛的枪弹》，《丁玲全集》第4卷，石家庄：河北人民出版社，2001年，第127页。

③ 丁玲：《十八个》，《丁玲全集》第5卷，石家庄：河北人民出版社，2001年，第141页。

《到前线去》：

> 开始两天全跟着洛川河走，一时在冰上，一时又爬到两边的岩岸上。这些路都非常陡峻，牲口不能上去，得远远的绕着河的对面，岩底下的小路走，大半的时候还有许多烂泥，一些被太阳晒溶了的地方。①

丁玲创作中这种欧化语言的现象与其从前的通篇皆是相比，有了明显的减少。

文学语言作为一种整体性语言构造，具有一种表现性目的和个性特征。首先，文学文本中的语言是服从于表现特定的意义的，为表现特定的意义而组织成整体性语言构造，从而这种语言构造的整体性是由于表现性目的成功实现而获得的；其次，正是在实现表现性目的的过程中，这种语言可能呈现出独特的特征，从而传达出作家的独特个性，对此，老舍在《关于文学的语言问题》② 中说得十分明白：要把语言写好，不只是“说什么”的问题，而也是“怎么说”的问题。创作是个人的工作，“怎么说”就表现了个人的风格与语言创造力。我这么说，说的与众不同，特别好，就表现了我的独特风格与语言创造力。艺术作品都是这样。十个画家给我画像，画出来的都是我，但又各有不同。每一个里都有画家自己的风格与创造。他们各个人从各个不同的风格与创造把我表现出来。写文章也是如此。尽管是写同一题材，也可十个人写十个样。从语言风格上，我们可以看出来作家们的不同的性格，一看就知道谁写的。莎士比亚是莎士比亚，但丁是但丁。文学作品不能用机器制造，每篇都一样，尺寸相同。翻开《红楼梦》，绝对不能和《儒林外史》调换调换。

对于作家来说，真正重要的不是一般性地或共性地运用语言（“说什么”），而是关于个性地运用语言（“怎么说”）。他在运用语言时，总是考虑如何使它服从于表现特定目的，从而使它体现出作家自己的独特的个性特征。“尽管是写同一题材，可也十个人写十个样。”当不同的作家为自己提出了不同的表现性目的时，他们在语言运用上就会体现不同的要求。因此，正是“从语言上，我们可以看出来作家们的不同的性格”。

这些变化是由于这个时期丁玲从理论主张到创作实践都非常重视学习，并加

---

① 丁玲：《到前线去》，《丁玲全集》第 5 卷，石家庄：河北人民出版社，2001 年，第 37 页。

② 老舍：《关于文学的语言问题》，《出口成章》，北京：作家出版社，1964 年。

强人民语言的原因。

在《作家与大众》一文中，她说：“作家要使作品成为伟大的艺术，属于大众的，能结合，提高大众的感情、思想、意志的作品，那么他必须使作品取得大众的理解和爱好。因此他不仅要具备大众的情操，同时也得运用大众的语言。大众的语言是最丰富的，最美的，最恰当的；但却不一定是一个普通农民，普通士兵能说的，这些人常常能说出最简单的几句话。不过如果在大众里去搜求，集千万人的语言为一人之语言，则美丽的、贴切的，有味的语言全在这里了。作家笔底下的话，应该是从心中所有，而不是从笔下所有的。”①

她把“群众的斗争生活”、“大众的喜怒哀乐”作为创作的源泉。认为在苏区或解放区都是新的世界，作家应努力创造“新的人格，伟大的个性的典型”。据此，她认为应“寻求新的表现方法”。② 她十分重视运用大众的语言表现新的人物、新的世界。她说“集千万人的语言如一人之语言，则美丽的、贴切的、有韵味的语言全在这里了”。③她进而指出，作家笔下的话，应该是人人心中有的，而不是人人笔下所有的。用独特的语言表现新的人物和新的世界，则是她新的追求。丁玲曾在《<陕北风光>校后感》中说：“在陕北我曾经经历过很多的自我战斗的痛苦，我在这里开始认识自己，正视自己，纠正自己，改造自己。”“《陕北风光》这本书很单薄，但却使我走向新的开端。当我重新校阅的时候，本想把另外几篇有关陕北的散文放进去，但仔细一起，觉得仍以原来的为好，因为在思想上这是比较一致的，这是我读了毛主席《在延安文艺座谈会上的讲话》以后有意识地去实践的开端。不管这里面文章写的好或坏，这个开端对于我个人是有意义的!”④ 正因为思想有了这样的认识和变化，所以有文风和文学语言风格变化是自然的，顺理成章的。

抗日战争以后，作家们到了延安和抗日民主根据地，参加实际工作，同劳动人民有了结合的机会，他们的创作面貌有所改变，文学语言也有新的变化，但由于他们同劳动人民的接触还有一定的距离，作品还存在着一些缺陷，如何进一步吸收群众语言来丰富自己的创作，这是当时这批作者碰到的共同问题。在这些作家中，丁玲的小说成就突出，影响大，她的文学语言风格较之来陕北之前有了很大的不同，变得朴实而又流畅，细致而又有生气，但由于与群众交融时间较短，

① 丁玲：《作家与大众》，《丁玲全集》第7卷，石家庄：河北人民出版社，2001年。
② 丁玲：《作家与大众》，《丁玲全集》第7卷，石家庄：河北人民出版社，2001年。
③ 丁玲：《作家与大众》，《丁玲全集》第7卷，石家庄：河北人民出版社，2001年。
④ 丁玲：《<陕北风光>校后感》，《丁玲全集》第9卷，石家庄：河北人民出版社，2001年，第51页。

新的语言风格只是在形成中。在同时期的作家中，刘白羽写的小说也有新的气象，文笔较为细致，时有抒情笔触，有些用语拗口；杨朔小说擅长抒情笔调，语言个性化还有待加强；周立波报告文学的语言质朴、细致、明白晓畅；何其芳的报告和散文随笔锋常带感情且有深思的意味。总之，这批来到中国共产党领导下的抗日根据地的作家，他们在与人民结合的过程中，既发挥已有的语言风格长处，又有新的变化，各自的新的语言风格正在形成与发展中。

第四章　新的文学语言风格走向成熟（1943—1949）

——平实而又简括，细密而又深隽

毛泽东的《在延安文艺座谈会上的讲话》（以下简称《讲话》）发表之后，解放区掀起新的人民文艺的大潮，丁玲的创作因而进入新的阶段，她的文学语言风格逐步走向成熟（1943—1949年），她在同人民的生活和斗争相结合的实践中，开始产生了更大的变化，她越发感到作家和人民相结合，文艺和人民相结合的重要性，这也可以说是丁玲文学观的又一次大解放和大更新。正如她在《陕北风光·校后记》一文中说："在陕北我曾经经历过很多的自我战斗的痛苦，我在这里开始认识自己，正视自己，纠正自己，改造自己，这种经历不是用简单的几句话可以说清楚的。我在这里又曾获得最大的愉快，我觉得我完全是从无知到有些明白，从一些感想性到稍稍有了些理论，从不稳到安定，从脆弱到刚强，从沉重到轻松……，走过来的一条路，不是容易的，我以为凡走过这条道路的人是懂得这条路的崎岖和不平坦的，但每个人都还是有他自己的心得。"① 丁玲到陕北后，有意识地实践《讲话》并创作出一些作品，后来结集为《陕北风光》，她称作这是她"走向新的开端"。有了这样的认识，就更能够深入到生活当中，深入到群众当中去，从而为自己的文学创作注入了新的活力；带来了新的艺术生命和新的创作高潮。从《讲话》发表后到中华人民共和国成立之前，丁玲创作的散文集《陕北风光》与长篇小说《太阳照在桑干河上》两书，标志着她在新的人民文艺的大潮中创作的新成就，表明她有意识地把文艺与人民的生活紧密结合起来，在文学语言方面追求大众化，同时也发挥作家个性。这个阶段她小说的文学语言风格既平实而又简括，既细密而又深隽，这个特点是在前一个阶段的基础上逐步成熟的。

汪曾祺在《中国文学的语言问题》中说：语言是小说的本体，不是附加的，可有可无的。从这个意义上说，写小说就是写语言。小说的语言是浸透了内容的，浸透了作者的思想的。我们有时看一篇小说，看了三行，就看不下去了，因

---

① 丁玲：《〈陕北风光〉校后感》，《丁玲全集》第9卷，石家庄：河北人民出版社，2001年，第50页。

为语言太粗糙。语言的粗糙就是内容的粗糙。①

老舍在《关于文学的语言问题》中也提到：“我们总是一提到作品，也就想到它的美丽的语言。我们几乎没法子赞美杜甫与莎士比亚而不引用他们的原文为证。所以，语言是我们作品好坏的一个部分，而且是一个重要的部分。我们的最好的思想，最深厚的感情，只能被最美妙的语言表达出来，若是表达不出，谁能知道那思想与感情怎样的好呢？这是无可分离的，统一的东西。”②

由此可见，语言的意义是始终与它所表达的意义紧紧地联系在一起的，当它成功地和富于独创性地完成了意义的表达时，其自身才可能显示出独特的意义来。

丁玲这一时期创作的主题和体裁以及作品语言的新变化，诚如丁玲在《<陕北风光>校后感》中所说：“乔木同志鼓励我去写报道，我从党校到文协，参加了陕甘宁边区的合作社会议，写了《田保霖》。”“毛主席说我写《田保霖》是我写工农兵的开始，他为我新的文学道路而庆祝，并且约我们去吃饭。”“在写了这几篇之后，我对于写短文，由不十分有兴趣到十分感兴趣了。我已经不单是为完成任务而写作了，而是带着对人物对生活都有了浓厚的感情，同时我已经有意识的在写这种短文时练习我的文字和风格了。于是在文艺工作者代表大会上写了《民间艺人李卜》，劳动英雄大会上写《袁广发》，我又把头一年未写完的《三日杂记》拿来修改，续完。”

正是在这种创作思想的指导下，丁玲这一时期创作的作品，语言风格是既平实又简括，既细密又深隽，自然平实的语言风格往往借助于口语，在这个阶段，她除了调动陕北口语外，还运用华北的口语，不过她不像有的作家将方言直接当口语，而是把当地人民口头语言进行了加工，因而这种口语简洁有力，富有表现力。

以《三日杂记》中《娃娃们》一章为例，通过作品对四个女孩不同侧面的描写，让读者仿佛身临其境，耳闻目睹了解放区人人忙于大生产的热闹场面。

> 望儿媳妇听到外窑里有脚步声音，心里明白是谁，便忙着去搬纺车。一个穿大红棉袄，扎小辫的女娃便站在门旁了；她把手指头含在嘴里，歪着头望着那柳拐子婆姨。

① 汪曾祺：《中国文学的语言问题》，《汪曾祺文集·文论卷》，南京：江苏文艺出版社，1993年。

② 老舍：《关于文学的语言问题》，《出口成章》，北京：作家出版社，1964年。

"走！兰道！到你家院子里去。"望儿媳妇把纺车背在背上走了出来，会意地望着这小女子一笑。"嘻!"兰道把手指从口中拔了出来，扭头就跟在望儿媳妇身后跑。①

这一段是用动词粗描兰道："把手指头含在嘴里，歪着头望。"

下面一段，对孩子的容貌、衣着打扮到家庭的生活氛围以及孩子的精神面貌都做了细描。

这女子才九岁，圆圆的面孔，两颗大眼睛，睫毛又长又黑，扎一根小辫子，穿一件大红布棉衣，有时罩一条浅蓝色的围腰，她是父母的宝贝，那两老除了一个带彩退伍的儿子以外就这个小女子了。她在他们的宠爱下，意味着自己的幸福，因此时时都在跳着，跑着，不安定，总是满足地笑着。②

通过对小女孩容貌、动作、衣着和精神面貌的描写，塑造了一个活泼可爱、天真烂漫的小女孩形象。

对大女孩任香的描写，为了符合人物稳重沉静的性格，丁玲没有用动词作描写，而只是对其相貌进行了简单的叙述。

任香也有十四岁了，黑黑的面孔，高高的鼻子，剪了发，却非常之温和沉静。③

第三个更年幼的小女孩，丁玲用的是速画像的描述语言，塑造了一个害羞而又带顽皮性格的小姑娘形象。

比兰道还要小也在纺线的有贺光勤家的金豆。金豆才七岁，头发披散着，垂到脖子边，见人就羞得把头低下去，或者跑来了又悄悄地望着

① 丁玲：《三日杂记》,《丁玲全集》第5卷，石家庄：河北人民出版社，2001年，第163页。

② 丁玲：《三日杂记》,《丁玲全集》第5卷，石家庄：河北人民出版社，2001年，第163页。

③ 丁玲：《三日杂记》,《丁玲全集》第5卷，石家庄：河北人民出版社，2001年，第164页。

人，或者等你不知觉时猛然叫一声来吓唬你。可是她也一定要纺线。[1]

对第四个担负着沉重的家庭生活重担的三妞，作者仅用一句描述小姑娘性格的语言，塑造了一个不向困难低头的勇敢的小姑娘形象。

上边窑边还有一个十一岁的三妞，瘦瘦的，不说话，闪着有主张的坚定的眸子，不停手地纺着。纺线对于她已经是一个很沉重的负担了。年时她死了爸，留下她妈、五岁的小妹妹和她自己。[2]

作者用不同的语言表达方式塑造了四个不同年龄，不同境况的女孩子，把解放区大生产运动时人们的参与情景表现了出来。

丁玲这一时期的作品中虽然充满陕北方言，但与其早期作品中多属于自然流露，使用方言给人造成的时有突兀，冷僻之感不同，现在作品中的方言使用的自然、流畅，没有造成阅读中的生涩感，而是使人仿佛身临其境，耳闻目睹人物生活的场景，感受人物的思想活动状态，我认为这是由于丁玲在运用方言时作了提炼和加工，这种变化也可以从丁玲在《纪念瞿秋白同志被难十一周年》[3] 一文中得到佐证："要用劳动群众自己的语言，针对着劳动群众中，实际生活里所需要答复的一切问题。""整风以后，我在工厂，农村都稍稍跑了一时，时间本不多，却也搜到了一些素材，当我想执笔写它的时候，我忽然想到一个问题。用什么形式？我一直到这个时候才真正地对秋白同志所反对过的欧化形式起了根本的怀疑。而且对脚踏两只船的文艺觉得很可笑了。谁不会说呢，'今天的文艺必须吸收中国民间文艺的精华和接受外国文艺遗产'。但是请问，谁者为主呢？是站在中国民族形式这只船上来接受外国遗产呢，还是站在外国遗产的船上来吸收中国民间精华？我肯定地答复，应该站在中国的这只船上。因为这是老百姓喜闻乐见，读惯听惯的。""中国小说的好处常常是能集合许多小故事，总是用事情来形容人。""其次就是语言，假使采取中国形式，而又不愿用旧小说上的宋人语言或陈词滥调，则不能不采取真正的老百姓语言，这语言不是硬凑或者全搬来一些歇后语，语言要有身份个性，这又必须要有长期的深入的生活，还不止是一种

① 丁玲：《三日杂记》，《丁玲全集》第5卷，石家庄：河北人民出版社，2001年，第164页。

② 丁玲：《三日杂记》，《丁玲全集》第5卷，石家庄：河北人民出版社，2001年，第165页。

③ 丁玲：《纪念瞿秋白同志被难十一周年》，《丁玲全集》第5卷，石家庄：河北人民出版社，2001年。

生活，而是所欲表现的各种人的各种生活。因此，急切要产生的确继承了中国民间形式的优美，而又有创造，完全使用新的语言，从老百姓那里提炼出来的语言的作品，便实在不是一件容易事了。虽然这还有着许多困难，但方向却要清楚，主要是从中国民间形式上去吸收外国的革命的进步的文艺。”

基于这时期的指导思想，这一时期丁玲的许多作品在谋篇布局上便是集合许多小故事，采用了小故事来形容人的特点的中国小说形式，做到了从点到片。

如《三日杂记》中就集合了这样几个故事：一、到麻塔去；二、老村长；三、娃娃们；四、看谁纺得好；五、五月的夜。

特别是第二个故事《老村长》，就全选用事情来形容人，说明老村长的工作能力和群众威信等。

《一二九师与晋冀晋豫边区》集合了十一个故事，把英勇善战的威望之师，爱民之师的英雄事迹作了全面的讲述，有时大故事中又套几个小故事，采用网点结合的叙述方式，对一二九师及晋冀鲁豫边区发生的大事小情作了纵横描叙，如：《二、发轫在太行山》这个大故事中，套有《在晋东南》《在冀晋豫大平原》两个小故事。①

《记砖窑湾骡马大会》用了三个小故事，交待砖窑湾的过去和出现的原由，现在的繁荣以及在群众生活中发挥的作用。②

《田保霖》中也是用事情形容人，塑造了新能人的形象。

丁玲文学语言的自然平实也在《三日杂记》中表现出来，这篇散文以生动、朴素、亲切的口语反映抗日根据地劳动人民的抗日及生产的情景。开头有这么一段文字：

> 果然，在路上我们发现了新牲口粪，我们知道目的地快到了。不远我们便听到了吆牲口的声音，再转过一个山坡，错落的窑洞和柴草便出现在眼前，已经有炊烟在这村庄上飘漾，几只狗跑过来朝我们狂吠，孩子们远远地站在树底下好奇地呆呆地望着，而我们也不觉地呆呆地注视着村庄了。③

---

① 丁玲：《一二九师与晋冀晋豫边区》，《丁玲全集》第5卷，石家庄：河北人民出版社，2001年，第172页。

② 丁玲：《记砖窑湾骡马大会》，《丁玲全集》第5卷，石家庄：河北人民出版社，2001年，第219页。

③ 丁玲：《三日杂记》，《丁玲全集》第5卷，石家庄：河北人民出版社，2001年，第158页。

孩子们“呆呆地望着”，是从村庄那方对初来乍到的人的惊奇，我们的“呆呆注视”则是对村庄自然环境的惊奇。两个“呆呆”，把两个方向的人物用一条相互注视线拉进了同一个镜头画面，让读者看到故事即将开始时的全景。

通篇几乎不再有拗口的欧式长句，只有短句，甚至有些叙事的句子也用上了陕北风情中常见的语式，使人读来兴趣盎然。

《三日杂记》：

> 她和望儿媳妇，兰道都非常要好，每天都把车子搬到这边院子里来纺线线。
>
> 山坡坡上散开的野花可真香，我们去分辨哪是酸枣的香气，哪是野玫瑰的香气和哪是混和的香气。

《民间艺人李卜》，作者在一开头，用的也是简单纯朴的语气，开门见山：“一九二五年，甘肃省平凉、龙德一带来了李卜，”接着，便是这位流浪艺人的形象：

> 他穿了一件旧单褂，戴了顶旧麦秸帽子，胳肢窝里夹了一个包包，走在别人门前或柜台前边一坐，把右腿往左膝上一放，仍象往日在台上那样，再把一个三叉叉板拿出来敲一敲，小眼睛一睁一闭，他就唱了起来。①

简单的几句话，就把故事发生的时间、地点、人物及其职业交代得清清楚楚。

在这时期的作品中，丁玲还有意识地使用划一的语言，为的是尽量减少人物语言和作者语言之间的差异。

> “这搭就是，我就是村长，叫茆真万。嘿，回来，回窑里来坐，同志！你们从乡上来，走熬了吧？望儿媳妇，快烧水给同志喝！”
>
> “那个纺二十四个头机子纱的叫茆丕荣，有病，掏不了地，婆姨汉两口子都纺线，也没有儿子，光景过得不错。心里还不够明白，不肯多下劲。从开年到如今才纺二十来斤。不过，识字，读得下《群众报》，

① 丁玲：《民间艺人李卜》，《丁玲全集》第5卷，石家庄：河北人民出版社，2001年，第227页。

我要他念给大家听，娃娃家也打算抽点时间让他教教。”①

再如兰道妈的话：

“这猴女子淘气的太”，她妈又告诉我了，“平时看看这庄子上婆姨女子都纺线线，也成天吵着要纺；咱不敢叫她纺，怕她糟蹋棉花。今年吵的没办法，她大才自家掏钱买了十二两棉花，就是让她玩玩，不图个啥利息，不过一个月纺一斤是没问题的，一年也能赚九斗米，顶得上她自己吃的粮……”②

金豆妈的话：

“咱们金豆的线线纺得好，明日格送到延安做公家人去吧，要做女状元啦。”她妈一边拾掇屋子一边笑着同我谈。

以上段落写的是老村长以及一般农妇说的话，十分切合不同文中说话人的身份和语气。

《田保霖》：

“唉，咱能干啥呢？咱是买卖人，别的事解不开嘛。”这样的话他也同惠中权谈了。③

《民间艺人李卜》中，当李卜在台下观看民众剧团的演出时，其他认识李卜的观众问他对戏的感受，李卜说：

“戏是好戏嘛，这是新戏旧演。劝人打日本，做好人嘛。唱工把式

① 丁玲：《三日杂记》，《丁玲全集》第5卷，石家庄：河北人民出版社，2001年，第162页。
② 丁玲：《三日杂记》，《丁玲全集》第5卷，石家庄：河北人民出版社，2001年，第164页。
③ 丁玲：《田保霖》，《丁玲全集》第5卷，石家庄：河北人民出版社，2001年，第150页。

差次点，没啥。要是改唱郿鄠就更好，郿鄠吐音清楚，更听得真嘛。”①

作者直接引入了几段带有熟语或比喻或两者兼有的对白，立即使李卜等人的语言显得个人风味更加浓重，如他对剧团领导人柯仲平所说的话中所显示的：

“你看，你有那么多文化，满肚子都是文章，现在为了教育百姓，这样艰苦，咱一个旧戏子，不能不把绿豆大点的本事拿出来，教教几个年轻人？”②

上面的兰道妈、金豆妈、李卜以及老村长说的这些话都表现出了陕北民众口语化质朴的特色，也表明了丁玲在追求民族化、大众化的语言方面又向前迈进了一大步。做到了人物语言符合各自的身份，作者的描述语言也与人物的身份相符与划一。甚至连作者描述老村长的语言也符合他的身份：

“说起冯有实家的婆姨，他就哈气，说村上就他们几个不肯纺线，因为他们家光景好、有家当，劝说也不顶事。他盘算今年村子上安一架织布机来，全村子人都穿上自己纺自己织的新布衣，看她们心里活动不活动。③”

作者在使用叙述语言时也用的是与人物生活经历相符的语言，如当柯仲平与李卜第一次见面时，作者写李卜对柯仲平的印象：“李卜看柯仲平同志像个好老汉，象个见过世面跑过码头的人。”“好老汉”和“见过世面跑过码头”，这样观察的语言也与李卜的身份相符。

《民间艺人李卜》和《田保霖》也是以事形容人，用展露人物身上发生的故事来形容人，其语言依然是质朴、诚恳、不虚浮，没有华丽的修饰辞汇，做到了叙述语言与所塑造的人物形象一致。

如李卜到达延安，开始与延安新的社会生活接触时，丁玲是这样表达李卜对这个新社会的感受及其行动的：

① 丁玲：《民间艺人李卜》，《丁玲全集》第5卷，石家庄：河北人民出版社，2001年，第229页。
② 丁玲：《民间艺人李卜》，《丁玲全集》第5卷，石家庄：河北人民出版社，2001年，第231页。
③ 丁玲：《三日杂记》，《丁玲全集》第5卷，石家庄：河北人民出版社，2001年，第162页。

> 他到延安之后，四处看了一些，还有许多老熟人也见着了。大家光景过得很好，很和平。也见过一些负责人，都待他很好，很平等，和过去旧社会的官长完全不同，他们总是很耐心地解释一些道理给他听，他听的非常高兴，他的确很厉害的受了感动，所以只要有他能作的事，他总是不辞劳苦的。
>
> 为着民众剧团买戏箱，他冒着危险到蒋管区去，奔波几次，终于办到了。他看见那些坏了的凳子桌子，便自动地拿来修理。看见窑要坍了，也自动去修。他说："要花那么多钱，何苦找人，看我李卜来！"
>
> 他在剧团里教唱、教做工，民众剧团的技术因为他更加提高了。观众都说现在的演出更好，有把式，而马健翎同志也很善于利用这旧形式，创作了新型的有名的《十二把镰刀》和《两家亲》。①

虽然丁玲这时期的作品语言是平白质朴式的，但在遣词造句上却不马虎。如上文中的两个"自动"，不需多做说明和修饰，便把李卜由思想感动到自觉行动的过程完完全全地表现了出来。

再如对李卜从前生活中产生的思想活动做介绍：

> 在洛川河一带，谁不知道李卜呢？可是这时他却常常一个人宿在孤村野庙里。他恨那些军阀们，也恨那个小旦。他常常想到自己的前途：三十几岁了，现在还可以混，可是这样搞下去，老了又怎么办呢？他看看窗外的月影，想着这些，忘记了衣襟的单薄和古庙的寂静，却更深切地体味到深夜的寒冷和荒山的凄寂。

从古庙的"寂静"到荒山的"凄寂"，"寂静"指自然环境鸦雀无声的状态，而"凄寂"则在这寂静中渗入了李卜无家可归孤寂无望的情感。

后面再写到李卜的生活和思想：

> 在民众剧团要回延安时，他表示不愿离开团体了，他觉得这就是他

① 丁玲：《民间艺人李卜》，《丁玲全集》第5卷，石家庄：河北人民出版社，2001年，第231页。

的家。他舍不得向他学戏的那样纯洁的娃娃们，舍不得热情的团长老柯，舍不得这个团体的有秩序、有情感、有互助的生活。虽然他的家现在也是边区了，在家里也可以生活得平安，可是这里教育更好，这种集体生活更使他留恋。并且他认识到他现在所做的工作，是为了大家，为了所有受苦人的幸福。这种工作使他年轻，使他真正地觉得是在做人。他决定要参加这个剧团了，当然他很受到了欢迎。从此他找到了他永久的家。①

三个排比句“舍不得”写活了李卜找到情感所依的快乐，从“寂静”、“凄寂”到“舍不得”这前后两段的对比呼应，从无依无靠无前途到找到了永久的家，找到了光明未来的人生体味，用强烈的对比效果把新旧社会两重天的差别淋漓尽致地表现出来。

这时期的作品语言，作家常用的是经过加工了的具有时代感的陕北日常口语，拉家常一般把她所要表达的思想，人物和情感娓娓道来。

《三日杂记》：

“豹子？吃了你几个羊羔？”

“唉，豹子。今年南泥湾开荒不多，豹子移民到这搭来了。”

“哈……豹子‘移民’到这搭来了。”立刻我们感到这笑的不得当，于是便问道：“这是麻塔村么？我们要找茆村长。”②

“村长起身真早。”我轻轻问她。

“有时还早呢。上年纪了，没有觉。本来还可以多躺躺儿，不行，好操心么。天天都是不见亮就起身，满村子去催变工队上山，他是队长啦。同志，你多歇会儿，还早。”③

我向他表示了我的称赞：他是一个负责任的村长。他谦虚地回答我：

“说不上，咱是个笨人，比不上枣园有劳动英雄。年时劳动英雄在

① 丁玲：《民间艺人李卜》，《丁玲全集》第5卷，石家庄：河北人民出版社，2001年，第232页。

② 丁玲：《三日杂记》，《丁玲全集》第5卷，石家庄：河北人民出版社，2001年，第159页。

③ 丁玲：《三日杂记》，《丁玲全集》第5卷，石家庄：河北人民出版社，2001年，第160页。

‘边区’和别人挑了战，要争取咱二乡做模范。咱麻塔的计划是开一百二十晌荒地，梢大些个，镢头手也不多，只好多操心，后晌还要上山去看看呢。”①

“移民”、“变工队”、“边区”就是具有时代感的新词汇。

丁玲用的是在时代变革中的农民口语，因为他们的农村生活起了革命性的变化，他们参与了经济与政治生活，语言自然也起了变化。

同时，有些词语是在特定的时代产生和使用，反映特定的生活内容，而这样的词语一般都有时代色彩，这也是构成语言的时代风格的重要因素。

这时期的作品中，丁玲还恰如其分地用了不少民谚熟语，这在她从前的作品中这样集中地使用不多见。

如《田保霖》：

“人心同，黄土变成金。”
“人多不怯力气多，只要政府能帮助，咱就好好地干一番事业吧。”
“天下无难事，只怕有心人。”
“描云绣花不算能，纺线织布不受穷。”

这些民谚熟语很好地表现出走南闯北，精明能干的生意人田保霖依靠政府带领大家共同发展的内心活动。

而《三日杂记》中老村长的“依正人就能做正人，依歪人没好下场”，则符合其刚正爽直的性格。

《太阳照在桑干河上》：

“活捉五通神，快乐赛新年，赶快来开会，告状把身翻。”

农民翻身的快乐：

“妇女儿童团，老少青壮年，大家来开会，就在戏台前。报仇在今

① 丁玲：《三日杂记》，《丁玲全集》第5卷，石家庄：河北人民出版社，2001年，第161页。

天，耕者有其田！”

从整体上说，这些小说的语言是统一和谐的，它的共同特点是用词简朴，句子精焊，结构简单，修饰语用得很少。

《太阳照在桑干河上》是丁玲长篇小说的代表作，全书出场的主要人物有近四十位，从他们彼此之间互有依存，关联和矛盾等情况来看，对于这些人物，在他们说话当中运用语言艺术，要做到各如其分，神情毕肖地表现出每个人物的复杂多样的思想感情、心理状态和性格特征，是一件不容易的事，可是丁玲对于她所描绘的各阶层人物，在语言艺术的适应和创造上，却运用了多样化的艺术形式，即运用了具体、生动、鲜明、正确等强有力的表现形式，把每个人物复杂多样的内心世界，描绘得清清楚楚，分寸适宜。作者语言艺术的适合和创造，使她赋予了每个人物更为丰实的生命和内容，使得每个人物都活生生地出现在纸上。他并没有把某些人物刻划成为僵死的标本，而是深刻地把每个人物的精神实质都突现出来。并且对于这些人物形象彼此间的关系，作者又把它交织成若干巨幅的生活图景，反映出土地改革运动中的社会真实生活。

人物语言是表现人物性格的重要手法之一。《太阳照在桑干河上》丁玲赋予她所创造的人物的语言艺术，通过每个人的口吻，伴随着每个人物的身份、地位、环境、交谈对象、时间，以及其他条件等，在各不相同的说话里面，都能够从心灵深处，把这些人物复杂多样的内心世界，以一种具体、生动、鲜明、正确和强有力的语言表现在人们面前，无可掩饰地，全盘地再现出来。照常理来说，每个人物既然有他不同于别人的一副面孔，当然每个人物便有他不同于别人的思想感情、心理状态和性格特征，甚至一举一动，一言一笑，也都表现出不同的个性。因此，作者对于他所塑造的人物形象，语言艺术的适应和创造，说什么话，说多少话，要铢两悉称，都是极费斟酌，而且要把每一个人物的内心世界都加一番体验，然后才能抓住人物的特征的。所以全书中的人物，不论什么人，每个人物都依着他自身所具有的特征，说着各不相同的语言，来表达他这一人物的内心世界，例如，即使同为地主阶层，也是钱文贵说钱文贵的语言，侯殿魁说侯殿魁的语言，李子俊说李子俊的语言，黑妮、程仁也都各说其语言，做到了“是什么人，说什么话”，都是符合塑造这些人物形象的要求的。要不如此，那就不能做得到各如其分，神情毕肖。所以她所塑造的每个人物，不论男女老少，不论阶层，不论说话的多和少，她总是安排得很恰当，做到了如见其人，如闻其声，如见其形。因此，就能够使得每个人物的形象永远地活现在人们的心里，在广大读者中，有着极大的感染力，起着一定的教育作用，这不是无因而至，而是由于作者语言艺术本身所具有的特点决定的。

比如，当小学教员任国忠到钱文贵家密谋时，钱文贵所说的每句话看起来都是为任国忠着想，站在任国忠的角度和立场上，实际上却是在不动声色之中把自己的思想灌输到任国忠的脑中，让任国忠去充当其“话筒”，把扰乱民心的谣言散布出去。

钱文贵抖了抖他的袖子，弹去他白竹布短褂的烟灰，鼻子里笑了一声说：“本来么，一朝天子一朝臣。老任，你莫非有什么憋屈，哈……你是小学校教员，你应该‘为人民服务’呀，哈……”。

给这一笑，有些僵了起来的任国忠忍不住说道：“咱横竖是一个靠粉笔吃饭的人，在什么地方什么时候都是看别人颜色，你看，咱们教员要受什么‘民教’领导，这也不要紧，钱二叔！你也是知道的，什么‘民教’，还不就是李昌那小子么？李昌那狗王八蛋的，识几个大字，懂得个屁，却不要脸，老来下命令，要这要那的……唉！”

“哈……”钱文贵继续着他的笑，李昌自己原有八亩地，地是不怎么样，去年闹斗争，分得二亩，如今是十亩地，他和他老子，还有那个童养媳妇，三口人过活也差不离了。可是他们还算是贫农。你呢，你有几亩地？呵……你是个不劳动的！

“咱一个月赚一百斤粮食，什么也没有了，可是这一百斤粮也不是好赚的，过去读书花的本不算，一天到晚和那些玩皮孩子胡缠，如今还得玩学打霸王鞭，学扭秧歌……别人爱的就是这一套下流货呀；陶渊明不为五斗米折腰，咱却为了一百斤粮食受尽了李昌的气，嗯！”

“哈……一个月一百斤粮食，那不就结了，管他们共产也好，均地也好，保险闹不到你头上，跟咱一样，咱就不怕他们这一套。比方咱春上分了五十亩地给儿子，如今咱们是三户。一年能收个十来石粮食，穷三差五，咱顶多就成了个不穷不富。他们爱怎么闹，就怎么闹去吧，咱们就来个看破红尘，少管为妙！”

……

没有风的夏天，又是中午，房子里，也觉得很闷热，钱文贵叫老婆又沏了壶茶。任国忠挥着蒲草编的小团扇，仰头呆呆的望着墙上挂的像片，又望了几张美女画的屏条。

钱文贵体味到对方的无聊，便又递过去一支太阳牌烟，并且说：“老任！俗话说得好，寡妇做好梦，一场空，老蒋要放过了共产党，算咱输了；你等着瞧，看这这暖水屯将来是谁的？你以为就让这批泥浆腿坐江山？什么张裕民，他现在总算头头上的人，大小事都找他做主了。哼，这就是共产党提出的好干部！嗯，谁还不认识，李子俊的长工嘛！早前看见谁了还能不哈腰？还有什么农会主任，那程仁有几根毛咱也清楚，是咱家里出去的。村子上就让这起浑人来管事，那还管得好？如今他们仗着的就是枪杆。还有，人多。为啥老是要闹斗争，清算没个完？嘿，要这样才好拢住穷人么——说分地，分粮食，穷人还有个不眼红，不喜欢的？其实，这些人也不过是些傻瓜，等将来‘国’军一到，共产党跑了，我看你们仗谁去。你，咱说，老任，论文才，全村也没有人能比得上你，就说你是外村人，不好管事，总不会再白受这些混蛋的气呀！”

“二叔真会说笑话，咱是个教书匠，也不想当官，管事，不过不愿看见好人受屈。二叔，话又回到本题，这次土地改革，咱说你还得当心点。”

钱文贵看见他又把话逼过来，便仍然漾开去：“土地改革，咱不怕，要是闹得好，也许给分上二亩水地，咱钱义走时什么也没有要呢。不过，为咱们这些穷人打算，还是不拿地的好，你在学校里，有时候是可以找找他们和他们的子弟，聊聊天，告诉他们不要当傻瓜，共产党不一定能站长！嗯，这倒是一桩功德。”

任国忠听了觉得很对劲，他现在有事可做了。他会去做的，也会做得很机密。不过他总觉得钱文贵把事看得太平稳了，他还得提醒他：“张裕民那小子可鬼呢，你别以为他看见你就‘二叔二叔’的叫。还有，说不定什么地方会钻出一个两个仇人的。”

“嘿……放心！放心！咱还能让这么几个孙子治倒？你回去，多操心点，有什么消息就来，报纸上有什么‘国’军打胜仗的地方，就同人讲讲，编几条也不要紧，村子上也还有懂事的人，谁还不想想将来！

嘿……”他边说边下炕来，任国忠也穿好了靴子，心满意得。[①]

钱文贵的这些话非常切合其老谋深算，藏而不露的性格及其为人。

钱文贵“从鼻子里笑了一声”的描述，给人的感觉是似笑非笑，笑里藏刀，带有不屑的“哼”的意味，再到“哈”和连续的两个“哼”字，活画出了钱文贵讥讽、不屑和挑唆任国忠不满情绪的嘴脸，一个“漾”字，更是活现了钱文贵为人的狡诈奸滑。

上面的对话也正对应了作品中的《有事就不能瞒他》一节对钱文贵的描述：

钱文贵家里本来也是庄户人家。但近年来村子上的人都似乎不大明白钱文贵的出身了；虽说种二亩菜园地的钱文富同大家都很熟识，大家都记得他就是那个钱广庚老汉的儿子，说起来也知道他和钱文贵是亲兄弟，可是钱文贵总好像是个天外飞来的富户，他不像庄稼人，他虽然只在私塾读过两年书，就像一个斯文人。说话办事却有心眼……他不做官，也不做乡长，甲长，也不做买卖，可是人都得恭维他，给他送东西、送钱。大家都说他是一个摇鹅毛扇的，是一个唱傀儡戏的提线线的人。[②]

善良纯洁的乡村姑娘黑妮爱程仁，她对他爱情的表示：

“你还有什么不知道的，咱一个亲人也没有，就只有你啊！你要没良心，咱就只好当姑子去。”

“姑子”是指出家做尼姑，这符合心地纯洁的黑妮口吻。

文采脱离群众刚愎自负，有时有自吹自擂，好为人师，自诩博学多才的性格，作家则使用知识分子的腔调加以表现：

“老乡！”文采的北方话很好懂，他的嗓音也很清亮。“咱们今天是

① 丁玲：《太阳照在桑干河上》，《丁玲全集》第2卷，石家庄：河北人民出版社，2001年，第24—27页。

② 丁玲：《太阳照在桑干河上》，《丁玲全集》第2卷，石家庄：河北人民出版社，2001年，第11页。

头一回见面，也许——”文采立刻感觉到这两个字不大众性，他极力搜索另外的字眼，可是一时找不到，想不起，他只好仍旧接下去：“也许你们还有些觉得生疏，……觉得不熟，不过，八路军老百姓是一家人，以后慢慢就熟了，是不是?”

“是。”有人答应了。

“咱们这回是闹土地改革，土地改革是什么呢？是‘耕者有其田’，就是说种地的要有土地，不劳动的就没有……”

底下的人都吃力的听着，……他们大半听不懂。

用文皱皱的语言对农民们开了六个钟头的会，文采面对着不满的群众依然说：

“农民么，农民本来就落后，他们除了一点眼前的利益，就不会感到什么兴趣。这得慢慢的来，先搞通思想；想一下子就轰轰烈烈，那是不能的，那只是小资产阶级的思想。我对今晚的会到很满意，虽然，我承认我的话老百姓味道少一些。”①

这些语言都符合一个自以为是，高高在上，时常带有自满骄傲，瞧不起没文化农民的小知识分子人物的性格。

在小说中的《初胜》一节中，生动地用贫农侯忠全与地主侯殿魁的对话表现出侯忠全的老实巴交的性格：

去年清算侯殿魁，大家都分了地，村干部逼着侯忠全也去找他算帐，侯忠全没法，进去了。侯殿魁躺在炕上问到：“谁在院子里?”侯忠全便说：“没什么事，来看看二叔的啦。”说完话，他找了一把扫帚，在院子里扫了起来。“呵，到底你还有良心，我以为你也是找咱来算帐，要算，到阎王爷那里去算吧！看他注定到底是给谁的！唉，咱说忠全，你欠咱的那一万款子，就算了吧。咱们是一家人啦，几十年工夫咱们总算有情分。”“呵，那哪成……”侯忠全就走出来了。外面的人问他算

① 丁玲：《太阳照在桑干河上》，《丁玲全集》第2卷，石家庄：河北人民出版社，2001年，第79、80、83页。

> 了没有，他说：“算了，算了，咱还欠人家一万款子啦！”后来农会分给他一亩半地，他到底还悄悄给人家退回去了。[①]

这段对话是口语化的，把老实胆小怕事的侯忠全“只讲从侯殿魁那里听来的一些因果报应，拿极端迷信的宿命论的教义，来劝人为善”，“和对命运已经投降，把一切的苛待都宽恕了，把一切的苦难都归到自己的命上”，他用一种赎罪的心情，迎接着未来的时日。什么样的日子都能泰然地过下去，几十年来都是这样的生活着，他全家人都劳动，都吃不饱，但也饿不死。他不只劳动被剥削，连精神和感情都被欺骗的让吸血者掳去了。”丁玲把这一个认为前生欠了侯殿魁的债，分了地将要变成牛马的宿命论者侯忠全，及在贫农面前要惯了威风，并且利用侯忠全的弱点和宿命思想对其威逼利诱、软硬兼施的侯殿魁，用不同的谈吐风格描绘出来。这样的叙述语言是以普通话为基础并进行了加工的文学语言，通俗浅白而又简括为其特点。

《太阳照在桑干河上》中对人物进行描写的语言，也是口语化的，且具有鲜明的个性化特点。无论是人物的肖像勾勒、行动描绘、心理剖析，都可以看出作家语言的丰富表现力。仍以侯忠全老头为例，钱文贵被斗后的一个早晨，地主侯殿魁来他家磕头求饶，小说是这样描写：

> 一清早，他刚从屋里走出来，觉得门外站了一个人，他问：“谁呀？”也没人答应，他再问，那人就走进来了。那人是从来不来的，这使他惊奇了，他赶忙往里让，连连招呼：“呵！是殿魁叔！殿魁叔，您请进屋来，您请坐吧。”侯殿魁一声不响，跟着他到了屋里，也不往炕上去坐，反推侯忠全，把侯忠全往炕上按住了，自己就扑通朝他嗑下头去，并且求告他：“忠全！你可得救救我呵！往日咱全家对不起你，请你宽大了咱吧，咱年纪大了，受不起斗争，你们要什么都行，唉！……”侯忠全给吓住了，连忙拉他，也拉不起来，只说：“坐着说吧，坐着说吧！”好容易那老头才起来，怎么也不肯坐炕，蹲在地下，侯忠全也就陪他蹲着。两个人都老了，都蹲不稳，都坐在地下了。侯忠全看见他过分谦虚的样子，过意不去，安慰他说：“你怕什么呢？咱们都是一家子，

---

① 丁玲：《太阳照在桑干河上》，《丁玲全集》第2卷，石家庄：河北人民出版社，2001年，第196页。

几十年来了，咱们还是照旧过，咱怎么也不能难为你，你别怕，咱清槐那小子就不是好东西。”这时侯忠全女人也来了，侯殿魁又给她磕头，她被弄糊涂了，呆呆地扶着门站着。侯殿魁便又说自己过去怎么对起不他们，嘴里甜，要他做了好多事，实际也没有照管他们，他们的生活，跟要饭的差不多。他塞给他两张契约，有十四亩地，他一定求他们收下，求他们看他老了，绕了他，求他在干部们面前说几句好话。侯忠全不敢留地契，他便又要跪下，不留就不起来，哈……那老家伙还哭了呢，他闹了一阵才走，又走到另一个佃户家去，他就准备拿这个法宝，挨家去求，求得平安的渡过这个难关。他被昨天的那场剧战吓住了，他懂得群众已经起来，只要他还有一丝做恶，人们就会踩死他的，像一个臭虫一样。他走后，这老两口子，互相望着，他们还怕是做梦，他们把地契翻过来翻过去，又追到门口去看，结果他们两个都笑了，笑到两个人都伤心了。①

一连串的动词运用，把人物的心理活动都写得活灵活现。

从“惊奇”、“吓住”、“不敢”，直到最后的“笑”，以及趋向补语“翻过来翻过去”，把侯忠全这位淳厚老实，以至于有些愚昧的老人从事件的开始到结束，整个过程中的心态活动逼真地表现了出来，同时也塑造了一个胆小怕事的农民由“翻身”到“翻心”的人物形象。

而带趋向补语的动词“磕下头去”，“塞给”，以及连用的三个“求”和“饶”、“跪”把一向欺压穷苦人，高高在上的地主侯殿魁此刻的低头认罪的情状描绘得活灵活现。

侯殿魁主动挨家挨户交地契之后，侯忠全的心自然是不平静的：

侯忠全坐在院子的台阶上，一面揩着眼泪，一面回忆起他一生的艰苦的生活。他在沙漠地拉骆驼，风雪践踏着他，他踏着荒原，沙丘是无尽的，希望像黄昏的天际线一样，越走越模糊。他想着他的生病，他几乎死去，他以为死了还好些，可是又活了，活着比死更难呵！慢慢地相信了因果，他把真理放在看不见的下世，他拿这个幻想安定了自己。可

① 丁玲：《太阳照在桑干河上》，《丁玲全集》第2卷，石家庄：河北人民出版社，2001年，第283页。

是，下世已经成了现实，果报来得这样快呵！这是他没有，也不敢想的，他应该快活，他的确快乐，不过，这个快乐，已经不是他经受得起的，他的眼泪因快乐而流了出来，他活过来了，他的感情恢复了，他不是那么一个死老头了。[①]

这段心理描述，“他应该快活”，之后又用了起加强作用的词“的确”，转折词“不过”表明了这快乐的程度。

当老人沉浸在快乐之中时，听到他的老婆还在旁边叨咕着：

“你还他么？你还他么！他爹呀！”侯忠全竭力使自己镇定了下来，他拿着地契往外走，老婆着急追了出来，仍旧说：“你还顽固呀！你还不敢要呀！你还信他的一贯道么？”他只说：“不，我给农会去，我要告诉他们，我要告诉许多人，这世道真的翻了呀！哈……”[②]

……

最后有人问他：“这地要分给你了，你还退给人家么？”他只一个劲的摇着头，答道：“不啦！不啦！昨天那么大的会，还能不把我叫醒么？哈……”

这里侯忠全说的都是其个性化的语言，这些文字不但用词鲜明准确，而且节奏张驰有致，恰到好处地表现了一位小心谨慎、畏首畏尾，怕了一生的老农民翻身后的喜悦心理。

对地主李子俊老婆，作者也是用动作来表现其心理活动，当任国忠来到她家对她散布说：

“只听说要闹清算，说去年没有被清算的人，今年就要轮到了，今年特别是要消灭封建大地主！”

那女人又是一怔，却连和面的手也没停，继续问：“什么叫封建剥削大地主呢？”

“黑板报上都写得清清楚楚的了，就指的你们吃租子的嘛！要消灭

① 丁玲：《太阳照在桑干河上》，《丁玲全集》第2卷，石家庄：河北人民出版社，2001年，第284页。

② 丁玲：《太阳照在桑干河上》，《丁玲全集》第2卷，石家庄：河北人民出版社，2001年，第284页。

个干干净净呢。”

女人心一惊，手便停住了。①

这一“怔”一“惊”从“和面的手也没停”到“手便停住了”，这样一个动作便把李子俊老婆对任国忠带来的消息由开始的吃惊到惊恐的心理状态写活了。

在《果树园闹腾起来了》一节中，对李子俊的老婆更是写得细致，入木三分。开始她装得百依百顺，想以此要欺骗前来清算她家的贫雇农们；当她的诡计没能得逞时，她虽然表面上还强装笑脸，内心却在恶毒咒骂斗争她的农民，特别是她在果树园里的心理活动，把一个地主婆在土改中的阴险心理揭露得淋漓尽致，写出了一个具有鲜明阶级性和个性的人物。

李子俊的女人在饭后走来了。她的头梳的光光的，穿一件干净布衫，满脸堆上笑，做出一副怯生生的样子，向什么人都赔着小心。

没有什么人理她，李宝堂也装着没有看见她，却把脸恢复到原来那末一副古板样子了。

她瑟瑟缩缩走到任之华面前，笑着道：“如今咱们园子不大了，才十一亩半啦，宝堂叔比咱还清楚啦，他爹哪年不卖几亩地。”

“回去吧”，那个掌秤的豆腐店伙计说了，“咱们在这干活，穷人们都放心，你还有什么不放心的。你们已经卖得不少了！”

“尽她呆着吧。”任之华说道。

“唉，咱们的窟窿还大呢，春上的工钱都还没给……”女人继续咕噜着。

在树上摘果子的人们里面不知是谁大声说：“嘿，谁说李子俊只会养种梨，不会养葫芦冰？看，他养种了那末大一个葫芦冰，真真是又白又嫩又肥的香果啦！”

“哈……”果树上响起一片无邪的笑声。

这个女人便走到远一点的地方坐下来。她望着树，望着那缀在绿树上的红色的珍宝。她想：这是他们的东西。以前，谁要走树下过，她只

① 丁玲：《太阳照在桑干河上》，《丁玲全集》第2卷，石家庄：河北人民出版社，2001年，第131页。

要望人一眼，别人就会赔着笑脸来奉承来解释。怎么如今这些人都不认识她了，她的园子里站满了这么多人，这些人任意上她的树，践踏她的土地，而她呢，倒好像一个不相干的讨饭婆子，谁也不会施舍她一个果子。她忍着被污辱了的心情，一个一个的来打量那些人的欢愉和对她的傲慢。她不免感慨的想道："好，连李宝堂这老家伙也反对咱了，这多年的饭都喂了狗啦！真是事变知人心啦！"

可是就没有一个人同情她。①

"满脸堆笑"、"怯生生"是指面部表情，"瑟瑟缩缩"、"咕噜着"、"望着"、"望着"、"忍着"指行动表现，丁玲用这样的文字把地主婆形象从外到内都维妙维肖地表现了出来。

可事实上，李子俊老婆"不是一个怯弱的人"，而是一个颇有心计的女人：

从去年她娘家被清算起，她就感到风暴要来，就感到大厦将倾的危机。她常常想法设计，要躲过这突如其来的浪潮。她不相信世界将会永远这样下去。于是她变得大方了，她常常找几件旧衣服送人，或者借给人一些粮食；她同雇工们谈在一起，给他们做点好的吃。她也变得和气了，她常常串街，看见干部就拉话，约他们到家里去喝酒。她更变得勤劳了，家里的一切活她都干，还常常送饭到地里去，帮着拔草，帮着打场。许多只知道皮毛的人都说她不错，都说李子俊不成材，还有人会相信她的话，以为她的日子不好过——她还说今年要不再卖地，实在就没法过啦！可是事实上还是不能逃过这灾难，她就只得挺身而出，在这风雨中躲躲闪闪地熬着。她从不显露，她和这些人中间有不可调节的怨恨。她受了多少委屈呵！她只施展出一种女性的千依百顺，来博得他们的疏忽和宽大。

她看见大伙的工作又扩展开来了，便又走远些，在四周逡巡，舍不得离开她的土地，忍着痛苦去望那群"强盗"。她是这样咒骂他们的。②

从"变得"、"又变得"、"更变得"可以知道她本来的面目并非大方、善良、

① 丁玲：《太阳照在桑干河上》，《丁玲全集》第2卷，石家庄：河北人民出版社，2001年，第187页。
② 丁玲：《太阳照在桑干河上》，《丁玲全集》第2卷，石家庄：河北人民出版社，2001年，第188页。

勤劳、和气，一切都只是为避险而进行的伪装，只有“咒骂”和“不可调节的怨恨”才是她的真实面目和情感。

此外，运用前后对照的方法突出人物的思想性格，从而使读者感受到土地改革运动使亿万农民获得解放，提高阶级觉悟，激发革命热情，在推动社会进步中发挥了巨大的作用。昔日的李宝堂，沉默寡言，对果子丰收与否无动于衷。而今日的李宝堂却是开朗的，文中写到：

> 他在果子园里看别人下果子，替别人下果子已经二十年了，他总是不爱说话，沉默，象无动于衷地不断工作，象不知道果子是又香又甜似的，象拿着的是土块，是砖石那么一点也没有喜悦的感觉。可是今天呢，他的嗅觉象和大地一样苏醒了过来，象第一次才发现这葱郁的、茂盛的，富厚的环境，如同一个乞丐忽然发现许多金元一样，果子都发亮了，都在对他眨着眼呢。①

前面三个排比的比喻句说明了李宝堂在劳动时像拿着土块、砖石，土块、砖石是借喻着心情压抑沉重，近乎于是一种麻木不仁的心态，形象生动，后三个排比的比喻句所用的动作，“苏醒”、“发现”、“发现”，层层递进，则把李宝堂今日工作时心里所体验到的快乐心情传递了出来。

果子现在是属于他们自己的，因而他现在对果子的感情与从前不同。作者在描述沉默的李宝堂第一次感受到丰收的喜悦时，这样写到：“他的嗅觉像和大地一同苏醒了过来。”他开始介绍果园的历史，开玩笑，李宝堂今昔巨变的根本原因在于从前他是替别人干活，而今日的李宝堂却“在这里指挥着”大家摘果子。因为他是这里的主人了。这种地位的变化引起了他内心世界的巨变。作品借此歌颂了土地改革运动给农村以及穷苦农民的精神带来的巨大影响。再如：

> 顾二姑娘离开了这个家，就像出了笼的雀子一样，她有了生气，她又年轻了，她才二十三岁。她本来就像一棵野生的枣树，喜欢清冷的晨风，和火辣辣的太阳。

---

① 丁玲：《太阳照在桑干河上》，《丁玲全集》第2卷，石家庄：河北人民出版社，2001年，第185页。

作品的叙述语言不但清晰流畅，而且融入了人物情绪和作家的倾向，读起来优美动人。

由此可见，这个时期丁玲文学语言的又一特色是具有繁丰的风格，即保留着固有的细致特色，不过又别于过去的，那就是细密交织着明丽与宏放的笔法。《太阳照在桑干河上》不仅细致地描绘人物的心理变化，而且善于以多彩的笔调描画出自然风光。

> 当大地刚从清明的晨曦中苏醒过来的时候，在肃穆的，清凉的果树园子里，便飘上了清朗的笑声。这些人的欢乐压过了鸟雀的喧噪。一些爱在晨风中飞来的有甲的小虫，不安的四方乱闯。浓密的树叶在伸展开与枝条上微微的摆动。怎么也藏不住那一累累的沉重的果子。在那树丛里还留得有偶尔闪光的露珠，就像在雾夜中耀眼的星星一样。那些红色果皮上有一层茸毛，或者是一层薄霜，显得柔软而润湿。云霞升起来了，从那密密的绿叶的缝里透过点点的金色的彩霞，林子中反映出一缕一缕的透明的淡紫色、浅黄色的薄光。梯子架在树旁了。人们爬上了梯子，果子落在粗大的手掌中，落在篾篮子里，一种新鲜的香味，便在那些透明的光中流动。①

《果树园沸腾起来》这节中极其出色的自然环境描写，是与全书的主旨有机地结合在一起的。作者通过对果树园晨景的描绘来表现翻身农民丰收的喜悦，在这段中，作者以鸟雀的喧噪和甲虫的乱闯衬托出人们的欢乐，让人感受到当家作主的农民对丰收的喜悦，对新社会的热爱和对未来幸福的憧憬。又用“红色”、“金色”、“透明”、“淡紫色”、“浅紫色”等表示色彩的词描写果园的瑰丽景色，象征翻身农民的美好前程。

这段通过对果树园晨色的描写来表现农民愉快心境的段落，从句型来说，应该是短句多，节奏快，然而全段却是长句多，节奏舒徐。如上面引过的那一段，第一句是长句，第二句也不短。这种以长句来表现农民欢乐的情绪同全书的风格是一致的。为了创造出果树园的全景图，全段还采用了拟人化的修辞手法，如大地苏醒，小虫乱闯；比喻的手法如露珠像星星，金色的彩霞。这些修辞手段，给

① 丁玲：《太阳照在桑干河上》，《丁玲全集》第2卷，石家庄：河北人民出版社，2001年，第185页。

即将出场的人物安排环境，制造气氛。

选词紧扣文题，全段表现了果树园晨色闹腾的情景，反映翻身农民的欢快情绪。如“当大地刚从清明的晨曦中苏醒过来的时候，在肃穆的、清凉的果树园子里，便飘上了清朗的笑声，这些人们的欢乐压过了鸟雀的喧噪”。这里选用“苏醒”、“笑声”、“喧噪”等词，准确而生动表现出果树园闹腾的情景。

再如：写笑声用“飘上”，表现出欢乐之神在果园内四处游荡的效果。同时这笑声也“压过”了雀鸟的喧噪，“压过”二字传神地表达了果农们兴高采烈的沸腾情绪。丁玲对果树园“闹腾”的铺陈，使我们看到了她对原有细密风格的保持，而大胆向宏放的转变则鲜明地表现在她对新的艺术图景的构造上，那是新的生活的感召，也是作家新风格因素的显露。

在意象组成的艺术图景方面，这段也有相当的特色。其方法是以人为中心，从多角度有序地展示一串意象。有听到的如“清朗的笑声”；看到的如小甲虫“不安的四方乱闯”；闻到的如“果子落到粗大的手掌中，落在篾篮子里，一种新鲜的香味，便在那些透明的光中流荡”。这些意象充满生机，给人以明快、欢乐的感觉，使人仿佛置身于硕果累累，充满喜悦气氛的果树园中。

《太阳照在桑干河上》最大的成功，就在于真实地描写了农民在土改斗争中的由“翻身”到“翻心”的精神历程。“翻心”，这是丁玲对这场历史变革作出的独特的概括和反映。她通过不同的人物，不同的景象，将农民这种翻心的艰难历程多侧面、多层次地展现了出来。

细致而多彩的语言风格不仅仅表现在《果树园闹腾起来》一节，而是贯穿于全书，书中的自然环境同情节的演进，思想深化融合一体。

《太阳照在桑干河上》的故事开始于七月闷热的天气，预示着土改革命的暴风雨即将来临，结束在中秋夜。

天气热得厉害，从八里桥走到洋河边不过十二三里路，白鼻的胸脯上、大腿上便都被汗湿透了。但它是胡泰的最好的牲口，在有泥浆的车道上还是有劲的走着。挂在西边的太阳，从路旁的柳树丛里射过来，仍是火烫烫的，溅到车子上的泥浆水，打在光腿上也是热呼呼的。车子好容易才从像水沟的路上走到干处。不断吆喝着白鼻的顾老汉，这时才松了口气。他坐正了一下自己，伸手到屁股后边掏出烟荷包来。

“爹！前天那场雨好大！你看这路真难走，就像条泥河。”他的女儿抱着小外孙坐在他右边。她靠后了一点，穿一件新的白底蓝花的洋布衣，头发剪过了，齐齐的一排披在背梁上，前边的头发向上梳着，拢得高高的，那似乎有些高兴的眼光，正眺望着四周，跟着爸爸回娘家，是一年中难逢到的好运气。

“嗯，快过河了，洋河水涨了，你坐稳些！”老汉哒、哒、哒的敲着他的烟袋。路途是这样的难走啊！①

中秋节的夜晚，当工作组离开村子回县城时：

一轮明月已在他们的身后升起，他们回首望着那月亮，望着那月亮下边的村庄，那是他们住过二十多天的暖水屯，他们这时在做什么呢？在欢庆着中秋，欢庆着翻身的佳节吧！路旁的柳丝轻轻的在天空上扫着。他们便又朝前赶路，他们跣足下水，涉过桑干河去。而对河的村庄，不，不只是村庄，县城南关的农民也同样的敲起锣鼓来了。欢腾的人声便夹在这锣鼓声中响起。呵！什么地方都是一样的呵！什么地方都是在这一个多月当中换了一个天地！世界由老百姓来管，那还有什么不能克服的困难呢。②

这一系列变革过程通过作者对烈日、河流、车道、果子和明月这些自然景物的描写，喻示了农民的翻身经历了从艰难、挣扎到胜利这一过程。

丁玲由于深入实际，与群众结合，语言方面群众化有了新的进展，她在延安创作时能吸收当地群众的词语，如《陕北风光》中出现“管子”（芦笛），“箱子”（演出的服装）、“受苦”（农活）；她在华北期间也是善于学习老百姓的语言，从《太阳照在桑干河上》一书可以看出来，如“方块”（指国民党特务）、“长翅膀的专员”［非（飞）党员］、“葫芦冰”（果子）等等词语便是，还有前面老吴的顺口溜，应当指出丁玲虽然在文学的民族化、大众化、个性化等方面取得了很大的成绩，但还存在一些问题，比如有些地方特别是描写人物心理时仍然有一些知识分子的语言，不够口语化和大众化。

只要我们注意一下，便可看到知识分子习惯的想象，还不时侵入到关于农民

① 丁玲：《太阳照在桑干河上》，《丁玲全集》第2卷，石家庄：河北人民出版社，2001年，第1页。
② 丁玲：《太阳照在桑干河上》，《丁玲全集》第2卷，石家庄：河北人民出版社，2001年，第310页。

生活的描写中去，知识分子腔调的语句词汇也不时地出现。如下面描写雇工张裕民接近共产党以后的内心变化：

> 他觉得他们对他是如此的关心，如此的亲切。当一个人忽然感到世界上还有人爱他，他是如何的高兴，如何的想活跃着自己的生命，他知道有人对他有希望，也就愿意自己生活得有意义些，尤其当他明白他的困苦，以及他舅舅和许多人的痛苦，都只是由于有钱人当家，来把他们死死压住的原因，从此张裕民不去白娘娘那里了。

丁玲在《讲话》前后的文学语言变化同她当时的思想变化有着密切的关系。她在接受庄钟庆和孙立川在1984年4月3日的采访时说：“《讲话》前我写过老百姓；到延安就想当红军，还真的当了红军；抗战后到前线做政治宣传工作。学习《讲话》后，思想更清楚地认识到，要长期到下面经受锻炼，长期在工农兵中间改变自己的感情、兴趣，改造自己，才能真正表现工农兵，《讲话》后更加明确地要写出工农兵的生活与斗争。”“我们听他的《讲话》后，也觉得应该改变自己的生活方式，多去了解工农兵，这个方向更清楚了些。过去没想的这么多，只想到写工农大众，写普罗文学，写无产阶级。学习《讲话》后明确认识到，如果不到工农兵中间去怎么写好工农兵呢？一定要下去，长期在他们中间，改造自己的思想和生活、兴趣。”“事实上，过去左联就提出过为工农大众写作这个问题。不能笼统地说《讲话》之前我们写的文章对工农兵没什么感情了。”“当然，那一时期写工农与座谈会号召后写的工农兵有差距，《讲话》前还不能充分认识到必需投身到火热的斗争生活中，而要写工农兵是老早就有这种思想了，但不如现在这么明确。”①

在谈到丁玲的文笔变化时，陈明说：“文如其人，她的文笔和她的语言很相象，很丰富没有干涩的地方……这也经历过一番演变：在三十年代，丁玲受到西方翻译作品的影响，文笔略显欧化。后来到了延安，文笔就发生了变化，为什么呢？因为要和群众一起生活，就得改变自己的语言，例如要参加土改，接触农民，语言习惯就得改变，要使用更质朴的方式，表达他们的感情，语言……这是很费力的事……可以想见这种变化并非一日之功，但日子长了，她的谈吐便与过

① 庄钟庆、孙立川：《丁玲同志答问录》，《新文学史料》1991年第3期。

去很大的不同了，文笔也随之更新了。”①

丁玲 1949 年夏在《从群众中来，到群众中去》中谈到的作品语言问题："老百姓的语言是生动活泼的，他们不咬文嚼字，他们不装腔作势，他们的丰富的语言是由他们丰富的生活产生的。一切话在他们说来都有趣味，一重复在我们知识分子口中，就干瘪无味，有时甚至连意思都不能够表达。我们的文字也是定型化了的那末老一套，有的特别欧化，说一句话总不直截了当，总要转弯抹角，好像故意不要人懂一样，或者就形容词一大堆，以为越多越漂亮，深奥的确显得深奥，如像很有文学气氛，就是不叫人懂得，不叫人读下去。因此我们不仅要体会群众的生活，体会他们的感情，而且要学习他们如何使用语言，用一些什么话来表现他们的情感，这个人不同，那个人又不同。我们要很好地去学，要学的自然，不是生硬地搬用，不是去掉一些装腔作势的欧化文字，而又换上一些开杂货铺式的歇后语、口头语，一些不必要的冷僻的方言，我们要用群众语言来丰富自己的文章，又再去丰富群众的语言"。这段话我认为可谓是丁玲对自己在这几个阶段语言风格变化的体会和总结。

毛泽东发表关于文艺问题《讲话》后，解放区文艺兴起新的人民文学创作热潮，在文艺为工农民服务的大旗下，文学语言风格多种多样，赵树理四十年代的文学创作以注意吸收中国传统民间文艺为表现手法，尊重农民的审美习惯，熟练地运用农民群众的语言，在表现农村生活方面，具有浓厚的民族风格和创作个性，深受群众欢迎。他的小说完全没有"五四"以后一些小说的欧化句式和"学生腔"，又不用未经加工的方言土语，注意对群众语言的加工提练使其语言具有生动，朴素的特点，《讲话》后他更自觉地从人民大众中汲取人民语言的精华，形成了朴质而醇厚的语言风格，《李家庄的变迁》一书即可证明。

孙犁的小说语言，总体而言，朴实、洗炼、明快流畅，富有抒情味。他把语言的朴素性与抒情性融化在一起，努力寻求物我一体，浑然天成的语言格调。他还吸收冀中的方言、俗语入小说，增添了语言的地方色彩与泥土气息。他的语言，使人感到流动着一种音乐般的旋律，充满行动的节奏。

周立波的《暴风骤雨》在语言的运用方面，吸取了农民的生动、形象、风趣、表现力强的语言，并加以提炼，尽量使书面语言口语化，具有明快之中又有丰满的语言特色，刘白羽的短篇《政治委员》等以粗犷的语言描写军中生活而

---

① 苏珊娜：《会见丁玲》，燕汉生译，《中国文学》（法文版）1984 年第 2 期。

著称。

《讲话》后丁玲的文学语言除了保留《讲话》前的长处外，还有新发展，如果同以上几位作家的文学语言比较，不难看出，他们的共同点是都在朝着民族化、大众化方向去努力，不过各有不同的语言色彩。

以同人民语言的关系来说，赵树理擅长提炼山西地区人民的语言精华，孙犁喜欢吸收冀中人民的语言长处，周立波好用东北人民的语言，而丁玲则是加工陕北、华北地区人民的语言。再以同外国文学语言的关系来说，上述几位作家都接触过外国文学，自觉或不自觉地受其影响，不过丁玲的表现较为明显，他们的文学道路也不尽一样，因之他们文学的语言会出现不同的色彩：赵树理的既朴素而又厚实，孙犁的轻柔而又深沉，周立波的单纯而又丰满，丁玲的细密而又多彩，她能把语言的彩色涂抹成宏大绚丽的图景，真实而又细腻地再现人民当家作主的新天地的生活与斗争。这种油画似的风格是丁玲独有的，在当时人民大众的新文学中是少见的。这同她学习外国语言的长处是分不开的，丁玲的文学创作实践说明文学语言的民族化、大众化与个人风格是可以统一的。

第五章　新的文学语言风格在演进中（1950—1986）

——明朗而又简约，晓畅而又多彩

在社会主义文艺方向的指引下新的语言风格在演进中（1950—1986）。

中华人民共和国成立初期，丁玲处于领导岗位，由于行政事务较多，她的创作数量不多，有长篇小说《在严寒的日子里》，散文集《欧行散记》，这些作品的主要特点是：在社会主义文艺方向的指引下，更加紧密地跟踪时代风云变幻，有着强烈的时代感；善于开拓域外的新题材，重在描绘社会主义国家的新貌，《粮秣主任》和《记游桃花坪》就是其中的代表作。前者记人，后者叙事，前者着重挖掘社会主义建设时期平凡人物的精神品质，后者重彩描绘社会主义过渡阶段的新型农村。农民经过互助合作后，自发组织合作社的愿望，时代的投影更浓了，翻身后农民的社会主义主人翁意识更强了。

从文学语言风格方面来说，丁玲较之前时期有了长足的进展，她善于将口语和书面语糅合起采，具有绘画美。其中值得一提的是充盈着绘画的光和色泽的《记游桃花坪》。文中有这么一段：

> 还不到十二点，船进了一个小汊港，停泊在一个坡坡边。这里倒垂着一排杨柳，柳丝上挂着绿叶，轻轻地拂在水面，我们急急地走到岸上，一眼望去全是平坦坦的一望无际的水田，田里都灌满了水，映出在天空浮动的白云。一大片一大片的油菜地，浓浓地厚厚地铺着一层黄花，风吹过来一阵阵的香甜。另一些地里的紫云英也开了，淡紫色的，比油菜花显得柔和的地毯似的铺着。稍远处蜿蜒着一抹小山，一大片一大片的油菜地，浓浓地厚厚地铺着一层黄花，风吹过来一阵阵的香甜。那上面密密地长满树木，显得翠生生的。千百条网似的田堰塍平铺了开去。在我们广阔的胸怀里深深地呼吸到滋润了这黑泥土的大气，深深地感到这桃花坪的丰实的收成，和和平平的我们人民的生活。①

---

① 丁玲：《记游桃花坪》，《丁玲全集》第5卷，石家庄：河北人民出版社，2001年，第301页。

再看这篇散文的另一段：

> 太阳在向西方落去，我也在沉思中。傍晚的湖面显得更宽阔。慢慢月亮出来了，多么宁静的湖啊！四周围一点声音都没有。渔船上挂着一盏小小的红灯，船老板一个劲地划着。我轻轻地问他：‘你急什么呢？我是很舍不得这湖，很舍不得这一天要过去，很希望他能帮助我多留一会，留住这多么醉人的时间！

如果说前一段是一幅色彩鲜明，层次分明的油画，那么后一段便是情景交融，意境丰富的风俗画，其意在歌颂社会主义新农村、新人物。从语言角度说都是具有明净（句子精约）、精确（用词精当）、自然（修辞得当）、流畅的特点。

又如《我是一棵小草》中，作家描绘从昆明到个旧的沿线风景：

> 我是昨天到的个旧，从昆明来的。在桃色的云里面，我飞过来了。沿路都是火一样的桃树林哪！我又是踩着油菜花，荞麦花的黄色的，白色的海涛浮过来的。我的心就象飞到云上面，海的上面，轻得很呵！舒服得很呵！①

《杜晚香》中“七月的北大荒”的原野风光：

> 七月的北大荒，天色清明，微风徐来，袭人衣襟。茂密的草丛上，厚厚的盖着五颜六色的花朵，泛出迷人的香气。粉红色的波斯菊，鲜红的野百合花，亭亭玉立的金针花，正如丝绒锦绣，装饰着无边的大地。蜜蜂、蝴蝶、蜻蜓闪着五彩缤纷的翅膀飞翔。野鸡野鸭、鹭鸶、水鸟，在低湿的水沼处欢跳，麃子、獐子在高坡上奔窜。②

这幅幅图画调动了人的触觉、视觉和嗅觉，从静到动，美丽无比。

《粮秣主任》描写社会主义时期普通人的纯朴而高尚的灵魂，其文学语言风

① 丁玲：《我是一棵小草》，《丁玲全集》第8卷，石家庄：河北人民出版社，2001年，第341页。

② 丁玲：《杜晚香》，《丁玲全集》第4卷，石家庄：河北人民出版社，2001年，第304页。

格同《记游桃花坪》一文大体相近，不过表现方式不一样。《粮秣主任》故事的情节是随着时间推移而展开的：文章中随着情节的展开，作者写到：

> “我往图书馆走出来的时候，已经不再感到秋天太阳的燥热。”“是不是我们回河东去？快开晚饭了。”“太阳快下山了”，“屋子里已经黑下来了”，“天太晚了”，“在夜的景色中，在电灯繁密的星辰的夜景中，在强烈的水银灯光下。”

这些精约句子十分简要地勾勒出作者的感受与景物的变化，又清楚地交代了故事是发生在从傍晚到深夜这段时间的。

对心态的变动，作者是用人物眼神的变化来表现的：李洛英初次见到作者时“他取下老花镜，歪着头，细眯着眼，对我审查地看了一下，才微微一笑”，当李洛英看到作者在深情地望着窗外的山时，作者眼中的李洛英此时的神情是：

> 我望着这瘦骨棱棱的老汉，他不多说话，静静地望着我，嘴角上似乎挂着一点似笑的神气，细小的，微微有些发红的眼睛，常常闪着探索和机警的眼光。
>
> 我问道：“老李，你们这里有过土改么？是哪一年土改的？”“土改？搞过，是一九四六年呀！”“一九四六年土改过？咱那一年就在这一带，我就到过怀来，新保安，涿鹿的温泉屯，你看，就差不多到了这里。”

当李洛英听说作者曾到过这一带土改时，“他又笑了，可是那种探索的眼光也看得更清楚了。我就把这一带的一些村名和出产说了很多，我并且肯定地说他一定看过羊，做过羊倌。像他们这地方，地不好，山又多，不正好放羊么。我对于这山凹的感情，立刻在他那里得到浓烈的反应。”李洛英听到这里“他不再眯着眼睛看着我了”。①

后来，经过交谈，双方增进了了解，李洛英要拿出自己珍藏的家乡酒来款待客人时，“他细眯着眼望我们，微微笑着说”，并且“他迅速地弯下身去，从床下抽出一个瓶子，做出满不在乎的样子，倒了满满一茶杯，像碧玉一样绿的酒立

---

① 丁玲：《粮秣主任》，《丁玲全集》第4卷，石家庄：河北人民出版社，2001年，第275—277页。

刻泛出诱人的香气。李洛英把酒推到我面前，又自己倒了小半饭碗，给老罗也倒了小半饭碗。”此刻作者看到的李洛英是“我觉得他的细细的眼里更放射出一道温柔的光。”再后来他们谈到年轻一代的进步，特别是李洛英儿子的进步，“李洛英脸上忽然开朗了，一层灰暗的愁云赶走了，他甜蜜地望着我笑。”

最后他们分别的时候，“李洛英和我抬头四望，在这时我们没有谈话，连眼色也没有交换，但我们彼此很了解。”文章的最后，作者表现李洛英对社会主义祖国和祖国的建设者们的热爱之情，用的是“他用他那微微闪烁的，带着一双潮湿的眼睛，抚摸着很多人”。

“审查”、“探索和机警”、“探索”的眼光，表明了李洛英在抗日战争时期为党作粮秣主任工作时养成的细心谨慎的作风。及至后来相互交谈增进了了解时，他的眼睛里放出的是“温柔的光”，笑容也由“似笑非笑”变成了“微微笑”和“甜蜜的笑”，而分别时则“连眼神也没有交换”，因为他们已经“彼此很了解”。这一番贯穿全文的对眼神和笑容变化的描写，不仅交代了故事的发展，而且把李洛英对作者从不认识到了解和信任的整个心态度过程栩栩如生地表现了出来。语言简洁、自然、流畅。

这时期丁玲在刻画人物时与过去注重细描不同，多是善于用简括型的语言来勾勒和突出人物，用人物的外在特征来揭示人物的个性特点。如在《她更是一个文学家》中：

> 有一次，她听到我团一位同志连日行军、演出、疲劳过度，出现“休克”时，她比卫生员还快，赶来为他按摩，用民间的土法，把砖烧热，垫在病人的脚下。①

这里作者仅用几个动作就简洁而生动地把史沫特莱的热情、真诚的形象活画出来，使读者只要通过这么一连串动作就可以窥视到人物的心灵。

用气氛渲染刻画人物热情、真诚的性格，也是丁玲在《她更是一个文学家》中的艺术表现手法之一。

丁玲 1931 年第一次和第二次见到史沫特莱时，是这样描述的：

> 她问了我许多问题；我的经历，我的处境，我对未来的打算，我的

① 丁玲：《她更是一个文学家》，《丁玲全集》第 6 卷，石家庄：河北人民出版社，2001 年，第 82 页。

写作计划……过去我一直不懂社交，怕和上层人物来往，不喜欢花言巧语，但一旦心扉打开时也还能娓娓而谈。这样，我们就像一对老朋友，倾心地谈了一上午。她替我照了不少像。她照得很好，现在我还保留着一张她照的我穿着黑软缎衣的半身像。当我翻阅旧物时，那时我难有的一种愉悦而熨贴的心情还回绕在脑际。虽说这只是一个上午，可是多么令人神驰的一个上午。

后来，我又去她家里一次，我穿着一件自己缝制的蓝布连衣裙，大领短袖，已经穿旧了。可是史沫特莱赞赏了这件简单朴素的便衣，我看出她喜欢我这身打扮，我很欣赏她的趣味。她告诉我，前几天总有包打听守在马路对面监视着她，她从花园里，透过临马路的竹篱望见了，一连好几天都这样。她就拿了一根大棒，冲了出去要打那个人，吓得那人仓皇逃跑，这几天再没有来了。她讲这些时，大声笑着，表现出她的天真与粗犷，我不禁也高兴地笑了。这次我逗留时间不长，但她这个笑，许多年来，至今还会引起我的微笑。①

第三次见到史沫特莱，是在1936年丁玲逃脱国民党的牢狱要奔赴延安前：

我转身望她时，发现了那一对闪烁的热情的眼睛正紧盯着我。“呵！还能是谁呢？是史沫特莱！”我急忙扑过去，她双手一下就把我抱起来了，在她的有力的拥抱当中，我忽然感到一阵温暖，我战栗了。好像这种温暖的拥抱是我早就盼望着的？这是意外的，也是意料之中的。我并不曾想到，会是史沫特莱来拥抱我。但我在凄凉的艰苦的斗争中，在茫茫的世界里，总有过一丝希望，总会有这样一天，有这一种情况，不管是哪个老朋友，哪个老同志，把我遭受过的全部辛酸一同抱起来，分担我在重压中曾经历过的奋战的艰难。现在拥抱我的却是史沫特莱，一个外国友人。我是不怕冷酷的，却经不起温暖。我许久不易流出来的眼泪，悄悄地流在她的衣襟上。屋子里的人都沉重地望着我们，在静谧的空气里，一种歉疚和欢欣侵袭着我，我拥抱她，而且笑了。于是，屋子里立刻解了冻，几个人同时邀我们入座。史沫特莱不理会我懂不懂得她的语言，叽叽呱呱对我说起来，我的英文是很蹩脚的，一时乱找几个还

① 丁玲：《她更是一个文学家》，《丁玲全集》第6卷，石家庄：河北人民出版社，2001年，第77页。

记得的单字来表示我的情感。这样惹的大家更笑了。我们欢快地围坐在餐桌周围。

……

这一晚我们都喝了不少酒，喝了很多咖啡，我们的脸都红了，都绽着愉快的笑，多么幸福的秋夜呵！①

这次会面，丁玲记叙道："这天夜晚的情景，留在我记忆里更久，时间越久，越珍贵。"

1937年，丁玲再见史沫特莱是丁玲刚从陈赓部队转到二方面军贺龙同志的司令部时：

总司令部派通讯员接我回去，说有一个外国女记者在那里，我便赶回三原总部。原来客人就是史沫特莱。彭德怀、任弼时、陆定一几位领导同志正热情地向她介绍部队情况。任弼时同志要我陪她回延安。离开前方我不愿意，但陪她，能同她一道走却是我乐于从命的。第二天，我们就乘大卡车北上。沿路我们虽然不能畅谈，但彼此的一言一笑一挥手，加上几个简单的英文单字，还是使我们愉快欢欣。

同年年底，丁玲与史沫特莱再次在山西相逢，这次重逢依然是欢歌笑语：

有一天休息时，忽然看见她兴冲冲地走来。西战团的同志们都认识她，大家围着她，大声笑着，会说几句英语的更趋前问好。大家还高兴地鼓掌，欢迎她跳舞。她也和年轻人一起鼓掌相报，我们晚上在宿营地演出，她也常到台下和群众一起观看，同声说好。②

丁玲用"愉悦而熨贴"、"令人神驰"、"大声笑"、"微笑"、"欢欣"、"更笑"、"欢快"、"愉快的笑"、"幸福"、"愉快欢欣"，尤其是史沫特莱的"大声笑"，这些表示开心、快乐的词，把史沫特莱开朗豪气的性格维妙维肖地表现了出来。

① 丁玲：《她更是一个文学家》，《丁玲全集》第6卷，石家庄：河北人民出版社，2001年，第79页。
② 丁玲：《她更是一个文学家》，《丁玲全集》第6卷，石家庄：河北人民出版社，2001年，第82页。

在《鲁迅先生于我》一文中，丁玲则是用一幅肖像速写来刻画鲁迅的形象：

会开始不久，鲁迅来了，他迟到了。他穿一件黑色长袍，着一双黑色球鞋，短短的黑发和浓厚的胡髭中间闪烁的是一双铮铮锋利的眼睛，然而在这样一张威严肃穆的脸上却现出一副极为天真的神情，像一个小孩犯了小小错误，微微带点抱歉的羞涩的表情。①

“黑衣”、“黑鞋”、“黑发”及“锋利的眼睛”给人以“威严肃穆”之感，而“天真的神情”和“羞涩的表情”却又让读者觉得“怎么他这样平易”。这寥寥数语的肖像粗描把鲁迅从外型到精神作了深刻而逼真的描述，使读者从人物形象上可以感受到人物的性格。同样在《鲁迅先生与我》一文中，作者又用一段叙述来刻画生活中的鲁迅的另一面：

有一次晚上，鲁迅与我，雪峰坐在桌子周围谈天，他的孩子海婴在另一间屋里睡觉，他便不开电灯，把一盏煤油灯捻得小小的，小声地和我们说话。他解释说，孩子要睡觉，灯亮了孩子睡不着。说话时原有的天真表情，浓浓地绽在他的脸上。②

在这样一种平易的叙述过程中，没有繁复的句子和过多的修饰，却使读者清楚地看到丁玲笔下的鲁迅，不仅是个思想深遂的伟人，而且是个有普通人情愫的凡人。他的爱子心态及毫不装点自己，平易近人的作风就这样给读者留下了挥之不去的深刻印象。

在刻画杜晚香这个人物形象时，其文学语言也有着鲜明的特色。如《杜晚香》的第一段，既写景又写人，自然环境描写同杜晚香的经历与特点相吻合，切实做到了情境交融：

春天来了，春风带着黄沙，在土原上飞驰；干燥的空气把仅有的一点水蒸气吸干了，地上裂开了缝，人们望着老天叹气。可是草却不声不响地从这个缝隙、那个缝隙钻了出来，一小片一小片的染绿了大地。树

① 丁玲：《鲁迅先生于我》，《丁玲全集》第6卷，石家庄：河北人民出版社，2001年，第113页。
② 丁玲：《鲁迅先生于我》，《丁玲全集》第6卷，石家庄：河北人民出版社，2001年，第115页。

芽也慢慢伸长，灰色的、土色的山沟沟里，不断地传出汩汩的流水声音，一条细细的溪水寂寞地低低吟诵。那条间或走过一小群一小群牛羊的陡峭山路，逦逦逦逦高高低低。从路边乱石垒的短墙里，伸出一枝盛开的耀眼的红杏，惹得沟这边，沟那边，上坡下沟的人们投过欣喜的眼光。呵，这就是春天，压不住，冻不垮，干不死的春天。万物总是这样倔强地迎着阳光抬起头来，挺起身躯，显示出它们生命的力量。

……

几只大鹰漫天盘旋，一会儿在头顶，一会又不见了，它们飞到哪里去了呢？是不是找妈妈去了？妈妈总有一天要回来的。妈妈的眼睛多柔和，妈妈的手多温暖，妈妈的话语多亲切，睡在妈妈的怀里是多么的香甜啊！晚香三年没有妈妈了，白天想念她，半夜梦见她，她什么时候回来呵？晚香从来就相信自己的想法，妈妈有事去外婆家了，妈妈总有一天会回来的。一到了海阔天空的土原上，这些想法就像大鹰一样，自由飞翔。天真的幼小的心灵是多么的舒畅呵！

晚香就是这样像一枝红杏，不管风残雨暴，黄沙遍野，她总是在那乱石墙后，争先恐后地怒放出来，以她的鲜艳，唤醒这荒凉的小沟，给受苦人以安慰，而且鼓舞着他们去作向往光明的遐想。”①

这段选用“红杏”、“鲜艳”的词汇，描述了杜晚香的性格特点，用“风残”、“雨暴”、“怒放”来表现她不怕困难的勇敢奋斗精神，用“唤醒”、“鼓舞”揭示她的作用，既精当又活现。

这时期丁玲描写人物的心理多用简练的语言，如《“牛棚”小品·窗后》丁玲为了能看到爱人一眼：

我灵机一动，猛然一跃，跳上了炕，我战战兢兢守候在玻璃窗后。一件从窗棂上悬挂着的旧制服，遮掩着我的面孔。我悄悄地从一条窄窄的缝隙中，向四面搜索，在一群扫着广场的人影中仔细辨认。这儿，那儿，前边，窗下，一片，两片……我看见了，在清晨的、微微布满薄霜的广场上，在移动的人群中，在我窗户正中的远处，我找到了那个穿着棉衣也显得瘦小的身躯，在厚重的毛皮帽下，露出来两颗大而有神的眼

① 丁玲：《杜晚香》，《丁玲全集》第4卷，石家庄：河北人民出版社，2001年，第289—290页。

> 晴。我轻轻挪开一点窗口挂着的制服，一缕晨光照在我的脸上。我注视着的那个影儿啊，举起了竹扎的大笤帚，他，他看见我了。他迅速地大步大步地左右扫着身边的尘土，直奔了过来，昂着头，注视着窗里微露的熟识的面孔。他张着口，好像要说什么，又好像在说什么。他，他多大胆啊！我的心急遽地跳着，赶忙把制服遮盖了起来，又挪开了一条大缝。我要你走得更近些，好让我更清晰地看一看："你是瘦了，老了，还是胖了的更红润了的脸庞。"①

为了守住这"可以享受到的缕缕无声的话语，无限深情的眼波"，当看守陶芸到来时，丁玲以"比一只猫的动作还轻还快，一下就滑坐在炕头，好像只是刚从深睡中醒来不久，虽然已经穿上了衣服，却仍然恋恋于梦寐的样子"迷惑了陶芸。

在这段描写中，作者连续用了"跃"、"跳"、"守候"、"遮掩"、"搜索"、"辨认"、"找到"、"注视"、"挪"、"滑坐"等动词，准确、形象地表现了作者在那特殊年代冒着风险为看心上人一眼所做的努力。这里，通过写动作也展现了其内心在这一行动过程中渴盼、紧张和无奈的心理活动。

《"牛棚"小品·书简》也十分感人地描写了作家与亲人的相思想念，盼望相聚的迫切的心情。当时丁玲被造反派单独关押在一间小屋里，她非常渴望见到亲人以汲取坚持下去的力量。一天，她在过道捅火墙炉时，突然有个纸团落到了她的脚边，作家写道：

> 我本能地一下把它踏在脚下，心怦怦地跳了起来。多好的机会啊，陶芸不在。我连忙伸手去摸。原来是一个指头大的纸团。我来不及细想，急忙把它揣入怀里，趸进小屋，塞在铺盖底下。然后我安定地又去过道捅完了火炉，把该做的事都做完了，便安安稳稳地躺在铺上。其实，我那时的心呀，真象火烧一样，那个小纸团就在我的身底下烧着我，烤着我，表面的安宁，并不能掩饰我心中的兴奋和凌乱。"啊呀！你怎么会想到，知道我这一时期的心情？你真大胆！你知不知道这是犯法的呵！我真高兴，我欢迎你大胆！什么狗屁王法，我们就要违反！我

① 丁玲：《"牛棚"小品·窗后》，《丁玲全集》第6卷，石家庄：河北人民出版社，2001年，第2页。

们只能这样，我们应该这样……”。[①]

作者用“本能”、“连忙”、“来不及”、“急忙”、“趸进”、“塞在”一系列表示时间状态短促，动作急促的词，把这段心理活动用精约而近乎直白的句子描述了出来，句子简短，特别是使用反义词，“安宁”对“兴奋”和“凌乱”，但充分表现了作者当时惊喜交加的复杂心情。

丁玲还善于以简明而又令人寻味的语言揭示某种真理。《曼哈顿街头夜景》里有一段这样的话：

> 曼哈顿是大亨的天下，他们操纵着世界股票的升降，有些人可以荣华富贵，更多的人逃不脱穷愁的命运。是幸福或是眼泪，都系在这交易所里电子数字的显示牌上。[②]

这是作者在描摹了曼哈顿繁华街景后发出的感慨，语言深沉厚重，内涵丰富。这段虽句式简单，文字简约，但意蕴旨深，包含了深厚的思想内涵。“幸福”、“眼泪”看似简单的两个词，却代表了两种不同的命运。一个动词“系”字，表现出造成这两种不同命运的根源，更是生动、形象地显示出作者工于炼字，精微之处见神韵的扎实语言功底。

简括与晓畅的语言风格，还表现在修辞方式的运用方面，修辞方式得当可以做到言简意赅，琅琅上口，给人以深刻的印象。《杜晚香》中以修辞手法刻化形象，篇中用像大鹰一样自由飞翔，比喻杜晚香童年时代的思想，用染绿了的大地比喻春天的草木开始茂盛；还用排比手法，如“压不住，冻不垮，干不死的春天”；红杏盛开“惹得沟这边，沟那边，上坡下沟的人们”的欣喜；“多柔和，多温暖，多亲切，多么的香甜呵”等等。比喻也好，排比也好，都是同杜晚香的经历和性格相胶结在一起，富有感染力。这篇以春天（黄沙、干裂大地、乱石垒的短墙）和红杏（鲜艳、怒放等）两大意象构成的杜晚香艺术形象，表现了她的人格及其形成的环境。从意象构成的手法角度来看，有着独到之处，它以春天为开篇，点出红杏，结尾照应开篇，突出红杏，完成了对杜晚香形象的塑造。

《元帅呵，我想念您！》一文的最后一段：

---

① 丁玲：《“牛棚”小品 · 书简》，《丁玲全集》第 6 卷，石家庄：河北人民出版社，2001 年，第 5 页。

② 丁玲：《曼哈顿街头夜景》，《丁玲全集》第 6 卷，石家庄：河北人民出版社，2001 年，第 203 页。

> 医学是救人的，但他们却用来谋害人命！你倒下了！你不是倒在出生入死的战场上，你倒在阴谋家的黑手和狞笑中！人世间倒了你元帅，可是在我、在人民，在我们的后代身上，元帅升起来了！真正的元帅，人民的英雄是殒灭不了的！你的伟大的名字，你的伟大的事迹，永远在我们的心里，元帅！我想念你啊！①

这里，作者用了排比与反复的修辞手法，淋漓尽致地抒发了她内心的巨大爱憎。丁玲用她率真酣畅、干脆利落的语言唤起了人们对贺龙等老一辈无产阶级革命家的深切怀念，对“四人帮”罪恶行径的深恶痛绝。读后让人觉得文章虽完而情未尽，受到深刻的感染。

《我也在望截流……》中：

> 多好啊！当我读着它的时侯，我觉得报纸显得光亮了，屋子变大了，空气中充满了欢欣。我好像生长了翅膀，在蓝天飞翔。我好像回到了生育我的故乡，那里有我天真多难的童年；我好像回到了我穿军装的年代，那时光充满了年轻人的战斗豪情，尽管我并没有什么成绩；我好像重新看见了那些老红军、老同志、老战友。我觉得我又年轻了，浑身充满了力量，我的心在急剧跳动，我要行动，我要做点什么呵，于是，我提起笔来。②

这几个以“我”领首的排比句，以直抒胸臆，强劲有力的语言，不仅展露了作家真诚、豪迈的内心世界，同时也深深地打动了读者。

在文学作品中，作家为了突出被描写的事物的特征，给读者在视觉、听觉、味觉、触觉等感觉上造就鲜明的具象，常常运用艺术修饰语。

艺术修饰语又称形容词，它是指那种有助于读者想象、感觉所描述的事物的修饰语（定语和状语）。通常用作艺术修饰语的是那些带有形象性或感情色彩的词语。艺术修饰语不同于语法上的修饰语，因为后者的范围较大，其中很多不带形象性和感情色彩的艺术修饰语具有很强的描绘性，它可以有力地描绘人物、景物、事物各方的特征，给读者造成鲜明、具体，甚至栩栩如生的形象，使读者能

① 丁玲：《她更是一个文学家》，《丁玲全集》第6卷，石家庄：河北人民出版社，2001年，第88页。
② 丁玲：《我也在望截流……》，《丁玲全集》第9卷，石家庄：河北人民出版社，2001年，第278页。

容易地感觉到或想象出所描绘的具体事物、人物等。

艺术修饰词，丁玲在她的作品中，无论在人物形象的刻划上，还是景物的描写上都给读者留下深刻而鲜明的印象。

丁玲作品中的艺术修饰词（以下简称修饰语）是纷繁多彩、仪态万千的，但从其构成的成分来看，不外乎词和词组两类。

常作修饰语的词，首先是形容词（其中包括象声词），其次是名词。

就词的形式来看，使用最为频繁，最为精彩的要算叠词了，这里所指的叠词，包括迭音词（如悄悄、依依）和词的重迭形式（闷闷、慌慌张张）两类。

叠词有很强的描绘作用。刘勰在他的《文心雕龙·物色篇》里早就说过："故'灼灼'状桃花之鲜。依依尽杨柳之貌。'杲杲'为日出之容。'瀌瀌'拟雪雨之状。'喈喈'逐黄鸟之声，'喓喓'学草虫之韵。"在这些例子中，有形容事物形状，情感或色彩的词，也有摹拟自然界物作所发出的各种声响的词。而类似这样的词，丁玲的作品中有不少，如《记游桃花坪》描写那里的景物：

> 这里倒垂着一排杨柳，柳丝上挂着绿叶，轻轻地拂在水面，我们急急地走到岸上，一眼望去全是平坦坦的一望无际的水田，田里都灌满了水，映出在天空浮动的白云。一大片一大片的油菜地，浓浓地厚厚地铺着一层黄花，风吹过来一阵阵的香甜。另一些地里的紫云英也开了，淡紫色的，比油菜花显得柔和的地毯似的铺着。稍远处蜿蜒着一抹小山，一大片一大片的油菜地，浓浓地厚厚地铺着一层黄花，风吹过来一阵阵的香甜。那上面密密地长满树木，显得翠生生的。千百条网似的田堰塍平铺了开去。在我们广阔的胸怀里深深地呼吸到滋润了这黑泥土的大气，深深地感到这桃花坪的丰实的收成，和和平平的我们人民的生活。

在《风雪人间》中也用不少的叠词进行修饰，如其中第十二节的《见司令员》：

> 我告辞走了出来，孤单单的独自一个站在街头，无处可走。我愣愣地走到山坡上，望着伸向远方的公路，陈明！陈明啊！你将从哪条路走来咧？①

① 丁玲：《风雪人间·见司令员》，《丁玲全集》第10卷，石家庄：河北人民出版社，2001年，第141页。

第十九节的《远方来信》：

> 我急于要看来信，等不及撕开信封，急切地要知道落在我头上的到底是什么，我心跳，手颤，盼望这是我承受得了的。终于，我畏畏缩缩地展开信纸，一行行，一字字读了下去。
>
> ……
>
> 我呆呆坐在小桌子旁的椅子上，不知过了多久，我发现老王头站在桌边，他茫然地望着我，又满屋搜索。半天，他才说："出什么事了？我一直看见你屋里灯光不灭，唉，陈明不在家，要多照顾自己呵！"我仍然不能动，不能说，只是呆呆地。①

《风雪人间·立竿见影的劳动》：

> 不管怎样，粪水每天都浅下去一截。厕所上面也打扫得干干净净。每个人能气昂昂走进厕所，舒舒服服地走出厕所。

这些加上点的部分就是叠词，这样的例子还有很多，这里叠词的运用特色是逼真、准确和贴切，在描形状物，渲染气氛或衬托人物心情等方面，既精练、概括，又形象、逼真和贴切，对事物和人物作到了绘声绘色、绘形，使我们仿佛能够听到、看到、摸到、感受到景物及人物的心情。

句式与辞格联合运用也可以表现简洁与晓畅的语言风格。首先，丁玲多用短句与比喻来表现这种语言风格。

《杜晚香》一文是这样描写七月的北大荒景色的：

> 被包围的这美丽的天地之间的农场景色，就更是壮观，玉米绿了，麦子黄了，油漆过的鲜红的拖拉机、联合收割机，宛如舰艇，驰骋在金黄色的海洋里，劈开麦浪，滚滚前进。他们走过一线，便露出了一片黑色的土地，而金字塔似的草垛，疏疏朗朗一堆堆列在土地上，太阳照射

---

① 丁玲：《风雪人间·见司令员》，《丁玲全集》第10卷，石家庄：河北人民出版社，2001年，第162页。

在上边，闪着耀眼的金光。汽车一部接着一部在大路上飞驰。场院里，人声鼎沸。高音喇叭播送着雄壮的进行曲和小调，一会是男低音，一会儿是女高音，各个民族的醉人的旋律，在劳动者之间飘荡。人们好像一会儿站在高山之巅昂首环顾；一会儿浮游在汹涌的海洋，追波逐浪；一会儿又仿佛漫步于小桥流水之间，低徊婉转，但最令人注意的，仍然是场院指挥部的召唤，或是关于生产数量与质量进度的报告。①

这段景色描写有大量的短句，又采用许多比喻，读起来颇有韵味，作者为了强化语言风格，还采用了诗歌中常见的色彩对照手法。红、黄、绿、黑儿种颜色不仅鲜艳夺目，而且彼此色彩对比的反差较大，带给读者一种强烈的视觉效果，使这段描写充盈着绘画的光和色泽，宛如一幅色彩明丽的、层次分明的油画，绘出了北大荒的自然美和农垦大军的劳动气势。作者以景抒情，表达了对北大荒的热爱，创造出一种融情人景，情由景生的境界，具有很强的艺术感染力，使读者产生一种新鲜、独特的美感。面对这色彩绚丽迷人的景色，让人怎能不动情、着迷，怎能不想和杜晚香一起放声歌唱。

《约翰·迪尔》描写密西西比河的景色是这样的：

歌声袅袅，流水低吟，夕阳西下，波光闪闪，风和日丽，景象万千。船行在宽阔的河面上，远处一艘小艇拉着两个运动员在急流中冲浪，象蜻蜓点水，也像海燕掠浪。游艇在回程中，歌声不息，掌声不息，笑谈更欢，大家依依不舍，走下游艇，离开了密西西比河……

十点多钟，我们向主人告别，乘汽车驰上归途，透过树丛，但见明月高悬，柳丝飘洒。那栋透满亮光的大楼，屹立在细波粼粼的池塘后边。灯光月影，水上水下，互相辉映，另有一番情趣。②

这段清新明快的优美文字不仅生动地描绘了密西西比河迷人的自然风光，而且使读者有如临其境，如闻其声之感。描写自然景色和人文景色以及气氛的四字短句，以诗歌般整齐的句式，尤其是四字成语，不少都带有鲜明的色彩和形象性，同时声调和谐，节奏整齐，读起来抑扬顿挫，铿锵悦耳，具有很强的感染

---

① 丁玲：《杜晚香》，《丁玲全集》第4卷，石家庄：河北人民出版社，2001年，第305页。

② 丁玲：《约翰·迪尔》，《丁玲全集》第6卷，石家庄：河北人民出版社，2001年，第178页。

力。富有音乐性的语言，让人读来琅琅上口。比喻句又把运动员在水面上的英姿描摹得惟妙惟肖，更使这幅美景气韵生动，诗情跃然纸上。

《曼哈顿街头夜景》：

> 夜晚，我漫步在银行、公司、商店、事务所密聚的街头，高楼耸立夜空，像陡峻的山峰，墙壁是透明的玻璃，如像水晶宫。五颜六色的街灯，闪闪烁烁，远远近近，高高低低，时隐时现，走在路上，就像浮游在布满繁星的天空。汽车如风如龙，飞驰而过，车上的尾灯，似无数条红色丝带不断地向远方引伸。这边，明亮的橱窗里，陈列着锃亮的金银餐具，红的玛瑙，青翠的碧玉，金钢钻在耀眼，古铜器也在诱人。那边，是巍峨的宫殿，门口站着穿制服的警士，美丽的花帘在窗后掩映。①

《纽约的住房》描写从高楼的窗口眺望纽约市景：

> 这幢楼究竟有几十层？我忘记问了，大约有三十几层。我站在厅前望市景，但见眼底脚下，灯光点点密集，如银河里的繁星，一片星海，红红绿绿，高高低低。灿灿晶晶。小甲虫似的汽车，在街道上流泻，车后尾灯，像红色的丝带不断向前引伸。②

这些语言都是经过锤炼的，句式短小，又善于比喻的修辞，因而有着很强的音乐性，这一段的作品，也多运用长短不一的句式表现直率而又深沉的语言风格，比如短小的句子，《杜晚香》开篇这样写到："春风带着黄沙，在塬上飞驰"，用一句话来表示一层意思，即春天的黄沙在飞驰。"干燥的空气把仅有的一点水蒸气吸干了，地上裂开了缝，人们望着老天叹气。"也用三句表现一层意思，即干燥空气给大地带来的情景，不过句法有所变化。总之，短句多，长句少，这些短句相当简要而又生动地描写东北大地的春天景象，衬托着杜晚香的性格，显示着她的生命力。

作家也擅长使用长句表现她的语言风格。在《"牛棚"小品·窗后》开头这样叙述：

---

① 丁玲：《曼哈顿街头夜景》，《丁玲全集》第6卷，石家庄：河北人民出版社，2001年，第203页。

② 丁玲：《纽约的住房》，《丁玲全集》第6卷，石家庄：河北人民出版社，2001年，第237页。

尖锐的哨声从过道的这头震响那头，从过道里响彻窗外的广场。这刺耳的声音划破了黑暗，蓝色的雾似的曙光悄悄走进了我的牢房。垂在天花板上的电灯泡，显得更黄了，看守我的桃芸推开被子下了炕，匆匆地走出了小屋，返身把门带紧，扣严了门上的搭扣。①

《“牛棚”小品·书简》中，作家叙述了自己在“牛棚”中的遭遇：

可是自从打着军管会的招牌从北京来的几个人，对我日日夜夜审讯了一个月以后，陶芸对我就表现出一种深仇大恨，整天把我反锁在小屋子里严加看管，上厕所也紧紧跟着。她识不得几个字，却要把我写的片纸只字，翻来拣去，还叫我念给她听。后来，她索性把我写的一些纸张和一支圆珠笔都没收了，而且动不动就恶声相向，再也看不到她的好面孔了。

没有一本书，没有一张报纸，屋子里除了她以外，甚至连一个人影也见不到，只能像个哑巴似的呆呆坐着，或者在小屋中踱步。这悠悠白天和耿耿长夜叫我如何挨得过？因此像我们原来住的那间小茅屋，一间坐落在家属区的七平方米大的小屋子，那间曾被反复查抄几十次，甚至在那间屋里饱受凌辱、殴打，那曾经是我度过多少担心受怕的日日夜夜的小茅屋，现在回想起来，都成了一个辉煌的，使人留恋的小小天堂！②

第一段引文是丁玲记叙当年被关在“牛棚”里，有一天清晨听到催促人们上工哨的情景，从文中较多较长的句中，读者可以看出她当时的心情，文中使用的语言感情色彩浓厚，“尖锐”、“刺耳”表现作者的厌恶之情，“蓝色”的“雾似的”曙光、“黄的灯光”表现的是忧郁沉闷的心境。第二段引文是丁玲在失去人身自由的同时，所受到的精神和身体的辱侮与折磨，“深仇大恨”、“严加看管”、“恶声相问”、“饱受凌辱”、“反复查抄”在这样“悠悠白日”、“耿耿长夜”的状态中，长句有助于表现作者当时郁闷，无奈的心态。

作家还运用了富有变化的句法，有时长短交错，使节奏有张有弛。她在《怀念仿吾同志》中有这样一段：

---

① 丁玲：《“牛棚”小品》，《丁玲全集》第6卷，石家庄：河北人民出版社，2002年，第4页。

② 丁玲：《“牛棚”小品·窗后》，《丁玲全集》第6卷，石家庄：河北人民出版社，2002年，第1页。

> 这天，太阳刚从东边地平线上冒出来的时候，我在一群新集合起来的一伙人中间，策马东行。空气很冷，很新鲜。路很平，塬上极少树木，偶然看见几棵长不大的杨树。满天红霞，不是灿烂如绵如火，倒似在冰霜中冷冻过的那样浮着一层既淡又薄似的轻纱，笼罩大地，含着一种并不强烈的淡淡的温柔，却很能稳定我容易激动的心情。我极目环宇，悠然自得，脑子里浮现出古代的诗歌，那些印征着此情此景的诗句，是多么豪迈和使人舒坦！这里是冬日，又似霜晨；是征程，又似遨游；是战士，又似游子……蹄声得得，风沙扑面，我如在梦中，如在画中，只是从同志们那里传的欢声笑语，才使我想到我是在哪里，正向哪里去。[①]

这段描写，如同作者自己所说，是“如在画中”，色调呈现出“淡淡的温柔”，然而却洋溢着生机。

《风雪人间·寂居》：

> 三月过去了，四月来了。院子里的丁香海棠绽出了绿叶，绿叶中还含着一点深红深紫。春天来了，春风吹进了小院。天天盼着陈明的来信，却是这样渺茫。他还是经过哈尔滨时从车站来过一封信。现在，他到了什么地方呢？四月里的北大荒，该有一点春的气息吧，我有点想他，却更担心他，我想只要条件允许，他一定会来信的，现实真会残酷到不只是山河远隔，也还要鸿雁不通吗？
>
> ……
>
> 现在一个小小的四合院，只剩下王姐和我，显得十分空阔。没有来客，用不着有人听门。电话如同虚设，等着机关派人来拆走。剩下几盆花，寂寂寞寞自个儿开着。太阳虽然仍旧照射，却失去了往日的光辉；月亮更是冷冷清清。春天的白日原来就长，可是夜晚也不觉得短。用什么打发这漫长白昼和思绪万千的长夜呢？人可以烦闷，可以忧郁，可以愤怒，可以反抗，可以嘤嘤啜泣，可以长歌代哭，……就是不能言不由衷！不能像一只癞哈蟆似地咕咕地叫着自己不愿意听的虚伪的声音！[②]

---

① 丁玲：《怀念仿吾同志》，《丁玲全集》第9卷，石家庄：河北人民出版社，2001年，第188页。

② 丁玲：《风雪人间·寂居》，《丁玲全集》第10卷，石家庄：河北人民出版社，2001年，第115页。

同样的是用长短句相融，同样是写景，可因了作者心境的不同，感情的起伏，描写自然景物的用词也有了不同，花开花落也因了主人的境况而产生了变化，“绿叶中还含着一点深红深紫”表达了作者的期望，然而当期望落空，花儿虽依然是原来的那个花，原来的那个颜色，却变成了“寂寂寞寞自个儿开着”，甚至连太阳也不再如往日那么温暖，月亮也从此“冷冷清清”，这样的文学语言表达了作者写作时的心境。

文中较长句与短句融合在一起，令人读来，时有舒缓，时有急促的感觉，富有音韵的节奏感。深化了表达的内涵，增强了感情色彩。

在篇章布局上，丁玲还能借助作品主人公简要介绍并引出其他人物的出场。当杜晚香到北大荒的第一天时，作者在介绍与杜晚香在招待所同住一房间的其他两位女同志时，这样写到：

> 一个十九岁的女同志是学生样子，动作敏捷，说话伶俐，头扬得高高的，看人只从眼角微微一瞟。她听到隔壁房间有人说北大荒狼多，便动了动嘴唇，露出一列白牙，嗤嗤笑道：“狼，狼算什么，家常便饭。那熊瞎子真闯咧，看到拖拉机过来，也不让开，用两个大爪子，扑住车灯，和拖拉机对劲呢……”原来她是个拖拉机手，来农场一年，开了多少荒，自已算不清了……另一个是转业海军的妻子，带一个半岁多的男孩，这是一个多么热情而温柔的女性呵！她亲切仔细地问杜晚香的家乡、来历，鼓励她说：“北大荒，没有什么吓人的。多住几天就惯了。刚听说要来这里，我也想过，到那样冷的地方去干什么。刚来时，正是阳历二月底，冰天雪地，朔风刺骨无住处，吃的高粱米黄豆，一切都得从头做起，平地起家，说不苦，也实在有些过不惯。嘿，忙了一阵子，真怪，我们都喜欢这里了，我们决心在这里安家落户，象部长说的，开创事业。”

几句姑娘自己说的话就向读者交代了她的工作和经历，表现了年轻人朝气蓬勃的精神；另外那位女同志鼓励杜晚香的话语说明了来自五湖四海的军垦战士开垦大荒的苦和乐，丁玲就这样扼要地通过她们口中符合各自身份和年龄的普通话语把北大荒的人和北大荒的景表现了出来。

中华人民共和国成立初期祖国欣欣向荣，丁玲的心情舒畅，她的作品语言风格明净，畅达。然而，从1955年以来二十多年里，丁玲遭到极左路线的残酷迫害，被划为反党集团主犯，被下放到北大荒参加劳动，文化大革命时期受到“四人帮”摧残，还被关进监狱，等等。直到1979年十一届三中全会后，她的错案才得到平反改正，回到文艺队伍，她在逆境中遭受的创伤很深，然而对党是忠诚不二。她复出后的创作仍坚持社会主义方向，为人民艺术事业而奋斗。

丁玲长期的遭难以及对革命事业的忠心耿耿，不能不对她复出后的文学事业产生影响，在她的文学作品中留下印痕，我们从她凝炼而又深沉的文学语言风格中也可以觉察到。

从语言风格看，她既区别于杨朔精心营造的诗意，也不同于刘白羽以直抒胸臆的语言显示豪迈气概，与秦牧善于引类取比的文风也有明显的区别。她的突出特点并非一目了然，而是要反复琢磨才能悟出。她是长于顺着自己的思路、感受，信笔构成多姿多彩的艺术世界，她的文学语言风格是简约明朗而又具象感人。

如果说丁玲的作品过去多着重于对当时的现实的反映，那么，新时期则是由现实回溯历史。具体地说，她的文学语言形象地勾画从辛亥革命到社会主义新时期各个历史阶段时代精神的重要特征，表现不同的社会生活方面。描写众多身份不同、个性不同的人物。如革命英烈瞿秋白、向警予、胡也频、宣侠父；文坛巨匠鲁迅、茅盾、巴金；战友故交冯雪峰、刘芝明；普通劳动者杜晚香以及异邦友人史沫特莱等，同时笔触伸向过去一向较少涉及的资本主义形形色色的世界。丁玲在新时期的作品有长篇小说《在严寒的日子里》（重写），散文集《风雪人间》《魍魉世界》《访美散记》以及一批散文等。这些散文写得挥洒自如、得心应手，其语言不刻意雕琢，不追求华丽的辞藻，不堆砌形容词，而是自然朴素，凝练晓畅，深沉而又率直。

新时期老一代作家中的文学语言风格各异，巴金的《随感录》讲真话写真情，悲愤深沉、酣畅淋漓；杨绛的《干校六记》写的朴实浑厚自然。刘白羽在新时期的散文创作有《芳草集》《海天集》等，注重融自己强烈情感的语言于时代生活内容之中，丁玲用率直酣畅，深沉厚重的语言表达内心的爱、恨、悲、欢。这是丁玲文学语言的特点，较之以往的时期更为鲜明。

在丁玲一生的写作过程中，写作初期（1927—1929年）受到五四时期白话文及外国翻译作品的影响，形成了大胆而细密，委婉而多变的语言风格；在左联时期文艺大众化的热潮中（1930—1936年），她的创作语言风格逐步转换，形成了以刚健、明朗为主导，又有蕴藉、细密的特色；在根据地革命文艺新潮中（1937—1943年），她的创作又形成了朴实、自然的新风格，不过，还保留细密与绚丽的因素；在《讲话》后掀起新的人民文艺的大潮中（1944—1949年），丁玲的作品平实而又简括，细密而又深隽的新的语言风格逐步走向成熟；在社会主义文艺方向的引导下，新的语言风格在演进中（1950—1956 年），先是明净畅达，后演变为凝炼深沉。

丁玲文学语言的演变同新文学发展的方向与历程是相一致的，如从文学革命到革命文学再到新的人民文学、社会主义文学，同时她有自己文学语言风格特色，又有自己的独特贡献！

第六章　文学语言风格演变的因由及特点

丁玲文学语言风格的形成有哪些促成因素呢？首先，“文如其人”，语言特色的形成是与作者的个性气质分不开的。魏巍在谈及丁玲散文创作风格时说：“她对散文似乎是无意为之而有所成就的。在她的大量散文中，都绝无雕琢与粉饰，正如她的为人那样，坦率与热情地向人诉说衷肠。她的那些散文因为是从心底里说出来的，所以特别真挚动人。”① 这里说的是丁玲的散文与其性格关系，其实可泛指丁玲的作品。丁玲这种“坦率与热情”的性格特点，正是其率真酣畅，直抒胸意的语言特色的重要促成因素。其次，丁玲的生活道路坎坷不平，经过坎坷磨练的丁玲，语言似乎也被生活的风霜磨砺过一样，这种平易而不平淡，朴实而不苍白的语言正是作家生活体验经久积淀的结果。正如清吴德旋在《初日楼古文绪论》里所说：“作文岂可废雕？但往往是清雕琢耳。工夫成就之后，信笔写出，无一字一句吃力，却无一字一句率易。”至于诗情画意和富有节奏感的语言则是丁玲对自己提出的引诗入文主张的实践。另外，不断吸收古今中外优秀文学作品的精华，善于根据当代社会生活和作家思想情感表现的需要，从人民大众的民间文学中吸取丰富的养料，并使之在艺术的升华中化为自己的血肉，也是促成丁玲文学语言精粹、传神的因素之一。新时期丁玲的散文语言，总的来说较之前几个时期更为精粹、顺畅、优美，读后令人动情、入迷，达到了炉火纯青的地步。

丁玲文学语言风格的发展与其文学语言观的形成是有很大关系的。丁玲的文学语言观经历了形成、发展和成熟这样三个不同的时期。最初丁玲在 1932 年发表的《我的创作经验》中认为，在写作过程中，有四个方面是非常值得重视的，“第一是作者的态度”；“第二是材料”，“第三是文字”；“第四是经验”。丁玲对文字的运用特别关注。她认为，“文字是有很多帮助的，因为很好的题材，有时候因为文字的不会运用而失败。”这些看法构成了丁玲文学语言观的第一阶段：

① 《丁玲创作独特性面面观》，长沙：湖南文艺出版社，1980 年。

形成时期。

随着时代的变化，丁玲的创作实践经验不断丰富，她对语言在文学创作中重要性的认识也在逐渐加深。丁玲在延安生活了几年以后，于1940年写出了《作家与大众》，在文章中她提出了文艺如何为大众，以及作家如何深入大众的问题，指出："文学不只是在今天教育着大众，对将来也含着重大意义，它并非与草木同朽，而应该有其永有的价值。所以作家虽能理解生活，仍是不够的；他必须具有较高的、圆熟的文学的技巧……所以作家一定要经常练习，锤炼每一个句子，每一句话，每一节，到每一篇。"在丁玲看来，作品的艺术性与语言的艺术性是唇齿相依的。同时在文中她还认为，文艺要为大众，就必须学习和运用大众的语言。"集千万人的语言为一人之语言，则美丽的、贴切的、有味的语言全在这里了。"1952年，丁玲在《谈与创作有关诸问题》中，总结自己几十年的创作经验与体会指出："创作中用来表现思想的，主要靠语言，一定的内容。需要有相称的语言，没有生活的人并非没有字，字是有的，而是没有那样相称的话，说出来的话没有那样相称的味道。"你有了正确的思想，偏偏没有生动的语言来自然地表现它，你的作品就没有味道"。这些深刻的见解较之丁玲以前的认识有了更进一步的深化，构成了她文学语言观的第二阶段：发展时期。

1982年的《谈写作》，丁玲用了"文学语言"一词，并再次提出："我们现在要考究运用语言。"1984年在《漫谈散文》中，丁玲再次强调了文学语言的重要性，她说："我赞成写小说的人也写散文。一篇散文只有两三千字，甚至几百字，要写出东西来，给读者以深刻的印象，就得讲究文学语言，写得精炼一些，深刻一些，有分量一些，给人的东西多一些。"这段话准确简洁地表明了丁玲对文学语言的概念与特征的认识，可以说是她一生的创作经验总结。这标志着丁玲对文学语言认识的真正成熟，构成了她文学语言观的第三个阶段：成熟时期。

可见，语言对创作的重要性，生活对语言的重要性，是丁玲在几十年的创作生活中一贯重视和坚持的，并且随着她生活阅历的不断丰富，她对此的认识也在不断加深，同时她在创作实践中也越来越自觉地实践着自己的理论，这为她的文艺思想和小说创作带来了独特的功效。

纵观丁玲一生的创作，她的文学语言风格的形成与发展，首先是经历了如何正确处理与外国语言主要是欧洲语言的关系。在早期创作中，她的创作大胆地吸收外国语言形成了自己的语言风格，随着思想与创作的进步，特别是《讲话》后她的创作又努力消化与克服外来语言对她创作的负面影响，使得文学语言风格不断纯洁与成熟。

五四时期，新文化先驱们高举着文学革命的大旗，“反对文言文，提倡白话文”，并把吸收外国语言当作反对旧文学的利器，大胆地提出了白话文学欧化的主张。1919 年 2 月 1 日《新潮》第一卷第二号上发表了傅斯年的文章《怎样做白话文》。文中提出：“新文学就是白话文学，只有白话能做进取的事业，已死的文言是不中用的。”话虽如是说，可当时对白话文应当是个什么样子，如何去做，大家并没有一个可供参照的样本，当傅斯年在这篇文章中提出了这个问题，即“国语受欧化”的主张后，在新文学家之间展开了较长时间的讨论和论争，这次语文体欧化问题的讨论，虽然并无统一的看法，但还是起到了积极的作用，即引起新文学家思考怎样进一步改革语文体，要不要“欧化”，怎样“欧化”，怎样才能既要“欧化”又能看得懂，等等。

朱自清在《论白话》一文中说，所谓欧化的白话文是“在中文里参进西文的语法”。他认为这种写法“在相当的限度内确能一新语言的面目”，然而流弊所至，“写出‘三株们的红们的牡丹花们’一类句子，那自然不行”。这说明在采用欧化语言写作时，有益处也有弊处。但是“五四”为什么要提倡白话文呢，理由有两条：一是白话文能使更大多数的人看得懂，二是白话是能很好地表现生活的文体，“五四”提倡白话文的意义从根本上讲，就是大众化，提倡大众化，从“五四”发源，提倡白话文就是提倡大众化，提倡大众化就是让更多的人能看懂。

在这个意义上，当时作家们在创作时开始采用了这种掺杂了西文语法的中文句式，丁玲的创作自然也不例外。她觉得“作家要在创作新的典型中，寻求新的表现方法”。① 所以她借鉴外国小说的种种技巧，并加以自己的创造，融会贯通，用来反映中国社会的现实，这就使读者耳目一新，觉得“格式特别”，完全不同于传统的旧小说。比如，古典小说处理题材，或是人物传记，或是有头有尾的故事，从唐传奇沿袭下来，一直没有改变。丁玲在其创作中却采用了截取生活的横断面来作为小说的题材。《莎菲女士的日记》是从 12 月 24 日到 3 月 28 日这段时间中的 34 篇日记，《自杀日记》也只有七天的记录，这种取材于横断面的写法，使篇幅经济得多，反映生活也集中得多，以前那种某生，字某，某地人还有年龄，家庭情况，如何到此处等等程式性的交代，以及冗长的对话，统统删去了，

① 毅真：《丁玲女士》，《当代中国女作家》，《妇女》杂志第 16 卷第 7 期。

直接截取生活横断面，主题思想和社会内容就能在精简的篇幅里鲜明地揭示出来。按我国传统的句法，写对话，总是说话人在前头，说话内容在后面，如某甲开口说道，云云云云。某乙笑了一笑，答道：云云云云。可是，丁玲却在开始创作时就将欧化的对话方式移植了过来，创作方法形式的欧化，语言风格必然受到影响。例如《暑假中》：

> “是毫无可能挽回你的决定，明晨一定走吗？”
>
> 承淑硬起心肠说出上边的话，但听到自已那微微发抖的哽咽的声音，心反而更酸了，不觉又用手帕去吸干那不愿使人看见的泪，把脸朝向窗户外边。①

这是小说开篇的第一段，是一句问话做独立段落，排在前面的不是说话人，而是问话的内容，读者看到了问话，但讲话人是谁却悬挂在那里——究竟是什么人说话呢？悬挂延长了读者的注意，然后作者才又另起一段介绍发话人是谁，这种写法既介绍了欧化的句法，又介绍了以悬念写人的手法。

再如《庆云里中的一间小屋》：

> “唉，冷呢，人！”阿英用劲地将手摔脱了，缩进被窝里去了，眼仍然闭着，装出一个迷人的音调：“你今晚不来时，以后可莫想我怎样好。”②

这也是先出现讲话，然后是说话人居中，话在两头，完全是新格式。这些都是丁玲汲取了外国文学小说的长处之一。

另外，丁玲还用一些独立的句子代替整个段落，这也是不见于旧小说的写法。如《诗人亚洛夫》中：“又是馒头和菜汤！”《过年》：“时分还不到春天，小菡便有点觉得日子长了。”

独立句起到承先启后的作用，表示转折，也往往是作者将要描写的侧面。

---

① 丁玲：《暑假中》，《丁玲全集》第3卷，石家庄：河北人民出版社，2001年，第79页。

② 丁玲：《庆云里中的一间小屋》，《丁玲全集》第3卷，石家庄：河北人民出版社，2001年，第191页。

这种影响也从丁玲的话语中得到了印证，丁玲在《和湖南青年作者谈创作》时曾说："我是受'五四'的影响而从事创作的，因此，我开始写的作品是很欧化的，有很多欧化的句子。"所以欧化句法的运用，是丁玲小说，尤其是早期小说的一个比较突出的特点，这种表现方式，与民族语言相融合，丰富了我国文学语言的宝库。如《阿毛姑娘》中写阿毛姑娘在对未来失望而又不愿放弃自己的那点梦幻的悲苦处境时，作者写到：

> 但在夜静后，所出现的一丝笑意，能抵得从梦醒醒来后的一声叹息吗？那萦回流荡在黑暗的寂静的小房中的叹息，使自己听来都感到心悸，而又流泪，她自己也不懂为什么那叹息会发出那样悲凄的音。①

这段中的那句"那萦回流荡在黑暗的寂静的小房中的叹息"，"叹息"前面的那长长的定语成分也是欧化的句法，这里欧化长句的作用是能精确地描写阿毛在那不为人理解和同情的梦幻破灭时的痛苦和绝望，试比较如果把这句拆成"在黑暗寂静的小房里，萦回流荡着叹息"，那让人感到心悸的缠绵之痛和绝望之感则没有原句来得那么强烈。另外，这样欧化的心理描写也不切合阿毛这样农村穷苦姑娘的性格。

心理描写也是外国文学的长处，《一个女人与一个男人》《潜来了客的月夜》等小说几乎都没有什么故事情节，通篇皆用环境描写、联想、幻觉等表现人物的心理。

《一个女人和一个男人》：

> 她把三个整夜都葬送到一种欲念上了，她从来就是如此强悍到底的，除了她不想，若是说了"要"，那就不拘什么小事，要她做点牺牲是不会有的。她除了尊重自己的冲动，从来把事的轻重放在心上称一下。在三个夜晚中，其实白天也应该算在内，她都在苦苦地强制着自己。她要占有一颗她认为很冷静的心。她要看着自己的胜利。那冷静的、缺少感情的人，一旦为了她会热血沸腾起来，本是颓废的，为了她而终天兴奋着；本该快乐着生活的，为了她，而不惜糟蹋自己。但是，

---

① 丁玲：《阿毛姑娘》，《丁玲全集》第3卷，石家庄：河北人民出版社，2001年，第144页。

她不能遽然行事，因为她并不是只想令人感到她的可爱，敢于亲近她就够了，她必须使那倾倒她的人，为了她而生出一种崇敬。她愿意装出各种各色，又高尚，又复杂的人格去震撼别人的灵魂；眼看那灵魂受了她的针刺而跳动在她掌中时，她才能安静下来，睡一个无梦的长觉。

……

她焦躁起来，而且恨着鸥外鸥，为什么他不再给她一次狂欢，一次心醉，一次可以使她愿为了那亲吻而死去的满足！她为了他而不安过，她好几个整夜未曾瞌眼了；在丈夫处，忍受了负咎的鞭打；她不惜冒社会上的耻笑，而投到他面前来。他，他给了她什么？她看见他那紧紧闭着的嘴唇和痴痴凝视着前面的小眼珠便生气。她只想立即侮辱他一下。她又恨不能扑到他怀里去，紧紧的搂着他，像从前那人一样。然而却不能，她仍是站在石拦前，用力的咬着自己的嘴唇。她又不能像个小孩子放下脸哇地哭起来，撒着娇，放死放赖说“我要，我要。”她真的几乎像个小孩喊出来了。她望着那无表情的脸，竭力压制着那快要发狂的心。

鸥外鸥的思想，像被什么东西挡着，他不敢任她直奔远去。他觉得有个眼光在盯着自己。他不敢掉过脸来，只踌躇着，愿意能早点被释放。他实在受不了这审视。若是他真爱她，自然不会躲避这视线，抱怨这沉默了。他知道他应怎样对付这火一样的女人的。可现在呢，他在后悔，他若早知道这女人是如此拿沉默和眼光来逼人，他宁肯让人诅咒，他决不践约前来的。①

《潜来了客的月夜》：

慢慢地，两人讲着话，也不知混去了多少时间，隐隐地我又听见在后面山坡上有几个脚步在走着。蘋也凝神细听，先前的那安定，还会有笑意的脸全变了。厨房里又响起窸窸沙沙的声音，似乎在扇炉子。我心里想：“未必烧起饭来了。”

① 丁玲：《一个女人和一个男人》，《丁玲全集》第3卷，石家庄：河北人民出版社，2001年，第168、177页。

我要蘋去看看。蘋不动。厨房里仍然响着。蘋咳嗽起来。响声就寂然了。

……

不知怎么的，两人耐心地挨着又挨着，好容易到三点半，厨房门砰的大响一声，接着就走出了三个人（蘋说是2个），大踏步地跑上山坡，听到又向崇山后跑去了。

过了许久许久，蘋才吐出一口气。

我再看表，快四点，在这夜短的春天，隔天亮也不远了。但两人仍然睁着眼到五点，六点，七点才起身。到厨房去看，我还要紧紧地抓着蘋。两人都以为东西一定都被偷完了，还愁今天的早餐呢。

厨房门是紧紧闭着的，轻轻地把门托开，什么都依旧，找不出一丝变异的痕迹。我疑心夜来被煨过开水的壶，还是放在原处，一动也没有动。

我们相对着笑了。到现在还以为是做梦，一想到过去的情景，更忍不住要嘲笑自己。①

外来语言虽然对丁玲的创作起到许多有益的作用，比如表现出其文学语言风格的开放性和现代性，但在丁玲早期创作中的欧化现象并非没有一点缺陷，特别是有许多冗长拗口的欧化句式。读来颇让人费劲。如《他走后》：

她觉得她爱自己是超过了她的爱他的，因此她以为她是并不怎样爱他了。

《暑假中》：

这小县城早已有了五六个学校的女教员，这些教员在几年来大家都已认熟了，但街上人只要一见那着短裙的影子，不觉地，并且还暗示着别人，送去一些使人受窘的眼光，为了这好些不愿上街示众的人便把腿

① 丁玲：《潜来了客的月夜》，《丁玲全集》第3卷，石家庄：河北人民出版社，2001年，第159页。

也休息着了。[1]

《莎菲女士的日记》：

> 但我知道在这个社会里面是不准许任我去取得我所要的来满足我的冲动，我的欲望，无论这于人并没有损害的事。

在“五四”运动以后，马克思主义及其文艺理论的传播，对中国革命文艺的发展，起了重大的决定性作用。左翼作家联盟成立以后，从组织上把许许多多革命的进步作家团结在一起。当时鲁迅的文艺观点及其文艺批评活动，实际上体现了马克思主义与中国文艺实践较好的结合，对推动革命文艺运动向正确的方向发展，其作用是巨大的。鲁迅的《故事新编》以及后期杂文创作，标志着他的思想与创作进入新的境界，其文学语言风格变得从容、充裕、幽默、洒脱与悲凉，艺术上达到了炉火纯青的地步。

但是，把马克思主义和中国革命实际更紧密地结合起来，成为系统的，有中国特色的马克思主义文艺思想，是毛泽东的《在延安文艺座谈会上的讲话》，它带来了“五四”以后，在文艺上的一次大的思想革命，是又一次文艺观念的大更新。

解放区文艺的内容是新的，也正因为内容是新的，在形式方面也自然和它相适应地有许多新的创造，这主要表现在语言方面。“五四”以来，进步的革命文艺工作者不止一次地提出过与讨论过“大众化”、“民族形式”等问题，但始终没有得到彻底的解决。直到延安文艺座谈会召开以后，由于文艺工作者努力与工农群众相结合，努力学习工农群众的语言，“大众化”、“民族形式”的问题才逐步地得到了解决，至少也找到了正确解决的途径。解放区文艺作品的重要特色之一是它的语言达到了相当大众化的程度。语言是文艺作品的第一个因素，也是民族形式的第一个标志。

丁玲在这一时期的创作更上一层楼，具体表现在以下几方面：其一，在吸收和消化外国文学语言方面取得了更大的成就。在创作上，注重写人，注重描写人物的心理状态，探索人物的灵魂世界，尝试着让人物直接展示自己的思想活动，是丁玲创作上的一大特色。她认为一个好作品，“最主要的就是要写出人来，就

---

① 丁玲：《暑假中》，《丁玲全集》第3卷，石家庄：河北人民出版社，2001年，第86页。

是要钻到人心里去，你要不写出那人的心思状态，不写出那个人灵魂里的东西，光有故事，我觉得这个东西没有兴趣。”① 因此，丁玲以前一向大胆向外国文学借鉴心理描写等艺术表现手法，取得了很大的成绩。在《讲话》以后，丁玲继续发扬自己在这方面的长处，她越来越多地注意避免一些外国小说冗长的心理叙述，善于适度地揭示人物的内心世界，写出人物细微曲折，瞬息万变的心理活动和隐秘复杂的感情动态，凸现人物思想性格的各个方面，创作运笔简括细密。在遣词造句和语言表达的方式上，不仅更加注意吸收群众语言，而且不忘融入外国文学语言的优点和长处，因此她的文学语言显得灵活多变，表现力强，总之，丁玲的作品是广泛借鉴和吸收了外国文学的优点，又同时使之为反映中国人民生活服务的，由于她在思想上更大胆地与封建传统观念对立，在艺术上更勇敢地打破旧的成法，汲取并融贯了世界 19 世纪小说艺术的最高成就，拓宽了中国现实主义小说的道路，因此她的作品才具有了鲜明的独特风格。

其二，丁玲在创作中加工使用人民大众的口头语言，丰富了现代文学的内涵。丁玲的创作生涯始于“五四”的“提倡白话文”时期，期间经历了几次如何做“白话文”的论争，这些讨论对丁玲的创作产生了很大的影响，并在自己的创作实践中，除了努力作好让人民大众易懂的白话文以外，还在自己的作品中加工使用了各地人民的口语，丰富了白话文的内涵，这也可以说是她对白话文的一个贡献。

茅盾在《再谈“方言文学”》中说：“白话文学”这名词，已经成立了三十年，“五四”以来的新文学，统称这为“白话文学”或称之为“语体文学”，涵义并无二致……然而“五四”以来的“白话文学”却有一个不成文的定义：此种取得了“文学语言”的地位的“白话”应是北中国通行的口语（就是北中国的方言），或者是中国以北口语为基础的南腔北调的语言——即所谓“蓝青官话”。三十年来，不知不觉中流行着一种错误的观念，凡以北方语而外的地方语写作小说诗歌等等的，都被称为“方言文学”。“白话文学”这一名词，为北方语文学作品所独占。茅盾认为：“‘白话’既是各地人民的口语，则北方语的文学作品固然是‘白话文学’，其他的地方语的文学作品当然也是‘白话文学’”。

如丁玲在创作初期，她的首篇小说《梦珂》，由于她在上海学习和生活了一段时间，因此在这篇小说中夹杂了不少上海人的口语。笔者在前文已经举了不少此类的例子，在此不再赘述。

① 丁玲：《我的生平与创作》，《丁玲全集》第 7 卷，石家庄：河北人民出版社，2001 年。

同时，丁玲受湖南家乡的影响，作品中时有湖南人的口语出现，如《过年》中小菡和如意的对话：

"都没起来，你起来做什么？几多冷！"

"我睡不得了，如意！"

"等会儿吧，等我把事做完，烧了烘笼再起来吧。"

《小火轮上》：

"到了呢，女客！怎么还不起坡去？要车子啵，我替你叫好不好？"

《田家冲》中的奶奶咕哩咕噜着：

"高升这痨病小鬼头，我真看不上眼……老太爷当日几多好……假如又来麻烦，明天老大背我进城去，我会同老太太讲理，老大不肯背，我便走起去，路我还认得……我快有十五年没进城了。"①

到了延安后，丁玲的作品中又增添了不少的陕北群众的语言，如《广暴纪念在定边》

"张大娃子！你也参加了，好哇，到哪达去了。"

《田保霖》：

"咱是没有占上文化的人，会办个啥？这话怕不顶真吧？"开始他不这么想，但慢慢地他觉得这是实话，他们要做的事太多，简直忙不过来，人心同一起，黄土变成金，他的心活动了，有时甚至觉得惭愧，觉得自己没意思，人应该像他们一样活着，做公益事情。

"唉，咱能干啥呢？咱是买卖人，别的事解不开嘛。"这样的话他

① 丁玲：《田家冲》，《丁玲全集》第3卷，石家庄：河北人民出版社，2001年，第366页。

也同惠中权谈了。

后来丁玲又到了晋察冀边区搞土改，她又把那里的一些群众语言吸收加工到自己的作品中，如《太阳照在桑干河上》的《徘徊》一节：

他退回来的时候，又串到了他姑丈家里。姑丈是个干瘪的老头子，刚泥完了屋顶，从房上爬下来，一身都是土。看见内侄来了，张开两只手，赶忙朝里让，一边说道："怎么，今儿闲下来了？咱这屋一年拾掇的钱可不少，太破了。前一晌那一场雨，漏的够瞧，院子里下大雨，屋子里就下小雨，院子里不下了，屋子里还在滴滴答答下不完。咱老早想搬个家，拿拾掇的钱添做房租，保险要住得宽敞些。只是，唉，别看你姑丈人老了，面皮可薄呢，开不出口嘛。这房子也是殿魁叔爷的，几十年种着人家的地，又是一家子，如今人家也在走黑运，墙倒众人推，咱不来这样事。哈哈，屋里坐吧，看你姑妈穷忙些什么。"他自己走进屋，在瓢里含了一口水，喷在手上，两手连连的搓着，洗掉了一半泥，剩下的便擦在他旧蓝布背心上了。①

《六个钟头的会》一节：

"土地改革还有许多条道理，咱们今天就来把它闹精密，咱们请文采同志给讲讲，好不好？"程仁说完了，也不等群众说什么，自己先鼓起掌来。

当丁玲来到北大荒，写北大荒劳模杜晚香时，又使用了东北的地方语。我们在《平凡与不平凡》一节中读到：

冬天来了，北风呼啸，一阵烟儿炮（北大荒特有的暴风雪）卷起了遍地雪沙，漫天飞洒，一时天昏地暗，不辨东西南北，人们即使付出

① 丁玲：《太阳照在桑干河上》，《丁玲全集》第2卷，石家庄：河北人民出版社，2001年，第96页。

全身精力，也难站得稳身体，北大荒的严寒是不会对任何人让步的。[①]

方言出现在本民族的作品中，也就成为本民族语言的风格标志。这些带有地方色彩的词语，用于文学作品既可表现地方风味，也能体现个人特点，显得富有生活气息和地方色彩，表现出作者自己的独特风格，形成富有民族化和时代感，细密而又深隽的文学语言风格。

丁玲早期的作品，由于刚开始学写白话文，经验不足，所以她在写作时虽然也在生活语言的基础上作了提炼加工，但保留的方言土语的成分还是较多，特别是人物对话更是如此，甚至有时不自觉地采用了一些生僻的湖南土语，因而显得语言在一定程度上囿于乡土性、地方性。如《梦珂》《水》等。

不过她有时也会注意到给一些较难懂的方言加上注，以帮助读者更好地理解词语的意思。比如在《水》中，“退呵欠”，作者加注解释为“即没有退的意思”；又如后期的作品《杜晚香》中的“烟儿炮”，作者加注解释是北大荒特有的风沙。毕竟读者来自五湖四海，对有些地方的方言不甚明了，在人物对话中出现比较难懂的方言会影响到读者对人物思想的正确理解，有时还会使读者失去阅读的兴趣，总的来说，在丁玲的创作过程中，她在把群众语言提炼加工成文学语言时越来越注意到采集群众中生动易懂而又能表现人物个性特点的活口语，反映当时当地的现实情况，为自己的文学作品增添色彩。

谈到吸收群众语言时，1982 年她在天津文艺界座谈会上的讲话中说：“我们不能把一些普通老百姓的任何讲话都运用到行文里面。我们要写一个流氓，这个流氓的腔调要像流氓，但是我们不要把流氓的语言，用做我们作家的语言，不能把群众的语言都拿来不加选择地用到我们作品的行文里。”她还认为，作家要跟随时代的变化，不断深入生活，不断更新自己的知识，才能使自己的创作不断进步。她举例说：“我了解兵我就写兵，然而兵现在也变了，过去的兵是农民的兵，现在的兵是学生兵了，兵已经换了。所以，我们要像一块海绵那样，放在什么地方都吸收东西，我们要多学习人家的东西才好。”[②] 她谈到了生活与语言的关系时说：“创作中用来表现思想的，主要靠语言。一定的内容，需要有相称的语言。没有生活的人并非没有字，字是有的，而是没有那样相称的话，说出来的话没有

① 丁玲：《杜晚香》，《丁玲全集》第 4 卷，石家庄：河北人民出版社，2001 年，第 306 页。

② 丁玲：《谈写作》，《丁玲全集》第 8 卷，石家庄：河北人民出版社，2001 年。

那样相称的味道。”①

通观丁玲的创作，从方言使用加工的情况来看，她是在实践中不断丰富自己的经验，并逐渐完善的。

其三，丁玲虽然在年轻时觉得一天到晚埋在旧诗里圈圈点点不好，她说：“我这一辈子就受鲁迅的‘不要读线装书’的影响，如果一天到晚老弄这些旧诗，我会悲观失望，所以旧的诗词在我身上始终没有多大影响。”但这个观点可以看作是当时受时代因素的影响，② 所以后来，丁玲在回答庄钟庆等人的采访时也说道：“从语言看，后来我的作品民族的因素较多，从形式来说，如日记体就是外国的，当然还有别的，如倒装句，那时是二十年代，三十年代，都这样，徐志摩那种就是外国化的了，我还是中国化的，因为情感还是中国人。冯夏熊说我的作品的心理分析是学外国的，这只说对了一部分，我上中学二年级，陈启明老师说我的作文有《红楼梦》的笔法。这是他在我的作文中批语写的，那时我刚刚学写白话文。当然，我也没有要仿《红楼梦》那种笔法，应当说是潜移默化吧。刚写小说时曾想过，不要那么欧化，要按中国传统的手法去写，后来也不一定照自己的意思去办。”③ 由此可见，她也曾深受中国传统优秀作品的影响，并对本民族文学的优秀作品也进行了有意识的学习和借鉴。

在谈到怎样运用语言来进行作品创作和人物形象描写时，丁玲认为除了在生活中向群众、向战士学习之外，也应该向古典作品学习。她选取了《水浒传》《三国演义》和《红楼梦》中的几个片段，从字、词、句的语言底层出发，具体而生动地讲解了古典名著中语言运用的情况。例如，在分析《水浒传》中武松去找何九叔查问他哥哥武大死因的那段时，丁玲特别推荐了作品中武松对何九叔说的最后一句话，“他写的是：‘我这口刀立定教你身上添三四百个透明的窟窿！’这样的语言何等惊人！何等有力！再如，如曹操和刘备煮酒论英雄，在《三国演义》上，只几百个字，只几句话就把两个人的个性、处境、心事、样子、声音全托了出来。”④ 丁玲对我国古典文学名著的中肯评价，说明她对文学语言不仅进行了潜心研究，而且还深有心得。她在《谈写作》中关于文学的语言问题时，再次肯定《红楼梦》的文学语言：“我再说一说《红楼梦》。我说

① 丁玲：《谈与创作有关诸问题》，《丁玲全集》第7卷，石家庄：河北人民出版社，2001年，第334页。
② 丁玲：《我的生平与创作》，《丁玲全集》第7卷，石家庄：河北人民出版社，2001年。
③ 庄钟庆、孙立川：《丁玲同志答问录》，《新文学史料》1991年第2期。
④ 丁玲：《谈与创作有关诸问题》，《丁玲全集》第7卷，石家庄：河北人民出版社，2001年。

《红楼梦》的语言最好。但是它的语言也最平常。”在《谈自己的创作》中，丁玲说“我比较喜欢我国的《红楼梦》《三国演义》，看这些书，看他们写人和人的关系，写社会关系，可以使人百读不厌，你可以老读它老读它，读完了再读。《三国演义》写那么多大政治家，历史上有名人物，写他们的关系写得那么复杂，那么有味道，我觉得很少有的。”虽然丁玲热爱我国民族文学的作品，但在如何吸收和继承上，她也谈了自己的观点：“但是，现在是不是就能够照他们的那个样子写呢？继承它的好的地方是必要的，我们现在也还没有很好继承。可是，我们的社会变化太快，生活变化太快，表现那个时代的手法，和今天的社会相差太远，两方面结合起来不是很容易的。”① 因为继承不是简单地重复，简单地重复就不会有发展，虽然如此，“但过去的有些手法还是值得我们今天借鉴的”。

在《从群众中来，到群众中去》一文中，丁玲提出：“我们提倡向民族的民间的形式学习，因为这是为群众所熟悉，所习惯的形式，为群众所喜闻乐见；而且也只有用这种形式，从这种形式中发展，提高了的形式，更容易深入群众，更容易打倒封建的文艺。我们也吸收一切外来的优良的有用的传统。”②

所以，在吸收民族文学形式方面，丁玲创作小说有一种习惯，当事件进行到极紧张时，她就完全采用旧小说简单的笔调，如《一颗未出膛的枪弹》：

> 连长仍是冷冷地看着他，又冷冷地问道：“你怕死不怕？”
>
> 这问话似乎羞辱了他，不耐烦地昂了一下头，急促地答道：“怕死不当红军！”
>
> 围拢来看的人一层一层地在增加，多少人在捏一把汗，多少心在担忧，多少眼睛变成怯弱的，露出乞怜的光去望着连长。连长却深藏着自己的情感，只淡淡地说道：
>
> “那么给你一颗枪弹吧！
>
> “老太婆又嚎哭起来了。多半的眼皮沉重地垂下了。有的便走开去。但没有人，就是那些凶狠的家伙也没有请示，是不是要立刻执行。
>
> “不，”孩子却镇静地说了：“连长，还是留着一颗枪弹吧，留着去

---

① 丁玲：《谈自己的创作》，《丁玲全集》第8卷，石家庄：河北人民出版社，2001年

② 丁玲：《从群众中来，到群众中去》，《丁玲全集》第7卷，石家庄：河北人民出版社，2001年，第112页。

打日本！你可以用刀杀我！”忍不住了的连长，从许多人之中跑出来用力拥抱着孩子，他大声喊着：

“还有人要杀他么？大家的良心在哪里？日本占了我们的家乡，杀了我们的父母妻子，我们不去报仇，却老在这里杀中国人。看这个小红军，我们配拿什么来比他！他是红军，我们叫他赤匪的。谁还要杀他么，先杀了我吧……”声音慢慢地由嘶哑而哽住了。①

我们知道小说事件进行到紧张时，读者的精神也就跟着振奋起来了，好奇心也被撩拨的按捺不住了，只希望赶快读下去好知道那事件的结果。若读到那种故意欲说还休的复杂写法，读者的心里一定会有些不舒服，这种做法有时也会影响到他们的阅读兴趣，所以丁玲采用了这种传统的简单的笔调。

而《太阳照在桑干河上》第48节，《决战之一》中用汉语押韵的手法。

这时还听到老吴在另一条巷子里，打着锣，他不断地唱着：“妇女儿童团，老少青壮年！大家来开会，就在戏台前，报仇在今天，耕者有其田。”②

老吴的唱词是利用同一韵母的字音在句末重复出现，造成押韵，这是汉语增强音乐性的重要手段之一。因为语言是表现民族风格的标志，在语言的音乐性上明显可见。

丁玲的作品中，还有一类是纯粹的口语体，也在人物对话中随处可见。如《奔》中乔老三与同伴们的对话：

“张大哥，到了上海，你可别丢开我不管，我不比你们，有亲戚熟人，好歹要替我找个地方落脚！你知道我身上只有这一点盘缠……”

“我身上会比你多吗？还不是那一点阎王债，一块光洋和四张毛票，什么事都到了上海再讲，莫那么短气！”李祥林这缺嘴唇挤进来插着这么说。③

① 丁玲：《一颗未出膛的枪弹》，《丁玲全集》第4卷，石家庄：河北人民出版社，2001年，第131页。
② 丁玲：《太阳照在桑干河上》，《丁玲全集》第2卷，石家庄：河北人民出版社，2001年，第258页。
③ 丁玲：《奔》，《丁玲全集》第4卷，石家庄：河北人民出版社，2001年，第50页。

叙述语言纯粹口语体的还有很多。如《在医院中》：

鸟鹊打着寒战，狗也夹紧了尾巴。

她一头剪短了的头发乱蓬的像个孵蛋的母鸡，从那头杂乱的像茅草的发中，露出一块破布片似的苍白的脸，和两个大而无神的眼睛。①

又如《夜》：

他们两个都极希望再有个孩子，他需要一个帮手，她一想到她没有个靠山就伤心，可是他们却更不和气；她骂他不挣钱，不顾家，他骂她落后，拖尾巴。自从他作了这乡的指导员以后，他们就更难以和好，像有着解不开的仇恨。

《太阳照在桑干河上》：

她只是像一个挨了打的狗，夹着尾巴，收敛着恐惧与复仇的眼光。

诸如此类的例子比比皆是。

上面所举的这几种写作方法，我们在丁玲所喜爱的古典名著中常见，是丁玲在吸收借鉴和继承古典文学作品长处的一个表现方面，富有民族化。

丁玲在《谈写作》中也提到了关于民族形式的问题，她说："中国的传统形式里最吸引人的东西就是它每讲一个事、一个故事，它里面有很多小的故事，或者叫小事，拿那个小事把你要写的大事衬托出来了。入情入理，非常充分。"她还认为"中国小说的艺术就是迷人"，因为"它用感情引动你的感情"② 所以她只写自己了解、知道的东西，使她产生感情的东西。《一二九师与晋冀鲁豫边区》《三日杂记》等篇就是丁玲继承民族形式的作品实践，再以《记砖窑湾骡马大会》《太阳照在桑干河上》为例，我们看到的不就是丁玲对自己理论主张的最

① 丁玲：《在医院中》，《丁玲全集》第4卷，石家庄：河北人民出版社，2001年，第234、236页。
② 丁玲：《谈写作》，《丁玲全集》第8卷，石家庄：河北人民出版社，2001年，第271页。

好艺术实践吗？这些作品都证明了丁玲在学习、继承和创新方面的卓然成就。

对于艺术的创新，丁玲是有自己的独特见解。她反对以外国早已成为旧的艺术的现代派、印象派、唯美派、意识流派以及二三十年代被人们批评过的鸳鸯蝴蝶派作为效仿的榜样，作为文学创新之路，她认为凡是本国的或外国的有用的艺术都可以借鉴，问题在于必须有助于表现新的时代生活，符合我们的国情、符合我们人民的需要。只有这样才是我们的文学艺术的创新之路。所以在谈及学习与继承外国与本国文学的长处时，丁玲指出："外国的文学作品，有些是很好的，思想倾向、表现技巧都比较好，值得我们介绍、借鉴。"[①]"在我们古典作品中，在现代和当代的文学作品中，有很多语言美好的范例。"[②] 在不少文章中，丁玲都细致地分析了我国古代、现代和当代的一些作品，并对其文学语言在描写景物、刻画形象、表情达意等方面的独到之处给予特别的关注。她身体力行地极好地发现与示范美的语言的方法方式。她的创造性就是对群众语言"很好地去学，"'学的自然，不是生硬地搬用，不是去掉一些什么装腔作势的欧化文字，而又换上一些开杂货铺似的歇后语、口头语，一些不必要的冷僻的方言"，她是"用群众的语言来丰富自己的文章，又再去丰富群众的语言。"[③] 她的作品实践了自己"也要学习和吸取各种人物在表达自己思想情绪时所用的语言，创造性地用在自己的作品中"[④] 的主张。所以"在生活中学习活的语言，在创作中把语言用活，使语言更饱含生机、新意"[⑤]，应该是丁玲在文学语言方面的创造性。

处理文学语言与外国语言关系、与人民语言关系都是属于文学语言的现代化、民族化、大众化问题，这些是解决文学语言方向性的问题，还要发挥文学语言的个性，这样才能圆满地回答语言风格的问题。在这方面，丁玲的有关理论与创作实践，都值得我们研究。丁玲在《延边之行谈创作》一文中说："创作方法是没有一定的，我写我的，你写你的，各人走各人的道路，各人有各人的方法。"[⑥] 这就是文学创作。要坚持个性化，这首先便是要求文学语言的个人风格。从丁玲的创作实践衡量她的文学语言，大体可以达到现代化与民族化、群众化与

① 丁玲：《谈写作》，《丁玲全集》第8卷，石家庄：河北人民出版社，2001年，第271页。
② 丁玲：《谈写作》，《丁玲全集》第8卷，石家庄：河北人民出版社，2001年，第271页。
③ 丁玲：《从群众中来到群众中去》，《丁玲全集》第7卷，石家庄：河北人民出版社，2001年，第112页。
④ 丁玲：《美的语言从哪里来》，《丁玲全集》第8卷，石家庄：河北人民出版社，2001年，第338页。
⑤ 丁玲：《美的语言从哪里来》，《丁玲全集》第8卷，石家庄：河北人民出版社，2001年。
⑥ 丁玲：《延边之行谈创作》，《丁玲全集》第8卷，石家庄：河北人民出版社，2001年，第223页。

个人化四者有机结合的程度。

丁玲一贯坚持创作，她所写的作品反映了不同历史时期社会生活的变化，她的写作技巧也是随着反映生活的内容变化而变化，所以她的语言风格既受外国文学的影响，又受民族文学的影响，加上生活的历炼，形成了她创作风格的主导性与多样性。

总结丁玲作品在不同时期的不同特点，我们可以说初期作品的语言因为时代的原因表现为多受外国文学的影响，注重人物的心理描写，富有开放性和现代性，并开始形成了自己的文学风格，在文艺大众化运动中，开始更多地吸收群众的语言，形成了刚健明快，大胆而又细密的风格，开始了文学语言风格的转换。到了延安后，特别是《讲话》以后，文风更加质朴，语言表达更加简洁。富有民族化和时代感，细密而又深隽，文学风格生成并开始走向成熟。“文化大革命”后她作品的语言更加大气深情，率真酣畅，直抒胸臆，形象感人，耐人寻味，新的文学语言风格在演进中。“走向生活”，“到群众中去，那里才是创作的真正源泉”。[①] 这应该看作是她一生追求进步的动力。

---

① 丁玲：《从群众中来到群众中去》，《丁玲全集》第 7 卷，石家庄：河北人民出版社，2001 年。

结 语

我阅读国内外不少研究丁玲的论文或材料，我深深为研究丁玲的前辈们的开拓性和创造性的工作所感动。然而我觉得学术界对丁玲文学语言风格的演变过程和不同时期特点的研究的重视度尚有不足。在丁玲近60年的文学生涯中，创作了许多优秀的作品，可是人们大多重视研究其作品主题的新颖性、思想的独特性和人物形象的独创性等，比较忽视对其文学语言的演变过程和原因进行探讨。一个作家的独特风格，对文学的独特贡献不单只表现在上述方面，其文学语言也是构成作家创作风格独特性和对文学发展贡献的一个重要组成部分。区别一个作家与另外作家的不同，读者首先就可以从作家作品的文学语言上感觉出来。因之，有必要打开人们较少涉足的这一研究领域，探讨丁玲文学语言的发展演变过程及其不同时期的特点，以深化对她文学作品价值和对文学发展独特贡献的认识。所以，丁玲研究在以往研究的基础上，需要有新的突破，才能把丁玲研究引向更深的层次。

本书在这方面作了些粗浅的尝试性工作，由于学识有限，错误在所难免，敬请各位专家批评指正。

文学语言学科研究丛书

热带的音符、节奏与旋律

——赵戎华语文学语言勘察

叶丽仪／著

《文学语言学科研究丛书》编委会审核

自助与他助的项目

实践篇（5）

主编 庄钟庆 李国正 李无未 郑楚

世界图书出版公司

广州·上海·西安·北京

图书在版编目（CIP）数据

热带的音符、节奏与旋律 ：赵戎华语文学语言勘察/叶丽仪著. --广州：世界图书出版广东有限公司，2025.1重印
（文学语言学科研究丛书 / 庄钟庆，李国正，李无未，郑楚主编）
ISBN 978-7-5192-5789-7

Ⅰ. ①热… Ⅱ. ①叶… Ⅲ. ①赵戎（1920－1988）－文学语言－文学研究 Ⅳ. ①I338.06

中国版本图书馆 CIP 数据核字（2019）第 004548 号

书　　名　文学语言学科研究丛书
WENXUE YUYAN XUEKE YANJIU CONGSHU
主　　编　庄钟庆　李国正　李无未　郑　楚
责任编辑　程　静
装帧设计　苏　婷
责任技编　刘上锦
出版发行　世界图书出版广东有限公司
地　　址　广州市新港西路大江冲 25 号
邮　　编　510300
电　　话　020-84451969　84453623　84184026　84459579
网　　址　http://www.gdst.com.cn
邮　　箱　wpc_gdst@163.com
经　　销　各地新华书店
印　　刷　悦读天下（山东）印务有限公司
开　　本　787 mm×1 092 mm　1/16
印　　张　85.75
字　　数　丛书 1630 千字（本分册 200 千字）
版　　次　2019 年 4 月第 1 版　　2025 年 1 月第 2 次印刷
国际书号　ISBN 978-7-5192-5789-7
定　　价　398.00 元（全 7 册）

咨询、投稿：020－84451258　gdstchj@126.com

《文学语言学科研究丛书》出版说明

重视高等教育的学科建设，这是当今世界的潮流。

党的十九大报告发出号召："加快一流大学和一流学科建设，实现高等教育内涵式发展。"全国高校正在掀起学科建设大潮。在这个大好形势的鼓舞下，我们编印了《文学语言学科研究丛书》，希望对推进学科建设有所助益。

关于文学语言学科问题，20世纪50年代，语言界早已有知名人士提出建立相类似的学科，即汉语辞章学（或汉语修辞学、汉语风格学）。80年代正式提出设立文学语言学科。虽然文学界没有明确提出相似的主张，但是他们在文学语言问题看法上同语言界有相似之处，文学界与语言界不少热心于建立新学科的学者做出了一些努力，并取得一定成绩，然而效应并不显著。希望能够借此大好形势，把文学语言学科建立起来；这不仅是个人写文章或创作重视风格的需要，而且是新时代中华民族和人民大众要求建立新文风或新风格的需要。

《文学语言学科研究丛书》讨论的文学语言，专指文学作品用的语言，即艺术语言。《文学语言学科研究丛书》着重探讨作为学科的文学语言研究的目的、对象、内容及方法。分为两辑，第一辑为"理论篇"，阐释文学语言学科重在研究风格（语言风格或艺术风格）问题的理论依据。第二辑为"实践篇"，着重展现学者通过探索后的成果，即表现中国现当代文学及东南亚华文文学作家作品的风格特色。

在探讨文学语言的问题上，语言界学者明确指出为了进一步发展语文教学，应加强文学语言学科建设，提出文学语言是语言学和文学交界处的学科，修辞学、风格学是研究对象。既研究不同文体的不同风格，也研究不同作家的不同风格。文学界从推进文学创作向前发展出发，也非常关注文学语言问题，学者虽然是从文学理论视角切入，但是与语言界有着殊途同归之处。文学界也认为文学语言应当研究作家的文学语言"个性"，因为"这个性就构成了他们的各自的独特的风格"。

如何研究文学语言特点、风格，语言界与文学界的学者都有共同的看法，又有不同方面。语言界与文学界学者都非常重视综合运用语言表达手段所形成的特

色。不过语言界不乏学者往往把语言手段作为工具使用，没能看到语言手段在表达内容及表现形式方面的独特价值。文学语言作为文学和语言学之间的边缘学科，它是以文学和语言学为基础并借助两者的成果发展起来的，因而既要吸收这两个学科的长处，又要有新的创造，这样才能有助于学科理论的提升和写作实践的加强。

作为具有跨学科性质的文学语言研究，不仅要重视文学语言的文学特色，而且要讲究文学语言的语言规律。这是因为文学作品是以语言为媒介构成艺术形象的艺术，区别于其他艺术的特点，同时从文学作品形式因素来说，语言是具有独特性的。文学语言研究学科的研究方法，力求具有创新性，提倡从语言因素入手，结合文学手段，探讨文学语言特色。

《文学语言学科研究丛书》部分成果发表后受到新华社、中新社与《文艺报》等关注，并予以了介绍。《文艺理论与批评》《中国现代文学研究丛刊》及《茅盾研究》《丁玲研究》《东南亚华文文学研究辑刊》等专集收入研究成果。在厦门大学中央高校基本科研业务费专项资金资助、厦门大学哲学社会科学繁荣计划资助及厦门市东南亚华文文学研究会等的大力帮助下，我们从多部文学语言研究论著中，选出若干部，经过反复修改后交付出版。

欢迎批评指正！

《文学语言学科研究丛书》编后记

为提高写作能力和培养创作人才，厦门大学中文系历来非常重视文学语言的研究，重视写作者文学风格的养成。不过，离达到显著的效果还有一段差距。

为了提升文学语言研究水平，2000 年起，语言学学者李国正教授在本系庄钟庆教授等许多老师协助下，申请并获准设立文学语言研究方向的博士点。他明确地提出“文学语言学是横跨文学和语言两种学科的研究领域，在当前学科发展呈交叉渗透趋势的条件下，文学语言研究蕴含着发展为一门新学科——文学语言学的增长点。”他招收了多名文学语言的博士研究生，他们来自中国大陆与台湾，以及新加坡等地，他们的研究课题都是围绕着文学语言这个方向来展开。如他与人合著的《东南亚华文文学语言研究》（厦门大学出版社 2002 年）即是当年文学语言的研究成果。为了推进学科建设，厦门大学中文系离退休教师编选了《文学语言学科研究丛书》，收入其博士研究生或合作者撰写的论文，各人从不同角度论述文学语言各有特色，达到一定的学术水平。

《文学语言学科研究丛书》之所以能够与读者见面，这与各方面的大力支持分不开的。

语言学家如中国社会科学院语言研究所张振兴研究员、张惠英研究员，文学研究专家如清华大学中文系王中忱教授、复旦大学唐金海教授、福建师范大学中文系庄浩然教授等为收入本丛书的论著把脉。

厦门大学中文系文学与语言方面的教师发表了不少有关论文，均收入本丛书，这些成果对进一步开展研究具有启发性意义。

厦门大学社会科学研究处处长陈武元教授早在 2001 年就热心支持中文系开展文学语言方面的研究工作，始终不渝。该处副处长林木顺副研究员也非常关注文学语言研究工作的开展。厦门大学哲学社会科学繁荣计划、厦门大学中央高校基本科研业务费专项资金等资助项目给予大力支持。

《文学语言学科研究丛书》还得到厦门市东南亚华文文学研究会的大力支持。

对于来自各方面的助力，深表谢意！

我们期待专家、学者的批评指正！

《文学语言学科研究丛书》编选小组

2018 年 10 月 20 日

目　录

第一章　跨学科语言研究

人类之所以会不断地发展、进步，跟语言有着很密切的关系。

语言因社会的变动、演变，而有所改变，因此就必须讲究文字、词句的表达，以便更好地表情达意，更有效地将事件表达清楚，而这种表达的语言必须是艺术的，包含了事件的演变、社会的变迁，以及时间的推移中完整地表达与呈现。这就是文学语言。

文学并非一定与文字符号相联系。在用文字记载之前，人类已经创造了文学。

比如《荷马史诗》与《格萨尔王》，最初都是没有文字记载的。

《汉乐府·江南》中写道：“鱼戏莲叶东，鱼戏莲叶西，鱼戏莲叶南，鱼戏莲叶北”。这里的“东、西、南、北”的应用是学界公认的文学语言。

文学是借助语言艺术来表现和体验的一种人类文化形态。因此，没有语言艺术，就没有文学。

就一般来说，文学语言有两种类型：一种是不与文字符号挂钩的口头文学语言；另一种是用文字符号记录的书面文学语言。

书面文学语言与口头语言可以并行不悖。但口头文学语言如果不借助现代科技手段提高信息传播的深广度，而继续以原始方式存在的话，那么，发展的空间就会受到局限。书面文学语言因为有文字的记录而得以打破时空的制约，成为文学语言的主要代表。

这样，我们就可以有一个清楚的概念，将语言与文字，也应该加上内容与技巧的表达书写而成的文字、文章，这种写下来或打印出来的“原文”，或许也应该是“正文”的作品，都是“文学文本”。

新加坡是一个具有“多元种族”“多种语言”的国家。因此，在这多元种族、多种语言的社会中产生、书写出来的作品，就不是一种单纯的、统一的文学。

因此，可以这么说，新加坡以及东南亚其他国家的作家们从他们的思维中表达出来，从他们生活中浓缩而成的影像、内容等，都是色彩纷呈，有着各民族的不同风貌，既有因他们的各种族之间的不同用语，也有将不同用语混杂而成为一种各不相同的语言，使不同种族一见就能理解和接受的用语。

这些用语用在文学上，因此，也是“文学用语”，而记载在文章的表达上也就是文学的文本。

作家大多数都会因他们在生活上的不同感受、不同遭遇而写成的文字，因此，也会采用最能表达意愿、最能抒写情怀的用语。

新马早期的作家，不仅有中国来的作家，也有为数较少的本土作家。当然，一些作家后来也以新马作为他们的生活基地，在这儿落地生根，因此，他们自然注意、关注新马社会的发展。

这些在新马生长的作家既有来自中国而后留下的，也有本地土生土长的。最著名也最有代表性的，如苗秀、姚紫、韦晕、方北方、原上草、沙风、林潮、姚拓、丘絮絮、连士升、洛萍、于沫我、杏影、林晨、方修、朱绪、柳北岸、李汝琳、赵戎等。

赵戎在这些作家中有与他们不尽相同的出身、工作、学习、写作特点等。因此，在文学道路上也与他们有很不同的遭遇。但是，赵戎在文学的表现上却是优秀的，为人称道的。他的一生，为新加坡华文文学出了很大的力量，作出巨大的贡献，其中突出地表现在文学语言的主张与实践方面。本书打算就这些方面的问题，进行系统的勘察与研究。

一、 文学语言的性质与内涵

文学是语言的艺术。但语言并不是客观的具体存在形式，而只是一种储藏信息的载体和表达思想的符号。因此，文学与语言的关系是密不可分的。如赵戎在《新马华文文学概论》中所说：“该国的文艺作品必须运用该国的艺术语言表达其现实内容。”① 文学作品的内容，它的各个组成部分，不但靠语言来表现，同时，也须借语言把它们缝合成一个有机的整体，从而成为完整的艺术画面。

语言好比一个圆球，由核心和外延组成。核心是抽象的体系，外延是实在的应用。后者是前者的外化形成，受前者的支配和制约。语言使用者在掌握抽象的语言体系的前提下，创造出合乎这一体系的各种话语。

传统的语言学理论是依附于西方知识论哲学发展起来的。它主要是把语言看做是一种思想的“工具”“媒介”“载体”“形式”。语言功能在于表达生活和情感的内容；语言是文学作品的形式要素，它处于被内容决定的地位。但是，文学

① 赵戎：《新马文学概论》，《赵戎研究专集》，新加坡文艺协会，2000 年，第 222 页。

语言不只是文学最重要的形式因素，其本身也具有内容性，它既是工具与手段，又是文学的对象与内容。

文学创作对语言的依赖性是不言而喻的，也就是说，语言应用得体与否，不只是对于角色，对于整部作品也起着关键性、决定性的作用。

根据马克思主义文艺学原理，文学的本质是一种特殊的社会审美意识形态，因而文学语言的性质与内涵，必须由文学本体的核心因素来决定。就好比先秦诸子的作品，是以“简而约”作为那个时代的语文特色，到汉魏盛行艳丽的赋体文章，至晋朝崇尚浮华空谈的文学话语，都是受当时社会审美意识所左右而衍生出来的文学语言。在这个意义上，所谓文学语言，是指文学作品所使用的，体现文学性与审美性的、独具特色的语言。文学语言的本质在于它是一种“艺术语言”（即艺术符号）。一方面，它不是另外构造一套完全独立的语言体系，而是对普通语言的语音、语义、语汇、语法等的审美特性的运用、加工与升华，因而文学语言必然具有语言性，它必须遵循语言的基本结构与功能系统。另一方面，文学语言作为“话语”又加入了一个特定的艺术领域，即加入一个由它自身的叙述和描绘所构成的文学虚幻性的艺术情境，因而文学语言又必然具有文学性，它必须遵循文学以艺术形象表象生命形态和人性人心的艺术规范。在文学作品中，文学语言的语言性与文学性，既相辅相承，又融为一体。这种语言性与文学性的有机融合，正是文学语言固有性质的集中表征。也正是这种两重性，或称两栖性，既使文学作品语言往往成为文学语言的“典范”，也从根本上决定了文学语言研究的跨学科性质。

关于文学语言研究的跨学科性质，吕叔湘在《把我国语言学科推向前进》一文中说：“语言教学的进一步发展就是走上修辞学、风格学的道路，也就是文学语言的研究，这是语言学和文学交界处的学科。”① 这句话指明了文学语言研究具有语言学与文学的交叉研究的性质，修辞学、风格学都是文学语言学研究的范围。季羡林在为李润新的《文学语言概论》所作的《序言》中指出：“所谓文学语言……不出两途：一修辞，二是风格，……二者相较，风格尤重于修辞。修辞，一两句内就可以看出，而风格则必须统览全篇，甚至若干篇，才能显现。”② 李国正在《东南亚华文文学语言研究》中指出：文学语言研究这种跨学科的性质为酝酿一门新学科——文学语言学提供了生长点。”③ 从文学的角度来说，文

① 吕叔湘：《把我国语言学科推向前进》，《中国语文》1981 年第 1 期。

② 李润新：《文学语言概论》序，北京语言学院出版社，1994 年。

③ 李国正等著《东南亚华文文学语言研究》，厦门大学出版社，2002 年，第 1 页。

学家要求文学语言富有形象性，如高尔基在《和青年作家谈话》中说“文学就是用语言来创造形象、典型和性格，用语言来反映现实事件、自然景象和思维过程。”① 茅盾在《新的现实和新的任务》中提出：“文学作品的语言应当形象化的、富有表现力的、准确的和精炼的，然后可以传达作者所欲传达的思想感情，然后可以构成鲜明的形象。”② 他又在《漫谈文学的民族形式》一文中说，“文学语言不能是原封不动的口语，但也不能脱离口语的基本要素——词汇、词法和修辞法”③。这就是说文学语言的铸成既要有文学特点，又离不开语言的基本要素。执此以观，文学语言的研究，必须将文学（或称文艺学）与语言学的视角有机地结合起来，才能充分揭示文学语言兼具文学性和语言性的双重性征，从而获得文学语言跨学科研究的互补双赢的效果。倘若忽视文艺学的视角，就难以说明文学语言与日常语言有什么不同，语言在文学中具有什么功能等诸多重要问题，就不能建立起有别于普通语言学体系的独特的学科体系。抑或，若脱离了语言学视角，就会失去文学语言生生不息的源泉与文学语言创造的现实根据。文学语言研究，应当是把文艺学与语言学的理论方法共同运用，并聚焦于文学作品语言结出的硕果。

在阐释文学语言的定义、性质及其研究的跨学科性之后，必须进一步探讨文学语言的类型及其在文学文本中的表现形态，借以深入了解文学语言的内涵。劳动创造了人类的语言。语言是人的标志，它随着社会的产生而产生，并随着社会的发展而发展，表达了人类的思想情感和生命图式。古往今来的文学语言有两种类型：（1）不与文字符号挂钩的口头文学语言；（2）用文字符号记录的书面文学语言。李国正等人的著作认为文学语言“无论系统，口头语言，还是书面言语，都必须与特定环境相整合，用来创造艺术意象、形象或意境。”④ 本文探讨的文学语言指的是书面文学语言，这就涉及到文本与文学文本。

文本是文字符号的组织，在被置于书面文学语言特定的语境中再加以阐释。文学文本是文本的一种特殊的类型，具有社会审美意识形态性质，凝聚着作家的体验和创造，文学文本虽然不受文学体裁的限制，却也按一定的规划组织起来，以达到文本完整的意义。实际上，文学语言研究总是以具体的文学文本为对象。文学文本的语言，其主要特征是具有社会审美性并存在于四个层次：语象层次、

① 高尔基：《和青年作家谈话》，《论文学》，北京：人民文学出版社，1978 年，第 322 页。
② 茅盾：《新的现实和新的任务》，《茅盾全集》第 24 卷，北京：人民文学出版社，1996 年，第 279 页。
③ 茅盾：《漫谈文学的民族形式》，《人民日报》，1959 年 2 月 24 日。
④ 李国正等著《东南亚华文文学语言研究》，厦门大学出版社，2002 年，第 35 页。

意象层次、形象层次及风格层次，以风格层次为文学文本的最高层次。① 这些多层次的特征为文学语言分析提供了多个不同的角度，如从文本的语象、意象、语义、形象、意境、风格等方面去探寻、批评。

文学文本的语言通常有两种不同的形态。一种是直接交际语，即作家的叙述、描写、抒情或议论的语言；一种是间接交际语，即作品中人物的话语，如对话、独白等。人们常用“简洁凝练、形象生动、准确优美”等语词去评论一部文学作品的语言特色。殊不知这类概括主要是针对直接交际语，而间接交际语最主要的是必须合乎人物的个性，该凝练的便凝练，不该简洁的便不简洁，不然便会导致间接交际语与作品人物的脱节。例如《红楼梦》中的间接交际语，有些简洁凝练，有些则冗长、啰嗦，可谓因人而异。若让贾政的话语形象、生动，便不再是那个“贾政”了；同样；若让刘姥姥、薛蟠等人的话语优美文雅，也就不再是刘姥姥和薛蟠了。②

对于直接交际语来说，作家可以在熟练掌握语言规则的前提下，根据个人的爱好、习惯，相对自由地同读者交谈，较少地考虑其他因素。而间接交际语则不同，其中固然也包含作家个人的语言风格特征，但由于受作品人物的牵制——或者为了符合人物的身份及其所处的环境，或者为了塑造人物的个性，作家只好改变自己的一些语言爱好和习惯，更多地考虑人物语言的个性特征。所以，在间接交际语中，作家的语言个性只好退居二线，让位于人物的“语言个性”。正如老舍所说，他写车夫时，用的是“车夫的感觉、车夫的语言”。③ 葛里高利和卡洛尔在《语言和情景》一书中指出：“话语的风格反映了每个人的经历。经历的积累就会决定一个人在说话现场的言语表达方式，所以我们可以在话语的风格和个人方言之间找到联系。一个说话人的习惯用语是跟他所扮演的社会角色相符合的。”④ 例如《红楼梦》为王熙凤设计的间接交际语，直接体现的是王熙凤这个人物的语言风格，间接体现的是曹雪芹的语言风格。若过分强调作者的语言风格，人物形象便会显得不那么真实可信，或者干脆成为作者的代言人、传声筒。萧伯纳的戏剧便是如此。丁玲的作品《太阳照在桑干河上》的一大不足，便是“在描写人物心理时，也有一些知识分子的语言”。人物的心理活动，是一种内心独白，属间接交际语，而“知识分子的语言”则显然是作者自己的语言，不

---

① 李国正等著《东南亚华文文学语言研究》，广州：厦门大学出版社，2002 年，第 8 页。

② 曹炜：《〈金瓶梅〉文学语言研究》，广州：暨南大学出版社，2004 年，第 6 页。

③ 老舍：《老舍论剧》，北京：中国戏剧出版社，1981 年，第 6 页。

④ 迈克尔·葛里高利、卡洛尔著《语言和情景——语言的变体及其社会环境》，徐家祯译，北京：语文出版社，1988 年，第 78 页。

是作品中人物所应当使用的语言。由此可见，我们同时要从间接交际语中归纳出作家的语言风格特征。①

关于这个问题，朱栋霖在《论曹禺的戏剧创作》一书中有所论及，只是没有作为理论问题加以讨论。他认为：由于剧中人物性格、教养等方面的不同，“他们的语言也有不同的特色”，“在各个剧中人的语言体系中，在如此变化丰富的台词中，我们无论抽取哪一段台词；都能听出这是剧作家曹禺的戏剧语言，这是曹禺作品中的人物在说话”。“我们这样分析，并不排斥曹禺剧作的人物语言各有各的色彩，各有各的音调，各有各的风姿，各有各得其所表情达意的方式”，“然而语言整体确实呈现出染有作家审美情感的个人基调，形成了鲜明的语言风格”②。

文学是语言的艺术，古往今来，凡是能流传下来耳熟能详的文学作品，必然是脍炙人口的文字、书写，它不仅是非常简练、精确的，同时往往是一定写得恰到好处，不容人增一字或删一字，因此，方有杜甫的“语不惊人死不休”的慨叹。

二、文学语言的特性

文学语言的新颖别致，本质上就是语言的独特性。新颖别致的语言是“词必己出”“务去陈言”（韩愈语），而不是人云亦云、拾人牙慧。要达到语言的鲜明的文学特性，其必要条件是充实的文学修养，丰富的人生经验，坚定的信念和发挥得比他人更宏大的想象力。前人曾有“语不惊人死不休”的慨叹，就是执着追求将丰富的想象力与“词必己出”相结合的艺术境界。虽是同一个具体的事物，但采用不同的表达方式，在文学语言的巧思妙用下，其艺术的效果就截然不同。

文学是凭借语言而获得物质形态的艺术，没有语言就没有文学。但文学语言又不同于日常语言、科学语言。日常语言面对的是真实的世界，强调的是实践性和实效性，是一种凸现外指性的自然形态的语言；科学语言面对的是真理的世界，要求语言具有客观性、概括性和准确性，其所指和能指的关系简单明晰。而文学是以审美的、感性的形式把握世界，是以具体生动的艺术形象映现生活。同时文学面对的又是一个虚幻的世界，它是要求以具体生动的艺术形象，直观地表现客观生活与主体的一种艺术想象。可以说，日常语言经过“陌生化”而升华

---

① 曹炜：《金瓶梅文学语言研究》，广州：暨南大学出版社，2004年，第9页。
② 朱栋霖：《论曹禺的戏剧创作》，北京：人民文学出版社，1986年，第85－88页。

成的文学语言，其内在机制是一体双向的，即既有表层的形象性、情意性、多样性、音乐性等特征，又具有深层的情境性、变异性、暗示性、独创性等特征。

1. 形象性

文学为了表现美、创造美，就必须塑造形象，把作家的情意纳入一个具体感性的外观中。文学形象是诉诸人的想象与联想的。为了使读者通过阅读在心中再现出鲜明生动的艺术形象，文学语言就必须具有形象性。车尔尼雪夫斯基认为，艺术的本质特征是在形象中具体地表现一切，“重要的是‘形象’这个字眼，它告诉我们艺术不是用抽象的概念而是用活生生的个别事实去表现思想……艺术的创造应当尽可能减少抽象的东西，尽可能在生动的图画和个别的形象中具体地表象一切”。[①] 文学艺术的这一基本特征，决定了文学语言应是具体感性的，即形象性的。

文学语言的形象性，要求作家以形象化的语言，将千姿百态的事物的性质、情状和人物所处的环境、人物之间的关系、人物的个性特征与心理活动，鲜明、具体地展示出来，使读者能够各式各样地去“想象”它们，并能有效地展开对艺术形象的欣赏与再创造。鲁迅笔下的祥林嫂和阿 Q 就是用形象化的语言塑造人物形象的经典例子。朱自清的《背影》以平淡、自然、深刻的文字，把大众心中渴望表达的舐犊情深的心思，描述得使读者热泪盈眶。《背影》之所以永存，是因为作者用鲜明的艺术形象和个性的特征展示给读者，触动其心灵的深处。

文学语言的形象化，要求讲究语言技巧，能够掌握丰富的词汇，善于运用富于变化的语句结构形式和各种修辞方式，以及懂得运用语言的声韵和节奏感。语言形象化的关键，是作者能够成熟地运用丰富的词汇及其巧妙的组合，揭示出所写对象的特征，以启发读者展开丰富的想象，达到清晰深刻、栩栩如生的形象化效果。比喻、拟人、夸张等修辞手法的正确运用，也能增强语言的形象性。譬如苏东坡用“鹅黄”来形容春天的柳叶，便是以丰富的想象力和创造性的词汇将柳叶形象化。同时代的王安石所作的“染云如柳叶，剪水作梨花”，是以富有创造性的语言，很巧妙地描写春天的寻常事物，丰富了形象的姿彩。同样是对春天，对柳叶的描写，经过纯熟的艺术语言的加工，虽然突现的形象的焦点不尽相同，但是对增强语言的形象性，却有异曲同工的效果。

文学语言的形象化，注重凝练精粹，妥贴准确。文学语言总是通过形象性的

---

① 车尔尼雪夫斯基：《生活与美学》，北京：人民文学出版社，1957 年，第 98 页。

描述，达到叙事、状物、传情、达意等方面的精确性，而不是像科学语言那样，要求语言符号和指称对象一一吻合。文学语言的精确性，表现为准确地传达创作主体感受与体验的真切性，和所表现的客体对象运动的真实性，使文学能达到精确地叙事状物、同时传情达意的效果。例如苏东坡的《水龙吟》咏杨花的词句："似花还似非花，也无人惜从教坠""抛家傍路，思量却是，无情有思""细看来，不是杨花，点点是离人泪"。作者以丰富的想象力把杨花人格化，将柔弱的杨花飘落满地的情状，注入了哀伤的情感，被抛弃的落寞，以形象的凝炼的文字精确地表达出来，而结尾的"点点是离人泪"，又给读者传达了凄清、无助的感情。

巧妙地运用汉字的象形特点，也能造成某种形象化的效果。一些语词本身就有图像性功能。当我们在读到某个"卑躬"的人，某只"喵喵"叫着的猫时，我们就会立即形成相应的感知呈现。虽然这种感知呈现可能是模糊的，却能体现出对象的外貌形状方面的特征。

2. 情意性

文学作品也是作家情意的物态化、符号化。文学创作起于创作主体的情意冲动，是情感的激发，唤醒了创作主体的艺术直觉，提供了进行艺术创造的可能性；进而艺术构思和艺术表现的全过程，又始终伴随着艺术家的情感生活。

艺术反映生活，离不开对生活中情感的反映；作家自己的思想感情也必然渗透于表现对象之中。就因为文学创作具有这一特点，卡西尔指出，"诗的语言包含着最强烈的情感因素和直觉因素。语言的形式符号不仅是语意的，同时还是审美的符号。"① 韦勒克强调："文学语言远非仅仅用来指称或说明（defferential）什么，它还有表现情意的一面，可以传达说话者和作者的语调和态度。"②

文学语言的情调是凸现主体情意性的重要因素。当作家具体选择一个个词组成一个言语单位时，情意的表现性就通过这些词的语义聚合与组合关系（词性、词类、词格等的对比）的选择，或清晰或隐秘地表露了出来；而当言语成为一种具体行为动作时，又会随着语气、语调的出现而得到强化。陆游的《示儿诗》一诗中"王师北定中原日，家祭毋忘告乃翁"，以无奈的语气，很清晰、强烈地表达了他毕生都渴望国家统一的情意。而在《沈园》诗中，同一位作者在另一场合下，却用隐秘的诗句表达了另一种无奈的情意。"伤心桥下春波绿，曾是惊

---

① 卡西尔：《语言与神话》，北京：三联书店，1988 年，第 169 页。

② 韦勒克、沃伦：《文学理论》，北京：三联书店，1984 年，第 11 页。

鸿照影来”，以“惊鸿照影”来抒写改嫁的前妻，已是一个不可触及的影子，只存在于缅怀的刹那间；诗人那万般无奈的悔疚心境，很形象性地通过比喻隐秘地表现出来。

文学语言的情意性可通过多个途径予以表现，有的论者认为可凭借直接投射、间接投射和转换投射三种途径表现出来。① 也有论者运用符号学的原理，作了更充分的阐释：第一，通过符号所形成的语境，将情感品质逐渐地推向高潮；第二，符号所展示的叙述角度，能使情感品质的表现和主体情感的发生构成独特的联系，例如第一人称的叙述角度，为叙述者直接表露自身的情感提供了条件；第三，措词，包含情感品质的措辞呈现于意识，构造起感化的意象客体，从而激起主体的情感活动；第四，语言的修饰和各种表现的技巧，为更好地表达情感品质服务；第五，文学符号的句法结构，为情感品质的表现确定独特的符号之间的联络；第六，诗歌符号的声音、节奏、韵律等，辅助情感品质的表现，增强情感品质的表现力。②

3. 多样性

文学作品作为一种富有创造性的精神产品，其一切艺术效果都是通过语言而得以实现的。因而，文学语言必然是丰富多样而富有表现力的。单调、乏味的语言会使一个颇为美丽的故事索然无味；反之，出色的文学语言，不仅会使平淡无奇的故事别具风采，还能为某些平凡的事物增添耐人寻味的效果。譬如说，一个有月亮的晚上，两个人在家里的庭院里漫步，是平常的事。但如果有作者用艺术的语言，加上自己的情意和丰富的想象力，就发挥了大不同的风彩。比如“庭中如积水空明，水中荇藻交横，盖竹柏影也。何夜无月，何处无竹柏，但少闻人如我、你两人也。”③作者将渗满月华的庭园喻为湖水，将竹柏的影子比作湖水中的水草，那原是平淡无奇的夜景，顿时变得趣味盎然了。

在文学作品中，文学语言的多样性体现在诸多方面。一是言语类型的多样性。文学语言是在日常生活语言的基础上，经过不断提炼、加工而逐渐形成、丰富和发展起来的。日常语言本身就非常丰富，口语、方言、俗语、成语、谚语、歇后语、古语、外来语等等，呈现出繁杂与多样化的特点。经过提炼、加工后的文学语言必然是取其精粹的语言形态，它新鲜、生动、丰富，充满生命力。在李

① 参见唐跃、谭学纯：《小说语言美学》，合肥：安徽教育出版社，1995 年，第 112 – 134 页。

② 龚见明：《文学本体论》，南宁：广西师范大学出版社，1998 年，第 150 页。

③ 苏东坡：《承天寺游记》。

清照的《声声慢》词中，“这次第，怎一个愁字了得”，“这次第”是宋代的口语和方言，易安用口语入词，既贴切又新鲜。如在老舍的京味儿小说中，随处可读到北京的方言口语，生动的语词不仅起到了点睛的效果，而且凸现出老舍幽默的写作风格。老舍对于北京口语、俗语的锤炼与妙用，使作品充满了浓郁的生活气息和时代地域特色，同时也提高了文学话语的艺术表现力与接受效率。

人民群众的方言、口语是文学语言不断丰富的源泉。方言、口语同规范化标准语相比，显然更具有生活的新鲜感和地域色彩，有助于文学家塑造出独特的艺术语象。在《水浒传》中，宋朝口语和方言的运用就大大地提高了语言的艺术性，也很成功地塑造出独特的艺术语像。譬如行者武松，原籍山东人，作者以山东方言生动地将武行者的言语丰富化。武行者自称是“俺”，而山西军籍的鲁智深则自称是“洒家”，都很成功地运用方言表达了地域色彩和平民性。再有，黑旋风李逵的一句宋朝的骂人的俚语：“教他咬我鸟！”虽然是粗话，但作者却融汇应用。凡此种种，把一个朝代的社会各阶层人物的心态、言行、性格，一一描述得很清楚，很有浓郁的时代气息！

二是句法句式的多样性。在不同的文学样式中，句法句式的运用各有特点。诗歌以柔情为主，要求语言高度凝练、高度概括。叙述作品中的人物语言没有严整的句法句式，常呈现出口语化、短句式的特点，并包含着不少省略成分。而在戏剧文学中，戏剧语言要求潜台词，即语言有“言外之意”，让观众设身处地地去联想，以自己的经验去补充。所以，在创作实践中，作家有时为了特定的语言表现效果，会突破句法句式的常规，采用一些不同的手法来表达。这就造成了文学语言中省略句、无主谓句、倒装句等句式的大量出现。

三是修辞手法的多样性。运用修辞方式，是作家增强绘形、表意、传情功能的重要手段。为了表达事物的错综复杂性和一种事物的不同侧面，作家在一句话或一段话中，常把几种修辞手法糅合在一起交错地使用，从而取得更加生动形象、丰富多样的审美效果。多种修辞手法的巧妙运用，既能展示作家语言运用的独创性，又能充分发挥文学语言的审美功能，是塑造成功的文学形象不可缺少的艺术手段。

4. 音乐性

文学语言实际上是由意义层面和声音层面共同构成的。文学语言的声音层面主要包括字音、声调、节奏和韵律等方面的特点。它的声音层面不但和意义层面相联系，具有传情达意的作用，而且还具有独特的审美价值，可以使读者在听觉上获得美的享受，这就是通常所说的音乐性。在中国的文学长河里，富有音乐性的作品不胜枚举。唐诗是其中的佼佼者，其中以七律和七绝的音乐性最为丰富。一首“寒雨连江夜入吴，平明送客楚山孤。洛阳亲友如相问，一片冰心在玉壶”，其音乐性在朗朗上口的同时，使人有一种优美的声律的享受。

文学语言的音乐性，源自文学语言的本质属性。人的声音本来就有高低长短快慢之分，文学语言的声律不过是对人们日常口语的提炼与加工，并且和作家所表现的情绪、情感相关。倘若以有着更丰富的音阶的方言来朗诵同一首诗，那优美的音乐性将会更加突现出来，比方以广州白话或梅州客家话、闽南语来念、来朗诵诗歌，其音乐性就尤为凸显。

文学语言的音乐性不只是或一文体的特征，也是一切文学作品语言的共同要求。节奏和声律对诗歌尤为突出和重要，古典诗歌讲究平仄、对仗、押韵，具有强烈的音乐性。现代诗歌也重视传统诗歌的经验。散文语言虽不如韵文语言要求之严，但也讲究自然之节奏。散文中的音乐性也同样讲究平仄和押韵，只是形式上是不拘一格而已。例如《赤壁赋》中的一句“客有吹洞箫者，其声呜呜然；如泣，如诉，如怨，如慕”就有很强的音乐性，也大大丰富文章的艺术性。刘禹锡的名篇《陋室铭》，从头到尾，抑扬顿挫，饶有韵律的音乐性，使人有朗朗上口的享受与艺术体验。

富有强烈的音乐性，作品会更广泛地流传，更能经受得住时光的考验。具有音乐性的诗、词，对于历代民众都有吸引力。上至汉代帝王的作品，如刘邦的《大风歌》，就在当时被谱成曲、配上音乐，广泛传唱；下至清朝郑板桥的《道情十首》，也是配有音乐的，于乾隆和嘉庆年间，在民间广泛流传。因为作者用词讲究平仄、押韵，用语也通俗，富有艺术性，因此被大众很快地接受了。

文学语言的功能，指的是在文学文本这一特定的艺术语境中，利用和创造各种方法，将语言的诗歌性或美学性用法在最大限度内加以最大可能的发挥，即凸现言语自身的表达行为，如浓缩语言的表达意义，加强符号与对象的对应性，注重语言表达艺术的构造性技法等。总之，调动一切因素，进行符合目的性的运作。

必须强调和指出的是，从功能的角度看，文学语言并不同于文学的语言，如同语言的“诗歌的”用法并不等于诗歌一样。因为文学文本中的语言，并非都是文学语言；文学语言与非文学语言在文学文本上各自承担着不同的职责，发挥着不同的功能，但二者协同一致，一起组建文学文本是它们的共同任务。同样地，文学语言也不是语言的艺术。语言的艺术可以在文学文本中运用，也可以在非文学文本中运用。

正是因为功能独特，文学语言获得了与日常语言、科技语言等全然不同的表现形态，即全力打造美的字、词、句，构筑美的语象、话语、语段和语境，并由此生成有诗意、意蕴深厚的文学文本。文学语言也获得了它的另一个本质属性：不可翻译性。除非原文照读，一经转述——不要说用别的国家的语言翻译，或者自己国家的同一语言翻译，就是作者进行二次复述，都会破坏原文的味道。如中国作家的作品，一旦用方言、俚语，就没有办法翻译了。美国的大文豪 Mark Twain 的经典名作《哈克流浪记》，主角之一的黑奴完全是以美国南方黑奴的方言来说话。作者以他深刻的文化背景，熟悉的方言来塑造黑奴的艺术形象，其方言同样也是不可翻译的。

至于中国的诗歌和古典文学，其文体本身就有音韵的调节，字句字数的限制，比兴等手法和事、物的人格化。例如艾草比喻君子，松柏比喻坚忍，竹子比喻谦虚人品；历史典故“铜雀春深锁二乔”“漫向东陵学种瓜”之类；区域所代表的精神或面貌，如“须关西大汉，执古铜琵琶，唱大江东去”与“铁马秋风大散关”中的“关西”和“大散关”，都是不可翻译的。

文学语言是为了最大限度地发挥语言的审美功能而精心构筑起来的语言形式，从而具有当下性和唯一性。它专注于用词的艺术，目的就是为了吸引读者，促使读者潜心品味语词本身以及潜藏在文本缝隙之间的信息与隐秘。

文学语言是内容与形式两面一体的完美融合，它与特定文学文本环境构成不可分割的艺术整体，从而具有不可替代性。

文学语言是作家对语言的一种个人性和创造性的运作——作家承担着语词的重托，并对语词作出本身的应合。要达到艺术和婉转的文学语言效果，作家就要有深一层的文学涵养，也要具备丰富的词藻，还要在创作时不断地思考怎样使文字和语言有新鲜感和创造性。

对于文学语言的功能，布拉格学派的观点颇有启发性。该派认为语言功能就是语言表达方式的总和，在人类生活中所完成的作用是不相同的。他们将语言分为6种：认知或指称功能、表达的或情感的功能、意动的或指令性的功能、交际功能、言语功能和诗歌或美学的功能。他们利用认知与表达功能之间的区别，建立了一条识别语言的诗歌或美学功能的原则，“当语言通过一些手段使表达行为凸现出来，从而完全背离‘正规’用法时，语言便是人们以‘诗歌’或‘美学’

方式加以使用，文学语言因此脱颖而出”[①]。例如诗歌中的“星垂平野阔，月涌大江流”，“星垂”和“月涌”的文字用法已超出了“垂”和“涌”的正规用法。而一旦超出了正规的用法，同时又表达了美学和情感的功能，这种语言和文字的包容性和创造性，就大大加深了语言的文学内涵。

三、 文学语言的研究方法

文学语言研究，要求运用文艺学与语言学相结合的方法，着重探讨文学语言的文学特性与语言特色。在运作过程中如何采用相应的研究方法，这就需要在实践中加以探索创造。例如结合语言手段研究作家作品的风格；联系语言要素探讨文学语言的基本体式；研究普通语言改造加工成为艺术语言；探讨语言共同性与特殊性的关系等。

不过相关学科的研究方法，还是可以参照的。美国语言学家理查德·欧门在《生成语法与风格论》这篇论文中，对文学风格的研究作过总结，他认为前人研究文学风格有十二种方法：（1）历时风格学——研究不同历史时期的风格特征及变化；（2）共时风格学——研究某一特定时期的风格特征，因为某一时期的风格只能是这个时期大多数作家语言习惯的总和，所以共时风格学包括研究作家的个人风格；（3）印象主义——研究者凭借直觉对作品风格做出比喻性的描述；（4）从作品的语音、节奏、重音、音度、语调等方面的表达功能入手研究风格；（5）研究作品的辞格用法，以便窥见作家的风格；（6）意象的研究——试图根据作家所癖好的某些意象（如金钱、疾病、战争等）研究作家的个人风格；（7）作品语言所表露的作者对作品、读者以及作者本人的态度、情感、口吻等的研究；（8）作品的结构研究；（9）作品中特殊语言手段的运用或创新的研究；（10）作家个人的特异用法的研究；（11）作家个人的选词特色的研究；（12）作品中的语法特征的统计性研究等。[②]

其他常用的研究方法，也是可以参考的。例如：

（1）分析综合法

分析和综合是一种辩证的思维，是许多科学常用的逻辑方法，也是文学语言最基本的研究方法。如每一种风格类型的确定和风格特点的归纳，几乎都离不开分析和综合的辩证统一。

运用分析的方法研究文学语言风格，即把研究对象分为各个部分，进行分析

① 特伦斯·戴霍克斯：《结构语义和符号学》，瞿铁鹏译，上海译文出版社，1987 年，第 74 页。

② 王德春编著《外国现代修辞学概况》，福州：福建人民出版社，1986 年，第 60 页。

研究，具体认识风格手段的构成和作用；运用综合的方法，就是把分析过的各个部分或方面的结果综合起来，从整体上认识所研究的对象风格的体系性、统一性。例如研究文艺语体的语言风格，可以先把整个文艺语体的风格现象，从音调、遣词、择句、设格、谋篇等几个方面进行考量，研究他们各由哪些语言手段，构成哪些风格表征及风格作用等；然后概括出风格手段体系，指出各种风格特点及其综合表现。

（2）比较法

比较法是认识客观事物的一种好方法。通过客观事物对立方面的比较，可以深入认识事物的不同本质和特征。因此，许多学科——尤其是文学和语言学的研究都用比较法。鲁迅研究文学风格就应用比较法。吴公正在《论鲁迅在文学风格研究和实践上的成就》一文中说："风格特征的把握，在一定程度上运用比较的方法会更加准确。鲁迅广泛运用比较方法，对作家作品的风格进行深入的研究，例如，他认为《楚辞》的艺术风格'较之于《诗经》，则其言甚长，其思甚幻，其文甚丽，其旨甚明。凭心而论，不遵矩度。'""鲁迅不仅善于就不同风格、流派的作家进行比较研究，而且善于就同一流派、相似风格的作家进行比较，找出其中的纤细差距和不同。"①

在语言风格研究中，比较的方法有特殊的重要的地位。因为语言风格是语言各种特点的综合表现，而特点须经过比较才能概括出来。苏联《语言学问题》编辑在《风格学问题论文概述》中指出："风格只能在彼此对比的情况下加以研究。在这种对比的基础上，某些风格所固有的专门特点可以加以划分。"② 比较的方法在语言风格研究中，使用的范围是很广泛的，各种风格分类和风格特点，以及风格的发展变化、风格的高下等，都可通过比较的方法予以研究。可以说，无论是语言的民族风格、时代风格、流派风格、个人风格的研究，还是语体风格、表现风格等的概括都要应用比较法。

值得注意的是，运用比较法要善于在相近或相反的东西中找出同中之异或异中之同。黑格尔说："假如一个人能看出当前即显而易见的差别，譬如，能区别一枝笔和一头骆驼，我们不会说这人有了不起的聪明。同样，另一方面，一个人能比较两个近似的东西，如橡树与槐树，或寺院与教堂，而知其相似，我们也不能说他有很高的比较能力。我们所要求的，是能看出异中之同和同中之异。"③

---

① 《鲁迅研究》第5辑，北京：中国社会科学出版社，1981年，第352－353页。

② 苏璇等译：《语言风格与风格学论文选译》，北京：科学出版社，1960年，第137页。

③ 黑格尔：《小逻辑》，北京：商务印书馆，1980年，第262页。

比如盛唐的李白和杜甫，李白是诗仙，杜甫是诗圣。李白的诗句：“陈王昔时宴平乐，斗酒十千恣欢谑。主人为何言少钱，径须沽取对君酌”，这是充满浪漫主义的。而杜甫的诗句：“盘飧市远无兼味，樽酒家贫只旧醅。肯与邻翁相对饮，隔篱呼取尽余杯”，却是接近现实主义的。同是吟咏与朋友喝酒，但风格和情调就有天壤之别。尽管两人的风格不同，但在执着营造诗作的新鲜性，擅长驾驭艺术性的语言，音乐性的文字方面，却是相同的，这就在比较上发现了异中之同，同中之异。

(3) 统计法

随着数理语言学的出现，统计法在语言学、风格学研究中应用得越来越广泛。许多语言学家认为，“研究功能语体和作家的语言风格、语言特色，离开统计方法是不能取得圆满的结果的”，数量统计方法不仅应用于语体（及其变体）的语言特征和发展趋势的研究，而且可以用来确定作家或作品的语言风格的特点。

统计法适用于各种语言风格的研究。无论是语言的民族风格、时代风格、个人风格，或是语体风格和表现风格等，都是运用语言的各种特点的综合表现。风格特点的质必然反映在语言的量上，通过对构成风格特点的各种语言因素量的统计与分析，找出那些构成和表现特点的质的依据，就能对风格的本质有深刻辩证的了解。必须强调，统计法绝对不是唯一的方法，只有把它与分析综合法、比较法等相结合，对语言风格的要素和手段进行全面的综合的考察分析，才能得出科学的结论。

赵戎应用统计法对词语特点进行分析。他从本地最具代表性的二百多本（包括小说、散文、诗歌、戏剧）著作里，辑录了二千七百多条的语词，从中统计出哪些是吸收本地的艺术语言，哪些是作者自己创造的。采用这种统计法分析文学语言现象很有意义。

第二章　赵戎文学文本与语言研究概述

新马华文新文学一早就受到中国"五四"文学运动的影响，因此它是从推行白话文开始的。

自从推翻满清政权建立了国民政府以后，基于各种不同因素，许多文化人涌向海外——其中也包括了新马。这些人在教育界、报界或其他行业中工作。他们大多数都有写作能力，并以诗歌、小说、散文等各种文学体裁从事创作。

对于这一点，文学史家方修肯定地指出："马华的新文学，是承接着中国'五四'新文学运动的余波而滥觞起来的。中国'五四'新文学运动的兴起，约在1919年。它在形式上是采用语体文以为表情达意的工具，在内容上是一种崇尚科学、民主、反对封建、侵略的社会思想的传播。当时，马来亚华人中的一些知识分子，受了这一波澜壮阔的新思潮的震撼，也就发出了反响，开始了新文学的创作。"①

小说家兼文学史家苗秀在《马华文学史话》中说："马华（新马华文文学在1965年前的统称）文学是在中国'五四'新文学运动直接影响下产生的。1919年《叻报》的'附张'以及《新国民日报》的《新国民杂志》首先把'五四'新文学介绍来海外，新马两地一些受了'五四'新潮洗礼的作者纷纷尝试用白话文学创作了。"②

早期的新马文坛，除了中国来的作家，还有本土作家。根据有关记载，那时以中国作家居多，本土作家较少——这多少跟当时的环境有很大关系。在不多的本土作家中，赵戎是其中成就突出，并对新马写作界产生了较大影响的一位。

一、文化视野与艺文学术涵养

赵戎（1920—1987），是新加坡土生土长的小说家、文艺理论家、批评家，祖籍广东南海，原名赵大成，1920年3月21日出生于新加坡的豆腐街（上珍珠街）。生活过早地把他推向了社会。自少年时代起，赵戎做过小伙计、学徒、店

---

① 原甸：《香港文艺界对新加坡文艺界的支援》，《独立25年新华文学纪念集》，新加坡文艺研究会，1990年，第49－50页。

② 苗秀：《马华文学史话》，新加坡青年书局，1968年。

员、小贩等社会底层工作者，备尝世态的炎凉与人生的辛酸。战前曾任报馆校对，1952 年后担任裕廊小学教员、校长。1958 年受视学官姚国华的赏识，被调到中正中学（总校）任教，直到 1978 年正式退休。退休后，赵戎仍然勤奋地写作。

赵戎对新加坡文学贡献巨大。可是，他走上文学道路，完全是自学成才，他从诗歌入门，然后写小说、杂文、文艺理论，从事文艺批评，编文学大系和文艺辞典。他出生在社会的底层，靠教育工作微薄的薪水维持一家的生活。虽然在当年南洋的社会文化环境下，搞文学并不能带给他任何经济效益，但他热爱文学创作，一生都默默地为文学耕耘。他认定，“搞文艺是为了下层人民争一口气，写出他们的心声。”① 他在作品中表现许多海外华人，以及中国来的人民的真实生活和社会活动，留下了 20 世纪海外华侨华人感人至深的艺术图画。

赵戎具有宏放的文化视野，兴趣广泛，嗜书如命。在《文学生活的一页》里，他说：

> 我之所以喜欢读书是早就种了原因的，一方面当年纪小小便跟人到珍珠山脚听“讲古”，从《济公传》到《西游记》、《五岳奇侠》、《七剑十三侠》、《七侠五义》等等，真不知听了多少部了。尤其是《济公传》，虽然听过两三次，但每逢说书人讲到八魔斗济公时，心里不禁紧张起来，明知紫霞真人李涵龄的斩魔剑与长眉汉的斩魔杵终会出现，也为之忐忑不安，直到收伏了八魔才松一口气。至于说到济公的法宝现出霞光万道瑞气千条以及太阳下山天色已晚壮士误投黑店之类，都使我神往。另一方面我有个章回小说迷的哥哥，他买了很多这类小说，于是连《崆峒奇侠》、《江湖二十四侠》也看过了，满足了我的读书欲念。②
>
> 豆腐街是一条喧嚣而肮脏的市街，只有到晚上九时以后才宁静，因此，在十时左右我便搬了张椅子在路旁的瓦斯灯下来看书，一直看到天刚亮那个管灯光的印度人来扭熄才止。自己就好像是个守夜人，是谁穿了木屐彳亍而过也知道得清楚了。甚至打对面的泰来道院，有时做法事的念经声钟鼓声钹声，也不能阻止我的兴味了。白天里，我不辞路远的走到石叻律乌鸦山下尹根租的亚答房里看书。我恨不能不必睡觉多读书，求知欲在我是多么饥渴呀。我不只看文学各部门（小说，诗歌，散

① 赵戎：《文学生活底一页》，《文艺月旦集》，新加坡文艺协会，2009 年，第 171 页。

② 赵戎：《文学生活底一页》，《文艺月旦集》，新加坡文艺协会，2009 年，第 167 页。

文，理论等等）的书籍，还醉心于哲学，政治，经济学等方面的知识的追求。尹根买的《新知识辞典》，给我看了几遍，使我知道什么是卡尔，伊理奇，考茨基，第二国际，第三国际，奥伏赫变……这些知识使我眼界大开。虽然我后来得到过柯伯年的《新术语辞典》与李鼎声的《现代语辞典》，但我抱憾的是当时没有钱买下摆在世界书局玻璃橱里的《社会科学大辞典》，虽然它未必会比李鼎声后出的《现代语辞典》更好。①

赵戎的生活并不宽裕，但他热爱买书、藏书，而且读的书很广泛，也很庞杂。赵戎说："我虽然没有受过多少年的学校教育，但时代潮流救了我。那时中国处在危亡之秋，知识界负起救亡的重任，大力展开文化宣传工作，在中南半岛末端的新加坡，也可随处买到金仲华编的《世界知识》，李公仆编的《读书生活》，邹韬奋编的《大众生活》等著名刊物，尤其是平心编的《自修大学》与《世界知识年鉴》，更成为我的'枕中秘'了。这些刊物都是名家执笔，对国际问题、文学、哲学、政治、经济等等有详细而通俗的分析，使我能及时充实自己的学问。我从平心著的《国际问题研究法》得到很大的裨益，他用新哲学法则来分析国际间外在与内在矛盾，指示我怎样了解各大电讯社消息的真伪和背景，钱亦石的《白浪滔天的太平洋问题》与《战神翼下的欧洲问题》，对国际问题都有正确的透视，我因而连他的遗著《中国政治史》、《中国外交史》等也买来读了。此外，王纪元、胡愈之、钱俊瑞、章乃器、刘尊棋、马寅初、千家驹、王亚南、吴清友等人的文章都是我喜欢读的。"

"在哲学上，我从《自然辩证法》、《新哲学体系讲话》、《辩证法全程》等等看到谢无量、胡适、冯友兰、向林冰、渡边秀方等人著的《中国哲学史》，还涉猎到秋泽修二的《西洋哲学史》，李仲融的《希腊哲学史》等等，举凡哲学书，没有不找来读。这也是受尹根的影响。记得有一次我问他怎样才能成为辩论家，他说一定要读哲学，但我起初给学院派的哲学书吓倒了，什么第一命题第二命题都搞不通，他给我看了沈志远、胡伊默、艾思奇、陈唯实、潘梓年的通俗著作，使我有了个基本认识。在政治上，从邓初民的《新政治学大纲》，吴理屏的《社会主义史》，到章友江、钱端升的《比较宪法》等。在经济学上，从沈志远的《新经济学大纲》、《近代经济学说史纲》，看到拉比托斯《政治经济学教程》和

① 赵戎：《文学生活底一页》，《文艺月旦集》，新加坡文艺协会，2009年，第169页。

张仲实译的《政治经济学讲话》，甚至《中国金融资本论》、《货币信用论教程》等专书也不遗漏了。我对中国古代社会问题与中国社会问题所引起的大战争也极为注意，李季也好，吕振羽的也好，一概搜罗，何干之在这方面写过两本简介的小书，而他的《近代中国启蒙运动史》也写得很扼要而具体。这时中国由张申府等人发起了新启蒙运动，陈伯达在《真理的要求》一书内大力的响应，提倡思想自由与自由思想。"①

在文学方面，赵戎不止阅读中国作家的著作，还阅读东西方国家的许多作家的作品，如屠格涅夫、冈察洛夫、高尔基、杰克·伦敦、史坦培克、雷马克等人的作品。② 他不止阅读近现代文学作品，还阅读中外古典文学、人类文化学等书籍。赵戎读了这么多书，最仰慕的中国作家是鲁迅、端木蕻良、萧军、胡风、巴人和何其芳等人，也常向学生介绍这些作家的作品。他说："我对于各家的文学作品，是不怀偏见的，不论是鲁迅、茅盾、巴金、老舍、沙汀、艾芜、沈从文、张天翼、端木蕻良、萧军、萧红、程造之、巴人的小说，曹禺、袁俊、吴祖光、陈白尘、郭沫若、夏衍等人的戏剧；戴望舒、田间、邹荻帆、臧克家、艾青、鲁黎等人的诗歌；胡风、冯雪峰等人的理论，没有不虚心拜读、吸收。甚至英美法俄日的名家作品也尽量浏览了。"③

赵戎晚年撰写长篇论文《海外心仪录》，进一步表征他对中国近现代艺文学术的渊博学识。该文以《梁启超与他的门人》《吴梅及其弟子》《郭沫若与冯友兰》《郑振铎底文艺功业》四个章节，评述了中国近现代艺文学术的一些重要派别、代表人物及其传承关系，广泛涉及了政治、经济、文化、哲学、历史、宗教、文学、曲学、考古、金石甲骨、目录、谱牒等学科领域的两百多部著作，对数以十计近现代著名学者的著述、业绩及贡献作了具体的评判，从中彰显了这位海外华人对中国近现代艺文学术的深湛见解。正如赵戎所说，"今日我们深居海外，对这作为世界性的优越文化之一的汉族文化，有承继与发扬的责任，尤其是大家呼吁寻'根'的时候，更显得发扬这一文化血脉的必要了。"④

从上面的叙述不难看出，赵戎作为来自底层的马华文化界的先锋，不仅从小置身于生活的漩涡中，而且深受思想启蒙、救亡图存的时代潮流所感召。长期以来，他一方面博览群书，日积月累、潜移默化，同时关注国族大事与文化思想界

① 赵戎：《文学生活底一页》，《文艺月旦集》，新加坡文艺协会，2009 年，第 172—173 页。
② 赖伯疆：《我印象中的新华作家——赵戎》，《赵戎研究专集》，新加坡文艺协会，2000 年，第 37 页。
③ 赵戎：《文学生活底一页》，《文艺月旦集》，新加坡文艺协会，2009 年，第 176 页。
④ 赵戎：《海外心仪录》，《新马华文文学思想论文集》，新加坡文艺协会，2009 年，第 95 – 132 页。

的论争，善于观察与思考，注重以哲性思维知人论世。因而，赵戎不仅具有宏放的中外文化视野，也有丰富的人文社会科学的理论知识，深厚的文艺修养，对中国近现代艺文学术尤有深湛的见解，这就为他一生的艺术学术活动奠定了坚实而宽广的基础。

二、 文学创作与文艺研究述评

赵戎接触文艺是在20世纪30年代。1936年，他靠苦读和自修开始了写作的生涯。他第一次执笔是写一首悼亡诗。当时中国大文豪鲁迅刚去世，鲁迅逝世的消息，是爱好文艺者的一件惊天动地的大事情。《新国民日报》的副刊要出特辑来追悼他，为此刊登了征文启事。赵戎看过张定璜论鲁迅的文章，印象深刻，于是以“巨星”的笔名，写了一首哀悼诗寄给该刊，大意是说，鲁迅在一旁观察人生，看准了，才剥去对方的假面具，赤裸裸地暴露那丑恶脸目。“这首诗登载了，给我很大的鼓舞，我于是先搁起一切学问来写诗，俨然要做诗人了。《沙滩上》那几首诗也陆续刊出了。”① 不久，他又成功地发表了一篇两千多字的小说《卖花声里》；高兴之余，赵戎又写了一篇《在月台上》的散文，同样地被刊登了。

从此，赵戎便开始文学创作和社会科学研究的生涯。长达半个世纪，他笔耕不辍，孜孜矻矻地从事业余写作。倘以1965年新加坡建国为分野，他的文学创作与文艺研究活动，可划分前后（即马华与新华）两个时期。

1. 前期（1936—1965）

1938年，赵戎运用唯物辩证法的理论观点，紧密联系多元种族、文化的马来亚社会现实，撰写了富有新锐之见的《泛论新启蒙运动》一文，在《南洋周刊》上登载，这是他的第一篇社会科学论文，这篇论文产生了广泛的社会反响。嗣后，受该刊编辑康人之托，他又写了《马华思想界及其路向》，此文同样获得很高的评价，也成了一篇重要的历史文献。这一时期，赵戎撰写的政府和文艺论文，尚有《现阶段的南洋文学运动论》《关于帮派的二三问题》《一年来马华思想运动的回顾与展望》《论诗歌的二三问题》《论马华文学诸问题》等，堪称是他战前“写作历史上最重要的一页”②。与此同时，1937年他同友人组建“怒吼话剧社”，翌年，参加“中华民族解放先锋队”，又与友人复办“国风幻境剧

① 赵戎：《文学生活底一页》，《文艺月旦集》，新加坡文艺协会，2009年，第169页。
② 赵戎：《文学生活底一页》，《文艺月旦集》，新加坡文艺协会，2009年，第175页。

社"，并参与组织诗歌团体"吼社"，积极投入抗日救亡和各种赈灾活动。

1942 年 2 月 8 日，日寇的罪恶铁蹄践踏马来半岛，狂轰滥炸新加坡。在沦陷的三年八个月里，许多友人惨死于日军的屠刀枪弹下，赵戎在逃难中熬过了最痛苦的黑暗岁月。1945 年日本法西斯投降后，赵戎参加了"九一社""绿社"等文艺团体，同时为苗秀主编的《晨星》副刊撰稿，重新开启他的业余写作生涯，为光复后马来亚争取民主自由与独立的解放运动，奉献自己的一份力量。

诚如赵戎所说，光复后的马华文艺界，开始"从侨民文艺走上独立自主的马华文艺这条正确的康庄大道上，取得了一往无前的发展"①。1947—1948 年间，马华文艺界掀动关于"侨民文艺"与"马华文艺本土性"的论争，可以说是一个历史的转折点。参与论争的有郭沫若、夏衍、胡愈之、周容、杨嘉、上官豸(韦晕)、赵戎等人，其人数之多，时间之长，为马华文学史上之罕见。"马华文艺本土性"的主张，最终获得了多数人的赞同，而赵戎等人是竭力提倡"本土文化"的。此后，马华文艺的前进道路，虽仍"有着种种的挫折、低沉与停滞，但这正显出马华文艺底独特性"；它的发展不是"直线的""规则的"，而是"曲线的""不规则的"②。例如，1948 年英国殖民当局颁布限制新闻出版和言论自由的"紧急法令"，曾使马华文艺一度陷入半瘫痪的状态，但是随着反帝反殖、争取民主独立的爱国浪潮不断高涨，马来亚从殖民地逐渐嬗变为半自治、自治乃至独立的新兴国家，马华文艺也在艰难曲折的路途中，自主地、倔强而勇毅地向前发展。

自第二次世界大战结束后至 1965 年新加坡建国前的 20 年间，是马华文艺运动最活跃、成就最突出的时期，赵戎也迎来了文学创作和文艺研究的第一个高峰期。他标举"马华文学独特性"、"爱国主义的文学"两面旗帜，相继主编《琼潮报》、《爱华周报》，担任《新野》的编委等。在小说创作方面，赵戎以马华本土的现实与历史的题材，先后发表了《读书生涯》、《古老石山》、《盲牛》、《码头上》、《芭洋上》、《求学》、《小鬼》、《过节》等短篇，生动描绘了华人华侨在殖民者、侵略者蹂躏下的苦难与挣扎，抗争与期望。1958 年，赵戎将《古老石山》、《码头上》、《芭洋上》及新作《狗的故事》，辑为短篇集《芭洋上》出版，这是他的第一部短篇小说集。扑面而来的活跃斑驳的生命形态，浓郁的南洋风情与地域色彩，生动流畅、浑朴凝炼的文学语言，崭露了作家独特的艺术风格，在马华文坛产生了较大的影响。

---

① 赵戎：《战后马华小说底收获》，《新马华文文学思想论文集》，新加坡文艺协会，2009 年，第 57 页。
② 赵戎：《战后马华小说底收获》，《新马华文文学思想论文集》，新加坡文艺协会，2009 年，第 57 页。

1959—1961年，赵戎相继推呈出中篇小说《海恋》、长篇小说《在马六甲海峡》，进一步彰显了作家小说艺术的创造性的开拓与郁勃的创作潜力。这两部作品以新马沦陷前后时期与战后英国殖民统治为背景，虽然所现照时代的社会生活有广狭之别，但不论时代背景和主题，抑或若干次要人物，都有一定的连续性。小说以恢宏壮阔的历史画面，活色生香的众多形象，雄浑清峻、精细动人的笔致，艺术地展呈富有革命朝气的新兴阶层的知识青年和民众，同日寇汉奸、殖民当局、文棍地痞之流的尖锐斗争，蕴含着较丰厚的社会历史内容与一定的思想深度，堪称马华文学史上不可多得的两部壮丽的历史诗篇。它们对后人了解新马华人反帝反殖、争取自由独立的斗争历史，也有很重要的价值和教育意义。此外，赵戎还写了一批针砭时弊，抨击文坛颓风败习的杂文。可以说，短篇集《芭洋上》和两部中长篇小说的问世，标志着马华文学史上又一位划时期的优秀作家的诞生，也奠定了赵戎在马华文学史上重要的历史地位。

在文艺理论和批评方面，赵戎也有突出的建树，是当年马华文坛最活跃的文艺理论批评家之一。他撰写了一系列文艺论文，如《论马华诗歌运动》《论吸收方言问题》《论马华文艺批评》《论马华剧运底路向》《现阶段的马华文学运动》等，以及《问题的解脱》《略论侨民文艺》《论观察》《幽默与讽刺》等一批短论。与此同时，赵戎刊发了关于中国现代作家和马华作家的大量文学评论、专论及书评。前者如《论郭沫若的功业》《胡风旧文艺批评》《论曹禺底戏剧》《论艾青的诗》及田间、臧克家、邹荻等人的诗作综述，沙汀、钱钟书、刘盛亚等人的小说评论。后者如《论铁戈底诗》《论夏霖的小说》《一只历史的火炬——（火浪）底研究》等，《苗秀论》《絮絮论》《韦晕论》《谢克论》等专论。这些文论、文评，进一步弘扬了早期文艺研究密切联系马华文学创作和理论建设的实际的精神，以鲜明的理论个性与新颖犀利的批评眼光，不仅表征了赵戎现实主义文论批评的发展与日趋成熟，也彰显了一位本土文艺理论批评家的卓异才华与独特风采，为推进马华的文学创作和理论批评的发展与繁荣，作出了重大的历史贡献。

2. 后期（1965—1987）

1965年新加坡共和国创立，新、马分离，在文学上也分出了“马华文学”与“新华文学”两个派别。在一个全力振兴经济、注重民生福利的国度里，赵戎的生存境遇和写作环境获得了进一步改善，他的文学创作与文艺研究迈入新的时期。虽然他长久期盼在宁静的环境中，以心湖里的豆腐街、碧山寺、金陵园、四卡亭为单元，创作《殖民地时代》三部曲的长篇巨著，因种种原因未能如愿以偿[①]，但是他写了大量的短篇，一两年就有一个集子问世，先后出版《热带风情画》（1977）、《楼上花枝笑独眠》（1979）、《神媒》（1981）、《我们这一伙》（1982）、《周末篇》（1984）五部短篇集及杂文集《坎坷集》（1978）。尚有结集未付梓的小说集《流浪行》、杂文《杂锦集》等。

赵戎后期小说的艺术视野更为开阔，依照题材、内容的不同，大体可分为两大类。一类仍以老一辈华人的含辛茹苦、开芭拓土，新一代知识青年和民众的抗日反殖斗争为题，如《书的故事》《友妈这一家子》《本地番鬼》《口琴的故事》《我们这一伙》《探监记》等。但与此同时，作者将审美视角投向1930年代前期世界经济危机冲激下新马的社会现实，创作了《孔雀的故事》《生活的第一课》《阿仔的故事》《流浪行》等系列小说。正如赵戎所说，这组小说“写战前英殖民地的题材……是有连贯性的。”[②] 它们虽各自独立成篇，却有统一的背景和主人公，其情节也有连续性，一些次要人物前后贯穿，堪称是一部由连续性短篇组合而成的中篇小说。作品以失学少年阿仔寻找职业，当小伙计、学徒、店员及失业流浪的种种遭际为主线，相当全面地映现经济危机冲激下新加坡的百业凋弊，民不聊生，黑道势力猖獗，社会的动荡混乱，也深入描写了下层人民在饥饿与死亡线上苟延残喘的悲惨生活，是对英国殖民经济的黑暗与罪恶的有力揭露。赵戎既成功地塑造了在苦难生活中逐渐成长的贫家少年阿仔的形象，生动地表现他的幻想与挫折、苦难与挣扎、觉醒与抗争的心灵轨道，也为自己的人物画廊勾画了一批学徒、技工、店员、摊贩、书记、头家、神职人员的形象。

另一类以光复后新马社会的婚姻家庭、知识阶层、劳资矛盾及社会的陋风败习等为题。写婚姻家庭与知识阶层的，如《追求一二三四》《热带风情画》《罗知和她的娘》《玉花姑娘》《章婆》《分期付款》《相亲记》《流行性感冒》《包死火》等；写劳资矛盾与陋风败习的，如《父子俩》《冇得顶》《父子同科》《神媒》《梦游人》等。这类小说一方面以真挚的同情中略带微讽的笔墨，着力描述社会的弱势群体——城乡女性和小人物的悲喜剧命运，塑造了形形色色、性格不同的人物形象。如含辛茹苦抚育遗腹女的寡妇罗知娘，追求自由恋爱却陷入火炕的玉花，勤劳能干、卖豆芽为生的残废女人章婆，追求婚姻家庭“一二三四”的李维新，扮演假凤虚凰却弄假成真的文化人和自梳女（《热带风情画》），以分期付款应对买卖婚姻的冇得顶，虔信占星术的孤佬胡须王（《相亲记》），醉心发

① 《赵戎研究专集》，新加坡文艺协会，2000年，第83、38页。

② 赵戎：《中教文艺小丛书评介》，《文艺月旦集》，新加坡文艺协会，2009年，第150页。

明、自以为"通天晓"的包死火等。同时，辛辣地嘲讽、鞭挞了贪鄙暴虐、招摇撞骗的流氓恶棍，追慕虚荣、灵魂空虚的人物，如劫财劫色的霸王车司机陈大牛父子（《父子同科》），盗财骗色的道人花靓仔（《神媒》），潜入工运、玩弄女性的高佬全（《玉花姑娘》）等。后期小说极大地拓展赵戎映现新马社会的时空幅员与强度，他的小说创作也因之成为新马社会自1930年代至1980年代的真实的艺术画幅。

在艺术方面，后期小说也有创造性的开拓。其一，以人物塑造为审美观照的中心。赵戎的前期短篇，注重叙写驳杂的人生画面，描绘南洋环境，人物往往停留于素描式的勾画，结构也不免有松散之嫌。后期小说，每篇着重写一二人物，因而笔墨集中；作者不仅从对话和神情动作，也从内心活动和心理分析，多角度、多层面，浓墨重彩地描绘人物，所塑造的形象丰满生动，富有个性。而作者擅长环境衬映与暗示，因而与形象刻画交融互渗，也显得凝炼含蓄。值得提出的是，赵戎基于对人物塑造的高度重视，突破了传统小说的写法，将形象的刻画从单篇扩延到两篇或多篇。例如，冇得顶的形象，是通过《冇得顶》《分期付款》两个短篇来完成的；本地番鬼的形象既在《友妈这一家子》中作为次要人物出现，又在《本地番鬼》里获得集中而深入的描绘；而阿仔的形象塑造则是在以他为主人公的系列小说中完成的。长篇《在马六甲海峡》的主人公老笔和梅等人的形象，也通过《楼上花枝笑独眠》《书的故事》《我们这一伙》《探监记》等篇什，从不同角度、侧面予以描述。

其二，采取从中间写起的结构方法。赵戎的前期短篇，几乎都按照情节发生、发展的顺序，渐次展开，结构模式显得单一。长期小说大多从中间写起，即从情节发展到关键时段或进入高潮前奏开篇。例如，《罗知和她的娘》从"罗知这女孩子，无端端的肚腩凸了起来，这教她的唯一娘亲忧愁得吃不下饭了"落笔①；而《口琴的故事》开篇写小城巴刹的热闹，清河婶正为儿子李福文失踪而担忧，迅即描叙古卡兵拖曳李福文的尸体在巴刹示众的场面②。这种写法，既可避免过程性的叙述，省去不必要的笔墨，也有利于从情节的关键节点或高潮部，选择最能吸引人的事件、场面或细节开篇。然后，追叙有关前情，再叙写情节的后半部；或一面追叙前情，一面叙写现在时态的情节，使二者交错并进，既造成叙事的跌宕起伏，引人入胜，也有助于叙述人视角与人物视角的有机转换，借以充分描叙错综复杂的人生形态与人物心灵的隐秘。这种结构方法，比起按照情节

① 赵戎：《罗知和她的娘》，《赵戎小说选》，新加坡文艺协会，1999年，第168页。
② 赵戎：《口琴的故事》，《热带风情画》，新加坡华文中学教师会，1977年，第84－87页。

单元顺序展开的方法，更为灵活巧妙；它们与中篇《海恋》、长篇《在马六甲海峡》所启用的各呈异姿的倒叙方法，共同彰显了赵戎小说丰富多彩的情节结构艺术。

在文论、文评方面，赵戎同样取得了丰硕的成果。建国后陆续出版了《论马华作家与作品》（1967）、《赵戎文艺论文集》（1970）、《赵戎文艺批评集》（1975），尚有结集未付梓的《新马华文文学思想论文集》《文艺月旦集》（此二书后经其好友骆明校订，由新加坡文艺协会于2009年出版）。在新马文学史及史料研究方面，赵戎也有新的开辟与奉献。1970年他担任教育部《新马华文文学大系》编委会委员，负责编选该大系《散文一集》《散文二集》《史料集》，又与苗秀合作编选《戏剧集》，并为散文一集、二集及戏剧集，分别撰写了识深精湛、富有学术价值的《导论》。在这同时，赵戎历时七年，广泛搜罗，涉猎披拣，钩稽参证，于1979年编定出版了《新马华文文艺辞典》一书。所辑录条目多达5500条，时间自战前至1977年12月止。其中文艺创作、译作、论著、杂著及丛书1644条，著者730条，语词2740余条，文艺社团78条，纯文艺或综合性刊物及报纸副刊360条，被文坛誉为新马文学史“空前的贡献”[①]。事实彰明，赵戎的辛勤笔耕，已悄然将其文学创作和文艺研究推向第二个高峰。

赵戎是新马著名的华文作家、文艺理论批评家兼文学史家，他的文学创作和文艺研究，对新马华文文学有着重大的贡献与广泛的影响，也获得了新马文坛和中国大陆学者很高的评价。新马文坛将赵戎列为新马文学史上“十二个先驱作家”之一，赞誉赵戎是“新马小说家兼评论家中的佼佼者。”[②] 他和苗秀被尊称为新华文坛“两佬，再加上一个大马的韦晕，他们是文坛上的铁三角”[③]；这“文坛三佬”“一样才华盖世，都能写小说，写散文，写杂文，而且成就几乎难分轩轾”[④]。论者盛赞赵戎的长篇小说《在马六甲海峡》与苗秀的长篇《火浪》是“新华文坛的两部史诗”，“这两部作品的辉煌成就，让新华文坛感到骄傲。”[⑤] 并将它们“同列为新华文坛的两大支柱，擎天的高柱。”同时，澄明赵戎的小说与苗秀不同，“他所开创的是另一个天空，他并不和市井小民挤在一个陋巷里挣

① 马仑：《梅花香自古寒来——敬悼赵戎先生》，《赵戎研究专集》，新加坡文艺协会，2000年，95页。

② 张长虹：《丹青妙笔话南洋——谈赵戎的工中篇小说》，《赵戎研究专集》，新加坡文艺协会，2000年，第134页。

③ 刘笔农：《赵戎小说选》编后记，新加坡文艺协会，1999年，第300页。

④ 刘笔农：《自学成功的作家赵戎》，《赵戎研究专集》，新加坡文艺协会，2000年，第48页。

⑤ 刘笔农：《赵戎小说选》序，新加坡文艺协会，1999年，第10页。

扎，他的天空是广阔的，他的行文也如天马行空一般地纵横四射无所局限。”①赵戎的一些小说已被传播到国外。他的《盲人》被辑入香港学文书店1951出版的热带短篇小说集《为儿女求婚》，《欢乐的家庭》被辑入北京宝文堂1989年出版的东南亚华文小说选《臂部雕龙的人》②，《中秋节》（《过节》）被辑入日本井村文化事业出版社出版的《新马华文小说选》，《孔雀的故事》被辑入中国大陆杨越、陈实所编《新加坡华人小说家十五人集》。由赖伯疆编选的《赵戎小说卷》，曾列入杨雄主编的《海外华文文学丛书》的编辑出版计划。③

赵戎的文论批评、杂文及文学史研究，同样获得了学界的广泛好评。学者赞誉赵戎是“一位有理论素养、个人见解和刻苦钻研的精神、严谨治学态度的文艺理论家和文学史家。”④ 褒扬赵戎是“文笔恣肆豪放、语言简朴、观点鲜明的理论普遍深获人心”，是“治学态度严谨的有深度的文艺评论家。”⑤ 而在文学史研究方面，赵戎也有与苗秀异曲同工的历史奉献。他虽未曾像苗秀编撰《马华文学史话》一类著述，但他以宏放的文学史论眼光，早就另辟蹊径。不论《赵戎文艺论文集》《新马华文文艺思想论文集》，还是1938年后所写未结集的文艺论文，都不是纯理论的学院式研究，而是紧密联系长达半个世纪新马的文艺理论建设与创作实践，其内容涉及马华、新华的文艺思潮、文学运动、文学论争、文学创作及文学批评等方面。它们以新锐深刻的思想见解与大量翔实的文学事象，论述了新马华文从侨民文学到马华文学再到爱国主义文学的独特的历史进程，既揭示了它赖以生成、发展、日趋成熟的社会历史与文化构因，也总结了其中许多有益的艺术经验与教训，堪称是一篇篇富有精辟见地与内在联系的马华、新华文学史论。而赵戎关于新马华文作家作品的大量评论、专论及书评，也为马华、新华文学史的研究铺基垫石，提供了丰富的、宝贵的微观史料。它们与《新马华文文学大系》的编选、《导言》的写作及《新马华文文艺辞典》的编撰，多层面地彰显了赵戎对新马华文文学史研究的独特贡献。

关于赵戎及其著作的研究资料，除了赵戎已问世的几部长中短篇小说集及杂

① 刘笔农：《赵戎小说选》编后记，新加坡文艺协会，1999年，第300页。

② 黄梅雨：《赵戎的笔名》，《赵戎研究专集》，新加坡文艺协会，2000年，第87－89页。

③ 赖伯疆：《我印象中的新华作家——赵戎》，《赵戎研究专集》，新加坡文艺协会，2000年，第38－39页。

④ 马仑：《梅花香自古寒来——敬悼赵戎先生》，《赵戎研究专集》，新加坡文艺协会，2000年，第103页。

⑤ 马仑：《梅花香自古寒来——敬悼赵戎先生》，《赵戎研究专集》，新加坡文艺协会，2000年，第103页。

文集，五部文艺理论批评集及《新马华文文艺辞典》外，1999 年新加坡文艺协会出版了由刘笔农编选的《赵戎小说选》，列为“新加坡已故作家作品集”之一。2000 年该协会又出版《赵戎研究专集》，列为“新华作家研究丛书”之一。该书由骆明主编，辑入赵戎著作的序与后记 8 篇，赵戎重要理论论文及回忆文章 7 篇，有关赵戎小说和的评论、纪念赵戎的文章及相关的研究资料 25 篇，为研究赵戎及其著作提供了一个重要窗口。

三、 文学评议研究的现状与思路

不论在中国，还是新马及东南亚其他国度，文学语言研究都是一个新兴的边缘的研究领域。赵戎的文学创作虽获得了东南亚及中国大陆等地学者的热情关注和很高评价，但已有研究都是从文学角度来评论赵戎的创作，缺乏从文学语言的跨学科视角进行专题探研的文章。不过，现有的评论也从不同层触及了赵戎有关文学语言的理论与实践，笔者予以粗略的疏理，大体上涉及了几个方面。

其一，“语言方言化”的理论主张。

张长虹将赵戎提倡“语言的方言化”看为赵戎推动马华文学独特性的理论主张之一。她澄明赵戎的说的“方言”，并非一般意义上的方言，它“既不同于华人从祖籍地带来的闽南、广东方言，又不是马来语，而是长期以来，马来亚华人在当地生活中逐渐形成的新鲜语言。”笔者认为，这其实是华人在多种族、多元文化的新马长期生活中，以华语为主、浑融当地多种方言与马来语而积渐形成的一种新鲜华语。但这种语言要成为通行各地的大众语，仍然需要经过作家的一番提炼与加工。

张长虹指出，“赵戎主张吸收、提炼方言，使之成为文艺的语言，并于创作上尽量利用方言，充分利用方言来表达个性。这一理论符合了文学语言所具有的发生、发展的必然规律。”不过，他前期作品所采用的许多方言，“略有晦涩之嫌”。鉴此，赵戎后来进一步提出，“吸收方言还应该注意用字，以清楚、通俗、适切、传神为准则，留心寻找配字，融合贯通，才是将来真正的基本国语。”张氏认为，赵戎利用方言的理论主张，“在建国之后的小说中才真正地有所体现。”① 赖伯疆也强调，赵戎主张创作应该“吸收方言艺术”，认为“作家对于方言的吸收，是有积极作用的”，他“要使那些有用的方言同为能够通行各地的大

① 张长虹：《新马华文作家赵戎论》，《赵戎研究资料》，《赵戎研究专辑》，新加坡文艺协会，2000 年，第 150 – 151 页。

众语”。①

其二，文学语言的特色。

论者对赵戎文学语言特色的评论，大凡滞留于直观感悟的层面，典型语段的例举，既谈不上深入分析语音、语义、语汇、语法及修辞等语言系统，也未能结合具体文本及其文学要素充分阐发语言的多维审美功能，因而不免显得笼统、空泛。但从论者概括的评述中，却也揭示了赵戎小说的文学语言的某些特色。

赖伯疆指出，赵戎小说“在人物形象塑造、典型环境描绘、文学语言的运用等方面……经常是和谐地融合在一起的。”作家“特别善于围绕着人物的活动，进行工笔画似的人文景观和自然景观的细腻描绘，无论是城市风情、海峡风光，还是渔村景色、芭洋椰林，这些场景氛围的描绘都显示两种审美意识的相互交织。”② 潘亚墩认为赵戎小说的语言，“具有南洋热带风韵，特别是人物的对话，很注意选择富于表现力的广东方言和新加坡的惯用语，这有助于丰富人物的性格。”进入1980年代，赵戎的新作，如《难兄难弟》等，“在保持原来的小说特色和风格的基础上，又有新的发展”，其“文笔幽默风趣，犀利活泼，在奋力鞭挞之中又饱含无限温情，给人以启迪和反思，颇具警策作用。”③

张长虹评论赵戎的长中篇小说时，盛赞作家“既擅长写景，又酷爱描图。他以文字为笔，细致地勾勒出他心仪万分的新加坡风光。”纵观《海恋》全文，“仿佛看到一幅幅色彩不一，风格各异的都市、乡间的山水画。……其细腻的笔触、娴熟的技巧、纯净的画面、明朗的色彩、凝练的深情，直逼18世纪英国风景画大师康斯特布尔的画风。”她探究赵戎创作成就的客观原因时，还特地指明赵戎30余年以华文教学为“主业”，“这为其创作积淀了扎实的语言基础。在小说流畅、诗意的言语中，读者可以切实地体会到赵戎深厚的汉语言文字及文学功底。”④

苏菲同样褒扬赵戎笔下的热带自然景观，不论河川大海，原野森林，抑或酷暑气候，都写得那样的“逼真、生动”而又“精彩”。而赵戎对人事的描写，“文笔朴素流畅，笔端间时常流露出强烈的爱憎情感。”并援举《狗的故事》描

---

① 赖伯疆：《赵戎小说初探及其他》，《赵戎研究专辑》，新加坡文艺协会，2000年，第170－172页。

② 潘亚暾：《擅长描绘南洋风情的赵戎》，《赵戎研究专集》，新加坡文艺协会，2000年，第162页。

③ 苏菲：《青年知识分子的艺术形象——短篇集〈芭洋上〉》、《在马六甲海峡》，《赵戎研究专集》，新加坡文艺协会，2000年，第154－159页。

④ 张长虹：《丹青妙笔话南洋——谈赵戎的长中篇小说〈在马六甲海峡〉〈海恋〉》，《赵戎研究专辑》，新加坡文艺协会，2000年，第131－132页。

述校长太太牛油桶的若干语段予以佐证①。

其三，关于方言的采用。

多数论者从性格描写、地方色彩等层面，充分肯定赵戎小说采用方言的艺术价值，赖伯疆则从多元种族、文化交融的角度，进一步评述赵戎小说中的方言使用。"当描绘人物的对话、行动时，赵戎很喜欢使用富有地方特色的方言、俚语，甚至行话、黑社会的话"，赖伯疆认为这与他"吸收方言艺术"的理论主张是一致的。"他的作品从全书来看，固然运用了不少方言，就在一个人物的一段对话中，也渗杂着各族、各地的方言，……甚至在人物的一句话中，也有两三种方言"。这些各民族的方言的运用，乃是"现实生活中多种文化意识交融现象在文艺作品中的反映"，易言之，它"更形象生动地反映了两种以至多种文化意识的融汇"。②

评论界也指出赵戎采用方言存在的问题。潘亚暾说，赵戎"有些小说方言用得不加节制，这就带来了小说流传不广的弊端"。③ 苏菲则委婉地申明，"方言要用得适当，要恰如其分，用得好则增强作品地方色彩，并给人亲切感，用得不好则使作品晦涩难懂。"④赖伯疆也有类似的看法，"这些方言如用得太滥了，也会导致晦涩费解，使人难于卒读；影响了作品的可读性，使它的流传受到一定的限制。"⑤

从上述介绍不难看出，赵戎文学语言的已有研究，虽然有一定的启示意义，但因由于文学的单一角度，且受传统的文学理论批评观念的羁缚，并非严格意义上的跨学科的文学语言研究。可以说，赵戎的文学语言研究，迄今仍是一方伫候学术界深入开拓与垦殖的生荒地。

笔者以为从事这一有价值的学术研究，首先必须深入理解和掌握文学语言的内涵与外延，其本质、基本特征与审美功能，认真辨识跨学科的文学语言研究与单纯的文字学或语言学的文字语言研究之异同，致力于将文学语言的语言性与文学性有机结合，借以彰显文学语言固有的双重性征，从而获致真正的横跨学科的文学语言研究。鉴于赵戎是新华作家，不同于中国大陆或台、港、澳作家。新加坡所在的东南亚地区是多元种族、文化、语言的区域文化圈，研究者就有必要进

---

① 苏菲：《青年知识分子的艺术形象——短篇集〈芭洋上〉》、《在马六甲海峡》，《赵戎研究专辑》，新加坡文艺协会，2000 年，第 154 – 159 页。

② 张宏：《试论赵戎的短篇小说》，《赵戎研究专辑》，新加坡文艺协会，2000 年，第 140 页。

③ 赖伯疆：《赵戎小说初探及其他》，《赵戎研究专辑》，新加坡文艺协会，2000 年，第 171 页。

④ 赵元任：《赵元任语言学论文集》，北京：商务印书馆，2002 年，第 821 页。

⑤ 赖伯疆：《赵戎小说初探及其他》，《赵戎研究专辑》，新加坡文艺协会，2000 年，第 171 页。

一步了解、熟悉新马以及东南亚的华语、华文的历史与现状及其发展趋向，了解、熟悉新马乃至东南亚华文文学独特的生存语境及其文学语言的特异性。只有这样，方有可能深入研究赵戎的文学语言。

其次，坚持从文学文本的语言实际出发，这是文学语言研究的不可移易的坚实基础。从文本语言出发，就必须全面地考察文本的语音、语汇、语法及修辞等语言结构与功能系统，深入地探讨文本的语言性的基本特征与审美功能，它可从根本上匡正传统文学评论忽略语言分析的积弊。然文本语言的研究，既要跳出语言学或语言学将语词、句子等孤悬出文本的类型（type）或实例（token）的静态研究的误区①，又要力避蹈入“就文论文”的窠臼。诚如鲁迅所说，“我总以为倘要论文，最好是顾及全篇，并且顾及作者的全人，以及他所处的社会状态，这才较为确凿。要不然，是很容易近乎说梦的。”② 论文如此，论文本语言岂能例外？鉴此，研究者必须将文本语言的研究，同作家的文学语言创造与文体、风格创造等有机结合起来。可以说，这是文学语言研究达成语言性与文学性相融合的不二法式。

其三，考究作家的文学语言理念与艺术实践。文本语言的研究一方面要紧密联系当时的社会情状，特别是作家的文学理念和语言观，深入考察作家如何秉执独特的语言观或理论主张，将人民群众的口语提炼、加工成富有表现力的艺术语言，如何创造性地吸取方言、古语、外国语等有益因素，进行独特的文学语言创造实践。同时，进一步探究作家的文学语言理念与艺术实践的复杂关系，从一个侧面梳理、总结作家的文学语言创造的艺术经验与教训。

其四，将文本语言纳入作家的文体、风格创造的整体构架中予以考量。文本语言既是形式，又是内容。作家的文本语言的精心营造，其用意是表现人性、人心，创造生香活色的人生图画。因而，文学语言研究必须也只有上擢到文体学、风格学的层面予以审度，方能充分揭示文本语言深厚的文化意蕴与多维的审美价值，赋予它深邃动人、启人思想的文学性。韦勒克和沃伦说得好：“语言的研究只有在服务于文学的目的时，只有当它研究语言审美效果时，简言之，只有当它同为文体学时，才算得上文学的研究。”③ 对小说体式而言，文本语言的研究，就必须深入检视它在情节、人物塑造、背景这三大要素及叙述方法方面，所担负的不同的叙述性角色，阐发它所发挥的独特的审美功能。上述第二至四点，论述虽有先后，但在实际操作中，这三者其实是结伴而行、相辅相成的。

---

① 赵元任：《赵元任语言学论文集》，北京：商务印书馆，2002 年，第 821 页。

② 鲁迅：《且介亭杂文二集·“题未定”草（六至九）》，北京：人民文学出版社，1973 年，第 180 页。

③ 韦勒克、沃伦：《文学理论》，南京：江苏教育出版社，2005 年，第 198 页。

最后，在理论和方法论上，必须以历史的美学的理论观点为指导，将文学和语言学的理论和方法相结合。举凡古今华洋的文学理论和语言学、文本学、文体学、修辞学、风格学、比较文学、接受美学等，乃至西方的结构主义、俄国形式主义及英美新批评等，都可采用。在方法论上，应在历史的美学的观点统率下，启用《导言》一章所说的分析综合法、比较法、统计法等研究方法。

第三章　语言观：多种族文化语境之浸润

赵戎与苗秀、韦晕一同被誉为第二次世界大战后新马华文文坛的“铁三角”，在这三位关系密切而又巍然独立的南洋文坛先驱中，赵戎以最早提倡、大力推广富有南洋特色的艺术语言创造而著称。可以说，他是新马华文文坛上第一个明确主张充分利用人民的语言，并对它进行艺术加工的作家和文论家，这与他本土化的文学语言观是分不开的。

1930—1940 年代，赵戎就以标举马华的“新启蒙运动”与主张“文学本土性”而崭露锋芒。他身为本土作家、文论家，不单洞悉文学与语言不可析离、一体两面的血肉关系，而且深谙新马华文作家所处多元种族文化、语言的特殊语境。

赵戎的文学语言观牢牢地系根本土，高标特立。一方面，他的语言观虽与他所钦佩的中外著名作家有共通性之一面，诸如文学语言的审美特征与多维功能，文学语言创造的广纳博取、精心铸造，文学语言与形式、风格的密接关系，等等。但另一方面，又有赵戎身为新马作家鲜明的独特性，它集中表征为强烈的本土化的文学语言意识。赵戎不仅将当地民众的艺术语言的吸收、提炼与加工，视为新马华文作家文学语言创造的中心链环，而且把它渐次上擢到新马华文文学独特性的首要特征，并为此付出了长期不懈的理论探索与艰辛的艺术实践。

赵戎本土化的文学语言理念与实践，在新马华文文坛曾产生广泛的积极影响，也为新马华文的独特性做出了特殊的重大贡献。本章将探讨赵戎本土化的文学语言意识及其赖以生成、发展的特殊文化语境，同时全面地梳理、检视赵戎文学语言观的核心内容与基本观点。

一、 本土化的文学语言意识

本土化的文学语言意识，是赵戎文学语言观的精魂，也是他赖以吸收、创造艺术语言的指南针。人们知道，新马华文文学系受中国“五四”文学革命运动影响而萌生，它以最初的“文白并兼”写作方式逐渐转向“白话文”写作，并说都采用华语华文为语言文字的符号，但新马华人作家从事文学语言创造的文化语境，一开始就不同于中国大陆或台港等地区作家。

所谓语境，系由英国文化人类学家马林诺夫斯基（B. Malinowski）于1923年提出，指使用语言时所处的实际环境，包括语言之内和语言之外。马氏区分两种语境：一是文化语境，指说话人生存于其中，包括某个或多个言语社团的社会文化环境，即操某种语言的人特有的文化背景、社会规范与习俗；二是情景语境，指言语行为发生时的具体情境，它包括口语中的前言与后语，书面语中的上句与下句，上段与下段。英国语言学家莱昂斯（J. Lyons）进一步提出，情景语境尚须包括言语活动的参与者（说话人和听话人）、场合（时间和地点）、交际媒介（口语或书面语等）及语域（特定场合使用的语言变体）[①]。

赵戎虽未必能完全道尽情景语境的复杂性，及其对文学语言创造的重要性，但是他深切体悟到君临新马华文作家的特殊文化语境。众所周知，新马地处热带的赤道线上，聚居着中、巫、印、英四个不同的民族，他们隶属四个文化圈，不仅宗教信仰、社会规范及习俗迥异，而且分别操着四个语族的语言：华语、马来语、泰米尔语、英语，存在着四个族群文化源流的语言教育。这种多元种族、文化、语言的并存与混融的文化语境，给新马华文的文学语言创造及其表现内容带来鲜明的本土性特征。

在赵戎涉足马华文坛之前，1923—1929年刊发的《荒岛》副刊，已尝试创建"南洋色彩的文学"。诚如苗秀所言，"《荒岛》同人的文学，都富有地方色彩。尤其是张金燕，更无论在理论上抑或创作实践上，都是贯彻着这种主张。"在张金燕看来，所谓南洋色彩，"不仅只描写风景，主要还在反映出当地的劳苦大众的生活"。他的短篇小说大多描述当地的社会情状，富有现实性。尤为重要的是，在马华初期的小说家中，张金燕是"唯一懂得运用大众口语去创作"，借以"增加作品的地方色彩"的作家[②]。赵戎虽生也晚，但是在第二次世界大战后新的时代条件下，他和同人不仅将张金等早期作家所开创的"南洋色彩的文学"与"运用大众口语"，上擢到创建"马华文学底本土性"这一更明确的划时期的纲领性主张，而且在理论指导与具体实施两个层面，赵戎也有自己独特的建树。

赵戎关于"马华文学本土性"的文艺主张，系植根于他的"马来亚新启蒙运动"的文化思想。早在1938年，赵戎考察新阶段的马华启蒙运动，就反对照搬"中国思想界的结论"，竭力主张从马来亚多种族的社会现实出发。他郑重昭示：马华新启蒙运动，"却不只限于'华'了，而是包括了各民族的及马华过去

① 戚雨村等编《语言学百科辞典》，上海：上海辞书出版社，1993年，第477页。
② 赵戎：《略谈新华文学运动》，《新马华文文学思想论文集》，新加坡文艺协会，2009年，第23－24页。

工作成果的综合。”因此，它有着愈广泛的性质与具体内容。就创建新文化的内涵而言，“它不单是推进马华新文化，而且推进各民族的文化；它是各民族文化单位辩证的综合，建立起马来亚国际新文化的运动。”① 赵戎的文化思想已从马华一隅扩展到整个马来亚，执着诉求创建各民族共存与融合的马来亚新文化。

文化思想运动引导文艺运动的实践。马来亚光复后，经过“侨民文学”与“马华文学”的一场论争，马华文学迈入了本土文学的崭新时期。赵戎发表一系列文论，力挺马华文学运动，反复阐释了马华文艺的独特性。诚如他日后所重申，提出与确立“马华文艺独特性”，有其现实依据与基本内容：它是“以各民族生活为写作题材”，“以发掘各族人物典型为目的”，以“创造新的民族形式和艺术风格为依据”，以“推动各民族社会向上发展为职志”②。与此同时，赵戎刊发《论吸收方言问题》等文章，大力提倡吸收当地民众的日用口语，加以整理或经过艺术加工的铸造，其中包括华语方言、马来语等语言的吸收、提炼与加工，使之成为人民大众能领略的艺术语言，借以描写各民族的生活，塑造活生生的各民族的人物典型，创造新的民族形式与艺术风格③。显然，他那本土化的文学语言理念已蔚然成形。

赵戎本土化的文学语言意识是与时俱进、不断深化的。随着新马从殖民地走向自治、独立到分为两个新兴国家，赵戎的国族意识和本土文学理念亦与时俱进。在他看来，“一个国家有一个国家的文学，一个地区有一个地区的文学。我们既然知道文学呈现实的反映，那么每个国度自有其文学底特征，以反映其社会现实。”④ 与此相应，赵戎的文学语言理念也更为自觉与理性，其内涵更为丰厚深刻。具体地说，一方面，赵戎深入地考察、检视新马本土特殊的文化语境，对多元种族、文化、语言的共存与融合，作了相当精辟的论述。

诚如他说，“我们当地的社会生活，真是五花八门的，多彩多姿的，它包罗了三大民族的不同生活习性与色彩，而且彼此之间有些发生或疏或密的连系，有着种种的意识与要求。……我们应该多方面去发掘它。”⑤鉴此，作家必须充分理解并尊重各民族的文化、宗教、语言，“在这多元民族的国家里，各民族本身都有与生俱来地存在着原有的民族文化；我们也承认，各民族文化是各有其优点或

① 赵戎：《一年来马华思想运动的回顾与展望》，《新马华文文学思想论文集》，新加坡文艺协会，2009年，第219-220页。

② 赵戎：《论马华文艺的独特性》，《赵戎研究专集》，新加坡文艺协会，2000年，第213页。

③ 赵戎：《论马华文艺的独特性》，《赵戎研究专集》，新加坡文艺协会，2000年，212-213页。

④ 赵戎：《新马华文文学概论》，《新马华文文学思想论文集》，新加坡文艺协会，2009年，第6页。

⑤ 赵戎：《论马华文艺的独特性》，《赵戎研究专集》，新加坡文艺协会，2000年，第211页。

缺点的。而文化又是保存一个民族的生存与发展的根据，所以，那一种文化适合那一种民族，已有其长期生活的习惯的结果，勉强不来的。”[①]在语言方面，亦是如此。新马“有着四大源流的教育。人民在这四大源流的教育积极推动下，有了中英巫印的语言修养”[②]。但是赵戎同时指出，中、英、巫、印的民族与文化是“格格不相入的”[③]，彼此之间存在着严重的隔膜，“各民族的生活习惯宗教信仰又是那么的复杂与分歧，一不小心，就会发生误会与冲突”[④]。因此，为生活而植根在这里的各族人民，如何弘扬建国与爱国的思想意识，反对狭义的民族主义与“祖家”意识，如何以创建适合各民族的新文化为目标，提倡各族之间的和睦共存与逐渐融合，就显得至关重要。正如他说，“要建立马来亚新文化，使它成为各民族生活所必需的，必须把各民族文化中的优点，精华，加以吸收，去其糟粕，建立起适合各民族的新文化。这是一个须经相当时日的艰巨工程。[⑤]揆诸立国不久的新加坡，其新文化的创建亦然。”而在多元语言的共存与融合方面，赵戎强调各民族语言的接触与沟通。他不仅提倡吸收与创造性运用本族方言和异族语言，而且提出建立“四种语言的编译所”，翻译于国族有利的中、巫、印、英四种语言的文学作品，使各源流学校有共同的教材，借以培育年轻一代“坚强的牢不可破的国家意识”。[⑥]

另一方面，赵戎对如何凭借当地的文学语言来表现新马华文文学的独特性，推进新马华文文学的健康发展与繁荣，也作出越来越明确深入的论述。

在1960年《论马华文艺的独特性》一文中，赵戎继光复后阐释“马华文艺独特性”的现实依据和基本内容之后，进一步将“文艺运动实践底道路”，“创作内容的特殊色彩”，“吸收（当地）艺术语言”，列为马华文艺独特性的三大涵义，澄明“我们是个多元民族的新国家，有着多彩多姿的生活形态，有着非常丰富的艺术语言，真是取之不尽，用之不竭的。”他强调马华作家必须对“当地丰富的艺术语言”加以“吸收创造”，借以“加强作品里的地方色彩”，“活灵活现地表达人物底个性”，如同中国优秀作家那样，“写出自己底气派与作风，为大家所喜闻乐道的”。[⑦]

---

① 赵戎：《现阶段的马华文学运动》，《赵戎研究专集》，新加坡文艺协会，2000年，第196－198页。

② 赵戎：《泛论当前我国文学运动》，《赵戎研究专集》，新加坡文艺协会，2000年，第248页。

③ 赵戎：《从文学建国到建国文学》，《赵戎研究专集》，新加坡文艺协会，2000年，第283页。

④ 赵戎：《现阶段的马华文学运动》，《赵戎研究专集》，新加坡文艺协会，2000年，第196－198页。

⑤ 赵戎：《现阶段的马华文学运动》，《赵戎研究专集》，新加坡文艺协会，2000年，第196－198页。

⑥ 赵戎：《泛论当前我国文学运动》，《赵戎研究专集》，新加坡文艺协会，2000年，第259－261页。

⑦ 赵戎：《论马华文艺的独特性》，《赵戎研究专集》，新加坡文艺协会，2000年，第210－213页。

到了1975年撰写《新马华文文学概论》一文，赵戎将“艺术语言的吸收与创造”一举擢拔为新马华文文学的首要特征，另两个特征是“创作内容”、“建立国家和爱国的思想意识”。在他看来，“一部作品底成功，应该是内容与形式的统一”，而“形式是指艺术语言的运用”。他以大量事例阐述新马作家如何“吸收本地艺术语言”，同时费尽心血“创造新的语词”①，从中不难窥见赵戎本土化的文学语言理念与时俱进，不断深化。

二、 艺术语言的特征与功能

文学语言的特征与功能，是赵戎文学语言观的重要构成内容。一直以来，赵戎以“艺术语言”一词称谓“文学语言”，他对此虽未曾给予解释，然从中却可窥见他对文学语言的艺术特性与审美功能的高度重视。

在赵戎看来，艺术语言不同于政论、法律、公文等文体的语言，它是一种特殊的文学语言。他在《苗秀论》中澄明，“文艺作品之所以与普通时下文章不同”，是因为作家运用经过加工创造的艺术语言。普通文章“只求文法通顺，流畅便算数”，但作家创作是“创造新词藻新文法的，使作品底内容突出，活泼，和崭新……使作品里有健康的血肉和灵魂。”②

艺术语言是感性直观的，具有活生生的形象性。赵戎称誉屠格涅夫的《猎人日记》，“把北方底风貌详尽地浮雕了出来”，汉素音的长篇《青山不老》，“把人所忽略的南方山国（尼泊尔）刻划出来，让我们亲历其境般”③。读端木蕻良的作品，“一阵东北大草原的气味与风貌浮现在眼前”④，而苗秀的小说向人们呈现的，“简直是一幅崭新而明朗的热带图画”⑤。艺术语言的形象性，犹如“浮雕”“图画”，不论描绘地域风光，抑或世态人情，总是那么逼肖动人，生香活色，让读者身临其境，如在眼前。这就是艺术语言独特的形象化的魅力。

艺术语言又有传统写意性，是创作主体情意的符号化、物态化。赵戎澄示，伟大的文艺作品是“经过作家底精心刻划，用自己底心血去孕育而成的”。⑥

苗秀的写实中篇《小城之恋》，“以他底美丽的抒情笔锋，尽情地把古城的

① 赵戎：《新马华文文学概论》，《新马华文文学思想论文集》，新加坡文艺协会，2009年，第6－14页。
② 赵戎：《苗秀论》，《苗秀研究专集》，新加坡文艺协会，1991年，第129页。
③ 赵戎：《文艺月旦集》，新加坡文艺协会，2009年，第33页。
④ 赵戎：《论马华文艺的独特性》，《赵戎研究专集》，2000年，第212页。
⑤ 赵戎：《苗秀论》，《苗秀研究专集》，新加坡文艺协会，1991年，第129页。
⑥ 赵戎：《苗秀论》，《苗秀研究专集》，新加坡文艺协会，1991年，第129、139、131页。

风物，一一描绘出来”[①]；田流的理想主义的长篇《沧海桑田》，其形象是作者“用‘爱’的丝线精致底绣出来的”[②]。艺术语言的情意生，可谓汇集喜怒哀乐，意绪纷陈，它拥有感人肺腑、潜移默化的情感力量。

丰富多样性也是艺术语言的特征之一。赵戎指出“文艺作品内容是活的，它是反映活生生的现实，所以，必须以最丰富的语言来形容它。”[③]又说“作家以其丰富的艺术词藻，灵活地去反映现实，暴露现实，教育人民。”[④]他一再强调新马的艺术语言是丰富多彩，富有表现力的，“我们这个热带国度特有的语词，是非常丰富的”，它“琳琅满目，美不胜收”，“我们凭着它来创作富有地方色彩的作品。”[⑤]审视新马文坛的创作，如林琼的作品，虽题材处理独到，有一种清新的气息，然由于“词藻简单，句子的连缀力薄弱，所以也造成他写得不够深入与生动的缺点。”[⑥]赵戎不仅对艺术语言的特征有着独到的见解，而且深入领悟艺术语言的多维的审美功能。

诚如高尔基所说，“文学就是用语言来创造形象、典型和性格，用语言来反映现实事件、自然风景和思维过程。”[⑦] 赵戎认为艺术语言有多方面的艺术功能。其一，映现特定时代的国家、民族的社会现实，使作品富有地方色彩。关于地方色彩，继新马早期作家张金燕之后，苗秀曾作出更全面确切的界说，澄明地方色彩是“指一个特殊地域的现实生活底透视及其反映”[⑧]。这与赵戎的见解是一致的。文艺的地方性与现实性其实是一物之两面，赵戎总是强调地方性与现实性的融合与统一。在他看来，作家运用当地的艺术语言，为的是“表现多彩多姿的社会生活底风貌”[⑨]，“我们的华文作家，一路来就注意到怎样吸收艺术语言和创造新词汇上，目的是使自己的作品写得更灵活，更动人，更具地方色彩。”[⑩] 在这方面，艺术方言的采用起了很大的作用。在《论马华文艺的独特性》《新马华文文学概论》中，赵戎曾援举大量生动的事例，阐述新马华文作家如何吸收本土的

---

① 赵戎：《苗秀论》，《苗秀研究专集》，新加坡文艺协会，1991 年，第 139 页。

② 赵戎：《读〈沧海桑田〉》，《文艺月旦集》，新加坡华文中学老师会，2009 年，第 39 页。

③ 赵戎：《苗秀论》，《苗秀研究专集》，新加坡文艺协会，1991 年，第 131 页。

④ 赵戎：《泛论当前我国文学运动》，《赵戎研究专集》，新加坡文艺协会，2000 年，第 264 页。

⑤ 赵戎：《新马华文文学概论》，《新马华文文学思想论文集》，新加坡文艺协会，2009 年，第 8 页。

⑥ 赵戎：《新马华文文学大系散文二集导论》，《新马华文文学思想论文集》，新加坡文艺协会，2009 年，第 182 页。

⑦ 高尔基：《和青年作家谈话》，《论文学》，北京：人民文学出版社，1983 年，第 332 页。

⑧ 陈世俊：《苗秀小说的题材与主题思想》，《苗秀研究专集》，新加坡文艺协会，1991 年，第 141 页。

⑨ 赵戎：《泛论当前我国文学运动》，《赵戎研究专集》，新加坡文艺协会，2000 年，第 264 页。

⑩ 赵戎：《新马华文文学概论》，《新马华文文学思想论文集》，新加坡文艺协会，2009 年，第 7 页。

艺术语言，同时创造热带国度特有的新语词，借以表现当地的自然景观、风物人情，创作富有当地色彩的作品。

其二，刻画人物的独特个性、心理，创造各族的人物典型。赵戎引用高尔基的指示，阐明艺术语言对作家塑造典型人物的重要性。诚如他说，“创造典型人物，而缺少了艺术语言的运用，则那人物不会成为典型的，也不会是活生生的。”只有运用经过加工铸造的人民大众的艺术语言，“才能活灵活现地表达人物底个性”①。在他看来，一个作家“必须有高度的文字技巧，通过这去刻画出人物的心理与事物的本质，来引起读者的共鸣，和作家一齐爱好与憎恨——这就是文艺作品底作用”②。

三、艺术语言的吸收与创造

艺术语言的吸收、加工与创造，是赵戎文学语言观的核心内容，获得了赵戎最多的理论关注与心力经营。它一方面是赵戎本土化的文学语言意识的具体实践，另一方面也受制他的艺术语言的基本特征与审美功能的理念。

鲁迅在《写在“坟”后面》（1926）一文中主张“博采口语”，“以文字论，就不必更在旧书里讨生活，却将活人的唇舌作为源泉，使文章更加接近语言，更加有生气”③。这“活人的唇舌”，不光指各地的方言俗语，即使在新马及东南亚其他华语地区，也还有用华语（现代口语）、华文（白话文）进行交际的口语和书面语。所谓“博采口语”，自也包括民众使用的现代口语。周作人也指出，汉语（即华语）有两种语体，“一是口语，一是文章语，口语是普通说话用的，为一般人民所共喻；文章语是写文章用的，须得有相当教养的人才能了解，这当然全以口语为基本，但是用字更丰富，组织更精密，使其适于表现复杂的思想感情之用，这在一般的日用口语是不胜任的。”④

赵戎认为艺术语言有口头和书面两种形式，首先，它既存在于人民大众的口语中，又可经作家的加工提炼，以书面形式出现于文学作品中，这见解类似周氏。赵戎在《苗秀论》中说，“艺术语言在人间，问题在于我们怎样去吸收。”⑤《论马华文艺的独特性》一文称，“吸收艺术语言，是世界文豪高尔基指示下来

---

① 赵戎：《论马华文艺的独特性》，《赵戎研究专集》，新加坡文艺协会，2000 年，第 211 –212 页。
② 赵戎：《泛论当前我国文学运动》，《赵戎研究专集》，新加坡文艺协会，2000 年，第 264 页。
③ 鲁迅：《写在“坟”后面》，《坟》，北京：人民文学出版社，1980 年，第 279 页。
④ 周作人：《国语文学谈》，《京报副刊》第 394 号（1926 –1 –24）。
⑤ 赵戎：《苗秀论》，《苗秀研究专集》，新加坡文艺协会，1991 年，第 131 页。

的”。这里的“艺术语言”一词，系指人民大众“日常习用的语言”①。但是“艺术语言”一词也被赵戎用来指称经过作家加工铸造的文学作品里的文学语言。《泛论当前我国文学运动》一文称，“经过作家有机地吸收的语言，已不是狭义的某一民族或某一地方的语言了，而是成为了当地社会大众所喜闻乐道的艺术语言”②。其次，赵戎所说艺术语言的口头形式，其所指内涵及倾重点，在不同时期也有变化；前期所指所倾重者，主要是方言，他称之为“艺术方言”。他在《苗秀论》中说，“广府人形容吃东西叫‘刷’，大家特吃中民‘死刷’”，老舍的《四世同堂》里，写冠晓荷亡命归来，饿得很了，“买了几个饽饽，叫他底女儿‘涮涮’，便可知道，艺术方言是共通的”③。不论广府人口头的“刷”，或老舍文本里书面的“涮”，赵戎统称之为“艺术方言”。

文学语言虽有书面和口头两种形式，但口头的形式的文学语言，同样须经说话人的艺术加工。诚如罗常培、吕叔湘所言，“文学语言的主要形式是书面形式……文学语言有它的口头的一面，但是决不是所有的口语都是文学语言；文学语言不是日常口语的复制品，而是日常口语经过文学加工的形式。”④赵戎把未经加工的包括方言在内的民众口语，也称为艺术语言或艺术方言，这虽反映了他对民众口语的高度重视，但也存在着把民众方言口语与文学语言混同为一的缺憾。尽管他伊始就强调对方言不能机械地照搬，须经有机地吸收，但这认知上的不足，也使他有意无意地忽略方言、口语的艺术加工。率者指陈赵戎前期小说常有滥用方言俗语之病，盖源于兹。

人民的口语是文学语言的主要源泉。在新马华文文学史上，赵戎堪称是第一个明确地主张充分地利用人民的口语，并对它进行艺术加工的作家和文论家。他的《论吸收方言问题》一文，从创造马华文学独特性的命题出发，旗帜鲜明地主张马华作家“吸收方言艺术，并于创作上尽量利用方言”，这种主张产生了积极的作用和影响。运用当地方言写作，一时蔚为风气。赵戎在《苗秀论》中，进一步批驳了当年诽议方言创作的论者，澄明运用方言写作，不仅早有先例，“撇开那些民国以前的方言小说不谈，单在新文艺阵地里说，如沙汀应用四川话，老舍应用北京话写作等等，我们觉得倒很别致，和有趣。他们这样写，我们不觉得奇怪，而我们南方人，应用南方话写作，也是理所必然的。”而且，“作家对

---

① 赵戎：《论马华文艺的独特性》，《赵戎研究专集》，新加坡文艺协会，2000 年，第 211－212 页。

② 赵戎：《泛论当前我国文学运动》，《赵戎研究专集》，新加坡文艺协会，2000 年，第 265 页。

③ 赵戎：《苗秀论》，《苗秀研究专集》，新加坡文艺协会，1991 年，第 133 页。

④ 罗常培、吕叔湘：《现代汉语规范问题》，《语言研究》1956 年第 1 期。

于方言的吸收，是有积极的作用的，他要使那些有用的方言成为能够通行各地的大众语。”①

赵戎关于运用方言写作的见解，与茅盾当年的文学语言理念的影响不无关系。茅盾在《杂谈“方言文学”》（1948）等文中，以文艺大众化的命题来处理方言问题，看待所谓方言文学，认为“‘五四’以来的‘白话主席’不是一种以北方语为基础的口语文学（现在的白话文还未能做到真正的口语化，那是另一问题）……亦不妨视为‘北中国的方言文学’。”它“正和其他各地的方言文学一样，同得称为‘白话文学’，因为‘白话’即是‘口语’，是和‘文言’对称的”。在他看来，“广东的‘白话文学’理应是广东的口语，即方言，故名正言顺的广东白话文学应即是广东方言文学；现在广东的文艺工作者学习了北方语而从事写作，对广东人民来说，这实在不是‘白话文学’。”故而，“北方和南方的作家都应当尽量使他们的作品中的语言和当地人民的口语接近。在这里，问题的本质，实在是大众化。”②

赵戎当年的见解自有其不可低估的意义，但为历史条件所限制，他和茅盾都忽略了汉文学语言的全民性。汉文学语言是全民共同语的书面的口头加工形式的语言。20世纪上半叶，汉民族共同语处在从文言向白话深度转型的历史进程中，如何以北方语为基础方言来促进全民共同语的进一步形成和发展，这是一个亟待解决的实际问题，但它尚未被提到议事的日程。如吕叔湘后来所说，“白话是拿口语做基础的，但是汉语口语的实际情况相当复杂。汉语有许多方言。方言的分歧表现在语音、词汇、语法等方面，而以语音的分歧为最严重，甚至达到不同方言区的人难以通话的程度。作为文学语言的基础，必须有一种共同的口语，具有一致的、明确的规范。”③

随着认知与实践的逐渐深化，1960年代后赵戎意识到新马华文文学语言以活的口语为基础，不但要利用当地活的方言，而且要和人民大众日常生活的口语相接近；后者一般说来都有其方言性，文学语言只有和它相接近，才有可能把方言中有价值的东西吸收进来。因而，他那吸收方言的命题也悄然扩展为吸收人民大众的语言。在《论马华文艺的独特性》（1960）一文中，他从创造人物的角度，强调作家必须吸收人民大众的语言，予以艺术加工。诚如他说，“要是我们

---

① 赵戎：《苗秀论》，《苗秀研究专集》，新加坡文艺协会，1991年，第131页。
② 茅盾：《杂谈“方言文学”》，《群众》周刊，1948年1月第2卷第3期。
③ 吕叔湘：《谈谈现代汉语规范化工作》，《人民日报》，1959年11月26日。

只从文字书本上找词汇，则我们的修词便不够用，而且死板。”[①] 他批评方北方的小说语言“拙于描写”，而且“用旧词太多”，例如，《说谎世界》里的“光阴如白驹过隙，人生似逝水流年”，“时日如梭”等等，其《槟城七十二小时》“对热带景物的描写，简直毫无生气”，如“万籁俱寂，椰高月圆”之类[②]。

赵戎昭示：“唯有人民大众中吸收他们日常习用的语言，加以理事或经过艺术加工的铸造，才能丰富我们的写作词汇，也只有这样才能活灵活现地表达人物底个性。”[③] 他在《泛论当前我国文学运动》（1969）的长文中，进一步强调作家必须“时时刻刻的注意社会大众中的语言发展，从中吸收新鲜的，明朗的，活泼的，意义深长的，为人民所喜闻乐道的词句，来创造新的词藻，借以写出更灵活的更完善的作品。”在这方面，中国的茅盾、老舍、沙汀、艾芜、欧阳山、萧军、萧红、端木蕻良等人，堪称楷模。新马也有不少作家，如苗秀、韦晕等人注重“深入地去发掘人民大众所喜闻乐道的艺术语言”。赵戎澄明“经过作家有机地吸收的语言，已不是狭义的某一民族或某一地区的语言了，而是成为了当地社会大众所喜闻乐道的艺术语言了。早年中国文艺界先进何凝，他提倡‘大众语’，就是这个意思。”[④]

与此同时，赵戎重申对方言的态度，“并不是一成不变的搬演，而是经过研究与有机地吸收，所以并不是每一句方言或意义艰涩，含糊的我们都要。”吸收方言或应用方言写作，其关键在乎“作者能否客观地谨严地去处理它”。作者务必力随“囫囵吞枣，机械地去吸收”的原则，更不能不负责任地胡乱引用，以致于失去读者[⑤]。在这方面，苗秀、韦晕是正面的榜样，他们如中国一批优秀的作家那样，善于“灵活地应用各地方言”。苗秀“曾大量地吸收广东方言与马来方言，而韦晕，也把客家的广府的潮州的马来的艺术语言运用在作品中；我们读了，不但不会感到烦琐，离奇，反而生出亲切的愉快之感”[⑥]。到了1970年代，赵戎联系艺术实践，进一步申明“运用方言也有个限度，要选择大众所能懂的，喜闻乐见的，含蓄而带有幽默感的，如拍拖、仆街、有无搞错、饮胜、三脚、有

① 赵戎：《论马华文艺的独特性》，《赵戎研究专集》，新加坡文艺协会，2000年，第211-213页。
② 赵戎：《战后马华小说底收获》（1970），《新马华文文学思想论文集》，新加坡文艺协会，2009年，第65-66页。
③ 周作人：《国语文学谈》，《京报副刊》第394号（1926-1-24）。
④ 赵戎：《泛论当前我国文学运动》，《赵戎研究专集》，新加坡文艺协会，2000年，第264-265页。
⑤ 赵戎：《论马华文艺的独特性》，《赵戎研究专集》，新加坡文艺协会，2000年，第212页。
⑥ 赵戎：《泛论当前我国文学运动》，《赵戎研究专集》，新加坡文艺协会，2000年，第264-265页。

得顶等等便是，这是要经过一番吸收与提炼的，关在斗室里，自然制造不出来。"[1]

与理论探索结伴而行，赵戎从具体操作层面，探讨如何吸收与创造艺术语言。他梳理、总结了包括自己在内的新马华文作家文学语言的艺术实践，曾以五年时间查检当地有代表性的两百多部华文文学著作，从中辑录了2700余条语词，并抽绎出新马华文作家吸收与创造艺术语言的三条路径。其一，多数语词是吸收当地的艺术语言。例如，"大伯公""打"等多义词，"大狗，打限，公班衙，鬼头，曼律"等语词[2]，其中也有经过整理与艺术加工的，如方言"瞓觉"经加工写成"睏觉"，"睏"字"古已有之"，是象形会意的汉字，"拿它来应用，更觉传神"[3]，又如"马打"意指警察，虽是马来语，但在新马已成为"各民族共通的语言"，被华文作家普遍使用，并造出"马打车""马打厝"等语词；"马打厝"巧妙融合了马来语和福建话两个民族的语言[4]。这其实已进入创造新语词的领域。

其二，一部分是作家自己创造的新颖语词。赵戎虽未能从构词学的角度，诠释创造新语词的规则、方式，但从他列举的大量实例却不难看出，新语词的创造大多以汉语通用的字、词，即基本词汇或一般词汇为词根词素（有时也以马来语，如上述的"马打"），据汉语的构词法来创制新词。以"芭"字为例，它原是古汉语词汇，意指一种香草或草本植物芭蕉[5]。华文作家以它为词根词素，依据偏正式构词法，创造出"芭口、芭列港、芭地、芭林、芭洋、芭野、芭窑、芭头等语词"。又如以汉语词"心"为词根词素，造出"心港、心井、心台、心苗、心帆"等新词。汉语特有的叠字、叠词的构词法，也被华文作家广泛运用于创造描绘热带国度的新形容词，例如"泛红泛紫、泛青泛白、毛灿灿、红忒忒、乌晶晶、蓝幽幽、蓝汪汪等等"。

其三，一部分是采纳中国文学中仍有生命力，尤为适合表现当地生活的"十分生动"的语词。[6] 这类语词赵戎未举实例，笔者在第五章第三节将予以阐述。

---

① 赵戎：《中教文艺小丛书评介》，《文艺月旦集》，新加坡文艺协会，2009年，第197页。

② 赵戎：《新马华文文学概论》，《新马华文文学思想论文集》，新加坡文艺协会，2009年，第7-8页。

③ 赵戎：《论马华文艺的独特性》，《赵戎研究专集》，新加坡文艺协会，2000年，第212页。

④ 赵戎：《新马华文文学概论》，《新马华文文学思想论文集》，新加坡文艺协会，2009年，第7-9页。

⑤ 芭：bā，《广韵》伯加切，平麻帮。1. 香草名，《楚辞·九歌·礼魂》："传芭兮代舞。"王逸注："芭，巫所持香草名也。"2. 芭蕉，唐张希复段成式《赠诸上人联句》："乘兴书芭叶，闲来入豆房。"罗竹风主编：《汉语大词典》（缩印本，下卷），上海辞书出版社，2007年，第5436页。

⑥ 赵戎：《新马华文文学概论》，《新马华文文学思想论文集》，新加坡文艺协会，2009年，第7-9页。

四、艺术语言与形式、风格的关系

艺术语言与民族形式和艺术风格的关系，是赵戎的文学语言观的又一重要内容。赵戎在《论马华文艺底独特性》一文中，将"创造新的民族形式和艺术风格为依归"，看为提出和确定"马华文艺独特性"的存在根据之一。他对艺术语言与形式风格的关系的论述，也有其独到与深刻之处。

赵戎将文学形式视为艺术语言的运用。他在《新马华文文学概论》中坦承，"我要说的形式是指艺术语言的运用"。他主张"内容与形式底一致"，认为"有什么内容必有什么的形式。若以我们当地现实底内容，而配以'李有才板话'的形式，是不会成功的。"反对所谓"旧瓶装新酒"的论题，"因为作为形式的旧瓶与作为内容的新酒根本上不能成为有机的变化"。在他看来，创造马华文艺的新的民族形式，就是吸收与创造本土化的艺术语言。这一将形式等同于语言的看法，虽不无简单之嫌，但它毕竟擒住了文学的民族形式的根本所在。正如茅盾所说，"文学的民族形式包含两个因素。一是语言，这是主要的，起决定作用的。二是表现形式（即体裁），这是次要的，只起辅助作用。"[①] 不过，赵戎不论评论新马还是中西作家的著作，并未忽略体裁等表现方式的批评。

另外，赵戎提出艺术语言的吸收与创造，还直接关系到文艺的民族化、大众化的根本问题，新马华文作家必须把民族形式的创造，进一步上擢到创建为新马老百姓所喜闻乐道的气派与作风。在他看来，中国现代作家不仅通过对当地民众的口语方言的吸收与创造，使作品具有"浓厚的乡土气息，人物也活灵活现"，而且连人物的命名、食物的名称等，也"充满地方气味"，他们敢于突破传统的思想与写法，创造出"为老百姓所喜闻乐道"的"中国气派与中国作风"。新马华文作家立足于多元民族文化的新国度，也肩负着同等的历史使命；赵戎呼吁他们像中国作家那样，勇于开拓创新，致力于创造为新马"老百姓所喜闻乐道"的"自己底气派与作风"。[②]

独特的文学语言是作家艺术风格的首要标志。赵戎对"文学语言"和"艺术风格"这两个重要的文学概念，都有相当深入的考察与独到的理念。如果说，他的文学语言观念肇始于《论吸收方言问题》一文，那么继出的《苗秀论》则首次彰明了他的文学风格理念；他对文学语言与艺术风格关系的探讨，也同时浮出了历史的地表。

---

① 茅盾：《漫谈文学的民族形式》，《人民日报》，1959 年 2 月 24 日。

② 赵戎：《论马华文艺的独特性》，《赵戎研究专集》，新加坡文艺协会，2000 年，第 212－213 页。

赵戎对苗秀独创的艺术风格与艺术语言关系的论述，虽以生动活泼的感性形式呈现，但内蕴着一位作家兼文论家的真知灼见。他锐敏地澄明，苗秀“由于他底丰富的词藻，配合着抒情的词意底描划，使他的艺术风格，成了崭新底，出色底。”又说，“他底笔锋，是活泼的，伶俐而清新的。他底文艺词藻，没有片言只字是死硬的，虽然是最浅白的字眼，被他运用起来，都非常活跃跳动了。像这样底抒情计意的手法，在苗秀的每一作品中，是随处都可以找到的。”① 这就是说，苗秀独创的艺术风格是建立在艺术语言的基础上，即端赖于从审美对象出发，巧妙灵活地运用与调配艺术语言的技巧和手法。

赵戎指出，“艺术风格底形成、洗练和成熟，却不是一朝一夕所能奏效。它是在创作实践底过程中，不断地扬弃旧的，孕育新的出来。”苗秀亦不例外。“他对于语言艺术底洗练，是经过一番苦心的。”以吸收艺术方言为例，苗秀自觉顺应光复后马华文艺本土性的时代潮流，“改变他底艺术作风……充分底利用方言艺术来表达”，其人物对话也因之“更清楚和灵活得多了”。这种改变，从一个侧面彰显了苗秀在营造独特风格的实践中弃旧育新的勇气和胆略。而在文字的组织与锤炼方面，苗秀“是丝毫不苟的，每个字，每个词，都经过他千锤百炼而成。”赵戎援举具体文句与语词，阐释苗秀的匠心创造。当年苗秀的艺术风格是否已臻成熟？赵戎的回答是否定的，因为他“在运用艺术方言上还显得有点芜杂”，“运用词藻还未够老到”。但赵戎深信，“假以时日底磨炼，他底艺术风格，当能更加完整和突出的。”②

① 赵戎：《苗秀论》，《苗秀研究专集》，新加坡文艺协会，1991 年，第 129－130 页。
② 赵戎：《苗秀论》，《苗秀研究专集》，新加坡文艺协会，1991 年，第 131－133 页。

第四章　文学语言的精心铸造

赵戎文学语言的艺术实践，既是他的文学语言现在创作中的具体践履，又始终受制于作家特定的创作意旨、题材内容与文体、风格的创造。因而，研究赵戎的文学语言创造，必须以他的文学文本语言为对象，将语言性与文学性有机结合起来。概言之，一方面要以具体文本的语言、语词、语法及修辞等要素入手，全面地探究其文本的语言结构系统与传达功能的独特性，另一方面要深入地阐发它对小说等文体和艺术风格创造所发挥的多维审美功能，即在描绘环境、塑造人物形象与建构情节等方面的叙述性功能，以及如何凭借艺术语言创建独特的民族形式与艺术风格。

赵戎所栖身的新马多种族、文化、语言的特殊语境，虽给他的文学语言创造带来不同于中国大陆和港台等地区作家的本土特性，例如，大量吸收与提炼当地的口语、方言，因不同民族语言和同族方言之间的接触而引发的双语或多语现象，以及由此产生的混合语，等等。但是他的文学语言的艺术实践，毕竟是以华语、华文为基础，所以，他的文学语言创造仍沿袭中国现代作家的基本路向，即以汉语（即华语）现代语（国语或普通话，“五四”后白话文）为本位，采纳方言、古语及外国语的有益成分，但这一采纳仍遵循华语、华文的语音、语词、语法及修辞等的基本规范。例如，赵戎自称唯一用方言写作的前期小说《古老石山》（1948）中，人物对话虽大量由广东方言的特殊语词和句式构成，然粤方言毕竟是汉语之一分支，其中仍保留汉民族共同语的诸多语词和句式；至其第三人称的叙述语言，虽也夹杂一些方言词或句式，但有些语段与一般汉文字文本的语言几无二致。试看小说开篇的语段——

> 胡须佬在有得捞茶室里，一个人占着一张茶枱，花旗椅好似承受不了他的肥大的身材，两只脚撑开搭着两张椅，大模施样地坐着，好像这样才能显出他的威势，一双牛眼睛望着街上，心里想着心事，手指敲着椅背，忽然他看见古老石山低头低脑的行来，就喊住他：

“喂，云浮边处呀？入来！”①

日治会党的小头目胡须佬，想物色一批手下，喊住了绰号“古老石山”的惯窃扒手。叙述中虽夹有若干方言词，但并不难懂。而胡须佬的喊话，以“喂”的语气词充当独词，使用了“边处（哪里）呀?”这个动结构的询问句，以及“入来”这一复合动词谓语的祈使句，这些无不契合汉语词汇、短语的构成与句式的规则，且“入来”乃唐代传奇早已使用的古汉语语词②。

从文本实际来看，可以说，赵戎小说的叙述语言百分九十以上呈现代华文，人物对话的方言语词和句式多一些，但其比量在后期小说里呈逐渐减弱的趋向，而提炼加工方言口语的功力却获得相应的提升。这与中国大陆 1950 年代中期“现代汉语规范问题”的讨论③及后来的实践，似不无关系。其主客观构因值得研究者进一步探讨。

本章拟从文学语言铸造的角度，着重考察赵戎文学语言的构成要素与基本特征，然论述中将涉及其文本语言在小说文体与风格创造方面的审美功能。而五、六两章，则着重探究赵戎文学语言的本土特性与风格特征，但论述中也会涉及其文本语言的构成要素与基本特征。

一、语词的采撷、熔炼与创造

赵戎十分重视语词的采撷、熔炼与创造。他在《泛论当前我国文学运动》(1969）中说，“每个文字都有它的一定意义与范围，通过作家的吸收与熔炼，使它成为活泼的艺术词句，用来表现多彩多姿的社会生活底风貌。作家以其丰富的艺术词藻，灵活地去反映现实，暴露现实，教育人民。”在他看来，“身为一个作家必须有其高度的文字技巧，通过这去刻划人物的心理与事物的本质，来引起读者的共鸣，和作家一齐爱好与憎恨”④。这是赵戎长期精心铸造文学语言的经验之谈，也彰显于他的文学语言的艺术实践。

诚如茅盾所说，各地民众的语言，“有些语汇可以直捷采用，有些则应据以

---

① 赵戎：《古老石山》，《芭洋上》，新加坡青年书局，1958 年，第 43 页。

② 蒋防：《霍小玉传》，“西北悬一鹦鹉笼，见生人来，即语曰：‘有人入来，急下帘者！’”张友鹤选注：《唐宋传奇选》，北京：人民文学出版社，1979 年，第 46 页。

③ 1955 年，中国大陆召开第一次全国文学改革会议和现代汉语规范问题学术会议，“肯定了汉民语共同语——普通话应该以北京语音为标准音，以北方话为基础方言，以典范的现代白话文著作为语法规范。”吕叔湘：《谈谈现代汉语规范化工作》，《人民日报》，1959 年 11 月 26 日。

④ 赵戎：《泛论当前我国文学运动》，《赵戎研究专集》，新加坡文艺协会，2000 年，第 264 页。

改造，而创制新的语汇。”[①] 赵戎一方面注重采用新马本土的事物和现象的名称，按照当地的习惯用法，记述它们的动态变化和性状特征，并予以提炼加工。同时，善于以华语的基本词汇或一般词汇，作为词根词素或组合成分，创制新的语词、语组（或称短语）。这类语词、短语，被用来描景、状物、叙事、抒情、议论，在描绘环境、刻画人物性格及建构情节等方面，发挥了文学语言独特的审美功能。这是赵戎文本采用与创造语词的显著特征。

赵戎曾褒扬新马华文作家在吸收与创造语词方面的喜人创获，并以名词“大伯公”、动词“打”的多义性，用马来语“马打”创制的新词，及采用“红忒忒”形容词重迭式等诸多实例，予以阐释。他对苗秀的训词锤炼更是十分推崇，“每个字，每个词，都经过他千锤百炼而成”。例如，“这支火绳”，不用“只”而用“支”；“小鬼头底嚎哭”，不用“号”而用“嚎”；“这是怎末的眸子呀；乌卒卒地”，不用“乌溜溜”而用“乌卒卒”；“晚饭当子”，不用“时候”而用“当子”，等等。甚至连小说题目也经过匠心考虑，“有一股崭新的气息”，如《火绳》《深渊的城》《古城内外》等[②]。其实，在这方面，赵戎并不逊于苗秀或其他新马华文作家，甚或有过之而无不及。

关于文学语言的语词研究，赵戎以语义学的理论观点，结合汉文学语言实际，指出语词既有“一般的概念意义”，即它的音、形、义，又有在语境中具体的含义。比如要人这个词，它的概念意义很明确，但它指的是什么？在具体语境中，“可以指这不是男人，也可以指女人也是个人，或者说是弱者，或者说她是母亲，或者其他的特殊情况”，这个具体的含义，“不说是无限，至少是很多”。语词还有“文体的意义”，“感情的意义”，“引申”“联系”“重点”的意义等等[③]。所谓概念的含义，相当于德·索绪尔（F. D. Sanssure）说的“所指”，而具体的含义、文体、感情的意义等等，则是索绪尔说的“能指”[④]。鉴于词义的复杂性，金克木主张辨析语词必须“联系到整个句、段、篇去理解”，方能避免欣赏与研究方面的谬误[⑤]。这对于正确理解赵戎的文本语词，无疑有很大的启示意义。笔者拟从三个方面援举若干事例，着重阐释赵戎在实词、短语方面的吸收与创造。

---

① 茅盾：《论大众语》，《新中华》复刊，1943 年 8 月，第 1 卷第 8 期。
② 赵戎：《苗秀论》，《苗秀研究专集》，新加坡文艺协会，1991 年，第 132 页。
③ 金克木：《语义学》，《文化卮言》，北京：中国人民大学出版社，2006 年，第 90 – 94 页。
④ 费·德·索绪尔：《普通语言学教程》，高名凯译，北京：商务印书馆，2010 年，第 100 – 102 页。
⑤ 金克木：《语义学》，《文化卮言》，北京：中国人民大学出版社，2006 年，第 90 – 94 页。

1. 名词、动词及短语

短篇《芭洋上》是赵戎前期小说的代表作之一。其原作篇名《旅途上》，赵戎1951年改写时将“旅途”易为“芭洋”①，一词之改，热带地域的风物人情也随之扑面而来。如三章所述，“芭”字原是古汉语的单音词，前人曾用过“山芭”等词，如早年萧村以《山芭散记》为书名。凡是“芭”字的出现，都能让人感受到热带的蕉丛椰林，当地人披荆斩棘的拓荒精神。赵戎慧心独运，在短篇中创造了以“芭洋”为中心的意象群。他既以芭字为构词词根，运用了“芭洋”“芭林”“芭场”“芭地”“芭屋”（偏正式），“山芭”（联合式）及“耕芭”“开芭”（动宾式）等一连串词语意象，又由上述词语组合了“芭洋上”“开芭人”“山芭酒”“浪迹山芭”“热带芭洋流浪”等短语意象。它们虽非全是由赵戎所始创，却都契合华语的构词和短语组合规则。

这一以“芭洋”为中心的意象群，在描绘热带环境、刻画人物形象及情节建构方面，释放出巨大的审美意蕴与艺术张力。可以说，“芭洋”是小说的中心语、主导词。如同端木蕻良的《土地的海》，“用海来形容东北土地的广漠无际”，赵戎以芭洋这一“多么动听”的“新词”，“非常适切地表达热带原野底浩瀚、无垠与壮大”②。作品以华人知识青年“我”等三人被迫流浪芭洋的经历见闻为线索，不仅惟妙惟肖地描绘了日本侵占时期彭亨州芭洋上的典型环境，而且正面表现了开芭人张大嫂一家被暴虐的日寇抢掠奸淫的惨剧，并从侧面叙写陈老伯年轻时从大陆到马来亚耕芭、打工，至今依然光棍一条的坎坷悲凉遭际。字里行间，盈溢着“我”等人特有的多种族心理情结与家仇国恨。

中篇小说《海恋》（1959）的题目“海恋”，是赵戎凭借创造性的艺术运思，精心创制的一个新的语词。一方面，“海恋”是偏正式动词，意为海上之恋、滨海之恋。这一审美竞象不仅规约了人物活动和故事的特定环境，也形象概括了小说的中心事件，提摄了情节结构的核心。作品以1950年代前期英国殖民统治下的马来亚丹戎海滨为背景，一面描写富有革命朝气的新一代知青汉英和渔家女素芬的结识相恋，浓墨重彩地挥写男女主人公在滨海的激情“拍拖”与心灵撞击，同时，也表现了汉英、老何、素芬和当地渔民村人大目、大通、老黄瓜等人，同倚仗殖民当局的反动校长钟日清及其爪牙的斗争。但上述两条情节线，系由汉英、钟日清与素芬三人之间的爱欲纠葛这一中心事件所绾合。小说高潮部，妒恨

---

① 黄梅雨：《赵戎的笔名》，《赵戎研究专集》，新加坡文艺协会，2000年，第89页。

② 赵戎：《芭洋上》后记，新加坡青年书局，1958年，第103－104页。

交加的钟日清向当局告密，汉英遭到钟某雇佣的地牛七等节手谋刺。作为主线的铺垫与映衬，小说还以专章追叙了汉英一年前在丹戎市区和布尔乔亚小姐红薇的初恋与社会斗争。可以说，作品相当全面地映现了处于过渡期的马华社会动荡、驳杂的历史风貌。

但另一方面，“海恋”又可看为主谓式动词，意为大海之恋，海的儿女之恋。华佣家庭出身的汉英，因组织需要，从市区返回故乡，在渔港胶林深处从事地下宣传教育活动。在叙述人笔下，汉英是“经得起暴风雨”的“大地的儿子”①，也是大海的儿子。他英俊健美，热情勇敢，正气凛然，无私无畏，就像热带的大海一样。在素芬心目中，这位奮缘结识、真情相恋的汉子，以他新锐的思想与他推荐的进步书籍，向她展现了同封建闭塞的山芭渔村迥然不同的“别一个天地”，“别一个世界”，使她真正认识到“有意义”、“有价值”的人生②。而叙述人借汉英的视角对素芬的描写，同样道破了“海恋”意象的深层意蕴。当两人在大海里潜游时，这渔家女“游潜的敏捷，简直像条鱼了”，“她和水融成一片似的，是水！”汉英赞叹之余，深切地悟识：“素芬——这大海底女儿，既聪明，又热情，温柔，健康，美丽……她是海的精魂，是海的宠儿！”③显然，“海恋”的深层蕴义，向读者掘发了男女主人公高尚的思想品格与丰满的内心世界，也有助于小说诗化意境的艺术创造。作品结尾处，描写同歹徒搏斗罹受重伤的汉英，于深度昏迷中梦见自己在热带的海洋里，看见了澎湃怒吼的海潮，惊畏的海鸥，南天的飓风，同海潮搏斗的渔夫们，看见了从魔天的浪头里幻出红薇嫣然微笑的影像，从美丽的回旋里迭出无限娇羞的素芬，以及那吞噬素芬倩影的恐怖的阴影——发出狞笑的钟日清……④。梦中境界雄浑而温婉，意蕴宏阔而深邃，它巧妙地浓缩小说思想内容的精髓，也是汉英与素芬、汉英与红薇两场异质的“海恋”的画龙点睛之笔，堪称诗化象征意境的戛戛独造！

在各类短语的采用与铸造方面，赵戎也有不凡的表现。长篇小说《马六甲海峡》(1961)⑤，突出表征了他在名词性等短语创制方面的功力。这部以新马地区抗日时期和战后初期为背景的巨著，描绘了马华富有革命朝气的新一代知识青年和民众，同日寇侵略者、英国殖民当局及其走狗浴血抗争的历史画幅。小说题名《在马六甲海峡》是带介词的名词性短语，也是全书的中心语词，它不单标示小

① 赵戎：《海恋》，新加坡青年书局，1959年，第121页。

② 赵戎：《海恋》，新加坡青年书局，1959年，第92－93、105页。

③ 赵戎：《海恋》，新加坡青年书局，1959年，第133、136页。

④ 赵戎：《海恋》，新加坡青年书局，1959年，第200－202页。

⑤ 赵戎：《在马六甲海峡》，新加坡青年书局，1961年。

说事件现在进行时的空域环境，也完整地承载人物、情节的现在时态与过去时节两个相互交织的厚重的叙事内容。在中心语词的统领下，赵戎创设了七个专章的短语标题，作为长篇的关键语词，借以充分表象丰富多彩的社会人生画面与复杂斑驳的生命图式。一、二章《新加坡的风情》《在船上》，描述了新加坡多元种族的热带风物人情，马六甲海峡扼控欧亚的独特地域景观，不单为小说营造了光复后新马社会的典型环境，也描写了在星槟线的轮船上，十年生死睽隔的男女主人公张浪萍和余洁冰的邂逅重逢。

三至六章，回溯了十年前男女主人公为创建马华文艺和开展抗日救亡运动的浴血斗争与情爱纠葛，“我们这一淘”“密云期中”“地狱门里”“在鬼门关”，这四个标题均为名词性短语，它们既有明确的所指，又有丰富的多层面的能指蕴义。以“密云期中”这个方位名词短语为例，“密云期”系指自然界的一种气候现象，其本义是天空阴云密布的时节，但在长篇中，“密云期”一方面喻指当时战争的阴云密布欧亚大陆，1939 年德国吞并捷克，进攻波兰，翌年占领了大半个欧洲，1941 年夏又悍然发动侵苏战争；而日本侵占华北华中，占领中国沿海地区，又将魔手伸向东南亚，太平洋战争一触即发，新加坡也投入紧张的备战之中。同时，它又隐喻浪萍和洁冰由夤缘结识到真情相恋的密云期中。但“密云期”又有引申意义，它指事情虽经酝酿，但还未发生。这时，新加坡虽陷入危局，但尚未沦于敌手，国际反法西斯统一战线也未确立；而良萍和洁冰的恋人关系，因冰尚未毕业，双方生活基础也不稳固，加上年龄不大等原因，两人的婚姻并未提到议事的日程。其他三章的名词性短语，也各有所指与多方面的能指蕴义。而结章的《海上行》，是一个动词性短语，它紧接二章《在船上》的现在时叙述，从海轮一角进一步叙写殖民当局统治下的黑暗现实，当船抵槟城时，冰因所谓××分子的嫌疑而被当局扣押，但她遇事不惊，泰然处之。这个富有象征意蕴的标题短语，向读者展示了争取马来亚多民族自由与独立的斗争道路，尽管艰难险阻，但马华新一代知识分子和民众将奋然而前行。

在采撷方言语词，创制新的动词性等短语方面，赵戎也做了很多有益的尝试。他不仅采用粤方言“有得捞”“冇得捞”“冇得尝”等短语，而且创制“冇得顶”“包死火”等短语。赵戎说：“冇与无字的音义相同，乃广东人特创的字，和无字同是四划，实更能传神。”① 他由此造出“冇得顶”这一动补短语，作为人物的绰号，在短篇《冇得顶》《分期付款》里，描写了一个独其个性的甲马拉

① 赵戎：《热带风情画》后记，新加坡华文中学教师会，1977 年，第 106 页。

形象[①]。而另一短篇《包死火》，“包死火”这一新创的动宾短语，让人想起粤方言“算死草”[②]，它对于刻画主人公包天贺的形象，也有画龙点睛之妙[③]。

2. 形容词的重迭式

赵戎擅长使用形容词的重叠式，其最常见格式是单音节形容词，后加摹状的双音节迭字，成为形容词与摹状后缀的缀合式构词，它具有形容事物性质状态的意味，能唤起读者一种具体的形象联想。摹状原是一种辞格，既有摹写听觉的，也有摹写视觉的。赵戎大量运用诉诸视觉感官的形容词摹状迭字。例如：

例1：我们踱到了珍珠巴刹——这著名的夜市场，平时灯火辉煌的，而今，却乌笼笼的了，老板们在摸索中做生意！

——《在马六甲海峡》，第178页。

例2：战败的英军是驻扎在坟场后面……他们接到投降消息，便把所有辎重，包括军车，枪械，子弹，衣服等等都丢掉离开了，这些新簇簇的军用品堆满路上……

——《书的故事》，《赵戎小说选》，第110页。

例3：颤巍巍的老娘亲，快要七十岁了，一双老眼朦查查的看不清楚事物，可是女儿脸上的苦情却看出来……

——《玉花姑娘》，《赵戎小说选》，第202页。

例4：“不是叫你是叫谁！”那个做家姐的生命地鼓起红波波的腮帮，“过来给我们采那一枝。”

——《阿仔的故事》，《赵戎小说选》，第253－254页。

例5：……那档水果摊主，就像个寒暑表。平素总是赤裸着上身，在肥盾盾的横内上揩着汗，现在也穿直上汗衫来了。

——《我们这一伙》，《赵戎小说选》，第216页。

例6：那女郎突然五指朝色狼的脸上用力一抓，那尖利的指甲简直像五把尖刀，在他色淫淫的脸孔上划了五道血痕来……

——《父子同科》，《赵戎小说选》，第96页。

---

① 《有得顶》，《热带风情画》，新加坡华文中学教师会，1977年，第93－105页。赵戎：《分期付款》，《赵戎小说选》，新加坡文艺协会，1999年，第135－144页。

② 算死草，意为铁公鸡，吝啬鬼。1947－1948年间的广东方言文艺运动，曾出现《算死草》（小说）等一批广东方言文艺。参看华嘉：《论方言文艺》，香港人同书屋，1949年，第100－116页。

③ 赵戎：《包死灰》，《赵戎小说选》，新加坡文艺协会，1999年，第187－198页。

例7：我做二房东的，见过不知多少房客，从来没有见过像你们那样一表人材，斯文四四的。

——《楼上花支笑独眠》，《赵戎小说选》，第92页。

例6中“色淫淫”的“色”是名形化，例7中“斯文四四”的“斯文”，属双音节形容词。赵戎的形容词摹状迭字是丰富多样的，有时诉诸于听觉、触觉、嗅觉等。例如：

当天的傍晚，校工李四也有事下坡了，校舍静幽幽的，只有他独自忍受的磨折。

——《流行性感冒》，《赵戎小说选》，第185页。

牛车水是个著名的人流拥挤的地方，尤其是珍珠巴刹一带，闹哄哄的热呼呼的翻滚着。

——《流浪行》，《赵戎小说选》，第268页。

他把重叻叻的篮子交给她，握着她底温暖的手，默默地相看着。

——《海恋》，第109页。

冰感染了我的痛苦，脸孔也扭歪了，眸子也湿漉漉的。

——《在马六甲海峡》，第191页。

阿仔想起了小时同伴们唱的儿歌：“卖鱼佬，腥昏昏；猪肉佬；肥腾腾；牛肉佬，臊堪堪；倒屎佬，臭亨亨……”

——《流浪行》，《赵戎小说选》，第268页。

赵戎有些形容词摹状迭写，并不直接摹写视听等五官感觉，而是摹写事物的或一性质所引发的感知印象，它往往有助于突出对象的某一种情性或特征。例如：

“吠，你都发大梦，戆尻尻，真是水浸眼眉不知死！如果刚才一粒炸弹落正你的头上，看你还能嘴硬么？”爽直的园主也听得气愤起来。

——《在马六甲海峡》，第164页。

“别忘记，我是这间房里的主人，我是花了一笔钱来娶你的。”高佬全阴恻恻地说。

——《玉花姑娘》，《赵戎小说选》，第199页。

本地番鬼……哗啦哗啦地说：“……那些侨领搞什么筹赈总会，后生仔搞什么抗日救国，完全是懵闭闭，不明两国头人的苦心！真是成事不足，败事有余！”

——《本地番鬼》，《赵戎小说选》，第125页。

3. 数量词的灵活运用

数量词的采用与铸造，也能见出赵戎的语言技巧。赵戎的技法有三：一是基数与序数的灵活运用；二是数词的叠用与异字隔用；三是量词的活用与铸造。这里着重谈第一点，以窥见一斑。

《海恋》第三章曾引用钟日清用以炫耀才情，其实是剽窃的一首打油诗：“一姐不如二姐娇，三寸金莲四寸腰，买得五六七钱粉，粧成八九十分娇!”① 文中又写汉英月夜蹓跶，从破陋的亚答屋传出似是大目叔的吟诗声：“十九夜月八分光，七宫仙女渡六郎，五更四处敲三点，二人同睡一张床。”②这两首诗都依据华语称谓数目的“十进法”，分别采用由“一”递进到“十”，或由“十”递减到“一”的次序，造成表述与类乎序数的功能，借以增添言语文字的诙谐幽默情趣。

其实，前一首诗只有“一（姐）”“二（姐）”，是表示次序先后的序数词，“三”至“十”因分别配上量词“寸”“钱”“分”，只是表示数量多少的基数词；其中“八九十”虽有两个个位数放在十位数前头，但并非表示“八九乘十”的八九十的数目，而只是表示粧成八九十分娇的概数。“五六七钱粉”结构相似，亦属表概数的基数词。而后一首诗，只有“十九”“六”是序数，其余搭配“分”“宫”“更”“处”“点”“张”等量词，均为基数。“十九”是个位数加在十位数之后，是“十加九”，即十九的夜月，属于序数。“二人”是两个人，表示数量，属基数。这两首诗，前者接顺序排序，讽刺一姐的娇妆打扮，具有更多民间嘲讽的意味；后者却用倒叙排列，描述仙女六郎的幽会，饶有神话传说的诙谐情趣。它们对文中吟诵人的性格心理，自也有某种表征或衬映的审美功用。从中也可窥见赵戎使用数量词的娴熟与技巧。

基数、序数词也常被用于人物对话。《本地番鬼》写新加坡沦陷后，“本地番鬼”充当四卡亭二粒花伪保长，他奉命委派他的爪牙当一粒花伪甲长：“现在，

---

① 赵戎：《海恋》，新加坡青年书局，1959年，第151、172页。
② 赵戎：《海恋》，新加坡青年书局，1959年，第151、172页。

我要委任孙大、黄二、陈三、李四、张五、何六、钱七、周八做一粒花……”① 被本地番鬼称为一粒花的人的姓名，采用姓氏加数词，“孙大”的“大”是华语表示排行的序数，意为第一，其他姓后面从二到八的数词，既可看为排行的序数，也可视为基数，但其排列同样有序数的效果。它犹如顺口溜，写出本地番鬼调兵遣将时的洋洋得意，对被委任的一粒花也有明显的嘲讽色彩。又如《狗的故事》（1958）写贪鄙自私的校长马占山，利用劳作课奴役小学生，他“把藤鞭一挥”，喊道：“陈大王二张三李四洗厕所，水生木生土生金生他们去破柴!”② 学生已然成了他随意吆三喝四的奴仆。

更为引人瞩目的是短篇《追求一二三四》。主人公李维新家境贫寒，他将“一个太太，两个孩子，三房一厅，四个轮小”，奉为自己大学和师训班毕业后的人生追求目标。“一、二、三、四”作为篇名，具有序数的功能，但其内涵搭配量词后，却纯为表示数量的基数。重要的是，作者将序数、基数的揉合使用与语篇有机结合起来，既以“一二三四”提挈全篇，又以它作为情节结构的基架，饶有波澜地叙述主人公娶妻、生子、分房、买车，如今太太又生千金的奋斗史。“五年计划，四年完成!”李维新不禁脱口而出，他那顾盼自雄的心态溢乎言表。小说的字里行间，含蓄地嘲讽这个只懂物质生活的追求与享受，精神生活却付之阙如的当代小资产阶级知识青年③。

二、包嵌并列结构的独特句式

赵戎的文学语言铸造，不但表征于语词的吸收、熔炼与创造，而且彰显于句法的丰富多样，饶具特色。

周作人早就指出，汉语即华语文学语言的创造，虽有“采纳古语”“采纳方言”“采纳新名词，及语法的严密化”三个方面，但是“最重要的还是在于语法的严密化”，因为它从根本上决定了前三种办法的“效果”④。鲁迅竭力主张引进外国“新的字眼，新的语法”，借以帮助国人“创造出新的中国的现代言语”。在他看来，“中国的文与话，法子实在太不精密了……这语法的不精密，就在证明思路的不精神”，他为“医治这病”所开出的药方是，“装进异样的句法去，古的，外省外府的，外国的，后来便可以据为己有。”⑤ 嗣后，茅盾进一步澄明，

① 赵戎：《本地番鬼》，《赵戎小说选》，新加坡文艺协会，1999 年，第 131 页。

② 赵戎：《狗的故事》，《芭洋上》，新加坡青年书局，1958 年，第 64 – 65 页。

③ 赵戎：《追求一二三四》，《赵戎小说选》，新加坡文艺协会，1999 年，第 99 – 106 页。

④ 周作人：《国语改造的意见》，《国语月刊》，1922 年 11 月，第 10 期。

⑤ 鲁迅：《关于翻译的通信》，《文学月报》，1932 年 6 月，第 1 卷第 1 号。

"文学作品的文字，不论它如何大众化，但终究是'艺术语言'，即是精炼过了的大众口语。这精炼的功力，在句法上特别显而易见。组织复杂而缜密，而且方式多变化的句法，是一篇文学作品所不可缺少的，然而这样的句法在大众的口头并不常有，尤其是文化落后的大众口语简直少有。"鉴此，不论采用欧洲语法、中国古代文法或各地方言的语法，都应该注重"勾通"与"锤炼"，"不是单纯的采用，而是有目的意义的运用"，"采取某一特殊语法是不但要加以改造而且要与其他语法溶化，使成一效能更高的新语法。"①

深受中国"五四"文学前驱思想熏陶的赵戎，熟谙此中三昧。他虽同时借镜古文、方言和外国语的句法，但其中对西方文法的吸纳显得更为突出，尤其是小说的叙述语言。他的小说、杂文的句法，从总体看，虽遵循汉语的基本语序：主语——谓语——宾语，以语序和辅助词为主要手段，也有丰富的量词和语气词，但因采纳西方文法的有益因素，在句子主要成分的前后，常常缀以用来形容、修饰或补充的若干附加语，或称限制语；大量使用不同类型的多重复句、长短句，也有相当数量的倒装句，使句法显得复杂、错综而有变化，借以表达细密、曲折而丰饶的文意。在这方面，赵戎达到了较高的语言技巧，他的文字没有晦涩难懂的欧化的拗句。其句型丰富多彩，有独词句、短句、长句、变式句，除陈述句外，否定句、询问句、反问句、祈使句、感叹句等等，应有尽有。

喜用并列的词语、短语、分句，充当句子的主要成分或附加成分，借以造成联合式的主语、谓语、宾语，并带有繁复的形容修饰或附加成分，是赵戎句法的显著特征之一。这种包嵌并列结构的独特句式，有利于全面地描述事物或现象的复杂的多维特征，使叙写的对象显得具体丰满，多姿多彩，文意的表述周致、迂曲而缜密。请看赵戎笔下马来亚东海岸彭亨州的原始森林景观：

> 公路两旁，完全是原始的郁绿的森林、深山和大泽，丛生着参天古老的大树，间杂着矮小的多刺的灌莽、蔓藤和荆棘；繁殖着形形色色的，凶猛的，驯良的，丑陋的，美丽的，有毒的，无毒的鸟兽和蛇虫。②

这个精心锤炼的并列复句，铺述有序，逐层深入。"森林，深山和大泽"三个并列语词，既与判断词"是"组成第一分句的合成谓语，又成为整个复句的主语，相继领出"丛生着""间杂着""繁殖着"三个并列的动词谓语，及由它

① 茅盾：《论大众语》，《新中华》复刊，1943年8月，第1卷第8期。
② 赵戎：《芭洋上》，新加坡青年书局，1958年，第5页。

们组成的三个动宾结构的并列分句。而后两个分句，又各有由并列词语、词组充当的宾语——“灌莽、蔓藤和荆棘”；“鸟兽和蛇虫”，以及用来修饰宾语的一串定语。这就以繁富绵密的语象，将彭亨州原始森林那蛮荒的景象，十分逼真生动地展呈在读者面前。其中反义词的应用，如“参天”与“矮小”、“凶猛”与“驯良”、“丑陋”与“美丽”，也从或一侧面表征作者观察的深致与遣词造句的功力。

短篇《码头上》（1950）以码头工阿炳被断缆的吊机货包活活砸死的惨剧为题，开篇勾画了新加坡街道工友住宅区嘈杂混乱的早餐场景，为主人公的悲惨生活作了有力的环境铺垫：

> 跟着，街道上的人，打那黑危危的宿舍里，渐渐地来了，多了，愈聚愈密，拥挤着，穿梭着，在街道上，骑楼下，档口旁，像无数的蚂蚁攒在糖缸上。各管各的用着他们的早餐，吃着，喝着。有些在斗嘴，戏弄，争论，吵架……①

作者写人流的聚集，一连用了三组并列的动词、形容词谓语，但语词和句式却错综变化，先单音词完成式——“来了，多了”，次紧缩短语——“愈聚愈密”，后双音词进行式——“拥挤着，穿梭着”。又用介词“在”领出三个并列的方位名词短语——“街道上，骑楼下，档口旁”，充当倒装的状语，写出人们聚集的空间位置，再写一个比况结构的分句，生动传神地描摹蚁民们攒集的情态。这就将人流聚集的过程、地点、情状写得活龙活现，如在眼前。接下来写用餐的，吵闹争斗的，也各用并列动词谓语予以描述，但构词、句式亦有变化。一幅底层劳工的闹哄哄的市场早餐图像，就这样被简洁明净地勾画出来。而年轻的阿炳正是这无数蚁民中的一个。

赵戎的小说大量使用这种嵌入并列结构的独特句式，它既被用以描绘热带的自然景观、世态人情，也成为刻画人物的独特性格、心理的有效手段。后期短篇《冇得顶》（1976）里，有一段描述主人公绰号由来的对话：

> 有一天，隔邻张老三认真地对他（指刘思荣——引者注，下同）说：“老友，我的的确确佩服你，我在社会里揾食，很少见到像你这样

① 赵戎：《码头上》，《芭洋上》，新加坡青年书局，1958 年，第 28 页。

> 的人才，晓中文，晓英文，又晓马来文！晓开山门（做股东），晓捉鱼（拥有拖网渔船），又晓做甲巴拉！晓吃喝，晓享受，又晓赌万字票！你的为人真正冇得顶！”①

张老三的话语，句子简短，而又口语化。仔细揣摩，他连用了三组由三个动宾结构组成的并列分句，但这三组并列分句的动宾结构，其构成方式却各有不同，变化多姿，且结句都从陈述句换为感叹句，而动词谓语“晓”一连重复了九次，最后才道出“冇得顶”这一为众人所赞同的绰号。张老三的赞赏虽到了几乎击节的程度，然其口吻却也内含几许揶揄的成分。通过人物的间接话语，赵戎穷形极致地刻画了冇得顶捞世界的学识、才干、经历，连“吃”“喝”“赌”也是冇得顶！主人公那独具个性特征的形象，跃然于纸上！

再看《在马六甲海峡》“密云期中”，主人公张浪萍的一段内心独白：

> “路是我们踏出来的”，为什末马华文艺底路，不能由我们踏出来？在修竹园里，我们唯恐孤陋寡闻地，日以继夜地去读着，去写着，去干着，为的是什末呢？无非抱着一个信念，一个理想，像教徒背起十字架一样虔诚地工作着。②

叙述人沿着人物的引述与反诘、陈述与自问自答，这一跌宕起伏的思维轨迹，剖露张浪萍心灵深处的思绪腾跃，情志激荡。文中的叙述句，有三个并列的动词谓语——“去读着，去写着，去干着”，前头用两个并列状语予以修饰——“惟恐孤陋寡闻地，日以继夜地”；它们由文言词“唯恐”与两个不同结构的成语构成，借以强调“我们”的无私奉献。但这一陈述又被纳入推论目的的疑问主句中，并由动词谓语“抱着”领出的两个并列宾语——“一个信念，一个理想”，给以解答，最后用一个形象化的比况结构加以强调。细心的读者不难看出，这唯一的信念与理想，其内涵已伏藏在首句的引语与反诘中，而“像教徒背起十字架”的比况分句，又可看为次句陈述内容的隔句倒装。短短几句，句式错综变化，主意回环互补，相当精确地表达了主人公和文坛战友，为马华文艺闯出新路的无私奉献精神与执着的理想诉求。

---

① 赵戎：《冇得顶》，《热带风情画》，新加坡华文中学教师会，1977年，第99页。

② 赵戎：《在马六甲海峡》，新加坡青年书局，1961年，第68页。

三、倒装句与倒叙的交渗互融

灵活地运用倒装句，是赵戎句法的又一显著特点。所谓倒装句是惯常的语序颠倒，它用颠倒话语中词法或句法成分的通常次序，借以达成突出某一内容、加强语势或协调韵律等审美预期。一般地说，倒置后的语词、短语或句子成分，仍可恢复原位，否则就不是倒装句式。赵戎善于灵活巧妙地运用倒装句，从上述两节的事例中已堪可窥见一二。《海恋》第三章写女主人公素芬总找空儿，向弟弟文泉旁敲侧击地探听汉英的底细，之后有一段素芬的心理描写：

> 无疑地，她这种态度，是出于'爱'的，她不否认，也不承认；难道这是不应该的？当她看到这丹戎里的大姐们都是盲婚出嫁的，而多数过着奴隶式的不如意的生活，她不能不考虑自己的前途，除非没有机会！①

首句将状语“无疑地”倒置在主语之前，强调素芬颔首认可自己的态度，是出于对汉英的爱恋；再用一对内含反义选择意味的否定陈述句——“她不否认，也不承认”，及由之激发而成的反诘句——“难道这是不应该的?”以句型嬗变的两个双重否定句，愈加顿挫有力地写出，她认定恋爱是自己应有的正当的权利，本无须否认或承认，其心理语言向读者袒露了一个渔家女觉醒而又能沉着应对的性格侧面。接下的偏正复句，先用介词结构所领属的两个递进分句，写素芬敏锐地感悟丹戎女子盲婚出嫁的悲惨遭遇，然后将带有感叹语气的条件副句——“除非没有机会!”倒置在以双重否定表示肯定意义的主句之后，借以强调她面对当地盲婚的恶劣环境，将抓住一切可以利用的机会，挺身谋划自己的前途。显然，文中前置的状语与后置的条件句，更加突现了女主人公是一个善于抓住机遇、把握自身命运的觉醒沉稳而又聪慧果敢的南洋女性。

引人瞩目的是，赵戎文本的倒装句式，有时还与小说的语段、语篇的叙述方法巧妙地揉合使用，这时词法、句法成分的语序颠倒，同语段、语篇的倒叙等叙述方法，二者互渗交融，其叙述性语序也显得综错复杂，但在叙事写人、建构情节等方面，却发挥了多维度的审美张力，往往产生类乎“陌生化”的奇袭效果。例如，名篇《芭洋上》叙写“我”等三人搭乘马来游艇，渡过云边河的语段：

---

① 赵戎：《海恋》，新加坡青年书局，1959 年，第 91－92 页。

多谢那一见如故的马来船夫沙温——这整天在云边河划渡搭客的土人，他快乐地划着那狭长的游艇，只消一会儿，便把我们载过那条不大宽阔的，浑浊的，蕴藏着无限神奇和秘密的小河流，平安达到对岸了。可不要看轻它——那潮退时涉水也渡得过的云边河，为着要在这河上讨生活，不知几多马来船夫渔夫们，曾在撒网垂钓或划渡运载的时候，给那些残忍的凶恶而丑陋的鳄鱼，用它的织着硬甲的巨尾一挞，人和船夫也给它打翻了，那么容易牺牲在它的腹内。我们刚来的时候，就听到一个马来妇人在河边洗衣服，无端的给鳄鱼咬伤了腿部，侥幸走得快，险些送命哩。但那鲜血淋漓的惨状，真教人对这小河起了恐怖和畏怕的念头。好了，现在我们又踏上另一边温润的土地，那热情的乐天的沙温忽然戚了眉头，惜别地我们一一紧握过手。如此的单纯和直截，只说了算几句“珍重”“再会”的道别话，便摆渡去了，那和善的马来人。①

这个语段采用倒叙的方法，先用一个多重并列复句，描述马来船夫沙温划着游艇，把“我们”载过云边河，平安到达对岸的情景。但这开端的复句，其起始句却是一个动宾结构的倒装句式——“多谢那一见如故的马来船夫”，用来强调复句的主语“这……土人”，也表达“我们”抵达对岸时对热情、快乐的沙温的感激之情。同时，这一复句也为下文埋下云边河虽不“宽阔”“浑浊”，却“蕴藏着无限神奇和秘密”的伏笔。接着，叙述人回溯云边河里鳄鱼时常出没，挞翻人船的惊怖景象，它给撒网垂钓的渔夫和划渡运载的船夫造成了严重危害。但令人叹异的是，这继出的并列复句，其起句却同样采用动宾结构的倒装句式——“可不要看轻它”，用以指称那潮退时冥顽可涉水而过的云边河，借以强调河里鳄鱼的“残忍”与“凶恶”，也使叙述方法的转换，显得界限清晰，过渡自然。接下两句，插叙“我们”刚来云边时，耳闻鳄鱼咬伤马来妇人的鲜血淋漓的惨状，使回溯的内容更为具体、有力。

若仔细琢磨，上述两个倒装句也有不同之处。前者写万物之灵的人类，用感叹语气表达对人的尊重与致谢；后者写神秘的大自然，以祈使语气传达怀揣恐惧吁请人类的警惕。两个倒装句后各有复指代词“这”与“那”，也不无近人远物的情感色彩。语段末尾，经由独词句“好了”的接榫，叙述视角又返回开头，描述了“我们”与热情、乐天的船夫沙温惜别的动人情景，也不忘再用一笔，

① 赵戎：《芭洋上》，新加坡青年书局，1958 年，第 3 –4 页。

勾画沙温性情的“单纯和直截”。然再次令读者叹奇的是，结句“那和善的马来人”，却是个后置的倒装句，它为马来船夫形象添上了完美的最后一笔。短短一个语段，描述跌宕起伏，引人入胜。叙述人凭借前置、后置的倒装句与倒叙、顺叙、插叙的交渗互融，不仅逼真生动地描写云边河特有的神秘与凶险，而且将一位独具个性的马来船夫形象刻画得形神毕肖，宛如伫立在读者眼前。

赵戎小说文本的倒装句式与篇章叙述方法的交融，其方式是多样的。既有语段的，也有语章的，中篇《海恋》第二章即是显例。小说首章叙述主人公汉英来到丹戎渔港，在收鱼场上乍见渔家女素芬，误以为是红薇，“那身裁，那脸型，那衣服，那笑涡……没有一样不像红薇哪！”① 大目叔向汉英介绍了这位老黄瓜大闺女的平台上遐想，他已决定帮助素芬——这位形貌、处境类乎红薇的渔家女，挣脱封建家庭的牢笼，成为一个有理想、争自由的新女性，如同他曾经指导红薇一样。这时，叙述人写道：

> ……激情，在他底脑海里翻滚了：——
> 那是去年的一个仲夏底周末的晚会上，他认识了红薇。
> ……②

由这一倒装句式的转折，叙述人以几乎专章的篇幅，从汉英的视角，回溯了他与布尔乔亚小姐红薇的初识、相恋，自夏至秋，他们在丹戎市区一道从事进步的文艺活动和社会工作。后来红薇因家庭包办婚姻等原因，决定回大陆升学，两人被迫分手。当汉英从回忆中醒来时，已是丹戎的夜深时分。③ 这一专章回溯，从一个重要侧面丰富了汉英等人物的思想性格刻画，对小说的基本情节线也是有力地铺垫与衬映，它有力的拓展了中篇的思想容量与艺术蕴涵。

长篇小说《在马六甲海峡》，将倒装句式与叙述方法的交融扩展到语篇层面，进一步彰显了赵戎在语句艺术方面新的开拓。作品以富有革命朝气的新一代华人知识青年张浪萍和余洁冰的抗日反殖民斗争与情爱纠葛为情节主线。文中以第一人称“我”出场的男主人公张浪萍，因光复后日伪汉奸依然当道，被迫从星岛前往槟城谋生，在驶往马六甲海峡的星槟线轮船上，竟然意外地与“十年生死两茫茫”的恋人余洁冰邂逅相逢。“我”“像触电般”，思潮翻腾不息，百感交

① 赵戎：《海恋》，新加坡青年书局，1959 年，第 21 页。
② 赵戎：《海恋》，新加坡青年书局，1959 年，第 23－24 页。
③ 赵戎：《海恋》，新加坡青年书局，1959 年，第 76 页。

集……，第二章《在船上》末节的结句写道：

> 然而，我无论如何也睡不着，冰底往事电影似的一幕幕在我的脑海里出现！①

这个抚今追昔，充满扼腕之情的倒装句，因植根于小说独特的情节运思与精心营构的倒叙艺术，而获得了犹如四两拨千斤的艺术张力。它成了小说语篇和章节结构的关键枢纽，不单承接上文，也引出下文追溯的四个专章；这既为情节的纵向延伸与横向铺展，又为人物形象多维度、多层面的刻画，开辟了广阔的艺术时空场域。

自三章至六章，叙述了仍以主人公“我”的视角，回溯十年前的一幕幕往事。它依照时序，描述了“我们这一淘”——“我”、冰和梅、危、石等战友，在战前“密云期中”与新马沦陷后，为着发展马华文艺事业，开展抗日救亡和赈灾活动，同反动文人、同日寇汉奸进行了针锋相对、不屈不拔的浴血抗争，也表现了“我”和冰在庄严与无耻、火与血的斗争中，所萌生、茁长、渐臻成熟的纯洁高尚的爱情。当两人从日军集中营的“地狱门里”逃出，“我”因汉奸告密又被投进日寇的监狱，“在鬼门关”罹受严刑拷打，冰则转入地下的抗日斗争②。由此一别，两人失散竟达十年之久。小说结章“海上行”，叙述视角又返回马六甲海峡的轮船上，当船抵达槟城时，冰却因“××分子嫌疑”而被殖民当局扣押；这位坚强而又沉毅的女性，光复后一直为争取马来亚的自由与独立而不懈抗争。“我”不畏坐监，当场挺身搭救冰而无效③。至此，男女主人公的“往事”与“当下”，在读者心中已连成了一幅相当完美的新马华儿女生命史的艺术图画。从语篇相关内容的简述不难看出，赵戎以他创造性的艺术运思，凭借一个看似寻常的倒装语句与常见的倒叙方法的交融互渗，不但极大的增添了情节的生动性与丰富性，也将小说较大的社会历史内容与众多的人物形象，巧妙地浓缩为海船上的重逢、被捕与再度分手这一人生的横截面，作品的情节结构艺术也因之呈现高度集中的戏剧性特征。

---

① 赵戎：《在马六甲海峡》，新加坡青年书局，1961年，第61页。

② 赵戎：《在马六甲海峡》，新加坡青年书局，1961年，第62－266页。

③ 赵戎：《在马六甲海峡》，新加坡青年书局，1961年，267－290页。

四、长短句、排句及语调的韵律

长短与短句相对，其形体长，并列、修饰成分多，结构层次复杂。赵戎讲究长短句的搭配运用，借以精确、周密地描写事物的特征及其复杂关系，同时造成很好的审美效果。在他笔下，芭洋的流浪者在热带的荒凉的原野上跋涉，虽不免沉寂得令人有点发慌，然而，途中那生机盎然，各呈奇彩异姿的热带花木禽鸟，都随时映入你的眼帘，引发你的惊奇与警觉：

> 突然，打头上，掠过了哗—— 哗—— 哗的一声尖锐的长鸣，划破了太空的岑寂。那么峻急，一只大老鸦，拍动着一双黑翼，箭也似的飞去遥远的树梢了，却引起了一些槁树枝丫上，那鹁鸪雀、青丝雀、白头翁、黄莺的银铃般的清晰而嘹亮的叫声，大尾松鼠也在吱吱地叫了，非常敏捷地在树上跳跃着，十分写意地甩着过大的尾巴。”①

赵戎先用两个短句“突然”“打头上”，制造了紧张的气氛。接着一个长句，到底是什么“哗——哗——哗”地“划破了太空的岑寂”？读者正想知道答案，看下去，赵戎却继续制造气氛，又用了短句“那么峻急”，然后“一只大老鸦”才让读者解开了谜。作者善于抓住对象的性状特征，但他不写静态，而是写对象的动态特征及其相互关系，这既需要对事物的深入观察，也需要更高的语言表达技巧。详言之，作者先用一个由四个长短句组成的复杂句，写大老鸦突然划破太空的尖锐的长鸣声，接着写它的动态，又是一个由四个长短句组成的复杂句，写它峻急地拍动着一双黑翼，箭也似的飞向遥远的树梢。但作者细致的描绘并未驻留于此，写大老鸦动态的复杂句被设计为副句，它由连词“却”巧妙转折而引出主句，那粗犷的长鸣与雄健的翱翔，惊动了槁树枝丫上的群鸟与林中的松鼠；群鸟们“银铃般的清晰而嘹亮的叫声”，特别是松鼠的声态、跳跃与甩着大尾巴的传神描绘，又给读者一种幽雅温婉的美感。

在赵戎的小说中，长短句也被用来描述复杂的人生境遇，表象人物的外貌、神情、动作及隐秘的内心活动。《在马六甲海峡》描绘了男女主人公失散十年后在海船上邂逅重逢的动人情景：

---

① 赵戎：《芭洋上》，新加坡青年书局，1958年，第8－9页。

“张！”忽然，我后面响起了银铃般的声音。

我蓦地一震，迅速回转头去。那白衣女郎，银光灿烂地在面前出现了，婀娜的腰肢，和一身绯红的肉色，衬着那雪白的晚服，越显得高贵和庄重了，真像座一尘不染的精巧石膏像！那双乌俐俐的眸子，无限深情地看着我。那么美好，那么端庄，使我不敢正视她一眼。多面善，多熟识的声调呵！

“对不起，我们似乎很面熟，但我一时又想不起来，不知你怎样知道我的贱姓呢？”我惶惑，在这满身珠光宝气的女郎面前，连说话也不自然了。我一路来没有过这么高贵的女朋友。

“怎么？张，难道你忘记了战前的冰么？为什末一下子就忘得一干二净！”她轻启朱唇，嫣然一笑，更加妩媚了。

“什么？你就是冰么……”这一下打击太大了，像触电般。我的手紧握着铁栏控制自己底过份冲动，我知道自己的脸色变得多紧张，一时千言万语都涌上心来，无从说起，我的舌头也要僵化了！[①]

在“我”心井里，十年前的冰“朴素得和村姑一样”，况且以为她“早已不在人间”。而如今面前伫立的，却是一个“高贵和庄重”，“满身珠光宝气”的女郎。乍见之下，“我”从最初的惊愕，“不敢正视她一眼”，到内心“惶惑”，“连说话也不自然了”，最后认定时，竟“像触电般”被猛击，脸色剧变，一下说不出话来。这瞬间骤变的神情与心理动作，无不是凭借文中一连串的长短句的交错使用，而获得逼真、精确而纡曲的展现。而“我”视角中的“白衣女郎”冰，其形象的描画，却采用了长句包裹短句的句式。先一笔“银光灿烂地在面前出现”，继而以三个短语分句的并列与衬映，来彰显冰的形体与服饰的“高贵和庄重”，再用明喻“一尘不染的精巧石膏像”来形容。这七个分句组成了一个三重并列复句，其结构逐层递进，极写冰的外形之美。接下又以点睛之笔，写她饱含深情的乌眸子，并辅以“美妙”“端庄”“多面善”“多熟识”四个短语句，写“我”乍闻见冰的形貌、眼神、声调时的独特感受，也从侧面进一步烘托冰的形象。再看两人的对话，从冰的热情的招呼，“我”那惶惑的询问，到冰充满惊讶的疑问、反诘与慨叹，“我”的大吃一惊，认定时却还有几分怀疑，也都是长短句的错综使用，它曲折有致地展现了两人重逢时微妙的心理抵触与心灵交锋。

① 赵戎：《在马六甲海峡》，新加坡：青年书店，1961年，第53页。

赵戎爱用排比句，他常以句式相似，语气一致，然结构略有变化的排比句，来描写他所喜爱的热带的风物人情。南洋炙热的天气，原本让人难以透过气来的，但是，他却能够形容得那么的怡人。比如：

> 赤道下的风，也是灼热的，真的会把人吹昏。没有起风的时候，那野生的棕榈的羽叶，那巫萝金树新绿的嫩芽，那迎风而舞的葵扇树，那开着白花的斯茅草，一动也不动，静静地，静静得像一幅原野的立体的画图。①

袁亨州的云边，如马来亚东海岸的小市镇一样，只有一条黄泥路的小街，几间简陋的商店。南洋的河流由于冲积的淤泥，多是黄褐色的。大河的颜色都是浑浊不清。那条云边河也不会例外。但是，赵戎运用排比句的手法，把那令人觉得乏味，有点厌烦的小城的河诗化了。这让读者读起来，也不禁想象这里不仅有着善良的人，有椰香芭林，还有一条悠悠的河水，有着流水人家。

> 那寂寞的小城，那浓厚醉人的椰花香，那朴素耿直的居民，那鳄鱼出没的云河边，那绿油油的曼格罗丛，那沉默寡言的马来船夫，那在黄泥路上优游觅食的猪、狗、鸡、鸭……别了，一切！②

这种如潮浪般排叠而来的语句，为读者留下深刻的形象。赵戎在描写自然景观的时候，由于对南洋的景物的熟悉与热爱，所以笔下流露着浪漫的联想。这种浪漫的联想很可能就是他从生长的牛车水肮脏的环境中脱离，一旦置身于雄壮的大自然当中，油然心生真的感受。

赵戎的文本不仅有着丰富多样的句式，而且注重句调的审美功能。陈述、感叹、疑问、祈使等不同句式的交错使用，固然使语调呈现出跌宕变化。而长短句、排比句、倒装句等的交互穿插与停顿变化，同样有助于语调的波荡起伏，摇曳多姿。在赵戎的小说中，句调、语调的变化，也常常同语词和短语的音韵调谐有机结合起来，借以增添语句的韵律美与感人的力量。

赵戎在用韵方面非常自然、扎实。他从小对《三国演义》《红楼梦》、唐诗、宋词等古典文学的认识比较深，直到他在工作的时候也读很多不同种类的书——

① 赵戎：《芭洋上》，新加坡青年书局，1958 年，第 8 页。
② 赵戎：《芭洋上》，新加坡青年书局，1958 年，第 4 页。

历史、哲学、科学，所以在文法、遣词用字等方面都已经到了一种游刃有余的地步。由于他从小就开始写稿，同时还不断地进修语文，文学的营养不断地充实，所以他的文句很扎实，同时又有很漂亮又悠扬悦耳的语调。仍以本章第二节开头的两个事例为例。

> 公路两旁，完全是原始的郁绿的森林，深山和大泽，丛生着参天古老的大树，间杂着矮小多刺的灌莽、蔓藤和荆棘；繁殖着形形色色的，凶猛的，驯良的，丑陋的，美丽的，有毒的，无毒的鸟兽和蛇虫。

文中使用了华语特有的叠韵语词，如“两旁”“完全”“郁绿”“蔓藤”“凶猛”“丑陋”“美丽”等，也有双声语词，如“深山”“荆棘”等，它们与一般语词相互搭配，造成了一种抑扬顿挫的韵律美。当然，这也与语词、短语的平仄的巧妙使用分不开。例如，“凶猛的”是平仄音，“驯良的”是仄平音；“丑陋的，美丽的”都是仄仄音；“有毒的”是仄平音；“无毒的”是平平音。这样的音词的起伏给读者很有韵律的感觉。另外，赵戎用了3个字的短语，而每个短语的最后一个字是同音、同字的“的”，让读者迫不及待想知道藏在这“参天古老的大树”、“间杂着矮小多刺的灌莽、蔓藤和荆棘”的背后“繁殖着”什么东西！

> 跟着，街道上的人，打那黑危危的宿舍里，渐渐地来了，多了，愈聚愈密，拥挤着，穿梭着，在街道上，骑楼下，档口旁，像无数的蚂蚁攒在糖缸上。

赵戎以“黑危危”并排的3个平音，把宿舍的黑暗立体化地形容出来。然后，再以“渐渐地”的并排仄音、“愈聚愈密”的并排仄音，使音调低沉，充分地应用韵法来制造人流聚集的紧张气氛。

五、 多种修辞手段的综合启用

古人说，“修辞立其诚”，意为不论表情说理，还是写人叙事，所写都是自己的观察与感受，不玩弄词藻，不胡弄读者。陈望道对修辞学的性质、修辞与文法的关系、修辞运用与研究的原则，曾作过精辟的论述。他澄明“修辞学介于语言、文学之间。……它是一门边缘学科。”在他看来，修辞与文法虽“往往密不可分”，但二者“又有区别”。“文法研究语文组织规律，它是讲习惯的。修辞是对文法上的各种语言组织规律的具体运用。”文法“一讲运用，已经是在谈修辞了”。他强调指出，“修辞应该研究语言怎样具体运用，才能适合题旨情境。”例如，“辞格不能硬用，要适合题旨情境，要在某一题旨情境下，觉得非用这一辞格不可时才用。”因此，“修辞研究要把内容决定形式作为研究的纲领。”①又说“修辞是对语言的综合利用。”“修辞上讲形式和内容的关系，要求适应题旨情境”，这是修辞研究的“原则”②。

王力、吕叔湘对修辞的运用也发表了弥足珍贵的见解。王力称修辞包含两个方面。一是“怎样说的话才是最合逻辑，最生动，最有力量的话”；二是“怎样利用不同的语言手段去最有效的适应不同的环境和不同的对象。”③这就是说，修辞最讲究说话的逻辑，生动有力，它不能脱离不同的语境和场合，不同的说话人和听说人，后者还包括不同的读者对象。如吕叔湘所言，假如将修辞简单地看为语言文字的“修饰和加工”，就很容易走到“刻意求工”的路上去，于是，“涂脂抹粉”“虚张声势”等流弊也随之出现④。而无视不同的语境、对象，采用千篇一律的不高明的语言，将大大降低语言的交际能力⑤。王、吕二人的见解，与陈望道强调修辞要“适合题旨情境”、“内容决定形式”的原则是一致的，它们为笔者研究赵戎文学语言的修辞提供了理论和方法的指导。

赵戎注重从文本的具体语境出发，精心采用切合规定情境、事件，符合人物性格、心理的各种修辞手段。短篇《书的故事》《山狗亚才》虽写于不同年代，却都以日寇的狂轰滥炸给新加坡民众造成的深重灾难为背景。后者描述了日军炮轰的日子，“人们没有笑声，在炮火连天笼罩下默默度过”；“过山炮日夜不停地轰来，连猪寮鸡舍都遭殃，畜牲们的尸体遍地皆是，人的生命也危险万分”；“有人被炸死在房屋下，有人死在防空壕里，也有人死在漫天流弹的飞射中”⑥。作者以质朴的白描，逼真地再现人畜所遭受的劫难；三个“有人”句式的反复与排比，写出死者的人数太多，死的惨状各有不同，已无法把他们一一记录下来。前者写报馆职员汉文、高平两家和一些百姓，尽管躲到郊外的养猪谷地，又

---

① 陈望道：《谈修辞学是边缘学科及其他》（1963），《陈望道语言学论文集》，北京：商务印书馆，2009年，第446－449页。

② 陈望道：《有关修辞学研究的原则问题》（1965），《陈望道语言学论文集》，北京：商务印书馆，2009年，第451－452页。

③ 王力：《中国语言学的现状及其存在的问题》，《中国语文》1957年3月号。

④ 吕叔湘：《我对于“修辞”的看法》，《中学语文教学》1984年第8期。

⑤ 王力：《中国语言学的现状及其存在的问题》，《中国语文》1957年3月号。

⑥ 赵戎：《山狗阿才》，《周末篇》，新加坡华文中学教师会，1984年。

在山沟建起防空壕作为避难所，仍然无法逃脱被炸被射杀的噩运。农历除夕夜里，“过山炮倒像长了眼睛，一直在各个防空壕的周遭爆炸起来，还加上阵阵的绵密的拍拍拍拍的机关枪声，把这谷地包围得水泄不通了。其中夹杂着惨叫声和孩子的哭喊声。”①赵戎用“长了眼睛”的过山炮，同机关枪“包围”谷地的比喻和拟人手法，描写了一幅日军围歼民众，惨绝人寰的视像画面，又辅以炮轰声、机枪声，人的惨叫声、哭喊声，将日寇的灭绝人性，民众的深重劫难，绘影绘声地展呈在读者面前。

虽说修辞不限于文句的“修饰和加工”，但契合题旨情境的修饰和加工，却是达成语言的准确、鲜明、生动的有力手段。赵戎常用反复、排比、错综（句类、长短不同）等句式，因而相应的修辞格式也被他广泛采用，并且与他擅长的比喻、比拟、借代等修辞手法交错使用，形成了综合启用各种辞格、文采斐然的显著特色。

赵戎运用比喻，既有常见的明喻、隐喻、借喻等类型，也有博喻、强喻等。博喻用繁富的喻体，铺叙对象多方面的性状特征，借以产生多姿多彩的审美效果。如《在马六甲海峡》描写观看热带落日的云彩景观：

> 空朗朗的西方苍穹，抹了一大片醉人的绯红，太阳已经有气无力地，快要沉没地平线下了，变幻多姿的热带云彩，雪白里泛着蔚蓝，像一堆堆棉絮在高空浮荡，缓缓地移动着，舒卷着。有些像一座大雪山，渐渐地又崩塌下来！有些却堆成了险峻的危崖，悬悬欲坠的样子！有些更不绝地变着把戏：一头站在云端的巨象，慢慢地蜕成了一只威风十足的雄狮了，等一下又渐渐地溶成了一匹高头骏马……蔚蓝的天空，在可爱的夕阳里，更显得无限的温柔了。②

叙述人连用了六个喻体，辅助以气势恢宏的排比，表达变换的错综，来形容热带落日变幻多姿的云彩奇观。它像高空浮荡的棉絮，舒卷自如。有些像渐渐崩塌的大雪山，有些堆成了悬悬欲坠的危崖，有些更不绝地变幻出巨象、雄狮、骏马等模样。这云蒸霞蔚、无比妖娆的落日景观，让读者真切地感受热带大自然的无限神奇与魅力。强喻，指被比事物性状的某一方面，在程度上超过了喻体。例如，李白的“桃花潭水深千尺，不及汪伦送我情。”极写诗人与桃花潭村人汪伦

---

① 赵戎：《书的故事》，《楼上花枝笑独眠》，新加坡华文中学教师会，1979 年，第 54 页。

② 赵戎：《在马六甲海峡》，新加坡：青年书店，1961 年，第 27 页。

的深厚情谊。赵戎运用强喻，有时用以表达叙述人对人物的反讽。如《楼上花枝笑独眠》里，写儿孙成群、拄着手杖的“老淫史”，一心想纳年仅15岁的茶花女阿英为妾，他“一步一爬地登上假三楼”，向阿英磨缠道：“你别以为我很老，其实，我是人老心不老，我的心比尘更细呀！后生哥也没有我那么温柔体贴……”①“心比尘更细”，极写这个“棺材香”学后生追女仔的不知羞耻！

诚如高尔基所说，“人赋予他所看见的一切事物以自己的人的性质并加以想象，把它们放到一切地方去——放到一切自然现象，放到他们以智慧和劳动创造出来的一切事物中去。”② 赵戎出于对从小生长的热带乡土的深挚情感，在他笔下，不论马六甲海峡的地域风光，芭洋原始的山野河涧，新马一带的人文风情，赤道线上的港湾、渔村、橡林……都喜爱采用拟人化手法，以丰富的艺术想象，为读者展现出一幅幅生机蓬勃、热力四射的拟人化的自然图画。这是中篇《海恋》开头所描绘的丹戎港湾日出之前的天地景观：

> 粉黛色的苍穹低沉得象要坠下来了；它的东边，给绽破了一道深赭色的裂痕，象在淌血……
>
> 碧蓝的海，经过了一夜底辛劳，也懒洋洋地躺着；打马六甲海峡刮来的晨风，不停地对它轻吻，低唤；可是，它仍然静静地耽睡咧！
>
> 热带的夜雾——从海上升起的森林是氤氲的——经过了整夜底交溶，酝酿，织成了张浓密无边的巨网，把一切都淹没了。
>
> 那漆着银白的长桥，也消失在白朦朦的雾气里；港湾，岗峦，橡林，到处是霭气，到处是烟岚；这大地，像灌足了迷人的红色的椰花酒似地，在酩酊，在沉醉。③

晨曦将露未露的丹戎武雅，大自然的一切都被赋予人的特质。那东边低沉的苍穹，被海平线下的太阳“绽破了一道深赭色的裂痕，像在淌血”；碧蓝的海“懒洋洋地躺着”，尽管晨风对它不停地“轻吻，低唤”，可它仍“静静地耽睡”。而热带底夜雾，经了整夜的“交溶，酝酿，织成了一张淹没一切的“巨网”；大地则像“灌足了……椰花酒似地，在酩酊，在沉醉”。作家驰骋饱含情感的美妙想象，糅合拟人、比喻等技法，以其细腻幽婉，潇洒不凡的笔致，配以色彩浓淡

① 赵戎：《楼上花枝笑独眠》，《赵戎小说选》，新加坡文艺协会，1999年，第78－81页。
② 高尔基：《谈谈我怎样学习语言》，《论文学》，北京：人民文学出版社，1983年，第161页。
③ 赵戎：《海恋》，新加坡青年书局，1959年，第1页。

的涂抹，景物氛围的渲染，挥洒出一幅境界郁勃邃密、立意遥深的热带风景油画，也为主人公汉英的出场创造了诗化的象征性意境。

赵戎也常用拟物手法，以物拟人，其表情达意可褒可贬。它有时用以表达主体对客体的亲昵、喜爱或敬佩、崇仰之情。短篇《章婆》写卖豆芽的五十多岁的寡佬老章，不用聘金，娶了个二十岁的跛手跛脚的美人胚子。叙述人从老章的视角写道：

> 老章心里有数，真是邋塌人有邋塌福，冷手执个热煎堆[①]！包了火辣辣的五十元媒人利市钱，用来用去加起来还不到一百元，比买头母牛还便宜，何况她又能分任操老，和好手好脚的一般无异哩，他是感到满意的。正是年晚煎堆，人有我有嘛。他心里常常反刍着这幸福的滋味。
>
> 一年后，章婆替他生了个肥肥白白的女孩，这可说是开花结子了。而且母女平安，壮健如牛。老章从来没想到成家立室，也没有想到会生儿育女，现在像忽然一阵子什么都有了，跟别人一样，怎能叫他不高兴呢？他那充满皱纹的脸上笑得像个波萝蜜。[②]

老章将自己娶妻分别喻为“买头母牛”“岁晚煎堆”，他心里像牛一样“反刍着”婚后的幸福滋味。他将章婆母女平安，形容为“壮健如牛”，又以“开花结子”隐喻自己成家立室，生儿育女，他那满脸笑容和愉悦心境也被喻为“像个波萝蜜”。

拟物常被赵戎用来刻画日寇、汉奸、特务、流氓、文棍、地痞等坏形象，借以传达主体对客体的嘲讽、鄙夷、贬斥之情。《海恋》第四章以主人公汉英的视角，描画了反动校长钟日清的肖像：

> 来的汉子简直像一条苦瓜，一张又黑又皱的乌枣脸，配上一对朝天喷气的鼻孔，和那匹往后梳的长头发，分明是个流氓！……
>
> ……这傢伙那双老鼠眼也敌意地睨盯了汉英一眼……乌枣脸上的皱

① 冷水执个热煎堆：广东俗语，意为捞了一把。陈慧英.《实用广州话词典》，上海：汉语大词典出版社，1994 年，第 228 页。下文“年晚煎堆”亦为广东俗语。煎堆油炸糯团。清屈大均著《广东新语·食语·茶素》：“广州之俗，岁终以烈火爆开糯谷，名曰炮谷，以为煎堆心馅。煎堆者，以糯粉为大小圆，入油煎之，以祀先及馈亲友者也。”罗竹风主编：《汉语大词典（缩印本）》（中卷），上海辞书出版社，2007 年，第 4157 页。

② 赵戎：《章婆》，《赵戎小说选》，新加坡文艺协会，1999 年，第 212 页。

纹一松一紧，委实像一团蚯蚓在钻动了。[①]

叙述人以无比厌憎的笔触，勾画了这个文棍地痞令人作呕的外貌神态：体形像苦瓜，脸孔似乌枣，配上一对狮鼻孔和"那匹"长头发，还有一双盯人的老鼠眼。他跟素芬谈话时，脸上皱纹一松一紧，又像一团正在钻动的蚯蚓。这就将半桶水钟日清的外形与脸部器官逐一物化，达到了辛辣讽刺的强烈效果。上述比拟的几个事例，其实也都糅合了博喻辞格。

一些比较少见的辞格，也时而出现在赵戎的小说文本中。以拈连为例，所谓拈连是叙述甲乙两类不同的事物时，巧妙地将适用于甲事物的语词，连用到乙事物，造成表达上的突兀、奇巧，而又耐人寻味的审美效果。例如，《海恋》第四章素芬当场反击了钟日清对汉英的诬陷攻击，她与汉英的恋情已到了心心相印的境地；而人在月夜的森林中晤谈，"清凉的圣洁的幽晖，把他俩的身子溶成了一片了，而且，连他俩的精神溶成一片了!"[②] 叙述人就势拈来，从身体连到精神，写月光的幽晖也将两人的精神溶成一片，使表述从表层一下进入深层，达到了很好的审美效果。《流浪行》写技工大叶新偕同学徒阿仔，前往福特汽车修配厂找工做，却被财东一一回绝，两人神情失望颓丧，在巫遮厘树下，印度人的茶档里喝羔丕乌，叙述人写道："浓阴下的凉风，拂不去他们心坎里的忧郁；羔丕乌是香甜的，可是冲不掉他们肚里的苦闷。"[③] 在特定情景中，两组拈连的有机搭接，突出表象了两人在归途中小憩时，内心的极度忧郁与苦闷。

赵戎使用拈连技法灵活，在语句组合上常有变体。《在马六甲海峡》里，男女主人公十年后突然相逢，言谈一时难于尽情，自不免有隔阂之感，张浪萍不由怨尤道：

> "冰，从前你是多么相信我呀，什么事情也找我商量，现在你却不肯直说，我们像隔了一道鸿沟，距离得太远了。"
>
> "哪里？我们现在不是站在一起么？"她笑着说。[④]

浪萍所说是两人之间的心理距离，洁冰却机敏地拈来，以两人当下"站在一

① 赵戎：《海恋》，新加坡青年书局，1959 年，第 136 页。
② 赵戎：《海恋》，新加坡文艺协会，1959 年，第 176 页。
③ 赵戎：《流浪行》，《赵戎小说选》，新加坡文艺协会，1999 年，第 272 页。
④ 赵戎：《在马六甲海峡》，新加坡：青年书店，1961 年，第 57 – 58 页。

起”的物理空间距离，巧妙沉着地应答，令读者也不由粲然一笑。《海恋》里的缺嘴伯因加笼捕不到鱼，陷入天天亏本的窘境，他对老通伯说——

> “老通，看有谁要做加笼的，我的愿意卖掉，拍空头吧！……唉……”缺嘴伯真的说到连气也缺了。①

叙述人从人物生理上的缺嘴，拈连到连谋生拼搏的场所也欠缺了。辞格虽被紧缩成一句，却活画出缺嘴伯懦弱无奈的性情、绝望的心境，从中也映现了华人渔民的生存困境。

① 赵戎：《海恋》，新加坡青年书局，1959 年，第 15－16 页。

第五章 文学语言的本土特性

赵戎不仅对华文文学语言的共同特征及其艺术铸造，进行深入的探讨与实践，而且对新马华文文学语言的本土特性作了有益的探索与实践，这对于东南亚华文文学语言的创建来说，无疑具有广泛的意义。

新马华文文学是在中国现代汉语普通话创作的新文学影响下形成的，因之两者在文学语言方面有着共同性，如词汇、词法、修辞法等都有共同点。不过，中国大陆用现代汉语普通话创作的文学，语言种类较单一，而新马华文文学则语言种类较多，语言成分复杂。这种以现代汉语普通话为主，吸收多种语言成分融汇而形成的文学语言，有着鲜明的本土特性，这也是东南亚华文文学语言的一个重要特征。

赵戎在《论二十年来的马华文学思潮》中盛赞新马华文文学的本土性特色，他指出新马华文文学是在中国新文学的影响下，逐步走向独立的道路，二者各有自己国家的气派与作风。他说："我们是个多元民族的新国家，有着多姿多采的生活，有着丰富的艺术语言，真是取之不尽，用之不竭。"[①] 如何从文学语言层面展现新马华文文学的本土性，赵戎颇有真知灼见。一方面，他提出要"吸收当地丰富的艺术语言来加强作品里的地方色彩"[②]。在他看来，灵活地运用当地语言，是新马文学语言本土性的具体要求。如本文三章所述，他曾充分肯定苗秀、韦晕等新马华文作家，深入发掘、大量吸收华族各地方言和马来方言的艺术实践[③]。同时，强调要创造新的语词来表达富有当地色彩的内容，这是赵戎对文学语言本土性的又一要求，他在《新马华文文学概论》一文中说，"在赤道上，新马两地可谓得天独厚，它居欧亚交通的要冲，在东南亚来说，它是一个辐射体，所以它是五方什处的，……尤其是这几十年间，变化很大……。"[④]他要求作家以新的语言表现"当地色彩"的新面貌。

赵戎的文学语言所呈现的本土特性，乃是他践履文学创作和文学语言本土性

---

① 赵戎：《论二十年来的马华文学思潮》，《新马华文文学思想论集》，新加坡文艺协会，2009 年，第 51 页。

② 赵戎：《泛论当前我国文学运动》，《赵戎研究专集》，新加坡文艺协会，2000 年，第 265 页。

③ 赵戎：《泛论当前我国文学运动》，《赵戎研究专集》，新加坡文艺协会，2000 年，第 265 页。

④ 赵戎：《新马华文文学概论》，《新马华文文学思想论文集》，新加坡文艺协会，2009 年，第 6 – 9 页。

主张的艺术结晶。这一鲜明的本土性，从根本上说，系根于赵戎长期诉求多元种族的共存与融合，借以创建新马的新文化的国族意识和爱国思想，但它也是新马多元种族、文化、语言的社会人生的生动映呈。正如1982年赵戎在《从文学建国到建国文学》一文中所言：

> 我们这里却包括中英巫印的民族与文化。说来是格格不相入的，但由于我们都是为生活而植根在这里，所以能够和平共处，相安无事。这里虽然以华人占大多数，但华人却是善于吸收异族的优点的，比如现在华人有七十巴仙以上攻读英文，有很多家庭早已 baba 化了。所谓 baba，就是只懂得英巫语，身穿纱龙，但对华人习俗如端午必包粽子，过旧历新年必挂红等等，可谓三位一体了。至于宗教信仰，也是各随所好，有信回教佛教的，有信天主耶稣的。……作为人口多数的华族，因它能揉合各民族的优点，所以也同了各民族和平共处的根据。①

赵戎的文学创作和文学语言的本土性，可以说是一物之两面。他以华语华文为本位，创造性地吸收当地口语方言和马来语的有益成分，同时创造新颖的艺术词句，不单是从文学语言层面，自觉顺应新马社会多元种族、文化、语言交流与互融的历史进程，也使他的文学创作得以生动地描绘1930年代至1980年代新马社会的风物人情与历史风貌，深入地表现新马华人独特的生命图式与内心世界。本章拟从运用当地语言，采撷华族方言俗语和马来语，吸纳古代汉语及借用外国语等方面入手，多维度地阐述赵戎如何彰显文学语言的本土特性。

一、采用当地语言描述本土世态人情

鲁迅早就昭示，“现在的文学也一样，有地方色彩的，倒容易成为世界的，即为别国所注意。”② 赵戎强调马华文学的独特性，强调文学语言的本土性，其用意也在乎于此。他申明“创作内容是每个地方都有其特殊的色彩的”③，而作为既是文学内容又是形式的文学语言，自也有其特殊的地方色彩。赵戎将大量采用当地民众的语言，看成加强新马华文文学的地方色彩，创造为老百姓所喜闻乐

---

① 赵戎：《从文学建国到建国文学》，《赵戎研究专集》，新加坡文艺协会，2000年，第283页。

② 鲁迅：《致陈烟桥》（1934－4－19），《鲁迅书信集》上卷，北京：人民文学出版社，1976年，第528页。

③ 赵戎：《论二十年来的马华文学思潮》，《新马华文文学思想论文集》，新加坡文艺协会，2009年，第49页。

道的民族气派和作风的基本途径。诚如他说：

> 我们看中国作家的作品，人物的名字就充满地方气味，像什么张大胡子、黄二驼子、陈二癞子、李四麻子、蓝皮阿五、孙大绝后……为什么我们不应该用臭头三、胡须陈、烟屎全、大炮张、鬼头德、暗牌锦、龟公六、喃呒九、无牙、毛冰、大肥、班讪、波达等等呢？他们写什么谟谟、硬面饽饽，为什么我们不应该写粿条面、猪肠粉、面古连、罗惹等等呢？难道他们这种写法，就是见于经传么？他们要吸收创造，我们也要吸收创造；他们要写出中国气派与中国作风，为老百姓所喜闻乐道的，则我们也是一样要写出自己底气派与作风，为大家所喜闻乐道的。①

赵戎注重根据文本的特定语境的需要，一面采用新马本土的事物和现象的名称，按照当地的习惯用法，记述它们的动态变化与性状特征，并给予艺术的提炼、加工。同时从当地民众的实际生活出发，依据华语的构词方式和造句规则，创造新的语词、句式，使语言呈现鲜明的本土性特征。他的小说，大量使用人名绰号、地名、建筑物、公司、商店、摊档、行业、身份等名称，即是一大表征。

善于给人物起绰号，或称别号、诨名，是赵戎作品人物描写的一大特征。他吸收当地民众口语中的诨名，并予以提炼加工。他以市井生活为题材的小说，其人物大多有绰号。例如，叙述1930年代初期新加坡百业凋零、民不聊生的短篇《流浪行》，有被大利雪厂炒鱿鱼的技工“大口新”，友乃德厂做“补炉”的“大条顺”，牛肉摊主“牛肉佬”，一枝花档送家“单眼牛”“独眼龙”，冰水档主“矮仔宾”，茶档的茶花女“销魂柳”，义群英的打手“大水牛”，刘道士的儿子“勾鼻仔”等等②。短篇《本地番鬼》里汉奸保长“本地番鬼”封官许愿时，一叠连声地喊出被委任副甲长的和会党徒“霸王昌”，及其手足“撞死马、太子乐、地牛德、班浪九、臭头标、牙刷苏、金牙猪”等人的绰号③。赵戎的一些小说甚至以人物的绰号为题目，如《古老石山》《本地番鬼》《包死火》《有得顶》等。

赵戎认为给人物起绰号，不单能增添地方色彩，也有助于创造为当地民众所

---

① 赵戎：《论二十年来的马华文学思潮》，《新马华文文学思想论集》，新加坡文艺协会，2009年，第50－51页。

② 赵戎：《流浪行》，《赵戎小说选》，新加坡文艺协会，1999年，第261－279页。

③ 赵戎：《本地番鬼》，《赵戎小说选》，新加坡文艺协会，1999年，第132页。

喜爱的性格化人物。他的手法是夸张这人的特点，其着眼点大多在职业、形体特征或癖性、才能等，常采用职业或形体等加姓或名的方式。然并非加上一个诨名就算完事，他也有能力深入与这绰号切贴的神态动作甚或性格、心态的描写，尤其是小说的主要人物。短篇《孔雀的故事》（1974）里，有一位绰号“猪八戒”的咖啡摊主，文中写他“经常就困着瞌睡，样子倒像个婆回二教兼修的得道长老”。当他获悉失业店员的孩子阿仔，每日耽望着印度教寺院的垣墙，希望能看见寺院里的神鸟孔雀开屏时——

> “开屏——孔雀开屏！”猪八戒的眼珠子一溜转，机灵地说：“哦哦，我明白，你是说牠的尾巴张开来，像一把扇子似的是么？”他的一双大手掌，滑稽地在屁股后面作势叉开。
>
> “是是，”阿仔尴尬地应着。“这就是孔雀开屏。”
>
> “那有什么好看头？我在这里不知看见过几百次了。”
>
> “什么？你见过几百次？我却想见一次也没有！人家说看见孔雀开屏会行好运，是么？”
>
> “行好运？”猪八戒那对小眼睛一眯，成了一条缝。突然爆出响亮的笑声：“哈哈哈……我还以为你天天来这里做什么，原来想看孔雀开屏交好运！哈哈哈……”他笑得肚皮上下波动着。①

上述形貌和神情动作描绘，将胖佬摊主写得活灵活现，宛似《西游记》里那个猪八戒，但它与人物形象毕竟只是部分切帖，并未达到鲁迅所说的以绰号“提挈这人的全般”②。文中的下层华人猪八戒，“为人平和，与世无争”，但又讲义气，心地善良。他用事实戳穿了阿仔的美丽幻想：“唉，傻仔！如果看见能交好运，我早就发达了，还用在这里守这乞儿档口么？还有，那些睏在骑楼下的穷鬼（指病残的华人和印度乞儿——引者按），他们不知见过多少次了，他们都快要归西了！”这一揉合了印度教孔雀神话与佛教命运观念的新马民间信仰，并未给阿仔和穷人带来任何好运，真正的好运来自民间的同情心。临末，猪八戒出于怜悯之心，硬是收留阿仔当小伙计，算是暂时解决了这个失学小孩无处找工做的

① 赵戎：《孔雀的故事》，《热带风情画》，新加坡华文中学教师会，1977 年，第 9－11 页。

② 鲁迅：《五论“文人相轻”——明术》，《且介亭杂文集》，北京：人民文学出版社，1973 年，第 138 页。

困厄[①]。

赵戎以人物绰号题名的小说，在“提挈这人的全般”方面，下了更大的功夫。不过，《古老石山》也只是提挈主人公的肖像及某种心态的特征，《包死火》则夸大了主人公包天贺性格的明显弱点与缺陷。相较之下，1976 年创作的《有得顶》《本地番鬼》获得了较大的成功。后者的“本地番鬼”是一个华人头家的纨绔子弟，原名黄大发，因好吃懒做，被他老子轰出家门，后当海员，捞“偏门”，四处招摇撞骗。他吹嘘自己是“走环球的人才”，懂得红毛的底细与法律，他在坡底“开赌走私，偷抢棍骗，无所不为”，其罪恶行径活脱脱是个红毛，因而被人称为“本地番鬼”。但红毛印记毕竟只是他的前史，文本着力描述的是番鬼的当下本相。星岛一沦陷，他就摇身一变，成了东洋汉奸，鼓吹中日“同文同种”，为日寇“击灭英美，东亚共荣”摇旗呐喊。他沐猴衣冠，充当四卡亭的伪保长，一面包庇走私烟赌，操纵、克扣配给米，大发国难财，同时指使爪牙巡逻放哨，到处捉拿八字脚和抗日分子，为皇军效尽犬马之劳[②]。赵戎对本地番鬼的精心刻画，既赋予人物鲜明的个性心理，又集中概括了当地日伪汉奸的普遍特征。

《有得顶》则着力塑造了一个具有独特个性、生香活色的甲巴拉（马来语音译，意为工头）形象。“有得顶”原名刘思荣，是个“拿得起放得下，和右手来左手去的乐观派人物”。他在州府地早就发迹，有车有船，还与人合伙开山门做股东，只因赌博“仆街”，落得来新加坡打牛工。但凭借自己的卖力与才干，很快从送货司机提升为身兼三职、月薪 500 元的甲巴拉。“有得顶”既是他的口头禅，他开口三句不离“有得顶”，也是他的形象的活写真。他“晓中文，晓英文，又晓马来文”，还有一套捞世、应世的知识、才能与经验，连吃喝享受也无所不精。正如他那未来岳母娘的恭维话：“甲马拉，你的人事、性格、品德，都是有——得——顶!”[③] 这两篇小说在采用当地民众所喜爱的绰号，描绘人物的独特性格方面，无疑为后人积累了宝贵的艺术经验。

赵戎对当地民众语言的采用，是多渠道的、全方位的，举凡热带自然界的鸟、兽、虫、鱼，花、草、木、石，抑或山、川、海、湖，日、月、星、云，本土文化中的神话传说、民间故事、祷词咒语、笑谈趣话、谣谚俚语，或是宗教医

---

① 赵戎:《孔雀的故事》,《热带风情助》,新加坡华文中学教师会，1977 年，第 1－13 页。

② 赵戎:《本地番鬼》,《赵戎小说选》,新加坡文艺协会，1999 年，第 125－134 页。

③ 《有得顶》,《热带风情画》,新加坡华文中学教师会，1977 年，第 93－105 页。

药、婚丧节庆、民俗风情、粤剧椰曲、占卜跳神等等用语，无不被他写入小说文本中。中篇《海恋》二章开头描绘了一幅丹戎港湾多彩迷人的热带夜景：

……虽然天还未齐黑。海鸟们早已销声匿迹了，那热带的夜鸣虫，开始活动了，到处叫着尖锐的，低沉的，响亮的，忧郁的调子。

远处的马来甘榜（马来语，意为乡村——引者按），正在堆火烧土，一团团的灰烟往上冲，卷成一条雪白的烟柱。悠闲的马来人们，正在高大的倒挂着水影的椰树下，弹着热情而怨慕的曲调了。

港湾底夜是恬静的；海风也是温柔的，轻软得多了，没有白天那腥渴和热闷的味儿。上弦月弯弯的像道蛾眉，在蔚蓝的深邃的天空上发着银白底光；周遭底星儿也像孩童，顽皮地逗人地不绝眨着明亮的眸子。

蝙蝠们像神话里的巫婆，在苍茫的夜色中翱翔着，啄木鸟也在高树响着粗糙的声音……

热带底夜是多彩的，它像个浓装的马来少女那般地热情，美丽，温柔，迷人……①

赵戎以无比钟爱的深情与丰富的想象，将丹戎港湾夜幕中的热带风物，不论夜鸣虫、蝙蝠、啄木鸟，还是海风、上弦月、群星，一一拟人化；那多彩的热带的夜，被作家喻为浓装的马来少女、热情、美丽、温柔、迷人。然而，画面中奇姿异彩的地域景观，不单来自自然的人化，也来自人化的自然。那远处堆火烧土、开芭拓荒的马来甘榜乡民，近处水中倒映的高大椰树下，弹奏着热情而怨慕曲调的马来人，赋予了这幅丹戎夜景以人文风情的浓厚内涵，也表征了作家对民族性格的不同凡俗的深刻理解。赵戎以他那深邃的文艺情思，巧妙地将热带的风景画、风俗画、世态画融成一体。

赵戎对热带风物与世态人情的描写，渗入到新马社会生活的方方面面。《热带风情画》（1977）以1950年代南洋与内地港澳畸变的婚姻现象为题，叙写奉行独身主义的文化人周文英，应好友陈志明敦请，前往香港与陈的八姨——自梳女李美玉办理结婚登记，做一对假凤虚凰，好让美玉申办出国定居星岛的手续。岂料两人在拍婚照办证过程中意生情愫，假戏真做，在香港姻缘道情投意合地浴在爱河里。这篇小说盈溢着特殊年代的热带风情。它不仅描述了南海七洲洋“观音

① 赵戎：《海恋》，新加坡青年书局，1959年，第22-23页。

竹”的传说，也由男女主人公的一段对话，演绎了南洋特有的“榴梿熟，纱笼脱”的民俗风情：

“……不过，我还是爱星加坡，这个热带城市，虽然比较热了一点，生活却简单得多。而且也增加不少见识，单就吃来说，如果你吃腻了中西菜式，也可去尝尝马来人的沙爹，印度人的羊肉汤和煎饼，真是各民族的风味都有，多姿多彩哩。而且，在水果方面，单就榴梿一味，在世界上已是冇得顶的了。”

“什么？榴梿冇得顶？人家说它一阵猫屎味，是三宝太监的大便！嗅到也作呕。”

“哈哈哈……”，文英忍不住笑了一阵：“如果你到了星加坡，吃过榴梿，保证你永远都爱星加坡。那边有句俗语说：‘榴梿熟，纱笼脱！’真是要当纱笼来吃榴梿呀！榴梿一上市，不论马来人唐人，非吃它不可。”

“是么？到时我倒要试试看。”她认真地说，目示了文英一眼：“在本地我也见过，据说用飞机运来，价钱极贵，它的样子却非常丑陋，周身尖刺的，令人看不顺眼。”

“是的，水果中以它的外表最难看，败絮其外，金玉其中。如果你看见热带小孩抢食榴梿姿态，你就知道它多么受人欢迎。我想起来了，榴梿它的含义就是流连，吃了它不会流连忘返，热爱南洋。像我，就每年非吃不可的。”①

当地宗教迷信也进入赵戎的小说。上述《孔雀的故事》里，“看见孔雀开屏会行好运”，即是当地多种族宗教迷信的一种语言符号。因婚姻、生育、病疾乃至世运，而求神问卜、跳神扶箕，是赵戎一些小说的题材内容。《相亲记》的主人公——小学教员胡须王，既信奉“生辰八字”，又虔信“巴比伦占星术”，二者的偶然遇合，造成他那弃而复合的婚姻悲喜剧②。而《罗知和她的娘》（1977）里的来发嫂，却因“求神问卜”，相信“灵符圣水”，而耽误了女儿罗知病症的治疗，从而酿成无法挽救的惨剧③。短篇《神媒》（1977）、《梦游人》等，将矛

① 赵戎：《热情风情画》，新加坡华文中学教师会，1977 年，第 46－48 页。

② 赵戎：《相亲记》，《赵戎小说选》，新加坡文艺协会，1999 年，第 280－290 页。

③ 赵戎：《罗知和她的娘》，《赵戎小说选》，新加坡文艺协会，1999 年，第 168－178 页。

头直指蛊惑勤快民众、盗财骗色的术士女巫。前者写玉面道人以驱邪除妖、祈嗣炼宝为名，在市郊慈云观骗财骗色，为非作歹；后者写老巫婆在芭尾大伯公庙行法术、跳降童，当场露馅的丑剧。这两篇作品大量采用了道家术士、女巫妖言惑众的一套用语，诸如“神道降坛”，附身乩童，“以剑割舌，以针穿腮”；“玉皇大帝下敕令，关帝圣君早来临，普救万民同沾福，沉沦苦海得重生”①；“道人法术高深，深得三清真传”；“吉凶祸福，一生休咎，真是铁笔批定，万试不灵”；“张天师的镇宅灵符”，“斩妖除怪”；“师父的九精宝鼎在此，专为有缘人结善缘”等等。②

至若当地日常生活中的衣饰、饮食、住居、出行工具、街头叫卖、打招呼的套话、召唤役使动物的习惯语等等，在赵戎的文本中可谓俯拾皆是，它们也是构成本土世态人情的一大要素。“冇得顶”曾赞不绝口地与邻里谈论当地酒店、牌档、摊贩的美食——

> 每逢罗柏夫妇出门找吃喝，总少不了冇得顶的份儿，于是什么大场面都几乎到过，红灯啦、海皇啦、香格里拉啦、新香港啦的点心都尝过，最使他赞叹的新香港的烧鸭：“希，那边的烧鸭真是冇得顶！食到连舌头都要咬断，本地珍珠巴刹什么道友记的烧腊哪里比得上它！人家是利落大厨师来制造的呀，虽然比较贵些，也很值得，一分钱一分货嘛！”有时罗柏这个标准食客带他到街头巷尾的大牌档去打游击，回来后他也是赞不绝口：“真想不到，老巴刹的羊肉汤做得那么好味道！后港三条石的卤鸭又是那么南巴温，连骨都可以吞下去；还有呀，连结霜桥边那档煎豆腐番薯粥，也是冇得顶！”隔邻张大嫂搭讪了一句：“你有冇搞错呀？连煎豆腐番薯粥也是冇得顶？”他便解析说：“并冇搞错，你唔信可以亲自去试下。你以为经济的就没有好野么？煎豆腐点辣椒醋，重好过食鱼翅燕窝呀！真是劳苦大众也有自己的口福呢。”说得罗柏也裂着嘴笑了起来。③

从新香港的烧鸭到老巴刹的羊肉汤、三条石的卤鸭，再到结霜桥边的煎豆腐番薯粥，“冇得顶”的赞不绝口，活画出这位美食家对食品的风味、烹艺、调料

---

① 赵戎：《梦游记》，《赵戎小说选》，新加坡文艺协会，1999 年，第 158 – 160 页。

② 赵戎：《神媒》，《赵戎小说选》，新加坡文艺协会，1999 年，第 145 – 157 页。

③ 赵戎：《冇得顶》，《热带风情画》，新加坡华文中学教师会，1977 年，第 98 – 99 页。

的独特感受，也蕴含着作家对星岛华人的饮食文化的珍爱之情。而街头叫卖也是当地饮食文化多样性的一种表征。叫卖声有一定的腔调与韵律，常以摹声词充当，有时且伴以民间敲击器具。赵戎常常利用它，一方面创造特定的环境气氛与地方色彩，同时成为人物思想情感的延伸，也有力地增添文本语言的音乐性。

例如，长篇《在马六甲海峡》第六章，主人公“我”身陷囹圄，罹受日寇的严刑拷打，已是一个待死的囚徒。将近夜半时分，突然传来街头上小贩的叫卖声，“我”不由想起了童少年时期的生活。先是一阵熟悉的喊声：“油——炸——鬼……油——炸——鬼……”那是一个佝上身包了头巾的老妇，背了一个用油布数层密封的大篮子，在寒冷的夜风中蹒跚着，给人家带来热烘烘的最经济的食品。“多少年了，她还是别来无恙地在叫卖着”，但“我”已不能亲自嗜到它了……

卖油条的远去了，卖油粽的随之而来，“肉——粽……肉——粽……”那潮州人做的尖锥形的肉粽，是用猪肉、风栗、虾米、糯米做成的。它不用“呵毗”叶做碟子，却用新采的心脏形的热带树叶，使人有田园风味的感想。“这亲切的叫卖声，今夜，我却要在牢房里听到!”……

夜愈深了，童年的回忆使“我不能入寐”，一阵竹柝声又将“我”惊醒：“得得——毒，得得——毒，得得得得——毒，得毒——得毒——得得——毒……”这是卖粿条面的竹柝声!“在热带的夜静更阑中，这声音就像音乐似地给人们以慰藉……当你推窗远望，在漆黑的大街上，有着光灿灿的所在，头手正煮着一碗碗的粿条，给雇客充饥”……

在赵戎笔下，叫卖声，竹柝声，犹如美妙的音乐节奏与旋律，不单唤起了“我”对童少年生活的眷恋，也激发了“我”那强烈的生存意志——飞出牢房，恢复自由!①

二、撷取方言俗语表象华人生命图式

采撷当地华语方言俗语及马来语，借以表象华人的生命图式与思想性格，是赵戎文学语言本土特性的又一重要表征。现代汉语文学语言虽以中国北方话为基础，但“并不意味着排斥其他方言，恰恰相反，方言是文学语言不断丰富的源泉。文学语言一方面不断从各方言中汲取优美的富于表现力的成分来丰富自己，另一方面也给予各方言以影响，使它们服从文学语言的规范。”② 关于汲取方言

① 赵戎：《在马六甲海峡》，新加坡青年书局，1961 年，第 251 - 253 页。

② 林焘：《关于汉语规范化问题》，《中国语文》，1955 年 8 月号。

的有益成分，茅盾曾有生动的论述——

> 同一个意思，倘用“没有血色”的普通话来讲，当然没有“京腔”那么够味，然而倘用方言，我相信一定也和“京腔”一样风韵十足。这关键就在语法和腔调。方言中间有些语法能够传达某一种情趣的，都有被注意的价值，都有成为大众语的新鲜血液的资格；例如上海一带有一种特殊的语法“香烟呼呼，茶吃吃”，“呼”（即吸）与“吃”都放在名词之下而且是双文，这就不是普通的吸烟饮茶的意义而表示一种怡然自得，优哉优哉的“写意”的情调。①

粤、闽等地的方言俗语，是新马华文文学语言的重要源泉。它比起华语共同语，更富有新鲜的生命力，能反映当地民众最新的语言实践。不过，粤、闽等方言的词汇、文法，与华语或汉语共同语虽存在歧异的一面，但二者之间又有相通的一面，而且这共通的一面是主要的。赵元任的《国语统一中方言对比的各方面》（1970）一文，曾考察、辨析国语与广东话、闽台话的词汇、文法乃至音韵的不同，但他同时指出，“中国话的文法，不论是方言与方言之间，甚至文言与白话之间，实际上大致是一样的。”② 正是这共通的主要的一面，为文学语言汲取各方言的词汇、文法的有益成分来丰富自己，并进而影响、规范各方言提供了客观可能性。

赵戎大力主张吸收新马当地方言，是一种相当前卫的文学语言理念。他竭力提倡并躬自践履这个主张，一面“灵活地运用各地方言”，同时“创造新颖的艺术词句”，既使它成为“当地社会大众所喜闻乐道的艺术语言”，又借以从一个重要维度表象新马华人的生命图式。与苗秀、韦晕等同代新马作家相比，赵戎的小说——尤其人物的对话，融入更多的方言语词、文法，一些叙述性语言也夹杂了某些方言词、句式。他大量采用祖籍地广东的方言，也有闽南、潮汕等地的方言和马来语。与此同时，赵戎也采撷一些社会方言，如当地帮派、流氓、盗贼集团的黑话、隐语，以及不同阶层、行业的惯用语。各地方言、社会方言及马来语的灵活运用，不仅给作品带来多种族文化、语言并存与交融的独特的地域色彩，也有助于真实地描写人物的言语、行动与思想性格，生动地剖析人物的内心世界。

---

① 茅盾：《论大众语》，《新中华》复刊，1943 年 8 月，第 1 卷第 8 期。

② 赵元任：《赵元任语言学论文集》，北京：商务印书馆，2002 年，第 635 – 641 页。

1. 广东方言、俗语

赵戎祖籍广东顺德，他熟谙广东方言、俗语，有选择地吸收与提炼加工粤方言的语词、句式，甚至用广东话写了他唯一的方言小说《古老石山同》(1948)。正如他说："这里完全用方言写的，不只用于对话上……在这里，我虽不是第一个用方言写小说，但能大胆地彻底去运用，只有我而已。"[①] 该短篇记述一个三餐无着的扒手"古老石山"，投靠私会党头目"胡须佬"当"驳脚"，伙同两个"卡仔在下坡一带偷抢作案的行迹。文中的人物对话用了广东话，如胡须佬与古老石山的三组对话——

"喂，你好行呀？"（你走好运呀？）

"有鬼行呀，逗泥到死，揾占钱都无！"（有啥鬼运气呀，穷瘠到死，连一文钱都赚不到！）

"你个手足无带揭你么？"（你那个手足没有提挈你么？）

"日本一入来，就唔见佢好岸啰！"（日本人一打进来，就好久不见他的影迹啰！）

"你唔知，水紧呀，捞远的，时常有单友吊住我，上落电车，唔下得手，鬼头三话个单友係西宪兵部暗牌……"（你不知道，风声紧啊，到远处去捞，经常有个人跟踪盯梢我，上电车、下电车，都下不得手。鬼头三说，这个盯梢的是西宪兵部的密探……）（鬼头三是胡须佬的心腹"驳脚"）

"碌漆，胆小重驶揾食，有我重怕乜！"（胆子小又挑食，有我在还怕什么！）

再看古老石山与有得捞茶室老板的几则对话：

"喂，捞大野呀？"（做大宗的"生意"呀？）

"些少啦！"（少一点的！）

① 赵戎：《芭洋上》后记，新加坡青年书局，1958 年，第 104 页。

老板瘦骨仙赞赏古老石山几句，说他的手的确顶呱呱，胡须佬也确实慧眼识英雄。

“丢，咁样易过食生菜，算得乜野，我就唔放在眼内呀!”（嗨，这么样比食生菜还容易，算得什么事，我就不放在眼里啊!）古老石山被捧到得意之际，不由复述他从前所干的伟大事业：

> “丢，旧时我同一个手足拍档，唔捞水蟹，专揾大单架!”（拍档，合伙，不做小笔的，专做大宗的!）接着讲述一个深夜里，两人穿成套光鲜鲜的西装，去抢劫一个值夜班的“望加厘”警察，“你睇佢睡在门口，唔上眼，佢就放大耳窿，大把货，全部家财就绑身上，我地吊准佢一个晚饮醉酒来泡制，先用电筒照住佢双眼，照一阵，睇佢醒唔醒，如果好似死一样，就用刀割断绑系身上个条布带，钱就全在里面。”（你看他睡在门口、不上眼，他就专放高利贷，是个大宗的货色，全部家财就绑在他身上，我们事前盯梢，看准他这个晚上喝酒喝醉了，就来泡制他，先用手电光照住他的双眼，照一会儿，看他醒过来醒不过来，如果好似死一样，就用刀割断那个绑系在他身上的布带条，钱就全在里面。）

文中的叙述与描写也用了不少广东话。如写古老石山回忆过去的钟意生活：“跟着他的手足一同捞，三道‘炮寨’都有老契，钟意边个就去佢处睡，晚晚舒肝，享福，大饮大食，边个茶花唔识，比有钱的太子爷还够威呢，行起路来蟹咁手，但自从那个手足走了路，自己好处一只无爪蟚蜞，不知如何是好。”（三个据点里都有老契，喜欢哪一个就到他那儿睡，每晚舒舒服服，享福，大喝大吃，哪个茶花女他不认识，比有钱的公子爷还威风、神气呢，走起路来螃蟹似地舞手蹈足，但自从那手足跑了，自己好像一只无脚的小螃蟹，不知如何是好。）又如写古老石山如今扒窃的不如意：“古老石山在小坡一带‘摘豆角’，搞得太多了，虽然，单单都很顺利，没有撞过板。可是日子一长，就穿了大煲，人们都知道他做个弄野……他一来，人们就急急脚避开，激到佢生蝦蚶跳。”（摘豆角，指偷抢作案。宗宗“生意”都很顺利，没有碰过钉子。可是日子一长，就泄露了消息，人们都知道他专搞这个勾当……他一来，人们就急忙忙避开，气得他像只活虾似的干扑腾。）

小说的结尾，古老石山在电车上扒窃时，被西宪兵部的暗牌当场捉住，接连挨了几巴掌，顿时全车乘客震动起来：

"係佢啦，专门偷野！"（是他呀，专门偷东西！）

"锁佢，拉佢去马打工寮！"（用铁镣铐他，把他抓到警察局去！）①

事后，胡须佬并未出面搭救他，从此，黑街一带不再看见这个在旧社会走上邪路的小人物，他在读者的心版上，烙上了一个眼眶深陷，脸色阴沉，呆滞得像一座古老石山般的惯窃形象。

赵戎其他小说的人物对话或叙述语言，其揉入的方言大多也以广东话为主，从本文第四章语言铸造的例举中即可看出，这里再援举一例。《探监记》里爱国志士梅秀和战友被捕，同案九人将被殖民当局驱逐出境。梅秀的老母卧病在床，其儿子好友老笔前往探监的一段对话：

> "我没有什么，还很精神，只是忧心金华仔！头先（刚才）总工会派人通知，话渠地（说他们，指那九人）多几日就被返唐山，明天就系（是）最后一次探监日子，我又无力行走去探渠（他）。唉，真系（是）生离死别都唔（不）能见华仔一面！做乜（什么）天（老王）收磨（折磨）得我咁（这么）惨！你系（是）华仔慨（的）好朋友，拜托你探探渠（他），睇（看）渠有乜野（什么）话交待。呢（这）包就系渠慨（是他的）衫裤（上衣、裤子），作带俾（给）渠，等（让）渠在唐山也多件衣服穿呀！"②

所谓俗语，包括成语、谣谚、惯用词、歇后语等。鲁迅说，"谚语固然好像一时代一国民的意思的结晶，但其实，却不过是一部分的人们的意思"；它"只有这某一种人的思想和眼光"③。俗语中的其他类别亦然。赵戎的小说文本，广东方言与俗语是结伴而行的。例如，描述霸王车司机陈大牛父子劫财劫色的《父子同科》，采撷了一连串的广东俗语，如"人不风流枉少年""姣婆遇着脂粉客""君子一言、快马一鞭""用一竹篙打工一船人""肥水不流别人田""拴了门一家亲""上阵不离父子兵打仗不离亲兄弟""见财化水""白白惹得一身蚁""险死还生""七错八沌""上得山多终遇虎""人无横山地不富，马无夜草不肥"

① 括号内的译文，有些语词、句式的译意，系参照陈慧英编著《实用广州话词典》一书词条，该书出自上海：汉语大词典出版社，1994年。

② 赵戎：《探监记》，《赵戎小说选》，新加坡文艺协会，1999年，第233－234页。

③ 鲁迅：《谚语》，《南腔北调集》，北京：人民文学出版社，1963年，第107－109页。

“杀头生意可做，亏本生意不做”“食碗面翻碗底”“一种米养百种人”“三贞九烈”“一百岁不死也有新闻”“掼了个正着”“生鸡精”“老狐禅”“父子同科”“苦口苦脸”① 等等。又如《冇得顶》的姐妹篇《分朞付款》，记述冇得顶和女工阿娥婚姻的悲喜剧，也采用一批俗语，如“外母见女婿，口水答答啼”“鸡腿打工人牙交软”“一脚踢”“有毛有翼会飞了”“女心外向”“生养死葬”“时来运到”“开门利市”“池中无水鱼难养”“人有三衰六旺”“财不入急门”“嫖赌饮吹”“咨咨议议”“纸密也不能包火”“骗婚赖约”“后生遥遥”“移宽就紧”“学人充大坑，装阔佬”“柴米夫妻，钱银老契”“夫妻本是同林鸟，大难来时各分飞”“有福同享，有祸同当”“兄弟如手足，夫妻如衣服”② 等，其中少量系取自华文俗语。

这类俗语、俚语既表象了一部分世态人情，给作品带来了浓厚的地域色彩，也有助于描述人物的处世哲学、独特性格与心理情感。赵戎后期以分民稚儿阿仔为主人公的系列短篇中，阿仔的父亲陈老三失业后，怨叹自己只得“在家里吃谷种”，他深感“东家不打工打工西家”这句俗话不灵了，一家人四处找不到工做，在“一分钱似牛车轮大”的艰难时世，“人变成蚂蚁也不如了!”③ 赵戎为人物内心活动设计的方言俗语，不仅映现了1930年前期百业凋零、底层蚁民陷入水火的深重灾难，也映呈了陈老三无以为生，不寒而栗的绝望心境。

绰号“猪八戒”的咖啡摊主，收留阿仔当学徒后，写信摊的何老九愿意不收学费，义务教阿仔读书，猪八戒说，“何老九，你肯做初一，我敢做十五!”他即刻掏钱递往横街书庄，给阿仔买来成语考、习字簿和铅笔，让阿仔得闲读书④。“你做初一，我做十五”这句广东俗语，其本义是以牙还牙⑤，赵戎添上“肯”“敢”二字，赋予它新意，生动地表象两个华人提携失学儿童工读的古道热肠和传统美德。失业技工大叶新既看到世道的种种不公，发出“忠忠直直，终须乞食”的深沉愤慨，又能恪守“生不入衙门，死不到地狱”的守正不阿的处世训条。他始终抱持着乐观的人生信念与坚韧的生存意志，劝慰同是被雪厂辞退的学徒阿仔说，“不必苦口苦面，人是天生天养的呀！……时来运转……终须有日龙穿凤，难道永远裤穿窿么?”⑥ 凭借几句俗语俚言，赵戎已然勾画出一个有

---

① 赵戎：《父子同科》，《赵戎小说选》，新加坡文艺协会，1999年，第85－98页。

② 赵戎：《分期付款》，《赵戎小说选》，新加坡文艺协会，1999年，第135－144页。

③ 赵戎：《孔雀的故事》，《热带风情画》，新加坡华文中学教师会，1977年，第2－7页。

④ 赵戎：《生活的第一课》，《热带风情画》，新加坡华文中学教师会，1977年，第14－31页。

⑤ 陈慧英编著《实用广州话词典》，上海：汉语大词典出版社，1994年，第233页。

⑥ 赵戎：《流浪行》，《赵戎小说选》，新加坡文艺协会，1999年，第271－274页。

思想，秉性乐观，正直热情的华人产业工人形象。可以说，比起广东方言中一些特殊语词、句式，这类经作家精选提炼，融入更多华语共同构词和造句规则的俗语，其实更富表现力，也更容易被受众所理解与接受。

除了广东方言、俗语外，赵戎的小说还采用了当地的社会方言，例如，帮派或流氓盗贼集团的特殊语词，亦称黑话隐语。它以秘密性为特点，且往往带有地区色彩，其目的在于使圈子之外的人听不懂，借以保护自己或考察对方是否属于圈子中的人。《古老石山》中就有私会党的一些黑话，如“草鞋”“手足”“驳脚”“炮寨”“格中”等，流氓盗贼团伙的一批隐语，如“鳄鱼头”“卡仔”“拍档”“帮衬”“佳品”“车轮”“水喉”“撞板”“屈打工椅”“摘豆角”“吊住”“打尖”等。赵戎后期的小说，也时有这类黑话隐语。如《父子同科》里的“生鸡精”“红老虎”“磅脚”“讲数口”“执事”①；《友妈这一家子》里的“八字脚”“进斗”“勒德”②；《生活的第一课》中的“督友”“马仔”“使用”“打工色”“水喉”“黄野”；《阿仔的故事》中的“家生”“撞面戒严”“落地开花”③等。这类暗话、隐语以及粤闽方言中的一些特殊语词、句法，无疑给读者的阅读造成了不同程度的障碍，论者所谓赵戎小说语言存在的晦涩难懂，大凡盖源于兹。

引人瞩目的是，赵戎后期小说对方言俗语的选择与提炼加工更为严格，文中难懂的方言词采用夹注，如上述《友妈这一家子》《生活的第一课》所列暗语，或在上下文中予以有意的诠释，如上述的“生鸡精”“讲数口”“撞面戒严”等。古老石山的形象，20余年后又被赵戎写入《生活的第一课》，文中的古老石山从四排坡监狱放出来，猪八戒劝他收山转行，古老石山哈哈笑道：

> “叫我转行？哈哈哈哈……俗语都有话，做惯乞儿懒做官！老实讲，我这行无本生意，白手生财！只要郁下手就有钱来，要风得风，要雨得雨，倒运嘛，也好，食乌豆饭，有食有住，还想什么？真是火烧旗杆——长叹啊！”他点着了一支黑猫香烟，猛吸了一口，打工鼻孔里喷出了两条长长的白气来。“拿，正如这支香烟，慢慢烧，慢慢叹。该多好！做我们这行总不成被解出境吧？矮仔全收山？你杀了他也不会改啊！他

① 赵戎：《父子同科》，《赵戎小说选》，新加坡文艺协会，1999年，第85－98页。
② 赵戎：《友妈这一家子》，《赵戎小说选》，新加坡文艺协会，1999年，第117－124页。
③ 赵戎：《阿仔的故事》，《赵戎小说选》，新加坡文艺协会，1999年，第241－260页。

不过避避风头吧了。”①

古老石山这段话语虽仍有广东话，但易懂多了，其品性难移的性情也溢于言表。文中较生涩的广东俗语“火烧旗杆——长叹”，作者特地让人物用吸烟的比况语句予以诠释。从中不难窥见赵戎后期小说使用方言俗语的新貌，这与作者更多地融入中国古典小说的旧白话似不无关系。

2．闽南语、马来语等

诚如罗常培指出，自海禁大开以来，闽南语与马来语因交往与接触而产生的互渗现象，有着长期的历史：

> 中国首先和马来人的贸易以厦门或其他闽南人居多，所以不单闽南语渗入许多马来语词，就是马来语里的汉语贷词也都限于这一隅的方言，旁地方的人很难辨识它是从中国借去的。例如马来语里的 angkin 借自“红裙”，bami 借自“肉面”，bak 或 bek 借自“墨”，tjit 借自“拭”，niya 借自“领”，tehkowan，tehko 借自“茶罐”，“茶鼓”……凡是能说厦门语的一看见上面这些汉字就会读出很相近的声音；反之，他们听见那些马来声音也会联想到这些汉字。假设换一个旁的方言获里从来没听见过厦门或其他闽南方言的中国人，他无论如何也找不出相当的汉字来。②

相比于其他汉方言，新马华语受闽南语的影响较大，其语词中的方言词多数来自闽南话。如祖家（故里、家乡、祖籍）、头家（东家、老板）、伙记（计）（店员，泛指职员）、阿舍（纨绔子弟）、查某（泛指女人）、外家（娘家）、乌龟（对妻有外遇的男人的讥称）、胡须（络腮胡子）、红毛（对西方人的称谓）、头路（职业、工作）、巴刹（市场，外来语）、镭（旧指铜钱、今泛指金钱，外来语）、占（辅币单位，一分钱）、纸字（钞票）、货（商品、货物）、交关（交易或买东西）、拈（偷偷地或少许地拿一点）、泡（用开水冲或调）、眯（偷偷地或非正式地看）、轻可（轻松、容易）、显（闷、腻烦）、猫（吝啬、小器）、免

① 赵戎：《生活的第一课》，《热带风情画》，新加坡华文中学教师会，1977 年，第 17 – 18 页。
② 罗常培：《语言与文化》，北京大学出版社，2009 年，第 42 页。

想（不要妄想、休想）、怕输（怕落后）等等①。新马的闽南话由于受粤方言、马来语、英语等语言的影响，自有不同于福建闽南语的某些特点，恰如当地的粤语在类似的语境中已不同于地道的广府话。

从赵戎的小说文本看，由于作家的祖籍方言背景与广府方言涵养，其笔下人物的对话，除了华语外，主要是以广东话作为交流与沟通的工具；其叙述性语言多数以华语为主，糅入的方言也以广东话为主。换言之，在赵戎的文本中，较少看到以闽南话或马来话为主的人物对话或叙述性语段，只是在对话的叙述性语言中，时而糅入闽南话或马来话的一些语词或句式，以及英语等外来语词。这种以广东方言俗语为主色调的方言运用图谱，从一个侧面反映了新马华文的多种族、多方言并存与交融的特殊语态，无疑也有助于形成作家独特的语言风格。

下面以采用闽南话较多的人物对话的叙述语段为例，予以阐述。

短篇《友妈这一家子》《本地番鬼》里，描写了一位正直善良，仗义执言，热心周济邻里的市井妇女豆芽婆。友妈的一对儿女参加抗日赈灾的宣传活动，叙述人写道——

> 由于友妈家道贫穷，这里的大户人家没有一个看得起她家的，只有一个人家喊她做多嘴婆的例外，经常来串门子，她是在巴刹里卖豆芽的，时时把卖剩的豆芽给友妈做菜。这完全出于好心相助，而友妈也乐意接受她的盛情。有一次，她听了那绰号叫“本地番鬼”的烟屎发说友妈是个老乞婆，她便愤愤不平地说：“人家一不赊，二不借，三不赖债，人家穷是人家的事嘛，各家的米落各家的锅，为何要小看人家!”可不是？他本地番鬼是什么东西？还不是偷酿私酒，开赌摊，勒索小贩的地痞？……豆芽婆虽然号称多嘴，可却不是势利小人，她那张没遮拦的嘴巴谁也怕了三分，所谓“好佬怕烂佬，烂佬怕泼妇”嘛……但，她对友妈仿佛是金兰姐妹一般。友妈有事情有困难，她会自动来帮忙，虽则彼此都是穷人。②

当日本人占领新加坡，本地番鬼当了汉奸保长二粒花，操纵配给米，勒索百姓时——

① 所举方言词中，有些词译意系据周长辑主编：《闽南方言大词典》，福州：福建人民出版社，2006 年。

② 赵戎：《友妈这一家子》，《赵戎小说选》，新加坡文艺协会，1999 年，第 119 页。

人们每次籴米回来，总是高声咒骂本地番鬼克扣秤头，吃人不露骨！豆芽婆每次都咒骂他没有良心，断子绝孙的。私塾老师说："你买米时最好看清楚他称够没有，当场跟他理论。"豆芽婆气急地道：

"唉，你老先生有所不知，他当场称给你是十足的，但你拿回来称就少了几斤！……因为他的秤是不准确的，如果像从前五占钱一斤米倒无所谓，但现在木薯都要买八元一斤呀！这叫我们穷人怎样过活?"

"大家一些前去，跟他评理，要他称足米！"

"讲倒是容易，但他口大你口小呀，上次张婶不是给他赶出来么?人家寡母婆守仔，揾食多么艰难，他也要食秤头！真太黑心！"

出卖国家、无恶不作的本地番鬼，最终被抗日分子所枪杀，"豆芽婆逢人便说：'恶有恶报哇，真是天公有眼！'"①

上引语段的语言虽以华语为主，却糅人较多的闽南语词，如"多嘴婆""老乞婆"（老乞食婆）"巴刹""卖剩的""好心相助""赊""借""赖债""地痞""为何""势利""称够"（称足）"理论"（说理）"老先生""有所不知""当场""十足""五占钱""前去""食秤头"（缺斤少两）"黑心"等，以及"各家的米落各家的锅"（落，放入）"吃人不露骨""他口大你口小""天公有眼"等闽南俗语，这似可作为判断人物的闽南祖籍或方言语获的依据之一。但对话和叙述语中也夹人粤方言词，如"寡母婆""揾食"及俗语"好佬怕烂佬，烂佬怕泼妇"，也有一些闽粤共通的语词，如"没遮拦""籴米""讲"（说）"守仔"等，从中也透露了闽粤方言交融的话语现象。

短篇《神媒》中所描述的"财迷心窍的头家娘"，亦类乎上例。她听信玉面道人所谓九精宝鼎炼钱炼物的鬼话，"眉开眼笑，立即匐伏在祖师像前必必卜卜叩响头"，随后"依计行事"，将"那七十八千的纸字钻戒"投入云房的宝鼎，"野心脖脖来做这一本万利的生意"，最终被那花靓仔席卷一空。"头家娘眼见破了大财，痛心得失魂落魄似地咒骂着：'杀千刀！夭寿绝种的，不得好死！……'跌跌撞撞地离开了。"文中也糅人较多的闽南方言语词，如"头家娘""祖师""纸字"（钞票），而"夭寿"（年青短命）"绝种"（断子绝孙）"不得好死"等，是闽南女人骂人的话语。而《狗的故事》里，学生家长大万婶、顺才婶，因痛恨校长太太"牛油桶"的贪婪自私，将学生当牛马使唤，便借话家常之机，

① 赵戎：《本地番鬼》，《赵戎小说选》，新加坡文艺协会，1999 年，第 129－134 页。

当面挖苦、揶揄“牛油桶”。人物的几段对话，糅入的闽方言成分略多，且常与粤方言混融成句——

“是呀，一个人最怕唔旺，旺起来谁能阻止？一个人除非唔衰，衰起上来大头家也要乞食呀！”大万婶说到手指脚划的，我知道，她是有所恨的，为了她的儿子在校里受粗劳，在我面前就表示过几回不满和诉苦：“要是我恨囝爬树（包曼卡）跌伤了，我要和她拼命！”……

“咦，你还衰？先生娘，这条村里谁比你更富贵呵！应该起大厝，坐风车了。”

“汝重讲艰苦，董事长讲，当今做教员好过做头家呀，十几年工钱加起来有几百扣咯，食未了呀！人家做生意还要怕蚀本，你慨工钱皇家定着有给，那有艰苦！”①

大万婶、顺才婶的三段话语以闽南话为主，文中的“旺”（兴盛、好运）“衰”（晦气、倒运）“大头家”“乞食”（乞讨、讨吃）“拼命”“先生娘”“富贵”“起大厝”（盖大屋）“艰苦”“好过”“食未了”（吃不完）“做生意”“蚀本”（亏本）“定着”（确定、必定）等，均为闽南语词，但也糅入粤方言词“唔”（不、不会）、慨（的）、条（个）、重（还）、扣等，且与闽方言构成语词，如“唔旺”、“唔衰”，或组合成句。如“衰起上来”系粤语，“大头家也要乞食”却是闽南话，二者组合成句，允称闽南俗语的半闽半粤化，这类方言混合语词、短语或句子，无疑拓展了当地方言的传达与交际功能。

总体上看，在赵戎的小说文本中，以糅入闽南话为主的人物对话或叙述性语段是少见的，但人物对话或叙述性语段夹杂闽方言语词却是个普遍的现象。即使《古老石山》这一广东方言小说中，也融入闽方言词“着落”“占”“拈”“一向”“行路”，以及闽粤方言共通的语词“入来”“无”“走”“旧时”“大饮大食”“无瓜螯蜞”“眼内”“上落”等。

赵戎的小说采用马来语，既有音译、音义兼译，也有借用马来语的音译加上

---

① 赵戎：《狗的故事》，《芭洋上》，新加坡青年书局，1958年，第67页。

华语成分而造出新词，且总是与广东话、闽南话混合使用。如短篇《码头上》，既有马来食物“明古连”“浪当”“味参”等音译词，又有借用马来音译词“咖哩”和华语单音词合成的“咖哩水”“咖哩鸡”等借词，且与粤、闽方言组成语句、语段，借以描述当地的民情习俗，表象人物的生态状态。

> 亚炳一出来，便跑到那档他认为最抵食，又经济，又好味的“浪当”连吃了两碗，那热辣的咖哩水还沾了他一嘴唇，的确，咖哩鸡之类休想有得尝了，这些用饭团渗咖哩水的实在算是好味道呢。他掉给了卖香烟的五占钱，买了两枝双桃牌，烧着了一枝，便赶去排队。①

这个语段写主人公亚炳以马来人的“浪当”当早餐，既有马来语词及借词，又糅入广东方言语词“档”“抵食”“有得偿”“掉”（扔）等，闽南方言语词“沾”“五占钱”“烧”，以及粤闽语通用的“好味”“渗”“去”等，它从一个侧面表象了码头工亚炳的困窘生活与心理情感，也透露了新马多元种族、文化、语言交融的独特的社会生态。这种交融也表征于人物的话语层面。短篇《芭洋上》写耕芭人张大嫂，指着被日本赤佬偷走的鸡，向对方喊道：“喂，依呢卡斯镭！”这句要赤佬给钱的话，可谓马来语与粤闽方言的有机融合：依呢（粤）：这个；卡斯（马来）：给；镭（马来、闽南）：钱。

赵戎的小说有时也出现马来人的形象，其对话大多混合使用华语与马来语。如《在马六甲海峡》结尾，轮船驶抵丹戎，搭客们纷纷划着舢舨上岸——

> 一个马来人，一个印度人，一个福建人，都划着舢舨在吊梯旁边等待着。
>
> “一个人要多少钱？”有人问着。
>
> “杀都宁结士丁鸦（元半）！”马来人回答道。
>
> “太贵了，杀都宁结（一元）！”黄封侯十分内行的说。
>
> “武厘（好吧）！”下面又回答了。②

主、雇虽隶属两个民族，各操本族语，且向不熟悉，但讨价还价，交流起来却十分顺畅。有时文中的华人或马来人，有意识地用对方语言交谈，彼此间的关

① 赵戎：《码头上》，《芭洋上》，新加坡青年书局，1958 年，第 27 – 28 页。
② 赵戎：《在马六甲海峡》，新加坡青年书局，1961 年，第 287 页。

系显得更为融洽。《海恋》里，华人大通伯的“结埃”前有个收鱼场，场边的泥滩上，“一艘摩多渔艇，飞快地穿过白桥底下，在滩边停下来了。一个马来人跳上摊来……和船上掌舵的，把两箱鱼扛上岸来。”

> 他（大通伯——引者按）走上前一看，一箱载了不少的银白的西刀鱼，另一箱却全是满满的尾鲛，不禁赞赏地说：“哗，曼益曼益！”
>
> “特曼益哪。”那戴着旧毡帽的马来人，嘴上浮上一个客气的微笑，有礼貌地笑道。
>
> 他后来才知道他叫做“鸭都拉”，另一个却叫“伊士咪”；鸭都拉是个经验丰富的老渔父，由于他喜欢和华人交往，也懂得不少华语；伊士咪还是个初出茅庐的后生小子。……
>
> 他们秤过了渔鲜，伊士咪搬了一支大铁锤，来锤打冰块，空隆空隆地敲了一会，把大冰块锤成了碎粒。鸭都拉把冰块铺上渔箱，再把麻袋盖好。他们做好了工作，都管自抽烟，喝咖啡了。①

大通伯用马来语赞赏鸭都拉的鱼鲜“曼益曼益!”鸭都拉答以“特曼益”，“特曼益”是马来语“曼益”和华语“特”合成的短语，借以向对方表达自己格外高兴的心情。

马来割胶女工的话语也进入赵戎的文本。《海恋》第三章写汉英在清晨的橡胶林里，遇见了割胶的马来母子，“她们的衣衫破烂，简直到了不可再穿的程度了，拖着一双残旧的胶鞋，提了一个桶子，一株挨着一株地，把杯子里的乳白色胶汁倾倒过来，这一点点胶汁，就是她们从早上犯着浓雾的侵袭割下来的成绩了。”

> “布兰卡，那吉士结!”做母亲的呼唤着她的儿子快些做。自然啰，她们还有很多手续做呢，还要把胶汁凝固，然后在梘较上较成一块块布似地，再拿去烟房去烟……据说她们的收入，每天还不上两块钱哩！
>
> ……
>
> 她收胶到了他的面前了，微笑地望了他一眼，叫了声“峇峇，早!”他立即恭敬地回了个礼。②

---

① 赵戎:《海恋》，新加坡青年书局，1959年，第8-9页。
② 赵戎:《海恋》，新加坡青年书局，1959年，第83-84页。

“峇峇”与“娘惹”，是马来人对有文化教养的华人青年男子与女子的称谓，马来割胶女工称汉英“峇峇”，《在马六甲海峡》里的马来狱卒卡温，则称收信的华人青年女子余洁冰是“娘惹”。这位马来狱卒冒着被日本人“杀头”的危险，替狱中的华人抗日志士送信，买咖哩饭等食物①。赵戎笔下的马来人，不论船夫、渔夫，还是割胶工、狱卒，无不朴实、热情、和善可亲，他们与当地华人和睦相处，共渡时艰；作家虽只是素朴式的勾勒，却活画出马来民族纯朴、正直的可贵品格。

赵戎的小说常有神高神大的孟加里形象，他们当警察或看门，文中偶尔也出现泰米尔诺。《在马六甲海峡》中《在鬼门关》一章里，日本天皇诞日，日宪兵训话后，由印度兵补分派华人囚犯的工种，“他还好声好气的对我们说：‘今天是哈里无杀（大日子），可以慢慢的慢慢的来做。’”② 印度兵补善意的话语里，就夹入泰米尔语。

3. 与端木蕻良比较

赵戎非常赞赏端木蕻良在《科尔沁旗草原》中用了大量的方言。这与赵戎的作品相同，不过他用大量的东北方言，而赵戎却用新加坡特有的方言，这是不同之处。

端木蕻良用了大量的东北方言，有些是清末民初当地流行的方言，到了现当代，也可能有点变化了吧！

“歪脖子小凤凰”——鸡
“黑毛子”——猪
“大麦曲”——酒
“尿水子”——酒
“扎拉子”——跳神的副手
“哈拉气”——酒
“铁古咚”——大车上的铁铃铛
“趟士车”——靴子
“铺子”——新割下来的一堆堆高粱或豆子
“阎老五”——阎罗王

① 赵戎：《在马六甲海峡》，新加坡青年书局，1961年，第247－250页。

② 赵戎：《在马六甲海峡》，新加坡青年书局，1961年，第264页。

"只配在坟子后头勾泥腿"—— 在坟头后偷情

"呸，真霉气，偏偏会碰见你个比木头疙瘩多俩耳朵，比石头疙瘩多副下水的贱货……"——"呸，真倒霉，碰见你这个不解风情的人……"

"谷子""飘子"太多，得"重风"——"蔫脏"太多，不行。

端木蕻良的《科尔沁旗草原》方言的运用对赵戎有极大的影响。赵戎立志要把南洋社会最现实的一面写下来，那就必须借用南洋社会通用的粤、闽方言，使作品更接近生活。因此，赵戎的语言有一大比重，是经过文学修饰过的粤闽方言。虽然是一南一北，语言用法不同，但是两个作家着力点却是一样的，而且都能达到效果的。

端木蕻良与赵戎的文学语言也有不同的地方，这是特定的环境所限制的空间与想象的差异。比如说，赵戎是新加坡人，因此，他的作品存在中国南方大方言系的方言，又兼有马来语、英语的文字。而端木蕻良则只有单纯的东北方言。甚者，端木蕻良在《科尔沁旗草原》里有比较多关于农业方面的东北方言，而赵戎则有更多样化的市井口头语，甚至是骂人的口头语。

三、 吸纳古代汉语增强文本华语色彩

语言是随着时间、传播地域而演变的。中国语言的表达应用由于年代久远，朝代更迭，疆域的改变更替，以及几次人口大变迁，其语言的演变更为快速。古代汉语的口头形式现在已经无法确认，我们只能通过用汉字记录的书面形式，如甲骨卜辞、铜器铭文、竹帛书，以及传世文献如《尚书》《左传》《论语》《孟子》《史记》等来研究。这些书面资料，原来应该是很接近当时的口语的。但可能由于书写工具的限制，书面的记录往往省略了一些不是太需要的部分，因此造成古代书面语和口语一开始就有些距离。随着时间的进展，口语和书面语的距离越来越大，后来竟组建发展成一种特殊文体，那就是所谓的文言文。① 更细地说，古代汉语可以分为两个系统：（1）一个是以先秦时期中原地区的口语为基础而形成的书面语，如《诗经》《尚书》《礼记》《春秋》《老子》《论语》《荀子》等著作所应用的语言，当时叫做"雅言"；（2）古代汉语的另一个系统是以魏晋时期中原地区口语为源头，经过唐、宋到晚清的逐渐演变而形成的古白话。古白

① 周清海编著：《文言语法纲要》，玲子传媒私人有限公司，2006 年，第 4 页。

话的书面资料包括了南北朝的《世说新语》、唐代的变文和一些浅白的诗词，宋代和尚和道学家的语录，元明以来的戏曲以及中国的四大文学名著等。

赵戎一生游弋书海，广泛地接触中国古代的艺文学术书籍。他从小就耽爱中国古典小说，也一直浸淫在古代散文诗词里，有深广的中国文化、文学涵养。他的《海外心仪录》一文，彰明他对中国近代的艺文学术同样有广泛的兴趣与深致的见解。这就为他创造性吸纳古代汉语的精华做了充分的准备，也提供了十分有利的条件。另一方面，赵戎对汉语古文的看法是辩证的。他曾深有体会地说，“要是我们只从文字书本上找词汇，则我们的修词便不够用，而且死板”①，这种忽视吸收人民大众活的口语的偏向，其实也正是中国历代古人写作常见的通病。正如论者所说，“文言因为不是活用着的言语，单靠前人的几篇作品做模范，所以成为一套印板似的格式”②，“这便是古人的模拟的毛病”③。而赵戎的体悟已从写法、格式深入到语言层面。但文学语言自身的传承性，马华作家和自己的创作实践，也使他真切地看到，中国文学中一批有生命力的语词，“经本地人运用却显得十分生动”④。因而，赵戎在充分吸收、利用当地民众口语、方言的同时，也十分注重从中国古代文学中汲取丰富的语言营养，将它看为创造本土特性的艺术语言的重要渠道之一，借以增添华文文本固有的华语色彩。

赵戎的文学文本吸纳中国古文，包括上述古文言和古白话两个系统。与同时代的新马作家苗秀、韦晕等人相比，赵戎文学语言的古文成分更多，也极大地强化他的文学文本的华语特征，本节拟从小说和杂文两个层面加以探讨。

1.　采纳古文的语词、固定词组及常用语法

赵戎的小说不论以华人知识阶层为题材，还是描述下层民众的生活与斗争，都大量采纳古文的语词、成语及词法、句法等，所不同者，前者因与描写对象有关，还常引用一些古文语句，且采撷一些文史掌故。诚如周作人谈论白话文采纳古文所澄明：

> 中国白话中所缺乏的大约不是名词等，乃是形容词助动词一类以及助词虚字，如寂寞、朦胧、蕴藏、幼稚等字都缺少适当的俗字，便应直

① 赵戎：《论马华文艺的独特性》，《赵戎研究专集》，新加坡文艺协会，2000 年，第 212 页。

② 周作人：《国语改造的意见》，《国语月刊》，1922 年 11 月第 10 期。

③ 周作人：《国语文学谈》，《京报副刊》第 394 号（1926－1－24）。

④ 赵戎：《新马华文文学概论》，《新马华文文学思想论文集》，新加坡文艺协会，2009 年。

> 接的采用；然而、至于、关于、况且、岂不、而且等字，平常在“斯文”人口里也已用惯，本已不成问题，此外，“之”字替代“的”字以示区别，“者”字替代作名词用的“的”字，“也”字用在注解里，都可以用的。

赵戎所采纳的古文主要是形容词、动词、成语等固定词组、助词虚字及某些词法、句法。笔者援举他的前后期二三小说为例，以窥其一斑。

前期短篇《码头上》虽以底层码头工的悲惨生活为题材，但文中采用了古文和古白话小说的大量形容词，还有一批动词，它们在口语方言中确乎没有相应的字、词。例如，加夜班前码头场景的一段描写：

> 大雨过后的黄昏，天空中一片阴沉，像要坠下一般的重甸甸……那维系着整百万市民生活的运输地带，现在像死了一样的荒凉、寂寞。轮船上也像空虚了，不再鸣着呜呜的汽笛声。船旁的铁栏杆和缆绳，缀着一连串的晶莹的水滴。大海里的青山，那一幢幢的洋楼和苍翠的峰尖，都给海雾浓密地封锁着，变成一座乳白色的云了。只有一群海鸥，那么不知疲倦地在水面翱翔着。

这个语段的首句，描写天空的一片“阴沉”，像要坠下来一般的“重甸甸”，犹如古诗的起兴，使人联想到因操作失误，迅猛向下坠落，将要砸死码头工亚炳的大货仓。而用来描述码头场景的“阴沉”，像死一样的“荒凉”“寂寞”与“空虚”等形容词，既有力地渲染早已疲乏不堪，却被迫加夜工的估俚们心境的压抑、凄寂，同时也是以静写动，借以反衬开工后周遭环境的喧嚣、嘈杂。语段的后半部，写近处“晶莹”的水滴，远处“苍翠”的峰尖，乳白色的云雾以及水面“翱翔”的海鸥，则以热带傍晚美好的自然景观，进一步反衬这群“维系”百万市民生活的估俚们恶劣的生存环境与被异化的生命形态。文中所采用古文的形容词、动词，举其重要者，尚有沉寂、忧郁、猛烈、安祥、敏捷、焦躁、浑浊、恐惧、密集、傲然、岑寂、深沉、朦胧、惊惶、沉静、凄凉等。单音节形容词叠字有黑危危、硬生生、热辣辣、空荡荡、懒洋洋、黄沉沉、暗残残等。动词有刑罚、举荐、叮嘱、逡巡、凌辱、尝试、痛楚、呼啸、屹立、消逝、憎恶、闪烁、牺牲、凭吊等。它们在描述小说环境、叙述事件与情节、表象人物的心理情感方面，也发挥了相应的审美功能。

其次，短篇采纳了一批成语及类似成语的构词法的语词。汉语成语是“固定词组的一种，它是语言发展中逐渐形成的习用的定型的词组”，其中大部分源自古代文献，也有一些来自历史故事、寓言或民间口头流传的词语①。成语有“简洁精辟”“言简意赅”的特点，多为四字句型，论者虽以“定型性”“习用性”“历史性”“民族性”概括成语的特性②。《码头上》采用的成语有倚老卖老、声色俱厉、走投无路、狂风暴雨、指手划脚、一尘不染、驾轻就熟、无精打采、不约而同等。文中还有一些采用成语构词法的语词，其中有俗成语，即“民间流行的约定俗成的准成语，一般也为四字句式，有别于书面成语”③，如来势汹汹、胆跳心惊、龙精虎猛、皱眉苦面、不可开交、困倦不堪、有气无力等。此外，文中采用古文构词法的语词，尚有愈聚愈密、愈刮愈多、悠悠然、三三两两、七手八脚等。采纳助词虚字的语词有：之类、虽然、倘若、由于、以为、何况、可是、因为等④。

赵戎后期小说采纳的古文语词、成语及成语构词法的语词，比量更大，也更为借重古代白话小说文句的简洁遒劲，且注重与文本中所采用的口语、方言及外国语的有机融合。短篇《章婆》是描述市郊菜农夫妇生活的篇什，不仅采用一批成语，如振振有词、行将就木、百发百中、失魂落魄、情不自禁、争先恐后、虎视眈眈、料事如神、捉襟见肘、一贫如洗、义不容辞等，而且使用了民间流行、约定俗成的大量俗成语，或称准成语、拟成语，它们因常嵌入当地口语、方言的字、词，故而如《码头上》里的“龙精虎猛”“皱眉苦面”一样，屡与粤闽方言俗语中的成语一类产生交叉现象，例如：

悭衣节食、天生天养、穿金带银、皮嫩肉白、好食懒飞、家山有福、丧德败品、理正气直、三生有幸、分任操老、三衰六旺、相夫益子、开花结子、开枝发叶、天从人愿、人心所欲、东成西就、刎鸡还神、破衣烂服等。

此外，还有一批类乎成语构词法的四字句式的语词、词组，如老眼昏花、餐揾餐食、跛手跛脚、好手好脚、啼笑因缘、神通广大、大发雌威、一般无二、成

① 高名凯、王安石主编《语言学概论》，北京：中华书局，1963 年，第 106 - 107 页。
② 许威汉：《二十世纪的汉语词汇学》，太原书海出版社，2002 年，第 487 - 489 页。
③ 许威汉：《二十世纪的汉语词汇学》，太原书海出版社，2002 年，第 376 页。
④ 赵戎：《码头上》，《芭洋上》，新加坡青年协会，1958 年，第 27 - 42 页。

家立室、壮健如牛、一生潦倒、传宗接代、有福有禄、平安无事、一身困顿、姐妹情深、家头细务、终生悭俭等等。上述成语与俗成语，尤其俗成语与四字句型的语词，其实难严格予以区分，笔者的区分只是尝试，不妥之处多矣，尚有待深入调研探讨。

除了单音节形容词叠字外，《章婆》还大量采用双音节形容词重叠式，例如：稳稳实实、琐琐碎碎、肥肥白白、粗粗俗俗、健健康康、结结实实、齐齐全全、平平安安、勉勉强强、多多少少等。文中也有若干文史民俗掌故的词句，如“恍似嫦娥下界，疑幻又疑真”“杂货西施”“早运甘罗晚太公”“念几个月‘人之初’”“桂花初开生桂子，桂花初开带子来！”① 等。

同以下层民众为题材的作品相比，赵戎描写华人知识阶层的小说，所采纳的古文分量明显增大。后期短篇《我们这一伙》（1982）以马华文艺界的抗日反殖民斗争为题材，且不说俗成语，文中所采用的书面成语是大量的，例如：

> 气味相投、炉火纯青、啼笑皆非、活灵活现、绝无仅有、目不暇给、美不胜收、孤陋寡闻、博学多才、五体投地、无所不有、满城风雨、人面兽心、多姿多彩、无孔不入、沁人心肺、青翠欲滴、毛骨悚然、蓬荜生辉、冀附骥尾、自命不凡、俗不可耐、百无禁忌、舌枪唇剑、入木三分、风度潇洒、四平八稳、玩世不恭、一丝不苟、穷愁潦倒、改辕易辙、残羹剩饭、销声匿迹、身历其境、了如指掌、一知半解、夤缘攀附、怵目惊心、瓮中之鳖、吉人天相、一往无前、针锋相对等等。

作者对古人语词的运用，已不停留于直接采用，而是依据特定语境与表情达意的需要，灵活有变化地使用。例如，不用“顿开茅塞”，而用“相信可以大开我的茅塞”，表述马华前辈作家老文的谦逊之情；不用“动口不动手”，而用“他不只动口，也还要动手”；不用“鸡飞狗叫”，而用“女人一见到就吓得鸡飞狗走”，极写梅秀的俏皮诙谐的性情；引用陶诗“悠然见南山”，却易其意为“悠然见坟山”，使之切合乌雅山的特定情境。

运用文言虚字及其句式，也是该篇的一大特点。例如，采纳“之类”“之前”及由助词“之”组成的句式，诸如“这可不是我待客之道”“在你不注意之

① 赵戎：《章婆》，《赵戎小说选》，新加坡文艺协会，1999 年，第 207 - 217 页。

下”“给一个做厨子的安排栖身之所”“苏德战争规模之大”“其识见之深远”等等。由“为”字组成的句式，如“文之流便立刻站出来为文驳斥”“连老杂文家巴人也为之侧目”“不叫路人看我们为一群疯子才怪!”也有“为……而”“为……所”“以……为”等句式，如“为生存自由而奋斗”“为人民而死”“为别人所不及”“以国家安危为己任的，是文化青年所崇拜的对象”。还有“非……不可”“者”字句，如“招牌非收起来不可了”，“我非离开这里不可了”；“市区内部留下必须职业者”。此外，文中还有使用“于”“或”“而”“有所”“不特”“之所以”“否则”“唯恐”等句式。这类文言虚字及其句式，不单蕴含华文华语的文化积淀，也使文句简洁，精警有力。

最后，《我们这一伙》还直接引用古文的诗句和典籍用语。文中除引述鲁迅杂文的语句、朱湘的诗句外，还引述杜诗的“安得广厦千万间，大庇天下寒士尽欢颜，风雨不动安如山!”陶潜的“采菊东篱下，悠然见南山”，进一步抒写爱国文人老笔和梅秀的内心情志与献身精神。此外，文中还引用古籍中的“夙夜匪懈”“嬉笑怒骂，皆成文章”“多一事长一智”“近朱者赤，近墨者黑”等话语①，借以写人叙事，议论抒情。这一特点也突出表征于赵戎的杂文文本。

2. 沿用古代用语，活用古代语句

赵戎在《坎坷集》（1978）这本白话文的杂文里，显著地用了较多古代语句、古代诗句等。当然，文言和白话是有分别的：文言是以书面语为标本，脱离口语而写成的文字；白话是参照当时口语而写成的文字。可是，“两者又有千丝万缕的关系。即以词汇和句法而论，它自有异点，可是同点也不少。还有，在历史上，它们虽然是分了家的，可是分得不够彻底，不只你来我往不少，有时甚至还合伙过日子。”②

赵戎在《坎坷集》里恰当地应用古代语句，加强文章所要表达的意义。《坎坷集》有28篇杂文，其中5篇直接关系到教育、教师：《教师——伟大的传道者》《教师——伟大的弘道者》《教师——伟大的卫道者》《教师——人类灵魂的工程师》和《漫谈广师》，都是以孔子的“雅言”来表现深刻的意义。赵戎在战后开始从事教育工作，从担任小学教员到后来担任中学教员，一直到退休为止。他对教育有一定的执着、向往、期望。他的杂文集里古文的使用频率相当高，造诣深厚。

① 赵戎：《我们这一伙》，《赵戎小说选》，新加坡文艺协会，1999年，第216－231页。

② 张中行：《文言和白话》，黑龙江人民出版社，1992年，第1－32页。

自古以来，在没有阶级、国家、职业、种族的时代，教师便是该部族的灵魂；虽然并不一定是部族的族长，却是这些人中的知识分子、指导者。由于“师”自古以来受人尊敬，赵戎在这几篇关于教育的杂文里应用了孔子的“礼乐不兴，则刑罚不中”、古人的谚语“三人行必有我师”及“蒭荛之微，圣人询之”“不耻下问”等来表现先觉者也要向人家学习，他们把知识加以综合、提炼和发扬，并传授给下一代，这便是现代人的教师。作者每一篇杂文的主题都配合了恰当的古人语句，如孔子的“人能弘道，非道弘人”“当仁不让于师”“君子谋道不谋食，君子忧道不忧贫”；荀子的“青出于蓝而胜于蓝，冰生于水而寒于水”；王夫之的“刀绳俱在，毋足我死”等，来表达各篇文章的主题。

赵戎在《漫谈广师》里谈到，虽然教师自古以来是神圣的职位，但在今日一切都商业化的社会里，这种神圣的教育工作也成了“论件出产”式的职业。学生成了顾客，老师只是劳工者，较之古人的“天地君亲师”并列者，别想再有尊师重道了。西方哲人说“吾爱吾师，吾尤爱真理”；韩愈道：“弟子不必不如师，师不必贤于弟子”。这些都是至理名言，中外同调的。但是，我们今日的“师”除了亲自传授给我们知识的老师之外，我们看的书籍的作者也是我们的老师。我们需要多读书，向更多老师学习，来使自己更充实，更进步，诚如杜甫云：“转益多师是汝师”。①

赵戎本身是个教师，当了大半辈子的教师，对教育十分执着，怀着崇高的信念。他在《坎坷集》里对于教育的观感，配上古代语句的恰当应用，融合着赵戎白话文的现代解说，不仅直接表达了他的教育理想与观点，也为他的杂文增强了可读性及可信度。

在《坎坷集》杂文集里，赵戎多次采用了古代诗句来作文章的主题，以提高文本的思想艺术水平，并制造相应的艺术气氛，使之富有独特的魅力。赵戎关于处事、生活态度的文章用了“世事洞明皆学问，人情练达即文章”的诗句来表达，来制造艺术气氛，让读者对文章有种期待、盼望。作者引用“万物静观皆自得，四时佳兴与人同”，作为另一篇杂文的主题，澄示事事要冷静观察，而且要从年轻开始，不要受美丽的假相所迷惑。

由于赵戎博览群书，在许多领域颇有见地，他无论写任何题目，都能适当地应用古代用语，给文章带来更突出的重点及更多的色彩。在《左道旁门》这篇杂文里，赵戎谈到白莲教、红莲教、义和团等，应用《礼记》的“王制”篇：

---

① 赵心（赵戎）：《坎坷集》，新加坡：教育出版社，1978年，第92页。

“析言破律，乱名改作，执左道以乱政，杀”，疏云：“左道谓邪道，地道尊右，右为贵，右贵左贱，故正道为右，不正道为左”等，来阐明左道的异端邪说。配合这些古代语句，赵戎还联系读者比较熟悉的《西游记》《封神演义》《蜀山剑侠》等书籍，来描述左道旁门的妖怪所制造的难关。

赵戎杂文集《坎坷集》28 篇文章中，引用的古文不下百余处。因为引述得多，应用得广，在这儿不能一一详述，除上述引录外，再抄录一些主要的语句，以见一斑[①]：

> 康有为说：“吾道有谭生，大地放光明。”
>
> 孔子说：“三人行，必有我师焉”；“择其善者而从之，其不善者而改之”；“君不君，臣不臣，父不父，子不子”。
>
> 古人说：“知之为知之，不知为不知，是知也。”
>
> 叔孙豹说：“立德立功立言为三不朽，有一已足传世，永垂不朽。”
>
> 杜甫云：“转益多师是汝师。”
>
> 韩愈道：“放之四海而皆准，传之百世而不惑。”
>
> 谭嗣同说：“古而可好，何必为今之人哉?”
>
> 《礼记》里说“析言破律，乱名改作，执左道以乱政，杀。”郑玄注道：“析言破律，巧卖法令者也；乱名改作，谓变易官与物之名，更造法度，若巫蛊及俗禁”。

赵戎在《坎坷集》里这些较严肃的杂文里，适当地应用了古代语句来加强文章所要表达的意义，并增加作品的独特魅力，可以说是为这本杂文集增添了独特风格，加强了文章的说服力及感染力。

四、 借用外来语词映呈新马现代风貌

外来语词是不同民族的文化接触与交流的结晶，也是文化融合与语言融合的双重表征。赵戎的文学语言借用了不少外来语词，客观上虽是新马多元种族、文化、语言并存与交融的社会情态使然，但主观上，也同赵戎执着诉求多种族、文化、语言的交流与融合，借以充分映呈新马现代社会风貌的理念不无关系。它从一个重要层面彰显了赵戎文学语言的本土特性，也是他赖以创建文学语言独特风

---

① 赵心（赵戎）：《坎坷集》，新加坡：教育出版社，1978 年。

格的路径之一。

所谓“外来语”，是英语 foreignism 的汉译，它包括“外来词”“借词”两种成分。“外来词”，英语称 foreign word，意指“从外族语中吸收但仍保留原有特点的词”。上述两个英文术语，都有 foreign 一词，它既有“外国的”，又有“外地的”“异质的”含义①。季羡林认为外来词有代表精神和物质两个方面。前者如佛、菩萨、耶稣教等，后者如沙发、咖啡、巧克力等②。借词是英语 hybrid word 的汉译，指在历史上从外族语中吸收并本族语化的语词，它一半音译或意译，一半由本族语成分所构成。例如，“卡车”“冰激凌”，分别源自英语 car 和 icecream，其中“车”“冰”是外加的或意译的汉语固有成分，此类借词亦可译为“混合词”③。外来词与借词的关系是变化的，如 telephone，最初音译为德律风，因国人使用不习惯，于是意译为电话。这类外来词或借词，一般读者早已忘记它是舶来品④，但是作为文学语言研究，却有必要对它在赵戎小说中的使用作一番粗略检视。

站在融合的主体语言（汉语、华语）角度来考察，其他民族的语言，包括英语、马来语、泰米尔语，其实都可看为外来语。但人们考量任何一个问题，都有其特定的社会历史背景。赵戎早在《现阶段的马华文学运动》（1959）一文中就澄明：

> 这个新国家里，包括了中巫印英及愿意作这里子民的各民族人民。除了原住民巫人外，其余都是外来的，就中以中印两大民族寄居较之，和当地社会发生了不可分开的关系。以我们华人来说吧，我们老早就把它当作自己的“第二故乡”了，可知华人是多么热爱马来亚土地了，既要选择一个国籍，则我们以这里为我们的惟一故乡了。因为我们的先人都是跋涉千里而来，为了开垦这美丽的马来亚，流下了最后一滴血和汗而建成的，后代的我们也本着先人的精神，热爱这个国家了。印人也有和华人相似的情形。只有西方人很少生根在这里，他们大抵干了几年便回到西方去……⑤

嗣后，赵戎的《新马华文文学概论》（1975）一文，斩截申言：“马来亚有

① 史有为：《外来词：异文化的使者》，上海辞书出版社，2004 年，第 3－6 页。
② 季羡林：《外来词：异文化的使者》，上海辞书出版社，2004 年，第 1－2 页。
③ 史有为：《外来词：异文化的使者》，上海辞书出版社，2004 年，第 3－6 页。
④ 季羡林：《外来词：异文化的使者》，上海辞书出版社，2004 年，第 1－2 页。
⑤ 赵戎：《现阶段的马华文学运动》，《赵戎研究专集》，新加坡文艺协会，2000 年，第 196 页。

中、巫、印三大民族”[①]。鉴于新马国家特殊的社会情状，也基于作家本人的看法，笔者将华语及其方言、马来语、泰米尔语列为本土的民族语言，而把来源于英语等外国语的外来词及其借词看为外来语词。

现代汉语的外来语词，随着清末海禁大开而涌现，特别是20世纪以降，大量进入中国社会生活的各个领域，它从一个侧面反映了中国封建社会向近现代社会的历史转型。汉语的外来语词，既有由外国传教士和中国人所输入与创造，又有引进日语的汉字词。明治维新后，日本人曾以日语的汉字词和古汉语语词，翻译英语等西方语言的大批语词。这些用汉字词意译的西方语词，在日本通行多年，它们比严复译著的西方语词通俗易懂，曾先后由出使日本的官员和一批批留日学生引进大陆。据学者史有为统计《现代汉语词典》（1978年版）所收录的外来词条，其中日语汉字词意译的达768条，数量相当外来词条的一半[②]，从中不难窥见日语汉字词在中西文化交流中所起的桥梁作用。“五四”新文学曾大量借用外来词和借词，借以映现迅猛变化、色彩斑斓的民族现代生活，深受“五四”新文学影响而崛兴的新马华文文学，亦不例外。

以英语为主的外来词和借词，散见于赵戎的小说文本中。总体上看，外来意译词和借词占有相当的比量，而外来音译词数量较少，且几乎看不到直接采用英文字母词。英文字母词包括全英文字母词与由英文字母词成分和汉语成分组成的词语[③]，前者如“coffee”（咖啡），可称为英语词，后者如“阿Q”，属汉外混合词，即准英语词。短篇《狗的故事》（1958）虽用过“阿Q”这一准英语词，但在赵戎小说中却是个例外。赵戎不用英文字母词，一方面系因笔下人物大多来自下层和底层，在战前、战后的环境中极少有学英文的机会，同时也与作家主张“为民众所喜闻乐道”的文风，诉求华文语言的规范不无关系。

在赵戎的文本中，外来音译词的使用大多见于叙述中的外国人名、地名、事物名称或专有名词等，次则描述日寇及其爪牙与当地民众对峙的场面。例如，《在马六甲海峡》描述日本军官在集中营的华人训话，在监狱里对张浪萍严刑逼供等。《芭洋上》也写了日军闯入华人亚答屋抢劫，继而夜间打砸、强暴张大嫂的场面——

忽然，在前面那间亚答屋的篱笆口，“叻”的一声冲出了一个日本

① 赵戎：《新马华文文学概论》，《新马华文文学思想论文集》，新加坡文艺协会，2009年，第12页。

② 史有为：《汉语外来词》，北京：商务印书馆，2000年，第190－191页。

③ 杨锡彭：《汉语外来词研究》，上海人民出版社，2007年，第169－178页。

赤佬来，像喝醉了酒一般，跑得歪歪斜斜的，双手抱着喔喔叫着的大雄鸡……

……

“喂，依呢卡斯镭！”篱笆口接着出现一个少妇，指着被他抱走的鸡，要他给钱。

“哟多哟多卡？能地马尼！”他淫邪地瞪着那少妇的丰美的脸颊，正要无耻地说下去，望见后面有人来——我们正在前行——立即变成了凶神恶煞的模样，大叫一声“八卡鲁！”冲了过来，不到几步，却又掉转了头，一步一跄踉的走了。……①

文中日语译音语词的使用，不仅逼真地勾画日本赤佬白日抢劫的狞恶形象，而且映现了普通华人在沦陷时所遭受的劫难。

外来意译词和借词的采用，在赵戎小说文本中才是较为普遍的。笔者仅以赵戎第一部小说集《芭洋上》为例，依据刘正埮、高名凯等人编撰的《汉语外来词词典》②，辅以其他史料，初步检索文本中的外来词和借词，以篇目为序，画“/”号后为日源汉字意译语词。

《古老石山》(1948)

镭（铜币名，马来语 duwit，源自荷兰语 duit）、电车＊＊（英 tram car）、电筒、西装、花旗椅等/宪兵、报告、暗示、特别＊、高利贷、场合、乘客等。

《码头上》(1950)

纳尔逊、咖哩（英 curry，源自泰米尔语 kar）、咖哩饭、咖哩水、咖哩鸡、估俚（英 coolie，音意译为苦力）、欧洲、佛兰地烧酒（英 brandy，白兰地，源自荷兰语，原义烧酒）、玻璃（梵语，一说源自波斯语）、玻璃镜、万兰池、起重机、汽灯等/经济、集中、汽笛、紧张、不景气、关系、报告、时间、封锁、质量、机器、速度、场合、精神、意识、机械、电话、机关等。

---

① 赵戎：《芭洋上》，新加坡文艺协会，1958 年，第 18 页。

② 刘正埮、高名凯等编《汉语外来词词典》，上海辞书出版社，1984 年。

《芭洋上》(1951)

吉卜赛人(吉卜赛,英 Gypsy)、咖啡(英 coffee)、咖啡店、咖啡茶、估俚、下意识(英 supconsciousness)、英里、婆罗州、达亚克人、八卡鲁(日、王八蛋)、乌苏里江、铁路(英 railway,意译)、胭脂(匈奴语)等/商店*、农民*、时间、特务、热带、思潮、同情、目的、想象、干线、交通、精神、目标、知识、处女地、环境、交响乐、建筑、经验、大东亚共荣圈、军部、手续、解放、自由、份子、身份、例外、抵抗等。

《狗的故事》(1958)

泡咖啡、咖啡店、估俚、牛油桶(牛油,英 buttey)、希腊、雅典城、狄真尼、《被侮辱与被损害的》、《憎恨》、阿 Q、哀的美敦书(英 ultimatum,意译最后通牒)、无意味等/校长*、教员*、学校*、读本、劳作、紧张、服务、教育、方法、思潮、时间、封锁、政策、卫生、记录、自由、例外、意见*、方针、成分、生命线、劳动、謄写、新闻等①。

从上述粗略的不完全的梳理可以看出,赵戎的小说借用外来语词,系以英语意译词和日语汉字词为主。赵戎的借用并不生搬硬套,而是从当地民众的实际生活出发,根据表象人物的生命图式和思想性格的需要,灵活而创造性地予以运用。例如,借外来音译词“咖哩”“咖啡”组成语词“咖哩饭”“咖哩水”“咖哩鸡”;“咖啡茶”“咖啡店”“泡咖啡”等。在后出的小说中,他还采用了“咖啡奶”“咖椰”“咖啡档”“咖啡摊”“咖啡泊”(发式)等语词,并将“咖啡茶”闽南语化为“羔丕乌”,借以记述当地华人的实际生活。这些外来语词,既有助于再现新马社会的现代状貌,也有利于刻画各阶层人物的当下情态。例如,《芭洋上》记载日治时期的两张通告,使用了“军部”“解放”“自由”“份子”“抵抗”“合法”“大东亚共荣圈”等日语汉字词及意译词,既掊击了日寇建立所谓“大东亚共荣圈”的战略野心与实施法西斯统治的罪恶阴谋,也鞭挞了马来亚彭亨州傀儡政府为虎作伥的走狗行径。而在《狗的故事》里,“牛油桶”“教育”“读本”“劳作”“封锁”“政策”“方针”“总动员”等外来借词,则揭露了校长夫妇假借现代教育的金字招牌,虐待、迫害师生,专横暴敛,胡作非为的卑劣行径与龌龊灵魂。

---

① 画“*”号词条系据马西尼《十九世纪文献中的新词词表》(1997),其中“电车”“铁路”“法律”为国人和传教士自创词,其他词条为刘正埮等编《汉语外来词词典》,未刊录的日语汉字词。杨锡彭:《汉语外来词研究》,上海人民出版社,2007 年,第 156 - 161 页。

第六章　文学语言的独特风格

风格，是“文学语言的表现形态”①，也是作为艺术的内容与形式的文学语言的最高范畴。正如歌德所说，“风格，这是艺术所能企及的最高境界”②。对作家来说，文学语言风格乃是作家艺术风格成熟的首要标志。文学语言研究只有进入风格学的层面，才能充分揭示作家文学语言所能企及的最高艺术境界。关于文学语言的风格，吕叔湘曾从广义文学语言的角度，概括包括口头和书面形式的文学语言的四种表现形态，即“庄重、正式、通常、脱略”，同时进一步指出书面语的语言风格，应先“区别各种‘文体’”，如诗歌、小说等的文体风格，才能进一步研究作家个人的语言风格③。他还澄明风格超越模仿，亦非矫饰作风，“沈从文的风格是‘只此一家’……无论小说还是记事，都植根于对他故乡的人和事的深深的眷恋”，其“行文寓巧于拙，以冷隽掩盖热情，产生一种特殊的效果。”德国理论家威克纳格认为，风格作为语言的表现形态，“一方面被表现者的心理特征所决定，一方面则被表现的内容和意图所决定。”换言之，风格“具有主观的方面和客观的方面”。④ 这些论述，对于笔者研究赵戎的文学语言风格，无疑具有很大的启示意义。

本章拟从考察赵戎有关作家文学语言风格创造的理论入手，然后深入探究赵戎小说的文学语言风格的基本特征。

一、文学语言的风格创造

赵戎曾将“创造新的民族形式和艺术风格”，看为“马华文艺独特性”的存在依据和重要表征之一。他对创造新的艺术风格的理论探索与躬身践履，是他作为新马华文作家和文论家的一大亮点。赵戎对作家如何创造艺术风格的探究是多

---

① 威克纳格：《诗学·修辞学·风格论》，歌德等：《文学风格论》，上海译文出版社，1982 年，第 18 页。

② 歌德：《自然的单纯模仿·作风·风格》，歌德等：《文学风格论》，上海译文出版社，1982 年，第 3 页。

③ 吕叔湘：《语言和语言研究》，《中国大百科全书·语言文字》卷首专文。

④ 威克纳格：《诗学·修辞学·风格论》，歌德等：《文学风格论》，上海译文出版社，1982 年，第 18 页。

方面的。他在《论二十年来的马华文学思潮》一文中，澄明“创作风格，是作家在创作过程中，经过长期的锻炼所凝成的”①。关于作家的创作风格与语言风格的关系，如本文第三章所述，赵戎在《苗秀论》（1958）中，曾指陈苗秀独创的艺术风格是建立在他的艺术语言的基础上；它端赖于苗秀运用艺术语言的技巧和手法。嗣后，赵戎在《泛论当前我国的文学运动》（1969）一文中，又从艺术技巧和文学语言的角度，通过比较进一步辨识与概括七批作家艺术风格的不同类型。

在赵戎看来，“作家的艺术技巧是各具姿态与特长的”。他透过文学语言和艺术技巧，窥见了不同作家风格的相似性，例如鲁迅与沙汀，“都紧笔调朴素见长的，作品里同样充满了浓厚的乡土气味，都具体地形象化地刻画了中国农民的面貌。自然，他们的成就并非等于一样的。”而茅盾与巴金，“同样是行云流水般的通畅，同样对人物个性和时代风貌有了不朽的刻划，但前者却多了一层华丽的色彩。”对同是写东北题材的作家，赵戎也从语言与技巧的角度，提摄他们风格的异中之同或同中之异，“如骆宾基，萧红，萧军便显得沉实不华，端木蕻良却有了过份的夸张。”赵戎还将这一考察延伸到“艺术风格特出”的马华作家。此前，他的《苗秀论》《韦晕论》（1960）二文，曾评述二人不同的艺术风格，这时他指出苗、韦的“艺术技巧可以说是同类的，他们每一段描写就是一首诗，充满着秀丽的热情笔调”，这就是说，两人的风格也有类似的一面。尽管赵戎对中国和马华现代作家风格类型的探讨，停留于若干个案，并不全面，其对作家风格相似性的评述，也有简单之嫌，但他的风格类型研究与比较方法，对于人们辨识艺术风格和语言风格的流派和时代特征，无疑具有启迪意义。赵戎还进一步强调，“任何一种艺术技巧都有它的价值，都有它的读者，未可随便厚此薄彼的。”② 这表明他诉求艺术技巧和风格的多样化的宏放理念。

其次，阐明作家艺术风格创造的路径及主观成因。赵戎指出风格创造的路径有三：一是学习他人风格，“由于喜爱某一作家的作品，对他的创作风格有所陶醉，于是写作时便学习其笔调，多多少少便有了这种风格。”当年唐弢学鲁迅的杂文风格，人家竟以为他的作品是鲁迅的，堪称“学习别人风格成功的一例”，但也有学来学去学不成，所谓“画虎不成反类狗”。二是在学习某种风格过程中，“创出了自己所特有的风格”，赵戎昭示“这是最上乘的最高度的成就”。三

---

① 赵戎：《论二十年来的马华文学思潮》，《新马华文文学思想论文集》，新加坡文艺协会，2009 年，第 55 页。

② 赵戎：《泛论当前我国文学运动》，《赵戎研究专集》，新加坡文艺协会，2000 年，第 265 页。

是不愿受任何风格的影响，要胸无城府，独辟蹊径，在长期创作中炼成自己的独有风格；虽不失为一路，却“不容易做得到”①。赵戎对三种路径的评述，体现了艺术风格既有传承性，更须有独创性的可贵思想，它对于语言风格创造来说，也有同等的指导意义。此外，赵戎对作家艺术技巧、语言与风格赖以形成的主观因素也有所探讨，认为“一方面由于作家本人的气质，嗜好，与习惯所养成，另一方面是作家对文艺的长期修养，与对世界名家的技巧吸收底结果。”②

赵戎关于风格创造的论述，其诸多见解蕴含了作家自身实践经验的梳理与总结。可以说，赵戎的语言风格和艺术风格的创造，并非单学哪一家，而是广纳博取，认真学习、借鉴他所景慕、敬仰的中外一大批作家，经过长期的创造性的艺术实践与熔炼铸造，而逐渐创出自己独特的语言风格与艺术风格。这一创新的个人风格，既以他那经过精心铸造、富于本土特性的文学语言为基础，也首先表征于他那新颖的独创的语言风格，其显著特征是：雄浑而又细密，尖锐而又辛辣，朴质而又谐趣。

二、文学语言的风格特征

赵戎的文学语言风格有统一的旨归，它始终服膺于作家的文学价值观，即作品既有时代性，又有南洋本土特色，并且有不朽的价值。在它的统驭下，赵戎文学语言的风格特征是多姿多彩的。既有雄浑豪放的，也有幽雅温婉的；既有细腻缜密的，也有朴质明净的；既有尖锐辛辣的，也有幽默诙谐的。这些风格特征，可以说以真实性为基石，以朴质又明快生动为底色。在赵戎的中长篇小说《海恋》《在马六甲海峡》中，他那丰富多样的风格特征获致了全面而生动的艺术展现，而在他的众多短篇小说和杂文中，也往往可以窥见几种风格特征的有机融合。本节拟从风格特征三个大的层面作深入的论述。

1. 雄浑而又细密

雄浑而又细密，是赵戎文学语言风格的显著特征。赵戎的小说致力描绘人物赖以生存、活动的南洋独特的自然和社会环境。举凡热带的酷热、暑气与雨林气候，大海、港湾与山芭胶林的地域风光，品种繁盛的特有的动植物，巫、华、印等族杂居的多姿多彩的人文景观……无不一一胪列在他的笔下。他的文笔雄浑豪

---

① 赵戎：《论二十年来的马华文学思潮》，《新马华文文学思想论文集》，新加坡文艺协会，2009年，第55-56页。

② 赵戎：《泛论当前我国文学运动》，《赵戎研究专集》，新加坡文艺协会，2000年，第265页。

放，而又细密温婉，且饱含着激情。其雄浑豪放，往往源自审美对象的恢宏壮阔，具有令人震撼的强力和威力。同时也与主体酷爱类乎郭沫若诗歌“奔放的写作技巧”[①] 分不开。正是宏壮的自然景观，激发了创作主体深切的体验与独特的感受，并以其不可抑制的热情、豪放的文字形诸笔端，产生了强大的艺术感染力。

请看赵戎笔下雄壮美丽，令人肃然起敬的马六甲海峡：

> 马六甲海峡，是一条美丽的雄壮的海峡，有着以二十哩到二百哩阔的海面，和五百多哩长的海程。它底彻底和它底重要性，在世界上产了风头。自从它有了历史以来，它便是唯一的沟通欧亚洲的捷径了。它的重要性，是与日俱增的。它维系着欧亚两洲底交通，和平，繁荣与安全。没有它，这世界历史也许要倒写几百年咧！没有它，这东南亚也会像非洲大陆一样，是个沙漠千里的荒凉地方。……
>
> 这海峡斜斜地横躺在赤道线上，不太斜也不太直，恰到好处地，把这热带大陆截然划分为两面——苏门答腊岛和马来半岛，给这恐怖的黑暗的恶病滋生的火地上，带来了适宜的雨量，适宜的气候……于是，这百度高热的地方，逐渐温暖了，任何有生命机能的东西，都可以在这里找到繁殖的根据了。
>
> ……

接着，赵戎描述了“这条雄视宇宙的海峡，和我们底古老的勇敢的民族”的历史因缘及其艰辛曲折的开发史，并以“马六甲海峡是浩瀚的，大量的”；“马六甲海峡是优美的，和蔼的”；“马六甲海峡是庄严的，磅礴的”三个语段，穷形极致地抒写了马六甲海峡的“热情，豪放，雄伟，安祥”[②]。

热带特有的雨林气候，频仍出现在赵戎小说的环境画面中，《在马六甲海峡》开篇，叙述人就以满怀深情的如椽大笔写道：

> 新加坡——这热带线上的茁壮的大城，正浴在浓雨中了。
>
> 南方的热带的雨，不管是连绵的，急速的，粗豪的，纤细的，总是那么浓密地下着，下着；值把这新兴大城的闷热、烦燥、苦恼、肮脏、

① 赵戎：《海外心仪录》，《新马华文文学思想论文集》，新加坡文艺协会，2009 年，第 117 页。

② 赵戎：《在马六甲海峡》，新加坡青年书局，1961 年，第 39 - 44 页。

污浊、昏沉、恶心……一切都冲去了为止。

雨，给这大城里热情的人们：中国人、马来人、印度人、英国人、犹太人、阿拉伯人、土生混种人，带来了清新的、洁净的、爽快的感觉和喜悦；甚至连猫、狗、耗子、加札、燕子、蚯蚓和青蛙；路旁的红豆树、洋槐、常磬圣柳……都会同样地欢欣和快乐的。

……

这从马六甲海峡和南中国海边蒸发起来的雨云，不多也不少，终年如常地，匀循地，调济这建在火地上的大城的气候；使它很快地成为一个著名于世界的大城，使它永远青春，活泼，健康，迷人！不是么？从我们祖先的记忆起，如果这大城外的周遭没有陆沉，马六甲海峡没有出现，这地方该是个黑暗的大陆吧！该是个沙漠或荒原，该是个每天能昏死成千成万动物的地带！然而雨，却给它带来了文明，繁荣，和无穷的希望……①

文中一连串并列的语词、短语、分句的排叠与反复，不仅无条件充当了递进的描述句中的各种成分，而且被有机地嵌入感叹与反问、假设与转折的语句中，造成了一股既层层推呈，又回旋激荡的雄浑气势，大自然对人类和万物的无私恩泽也溢满于字里行间！

雄浑豪放的文字不单描绘外界景物的恢宏，也被赵戎用来表象人物高尚的品格与心灵。短篇《口琴的故事》（1975）描述北马小城——葫芦江秀人民前仆后继的抗日反殖民斗争事迹，“他们曾以自由的宝贵的鲜血，写下壮丽的史诗；向世界宣布，他们不是可以随便侮辱的。”主人公李福才是一位爱国的热血青年，他以口琴为艺术武器，组织“中华口琴队”，从事抗日救亡宣传，曾是使日军丧胆的游击队员；光复后，他参加争自由民主的斗争，因走狗告密，被英殖民当局以所谓“反国家分子”的罪名所枪杀。叙述人以无比崇敬的心情颂扬道：

……歌声，使他们成为一股铁流。歌声，使热带的儿女为理想壮烈牺牲。

现在，这支口琴上留着烈士斑斑血痕，每个洞孔，每个音阶，都保留着主人毕生的气力。多年了，主人的丹田气力，把这里面的金属片都

① 赵戎：《在马六甲海峡》，新加坡青年书局，1961 年，第 1－2 页。

> 吹得通灵！它有着无穷的力量，它将呼啸而起，震撼大地，震撼江河，震撼山岳，震撼海洋……[①]

赵戎的语言风格既是雄浑奔放，又是细腻温婉的。例如，他对马来亚彭亨州的热带酷暑的描写：

> 辽阔的天空，光亮亮的没有结上半朵云彩，太阳底强烈光芒，蒸发着酷暑的气氛，把大地晒得炙热了，路旁的树林里，也分泄这郁闷的脂息。谁的喉咙都乾渴得难受，快要忍受不住了。但，附近又没有小溪流，有如在沙漠里，难于找到水源；又没有别的可以止渴的东西，只好硬着头皮，不绝地用舌头翻着仅有的口涎。乾渴的刑罚，实在比饥饿还来得要人的命咧！
>
> ……
>
> 太阳已经渐渐往西倾斜了很多度，大地，还是热烘烘的像个火炉，发着暑气……只消几个钟头的时间，我们的脸孔像饮了过量的烈酒一般，也给晒得发烧了，谁都是涨红红的，同时也不住地冒出汗点。赤道下的风，也是灼热的，真的会把人吹昏。没有起风的时候，那野生的棕榈的羽叶，那巫萝金树新绿的嫩芽，那迎风而舞的葵扇树，那开着白花的斯茅草，一动也不动，静静地，静静得像一幅原野的立体的画图。只有不时吹来的轻风、飘送着一阵浓密的翳人的野花香味，才感到一点儿凉爽的快意的享受。最糟的是偶尔刮来一股大风，把路上的泥尘卷扬起来，变成满天浑虫的黄沙雾，迷得眼也睁不开，连呼吸也有些不自在，一下子便教脸孔蒙上了一层薄薄的灰尘。[②]

作家以芭洋流浪者的视角，循着天空——大地——人的叙述格局，一方面展现着热带酷暑特有的犷悍与威力，空中阳光强烈持续的暴晒，大地炙热得像个热烘烘的火炉，而赤道线下的热风与黄沙雾，更是显露了天地汇聚交构所酿造的酷虐。但叙述者同时也以细腻而温婉的笔触，捕捉着酷暑沙雾肆虐下大自然的种种生机与生命的顽强。那路旁的树林里，“分泄着郁翳的脂息”。人虽犹如栖身沙漠，“不绝地用舌头翻着仅有的口涎”，罹受着比饥饿还要命的“乾渴的刑罚”；

---

① 赵戎：《口琴的故事》，《热带风情画》，新加坡华文中学教师会，1977 年，第 84－92 页。
② 赵戎：《芭洋上》，新加坡青年书局，1958 年，第 6－8 页。

脸孔“像饮了过量的烈酒”，也被晒得“涨红红的”。但迎面而来的野树林，“那野生的棕榈的羽叶，那巫萝金树新绿的嫩芽，那迎风而舞的葵扇树，那开着白花的斯茅草”，向人们展呈出“一幅原野的立体的画图”，而不时吹来的微风，飘送着“浓密的翳人的野草香味”，让人享受到“凉爽的快意”。即使那“把人吹昏”的热风，使人眼睁不开，呼吸也不自在的黄沙雾，也无法阻止流浪者坚韧的徒步跋涉。

赵戎的细腻温婉的风格特征，也表征于描写新马的风物人情，刻画人物的肖像和性格心理。在短篇《狗的故事》（1958）里，当主人公“我”庆幸能摆脱校长夫妇的欺负与侮辱，迁居校外的租屋时，叙述人以细致婉约的笔致，描画了“我”眼前呈现的一幅风景世态画：

> 今天的夕阳也分外美艳，温柔，抹着淡淡的胭脂，雪白的云彩也镶上金边咧！呢喃细语的燕子，漫天翱翔，马来孩子以掌拍树叶的声音，也更加悦耳了。我爱屋前那株槟榔树，高高地直立着，尤其在暴风雨里，它挥舞着巨大的扇叶的雄姿，使我神往，增加勇气。我更爱那漫山的树林，它是那么青葱郁绿，它是我们的生命线！当大地尚在沉睡时，勤劳的胶工们，已经挂上风雨灯在干活了。它启示我：生活需要劳动！……现在我再没有多少时光，逗留这个境地了！①

这盈溢着热带风情的画面，不仅巧妙地衬映“我”执着诉求个性自由、不受羁缚的生存环境，也抒写了“我”对热带风物的无比钟爱，对有价值的生命图式的景慕之情。

另一短篇《罗知和她的娘》（1977），也以温婉细腻的抒情笔触，描绘了主公来发嫂，在月光下抚育幼婴的如诗如画的情境：

> 一轮光亮的月儿打云层里钻了出来，那圣洁的柔光把大地照得清凉如水。来发嫂在窗口藉着月光依依不舍地端详着那张小脸儿，孩子没有哭了，正在安睡着，在柔和如水的月光下，显得那么可爱。来发嫂无限温柔地看着，那母性的慈祥的温和的脸上，缀了两颗欢喜的高兴的也是夹有一丝凄酸的晶莹底泪！②

---

① 赵戎：《狗的故事》，《芭洋上》，新加坡青年书局，1958 年，第 95 页。
② 赵戎：《罗知和她的娘》，《赵戎小说选》，新加坡文艺协会，1999 年，第 178 页。

菜农来发嫂的丈夫，无端的死于日寇的枪口之下，来发嫂含辛茹苦将遗腹女罗知抚育成人，后来罗知做了罐头厂的女工，岂料罗知无端端有肚腩凸了起来。来发嫂以为冲撞妖邪，四处求神问卜；个别村人拨弄是非，造谣中伤，以致耽误了只因蛔虫潜伏而引发恶病的罗知的性命。来发嫂陷入极度的悲痛与孤寂中，在邻人的劝说下，她抱养了一个贫穷人家的男婴，唱起了十多年前的催眠曲……叙述人以那钻出云层的月儿“圣洁的柔光”，隐喻这位朴实、善良而又坚强的底层华族妇女纯洁、神圣的母爱。在这里，一切景语皆情语。在柔和如水的月光下，来发嫂“依依不舍地端祥着那张小脸儿”，“无限温柔地看着”正在安睡、显得那么可爱的孩子，他那“母性的慈祥的温和的脸上”，缀了两颗“晶莹的泪”。这泪光，这“欢喜的高兴的也是夹有一丝凄酸”的泪光，折射出一位罹受严酷人生摧残的华族女性的悲剧性遭际，是她对不公的命运的无言的哀怨，但泪光也闪熠着来发嫂不可摧折的生存意志，对自已、对家庭未来的美好想望。赵戎凭借他那纤细而深致的笔锋，发掘了一颗饱受精神巨创却又韧如盘石的华族女性的高尚灵魂。

赵戎的细腻温婉的文笔，是潇洒有力的，它驰骋于审美观照的多维空间。他并未停留于状写热带的自然环境，抒写地域的风物人情，也有能力描摹人物之间复杂的情感波澜与交锋，心灵的纠葛与博弈。试以《海恋》首章里汉英初见带有布尔乔亚气质的红薇的一段描写为例。

> 当他（指剑平将红薇——引者按）介绍给他时，他几乎不能自已了。这姐儿——那尖削的下巴，趁着腮帮那似笑含颦的梨涡，使他心醉；那双乌俐俐的大眼睛，左右流盼着，有时含嗔地欲语无言地看着他，使他不敢和她的视线接触了；她那蛇一般的腰肢，和那轻盈的脚步，也使他赞美不迭！顿时，他自惭形秽地起了一阵不安，像石膏般的美丽，他是不敢高攀的。然而，当对方和他恳切地交谈，没有什末贵族小姐气时，又使他神志镇定了。

作家以他精致动人而传神的笔力，使一对恋人初见时的情感交锋跃然纸上！短短百来个字，把红功败垂成的相貌神态，一颦一嗔，乃至身段步姿，将汉英为对方的美貌所震慑，其内心情感的激荡起伏，由沉迷、不安而趋于镇定的心理轨迹，精细入微地袒露在读众面前，堪谓神来之笔！

弥足珍贵的是，赵戎不论描绘热带的自然风物，抑或人物心灵的激荡、搏击，皆有笔力将雄浑豪放与细密温婉两种风格巧妙地糅合起来，借以彰显对象的阳刚与阴柔之美的有机融合。仍以四章所引《芭洋上》描绘热带禽鸟的语段为例。所谓发声夺人，未睹其物，先闻其声，叙述人先写大老鸦突然“掠过”人头，“哗——哗——哗—声尖锐的长鸣”，它“划破了太空的岑寂”，令人惊心动魄，这是写对象的声态。继而写动态，它“峻急”地“拍动着一双黑翼”，“箭也似的”向“树梢”飞去；这里的“峻急”也有绾合上下语句，兼摹声态之意。这就使人真切地感受到大老鸦雄健而又粗犷的姿态与气息。鸿鹄之类自是阳刚之物，如姚鼐所言，“如霆，如电，如长风之出谷”，乃“阳与刚之美者”；然而“鸿鹄之鸣而入寥廓”，却是“阴与柔之美者”①。叙述人别出机杼，写大老鸦长鸣翱翔远去的雄姿，却引起槁树枝上群鸟与林间松鼠的叫声。群鸟色彩斑斓，叫声如“银铃般的清晰而嘹亮”；松鼠却是“吱吱”叫，它跳跃敏捷，“十分写意地甩着过大的尾巴”。这画面，又让人骤然体悟到一种“幽林曲涧般”幽雅温婉之美。短短几行，赵戎以他那高超的艺术语言，将大自然的阳刚之美与阴柔之美铸造成一幅兔起鹘落、传神写意、溢满诗情的精彩图画。

雄浑豪放与细密温婉的有机融合，也见诸人物性格与复杂心理的描画。《海恋》第六章结尾部分写了汉英重伤昏迷的一个梦境：

> 热带的海洋，在澎湃，在翻腾，在怒吼，在咆哮……
>
> 像热带的青年，那么激情地泛滥着，冲击着，汹涌着，充沛着。
>
> 哗喇喇——哗喇喇——哗喇喇……
>
> 它是那么容易愤怒，无情，挟着排山倒海的姿态猛撞着，那活跃的多变的浪涛，震撼着热带的土地：在它底脸面上生活的海鸥，也惊畏得躲起来了；生活在它底怀里的鱼儿们，也随着它底摇荡而不自主地游行了，岸上的岩石，山涯，也更显得瘦骨嶙峋了。……
>
> 明媚的迷人湛蓝的海潮，一下子变成那么灰暗，黑黛，带来无限的恐怖！
>
> 南天的飚风，正是它底支持者，那么尽力地去助威，呐喊，呼啸着……
>
> 捕鱼的舢板们，简直在巨人的手里被戏弄一般，船头和船尾，此起

① 姚鼐：《复鲁絜非书》，引自朱东润：《中国文学批评史大纲》，上海古籍出版社，2001 年，第 345 – 346 页。

彼落着：一下子掀得高高的像翻筋斗，一下又压得低低的要把它打沉了！

渔夫们就竭尽能力去维持着，斗争着，有时不幸的，连人带船一齐给吞没了，连踪影也不见了……

海潮涌起了摩天的浪头，像匹巨兽，忽然，它缩小了，构成了一个美丽的影像——呵，红薇！是那么深情地嫣然微笑！当他要扑上前的时候，突又化了无数的流星向他扑来了！

他神志昏迷地急出了一身冷汗！

每一浪头就是一个红薇，在挑逗他，刺激他，戏弄他……逐渐地他连这个轮廓也模糊，陌生，以致于消失了……

海潮筋疲力倦了，平静了，有如处子，那么娇憨，温柔，娴静，端庄，情深！

它碧绿得像一块深厚的阔大的无瑕的割不破的翡翠石，使人赞美，喜爱它了！

他对那平静如镜的绿水，抛了一粒小小的石子，"督"的一声，石子慢慢往下沉着，水面澜起了圆晕，慢慢地扩大开去，到看不见才止。

他抛了一粒又一粒，缓悠地欣赏这美丽的回漩！突然地他看清楚了，这漩涡正是她——素芬的酒窝！是那么可爱，迷人！再往下看，那酒窝渐渐扩大，构成了一个娇小的蛋脸，那双乌眸眸的媚眼儿正无限娇羞地睨着他哪！

他万分喜悦地欣赏着，忽地里一个恐怖的阴影偷袭来了，把他的倩影吞噬了！呀，不是别人，就是他——那个败类，半桶水钟日清！那么奸险，他还在得意地发出狰笑哪！他忍不住拼命跳过去：——

"哎哟！"兀的把他痛得醒了过来！①

这个梦境是汉英潜意识与意识的升沉变幻、交汇撞击的艺术结晶。正如本文四章一节所述，梦中境界雄浑而温婉，意蕴宏阔而深邃，它巧妙地浓缩小说基本情节与思想内容的精髓，也是汉英与素芬、汉英与红薇两场异质的"海恋"的画龙点睛之笔。这一诗化象征意境的创造，从艺术语言的角度探究，一方面端赖作家以雄浑豪放的画笔，描绘了热带海洋"澎湃""怒吼"的宏壮惊怖的景观，

① 赵戎：《海恋》，新加坡青年书局，1959年，第200－202页。

它“排山倒海”，震撼大地，令海鸥惊畏、躲避，使岩石、山涯变色；它用“巨人的手”戏弄着捕鱼的舢舨，有时“连人带船一齐给吞没了”。同时，作家凭借汉英梦幻中的反常思维，将大海的神秘恐怖与人事的诡谲变化巧妙地拈连在一起，写大海“象匹巨兽”的浪头，忽然缩小，幻成红薇的美丽景象，她“深情地嫣然微笑”，“在挑逗他，刺激他、戏弄他”，渐渐地连影象的轮廓也消失了。作家的笔既是雄浑豪放，又显得细腻缜密。

然而，热带的大海又有明媚的湛蓝迷人的一面。赵戎调换手中的彩笔，以温婉秀丽却同样细密的笔致，描写大海的“平静如镜”，“有如处子”，“那么娇憨，温柔，娴静，端庄，情深”，它“碧绿得”像一块使人赞美、喜爱的“翡翠石”。那小石子激起的回漩，幻成素芬“可爱、迷人”的酒窝，“娇小的蛋脸”，“乌睟睟的媚眼儿”，“正无限娇羞地睨着他”，但这美丽的“倩影”却忽地被“恐怖的阴影”所吞噬，这“阴影”就是那“奸险”的“发出狰笑”的钟日清。

从上述的浅析不难看出，赵戎凭藉汉英梦境的精心描绘，将阳刚与阴柔两种不同的评议风格水乳交融，凝成圆浑的统一体，创造出一个兼具写实、象征、传神妙悟三个境层的意境。

赵戎与端木蕻良的笔触都有雄浑、细密与蕴含深情的特点，然而端木蕻良喜欢用色彩词，巧妙的对比，其刻画也更为凝炼而传神。他对东北的田园有着真切的体验与深厚的认识。在写当地地主与佃户的关系与矛盾，权利与迷信的交互肆虐，劳作与收成的艰辛，都采用上述笔法，因之很深切、很实在、很感人。这是赵戎所乐意借镜的。

> 天气是火烧云的秋阳天……地气开饭锅似的向上翻，震荡的，波动的，千万条云卷，在关东沃野上有节奏、有音色地跳跃，十里外的小村子，巧妙地翦贴在水玻璃绿铺就的天地里，象隔着彩虹一般在太阳光里浮耀。
>
> ……大地象海浪似的起伏着，有高粱楂子的地片薄薄地蒙了一层银灰色，谷地的秧草堆，象柞丝窠似的堆在田里，东一堆，西一堆。豆地的特色，便是铺满了散乱的半干的叶片，是谁家的毛孩子烧毛豆，把丁家的地头烧焦了一大片。①
>
> 草原上，远远地，只有一架江北的打草窝棚。全都包括了三条树

① 端木蕻良：《科尔沁旗草原》，《端木蕻良文集》（第一卷），北京出版社，1998年，第49页。

干，一堆泥土，一团白草。树干架起了空间，泥土贴补了四面，草填满了四边。①

在端木蕻良笔下，东北秋阳天的闷热，别有一番景象。那关东沃野上的地气，像“开饭锅似的”向上蒸腾、翻滚，远看似“震荡的，波动的，千万条云卷”，“有节奏、有音色地跳跃”。而十里外的村子，宛如“翦贴在水玻璃绿铺就的天地里”，“像隔着彩虹一般在太阳光里浮耀”。其气势的恢宏壮阔，丝毫不减于赵戎笔下的海潮、酷暑、浓雾、豪雨，然色彩的斑斓却是端木所特有的。端木写秋割后的关外大地，“像海浪似的起伏着”，写高粱地、谷地、豆地的各别形态，写江北草原上打草窝棚的粗陋搭建，同样是笔力雄浑、细致，精确而又凝炼，但他行动展现的却是一幅幅迥然不同的北国的地域景观。

端木蕻良对华北的风光的描写，是考究地含有深意的对人民的关怀与同情的笔调之中寻求折衷的。华北人民连年惨遭旱涝，所以在端木蕻良的笔下的华北风光，再怎样也不会用喜悦的文字来写，就算是收割的丰收，也有深怀关切地对地主剥削的深切揭露！

几个野孩子，从地里捡着了发红的高粱楂，争着往下拧，有时拧不下来，便把小嘴从地上接在拧伤的地方，狼狈地吮吸着。有几个会套鸡脖的，都熟练地把用铁丝弯成的套子套来的小鸡，用黄泥厚厚地裹上，在豆叶的烈火上，烧焦了来吃。吃完了，又用余火把瓜打板，棱头青，扁担钩…各色各样的蚂蚱——扔在火里，连灰带土又送到贪馋的小嘴里。②

端木蕻良把孩子在地里如何找东西吃的种种饿像，写得淋漓尽致。“高粱楂”太高了，“拧不下来”，就只好“把小嘴从地上接在拧伤的地方，狼狈地吮吸着”。能套到的小鸡，就用烧豆叶的火来烧小鸡吃！但这还解不了饿，又把昆虫也烧来吃了！如果没有亲身的深切体验，是很难以这样细腻的笔触写下这么真实的一幕！

---

① 端木蕻良：《科尔沁旗草原》，《端木蕻良文集》（第一卷），北京出版社，1998年，第84页。
② 端木蕻良：《科尔沁旗草原》，《端木蕻良文集》（第一卷），北京出版社，1998年，第49-50页。

2. 尖锐而又辛辣

尖锐而又辛辣，是赵戎文学语言的又一显著特征。赵戎文字的尖锐辛辣，一方面源自他对社会人生的深刻认知，憎爱分明的思想情感。他来自下层，牛车水豆腐街的童少年生活，使他对劳动人民的苦难感同身受，也从小孕育了他对“给生活巨轮碾扁了的人们”的深切同情，对统治者、为富不仁者的无比憎恶。他创作伊始，就立志“为了下层人民争一口气”，写出“社会底层人的痛苦”、“生活需求”与“心声”，用“无情的笔锋，把那些可憎恶的无耻的嘴脸刻画出来！”① 言为心声，赵戎尖锐而辛辣、犀利而悍泼的文学语言，正是创作主体心理情感的真实裸露，同时也与他的艺术思维与讽刺艺术分不开。赵戎擅长带有哲性特征的审美思维，好作覃思默想，对驳杂的世情人事的观察、分析，往往透辟入里，又酷爱鲁迅式杂文和中国古典讽刺小说，讲究斗争策略，善用多种讽刺技法，尖锐地揭穿事象的本质，使对象虚伪丑恶的本相暴露于光天化日之下。

1）多种讽刺技法，辛辣抨击群丑

赵戎尖锐辛辣的笔锋，集中指向英殖民当局、日本侵略者及汉奸、文棍，旁及为富不仁的头家、危害民生的地痞流氓及蛊惑良民的神棍等等。他采用多种艺术手段，将民众要讨伐的对象毫不掩饰地、无情地揭露出来。

赵戎针砭英国殖民政府的黑暗统治，见诸中长篇《海恋》《在马六甲海峡》及诸多短篇。《楼上花枝笑独眠》（1975）文中写道：

> 在三十年代的世界经济大恐慌里，这生产丰富的海峡殖民地也跟着遭殃了。它瘫痪得像个垂死的病人。胶锡价暴跌，无人问津。矿场停工了，胶园也荒芜了，各业也跟着一片凋零，仿佛已到了世纪的末日！……这养肥了宗主国统治者的殖民地，被榨得干瘠到没有半点油水！青年们都流浪街头，饥饿得要发疯了！老弱无依的便饿死在五加基上，天天都劳动那黑厢车载走！②

“它瘫痪得像个垂死的病人”；“被榨得干瘠到没有半点油水”；“仿佛已到了世纪的末日”，这三个融合了比拟的繁喻，其所指固然是世界经济危机与殖民当局盘剥的双重摧残，造成了海峡殖民地的满目疮痍、饿殍遍地的惨状，但其能指

① 赵戎：《文学生活底一页》，《文艺月旦集》，新加坡文艺协会，2009 年，166－177 页。
② 赵戎：《楼上花枝花独眠》，《赵戎小说选》，新加坡文艺协会，1999 年，第 76－77 页。

却蕴含着十分深刻的象征意义。它喻指殖民统治的政治体制与周期恐慌的经济制度，已然失去它存在的全部合理性。它只是“养肥”了宗主国一小撮大腹便便的统治者，却将殖民地广大民众推入饥饿与死亡的无底深渊！赵戎以敏锐的政治眼光观照历史，凭借“直写事实”的素朴的讽刺，以无比愤慨的情感与形象化的语言，向人们揭示了西方殖民统治的政经体制是逆历史潮流而行，其与人民为敌的反动本质，势必使它被殖民地广大民众所抛弃。

赵戎对日本侵略者的抨击更为犀利泼辣，他打从心坎里痛恨日本鬼子。日军的狂轰滥炸夺去了新马多少无辜百姓的性命，法西斯的检证制度杀害了成千成万的爱国有为青年，赵戎一群志同道合的文友和朋友，相继惨死于日寇的屠刀之下。中国作家对日寇铁蹄蹂躏故国山河、奸淫烧杀的暴行的揭露，无疑也加深了赵戎对日本赤佬的仇恨。他对日寇的辛辣的讥刺、暴露，已不单是素朴的写实的讽刺，还有漫画式的夸张，借以发泄内心无比愤恨的情感。

诚如鲁迅所说，“漫画虽然有夸张，却还是要诚实。”“无缘无故的将所攻击或暴露的对象画作一头驴，恰如拍马家将所拍的对象做成一个神一样，是毫没有效果的，假如那对象其实并无驴气息或神气息。然而如果真有些驴气息，那就糟了，从此以后，越看越像，比读一本做得很厚的传记还明白。”① 赵戎深谙此中三昧。他的漫画式夸张，“显然是暴露，讥刺，甚而至于是攻击的”②，却仍是一种写实，“因为写实，所以也有力。”③ 长篇《在马六甲海峡》描述英澳印联军投降后，日军开进新加坡市区的场面——

> 日本军的先遣部队，打武吉知马律开进市区来了！他们的脚车队，一窝蜂似地向前涌。他们都是衣衫褴褛的，骨棱棱的鬼脸，凶狠的眼光，就像群饿透了的豺狼，要找口腹！可是，他们碰见了市民，没有忘记举手行礼。但人们都皱起脸孔，用疑惑的不安的神色，看着这群第一次出现新加坡的日本皇军。
>
> ……
>
> “万岁！”“万岁！”“万岁！”日本鬼子们突然疯狂地喊了起来。
>
> 拍！拍！拍！孤寒神（指叛变的侨领的大儿子——引者按）独自拍起手来欢迎。一面张起那狗牙，在谄笑。

---

① 鲁迅：《漫谈“漫画”》，《且介亭杂文二集》，北京：人民文学出版社，1973 年，第 14 – 16 页。

② 鲁迅：《漫谈“漫画”》，《且介亭杂文二集》，北京：人民文学出版社，1973 年，第 14 – 16 页。

③ 鲁迅：《漫谈“漫画”》，《且介亭杂文二集》，北京：人民文学出版社，1973 年，第 14 – 16 页。

冰紧捏着我的手，有点发抖。脸色也苍白了。她知道，日军强奸妇女，乃是家常便饭呀！

……

我们踅入了一条僻静的小巷去，那些商行的垃圾桶里，塞满了被撕破的中英国旗。

“这简直是一群从地狱逃出来的魔鬼！”

“可不是！然而，他们却是打垮了那些装备整齐的英澳印守军呀！”天呵，叫谁相信呢？

“有些生得满脸横肉，胡须勒特的，实在像漫画家画的一模一样呢。以前，我以为漫画家太夸张了，什么血盘大口，锯齿牙的。现在看了，真是一丝不差。”

“当然啰，他们的本相就是如此么！是杀人不眨眼的魔鬼！”①

赵戎以浪萍和洁冰的视角，将日军比作“饿透了的豺狼，要找口腹”，是“从地狱里逃出的”、“杀人不眨眼的魔鬼”，用“张起那排狗牙，在谄笑”形容无耻投敌的汉奸走狗。同时借两人的议论，澄明用漫画式夸张描画日军形象有其现实依据，是日军本相的真实写照。赵戎并未徒作呵斥之文，丑诋暴敌，他在《密云期中》写日机炸学校、医院、民居、华民大厦，到处颓墙残壁，血肉模糊，令人惨不忍睹；在《地狱门里》写日寇网罗汉奸，将市区所有华人，赶入无数的集中营里，肆意抓捕、奸淫、虐杀；《在鬼门关》中日本宪兵对监狱里的抗日志士和无辜民众，施行惨无人道的严刑拷打，集体枪杀……他运用形象化的语言，以一幅幅具像的描绘与艺术的抒写，充分揭露暴敌的种种罪恶，从中彰显尖锐而辛辣的语言风格。

名篇《芭洋上》是描述日本赤佬抢掠奸淫暴行的又一显例。它有机糅合了素朴的讽刺和漫画式夸张两种技法，令暴敌之罪行现身纸上，声态并作，使民众的深重劫难，如在眼前。叙述人先是从芭洋流浪者“我”等人的视角，描绘了胡须勒特的日兵赤佬闯入亚答屋偷鸡的丑态：

忽然，在前面那间亚答屋的篱笆口，‘叻’的一声冲出了一个日本赤佬来，像喝醉了酒一般，跑得歪歪斜斜的，双手抱着喔喔叫着的大雄

① 赵戎：《在马六甲海峡》，新加坡青年书局，1961年，第196－197页。

> 鸡，裂开留着张飞胡的嘴，露出一排黄黑的狼牙，在笑。腰上的皮带挂着一支枪尾剑，一摇一摆地拍着屁股，在向人示威。

这个语段正面描写日本赤佬，“叻”的一声冲出了篱笆口，双手抱着啼叫的大雄鸡，“像喝醉了酒一般，跑得歪歪斜斜的”。叙述人既把赤佬的牙齿喻为“一排黄黑的狼牙”，又将赤佬系挂的“枪尾剑”拟人化，“一摇一摆地拍着屁股，在向人示威”。短短百来字，活画出一个在别国土地上肆无忌惮、耀武扬威的日本强盗。它“确切的显示了事件或人物的姿态，也就是精神”[①]，这正是漫画式夸张的要义。继而，从侧面描写偷鸡的赤佬，当晚带着三个日本鬼破门而入，轮奸张大嫂的血腥暴行：

> 主人和我们，正在兴味相投地闲谈着，忽然来了一阵沉重的脚步声，接着，便生起了一串震耳的狗吠！当吠声还未停止，又传来了响亮的死力踢打声，砰砰嘭嘭，像翻跌了一个大碗柜！
>
> 不久，一个女人尖锐的哭喊着：“救命呀……救命呀……”好像要喊破这荒凉的原野的沉寂，声音在冷冷清清的夜气里紧张而颤抖着了！
>
> “妈呀……妈呀……”小孩子的啼哭声，也混和在一起。
>
> “八卡鲁……八卡鲁”“哈哈……哈哈……”日本鬼子的咒骂声，狞笑声，挣扎声，和摔物声搞成了一片：
>
> “救命呀……救命呀……”“哈哈……”“妈啊……”
>
> ……
>
> ……远远亚答屋里，油灯一闪一闪的摇幌着，像鬼火！那挣扎着的摆动着的人影，混乱在一起了，分不清谁个来。
>
> 从屋里发出的恐怖声，渐渐的瘖哑下去了，低沉得似乎听见了喘息！大气，浓密得越深厚了。突的，天空骤然的落了几点前奏的急雨，跟着，便滂沱的落了下来，打得屋上的亚答叶，发着的达达底交响，下得那么紧，把一切的声音都淹没了咧！

这几个语段，因特定情境的制限，虽也有远眺的视觉语象，但画面的构成主体，却是事件所产生的一连串的听觉语象。如果说，前一个语段的漫画式夸张，

---

① 鲁迅：《漫谈“漫画”》，《且介亭杂文二集》，北京：人民文学出版社，1973年，第14－16页。

也以写实为始基，致力于廓大“事件或人物的姿态”，那么这几个语境则是直写事实，但写实中也蕴含着漫画式夸张的因子，它着力廓大了“事件或人物”的声态。细心的读者不难看出，赵戎正是凭借艺术的抒写，于两种技法的巧妙糅合中，将日寇的残暴无人性与耕芭女遭受的劫难，绘影绘声地展呈在读者面前，也有力地彰显他那尖锐辛辣的文笔的穿透力与感染力。

新马社会一小撮汉奸、文棍、地痞、流氓之流，在赵戎犀利泼辣的笔锋狙击下，也一一现出其丑恶的原形！赵戎在短篇《书的故事》里，将日寇法西斯统治下，四处出没的“特务，走狗，奸细”，比作“像一群饥饿的野兽，到处找人噬”①。赵戎的一些挚友，正是被汉奸走狗出卖而丧生的。赵戎刻画了形形色色、各具个性的汉奸形象，其中“本地番鬼”是以独立篇目精心刻画的一个。

> 本地番鬼看见了，忍不住狂笑起来：“哼，你们也有今日！”立即回家取出一块白布，在中间涂了个红浑浑的圆饼，制成了一面简单的膏药旗，第一个在这甘榜里挂了出来，还贴了一张“欢迎大日本皇军”的标语。

一个华族子女，在敌人侵略了自己的家园新加坡时，本该痛心疾首，而他，看见抗日团体忽然消失了踪影，却是“忍不住狂笑”！再竖起日本膏药旗，“欢迎大日本皇军”！这是多么卑劣无耻的事！赵戎用尖锐的笔，把这种背叛国族的人渣写活了！

> 四月二十九日天长节，本地番鬼在政府大厦前大草坪参加了集体遥拜，归来得意地说：“人家才是解放军，真是阵容鼎盛，济济一堂！击灭英美，东亚共荣，大家都有好处，如果不是皇军打进来，解放我们，我们就永远做英国的奴婢！能有今日么？”除了他的爪牙同声附和外，人们都仿佛麻木了—— 一点反应都没有！在这黑暗的日子里，谁不怀念往日的自由啊！

“本地番鬼”充当了卡亭区的伪保长，参加日本天皇生日（天长节）的遥拜仪式，回到村里大吹喇叭，把皇军称为“解放军”。但是，只有他的爪牙才附

① 赵戎：《书的故事》，《赵戎小说选》，新加坡文艺协会，1999年，第110页。

和，其他人却一点反应也没有。表面上看，人们似乎麻木了，其实大家正冷眼旁观跳梁小丑的表演。不久，抗日团体剪除了这个祸国殃民、无恶不作的日本走狗。人们把这锄汉奸事件当作重大谈话资料，“豆芽婆逢人便说：‘恶有恶报哇，真是天公有眼！’”[①] 赵戎以素朴的写实，再次表呈了尖锐辛辣的风格特征。

相较之下，赵戎对潜入文艺界、教育界的文痞恶棍，有更细致的考察，其抉的机锋更为辣手，狙击也愈加有力。他虽仍用漫画式夸张，但既“廓大一个事件或人物的特点”，也“廓大了并非特点之处”[②]，使犀利辛辣的掊击显出更大的审美效果。例如，《狗的故事》叙述小学教员江某夫妇因饲养一只看家的黄狗，同马占山校长夫妇发生的一场无休止的纠纷，最后江某被迫迁家辞职，黄狗也死于校长的魔手之下。作家借江某的第一人称视角，穷形极相地描绘校长夫妇令人憎厌的形貌与虐待、奴役学生的言语动作——

> “高年级的来劳作！”马先生龇着一对特长的门牙，在喊，样子倒像个熬熟的狗头。
>
> “马先生，不是呀，下一节算术课。”有人急忙地回答。
>
> “我说劳作就是劳作，把算术改为劳作！”他把藤鞭一挥，响了一下，可赵光火了。他的藤鞭是名闻遐迩的，学生们不论犯了什么事情，也会给他打到满手伤痕的，据说是本着“教不严，师之惰”的方法呢！“陈大王二张三李四洗厕所，水生木生土生金生他们去劈柴！”
>
> “还没有够钟呵？”一个小鬼毫不知趣的说。
>
> “混帐！现在就上课，打钟！”那张马脸膨得更黑了。

对绰号“牛油桶”的校长太太，则着力刻画她那卡通式的形貌、动作。她“那肥甸甸的身体，像滚球般地走来”，牛油桶楞了楞她底肥得可观的脑袋”，“她一说话，那下巴的肥肉总会跟着跳动”，“校长婆那幸灾乐祸的阴毒相”，“牛油桶光起火来，那冬瓜脸也变成淤黑”，“那胖婆在监视哩，脸都黑得象锅底了”，“牛油桶气得拧着那个‘八月十五’，扭入房里”，“我想起那肥盾盾的牛油桶，十分吃力地追逐着，赶一会喘一会气的情景”，“脸色又赤又黑，暴了满脸劲筋”，“她那鸡巴嘴又呶起来”，“叉起那双猪肘子似的手，气虎虎的说”，“肥婆也跟着冲出……一骨碌，滑了个‘两脚朝天’！像一只海豹，在泥水里打滚”，

---

① 赵戎：《本地番鬼》，《楼上花枝笑独眠》，新加坡华文中学教师会，1979 年，第 88 - 97 页。

② 鲁迅：《漫谈“漫画”》，《且介亭杂文二集》，北京：人民文学出版社，1973 年，第 15 页。

校长和“太上校长的脸孔，像两朵乌云，整日阴沉沉的，到处飘动着，随时随刻暴风雨就会降临，看谁晦气的碰在他们的手上”。一个臃肿、丑陋、刁泼、阴毒的女人，跃然纸上！

但让人大跌眼球的是，不论校长改换课程的龇牙大喊，更动上课时间的怒骂学生，还是“牛油桶”一连串出格的神情，盛气凌人的形体动作，究其原因，却只有一个，那就是“我”所饲养的那只黄狗，与校长夫妇豢养的猪、鸡、鸭、狗，抢食学生食堂的一点残羹剩饭！一个校长本该是德高望重，为人师表，校长太太本该是淑慧贤良，受人尊敬，但文本中的校长夫妇，却为了一点牲畜的食物而迁怒师生，不惜挖空心思，要尽伎俩，而对一只无辜的动物，则视如寇仇，大打出手。其双双出动、如临大敌的行为与微不足道的目的，构成了巨大的喜剧性反差，也引发了令人发噱、不同凡常的讽刺效果。

赵戎描画校长夫妇的外形动作，虽不免有辞气浮露，笔无藏锋之嫌，但重要的是，作家对校长夫妇所操控的校政，注重揭发伏藏，烛幽索隐，显其弊恶，严加纠弹。在赵戎笔下，校长夫妇打着教育的神圣旗号，倚仗同乡的董事长，将一个公立小学变成了榨取钱财、中饱私囊的黑店，“为什么你不计算一年贩卖部的专利就获得了二千多元？一本四分半钱的簿子卖到角半，四折又九扣的读本却照价而卖！甚至连一方香蕉，一个孟加，一支黄梨……那些学生劳作的成果，也给卖去，饱了私囊，真是想不到这个穷困的乡村也会榨出一份好油水！”而所谓劳作课，其实只是他们把小学生当杂役的工场，“挑水，破柴，锄地，种菜，扫地，拔草，包果子，洗厕所，甚至抱孩子，洗碗碟……不论大小，都得服务。”不满校长夫妇卑劣行径的教员被撵走，杂役遭解雇。在他们治理下，学生食堂“狭小得像个猪寮……因为没人去打扫它，早已封满尘埃了！蜘蛛网结满了屋梁，那洁白的蛛丝已给尘土封成粗绳子了，有些破网还挂着缕缕游丝。暗沉，邋遢，然而却是孩子们的吃饭所了！”① 种种黑幕，被一一剥露，叙述人的机锋所向，是集文棍、市侩、奸商三位一体的校长夫妇，其讥刺之切，或逾锋刃。

赵戎刻画文棍恶痞钟日清、林山之流，虽时有漫画式夸张，变其形来传其神，如本文四章例举钟日清丑恶形貌的描画，但更多的是素朴的讽刺。不过，作家更讲究不同技法的使用，善于从人物自身美与丑的不协调切入，常常只是描写人物美的假象，让受众体味包含在漂亮言词背后的无形的贬斥，或从人物自我吹嘘的漏洞中窥见其无知无耻的本相。例如，《海恋》第四章，钟日清向素芬求爱

---

① 赵戎：《狗的故事》，新加坡青年书局，1958 年，第 53 – 102 页。

前的一段内心独白：

“我是当地唯一的校长呀，一个斯文人，我的高贵，谁人比得上，就算我大了一些年岁吧，也不会太老哇！难道我的打扮不多时髦吗？我的头发留得长长往后梳，正是电影明星泰隆包华的发饰么，我的衫袖只折上两度，就证明我不死板，够时兴，够派头呵！……唉，真不明白，为什么女人专爱那些小白脸呢……真想不到老通会有这么一个外甥，走来横刀夺爱！真是好事多磨，要是我斗输他，还算一个人么？还有面目立在这里么？不，他老通算什末东西？我最低限度还有够势力的亲戚呀……必要时我可以花一些叫老歪的兄弟去干他一番。……”他忽冷忽热的，一下子焦躁不安，一下子心安理得的，终于，想出了一条妙计：“我要先下手为强！……”

钟日清的内心独白，自以为冠冕堂皇，振振有词；他那精心打扮，自认为尽善尽美，无懈可击，其实是包藏祸心，机关算尽。他妄图凭借自己所谓高贵的身份、地位，时髦的打扮与拙劣的计谋，再假借政界亲戚的显赫势力，乃至雇佣黑社会的歹徒行凶，来达到抢占渔家女素芬的卑劣目的。其蛇蝎心肠昭然若揭！他对素芬并无丝毫真情，只有肉欲与虚荣，真正横刀夺爱的是他，而不是与素芬倾心相恋，两情缱绻的汉英。赵戎那近乎客观的冷静的叙写，因采用并写两面的讽刺技法，使钟日清的丑劣本相无所遁形，它向读者展呈了犀利辛辣文字的另一型范。

赵戎刻画“北马大文人”林山的形象也类乎于此，虽然技法有所不同。林山“笔挺西装，带着一副金丝眼镜”，专诚到修竹园拜访张浪萍等人。他炫耀自己学问渊博，藏书丰富，“我总比你们多了一套女四史还是线装本的哩。”——

“你那套线装书是哪一家出版的？商务呢还是中华？”危问。

“哦，不，我买的是文明版。”金丝眼镜委实有点慌张了。

唔，这不能不使我感到奇怪了！最名贵的莫过于商务版影印的百衲本廿四史，其实，是中华的仿宋聚珍版。“恕我孤陋寡闻，我从来没有听到有文明版的线装廿四史！”

“有的，我便有这么的一套。”他还强作镇定的说，“——要不然便我记错了出版商了。”

“三国志和三国演义，是同一本书的吗?”冰好奇的问。

“那里不是，这叫做改头换面，二而一，一而二，如此而已!”他说得那么坚决，脸都变了猪肝色。拿下金丝眼镜来，揩了又揩。

天啊，那末罗贯中就是陈寿，陈寿就是罗贯中了，真是破天荒的奇闻!

……

“我想知道你对‘为艺术而艺术’的解释，”老梅问。

“这个容易嘛，就是说，我们写文艺的是为社会而创造文艺。”

噢，起先我还以为这家伙是个艺术主义者，原来他连这个名词底意义也一无所知哩!草包!

这个“名震全马，誉满仕林”的大文人，在不经意的夸夸其谈中，麒麟皮下一再露出马脚，原来是个一无所知的草包!但他却还厚着脸皮吹牛，真是不知人间有羞耻二字。

2）与苗秀、端木蕻良比较

苗秀的文学语言风格也有类似赵戎的尖锐而又辛辣的特点，然而仍有差异之处。苗秀的手法比赵戎更直接，坦露。他置重表现市井流氓和风尘女子的生活，着墨不少的是妓女、茶花女、嫖客这类的角色。例如：

……一个时髦的年轻女人。他光看到一个背影。一脑袋的蓬松头发。一件赭红的小马甲，露出两支雪白的小臂膀。①

苗秀着墨不少的是妓女、茶花女这类的角色。在这一小段里，虽然只写了“他光看到一个背影”，然后却是“露出两支雪白的小臂膀”；仿佛一个不敢正视作者的妓女在寒灯下，把一双冰冷的手臂露了出来。

余三少两支膀子老是搂住她，不准她下床。两片厚嘴唇撮得像个鸡巴，印着她的眼睛、眉毛、腮巴、嘴唇，一直到那跳动的胸脯，最后又紧紧的压在她的嘴唇上，一根冰冷的舌头突进她的口腔里，一阵大蒜夹

---

① 苗秀：《二人行》，《新加坡已故作家作品集——苗秀小说选》，新加坡文艺协会，1999 年，第 15 页。

杂了烟草气味。①

苗秀以他大胆泼辣的笔写了嫖客的淫荡丑态！“两片厚嘴唇撮得像个鸡巴”，把那奸色的男人比喻成一只老公鸡。“一根冰冷的舌头突进她的口腔里，一阵大蒜夹杂了烟草气味”——这种露骨的赤裸的描写，源自深入的观察，真实的写实观，它虽泼辣有力，却不免有几分粗俗。在苗秀笔下，妓女与嫖客的形象是各具形态的：

她的那瘦削的肩膀差点要碰上他老的胸脯了。一股渗混得有廉价香粉跟别的膻味什么的古怪的难受的气息，强烈的钻入阿能的鼻孔里，这年轻伙子畏怯地缩开去，可是两只眼珠却违背了自家的意志，贪婪地盯在女的身上。②

在鞭挞社会寄生虫的时候，苗秀那尖酸刻薄的笔尖会比赵戎的来得更加尖酸，更加刻薄。例如：

他老看见一个涂了黑眼圈的歌女，在麦克风扩音器前张大了血红的嘴巴，哇啦啦地嚎叫些什么……③

……接着出现在台上的，是一个瘦排骨，她那一头蓬发的小脑袋，一边唱歌一边朝着麦克风频频点头，像母鸡啄食似的，插在鬓边的一大朵红花边跟着抖个不停。④

苗秀笔下的歌女形象都很负面，充满讽刺色彩。他用“血红的嘴巴”来形容台上演唱的歌女，只看到嘴巴，看不到其他。“黑眼圈”不但是化装，也是歌女营养不良的真实写照。更尖酸的是将歌女的演唱动作喻为“母鸡啄食”，既是惟妙惟肖的刻画，又语带双关，把歌女暗喻成鸡，其辛辣的嘲讽溢于言表！

---

① 苗秀：《深渊的城》，《新加坡已故作家作品集——苗秀小说选》，新加坡文艺协会，1999年，第57－58页。

② 苗秀：《最末一个离开的》，《新加坡已故作家作品集——苗秀小说选》，新加坡文艺协会，1999年。

③ 苗秀：《二人行》，《新加坡已故作家作品集——苗秀小说选》，新加坡文艺协会，1999年，第10页。

④ 苗秀：《二人行》，《新加坡已故作家作品集——苗秀小说选》，新加坡文艺协会，1999年，第23页。

> 七姑娘像鸭子叫似笑起来，下巴那块肥肉便颤呀颤呀。①

把女孩子的笑声形容成“像鸭子叫似笑起来”已经非常尖酸了，苗秀又加上“下巴那块肥肉便颤呀颤呀”，更是刻薄。从苗秀对流氓和风尘女子尖酸刻薄的形容，可以看出他对人物的生活、环境、性格是毫不留情地予以批判：

> 女的突的杀猪般的嚎叫起来，本能的抓过那块半旧的毛毡掩住了裸露部分。②
>
> 她瞧了躺在床上的病人一眼，那个上唇缩了上去，露出一只又黄又黑的板牙来，一张发皱的脸孔早变灰灰的，她的呼吸看来出气多入气少。③
>
> 这鬼咧开嘴巴，两只眼睛细着，一脸的邪气。我觉得这种表情，对他那稀疏的眉毛，多肉的脸，很是相称，比较他平日对待那些属下摆起来那幅不可犯得上神奇，更适合些。④

至于赵戎尖锐与泼辣的笔锋，往往没有苗秀那么地直接，也没那么狠。但是在《狗的故事》里面，赵戎的笔锋就跟苗秀不相上下了。他描写校长夫人的时候，简直把她批判得体无完肤。在用词方面，也特别地尖锐、泼辣，不留一点情面。这是赵戎彬彬君子的风度里头的一次叛离。

端木蕻良对赵戎的影响是较大也较显著的。关于这点，赵戎在他的著作中曾坦承端木蕻良对他的熏染。我们从端木蕻良的代表作《科尔沁旗草原》的文学语言可以看出赵戎所受到的影响。他的尖锐辛辣的文学语言风格与端木蕻良的是一脉相承的，不过端木蕻良似刀一样锋利，其笔触也更为周致细腻。《科尔沁旗草原》开头这样写道：

> 一个被饥饿损害了的老丑妇，把三升炒米放在水罐里，外边用一条

---

① 苗秀：《深渊的城》，《新加坡已故作家作品集——苗秀小说选》，新加坡文艺协会，1999 年，第 47 页。

② 苗秀：《挂红》，《新加坡已故作家作品集——苗秀小说选》，新加坡文艺协会，1999 年，第 69 页。

③ 苗秀：《上一代的女人》，《新加坡已故作家作品集——苗秀小说选》，新加坡文艺协会，1999 年，第 82 页。

④ 苗秀：《女职员日记》，《新加坡已故作家作品集——苗秀小说选》，新加坡文艺协会，1999 年，第 132 页。

油干的猪水泡包了，放在臃肿的背上。两只带红丝的眼睛，偷偷地向左右不住地贼视，似乎是她曾偷了谁的东西，又好像怕谁去偷了她自己的东西，非常的不安，一会儿用手小心翼翼地揩了揩鼻尖头上渗出来的黏汁，一会儿又疑心地用手去摸一摸背在自己身后的水罐。

一个面色苍白的少妇，把已经被长久的饥饿折磨了的小小的乳头，塞满了正在啼哭的小孩子的嘴，睁开了惺忪的眼睑，困顿无告地向四边一望，正碰见那灰色的可怜的人影，老丑妇，像是被她窥见了秘密似的，连忙就向焦老爷的驴车那边去躲。一转眼，便鬼魅似的不见了。

她看见了那老女人的背脊上的殷实的水罐，把一种同情的怜悯和自己身世的哀愁混合在一起，哀婉地也矜持地楚楚一笑，便低下了头，眼睛里闪耀出失望的光。

……

忽地孩子哇的一声哭出来了，奶汁太稀薄了，稀薄得直到没有一点奶汁，她无力地揩了一揩额头上的虚汗，把目光无神地向一片火烧云呆望着，寄托在半天空一片火烧云的辽远里……①

这是两百年前山东特大水灾期间，劫余百姓往关东长途逃难中的悲惨一幕。长久的饥饿摧残着弱势的妇孺，也扭曲、戕害了人的心灵。端木蕻良既以滴得出血来的笔触，描写了妇婴的哀哀无告与绝望心境，又将人性自私狭隘的一面，尖辣而无保留地展呈出来。但他那辛辣无情的犀利笔锋，却始终投向逃难后发迹的科尔沁旗最大财主——丁家的四太爷和他的儿子大爷、三爷。

端木蕻良写了四太爷的阴狠狡恶，他逼迫自家地户限期缴齐太平捐，一个小钱也不许拖欠，却对上抗捐，想将此笔太平捐用来为自己购买“金镶玉”的地皮，当管事的黄大爷好不容易弄明白他的鬼主意时，“四太爷这才哈哈大笑起来。黄大爷也随着笑了起来，他一面佩服四太爷的老谋深算，一面又替地户担忧，觉得太爷实在是太残忍太狠毒了……”② 在黄大爷心目中，“四太爷向来是用鼻子也可以闻得出是谁走进屋里来的，每次他来回事，四太爷也都是正眼不抬的，半眯着眼皮，静静地聆着。”③ 端木蕻良对地主这种巧取豪夺的阴森技俩，是直指不讳的。

---

① 端木蕻良：《科尔沁旗草原》，《端木蕻良文集》（第一卷），北京出版社，1998 年，第 5 – 7 页。

② 端木蕻良：《科尔沁旗草原》，《端木蕻良文集》（第一卷），北京出版社，1998 年，第 25 页。

③ 端木蕻良：《科尔沁旗草原》，《端木蕻良文集》（第一卷），北京出版社，1998 年，第 28 页。

在端木蕻良笔下，丁三爷淫荡成性，脾气暴戾，惯于拿穷人寻开心——

一排大车，正拉着豆子忙，割地的年造（长工——引者按）们，脑袋都像开饭锅似的，蒸腾起疲劳的汗水。

车鞭一响，大车便在横垄地上一下一下地颠簸，豆秆也就随着它的韵律往下掉，一群衰落的老人，妇女，小孩，便像工蜂似的，也用糊在蜂房上的忠实，半糊住了车尾。

三爷一看见这种疯狂的抢地的，反而想借他们来报复小玲来。三爷站在地头上，大叫一声：

"抢地呀，看哪个孙子不抢!"音尾里，三爷爆炸了一阵快意的哄笑。

人们知道，三爷这回又拿穷人来寻开心了。于是暂时都把自己内心的憎恨的，激愤的，要报复的感情，都压制下去，故意摆出一副痉挛的笑脸，去抢豆铺子去了。

"男盗女娼的姓丁的!"抢铺子的人们肚里都迸裂出人类最丑恶的骂语来，但是没等把愤恨的情绪升得再高，一看别人已经抢到自己的手边，便连忙也抢起来……

"你怎抢我的呢，到我怀里就算我的!"

"你叫答应了，哪棵豆子上写的是你的?"

"要是你的，你更不能认识人了！你不看见有几天地的人，父不父，子不子么?"

"都是老天爷的!"

"你们拌的什么嘴，狗咬狗，一嘴毛！都是丁家的!"三爷听了，笑得连气都喘不出来了，多么可笑的一群哪，抢了半天，连谁家的豆子都不知道。"鸶鹭湖畔除了我们丁家谁家还配有豆子。"

……

三爷回过头来，狠狠在小精的脸庞上狞了一把，说："你看多有意思，越抢日子过得越好。"①

这丁大财主家的恶少，目光邪淫，四处猎艳，玩弄地户的小媳妇和大姑娘，

① 端木蕻良：《科尔沁旗草原》，《端木蕻良文集》（第一卷），北京出版社，1998年，第45－46页。

但掌家的丁大爷却反咬一把，血口喷人。这天，大爷巡视好祖坟刚上马，却又“拨回了马头”，对着小精的父亲——那替他管祖坟的老人，大声地嚷道：

> “我这几天听说，你们家的小精什么东西的，又把我们老三迷住了。你们这般玩意儿，怎么竟打这个脏算盘，有姑娘都找不出主去啦，非是丁家的男人不过瘾，他那东西本来不成器——都是你们这般混东西勾引的，我告诉你，这风要吹进四太爷的耳朵里，你们可得先摸摸你们自己的脑袋。”①

端木蕻良将旧社会地方老财主的阴险狡恶与丑行败德，无情地赤裸裸地暴露出来，他那犀利如刀的辛辣笔锋，烛幽发微，直捣这撮人间鬼魅的蛇蝎心肠！

3. 朴质而又谐趣

朴质生动而又幽默谐趣，也是赵戎文学语言风格的重要特征。赵戎的笔墨是丰富多样的。文字的朴质而又明快生动，语言的幽默而又饶有机趣，可以说，是赵戎于雄浑而又细密、尖锐而又辛辣之外，另具的两副文笔，也是赵戎的文学语言风格更接地气，尤能彰显大众化、民族化的重要特征。

1）朴质生动

质朴而又明快生动，堪称赵戎文学语言风格的底色。不论描景状物，抑或叙事写人，赵戎都善于抓住对象的本质特征，用朴素凝练而又明快生动的文字予以描述，给读者留下真切难忘的鲜明印象。这种朴质生动的风格特征，从本文四、五两章援举的诸多事例不难窥见，这里略举数例，进一步予以阐述。例如短篇《流浪行》，描述新加坡街市的夏天傍晚场景：

> 夏历七月开始，黄昏很早就降临这赤道线上的城市，单边街的网球场上空，小鸟成群结队地在漫天飞翔，吱吱唧唧地鸣叫着。蔚蓝的天幕逐渐收敛了，但太阳放射的热气还充塞着空间，有些人已搬了一把椅子到骑楼下，打扇纳凉了。有的生得肥硕的，甚至卷起背心的下半截，露出肥笃笃的大肚腩让它透透凉。②

---

① 端木蕻良：《科尔沁旗草原》，《端木蕻良文集》（第一卷），北京出版社，1998年，第48页。

② 赵戎：《流浪行》，《赵戎小说选》，新加坡文艺协会，1999年，第261页。

寥寥几行，擒住了场景的地域和时令特征：单边街、骑楼、网球场、群鸟飞鸣、暑气充塞……叙述的视角自上而下，由景到人；既有全场的鸟瞰图，也有打扇纳凉、露出肚腩的特写镜头。与鲁迅《故乡》里浙东乡村临河土场的傍晚景观相比，别有一种热带街市的独特风光与郁热氛围。

赵戎语言的朴质，并不等于简陋。为了表象对象的审美特征，除了白描外，他总是择选一二形容词、短语或恰当的辞格，给予简明的乃至写意的描述。同时，这种热带风物景观的描写，往往交织着多种族文化的人文内涵与风采韵致。短篇《梦游人》以四卡亭甘榜为背景，既写了芭尾大伯公庙老巫婆深夜“跳降童”的迷信活动，也写了芭头乌鸦山顶夕照下不无神秘的暹罗佛寺——

> 远处山脊上有座暹罗佛寺，那黄澄澄的瓦片，在斜阳下闪闪发光，瓦背上缀的北斗七星图案，就像浮云在烟雾中，老乌鸦呱呱地叫着飞过，总是停在根须丛生的榕树上，使人有神秘不测之感。健生深深地吸了一口气，道：“这是个充满诗意的地方，行吟的好所在。”①

这里写的虽是远景，但同样抓住了有特征的景致：那寺顶上黄澄澄的发光的瓦片，瓦背缀的笼在云烟中的七星图，以及暮鸦归巢的神秘感。此种充满宗教迷信色彩的环境氛围，其实无助于敏感多思、时有癫痫症状的健生的精神疗治，也许反而是诱发他梦游溺亡的悲剧成因之一。

在《孔雀的故事》中，赵戎叙写失学儿童阿仔站在教堂的围墙下，痴痴地眈望玛莉阿曼大寺院的垣墙上空，希望看见孔雀开屏的奇迹，让自己和父母交上好运——

> 垣墙上间隔地布置着泥塑的神牛，里面几座大小不一的寺塔，外面塑着无数的神像和花饰图案，塔顶在阳光下发着金灿灿的亮光，趁着一株终年青翠欲滴的枝叶扶疏的洋槐，构成了一幅古印度情调的图画。难怪游客们对它大摄镜头，顺便也为骑楼下的待毙者留下真纪念。有时一整天也看不见孔雀出现，有时却见牠在神牛旁，躲在槐荫下歇息，像个婆罗门修士在玄然默想呢。②

---

① 赵戎：《梦游人》，《赵戎小说选》，新加坡文艺协会，1999年，第162-163页。
② 赵戎：《孔雀的故事》，《热带风情画》，新加坡华文中学教师会，1977年，第8页。

作者以朴实凝炼的文笔，描画印度教寺院及其周遭特殊的人文景观，神秘的孔雀玄然默想的形象。然而，阿仔那涂抹印度神话与佛教命运观念的美丽梦幻，与骑楼下怵目惊心、奄奄待毙的流民乞丐，却构成了另一幅幻想与现实严酷对峙的画面，它充满了反讽色彩，这是一相映成趣童稚心灵所无法理喻的，从中也见证了赵戎质朴而又明快生动的语言，有其丰富的审美意蕴与巨大的艺术张力。

赵戎叙事写人的语言，同样具有质朴简练、明快生动的特征。《罗知和她的娘》叙述来发被日寇无端枪杀后，来发嫂为丈夫守节、抚育遗腹女罗知的一段文字——

> 还没有到满月，来发嫂便用布带背着罗知在菜园里劳作了，仿佛两个人成了一体。除了睡眠休息外，不论挑菜上巴刹，或浇水锄地，罗知总是在母亲的背上过着。来发嫂这时三十还未出头，眉清目秀的显得少妇丰姿，有人劝过她还是另找一头“米饭主”的好，因为罗知是个女娃子，又不能传宗接代，趁年华少艾再嫁人，将来好有个归宿，何况南洋地，早就不兴守节这一套。无奈来发嫂是个三从四德的妇女，打乡下过番还是守着古老训条，所以她的远房亲戚也不敢替她作打算，任由她母女过着清贫的日子。来发嫂是有志气的，她不过份埋怨命运对她的残酷不公平，她做女儿时在乡下也是过着穷苦的生活，不会比现在好到哪里去，在这里还有一块小园地可以支撑下去。她过着青菜咸鱼的简单生活，不过，逢年过节的她还是礼数不缺，香烛祭品也跟人家一样式式俱全。①

这段朴实无华的文字，叙写来发嫂深受华人传统礼教的熏染，她虽身居南洋地，却仍恪守古训，不再嫁人，但她那浑朴的心灵，却挣脱了轻视女子的传统思想的羁缚，决意独立支撑家庭，与孤女罗知相依为命。她既不过分埋怨命运的残酷不公平，也不宽纵自己，而是始终立足现实，以惊人的坚韧意志，含辛茹苦，自强自立，执着诉求一种依仗自己的辛勤劳作，过平凡朴素的有意义的生活。随着作者叙述的一层层铺展，一个南洋华族女性——勤奋、朴实、忠直、坚忍、有志气——的独特形象，扑面而来，赫然站立在读者面前。

赵戎语言的朴质生动，明快有力，不单是遣词造句及修辞的功力，它还涉及

① 赵戎：《罗知和她的爹》，《赵戎小说选》，新加坡文艺协会，1999 年，第 169 页。

叙述手法的灵活调配，层次的巧妙组织。《芭洋上》描述热带地区特有的烧蕃开芭的耕种方式，堪称显例。

> 在这辽阔的芭场上，布满着锯倒了的野树木。有些已被火烧过了那坚实而长大的树干，变成了一条黑色的长炭；有的还在硬挺挺的直立着，危危欲坠的快要倒下来。那些尚未烧透的深深盘在地下的大树头，仍在冒出袅袅的浓烟来，还会不时逼逼卜卜的爆裂着，生起火光。这是开芭人的第一步工作，他们把所有的野树砍倒，锯断，然后放火，连同那些杂草蔓藤，一根式烧个干净，才可以着手开始耕种。——这是一个传统的开荒的方法，被火烧过的地面，泥土变成了紫褐色，分外的肥沃和松脆，用不着怎样去锄掘、翻地、下肥，只消下种的工夫便够了。[①]

作者以芭洋流浪者的视角，先是描绘辽阔芭场上火烟腾忽的烧蕃景象。在这里，几个单音与双音节动词的恰当使用，一连串形容词、副词、动宾及动补短语的修饰与限制，复杂单句与并列复句的铺叙展衍，显得精确而生动，它将烧蕃景色写得绘形绘声，光暗闪灼，犹如一幅原始生态画。接着叙述开芭的过程与做法，先用“这是开芭人的第一步工作”绾合上下，接榫界线明晰。其叙述虽不用形容词，纯是白描，句式简短，“砍倒”“锯断”“放火”“烧个干净”文字既遒劲有力，又十分省俭。最后采用夹叙夹议，进一步评述这一“传统的开荒的方法”。整个语段，向读者展呈了一幅开芭人将原始蛮荒变为农耕沃壤的形象图画。其叙述手法虽频仍变换，但精承有序，长短句有机结合，文气跌宕起伏。南洋火耕粗放的开荒耕作方式，虽只有二百来字，却深深地烙印在读者的心版上。

2）幽默谐趣

赵戎的文学语言又有幽默谐趣的特征。这种语言风格，一方面固然与作家所刻画的审美对象有关。赵戎的小说曾出现一些具有幽默性格特征或机智诙谐、谈笑风生的人物。如《在马六甲海峡》及《楼上花枝笑独眠》《我们这一伙》《探监记》等文中反复出现的老梅，《冇得顶》中的“冇得顶”，《包死火》中的“包死火”，《孔雀的故事》《生活第一课》里的咖啡摊主猪八戒，《热带风情画》的主人公周文英、李美玉，《相亲记》中的“胡须王”等等。语言的幽默谐趣，正是这类人物思想性格的自然流露与真实写照。但从根本上说，乃是取决于作家

① 赵戎：《芭洋上》，新加坡青年书局，1958年，第14－15页。

幽默的人生态度与审美观照。

作为新马华文作家，赵戎具有悲剧的与幽默的人生态度。他既以悲剧情绪透入人生，又以幽默情绪超脱人生。诚如宗白华所言，“悲剧与幽默都是‘重新肯定人生价值’的，一个是肯定超越平凡人生的价值，一个是在平凡人生中肯定深一层的价值，两者都是给人生以深度的。”① 赵戎描写了张浪萍、李洁冰、老梅、危、徐安、汉英、李福才等一批富有革命朝气的进步的新知识青年，以金刚怒目、嫉恶如仇的凛然正气，同日寇汉奸、殖民主义者、文棍地痞之流的英勇斗争。他们执着追求超越生命的人生价值，宁愿牺牲生命、血肉与幸福，以求真理、求人民的自由，求国家的独立，求民族的解放，在这种牺牲中提升了人类的价值，显露出人生的真正意义。但与此同时，赵戎也以幽默的人生态度，用深挚的同情审视人生内部的矛盾冲突，以达观的超然态度观照人世间的复杂关系。既在伟大处发现它的狭小，在圆满里窥见它的缺憾，也从平凡里发掘它的蕴藏，从渺小里找出它的意义，使灰色暗淡的人生也罩上一层柔和的金光。《在马六甲海峡》里，当年激进、勇猛的张浪萍战后却不无消沉、伤感，而原是娇弱稚嫩的洁冰十年后却成了坚强、沉稳的反殖民战士，这正是作家幽默的审美观照的生动表征。这种幽默的人生态度，也使作家笔下的一些人物带有机智谐趣的性格因素。从总体上看，尽管赵戎并未塑造出性格丰满独特、艺术精致完美的悲剧形象或幽默形象，但其悲剧的幽默的人生态度与审美观照，无疑值得学界进一步探讨。

赵戎语言的幽默谐趣，既彰显于人物的对话与内心活动，也表征于人物的形体动作描绘。作家笔下的梅秀，如他的挚友浪萍所评述，“梅，真是一块百炼钢。他不但会写一手好文章，也还会亲自领导干种种工作，他不但没有知识分子的恶习气，也能拾起枪来和敌人拼命，他是我们新生代里的英雄!”② 这个新马作家和抗日反殖民的斗士，既有怒目金刚，嫉恶如仇的一面，又有机智勇敢、诙谐风趣的一面。赵戎不仅勾画了他那“稚气十足的豆乾脸”，“整天咧着嘴”，“总是嘻笑着”的滑稽可笑的脸相，“爱开玩笑，爱捉弄朋友”的恶作剧动作③，而且着力描写他在险恶的斗争环境中，善于巧妙地与敌周旋，频出奇招，克敌制胜——

有一次，我们正在拔草浇肥，忽地感到多了一个人在锄泥土，过大

① 宗白华:《悲剧的与幽默的人生态度》，南京《中国文学》创刊号。

② 赵戎:《在马六甲海峡》，新加坡青年书局，1961 年，第 190 页。

③ 赵戎:《在马六甲海峡》，新加坡青年书局，1961 年，第 69 页。

的竹笠遮盖了脸部，那双手却熟练地挥动着锄头。跟着有几个陌生人闯了进来，东张西望的在找寻着什么，仿佛有了特权似的，一声交待也没有。我们都给弄糊涂了，忽然，他们又像幻术似的没有了。那戴竹笠的才慢慢揭高了一点，露出那块豆干脸，嘴巴得意地一歪，我才知道他又逃脱了日本走狗的视线，不致落网被害的。逃走与追捕的时间距离仅仅五分钟，梅却能脱去衣服，赤了上身在阳光下劳作。走狗的嗅觉虽然灵敏又怎会料得到呢？①

梅的语言饶有机智诙谐的特色。所谓机智是一种喜剧性的思维方式，它以揭示概念或事物之间的矛盾、对立为审美机制，纯粹诉诸观众的理智与想象，能引起含蓄的发人深思的笑。梅的才思敏捷，善于迅速揭露矛盾，言辞巧妙，可以立刻压倒对方。当奉行独自主义，搞哲学的张浪萍，与青年歌咏队的歌手余洁冰热恋时，梅找到了一个逗弄、揶揄挚友的好话题：

——“我们的哲学家，你也做了异性的俘虏么?”梅，取笑我，挖苦地说。

——“不过，像你这样道貌岸然的哲学家来谈恋爱，该是天下奇闻吧!”梅咧开那张豆干脸，眨着两粒夜猫眼子说。

——“我真不知道你这位哲学家怎样去卿卿我我，我我卿卿，心心肝肝，肝肝心心呢!”

——“你应该叫冰教你唱那支《同心结》，她一定会唱的。她唱：‘哥哥你的嘴唇，染在烟脂印咯。’你唱：‘不管那么多，不若携手过园林。’……”梅，恶作剧的，连举动也滑稽的做出了。

——“好好，说正经的，你这回无论如何到底是奇迹呀!”梅又要来一套新玩意。

——“不是么？人家谈恋爱是逐步的，你是闪电的；人家是拉锯战的，你是速战速决的；人家是慢进，你是飞跃的……吓，的确与众不同嘛!”梅哈哈的笑着说，引起哲学术语来。②

从上述引文不难窥见，梅机敏的才思和言辞。机智的人善于同中见异，异中

---

① 赵戎：《探监记》，《赵戎小说选》，新加坡文艺协会，1999年，第235页。
② 赵戎：《在马六甲海峡》，新加坡青年书局，1961年，第135－136页。

见同，旁敲侧击，出奇制胜。他“笑的是别人，但却尊崇和原谅自己”，在他看来，“什么都是愚蠢的、可笑的，但是只有他自己不可失也并不愚蠢。”[①] 梅并非纯粹机智的人物，他同时富有幽默感，可以说，他的机智只是他的幽默感的一种表征。所谓幽默感，“是自尊、自嘲与自鄙之间的混合”[②]。幽默的人其有深沉的内省力。滑稽的讽刺的对象都是丑陋可笑的，但前者不知道自己丑，后者则以丑为美，或自知为丑，却假装为美。至若机智，他只笑别人，却看不到自身的瑕疵与缺憾。幽默的客体则不然，他意识到自身的美好品性和内在价值，尊重自己，同时也清醒地看到在他的处境中、外表上和性格里“一切渺小、无益、可笑、卑微的东西”，因而嘲笑和轻视自己[③]。

以梅的形象来说，尽管赵戎并未充分发掘、表现人物的幽默性格，但他已然捕捉到梅的幽默特质。在上述有关恋爱的谐谈中，梅虽表白自己“绝对不谈（恋爱）这一套的”，却也坦承自己在特定条件下，也有遭逢“良缘宿缔”的可能性，届时将陷入浪萍所反唇相讥的“乖乖的做俘虏”的可笑境地[④]。光复后，梅因从事反殖民斗争将被当局驱逐出境，在四排坡监狱里，这位乐天派仍不改其滑稽戏谑的性格本色：

……距离二丈多深的弄苍里，站着一个长满张飞胡的汉子，眼睛也差点看不见，只是那颗细小的翘起的鼻头在黑暗里特别显得发亮！梅显然没有因此而显得颓唐。

“是你吗？梅！”老笔定睛地看着说，“我几乎看不出来了！”

“难道我变成鬼吗？”他摸摸自己的胡子说，“这样子也有女人钟意的吧，嘻嘻……”

“我替你担忧，原来你却这么快活！”老笔埋怨地说。

“不快活一下怎可以？难道要屈死吗？”乐观的人到底还是乐观的。

“不过，你可知道你的老母病在床上吗？”

“这点，我却没有料到……不过，我想起来了，武侠小说描写那些

---

① 车尔尼雪夫斯基：《论崇高与滑稽》，《车尔尼雪夫斯基论文学》（中卷），上海译文出版社，1985 年，第 94－95 页。

② 车尔尼雪夫斯基：《论崇高与滑稽》，《车尔尼雪夫斯基论文学》（中卷），上海译文出版社，1985 年，第 94－95 页。

③ 车尔尼雪夫斯基：《论崇高与滑稽》，《车尔尼雪夫斯基论文学》（中卷），上海译文出版社，1985 年，第 94－95 页。

④ 赵戎：《在马六甲海峡》，新加坡青年书局，1961 年，第 136 页。

绿林剪径贼，被高手捉到，便跪地求饶，说有什么八十岁的老娘亲。这么说来，不会是完全虚构了。你说是吗？老笔！”

“别开心了，说正经吧，你的老娘亲该怎样办？”

“那么，你就代我负起义子的责任吧！”

“说得那么轻松吗？我也自身难保哩！”

“得了，我知道你能替我尽力照顾的”，说到这里，他忽然正经地低下头去。

……①

老笔谈起梅的老母，这个硬汉子虽轻松地应答，托老友代他尽义子之劳，但他那“指望光复后重见天日，靠他拿点钱来养活”，如今却病卧在“窄小的地下室里”的老娘亲，毕竟捅到了他心灵深处的软肋，他不能不“正经的低下头去”，深味着人生的悲哀。在这里，梅的滑稽突梯也好，诙谐戏谑也好，可以说是一种含泪的微笑。赵戎在梅的幽默性格中，找到了笑与悲哀的结合这一幽默的最高形态。当年，梅毅然参加华侨义勇军，投身新加坡攻防战，决心“和敌人一齐作飞灰烟灭”，像已故诗人朱湘所说的，“宁可死个枫叶的红，灿烂地狂舞天空！”② 梅这话语，也正是他那笑与悲哀结合的艺术写照。

赵戎所塑造的冇得顶、包死火、胡须王等人物，也有不同程度的幽默感。不过，作家描写人物性格的幽默机智时，大多采用叙述人的语言，且常常囿于静态的心理分析，因而人物言行的机智幽默的表呈也受到一定的限制。在赵戎笔下，冇得顶是个“拿得起放得下，和左手来右手去的乐观派人物”，他既意识到自己有足够应世的学识与才干，捞世界的种种历练与“勤劳尽责”的职业操守，但也清醒地看到自己谋生道路的坎坷，处境的尴尬以及性情上的一些渺小卑微之处，是个既能自尊自重，又能自嘲自怜的人物。当他因赌博“仆街”，只好从联邦州到新加坡打牛工时，他以“英雄不问出处，落魄不问根由”来抚慰自己。老板“欺负他是非公民”，“简直当他是牛马”，他“唯有忍受下去，背地里暗自流泪”。但他的“卖力”终于换来了“云开见明月”、“吐气扬眉”的一天，他从送货司机被提升为一身兼三职的甲巴拉。文中写冇得顶买万字票中奖，却遭到“爆厂”，损失最惨，一辆马士利眼看打水漂，幸而他是个乐观的人，抱着“财

① 赵戎：《探监记》，《赵戎小说选》，新加坡文艺协会，1999 年，第 238 页。

② 赵戎：《在马六甲海峡》，新加坡青年书局，1961 年，第 190 页。

是自己的终须得到，不是自己的永远不来”的超然态度，少了许多无谓的烦恼[①]。总体看，作家对冇得顶的机智谐趣的描写，诸如演技、购物、美食、买彩票的冇得顶等等，比起写人物的幽默性格，从分量到功力，皆远胜一筹。冇得顶是一个机智多于幽默的人物。

包死火原是个英文教员，自以为“学贯中西”、“聪明过人”，是个“通无晓”“不能博士”。他不务正业，号称“三不管先生”，整天沉浸于所谓研究和创造发明，企盼像爱迪生那样，获得专利权，以达到名利双收、出人头地的目的。遗憾的是，他的创造只是把别人有关日用品的制造法说成自己的发明，搞些万能胶之类的东西向街坊炫耀。他的自尊自重已然沦为自吹自擂，欺世盗名。作家对他的描写也削弱了幽默色彩，强化了嘲讽的色彩。不过，包死火也有自我反省的一面，当他给顾客装错了线路，电熨斗差点电死人时，邻居给他起了“包死火”的绰号，他开始正视自己的弱点和缺陷，“包天贺的热烘烘的脸庞，当堂冷了起来。……他害怕，如果吃人命官司，可什么都完了。……他想，这是自己心情不好，胡乱装错的结果。现在，事情既已发生了，逃也逃不掉，该来的就让它来的。他经过一番缜密思虑后，决定立即把店铺关掉”。此后，他听到背后有人叫“包死火”，“很是刺耳，但往深处一想，也就觉得无所谓了。不是么？当年孙中山鼓吹革命，人家都叫他做‘孙大炮’，待到他革命成功了，大家都向他鞠躬，尊他为‘国父’。那，自己的失败，引起别人的嘲笑，是很平常的了。只要有朝一日得到成功，一切耻辱都可以洗清了”。但这只是一种不伦不类的自我解嘲。由于缺乏对自我卑劣品性的深度反省，不久，他又向人吹嘘他那剽窃来的所谓花两百亿在新加坡建设城中城的大发明计划[②]。他终于还是一个摈在幽默门外的被嘲讽的人物。

赵戎文学语言的个人风格，在众多作品中，都有统一旨归。赵戎的写作目的是要为下层人民疾呼，要为生活在底层人民伸冤，要将马华文学的独特性显示出来，充分地将地方色彩真实反映在作品之中。他希望达到的目标是，作品要有时代性，又有南洋的特色，且有不朽的价值。这个文学价值观，在赵戎的许多作品都表现出来。赵戎一生的坎坷遭遇，也深深融入作品中。赵戎运用本族的语言，综合了方言、马来语，甚至英语，来一个大掺合，在一个英属殖民地的马来半岛来说，是必要的。因为赵戎要使作品有真实性，那就要生活化，而马来半岛就是

---

① 赵戎:《冇得顶》,《热带风情画》，新加坡中学教师会，1977 年，第 93 – 105 页。

② 赵戎:《包死火》,《赵戎小说选》，新加坡文艺协会，1999 年，第 187 – 198 页。

以方言、马来语和英语作为沟通的方式。如果不应用这些文化的元素，那么作品也无从代表社会的时代气息，无法揭示那个时候的主角、配角及小人物的灵魂！新加坡是一个移民社会，倘若赵戎以普通话写人物交谈，就显得别扭，也与时代不符。一部作品的流传，要有它的价值，就要真实！因此，真实地反映社会，也就是赵戎的语言的一个基石。所以我们读赵戎的作品的时候，切切实实地感受到热带的风、感受到热带的雨，也切切实实地感受到赵戎描写的那个年代的社会各民族的彷徨。

赵戎的语言风格，其集中特征就是真实性。从写实之中，衍生了口语、方言的合理的运用，以塑造人物的典型与时代的气息。他的创作实践，就要尖锐地揭露当时社会的不平等，为人民疾呼；也要尖锐深刻地揭露日本法西斯主义的暴行，让军国主义邪恶的事实无处遁形。赵戎写实，要将热带的风物，南洋的风情、街道、市井、山芭、海峡、高楼，一一地纯朴而详实地记录下来。

因此，赵戎的文学语言风格便以他的文学价值观这个主轴统一下来，让作品的张力大大提高，为作者所立志要写“不朽的作品”和有教育意义的作品打下了扎实的基础。赵戎运用成熟的语言与艺术手腕，自始至终，都忠实地、真切地将马华文艺的特点表现出来。作为马华文学的代表者，就要具备这样的条件。

第七章　值得研究的问题

赵戎对文学语言的勘察突出地表现在对文学语言的特征、本土性、普通语言转化为文学语言及语言风格等问题的探讨与实践中，成就显著。

赵戎文学语言理论与实践的探索，有多方面的原因。

赵戎文学语言理论的形成直接受益于高尔基有关理论，同时也是总结新马及中国新文学作家的创作经验的结晶。这些在第三节已有说明，不再重复，现着重从另外的角度作进一步探讨。

赵戎的生活经历对于他的文学语言特色的形成有着很大关系。

赵戎是一位嗜书如命的书痴，他对书籍兴趣广泛，不只阅读中国作家的著作，也阅读西方作家的作品。他不囿于阅读文学作品，也阅读考古学、哲学、历史、文化、人类学等著作。正因为他长期以来博览群书，逐渐培养成宽阔的艺术视野，深厚的文艺修养，因而能吸收不同作家在作品中表达、描述的各种不同语言与手法。

赵戎在他的《坎坷集》中所引述的一些别的作家、书本，以及古文中吸收并应用的写作技巧以及文学语言，就可以窥见一斑。

说到赵戎文学语言特色之所以形成，应该说是与他长时期生长于贫穷的环境有关。他“生于贫穷，长于忧患”，他曾经当过机器厂学徒、小贩、农民、报馆校对、中小学教师等，与底层的平民百姓生活在同一层次的社会环境里，从中吸收了普罗大众们所常说的用语。因此，可以见出，赵戎在他的许多作品中，将人民大众的用语、口语、谚语、俗语、俚语以及当地的外语和不同的方言混合使用。这些语言加深了他的作品深度，也丰富了作品的内容。

赵戎本来就生活在社会底层，但他并没有满足于已有的生活积累和体验，而是坚持不懈地深入生活，认真观察、思考。

因此，他的小说，如《在马六甲海峡》《芭洋上》《海恋》等作品，无论是写城市、山芭，还是海峡、渔村；其热带风情，岛屿风光都历历在目，而所应用的语言也是活的，都是生活用语、群众用语，且是经过加工的艺术用语。

他一生从事写作，在他不同的著作中表达的、出现的文字、语言，并不是生硬的、死的、无用的语言，而是人民大众常用的用语，是活的、灵动的、生动的用语。

一、赵戎文学语言的特色与不足

谈到赵戎的文学语言，我们只有从他的生活环境、与人接触、交往及读书、思考等方面来谈论。

赵戎因出身及生活圈子的缘故，他交往的友伴，绝对不会与达官贵人来往，大多数都是底层的人们。这些人的生活、工作、谈话，都对年轻的赵戎有所影响。

这些人的语言，大多数是日常见到、听到、用到的、经历过的，赵戎与他们相处长久，当然也难免会受到影响，采用一些他们惯用的词语、用语。

市井小民的用语不在于漂亮的文采或文质彬彬的言语，他们大多数是只求能顺利理解沟通就够了，其语言能很快被接受，很快产生作用。

而且，不论是过去，还是现在，新加坡都是一个五方杂处，操不同语言的人在一块生活的地方。

暂且先不说英、华、马来亚（巫）、泰米尔等语言的应用，在新加坡，一位新加坡人基本上要懂华、马来亚（巫）、英、泰米尔语 4 种官方语言中的 2 种。当然，有好多人士懂得 3 种语言的，因为泰米尔语言是较少人应用的。

除了 4 种官方用语外，新加坡还有中国各地方言——粤、闽、海南等地方的方言；一般人大概都会说 2 - 3 种，用得较多的是闽南话、粤语、潮州话 3 种方言，那么一位新加坡人一般都会说 6 种语言了。

正因为这样，有时我们到中国南方去，也许是福建，也许是广东，你会发现，你讲的当然也是他们的方言。但是有许多发音不同，有时应用的话语也是不同的。就说华语——我们这儿讲的句子、读音、用法等都跟他们普通话会有若干的分别。

这都是因为我们这儿的族群已经杂居了，各色人等相安无事，和平共处。许多语言也因为人们的杂居，以及生活环境的关系，发生了变化，不可能纯粹了，但是大家都听得懂。

因此我们有时在讲话时，很自然，很随意地讲一些社会用语，而不是文学上的规范用语。

比如，我们说“要到哪里去?”“吃饱了没有?”“我要下坡。”“我去看医生。”“我要去巴刹买菜。”“OK，Thank you.”“拖泥妈看戏。”（马来语：谢谢的意思）……

这些我们当然知道日常用语不规范，或许文法不对，或许有一些外人不懂，但是，在我们这个社会中，都有许多人在用，而且不会觉得不自在，不自然。因此他们习以为常，自然就感觉不出来。

赵戎在许多文章中，尤其是小说、散文、杂文中就会很自然地用了上来，写了下去。

我们不能因此说他的语文水平不够，也不能怪他没有足够的词语，因为这一些是他长年累月，历久不断地与之相处、相通的用语。

像赵戎作品用的这种语句、文法，时有出现，但不是通篇累牍都是如此。

应该说这是生活的用语，有许多的时候，是在不经意中，随手拈来的，不论它是不是方言、马来语、英语的音译等。

赵戎读文学作品，他是不论本地的、中国港台的、中国大陆的，凡是“五四”文学运动以来的作家作品，甚至古典作品、外国的翻译作品，他几乎都找来读。

但是，这些作品中，他特别喜欢的，受到影响较大的，应该是东北的几位作家的作品了。

他很喜欢端木蕻良的《科尔沁旗草原》《大地的海》。他也喜欢萧军、萧红的作品。他对骆宾基、鲁迅、赵树理、沈从文、艾芜、胡风、张天翼等作家有着特殊的感情。他喜欢他们的文学语言和写法，喜欢他们的作品内容，对他们的创作精神尤其敬佩。

也许你在读他的长篇《在马六甲海峡》、中篇《海恋》，你也许可以看到许多篇幅，像《科尔沁旗草原》一样，在描绘、在抒发对大自然的感受。

在他的一些短篇小说中，他也如鲁迅、张天翼、赵树理那样塑造人物形象。

赵戎读许许多多的古书，读四书五经，也读《史记》《春秋》《左传》。他也读李白、杜甫、柳永、李清照、苏东坡等人的诗词。他对岳飞、文天祥、史可法、林觉民等英雄人物有着很深的敬佩之情。

他还读《山海经》《水经注》《文心雕龙》《诗品》以及唐传奇、变文及明清的笔记小说等一类的古籍。他还读外国的小说以及黑格尔、尼采、卢梭、孟德斯鸠等人的哲学作品。

他读的东西多、范围广，因此他在写文章时，就有许多是顺手拈来的文句。这些都引用在他的散文集《坎坷集》中的一些篇章，更可以看出，在他的一些文论、评论文章中，也多少都会用到。

一句话，这些是赵戎作品中文学语言的长处，但是也正是他的短处，因为有时引用得太驳杂，在新加坡这样一个地方，一般读者是不容易接受的。

二、东南亚华文文学语言的长处与短处

也许有人说东南亚地区的几个国家的华文文学，也许因为历史短，所以没有什么重大的事件，没有什么惊天动地的题材可以写，也没有太多资深的作家，或者专注于这一方面的作家在收集、写作这种题材的作品。因为在这些地方，写作不是一种职业，只是业余的兴趣。就因为不是专业，所以对于比较庞大，繁杂的体裁的处理就没有那么专注了。

还有，这儿也因为华文不是国家单独，独一的语文，许多人（包括作家），除了沉浸在华文之外，还要顾及其他的语言，其他种族的语言及文学。而且，尤其重要的是，华文书籍（当然也包括其他语文书籍）的市场并不是很大，因此，不只是写的人，就是出版商，也会着眼于出版社的销量问题。

当然，这就是说关系到华文文学的生命了。

虽然如此，我们常常慨叹的是在这样的环境下，是很难具有撰写出好作品、优秀作品的条件的。

但是，东南亚（亚细安）地区有其优越性，有它独特之处。

那就是这儿的交通便利，促进了语言快速广泛的交流。同时，也因为这儿是一个热带的国家，热带国家的民族都是个性比较活泼、单纯、直爽。因此，在语言方面，交流的速度快，而且不拘束，不拖拉，全然是一副直性子。讲话明朗、简短、词语多，也丰富，那是各种族之间交流的关系。

东南亚国家及周遭区域，都有这种倾向，却又接受外来语以及方言等的渗透、融合，并不断演变。

在这些地区是如此，在这些地区附近的中国香港、台湾，也许旁及日本等一些经常有交往的区域，都不断与外来语言相互交融。

比如我们不是常常用到台湾的言语：秀（show）、拜托、感恩、踢到铁板、用膝盖想、菜鸟、白目、碎碎念、“人在做，天在看”等。我们也常有听到香港人用的表达：“士多”（store）、阿灿、表叔、事头（老板）、帮衬、一盅两件、饮茶、仆家、松人、大佬、细罗个（小孩）等。我们不是也会日本的“阿里伽多”（谢谢）、沙哟那拉（再会），与韩语的“甘沙哈米塔”（谢谢）。

而近来，“粉丝”（fans）这个词语又刮起了一阵旋风。

方言在很多时候被用进文学句子里，有时已不只是那个方言区种族专用了。现在应该可以在不同方言群的作者中，都能用上其他的方言群的一些方言、俚语。

比如潮州的“地固凉，地固坐”（哪里凉爽，就坐到哪里去），广东人的上门空手则用了“两梳蕉”（以两只手各五个手指被誉为香蕉），把外国人常饮用的啤酒叫“红毛鬼凉茶”。闽南人用的“会生蛋的母鸡不叫，不生蛋的母鸡咯咯叫”；“生鸡蛋无，放鸡屎有”。还有一些近来常用，也不一定是那种方言群才用的用语，如“阿明”（指土头土脑的小伙子），“阿花、阿莲”（现代社会下的女孩的一般称呼），“人去茶凉”等。

对于东南亚地区的华文文学来说，我们从各种资料及作品中得到的实质性的资料来看，它有以下的一些优点、长处：

（1）语言的来源丰富，可以有外来语，也会有大量的方言；

（2）因为语言一般属于生活的语言，是活跃的、流动的，不是课本的规范，也不是经传的稳固不变；

（3）因为语言简短，显得明快、活泼、生动；

（4）因为不太注意句子组成的章法、句型、内涵等，这些外来语融入市民用语中，使用的人多了，因此在不知不觉间，丰富了华文文学的语言。

由于语言的传入快，被接纳也快，几乎没有什么经历太长时间的筛选，甚至很多时候也可能照单全收，也许也有些在接受了以后，再加上了写作者的喜好倾向，因此有时经过了加工，就与此前传入时有些不同，也就不能很好地应用原先所指的内容，从而产生了变异。

这样，久而久之，难免以讹传讹、加油添醋，反成了画蛇添足。

现在，我们暂且做一个简短的分析：

（1）语言没有经过时间的淘洗。

（2）因为没有经过时间的淘洗，没有经过加工过滤，没有经过一段时间的沉淀，有时会显得粗浅，运用起来显得局促、生硬。

（3）语言都是在民众口语中形成，也就是说，有时可能没有加以修饰加工。因此，大多还是口语式，没有太多的文学成分了。

（4）语言都较简短，说明及说理的部分用语，可能较少。

（5）就因为有了以上的各种问题，因此，有些语言就形成了较不规范的句式。

这是我对东南亚语言的一些观察。

从1986年开始，新加坡学校规定教学用语。根据规定，英文是几种不同语文学校的第一语文，各族母语（华语、马来语、泰米尔语中的一种）则是学生必须修读的第二语文。从那个时候起，新加坡学校就再也没有英校、华校、马来学校、印度学校之分了。有的只有一种类型的学校，那就是新加坡型的学校。

在这种学校中，几乎所有的重要科目都用英文课本，用英语教学；能用母语教的只有母语文一科，而且在许多学校中，也几乎是规定每周只有五节课，除了教学，还要作文。

这样一来，学生接触母语的时间少了，应用母语表达的机会也少了。而且，根据教课的需要，每位中学老师每周大约要教 30 节，每节 40 分钟，那就是说，每位老师要教六个班的母语才能达到一位教师上课的节数。

这即使对有教学经验的人来说，也是很难教好的。因为每班节数少，教的班级又多，改的作业也跟着多了，如果是作文，那改的本数就增加了好几倍了。再说，老师与学生接触少，见面机会也少，能给学生教完指定课文，改完相应的作业，已经不容易；哪里还能顾及课外的指导，给他们兴趣上的指点呢？在这种情况下，在学校里学的已经很少了，而在离校到社会工作以后，几乎用的全是英文了。能用华文的机会，是少之又少的。而且，在许多时候，或者可以说全部时候没有机会用，或者是不用了。

这样一来华文的表达、应用已经很难了，写作者要用于文学创作，能用得着的词藻更是少了。如能文从字顺，已经是不错了。但是，即使能表达出来，能接受得了的人也是屈指可数的。

很显然的一种结果是：这儿过去有 14 - 15 种刊物，现在已经停了几家。能存活下来，坚持出版的那 6 - 7 家，出版期数明显减少。过去一年也许出版 3 期或 4 期，到最近有的仅出 1 期、2 期，能保留出版季刊——一年 4 期的是少之又少的，而且销数少，许多刊物是绝对没有稿费的。

报刊方面，有的过去每周有 1 - 2 次的副刊，也有的每周有 3 次的副刊。可是，现在两家晚报的副刊没有了，原来早报副刊每周 3 期也改成 2 期了。

这种情况也是很明显地表现出，华文创作以及发表的浪潮正在消退。

有人开始戏谑地说“作家比读者多”。但是，实际上是这儿的著作，最有销路的，那是指明能销上 300 册的书籍；除非能被学校老师指定为课外辅导读物，那销路就比较多了。

这种情况在我们这儿是一种常见的情况。当然，也有人提出建议，写了见解，发出呼吁，但是言者谆谆，听者藐藐了。

这种情况这儿的写作人也都能感同身受的。但是，时也，势也，情况如此，有心者只有徒呼负负了。

社会上有心人是有的，但趁火打劫、浑水摸鱼也不在少数。

最近这几年，我们这儿的传播媒介，主要是电视台，时不时都出现了一些文字的谐音字，或者是改变成语的用字等。这些东西，经过电视传播，颇能风靡一阵。

这些用字、用句，大致上写下来有：“食在好吃”“艺点心思”“驾车找吃路”“都是大发现”“抢滩大比拼”“国际交意所”“就此酱玩”“敢瘦健康”……

这种东西，作为文字游戏，或戏谑好玩的创意是可以的，但是作为一个定期播放的节目，而且播出时间又是在晚间8点开始的黄金时段，这对于求知欲极强的学生来说，无疑是一种误导。如果学生接受了这种用法，那以后老师在教他们正确的字、词、句的时候，他们会有怎样的反应呢？

如果以这样的情况来看，那应该说对华文是有害无益的。

但是，随着中国的改革开放，中国国力逐渐富强，这好像一盏明灯，多多少少也能为华文展现出一片光明的前景。

新加坡政府对华文的应用，当然也包括教学等方面，都有些许的宽松，政府领导人，在一些集会上，开始为华文说好话，告诉社会，告诉学校，告诉家长，说读华文会有什么好处，而且希望在家庭中，在孩子小的时候，就跟他们说华语，创造一些机会、条件，让学生、孩子们能够尽量与一些华文有关的表演等接触，借以产生兴趣。

学校中也鼓励有能力的学生能选修高级华文，读双文化班；也安排在假期中到中国大陆、台湾去浸濡，也安排与中国通商、到中国进修的学生们，有更多的机会了解中国，了解中国文化，了解中国的风俗习惯等。

“通商中国”项目开始启动，让更多人能更好地应用华语、华文，让他们能更自由、轻松，更自然地表达。

学校中，小学的种子学校已有40间，正在逐步增加；中学从9大特选学校增加到11间；有2间特选的初院。其他初级学院及一些自治学校可以开设双文化课程。

这些措施对营造一个华文学习的环境，是有鼓励作用的，希望学生能读华文，倘能持之以恒，那应该在今后会渐有成效的。

大马看起来是一个华文的重镇。大马的国民型学校不讲——华小是坚持用华语教学的。中学有60间独中，教导华、英、马来文。这些学校的华文水准都相当地高，是华文的重要基地。这种学校虽然学费高，但是有华社辅助，加上办得不错，还有增加的趋势。而且，在大马，有一种不同的情况，那就是马来人，印度人也将孩子送进华校。过去据说有3万名之多，现在又增多了。

印度尼西亚（以下简称“印尼”）在排华以后的1998年开始，新的执政党上台，华人形势又开始好转了。从这时开始，印尼学华文的趋势是越来越猛——有私人补习华文的，有组织小班级的，有办学校的。一时学华语、华文热火朝天。

过去只有一家华文报，而且只有1－2版是用华文的。现在整个印尼的华文报刊则不下12家，跟聘请华文教师一样，编辑与记者都很难聘请到。

印尼的华文写作团体也活跃起来，这5年来有2次新书发布会，一次有30几本，另一次也有20几本。这也是证明华文的写作开始活跃，据说，销路奇佳。有时一本书可以销上5000册之多!

泰国的华文比较少受到排挤。泰国曼谷的华人人口不是太多，但是能养活5－6种报纸。

“泰华作协”除了活动之外，还保有一个固定性刊物——《泰华作协》，目前仍在坚持出版。泰国作家出版的作品，都是厚厚的，有两三百页也不足为奇。泰国也有2－3间大学有华文科目，还可以用华文教学。

菲律宾的华文报纸不少，华文写作团体也很多，难得的是，菲华一些报纸能开辟专栏，供作者写作；还有大专学府开办华文课程。这几年新移民增多，有助于菲华的写作群的扩大。

文莱有6间华校，近几年也组成了“汶莱作协”，展开活动。

其他，越南、柬埔寨、缅甸、老挝，据说也有出版华文报、华文刊物，也有一些与华社有关的团体出现了。

应该说，如果有了有心人，那一切应该会有转变的。

作家之所以成为作家，重要的是他的创作。作家们有作品，才会有生命。

作家在创作之前，一定要对写的东西有个大概的轮廓，这应该就是内容。有了内容，一定要有文字，要有语言的表达、描绘、抒发才可以成为一篇作品。因此，应该说，语言是重要的。语言就像人们的衣裳一样，让一个人，让一篇作品亮丽了起来，活泼了起来。

赵戎用7年编纂的《新马华文文艺词典》，就本地最具代表性的两百多本的著作里，辑录了两千七百多条语词。其中引用的一些作家以及他们惯用的语言，各国的华文新文学语言几乎都是在中国“五四”新文化运动的影响之下产生起来的，与中国新文学有着密不可分的关系，而两地的作者都是用华语华文进行创作，这在本质上是相同的。

但是，语言受到了不同的环境的影响，出现了许多新词；而有的受到自然环境的影响，就出现了不同地域性的词语等。还有，东南亚多元文化语言环境对东南亚华文新文学的影响也极强。此外，所在国以及外来语也有极大的影响。

由此看来，东南亚华文新文学语言具有很强的特异性，这种特异性为其语言增加了亲和力与相融性。东南亚国家存在着多元文化的并存与融合的现象，华文新文学语言的构成也必然留下这些文化的烙印。对东南亚华文新文学语言与中国新文学语言的差异，我们应该理解，认识到这些特异性的存在是一种客观事实，一些以我们的眼光看来似乎并不恰当的文学语言现象，由于在当地已经普遍使用、约定俗成，我们就将此作为特色予以充分的尊重。同时，我们也应该看到，这种特异性在很大的程度上也拓展了汉文学语言的空间，有助于汉语言文学的发展。强求其与中国新文学语言保持一致是不科学，也不现实的。①

我们从许多方面了解了赵戎对于在文学上的用语看法，他是极力主张运用方言的，也希望苗秀这样做。但是，我们知道，在新加坡的“方言既不同于华人从祖籍国带来的闽南、广东方言，又不是马来亚语，而是长期以来，马来亚华人在当地生活中逐渐形成的新鲜语言。赵戎主张吸收、提炼方言，使之成为文艺的语言，并于创作上尽量利用方言，充分利用方言来表达人物个性”。②

赵戎文学语言的长处以及东南亚华文文学语言的长处，大致上是一样的。

因为不论是赵戎或者东南亚的作家，除了运用华语华文写作之外，许多人都或多或少沾染了，用了许多各民族不同的语言，以及国外的语言，还有不同的方言群的语言的综合。因此，在创作之时，都很自然而然地用上本土常用的语言，也就呈现出迥异于中国大陆、港、台等地方的文学风貌。

这些，对于当地的读者、写作人来说，那是比较亲切、比较容易地将特色表现出来，而且是完全没有隔阂地融为一体的。

但是，很明显的是，用方言来表达，用当地较为特殊的背景融合在作品中，也就因为东南亚国家土地小、人口少，因此，他们的特殊用语，在不同于其他国家的社会环境，都会因为他们所属的地域关系与限制，没有办法将我们这种特殊用语，让其他更广泛、更宽大的读者群接受与了解。

70 年代后期，“多讲华语，少讲方言”推行之前，方言、地方语言在新加坡

① 陈昕：《东南亚华文新文学语言也拓展了汉文学的空间》，《文艺报》，2005 年 5 月 12 日，第 5 版。此文《新加坡文艺报》以《东南亚华文新文学语言的特异性》发表于 2005 年 10 月，第 19 期。

② 新社新马华文文学大系编辑委员会：《新马华文文学大系》（一），新加坡：教育出版社，1971 年，第 151 页。

华文文学中是有作用，有影响的。那是经过加工，提炼后的艺术语言。至于到了前几年，还有人用“代志大条”作为书名，这实在使得许多人摸不到头脑。“代志大条”那是没有经过加工提炼的台湾话。

这些都是值得我们关注的问题。

三、对于推进今后新华及东南亚华文文学语言的看法

我们看到的东南亚华文文学作品，都是用中文书写的，这与中国的语言和文字有着密切的关系。可是，也由于不同国度的政治、思想、经济、文化、风俗和语言等多种多样因素的影响，东南亚华文文学的文学语言又有和中国的文学语言不同的特点。

归纳起来，有如下的一些特点：

1. 从作品内容看

（1）浓烈的南洋气息

赵戎《芭洋上》——“呵，别了！那寂寞的小城，那浓厚醉人的椰花香，那朴素耿直的居民，那鳄鱼出没的云边河，那绿油油的曼格罗丛，那沉默寡言的马来船夫……”

泰国作家巴尔《被遗忘的人》——“兀地一股风暴掠空而过，一阵淅沥的豪雨从天而降，骤然街边积水盈尺，行路艰难。”

印尼作家黄东平《女佣细蒂》——“老易卜拉欣眯垂的眼皮徒然睁得滚圆，那反应的迅速，有似躺在水里装死的鳄鱼突然用巨尾摔打闯到岸边喝水的麇鹿，快到叫人咋舌。”

（2）反映当地社会风貌

赵戎《芭洋上》——“酸疲”“鸭脚菜”“担挑”等。

大马作家云里风《俱乐部风光》——“唐菜”“朱律烟”“红毛妹”“南蕉会”“架步”“割名”“牛腩粉”等。

泰国作家巴尔《被遗忘的人》——“侨领”“摆场”“煊显”“世人”“假寐”“措理”“枭吞”“洋仔”“领首”“茶霸”“怯怕”“什工”等。

2. 从语言形式看

（1）多用方言词语和句法

赵戎《芭洋上》——“州府地种禾一年有两三道好收成。”“酒吗？在新村

是应该有得卖的……不过，太贵了，动不动就几百块钱一支。”

大马作家云里风《卡辛诺》——“呀！巨就系庄太太?”“当然系了，呢的系一单生意，你估我赵某人真会傻得甘交关，肯花四万元去玩一次破碗？哪！听讲巨既老公后日就要返来，边个唔知庄先生系个大富翁，闲闲地有几百万身家……”

泰国作家司马攻《探亲奇遇》——“侯干想食河中水，想起家乡目泪流。”

（2）受当地语言的影响

苗秀《流离》——“山芭”“阿答厝”“罗厘车”等。

大马作家韦晕《春汛》——“亚答屋”“芭头”“芭边”“甘梦船”“甘梦鱼”等。

泰国作家司马攻《他再也不是一个笑话了》——“邦乃”（去哪里）、“门脆”（胡乱）、“沙越哩”（你好）等。

（3）直接用英文表现

新加坡作家张曦娜《都市阴霾》——Samsonite，artwork，Private & Secret（私人又秘密）等。

文莱作家煜煜《圈套》——Toyota，Sorry（对不起），What（什么）等。

大马作家云里风《相逢》——gas（煤气），lousy（差），Ice cream（冰淇淋），notice（通告）等。

（4）运用古代与现代汉语

新加坡作家尤今《老树已千疮百孔》——“摊上的鲜花，以色，以香，以形，去诱人，引人，吸人。杜鹃，雪柳，玫瑰，胡姬，桃花，梅花，菊花，白莲，玉兰，凤仙花，长寿花，康乃馨，等等等等，争露笑靥，迎风招展。”

菲律宾作家小四《锣鼓声中》——“美纯貌仅中资，而音色迷人，只听她‘咿’启唇一声，那种轻柔、那种婉转，已叫人神为之摧，魂为之折，仿佛看见了家乡楼头的春日、溪边的垂柳。”

泰国作家司马攻《水灯变奏曲》——“我独自走在北风轻拂的路上”“攘往熙来的人群荡在沿河的路上，有前来放水灯的，也有观水灯的”

印尼作家黄东平《女佣细蒂》——“蓝天、白云、远山、稻田、椰树、果树、村舍、小溪、农夫、水牛。”

海外的华文作家，当然也包括了东南亚国家的作家在内，他们如林语堂所说：“双脚踏东西文化，一心评宇宙文章。”

东南亚华文作家，一般都具有深厚的中华文化精神，又融入了当地社会，有着当地的文化色彩，既有东方感情，又有西洋风味，于是形成了一种独特的文学风貌。

从世界整个华文文学发展的格局来说，东南亚华文文学的确与世界其他地区、国家的华文文学有着很大的不同。除了多元种族、多元宗教、多元文化，以及地处热带，具有与众不同的热带情调，就是用语、方言，也是有其与众不同的特点，有与其他区域不同的表现。

文学的表现，最主要是借助语言文学，要能达到说理、描绘、抒情、表述都能达理想，击中要害，那是脱离不了与文字的关系，也就是说，要能将语言用得恰到好处，表达到精妙处，呈现出特有的气氛，那都得靠文字与语言。因此，语言要能表达到精确，又很生动，都要有好的文字功力，也就是语言要能掌握得好，运用到家。

我们不是经常在文章上见到对文字（语言）运用精巧，恰当的描绘，表达好的赞语吗？我们经常都会提到“春风又绿江南岸”；“僧敲月下门”；“踏花归去马蹄香”；“野渡无人舟自横”……这些都表示用语的精确、精妙。

东南亚华文文学之所以会与其他国家、区域不同，除了具有热带风情外，最重要的是他们在文学的表达上，用了英语、马来语、方言的混合等，以及长期杂用、混用，最终约定俗成的用语。

假如用语有特色，只要用心一读，认真地看，就可以发现，作者是谁，何许人也。

语言不只是文学的工具，它本身同时包含着文学审美的特色，包容着深厚的文化积淀。东南亚华文文学的语言也不能例外。不过东南亚华文文学语言有着独异性，例如有浓厚地域色彩，独特的表现手法，丰富而多样的语言。这一些，无疑地融入了世界华文文学的宝库。这些是我们东南亚华文文学语言特有的，也是别的区域的任何作家所无法替代的。东南亚国家的作家应该认识到这一点，要很好、很宝贵、很珍惜地拥有它，保有它，善用它。这样，我们的文学作品才能具有独异的特色，并且保持及更好地发挥这种特色。

但是，我们也知道，文学是需要交流、互相沟通的，不能静止不动。因此，我们必须防止一些东南亚华文文学作者为了某种理由而有意地多用方言、俗语，以致“广大读者不能看懂”[①] 东南亚华文文学的现象。

东南亚的华文文学正在起步之中，也有待提高。因此，对于有影响文学创作的文用语，我们还是应该认真对待的。

---

① 茅盾：《茅盾全集》第24卷，北京：人民文学出版社，1996年。

参考文献

中 国

[1] 李荣启．文学语言学［M］．北京：人民出版社，2005.
[2] 张鹊．文学语言艺术［M］．海口：南方出版社，2002.
[3] 李国正等．东南亚华文文学语言研究［M］．厦门：厦门大学出版社，2002.
[4] 叶宝奎．语言学概论［M］．厦门：厦门大学出版社，2003.
[5] 童庆炳．艺术创作与审美心理［M］．天津：白花文艺出版社，1992.
[6] 曹炜．《金瓶梅》文学语言研究所［M］．广州：暨南大学出版社，2004.
[7] 王德春．语言学概论［M］．上海：上海外语教育出版社，1997.
[8] 钱乃荣．中国语言文学导论［M］．上海：上海大学出版社，2001.
[9] 夏丏尊，叶圣陶．文章讲话［M］．北京：中华书局，2007.
[10] 杨安翔．话语形态与审美［M］．南京：东南大学出版社，2006.
[11] 陈平原主编．文学语言语文章体式——从晚清到“五四”［M］．安徽：安徽教育出版社，2006.
[12] 饶芃子．暨南大学中国语言文学学科论文精选［M］．广州：暨南大学出版社，2005.
[13] 董正宇．方言视域中的文学湘军［M］．北京：中国社会科学出版社，2008.
[14] 林焘．语言学论丛［M］．北京：商务印书馆，1980.
[15] 沈阳编．语言学常识十五讲［M］．北京：北京大学出版社，2005.
[16] 李国正，等．新华文学历程及走向［M］．厦门：厦门大学出版社，2001.
[17] 杨怡．丁玲语言风格的演变［D］．厦门大学图书馆存．

[18] 毕玲蕾. 丁玲小说代表作文学语言研究［D］. 厦门大学图书馆存.
[19] 陈天助.《蚀》的文学语言研究［D］. 厦门大学图书馆存.
[20] 王丹红. 从文学语言视角探讨丁玲作品中的母亲形象［D］. 厦门大学图书馆存.
[21] 丹纳. 艺术哲学［M］. 北京：人民文学出版社，1983.
[22] 老舍. 老舍论剧［M］. 北京：中国戏剧出版社，1981.
[23] 朱栋霖. 论曹禺的戏剧创作［M］. 北京：人民文学出版社，1986.
[24] 韦勒克，沃伦. 文学理论［M］. 北京：三联书店，1984.
[25] 李润新. 文学语言概论［M］. 北京：北京语言学院出版社，1994.
[26] 卡西尔. 语言与神话［M］. 北京：三联书店，1988.
[27] 唐跃、谭学纯. 小说语言美学［M］. 合肥：安徽教育出版社，1995.
[28] 袭见明. 文学本体论［M］. 南宁：广西师范大学出版社，1998.
[29] 外国现代修辞学概况［M］. 福州：福建人民出版社，1986.
[30] 鲁迅研究第5辑［M］. 北京：中国社会科学出版社，1981.
[31] 黑格尔. 小逻辑［M］. 北京：商务印书馆，1980.
[32] 邢公畹，等. 红楼梦的语言艺术［M］. 北京：语文出版社，1985.
[33] 张中行. 文言和白话［M］. 黑龙江：黑龙江人民出版社，1992.
[34] 端木蕻良. 科尔沁旗草原［M］. 北京：人民文学出版社，1981.
[35] 文坛老将［M］. 广州：花城出版社，1931.
[36] 东方文学传记（一）［M］. 北京：中国社会科学院，1979.
[37] 刘进才. 语言运动与中国现代文学［M］. 北京：中华书局，2007.
[38] 黎运汉. 汉语风格探索［M］. 北京：商务印书馆，1990.
[39] 老舍. 我怎样学习语言［J］. 解放军文艺. 北京：人民文学出版社，1951-8（3）.
[40] 茅盾. 反映社会主义跃进的时代，推动社会主义时代的跃进!.《茅盾全集》第26卷［M］. 北京：人民文学出版社，1969.

东南亚

[1] 陈贤茂. 海外华文文学初稿［M］. 厦门：鹭江出版社，1993.
[2] 王永炳. 中华语言文化［M］. 新加坡：锡山文艺中心，2002.
[3] 骆明，等编. 独立25年新华文学纪念集［M］. 新加坡：新加坡文艺研究会（新加坡文艺协会），1990.

[4] 赵戎编. 新马华文文学大系——理论 [M]. 新加坡: 教育出版社, 1970 - 1972.
[5] 赵戎. 芭洋上 [M]. 新加坡: 青年书局, 1958.
[6] 赵戎. 热带风情画 [M]. 新加坡: 新加坡华文中学教师会, 1977.
[7] 赵戎. 楼上花枝笑独眠 [M]. 新加坡: 新加坡华文中学教师会, 1979.
[8] 芸窻. 神煤 [M]. 新加坡: 新加坡华文中学教师会, 1981.
[9] 芸窻. 我们这一伙 [M]. 新加坡: 新加坡华文中学教师会, 1982.
[10] 芸窻. 周末篇 [M]. 新加坡: 新加坡华文中学教师会, 1984.
[11] 赵戎. 海恋 [M]. 新加坡: 新加坡青年书局印行, 1959.
[12] 赵戎. 在马六甲海峡 [M]. 新加坡: 新加坡青年书局印行, 1961.
[13] 赵心 (赵戎). 坎坷集 [M]. 新加坡: 教育出版社, 1978.
[14] 赵戎. 论马华作家与作品 [M]. 新加坡: 新加坡青年书局印行, 1967.
[15] 赵戎. 赵戎文艺论文集 [M]. 新加坡: 教育出版社, 1970.
[16] 赵戎. 赵戎文艺批评集 [M]. 新加坡: 教育出版社, 1975.
[17] 赵戎. 文艺月旦集 [M]. 新加坡: 新加坡文艺协会, 2009.
[18] 赵戎编. 新马华文文艺辞典 [M]. 新加坡: 教育出版社.
[19] 骆明编. 赵戎研究专集 [M]. 新加坡: 新加坡文艺协会, 2000.
[20] 骆明编. 新加坡已故作家作品集——赵戎小说选 [M]. 新加坡: 新加坡文艺协会, 1999.
[21] 骆明编. 新加坡已故作家作品集——苗秀小说选 [M]. 新加坡: 新加坡文艺协会, 1999.
[22] 骆明主编. 苗秀研究专集 [M]. 新加坡: 新加坡文艺协会, 1991.
[23] 苗秀. 残夜行 [M]. 新加坡: 大地文化事业, 1976.
[24] 苗秀. 马华文学史话 [M]. 新加坡: 青年书局印行, 1968.
[25] 周清海编. 文言语法纲要 [M]. 新加坡: 玲子传媒私人有限公司, 2006.
[26] 马仑 (从山). 新马华文作家群像录 [M]. 新加坡: 风云出版社, 1984.
[27] 陈昕. 东南亚华文新文学语言特异性 [J]. 新加坡: 新加坡文艺报, 2005 - 10 (19).
[28] 方修. 战后马华文学史初稿 [M]. 新加坡: 东艺印务公司, 1978.
[29] 方修. 马华新文学简史 [M]. 新加坡: 万里书局, 1974.
[30] 方修. 战后新马文学大系 [M]. 吉隆坡: 董总出版社, 1993.
[31] 方修. 马华新文学大系 [M]. 新加坡: 世界书局, 1971.
[32] 论马华文艺的独特性 [M]. 新加坡: 南大创作出版社, 1960.

[33] 贺圣达. 东南亚文化发展史 [M]. 昆明：云南人民出版社，1996.
[34] 杨怡. 从新华文坛论及印华文学 [M]. 新加坡：新加坡文艺协会，2003.
[35] 杨松年. 新马华文现代文学史初编 [M]. 新加坡：教育出版社，2002.

其他

[1] 费尔迪南·德·索绪尔编. 普通语言学教程 [M]. 北京：商务印书馆，1980.
[2] A. J. 格雷马斯. 结构语义学 [M]. 天津：白花文艺出版社，2001.
[3] 迈克尔·葛里高利，卡洛尔. 语言和情景——语言的变体及其社会环境 [M]. 新加坡：语文出版社，1988.
[4] 车尔尼雪夫斯基. 生活与美学 [M]. 北京：人民文学出版社，1957.

后 记

刚来厦门大学攻读文学语言研究这门学科时，那是非常陌生的。这一学科，在新加坡，甚至在东南亚，还是一门很新的课程。更何况，在东南亚，写评论的人已经是非常少了，要看到有新的评论方法，以及关注到文学语言方面的应用与发展，是更加少见的。

在修读这个课程的这几年里，我用了比较长的时间，用心收集、阅读、撰写与赵戎有关的文字，觉得在新加坡这样的文学环境、文学条件比较薄弱的社会中，赵戎能用其一生的精力，以近40年的宝贵光阴专注于新加坡华文文学写作，那是相当难得的事。在阅读赵戎大量的文学作品中，我还发现了赵戎除了在撰写时所付出的创作心血，更有意识地应用了方言、俗语、俚语以及当地马来语、英文，还有土生华人的用语，这使他的文学作品，显得更为生动、活泼，使作品表现更深刻，更有韵味。虽然赵戎不是一个语言学家，但他在创作上的这种表现手法，在新加坡甚至在东南亚许多作家中，都较为少见。从赵戎有关资料可知，新加坡华文文学中较有成就的先驱作家苗秀，就曾经受到赵戎应用方言观念的影响。所以，从新加坡文学发展的层面上看，赵戎除了在文学上有好的表现、好的成就之外，他在新加坡文学语言方面，也做出了巨大的贡献。这是我读了赵戎大量的作品以后，所得到的一些结论。

我对赵戎在文艺上的表现是非常钦佩的，因此，更是想把赵戎的文学语言分析的工作做好；尝试在新加坡及东南亚文学研究方面，走出一条研究新路来，让更多学者可以从语言的角度来研究东南亚的作家。

我的硕士学位是修读工业工程，和文学、语言学没有瓜葛。修读文学博士学位是因为受到父亲骆明（新加坡文艺协会会长）的影响，我从小就在浓厚的文学气息中长大。毕业后，我就一直在美国IT公司里上班，总是有繁琐的事务；

但对文艺仍存有浓厚兴趣。在 2009 年，我换了一份工作，也管理更大的区域、组织，更是常出国公干。这篇论文，是在忙碌的工作之余，整理出来的。

我非常感谢李国正老师的教导。我非常喜欢上李老师的课，因为他教导有方，让我对文学语言产生非常深厚的兴趣。在这些年里，李老师给我非常大的鼓励，他了解到我的专业是 IT，所以对于我在评论这方面的知识，给予了非常耐心的指导，帮助我在这个学位的学习上，开创了新的学习方法，增强新的动力。还有另外一些指导我、教导我的老师，我是非常感谢他们的，而且这是长久、永远的，不是用一句话可以表达完整的。

在曲折的求学路上，我由衷地感谢庄钟庆老师的指导和关怀。因为庄老师比较了解东南亚的情况（文学语言的资料比较少），他甚至自己查阅相关资料，自己掏钱复印资料，再把它们给我做参考。不仅如此，庄老师也在提纲的拟定，论文的组合，给了我无私的意见及帮助！另外，我也非常感谢郑楚老师、苏永延老师、王丹红老师的指点与帮助。由于我人在新加坡，有许多琐琐碎碎的申请工作，或联系庄老师及李老师的工作，都需要他们来做中间人。这些虽然不是他们的事，但他们总是无私、热心地帮忙，并在这个过程中，给我非常大的鼓励。

老师们的教诲和关爱，让我感激不已，永铭于心。

感谢我的师兄师姐们，毕玲蔷、杨怡、陈天助、王丹红，他们的研究成果为我提供了宝贵的参考。

这本书在修改与出版的过程中得到庄浩然教授的大力支持与真诚帮助，至为感谢！

最后，我要感谢我的父母。在整个论文撰写的过程中，我父亲花了许多心血及时间。他时常翻阅相关参考书，提示我应该注重哪些范围。我也从父亲那儿详细地了解了赵戎的生活、写作理论，这些对于我对赵戎文学语言的研究很有帮助。另外，父亲也是推动东南亚华文文学发展的先驱者，他给我讲了不少东南亚华文文学的进展和状况，这对于我论文的创作，非常有益。同时，他还承担了论文校对的工作，让我避免了许多笔误。当然，也非常感谢我母亲精神上的支持，好让我在整个写作过程中有好的环境和心态可以进行我的分析工作。

2011 年 3 月